KB263809

일리아스

호메로스(Homeros, ?-?)
(무명의 플랑드르 화가, 1639년)

현대지성 클래식 64

일리아스

ILIAS

호메로스 | 페테르 파울 루벤스 외 그림 | 박문재 옮김

현대
지성

➡️ 테살리아 지방 프티아의 왕 펠레우스와 바다의 여신 테티스의 결혼식이 펠리온산에서 성대하게 열렸다(둘은 훗날 트로이아 전쟁의 영웅 아킬레우스를 낳는다). 하지만 불화의 여신 에리스는 이 자리에 초대받지 못했다.

〈펠레우스와 테티스의 결혼식〉(헨드릭 드 클레르크, 1600~1630년)

* 『일리아스』는 트로이아 전쟁이 일어난 지 10년째 되는 해의 사건을 담아냈기 때문에 배경지식이 없이는 내용을 온전히 파악하기 어렵다. 독자가 쉽게 이해할 수 있도록 트로이아 전쟁의 원인과 초기 전개 과정을 소개한다. 『그리스 신화』, 서사시 「키프리아」, 오비디우스의 『변신 이야기』, 베르길리우스의 『아이네이스』, 스타티우스의 서사시 「아킬레이드」 등을 토대로 구성했으며, 본문에 언급되지 않았거나 본문과 다른 내용도 있다.

〈펠레우스와 테티스의 결혼식-불화의 황금 사과〉(야코프 요르단스, 1633년)

〈파리스의 판정〉(페테르 파울 루벤스, 1632~1635년)

→ 세상에서 가장 아름다운 여인은 제우스와 레다의 딸 헬레네였다. 그녀의 미모에 반해 몰려든 구혼자들은 서로 간의 분쟁을 방지하고자 헬레네의 배우자에게 재난이 닥치면 모두가 돕기로 맹세했다. 결국 헬레네는 아가멤논의 동생인 메넬라오스의 아내가 되었다.

〈트로이아의 헬레네〉(에벌린 드 모르간, 1898년)

➡ 파리스는 오이노네를 버리고 트로이아의 왕궁으로 갔다. 파리스를 죽이지 않으면 트로이아가 멸망할 것이라고 사제들이 경고했지만, 아들을 아꼈던 프리아모스왕은 그들의 말을 무시했다. 이후 파리스는 스파르테에 방문했다가 헬레네를 만나 사랑에 빠졌다.

〈사랑에 빠진 파리스와 헬레네〉(자크 루이 다비드, 1788년)

➡ 파리스는 메넬라오스가 자리를 비운 사이 헬레네를 데리고 트로이아로 도망쳤다. 메넬
라오스가 도움을 청하자 그리스 각지의 영웅들이 맹세를 지키고자 전장에 나섰다.

〈납치된 헬레네〉(귀도 레니, 1626~1629년)

〈아가멤논 앞의 팔라메데스〉(렘브란트 하르먼스 판레인, 1626년)

➡ 팔라메데스가 찾아왔을 때 오디세우스는 미친 척하며 밭을 갈았다. 이를 간파한 팔라메데스가 오디세우스의 아들을 밭에 눕히자 그는 아이를 피해서 쟁기질을 했다. 속임수가 들통난 오디세우스는 참전하기로 하고 팔라메데스와 함께 아킬레우스를 찾아갔다.

〈미친 척하는 오디세우스〉(작가 미상, 17세기 초)

〈아킬레우스를 스틱스강에 담그는 테티스〉(페테르 파울 루벤스, 1630~1635년)

➡ 아킬레우스는 어머니의 만류에 따라 여장을 하고 리코메데스의 궁전에 숨어 있었다. 방물장수로 변장한 오디세우스가 물건을 내놓자 여인들은 장신구 주위에 몰려들었지만, 아킬레우스는 무기를 만지작거렸다. 정체가 탄로 난 아킬레우스는 어쩔 수 없이 그리스군에 합류했다. 이 내용은 스타티우스의 『아킬레이드』에 수록되어 있는데, 『일리아스』 제11권에는 네스토르가 설득해서 아킬레우스가 참전했다고 적혀 있다.

〈오디세우스에게 발견된 아킬레우스〉(페테르 파울 루벤스, 1630~1635년)

〈아울리스항으로 그리스군을 소집한 아가멤논〉(피테르 쿠케 반 앨스트, 1535-1548년)

➡️ 아가멤논은 아킬레우스와 결혼하게 해준다고 속여서 딸을 불러들인 뒤 제단으로 보냈다. 이피게네이아는 담담하게 운명을 받아들였다. 우여곡절을 겪으며 트로이아에 도착했지만 그리스군은 적군의 강력한 저항에 부딪혔고, 이후 9년간 지루한 공방이 이어졌다.

〈이피게네이아의 희생〉(얀 스테인, 1671년)

차례

일러두기

1. 이 책의 그리스어 원전 번역 대본으로는 Oxford Classical Texts로 나온 David B. Monro and Thomas W. Allen, *Homeri Opera*, I/II (Oxford: OxfordUniversity Press, 1920)를 사용했다.
   영어 번역본으로는 E. V. Rieu, *The Iliad*, Penguin Classics (London: Penguin Books, 2003), Robert Fagles, *The Iliad*, Penguin Classics (London: Penguin Books, 1990), Robert Fitzgerald, *The Iliad*, Oxford World Classics (Oxford: Oxford University Press, 2008), Barry B. Powell, *The Iliad* (Oxford: Oxford University Press, 2014)를 참조했다.

2. 본문의 고유명사는 대부분 국립국어원의 외래어 표기법을 따라 적었고, 일부는 저자 호메로스가 주로 썼던 이오니아 방언 중심의 그리스어 발음을 반영해서 적었다. 각주나 해설에서도 대체로 호메로스의 표기법을 따랐다.

3. 문단이 시작될 때는 들여쓰기를 하였다. 원문의 한 행을 우리말로 옮기는 과정에서 분량이 늘어난 경우에는 두 행으로 나누어 배치하였으며, 이때 두 번째 행은 들여쓰기를 하였다. 문단 시작의 들여쓰기와 긴 문장의 두 번째 행 들여쓰기는 그 간격을 다르게 하여 구분하였다.

4. 그리스어를 우리말로 옮기는 과정에서 행 번호가 원문과 달라지거나 한 문장이 부자연스럽게 두 행으로 나뉠 수 있다.

5. 출처를 표기하지 않은 시각 자료는 public domain에서 가져왔다.

6. 본문의 각주, 해설 및 부록은 옮긴이가 작성했다.

제1권   아킬레우스의 분노

분노를 노래하소서, 여신이여,[1] 펠레우스의 아들 아킬레우스의 분노를!

아카이오스인[2]에게 무수히 많은 고통을 안겨주었고,

수많은 영웅의 용맹한 혼백을 하이데스[3]로 보냈으며,

그들을 온갖 개들과 새들의 먹이로 만든 저주받은 분노를!

아트레우스의 아들이자 인간들의 군주[4] 아가멤논과   5

고귀한 아킬레우스가 서로 다투어 갈라선

그때부터 제우스의 계획은 이루어지기 시작했다.

　　　신들 중 누가 이 두 사람을 다투고 싸우게 만들었는가?

레토와 제우스의 아들 아폴론[5]이다. 그가 아가멤논왕에게 분노해서

1　예술과 문학, 학문을 주관하는 아홉 명의 무사 여신을 가리킨다. 고대 문학에서 시적 영감을 얻길 바라며 작품을 시작할 때는 관행으로 이들을 부른다.

2　그리스 신화에 나오는 크수토스(그리스인의 시조인 헬렌의 아들)의 아들 아카이오스의 자손으로, 이 책에서는 그리스인 전체를 지칭한다. 더 자세한 내용은 '해설'을 보라.

3　하이데스(Ἀιδης) 또는 아이데스(Ἀίδης)는 '눈에 보이지 않는 것', 즉 '땅속에 있어 눈에 보이지 않는 곳'이라는 뜻으로, 죽은 자들이 가는 지하세계(저승)를 가리킨다. 지하세계의 가장 깊은 곳에는 죄지은 불멸의 신들을 가두는 감옥 타르타로스가 있다.

4　"군주"로 번역한 아낙스(ἄναξ)는 주인(lord)이라는 뜻으로 『일리아스』에서는 제우스와 아폴론, 아가멤논에게 적용된다.

5　원문에 "아폴론"이라는 이름은 나오지 않는다. 『일리아스』에서는 누군가를 지칭할 때 흔히 '~의 아들'이라고 표현하는데, 이런 경우 독자의 편의를 위해 종종 이름을 덧붙였다.

군대에 몹쓸 전염병을 일으켜 사람들이 죽어나갔으니,   10

아트레우스의 아들 아가멤논이 아폴론의 제관 크리세스[6]를 업신여기고

욕보였기 때문이다. 크리세스는 딸이 풀려날 수 있도록

막대한 몸값을 준비해 아카이오스인의 빠른 함선을 타고

손에는 멀리 쏘는 아폴론[7]의 월계관이 휘감긴

황금 지팡이를 들고 와서 모든 아카이오스인에게,   15

특히 군대사령관 아트레우스의 두 아들[8]에게 애원했다.

"아트레우스의 두 아드님과 훌륭한 정강이 보호대를 한 아카이오스인

　　들이여,[9]

올림포스에 거처하는 신들께서 여러분이 프리아모스의 성[10]을

완전히 멸망시키고 고국으로 무사 귀환하도록 해주시기를 빕니다.

다만 제우스의 아드님이신 멀리 쏘는 아폴론을 봐서라도   20

이 몸값을 받으시고 제 사랑하는 딸을 풀어주십시오."

　　　그러자 다른 모든 아카이오스인은 환호와 박수갈채를 보내며

제관에게 경의를 표하고 엄청난 몸값을 받는 데 동의했다.

하지만 이런 상황이 못마땅했던 아트레우스의 아들 아가멤논은

이렇게 엄포를 놓은 후 제관을 난폭하게 쫓아냈다.   25

"노인장, 이곳에서 얼른 물러나시오. 앞으로도 다시 와서

속 빈[11] 함선들 옆을 서성이다 내 눈에 띄지 않도록 하시오.

6　크리세스는 트로이아 인근의 동맹국 크리세섬에 사는 아폴론의 사제다. 트로이아 전쟁이
　　발발한 지 9년째 되는 해에 그리스군이 크리세를 공격했고, 총사령관 아가멤논은 크리세
　　스의 딸 크리세이스를 차지했다.

7　"멀리 쏘는"(ἐκηβόλος, '헤케볼로스')은 신궁 아폴론에게 붙는 수식어다.

8　"아트레우스의 두 아들"은 아가멤논과 그의 동생 메넬라오스를 가리킨다.

9　"훌륭한 정강이 보호대를 한"은 아카이오스인의 수식어 중 하나다. 군사들은 갑옷에 흉갑
　　과 투구, 정강이 보호대를 착용했다.

10　트로이아성을 가리킨다. 프리아모스는 트로이아 왕국의 마지막 왕이다.

11　"속 빈"(κοῖλος, '코일로스')은 함선 앞에 붙는 정형적인(일정한 형식이나 틀을 갖춘) 수식
　　어. 옛적에는 통나무 속을 파는 방식으로 배를 만들었기 때문에 생긴 표현이다.

〈크리세스의 부탁을 거절하는 아가멤논〉(조제프 마리 비앙, 연대 미상)

그때는 그 지팡이와 신의 월계관도 아무런 도움이 되지 못할 테니.

당신의 딸은 풀어주지 않겠소. 그 여인은 조국에서 멀리 떨어진

아르고스의 내 집에서 베틀 앞을 오가며   30

나와 잠자리를 하다가 다 늙은 후에야 풀려날 것이오.

그러니 살아서 돌아가고 싶거든 내 화를 돋우지 말고 어서 가시오.”

　　　이 말을 들은 노인은 겁을 집어먹고 그의 말대로 했다.

그는 큰 소리로 포효하는 바닷가를 따라 묵묵히 걸어갔다.

그렇게 멀리까지 간 후 노인은 자신의 주인이자   35

머릿결 고운 레토가 낳은 아들 아폴론에게 기도하기 시작했다.

“기도를 들어주소서. 크리세와 신성한 킬라를 지켜주시고

테네도스[12]를 힘 있게 다스리시는 은빛 활을 지닌[13] 분이자

재앙을 부리는 이[14]시여. 제가 신전을 지어 당신을 기쁘게 한 일과

황소와 염소의 기름진 넓적다리뼈를 태워   40

번제 드린 일을 생각하신다면, 소원을 이루어주소서.

당신의 화살로 다나오스인[15]이 제 눈물의 대가를 치르게 하소서.”

---

12 크리세와 킬라와 테네도스는 트로아스 지역의 도시들로 트로이아 근방에 있었다. 아나톨
　　리아 서부와 북서부에 위치한 트로아스 지역은 북서쪽으로는 헬레스폰토스 해협, 서쪽으
　　로는 에게해와 접했고, 스카만드로스강과 시모에이스강이 흘렀다. 역사가 헤로도토스는
　　킬라를 소아시아의 주요 고대 도시 11개 중 하나로 기록했다. 테네도스는 에게해에서 헬
　　레스폰토스 해협으로 들어가는 입구에 위치한 섬이다. 크리세는 트로이아에서 가까운 해
　　안에 있었다.

13 “은빛 활을 지닌”(ἀργυρότοξος, ‘아르기로톡소스’)은 아폴론 앞에 붙는 정형적인 수식어
　　로 궁술의 신 아폴론의 성격을 잘 드러내는 표현이다.

14 “재앙을 부리는 이”(Σμινθεύς, ‘스민테우스’)는 직역하면 ‘쥐를 부리는 이’다. 고대 그리스
　　인은 쥐가 재앙을 가져온다고 믿었다. “멀리 쏘는” 아폴론의 화살이 그리스군 진영에 재앙
　　을 퍼뜨렸다.

15 “다나오스인”은 아르고스라고 불린 펠로폰네소스반도 동부의 사람들을 가리킨다. 즉
　　아트레우스의 두 아들 미케네의 왕 아가멤논과 스파르타(스파르테)의 왕 메넬라오스가
　　다스리는 지역의 백성이다.

　　　이렇게 기도하자 이를 들은 포이보스[16] 아폴론은
마음에 노기를 품고 활과 위아래로 밀폐된 화살통을 어깨에 메고
올림포스산[17] 정상에서 걸어 내려왔다.　　　　　　　　　　　　　45
그가 움직일 때마다 성난 어깨 위에서는 화살들이
비명을 질러댔고, 그는 마치 밤처럼 어둡게 다가왔다.
그가 함선들에서 멀리 떨어진 곳에 앉아 화살 하나를 날려 보내자
은으로 만든 활에서는 날카롭고 섬뜩한 소리가 났다.
처음에는 노새들과 날쌘 사냥개들을 공격했지만,　　　　　　　50
이내 사람들을 향해 날카로운 화살을 쏘아대니
시신들을 태우는 불길이 곳곳에서 계속 타올랐다.
　　　　아흐레 동안 신의 화살들이 진영을 휩쓸었고,
열흘째가 되자 아킬레우스는 사람들을 회의장으로 소집했다.
하얀 팔의 여신 헤라[18]가 다나오스인이 죽어가는 것을 보고 걱정되어　　55
그의 마음에 그러한 생각을 불어넣었기 때문이다.
사람들이 다 모이자 빠른 발의[19] 아킬레우스가
그들 가운데서 일어나 말했다.
"아트레우스의 아들이여, 지금처럼 전쟁과 전염병이 동시에
아카이오스인을 짓누른다면, 우리가 죽음을 피한다 해도　　　　60

---

16 "포이보스"(Φοῖβος)는 '밝게 빛나는 자'라는 뜻으로 아폴론의 별칭이다. 이와 관련된 더
　　자세한 내용은 '주요 신명: 아폴론'을 보라.
17 그리스 북부 테살리아 지방과 마케도니아의 경계에 있는 그리스에서 가장 높은 산으로 해
　　발 2,917미터다. 52개의 봉우리와 협곡이 있고, 최고봉은 '미티카스'('코')다. 올림포스는
　　그리스 신화에서 신들이 사는 곳으로 알려져 있다. 올림포스(Ὄλυμπος)의 어원은 명확하
　　지 않지만, 뤼마(λύμα, '순수한')와 푸스(πούς, '발')의 합성어로 '순수한 발'을 의미한다
　　는 설이 있다. 이는 헤시오도스가 땅을 '복된 신들'이 하늘로 올라갈 때 사용하는 일종의
　　발판이라고 말한 것과 부합한다.
18 "하얀 팔의"(λευκώλενος, '레우콜레노스')는 헤라 앞에 붙는 정형적인 수식어다.
19 "빠른 발의"(πόδας ὠκὺς, '포다스 오키스')는 아킬레우스 앞에 붙는 정형적인 수식어다.
　　전령의 신 헤르메스에게도 쓰이며, 민첩함을 나타낸다.

결국에는 고향으로 물러나야 할 것 같소. 하지만 그 전에

먼저 예언자나 제관이나 해몽가에게 물어봅시다.

꿈도 어차피 제우스에게서 오는 것이니.

포이보스 아폴론 신이 이렇게 진노하는 이유가

서원 탓인지, 아니면 제사[20] 탓인지 말씀해주실 테지요.

흠 없는 새끼 양과 염소의 번제로 향연을 올려드리면,[21]

신께서 받고 우리를 이 죽음의 재앙에서 지켜줄지도 모르오.”

　　아킬레우스가 이렇게 말하고 앉자, 이번에는 테스토르의 아들

칼카스가 일어났다. 그는 탁월한 새 점술가로서

현재와 미래와 과거의 일을 모두 알고 있었고,

포이보스 아폴론에게 받은 예언의 능력[22]을 사용해

아카이오스인의 함대를 일리오스[23]까지 이끌고 온 자이기도 했다.

그는 회의장에 모인 이들에게 좋은 뜻으로 이렇게 말했다.

“제우스께서 아끼시는 아킬레우스여, 당신이 멀리 쏘는

아폴론 군주께서 진노하신 이유를 대라고 명령하니

말씀드리지요. 하지만 그 전에 온 마음을 다해

말과 행동으로 저를 지켜주겠다고 맹세해주십시오.

제가 하려는 말을 들으면, 모든 아르고스인을 강력하게 다스리는 데다

아카이오스인이 복종하는[24] 어떤 분이 격노할 테니까요.

---

20 “제사”로 번역한 헤카톰베(ἑκατόμβη)는 직역하면, ‘황소 백 마리를 제물로 드리는 제사’
　　라는 뜻으로 성대한 공적 제사를 말한다.

21 “번제로 향연을 올려드리면”은 원문에서 크니사(κνῖσα)라는 한 단어로 되어 있다. 번제는
　　제물에서 기름 부분을 태워 드리는 제사인데, ‘크니사’는 그때 피어오르는 향기와 연기를
　　가리킨다.

22 델포이섬에 있는 아폴론 신전은 신탁으로 유명했다.

23 “일리오스”는 트로이아를 가리키는 또 하나의 명칭으로, 트로이아의 건설자 ‘일로스의 도
　　시’라는 뜻이다.

24 “아르고스인”은 원래 펠레폰네소스 동부 지역의 아르고스 지방에 사는 주민들을 가리킨
　　다. 이들은 북부 해안 지역에 살던 “아카이오스인”과 인접해 있었다. 아가멤논이 다스리는

왕을 분노케 한 사람이 미천할수록 그 분노는 더 커지는 법입니다.   80

그분이 지금 당장은 분노를 삼킨다 할지라도,

가슴속에 앙심을 담아두었다가 언젠가는 보복할 것입니다.

그러니 저를 구해줄 수 있는지 밝혀주십시오.”

　　　그러자 빠른 발의 아킬레우스가 대답했다.

“아무런 걱정 말고 당신이 아는 신의 뜻을 말해보시오.   85

당신이 신의 뜻을 다나오스인에게 전하기 위해 기도드리는 분,

제우스께서 아끼시는 아폴론의 이름으로 맹세하겠소.

내가 살아 대지 위에서 빛을 보는 동안, 다나오스인 중 누구도

함선들 옆에서 당신에게 거친 손을 대지 못하게 하겠소.

설령 당신이 말한 사람이 아카이오스인 중에서 가장 위대하다는   90

아가멤논일지라도 그렇게 하지 못할 것이오.”

　　　그제야 이 고귀한[25] 예언자는 용기를 내어 말했다.

“이것은 서원 탓도 아니고 제사 탓도 아닙니다.

아가멤논이 제관을 업신여기고 욕보인 뒤

그의 딸을 풀어주지 않고 몸값도 받으려 하지 않았기 때문입니다.   95

그래서 멀리 쏘는 신께서 이 고통을 주셨고, 앞으로도 주실 것입니다.

몸값을 받지 않고 아무런 대가 없이 눈망울 초롱초롱한[26] 딸을

사랑하는 아버지에게 돌려보내고, 신성한 제물을 크리세로 가져가

제를 올리기 전에는 아폴론께서 다나오스인들에게 내린 이 지긋지긋한

　　재앙을 거두지 않을 것입니다.

미케네 왕국이 여기에 속하는데, 사실상 그가 펠로폰네소스반도 전체를 통치하고 있었음
　을 보여준다.

25 “고귀한”으로 번역한 아뮈몬(ἀμύμων)은 단순한 경칭으로, 미덕을 갖췄다는 뜻은 아니며
　신들에게는 쓰지 않는다.

26 “눈망울 초롱초롱한”으로 번역한 헬리콥스(ἑλίκωψ)는 '눈을 굴리는 자'를 뜻하는 합성어
　다. 눈매가 곱다는 의미라기보다 '눈을 재빠르게 움직인다'는 뜻으로 총명함을 나타낸다.

그러니 오직 그리해야 신의 분노를 가라앉힐 수 있습니다." 100

　　　칼카스는 이렇게 말하고 자리에 앉았다. 이번에는

드넓은 영토를 다스리는 군주, 아트레우스의 아들이자 영웅 아가멤논이

노기를 띠고 자리에서 일어났다. 그의 심장은 극심한 분노로 가득 차

온통 검게 변했고, 두 눈은 이글거리는 화염 같았다.

아가멤논은 먼저 칼카스에게 적개심을 드러내며 말했다. 105

"흉조만 예언하는 자여, 언제 내게 한 번이라도 길조를

말해준 적이 있었던가? 늘 당신이 좋아하는 흉조만 예언할 뿐,

길조를 말하거나 이루어지게 한 적은 단 한 번도 없었지.

지금도 다나오스인 가운데서 신의 뜻을 전한다는 미명 아래,

멀리 쏘는 신께서 우리에게 고통을 내리신 것이 110

내가 크리세스의 딸을 내 집에 오랫동안 붙잡아두고 싶어

엄청난 몸값도 거절하고 풀어주지 않았기 때문이라고

말하고 있지 않은가. 사실 나는 아내 클리타임네스트라보다

그녀를 더 좋아하네. 용모나 키나 마음씨나 솜씨에서

아내보다 못하지 않기 때문이지. 115

하지만 그녀를 돌려보내는 편이 낫다면 기꺼이 그렇게 하겠네.

백성들이 죽지 않고 살기를 바라기 때문이네.

하지만 즉시 나를 위한 상[27]을 준비해야 할 거야.

아르고스인 중에서 나만 상을 받지 못한다면 옳지 않기 때문이지.

다들 보다시피 내 상이 다른 곳으로 가게 생겼구먼." 120

　　　그러자 빠른 발의 고귀한 아킬레우스가 아가멤논에게 대답했다.

"지극히 존귀하면서도 누구보다 욕심 많은 아트레우스의 아들이여,

기개 있는 아카이오스인이 어찌 당신에게 상을 마련해줄 수 있겠소?

---

27 "상"으로 번역한 게라스(γέρας)는 전공을 세운 사람에게 주는 선물을 말한다. 게라스는
　　전사의 명예를 가시적으로 확증하는 증거이므로 게라스 없는 전사의 삶은 무의미했다.

공동 재물을 창고에 많이 쌓아둔 것도 아니고,
트로이아 인근의 도시들을 함락시켜 군수물자를 확보한 동시에   125
이미 전리품을 나누어 가졌는데, 이제 와서 군사들에게 그것을 도로 가
　져오라는 건 옳지 못하오.
그러니 일단 그 딸을 신에게 보내주시오. 언젠가 신께서
성벽 튼튼한 트로이아성을 우리가 무너뜨리게 해주시면,
아카이오스인이 서너 배로 보상해줄 것이오."
　　　통치자 아가멤논이 아킬레우스에게 대답했다.   130
"신 같은 아킬레우스여, 아무리 용맹한 당신이라도 그런 말로
나를 속이려 하지 마시오. 통하지 않을뿐더러 내가 넘어가지도
않을 것이니. 당신은 멀쩡히 상을 받아놓고 나더러는
가만히 있으라는 말이오? 그런 의도로 그의 딸을 돌려주라고
내게 명령하고 있지 않소? 기개 있는 아카이오스인이   135
내게 마음에 드는 상을 주어 적절한 보상이 이루어진다면
아무런 문제가 없소. 하지만 그렇지 않다면,
내가 직접 가서 당신이 받은 상을 가져오든지,
아니면 아이아스[28]가 받은 상이든 오디세우스가 받은 상이든
가져올 것이오. 그때는 내가 찾아가는 사람이 누가 되었든지 간에   140
분노할 테지. 하지만 그런 일은 나중에 다시 생각하기로 하고,
지금은 검은 배를 신성한 바다 위에 띄우고 노련한 선원들을 어서 모아
제물도 싣고, 뺨이 예쁜 크리세스의 딸도 태웁시다. 그리고 이 일을
잘 처리할 수 있는 사람에게 지휘를 맡깁시다. 아이아스나 이도메네우스나
오디세우스가 괜찮겠소. 아니면 당신, 그 누구보다 무시무시한   145

---

28 아이아스라는 이름의 인물로는 큰 아이아스와 작은 아이아스가 있는데, 여기서는 큰 아이
　아스를 가리키는 것으로 보인다.

펠레우스의 아들[29]이 하시든가. 당신이 우리를 대신해

멀리 쏘는 신께 제사를 올려 분노를 가라앉혀보시오."

　　　빠른 발의 아킬레우스는 아가멤논을 노려보며 말했다.

"후안무치하고 탐욕스러운 자여, 그런 식으로 나오면,

아카이오스인 중 누가 당신의 말에 기꺼이 복종하여　　　　　　　　150

임무를 완수하거나 적군과 싸우려고 하겠소?

내가 여기에 싸우러 온 것은 트로이아의 병사들 때문이 아니오.

그들은 내게 누를 끼치지 않았으니까. 단 한 번도 내 소나 말을

약탈하지 않았고, 백성을 먹여 살리는 비옥한 프티아 땅[30]에서

곡식을 망쳐놓은 적도 없소. 그들과 우리 사이에는　　　　　　　　155

울창한 산과 파도치는 바다가 무수히 놓여 있기 때문이오.

후안무치하기 짝이 없는 자여, 우리가 당신을 따라 여기에 온 것은

메넬라오스와 후안무치한 당신을 위해 트로스인[31]을 응징하여

당신을 기쁘게 해주려는 것이었소.

그런데도 당신은 그런 것을 고려하거나 배려할　　　　　　　　160

생각은 하지 않고, 도리어 내가 피땀 흘려 얻고

아카이오스인이 내게 상으로 준 것을 빼앗아 가겠다며

위협하고 있소. 아카이오스인이 트로스인의 잘사는 성을

함락시킬 때마다, 나는 당신과 대등하게 상을

받은 적이 단 한 번도 없소. 내 손은 더 치열한 전투를　　　　　　　　165

29　아킬레우스를 말한다.

30　"프티아"는 아킬레우스의 아버지 펠레우스가 다스리는 테살리아의 한 지역이다.

31　"트로스인"은 트로이아인을 가리킨다. 트로이아는 실질적인 건설자 일로스의 이름을 따 '일리오스' 또는 '일리온'으로 불리기도 한다. 일로스는 신탁에 따라 얼룩소가 멈춘 곳에 성을 쌓고 도시를 세웠는데, 그곳은 아버지 트로스가 다스리는 다르다니아 왕국이 있는 스카만드로스 평야에 속한 아데 언덕으로, 트로스의 이름을 따 이미 트로이아로 불리고 있었다. 그래서 트로이아인을 트로스인이라고 부르기도 했다. 원전에서 호메로스는 트로이아를 이오니아 방언 트로이에($T\rho\omega\acute{\iota}\eta$), 또는 트로스($T\rho\omega\varsigma$)로 썼다.

감당했지만, 전리품을 나눌 때는 당신의 상이 훨씬 컸고,

나는 작지만 소중한 상을 받아들고는 전투에 지친 몸을 이끌고

함선으로 돌아가곤 했소. 이제 나는 프티아로 돌아갈 것이오.

차라리 새 부리처럼 휜 함선들을 이끌고 고국으로 돌아가는 편이

훨씬 낫겠소. 여기에 남아 모욕을 받아가며   170

당신에게 부와 재물을 끌어 모아줄 생각은 전혀 없으니."

　　　그러자 인간들의 군주 아가멤논이 아킬레우스에게 응수했다.

"그렇게 하고 싶다면 얼마든지 그런 식으로 도망치시오.

나를 위해 여기에 남아달라고 구걸할 생각은 없으니.

내 옆에는 내 명예를 세워줄 사람들이 있고, 현명한 조언자 제우스가   175

계시오. 제우스께서 기르신[32] 왕들 중에서 당신이 가장 밉구려.

늘 분쟁과 전쟁과 싸움질만 좋아하기 때문이오.

당신이 아무리 강하다고 해도, 그 힘은 신께서 주신 것일 뿐이오.

당신의 함선과 백성을 이끌고 고국으로 돌아가 미르미도네스인[33]이나

다스리시오. 당신이 어떻게 하든 나는 마음에 두지 않고   180

분노해도 신경 쓰지 않을 것이오. 하지만 이것만은 알려주리다.

포이보스 아폴론께서 크리세스의 딸을 빼앗아 가려 하시니,

나는 그녀를 내 배에 태워 병사들과 함께 돌려보낼 것이오.

그런 다음 내가 직접 당신의 막사로 가서 당신이 상으로 받은,

뺨이 예쁜 브리세이스[34]를 데려가겠소. 그러면   185

내가 당신보다 훨씬 강하다는 사실을 알게 될 테지. 다른 사람들도

나와 맞먹거나 내게 맞설 생각을 아예 못 할 것이고."

32　"제우스께서 기르신"이라는 표현은 왕이나 귀한 인물의 수식어로 쓰인다.

33　"미르미도네스인"은 테살리아 지방의 한 종족으로, 아킬레우스가 이끄는 군사들을 가리킨다.

34　"브리세이스"는 '브리세우스의 딸'이라는 뜻으로 본명은 히포다메이아다. 아킬레우스가
　　트로이아로 가던 중 리르네소스의 성을 함락하고 얻은 여자다. 더 자세한 내용은 '주요 인
　　명: 브리세이스'를 보라.

아가멤논이 이렇게 말하자 펠레우스의 아들은 고민이 생겼고,
까슬까슬한 가슴속에서 마음이 둘로 나뉘었다.

넓적다리에 찬 비수를 꺼내 들고 사람들을 모두 내보낸 후　190
아트레우스의 아들을 죽일 것인가, 아니면 분노를 삭이고
마음을 진정시킬 것인가. 아킬레우스가 속으로
궁리하다가 마침내 칼집에서 큰 칼을 빼려고 하는 순간,
아테나가 하늘에서 내려왔다. 아가멤논과 아킬레우스를
둘 다 똑같이 사랑하고 아끼는 하얀 팔의 여신 헤라가　195
아테나를 보냈기 때문이다. 아테나는 펠레우스의 아들 뒤에 서서
그의 금발을 잡아당겼다. 아테나는 그에게만 나타났을 뿐
다른 사람들 눈에는 보이지 않았다. 깜짝 놀라 뒤를 돌아본
아킬레우스는 즉시 팔라스 아테나[35]를 알아보았다.
여신의 두 눈이 무시무시한 광채를 뿜어내고 있었기 때문이다.　200
그는 여신에게 날개 달린 말[36]로 물었다.

"아이기스방패[37]를 지닌 제우스의 따님께서 여기는 무슨 일로 오셨습니까?
아트레우스의 아들 아가멤논의 오만방자함을 보러 오신 겁니까?
지금 제가 할 수 있는 말은, 그자가 오만방자함 때문에 머지않아 목숨을
잃을 텐데, 그 일이 바로 지금 일어날 듯하다는 것입니다."　205
　빛나는 눈을 지닌 자[38] 아테나가 아킬레우스에게 대답했다.

---

35 "팔라스 아테나"는 아테나 여신의 별칭이다. 더 자세한 내용은 '주요 신명: 아테나'를 보라.
36 "날개 달린 말"은 호메로스가 자주 사용하는 관용어로, 속사포처럼 거침없이 말한다는 뜻
　이다.
37 "아이기스 방패"는 제우스를 길렀다고 전해지는 암염소 아말테이아의 가죽을 사용해 대장
　장이 신 헤파이스토스가 제우스에게 만들어 준 방패다. 방패 중앙에 메두사의 머리가 새
　겨져 있고, 이 방패를 흔들면 천둥과 번개, 폭풍이 친다.
38 "빛나는 눈을 지닌 자"(γλαυκῶπις, '글라우코피스')는 아테나의 별칭이다. 큰 눈으로 어
　둠 속에서도 사물을 잘 분간할 수 있는 올빼미는 그리스어로 글라우크스(γλαύξ)이며, 지
　혜의 여신 아테나를 상징한다.

〈브리세이스를 두고 다툼을 벌이는 아가멤논과 아킬레우스〉(작가 미상, 18세기)

"나는 그대를 설득하여 분노를 가라앉히기 위해
하늘에서 왔다. 두 사람을 똑같이 사랑하고 아끼는
하얀 팔의 헤라 여신이 나를 보냈지. 그러니 언쟁을 그치고,
그 손으로 칼을 뽑아들지 마라. 대신 앞으로 무슨 일이 벌어질지   210
그에게 말해주어 기를 꺾어놓아라.
그대는 모욕당한 이 일로 말미암아 앞으로 세 배나 많은
영광스러운 선물을 받게 될 것이다. 약속하건대,
이 일은 반드시 이루어질 테니 이쯤해서 진정하고 우리의 말을 들어라."
        빠른 발의 아킬레우스는 아테나에게 대답했다.   215
"여신이시여, 마음속에서 아무리 분노가 치밀어도
두 분의 말씀이라면 따라야지요. 그러는 편이 더 나을 테니까요.
신들은 복종하는 사람의 기도를 더 잘 들어준다고 들었습니다."
        아킬레우스는 이렇게 말한 후 아테나의 말을 거스르지 않고,
은으로 만든 징이 박힌 칼자루 위에 근심 가득한 손을 얹어   220
큰 칼을 도로 칼집에 밀어 넣었다. 여신은 아이기스 방패를 지닌
제우스와 여러 신들이 거처하는 올림포스로 돌아갔다.
        하지만 펠레우스의 아들은 여전히 분노가 가라앉지 않아
아트레우스의 아들을 향해 또다시 독설을 퍼부었다.
"술독에 빠져 사는 자여, 개의 눈과 사슴의 심장을 가진 자여,[39]   225
지금까지 당신은 백성과 함께 싸우러 나가기 위해 무장하거나,
아카이오스인 장수들과 함께 매복을 나간 적이 단 한 번도 없지.
그 일은 당신 눈에 죽으러 가는 것이나 다름없었을 테니까.
아카이오스인의 드넓은 군영에서 누가 당신에게 반대라도 하면
그것을 빌미로 그가 전공으로 받은 상을 빼앗는 편이   230

---

39 "개의 눈"은 후안무치함과 비열함을, "사슴의 심장"은 비겁함과 소심함을 나타낸다.

훨씬 나을 테니 그럴 만도 하지. 백성을 잡아먹는 자[40]여,

당신이 여전히 왕인 이유는 다스림받는 자들이 형편없기 때문이오.

그렇지 않다면 당신의 횡포도 이번이 마지막이었을 텐데. 아트레우스

　　의 아들이여.

내가 이 홀을 걸고 엄숙한 맹세로 분명히 말해두겠소. 일단 산속에서

베어져 그루터기를 떠나온 이 홀에서는 잎이나 가지가 다시 나올 수 없고,　　235

청동이 입과 껍질을 벗겨냈으니 싹을 틔우지도 못하오. 지금은

아카이오스인이 재판할 때 제우스께 받은 법을 수호하기 위해

이 홀을 손에 든다오. 그러니 이 홀을 당신에 대한 엄숙한 맹세의

표시로 삼겠소. 이 홀을 걸고 맹세컨대, 모든 아카이오스인이

이 아킬레우스를 한마음으로 그리워할 날이 반드시 올 것이오.　　240

그날에는 수많은 사람이 도살자 헥토르[41]의 손에 죽어 쓰러질 테고,

당신은 통곡하면서도 그들을 도울 수 없어,

아카이오스인 중 최고인 자를 조금도 존중하지 않았던 일에

스스로 화가 나서 가슴을 쥐어뜯게 될 것이오."

　　　　펠레우스의 아들은 이렇게 말한 후 황금 징이 박힌 홀을　　245

땅에 던지고 자리에 앉았다. 아트레우스의 아들 아가멤논은

속에서 분노가 부글부글 끓어올랐다. 이때 낭랑한 목소리로 늘 좋은

말을 해주는 연설가, 필로스[42] 출신의 네스토르가 자리에서 일어났다.

그의 혀에서 흘러나오는 말은 언제나 꿀보다 더 달콤했다.

지극히 신성한 필로스에서 전에 그와 함께 나고 자란　　250

40　"백성을 잡아먹는 자"로 번역한 합성어 데모보로스(δημοβόρος)에서 '백성'을 가리키는
　　데모스(δῆμος)는 고대 그리스 도시국가의 시민을 말한다. 『일리아스』에서 라오스(λαός)
　　는 일반적으로는 '사람들'을, 전쟁 상황에서는 '군사'를 가리킨다. 이 책에서는 '라오스'를
　　경우에 따라 '백성' 또는 '군사'로 옮겼다.

41　헥토르는 트로이아군의 최고 영웅이며 프리아모스왕의 아들이다. 더 자세한 내용은 '주요
　　인명: 헥토르'를 보라.

42　"필로스"는 펠로폰네소스반도의 서쪽 끝 메세니아 지방의 항구 도시였다.

두 세대는 이미 죽어 없어졌고,   250

지금 그가 다스리고 있는 백성은 세 번째 세대였다.

그는 좋은 뜻으로 회의장에서 이렇게 말했다.

"아카이오스인의 땅에 큰 우환이 생겨 통탄스럽소.

지략에서나 전투에서나 다나오스인 중 최고인 두 분이   255

서로 다투는 이 모든 상황을 프리아모스와 그의 아들들과

트로이아의 다른 사람들이 안다면,

틀림없이 크게 기뻐할 테지요.

두 분은 나보다 나이가 적으니 내 말을 좀 들어보시오.

나는 전에 두 분보다 더 용맹하고 훌륭한 사람들과 어울렸지만,   260

그들은 단 한 번도 나를 업신여기거나 무시한 적이 없었소.

그들은 페이리토오스, 백성의 목자 드리아스,

카이네우스, 엑사디오스, 신 같은 폴리페모스,[43]

아이게우스의 아들이자 불사신 같은 테세우스[44] 등이었소.

이후로 나는 그런 용사들을 본 적이 없고, 앞으로도 보지   265

못할 것이오. 그들은 이 땅에서 태어나고 자란 사람들 중에서

최고의 용사들이었소. 그들은 산속에서 살아가는 또다른

최고의 용사들[45]과 싸워 상대를 철저히 도륙했소.

나는 머나먼 땅 필로스에서 아주 먼 길을 가서 그들과 사귀었소.

그들이 나를 불렀기 때문이오. 그리고 나는 그 전투에서   270

나름대로 최선을 다해 싸웠소. 지금 이 땅에서 살아가는 사람들 중에서

아무도 그들의 적수가 되지 못할 것이오. 그런데도 그들은 나의 조언을

경청하고 따라주었소. 그러니 두 분도 이제부터 내가 하는 말을 경청하

---

43 페이리토오스, 드리아스, 카이네우스, 엑사디오스, 폴리페모스는 모두 라피테스인이다.

44 헤라클레스가 펠로폰네소스 지역이 기반인 도리스인의 영웅이라면, 테세우스는 아테나이
   가 중심인 아티케 지역 최고의 영웅이다.

45 반인반마 종족인 켄타우로스들을 가리킨다.

고 따라주시오.

그러는 편이 더 이로울 테니까. 아가멤논이여,

당신에게 힘이 있다 하더라도, 아킬레우스의 소유인 젊은 여자를   275

빼앗지 마시오. 그녀는 아카이오스인이 처음부터 아킬레우스에게

준 상이잖소. 그리고 펠레우스의 아들이여, 왕에게 힘으로

맞서려 하지 마시오. 제우스에게 영광을 받아 홀을 지니게 된 왕은

특별한 권위를 갖기 때문이오. 아무리 당신이 더 강하고,

당신을 낳은 어머니가 여신이라 할지라도, 아가멤논은 더 많은 사람을   280

다스리는 분이니 당신보다 위대하오. 아트레우스의 아들이여,

분노를 삭이시오. 내가 이렇게 간청하니 아킬레우스에 대한

노여움을 푸시오. 아킬레우스는 이 사악한 전쟁에서

모든 아카이오스인에게 울타리가 되어줄 사람이잖소.”

　　　군주 아가멤논은 네스토르에게 대답했다.   285

“원로시여, 당신이 한 말은 구구절절 다 옳구려.

하지만 저자는 모든 사람 위에 군림하고 싶어 하오.

모든 사람을 지배하고 모든 사람을 다스리며 모든 사람에게 명령하고

　싶어 한단 말이오.

하지만 그에게 복종할 사람은 아무도 없소.

영원히 존재하는 신들께서 그를 전사로 만들어주셨을지언정   290

설마 그에게 남을 모욕할 권리까지 주셨겠소?”

　　　신 같은 아킬레우스가 그의 말을 끊고 말했다.

“만일 내가 당신이 말한 것 중에 하나라도 복종한다면,

나를 겁쟁이라거나 쓰레기라고 불러도 좋소.

그러니 그따위 명령은 다른 사람에게나 하고 내게는 하지 마시오.   295

다시는 복종하지 않을 생각이니. 당신에게 한 가지만

말할 테니 명심하시오. 나는 내가 상으로 받은 젊은 여자와 관련해

당신뿐만 아니라 그 누구와도 무력으로 싸우지 않을 것이오.

그 젊은 여자는 당신이 주었다가 도로 가져가는 것이니.

하지만 검고 빠른 함선 옆에 있는 다른 소유물은　　　　　　　　300

단 하나도 내 뜻을 거슬러 가져가지 못할 것이오.

어디 한번 해보시오. 그 즉시 당신의 검은 피가 내 창끝에서

콸콸 솟구치는 광경을 여기 있는 사람들이 보고 알게 될 테니.”

　　　　이렇게 두 사람은 팽팽한 언쟁을 끝내고 자리에서 일어났고,

아카이오스인의 함대 옆에서 소집된 회의는 해산되었다.　　　　305

펠레우스의 아들은 메노이티오스의 아들[46]과 휘하 장수들을 데리고

자신의 막사와 빠른 함선들이 있는 곳으로 갔다.

한편, 아트레우스의 아들 아가멤논은 빠른 배 한 척을 바다에 띄웠다.

스무 명의 선원을 뽑았고, 신에게 바칠 제물도 실었으며,

뺨이 예쁜 크리세이스도 태웠다.　　　　　　　　　　　　　310

지략가인 오디세우스가 지휘관으로 승선했다.

　　　　이윽고 배가 출항해 물길을 따라 나아가자

아트레우스의 아들은 전군에 목욕재계를 명령했고,

사람들은 명을 따랐다. 그들이 몸을 씻을 때 사용한 물을

바다에 버린 후, 불모의 바닷가에서 흠 없는 황소들과　　　　　315

염소들을 제물로 삼아 아폴론에게 제를 올리니,

그 향기가 뭉게뭉게 피어오르는 연기를 타고 하늘로 올라갔다.

　　　　군영 전체가 이 일에 몰두해 있었지만, 아가멤논은

조금 전 아킬레우스와 언쟁하며 시작했던 다툼을 끝내지 않고,

자신의 전령이자 시종[47]인　　　　　　　　　　　　　　320

---

46 아킬레우스의 시종이자 절친인 파트로클로스를 말한다.

47 “전령”(κῆρυξ, ‘케릭스’)은 ‘외치는 자’라는 뜻 그대로 집회나 전투 때 명령 전달이 주된 역
　　할이어서 목소리가 우렁찬 사람이 담당했다. 개개인에게 상관의 명령을 전달하거나 시중
　　을 드는 것은 부차적인 역할이었다. 334행에 나오는 “사자”(ἄγγελος, ‘앙겔로스’)는 ‘보냄
　　을 받은 자’라는 뜻으로, 직책이 아니라 상관의 메시지를 전하는 자를 말한다. “시종”으로

〈크리세이스를 아버지에게 돌려보내는 오디세우스〉(클로드 로랭, 1650년)

탈티비오스와 에우리바테스에게 지시했다.

"너희는 펠레우스의 아들 아킬레우스의 막사로 가서

뺨이 예쁜 브리세이스를 데려와라. 만일 아킬레우스가 내어주지

않는다면, 내가 직접 많은 병력을 이끌고 가서 그녀를 데려올 작정이고,

그러면 그에게 더 끔찍한 일이 되겠지."   325

　　　아가멤논은 이렇게 엄명을 내려 그들을 보냈다.

두 사람은 어쩔 수 없이 불모의 바닷가를 따라 걸어

미르미도네스인의 막사와 함대가 있는 곳으로 갔고,

아킬레우스가 막사와 검은 함선 옆에 앉아 있는 것을 발견했다.

두 사람을 본 아킬레우스의 얼굴에는 웃음기가 없었다. 두 사람은   330

아킬레우스를 보고 두려움과 경외심에 사로잡혀 그 자리에 멈춰 섰고,

그에게 무슨 말을 꺼내거나 묻지도 못했다. 하지만 아킬레우스는

그들이 왜 왔는지 마음속으로 알아차리고 말했다.

"안녕하신가, 제우스의 전령이자 인간의 사자들이여,

가까이 오게. 내게 잘못한 자는 자네들이 아니라,   335

브리세이스라는 젊은 여자 때문에 자네들을 보낸 아가멤논이니.

신 같은 파트로클로스여, 그 여인을 데리고 나와

이 두 사람에게 주어 데려가게 하게. 훗날

수치스러운 파멸에서 군사들을 지키기 위해 내가 필요할 때가 이르면,

이 두 사람은 복된 신들과 필멸의 인간들과   340

저 무자비한 왕 앞에서 증인이 되어줄 것이네.

저 왕이 이렇게 앞뒤 분간하지 못하고 미쳐 날뛰니,

그가 이끄는 아카이오스인들이 함선 옆에서

제대로 싸울 수나 있겠는가."

번역한 테라폰(θεράπων)은 '부관'으로, 상관보다는 직위가 낮지만 용맹하고 상당한 권위가 있었다.

아킬레우스가 이렇게 말하자, 파트로클로스는 사랑하는 전우가   345
시킨 대로 막사에서 뺨이 예쁜 브리세이스를 데리고 나와 두 사람에게
넘겨주었다. 두 사람은 아카이오스인의 함대가
있는 곳으로 돌아갔고, 젊은 여자도 어쩔 수 없이 그들을 따라갔다.
아킬레우스는 눈물을 흘리며 전우들이 있는 곳을 벗어나
잿빛 바다 기슭에 앉아 망망대해를 바라보며   350
두 손을 높이 들고 사랑하는 어머니에게 간절히 기도했다.
"어머니, 저를 오래 살 수 없게 낳으셨으니,
높은 곳에서 천둥 치시는 올림포스의 제우스께서 제 손에 명예라도
쥐여주셔야 하지 않나요? 지금은 제게 털끝만큼의 명예도
주지 않으십니다. 드넓은 영토를 다스리는 아트레우스의 아들   355
아가멤논이 제게 주어진 상을 빼앗아 저를 모욕했기 때문입니다."
　　아킬레우스가 눈물을 쏟으며 기도하자, 바다 깊은 곳에서
늙은 아버지 옆에 앉아 있던 그의 존귀한 어머니[48]가 그 소리를 들었다.
그녀는 곧장 잿빛 바다 속에서 안개처럼 수면으로 올라와
눈물을 쏟고 있는 아들 앞에 앉아   360
손으로 쓰다듬고 이름을 부르며 말했다.
"아들아, 왜 울고 있느냐? 무슨 슬픈 일이 생겼느냐?
나도 알아야겠으니 숨기지 말고 솔직하게 말해보아라."
　　빠른 발의 아킬레우스가 길게 탄식하며 어머니에게 말했다.
"어머니도 아시잖아요. 훤히 다 아시는 일을 굳이   365
왜 말씀드려야 합니까? 우리는 에에티온의 신성한 도시 테베[49]로 가서

---

48 바다의 요정이자 여신인 테티스를 말한다.

49 "에에티온"은 아나톨리아 킬리키아 왕으로 헥토르의 아내 안드로마케의 아버지다. 그리스
　　군은 오랜 기간 트로이아와 전쟁하면서 주위 도시들을 함락시켜 군수물자를 충당하고 전
　　리품을 챙겼는데, 테베(테바이)도 그중 하나였다. 여기서 말한 테베는 그리스 중부 보이오
　　티아 지방의 테베가 아니라 아나톨리아 남동쪽 해안 킬리키아 지방에 있던 소도시다.

그곳을 함락시킨 후 모든 것을 여기로 가져왔어요.

전리품은 아카이오스인들끼리 공평하게 나눠 가졌고,

아트레우스의 아들을 위해서는 뺨이 예쁜 크리세이스를 선택했지요.

그런데 멀리 쏘는 아폴론의 제관 크리세스가   370

자기 딸을 풀려나게 하려고 막대한 몸값을 지참하고서

청동 갑옷 입은[50] 아카이오스인의 빠른 함선을 타고

손에는 멀리 쏘는 아폴론의 월계관이 휘감긴

황금 지팡이를 들고 와서 모든 아카이오스인에게,

특히 최고사령관인 아트레우스의 두 아들에게 간청했지요.   375

그러자 다른 아카이오스인은 모두 박수갈채와 환호로 제관에게

경의를 표하며, 막대한 몸값을 받는 데 동의했어요.

이런 상황이 못마땅했던 아트레우스의 아들 아가멤논은

엄포를 놓은 후 제관을 난폭하게 내쫓아버렸지만요.

노인은 분노한 채 돌아갔고, 그를 많이 사랑하는   380

아폴론이 그의 기도를 듣고, 아르고스인들을 향해

재앙을 부르는 화살을 쏘았어요. 그러자 사람들이

차례로 죽어나갔고, 아카이오스인의 드넓은 군영 도처에

아폴론이 쏜 화살들이 쏟아졌죠. 마침 이런 일을 잘 아는

예언자가 있어 멀리 쏘는 신의 뜻을 말해주었고,   385

제가 앞장서서 하루속히 신을 달래야 한다고 주장했어요.

아트레우스의 아들은 버럭 화를 내며 일어나서는

제게 주어진 상을 도로 가져가겠다고 경고했고, 실제로 그렇게 했지요.

눈망울 초롱초롱한 아카이오스인들이 크리세이스와 아폴론에게

바칠 제물을 빠른 배에 싣고 크리세로 가는 동안,   390

---

50 "청동 갑옷 입은"(χαλκοχίτων, '칼코키톤')은 아카이오스인 앞에 붙는 정형적인 수식어다. 당시는 청동 병기가 많았고 철이나 무쇠는 드물게 쓰였다.

아가멤논의 전령들이 제 막사로 와서, 아카이오스인이

제게 상으로 준 젊은 여자 브리세이스를 데려갔어요.

그러니 어머니, 가능하다면 이 아들을 도와주세요.

전에 어머니가 말이나 행동으로 제우스를 기쁘게 해드린 적이 있으니,

올림포스로 가서 그분께 간청해보세요.   395

어머니가 아버지의 궁에서 자랑하시는 소리를 자주 들었거든요.

올림포스의 다른 신들이, 심지어 헤라와 포세이돈과 팔라스 아테나조차

제우스를 포박하려 했을 때, 불멸의 신들 중에서

오직 어머니만 크로노스의 아드님이자 검은 구름을 몰고 다니는 제우스를

구해드려 수치스러운 파멸을 면하게 하셨다 하였지요.[51]   400

여신인 어머니는 재빨리 백 개의 팔을 가진 자[52]를

저 높은 올림포스로 불러와 제우스의 포박을 풀어주게 하셨다지요.

그는 자기 아버지보다 더 강해, 신들은 그를 브리아레오스라 부르고,

사람들은 모두 그를 아이가이온이라 부른다고 하지요.

그런 그가 크로노스의 아들 옆에 앉아 위세를 과시하자,   405

복된 신들이 그 위세에 눌려 제우스를 포박하지 못했다면서요. 그러니 이제

어머니는 그분 옆에 앉아 무릎을 붙들고 그때의 일을 일깨워드리세요.

그러면 그분이 트로스인들을 도와, 아카이오스인들이 함선 정박지의

바닷가에서 도륙을 당하게 하실 거예요. 그제야 아카이오스인들은

---

51 평소 제우스의 여성 편력에 화가 난 헤라는 포세이돈, 아폴론, 아테나 등과 힘을 합쳐 제
    우스에게 반기를 들고, 낮잠을 자던 제우스를 덮쳐 쇠사슬로 묶었다. 올림포스의 신들 중
    제우스를 돕는 이는 아무도 없었는데, 바다의 요정이자 아킬레우스의 어머니 테티스만 타
    르타로스의 출입문을 지키고 있던 헤카톤케이레스 삼형제 중 하나를 불러 제우스를 구한
    다. 이때 제우스는 포세이돈과 아폴론에게 1년 동안 트로이아 왕 라오메돈의 노예가 되어
    봉사하라는 벌을 내리고, 두 신은 라오메돈의 지시로 트로이아 성벽을 건설한다.
52 "백 개의 팔을 가진 자"는 동일한 뜻의 이름을 가진 헤카톤케이레스 삼형제를 가리킨다.
    대지의 여신 가이아와 하늘의 신 우라노스 사이에서 태어난 거인들로 100개의 팔과 50개
    의 머리를 지녔다. 그중 하나인 브리아레오스는 '강한 자'라는 뜻이고, 그의 별칭 '아이가
    이온'은 에게해와 관련 있지만 의미는 분명하지 않다.

자신들의 왕이 어떤 자인지 알게 될 테고, 드넓은 영토를 다스리는   410
아트레우스의 아들 아가멤논도 아카이오스인 중 가장 용맹한 자를 조금도
존중하지 않았던 자신의 행동이 얼마나 경솔했는지 알게 될 테지요."
    그러자 테티스가 눈물을 흘리며 대답했다.
"아, 내 아들아, 이런 끔찍한 일을 겪게 하려고 내가 너를 낳아 길렀단
    말이냐?
너는 수명이 짧고 길지 않으니, 고통도 모르고 눈물도 모른 채   415
함선들 곁에 머물러 있어야 했거늘, 그런데 지금 보니
너는 수명도 짧은 데다가 누구보다 가련한 신세가 되었구나.
이 비참한 운명을 겪게 하려고 내가 궁에서 너를 낳은 셈이로구나.
하지만 내가 직접 눈 덮인 올림포스로 가서, 천둥 치는 것을 좋아하시는
제우스께 네 말을 전하겠다. 그분은 아마 들어주실 것이다.   420
지금은 전쟁에 조금도 관여하지 말고, 아카이오스인을 향해
분노를 품은 채 빨리 달리는 함선들 곁에 머무르거라.
제우스께서는 흠 잡을 데 없이 훌륭한 아이티옵스인[53]이 벌인 연회에
참석하기 위해 오케아노스[54]로 가셨고, 다른 신들도 모두 따라갔다.
열이튿날이 될 때 올림포스로 다시 돌아오실 텐데, 그때 내가   425
청동 입구의 제우스 궁으로 가서 그분의 무릎을 붙들고
간청하마. 아마도 내 부탁을 들어주실 거야."
    테티스 여신은 이렇게 말하고 그곳을 떠났고,
아킬레우스는 허리 예쁜 젊은 여자를 강제로 빼앗아 간 자들에게

---

53 "아이티옵스인"을 가리키는 아이티옵스(Αἰθίοψ)는 '탄 얼굴'이라는 뜻의 합성어로 에티
    오피아인을 가리킨다. 『오디세이아』에도 나오는 이 족속은 둘로 나뉘어 각각 인간 세계의
    맨 끝, 즉 한 무리는 해가 저무는 서쪽 끝에, 다른 한 무리는 해가 솟는 동쪽 끝에 살고 있
    었다.
54 여기에서 오케아노스는 대지의 바깥쪽을 빙 둘러싸고 흐르는 거대한 대양강(大洋江)을
    가리킨다. 고대 그리스인은 대지가 원반 모양이라고 믿었고, 따라서 오케아노스는 인간
    세계의 끝이자 경계를 이루는 강이었다.

여전히 분노하고 있었다. 한편 오디세우스는   430

아폴론에게 바칠 신성한 제물을 싣고 크리세에 도착했다.

수심이 아주 깊은 항구 안으로 배가 들어서자

선원들은 돛을 접어 검은 배 안에 넣어두고,

서둘러 배 앞쪽의 밧줄을 풀어 돛대를 받침대 위에

내려놓았다. 이어 노를 저어 부두로 다가가 닻으로 사용하는 돌들을   435

바다 속으로 던져 넣고, 배 후미의 밧줄을 부둣가에 단단히 매었다.

선원들은 파도가 부서지는 해안으로 내려

멀리 쏘는 아폴론에게 바칠 제물을 하역했고,

크리세이스도 항해를 마친 배에서 내렸다.

그런 후 지략가 오디세우스는 그녀를 제단으로 데려가   440

사랑하는 아버지의 손에 넘겨주며 말했다.

"크리세스여, 인간들의 군주 아가멤논이 한편으로는 당신에게 딸을

데려다주고, 다른 한편으로는 지금 아르고스인에게 엄청난 탄식과

괴로움을 안기고 있는 포이보스께 다나오스인을 대신해

신성한 제물을 바쳐 그분의 노여움을 달래라고 나를 보냈소."   445

　　　오디세우스가 이렇게 말하고 그녀를 아버지 품에 안겨주자,

제관은 사랑하는 딸을 돌려받고 기뻐했다. 사람들은 재빨리

신에게 바칠 신성한 제물을 잘 지어놓은 제단 주위에 차례로

차린 후, 손을 씻고 제물에 뿌릴 보리를 집어 들었다.

그러자 크리세스가 두 손을 들고 큰 소리로 기도했다.   450

"크리세와 지극히 신성한 킬라를 거닐며 수호하고,

테네도스를 강력히 다스리는 은빛 활의 신이시여, 기도를

들어주소서. 당신은 전에도 기도를 들으사

제 명예를 회복시켜주려고 아카이오스인을 심히 압박하셨나이다.

이번에도 간절한 소원을 들으사   455

이제 다나오스인을 수치스러운 파멸에서 구해주소서."

크리세스가 이렇게 기도하자 포이보스 아폴론이 그 기도를 들어
　　주었다.
사람들은 기도를 마치고 제물들에 보리를 뿌린 다음,
먼저 제물의 머리를 뒤로 잡아당겨 멱을 따서 죽이고 껍질을 벗겨낸 후,
넓적다리뼈들을 발라내 기름진 부위로 두 겹을 두르고 나서　　　　　460
그 위에 모든 부위에서 조금씩 발라낸 살코기를 얹었다.
노인은 그것들을 장작불 위에 놓고 태우며, 화염처럼 빛나는 포도주를
　　그 위에 부었다.
노인 옆에는 청년들이 다섯 갈래의 창을 손에 들고 서 있었다.
이윽고 넓적다리뼈들이 다 타자 청년들은 내장을 맛보고는
나머지 것들을 작은 크기로 잘라 꼬챙이에 끼워　　　　　　　　　465
정성껏 구운 후 꼬챙이에서 다 빼냈다.
이렇게 제를 올리는 수고를 마치고 제물로 음식을 차려 먹었는데,
누구나 똑같이 나눠 먹었기 때문에 아무런 불만이 없었다.
먹고 마시는 욕구가 다 채워지자,
청년들은 술동이마다 포도주를 가득 담아 와　　　　　　　　　470
먼저 각 잔에 술을 조금 부어 헌주하고 나서 모두에게 돌렸다.
아카이오스인 청년들은 술잔을 돌리며 술을 마시고,
멀리 쏘는 신을 찬양하는 아름다운 찬가를 온종일 불러
아폴론을 달래니, 아폴론은 찬가를 들으며 흡족해했다.
　　해가 지고 어둠이 찾아오자,　　　　　　　　　　　　　　475
그들은 타고 온 배의 꼬리 옆 부둣가에서 잠이 들었다.
장밋빛 손가락의 새벽의 여신 에오스가 이른 아침에 모습을
드러내자, 그들은 아카이오스인의 드넓은 진을 향해 출항했다.
멀리 쏘는 아폴론이 순풍을 보내주었다.
돛대를 세우고 흰 돛을 펼치자　　　　　　　　　　　　　　480
바람이 돛의 배를 부풀렸고, 배가 앞으로 나아가자

〈크리세이스를 넘겨주는 오디세우스〉(얀 반 올리, 17세기 초)

검푸른 파도가 뱃머리 양쪽으로 갈라져 솟구치며 비명을 질러댔다.

배는 파도를 헤치며 순항했다.

이윽고 아카이오스인의 드넓은 군영에 도착하자,

그들은 검은 배를 뭍으로 끌어올려 바닷가 모래사장 위에　　485

똑바로 높이 올리고 그 밑에 버팀목을 괴어놓은 다음,

해산하여 각자의 막사와 함선으로 돌아갔다.

　　　하지만 제우스의 자손이자 펠레우스의 아들, 빠른 발의 아킬레우스는

여전히 분노에 사로잡혀 빠른 함선들 옆에 앉아 있었다.

그는 남자들에게 영예로운 회의에도 나가지 않고,　　490

전쟁터에도 나가지 않은 채, 처소에 틀어박혀 애태우며

함성 소리와 전쟁을 그리워했다.

　　　그로부터 열두 번째 새벽이 되자,

영원히 존재하는 신들의 일행은 제우스를 앞세우고

모두 올림포스로 돌아왔다. 테티스는 아들의　　495

부탁을 잊지 않고, 바다 물결 위로 떠올라 아침 일찍

거대한 하늘과 올림포스로 올라갔다. 거기에서 그녀는 멀리 보는

크로노스의 아들[55]이 다른 신들과 떨어져 봉우리 많은

올림포스의 가장 높은 봉우리에 앉아 있는 것을 발견했다.

그녀는 제우스 앞에 앉아 왼손으로는 그의 무릎을　　500

잡고 오른손으로는 그의 턱을 잡고서는,

크로노스의 아들이자 군주 제우스에게 간청했다.

"신들의 아버지 제우스시여, 제가 전에 불멸의 신들 가운데서

말이나 행동으로 당신을 도운 일을 봐서라도 소원을 이뤄주어

제 아들을 명예롭게 해주세요. 그 아이는 다른 자손들보다 일찍 죽을　　505

운명이랍니다. 그런데도 얼마 전에 인간들의 군주 아가멤논이 그 아이의

---

55 제우스를 가리킨다.

〈제우스와 테티스〉(장 오귀스트 도미니크 앵그르, 1811년)
테티스의 왼손과 오른손 위치가 본문과 다르다.

상을 빼앗아 명예를 짓밟아버렸지요.

그러니 올림포스의 지략가 제우스께서 그 아이의 명예를 되찾아주세요.

아카이오스인들이 제 아들을 존중하고 더욱 우러러볼 때까지

트로스인들이 승리할 수 있게 해주세요." 510

       테티스 여신이 이렇게 말했지만, 구름을 모으는 자[56] 제우스는

한참을 아무 대답 없이 앉아 있었다.

테티스는 그의 무릎을 붙들고 매달리며 다시 한번 간청했다.

"이제 그만 확실하게 약속하고 머리를 끄덕여주시든지,

아니면 거절해주세요. 당신은 두려울 게 없잖아요. 하지만 저는 모든 신 515

   중에서 제가 당신에게 얼마나 존중받지 못하는지 똑똑히 알게 되겠죠."

      그러자 구름을 모으는 자 제우스가 몹시 괴롭다는 듯이 크게 화를

         내며 말했다.

"이 일은 나와 헤라의 다툼거리가 될 터라 아주 난감하다오.

헤라가 이 일을 알면 틀림없이 내게 화내며 면박을 줄 것이오.

지금도 그녀는 내가 전투에서 트로스인을 돕는다고 말하지. 520

그 일로 불멸의 신들 앞에서 언제나 나를 다그치며 욕하곤 한다오.

그러니 당신은 헤라가 알지 못하게 지금 당장 돌아가시오.

당신이 부탁한 일은 그렇게 되도록 신경 쓰겠소.

동의의 표시로 당신 앞에서 머리를 끄덕일 테니 믿어도 되오.

나로서는 이것이 불멸의 신들에게 주는 가장 확실한 증표요. 525

내가 동의의 표시로 머리를 끄덕이며 한 말은 돌이킬 수 없고,

거짓일 리 없으며, 이루어지지 않을 도리가 없기 때문이오."

      크로노스의 아들이 이렇게 말하고, 동의의 표시로 검은 눈썹을 숙이니

---

56 "구름을 모으는 자"(νεφεληγερέτα, '네펠레게레타')는 제우스의 별칭이다. 하늘을 지배
   하며 구름을 모아 천둥과 벼락을 치기 때문이다. 가이아와 우라노스 사이에서 태어난 외
   눈박이 거인 키클로페스 삼형제(천둥의 신 브론테스, 번개의 신 스테로페스, 벼락의 신 아
   르게스)가 제우스에게 천둥과 벼락을 주었다.

불멸의 군주 머리에서 신성한 머리카락이

흔들렸고, 거대한 올림포스가 진동했다.   530

　　　의논을 마치고 헤어진 후, 테티스는

광채 나는 올림포스에서 깊은 바다로 뛰어내렸고,

제우스는 자신의 궁으로 돌아왔다. 아버지인 제우스가 등장하자

모든 신들이 일제히 자리에서 일어났다. 그가 다가오기를 기다린

신은 아무도 없었고, 모두가 일어나 그 앞에 섰다.   535

제우스는 옥좌에 앉았다. 하지만 헤라는

제우스가 바다 노인[57]의 딸, 은빛 발의 테티스와

밀담 나누는 장면을 놓치지 않고 지켜봤기에,

지체 없이 크로노스의 아들 제우스에게 독설을 퍼부었다.

"교활한 자여, 이번에는 신들 중 누구와 밀담을 나누었나요?   540

당신은 언제나 나를 떠나 몰래 궁리하고

결정 내리는 것을 좋아할 뿐, 무슨 생각을 하는지

흔쾌히 말해준 적은 단 한 번도 없었지요."

　　　인간들과 신들의 아버지가 헤라에게 대답했다.

"헤라여, 내가 무슨 생각을 하는지 다 알아야 하겠다는 희망은   545

갖지 마시오. 아무리 아내라 할지라도, 그건 당신에게

별로 좋은 일이 아니오. 당신이 알아야 할 일이라면,

다른 어떤 신이나 인간보다 먼저 그 일을 알게 될 것이오.

하지만 내가 다른 신들과 떨어져 홀로 깊이 생각해보는 일들은

일일이 알려고 하지 말고 캐묻지도 마시오."   550

　　　황소 눈의 존귀한 헤라 여신이 대답했다.

"무시무시하기 짝이 없는 크로노스의 아드님, 도대체 무슨 말씀인가요?

지금까지 나는 당신에게 무엇을 묻거나 따진 적이 없었잖아요.

---

57 "바다 노인"은 현명하고 온화한 성품을 가진 바다의 신 네레우스의 별칭이다.

당신은 뭐든지 자기 좋을 대로 거침없이 생각하고 결정해왔죠.

하지만 이번에는 당신이 바다 노인의 딸, 은빛 발의 테티스의 꾐에   555

넘어간 것 같아 불길하고 무서운 생각이 들어요. 그녀는 아침 일찍 찾아와

당신 옆에 앉아 무릎을 붙들었고, 내 생각에는 당신이 아킬레우스의

명예를 지켜주고자 수많은 아카이오스인을 그들의 함선 옆에서

죽게 하겠다는 확실한 표시로 그녀에게 머리를 끄덕인 것 같으니까요.”

　　구름을 모으는 신 제우스가 대답했다.   560

“빌어먹을! 언제나 나를 감시하며 제멋대로 상상하는구려.

그렇게 해서 얻을 것은 전혀 없고, 도리어 내 마음만

당신에게서 더 멀어져 그릇된 결과만 가져올 뿐이오.

당신 말이 사실이라면 나로서는 반가워할 일이오.[58]

그러니 가만히 입 다물고 앉아 내 말에 복종하시오.   565

내가 당신에게 이 무적의 팔을 휘두르면, 올림포스의

신들이 죄다 당신 편을 들어도 아무런 도움이 되지 않을 테니.”

　　제우스가 이렇게 말하자, 황소 눈의 존귀한 헤라 여신은 겁이 나

감정을 억누르고 입을 다문 채 자리에 앉았다.

이 일을 지켜보던 제우스 궁의 신들도 곤혹스럽기는 마찬가지였다.   570

이때 뛰어난 대장장이 신 헤파이스토스가 가장 먼저 일어나

사랑하는 어머니 하얀 팔의 헤라를 위로했다.

“두 분이 필멸의 인간들을 놓고 이렇게 계속 다투어

신들 사이에서 분란을 일으키신다면, 정말 유감이고

감내하기 힘든 일이 될 것입니다. 분위기도 안 좋아져   575

아무리 좋은 연회 자리인들 흥이 나지 않을 테지요. 그러니 어머니께

---

58 헤라의 말대로 제우스가 테티스의 청을 들어주기로 한 것이 사실이라면, 트로이아인을 파
　멸시키길 원하는 헤라의 뜻대로 되지 않는 것이니 제우스 입장에서는 기분 좋은 일이라고
　빈정대고 있다.

부탁드립니다. 어머니는 원래 현명하신 분이니

사랑하는 아버지 제우스를 기쁘게 해드리세요. 그러면 아버지가 어머니를

질책하실 일도 없고, 우리의 잔치도 평화롭게

되리이다. 올림포스의 주인인 번개의 신께서   580

우리를 밖으로 내치면 어쩌려고 그러세요?

아버지는 가장 강하시니, 어머니께서 상냥하게 말씀하시면

올림포스의 주인도 즉시 우리를 인자하게 대해주실 거예요."

　　　헤파이스토스는 이렇게 말한 후 벌떡 일어나, 이중 잔[59]을

사랑하는 어머니의 손에 쥐여 주며 말했다.   585

"참으세요, 어머니. 속상하고 분하더라도 꾹 참으셔야 해요.

사랑하는 어머니가 제 눈앞에서 얻어맞는 모습을 보지 않게

해주세요. 그때는 제 마음이 아무리 괴로워도 어머니를 도와드릴 수

없어요. 올림포스의 주인에게 맞서기란 어려운 일이니까요.

전에 한번 기를 쓰고 어머니를 지켜드리려 했을 때,   590

아버지는 제 발을 붙잡아 하늘 입구에서 저를 내던지셨지요.

저는 온종일 추락했고, 해 질 녘에 렘노스섬에 떨어졌을 때는

숨이 간당간당한 상태였어요. 하지만 다행히

그곳에 사는 신티에스인들[60]이 저를 돌봐주었지요."

　　　헤파이스토스가 이렇게 말하자 하얀 팔의 여신 헤라가   595

미소를 지으며 아들이 주는 잔을 받았다.

그런 후 헤파이스토스는 술동이에서 달콤한 신주(神酒)를 떠서

오른쪽으로 돌아가며 다른 모든 신에게도 따라주었다.

59　"이중 잔"(ἀμφικύπελλος, '암피키펠로스')은 똑바로 놓든 엎어 놓든 양쪽으로 다 쓸 수
　　있는 잔을 말한다.

60　그리스인에게 해적으로 알려져 있던 "신티에스인들"(Σίντιες)은 옛적에 '신테이스'라고
　　불렸던 렘노스섬으로 이주해온 트라케인이었다. 에게해 북부에 있는 렘노스섬은 트로이
　　아, 테네도스와 가까웠다.

헤파이스토스가 궁 안을 바쁘게 누비고 다니는 모습을 본

복된 신들 사이에서는 연신 웃음이 터져 나왔다.　　　　　　　　600

　　　그렇게 신들은 해질 때까지 온종일 연회를 즐겼다.

신들은 누구나 똑같이 먹고 마신 데다가, 아폴론이 포르밍크스[61]로

매우 아름다운 연주를 들려주고, 무사 여신들이 번갈아 고운 목소리로

노래를 들려주었기 때문에 마음에 아쉬움이 전혀 남지 않았다.

　　　이윽고 찬란한 빛을 발하던 해가 지자,　　　　　　　　605

신들은 자리에 누우려고 각자의 궁으로 갔다.

그 궁들은 뛰어난 대장장이, 다리 저는 신 헤파이스토스가

훌륭한 솜씨로 각각의 신에게 지어준 것이었다.

올림포스의 주인, 벼락의 신 제우스도 침상으로 향했다.

달콤한 잠이 찾아올 때마다 그가 누워 잠을 청하던 곳이었다.　　　610

그는 침상에 올라가 누웠고, 그 옆에는 황금 옥좌의 헤라[62]가 누웠다.

61　리라 또는 수금의 일종으로, 그리스인들이 사용한 현악기 중 가장 오래된 것이다. 음악의
　　신 아폴론이 사용하는 악기이기도 하다.

62　"황금 옥좌의($\chi\rho\upsilon\sigma\acute{o}\theta\rho\sigma\nu\sigma\varsigma$, '크리소트로노스') 헤라"라는 별칭에 얽힌 일화가 있다. 헤
　　파이스토스는 자기를 못생겼다는 이유로 던져버린 어머니 헤라에게 복수하기 위해 화려
　　한 황금 옥좌를 만들어 선물한다. 헤라는 황금 옥좌가 마음에 들어 앉았다가 옥좌에 설치
　　된 보이지 않는 사슬에 묶이는 신세가 되지만, 디오니소스가 헤파이스토스에게 술을 먹여
　　취하게 한 후 열쇠를 훔쳐 헤라를 풀어준다.

제2권 함선 명단

다른 신들이나 전차로 무장한 전사들은 밤새 잠을 잤지만,

제우스는 아킬레우스의 명예를 회복시키고,

수많은 아카이오스인을 그들의 함선 옆에서 죽게 만들 방도를

골똘히 생각하느라 단잠을 이루지 못했다.

궁리 끝에 내린 결론은 아트레우스의 아들 아가멤논에게   5

거짓 꿈의 신 오네이로스[1]를 보내서 파멸을 안기는 게 상책이라는

것이었다. 그래서 제우스는 날개 달린 말로 명했다.

"불길한 꿈의 신 오네이로스여, 당장 아카이오스인의 빠른 함선들이

있는 곳으로 가라. 아트레우스의 아들 아가멤논의 막사로 가서,

내가 일러주는 모든 말을 정확히 그대로 전하라.   10

이제 대로가 뻗어 있는 트로스인의 성을 빼앗을 때가

되었으니, 장발의 아카이오스인을 아주 신속히 무장시키라고

지시하라. 올림포스에 사는 불멸의 신들이 헤라의 간청[2]으로

---

1 꿈의 신 "오네이로스"는 밤의 여신 닉스가 홀로 낳은 자식 중 하나다. 지하세계에서 멀지
   않은 오케아노스강 저편 헬리오스 문 근처에 살며, 두 개의 문을 통해 인간에게 꿈을 보내
   는데 참된 꿈은 뿔 장식 문으로, 거짓 꿈은 상아 문으로 내보낸다.
2 『일리아스』에서 헤라는 철저하게 그리스군 편을 들고, 제우스와 첫 번째 아내 메티스 사이
   에서 태어난 아테나가 헤라를 돕는다.

모두 생각을 바꾸어 한목소리를 내고 있으니

트로이아에 곡소리가 울려 퍼질 날이 머지않았기 때문이라고 말하라."   15

　　제우스가 이렇게 말하자, 지시를 받은 꿈의 신 오네이로스는 곧
　　　길을 떠났다.

그리하여 아카이오스인의 빠른 함선들이 있는 곳에 얼른 도착해,

아트레우스의 아들 아가멤논이 있는 곳으로 가 보니, 그는 막사에서

자고 있었으며, 주변에는 신이 준 단잠이 쏟아지고 있었다.

꿈의 신 오네이로스는 넬레우스의 아들, 곧 네스토르의 모습으로 그의
　　머리맡에 섰다.   20

네스토르는 아가멤논이 원로들 중에서 가장 존중하는 인물이었다.

꿈의 신 오네이로스는 그의 모습으로 아가멤논에게 나타나 말했다.

"자고 있구나, 말 길들이는 현명한 아트레우스의 아들이여.

많은 백성을 돌보고 할 일도 아주 많아 전략을 세워야 할 이가

온 밤을 잠으로 보내는 것은 합당하지 않다.   25

이제 어서 내 말을 들으라. 나는 제우스께서 보내신 사자다.

그분은 멀리 떨어져 있지만, 그대를 깊이 걱정하며

자비를 베풀고 계신다. 그분이 이제 대로가 뻗어 있는

트로스인들의 성을 빼앗을 때가 되었으니, 장발의 아카이오스인들을

아주 신속하게 무장시키라고 명령하셨다. 올림포스에 사는   30

불멸의 신들이 헤라의 간청으로 모두 생각을 바꾸어 한목소리를

내고 있으니, 제우스로 인해 트로이아에 곡소리가 울려 퍼질 날이

머지않았기 때문이다. 그러니 이 명령을 명심하고,

달콤한 잠에서 깨어난 후에도 잊어서는 안 된다."

　　꿈의 신 오네이로스는 이렇게 말하고 떠났고, 꿈속에서 홀로 남은   35

아가멤논은 이루어질 수 없는 일들을 마음속으로 그렸다.

그날에 그는 제우스가 어떤 일들을 이미 작정했는지 모른 채

어리석게도 프리아모스의 성을 자기가 빼앗게 되리라고 믿었다.

〈네스토르로 변장하고 아가멤논의 꿈에 나타난 오네이로스〉(크리스핀 반 데 파스, 1613년)

하지만 제우스는 앞으로 수차례의 치열한 전투를 통해 트로스인과
다나오스인을 똑같이 고통과 탄식 속에 둘 예정이었다.   40
아가멤논은 잠에서 깨어났지만 여전히 신의 음성이 귀에 맴도는 듯했다.
그는 일어나 앉아 새로 지은 아름답고 부드러운
상의를 입고 큰 외투를 몸에 둘렀다.
기름을 바른 발에는 아름다운 신을 묶었고,
어깨에는 은징이 박힌 큰 칼을 멨다.   45
그런 후 조상 대대로 내려온, 영원히 멸하지 않는 홀을 손에 쥐고,
청동 갑옷을 입은 아카이오스인의 함선들을 따라 걸었다.
　　　이때 새벽의 여신 에오스는 제우스를 비롯한 불멸의 신들에게
날이 밝았음을 알리고자 높은 올림포스로 올라가고 있었다.
한편 아가멤논은 목소리 우렁찬 전령들에게 지시하여   50
장발의 아카이오스인들을 회의장³으로 소집했다.
전령들이 소집 명령을 알리자 그들은 아주 신속히 집결하기 시작했다.
　　　아가멤논은 먼저 필로스 태생의 왕 네스토르의 함선 옆에서
기개 있는 원로들을 모아 회의를 열었다.
그는 원로들을 불러 모은 자리에서 현명한 계책을 제시했다.   55
"친구들이여, 들어보시오. 내가 신성한 밤에 자고 있을 때
꿈의 신 오네이로스께서 찾아오셨소. 얼굴이나 용모, 풍채, 신장이
고귀한 네스토르와 아주 비슷하게 생긴 꿈의 신 오네이로스께서는
내 머리맡에 서서 이렇게 말씀하셨소.
'자고 있구나, 말 길들이는 현명한 아트레우스의 아들이여.   60
많은 백성을 돌보고 할 일도 아주 많아 전략을 세워야 할 이가
온 밤을 잠으로 보내는 건 합당하지 않다. 이제 어서 내 말을 들으라.

---

3 "회의장"으로 번역한 아고라(ἀγορά)는 고대 그리스에서 사람들이 많이 모인 집회나 집
   회 장소를 가리킨다.

나는 제우스께서 보내신 사자다. 그분은 멀리 떨어져 있지만,

그대를 깊이 걱정하며 자비를 베푸신다. 그런데 그분이

이제 대로가 뻗어 있는 트로스인들의 성을 빼앗을 때가 되었으니,　　　　65

장발의 아카이오스인들을 아주 신속하게 무장시키라고 명령하셨다.

올림포스에 사는 불멸의 신들이 헤라의 간청으로

모두 생각을 바꾸어 한목소리를 내고 있으니, 제우스로 인해

트로이아에 곡소리가 울려 퍼질 날이 머지않았기 때문이다.

그러니 이 명령을 명심하라.' 꿈의 신 오네이로스께서는　　　　70

이렇게 말씀하신 뒤 날아갔고, 나는 단잠에서 깨어났소.

그러니 자, 아카이오스인의 아들들을 무장시킵시다.

그러나 나는 관례대로 먼저 그들의 마음을 시험하고자

그들에게 노가 많은 함선들을 몰아 도망가자 지시하리니,

여러분은 곳곳에서 나서서 그들을 말리시오."　　　　75

　　　아가멤논이 이렇게 말하고 자리에 앉자, 원로들 중

모래가 많은 땅 필로스의 왕 네스토르가 일어섰다.

그는 회의장에 모인 이들 가운데서 좋은 뜻으로 이렇게 말했다.

"아르고스인의 지휘관이자 수호자인 친구들이여,

아카이오스인 중 다른 누군가가 이런 꿈 얘기를 했다면,　　　　80

우리는 거짓말이라 생각하고 등을 돌렸을 테지요.

그런데 아카이오스인 중 가장 위대한 분이 이런 꿈을 보았소.

그러니 자, 아카이오스인의 아들들을 무장시킵시다."

　　　네스토르가 이렇게 말하고 앞장서서 회의장을 나가자,

홀을 지닌 다른 왕들도 전군을 이끄는 목자에게　　　　85

복종하여 자리에서 일어섰고,

군사들도 속속 모여들었다.

수많은 벌 떼가 바위 속 빈 공간에서 연이어 나와

봄꽃들 사이를 떼 지어 날아다니며, 포도송이처럼

이곳저곳에서 엉겨 붙어 이리저리 날아다니듯, 90

깊은 바다 해변 앞에 있는 함선들과 막사들에서 나온

수많은 이들이 잇달아 떼 지어 회의장으로 모여들었다.

그들 사이에서 제우스의 사자인 소문의 신 오사가

불길처럼 번지며 발걸음을 재촉했고, 그렇게 그들이 집결했다.

회의장은 웅성웅성 소란스러웠고, 군사들이 앉자 95

대지가 신음하며 큰 소리를 냈다. 그들의 소란을 억제하고 조용히 시켜,

제우스가 기른 왕들의 발언에 귀 기울이게끔

전령 아홉 명이 크게 고함을 질러댔다.

가까스로 군사들이 각자의 자리를 찾아 앉았고,

소란이 그쳤다. 그러자 군주 아가멤논은 헤파이스토스가 100

심혈을 기울여 만든 홀을 들고 그들 가운데서 일어났다.

헤파이스토스는 이 홀을 크로노스의 아들인 군주 제우스에게 바쳤고,

제우스는 자신의 사자이자 아르고스를 죽인 자 헤르메스[4]에게 주었다.

군주 헤르메스는 이 홀을 말을 모는 펠롭스에게 주었고,

펠롭스는 백성들의 목자인 아트레우스에게 주었으며, 105

아트레우스는 죽으면서 많은 양 떼를 가진 티에스테스에게 물려주었고,

티에스테스는 다시 아가멤논에게 물려주어

많은 섬과 아르고스 전체를 다스리게 했다.[5]

아가멤논은 이 홀을 굳게 붙잡은 채 아르고스인들 가운데서 말했다.

"친애하는 다나오스인 영웅들이여, 아레스의 시종들[6]이여, 110

---

4 "헤르메스"는 올림포스의 열두 신 중 하나로 전령의 신이다. 더 자세한 내용은 '주요 신명: 헤르메스'를 보라.

5 "아르고스"는 미케네, 아르고스, 티린스 등을 포함한 펠로폰네소스반도 중부와 남부의 동쪽 지방을 가리킨다. 아가멤논의 공식 직함은 미케네의 왕이다. 펠로폰네소스반도 남부 중앙은 동생인 스파르테의 왕 메넬라오스가 다스렸다.

6 "아레스의 시종들"이란 군신 아레스에게 속한 전사들이라는 뜻으로 최고의 전사를 의미한다. 한편, "제우스의 시종들"은 왕들을 가리킨다.

크로노스의 아드님이신 위대한 제우스께서 나를 극도로
곤혹스럽게 만드시니 정말 잔인한 분이오.
전에 그분은 내게 견고한 성벽으로 둘러싸인 일리오스를
함락시킨 후 돌아가게 해주겠다고 약속하고 동의의 표시로
머리를 끄덕이셨지만, 이제 와서 보니   115
그것은 나를 해치려 한 기만적인 계획이었소.
지금 그분은 나더러 많은 백성을 잃은 채 불명예를 안고
아르고스로 돌아가라고 명령하더이다. 아마도 이것이 많은 성채를
허물었고 앞으로도 허물어버리실 최강의 신 제우스의 뜻인 것 같소.
그분의 능력은 최강이기 때문이오. 하지만 이렇게 훌륭하고   120
많은 아카이오스인 백성이 자신들보다 수가 적은 적과 싸워
끝을 보지 않고 실익도 없는 전쟁과 전투만 거듭하다가
아무런 성과 없이 돌아간다면,
그 자체로 치욕인 데다가, 나중에 후세 사람들이 알았을 때도
수치스러울 것이오. 아카이오스인과 트로스인이   125
제를 올리며 맹세로 휴전 조약을 맺고, 양쪽의 인원을 세어보기 위해
성안에서 살아가는 모든 트로스인을 한데 모으고,
우리 아카이오스인은 열 명씩 한 조를 이루어 도열하게 한 후,
각 조마다 트로스인 한 명을 골라 술을 따르게 한다면,
많은 조가 술을 따라줄 트로스인을 구하지 못할 것이오.   130
이렇게 아카이오스인 아들들의 수는 성안에 있는 트로스인보다
월등히 많다고 생각되오. 하지만 여러 도시에서 창을 든
동맹군이 트로이아성에 와 있고, 그들의 방해가 심해
많은 사람이 살아가는 성채인 일리오스를
내가 함락시키지 못하고 있소. 벌써 위대한 제우스의 아홉 해가 흘러   135
함선들의 목재는 썩었고, 밧줄은 헐거워졌소.
아내와 어린 자식들은 집에서 손꼽아 기다리고 있는데,

우리는 여기에 온 목적을 이루지 못하고 있소.

그러니 자, 모두 내 말을 따르시오.

앞으로도 우리는 대로가 뻗어 있는 트로이아를 함락할 수 없을 테니,   140

이제 그만 배를 타고 사랑하는 조상의 땅으로 도망칩시다.”

        아가멤논은 이렇게 말했고, 원로회의의 결정을 아직 듣지 못한

모든 장병들의 마음을 뒤흔들어놓았다.

회의장은 크게 술렁였고, 그 모습은 아버지 제우스의

구름으로부터 불어닥친 거센 동풍과 남풍으로   145

크게 출렁이는 이카로스해[7]의 큰 파도 같았다.

곡식이 빼곡히 자란 들판에 서풍이 거세게 불어와

이삭이 한쪽으로 심하게 쏠리는 것처럼

회의장 전체가 술렁였다. 그들은 크게 환호성을 지르며

함선들을 향해 쇄도했고, 발밑에서는 먼지 구름이   150

높이 피어올랐다. 그들은 해변에 있는 함선들을 바다에 띄우기 위해

길을 내는 한편, 서로 소리쳐 부르며 함선들을 붙들고 신성한 바다로

끌어내렸다. 귀향을 서두르며 내질러대는 힘찬 소리가 하늘까지 닿았다.

어느새 그들은 함선 아래 받쳐두었던 버팀목을 빼내고 있었다.

        이렇게 아르고스인들은 정해진 운명을 뛰어넘어 그대로   155

귀향해버렸을 테지만, 그때 헤라가 아테나에게 말했다.

“아이기스 방패를 지닌 제우스의 딸이여, 지칠 줄 모르는 이여,

이게 도대체 무슨 일이랍니까? 이렇게 아르고스인이 자신들의 자랑인

---

7 “이카로스해”는 ‘이카로스가 떨어진 바다’라는 뜻으로, 에게해에서 크레테섬 부근의 바다
   를 가리킨다. 이카로스의 아버지 다이달로스는 뛰어난 발명가로 크레테섬의 왕 미노스를
   위해 ‘라비린토스’라는 미로를 만들어주었으나, 왕의 미움을 사서 라비린토스의 높은 탑
   에 갇힌다. 그는 새의 날개깃을 모아 실로 엮고 밀랍을 발라 날개를 만든 후 아들 이카로
   스와 함께 탈출하지만, 이카로스는 아버지의 경고를 무시하고 태양 가까이 날다가 밀랍이
   녹아 바다에 떨어지고 만다.

아르고스의 헬레네를 프리아모스와 트로스인에게 남겨둔 채
바다의 넓은 등을 타고 조상의 땅으로 도망치겠다니요.　　　　　160
수많은 아카이오스인이 그녀를 위해
사랑하는 조상의 땅을 떠나 머나먼 트로이아로 와서
죽어간 것이 아니었나요? 그러니 그대는 지금 청동 갑옷 입은
아카이오스 백성에게 가서 점잖은 말로 한 사람 한 사람을 만류해,
양쪽으로 노 젓는 함선들을 바다에 띄우지 못하게 하세요."　　　165
　　　헤라가 이렇게 말하자, 빛나는 눈의 아테나는 거역하지 않고
올림포스 정상에서 쏜살같이 내려가,
아카이오스인의 빠른 함선들이 있는 곳으로 신속하게 갔다.
그곳에서 아테나는 제우스에게 결코 뒤지지 않은 지략을 지닌
오디세우스가 우두커니 서 있는 것을 발견했다.
그는 마음이 괴롭고 분노가 치밀어 훌륭한 노를 갖춘　　　　　170
자신의 검은 배에 가까이 다가가지도 않았다.
빛나는 눈의 아테나는 그에게 다가가 말했다.
"제우스의 자손 라에르테스의 아들이자 지략가인 오디세우스여,
이렇게 그대들은 정말 자신의 자랑인 아르고스의 헬레네를
프리아모스와 트로스인에게 남겨둔 채 노 많은 함선들에　　　175
몸을 싣고 조상의 땅으로 도망치려는가?
수많은 아카이오스인이 그녀를 위해 사랑하는 조상의 땅을 떠나
머나먼 트로이아까지 와서 죽어간 것 아니던가?
그러니 그대는 지금 아카이오스인 군사들에게 가서
점잖은 말로 한 사람 한 사람을 만류해,　　　　　180
양쪽으로 노 젓는 함선들을 바다에 띄우지 못하게 하라."
　　　아테나가 이렇게 말할 때, 오디세우스는
여신의 음성임을 알아차리고, 달려가면서 외투를 벗어던졌고,

〈아테나와 오디세우스〉(리엔크 키에르트, 1750년)

그를 따라온 이타케 출신의 전령 에우리바테스[8]가 그 외투를 챙겼다.

오디세우스는 아트레우스의 아들 아가멤논에게 가서   185

조상들에게서 물려받은 영원히 멸하지 않는 홀을

받아들었다. 그는 그 홀을 손에 들고 청동 갑옷 입은

아카이오스인의 함선들 사이를 누비며 왕이나 유력 인사를

볼 때마다 다가가 점잖은 말로 이렇게 만류했다.

"이게 무슨 짓이오? 겁먹은 것처럼 행동하다니, 당신에게 어울리지 190

않소. 당신도 자리에 앉고, 다른 군사들도 앉게 하시오.

아트레우스의 아들이 무슨 생각을 하는지 아직 모르니 이러고 있잖소.

지금 그는 아카이오스인의 아들들을 시험하고 있고, 곧 불호령이 떨어질

것이오. 그가 원로회의에서 무슨 말을 했는지 다들 듣지 않았소?

괜히 그의 심기를 건드려 아카이오스인의 아들들이 피해 보는 일은 없게 195

합시다. 제우스께서 기르신 왕들이 한번 분노하면 걷잡을 수 없잖소.

그들의 명예는 제우스에게서 나오거니와 지략가이신 제우스께서 그들

 을 사랑하시기 때문이오."

  하지만 군사들 중에서 소리 지르는 자를 보았을 때

오디세우스는 들고 있던 홀을 내리치며 이렇게 꾸짖었다.

"이게 무슨 짓이냐? 조용히 앉아서 너보다 훌륭한 사람들의   200

말을 들어라. 너는 싸울 줄 모르고 힘도 없어

전쟁에도 전략회의에도 끼지 못하는 자가 아니냐.

어떻게 여기 있는 아카이오스인 모두가 왕이 되어 다스리겠느냐.

통치자가 많다고 해서 좋을 건 없다.

지략 많은 크로노스의 아드님에게 홀과 법을 받아   205

백성에게 조언해줄 왕은 한 분이면 충분하다."

---

8 "이타케"(이타카)는 이오니아제도에 속한 섬으로 펠로폰네소스반도 바로 위쪽에 있다. 오
 디세우스의 전령 "에우리바테스"는 아가멤논의 전령 중 한 명과 이름이 같다.

이렇게 오디세우스는 군영을 누비며 소란을 진정시켰다.
그러자 굉음을 동반한 파도가 해변에 부딪쳐 고함을 지르고,
깊은 바다가 포효하는 것처럼 함선들과 막사들에서
소란을 떨던 이들이 다시 회의장으로 모여들었다.   210
    이제 다른 사람들은 자기 자리에 조용히 앉아 있는데,
오직 말 많은 테르시테스만 여전히 떠들어대고 있었다.
그의 생각 속에는 왕들을 욕하는 이런저런 말이 가득 차 있고,
아르고스인을 웃길 수 있을 것 같으면
아무리 앞뒤가 들어맞지 않고 실없는 말이라도 거침없이 쏟아냈다.   215
테르시테스는 일리오스에 온 사람들 중에서 가장 못생겼다.
두 다리가 밖으로 휘었을 뿐 아니라 한쪽 발을 절고, 양쪽 어깨는
굽어 가슴 쪽으로 모였으며, 어깨 위에는 뾰족한 모양의 머리가
얹혔는데, 가느다란 머리카락이 듬성듬성 나 있었다.
아킬레우스와 오디세우스가 그를 가장 미워했다. 그가 특히 두 사람을   220
욕하고 다녔기 때문이다. 이번에도 그는 쇳소리 섞인 목소리로
고귀한 아가멤논을 욕하는 말을 쏟아냈다. 아카이오스인들은 몹시
분개했고 속으로 그를 못마땅해했다. 하지만 그는 아랑곳하지 않고
아가멤논을 욕하는 말을 큰 소리로 길게 늘어놓았다.
"아트레우스의 아들이여, 도대체 무엇이 부족해서   225
또 불만인가? 당신의 막사에는 청동이 그득하고,
우리 아카이오스인이 성을 함락할 때마다
가장 먼저 당신에게 바친 여자도 많다.
혹시 말 길들이는 트로스인들 중 누군가가
자기 아들의 몸값으로 일리오스에서 황금을 가져오길,   230
나를 비롯한 아카이오스인이 젊은 트로스인을 사로잡아 끌고 오길 바
    라는 거요?
아니면 혼자 독차지해서 사랑을 나눌 젊은 여자를

잡아 오길 바라나? 지휘관으로서 아카이오스인의

아들들에게 해가 될 만한 일을 시키는 건 안 될 일이지.

약골들이여, 남자 이름에 욕 먹이는 못난 자들이여,   235

더 이상 아카이오스의 사내가 아닌 계집들이여,

저자는 트로이아에서 상 받을 궁리나 하게 두고, 우리는 함선을 몰아

집으로 돌아갑시다. 그래야 그동안 우리가 얼마나 도움이 되었는지

알 테니. 얼마 전 그는 아킬레우스에게 준 상을 도로 빼앗아,

자기보다 훨씬 사내대장부인 그를 모욕했소.   240

하지만 아킬레우스는 개의치 않았고 마음에 분노를 담지도 않았지.

안 그랬으면 아트레우스의 아들, 그의 전횡도 그때가 마지막이었을 텐데.”

　　　테르시테스는 이렇게 말하며 백성의 목자 아가멤논을 욕했다.

그러자 고귀한 오디세우스가 재빨리 그에게 다가가

이마를 찡그리고 노려보며 심한 말로 꾸짖었다.   245

“아무 말이나 지껄여대는 테르시테스, 네놈이 달변가일지라도

입 다물고, 왕들을 멋대로 욕하지 마라.

아트레우스의 아들과 함께 일리오스에 온 자들 중

너보다 못난 사람은 아무도 없어 보이니까.

그러니 사람들 앞에서 왕들의 이름을 주둥이에 올리며   250

욕하지도 말고, 귀향을 선동하지도 마라.

장차 이 일이 어떻게 될지, 아카이오스인의 아들들이

귀향하는 것이 좋을지 나쁠지는 아무도 모른다.

그런데도 너는 사람들이 모인 자리에서 다나오스의 전사들이

아트레우스의 아들 아가멤논에게 이미 차고 넘치게 주었다면서,   255

백성의 목자인 그를 욕하고 조롱하고 있다.

분명히 말해두는데, 지금 내가 하는 말은 반드시 이루어지리니,

네놈이 지금처럼 어리석게 구는 꼴이 내 눈에 한 번만 더 띄면 ,

너를 붙잡아다가 겉옷과 상의는 물론 수치스러운 곳을 가리고 있는

소중한 옷들을 죄다 벗기고 치욕스러운 매타작을 한 후   260
회의장에서 쫓아내, 눈물을 흘리며 빠른 함선으로 가게 할 테다.
만일 내가 이 말을 지키지 않는다면,
나 오디세우스의 머리가 더는 어깨 위에 붙어 있지 않아도 되고,
텔레마코스[9]의 아버지라고 불리지 않아도 된다."

　　　오디세우스가 이렇게 말하고 홀을 들어 테르시테스의 등과   265
어깨를 쳤다. 그러자 그는 몸을 웅크린 채 눈물을 뚝뚝 흘렸고,
황금 홀에 맞은 등에서 상처가 벌겋게 부어올랐다.
그는 잔뜩 겁을 집어먹고서 자리에 앉았고,
욱신거리는 고통에 난감한 표정으로 눈물을 훔쳤다.
사람들은 안쓰러워하면서도 그를 보며 통쾌하다는 듯 웃었다.   270
누군가는 옆 사람에게 이렇게 말하기도 했다.
"꼴 좋군! 정말이지 오디세우스는 지금까지 무슨 일을 결정할 때나
전쟁을 수행할 때 우리를 이끌며 무수히 많은 일을 잘해왔지."
그중에서도 방금 수다쟁이 독설가가 앞으로는 사람들이 모인 자리에서
아무 말이나 쏟아내지 못하게 한 일이 으뜸일세. 지금까지   275
아르고스인 가운데서 해온 일 중 가장 잘했어.
아무리 막무가내여도 다시는 왕들을 욕하진 못하겠지."

　　　거기 모여 있던 사람들이 이렇게 말하고 있을 때, 성을 함락시키는 자
오디세우스가 홀을 잡고 일어섰다. 그 옆에서는 빛나는 눈의 아테나가
전령의 모습으로 서서 군사들에게 조용히 하라고 명령했다.   280

9　"텔레마코스"는 오디세우스와 페넬로페 사이에 태어난 아들이다. 아버지가 트로이아 전쟁
　에 나가 20년 동안이나 돌아오지 않자 아버지의 오랜 친구인 멘토르의 가르침을 받으며
　홀어머니 밑에서 자란다. 아버지를 찾아 나선 텔레마코스는 멘토르로 변장한 아테나 여신
　의 충고에 따라 먼저 필로스에 있는 네스토르를 찾아가고, 그다음으로 스파르테에 가서
　메넬라오스를 만난다. 이후 돌아와 귀향한 아버지를 만나 함께 그동안 어머니를 괴롭혀
　온 구혼자들을 처단한다.

가까이 있는 자든 멀리 있는 자든 모든 아카이오스인의 아들들이

오디세우스의 말과 계책을 듣고 생각할 수 있게 하기 위해서였다.

오디세우스는 그들 가운데서 좋은 뜻으로 말했다.

"아트레우스의 아들이여, 왕이시여, 지금 아카이오스인들은 당신을

모든 사람 앞에서 최고의 겁쟁이로 만들 작정인 것 같소.　　　　285

튼튼한 성벽의 일리오스를 함락시키기 전에는 결코 돌아가지

않겠다고 당신에게 약속하고 말들을 먹이는 초지 아르고스를 떠나

이곳까지 와놓고서는 이제 와서 그 약속을 지키지 않기로

작정했나 보오. 어린아이들이나 과부들처럼

너나없이 집으로 돌아가겠다고 징징대니 말이오.　　　　290

고생하다 보면 괴롭고 초조해 귀향하고 싶은 마음이 들게 마련이오.

겨울 폭풍과 거센 파도 때문에 바다에서 발이 묶인 채

아내와 떨어져 노 많은 함선에서 한 달만 지내도

마음이 괴롭고 초조해지니까. 그런데 우리는 해가 아홉 번이나

바뀌었는데도 아직도 이곳에 머물러 있으니,　　　　295

아카이오스인들이 새 부리처럼 휜 함선들 옆에서 괴로워하고

초조해한다 해도 부끄러울 것 없소. 하지만 이렇게

오랜 시간 머물다가 빈손으로 귀향한다면 그야말로 수치스러운 일이오.

그러니 친구들이여, 조금만 더 참고 기다려봅시다. 그러면

칼카스의 예언이 맞는지 틀리는지 알게 될 것이오.　　　　300

그 일에 대해서는 우리가 마음속에서 잘 알고 있고, 죽음의 여신

케르[10]가 데려가지 않아 죽지 않고 살아 있는 여러분이 그 일의

---

10 "케르"(Κήρ)는 밤의 여신 닉스가 낳은 딸로, 전쟁터에서 피투성이 옷을 걸치고 다니며 부
　　상당한 군사들의 생명을 빼앗아 저승으로 끌고 가는 죽음의 여신이다. 케르는 죽음의 운명
　　을 쥐고 있어, 아킬레우스는 명성과 영광을 포기하고 고국에서 행복하게 살다가 맞이하는
　　'케르'와 트로이아 전쟁에 참전해 단명하지만 불멸의 명성을 얻는 '케르' 중 하나를 선택
　　할 수 있었다.

증인들이오. 프리아모스와 트로스인을 응징하려고 아카이오스인의

함선들이 아울리스[11]에 집결했을 때가 엊그제 같소.

그때 우리는 아름다운 플라타너스 아래   305

찬란한 물이 솟아나오는 샘물 곁 신성한 제단 위에서

불멸의 신들에게 흠 없는 제물을 바치고 있었소.

그때 놀라운 전조가 나타났지. 등이 피처럼 붉은 무시무시하게 생긴 뱀,

올림포스의 주인께서 친히 세상에 보내신 뱀이

제단 아래에서 불쑥 나타나 플라타너스를 향해 돌진했소.   310

그런데 나무 위 가장 높은 가지 무성한 잎사귀 아래에는

갓 태어난 새끼 참새가 여덟 마리 있었고,

새끼를 낳은 어미가 아홉 번째 새였소.

뱀은 애처롭게 비명을 질러대는 새끼 참새들을 잡아먹었고,

어미 참새는 사랑하는 새끼들 생각에 슬피 울며 주위를 날아다녔소.   315

그러자 이번에는 뱀이 똬리를 틀더니 공중으로 솟구쳐 어미 참새의 날
　　개를 물었소.

이렇게 뱀이 새끼 참새들과 어미 참새를 먹어치우자,

신이 보낸 그 무시무시하게 생긴 뱀이 우리 눈앞에서 사라졌소.

지략가인 크로노스의 아드님께서 그 뱀을 돌로 만들어버리신 것이오.

그곳에 서서 벌어진 일을 지켜본 우리는 경악했소. 그리고 신들에게   320

제를 올리는 동안 이런 무시무시한 전조가 나타났기 때문에,

칼카스는 즉시 거기 모여 있던 사람들에게 신의 뜻을 전했소.

'장발의 아카이오스인들이여, 왜 갑자기 조용해졌습니까?

지략의 신 제우스께서 우리에게 보여주신 이 놀라운 전조는

---

11 "아울리스"는 그리스 본토 중부 보이오티아 지방에 속한 항구 도시이며 에우보이아섬을 마
　　주보고 있다. 트로이아 원정을 위한 그리스 연합군의 집결지로 1천여 척의 함선이 이 항구
　　에 모였다.

일은 서서히 이루어지겠지만, 그 명성은 영원하리라는 의미입니다.

뱀이 새끼 참새들과 그 어미를 잡아먹었는데, 새끼 참새들은

여덟 마리였고, 그 어미 참새는 아홉 번째였던 것처럼,

우리도 동일한 햇수 동안 아주 오래 그곳에서 전쟁을 치르겠지만,

십 년째 되는 해에는 대로가 뻗어 있는 성을 점령하게 될 것입니다.'

칼카스는 모여 있는 사람들에게 그렇게 말했고, 그가 한 모든 말이 지금   330

그대로 이루어지고 있소. 그러니 자, 훌륭한 정강이 보호대를 한 아카이

　오스인이여,

프리아모스의 큰 성을 접수할 때까지 모두 이곳에 머물러주시오."

　　오디세우스가 이렇게 말하자 아르고스인들은 크게 함성을 질렀다.

아카이오스인이 신 같은 오디세우스를 찬양하며 질러대는 환호성은

함선들 양옆으로 울려 퍼지며 무시무시한 메아리를 만들어냈다.   335

전차를 타고 싸우는 전사 게레니아[12] 출신의 네스토르가 그들 가운데서

　일어나 말했다.

"이게 무슨 일이오? 여러분이 회의장에 모여 얘기하고 있는 모양이 꼭

전쟁에는 아예 관심 없는 철부지 어린아이들 같구려.

우리가 한 언약과 맹세는 도대체 어디로 가버린 것이오?

사람들의 조언과 책략, 희석하지 않은 포도주로 한 맹약, 서로 오른손을   340

굳게 잡고 다진 결의 따위는 불 속에 던져버리시오.

이렇게 입씨름만 하고 있으니, 이곳에서 오랜 시간을 보내고도

계책 하나 찾아내지 못하는 게 아니오?

아트레우스의 아들이여, 당신은 이전처럼 앞으로도 불굴의 결의로

이 엄중한 전투에서 아르고스인들을 지휘해주시오.   345

그리고 아이기스의 방패를 지닌 제우스의 약속이

---

12 "게레니아"는 펠로폰네소스반도 남부 서쪽에 있는 메세니아 지방의 한 도시로, 네스토르
　가 태어난 곳이다.

거짓인지 아닌지 알아보기도 전에, 아카이오스인 가운데 한두 명이

먼저 아르고스로 가겠다고 은밀히 모의한다면,

물론 그들의 계획이 이루어지지도 않겠지만, 그런 자들은 죽이시오.

내가 분명히 말하거니와, 아르고스인이 트로스인에게 죽음과 파멸을   350

안겨주기 위해 빨리 가는 함선들에 오르던 그날,

최강이신 크로노스의 아드님께서 우리의 오른쪽으로[13] 벼락을 내려

길조를 보여주셨소. 우리에게 동의한다는 표시로 머리를 끄덕여주신

　　것이오.

그러니 여러분 각자가 트로스인의 아내와 동침하게 될 때까지는,

그리고 헬레네로 인해 겪은 각자의 고초와 마음고생을   355

되갚아줄 때까지는 아무도 귀향하겠다고 조바심치지 마시오.

귀향하고 싶어 도저히 참을 수 없다면,

어디 한번 노가 잘 장착된 검은 함선에 손을 대보시오.

모두가 보는 앞에서 죽을 운명을 재촉하게 될 테니.

그리고 왕이시여, 스스로 좋은 계책을 내는 것도 좋지만, 남의 말에도   360

귀 기울여야 합니다. 그러니 내가 지금부터 하는 말을 흘려듣지 마시오.

아가멤논이여, 군사들을 부족별로, 또 씨족별로 편성해

씨족이 씨족을 돕게 하고, 부족이 부족을 돕게 하시오.

그렇게 명령하고, 아카이오스인들이 따른다면,

그들은 자신을 지키기 위해 싸우게 될 테니 지휘관들과   365

군사들 중에서 누가 비겁하고 용감한지 알게 될 것이오.

아울러 성을 함락하지 못했을 때, 그것이 신의 뜻인지, 아니면 사람들이

비겁하고 전쟁에 서투르기 때문인지도 알게 될 것이오."

　　　통치자 아가멤논이 그에게 대답했다.

"원로시여, 당신은 진정 이번에도 또다시 언변으로 아카이오스인의   370

13　오른쪽은 길조를, 왼쪽은 흉조를 나타낸다. 예컨대 새가 오른쪽으로 날아가면 길조다.

아들들을 이겼소. 아버지 제우스, 그리고 아테나와 아폴론이여,

아카이오스인 가운데 저런 책사가 열 명만 있다면 얼마나 좋을까요!

그러면 프리아모스왕의 도시도 머지않아 함락되어 우리 수중에

떨어져 머리를 숙이게 될 텐데.

하지만 크로노스의 아드님이자 아이기스의 방패를 지닌 제우스께서는   375

나를 무익한 언쟁과 다툼에 몰아넣어 몹시 곤혹스럽게 만드셨소.

나와 아킬레우스는 젊은 여자 한 명을 두고

심한 언쟁을 했는데, 먼저 화를 낸 것은 나였소.

하지만 앞으로 우리 두 사람이 뜻을 같이한다면,

트로스인은 바로 그 순간 지체 없이 재앙을 맞이할 것이오.   380

자, 이제 모두들 전쟁에 임할 수 있도록 가서 식사부터 하라.

그런 후에는 각자 창을 날카롭게 벼리고, 방패를 잘 손질해두라.

또한 각자 빠른 발의 말들에게 먹이를 챙겨주고,

전차를 골고루 점검하며, 어떻게 싸우면 좋을지 생각하라.

우리는 가증스런 전투를 온종일 치러내야 하고,   385

밤이 찾아와 전사들의 분노가 사그라들 때까지는

잠시의 휴식도 주어지지 않을 테니.

몸 전체를 보호해줄 넓은 방패 끈으로 인해 전사들마다

가슴이 땀으로 흥건해지고, 창을 든 손은 지쳐가며,

반들반들하게 광낸 전차를 끄는 전사들의 말도 땀으로 젖을 것이다.   390

하지만 전장을 이탈해 새 부리처럼 흰 함선들 옆에

머물러 있다가 내 눈에 띈 자는 누구든지

개들과 새들의 밥이 되는 것을 피할 수 없으리라.”

　　　아가멤논이 이렇게 말하자, 아르고스인은 크게 함성을 질렀다.

그 모습은 여기저기에서 불어오는 바람에 일렁이는   395

물결 때문에 한시도 잔잔할 틈 없는 해안가의 가파른 절벽으로

남풍에 출렁이는 파도가 몰려와 부딪치는 것 같았다.

그들은 자리를 털고 일어나 함선들 사이로 뿔뿔이 흩어져

막사마다 불을 피워 식사를 하고 나서,

영원히 존재하는 신들 중 각자가 섬기는 신에게 제를 올리며,   400

이번 전투에서 죽음을 피하고 고초를 겪지 않게 해달라고 기원했다.

한편 인간들의 군주 아가멤논은 최강 크로노스의 아들에게

제물로 바칠 다섯 해 된 황소 한 마리를 잡은 후,

원로들, 곧 모든 아카이오스인 중에서 가장 용맹한 장수들을 불렀다.

가장 먼저 네스토르와 이도메네우스왕이 왔고,   405

다음으로 두 명의 아이아스[14]와 티데우스의 아들[15]이 왔으며,

여섯 번째로 제우스 못지않은 지략가 오디세우스가 왔다.

함성 소리 우렁찬 메넬라오스는 자진해서 왔는데, 형인 아가멤논이

이 전투에 얼마나 노심초사하며 공들이는지 잘 알기 때문이었다.

그들은 황소를 둘러싸고 서서 보리를 집어들었고,   410

그들 사이에서 통치자 아가멤논은 이렇게 기원했다.

"검은 구름에 둘러싸여 하늘에 사시는 지극히 존귀하고 가장 위대한 제
    우스시여,

프리아모스의 왕궁이 새까맣게 타서 무너져 내리고,

그 왕궁의 문들이 활활 타오르는 화염에 휩싸이며,

헥토르의 가슴을 감싼 갑옷이 청동 창에 갈기갈기 찢기고,   415

헥토르 주위에 있던 전사들이 무더기로 땅에 얼굴을 처박고

이로 흙을 씹게 하기까지는

해가 지지 않고, 어둠이 찾아오지도 않게 하소서."

　　　그가 이렇게 말했으나, 크로노스의 아들은 기원을 이루어주기는커
　　　　녕 제물만 받고,

---

14 "두 명의 아이아스"는 큰 아이아스와 작은 아이아스를 가리킨다.
15 "티데우스의 아들"은 디오메데스를 가리킨다.

앞으로 그를 점점 궁지로 몰아 참담하게 만들 작정이었다.　　　　　　420

그들은 기원을 올리고 보리를 뿌리고 나서,

먼저 제물의 머리를 뒤로 젖혀 목을 따고 껍질을 벗긴 후,

넓적다리뼈들을 잘라내 기름 부위로

두 겹 싸고 그 위에 살코기를 올려놓았다.

그들은 잎사귀를 벗겨낸 나무토막 위에 그것들을 올려 태우기 시작했고,　　425

내장은 꼬챙이에 꿰어 헤파이스토스의 불 위에 올려놓았다.

넓적다리뼈들이 완전히 타자, 그들은 내장을 맛보고 나서

나머지를 조각내고 꼬챙이에 꿰어

공들여 구운 후 다시 꼬챙이에서 빼냈다.

제를 다 마치고 음식을 차렸는데,　　　　　　　　　　　　　　　430

똑같이 나눠 먹었기 때문에 다들 흡족해했다.

이렇게 먹고 마시는 욕구에서 벗어나자, 그들 가운데서

전차를 타고 싸우는 전사 게레니아의 네스토르가 먼저 입을 열었다.

"인간들의 군주요 지극히 존귀한 아트레우스의 아들 아가멤논이여,

이제 우리는 이 자리에 모여 의논만 해서는 안 되고,　　　　　　435

신께서 우리에게 맡기신 일을 질질 끌어서도 안 되오.

그러니 자, 전령들을 보내 청동 갑옷 입은 아카이오스인

백성을 함선들 앞에 집결시키고,

우리는 함께 아카이오스인의 드넓은 군영을 두루 순시하여,

결전의 의지가 더 빨리 달아오르게 합시다."　　　　　　　　440

　　　　네스토르가 이렇게 말하자, 인간들의 군주 아가멤논은 그의 말대로

즉시 목소리 우렁찬 전령들에게 지시하여

장발의 아카이오스인들에게 출정 명령을 전하게 했다.

전령들은 지시를 따랐고, 아주 신속하게 군사들이 집결했다.

제우스가 기른 왕들은 아트레우스의 아들 주위에서 분주히 움직이며　　445

대열을 정돈했고, 빛나는 눈의 아테나는 세월이 흘러도 낡지 않고

소멸되지 않는 귀하디귀한 아이기스 방패를 들고 그들 가운데 있었다.

방패에는 순금으로 정교하게 짠 술이 백 개 달려 있는데,

술 하나의 가치는 황소 백 마리 값이었다.

아테나는 이 방패를 들고 동에 번쩍 서에 번쩍 아카이오스인 백성들　　　450

사이를 누비고 다니며 그들의 발걸음을 재촉했고, 각자의 마음속에

전쟁과 전투 의욕을 끊임없이 불어넣었다.

곧 그들은 속 빈 함선들을 타고 사랑하는 조상의 땅으로

돌아가는 것보다 전쟁이 더 달콤하다는 생각에 사로잡혔다.

　　　모든 것을 집어삼킬 듯한 거센 불길이 산 정상의　　　455

넓디넓은 삼림을 태우면 그 불빛이 멀리서도 보이듯이,

그들이 행군할 때 무수히 많은 청동에서 번쩍거리는

눈부신 빛도 창공을 뚫고 하늘까지 도달했다.

　　　거위나 학이나 목이 긴 백조같이

날개 달린 새의 많은 무리가　　　460

아시아[16]에 있는 카이스트로스강 변의 초원 위로

이리저리 날아다니며 날개를 자랑하다가

요란한 소리를 내며 일제히 내려앉을 때 초원이 울리듯,

함선과 막사에 있던 수많은 사람의 무리가

스카만드로스 평야[17]로 쏟아져 나오자, 그들의 발과　　　465

16　여기에서 "아시아"는 아나톨리아(소아시아)를 가리킨다. 아시아라는 명칭은 티탄 신족들
　　인 대양의 신 오케아노스와 테티스 사이에서 태어난 딸들 중 하나로, 프로메테우스와 결
　　혼한 리디아의 여신 아시아(아시에)에서 유래했다고 한다. 제우스와 가이아 사이에서 태
　　어나 프리기아의 전설적인 왕이 된 마네스의 손자인 아시에스의 자손들이 리디아의 사르
　　디스에 정착하면서 그 일대가 아시아로 불렸다는 설도 있다.

17　트로이아 주변으로 스카만드로스강과 시모에이스강이 흘렀다. "스카만드로스 평야"는 두
　　강 옆의 평야로, 트로이아군과 그리스군 사이의 전투가 주로 여기에서 벌어졌다. 트로이
　　아의 건설자 일로스는 신탁에 따라 이데산 아래에 있는 이 평야에 일리온(트로이아의 별
　　칭)을 건설했다.

말발굽 아래에서 땅이 무섭게 울렸다.

꽃들이 만발한 스카만드로스의 초원 위에 그들이 서니, 그 수가

한창때의 잎사귀들과 꽃들처럼 헤아릴 수 없이 많았다.

     봄철에 목자가 농장에서 들통을 들고 다니며 우유를 짤 때

목자 주위에서 앵앵거리는 무수한 파리 떼처럼,   470

수많은 장발의 아카이오스인이 트로스인을 갈기갈기

찢어 죽이고자 하는 열망을 품고

그들에 맞서 들판 위에 섰다.

     염소 떼가 초지에 넓게 흩어져 뒤섞여 있어도

목자들이 자신의 염소를 쉽게 가려내듯이,   475

지휘관들은 부하들을 나누어 여기저기에 전투 대형으로

정렬시켰다. 그들의 한복판에는 총사령관 아가멤논이 있었는데,

눈과 머리는 벼락을 좋아하는 제우스를 닮았고,

허리는 아레스를 닮았으며, 가슴은 포세이돈을 닮았다.

황소 한 마리가 소 떼 중에서 월등하게 뛰어나면   480

소들이 모여 있을 때 돋보이는 것처럼,

이날 제우스는 아트레우스의 아들을

무리 가운데서 탁월하고, 영웅들 사이에서 돋보이게 했다.

     이제 말씀하소서, 올림포스에 사는 무사 여신들이여,

다나오스인의 최고 지휘관과 고위 지휘관은 누구였나이까?   485

당신들은 여신이니 어디에나 있어 모든 것을 아시지만,

우리는 소문만 들을 뿐 아는 바가 전혀 없습니다.

그러니 아이기스 방패를 지닌 제우스의 따님이신 올림포스의 무사 여신
    들께서

일리오스로 간 수많은 사람의 이름을 기억나게 해주지 않으신다면,

설령 내게 열 개의 혀와 열 개의 입과 지치지 않는 목소리가 있고,   490

내 안에 청동 심장이 있다고 한들, 그 수많은 사람에 대해

얘기하거나 그들의 이름을 말하는 게 불가능합니다.

그러니 함선의 지휘관들과 함선들만 읊겠습니다.

보이오티아인을 지휘한 이는 페넬레오스, 레이토스,

아르케실라오스, 프로토에노르, 클로니오스였다.[18]   495

보이오티아인은 히리아, 바위투성이 아울리스,

스코이노스, 스콜로스, 언덕 많은 에테오노스,

테스피아이, 그라이아, 광활한 미칼레소스에 사는 자들,

하르마, 에일레시온, 에리트라이에 사는 자들,

엘레온, 힐레, 페테온, 오칼레아,   500

견고한 성채 메데온, 코파이, 에우트레시스,

비둘기 떼가 깃든 티스바이에 사는 자들,

코로네이아, 푸른 목초지의 할리아르토스를 가진 자들,

플라타이아를 가진 자들, 글리사스에 사는 자들,

견고한 성채 히포테베,   505

포세이돈의 빼어난 숲, 신성한 옹케스토스[19]를 가진 자들,

포도가 많이 나는 아르네를 가진 자들, 미데아, 신성한 니사,

변경에 있는 안테돈을 가진 자들이었다.

보이오티아인은 쉰 척의 함선을 타고 왔고, 한 척마다

보이오티아인 장정 백스무 명이 탔다.   510

---

18 "보이오티아인"은 그리스 본토 중부의 보이오티아 지방에 사는 백성이다. 중심 도시는 테베다. 그들의 시조는 대홍수에서 살아남은 데우칼리온의 아들 암픽티온과 요정 멜라니페 사이에서 태어난 보이오토스이고, 보이오토스의 아들 이토노스는 히팔키모스, 알렉트리온, 아르킬리코스, 알레게노르 사형제를 낳았다. "페넬레오스"는 히팔키모스의 아들이고, "레이토스"는 알렉트리온의 아들이며, "아르케실라오스"와 "프로토에노르"는 아르킬리코스의 아들이고, "클로니오스"는 알레게노르의 아들이다.

19 테베 북서쪽에 있던 "옹케스토스"는 바다의 신 포세이돈의 성소가 있는 곳으로 유명하다. 코파이스 호수 남쪽에 있던 할리아르토스의 관할 도시였고, 마케도니아 시대에는 보이오티아 동맹의 회합 장소이기도 했다.

　　아스플레돈과 미니아스인의 오르코메노스에 사는 자들[20]을

지휘한 이는 아레스의 아들 아스칼라포스와 이알메노스였다.

이 두 사람은 정숙한 처녀 아스티오케가 아제우스의 아들

악토르의 궁에서 자신의 이층방에 올라가 자고 있을 때,[21]

힘센 아레스가 그녀와 몰래 동침해서 태어났다.

속 빈 함선 서른 척이 그들을 태우고 왔다.

　　포키스인을 지휘한 이는 나우볼로스의 아들인 기개 있는

이피토스의 두 아들 스케디오스와 에피스트로포스였다.[22]

포키스인은 키파리소스, 바위 많은 피토, 신성한 크리사,

다울리스, 파노페우스를 가진 자들,

아네모레이아, 히암폴리스에 사는 자들,

고귀한 케피소스강[23] 옆에 사는 자들,

케피소스강의 발원지인 릴라이아를 가진 자들이었다.

검은 함선 마흔 척이 포키스인을 태우고 왔다.

515

520

---

20 미니아스인의 조상은 보이오티아 지방 북서부에 있던 오르코메노스 왕국의 시조 미니아
　스다. 미니아스는 포세이돈 또는 그의 아들 크리세스가 낳았다고 전한다. "아스플레돈"과
　"오르코메노스"는 멜라스강을 사이에 둔 도시들로, 테베 북쪽 코파이스 호수 근처에 있었
　다. 기원전 14-13세기에는 미케네 문명의 중심지 중 하나로 테베와 경쟁한 도시국가였다.
　"미니아스인의 오르코메노스"라고 한 것은 펠로폰네소스반도의 아르카디아에도 오르코
　메노스라는 도시가 있었기 때문이다.
21 "아제우스"는 오르코메노스 왕 클리메노스의 왕자였다. 그의 아들 악토르는 오르코메노스
　왕국의 미니아스인의 통치자였고, "아스티오케"는 그의 딸이다. "아스칼라포스"도 미니아
　스인의 왕이었고, 쌍둥이 형제 "이알메노스"와 함께 아르고호 원정대에 참여했으며 헬레
　네의 구혼자였다.
22 "포키스"는 그리스 본토 중부이자 보이오티아의 서쪽에 있는 지방으로, 파르나소스산과
　델포이가 있어 고대 그리스 신화와 문화의 중심 무대였다. 포키스 왕 나우볼로스의 아들
　이피토스는 아르고호 원정대에 참여했고, 테베 공략 때는 테베의 동맹군이었다.
23 "케피소스강"은 고대 그리스 중부의 보이오티아 지방에 흐르던 강이다. 발원지는 파르나
　소스산의 북서쪽 비탈에 있는 포키스 지방 릴라이아다. 이 강은 동쪽으로 흘러 보이오티
　아 평야를 지나 북쪽으로 오르코메노스를 거쳐 코파이스 호수로 들어간다. 그래서 코파이
　스 호수는 케피소스 호수로 불리기도 한다.

이 두 사람은 이리저리 다니며 포키스인을 정렬시켰는데,   525
그들은 보이오티아인 바로 왼편에 섰다.

    로크리스인[24]을 지휘한 이는 오일레우스[25]의 민첩한 아들 작은 아
        이아스였다.

그는 텔라몬의 아들 아이아스만큼 크지 않고 훨씬 작았다.

아마포 흉갑을 입은 그는 비록 키는 작았지만,

창술에서는 모든 헬렌인[26]과 아카이오스인보다 뛰어났다.   530

로크리스인은 키노스, 오푸스, 칼리아로스, 베사,

스카르페, 아름다운 아우게이아이, 보아그리오스강 옆

타르페와 트로니온에 사는 자들이었다.

작은 아이아스는 에우보이아 맞은편에 사는

로크리스인의 검은 함선 마흔 척을 이끌고 왔다.   535

    기세등등한 아반테스인[27]은 에우보이아, 칼키스, 에레트리아,

포도가 많이 나는 히스티아이아, 해변의 케린토스,

깎아지른 듯한 성채 디온을 가진 자들,

카리스토스를 가진 자들, 스티라에 사는 자들이었다.

아반테스인을 지휘한 이는 아레스의 후예이자 칼코돈[28]의 아들이며   540

---

24 "로크리스인"은 그리스 본토 중부 파르나소스산 근방의 로크리스에 사는 종족으로 두 부
    족으로 나뉘어 있었다. 파르나소스산 서쪽 코린토스만에 사는 부족인 오졸로이 로크리스
    인은 포키스 지방의 암피사가 도성이었다. 반면 파르나소스산 동쪽 그리스 중부 동쪽 연
    안에 사는 부족인 오푸스 로크리스인은 에우보이아의 맞은편 해안에 있는 오푸스가 도성
    이었다.
25 "오일레우스"는 로크리스의 왕이며 아르고호 원정대에 참여했다. 에리오피스와의 사이에
    서 작은 아이아스를 낳았고, 레네와의 사이에서 서자 메돈을 낳았다.
26 헬렌은 대홍수 때 살아남은 데우칼리온과 피라의 장남으로 도로스, 크수토스, 아이올로스
    를 낳았다. 이 삼형제가 그리스 주요 부족의 시조가 되었으므로, '헬레네스'(헬렌의 자손),
    즉 "헬렌인"은 그리스 민족 전체를 뜻하는 말로 쓰였다.
27 "아반테스인"은 그리스인이 오기 전 에우보이아섬에 살고 있던 원주민이다.
28 아반테스인의 왕 칼코돈은 테베와 전쟁을 벌이다 암피트리온에게 죽는다. 그는 알키오네
    와 결혼해 아들 엘레페노르를 낳았다.

기개 있는 아반테스인의 통치자인 엘레페노르였다.

그를 따라온 뒷머리를 길게 기른 민첩한 아반테스인은 창병들로,

물푸레나무 창으로 적의 가슴을 감싼 흉갑을

찔러 박살 낼 때가 오기만을 학수고대했다.

엘레페노르는 마흔 척의 검은 함선을 이끌고 왔다.　　　　545

　　　옛적에 제우스의 딸 아테나는 곡식을 주는 대지의 여신이

낳은 에레크테우스[29]를 키워 자신의 성지요 비옥한

아테나이[30]에 정착해 살게 했다. 그래서 지금도

아테나이의 장정들은 해마다 아테나에게

황소와 숫양을 제물로 바치며 여신의 도움을 기원한다.　　　　550

이 견고한 성채, 영웅다운 기개를 지닌 에레크테우스의 영지

아테나이를 가진 자들을 지휘한 이는 페테오스의 아들 메네스테우스[31]

---

29 지혜와 전쟁의 여신 아테나는 처녀성을 끝까지 지킨 여신으로 알려져 종종 '파르테노스' ('처녀'라는 뜻)라는 별칭이 붙고, 아테나의 신전은 파르테논이라 불린다. 하지만 아테나 에게는 아들이 있었다. 아테나는 전쟁에 쓸 무기를 제작하기 위해 헤파이스토스의 대장 간을 찾아갔다. 아내 아프로디테에게 버림받은 헤파이스토스는 아테나를 끌어안고 사랑 을 나누려 했지만 끝내 거절당했다. 욕정을 주체하지 못한 헤파이스토스는 아테나의 다 리에 사정을 하고 만다. 이때 아테나가 양털로 닦아 땅에 던진 헤파이스토스의 정액으로 대지의 여신 가이아가 임신해 에리크토니오스('대지에서 태어난 자')가 태어난다. 가이 아가 이 아이를 못마땅해하자 아테나가 거두어 아들로 삼고 키운다. 원문에는 "에레크테 우스"로 되어 있지만, "에레크테우스"는 아테나이의 왕 판디온과 물의 요정 제욱시페 사 이에서 태어난 아들이다.
30 "아테나이"(아테네)는 그리스 본토 남부 아티케(아티카) 지방의 중앙에 위치한 도시다. 아 테나이라는 명칭이 아직 생겨나기 전 이 도시(당시 이름은 '아크테'였다)의 수호신 자리 를 놓고 아테나와 포세이돈이 겨룬 이야기가 유명하다. 두 신이 도시를 놓고 다투자 시민 들은 누가 도시에 더 이로운 선물을 주는지 보고 수호신을 결정하기로 했으며, 심판은 아 크테의 왕 케크롭스가 맡았다. 포세이돈은 삼지창으로 땅을 찔러 아크로폴리스 언덕에서 바닷물이 솟아나게 했고, 아테나는 올리브나무가 자라게 했다. 케크롭스는 올리브 열매가 소금물 샘보다 더 유용하다고 판단해 아테나를 수호신으로 결정했다.
31 "페테오스"는 아테나이의 전설적인 왕 에레크테우스의 손자이자 오르네우스의 아들이다. 페테오스의 아들 "메네스테우스"는 아테나이의 왕이자 영웅인 테세우스가 지하세계로 갔 다가 하데스에게 붙잡혀 있는 동안 제우스와 스파르테 왕 틴다오레스의 왕비 레다 사이에

였고,

지상에서 살아가는 인간 중 전차들과 방패 든 전사들을

배치하고 정렬하는 일에서 그를 상대할 수 있는 자는 아무도 없었다.

그와 겨룰 수 있는 사람은 연장자였던 네스토르 한 사람뿐이었다.   555

메네스테우스는 검은 함선 쉰 척을 이끌고 왔다.

    아이아스는 살라미스[32]에서 열두 척의 함선을 이끌고 와서,

아테나이인이 포진한 곳에 세워두었다.

    성벽 높은 아르고스와 티린스,

깊은 만을 품고 있는 헤르미오네와 아시네,   560

트로이젠, 에이오네스, 포도가 많이 나는 에피다우로스를 가진 자들,

아이기나, 마세스를 가진 아카이오스인의 장정들을 지휘한 이는

함성 소리 우렁찬 디오메데스와

명성 높은 카파네우스의 사랑하는 아들 스테넬로스[33]였다.

그들과 더불어 세 번째 지휘관,   565

탈라오스의 아들인 메키스테우스왕의 아들 에우리알로스[34]도 왔다.

서 태어난 카스토르와 폴리데우케스의 도움으로 아테나이의 왕이 된다. 카스토르와 폴리데우케스는 트로이아 전쟁의 원인이 된 헬레네, 아가멤논의 아내가 된 클리타임네스트라의 형제들이다.

32 여기서 "아이아스"는 텔라몬의 아들 큰 아이아스다. 텔라몬은 살라미스의 왕이었다. "살라미스"는 아테나이 인근 사로니코스만에 있으며 그리스에서 가장 큰 섬이다.

33 "카파네우스"는 테베 공략 일곱 장군 중 하나로, 아르고스 왕 이피스의 딸 에우아드네와 결혼해 "스테넬로스"를 낳았다. 힘이 세고 기골 장대한 맹장이었던 그는 신을 전혀 두려워하지 않았다. 제우스가 막더라도 반드시 테베성을 함락시키겠다고 호언장담했지만, 성벽을 오르다가 제우스의 벼락에 맞아 죽는다. 아르고스 왕가의 적통이었던 아이깁토스의 자손 스테넬로스 가문이 디오메데스의 왕위 계승권에 의문을 제기하자, 위협을 느낀 디오메데스가 아르고스를 떠난 뒤 스테넬로스의 아들 킬라라베스가 왕위에 올랐다.

34 "탈라오스"는 예언자 멜람푸스의 형이자 아르고스 왕인 비아스가 필로스 왕 넬레우스의 딸 페로와 결혼해 낳은 아들이다. 멜람푸스는 어미 잃은 새끼 뱀 두 마리를 길러주었는데, 그가 자는 동안 새끼 뱀이 귓구멍을 핥아 동물의 말을 알아들을 수 있는 능력이 생겼다. 또한 알페이스강에서 아폴론을 만난 후 세계 제일의 예언자가 되었다. 탈라오스의 아들 "메키스테우스"는 아르고스의 왕이자 테베 공략을 주도한 아드라스토스의 형제다. 메키스

하지만 그들 모두를 지휘한 이는 함성 소리 우렁찬 디오메데스였고,

그들과 함께 검은 함선 여든 척이 왔다.

　　　견고한 성채 미케네, 부유한 코린토스,

견고한 성채 클레오나이를 가진 자들,　　　　　　　　　　　　　　　570

오르네이아, 아름다운 아라이티레아,

전에 아드라스토스[35]가 다스리던 시키온[36]에 사는 자들,

히페레시아, 험준한 고노에사와 펠레네를 가진 자들,

아이기온 전역, 아이기알로스 전체,[37]

드넓은 헬리케 지역에 흩어져 사는 자들, 그들이 타고 온 함선 백 척을　　　575

지휘한 이는 아트레우스의 아들 통치자 아가멤논이었다.

그를 따라온 군사들은 수도 가장 많았고, 가장 용맹스러운 자들이었다.

테우스는 테베를 공략하다가 죽고, 아들 "에우리알로스"는 아드라스토스의 뒤를 이어 왕
이 된 디오메데스와 함께 트로이아 전쟁에 출전한다.

35 "아드라스토스"는 아르고스의 왕으로, 두 딸 중 아르게이아를 테베 왕 오이디푸스의 쌍둥
이 아들 폴리네이케스와 결혼시키고, 데이필레를 칼리돈 왕 오이네우스의 아들 티데우스
와 결혼시킨다. 사위인 폴리네이케스가 쌍둥이 형 에테오클레스로부터 테베 왕위를 뺏기
자 일곱 장군을 모아 테베 공략을 감행한다. 하지만 아르고스군은 대패하고, 폴리네이케
스와 에테오클레스 형제도 둘 다 죽는다. 제2차 테베 공략에서는 성공하지만 왕위 계승자
인 아들을 잃고 상심해 돌아오는 길에 메가라에서 죽고, 외손자 디오메데스가 아르고스의
왕위를 잇는다.

36 "시키온"의 원래 이름은 아이기알레이아였다. 이 도시는 대대로 아드라스토스의 아들 아
이기알레우스 왕가가 다스렸기 때문이다. 하지만 이 왕가의 마지막 왕이었던 라메돈은
아카이오스의 아들 아르칸드로스와 아르키텔레스가 쳐들어오자, 아테나이에서 온 시키
온의 힘을 빌려 물리치려고 딸 제욱시페를 시키온과 결혼시키고 후계자로 삼았다. 그 후
시키온이 왕이 되자 이 도시는 "시키온"으로 개명되었다.

37 "아이기온"은 고대 아카이아의 열두 도시 중 하나로 셀리누스강 서안에 위치하며, "헬리
케"에서 8킬로미터 정도 떨어져 있다. "아이기알로스"는 펠로폰네소스반도 북부 지방
(지금의 아카이아)의 고대 명칭이다. 고대인들은 셀리누스가 바다의 신 포세이돈의 아들
이라고 믿었다. 그에게는 왕위를 이을 아들이 없었고 딸 헬리케만 있었다. 크수토스의 아
들 이온이 군사를 이끌고 아이기알로스를 공격하자 셀리누스는 딸을 그와 결혼시켰다. 셀
리누스가 죽은 후 아이기알로스의 왕이 된 이온은 셀리누스강 하구에 아내의 이름을 딴
도시 "헬리케"를 건설했다.

번쩍이는 청동 갑옷을 입고 그들 가운데 선 영광스러운 모습은

모든 영웅 중 단연 돋보였다. 그는 가장 지위 높은 인물이었을 뿐 아니라,

가장 많은 군사를 이끌었기 때문이다.   580

　　　계곡 많은 분지의 땅 라케다이몬, 파리스, 스파르테,[38]

비둘기 떼가 깃든 메세를 가진 자들, 브리세아이,

아름다운 아우게이아이에 사는 자들, 아미클라이,

해변의 성채 헬로스를 가진 자들, 라아스를 가진 자들,

오이틸로스 지역에 흩어져 사는 자들이 탄 함선 예순 척을 지휘한 이는   585

아가멤논의 아우, 우렁찬 함성의 메넬라오스였다.

이렇게 두 형제는 각자 군대를 꾸렸다.

메넬라오스는 결연한 의지로 그들 사이를 다니며

전쟁을 독려했다. 그는 헬레네 때문에 겪은 고초와

마음고생을 되갚아주겠다는 열망이 누구보다 강했다.   590

　　　필로스,[39] 아름다운 아레네, 알페이오스강의 나루터 트리온,

잘 지은 아이피에 사는 자들,

키파리세이스, 암피게네이아, 프텔레오스,

헬로스, 도리온에 사는 자들을 지휘한 이는

전차를 타고 싸우는 게레니아의 네스토르였고,   595

그를 따라 속 빈 함선 아흔 척이 왔다. 도리온은 무사 여신들이

오이칼리아의 왕 에우리토스를 떠나온 트라케인 타미리스[40]를 만나

38　"스파르테"(스파르타)는 펠로폰네소스반도 남동부 에우로타스강 변에 있는 도성을 가리
　　킨다. "라케다이몬"은 스파르테를 중심으로 한 도시국가의 명칭이다.

39　"필로스"는 펠로폰네소스반도 남동부 메세니아 지방의 해안 도시로, 필로스의 왕 네스토
　　르가 통치하던 왕국의 도성이다.

40　"에우리토스"는 그리스 본토 테살리아 지방 오이칼리아의 왕이다. "타미리스"는 아폴론의
　　손자이자 필라몬의 아들로, 그리스 본토 북동부(발칸반도 동부)에 있는 트라케 지방 출신
　　의 전설적인 음유시인이다. 무사 여신들과 노래 시합을 했다가 목소리와 음악적 재능을
　　빼앗기고 눈이 먼다.

다시는 노래하지 못하게 만든 곳이었다. 타미리스가 아이기스 방패를

지닌 제우스의 딸 무사 여신들과 노래 대결을 해도 이길 수 있다고

호언장담하자, 화가 난 무사 여신들이 그를 불구로 만들고,   600

그에게서 천상의 감미로운 노래를 빼앗은 데다

키타라[41] 연주하는 법도 잊어버리게 만들었다.

      험준한 킬레네산[42] 아래 아이피토스[43]의 무덤 옆

근접전에 뛰어난 전사들이 있는 아르카디아를 가진 자들,

페네오스, 양 떼 많은 오르코메노스,   605

리페, 스트라티아, 바람 거센 에니스페에 사는 자들,

테게아, 아름다운 만티네이아를 가진 자들,

스팀팔로스를 가진 자들, 파르라시아에 사는 자들을

지휘한 이는 안카이오스의 아들인 통치자 아가페노르[44]였다.

그가 이끌고 온 함선은 예순 척이었는데,   610

함선마다 전투에 뛰어난 아르카디아 전사들이 많이 탔다.

그들은 바다를 알지 못했기에, 아트레우스의 아들이자

인간들의 군주 아가멤논이 친히 노가 장착된 함선들을

그들에게 주어 포도주같이 검붉은 바다를 건너오게 했다.

41　고대 그리스에서 상류층과 신화적 영웅 사이에서 널리 연주되던 현악기다.

42　"킬레네산"은 펠로폰네소스반도에서 두 번째로 높으며(해발 2,367미터) 중앙에 있는 산
　　이다. "아르카디아"의 북동쪽에 있다. 아카이아의 아래쪽에 있는 아르카디아는 사방이 산
　　으로 둘러싸인 고원지대로, 르네상스 시대에는 지상낙원으로 묘사되었다. 바다와 접한 면
　　이 없어 "그들은 바다를 알지 못했기에" 아가멤논이 그들에게 함선들을 보내주었다는 말
　　이 뒤에 나온다.

43　"아이피토스"는 메세니아 왕 크레스폰테스와 아르카디아 왕 킵셀로스의 딸 메로페 사이에
　　서 태어난 막내아들이다. 귀족들의 반란을 주도한 폴리폰테스가 온 가족을 몰살하고 어머
　　니 메로페와 강제로 결혼하자, 아이피토스는 외조부 킵셀로스에게로 피신했다가 나중에
　　복수하고 메세니아의 왕위를 되찾는다.

44　"아가페노르"는 아르카디아 지방 테게아의 왕이다. 아버지 "안카이오스"는 제우스의 자손
　　인 아르카디아 왕 리쿠르고스의 아들로, 아르고호 원정대에 참여해 헤라클레스와 짝을 이
　　루어 노를 저었고, 칼리돈의 멧돼지 사냥에도 참가했다.

부프라시온, 고귀한 엘리스[45]에 사는 자들,

즉 히르미네, 변경에 있는 미르시노스,

올레니에 바위, 알레이시온에 둘러싸인 지역에 사는 자들의

지휘관은 네 명이었다. 각각의 지휘관은 열 척의 빠른 함선을 이끌었고,

함선마다 많은 에페이오스인[46]이 탔다.

에페이오스인 가운데 일부는 악토르의 후예인

크테아토스의 아들 암피마코스[47]와 에우리토스의 아들 탈피오스가 지

　휘했고,

일부는 아마린케우스[48]의 아들 용사 디오레스가 지휘했으며,

네 번째 부대는 아우게이아스의 아들인 아가스테네스왕[49]의 아들

---

45 "엘리스"는 펠로폰네소스반도 북서부에 있던 도시국가이자 도성의 이름이다. 위로는 아카
　이아, 동쪽으로는 아르카디아, 남쪽으로는 메세니아, 서쪽으로는 이오니아해가 있다.
46 "에페이오스인"은 엘리스의 원주민으로, 아나톨리아에서 이주해온 카우코네스인과 파로
　레아타인을 가리킨다. 『일리아스』에서 그들은 메세니아의 필로스인과 앙숙으로 나온다.
47 "악토르"는 엘리스 왕 아우게이아스의 형제다. 헤라클레스가 미케네 왕 에우리스테우스에
　게 부여받은 열두 과업 중 다섯 번째가 아우게이아스의 축사 청소였다. 아우게이아스는 3
　천 마리의 소를 키웠는데, 외양간을 한 번도 치우지 않았다. 헤라클레스는 분뇨로 가득 찬
　외양간을 하루 만에 청소했지만, 아우게이아스는 그 대가로 소 떼의 10분의 1을 주겠다는
　약속을 지키지 않았다. 나중에 헤라클레스가 복수하기 위해 아르카디아 군대를 이끌고 엘
　리스를 공격했다. 악토르는 엘리스 지방에 어머니의 이름을 딴 도시 '히르미네'를 건설했
　고, 몰리오네와 결혼해 '몰리오네 형제'라는 별칭으로 불린 쌍둥이 형제 크테아토스와 에
　우리토스를 낳았는데, 사실 이 형제는 포세이돈의 아들이라고 한다. 몰리오네 형제가 아
　마린케우스와 힘을 합쳐 헤라클레스와 그의 군대를 물리쳤다. 에우리토스는 아카이아 지
　방 서부에 있는 도시국가 올레노스 왕 덱사메노스의 딸 테라이포네와 결혼해 탈피오스를
　낳았고, 크테아토스도 덱사메노스의 딸 테로니케와 결혼해 암피마코스를 낳았다.
48 "아마린케우스"는 테살리아 출신으로, 엘리스로 이주한 피티우스의 아들이다. 몰리오네
　형제와 함께 헤라클레스를 물리쳤다. 패주한 헤라클레스는 이스토미아 경기에 참가하러
　가는 몰리오네 형제를 죽이고 다시 엘리스를 공격해 승리한 후 둘리키온에 있던 아우게이
　아스의 아들 필레우스를 불러들여 엘리스의 왕이 되게 했다. 아마린케우스는 히포스트라
　토스와 디오레스 두 아들을 두었다. 그의 시신은 엘리스 북부의 연안 도시 부프라시온에
　묻혔다.
49 "아가스테네스"는 필레우스의 형제다. 필레우스는 아버지 아우게이아스가 헤라클레스에
　게 약속할 때 증인으로 섰기 때문에, 아버지에게 약속을 지키라고 촉구하다가 추방되어
　엘리스에서 멀지 않은 섬 둘리키온으로 가서 왕이 된다. 그 후 헤라클레스가 엘리스를 다

신 같은 폴릭세이노스가 지휘했다.

625

둘리키온, 바다 건너 엘리스 맞은편

신성한 에키나 군도에서 온 자들을 지휘한 이는

필레우스의 아들로 아레스와 동급인 메게스[50]였다.

필레우스는 전차를 타고 싸운 전사로 제우스의 총애를 받았는데,

메게스는 오래전에 아버지 필레우스와 불화하여 둘리키온으로

떠났었다. 메게스를 따라 검은 함선 마흔 척이 왔다.

630

오디세우스는 기개 있는 케팔렌인[51]을 이끌었다.

그들은 이타케,[52] 흔들리는 나뭇잎이 가득한 네리톤을 가진 자들,

크로킬레이아, 험준한 아이길립스에 사는 자들,

자킨토스의 땅과, 사모스 지역에 흩어진 자들,

섬들 맞은편 해변 뭍에 사는 자들이었다.

635

그들을 지휘한 이는 지략에서 제우스와 견줄 만한 오디세우스였고,

그를 따라 붉은 뺨을 지닌[53] 함선 열두 척이 왔다.

시 공격해 아우게이아스를 죽이자 엘리스의 왕이 된다. 하지만 얼마 후 둘리키온으로 돌아갔고, 아가스테네스가 탈피오스, 암피마코스와 함께 다시 엘리스를 분할 통치했다. 아가스테네스는 펠로리스와 결혼해 폴릭세이노스를 낳았다. 이렇듯 엘리스는 분할 통치되었기 때문에 이 대목에서 네 개 부대가 출전한 것으로 기록된 것이다.

50 "메게스"는 필레우스의 아들로 둘리키온의 왕이다.

51 "케팔렌인"은 오디세우스가 이끈 종족으로, 전설적인 인물인 케팔로스와 관련이 있다. 헤르메스 신이 아테나이 왕 케크롭스의 딸 헤르세에게서 낳은 케팔로스는 미케네 왕 엘렉트리온의 딸 알크메네와 결혼한 암피트리온을 도와 타포스인들에게 복수한 후 타포스섬을 중심으로 한 타포스인들의 왕국을 수여받는다. 케팔로스는 그중 "사모스"섬을 왕국의 도성으로 삼고 케팔레니아로 개명한다. 이오니아해에 있는 이 섬들과 주변 해안이 오디세우스의 세력 기반이 되었다.

52 "이타케"는 이오니아해의 큰 섬 "자킨토스" 위에 있는 섬으로 오디세우스의 왕궁이 있던 곳이다. 자킨토스는 이오니아해에서 세 번째로 큰 섬으로 엘리스 맞은편에 있다.

53 "붉은 뺨을 지닌"(μιλτοπάρῃος, '밀토파레오스')은 뱃머리를 붉은 색으로 칠했음을 뜻한다.

아이톨리아인[54]을 이끈 이는 안드라이몬[55]의 아들 토아스였다.

그들은 플레우론, 올레노스, 필레네,

해변의 칼키스, 바위 많은 칼리돈에 사는 자들이었다.   640

기개 있는 오이네우스의 자손들은 이제는 없고,

오이네우스 자신도 없으며, 금발의 멜레아그로스도 죽었기 때문에,

토아스가 아이톨리아인을 모두 다스렸다.

그를 따라 검은 함선 마흔 척이 왔다.

크레테인[56]을 이끈 이는 뛰어난 창술로 유명한 이도메네우스였다.   645

그들은 크로노스, 성벽 높은 고르티스,

릭토스, 밀레토스, 희게 빛나는[57] 리카스토스,

살기 좋은 도시 파이스토스와 리티온에 사는 자들,

백 개의 도시들이 있는 크레테섬 곳곳에 사는 자들이었다.

그들을 지휘한 이는 뛰어난 창술로 유명한 이도메네우스와   650

---

54 "아이톨리아"는 그리스 본토 중서부 지방으로 코린토스만 북쪽의 산악지대다. 위로는 테
   살리아, 동쪽으로는 로크리스, 서쪽으로는 아켈로오스강을 사이에 두고 아카르나니아가
   있다. 시조인 아이톨로스는 제우스의 후손 엔디미온의 아들로, 아르카디아의 영웅 아잔의
   장례 경기에 참가했다가 실수로 이아손의 아들 아피스왕을 전차로 치어 죽인다. 그 후 그
   의 아들들에게 쫓겨 엘리스를 떠나 코린토스만 북쪽의 아켈로오스강 하구에 있는 쿠레테
   스인의 나라로 가서 라오도코스와 그의 형제들을 죽이고 왕이 된다. 아이톨로스는 새로
   다스리게 된 나라를 아이톨리아로 개명한다. 그는 포르보스의 딸 프로노에와 결혼해 플레
   우론과 칼리돈을 낳았는데 훗날 두 아들의 이름을 딴 도시가 세워졌다.
55 "안드라이몬"은 칼리돈 왕 오이네우스의 양자로 오이네우스의 딸 고르게와 결혼해 노쇠한
   장인의 뒤를 이어 칼리돈의 왕이 된다. 그래서 호메로스는 뒤에서 "오이네우스의 자손들
   은 이제는 없고, 오이네우스 자신도 없으며, 금발의 멜레아그로스도 죽었[다]"라고 말한다.
   "오이네우스"는 칼리돈의 왕으로, 칼리돈 멧돼지 사냥의 영웅 "멜레아그로스"의 아버지다.
56 "크레테"(크레타)는 그리스에서 가장 큰 섬이자 지중해에서 다섯 번째로 큰 섬이다. 그리
   스 본토에서 약 160킬로미터 떨어져 있다.
57 "희게 빛나는"(ἀργινόεις, '아르기노에이스')은 직역하면 '밝게 빛나는, 하얀'이며, 석회암
   으로 이루어진 하얀 구릉이 밝게 빛나고 있음을 가리키는 형용사다. "리카스토스"는 크레
   테섬 남부에 있는 도시다.

에니알리오스[58]와 동급인 전사를 죽이는 자 메리오네스[59]였다.

이 두 사람과 함께 검은 함선 여든 척이 왔다.

　　　헤라클레스의 아들인 키 크고 용맹한 틀레폴레모스[60]는

로도스[61]에서 영광스러운 로도스인이 탄 아홉 척의 함선을 이끌고 왔다.

그들은 로도스섬의 세 지역, 즉 린도스, 이알리소스,　　　　　　　　655

희게 빛나는 카메이로스에 흩어져 살았다.

그들을 지휘한 이는 뛰어난 창술로 유명한 틀레폴레모스였다.

그는 힘센 헤라클레스와 아스티오케이아 사이에서 태어났는데,

헤라클레스는 제우스가 기른 용사들의 많은 성을 정복할 때

셀레에이스강 변의 에피라[62]에서 아스티오케이아를 데려왔다.　　　660

틀레폴레모스는 잘 지은 궁에서 자라나 성인이 되자마자

아버지의 아끼는 외숙부이자 아레스의 후예인

늙은 리킴니오스를 죽이고서는,

그를 죽이려 하는 힘센 헤라클레스의 다른 아들들과

손자들을 피해 곧바로 함선들을 만들어　　　　　　　　　　　665

많은 백성을 모아 바다로 달아났다.

그는 바다를 떠돌아다니며 온갖 고생을 하다가 로도스섬에 이르러,

58　"에니알리오스"(Ἐνυάλιος)는 '호전적인 자'라는 뜻으로 아레스의 별칭이다. 전쟁의 신 아
　　레스와 전쟁의 여신 에니오의 아들 이름이기도 하다.

59　"메리오네스"는 데우칼리온의 아들인 몰로스의 서자로, 크레테의 왕 이도메네우스의 조카
　　인 셈이다. 이도메네우스의 시종으로 참전했다.

60　헤라클레스는 수많은 여자에게서 많은 아들을 낳았다. "틀레폴레모스"는 엘리스 지방 에
　　피라 왕 필라스의 공주 아스티오케이아에게서 얻은 아들이다.

61　"로도스섬"은 아나톨리아반도 카리아 아래 에게해에 있고, 서쪽으로는 크레테섬이 있다.
　　로도스섬의 시조는 포세이돈의 딸 로데다. 그녀는 태양신 헬리오스와의 사이에서 일곱 아
　　들을 낳았는데, 장남 오키모스가 로도스의 왕이 된다. 오키모스가 죽은 뒤 왕이 된 동생
　　케르카포스는 오키모스의 딸 키디페와 결혼해 이알리소스, 카메이로스, 린도스를 낳았다.
　　이 세 아들은 로도스섬에 자신의 이름을 딴 도시를 세웠다.

62　"셀레에이스강"은 펠로폰네소스 북서부 엘리스 지방 서쪽 끝에 있는 강으로 흔히 라돈강
　　으로 불렸다.

백성을 세 부족으로 나누어 정착시켰다.

이에 신과 인간을 다스리는 제우스가 그들을 사랑하여,

크로노스의 아들은 그들에게 엄청난 재물을 쏟아부었다. 670

니레우스도 시메[63]에서 균형이 잘 잡힌 함선 세 척을 이끌고 왔다.

니레우스는 아글라이아와 카로포스왕의 아들이었다.[64]

니레우스는 일리오스로 간 모든 다나오스인들 중에서

흠잡을 데 없이 훌륭한 펠레우스의 아들 아킬레우스 다음으로 잘생겼다.

하지만 약골이었고, 그를 따르는 백성도 많지 않았다. 675

니시로스, 카르파토스, 카소스,

에우리필로스의 도시 코스,[65] 칼리드나이 군도를 가진 자들을

지휘한 이는 헤라클레스의 아들인 테살로스왕의 두 아들

페이디포스와 안티포스였다.

그들과 함께 속 빈 함선 서른 척이 왔다. 680

펠라스고스인의 아르고스[66]에 사는 자들,

알로스, 알로페, 트라키스에 사는 자들,

프티아, 미녀가 많은 헬라스를 가진 자들,

즉 미르미도네스인, 헬렌인,[67] 아카이오스인이라 불린 자들이 탄

함선 쉰 척을 지휘한 이는 아킬레우스였다. 685

---

63 "시메"는 아나톨리아반도 카리아 아래 로도스섬과 크니도스섬 사이에 있는 섬이다.

64 "카로포스"는 시메의 왕이었고, "아글라이아"는 요정이었다.

65 "코스"는 아나톨리아반도 카리아 옆에, 크니도스섬 바로 위에 있는 섬이다. "에우리필로스"는 포세이돈의 아들로 코스섬의 왕이다. "니시로스, 카르파토스, 카소스, 코스"는 로도스 등과 함께 오늘날 도데카니소스(12개의 섬이라는 뜻)제도라고 불린다.

66 "펠라스고스인의 아르고스"는 헬렌 자손들이 처음으로 정착한 테살리아 지방의 아르고스를 가리킨다. 펠로폰네소스반도 동부에도 세계에서 가장 오래된 도시 중 하나인 아르고스가 있다. 그래서 호메로스는 '아카이아 지방의 아르고스'와 구별하기 위해 이 명칭으로 기술한 듯하다.

67 "헬라스"는 그리스인의 시조 헬렌이 세운 도시로 테살리아 지방에 있고, 거주민은 "헬렌인", 즉 헬렌의 자손들이라 불렸다.

하지만 그들은 전쟁의 가증스러운 소음에 개의치 않았다.

빠른 발의 고귀한 아킬레우스가 머릿결 고운 소녀

브리세이스 때문에 분노한 나머지 함선들 사이에 누워 있어,

그들을 이끌어 전투 대열을 갖추게 할 사람이 없었기 때문이다.

아킬레우스가 리르네소스와 테베[68]의 성벽을 무너뜨린 후,　　　　690

셀레피오스의 아들인 에우에노스왕의 두 아들

창술에 뛰어난 미네스와 에피스트로포스를 쓰러뜨리고

어렵사리 리르네소스에서 빼앗아 온 젊은 여자가 바로 브리세이스였다.

지금 그는 그 일로 마음이 상해 누워 있지만, 머지않아 일어서야 했다.

　　　필라케, 꽃으로 뒤덮인 데메테르의 성지 피라소스,[69]　　　　695

양 떼의 어머니 이톤, 해변의 안트론,

초지가 많은 프텔레오스를 가진 자들을

지휘한 이는 원래 용맹한 프로테실라오스[70]였다.

하지만 그는 지금 살아 있지 않고 검은 대지 속에 있다.

그의 아내는 눈물로 두 뺨이 갈라진 채 필라케에 남아 있고,　　　　700

가정은 반쪽짜리가 되고 말았다. 그가 아카이오스인 중

가장 먼저 함선에서 뛰어내렸다가 다르다니아인[71] 병사에게 죽임을 당

68　"리르네소스"와 "테베"는 아나톨리아의 미시아 지방에 있던 도시들로 킬리키아인이 살
　　았다. 이데산 아래쪽에 테베, 그 아래에 리르네소스가 있었다. 여기서 언급한 테베는 그
　　리스 본토에 있는 테베와 다른 도시다.

69　"데메테르"는 올림포스 열두 신으로 대지와 곡물의 여신이다. "피라소스"는 그리스 본토
　　테살리아 지방에 있는 도시국가로 테베에서 4킬로미터 떨어져 있는 파가세틱만에 있다.

70　"프로테실라오스"는 포세이돈의 아들로 테살리아 출신의 장수다. 그의 아버지 이피클로스
　　는 필라케 왕 필라코스의 아들이다. 트로이아 땅에 가장 먼저 발을 내딛는 자는 반드시 죽
　　음을 맞이할 것이라는 신탁이 있었지만 그는 개의치 않고 배에서 가장 먼저 뛰어내렸다.
　　그가 이끌었던 40척의 함대는 지휘관의 죽음을 애도하는 검은 칠을 하고 그의 동생 포다
　　르케스의 지휘 아래 싸웠다.

71　"다르다니아"는 제우스의 아들이자 다르다니아인과 트로이아인의 시조인 다르다노스가
　　아나톨리아 트로아스 지방에 세운 왕국이다. 트로이아 왕국의 건설자는 다르다노스의 손
　　자이자 일로스의 아들 트로스다. 따라서 트로이아인은 다르다니아인의 일파다.

했기 때문이다.

그들은 지휘관 프로테실라오스를 그리워했지만, 그들을 지휘할 인물이

없었던 것은 아니어서, 아레스의 후예 포다르케스가 대열을 이끌었다.

포다르케스는 필라코스의 아들인 양 떼 많은 이피클로스의 아들이었고,[72]   705

기개 있는 프로테실라오스의 친형제로, 그의 동생이었다.

하지만 형인 프로테실라오스가 더 훌륭한 인물인 데다

용맹한 영웅이었기에, 군사들은 그를 대체할 지휘관이 없지는

않아도 용맹스러웠던 그를 그리워했다.

그를 따라 검은 함선 마흔 척이 왔다.   710

　　보이베 호수 옆 페라이,

보이베, 글라피라이, 잘 지은 이올코스[73]에 사는 자들이 탄 함선

열한 척을 지휘한 이는 아드메토스가 아끼는 아들 에우멜로스였다.[74]

아드메토스와의 사이에서 에우멜로스를 낳은 알케스티스는

여자들 가운데 고귀했고, 펠리아스의 딸들 중에서 최고의 미인이었다.   715

　　메토네, 타우마키에에 사는 자들,

---

72 포키스 왕 데이온은 크수토스의 딸 디오메데와 결혼해 "필라코스", 악토르, 케팔로스,
니소스 등을 낳는다. 필라코스는 필라케 왕국의 건설자로 이피클로스와 알키메데 등을 낳
는다. 알키메데는 아이손과 결혼해 아르고호 원정대의 영웅 이아손을 낳는다. 이피클로스
도 아르고호 원정대에 참여했다.

73 "이올코스"는 그리스 본토 북부 테살리아 지방의 도시다. 이올코스의 건설자 크레테우스
는 아내 티로와의 사이에서 아이손, 페레스 등을 낳고, 결혼 전 티로가 포세이돈과의 사이
에서 낳은 펠리아스와 넬레우스도 양아들로 삼는다. 크레테우스가 일찍 죽자 적법한 왕
위 계승자였던 아이손이 어렸기 때문에, 포세이돈이 아이손을 동굴에 가두고 펠리아스를
왕위에 앉힌다. 그 후 아이손은 죽고, 그의 아들 이아손은 콜키스의 황금 양털을 가져오면
이올코스의 왕위를 돌려주겠다는 펠리아스의 제안에 따라 아르고호 원정대를 결성한다.

74 이올코스 왕 크레테우스와 티로의 아들이자 아이손의 형제인 페레스는 이올코스의 왕위
를 찬탈한 이복형제 펠리아스에 의해 추방된 후, 이올코스 근처에 페라이라는 새 도시국
가를 건설하고 왕이 된다. "아드메토스"는 페레스의 아들이다. 그는 이올코스 왕 펠리아스
의 아름다운 공주 알케스티스와 결혼해 "에우멜로스"를 낳는다.

〈렘노스섬의 필록테테스〉(제라드 반 쿠이즐, 1647년)

멜리보이아,[75] 험한 올리존을 가진 자들이 탄

함선 일곱 척을 지휘한 이는 궁술에 뛰어난

필록테테스[76]였다. 함선마다 타고 노를 젓는

노꾼 쉰 명은 궁술을 잘 알아 활로 용감하게 싸우는 자들이었다.   720

하지만 필록테테스는 지극히 신성한 렘노스섬에서 심한 고통 속에

누워 있었다. 치명적인 물뱀에 물려 몹시 괴로워하는 그를

아카이오스인의 아들들이 그곳에 남겨두었기 때문이다.

그곳에서 그는 고통스러워하며 누워 있었지만, 머지않아

아르고스인은 함선들 옆에서 그를 떠올리게 될 것이었다.   725

그들은 지휘관인 필록테테스왕을 그리워하기는 했지만,

그들을 지휘할 인물이 없었던 것은 아니다. 그들의 대열을 지휘한 이는

　　오일레우스의 서자 메돈[77]이었다.

그는 레네가 성들의 파괴자 오일레우스와의 사이에서 낳은 아들이었다.

　　트리케, 바위산에 있는 이토메를 가진 자들,

오이칼리아 왕 에우리토스의 성 오이칼리아[78]를 가진 자들을   730

---

75 "멜리보이아"는 그리스 중부 테살리아 지방 마그네시아의 한 도시국가다. 오사산과 펠리
　온 사이 해변에 있다.

76 "필록테테스"는 멜리보이아의 왕이다. 어렸을 때 양 떼를 찾아 오이타산을 지나던 중, 켄타
　우로스인 네소스의 계략에 빠져 히드라의 독이 묻은 옷을 입었다가 온몸이 썩어 들어가는
　고통을 겪으며 스스로 화장용 장작더미 위에 누워 있는 헤라클레스를 만났다. 부하들이 감
　히 불을 붙이지 못하는 상황에서 필록테테스가 장작더미에 불을 붙여주었고, 헤라클레스
　는 감사의 뜻으로 자신의 활과 히드라의 독이 묻은 화살을 그에게 주었다. 트로이아로 가던
　중 그는 테네도스섬에서 제를 올리다 물뱀에게 다리를 물렸고, 악취와 통증이 심해서 근처
　렘노스섬에 버려진다. 전쟁 10년째 되는 해에 프리아모스의 아들이자 예언자 헬레노스가
　오디세우스에게 잡혔는데, 그는 그리스군이 승리하려면 필록테테스를 데려와야 한다고 말
　했다. 덕분에 필록테테스는 다시 트로이아 전쟁에 참전하여 큰 공을 세우고 귀향한다.

77 "메돈"은 로크리스 왕 오일레우스의 서자이며 작은 아이아스의 이복형제다.

78 "오이칼리아"는 그리스 본토 북부 테살리아 지방 페네이오스강 변에 있던 도시국가다. 서
　쪽으로는 트리케와 이토메가 있었다. "에우리토스"는 아폴론의 아들이자 그리스 중부 원
　주민 드리옵스인의 왕이었던 멜라네우스의 아들로, 아버지와 마찬가지로 신궁이었고 헤
　라클레스의 궁술 스승이었다. 궁술 시합을 열어 승리자에게 아름다운 딸 이올레를 주겠다

지휘한 이는 아스클레피오스의 두 아들이자 훌륭한 의사들인

포달레이리오스와 마카온이었다.[79]

그들을 따라 속 빈 함선 서른 척이 왔다.

오르메니온, 히페레이아 샘을 가진 자들,

아스테리온, 티타노스의 흰 머리[80]를 가진 자들을

지휘한 이는 에우아이몬의 뛰어난 아들 에우리필로스[81]였다.

그를 따라 검은 함선 마흔 척이 왔다.

아르기사를 가진 자들, 기르토네, 오르테,

엘로네, 하얀 올로오손[82]에 사는 자들을

지휘한 이는 불멸의 신 제우스가 낳은 페이리토오스의

아들이자 전투에서 물러서는 법이 없는 폴리포이테스였다.

폴리포이테스는 페이리토오스가 털 많은 켄타우로스들을 응징한 후

펠리온산에서 몰아내 아이티케스인이 사는 지역으로 쫓아낸 그날에

유명한 히포다메이아와 동침하여 얻은 아들이었다.[83] 그들을 지휘한 이는

고 했지만, 승리한 헤라클레스에게 약속을 어기고 딸을 내주지 않았다가 나중에 아들들과
함께 살해당한다.

79 "아스클레피오스"는 아폴론이 테살리아 왕 플레기아스의 공주 코로니스에게서 낳은 아들
이다. 켄타우로스족의 현자 케이론에게 의술을 배워 죽은 자를 살릴 정도로 경지에 올랐
다. 지하세계의 신 하데스가 아스클레피오스 때문에 아무도 죽지 않을 것이라고 불평하자
제우스가 벼락을 던져 그를 죽였다. 간호의 여신 에피오네에게서 세 아들 마카온, 포달레
이리오스, 텔레스포로스와 여섯 명의 딸을 낳았다.

80 "오르메니온"은 테살리아 지방 마그네시아 지역 보이베 호수 아래, 펠리온 산자락에 있다.
"흰 머리"는 눈 덮인 봉우리들을 말한다.

81 "에우리필로스"는 테살리아의 왕이며 테살리아인들을 이끌고 참전했다. 그리스군 진영에
서 이도메네우스, 텔라몬의 아들 아이아스, 디오메데스에 비견되는 최고의 영웅 중 한 명
이다.

82 "아르기사"는 테살리아 최북단 페라이비아 아래 북에서 남으로 길게 뻗어 있는 펠라스기
오티스 지역에 있는 한 도시다. "올로오손"은 테살리아 최북단 페라이비아 지역의 도시다.
흰 점토질의 토양이어서 "하얀"이라는 수식어가 붙었다.

83 "페이리토오스"는 '주요 인명: 페이리토오스'를 보라. "폴리포이테스"는 페이리토오스와 히
포다메이아 사이에서 태어난 아들로 라피테스인을 이끌고 트로이아 전쟁에 참전했다.

폴리포이테스 혼자가 아니었다. 아레스의 후예 레온테우스가 함께했는데,   745
그는 카이네우스의 아들인 기개 넘치는 코로노스[84]의 아들이었다.

그들을 따라 검은 함선 마흔 척이 왔다.

　　구네우스는 키포스에서 스물두 척의 함선을 이끌고 왔는데,
에니에네스인과 전투에서 물러서는 법이 없는 페라이보이인이 그를 따
　라왔다.[85]

그들은 겨울에 아주 추운 도도네 근방에 집을 짓고 사는 자들과   750
살기 좋은 티타레시오스강 옆 경작지에서 살아가는 자들이었다.[86]

티타레시오스강을 흐르는 맑은 물은 페네이오스강으로 흘러들지만,

페네이오스강의 은빛 소용돌이와 뒤섞이지 않은 채

올리브기름처럼 그 위로 흘렀다. 티타레시오스강은

저 무시무시한 맹세의 강 스틱스[87]에서 갈라져 나온 지류였기 때문이다.   755

---

84 "카이네우스"는 앞에서 네스토르가 "이 땅에서 태어나고 자란 사람들 중에서 최고의 용
　사들" 중 한 명으로 꼽은 영웅이다(제1권 266-267행). 카이네우스는 원래 카이니스라는
　이름의 여자였는데, 포세이돈이 그녀와 동침하고 나서 그녀의 소원대로 천하무적의 남자
　로 만들어주었다. 켄타우로스들은 라피테스인과의 싸움에서 무기로는 그를 해칠 수 없다
　는 것을 알고는 땅속 깊이 매장하고 큰 바위를 얹어놓아 죽였다. 카이네우스와 그의 아들
　"코로노스"는 둘 다 아르고호 원정대에 참여했다. "레온테우스"는 아레스의 자손이 아니기
　때문에, "아레스의 후예"라는 수식어는 그가 용맹했음을 나타낸다.
85 "구네우스"는 "에니에네스인"의 왕이다. "키포스"는 테살리아의 최북단 페라이비아에 속한
　도시다. 에니에네스인은 테살리아의 페라이비아에 살다가 추방되어 떠돌다가 테살리아
　아래 아이니아니아에 정착해 살게 된 종족이다. "페라이보이인"은 테살리아와 마케도니아
　의 접경에 있는 올림포스산의 서쪽 비탈에서 살던 그리스 종족이다. 그들의 시조 페라이
　보스는 페니키아 왕 아게노르의 아들인 테베의 왕 카드모스와 조화의 여신 하르모니아의
　아들이다.
86 "도도네"는 테살리아의 페라이비아 지역에 속한 도시로 올림포스산 근방에 있다. 에피로
　스에는 더 유명한 다른 도도네가 있다. "티타레시오스강"은 테살리아의 올림포스산 서쪽
　에서 발원해 서쪽으로 흐르다 남서쪽으로 방향을 틀어 "페네이오스강"으로 흘러든다.
87 "스틱스강"은 지하세계(저승)를 둘러싸고 흐르는 강으로, 대양강 오케아노스에서 갈라
　져 나와 그리스 본토 중부 아르카디아 지방 케르모스산의 협곡을 지나 저승으로 흘러든
　다. 증오의 강 스틱스는 저승에서 슬픔의 강 아케론, 탄식의 강 코키투스, 불의 강 플레게
　톤, 망각의 강 레테의 지류로 나뉘어 하데스의 저승을 아홉 물굽이로 감싸고 흐른다. 망자

마그네시아인[88]을 지휘한 사람은 텐트레돈[89]의 아들 프로토오스
 였다.
그들은 페네이오스강과 흔들리는 나뭇잎 가득한 펠리온산 주위에
사는 자들이었다. 그들을 지휘한 이는 민첩한 프로토오스였고,
그를 따라 마흔 척의 검은 함선이 왔다.
 이상이 다나오스인의 지휘관들과 통치자들이었다.　　760
아트레우스의 두 아들을 따라간 사람들과 말들 가운데
과연 최고는 누구였는지, 무사 여신들이여, 내게 말해주소서.
 페레스 가문[90]의 말들이 단연 최고였다.
에우멜로스가 모는 이 말들은 새처럼 빨리 달렸을 뿐 아니라,
털빛도, 나이도, 등높이도 자로 잰 듯 똑같았다.　　765

가 저승으로 가려면 이 다섯 개의 강을 차례로 건너야 했다. 스틱스 여신은 제우스가 티탄
신족과 전쟁을 벌였을 때 제일 먼저 달려와 그의 승리를 도왔다. 제우스는 이 여신의 공을
높이 사서 신들에게 중요한 맹세를 할 때 스틱스의 이름을 걸고 맹세하도록 명령했다. 어
떤 신이 맹세하려면 제우스는 신들의 전령이자 심부름꾼인 여신 이리스를 저승으로 보내
강물을 병에 담아와 술잔에 따르고 맹세하게 했다. 스틱스의 강물에 대고 한 맹세는 제우
스 자신도 결코 어겨서는 안 되었다.

88　마그네시아는 위로는 오사산에서 아래로는 펠리온산까지 에게해의 테르마이코스만 해안
　　에 좁고 길게 뻗어 있는 지역이다. "페네이오스강"은 테살리아와 에리보스의 경계를 이루
　　는 핀도스산에서 발원해 마그네시아를 관통해 테르마이코스만으로 흘러든다. "마그네시
　　아인"은 고대 그리스 종족 중 하나로, 시조는 대홍수 후 살아남은 데우칼리온과 피라 사이
　　에서 태어난 티이아가 제우스와 동침해 낳은 아들 마그네스다. 그리스 테살리아 위에 있
　　는 마케도니아인의 시조 마케돈은 마그네스의 형제다.
89　마그네스는 티탄 신족 오케아노스의 딸 멜리보이아와 결혼해 알렉토르를 낳았고, 마그네
　　스의 자손 하이몬의 족보는 히페로코스-텐트레돈-프로토오스로 이어진다.
90　"페레스"는 테살리아에 속한 이올코스 왕 크레테우스와 티로의 아들이다. 그는 티로가 포
　　세이돈과의 사이에서 낳은 이복형제 펠리아스에게 왕위를 뺏기고, 테살리아의 페라이에
　　새 도시국가를 건설해 왕이 된다. 그는 두 아들(아드메토스, 리쿠르고스)과 세 딸(이도메
　　네, 페리오피스, 안티고나)을 낳았다. 페라이의 왕위를 계승한 아드메토스는 이올코스 왕
　　펠리아스의 딸 알케스티스와 결혼해 "에우멜로스"를 낳았다. 페레스의 딸 "페리오피스"는
　　메네이티오스와의 사이에서 영웅 아킬레우스의 절친 파트로클로스를 낳았다.

전장의 두려움을 실어 나르는 이 한 쌍의 암말[91]은
은빛 활을 지닌 아폴론이 페라이에서 기른 것들이었다.
아킬레우스가 분노를 품고 있는 동안 사람들 중 최고는
텔라몬의 아들 아이아스였다. 아킬레우스는 최고의 용장이었고,
흠 잡을 데 없이 훌륭한 펠레우스의 아들을 태운 말들 또한 명마였기   770
　　때문이다.
하지만 그는 백성들의 목자 아트레우스의 아들 아가멤논에 대한
분노를 품은 채 바다를 다니는 새 부리처럼 흰 함선들 사이에
누워 있었고, 그의 군사들도 파도가 부서지는 해변에서
원반던지기와 창던지기와 활쏘기를 즐기고 있었다.
말들은 각자의 전차 옆에 한가롭게 서서   775
토끼풀과 습지에서 나는 파슬리[92]를 뜯어먹었고,
잘 덮어 단단히 묶은 전차들은 주인들의 막사에 놓여 있었다.
군사들은 아레스가 아끼는 지휘관의 복귀를 바라면서도
군영 안을 이리저리 오가기만 할 뿐 전투에 참여하지는 않았다.
　　이렇게 그들은 불길이 온 땅으로 퍼져나가듯 전진했고,   780
그들 아래에서 대지는 신음했다. 천둥을 좋아하는 제우스가 분노하여
티포에우스[93]가 누워 있는 곳이라고 사람들이 말하는 아리마에서

---

91 아폴론은 델포이를 지배하고 있던 가이아 여신의 아들 큰 뱀 피톤을 죽이고 제우스에 의
　　해 올림포스에서 유배되어 페라이 왕 아드메토스 아래에서 가축을 치며 죄를 정화해야 했
　　다. 아폴론이 있기만 해도 가축들은 쌍둥이를 낳았다고 한다. "이 한 쌍의 암말"도 이때 태
　　어나 기른 말들이다. 그래서 호메로스는 "털빛도, 나이도, 등높이도 자로 잰 듯 똑같았다."
　　는 것을 강조한다.
92 "파슬리"는 향신료로 알려져 있지만, 고대 그리스에서는 싸움의 승자에게 주는 관을 만들
　　고, 무덤을 장식하는 다발로 쓰기도 했다. 병을 치료할 목적으로 말에게 파슬리를 먹였다
　　는 기록도 있다.
93 티폰이라고도 하는 "티포에우스"는 가이아와 타르타로스 사이에서 태어난 괴물이다. 상반
　　신은 인간, 하반신은 뱀의 모습을 한 반인반수의 티폰은 하늘에 닿을 정도로 키가 커서 양
　　팔을 벌리면 손이 동쪽 끝과 서쪽 끝에 닿았다. 끊임없이 거센 폭풍을 만들어내어 '폭풍들

티포에우스 주위의 대지를 채찍질했을 때처럼,

전진하는 그들의 발아래에서 대지는 큰 소리로 신음했고,

그들은 아주 신속하게 들판을 가로질렀다.   785

　　아이기스 방패를 든 제우스의 전령이자, 바람처럼 발이 빠른

이리스[94]가 암울한 소식을 가지고 트로스인들에게 갔다.

그들은 젊은 사람, 늙은 사람 할 것 없이

모두 프리아모스의 왕궁에 모여 회의를 하고 있었다.

빠른 발의 이리스가 그들에게 다가가   790

프리아모스의 아들 폴리테스의 목소리로 말했다.

폴리테스는 빠른 발에 의지해 트로스인들의 정찰병 임무를 맡아

아이시에테스 노인[95]의 무덤 꼭대기에 앉아

의 아버지'로 불리기도 한다. 상반신은 아름다운 여인이고 하반신은 징그러운 뱀인 에키드나와의 사이에서 스킬라, 히드라, 케르베로스, 키마이라 등 온갖 괴물을 낳았다. 티폰은 올림포스 신들을 공격했고, 처음에는 올림포스 신들이 패배해 제우스도 팔과 다리 힘줄이 잘린 채 코리코스 동굴에 갇힌다. 하지만 헤르메스와 아이기판이 몰래 제우스에게 힘줄을 붙여주자 다시 힘을 차린 제우스는 날개 달린 말들이 끄는 전차를 타고 벼락을 던지며 티폰의 뒤를 밟았고, 마침내 에트나산을 던져 티폰을 가두어버린다. 여기에서 "티포에우스가 누워 있는 곳이라고 사람들이 말하는 아리마"는 에트나 화산을 가리킬 가능성이 크다. "티포에우스 주위의 대지를 채찍질"했다는 것은 제우스가 벼락을 채찍질하듯 연속해서 던진 것을 가리킨다. 에트나산은 활화산으로 오늘날에도 불길이 솟아오른다.

94　"이리스"는 신들의 전령이자 심부름꾼이며 무지개가 의인화된 여신으로 무지개처럼 하늘과 땅을 연결하는 가교 역할을 했다. 신들 사이에 분쟁이 생기거나 거짓말을 하면 제우스의 명령으로 저승에 내려가 스틱스 강물을 떠오는 임무를 맡았다. 제우스는 강물을 술잔에 따른 뒤 신들에게 그 술잔에 대고 맹세하게 했다. 이리스는 황금 날개를 단 반면, 그녀의 쌍둥이 자매 아르케 여신은 무지갯빛 날개를 달고 있었는데 티탄 신족 편을 들었다. 나중에 제우스는 아르케 여신의 날개를 빼앗아 바다 요정 테티스가 펠레우스와 결혼할 때 선물로 주었고, 테티스는 아들 아킬레우스의 다리에 이 날개를 붙여주어 나는 듯 빨리 달릴 수 있게 해주었다. 그 후로 아킬레우스는 "포르타케스"('아르케의 날개를 단 다리')라는 별명이 생겼다. 『일리아스』에서는 "빠른 발의 아킬레우스"라는 표현이 자주 나온다.

95　"아이시에테스"는 트로이아의 영웅으로, 다르다니아 왕 트로스의 딸 클레오메스트라와의 사이에서 안테노르와 알카토오스를 낳았다. 안테노르는 트로이아 전쟁 때 프리아모스왕의 친구이자 조언자였던 트로이아의 원로이며, 파리스의 헬레네 납치 사건으로 트로이아와 그리스 사이에 전쟁이 벌어지려 할 때 화평을 주장한 인물이다. 하지만 프리아모스는

아카이오스인들이 함선에서 쏟아져 나오기만을 기다리고 있었다.

빠른 발의 이리스는 폴리테스의 모습으로 나타나 프리아모스에게 말했다. 795

"아버지, 지금도 평화로운 때처럼 한가로운

말씀만 늘어놓고 계시는군요. 하지만 치열하고 끈질긴 전쟁이

이미 시작되었어요. 제가 수없이 전쟁터에 다녀보았지만,

이토록 막강하고 거대한 군세를 본 적이 없습니다.

흡사 숲의 나뭇잎 같고 해변의 모래알처럼 많은 군사가 800

이 도성을 공격하기 위해 들판을 가로질러 오고 있어요.

헥토르 형님, 특히 형님에게 당부하니 부디 이렇게 하세요.

프리아모스의 도성에는 많은 동맹군이 와 있지만,

각기 다른 지역에서 온 이들이라 언어가 서로 다릅니다.

그러니 각 동맹군의 지휘관에게 명령을 하달해 805

각자의 군사들을 모아 대열을 갖춘 후 출정하도록 하세요."

　　　이리스가 이렇게 말하자 여신의 음성임을 알아차린 헥토르는

즉시 회의를 끝냈고, 회의에 참석했던 사람들은 무장을 갖추기 위해

서둘러 내달렸다. 모든 성문이 열리고 군사들이 걷거나 전차를 타고

빠르게 성문을 빠져나오자 굉음이 일었다. 810

성 앞에는 들판 쪽으로 꽤 멀리 떨어진 곳에 높고 가파른 언덕이

있고, 언덕 여기저기에는 탁 트인 개활지가 펼쳐져 있었다.

이곳을 사람들은 '바티에이아'[96]라고 불렀고,

아들 파리스의 행동을 묵인하고 전쟁을 택했다. 알카토오스는 트로이아 장수 중 가장 잘
생기고 용감했다. "폴리테스"는 트로이아의 왕 프리아모스와 헤카베 사이에서 태어난 아
들로 발이 무척 빨랐다.

96 "바티에이아"는 아나톨리아의 트로아스 지방에 사는 테우크로스인의 시조이자 왕이었던
테우크로스의 딸로, 사모트라키섬에서 이주해 온 다르다노스와 결혼해 일로스와 에리크
토니오스 등을 낳았다. 다르다노스는 이데산 기슭에 다르다니아라는 도시를 건설했고, 나
중에는 테우크로스의 왕국 전체를 물려받아 다르다니아 왕국의 왕이 된다. 그 후 이 지
역 사람들은 다르다니아인으로 불렸다. 에리크토니오스는 아버지를 이어 다르다니아의

불멸의 신들은 '멀리 뛰는 미리네의 무덤'[97]이라고 불렀다.

그날에 트로스인과 동맹군들은 그곳에 집결해 대오를 갖추었다.　815

　　트로스인들을 지휘한 이는 프리아모스의 아들, 번쩍이는 투구의

거구 헥토르였다. 그가 이끈 군사는 규모가 가장 컸고

정예병이었으며 사기충천한 창병들이었다.

　　다르다니아인을 지휘한 이는 안키세스[98]의 용맹한 아들 아이네이

　　　　아스였다.

고귀한 아프로디테는 안키세스에게서 아이네이아스를 낳았다.　820

그는 이데산[99] 기슭에서 여신이 인간과 동침하여 낳은 아들이었다.

혼자 다르다니아인을 지휘한 것은 아니었고, 온갖 전투에 능통한

안테노르의 두 아들 아르켈로코스와 아카마스가 함께 지휘했다.

　　이데산 자락 가장 아래쪽에 있는 젤레이아에 살면서

아이세포스강의 검은 물을 마시는 부유한 자들도 트로스인이었다.　825

그들을 지휘한 이는 리카온의 아들이자 아폴론에게서

직접 활을 받은 명궁 판다로스였다.[100]

　　왕이 되었고, 아스티오케와 결혼해 트로스를 낳았다. 트로스는 트로이아의 건설자 일로스를 낳았다. 여기서 바티에이아는 이데산에서 가까운 트로이아 평야에 있는 언덕으로 왕비 바티에이아의 이름에서 가져왔다.

97　"미리네"는 여인족 아마존인들의 여왕이며 스키타이, 트라케, 소아시아, 에게해의 섬들을 비롯해 아라비아와 이집트까지 광범위한 원정을 감행했다. 여기에서는 이 사실을 "멀리 뛰는"이라는 수식어로 표현했다.

98　다르다니아의 왕 에리크토니오스는 트로스를 낳고, 트로스는 일로스와 아사라코스를 낳는다. 아사라코스는 조부인 에리크토니오스의 뒤를 이어 다르다니아의 왕이 되고, 일로스는 트로이아를 건설해 왕이 된다. 아사라코스의 아들 카피스는 "안키세스"를 낳고, 안키세스는 아프로디테와의 사이에서 "아이네이아스"를 낳는다.

99　"이데산"은 아나톨리아 북서부 옛 트로아스반도에 있는 산이다. 최고봉은 『일리아스』에 언급된 해발 1,767미터의 가르가론이다. 프리기아의 이데산으로도 불린 이곳에는 제우스의 제단이 있었고, 북서쪽으로는 트로이아가 자리 잡고 있어, 『일리아스』에서 제우스는 자주 이 산에 와서 전쟁을 지켜보다가 개입한다.

100　"아이세포스강"은 이데산의 봉우리 중 하나인 코틸로스산에서 발원해 미시아 북부를 거쳐 프로폰티스해로 들어간다. "판다로스"는 젤레이아 왕 리카온의 아들로, 아폴론이 직접

아드레스테이아와 아파이소스의 비옥한 땅을 다스리는 자들,

피티에이아와 테레이에의 험준한 산악 지대를 다스리는 자들을

지휘한 이는 페르코테 출신의 메롭스[101]의 두 아들   830

아드라스토스와 아마포 흉갑을 두른 암피오스였다. 메롭스는 모든

예언자 중 가장 뛰어난 자여서 두 아들이 남자들의 무덤이 될 전쟁터에

참가하는 것을 반대했다. 하지만 그들은 아버지의 말을 듣지

않았는데, 검은 죽음의 여신들이 그들을 이끌었기 때문이다.

　　페르코테, 프락티오스에 흩어져 사는 자들,   835

세스토스, 아비도스, 신성한 아리스베를 가진 자들을

지휘한 이는 히르타코스의 아들이자 전사들의 우두머리 아시오스였다.[102]

히르타코스의 아들 아시오스는 셀레에이스강 변 아리스베에서

황갈색의 큰 말들을 타고 왔다.

　　히포토오스는 창술에 능한 전사들인 펠라스고스인[103]의   840

활을 주었을 만큼 활을 잘 쏘았다. 그는 이데산에서 발원한 아이세포스강 변에 사는 젤레
이아인을 이끌고 트로이아의 동맹군으로 참전했다.

101 "페르코테"는 아나톨리아 미시아의 한 도시로, 트로이아의 북동쪽 헬레스폰토스 해협 남
쪽에 있었다. "메롭스"는 페르코테의 왕이자 예언자다. 그의 장녀 아리스베는 프리아모
스왕의 첫 번째 아내로 아이사코스를 낳고 버림받은 후, 페르코테의 왕 히르타코스와 재
혼해 아시오스를 낳았다. 외할아버지 메롭스에게서 예언 능력을 물려받은 아이사코스는
아버지 프리아모스의 새 아내 헤카베가 파리스를 임신했을 때 자신이 낳은 횃불이 트로
이아를 전부 불태우는 꿈을 꾸었다는 것을 알고, 트로이아의 멸망을 예시한 꿈이라고 해
몽해 태어난 아기를 죽여야 한다고 주장했다. 하지만 프리아모스와 헤카베는 아이를 죽
일 수 없어 이데산에 내다 버린다. 파리스는 양치기들에게 발견되어 양육되었고, 나중에
스파르테의 왕비 헬레네를 트로이아로 데려옴으로써 트로이아 전쟁이 일어나고 트로이
아는 멸망한다.

102 "아리스베"는 페르코테와 아비도스 사이에 있었다. "아비도스"는 헬레스폰토스 해협의 소
아시아 쪽 연안 오늘날 튀르키예의 차나칼레 근방에 있었고, "세스토스"만 유럽 쪽 연안
에 있었다. "히르타코스"는 페르코테 왕으로 메롭스의 딸 아리스베와 결혼해 "아시오스"
를 낳았다.

103 "펠라스고스인"은 그리스에 도도네의 제우스, 헤파이스토스 등의 신들에 대한 숭배를 정
착시킨 전설적인 종족으로, 시조는 펠라스고스다. 그중 일부는 소아시아로 이주해 트로
이아 전쟁에서 트로이아 편에 섰다. 여기에 언급된 펠라스고스인은 이주한 이들이다.

여러 부족, 즉 아주 비옥한 라리사[104]에 사는 자들을 지휘했다.

그들을 지휘한 이는 테우타미아스[105]의 아들인 펠라스고스인 레토스의

두 아들이자 아레스의 후예인 히포토오스와 필라이오스였다.

트라케인,[106] 즉 물살 거센 헬레스폰토스가 감싸 안은 땅에

사는 자들을 지휘한 이는 아카마스와 영웅 페이로오스[107]였다.

창병이었던 키코네스인[108]을 지휘한 이는 제우스가 총애한

케아스의 아들인 트로이제노스의 아들 에우페모스였다.

피라이크메스는 굽은 활을 사용하는 파이오니아인[109]을 이끌었는

데,

그들은 폭 넓은 악시오스강 옆 머나먼 아미돈[110]에서 온 자들이었다.

104 "라리사"는 펠라스고스의 딸인 요정 라리사의 이름을 딴 도시다. 원래의 라리사는 테살리
아에 있었다. 여기에 언급된 라리사는 펠라스고스인들이 소아시아로 이주해온 후 건설
한 도시 이름일 것이다.

105 펠라스고스의 증손자 "테우타미아스"는 테살리아에 속한 라리사의 왕이었다. "펠라스고
스"의 혈통은 펠라스고스-프라스토르-아민토르-테우타미아스-나나스로 이어졌으며,
레토스는 테우타미아스의 다른 아들이다.

106 "트라케"(트라키아)는 그리스 북동부 지방의 옛 명칭이다. 아래로는 에게해, 위로는 불가
리아, 동쪽으로는 튀르키예와 접해 있다. 헬레스폰토스 해협을 경계로 아래쪽은 아나톨
리아의 트로아스 지방이고, 위로는 트라케 지방이다.

107 "아카마스"는 안테노르와 테아노의 아들이다. 어머니 테아노는 트라케 왕 키세우스의 딸
이다. 트라케 왕 키세우스의 아내는 트로이아 건설자 일로스의 딸 텔레클레이아다. "페이
로오스"는 트라케인 임브라소스의 아들로, 남동 유럽에서 발칸반도를 관통해 흐르는 에
브로스강의 왼쪽 강안에 있던 도시 아이노스에서 온 영웅이다.

108 "키코네스인"은 트라케 지방의 도시 이스마로스를 거점으로 한 부족이었다.

109 "파이오니아"는 북쪽으로는 옛 마케도니아, 남쪽으로는 다르다니아, 동쪽으로는 트라케,
서쪽으로는 일리리아와 접한 지방으로 오늘날의 북부 마케도니아에 해당하고, 대부분이
악시오스강 주위에 형성된 분지였다.

110 "악시오스"는 파이오니아 지방에 흐르는 강이다. 이 강의 신 악시오스는 아케사메노스의
딸 페리보이아와 결혼해 펠레곤을 낳았고, 펠레곤의 아들 아스테로파이오스는 나중에
파이오니아인을 이끌고 후발대로 트로이아 전쟁에 참가해 제우스의 아들이자 리키아인
의 지휘관 사르페돈의 휘하에서 그리스군과 싸운 파이오니아군 최고의 용사다. "아미돈"
은 파이오니아인의 도성이자 고대 마케도니아의 한 도시로 악시오스강의 하류 미그도니
아 지역에 있었다.

악시오스 강물은 대지 위를 흐르는 모든 강 중 가장 아름답다.　　　　850

　　가슴에 털이 많이 난 필라이메네스는 야생 노새의 고향

에네토이인의 땅에서 파플라고니아인[111]을 이끌고 왔다.

파플라고니아인들은 키토로스를 가진 자들, 세사모스 지역에 흩어져

사는 자들, 파르테니오스강 유역, 크롬나, 아이기알로스, 고지대인 에리

　티노이의

크고 좋은 집에서 사는 자들이었다.　　　　855

　　할리조네스인[112]을 지휘한 이는 오디오스와 에피스트로포스였고,

그들은 저 멀리 은 산지인 알리베에서 왔다.

　　미시아인[113]을 지휘한 이는 크로미스와 새의 움직임으로 길흉을

　　점치는 엔노모스였다.

하지만 그는 점괘로도 검은 죽음의 여신을 피하지 못했고,

아이아코스의 손자 빠른 발의 아킬레우스가 트로스인과 그 동맹군을　　860

도륙한 그 강에서 아킬레우스의 손에 죽었다.

　　포르키스와 신 같은 아스카니오스는 머나먼 아스카니아에서

프리기아인[114]을 이끌고 왔는데, 그들은 전의가 불타올랐다.

---

111 "파플라고니아"는 아나톨리아 북부 중앙에 위치한 흑해 연안 지역으로 아래로는 프리기
　　아, 동쪽으로는 폰토스, 서쪽으로는 비티니아가 있다. 대부분이 험준한 산악지대여서, 여
　　기에서는 "야생 노새의 고장"이라고 말한다. "에네토이인"은 "파플라고니아인"의 한 부족
　　으로 "필라이메네스"가 왕이었다.
112 "할리조네스인"에 대해서는 알려진 바가 없다. 고대 그리스 지리학자 스트라보(기원전
　　64년경-기원후 24년경)는 "알리베"를 '칼리베'로 수정해 읽고서 북부 아나톨리아의 폰토
　　스와 카파도키아를 근거로 했던 칼리베스인을 가리키는 것으로 보았다. 트라케의 한 부
　　족이었다거나 미시아를 근거로 했다는 설도 있다.
113 "미시아"는 아나톨리아의 북서부 지방으로 프로폰티스해 남쪽 연안에 있었다. 동쪽으로
　　는 비티니아, 남쪽으로는 리디아, 남동쪽으로는 프리기아, 남서쪽으로는 아이올리스, 서
　　쪽으로는 트로아스가 있었다.
114 "프리기아"는 아나톨리아의 중서부에 있던 지방으로 위로는 비티니아, 북서쪽으로는 미
　　시아, 서쪽으로는 리디아, 남쪽으로는 리키아, 북동쪽으로는 갈라티아가 있었다.

마이오니아인[115]을 지휘한 이는 탈라이메네스와 기가이에

호수의 요정 사이에서 태어난 두 아들 메스틀레스와 안티포스였다. 그

들은 트몰로스산   865

아래에서 나고 자란 마이오니아인도 이끌고 왔다.

이방의 말을 쓰는 카리아인[116]을 지휘한 이는

나스테스였다. 그들은 밀레토스, 울창한 숲으로

길을 잃게 하는 프티라산, 마이안드로스의 강물, 미칼레스의 험준한 봉

우리들을 가진 자들이었다.

그들을 지휘한 이는 암피마코스와 나스테스였는데,   870

나스테스와 암피마코스는 노미온의 뛰어난 아들들이었다.

나스테스는 처녀처럼 온몸에 황금을 휘감고 출전한 어리석은 자였다.

하지만 황금으로도 비참한 최후와 죽음을 피할 수 없었고,

결국 그 강에서 아이아코스의 손자 빠른 발의 아킬레우스에게 죽었고,

황금은 현명한 아킬레우스의 손에 넘어갔다.   875

소용돌이치는 크산토스강 변 저 머나먼 리키아에 사는

리키아인[117]을 지휘한 이는 사르페돈과 흠 잡을 데 없이 훌륭한 글라우

코스[118]였다.

---

115 "마이오니아인"은 리디아인을 가리킨다. 리디아는 아나톨리아의 한 지방으로 위로는 미
　　시아, 아래로는 카리아가 있었다. 도성은 사르데이스였고, 근방에 기가이에 호수가 있었
　　다. 리디아 왕 트몰로스의 이름을 딴 산의 자락에 사르데이스가 있었는데, 산비탈에서 품
　　질 좋은 포도주가 생산되었고, 광물도 풍부했으며, 이곳에서 발원한 파크톨로스강에는
　　사금이 풍부했다. 트몰로스는 아레스의 아들로, 목자의 신 판과 아폴론이 벌인 음악 대결
　　의 심판을 맡기도 했다.
116 "카리아"는 아나톨리아 남서부의 한 지방으로 위로는 리디아, 동쪽으로는 리키아가 있
　　었다.
117 "리키아"는 아나톨리아 남서부의 한 지방으로 서쪽으로는 카리아, 동쪽으로는 팜필리아,
　　북쪽으로는 피시디아, 남쪽으로는 지중해로 돌출되어 있었고, 수도는 크산토스였다. 계
　　곡의 충적토로 인해 노란빛을 띤 "크산토스강"은 제우스와의 사이에서 아폴론과 아르테
　　미스를 낳은 티탄 신족 레토 여신의 산고로 생긴 강이라고 한다.
118 "사르페돈"과 "글라우코스"는 사촌지간이며 각각 리키아인을 지휘했다.

〈트로이아 풍경〉(작가 미상, 1715년)

제3권 파리스와 메넬라오스의 대결

지휘관들이 각자 군사들의 대오를 갖추자,

트로스인들은 새 떼처럼 요란한 함성을 지르며 전진했다.

그 모습은 두루미 떼가 추운 겨울과 무지막지한 비바람을 피해

오케아노스강을 향해 날아가

이튿날 동틀 무렵 처절한 일전을 벌여   5

피그마이오스인[1]에게 살육과 죽음을 안겨주려고

출발하면서 하늘을 온통 뒤덮은 채 요란한 소리를 내는 것 같았다.

한편 아카이오스인은 서로 지켜주겠다는

열망을 품고 분노의 숨을 몰아쉬며 묵묵히 전진했다.

　　　남풍이 목동에게는 달갑잖으나 도둑에게는   10

밤보다 더 반가운 짙은 안개를 산마루에 뿌려,

돌을 던져 닿을 만한 거리만큼만 보이게 되듯,

그들이 진군하는 발밑에서 안개 같은 먼지구름이 자욱하게

피어올랐고, 그들은 빠르게 평원을 건너갔다.

1　"피그마이오스인"은 에티오피아 남쪽에 살았으며, 고대인들은 그곳을 대지의 가장자리로
　　여겼다. 이들의 명칭은 손목에서 팔꿈치까지를 가리키는 피그메($πυγμή$)에서 유래했으며
　　작고 왜소한 사람을 가리킨다.

　　　양쪽 군대가 전진해 서로 가까워졌을 때,　　　　　　　15
어깨에 표범 가죽을 걸치고 굽은 활과 칼을 멘
신 같은 알렉산드로스[2]가 트로스인의 선두로 나와
청동 날이 장착된 두 자루의 창을 휘두르며
아르고스인의 모든 장수를 향해서 일대일로 맞붙어
끝장을 볼 때까지 싸워보자고 도전했다.　　　　　　　　20

　　　　아레스가 아끼는 메넬라오스는 알렉산드로스가 군사
무리에서 벗어나 멀리까지 성큼성큼 걸어 나오는 것을 보았다.
굶주린 사자는 뿔 달린 사슴이나 야생 염소 같은
큰 짐승의 사체를 발견하면 너무나 기쁜 나머지
날쌘 개들과 건장한 장정들이 잡으러　　　　　　　　　25
오고 있는데도 오직 먹이를 탐하는 데 여념이 없듯이
메넬라오스는 신 같은 알렉산드로스를 직접 보자
기뻐했다. 죄인을 응징할 수 있는 기회라고 생각했기 때문이다.
전차를 타고 있던 메넬라오스는 그를 보자마자 무구를 갖춘 채 땅 위로
　　뛰어내렸다.

　　　　하지만 메넬라오스가 선두로 나서는 것을 본　　　30
신 같은 알렉산드로스는 간담이 서늘해져 죽음을 피하기 위해
군사들의 무리 속으로 다시 물러났다.
사람이 산골짜기에서 뱀을 보면
기겁해 사지를 부들부들 떨고
얼굴이 창백해져 뒤로 물러나는 것처럼,　　　　　　　35
신 같은 알렉산드로스는 아트레우스의 아들을 보자 기겁해
뒤로 물러나 용맹한 트로스인 군사들의 무리 속으로 뛰어들었다.

2　"알렉산드로스"는 트로이아 왕 프리아모스의 아들 파리스의 별칭이다. '전사를 구하러 오
　는 자'라는 뜻이 있으며 헤라 여신의 별칭 중 하나이기도 하다.

헥토르가 그를 보고 모욕적인 말로 꾸짖었다.

"가증스런 파리스, 잘생기기만 했을 뿐 여자에 미친 사기꾼아,

네놈은 아예 태어나지 않거나 결혼하기 전에 죽었어야 했다.　　　　　40

그렇게 되었어야 했어. 그랬더라면 사람들에게 이 지경으로

창피를 당하고 업신여김을 받는 것보다 훨씬 나았을 것이다.

긴 머리의 아카이오스 전사들이 네 번듯한 외모만 보고

우리 군의 으뜸 장수라 여겼다가,

이제 네 안에 용기도 힘도 없음을 보고 비웃고 있으리라.　　　　　45

충직한 전사들을 모아 항해할 배를 타고

넓은 바다를 건너 이방인들과 어울리다가

먼 땅에서 미녀를, 그것도 용사의 아름다운 아내를 약탈해와

네 아버지와 이 도성과 모든 백성에게 끔찍한 재앙을

초래한 자가, 이제는 적들에게 조롱거리가 되고　　　　　50

너 자신에게는 수치와 치욕을 안기는구나!

정말 아레스가 아끼는 메넬라오스와 상대할 생각이 없느냐? 그와 상대해야

네가 취한 여자가 어떤 사내의 소중한 아내였는지 알 게 아니냐.

흙먼지와 뒤섞여 그와 맞붙어 싸울 때는 너의 키타라도, 아프로디테의

선물[3]도, 너의 머리채와 잘생긴 외모도 아무 쓸모가 없을 것이다.　　　　　55

트로스인은 정말 마음 약한 사람들이다. 그렇지 않았다면,

네놈이 그들에게 끼친 온갖 해악의 대가로 너는 진즉 돌 옷을 입었을

　　것을!"[4]

　　　신 같은 알렉산드로스가 대답했다.

"헥토르 형님, 형님의 꾸짖음은 정당합니다. 결코 부당하지 않습니다.

3　"아프로디테의 선물"이란 그리스 최고의 미녀 헬레네와 그녀가 가져온 보화를 말한다.

4　'돌 옷을 입는다'는 것은 트로스인들이 던진 돌에 맞아 죽어 시신이 수많은 돌로 뒤덮인다
　는 뜻이다.

형님은 늘 가차 없어, 기술자가 배 만드는 데   60
필요한 목재를 얻기 위해 통나무를 사정없이 내리칠 때 사용하는
도끼 같습니다. 도끼는 기술자의 내리치는 힘을 배가시켜주지요.
그래서 형님의 가슴속 마음은 두려움을 모릅니다.
하지만 황금의 아프로디테께서 제게 주신 소중한 선물은 입에 올리지
    말아주십시오.
신들이 친히 주신 영광스러운 선물은 내팽개칠 수 없고,   65
사람이 받고 싶다고 해서 받을 수 있는 것도 아니니까요.
제가 메넬라오스와 맞붙어 싸우기를 바라신다면,
다른 트로스인과 모든 아카이오스인을 자리에 앉게 한 후,
그 한복판에서 저와 아레스가 아끼는 메넬라오스가
헬레네와 그녀가 가진 모든 것을 걸고 싸우게 해주십시오.   70
그런 다음 우리 둘 중 누가 이기든, 더 강하다고 증명된 자가 당연히
여자와 모든 것을 차지해 집으로 가져가게 해주십시오.
다른 모든 사람은 맹세로 우호 조약을 맺고,
우리는 비옥한 트로이아에서 살아가고, 그들은 말들이 풀을 뜯는
아르고스와 미녀가 많은 아카이오스의 땅[5]으로 돌아가게 해주십시오."   75
      알렉산드로스가 이렇게 말하자, 헥토르는 크게 기뻐하며
트로스인의 진 앞쪽 한가운데로 나아가 창 가운데 부분을 잡고
그들을 제지하니, 모두 자리에 앉았다.

5　"아르고스"는 펠로폰네소스반도 동부에 있는 도시와 지역을 가리킨다. 이곳은 미케네의
　왕 아가멤논이 다스렸으며, 그의 통치 영역이었던 펠로폰네소스반도의 광대한 땅을 통틀
　어 아르고스라 불렀다. "아카이오스의 땅"은 펠로폰네소스반도 북동부에 있는 아카이아
　지방을 가리킨다. 서쪽과 남서쪽으로는 엘리스, 남쪽으로는 아르카디아, 동쪽과 남동쪽으
　로는 코린티아, 북동쪽으로는 코린토스만이 있다. 아카이오스는 그리스인의 시조 헬렌의
　아들 크수토스가 테살리아에서 쫓겨나 아테나이로 와서 에레크테우스왕의 공주 크레우
　사와 결혼해 낳은 아들이다. 여기에서는 그리스 전역을 가리키는 데 "아르고스"와 "아카이
　오스의 땅"이라는 두 가지 표현을 결합해 사용한다.

하지만 장발의 아카이오스인들은 헥토르를 겨냥해
활을 쏘고 돌을 던졌다.   80
이때 인간들의 군주 아가멤논이 크게 소리를 질렀다.
"멈춰라, 아르고스인들이여. 쏘지 마라, 아카이오스인 장정들이여.
번쩍이는 투구의 헥토르가 무슨 할 말이 있는가 보구나."
        아가멤논이 이렇게 말하자 아카이오스인들은 싸움을 멈췄고,
주위는 곧바로 조용해졌다. 그러자 헥토르가 양쪽 군대 중간에 서서
    말했다.   85
"트로스인과 훌륭한 정강이 보호대를 한 아카이오스인이여,
이 분쟁을 초래한 장본인 알렉산드로스의 말을 전할 테니, 내 말을
잘 들으시오. 그는 다른 트로스인과 모든 아카이오스인이
각자의 훌륭한 무구를 풍요로운 대지 위에 내려놓으면,
그 한복판에서 헬레네와 그녀가 가진 모든 것을 걸고   90
아레스가 아끼는 메넬라오스와 직접 싸우겠다고 제안했소.
둘 중 누가 이기든, 더 강하다고 증명된 자가 당연히
여자와 모든 것을 차지해 집으로 가져가게 하고,
다른 모든 사람은 맹세로 우호 조약을 맺자는 것이오."
        헥토르가 이렇게 말하자, 다들 아무 말이 없었다.   95
그들 중 함성 소리 우렁찬 메넬라오스가 말했다.
"이제 내 말도 들어보시오. 이 일로 가장 큰 고통을 겪은 사람은
바로 나일 테니. 나는 아르고스인과 트로스인이 이제 이 일을
마무리해야 한다고 생각하오. 여러분은 알렉산드로스가 시작한
나와 그의 싸움으로 인해 이미 많은 피해를 입었소.   100
우리 둘 중 죽음의 운명을 맞이할 자가 누구로 정해져 있든
그는 죽게 내버려두고, 여러분은 신속하게 이 전쟁을 끝내시오.
이제 당신들은 대지의 여신과 태양의 신에게 제물로 바칠 흰 양 한 마리와
검은 양 한 마리를 가져오시오. 우리도 제우스께 바칠 양 한 마리를

가져오겠소. 당신들은 위대한 프리아모스를 모셔와 친히 제를 올리고 105
맹세로 조약을 맺게 하시오. 그의 아들들은 오만방자하고 신의가 없으니,
아무도 제우스를 두고 한 맹세를 어기지 않게 하려는 것이오.
젊은 사람들의 마음은 일정치 않아 언제라도 변할 수 있지만,
나이 든 사람은 무슨 일이든 앞뒤를 살펴서 하는 터라
양쪽 모두에게 가장 좋은 결과를 가져다주기 때문이오.” 110
　　　메넬라오스가 이렇게 말하자, 아카이오스인과 트로스인은
이 괴로운 전쟁이 끝나리라고 생각하며 기뻐했다.
그들은 대열을 맞추어 전차들을 세워두고,
전차에서 내린 다음 무장을 벗어 땅 위에
서로 거의 빈틈없이 붙여 가지런히 놓아두었다. 115
헥토르는 전령 두 명을 도성으로 보내서 신속하게 양들을
가져오고 프리아모스를 모셔오게 했다.
통치자 아가멤논이 탈티비오스더러 속 빈 함선들로 가서
양 한 마리를 끌고 오라 명하니,
그는 고귀한 아가멤논의 명령을 거역하지 않았다. 120
　　　한편 이리스는 라오디케의 모습으로 변장하고
하얀 팔의 헬레네에게 전령으로 갔다. 프리아모스의 딸들 중
가장 미인이었던 라오디케는, 안테노르[6]의 아들인 통치자 헬리카온이
아내로 삼은 여자로 헬레네의 시누이였다.
이리스는 헬레네가 자기 방에서 두 겹으로 된 자주색 큰 천을 125

6 　“안테노르”는 다르다니아 출신으로 트로이아의 원로 중 하나다. 오디세우스와 메넬라오스
　 가 사신으로 트로이아에 와서 헬레네를 돌려보내라고 요구하자 트로이아의 왕자들이 그
　 들을 죽이려 했으나, 그때 그들을 보호해주고 헬레네를 돌려보내 화해할 것을 주장했다.
　 나중에 트로이아 전쟁을 끝내기 위해 오디세우스에게 트로이아성을 지켜주는 아테나 신
　 상인 팔라디온을 훔치고 목마를 만들어 침투하라고 권한 후, 자기 집 앞에 표범 가죽을 걸
　 어놓아 살아남는다.

짜고 있는 것을 발견했다. 헬레네는 말 길들이는 트로스인과

청동 갑옷의 아카이오스인이 자기로 인해

아레스의 손아래에서 수없이 치러온 전투들을 수놓고 있었다.

빠른 발의 이리스는 헬레네에게 다가와 말했다.

"사랑하는 언니, 이리 와서 말 길들이는 트로스인과   130

청동 갑옷의 아카이오스인이 벌이는 기이한 일을 구경하세요.

이제까지 서로를 죽이고자 하는 일념으로 들판에서

피눈물 나게 싸웠던 그들이

지금은 전투를 중지하고, 긴 창을 옆에 꽂아둔 채

방패에 몸을 기대고 말없이 앉아 있어요.   135

이제 곧 알렉산드로스와 아레스가 아끼는 메넬라오스가

언니를 두고 긴 창으로 싸울 텐데,

언니는 둘 중 이기는 사람의 사랑하는 아내로 불리게 된다네요."

　　여신은 이렇게 말하며, 헬레네의 마음속에 이전의 남편과

이전에 살던 도시 그리고 부모에 대한 달콤한 그리움을 불어넣었다.   140

그러자 헬레네는 즉시 하얀 세마포로 얼굴을 감싼 채

눈물을 쏟으며 방에서 뛰쳐나갔다.

그녀 혼자는 아니었고, 두 명의 시녀, 즉 피테우스의 딸 아이트레와

황소 눈의 클리메네가 따라 나갔다.

그들은 이내 스카이아이 성문[7]이 있는 곳에 이르렀다.   145

　　스카이아이 성문 위에는 프리아모스를 중심으로 백성의 원로들인

판토오스, 티모이테스, 람포스, 클리티오스, 아레스의 후예 히케타온,

현자 우칼레곤과 안테노르가 둘러앉아 있었다.[8]

7　"스카이아이"(Σκαιαί)는 '서쪽'이라는 뜻으로, 트로이아의 서쪽 성문이었다. 그리스군 진
　　영을 마주보는 이 성문에서 주된 전장인 트로이아 평야를 조망할 수 있었다. 『일리아스』
　　에서 트로이아성을 언급할 때 유일하게 이름으로, 즉 '다르다노스 성문'이라고 부른다.
8　"판토오스"는 원래 델포이 아폴론 신전의 제관이었다가 프리아모스의 부탁으로 트로이아

나이가 많아 전쟁에 나가지는 않았지만,

훌륭한 대중연설가였던 트로이아의   150

지도자들은 숲의 나무에 달라붙어

백합 같은[9] 소리를 쏟아내는 매미들처럼

성루에 앉아 있었다.

이때 헬레네가 성루 위로 올라오는 것을 본 그들은

나지막이 날개 날린 말을 서로 주고받았다.   155

"저 여자의 생김새가 불멸의 여신을 빼닮은 것을 보니, 트로스인과

훌륭한 정강이 보호대를 한 아카이오스인이 저 여자를 두고 오랜 세월

고통을 겪는 게 이해되는군요. 하지만 아무리 그래도

그녀를 배에 태워 떠나보내야지 이곳에 남겨두어

우리와 자손들에게 재앙이 닥치게 해서는 안 됩니다."   160

그들이 이렇게 말하는 동안, 프리아모스는 큰 목소리로 헬레네를
불렀다.

"애야, 이것은 네 탓이 아니라 아카이오스인과

피눈물 나는 전쟁을 불러일으킨 나의 신들 탓이다.

그러니 이리 와 내 앞에 앉아

이전의 남편과 친척들과 친구들을 보고   165

저 거구의 전사, 용맹하고 키 큰 아카이오스인이 누구인지

이름을 내게 말해다오.

사실 저 사람보다 머리 하나는 더 큰 사람들도 있지만,

저렇게 잘생기고 위풍당당한 사람은 단 한 번도

에서 아폴론의 제관이 되었다. "티모이테스", "람포스", "클리티오스", "히케타온"은 트로이
아 건설자 일로스의 아들인 라오메돈왕의 아들이자 프리아모스의 형제들이다. "우칼레곤"
은 프리아모스의 친구다.

9   "백합 같은"(λειριόεις, '레이리오에이스')은 "부드럽고 섬세하며 고상한" 것을 수식하는
    표현이다.

〈스카이아이 성문 위의 헬레네와 프리아모스〉(리처드 쿡, 1808년)

내 눈으로 직접 본 적이 없다. 제왕의 풍모를 지닌 인물이로구나.”   170

　　　　여자들 중 고귀한 헬레네가 이렇게 대답했다.

“이렇게 시아버님을 뵈오니 황공합니다.

저는 안락한 침실과 혈육과 사랑하는 딸과 또래 친구들을 버리고

당신의 아드님을 따라 이곳으로 오는 대신

차라리 몹쓸 죽음을 선택했어야 했습니다.   175

하지만 그러지 못해 지금 저는 이 눈물로 시들어갑니다.

아버님의 물음에 말씀드리자면,

저 사람은 드넓은 땅을 다스리는 아트레우스의 아들 아가멤논으로,

훌륭한 왕이자 용맹한 장수입니다.

한때는 부덕한 저의 시아주버니이기도 했고요.”   180

　　　　헬레네가 이렇게 말하자 나이 든 프리아모스가 감탄하며 말했다.

“복된 아트레우스의 아들이여, 축복받은 운명을 타고난 자여,

지금 수많은 아카이오스인 장정들이 그대에게 복종하고 있구나.

나는 전에 포도가 많이 생산되는 프리기아에 간 적이 있었지.

그곳에서 날쌘 말들을 탄 수많은 프리기아 전사들을 보았다.   185

오트레우스와 신 같은 믹돈[10]의 백성인 그들은

그때 상가리오스강 변에 진을 치고 있었다.

남자나 다름없는 아마존인들이 쳐들어온 그날

나도 동맹군으로 프리기아 전사들과 함께 있었지.

하지만 그들도 눈망울 초롱초롱한 아카이오스인만큼 많지는 않았다.”   190

　　　　나이 든 프리아모스가 이번에는 오디세우스를 바라보며 물었다.

---

10 프리기아의 왕 “믹돈”은 트로이아 전쟁이 발발하기 한 세대 전 또 다른 프리기아 지도자
　　였던 “오트레우스”와, 트로이아의 왕 프리아모스와 함께 여인족인 아마존인들의 침공에
　　맞서 싸웠다. 프리기아는 아나톨리아의 중서부 “상가리오스강”이 본거지인 고대 왕국으
　　로, 트로아스 옆의 미시아 남동쪽에 있었다. 상가리오스강은 아나톨리아에서 세 번째로
　　큰 강으로 프리기아를 가로질렀다.

"자, 애야, 저 사람이 누구인지도 말해다오.

아트레우스의 아들 아가멤논보다 머리 하나 정도는 작지만

어깨와 가슴은 더 넓어 보이는 저 사람 말이다.

그는 무구를 풍요로운 대지 위에 놓아둔 채   195

길잡이 양처럼 전사들의 대열 사이를 돌아다니는데,

내 눈에는 마치 흰 암양들의 큰 무리 가운데를

누비고 다니는 털 많은 숫양 같구나."

　　　제우스에게서 태어난 헬레네[11]가 그에게 대답했다.

"저 사람은 라에르테스의 아들 지략가 오디세우스예요.   200

바위 많은 이타케 땅에서 자랐는데,

온갖 계책과 술수에 능하고 비범한 사람이지요."

　　　그러자 현자 안테노르가 맞장구쳤다.

"부인의 말씀이 맞습니다.

전에 고귀한 오디세우스는 아레스가 아끼는 메넬라오스와 함께   205

부인의 일로 이곳에 사자로 온 적이 있습니다.

그때 두 사람을 제 집으로 맞아들여 환대했기 때문에,

그들의 풍모와 비범한 지략을 알게 되었지요.

그들은 거기에 모인 트로스인들과 함께 어울렸는데,

두 사람이 서 있을 때는 어깨 넓은 메넬라오스가 돋보였지만,   210

자리에 앉았을 때는 오디세우스가 더 위풍당당했습니다.

그리고 모든 사람 앞에서 말솜씨와 지략을 펼쳐 보이는데,

좌중에서 발언하는 메넬라오스의 말솜씨는 막힘이 없고,

말은 짧지만 아주 명쾌했습니다. 나이는 더 어렸지만

말이 많지 않았고 산만하지도 않았습니다.   215

---

11 "헬레네"는 스파르테 왕 틴다레오스의 왕비 레다가 백조로 변신한 제우스와 정을 통해 낳
　은 알에서 태어났다고 전해진다.

반면에 지략가 오디세우스는 자리에서 벌떡 일어서더니

똑바로 서서 시선을 땅바닥에 고정시킨 채

홀을 앞뒤로 흔들지 않고 꼭 쥐고 있어

무식한 사람인 듯 보였습니다. 누가 봐도 몹시 화가 났거나

미친 사람으로 생각했을 것입니다.   220

하지만 그가 가슴에서 터져 나오는 우렁찬 목소리로

겨울날의 눈송이 같은 말들을 토해내자

인간 중에 언변으로 그와 겨룰 자는 아무도 없었습니다.

그러자 좀 전의 모습이 전혀 부담스럽지 않았지요."

　　　나이 든 프리아모스는 세 번째로 아이아스를 바라보며 헬레네에

　　　　게 물었다.   225

"저기 다른 아카이오스인보다 머리 하나는 더 크고 어깨가 넓은

거구의 용맹한 아카이오스 전사는 누구냐?"

　　　땅에 끌리는 긴 옷을 입은, 여자들 중 고귀한 헬레네가 대답했다.

"저 사람은 아카이오스인의 울타리인 거인 아이아스예요.

맞은편에 이도메네우스가 크레테인들 사이에 마치 신처럼 서 있고,   230

그 주위에는 크레테인의 여러 장수가 모여 있네요.

이도메네우스가 크레테에서 오면, 아레스가 아끼는 메넬라오스는

그를 자주 우리 집으로 데려와 대접하곤 했어요.

그 외에도 제가 알고 있고 이름도 말할 수 있는

눈망울 초롱초롱한 다른 모든 아카이오스인 장수들도 보이네요.   235

하지만 두 명의 장수, 말 길들이는 카스토르[12]와

권투 실력이 탁월한 폴리데우케스는 보이지 않네요.

---

12 "카스토르"와 "폴리데우케스"는 스파르테 왕 틴다레오스의 왕비 레다가 백조로 변신한 제
　　우스와 정을 통해 낳은 알에서 태어났다. 레다는 알을 두 개 낳았는데, 하나에서는 헬레네
　　가 태어나고 다른 하나에서는 '디오스쿠로이'(제우스의 아들)라 불리는 쌍둥이 형제 카스
　　토르와 폴리데우케스가 태어났다.

두 사람은 저와 같은 어머니에게서 태어난 오빠들인데,

아름다운 라케다이몬[13]에서 아예 오지 않았거나,

바다로 다니는 함선을 타고 이곳에 오기는 했지만,   240

사람들이 저를 모욕하고 욕하는 소리를 들을까 봐

전사들의 전투에는 참가하고 싶지 않았나 봅니다."

　　헬레네는 그렇게 말했지만, 두 사람은 이미 사랑하는

조상의 땅 라케다이몬에서 생명을 주는 대지 속에 묻혀 있었다.

　　한편 전령들은 신들 앞에서 맹약할 때 제물로 바칠 양 두 마리와   245

마음을 즐겁게 해주는 대지의 열매, 포도주가 들어 있는

염소 가죽 부대를 가지고 성안을 지나가던 중이었으며,

전령 이다이오스는 번쩍이는 술동이와 황금 술잔을 들고 있었다.

이다이오스는 나이 든 프리아모스에게 다가와 이런 말로 재촉했다.

"일어서십시오, 라오메돈의 아드님이시여, 말 길들이는   250

트로스인과 청동 갑옷의 아카이오스인의 장수들은

왕께서 들판으로 내려와 맹약을 맺으시기를 청하고 있습니다.

알렉산드로스와 아레스가 아끼는 메넬라오스가

여자를 두고 서로 긴 창으로 싸워, 두 사람 중 누가 이기든

여자를 비롯한 모든 것을 얻고,   255

다른 사람들은 맹약으로 우호 조약을 맺어

우리는 비옥한 트로이아에서 살고, 그들은 말들이 풀을 뜯는 아르고스와

미녀가 많은 아카이오스인의 땅으로 돌아간다는 맹약 말입니다."

　　전령이 이렇게 말하자, 나이 든 프리아모스는 몸서리를 쳤지만, 수
　　　행인들에게

말들을 전차에 묶어 대기시키라고 지시했고, 그들은 신속하게 복종했다.   260

그러자 프리아모스는 전차에 올라타 고삐를 뒤로 당겼고,

---

13 "라케다이몬"은 스파르테의 별칭이다.

안테노르도 지극히 아름다운 전차에 올라 프리아모스 옆에 섰다.

두 사람은 빠른 말들을 몰아 스카이아이 성문을 지나 들판으로 향했다.

트로스인과 아카이오스인이 모여 있는 곳에 이르자,

두 사람은 전차에서 내려 풍요로운 대지를 디딘 후   265

트로스인과 아카이오스인이 모여 있는 곳 한가운데로 갔다.

그러자 인간들의 군주 아가멤논이 벌떡 일어섰고,

지략가 오디세우스도 일어섰다. 당당한 전령들이

신들 앞에서 맹약할 때 사용할 제물들을 한데 모으고,

술동이에 포도주와 물을 섞고, 왕들의 손에 물을 부었다.   270

아트레우스의 아들 아가멤논은 장검이 꽂힌 큰 칼집 옆에

늘 매달려 있는 단검을 빼어들어 양 머리들의

털을 잘랐고, 전령들은 그 털을 트로이아인과 아카이오스인의

장수들에게 나눠 주었다. 그런 후 아트레우스의 아들 아가멤논은

그들 가운데서 두 손을 들고 큰 소리로 기원했다.   275

"이데산에서 다스리시는 지극히 영광스럽고 지극히 위대한 아버지

제우스시여, 모든 것을 보시고 모든 것을 들으시는 태양의 신이시여,

강의 신들과 대지의 여신이시여, 거짓으로 맹세한 자들을

사후에 지하세계에서 벌하시는 신들이시여,

증인이 되어 이 맹약을 수호해주소서.   280

알렉산드로스가 메넬라오스를 죽인다면,

그로 하여금 헬레네와 그녀가 가진 모든 것을 갖게 하소서.

우리는 바다로 가는 함선들을 타고 떠나겠습니다.

하지만 금발의 메넬라오스가 알렉산드로스를 죽인다면,

트로스인들은 헬레네와 그녀가 가진   285

모든 것을 돌려보내고, 후세에까지

회자될 만한 합당한 보상을 아르고스인에게

하게 하소서. 알렉산드로스가 쓰러졌는데,

프리아모스와 그의 아들들이 보상하려 하지 않는다면,

이후 저는 그들을 응징하기 위해 전쟁의 끝을 볼 때까지 290

이곳에 머물며 싸움을 계속할 것입니다."

　　아가멤논은 이렇게 말하고 무자비한 청동으로 양들의 목을 딴 후,

청동에 힘을 빼앗겨 숨이 끊어져가면서도

발버둥치는 양들을 땅 위에 내려놓았다.

그런 다음 사람들이 술동이에서 포도주를 퍼서 잔들에 담아 295

땅에 쏟으며 영원히 존재하는 신들에게 기원했는데,

아카이오스인과 트로스인 중 어떤 사람은 이렇게 빌었다.

"지극히 영광스럽고 위대한 제우스시여, 불멸의 신들이시여,

둘 중 어느 쪽이든 맹약을 먼저 깨뜨리는 자에 대해서는

그와 그 자손들의 두개골이 깨져 이 포도주처럼 300

땅에 쏟아지고, 그의 아내는 다른 사람의 종이 되게 하소서."

　　그들은 이렇게 기원했지만, 크로노스의 아들 제우스는 이를 들어

　　주지 않았다.

이번에는 그들 가운데서 다르다노스[14]의 후예 프리아모스가 이렇게 말

　　했다.

"트로스인과 훌륭한 정강이 보호대를 한 아카이오스인이여,

나는 내 사랑하는 아들과 아레스가 아끼는 메넬라오스가 305

싸우는 모습을 차마 직접 볼 수 없어

바람 많은 일리오스로 돌아갈 것이오.

하지만 제우스를 비롯해 불멸의 신들께서는

두 사람 중 누가 죽을 운명인지 아실 것이오."

　　신 같은 프리아모스는 이렇게 말하고, 310

양들을 전차에 실은 후 자신도 올라타 고삐를 당겼고,

---

14 "다르다노스"는 다르다니아인과 트로이아인의 시조다.

그의 옆에는 안테노르가 지극히 아름다운 전차에 타고 있었다.

이렇게 두 사람은 일리오스로 돌아가려고 도성을 향해 출발했다.

그러자 프리아모스의 아들 헥토르와 고귀한 오디세우스는

먼저 싸울 장소의 경계를 갈라 전했고,   315

그런 후 둘 중 누가 먼저 청동 창을

던질지 결정하기 위해 제비들을

청동 투구 속에 넣고 흔들었다.

군사들은 신들을 향해 두 손을 들고 기원했는데,

아카이오스인과 트로스인 중 어떤 사람은 이렇게 빌었다.   320

"이데산에서 다스리시는 지극히 영광스럽고 위대한 아버지 제우스시여,

두 백성에게 이 재앙을 초래한 자가 누구든, 그자는 죽어

하데스의 집으로 가고, 우리는 맹약의 우호 조약을 맺게 하소서."

　　군사들이 이렇게 기원하는 동안, 번쩍이는 투구의 거구 헥토르가

뒤돌아보는 자세로 제비가 들어 있는 투구를 흔들자, 곧 파리스의 제비가

　튀어나왔다.   325

군사들은 발을 높이 들고 빠르게 달리는 각자의 말과

자신의 각양각색 무구가 놓여 있는 곳에 열을 맞춰 앉았다.

한편 머릿결 고운 헬레네의 남편 고귀한 알렉산드로스는

아름다운 무구를 어깨에 메기 위해

먼저 은으로 된 복사뼈 덮개가 달린   330

아름다운 정강이 보호대를 착용했다.

다음으로 동생 리카온의 흉갑을 가슴에 착용했는데

그에게 잘 맞았다. 그런 후 은징이

박혀 있는 청동 검을 어깨에 멨고,

자신의 크고 튼튼한 방패를 들었다.   335

다부진 머리에는 말총 장식이 꼭대기에 달린 잘 만든 투구를 썼다.

위에서 아래로 흘러내리는 말총 장식이 두려움을 자아냈다.

그리고 손에 꼭 맞는 단단한 창을 집어 들었다.

용맹한 메넬라오스도 똑같은 방식으로 무구들을 착용했다.

각자의 진영에서 무장을 마친 두 사람은 340

무섭게 노려보며 대치하고 있는 트로스인과 아카이오스인 사이의

빈 공간 한복판으로 걸어 나갔다. 말 길들이는 트로스인들과

훌륭한 정강이 보호대를 한 아카이오스인들은 두 사람을 보고 놀라워했다.

두 사람은 미리 정해둔 지점으로 가서 서로를 향해

분노의 창을 겨누었다. 먼저 알렉산드로스가 그림자 길게 드리운 창을 345

던져 아트레우스의 아들 메넬라오스가 들고 있는

사방이 균형 잡힌 원형 방패를 맞혔지만,

청동 창끝은 튼튼한 방패를 뚫지 못하고

구부러지고 말았다. 다음으로 아트레우스의 아들 메넬라오스가

청동 창을 들고 아버지 제우스에게 기원했다. 350

"왕이신 제우스여, 저에게 먼저 악을 행한

고귀한 알렉산드로스를 제 손으로 응징하고 굴복시켜

후세 사람들이 자신을 환대한 사람에게 감히

악을 행할 엄두를 내지 못하게 하소서."

메넬라오스는 이렇게 말하고, 그림자 길게 드리운 창을 앞뒤로 355

흔들다가 던져 프리아모스의 아들 알렉산드로스의 사방이 균형 잡힌

원형 방패를 맞혔다. 강력한 창은 번쩍이는 방패를 꿰뚫었다.

하지만 알렉산드로스가 몸을 튼 덕분에, 창이 옆구리를 지나며

아주 정교하게 만든 흉갑과 상의와 살점이 찢기기는 했지만,

검은 죽음의 운명은 피할 수 있었다. 360

아트레우스의 아들 메넬라오스는 은징이 박힌 장검을 빼고

높이 들어 알렉산드로스의 투구 정수리 부분을 내리쳤다.

하지만 장검은 투구 위에서 세 조각, 아니 네 조각으로 산산조각 나며

그의 손에서 떨어져 나갔다. 아트레우스의 아들은 드넓은 하늘을 우러

러보며 탄식했다.

"아버지 제우스시여, 당신보다 더 잔인한 신도 없을 것입니다.   365
마침내 알렉산드로스의 악행을 응징하게 되었다고 생각했는데,
칼은 제 손에서 산산조각 났으며, 제 손에서 날아간 창은
그를 맞혀 죽이지 못해 무용지물이 되고 말았습니다."

메넬라오스는 이렇게 말하고 알렉산드로스에게 달려들어,
말총 장식 달린 투구를 움켜쥐고 비틀어 돌린 뒤, 훌륭한 정강이 보호대를 한   370
아카이오스인들 쪽으로 끌고 갔다. 턱 아래 단단히 매어
투구를 고정시키던, 튼튼하게 박음질한 가죽끈이 알렉산드로스의 연한
  목을 조였다.
이렇게 메넬라오스가 그를 자기 진영으로 끌고 갔다면, 크나큰
영광을 얻었을 것이다. 하지만 제우스의 딸 아프로디테는 이 광경을
주시하고 있다가, 도살한 황소의 가죽으로 만든 끈을 끊어버렸다.   375
다부진 손에 알렉산드로스의 빈 투구만 남자, 메넬라오스는 투구를
빙빙 돌리다가 훌륭한 정강이 보호대를 한 아카이오스인들을 향해 던졌고,
믿음직한 전우들이 그 투구를 집어 들었다.
메넬라오스는 청동 창으로 알렉산드로스를 죽일 생각에
다시 그를 쫓아갔다. 하지만 아프로디테는 짙은 안개로   380
알렉산드로스를 뒤덮은 후 그를 낚아채 향기로운 그의 방에 내려놓았다.
이렇게 하는 건 여신에게 쉬운 일이었다.
그런 후 아프로디테는 헬레네를 부르러 갔다. 헬레네는 높은 성루에 있었고,
주위에는 많은 트로이아 여자들이 있었다.
여신은 양모를 다듬는 나이 많은 노파로 변장해   385
헬레네의 향기로운 옷자락을 잡고 흔들며 말했다.
이 노파는 헬레네가 라케다이몬에 살았을 때 아름다운 양모 옷들을
잘 관리해주었기 때문에 그녀가 무척 아끼는 사람이었다.
노파 행색의 고귀한 아프로디테는 그녀에게 나타나 이렇게 말했다.

〈메넬라오스와 파리스의 싸움〉(샤를 르 브룅, 1740년)

"자, 가시죠. 알렉산드로스께서 집으로 오라고 하십니다.   390
그분은 지금 침실의 화려한 침대에서
아름다운 옷을 차려입고 빛나는 모습으로 기다리고 계시죠.
보시면 그분이 적과 싸우고 온 게 아니라, 이제 무도회에 가려 하거나
무도회를 마치고 방금 돌아와 앉아 계신다는 생각이 들 것입니다."

　　　　여신은 이렇게 말하며 헬레네의 마음을 흔들어놓았다.   395
하지만 헬레네는 여신의 지극히 아름다운 목과
욕망을 불러일으키는 매력적인 가슴과
반짝이는 눈을 알아차리고는 깜짝 놀라서 말했다.
"여신이시여, 왜 이런 식으로 저를 속이려 하시나요?
이제 저를 또 다른 곳,   400
당신이 아는 필멸의 인간들이 사는 프리기아나
아름다운 마이오니아[15]의 어느 번화한 도시로 보내시려는 것이로군요.
이제 메넬라오스가 고귀한 알렉산드로스를 이겨
미운 저를 고향으로 데려가려 하는 것을 알고는,
그런 음흉한 계획을 세우고 이곳에 오신 게 아닌가요?   405
당신이나 신들이 가는 길을 포기하고,
당신의 발걸음을 다시는 올림포스로 돌리지 말고,
알렉산드로스에게 가서 곁에 앉아 그를 걱정하고 지켜주세요.
그러면 혹시 그이가 당신을 아내나 노예로 받아줄지도 모르잖아요.
하지만 저는 그이에게 가지 않겠어요. 그이와 동침하는 것은   410
부끄러운 일이니까요. 그렇게 한다면 나중에 트로이아 여자들이
저를 욕할 거예요. 지금도 제 마음은 끊임없이 고통스럽답니다."

　　　　헬레네가 이렇게 말하자 고귀한 아프로디테가 화를 내며 말했다.
"못난 여자여, 나를 자극하지 마라. 내가 분노하면 너를 버릴 테니.

---

15 "마이오니아"는 리디아의 옛 이름이다. 더 자세한 내용은 제2권 각주 115을 보라.

〈파리스에게 간 헬레네〉(벤저민 웨스트, 1776년)

지금 내가 너를 지독히 아끼는 만큼 그때는 너를 철저히 미워하고,　　415
트로스인과 아카이오스인이 서로 죽도록 미워하게 만들 것이다.
그러면 너는 비참한 최후를 맞겠지.”
　　　여신이 이렇게 말하자, 제우스에게서 태어난 헬레네는
겁먹고서 빛나는 흰 겉옷으로 얼굴을 가린 채
트로이아 여자들의 눈을 피해 묵묵히 여신을 따라갔다.　　420
　　　아프로디테와 헬레네 일행이 알렉산드로스의 지극히 아름다운 저
　　　택에 도착하자,
수행했던 시녀들은 각자 신속하게 자기 일을 하러 갔고,
여자들 중 고귀한 헬레네는 천장이 높은 방 안으로 들어갔다.
웃음을 좋아하는 아프로디테는 여신임에도
헬레네를 위해 의자를 가져다가 알렉산드로스 맞은편에 놓았다.　　425
아이기스 방패를 지닌 제우스의 딸 헬레네는 그 의자에 앉아
시선을 돌린 채 남편을 질책했다.
“전쟁터에서 돌아왔군요. 차라리 저의 전남편,
그 용사의 손에 죽었더라면 좋았을 텐데.
당신은 이전에 힘과 격투와 창술에서　　430
아레스가 아끼는 메넬라오스보다 뛰어나다고 자랑하지 않았나요?
그러니 자, 어서 가서 아레스가 아끼는 메넬라오스를 불러내
다시 한번 일대일로 맞붙어 싸워보시지요.
하지만 나는 그렇게 하지 않기를 권해요.
무모하게 금발의 메넬라오스와 맞붙어 싸웠다가는　　435
금세 그의 창에 질 것이 뻔하니까요.”
　　　파리스는 이렇게 대답했다.
“여보, 그렇게 심한 말로 나를 질책하지 말아주시오.
이번에는 메넬라오스가 아테나와 함께하여 나를 이겼지만,
우리 옆에도 신들이 계시니 다음번에는 내가 그를 이길 것이오.　　440

그러니 자, 우리 함께 누워 사랑을 즐깁시다.
전에는 내 마음이 이처럼 애욕으로 뒤덮인 적이 없었소.
내가 처음에 아름다운 라케다이몬에서 당신을 얻어
바다로 다니는 배에 태워 항해하다가 크라나에섬[16]에서   445
함께 잠자리를 하며 사랑을 나눌 때에도 이렇지는 않았소.
지금 나는 당신과 사랑을 나누고 싶은 달콤한 열망에 사로잡혀 있소."
        파리스가 이렇게 말하고 먼저 침대로 가자 아내도 따라갔다.
두 사람은 많은 가죽끈으로 얼기설기 엮은 침대에 누웠다.
한편 아트레우스의 아들 메넬라오스는 고귀한 알렉산드로스를 찾으러
야수처럼 양쪽 군대를 이리저리 돌아다녔다.   450
하지만 트로스인들과 동맹군의 장수들은 아무도 아는 바가 없어
알렉산드로스의 행방을 아레스가 아끼는 메넬라오스에게 알릴 수 없었다.
다들 그를 검은 죽음의 운명만큼이나 미워하고 있었기 때문에,
누구든지 그를 보았다면, 지금까지의 정을 생각해 숨겨주는 일은
없었을 것이다. 인간들의 군주 아가멤논이 그들 가운데서 말했다.   455
"트로스인과 다르다니아인과 그 동맹군들이여,
내 말을 들으시오. 아레스가 아끼는 메넬라오스가
승리했음이 분명하게 드러났으니,
당신들은 아르고스의 헬레네와 그녀가 가진 모든 것을 돌려주고,
후세 사람들에게도 회자될 합당한 보상을 하시오."   460
        아트레우스의 아들이 이렇게 말하자, 다른 아카이오스인들은 일
           제히 환호성을 질렀다.

---

16 "크라나에섬"은 펠로폰네소스 남동부 해안의 섬으로 스파르테의 항구 도시 아래에 있다.

제4권 △ 트로이아의 맹약 위반과 전투 개시

한편 신들은 제우스 옆에 모여 앉아

황금 마루에서 회의를 하고 있었고, 여신 헤베[1]가

그들 가운데서 신주를 따라주었다. 그들은 트로스인의 도성을

내려다보며 황금 술잔을 주고받았다.

이윽고 크로노스의 아들 제우스가 헤라의 화를 돋우려고   5

빈정거리는 투로 넌지시 말했다.

"메넬라오스에게는 아르고스의 헤라와 알랄코메나이의 아테나,[2]

이렇게 여신이 두 명이나 조력자로 있어도

멀리 앉아 구경하며 즐기고 있는 반면에,

웃음을 좋아하는 아프로디테는 늘 알렉산드로스 옆에   10

꼭 붙어 그를 죽음의 운명에서 지켜주고 있구려.

이번에도 꼼짝없이 죽게 된 그를 구해내지 않았소?

---

1 "헤베"는 제우스와 헤라 사이에서 태어난 딸로 청춘의 여신이다. 제우스가 트로이아 왕가
   의 시조 트로스왕의 아들이자 '필멸의 인간들 중 가장 아름다운 남자' 가니메데스를 이데
   산에서 납치해오기 전까지, 신들의 연회에서 시중을 드는 역할이었다. 나중에 신의 반열
   에 오른 헤라클레스와 결혼한다.
2 "알랄코메나이"는 그리스 본토 중부 보이오티아 지방 코파이스 호수 옆 틸포시온 산자락
   에 있던 도시다. 아테나 숭배로 유명했으며, 아테나가 태어난 곳이기도 하다.

〈신들의 회의〉(코르넬리스 반 푸렌뷔르흐, 1630년경)

하지만 승자는 분명 아레스가 아끼는 메넬라오스였소.

그러니 이 일을 어떻게 할지 생각해봅시다.

이 끔찍한 전쟁과 무시무시한 함성을 다시 불러일으킬지,   15

양쪽이 화친을 맺게 해줄지 말이오.

그대들이 모두 좋게 여기고 기뻐한다면,

프리아모스왕의 도시는 그대로 존속시키고,

아르고스의 헬레네는 메넬라오스가 다시 데려가게 합시다."

   크로노스의 아들이 이렇게 말하자 아테나와 헤라가 불평했다. 20

그들은 꼭 붙어 앉아 트로스인들을 파멸시킬 궁리를 하던 참이었다.

아테나는 아버지 제우스에게 화가 나 분노에 사로잡혔지만,

아무 말도 하지 않고 묵묵히 있었다.

하지만 헤라는 분노를 가슴속에 담아두지 않고 말했다.

"지극히 두려운 크로노스의 아드님이시여, 도대체 무슨 말씀을 하시는

   거예요?   25

나는 프리아모스와 그의 아들들을 파멸시키기 위해 말들이 지쳐 쓰러질

때까지 땀 흘리고 고생해서 군대를 모았는데, 그런 노고를 헛되게 하고

아무런 결실도 없게 하려는 건가요? 당신 뜻대로 하세요.

하지만 다른 신들은 모두 당신 말에 동의하지 않을 거예요."

   그러자 구름을 모으는 자 제우스가 격분해서 그녀에게 말했다. 30

"정말, 이상하군! 프리아모스와 프리아모스의 아들들이 도대체 당신에게

얼마나 큰 잘못을 했기에, 잘 지은 일리오스성을

철저히 파괴하지 못해 이리도 광분하는 것이오?

성문들과 높은 성벽 안으로 들어가

프리아모스와 프리아모스의 아들들과 그 밖의 트로스인들을   35

날로 먹어치워야 분이 풀릴 기세잖소.

마음대로 하시오. 다만 이 다툼이 훗날

당신과 나 사이에 불화의 원인이 되지 않기를 바랄 뿐이오.

그리고 한 가지 더 말해둘 테니 명심하시오.

당신이 아끼는 사람들이 살아가는 어떤 도시를   40

내가 나중에 철저히 파괴하고 싶어 할 때,

나의 진노를 막아서지 말고 내버려두시오.

지금 나는 내키지 않지만 내 뜻을 꺾고 양보했기 때문이오.

별이 빛나는 하늘과 해 아래의 땅 위에서 사람들이 살아가는

도시들 가운데 나는 신성한 일리오스와 프리아모스와   45

훌륭한 물푸레나무 창으로 무장한 프리아모스의 백성을

내 마음속에서 가장 소중히 여기오. 그들이 세운 내 제단에

풍성한 제물과 제주와 번제의 향기가 올라오지 않은 적이 한 번도 없기

　　때문이오.

그런 것들은 우리 신들이 마땅히 받아야 할 몫이잖소."

　　　　그러자 황소 눈의 존귀한 헤라가 대답했다.   50

"내가 가장 아끼는 세 도시는 아르고스, 스파르테,

대로가 나 있는 미케네죠. 이 도시들이 당신 마음에 미워졌다면

언제라도 철저하게 파괴하세요. 그렇게 한다고 해서

내가 그 도시들을 위해 나서거나 불평하는 일은 없을 거예요.

그 도시들을 철저하게 파괴하는 것을 내가 불평하고 못하게 하려 해도   55

아무 소용없겠죠. 당신이 나보다 훨씬 힘이 세니까요.

하지만 내가 애쓴 일이 아무런 소득이 없어서도 안 돼요

나도 신이고, 나나 당신이나 동일한 혈통에서 났으며,

음흉한 크로노스는 나를 장녀로 낳은 데다가

나는 당신의 아내라 불리고,   60

당신은 모든 불멸의 신들을 다스리기 때문이에요.

그러니 그 점에서는 당신은 내게, 나는 당신에게,

우리가 서로 양보해야 해요. 그러면 다른 불멸의 신들이

따를 거예요. 그러니까 빨리 아테나에게 명령해

트로스인들과 아카이오스인들의 무시무시한 함성 속으로 들어가   65
트로스인들이 먼저 맹약을 깨뜨리게 하여
승리에 취해 의기양양한 아카이오스인들을 공격하게 하세요."
　　　헤라가 이렇게 말하자, 인간들과 신들의 아버지 제우스는
거부하지 않고, 즉시 아테나에게 날개 달린 말로 명했다.
"너는 지금 빨리 트로스인들과 아카이오스인들이 진 치고 있는 곳   70
한복판으로 가서, 트로스인들이 먼저 맹약을 깨뜨리게 하여
승리에 취해 의기양양해 있는 아카이오스인들을 공격하게 하라."
　　　제우스가 이렇게 명령하자, 아까부터 그러고 싶어 안달하던
아테나는 올림포스 꼭대기에서 뛰어내려 쏜살같이 날아갔다.
음흉한 크로노스의 아들 제우스가 선원들이나 군대가   75
진 치고 있는 곳에 하나의 징조로 보내는 듯한
수많은 불꽃을 튀는 찬란한 별 하나처럼,
팔라스 아테나는 쏜살같이 날아 땅에 도착해
양쪽 군대 한가운데로 사뿐히 내려앉았다. 말 길들이는 트로스인과
훌륭한 정강이 보호대를 한 아카이오스인은 이를 보고 깜짝 놀랐다.   80
어떤 사람은 옆 사람을 보고 이렇게 말했다.
"인간들의 전쟁을 좌지우지하시는 제우스께서
끔찍한 전쟁과 무시무시한 함성을 다시 일으키거나,
양쪽 군대 간에 화친이 이루어지게 하시려나 보오."
　　　아카이오스인 중에도, 트로스인 중에도 그렇게 말하는 사람들이
　　　　있었다.   85
아테나는 창술에 뛰어난 안테노르의 아들 라오도코스로 변장한 채
트로스인의 무리 속으로 들어가
신 같은 판다로스가 어디 있는지 찾아다니다가
리카온의 아들이자 흠 잡을 데 없이 훌륭하고 힘 있는 판다로스가 서
　　있는 것을 발견했다.

주위에는 방패병으로 이루어진 강력한 병력이 대열을 갖추고 있었는데,　90
이들은 아이세포스강에서부터 따라온 군사들이었다.[3]
아테나는 그에게 다가가 날개 달린 말로 전했다.
"리카온의 현명한 아들이여, 이제 내가 하는 말을 잘 들으시오.
그대가 메넬라오스를 향해 빠른 화살을 쏘아 보낸다면,
모든 트로스인은 말할 것도 없고, 특히 알렉산드로스왕에게　95
감사와 영광을 받게 될 것이오. 아트레우스의 용맹한 아들
메넬라오스가 그대의 화살에 맞고 죽어 비통히 화장용 장작더미에
누워 있는 모습을 본다면, 알렉산드로스왕은 모든 사람 가운데
가장 먼저 나서서 그대에게 휘황찬란한 선물을 줄 것이오.
그러니 자, 저 용맹한 장수 메넬라오스를 향해 화살을 쏘시오.　100
그리고 고국인 신성한 도시 젤레이아로 돌아가면,
첫 번째로 태어난 많은 새끼 양들을 제물로 삼아
성대한 제를 올리겠다고, 리키아의 명궁 아폴론[4]에게 맹세하시오."
　　　아테나가 이렇게 말하며 이 어리석은 자의 마음을 설득하자,
판다로스는 즉시 야생 염소 뿔로 만든 광나는 활을 꺼내 들었다.　105
예전에 바위 사이에서 걸어 나오는 야생 염소를
그가 직접 가슴 아래쪽에 화살을 쏘아 잡았다.
그는 매복해 있다가 가슴을 맞혔고, 야생 염소는 바위에 드러누웠는데,
머리에는 열여섯 뼘이나 되는 긴 뿔이 나 있었다.
장인이 이 뿔을 다듬고 이어 붙여 정성스레 광을 낸 후　110

3　이 군대는 "젤레이아"에 사는 트로이아인들이었다. 젤레이아는 아나톨리아의 트로아스 지
　방 이데산 자락과 아이세포스강 변에 있었다.

4　리키아의 크산토스강 어귀에서 10킬로미터 정도 떨어진 파타로스는 아폴론의 아들 파타
　로스가 세운 도시로 아폴론의 신전과 신탁에서 델포이 다음으로 유명했다. 그래서 "리키
　아의 아폴론" 또는 "파타로스의 아폴론"이라는 별칭이 생겼다.

양쪽 끝 활시위를 거는 곳에 황금으로 된 활고자[5]를 씌웠다.

그는 활을 땅에 잘 기대놓고 활시위를 당겼다.

용감한 전우들은 그의 앞에 방패들을 놓았다.

아트레우스의 용맹한 아들 메넬라오스가 화살에 맞기 전에,

아카이오스인의 용맹한 아들들이 공격하지 못하게 하기 위해서였다.　　115

그는 화살통의 뚜껑을 열고 한 번도 사용하지 않은

깃털 달린 화살 하나, 비탄의 씨앗을 꺼내

즉시 그 날카로운 것을 시위에 얹었다.

그런 후 고국인 신성한 도시 젤레이아로 돌아가면,

첫 번째로 태어난 많은 새끼 양들을 제물로 삼아 성대한 제를 올리겠다고,　　120

리키아의 명궁 아폴론에게 맹세했다.

그가 화살의 오늬[6]와 소 힘줄로 만든 활시위를 동시에 잡고 활을 당기니,

활시위는 가슴에 닿았고, 쇠 화살촉은 활등에 닿았다.

큰 활이 원이 될 때까지 당겨지고,

팅 소리를 내며 활시위가 크게 울자,　　125

날카로운 화살이 튕겨나가 무리를 향해 맹렬하게 날아갔다.

　　　그러나 메넬라오스여, 저 복된 불멸의 신들은 그대를 잊지 않았으니,

우선은 제우스의 딸이자 전리품을 몰아오는 자 아테나가

그대 앞에 서서 날카로운 화살을 막아주었구나.

마치 어머니가 단잠 자는 아이에게서　　130

파리를 쫓아내듯, 아테나는 화살이 메넬라오스의 몸을

꿰뚫지 못하도록, 황금 허리띠 버클과

가슴 보호대가 겹쳐 있는 곳으로

화살을 돌려놓았다. 날카로운 화살은 혁대 버클에 맞아

5　"활고자"는 활의 양 끝 머리에 구멍을 뚫어 시위를 멜 수 있게 한 장치다.
6　"오늬"는 화살을 활시위에 걸 수 있도록 화살 끝을 두 갈래로 파낸 부분을 말한다.

정교하게 만든 혁대를 뚫고,

여러 겹으로 튼튼하게 지은 가슴 보호대를 뚫고,

투창에 살이 뚫리는 것을 막기 위해 입은

최후의 방어막인 복부 보호대마저 뚫었다.

이렇게 화살이 이 전사의 살갗을 스치자

그 즉시 상처에서 검은 피가 서서히 흘러나왔다.

　　　마치 마이오니아나 카리아 여자[7]가 말의 뺨을 장식할 물건을

만들기 위해 자주색 염료로 상아를 물들이는 것 같았다.

많은 전차기병들이 갖고 싶어 하는

이 장식물은 보물창고에서 잠자고 있다. 이는 왕의 기쁨을 위해

거기에 둔 것으로 왕의 말에는 멋진 장식품이요 마부에게는 영광이었다.

메넬라오스여, 바로 그렇게 그대의 멋진 넓적다리와

정강이와 그 밑의 고운 복사뼈가 피로 물들었구나.

　　　인간들의 왕 아가멤논은 메넬라오스의 상처에서

흘러나오는 검은 피를 보고 몸서리쳤고,

아레스가 아끼는 메넬라오스 자신도 몸서리쳤다.

하지만 화살촉을 화살대에 묶은 실과 미늘이 밖으로 나와 있는 것을 보고,

메넬라오스의 마음속에 다시 용기가 차올랐다.

군주 아가멤논이 메넬라오스의 손을 잡고 그들 가운데서

깊이 탄식하며 이렇게 말하자 병사들도 탄식으로 호응했다.

"사랑하는 아우야, 내가 신 앞에서 맹약을 맺고 아카이오스인 앞에

너를 혼자 내세워 트로스인과 싸우게 했더니, 결국 놈들이 신의의

맹약을 짓밟고 너를 쏘아 죽음으로 내몰았구나.

7　"마이오니아"는 리디아의 옛 이름이다. 마이오니아(후의 리디아)와 카리아는 아나톨리아
　　반도에 있던 고대 왕국들로, 카리아는 남쪽 해안 지역에 자리 잡고 있었고, 그 북쪽으로
　　마이오니아가 위치해 있었다.

하지만 맹세와 새끼 양들의 피와 희석하지 않은 제주와

오른손으로 나눈 신의의 악수는 결코 헛되지 않을 것이다.

올림포스의 주인께서 지금 즉시는 아닐지라도 나중에는 마침내   160

맹약한 바가 이루어지게 하여, 그들 자신의 머리와

아내와 자녀들에게 값비싼 대가가 돌아가게 하실 것이다.

신성한 일리오스와 훌륭한 물푸레나무 창을 지닌 프리아모스와

프리아모스의 백성이 멸망할 날이 오리라는 것을

나는 내 마음과 생각 속에서 분명히 알고 있다.   165

그날에는 저 높은 곳 하늘에 계시는 크로노스의 아드님 제우스께서

이 속임수에 진노하여 검은 아이기스 방패를 그들 모두 위에

친히 흔드시리니, 이 일들은 반드시 이루어질 것이다.

하지만 메넬라오스야, 이제 네가 수명을 다해 죽게 된다면,

끔찍한 고통은 나의 몫이 될 것이다.   170

아카이오스인은 즉시 조상의 땅으로 돌아갈 생각을 하고,

나는 말할 수 없는 치욕을 안고 메마른 아르고스로 돌아갈 테지.

우리는 프리아모스와 트로스인에게 그들의 자랑인

아르고스의 헬레네를 남겨두고, 너는 과업을 이루지 못한 채

트로이아 땅에 묻히고, 네 뼈는 땅속에서 썩어갈 테지.   175

그러면 트로스인은 의기양양해하고, 그들 중에는 영광스러운

메넬라오스의 무덤 위를 뛰어다니며 이렇게 말하는 자도 있을 것이다.

'아가멤논은 아카이오스인의 군대를 거느리고 이곳에 왔다가

아무것도 이루지 못하고, 여기에 용감한 메넬라오스를 남겨둔 채

빈 함선들을 이끌어 사랑하는 조상의 땅으로 돌아갔으니,   180

그가 분풀이를 하려고 할 때마다 이렇게 되기를 빈다.'

나중에 누군가 이렇게 말한다면, 그때는 드넓은 대지가 입을 벌려 나를

　삼켜버리기를."

　　그러자 금발의 메넬라오스는 이렇게 말하며 아가멤논의 힘을 북

돋워주었다.

"용기를 내세요. 아카이오스 백성이 겁먹을 일은
아무것도 하지 마세요. 날카로운 화살은 급소에 박히지 않았어요.
번쩍이는 혁대와 그 아래 있는 가슴 보호대와
청동 장인이 만든 복부 보호대가 나를 지켜주었습니다."

　　군주 아가멤논은 이렇게 대답했다.
"사랑하는 메넬라오스야, 그렇다면 얼마나 좋겠느냐.
의사에게 상처를 살펴보게 하고,
심한 고통을 멈추게 해줄 약을 바르거라."

　　아가멤논은 이렇게 말하고, 신 같은 전령 탈티비오스에게 지시했다.
"탈티비오스, 빨리 가서 뛰어난 의사인
아스클레피오스의 아들 마카온을 불러와,
그에게 아트레우스의 용맹한 아들 메넬라오스를 보여라.
트로스인인지 리키아인인지 궁술에 뛰어난 어떤 자가 그를 화살로
쏘았다. 이 일이 그자에게는 영광이겠지만 우리에게는 비통한 일이다."

　　아가멤논이 이렇게 말하자, 전령은 그의 말을 거역하지 않고,
지시받은 대로 영웅 마카온을 찾으려고 청동 갑옷 입은 아카이오스인들
사이를 헤집고 돌아다니다가 한곳에 서 있는 그를 발견했다.
주위에는 말이 풀을 뜯는 트리케에서부터 그를 따라온
방패병으로 이루어진 강력한 병력이 대열을 갖추고 서 있었다.
전령은 서서 날개 달린 말로 그에게 전했다.
"가시지요, 아스클레피오스의 아드님이시여. 군주 아가멤논께서
아카이오스인의 용맹한 지휘관 메넬라오스를 살펴달라고 부르십니다.
트로스인인지 리키아인인지 궁술에 뛰어난 어떤 자가 그를 화살로
쏘아 맞혔는데, 이 일이 그자에게는 영광이겠지만 우리에게는 비통한
　일입니다."

　　전령은 이렇게 말하며 그의 가슴속 마음을 움직였고,

두 사람은 아카이오스인들의 드넓은 진을 지나 무리 사이로 나아갔다.

금발의 메넬라오스가 부상당한 곳에 당도했을 때, 210

많은 장수들이 주위를 빙 둘러싸고 있었다.

신 같은 마카온은 그들 한가운데로 가서

즉시 단단히 맨 혁대에 박힌 화살을 뽑아냈다.

화살이 뽑히며 날카로운 미늘들이 뒤로 구부러졌다.

그런 후 마카온은 번쩍이는 혁대와 그 아래에 있는 가슴 보호대와 215

청동 장인이 만든 복부 보호대를 풀었다.

이윽고 날카로운 화살이 박혀 있던 상처 부위가 보이자,

피를 빨아내고 그 위에 상처를 낫게 해줄 약을 능숙하게 발랐다.

이 약은 전에 케이론[8]이 마카온의 아버지를 좋게 보고 준 것이었다.

　　　그들이 함성 소리 우렁찬 메넬라오스를 치료하는 일에 정신이 220

팔려 있는 동안, 방패를 든 트로스인들이 대열을 지어 다가왔다.

아카이오스인들은 다시 무기를 들고 전의를 가다듬었다.

　　　이때 그대가 그 자리에 있었더라면 고귀한 아가멤논이 졸거나

겁을 먹고 움츠러들거나 전투 의욕을 잃은 게 아니라, 남자들에게 영광을

안겨주는 전투에 대한 열망으로 한층 더 고취된 모습을 보았으리라. 225

아가멤논이 말들이나 청동으로 덧입힌 전차를 두고 가자,

콧김을 내뿜는 그의 말들을 페이라이오스의 손자이자 프톨레마이오스의

아들이며 그의 시종인 에우리메돈이 조금 떨어진 곳으로 끌고 갔다.

아가멤논은 전군을 일일이 다니며 지휘하느라 사지가 피곤해지면

8　"케이론"은 켄타우로스(반인반마) 종족의 한 사람이었으나, 다른 켄타우로스들과는 달리
　신들의 혈통을 지녔다. 그의 아버지는 크로노스였고, 어머니는 대양의 신 오케아노스의
　아름다운 딸 필리라였다. 크로노스는 아내 레아의 눈을 피해 필리라를 말로 변하게 한 뒤
　사랑을 나누었고, 그 결과 반인반마의 모습을 한 케이론이 태어났다. 거칠고 폭력적인 다
　른 켄타우로스들과는 달리 온화하고 지혜로운 성품을 지녔다. 친구 아폴론에게서 의술과
　궁술을 배웠고, 음악과 예언에도 뛰어났다. 헤라클레스, 이아손, 의술의 명인 아스클레피
　오스(마카온의 아버지), 아킬레우스 등 수많은 영웅의 스승이 되었다.

그때 가서 전차를 대기해놓으라고 시종에게 엄히 지시한 후,　　　　230
대열을 갖춘 전사들 사이를 걸어 다니며 순시했다.
빠른 말을 모는 다나오스인들 중에서 전의에 불타는 자들을
보면 다가가 이렇게 말하며 투지를 한층 더 북돋워주었다.
"아르고스인들이여, 전의를 조금도 늦추지 마라.
아버지 제우스께서 거짓말한 자들을 결코 돕지 않으실 것은　　　235
두말할 필요가 없다. 그뿐 아니라 먼저 맹약을 어기고 해를 가한 자들의
부드러운 살은 반드시 독수리 밥이 될 터, 우리는 그들의 도시를
기필코 장악할 것이다. 그런 후 그들의 사랑하는 아내들과
어린 자녀들을 우리의 함선에 싣고 갈 것이다."
　　　　반면 전쟁에 몸서리치며 전의를 상실한 자들을 보면,　　　240
분노하며 이런 말로 호되게 질책했다.
"겁을 집어먹고 뒤에서 활이나 만지고 있는 아르고스인들아,
수치스럽지도 않으냐? 왜 이렇게 놀라 멍청히 서 있느냐?
드넓은 들판을 쏘다니느라 지쳐 가슴속에 투지라고는 찾아볼 수 없이
가만히 서 있는 어린 사슴들처럼, 너희는 놀라 멍청히 서 있기만 하고　　　245
싸울 생각을 하지 않는구나. 너희는 과연 크로노스의 아드님 제우스께서
너희에게 도움의 손길을 뻗치시는지 알아볼 생각으로,
선미가 웅장한 함선들을 끌어올린 잿빛 바다 해변으로
트로스인들이 다가오기를 기다리는 것이냐?"
　　　　아가멤논은 이렇게 군사들의 대열 사이를 다니며 지휘했다.　　　250
그는 군사들의 무리를 순시하다가 크레테인들에게 갔다.
그들은 현명한 이도메네우스 주위에 무구로 무장하고 도열해 있었다.
멧돼지 같은 투지를 지닌 이도메네우스는 선두 대열에 서 있었고,
메리오네스는 후위 대열을 독려하고 있었다.
그들을 본 인간들의 군주 아가멤논은 기뻐하며　　　255
즉시 이도메네우스에게 다정하게 말했다.

"이도메네우스여, 전쟁을 할 때나, 그 밖의 일들에서나,
아르고스인의 장수들이 원로들을 위해 불꽃같은 포도주를
술동이에 붓고 희석시키는 연회에서나, 나는 빠른 말을 모는
다나오스 백성 중 당신을 가장 존경했소. 다른 장발의   260
아카이오스인들은 할당된 몫만 마시지만,
당신은 나처럼 마음이 내킬 때마다 마시기 위해 술잔을 언제나
가득 채워놓았기 때문이오. 그러니 전쟁을 위해 떨쳐 일어나
당신이 전부터 자부하던, 그런 사람임을 보여주시오."
        그러자 크레테인의 지휘관 이도메네우스는 이렇게 대답했다.   265
"아트레우스의 아들이여, 나는 처음에 다짐하고 약속했듯이
반드시 신뢰할 수 있는 전우가 될 것이오.
이제 트로스인이 맹약을 어겼으니, 당신은 다른 장발의
아카이오스인을 독려해 우리가 빨리 싸울 수 있게 해주시오.
트로스인이 먼저 맹약을 어기고 해를 가했으니, 이후로 그들에게는   270
죽음과 죽은 사람들을 매장하는 일만 있을 것이오."
        이도메네우스는 이렇게 말했고, 아트레우스의 아들은 기쁜 마음으로
그 자리를 떠나 군사들의 무리를 다시 순시하다가 두 명의 아이아스에
    게 갔다.
두 사람은 무장을 했고, 구름처럼 많은 보병이 그들을 따랐다.
염소 치는 목자가 망루에서, 거센 서풍에 떠밀려   275
바다를 가로질러 오는 구름을 볼 때면, 멀리 떨어져 있는 그의 눈에
그 구름은 역청보다 더 검게 보인다.
목자는 이 구름이 강력한 회오리바람을 몰고 오는 것을 보고
몸서리치며 가축 떼를 동굴 속으로 몰아넣는데,
바로 그렇게 제우스가 기른 장정들이 방패와 창을   280
똑바로 세우고 두 아이아스를 따라 검은 밀집 대열을 이루어
잔인한 전쟁을 향해 몰려가고 있었다.

그들을 본 군주 아가멤논은 기뻐서

날개 달린 말로 그들에게 말했다.

"청동 갑옷 입은 아르고스인의 지휘관인 두 아이아스여,　　　　285

두 사람에게는 내가 독려하지 않겠소. 어울리지 않는 일이니까.

명령하지도 않겠소. 스스로 알아서 군사들에게

싸움을 독려하며 명하고 있기 때문이오. 아버지 제우스시여, 아테나시여,

아폴론이시여, 모든 전사의 가슴속에 저런 투지가 있게 하소서.

그러면 머지않아 프리아모스왕의 도시가 무릎을 꿇고,　　　　290

우리 손에 함락되어 멸망하고 말 것입니다."

　　　　아가멤논은 이렇게 말한 뒤 그들을 떠나 다른 사람들에게 갔고,

필로스인 중 목소리 낭랑한 연설가 네스토르가

전우들로 대오를 갖추게 하고 전투를 독려하는 것을 발견했다.

필로스인은 용맹한 펠라곤, 알라스토르, 크로미오스,　　　　295

군주 하이몬, 백성의 목자 비아스를 중심으로 결집했다.

네스토르는 먼저 말과 전차와 더불어 전차병들로 대오를 갖추게 하고,

뒤쪽으로는 용감한 보병들을 배치해 전쟁의 보루가 되게 했지만,

중간에는 싸움에 서툰 병사들을 몰아넣어

싸우기 싫어도 싸울 수밖에 없도록 했다.　　　　300

네스토르는 먼저 전차병들에게 각자의 말이

무리 가운데서 날뛰는 일이 없게 잘 통제하라고 명했다.

"아무도 전차 모는 솜씨와 용맹함을 믿고 다른 사람보다

앞으로 혼자 나가 트로스인과 싸우려 하지 말고

뒤로 물러나지도 마라. 그러면 전력이 약해지기 때문이다.　　　　305

전차를 타고 적의 전차에 접근해 창을 던져라.

그러는 편이 훨씬 유리하다.

옛사람들도 그런 생각과 마음으로 해서

도시와 성벽을 함락시킬 수 있었다."

오랫동안 전쟁을 겪어 노련한 노인은 이렇게 전사들을 독려했다.   310

그런 모습을 본 군주 아가멤논은 기뻐서

그에게 날개 달린 말로 마음을 전했다.

"원로시여, 가슴속에 있는 기개만큼이나 당신의 사지가 말을 잘 듣고,

힘도 강하다면 얼마나 좋겠소?

누구나 겪는 노령이 당신도 똑같이 괴롭히고 있으니, 노령은   315

다른 사람이 가져가고, 당신은 청춘이 되면 좋겠구려."

전차를 타고 싸우는 게레니아의 네스토르가 그에게 대답했다.

"아트레우스의 아들이여, 나도 전에 고귀한 에레우탈리온[9]을 죽였을

때의 모습으로 돌아갔으면 하는 마음이 간절하다오.

하지만 신들은 인간에게 모든 것을 동시에 주지는 않소.   320

내가 전에는 청춘이었지만 지금은 노령이 곁에 있구려.

그럴지라도 나는 전차병들 옆에 머물면서

조언이나 이런저런 말을 해주며 그들을 독려할 작정이오.

그런 일이야말로 노인들의 특권이고, 창을 휘두르는 것은

나보다 젊고 힘쓰는 데 자신 있는 젊은이들이 할 일 아니겠소."   325

네스토르가 이렇게 말하자, 아트레우스의 아들 아가멤논은 기뻐

하며 다른 곳으로 갔고,

거기에서 페테오스의 아들이요 말 모는 메네스테우스가 서 있는 것을

발견했다.

주위에는 함성에 일가견이 있는 아테나이인들이 있었다.

바로 옆에는 지략가 오디세우스가 서 있었고,

---

9 "에레우탈리온"은 아르카디아의 맹장이다. 펠로폰네소스 중부에 있는 아르카디아는 북서
   쪽으로는 엘리스, 남서쪽으로는 메세니아와 접해 있었다. 필로스인과 아르카디아인은 페
   이아 성벽 아래 물살 빠른 켈라돈 강가에 집결해 전투를 벌였다. 이때 아르카디아의 왕 리
   쿠르고스는 보이오티아 지방 아르네의 왕 아레이토오스를 죽이고 빼앗은 쇠몽둥이를 에
   레우탈리온에게 주어 싸우게 했다.

주위에는 지칠 줄 모르는 케팔렌인[10]이 대열을 갖춰 서 있었다.　　　　330

말 길들이는 트로스인과 아카이오스인이

대열을 갖추어 이동하기 시작한 지 얼마 되지 않아

그들은 아직 함성을 듣지 못했기 때문이다. 그들은 밀집대형을 갖춘

아카이오스인의 부대가 전진해 트로스인을 공격함으로써

전쟁이 시작되기만을 서서 기다리고 있었다.　　　　335

그 모습을 본 인간들의 군주 아가멤논은

날개 달린 말로 그들을 질책하며 이렇게 말했다.

"페테오스의 아들이자 제우스께서 기르신 왕이여,

술수에 뛰어나고 교활하기 짝이 없는 자여,

당신 두 사람은 마땅히 선봉에 서서 치열한 전투를　　　　340

벌여야 하는데, 왜 웅크리고 앉아 멀리서

다른 사람이 싸우는 것을 지켜보기만 한단 말이오?

우리 아카이오스인이 원로들을 위해 연회를 베풀 때마다

당신들은 내가 가장 먼저 연회에 초대한 사람들이었고,

그럴 때마다 당신들은 구운 고기와 꿀처럼 달콤한 포도주를　　　　345

원 없이 먹고 마시며 기뻐했소. 그런데 이제 와서 아카이오스인이

열 개의 밀집대형을 이루어 무자비한 청동을 들고

당신들이 보는 앞에서 싸워도 그 모습을 지켜보기만 하며 좋아하겠구려."

　　　그러자 지략이 뛰어난 오디세우스가 아가멤논을 노려보며 말했다.

"아트레우스의 아들이여, 당신의 앞니 사이로 무슨 말이 나왔길래　　　　350

그런 헛소리를 하시오? 우리 아카이오스인이 말 길들이는 트로스인과

치열한 전쟁을 벌일 때마다, 어째서 매번 우리가 건성으로 싸운다고

---

10 "케팔렌인"은 펠로폰네소스반도 서쪽 이오니아제도 중 가장 큰 케팔레니아섬이 본거지인
　　부족이다. 수도는 오디세우스가 왕으로 있는 그 위의 이타케섬이다.

말하시오? 당신이 진정 바라고 관심이 있다면, 텔레마코스의 아비[11]가
말 길들이는 트로스인의 선봉대와 뒤섞여 싸우는 모습을 보게 될 것이오.
그때는 당신이 지금 한 말이 헛소리임을 알게 되겠지."   355

　　　군주 아가멤논은 오디세우스가 화난 것을 알고
미소를 지어 보이며 방금 한 말을 취소했다.
"제우스의 자손이자 라에르테스의 아들이며 지략가인 오디세우스여,
당신을 호되게 질책하거나 압박할 생각은 아니었소.
당신이나 나나 생각이 같고, 당신이 마음으로   360
나를 좋게 생각하고 있음을 내가 알기 때문이오.
방금 내가 잘못 말한 게 있다면 후에 바로잡도록 합시다.
신들이 그 모든 것을 없던 일로 해주시기를."

　　　아가멤논은 이렇게 말하고 그들을 떠나 다른 사람들에게 갔고,
거기에서 티데우스의 아들인 기개 넘치는   365
디오메데스가 말들이 묶여 있는 전차 위에
서 있는 것을 발견했다. 그 옆에는 카파네우스의 아들
스테넬로스가 서 있었다. 그를 본 군주 아가멤논은
날개 달린 말로 그를 질책했다.
"말 길들이는 현명한 티데우스의 아들이여,   370
왜 몸을 사리며 양쪽 군대가 대치하고 있는 곳만
뚫어져라 처다보고 있는 것이오? 티데우스는 이렇게 몸을
사리지 않았던 것은 물론이고, 전우들의 최선봉에 서서
싸웠다고 하오. 치열한 전장에서 그를 본 사람들이 그렇게 말했소.
나는 그를 만난 적 없고 직접 본 적도 없지만,   375
누구보다 뛰어난 인물이었던 것으로 알고 있소. 전에 그는 신 같은
폴리네이케스와 함께 병력을 모으기 위해 적이 아니라 손님으로

---

11 "텔레마코스의 아비"는 오디세우스 자신을 말한다.

미케네에 온 적이 있소.[12] 그들은 테베의 성스러운 성벽을

공격하기 위해 명망 있는 동맹군을 요청했소..

미케네인들도 그의 요구대로 동맹군을 내주려 했지만,   380

제우스께서 불길한 징조를 보여주어 그들의 생각을 바꿔놓았소.

그래서 두 사람이 미케네를 떠나 길을 가다가,

갈대 무성하고 풀이 우거진 아소포스강[13]에 이르렀을 때,

아카이오스인들이 티데우스를 다시 사자로 보냈소.

티데우스가 가서 보니 카드모스의 많은 후손[14]이   385

힘센 에테오클레스의 궁에서 연회를 벌이고 있었소.

말을 모는 티데우스는 그곳에서 손님이었고, 카드모스의 많은 후손

가운데 혼자였는데도 전혀 두려워하지 않았고, 도리어 힘 겨루는

내기를 자청해 모든 내기에서 그들을 쉽게 이겼소.

그럴 수 있었던 것은 아테나가 그를 도와주었기 때문이오.   390

그러자 말을 모는 카드모스의 후손들은 분노해

그가 돌아가는 길목에 장정 쉰 명에 달하는 병력을

---

12 "폴리네이케스"는 아버지 오이디푸스가 세상을 떠난 뒤 쌍둥이 형제 에테오클레스에게 왕위를 빼앗기고 아르고스로 도망쳤다. 궁전 입구에서 그는 칼리돈의 왕자 티데우스와 자리를 두고 다투다 싸움이 벌어졌다. 이때 티데우스는 멧돼지 가죽을 입고 멧돼지가 그려진 방패를, 폴리네이케스는 사자 가죽을 입고 사자가 그려진 방패를 들고 있었다. 아드라스토스 왕은 일찍이 자신의 두 딸을 사자와 멧돼지에게 시집보내라는 신탁을 받은 터라, 딸 아르게이아를 폴리네이케스와, 데이필레를 티데우스와 혼인시켰다. 그리고 두 사위의 한을 풀어주고자 테베 공격을 감행했다. 하지만 아르고스 군은 크게 패했고, 폴리네이케스는 형 에테오클레스와 싸우다 둘 다 목숨을 잃고 말았다.

13 "아소포스강"은 그리스 본토 중부 보이오티아에 있는 강으로 테베와 플라타이아의 경계를 이룬다.

14 "카드모스"는 페니키아 왕 아게노르의 아들이다. 아게노르는 딸 에우로페가 제우스에게 납치되자, 아들들에게 에우로페를 찾지 못하면 돌아오지 말라고 엄명을 내린다. 고국에 돌아가지 못한 카드모스는 델포이의 아폴론 신전에서 암소 한 마리를 만나면 그 뒤를 따라가다 암소가 멈춰 선 곳에 도시를 건설하고 테베로 명명하라는 신탁을 받고 테베의 왕이 된다.

매복해두었소. 복병의 지휘자는 하이몬의 아들이자 불멸의 신 같은

마이온[15]과 아우토포노스의 아들이자 전투에서 물러서는 법 없는

폴리폰테스, 두 사람이었소. 하지만 티데우스는   395

그들에게조차 수치스러운 운명을 안겨주었소.

신들이 보여준 징조를 따라 오직 한 사람,

곧 마이온만 집으로 돌려보내고, 다른 사람은 모두 죽였던 것이오.

아이톨리아인 티데우스는 그런 인물이었소. 반면에 그가 낳은 아들은

대중 앞에서 연설하는 것은 더 낫지만 전투에서는 더 못한 듯하오."   400

　　　아가멤논이 이렇게 말하자 힘센 디오메데스는

공경하는 왕의 질책을 존중하여 아무 말도 하지 않았지만,

명성 높은 카파네우스의 아들 스테넬로스가 아가멤논에게 대꾸했다.

"아트레우스의 아들이여, 뻔히 다 알면서 거짓말하지 마시오.

우리는 신들이 보여준 길조와 제우스의 도우심을 믿고   405

더 적은 군사를 이끌고 가서 더 튼튼한 성벽을 공격해

일곱 성문이 있는 테베가 자리 잡고 있는 곳을 함락시킨 반면,

우리 선친들은 자신의 경솔함으로 죽고 말았으니

우리가 그분들보다 훨씬 더 낫다고 자부하오.

그러니 선친들에게 우리와 동등한 명예를 부여하지 마시오."   410

　　　그러자 힘센 디오메데스가 스테넬로스를 노려보며 말했다.

"이보게 친구, 자네는 입 다물고 내 말을 따르게.

백성의 목자이신 아가멤논께서 훌륭한 정강이 보호대를 한

아카이오스인을 독려하는 것을 나는 못마땅하게 생각지 않네.

아카이오스인이 트로스인을 죽이고 신성한 일리오스를   415

장악한다면 그에게 영광이 따르겠지만,

---

15 하이몬의 아들 "마이온"은 예언의 능력을 지니고 있어 티데우스의 손에서 살아남았고, 나
　　중에 티데우스가 테베를 공략하던 중 죽자 그 시신을 묻어주었다고 한다.

아카이오스인이 죽는다면 큰 비통함이 뒤따르지 않겠나.

그러니 자, 우리도 투지를 불태워야 하네.”

　　　이렇게 말하고 디오메데스는 무구를 갖춘 채 전차에서 땅으로 뛰

　　　어내렸다.

디오메데스왕이 움직이자 가슴 위의 청동이 무시무시한 소리를 내니,　　420

제아무리 강심장을 지닌 자도 공포에 사로잡히지 않을 수 없었다.

　　　파도는 바다에서 처음 머리를 들지만, 어느새

육지로 와 산산이 부서지며 우레 같은 굉음을 내고, 바다 쪽으로

튀어나온 암벽들에 부딪혀 바퀴처럼 원을 그리며 튀어 올라 머리를

곧추세우고 짠 거품을 토해낸다. 이렇듯 서풍에 일어난 파도가　　425

넘실거리며 다가와 요란한 소리를 내며 해변에서 부서지듯,

다나오스인의 대열은 끊임없이 잇달아 전장으로 몰려갔다.

오직 지휘관들만 군사들에게 지시할 뿐이고,

군사들은 모두 묵묵히 전진했다. 그대가 그 광경을 보았더라면,

무수히 따르는 군사들의 가슴속에 목소리가 없는 듯 보였으리라.　　430

그들은 다만 지휘관이 두려워 대열을 지어 묵묵히 행군하고 있었다.

그들이 걸친 무구들만 사방으로 빛을 발했다.

반면에 트로스인의 드넓은 진영에서는, 어느 부잣집 넓은 뜰에서

흰 젖을 짜주기를 기다리며 서 있다가 새끼 양들의 우는 소리를 듣고

끊임없이 매 하고 울어대는 많은 암양의 무리같이,　　435

곳곳에서 큰 소음이 일었다.

그들은 다양한 지역에서 불려 온 터라 음성이나 언어가 다르고

여러 말이 뒤섞였기 때문이다. 아카이오스인을 독려한 신은

빛나는 눈의 아테나였지만, 트로스인을 독려한 신은 아레스와

데이모스와 포보스, 끊임없이 광분하는 에리스[16]였다.　　440

---

16 공포의 신 “데이모스”와 패주의 신 “포보스”는 전쟁과 군대의 신 아레스와 미의 여신 아프

〈그리스군과 트로이아군의 전투〉(마스터 킵, 1550년경)

전사를 죽이는 아레스의 누이이자 전우인 에리스는

처음 머리를 들 때는 작지만, 나중에는

머리를 하늘에 두고 발은 땅을 밟고 다닌다.

이번에도 에리스는 전사들의 한숨과 탄식을 늘리기 위해 무리 사이를

헤집고 다니며 양쪽 전사들 모두에게 똑같이 반목을 심어놓았다.　　445

　　　　양쪽 전사들이 한곳으로 와서 만나자

청동 갑옷으로 무장한 전사들의 쇠가죽 방패와

창과 분노가 충돌했고, 방패 한가운데 있는

돌기물이 서로 부딪치며 굉음이 일었다.

그러자 승리한 전사들의 함성과 쓰러지는 자들의 비명이　　450

동시에 울려 퍼졌고, 피가 강물처럼 대지를 적셨다.

겨울철 산속의 급류가 깊은 골짜기를 따라

흐르다가 두 물줄기가 만나 거대한 폭포로

떨어질 때, 저 멀리 산자락의

목자도 들을 만큼 요란한 굉음이 울리듯, 양쪽 전사들이 부딪치며　　455

뒤엉키자 처절한 함성이 크게 울려 퍼졌다.

　　　　안틸로코스[17]가 가장 먼저 무장한 트로이아의 전사,

선봉대에 속해 싸우던 장수 탈리시오스의 아들 에케폴로스를 죽였다.

안틸로코스가 먼저 창으로 말총 장식이 달린 그의 투구 뿔을

친 후 이마에 창을 꽂자 청동 창끝이　　460

뼈를 뚫고 들어갔다. 어둠이 두 눈을 덮었고,

로디테 사이에서 태어난 쌍둥이 형제로, 아버지 아레스가 전쟁터를 누비며 살육을 벌일 때 곁에서 보좌했다. "에리스"는 제우스와 헤라 사이에서 태어난 딸로 불화와 다툼의 여신이며 아레스의 누이다.

17　"안틸로코스"는 필로스 왕 네스토르의 장남이다. 동생 트라시메데스와 함께 네스토르를 따라 트로이아 전쟁에 참전해 나이 든 아버지를 대신해 필로스군을 지휘했다. 트로이아 서사시권(서사시 작품 모음집)에 따르면, 나중에 네스토르에게 덤벼드는 에티오피아의 왕 멤논과 싸우다가 창에 맞아 죽는다.

그는 이 치열한 싸움에서 망루처럼 쓰러졌다.

에케폴로스가 쓰러지자 기개 있는 아반테스인의 지휘관이자

칼코돈의 아들인 군주 엘레페노르[18]는 신속하게 무구를

벗겨내기 위해 그의 발을 잡고 적의 사정거리 밖으로   465

끌어내려 애썼지만, 그것도 잠시뿐이었다.

시신을 끌고 가는 모습을 본 기개 있는 아게노르[19]는,

엘레페노르가 몸을 구푸리면서 방패 옆으로 옆구리를 드러냈을 때,

청동 날이 박힌 창으로 그를 찔러 사지를 풀어버렸다.

이렇게 혼이 떠나자, 트로스인들과 아카이오스인들 사이에   470

그의 시신을 확보하려는 극심한 쟁탈전이 벌어졌다.

그들은 이리 떼처럼 시신 위로 달려들어 서로 뒤엉켰다.

　　　한편 텔라몬의 아들 아이아스는 안테미온의 아들이자 한창때의

젊은 장수 시모에이시오스를 공격했다. 그의 어머니가

전에 부모를 따라 가축 떼를 살피기 위해 이데산에 갔다가   475

내려오는 길에 시모에이스 강둑 옆에서 그를 낳았기에,

사람들은 그를 시모에이시오스라고 불렀다. 하지만 자기를 길러준

사랑하는 부모에게 보답도 하지 못한 채, 그는

기개 있는 아이아스의 창에 쓰러져 짧은 생애를 마감하고 말았다.

아이아스는 적의 선봉대에 있던 시모에이시오스의   480

오른쪽 젖꼭지 옆의 가슴을 창으로 맞혔다.

청동 창이 어깨를 관통하면서, 그는 큰 늪지의 물웅덩이에서 자라

꼭대기에만 가지가 나 있고 몸통은 매끈한 포플러가 쓰러지듯

먼지를 날리며 땅으로 쓰러졌다.

---

18 "칼코돈"은 에우보이아섬 원주민 아반테스인의 왕이며 테베와 전쟁을 벌이다가 암피트리
　　온의 손에 죽는다. 알키오네와 결혼해 아들 "엘레페노르"를 낳았다.

19 여기에 나오는 "아게노르"는 테베의 건설자 카드모스의 아버지이자 페니키아 왕인 아게노
　　르와 다른 인물이다.

이 포플러는 전에 전차를 제작하는 장인이   485

훌륭한 전차의 바퀴 테로 구부려 사용하기 위해 번쩍이는 쇠로 베어

쓰러뜨렸는데, 지금은 강둑 옆에 누워서 말라가고 있다.

바로 그렇게 제우스의 자손 아이아스는 안테미온의 아들

시모에이시오스를 죽였다. 이때 번쩍이는 흉갑을 한 프리아모스의 아들

안티포스[20]가 무리 가운데서 아이아스를 향해 날카로운 창을 던졌다.   490

하지만 그 창은 빗나가 시모에이시오스의 시신을 다른 쪽으로 끌고 가던

오디세우스의 용감한 전우 레우코스의 사타구니를 맞혔다.

레우코스는 시신 위로 쓰러졌고, 시신은 그의 손에서 떨어졌다.

그가 죽은 것을 보고 격분한 오디세우스는

불꽃처럼 빛나는 청동 갑옷을 두르고 선봉대에 뛰어들어   495

적에게 다가가 서서 주위를 예리하게 살핀 후

창을 던졌다. 그가 창을 던지자 트로스인들이 후퇴했지만,

창을 날린 것은 헛되지 않아

프리아모스의 서자 데모코온을 맞혔다.

데모코온은 아비도스[21]에서 빠른 암말들을 기르는 목장에 있다가   500

아버지 프리아모스의 부름을 받고 달려온 터였다. 전우가 죽은 데

격분한 오디세우스가 창을 던져 그의 관자놀이를 맞히니 청동 창끝이

　　반대편

관자놀이를 뚫고 나왔다. 어둠이 두 눈을 덮자 그는 털썩 하고

둔탁한 소리를 내며 쓰러졌고, 그의 몸 위에서는 무구가 파르르 떨며

　　소리를 냈다.

---

20 "안티포스"는 트로이아의 왕 프리아모스와 왕비 헤카베 사이에서 태어난 아들로, 이복형
　제인 이소스와 함께 이데산에서 양을 돌보던 중 아킬레우스에게 잡혔다가 몸값을 치르고
　풀려난 적이 있다.
21 "아비도스"는 헬레스폰토스 해협의 소아시아 쪽 연안 오늘날 튀르키예의 차나칼레 근방에
　있었다.

그러자 트로스인들의 선봉대와 영광스러운 헥토르가 물러났고,   505

아르고스인들은 크게 함성을 지르며 시신들을 끌어낸 후

더욱 전진해 들어갔다. 페르가모스[22]에서 내려다보고 있던 아폴론이

분개하며 트로스인들에게 소리쳤다.

"분발하라. 말 길들이는 트로스인들이여, 아르고스인들과의 싸움에서

물러서지 마라. 그들의 살가죽이 돌이나 쇠로 되어 있단 말이냐?   510

청동 검으로 내리쳐도 그들의 살갗을 벨 수 없단 말이냐?

게다가 머릿결 고운 테티스의 아들 아킬레우스는 싸우지 않고,

함선들 사이에서 쓰라린 울분만 삼키고 있지 않은가."

　　무시무시한 아폴론이 트로이아의 성채에서 이렇게 말했다. 반면에

제우스의 딸 지극히 존귀한 트리토게네이아[23]는 아카이오스인들의 무리   515

사이를 돌아다니며 뒤에 물러나 있는 자들을 볼 때마다 독려했다.

　　한편 이번에는 죽음의 운명이 아마린케우스의 아들 디오레스[24]를

포박했다. 그는 뾰족하고 울퉁불퉁한 큰 돌에 오른쪽 다리

복사뼈 근처를 맞았다. 이 돌은 던진 사람은 아이노스에서 온

임브라소스의 아들이자 트라케인들의 지휘관 페이로오스였다.   520

무자비한 돌에 두 힘줄과 뼈들이 박살나자,

디오레스는 먼지를 일으키며 뒤로 쓰러졌고,

22　트로이아성 안에 있는 성채의 명칭이다. 성채는 한 도시나 성안에 요새화된 곳을 말하며, 그 안에 왕궁 및 아테나와 아폴론의 신전이 있었다.

23　"트리토게네이아"는 '트리토니스에서 태어난 자'라는 뜻이다. 아테나는 리비아의 트리토니스 호수 근처에서 태어났기 때문에 이런 별명으로 불렸다. '트리토'를 '세 번째'라는 의미로 해석해 '제3일에 태어난 자' 또는 아폴론, 아르테미스에 이어 '세 번째로 태어난 아이'를 뜻한다는 견해도 있다.

24　"아마린케우스"는 테살리아 출신으로, 엘리스로 이주한 피티우스의 아들이며, 몰리오네 형제와 함께 헤라클레스를 물리쳤다. 패주한 헤라클레스는 몰리오네 형제를 죽이고 다시 엘리스를 공격해 승리한 후, 둘리키온에 있던 아우게이아스의 아들 필레우스를 불러들여 엘리스의 왕으로 추대했다. 아마린케우스는 히포스트라토스와 디오레스 두 아들을 두었다.

가쁜 숨을 몰아쉬며 사랑하는 전우들을 향해
두 손을 뻗었다. 그러자 그에게 돌을 던진 페이로오스가
달려들어 창으로 그의 배꼽 옆을 찔렀다. 내장이 모두   525
땅으로 쏟아졌고, 어둠이 그의 눈을 덮었다.
      하지만 페이로오스가 급히 달아나려 했을 때,
아이톨리아인 토아스가 창으로 그의 젖꼭지 위의 가슴을 찔렀고,
청동 창은 폐에 박혔다. 토아스는 다가가
그의 가슴에서 튼튼한 창을 뽑아낸 후 예리한 칼을 꺼내   530
배 한가운데를 내리쳐 목숨을 빼앗았다.
하지만 무구를 벗겨내지는 못했다. 그의 전우들, 즉 상투 튼 트라케인들이
손에 긴 창을 들고 주위에 둘러서 있었기 때문이다.
토아스는 위대하고 눈부신 용장이었지만
그들에게 밀려 비틀거리며 뒷걸음질쳤다.   535
이렇게 두 명의 지휘관이 흙먼지 속에 누웠으니,
하나는 트라케인의 지휘관이었고, 다른 하나는 청동 갑옷 입은 에페이
    오스인의 지휘관이었다.
그들 주위에서 다른 사람도 많이 전사했다.
      만일 팔라스 아테나가 누군가의 손을 잡고 이 전장 한복판으로
이끌어 비 오듯 쏟아지는 창과 화살을 막아주고,   540
예리한 청동 창에 맞거나 찔려 부상을 입지 않도록 지켜주면서
이 전장을 둘러보게 해주었다면, 그는 차마 그들을 경멸하거나
비난할 수 없었을 것이다. 이날 수많은 트로스인과 아키아오스인이
먼지 속에 얼굴을 처박고 나란히 누웠기 때문이다.

제5권   디오메데스의 활약

이때 팔라스 아테나가 힘과 용기를 주어 모든 아르고스인 가운데
단연 돋보이고 대단한 명성을 얻게 해준 인물은 티데우스의 아들 디오
　　메데스였다.
투구와 방패에서 끊임없이
불꽃이 타오르게 했으니,
그의 모습은 마치 오케아노스에서 목욕하고　　　　　　　　　　　　5
늦여름에 가장 찬란히 떠오르는 별[1] 같았다.
여신은 그런 불이 머리와 어깨에서 뿜어져 나오게 해서
전사들이 가장 치열하게 싸우는 곳으로 그를 이끌었다.
　　　트로스인들 중에는 부자인 데다가 흠 잡을 데 없이 훌륭한 다레스[2]
　　　　라는
인물이 있었다. 헤파이스토스의 제관인 그에게는 전투에 관해서라면　　10
모르는 게 없는 두 아들 페게우스와 이다이오스가 있었다.
두 사람이 대열에서 벗어나 디오메데스를 향해 돌진했다.

1　고대인들은 별들이 대양강 오케아노스에서 목욕재계를 한 후 떠오른다고 여겼다. 밤하늘
　　에서 가장 밝은 별은 시리우스(또는 천랑성)였다.
2　"다레스"는 실존 인물로서 호메로스 이전에 트로이아 전쟁을 다룬 책을 집필했다고 알려
　　졌다. 원본은 없으나 라틴어 번역본 『트로이아 멸망의 역사』로 전해지고 있다.

두 사람은 전차를 타고 돌진했고, 디오메데스는 땅 위로 걸어 나아갔다.

그들이 서로를 향해 나아가 거리가 가까워졌을 때,

페게우스가 먼저 긴 그림자를 드리우는 창을 던졌다.　　　　　　　　15

하지만 창끝이 티데우스의 아들 디오메데스의 왼쪽 어깨 위를 지나며

그를 맞히지 못했다. 이번에는 티데우스의 아들이

청동 창을 들고 나아갔는데, 그의 손을 떠난 창은 헛되지 않아

페게우스의 양쪽 가슴 사이 한복판을 맞히며 그를 전차 밖으로 밀어냈다.

이다이오스는 죽은 형의 시신을 지킬 용기조차 없어,　　　　　　　　20

화려한 전차를 버리고 쏜살같이 달아났다.

그대로 두었더라면 그조차 검은 죽음의 운명을 피할 수 없었을 테지만,

헤파이스토스는 제관인 그의 늙은 아비가 극도로 상심할 것을 우려해

그를 자기 쪽으로 끌어와 어둠으로 덮어 구해주었다.

티데우스의 아들 기개 있는 디오메데스는 두 형제가 탔던 말들을 끌고 와　25

전우들에게 넘기며 속 빈 함선들 사이에 가져다 두게 했다.

다레스의 두 아들 중 하나는 줄행랑을 치고

다른 하나는 전차 옆에서 죽는 것을 본 기개 있는 트로스인들은

모두 마음속으로 치를 떨었다. 빛나는 눈의 아테나가

광분하는 아레스의 손을 잡고 말했다.　　　　　　　　　　　　　30

"아레스여, 아레스여, 피에 굶주려 전사를 죽이고 성벽을 파괴하는 자여,

아버지 제우스께서 어느 쪽이 영광을 얻게 하시든,

트로스인들과 아카이오스인들이 서로 싸우도록 내버려두고,

우리는 뒤로 물러나 있어 제우스의 진노를 피합시다."

　　　아테나는 이렇게 말하고 광분한 아레스를 전장에서　　　　　35

데리고 나간 후 스카만드로스의 높은 강둑에 앉게 했다.

트로스인들은 다나오스인들에게 밀렸고, 다나오스인의 지휘관들은

각자 상대하던 적을 죽였다. 먼저 인간들의 군주 아가멤논은

할리조네스인들의 지휘관인 장신의 오디오스를 전차에서 떨어뜨렸다.

먼저 오디오스가 등을 돌리고 달아나자, 아가멤논이 두 어깨 사이   40
등 한복판에 창을 찔러 가슴을 관통시켰다. 그는 전차에서 땅으로
털썩 하고 둔탁한 소리를 내며 떨어졌고, 그를 덮고 있는 무구들이 파르
　　르 떨며 소리를 냈다.
이도메네우스는 비옥한 땅 타르네에서 온
마이오니아인 보로스의 아들 파이스토스를 죽였다.
파이스토스가 전차에 오르는 순간, 창술로 유명한   45
이도메네우스가 긴 창으로 오른쪽 어깨를 찌르자
그는 전차에서 떨어졌고, 가증스런 어둠이 그를 휘감았다.
　　　그러자 이도메네우스의 시종들이 파이스토스의 무구를 벗겨냈다.
아트레우스의 아들 메넬라오스는 스트로피오스의 아들이자
사냥의 명수인 스카만드리오스를 날카로운 창으로 꿰뚫어 죽였다.   50
그는 훌륭한 사냥꾼이었다. 아르테미스가 산의 숲이 길러내는
온갖 야생 짐승을 활로 쏘아 잡는 법을 그에게 가르쳐준
덕분이었다. 하지만 활을 쏘는 아르테미스도, 전에 그토록 뛰어났던
그의 궁술도 이번에는 전혀 도움이 되지 못했다.
그가 도망치려 할 때, 아트레우스의 아들이자   55
창술로 유명한 메넬라오스가 두 어깨 사이 등 한복판을
창으로 찔러 가슴을 관통시켰다. 그는 털썩 하고 둔탁한 소리를
내며 쓰러졌고, 그의 몸 위에서 무구들이 파르르 떨며 소리를 냈다.
　　　메리오네스는 하르몬의 손자이자 텍톤의 아들 페레클로스를
죽였다. 페레클로스는 솜씨가 뛰어나 온갖 정교한 물건을   60
만들어냈다. 팔라스 아테나가 그를 무척 아낀 덕분이었다.
알렉산드로스를 위해 완벽한 함선들을 건조한 것도 그였다.
이 함선들은 모든 트로스인과 그 자신에게
재앙이 되었으니, 이는 그가 신들의 예언을 알지 못한 탓이었다.
메리오네스는 페레클로스를 추격해 따라잡자   65

〈오디오스를 죽이는 아가멤논〉(줄리오 로마노, 1545년경)

그의 오른쪽 엉덩이를 창으로 찔렀다.

창끝은 치골 아래 방광을 관통했고,

그는 비명을 지르며 주저앉아 쓰러졌고 죽음이 엄습했다.

　　　메게스는 안테노르의 아들 페다이오스를 죽였다.

사실 페다이오스는 서자였다. 하지만 고귀한 테아노[3]는 남편을　　70

기쁘게 해주려고 친자식이나 다름없이 정성을 다해 그를 길렀다.

필레우스의 아들이자 창술로 유명한 메게스가 그에게 다가가

날카로운 창으로 머리의 힘줄을 찌르자,

청동 창끝이 이 사이를 뚫고 들어가 혀뿌리를 절단했고,

페다이오스는 차가운 청동을 이로 깨문 채 먼지 속으로 쓰러졌다.　　75

　　　에우아이몬의 아들 에우리필로스는 기개 넘치는 돌로피온의 아들인

고귀한 힙세노르를 죽였다. 힙세노르는 스카만드로스강의 제관으로

백성에게 신처럼 공경을 받은 인물이었다.

에우아이몬의 늠름한 아들 에우리필로스가

앞에서 도망치는 그를 바짝 쫓아가　　80

칼로 어깨를 치자, 그의 강한 팔이 미끈하게 떨어져나갔다.

팔은 피투성이가 되어 들판에 떨어졌고, 저항할 수 없는

검은 죽음의 운명이 두 눈을 휘감았다.

　　　이렇게 치열한 전투 속에서 지휘관들은 너나없이 고군분투했다.

하지만 그대가 티데우스의 아들 디오메데스를 보았더라면, 그가 어느　　85

　　쪽 군대에 속해 있는지,

트로스인과 한 편인지, 아니면 아카이오스인과 한 편인지

알 수 없었으리라. 들판을 종횡무진 내달리며 싸우는 그의 모습은 겨울철

불어난 강물이 급류로 흘러가며 제방을 무너뜨리는 듯했다.

제우스가 보낸 폭우가 하늘에서 쏟아져 급류가 갑자기 밀어닥치면,　　90

3　"테아노"는 트라케의 왕 키세오스의 딸로, 안테노르와 결혼해 여러 명의 아들을 두었다.

제아무리 튼튼하게 쌓은 제방도 견디지 못하고,
많은 과일이 달린 과수원의 울타리도 저지하지 못해,
힘센 장정들이 공들여 만들어놓은 많은 것들이 초토화되고 만다.
바로 그렇게 트로스인들의 밀집대형은 수적으로 월등했는데도,
티데우스의 아들 디오메데스 앞에서 버텨내지 못하고 그만 아수라장이
    되고 말았다.

    그러나 티데우스의 아들 디오메데스가 들판을　　　　　　　　95
종횡무진 내달리며 싸우고, 그 앞에서 트로스인들의 밀집대형이
아수라장이 되는 광경을 본 리카온의 늠름한 아들 판다로스는
즉시 활을 당겨 돌진해오는 그를 정조준했다. 날아간 활은 그의 흉갑 중
오른쪽 어깨 아래 볼록하게 튀어나온 부분을 맞혔다.
예리한 화살이 뚫고 들어가면서 디오메데스의 흉갑은 피로 물들었다.　　100
그러자 리카온의 늠름한 아들 판다로스가 큰 소리로 외쳤다.
"떨쳐 일어나라, 말을 모는 기개 있는 트로스인이여.
아카이오스인 중 최고의 용장이 활에 맞았고, 정녕 제우스의 아들이신
군주 아폴론께서 나를 불러 리키아에서 여기로 오게 하셨다면,
그는 내 강력한 화살을 맞고 오래 버틸 수 없다."　　　　　　　　105
    판다로스는 의기양양해 이렇게 말했다. 하지만 빠른 화살도 디오
        메데스를 쓰러뜨릴 수 없었다.
그는 뒤로 물러나 말들과 전차 앞에 서서
카파네우스의 아들 스테넬로스에게 말했다.
"카파네우스의 친절한 아들이여, 어서 전차에서 내려
내 어깨에 박혀 있는 예리한 화살을 뽑아내주게."　　　　　　　　110
    디오메데스가 이렇게 말하자, 스테넬로스는 전차에서 뛰어내리고
옆으로 가서 그의 어깨에 박혀 있는 빠른 화살을 지체 없이 뽑아냈다.
디오메데스의 부드러운 상의를 뚫고 피가 솟구쳤다.
그러자 함성 소리 우렁찬 그가 기도했다.

"아이기스 방패를 든 불굴의 제우스의 따님이시여,   115

기도를 들어주소서. 오래전 저 무시무시한 전쟁에서 제 아버지에게

호의를 베풀어 도와주신 것처럼, 지금 제게도 똑같이 호의를

베풀어주소서, 아테나 여신이시여.[4] 알아차리기도 전에 저를 활로 쏜 것도

모자라, 이제는 밝은 햇빛을 볼 시간이 제게 얼마 남지 않았다고

의기양양해하는 저자를 제 창이 닿는 범위까지 들어오게 해서 제가 죽

　　일 수 있게 하소서."   120

　　　디오메데스가 이렇게 기도하자 팔라스 아테나가 그 기도를 듣고,

그의 사지, 곧 두 발과 두 팔을 가볍게 해주었다.

여신은 그에게 다가가 날개 달린 말로 명했다.

"디오메데스여, 전차를 타고 달리며 방패를 휘두르던

네 아버지 티데우스가 지녔던 불굴의 용기를   125

가슴속에 부어주었으니, 이제 트로스인들과 맞서 싸우라.

또한 전에 네 눈을 덮었던 뿌연 안개를 걷어냈으니,

이제 너는 상대가 신인지 인간인지 잘 알아볼 수 있게 되었다.

그러니 어느 신이 너를 시험하려고 여기로 오면,

다른 불멸의 신들과는 맞서 싸우지 말고,   130

오직 제우스의 딸 아프로디테가 싸움에 뛰어들 때에만

예리한 청동 창으로 그녀를 찔러라."

　　　빛나는 눈의 아테나는 이렇게 말하고 나서 떠났고,

티데우스의 아들 디오메데스는 다시 선봉대에 합류했다.

그는 앞서도 트로스인들과 싸우고자 하는 용기가   135

대단했지만, 지금은 전보다 세 배나 되는 용기에 사로잡혔으니,

마치 들판에서 울타리를 뛰어넘다가 털 많은 양 떼를 지키던

목자에게 상처는 입었으나 죽지는 않은 사자 같았다.

---

4 "아테나"는 디오메데스의 아버지 티데우스의 수호신이었다.

<트로이아 전쟁에서 아테나와 디오메데스>(프랑스 화파, 18~19세기)

목자가 사자의 기세만 올려놓고서는 손쓸 도리가 없어 우리 안의

숙소로 몸을 피하면, 목자 없이 남은 양 떼는 도망치기 시작한다.　　　　140

양들은 우리에서 떼 지어 몰려나와 들판으로 뿔뿔이 흩어지고,

사자는 양 우리의 높은 울타리를 뛰어넘어 사나운 기세로

들판으로 달려 나온다. 바로 그렇게 사나운 기세로 맹장 디오메데스는

트로스인들 속으로 뛰어들어 아스티노오스와 백성들의 목자 히페이론

　　을 죽였으니,

한 사람은 청동 날이 달린 창을 던져 젖꼭지 위를 맞혀 죽였고,　　　　145

한 사람은 어깨 옆 쇄골을 큰 칼로 내리쳐

어깨를 목과 등에서 떨어져 나가게 했다. 그런 후 디오메데스는

두 사람을 거기에 버려두고, 해몽하는 노인 에우리다마스의 아들들인

아바스와 폴리이도스[5]를 추격했다.

노인은 아들들이 돌아오지 못하리라는 해몽을 얻었고,　　　　150

그 아들들은 맹장 디오메데스에게 죽임을 당했다.

그런 후 디오메데스는 파이놉스가 나이 들어 얻은 쌍둥이 아들 크산토

　　스와 토온을 추격했다.

파이놉스는 그들을 얻고 나서는 노령으로 기력이 다해

재산을 물려줄 다른 아들을 얻을 수 없었다.

디오메데스는 그들을 죽여 두 아들의 귀한 목숨을 빼앗음으로,　　　　155

그들의 아버지에게 전쟁에서 살아 돌아오는 아들들을 맞이하지 못하고

자식들을 자기 손으로 묻어야 하는 비통함과 고통만을

남겨주었고, 결국 아버지의 재산은 친척들이 나눠 가졌다.

　　　　디오메데스는 또 한 전차에 타고 있던 다르다노스의 후손인

프리아모스의 두 아들 에켐몬과 크로미오스를 붙잡았다.　　　　160

사자가 숲속에서 풀을 뜯고 있는 소 떼 가운데로 뛰어들어

5　여기에 나오는 "폴리이도스"는 뒤에 나오는 예언자 폴리이도스와 다른 인물이다.

송아지나 암소의 목을 부러뜨리듯이,

바로 그렇게 티데우스의 아들 디오메데스는 두 사람을 전차에서

강제로 끌어낸 후 무구를 벗겼고,

그들의 전차는 전우들에게 주어 함선들이 있는 곳으로 몰고 가게 했다.   165

      디오메데스가 트로스인 전사들의 대열을 종횡무진 누비며

무너뜨리는 광경을 본 아이네이아스는 신 같은 판다로스가 어디 있는지

알아보기 위해 그를 찾아 창들이 난무하는 전장을 헤집고 다녔다.

그러다가 리카온의 아들이자 흠 잡을 데 없이 늠름하고 용맹한

판다로스를 발견하자 다가가 마주 보고 말했다.   170

"판다로스여, 당신의 활과 깃털 달린 화살들은 도대체 어디에 있소?

그대의 활 솜씨는 어디에 있소? 이곳에도 당신과 겨룰 자가 아무도 없고,

리키아에서도 당신보다 낫다고 말할 자가 아무도 없다는데,

그 명성은 도대체 어디로 가버렸소? 어서 두 손 들어 제우스께 기도한 후,

저자에게 화살을 날려 보내시오. 저 용장이 누구인지는 몰라도 아군의

많은 용사들의 무릎을 풀어 트로스인들에게 적잖이 피해를 입혔소.   175

그가 제물 문제로 트로스인들에게 진노하신 신이 아니기를 나는 바라오.

이것이 신께서 진노해 벌어진 일이면 정말 난감하기 때문이오."

      그러자 리카온의 훌륭한 아들이 아이네이아스에게 대답했다.

"청동 갑옷 입은 트로스인들의 지략가 아이네이아스여,   180

방패와 면갑 달린 투구와 말들을 보니,

그는 모든 면에서 티데우스의 현명한 아들을 닮기는 했지만,

신인지도 모르겠소. 하지만 내 말대로

그가 티데우스의 현명한 아들이라 할지라도,

신의 도움 없이는 저렇게 종횡무진 광분하지는 못할 테니,   185

어느 불멸의 신이 옆에 꼭 붙어 연무로 그의 어깨를 감싸

내가 쏜 빠른 화살이 그를 비켜가 다른 곳을 맞추게 하는 것 같소.

내가 이미 화살을 날려 보내 그의 흉갑을 뚫고

〈디오메데스의 전투〉(자크 루이 다비드, 1776년)

오른쪽 어깨를 맞추어

그를 저승으로 보낸 줄 알았는데,   190

그는 죽지 않았소. 틀림없이 어느 진노한 신이 돕나 보오.

지금 내게는 말도 없고 전차도 없지만, 리카온의 궁에는

새로 만들고 모든 것을 새롭게 장착해

천으로 씌워둔 훌륭한 전차가 열한 대나 있소.

각각의 전차 옆에서는 한 쌍의 말들이   195

서서 흰 보리와 밀을 먹고 있다오.

내가 이곳으로 출발할 때, 노장이신 리카온께서

그분의 잘 지은 궁에서 아주 간곡히 당부하시기를,

말들이 끄는 전차를 가져가 탄 채로

치열한 전투에서 트로스인을 지휘하라고 명령하셨소.   200

그 당부를 따랐더라면 훨씬 좋았겠지만, 나는 말들을 아껴 따르지 않

　　았소.

여기는 사람들이 넘쳐나는 곳이어서 언제나 배불리 먹던 말들에게

먹일 건초가 부족할까 봐 염려했기 때문이오. 그래서

말들과 전차를 거기에 두고, 내 활만 믿고 일리오스로 왔는데,

이제 보니 이 활도 나를 배신했소.   205

나는 이미 티데우스의 아들 디오메데스와 아트레우스의 아들 메넬라오스,

두 장수에게 화살을 쏘아 둘 다 피를 흘리게 했지만,

그들은 더욱 길길이 날뛰고 있기 때문이오.

아무래도 내가 고귀한 헥토르에게 호의를 베풀기 위해

트로스인을 이끌고 아름다운 일리오스로 오던 날,   210

활 걸이에 걸려 있던 굽은 활을 꺼냈을 때부터 액운이 낀 모양이오.

그러니 귀향해 조상의 땅과 내 아내와 지붕 높은 큰 궁을

내 눈으로 다시 보게 된다면, 이 활을 내 손으로 부러뜨려

불길 속에 던져버릴 작정이오. 그렇게 하지 않는다면,

생면부지의 사람이 그 즉시 내 목을 쳐도 좋소.　　　　　　215

이런 활은 있어 봐야 바람처럼 아무짝에도 소용없을 테니."

　　　트로스인들의 장수 아이네이아스가 그에게 말했다.

"그런 말씀 마시오. 우리 둘이 전차를 타고

저자를 맞아 싸워 힘을 겨뤄보기 전까지는

그런 말씀은 이르시오.　　　　　　220

그러니 자, 내 전차에 타시오. 트로스의 말들이 들판을

종횡무진 누비며 빠르게 추격하거나 도망치는 데

얼마나 뛰어난지 직접 보고 알게 될 테니.

제우스께서 티데우스의 아들 디오메데스에게 또다시 영광을 주신다고

　　해도,

이 말들은 우리 둘을 도성으로 안전하게 데려다줄 것이오.　　　　　　225

그러니 자, 이제 채찍과 빛나는 고삐를 잡으시오.

나는 전차에서 내려 싸우겠소.

아니면 내가 전차를 지킬 테니 당신이 저자를 상대하시오."

　　　리카온의 늠름한 아들이 대답했다.

"아이네이아스여, 당신의 말들이니 직접 고삐를 잡고 말들을　　　　　　230

모시오. 우리가 또다시 티데우스의 아들에게서 도망쳐야 한다 해도,

평소에 몰던 사람이 몰아야 말들이 굽은 바퀴를 단 전차를 더 잘 끌 테니.

당신의 목소리가 없으면, 말들은 겁을 먹고 난폭해져

우리를 전쟁터에서 도성으로 실어 나르려 하지 않을 것이오.

그러면 기개 있는 티데우스의 아들이 달려들어　　　　　　235

우리를 죽이고 통굽의 말들을 끌고 가버리지 않겠소.

그러니 당신이 전차와 말들을 직접 모시오.

나는 저자가 공격해올 때 예리한 창으로 상대하겠소."

　　　이렇게 말하고 그들은 아름답게 장식된 전차에 탔고,

빠른 말들을 몰아 티데우스의 아들을 향해 돌진했다.　　　　　　240

그들을 본 카파네우스의 훌륭한 아들 스테넬로스가

즉시 티데우스의 아들 디오메데스에게 날개 달린 말로 일렀다.

"진심으로 사랑하는 티데우스의 아들 디오메데스여,

제가 보니 무지막지한 힘을 지닌 용장들이 당신과 싸우려는 일념으로

맹렬히 달려오고 있습니다. 한 사람은 리카온의 아들임을   245

자랑스럽게 생각하는 명궁 판다로스이고, 다른 한 사람은

흠 잡을 데 없이 훌륭한 안키세스의 아들임을 자랑스럽게 생각하는

아이네이아스인데, 아프로디테가 그의 어머니라지요. 그러니 이렇게

선봉대에서 누비지 말고 어서 전차를 타고 후퇴하십시오.

제가 사랑하는 사람이 목숨을 잃어서는 안 될 일입니다."   250

　　　이 말을 들은 맹장 디오메데스는 스테넬로스를 노려보며 말했다.

"겁에 질려 도망가자는 말은 내게 하지 말게. 그런 말은

먹히지 않네. 싸움을 피하고 물러서는 것은 내 본성에

맞지 않을뿐더러, 아직 내 힘은 여전하기 때문이네.

나는 전차를 타지 않고 이대로 그들을 맞아 싸울 작정이네.   255

팔라스 아테나도 내게 겁먹고 도망치지 말라고 하셨네.

저 두 사람 중 하나는 도망칠 수도 있겠지만, 빠른 말들이

두 사람 모두를 다시 실어가는 일은 없을걸세.

그리고 한 가지만 더 말해둘 테니 명심하게.

지극히 지혜로운 아테나께서 영광을 내려주어   260

내가 저 두 사람을 죽이게 된다면, 자네는 이 빠른 말들을 여기에 두고

고삐를 전차 난간에 맨 다음, 아이네이아스의 말들에게로 달려가

그 말들을 훌륭한 정강이 보호대를 한 아카이오스인들의 진영으로

몰고 오는 것을 잊지 말게.

그 말들은 멀리 보시는 제우스께서 트로스에게   265

그의 아들 가니메데스에 대한 보상으로 주신 말의 혈통을 이은지라[6]

해 뜨는 지방에서 최고의 말들이기 때문이네.

인간들의 군주 안키세스가 그 말들의 주인 라오메돈 몰래

자신의 암말들과 접붙여 혈통을 훔쳐냈지.

암말들이 궁에서 여섯 마리의 새끼를 낳았는데,　　　　　　　　　　270

그중 네 마리는 안키세스가 자기 것으로 삼아 마구간에서 길렀고,

두 마리는 적을 혼비백산하게 만드는 자 아이네이아스에게 주었네.

그러니 우리가 그 두 마리 말을 빼앗을 수만 있다면 큰 명성을 얻을 수

　　　있을걸세.”

　　　그들이 이런 대화를 하고 있는 동안

아이네이아스와 판다로스가 빠른 말들을 몰고 신속하게 다가왔다.　　　275

리카온의 늠름한 아들 판다로스가 먼저 디오메데스에게 말했다.

“용감무쌍하고 현명한 자여, 훌륭한 티데우스의 아들이여,

내가 빠르고 예리한 화살을 쏘았어도 당신을 쓰러뜨리지 못했지만,

이번에는 어떨지 창으로 시험해보겠다.”

　　　판다로스는 이렇게 말한 뒤 긴 그림자를 드리운 창을　　　　　280

던졌고, 창은 티데우스의 아들 디오메데스가 들고 있던 방패에 맞았다.

청동 창끝은 방패를 그대로 꿰뚫어 흉갑에 닿았다. 그러자

리카온의 늠름한 아들이 소리쳤다.

“창이 옆구리를 꿰뚫었으니 오래 버티지 못할 것이다.

하지만 나는 덕분에 그토록 바라던 일을 이룰 수 있었다.”　　　　　285

6　“가니메데스”는 다르다노스의 손자이자 에리크토니오스의 아들 트로스와 칼리로에 사이
　　에서 태어난 아들로 ‘필멸의 인간 중 가장 잘생긴 미남’이었다. 마침 올림포스 신들의 연
　　회와 식사에서 시중 들던 청춘의 여신 헤베가 헤라클레스와 결혼하면서 시중 드는 다른
　　이가 필요하자, 제우스가 신들과 함께 가니메데스를 납치해 시종으로 삼았다. 그리고 그
　　에 대한 보상으로 트로스에게 헤르메스를 보내 불멸의 신마 두 마리를 선물했다. 이때부
　　터 트로이아의 말들은 신마의 혈통을 이어받은 명마로 손꼽혔다.

맹장 디오메데스는 전혀 놀란 기색 없이 그에게 응수했다.
"네 창은 빗나갔고 제대로 맞추지 못했다. 그러니 너희 둘 중 어느
하나가 쓰러져 가죽 방패를 든 전사 아레스가 그 피로
배 불릴 때까지 이 싸움은 끝나지 않을 것이다."

디오메데스는 이렇게 말하고 창을 던졌다. 아테나는 그 창을   290
판다로스의 눈 옆 코로 향하게 했고, 창은 흰 이들을 뚫고 지나갔다.
단단한 청동 창끝이 혀뿌리를 가른 후
턱 밑을 뚫고 나오자 그는 전차에서 떨어져
나동그라졌고, 그를 덮고 있던 번쩍이는 무구들이 파르르 떨며
소리를 냈다. 그러자 발 빠른 말들이 겁을 먹고 옆으로 비켜났다.   295
바로 그 자리에서 판다로스의 생명과 기운이 빠져나갔다.

아카이오스인들이 판다로스의 시신을 끌고 갈 것을 염려한
아이네이아스는 방패와 긴 창을 들고 전차에서 뛰어내렸다.
자신의 힘을 믿고 창과 둥근 방패를 들고서,
시신을 빼앗으려 덤비는 자는 누구든 죽이겠다는 기세로   300
시신 앞에 서서 사자처럼 으르렁거렸다.
그러자 티데우스의 아들 디오메데스는 오늘날 두 사람이 힘을 합쳐도
들 수 없을 만큼 큰 돌을 혼자 가볍게 들어올려
아이네이아스를 향해 던졌다. 이 돌은 그의 허벅지 관절과
엉덩이 관절이 만나는 지점, 움푹 들어갔다고 해서   305
이른바 '절구'라고 부르는 곳에 맞았다.
아이네이아스의 절구는 부서졌고, 두 힘줄도 끊겼으며,
뾰족뾰족하고 울퉁불퉁한 돌에 피부가 찢겨나갔다. 영웅은
무릎이 꺾이며 주저앉았고, 튼튼한 손으로 땅을 짚고 몸을 지탱했지만,
어두운 밤이 두 눈을 뒤덮었다.   310

인간들의 군주 아이네이아스가 이렇게 꼼짝없이 죽게 되었을 때,
가축 떼를 돌보던 안키세스를 만나 그를 낳은 어머니인

〈아이네이아스와 디오메데스〉(윈슬라우스 홀라르, 연대 미상)

제우스의 딸 아프로디테가 주시하고 있다가

하얀 팔로 사랑하는 아들을 감싼 채

그의 앞에 주름 잡히고 빛나는 옷을 펼쳐,   315

날아오는 창들을 막아주었다. 그 덕분에 빠른 말을 타는 다나오스인들은

아무도 그의 가슴에 청동 창을 던져 목숨을 앗아갈 수 없었다.

　　　그런 후 여신은 사랑하는 아들을 데리고 전장에서 빠져나갔다.

함성 소리 우렁찬 디오메데스가 당부했던 말을 잊지 않은

카파네우스의 아들 스테넬로스는 자신의 통굽 말들을   320

접전이 벌어지고 있는 곳에서 멀리 옮겨

고삐를 전차 난간에 맨 다음, 아름다운 갈기를 지닌

아이네이아스의 말들을 향해 달려가 트로스인들의 진영 쪽에서

훌륭한 정강이 보호대를 한 아카이오스인들의 진영 쪽으로 끌고 왔다.

그런 다음 마음이 잘 통해 동년배 중에서 가장 아끼며   325

사랑하는 전우 데이필로스에게 넘겨주어

속 빈 함선들로 몰고 가게 했다. 그런 후 이 영웅은

자신의 전차에 올라타 번쩍이는 고삐를 잡고 즉시 굽이 튼튼한

말들을 몰아 티데우스의 아들 디오메데스를 찾아 나섰다.

한편 디오메데스는 무자비한 청동 창을 들고   330

키프리스[7]를 추격 중이었다. 키프리스는 연약한 여신일 뿐이고,

아테나나 도시의 파괴자 에니오[8]같이 전사들의 전쟁을 관장하는

신들 중 하나가 아님을 알았기 때문이다.

많은 무리 사이로 추격해 어느새 따라잡은

7　"키프리스"는 '키프로스의 여인'이라는 뜻으로 아프로디테의 별칭이다. '키테라의 여인'이
　　라는 뜻을 지닌 '키테레아'로도 불린다. 두 곳 모두 아프로디테의 출생지로 여겨진다.

8　"에니오"는 제우스와 헤라의 딸이자 전쟁의 여신이다. 불화의 여신 에리스, 아레스의 쌍둥
　　이 아들인 공포의 신 데이모스와 패주의 신 포보스와 더불어 아레스를 따라 전쟁터를 누
　　비며 도시를 파괴하고 살상을 저지른다.

기개 있는 티데우스의 아들 디오메데스는 달려들어   335

날카로운 창끝으로 여신의 연약한 손등을 찔렀다.

창끝이 카리스 여신들[9]이 직접 짜서 준 천상의 옷을

그대로 통과해 손목 위 살 속을 뚫고 들어가자

여신에게서 불멸의 피, 즉 축복받은 신들의 몸 안에

흐르는 신비로운 액체가 솟구쳐 나왔다.   340

신들은 빵도 먹지 않고 화염빛의 포도주도 마시지 않기 때문이다.

그래서 신들은 피가 없고 불멸의 신이라고 불린다.

여신은 큰 소리로 비명을 지르며 아들을 놓아버렸다.

하지만 포이보스 아폴론이 아이네이아스를 손으로 붙잡아 자기 쪽으로

끌어와 검은 구름으로 감쌌기 때문에 빠른 말을 타는 다나오스인들은

아무도 그의 가슴에 청동 창을 던져 목숨을 빼앗을 수 없었다.   345

함성 소리 우렁찬 디오메데스가 아프로디테 여신을 향해 소리쳤다.

"제우스의 따님이시여,[10] 전쟁과 싸움에서 물러나십시오.

힘없는 여자들을 속이는 것만으로는 부족하십니까?

앞으로도 전쟁터를 기웃거리신다면,   350

멀리서 전쟁이라는 말만 들어도 치를 떨게 만들어드리죠."

　　　디오메데스가 이렇게 말하자, 여신은 몹시 곤혹스러워하며

혼비백산한 상태로 그 자리를 벗어났다. 바람처럼 빠른 이리스가 몹시

　　괴로워하는 키프리스를

부축해 전장 밖으로 데리고 나갔다. 그러나 여신의 고운 피부는 이미

9　"카리스 여신들"은 제우스와 대양의 신 오케아노스의 딸 에우리노메 사이에서 태어난 딸
　　들이자 우미(優美)의 여신들로, 에우프로시네(명랑, 유쾌), 아글라이아(빛나는 아름다움),
　　탈리아(기쁨)를 말한다.

10　헤시오도스의 『신들의 계보』와는 달리, 『일리아스』에서는 "아프로디테"를 제우스와 대양
　　의 신 오케아노스의 딸 디오네 사이에서 태어났다고 말한다. 이 여신에게는 모든 남자를
　　유혹할 수 있는 허리띠 '카리스'가 있다. 나중에 헤라는 제우스를 유혹하여 속이기 위해
　　아프로디테에게 이 허리띠를 빌린다.

검게 변해 있었다.

이때 여신은 사나운 아레스가 전장의 왼편에서   355

창들과 빠른 말들이 끄는 전차를 안개로 가려놓고 앉아 있는 것을

발견하고, 사랑하는 오빠 앞에 무릎을 꿇고서

황금 이마 장식을 한 준마들이 끄는 전차를 빌려달라 간청했다.

"사랑하는 오빠, 불멸의 신들의 거처인 올림포스로

돌아갈 수 있도록 제발 오빠의 전차를 내게 주세요. 필멸의 인간인   360

티데우스의 아들에게 입은 상처가 몹시 쓰리고 고통스러워요.

이제 그는 아버지 제우스와도 싸울 기세예요."

　　　이렇게 말하자, 아레스는 황금 이마 장식을 한 말들이 끄는 전차를

　　　　내주었다.

여신은 상심한 채 전차에 탔고, 옆에 탄 이리스가

고삐를 쥐고 출발하기 위해 채찍을 휘두르자,   365

말들도 순순히 위로 날아올랐다.

이렇게 해서 그들은 순식간에 신들의 거처인 높고 가파른 올림포스에

　　　도착했고,

바람처럼 빠른 이리스는 그곳에 말들을 세운 다음

전차에서 풀어주고 천상의 사료를 말들에게 던져주었다.

한편 고귀한 아프로디테는 어머니 디오네의 무릎 위에   370

쓰러졌다. 디오네는 딸을 품에 안고

손으로 쓰다듬으며 말했다.

"사랑하는 딸아, 네가 공공연히 나쁜 짓을 하지도 않았는데,

하늘의 신들 중 도대체 누가 이런 무모한 짓을 저질렀느냐?"

　　　　웃음을 좋아하는 아프로디테가 대답했다.   375

"제가 누구보다도 사랑하는 아들 아이네이아스를 전쟁터에서

데리고 나가려 한다는 이유로, 티데우스의 아들 기개 넘치는 디오메데스가

저를 창으로 찔러 상처를 입혔어요. 이 무시무시한 접전은 단지

〈디오메데스에게 상처를 입고 올림포스산으로 돌아가는 아프로디테〉
(장 오귀스트 도미니크 앵그르, 1803년)

트로스인과 아카이오스인만의 문제가 아니게 되었어요.

이제 다나오스인은 불멸의 신들과도 싸우려고 해요."　　　　　380

　　　그러자 여신들 중 고귀한 디오네가 말했다.

"내 딸아, 참아라. 괴롭더라도 참아야 한다.

올림포스에 거처를 둔 신들 중 다수도 서로 극심한 고통을 안겨주다가

인간들에게 당하곤 했지. 한두 번 그런 게 아니란다.

아레스조차 알로에우스의 아들들인 오토스와 힘센　　　　　385

에피알테스에게 잡혀 단단한 쇠사슬에 묶인 채

청동 항아리 속에서 열세 달을 갇혀 있었다.[11]

전쟁에 이골이 난 아레스일지라도 그렇게 죽게 되었지만,

알로에우스 아들들의 계모였던 지극히 아름다운 에리보이아가

이 사실을 헤르메스에게 알렸고, 헤르메스는 고통스러운　　　　　390

사슬에 짓눌려 빈사 상태에 있던 아레스를 몰래 구출해냈단다.

헤라도 암피트리온[12]의 힘센 아들 헤라클레스가 쏜

세 개의 미늘이 달린 화살에

오른쪽 가슴을 맞아 치명상을 입은 적이 있었지.

거구인 하데스도 필로스에서 죽은 자들 가운데 있을 때　　　　　395

아이기스 방패를 지닌 제우스의 아들, 바로 그 헤라클레스가 쏜

빠른 화살에 맞아 고통을 겪었단다.

---

11 "알로에우스"는 포세이돈의 아들로, 아이톨리아 지방에 도시 알로스를 건설하고 왕이 되었다. 그의 첫 번째 아내 이피메데이아는 포세이돈을 사랑하여 그에게서 쌍둥이 거인 형제 오토스와 에피알테스를 낳았다. 두 형제는 신들과 전쟁하기 위해 올림포스산 위에 오사산과 펠리온산을 쌓아 하늘로 올라가는 길을 내려 했고, 이를 저지하는 아레스를 사로잡아 청동 항아리에 가둔다.

12 "암피트리온"은 페르세우스의 손자로, 숙부인 미케네의 왕 엘렉트리온의 딸 알크메네를 사랑했지만, 실수로 왕을 죽이고 추방되어 알크메네와 함께 외삼촌인 테베의 왕 크레온을 찾아간다. 군대를 얻은 그는 알크메네의 형제들을 죽인 타포스인들에게 복수한 후 알크메네와 결혼한다. 하지만 그녀는 암피트리온의 모습으로 변신한 제우스와 이미 동침해 헤라클레스를 낳는다.

극심한 고통이 온몸을 꿰뚫자 그는 괴로워하며

저 높은 올림포스에 자리한 제우스의 궁으로 갔지.

화살이 건장한 어깨를 파고들어 고통이 심했기 때문이야.　　　　　400

다행히 파이안[13]이 고통을 그치게 해주는 약을 상처에 발라 그를 치료
　　해주었어.

사실 그는 죽을 수 있는 존재로 태어나지 않았기 때문이지.

헤라클레스는 자신이 저지른 나쁜 짓들은 생각지도 않고,

올림포스에 사는 신들을 활로 괴롭히는 포악한 악당이었다.

그리고 너를 공격하라고 그자를 부추긴 것은 빛나는 눈의 아테나다.　　　405

티데우스의 아들 디오메데스는 어리석구나. 불멸의 신들과

맞서 싸우는 자는 오래 살 수 없단다. 설령 전쟁과 무시무시한 접전에
　　서 살아 돌아가더라도

자녀들이 자기 무릎 위에 앉아 '아빠'라고 부를 수 없다는 걸

모르는 게 틀림없다.

그러니 티데우스의 아들이 아주 강한 자라고 하지만,　　　　　　　　410

너보다 강한 신들 중 누군가와 맞서 싸우지 않는 게 상책이야.

안 그러면 말 길들이는 자 디오메데스의 강인한 아내,

곧 아드라스토스의 후손인 대단히 사려 깊은 아이기알레이아[14]가

아카이오스인들 중 가장 훌륭한 남편을 애도하며 통곡해

온 집안이 잠에서 깨어나고 말 테니까."　　　　　　　　　　　　　415

　　　디오네가 이렇게 말하며, 딸의 팔에서 흘러나오는 신묘한 액체를

---

13 "파이안"은 약초를 사용해 생명을 치료하는 능력을 가진 치유의 신이다. 다른 신들이 상처
　　를 입거나 병들었을 때 회복시켜주기 때문에 '신들의 의사'라고 불린다.
14 디오메데스의 왕비 "아이기알레이아"는 아드라스토스의 손녀다. 디오메데스가 참전하는
　　동안에 여러 남자들과 부정을 저질렀는데, 이는 전쟁터에서 디오메데스에게 상처를 입은
　　아프로디테 여신이 복수하기 위해 그녀에게 끝없는 욕정을 불어넣었기 때문이라고 한다.
　　결국 아이기알레이아는 트로이아 전쟁에서 귀환한 남편을 이탈리아로 내쫓는다.

두 손으로 닦아내자 팔이 나았고 심한 고통도 사라졌다.

두 모녀를 지켜보고 있던 아테나와 헤라가 독설로 크로노스의 아들

제우스의 화를 돋우려 했다.

두 여신 중 빛나는 눈의 아테나가 먼저 말을 꺼냈다. 420

"아버지 제우스시여, 이런 말을 하면 아버지는 제게 화를 내시겠죠?

키프리스는 아카이오스 여자들 중 누군가를 구슬려,

자기가 끔찍이 사랑하는 트로스인들에게 데려가려고

예쁜 옷 입은 아카이오스 여자들 중 하나를 쓰다듬다가

황금 브로치에 긁혀 연약한 손을 다친 게 틀림없어요." 425

아테나가 이렇게 말했지만, 인간들과 신들의 아버지 제우스는 미

소를 지었다.

그리고 황금의 아프로디테를 불러 말했다.

"내 딸아, 전쟁과 관련된 것은 네게 주어진 일이 아니니

사랑과 결혼에 관한 일에만 신경 쓰거라.

전쟁과 관련된 모든 일은 민첩한 아레스와 아테나가 알아서 할 테니." 430

이런 대화가 그들 사이에서 오가는 동안

함성 소리 우렁찬 디오메데스는 아폴론이 직접 손을 뻗어 아이네이아스를

보호하고 있음을 뻔히 알면서도 그에게 달려들었다.

아이네이아스를 죽여 그의 유명한 무구를 갖고자 하는 열망에

사로잡혀 있었기 때문에 위대한 신조차 안중에 없었다. 435

그는 아이네이아스를 죽이려고 세 번이나 죽기로 달려들었고,

아폴론도 세 번이나 그의 번쩍이는 방패를 밀쳐냈다.

디오메데스가 신의 영역을 넘보며 네 번째 공격을 시도하자,

멀리 쏘는 아폴론이 무섭게 꾸짖었다.

"티데우스의 아들아, 잘 생각해서 이만 물러나라. 440

불멸의 신들과 땅을 밟고 사는 인간들은 결코 같은 존재가 아니니

감히 네 자신을 신들과 같다 여기지 마라."

아폴론이 이렇게 말하자 티데우스의 아들은 멀리 쏘는
아폴론의 진노를 피하려고 뒤로 조금 물러났다.
이렇게 해서 아폴론은 아이네이아스를 무리로부터 멀리 옮겨 445
자신의 신전이 있는 신성한 성채 페르가모스에 두었다.
그곳의 넓은 성소에서 레토와 활을 퍼붓는 자 아르테미스가
그의 상처를 치료하고 더 위엄 있게 만들어주었다.
한편 은으로 만든 활을 지닌 아폴론은 아이네이아스와 똑같이 생기고
무구까지 똑같이 갖춘 모형을 전장에 만들어놓았다. 450
트로스인들과 고귀한 아카이오스인들은 이 모형을 놓고
상대의 가슴을 가린 소가죽으로 만든 둥근 방패와
털이 붙어 있는 생가죽으로 만든 방패를 마구 찌르고 베었다.
포이보스 아폴론이 사나운 아레스를 향해 말했다.
"아레스여, 아레스여, 피에 굶주려 성벽을 파괴하고 인간에게 재앙을 455
가져다주는 자여, 당신이 나서서 티데우스의 아들인 저자를 전장에서
끌어내지 않겠소? 처음에는 키프리스에게 접근해
손목에 상처를 입히더니, 이번에는 신이라도 된 듯 나를 공격한 것을 보니,
아버지 제우스와도 싸우려 들 것 같구려."
아폴론은 이렇게 말하고 페르가모스에서 가장 높은 곳에 앉았고, 460
파괴자 아레스는 트라케인의 지휘관인 민첩한 아카마스[15]로 변장하고
트로스인들의 대열로 들어가 그들을 독려했다.
그리고 제우스가 기른 왕 프리아모스의 아들들에게 소리쳤다.
"제우스께서 기르신 왕 프리아모스의 아들들이여,
아카이오스인들이 백성을 죽이도록 언제까지 내버려두려 하오? 465
우리가 고귀한 헥토르만큼이나 소중히 여기는 전사, 불굴의 기개를 지닌

---

15 "아카마스"는 안테노르의 아들이고, 어머니 테아노는 트라케 왕 키세우스의 딸이다. 또한
  키세우스의 아내는 트로이아의 건설자 일로스의 딸 텔레클레이아다.

안키세스의 아들 아이네이아스가 쓰러져 누워 있는데, 그들이 당신들의
잘 지은 성문 사방으로 몰려와 싸울 때까지 내버려둘 작정이오?
자, 치열한 접전이 벌어지는 저 소란스러운 곳에서 우리의 훌륭한 전우
   를 구해냅시다."
      아레스는 이렇게 말하며 트로스인 전사 한 명 한 명의 힘과 사기   470
      를 북돋웠다.

사르페돈도 나서서 고귀한 헥토르를 호되게 질책했다.
"헥토르여, 당신이 지니고 있던 용기는 어디로 갔소?
백성과 동맹군 없이도 당신의 매부들 및 형제들과 함께
이 도시를 지켜내겠다고 말하지 않았소?
그런데 이제 그들 중 내 눈에 띄는 이는 한 명도 없구려.   475
그들은 모두 사자 앞의 개들처럼 움츠러들었고,
당신들을 도우러 온 우리 동맹군들만 싸우고 있소.
동맹군의 일원인 나도 아주 먼 곳에서 왔소.
리키아는 저 멀리 소용돌이치는 크산토스강 변에 있소.
나는 사랑하는 아내와 어린 아들 그리고 가난한 사람이라면 누구나 탐낼   480
많은 재물을 두고 떠나왔기 때문에,
여기에는 아카이오스인들이 탈취해갈 만한 재물이 아무것도 없소.
그런데도 나는 리키아인을 독려하고,
나 자신도 적과 싸우기를 열망하고 있소.
반면에 당신은 서 있기만 할 뿐, 군사들에게   485
각자 위치를 사수하여 자기 아내를 지키라는 명령조차 내리지 않고 있소.
아카이오스인이 머지않아 이 번화한 도시를 함락하고,
당신들은 모든 것을 낚아 올리는 아마실 그물에 걸린 것처럼
적의 먹잇감과 전리품이 될지도 모르니 조심하시오.
따라서 당신은 이 모든 일을 밤낮으로 고민하면서, 명성 높은   490
동맹군의 지휘관들에게 각자 위치를 사수해달라고 마땅히 간청해야 하오.

그래야만 심한 질책에서 벗어날 수 있을 테니."

        사르페돈의 말은 헥토르의 마음속 깊은 곳을 파고들었다.
헥토르는 즉시 무구를 갖춘 채 전차에서 땅 위로
뛰어내린 후, 예리한 창 두 자루를 휘두르며 진영 곳곳을 찾아가   495
싸움을 독려했다. 그러자 무시무시한 함성이 일었다.
트로스인들은 다시 돌아서서 아카이오스인들과 맞섰고,
아르고스인들도 무리 지어 버티면서 도망치지 않았다.
사람들이 신성한 타작마당에서 키질할 때,
금발의 데메테르[16]가 불어오는 바람 속에서 알곡과   500
겨를 분리해내면, 바람이 타작마당 주변으로 실어 나른
겨가 쌓여 흰 무더기를 이루듯, 바로 그렇게 아카이오스인들은
흰 먼지 더미를 뒤집어썼다. 다시 접전이 벌어지고
전사들 가운데서 마부들이 전차를 몰자
말발굽들이 청동빛 하늘로 차올린 먼지가 구름이 되어   505
그들을 뒤덮었기 때문이다. 전사들의 힘준 손이 서로를 겨누자,
사나운 아레스는 트로스인의 전투를 돕기 위해 전장을 누비며
주위를 어둠으로 뒤덮었다. 아레스는 황금 칼을 지닌
포이보스 아폴론의 부탁을 실행하고 있었다. 다나오스인의 조력자
팔라스 아테나가 전장을 떠나는 것을 본 아폴론이 아레스에게   510
트로스인의 사기를 북돋우라고 부탁했기 때문이다.
이때 아폴론은 아이네이아스를 자신의 풍요로운 성소에서
데리고 나오며, 백성의 목자인 그의 가슴속에 용기를 불어넣었다.
아이네이아스가 전우들 가운데 서자, 그들은 그가 살아 돌아왔을 뿐 아니라,
건강을 완전히 회복하고 더욱 용맹해진 것을 보며 기뻐했다.   515

---

16 가이아가 만물의 근원으로 대지를 상징하는 어머니 신이라면, "데메테르"는 곡물이 자라
    는 땅의 생산력을 상징하는 대지의 여신이다.

하지만 더 이상 아무것도 묻지 않았으니, 은으로 만든 활을 지닌

아폴론과 사람들을 죽이는 아레스와 끊임없이 광분하는 에리스가

불러일으킨 힘든 싸움으로 또다시 고역을 맛보아야 했기 때문이다.

    한편 두 아이아스와 오디세우스와 디오메데스는

다나오스인의 전투를 독려했다. 사실 그들은   520

트로스인의 기세와 맹공 앞에서 겁먹거나 움츠러들지 않고

각자 위치를 굳게 지키고 있었으니, 그런 모습은

마치 그늘을 만들어주는 구름을 세찬 숨으로

흩어버리는 북풍이나 그 밖의 다른 바람의 기세가 잠잠해진

고요한 날에 크로노스의 아들이 높은 산봉우리들에 세워놓은,   525

미동도 하지 않는 뭉게구름 같았다. 바로 그렇게 다나오스인들은

흔들림 없이 트로스인들과 대치했고 도망치지 않았다.

아트레우스의 아들 아가멤논은 진영 전체를 계속 순시하며 많은 말로

    무리를 독려했다.

"친구들이여, 용사답게 힘을 내라.

치열한 전장에서 서로의 얼굴에 부끄럽지 않게 싸우라.   530

부끄러움을 아는 사람들 중에는 살아남는 자가 죽는 자보다 많을 테지만,

도망치는 자는 명예도 잃고 목숨도 잃을 것이다."

    아가멤논은 이렇게 말하고 재빠르게 창을 던져

선봉에서 싸우던 전사를 맞혔으니, 그는 페르가소스의 아들이자

기개 있는 아이네이아스의 전우인 데이코온이었다. 그는 선봉에서   535

민첩하게 싸웠기 때문에 트로스인들에게 프리아모스의 아들들만큼 존

    경받고 있었다.

군주 아가멤논이 던진 창은 그의 방패에 맞았는데,

방패가 창을 막아내지 못하면서 청동 창이 방패를 관통해

혁대를 뚫고 복부에 박혔다. 그는 털썩 둔탁한 소리를 내며 쓰러졌고,

그를 덮고 있는 무구들이 파르르 떨며 소리를 냈다.   540

이때 아이네이아스는 다나오스인의 두 장수,
디오클레스[17]의 아들들인 크레톤과 오르실로코스를 죽였다.
그들의 아버지 디오클레스는 잘 지은 페라이에서
부유하게 살아가는 자로, 강폭이 넓은 물줄기로 필로스인의 땅을
지나가는 강의 신 알페이오스[18]의 혈통을 이어받았다.   545
알페이오스에게서 많은 사람의 군주가 된 오르틸로코스가 태어났고,
오르틸로코스는 기개 있는 디오클레스를 낳았는데,
디오클레스에게서 태어난 쌍둥이 아들이 크레톤과 오르실로코스였다.
두 형제는 전투에 대해서는 모르는 게 없었다.
성인이 된 그들은 아트레우스의 아들들인   550
아가멤논과 메넬라오스를 위해 공을 세우려고 아르고스인을 따라
검은 함선을 타고 말들로 유명한 일리오스로 왔다.
그러나 거기에서 죽음이 덮쳐 생을 마감했다.
그들은 산꼭대기 울창한 숲속에서
어미가 키운 두 마리의 사자 같았다. 그런 사자들이   555
사람들의 농장을 습격해 소들과 통통하게 살진 양들을
약탈하다가 사람들이 손에 들고 있던
예리한 청동에 찔려 죽듯,
그렇게 두 형제도 아이네이아스의 손에 죽어
높이 솟은 전나무들처럼 쓰러졌다.   560
두 형제가 쓰러지자 아레스가 아끼는 메넬라오스는 불쌍한
생각이 들어 번쩍이는 청동으로 무장한 채 창을 휘두르며 선봉대를 지
나 앞으로 나아갔다.

---

17 "디오클레스"는 펠레폰네소스 남동부 메세니아의 도시 페라이의 왕이다.
18 "알페이오스"는 티탄 신족들인 오케아노스와 테티스 사이에서 태어난 수많은 강의 신들
   중 하나다.

아레스는 메넬라오스를 아이네이아스의 손에 죽게 하려는 속셈으로
아이네이아스의 용기를 북돋워주었다.
하지만 메넬라오스가 선봉대 앞으로 나가는 것을 본 네스토르의 아들   565
기개 있는 안틸로코스도 백성의 목자에게 무슨 일이 생겨
자신이 지금까지 애써온 것이 완전히 헛수고가 될까 우려하여
선봉대를 지나 앞으로 나아갔다. 메넬라오스와 아이네이아스가 싸움을
    시작하기 위해
손에 잡은 예리한 창을 서로에게 겨누었을 때,
안틸로코스가 백성의 목자에게 다가가 바로 옆에 섰다.   570
아이네이아스는 날쌘 전사였지만, 앞에 두 전사가 버티고
선 것을 보고는 그들과 맞서지 않았다.
그래서 메넬라오스와 안틸로코스는 가련한 두 형제의 시신을
아카이오스인 진영으로 끌어와 전우들의 손에 넘겨준 후,
다시 돌아와 선봉대에 합류해 싸웠다.   575
        이때 두 사람은 기개 있는 파플라고니아인 방패병들의 지휘관이자
아레스와 비교해도 손색없는 필라이메네스를 죽였다.
창술로 유명한 아트레우스의 아들 메넬라오스는 가만히 서 있는 그에게
창을 던졌고, 창은 그의 쇄골을 뚫었다.
안틸로코스는 필라이메네스의 시종이자 마부이며   580
아팀니오스의 훌륭한 아들인 미돈을 죽였다. 미돈이 통굽의 말들이 끄
    는 전차를
돌리려는 순간, 안틸로코스가 돌을 던져 팔꿈치를 정통으로 맞혔다.
그가 손에 쥐고 있던 상아를 박아 넣은 흰색 고삐가 땅바닥 먼지 속으로
떨어졌고, 그때 안틸로코스가 달려들어 칼로 관자놀이를 찔렀다.
그는 숨이 끊어질 듯 헐떡이며 정교하게 만든 전차에서 곤두박질쳐   585
머리와 어깨부터 먼지 속으로 꽂혔다.
그는 깊은 모래 위에 떨어져 한동안 거꾸로 박혀 있다가

자기 말들의 발굽에 차여 먼지 속으로 쓰러졌다.

안틸로코스는 그 말들을 채찍질해 아카이오스인 진영으로 몰고 갔다.

      헥토르가 대열 사이로 그들을 보고 소리를 지르며 돌진하자   590

트로스인들의 강력한 대열도 그의 뒤를 따랐고,

아레스와 존귀한 에니오가 선두에 서서 그들을 이끌었다.

에니오는 전투에 굶주린 함성의 신 키도이모스를 데리고 다녔고,

아레스는 거대한 창을 손에 들고 헥토르의 앞뒤를 오갔는데,

때로는 그의 앞에, 때로는 그의 뒤에 섰다.   595

      함성 소리 우렁찬 디오메데스는 아레스를 보고 두려움에 질려 몸

       서리쳤다.

넓은 들판을 가로질러온 사람이 거센 물길을 이루어

포효하고 거품을 일으키며 바다로 흘러가는 강을 보면

그 앞에서 난감해하며 뒤로 물러나듯,

바로 그렇게 티데우스의 아들 디오메데스는 물러나 군사들에게 말했다.   600

"친구들이여, 지금까지 우리는 고귀한 헥토르를 두려움 모르는

맹장이라고 칭송해왔다. 게다가 신들 중 누군가가 항상 옆에서

그가 죽지 않도록 지켜주었지. 지금도 저기 아레스가

사람으로 변장하고서 전사의 모습으로 그의 옆을 지키고 있다.

그러니 무력으로 신들과 싸울 생각을 버리고,   605

트로스인들을 정면으로 주시한 채 후퇴하라."

      디오메데스가 이렇게 말하는 사이에 트로스인들은 이미 아주 가까이

다가왔다. 이때 헥토르가 한 전차에 타고 있던

두 명의 노련한 전사 메네스테스와 안키알로스를 죽였다.

그들이 쓰러지자 불쌍히 여긴 텔라몬의 아들 큰 아이아스가   610

그들에게 아주 가까이 다가가 번쩍이는 창을 던져

셀라고스의 아들 암피오스를 맞혔다. 그는 파이소스[19]에 살며

재산과 농지가 많았지만, 운명에 이끌려서

프리아모스와 그의 아들들을 돕게 되었다.

텔라몬의 아들 아이아스가 창을 던져 그의 혁대를 맞히자,   615

그림자를 길게 드리운 창은 복부 아래쪽에 꽂혔고,

그는 털썩 둔탁한 소리를 내며 쓰러졌다. 그러자 영광스러운 아이아스가

돌진해 그의 무구를 벗기려는 순간, 트로스인들은 번쩍이는 예리한 창들을

비처럼 쏟아부었고, 많은 창이 아이아스의 방패에 박혔다.

그런데도 아이아스는 시신을 발로 밟고 청동 창을 뽑았다. 그러나   620

창들이 비 오듯 쏟아졌기 때문에 시신의 어깨에서

다른 훌륭한 무구들을 벗겨내지는 못했다.

게다가 어떻게든 암피오스의 시신을 지켜내려는

숭고한 목적을 위해 많은 용맹한 전사가 창을 들고 그를 겨누자,

아무리 건장하고 용감무쌍한 아이아스라도 두려움을 느끼고   625

강력한 트로스인들에게 밀려 비틀거리며 뒤로 물러났다.

　　　　이렇게 양쪽 진영의 군사들은 온 힘을 다해 치열한 전투를 벌였다.

이때 저항할 수 없는 운명이 헤라클레스의 아들이자 건장하고 용맹한 전사

틀레폴레모스를 부추겨 신 같은 사르페돈과 싸우게 했다.

구름을 모으는 제우스의 아들인 사르페돈과   630

손자인 틀레폴레모스가 서로를 향해 다가가 가까워지자

틀레폴레모스가 먼저 말했다.

"리키아인의 지략가인 사르페돈이여, 전투를 모르는 당신이

이곳에 와서 겁에 질려 떨어야 할 이유가 무엇이오?

옛적 제우스 후손들인 전사들에게   635

훨씬 못 미치는 걸 보니, 당신이 아이기스 방패를 지닌

---

19 "파이소스"는 아나톨리아 트로아스의 도시로, 프로폰티스해 입구 쪽에 있었다.

제우스의 후손이라는 사람들의 말이 거짓임이 분명하구나.

사람들은 용감무쌍하고 사자의 기개를 지닌 내 아버지

힘센 헤라클레스가 어떤 인물이라고 말하는가?

내 아버지는 당시에 라오메돈이 주기로 한 말들 문제로   640

단지 여섯 척의 함선과 적은 수의 군사를 이끌고 이곳에 와서

일리오스성을 함락시키고 대로를 초토화시켰지.

하지만 당신의 기개는 보잘것없고, 병사들은 허망하게 죽어가고 있소.

당신이 더 강력하다면 모를까 이렇게 형편없으니, 내 생각에는

리키아에서 와봤자 트로스인들을 지키는 데 아무 소용없고,   645

이제 당신은 내 손에 죽어 저승 문을 곧바로 지나게 될 거요."

　　　리키아인들의 지휘관 사르페돈이 그에게 대답했다.

"틀레폴레모스여, 그때 그대 아버지는 분명 신성한 일리오스를 철저히

파괴했지만, 그것은 라오메돈왕이 어리석은 자여서

자기에게 좋은 일을 한 그에게 도리어 폭언을 퍼붓고,   650

멀리서 온 그에게 약속한 말들을 내어주지 않았기 때문이다.

하지만 지금 이곳에서는 내 손으로 그대를 죽여 검은 운명을 맞게 해주마.

그대는 나의 창에 쓰러져 내게 영광을 안겨주고,

영혼은 명마를 지닌 하데스에게 넘어갈 것이다."

　　　사르페돈이 이렇게 말하자, 틀레폴레모스는   655

물푸레나무 창을 높이 들어 올렸고,

두 자루의 긴 창이 두 사람의 손을 동시에 떠나 쏜살같이 날아갔다.

사르페돈의 창이 틀레폴레모스의 목에 정통으로 맞자

무시무시한 창끝은 그대로 관통했고, 어두운 밤이 두 눈을 뒤덮었다.

틀레폴레모스의 긴 창은 사르페돈의 왼쪽 넓적다리에 맞았고,   660

창끝이 맹렬한 기세로 파고들었지만 뼈를 살짝 비껴갔으니

아버지가 아직은 그의 죽음을 막아준 것이었다.

　　　그러자 고귀한 전우들이 신 같은 사르페돈을 전장에서

끌어냈다. 긴 창도 함께 끌려가면서 그는 극심한 고통을 겪었지만,
아무도 눈치채지 못했다. 넓적다리에 박힌 물푸레나무 창을 뽑아   665
그가 스스로 설 수 있게 해야 했지만, 그것을 생각하는 이가 없었다.
그를 살리기 위해 어떻게든 빨리 끌어내는 데만 골몰했기 때문이다.
　　　한편 훌륭한 정강이 보호대를 한 아카이오스인들은
틀레폴레모스를 전장에서 끌어냈다. 웬만해서는 분노하지 않는
고귀한 오디세우스도 이를 보고 분개해,   670
천둥 치는 제우스의 아들을 추격할지,
아니면 더 많은 리키아인의 목숨을 빼앗을지
심사숙고하며 고민했다.
그러나 제우스의 강력한 아들은 영웅다운 기개를 지닌 오디세우스의
예리한 청동에 죽을 운명이 아니었다.   675
아테나는 오디세우스의 분노가 리키아인들의 무리를 향하게 했다.
그래서 오디세우스는 코이라노스, 알라스토르, 크로미오스,
알칸드로스, 할리오스, 노에몬, 프리타니스를 죽였다.
고귀한 오디세우스는 더 많은 리키아인을 죽일 수 있었지만,
번쩍이는 투구를 쓴 거구 헥토르가 이 상황을 주시하고 있다가   680
번쩍이는 청동으로 무장하고 선봉대를 지나 앞으로 나아와
다나오스인들에게 공포를 불러일으켰다. 제우스의 아들 사르페돈은
헥토르가 오는 것을 보고 반색하며 그에게 애걸했다.
"프리아모스의 아들이여, 다나오스인들의 전리품이 되지 않도록 나를
여기 버려두지 마시고 부디 구해주어 그대의 성에서   685
운명을 맞게 해주시오. 어차피 나는 조상의 땅으로 돌아가
사랑하는 아내와 어린 아들을 기쁘게 해줄
운명은 아닌 것 같소."
　　　사르페돈이 이렇게 말했지만, 번쩍이는 투구의 헥토르는 아무 대답도
하지 않은 채, 아르고스인들을 밀어내고 많은 적의 목숨을   690

빼앗고자 하는 일념으로 쏜살같이 달려갔다.

고귀한 전우들은 신 같은 사르페돈을

아이기스 방패를 지닌 제우스의 극히 아름다운 참나무[20] 아래에 앉혔다.

사랑하는 전우인 건장한 펠라곤이 그의 넓적다리에서

물푸레나무 창을 뽑아냈다. 그러자 영혼이 그를 떠났고,　　　　　695

두 눈은 어둠의 안개로 덮였다. 하지만 그는 다시 숨을 쉬었고,

때마침 불어온 북풍의 숨결이 가쁘게 숨을 몰아쉬던

목숨에 생기를 불어넣어 그를 소생시켰다.

　　　한편 아르고스인들은 아레스와 청동으로 무장한 헥토르 앞에서

자신의 검은 함선들이 있는 쪽으로 돌아서지도 않고,　　　　　700

맞서 싸우지도 않으면서 계속 뒷걸음질쳐 후퇴했다.

아레스가 트로스인들 사이에 있음을 알았기 때문이다.

　　　이때 프리아모스의 아들 헥토르와 청동의 아레스는

누구를 가장 먼저 죽이고, 누구를 마지막으로 죽였던가?

신 같은 테우트라스, 다음으로는 말에 채찍질하는 오레스테스,　　　705

아이톨리아의 전사 트레코스, 오이노마오스, 오이놉스의 아들 헬레노스,

번쩍이는 청동 복부 보호대를 한 오레스비오스였다.

오레스비오스는 힐레[21]에 있는 케피시스 호수에 접한 곳에서

큰 부를 소유하며 살아가던 자였는데, 이웃에는

아주 비옥한 땅을 가진 다른 보이오티아인이 살았다.　　　　　710

　　　이때 치열한 전투 가운데서 아카이오스인들이

무참히 도륙당하는 광경을 본 하얀 팔의 여신 헤라는

---

20 "참나무"는 제우스의 신목이다. 그리스 본토 북서부 에피로스 지방 도도나의 제우스의 신
　　탁소 중앙에는 참나무가 있었다. 제관들은 참나무잎이 바스락거리는 소리를 해석해 제우
　　스의 신탁을 전했다.
21 "힐레"는 그리스 본토 중부 보이오티아 일리케 호수 옆, 테베 북쪽 8킬로미터 지점에 있
　　었다. 이 호수와 "케피시스 호수"(후에 '코파이스 호수') 사이에는 낮은 산들이 있다.

즉시 아테나에게 날개 달린 말로 하소연했다.

"맙소사, 아이기스 방패를 지닌 제우스의 지칠 줄 모르는 딸이여,

잔인한 아레스가 이렇게 광분하도록 내버려둔다면, 우리가   715

메넬라오스에게 튼튼한 성벽의 일리오스를 함락시킨 후 집으로

돌아가게 해주겠다고 약속한 말이 허사가 되고 말겠어요.

그러니 자, 우리도 분발합시다."

　　　헤라가 이렇게 말하자, 빛나는 눈의 여신 아테나도 거역하지 않았다.

위대한 크로노스의 딸이자 존귀한 여신 헤라는   720

황금 이마 장식을 한 말들에게 가서 마구를 채웠고,

헤베는 재빨리 마차 있는 곳으로 달려가, 양쪽의 쇠 굴대에

여덟 개의 살이 있는 둥근 청동 바퀴를 달았다.

바퀴 테는 불멸의 황금으로 만들어졌고 청동으로 된

쇠테가 둘러져 있어 그야말로 경탄을 자아냈다.   725

양쪽에서 빙글빙글 돌아가는 바퀴통은 은으로 되어 있었고,

차체는 금띠와 은띠로 견고하게 묶여 있으며,

두 겹의 난간이 차체 주위를 둘러싸고 있었다.

차체에서 나와 있는 은채의 끝부분에

헤베는 아름다운 황금 멍에를 매고,   730

그 위에 황금으로 된 가슴 띠를 매달았다. 이윽고 헤라는 전투와 함성을

열망하며 멍에 아래 있는 빠른 발의 말들을 몰았다.

　　　한편 아이기스 방패를 지닌 제우스의 딸 아테나는

손수 정성 들여 짠 화려한 비단옷을

벗어 아버지의 궁전 바닥에 던져두고는   735

구름을 모으는 제우스의 상의를 입은 후

눈물을 만들어내는 전쟁을 위해 무구들을 갖추었다.

여신은 두 어깨에 술이 달린 무시무시한 아이기스 방패를 멨다.

방패의 가장자리에는 빙 돌아가며 온통 포보스가 새겨져 있었고,

안쪽으로는 에리스, 더 안쪽으로는 알케, 더 안쪽으로는 으스스한 이오케,   740

더 안쪽으로는 아이기스 방패를 지닌 제우스의 상징인 무시무시한 괴물

고르곤의 무시무시하고 끔찍한 머리가 새겨져 있었다.[22]

여신은 두 개의 뿔과 네 개의 돌기가 달린 황금 투구를

머리에 썼는데, 언제나 이 투구를 쓰고 일백 도시의 전사들을 상대해왔다.

그런 후 여신은 무겁고 거대하고 튼튼한 창을 손에 쥔 채,   745

헤라가 고삐를 쥔 불꽃처럼 빛나는 전차에 올랐다. 막강한 아버지의

딸 아테나는 자신을 분노케 한 숱한 영웅들을 그 창으로 굴복시켜왔다.

헤라는 말들에 빠르게 채찍질했고, 호라이 여신들[23]이 관장하는

하늘의 문들이 끼익 소리를 내며 저절로 열렸다.

이 여신들은 빽빽한 구름을 열거나 닫는 수문장으로,   750

거대한 하늘과 올림포스가 이들에게 맡겨져 있었다.

두 여신은 말들을 채찍질해 그 문을 통과한 후,

크로노스의 아들이 다른 신들에게서 떨어져 올림포스의 많은 봉우리 중

가장 높은 곳에 앉아 있는 것을 보았다.

하얀 팔의 여신 헤라는 말들을 멈춰 세우고   755

크로노스의 아들이자 최고신인 제우스에게 물었다.

"아버지 제우스시여, 아레스가 고귀한 아카이오스의 백성을

아무런 법도 없이 마구잡이로

---

22 "알케"는 전투를 나타내는 신이고, "이오케"는 패주와 추격을 나타내는 신이다. 복수형 '고
르고네스'는 바다의 신 포르키스와 케토 사이에서 태어난 세 자매(스테노, 에우리알레, 메
두사)를 가리키고, 단수형 "고르곤"으로 사용될 때는 보통 '메두사'를 가리킨다. '고르고네
스'는 망자의 나라 가까이 있는 서쪽 끝 오케아노스강 근처에 사는 괴물 자매들로, 머리카
락은 뱀이고, 입에는 멧돼지 엄니가 솟아 있고, 몸은 용의 비늘로 덮였으며, 등에는 황금
날개가 돋아 있다. 그들의 번뜩이는 눈을 보면 누구든 돌로 굳는다. 메두사는 영웅 페르세
우스에게 머리가 잘려 아테나 여신의 방패 아이기스의 한복판을 장식하게 된다.
23 "호라이 여신들"은 제우스와 티탄 신족이자 질서와 율법의 여신 테미스 사이에서 태어
난 딸들로, 정의의 여신 "디케", 질서의 여신 "에우노미아", 평화의 여신 "에이레네"를 가리
킨다.

도륙하는데도 분하지 않으신가요? 나는 괴로운데,
키프리스와 은으로 만든 활을 지닌 아폴론은 법이라고는 조금도 모르는   760
저 어리석고 미친 자를 보내놓고 느긋하게 즐기는 꼴이 안 보이시나요?
아버지 제우스시여, 내가 아레스를 따끔하게 혼내주어
전장 밖으로 쫓아낸다면 내게 화내실 건가요?"
　　　구름을 모으는 자 제우스가 대답했다.
"정 그러고 싶다면, 전리품을 모아오는 자 아테나에게 그렇게 하라고   765
시키시오. 아레스에게 고통을 안겨주는 이는 누구보다 아테나였으니."
　　　제우스가 이렇게 말하자, 하얀 팔의 여신 헤라는 알았다고 대답한 후
말들에게 채찍질했고, 말들은 대지와 별들이 빛나는
하늘 사이를 거침없이 날아갔다.
울음소리도 큰 신마들은 높은 망대에 앉은 사람이   770
포도주빛 깊은 바다를 내려다볼 때
두 눈으로 희미하게나마 볼 수 있는 정도의 거리를
한걸음에 뛰었다. 트로이아에 흐르는 시모에이스강과
스카만드로스강이 만나는 지점에 도착하자
하얀 팔의 여신 헤라는 말들을 멈춰 세우고   775
마차에서 풀어준 후 주위에 빽빽하게 안개를 뿌렸다.
시모에이스는 암브로시아를 돋아나게 해[24] 말들이 뜯어 먹게 했다.
　　　두 여신은 아르고스인 전사들을 지키려는 열망으로
수줍은 비둘기처럼 발걸음을 조심스레 옮겼다.
이윽고 두 여신이 아카이오스인 중에서도   780
가장 용감한 전사들이 말 길들이는 자 힘센 디오메데스를

---

[24] "시모에이스"는 시모에이스강의 신이다. 이데산에서 발원한 두 강 "시모에이스강"과 "스카
　　만드로스강"은 트로이아 평야를 지나는 두 개의 주요 수원으로, 트로이아 사람들은 두 강
　　을 수호신이자 선조로 여기며 숭배했다. "암브로시아"는 '넥타르'와 함께 신들의 대표적인
　　음식이다.

사방으로 둘러싸고 날고기를 먹는 사자들이나

지치지 않는 힘을 지닌 멧돼지들처럼 서 있는 곳에 당도하자,

하얀 팔의 여신 헤라는 멈춰 서서

장사 오십 명의 함성과 맞먹는 우렁찬 목소리와   785

영웅다운 기개를 지닌 스텐토르[25]로 변신해 외쳤다.

"부끄러운 줄 아시오, 아르고스인이여. 당신들은 겉모습은 그럴 듯해도

실제로는 욕먹어도 마땅한 자들이오. 고귀한 아킬레우스가 전장을

휘젓고 다녔을 때, 트로스인들은 다르다니아의 성문[26]을 나올 엄두조차

내지 못했소. 그의 강력한 창이 두려웠기 때문이오. 그런 자들이 지금은   790

성벽을 벗어나 속 빈 함선들이 있는 곳에서 싸우고 있소."

　　　헤라는 이렇게 말하며 아카이오스인 각자에게 힘과 용기를

불러일으켰다. 한편 빛나는 눈의 여신 아테나는 티데우스의 아들

디오메데스에게 달려갔다. 군주 디오메데스는 말들과 전차 옆에서

판다로스가 쏜 화살에 맞아 상처 난 몸을 식히고 있었다.   795

둥근 방패를 잡아맨 넓은 어깨띠 아래로 땀이 차서 괴로웠기 때문이다.

어깨띠가 몹시 성가셨고 팔을 힘들게 했다.

그래서 그는 넓은 어깨띠를 잡아 올려 검은 피를 닦아냈다.

여신은 말의 멍에를 손으로 잡으며 말했다.

"티데우스는 자기를 별로 닮지 않은 아들을 두었구나.   800

티데우스는 체구는 작지만 용맹한 전사였거늘.

그가 사자가 되어 아카이오스인을 떠나 혼자 테베로 가서

카드모스의 수많은 후손 가운데로 들어갔을 때,

---

25 "스텐토르"는 우렁찬 목소리를 상징하는 인물이다. 그는, 자신의 목소리가 가장 크다고
　　자부하여 전령의 신 헤르메스와 겨루다가 패배하여 목숨을 잃었다. 아리스토텔레스는
　　『정치학』에서 "스텐토르 같은 목소리를 가진 사람이 아니라면 누가 그런 큰 군중을 이끌
　　겠는가"라고 말했다.
26 "다르다니아의 성문"은 트로이아의 서쪽 성문, 즉 스카이아이 성문을 가리킨다.

나는 그에게 그들과 싸우거나 힘자랑하려 들지 말고,
궁에서 사이좋게 연회나 즐기라고 충고했었지.
하지만 그는 기개 있는 자여서 카드모스의 장정들에게 힘을 겨뤄보자고
먼저 제안했고, 모든 시합에서 그들을 이겼네. 물론 내가 옆에서 그를
도와준 덕분이긴 하지만. 반면에 그대는
내가 옆에 서서 보호해주며
트로스인과 싸우라고 적극적으로 독려하는데도,
도대체 얼마나 싸웠다고 벌써 사지가 지쳤거나 두려움에 사로잡혀
싸울 의욕을 잃어버렸는가? 이래 가지고서야 그대가 오이네우스의
현명한 아들 티데우스에게서 태어난 자라고 할 수 있겠는가?"
        맹장 디오메데스가 대답했다.
"이제 보니 당신은 아이기스 방패를 지닌 제우스의 딸이시군요.
그러니 제 생각을 숨기지 않고 기꺼이 말씀드리겠습니다.
저는 지금 두려움에 사로잡혀 싸울 의욕을
잃은 게 아닙니다. 싸우기 싫어 몸을 사리는 것도 아니며,
단지 당신이 내게 명령한 바를 기억하고 있기 때문입니다.
당신은 내게 축복받은 다른 신들과는 맞서려 하지 말고, 오직 제우스의 딸
아프로디테가 전쟁에 개입할 때에만 예리한 청동으로 찌르라고 명령하
    지 않았습니까?
그래서 다른 아르고스인에게 후퇴하라는 명령을 내리고,
저 자신도 물러나 이렇게 모두 모여 있습니다.
아레스가 전장을 장악하고 있음을 알았기 때문이지요."
        그러자 빛나는 눈의 아테나가 대답했다.
"티데우스의 아들 디오메데스, 내 마음이 기뻐하는 자여,
내가 그대 곁에서 지켜주고 있으니
아레스라 해도, 그 어떤 불멸의 신이라 해도 두려워하지 마라.
자, 먼저 통굽의 말들을 몰고 아레스에게 다가가

그를 쳐라. 난폭한 아레스를 신으로 여겨 공경하지 마라.   830

그자는 미치광이요 악의 화신이며, 여기 붙었다 저기 붙었다 하는 자다.

얼마 전까지만 해도 트로스인과는 싸우고

아르고스인은 돕겠다고 말해놓고서는,

지금은 그 말을 다 잊어버린 듯 트로스인 편에 붙었지."

　　　아테나가 이렇게 말하고 손으로 스테넬로스를   835

전차에서 밀쳐내자, 스테넬로스는 재빨리 땅으로 뛰어내렸다.

전의에 불탄 여신은 전차에 올라 고귀한 디오메데스 옆에

자리를 잡았다. 무시무시한 여신과 위대한 장수가 올라타자

묵직한 무게에 참나무 굴대가 신음하며 소리를 냈다.

채찍과 고삐를 잡은 팔라스 아테나는   840

즉시 통굽의 말들을 몰아 먼저 아레스를 향했다.

한편 아레스는 오케시오스의 훌륭한 아들이자 아이톨리아인 최고의

용사인 거구 페리파스의 무구를 벗기고 있었다.

피에 굶주린 아레스가 무구를 벗기고 있을 때, 아테나는

강력한 아레스의 눈에 띄지 않게 하이데스의 투구[27]를 썼다.   845

　　　하지만 고귀한 디오메데스를 본 살인마 아레스는

거구 페리파스를 처음에 죽여

목숨을 빼앗은 그곳에 그대로 내버려둔 채

곧바로 말 길들이는 자 디오메데스를 향해 나아갔다.

그들이 서로를 향해 나아오면서 가까워지자, 아레스가   850

먼저 상대방의 목숨을 빼앗으려는 열망으로

디오메데스 말들의 멍에와 고삐 너머로 청동 창을 날렸다.

그러나 빛나는 눈의 여신 아테나가 손으로 그 창을 잡아

---

27 "하이데스의 투구"를 쓰면 모습을 감출 수 있다. 하이데스(Ἀίδης)는 원래 '눈에 보이지 않
　　는 곳'이라는 뜻이다.

〈아테나의 도움을 받아 아레스를 공격하는 디오메데스〉(라파엘 테게오, 1831년)

전차 밖으로 밀쳐내자 창은 엉뚱한 곳으로 날아갔다.

이번에는 함성 소리 우렁찬 디오메데스가 청동 창으로   855

아레스를 공격하자, 팔라스 아테나는 청동 보호대를 두른

아레스의 가장 아래쪽 복부로 창을 찔러 넣었다.

디오메데스가 아레스에게 상처를 입혀 그의 고운 살을

찢은 후 창을 다시 뽑아내자 청동의 아레스가 울부짖었는데,

구천 명 혹은 만 명의 전사들이 전장에서 서로   860

접전을 벌이며 함성을 지르는 것 같았다.

그러자 아카이오스인과 트로스인이 두려워서 떨었다.

전쟁에 질리지 않는 아레스가 울부짖었기 때문이다.

　　　태양의 열기가 가신 후 거센 폭풍이 일면

구름에서 검은 공기가 나타나는 것처럼,   865

구름 사이를 지나 하늘로 올라가는 아레스가

티데우스의 아들 디오메데스에게는 바로 그렇게 보였다.

아레스는 서둘러 신들의 처소 가파른 올림포스로 가서,

상심한 채 크로노스의 아들 제우스 옆에 앉아

상처에서 흘러나오는 불멸의 피를 보여주며   870

울먹인 채 날개 달린 말로 호소했다.

"아버지 제우스시여, 이런 행패를 보고도 화가 나지 않으세요?

우리 신들은 인간들에게 잘해주려다가 서로 뜻이 맞지 않아

이렇게 매번 끔찍한 일을 당합니다.

우리 신들은 지금 당신과 싸우고 있습니다. 당신이 늘 악행만   875

일삼고 다니는 몰지각하고 재앙을 불러오는 딸을 낳으셨으니까요.

올림포스의 다른 모든 신들은 당신의 말을 따르고,

우리 각자는 당신에게 복종합니다. 그런데 그 딸은 무슨 말을 하든

무슨 짓을 하든, 당신은 벌주지 않고 내버려두십니다.

모든 것을 파괴하고 망치는 그녀는 당신이 직접 낳은 딸이니까요.   880

지금 그녀는 티데우스의 아들 오만방자한 디오메데스를 부추겨

미쳐 날뛰며 불멸의 신들을 공격하게 했습니다.

디오메데스는 먼저 키프리스에게 다가가 손목을 찔러 상처를 입혔고,

이번에는 신이라도 된 듯이 나를 공격했습니다.

빠른 발로 재빨리 그곳을 빠져나오지 못했더라면, 지금쯤   885

나는 끔찍한 시체더미 속에서 오랫동안 참담한 고통을 겪거나,

창에 맞아 힘을 잃고 비실거리며 사는 신세가 되었을 테지요.”

    구름을 모으는 자 제우스가 아레스를 노려보며 말했다.

“이 배신자야, 내 옆에 앉아 우는소리 좀 하지 마라.

올림포스의 모든 신들 중 내가 가장 미워하는 자,   890

그게 바로 너다. 너라는 작자는 늘 불화와 전쟁과 씨움만

좋아하지 않느냐. 네 어머니 헤라는 제멋대로이고

자기 뜻을 꺾는 법이 없어 내 말도 잘 안 듣지.

네가 이런 일을 당한 것도 네 어미가 아테나를 부추겼기 때문이다.

하지만 네가 고통당하는 것을 더는 두고 볼 수 없구나.   895

너는 네 어미가 낳아준 내 혈통이니까. 네가 다른 신에게서

태어나 이런 식으로 파괴를 일삼고 다녔다면, 너는 진즉

우라노스의 아들들이 있는 곳[28]보다 더 깊은 곳에 갇혔을 테지.”

    제우스는 이렇게 말하고 나서 파이안에게 아레스를 치료해주라고

      명령했다.

파이안은 고통을 그치게 하는 약을 상처에 발라   900

그를 치료해주었다. 아레스는 죽을 운명을 타고난 존재가

아니었기 때문이다. 흰 우유에 무화과즙을 섞고 저으면

---

28 “우라노스의 아들들”은 크로노스를 중심으로 한 티탄 신족을 가리킨다. 티탄 신족은 크로
노스의 아들 제우스를 중심으로 한 올림포스 신들에게 패해 지하세계(저승)의 감옥인 타
르타로스에 갇혔다.

이내 굳는 것처럼, 바로 그렇게 파이안은
난폭한 아레스를 신속히 치료해주었다.
헤베가 그의 몸을 씻기고 우아한 옷을 입혀주자,
그는 영광을 과시하며 크로노스의 아들 제우스 옆에 앉았다.
      한편 아르고스의 헤라[29]와 알랄코메나이의 아테나도
살인마 아레스가 아르고스인 전사들을 죽이지 못하게 한 후,
다시 위대한 제우스의 궁으로 돌아왔다.

905

---

29 "아르고스의 헤라"라는 별칭은 아르고스가 헤라와 깊은 연관이 있는 곳임을 보여준다. 아
   르고스 지방의 전설에 따르면, 아르고스의 숲을 거니는 헤라를 보고 사랑을 느낀 제우스
   는 폭우가 쏟아지게 한 뒤 뻐꾸기로 변신해 그녀의 품속으로 날아들어 사랑을 고백했다.
   또한 헤라는 아르고스의 카나토스샘에서 목욕을 하면 처녀성을 회복할 수 있기 때문에 늘
   새색시가 되어 제우스와 결합했다고 한다.

제6권　Z　헥토르와 안드로마케의 이별

트로스인과 아카이오스인의 무시무시한 전투는
신들의 간섭 없이 이어졌다. 서로를 향해 청동 창날을
겨누며, 시모에이스강과 크산토스강[1] 사이
드넓은 평야 이곳저곳에서 전투가 벌어졌다.

　　　먼저 아카이오스인의 울타리 텔라몬의 아들 아이아스가　　　　5
트로스인의 밀집대형을 뚫고, 트라케인의 최고 전사이자
에우소로스의 아들인 용맹한 장신의 아카마스를 쓰러뜨려
전우들에게 빛을 가져다주었다. 아이아스가 먼저 말총 장식이 달린
그의 투구 뿔을 창으로 맞혔다.
창이 이마를 뚫고, 창끝이 뼛속으로 들어가자　　　　10
어둠이 그의 두 눈을 뒤덮었다.

　　　함성 소리 우렁찬 디오메데스는 테우트라스의 아들 악실로스를
　　　　죽였다.
잘 지은 아리스베에서 부자로 살아가던
그는 사람들의 사랑을 받았다. 대로 옆에

1　여기에서 "크산토스강"은 아이톨리아 남부 리키아의 크산토스강이 아니라 트로이아 평야
　　를 흐르는 강이다.

집을 짓고 살며 오고 가는 모든 사람을 환대했기 때문이다.   15
하지만 이때만큼은 누구도 그의 앞을 막아서서
그를 처참한 죽음으로부터 지켜주지 않았다. 디오메데스는
악실로스와 그의 전차를 몰던 시종 칼레시오스의 목숨을
빼앗았고, 두 사람은 땅 밑으로 들어가고 말았다.

    에우리알로스는 드레소스와 오펠티오스를 죽여 무구를 벗긴 후,   20
전에 샘의 요정 아바르바레에가 흠 잡을 데 없이 훌륭한 부콜리온에게
낳아준 아들들인 아이세포스와 페다소스를 추격했다. 부콜리온은
훌륭한 라오메돈의 아들이자 장자였지만, 그의 어머니는 라오메돈과
결혼하지 않은 몸으로 그를 낳았다.
부콜리온은 가축 떼를 돌보다가 요정과 사랑을 나누었고,   25
요정은 잉태하여 쌍둥이 아들을 낳았다.
하지만 이제 메키스테우스의 아들 에우리알로스는 이 쌍둥이 형제의
윤기 나는 사지의 힘을 풀어버리고, 어깨에서 무구를 벗겼다.

    전투에 임하면 물러서는 법이 없는 폴리포이테스는 아스티알로스
      를 죽였다.
오디세우스는 페르코테 출신의 피디테스를   30
청동 창으로 죽였고, 테우크로스[2]는 고귀한 아레타온을 죽였다.
네스토르의 아들 안틸로코스는 번쩍이는 창으로
아블레로스를 죽였고, 인간들의 군주 아가멤논은
아름답게 흐르는 사트니오에이스강 변에 있는 고지 페다소스[3]에 사는

---

2 "테우크로스"는 텔라몬의 아들이자 큰 아이아스의 이복형제다. 아이기나섬의 왕 아이아코
   스의 아들 텔라몬은 이복형제 포코스를 죽이고 아이기나를 떠나 살라미스 왕 키크레오스
   의 공주 글라우케와 결혼해 살라미스의 왕이 된다. 헤라클레스의 절친한 동료로 트로이아
   왕 라오메돈과의 전쟁에 참여해 전리품으로 얻은 라오메돈의 딸 헤시오네에게서 테우크
   로스를 낳는다.
3 "페다소스"는 아나톨리아의 미시아 지방에 있던 도시로 렐렉스인들이 살았고, 페다소스의
   왕 알테스는 렐렉스인들을 이끌고 참전했다가 아가멤논에게 죽는다.

엘라토스를 죽였다. 영웅 레이토스는 도망치는 35

필라코스를 죽였고, 에우리필로스는 멜란티오스를 죽였다.

함성 소리 우렁찬 메넬라오스는 아드라스토스를 생포했다.

겁먹고 들판을 질주하던 그의 두 마리 말이 위성류[4] 가지에 발이 걸려,

구부러진 전차의 앞쪽 양옆에 댄 긴 나무 끝부분이 부러지자,

똑같이 겁먹고 달아나던 40

다른 말들과 함께 도시 쪽으로 가버렸고,

그는 전차에서 튕겨 나와 바퀴 옆으로 거꾸로 떨어져

먼지 속에 입을 처박았다. 아트레우스의 아들 메넬라오스가

그림자를 길게 드리운 긴 창을 들고 곁에 서자,

아드라스토스는 그의 무릎을 부여잡고 애원했다. 45

"아트레우스의 아드님이시여, 저를 생포해 몸값을 받으십시오.

부유한 제 아버지의 궁에는 청동과 황금과 무쇠로 정교하게 만든

보물이 아주 많이 쌓여 있어, 제가 아카이오스인의 함선 옆에

살아 있다는 말을 아버지께서 들으시면, 셀 수 없이 막대한

몸값을 가지고 와 당신에게 기꺼이 바칠 것입니다." 50

그가 이렇게 말하여 메넬라오스의 가슴속 마음을 움직이자,

메넬라오스는 즉시 시종에게 그를 넘겨주어 아카이오스인의

빠른 함선들이 있는 곳으로 데려가게 했다. 아가멤논이 메넬라오스를

만나러 맞은편에서 오다가 이 장면을 보고 질책했다.

"유약한 메넬라오스야, 어째서 그런 자들의 사정을 봐주려 55

하느냐? 트로스인이 전에 네 집에 무슨 대단한 은혜를 베풀어

주기라도 했느냐? 그들 중 아무도 우리 손에서 벗어나 철저한 파멸을

피하지 못하게 하라. 어머니 뱃속에 있는 남자아이조차

피하지 못하게 하라. 누구 할 것 없이 모조리 죽여

---

4 "위성류"는 지중해 동부 지역과 열대 아시아의 낙엽 관목 또는 작은 나무속을 말한다.

묻어줄 사람도 흔적도 없이 일리오스에서 사라지게 하라.”   60
            영웅이 이렇게 말하자 동생은 마음을 돌렸으니
그 말이 옳았기 때문이다. 메넬라오스는 손으로
영웅 아드라스토스를 밀쳐냈다. 통치자 아가멤논은 그의 옆구리를
찔렀고, 그가 뒤로 쓰러지자 가슴을
발로 밟고 물푸레나무 창을 뽑아냈다.   65
            네스토르가 아르고스인들에게 큰 소리로 외쳤다.
“친애하는 다나오스인 영웅들이여, 아레스의 시종들이여,
지금은 전리품에 눈독을 들여 함선들 쪽으로
최대한 많이 가져가느라 뒤로 처져서는 안 되오.
적들을 죽입시다. 그런 후에야 들판 위에 죽어 있는   70
시신들에서 무구들을 마음 편히 벗길 수 있을 것이오.”
            그는 이렇게 말하며 아르고스인들 한 사람 한 사람에게 힘과 용기
                를 불어넣었다.
이렇게 해서 트로스인들은 아레스가 아끼는 아카이오스인들에게
힘없이 무너져 일리오스 성으로 쫓겨 들어갈 처지였다.
하지만 프리아모스의 아들이자 새 점술의 일인자 헬레노스[5]가   75
아이네이아스와 헥토르에게 다가가 말했다.
“아이네이아스와 헥토르시여, 두 분은 전쟁이나 전략과 관련된
모든 일에서 가장 뛰어나니 이 전쟁에서 트로스인과
리키아인의 성패는 누구보다도 두 분에게 달렸습니다.
그러니 두 분은 여기에 버티고 서서 군사들이 도주해   80
성문 앞으로 오는 것을 막아야 합니다. 그들이 저마다 아내의

---

5 “헬레노스”는 트로이아의 왕 프리아모스와 왕비 헤카베 사이에서 난 왕자이자 예언자로
   헥토르, 파리스의 형제이고 카산드라와는 쌍둥이 남매다. 파리스가 죽은 뒤 미녀 헬레네
   를 차지하는 경쟁에서 지자 실망하고, 오디세우스에게 그리스군이 전쟁에서 승리할 수 있
   는 세 가지 조건을 일러주어 트로이아가 멸망하는 데 결정적인 역할을 한다.

팔에 안기고 쓰러져 적에게 기쁨을 주는 일이 없도록 해야 합니다.

두 분이 대열을 이루고 있는 우리 군사 모두를 독려한다면,

군사들은 몹시 지쳐 있기는 하지만 달리 어쩔 수 없음을 알고

분명히 이곳에 버티고 서서 다나오스인들과 맞서 싸울 것입니다.　　　85

그리고 헥토르 형님은 성으로 들어가 형님과 저를 낳으신

어머니를 찾아가, 나이 지긋한 부인들을 성채에 있는

빛나는 눈의 여신 아테나의 신전으로

모이게 한 후 열쇠로 신전의 문을 열고 들어가,

궁에서 가장 우아하고 크며 어머니가 가장 아끼시는 옷을　　　90

머릿결 고운 아테나의 무릎 위에 올려놓게 하십시오.

그리고 여신께서 이 성과 트로스인들의 아내들과

어린 자녀들을 불쌍히 여기시어,

사납게 창을 휘두르며 우리 트로스인을 궤멸하고 있는

티데우스의 아들 디오메데스를 신성한 일리오스에서 물러나게 해주시면,　　95

소몰이 막대를 단 한 번도 경험하지 않은 일 년 된 암송아지 열두 마리를

제물로 바치겠다고 맹세하게 하십시오. 티데우스의 아들 디오메데스는

아카이오스인 중 가장 용맹하고 강력한 자인 듯합니다.

전사들 중 으뜸이며 여신에게서 태어났다는 아킬레우스조차

우리는 이렇게 두려워한 적이 없었습니다. 저자가 이리도 마구 날뛰니,　　100

우리 중에 힘으로 그와 겨룰 자가 아무도 없습니다.”

　　　헬레노스가 이렇게 말하자, 헥토르는 동생의 말을 거부하지 않았다.

그가 무장한 채로 즉시 전차에서 뛰어내린 후,

예리한 창 두 자루를 휘두르며 트로스인의 진영 곳곳을

찾아가 전투를 독려하자, 무시무시한 함성이 일어나며　　　105

트로스인들은 다시 돌아서서 아카이오스인들과 맞섰다.

그러자 아르고스인들은 살상을 멈추고 후퇴했다.

불멸의 신들 중 누군가가 별이 빛나는 하늘에서 내려와

트로스인을 돕고 있기에 패주하던 그들이 다시 돌아섰다고 생각했기
　때문이다.

헥토르가 트로스인을 향해 큰 소리로 외쳤다.　　　　　　　　　　110

"용감무쌍한 트로스인들과 이름난 동맹군들이여,

대장부답게 행동하라. 친구들이여, 투지를 불태우라.

나는 일리오스로 가서 전략을 짜는 원로들과

우리 아내들더러 신들께 기도하고

성대한 제물을 바치라고 말하고 오겠다."　　　　　　　　　　　　115

　　　번쩍이는 투구의 헥토르가 이렇게 말하고 성을 향해 출발하니,

가운데가 볼록하게 튀어나온 방패의 가장자리를 따라 빙 둘러 댄

검은 가죽의 끝자락이 아래위로 그의 복사뼈와 목을 때렸다.

　　　이때 트로스인의 진영에 속한 히폴로코스[6]의 아들 글라우코스와

티데우스의 아들 디오메데스가 싸우기를 열망하며 서로 대치하고 있는　120

양쪽 군대 사이로 나왔다. 두 사람이 서로 다가가서

거리가 가까워지자 함성 소리 우렁찬 디오메데스가 먼저 말했다.

"필멸의 인간 중 가장 용감한 자여, 그대는 누구인가?

남자에게 영광을 안겨주는 전장에서 이제까지 한 번도 본 적이 없어

하는 말이다. 그런데 지금 그림자를 길게 드리운 내 창을　　　　　　125

기다리는 것을 보니, 용기로는 다른 모든 사람을 훨씬 앞서는 것 같구나.

하지만 힘으로 나를 상대하려 하는 자식을 둔 부모는 비참할 뿐이다.

그대가 하늘에서 내려온 불멸의 신이라면

나는 하늘의 신들과는 맞서 싸우지 않으리라.

드리아스의 아들인 맹장 리쿠르고스[7]조차 하늘의 신과　　　　　　　130

6　"히폴로코스"는 헤라클레스 이전의 가장 위대한 영웅으로 여겨지는 벨레로폰테스의 아들
　이고, 벨레로폰테스는 아이올로스와 시시포스의 후손이다.
7　"리쿠르고스"는 트라케의 왕으로 드리아스의 아들이라는 것 외에는 혈통과 관련해 알려진
　바는 없다.

다투고서 오래 살지 못했기 때문이다.

그는 전에 술 마시고 난동을 부리는 자 디오니소스와 그를 돌보던

유모들을 신성한 니사산에서 몰아냈다.[8]

전사를 죽이는 자 리쿠르고스가 소몰이 막대로 치자, 유모들은 모두

제의용 지팡이를 땅에 내팽개쳤고, 디오니소스도 겁먹고

바다 물결 속으로 뛰어들었다. 두려워서 떠는 그를 테티스가 받아

품에 안아주었지. 디오니소스가 리쿠르고스의 위협 앞에서 벌벌 떨었기

때문이다. 그러자 편안하게 살아가던 신들은 이 일에 분노해 그를

미워하게 되었고, 크로노스의 아드님께서는 그의 눈을 멀게 하셨지.

모든 불멸의 신들에게 미움을 받은 그는 결국 오래 살지 못했다.

그러니 나는 축복받은 신들과 싸우고 싶지 않다.

하지만 그대가 들에서 경작한 열매를 먹는 인간이라면

가까이 와라. 내가 신속하게 죽여서 끝장내주겠다."

　　　히폴로코스의 훌륭한 아들이 디오메데스에게 대답했다.

"티데우스의 기개 있는 아들이여, 어찌하여 내 가문에 대해 묻는가?

인간의 가문이라는 건 나뭇잎 같은 것이다.

나무에 달린 잎들이 바람이 불면 땅에 떨어지지만,

봄철이 도래하면 숲이 무성해지고 수많은 잎이 새롭게 생겨나는 것처럼,

인간의 가문도 생겨나는가 하면 사라지기도 하는 법이다.

하지만 그대가 원한다면, 많은 사람이 알고 있는 내 가문을

말해주어 똑똑히 알게 해주겠다. 말들이 풀을 뜯는

아르고스의 내륙 깊숙이 에피라라는 도시가 있고,

거기에는 인간 중 가장 영리한 시시포스께서 살고 계셨다.

135

140

145

150

8　"디오니소스"는 제우스와 테베의 건설자요 카드모스의 딸인 세멜레 사이에서 태어난 아들이다. 둘의 관계를 질투한 헤라가 세멜레를 꾀어 불에 타 죽게 만들자, 제우스는 헤라의 눈을 피해 디오니소스를 그리스에서 멀리 떨어진 발칸반도 남동부 트라케에 있는 니사산의 요정에게 맡겨 키우게 했다.

〈시시포스〉(티치아노 베첼리오, 1548~1549년)

그분이 아이올로스의 아들 시시포스시다.[9] 시시포스께서는 글라우코스
    라는 아들을 얻었고,

글라우코스께서는 흠 잡을 데 없이 훌륭한 벨레로폰테스[10]를 얻었는데,   155

신들은 그분에게 아름다운 용모와 남자다운 매력을 주셨다.

하지만 프로이토스가 흉계를 꾸며 아르고스인의 땅에서 그분을

추방해버렸지. 프로이토스는 그분보다 훨씬 더 힘이 있었고,

제우스께서 아르고스인을 다스릴 제왕의 홀을 프로이토스에게 주셨기

    때문이다.

프로이토스의 왕비인 고귀한 부인 안테이아가 벨레로폰테스에게 반해   160

은밀히 사랑을 나누며 동침하고 싶어 했지만,

마음이 바르고 지혜로운 그분은 그렇게 하기를 거절했다.

그러자 왕비는 프로이토스왕에게 이렇게 거짓말을 했다.

'프로이토스시여, 당신이 죽든지 벨레로폰테스를 죽이든지 하세요.

내가 원치 않는데도 그자는 나와 사랑을 나누자며 동침하기를 원했어요.'   165

왕비가 이렇게 말하자 왕은 그 말을 듣고 분노했지만,

직접 그분을 죽일 순 없었지. 그런 일은 꺼렸으니까.

그래서 이것을 들고 가는 자를 죽이라는 표시를 잔뜩 새겨 접은 재앙의

서판을 주어 장인에게 전하라고 명령한 후 그분을 리키아로 보냈다.

장인의 손을 빌려 그분을 죽이기 위해서였다.   170

이렇게 그분은 신들의 흠 잡을 데 없이 훌륭한 호위를 받으며 리키아로

---

9   아이올로스의 아들 "시시포스"는 코린토스(옛 이름은 "에피라")의 건설자이며 교활한 지
    혜로 유명해, 전령의 신이자 도둑들의 수호신인 아버지 헤르메스에게 절대로 들키지 않고
    훔치는 기술을 물려받은 도둑질의 명수 아우톨리코스도 그를 당해내지 못했다. 시시포스
    는 제우스의 분노를 사서 저승으로 갔지만, 거기에서도 하데스를 속이고 장수를 누렸다. 결
    국 저승에서 무거운 바위를 산 정상으로 밀어 올리는 일을 영원히 반복하는 벌을 받는다.
10 벨레로폰테스는 헤라클레스 이전의 가장 위대한 영웅이다. 하늘을 나는 천마 페가소스를
    타고 키마이라 등 많은 괴물을 무찔렀지만, 나중에 오만해져 신들과 겨루다가 제우스의
    분노를 사서 비참한 최후를 맞았다.

가셨다.

그분이 리키아의 크산토스강에 이르자,

드넓은 리키아를 다스리는 왕이 진심으로 예를 갖춰 맞이했다.

왕은 아흐레 동안 아홉 마리의 황소를 잡아 성대한 연회를 열어 그분을
　　환대해주었다.

하지만 장밋빛 손가락을 지닌 새벽의 여신 에오스가　　　　　　　　　175

열 번째로 나타나자, 왕은 사위 프로이토스가

보낸 서판을 보여달라고 했다.

사위가 보낸 사악한 서판을 받아 본 왕은

먼저 그분에게 무적의 키마이라[11]를 공격해 죽이라고 명령했다.

인간이 아니라 신의 혈통에서 태어난 키마이라는　　　　　　　　　　180

앞모습은 사자이고 뒷모습은 뱀이며 가운데는 염소였는데,

입에서는 세차게 타오르는 화염을 뿜어냈지.

그분은 신들의 길조를 믿고 키마이라를 죽였다.

다음으로는 저 유명한 솔리모스인들[12]과 싸웠다.

그분은 전사들과의 전투 중에서 그 전투가 가장 치열했다고 말씀하셨다.　185

세 번째로 그분은 남자 전사들에 결코 뒤지지 않는 여자 부족인 아마존
　　인들을 죽였다.

일이 이렇게 되자 왕은 그분을 죽이기 위해 또 다른 간계를 꾸몄다.

드넓은 리키아에서 가장 용감한 전사들을 선발해,

그분이 아마존인을 죽이고 돌아오는 길에 매복시킨 것이다.

하지만 그들 중 누구도 다시는 집으로 돌아갈 수 없었다.　　　　　　　190

흠 잡을 데 없이 훌륭한 벨레로폰테스께서 그들을 모두 죽였기 때문이다.

---

11 "키마이라"는 티폰과 에키드나 사이에서 태어난 반인반수의 괴물이다.
12 "솔리모스인들"은 아나톨리아의 리키아 북쪽 밀리아스라는 산악지대에 살았던 부족이다.
　　이 명칭은 근처의 솔리모스산에서 유래한 것으로 보인다.

〈키마이라를 죽이는 벨레로폰테스〉(페테르 파울 루벤스, 1635년)

그러자 마침내 왕은 그가 용맹한 신의 자손임을 알아보고 그분을
붙잡아두고 그분에게 자기 딸과 더불어 왕으로서 지닌 모든 명예의
절반을 주었다. 그리고 리키아인들은 과수원과 농지가 있는
가장 좋은 땅을 그분에게 영지로 주어 소유하게 했다.   195
공주께서는 지혜로운 벨레로폰테스에게 세 명의 자녀
이산드로스와 히폴로코스와 라오다메이아를 낳아주셨다.
라오다메이아께서는 제우스와 동침해
청동으로 무장한 신 같은 전사 사르페돈을 낳으셨다.
하지만 그런 벨레로폰테스조차 모든 신에게 미움을 받자,   200
그 마음이 깊은 비탄에 잠겨 사람들이 다니는 길을 피해
알레이온 평야[13]를 혼자 헤매고 다니셨다.
그분의 아들 이산드로스께서는 명성 높은 솔리모스인들과 싸우다가
전쟁에 질리지 않는 아레스의 손에 죽었고, 그분의 딸
라오다메이아께서는 황금 고삐 아르테미스의 분노를 사서 죽었다.[14]   205
그러나 히폴로코스께서는 나를 낳으셨다. 그러니 단언컨대 나는
그분의 혈통이다. 그분은 나를 트로이아로 보내면서,
언제나 다른 사람보다 가장 용감하고 뛰어난 사람이 되어,
에피라와 드넓은 리키아에서 가장 훌륭한 조상들을 배출한 가문을
욕되게 하지 않아야 한다고 신신당부하셨다.   210
나는 이러한 가문과 혈통에서 태어난 것을 자랑스럽게 생각한다.”

　　　글라우코스가 이렇게 말하자, 함성 소리 우렁찬 디오메데스는
기뻐하며 풍요로운 대지에 창을 꽂고는
백성의 목자 글라우코스에게 부드러운 어조로 말했다.

---

13 “알레이온 평야”는 아나톨리아의 킬리키아 지방에 있는 아주 광활하고 비옥한 평야다. 그
　　리스어로 알레이온(Ἀλήιον)은 ‘유랑의 딸’이라는 의미다.
14 “라오다메이아”는 어느 날 베를 짜고 있다가 사냥의 여신 아르테미스의 활에 맞아 갑자기
　　죽었다.

"그렇다면 그대는 오래전 내 할아버지 때부터 우리 가문과   215
의형제로 맺어진 사이로군. 당시에 할아버지 오이네우스께서는
흠 잡을 데 없이 훌륭한 벨레로폰테스를 궁에 맞아들여
스무 날 동안 환대하셨다. 게다가 두 분은 의형제를 맺으며 아름다운
선물도 교환하셨다. 오이네우스께서는 찬란하게 빛나는 자줏빛 혁대를
　선물하셨고,
벨레로폰테스께서는 위아래가 모두 잔인 황금 이중 술잔을 주셨는데,   220
나는 이곳으로 오면서 궁에 그 잔을 두었지. 하지만 아버지
티데우스에 대한 기억은 없다. 아버지는 내가 어렸을 때, 궁을 떠나
아카이오스인 군사들과 함께 테베를 공격하다가 돌아가셨기 때문이다.
그러니 이제부터 아르고스에서는 그대가 나의 의형제가 되고,
내가 리키아 땅에 가면 거기에서는 그대에게 내가 의형제가 되자꾸나.   225
전장이라 할지라도 우리가 서로 창을 겨누는 일은 피하는 게 옳다.
신이 허락하시고 내 발이 따라잡기만 한다면,
내가 죽일 수 있는 트로스인과 유명한 동맹군들은 많고,
그대도 그렇게 한다면 죽일 수 있는 아카이오스인이 많기 때문이다.
그러니 우리 서로 무구를 교환해 우리가 조상 때부터   230
의형제 가문임을 여기 있는 사람들도 알게 하자."
　　두 사람은 이렇게 말하고 전차에서 뛰어내려
서로 손을 맞잡고 우정을 다짐했다.
이때 크로노스의 아들 제우스는 글라우코스의 분별력을
빼앗아버렸다. 그래서 그는 황소 백 마리 값인 자신의 황금 무구를   235
황소 아홉 마리 값에 불과한 티데우스의 아들 디오메데스의 청동 무구
　와 맞바꾸었다.
　　한편 헥토르가 스카이아이 성문과 참나무가 있는 곳에 이르자,
트로스인의 아내들과 딸들이 주위로 모여들어
아들과 형제와 친지와 남편의 소식을 물었다.

헥토르는 그들 모두에게 일일이 신들에게 기도하라고 말했다.　　　　240

그러나 이미 많은 이들의 마음에는 깊은 슬픔이 드리워져 있었다.

　　　이윽고 헥토르는 기둥들이 반짝반짝 빛을 내며 늘어선

프리아모스의 매우 아름다운 궁에 도착했다. 이 궁에는

정교하게 다듬은 돌로 지은 쉰 개의 방이 나란히 이어져 있고,

그 방들에서 프리아모스의 아들들은　　　　245

결혼한 아내와 함께 잠을 잤다.

딸들을 위해서는 맞은편 안마당에

잘 다듬은 돌로 만들고 지붕을 덮은 열두 개의 방이

다닥다닥 붙어 있고, 그 방들에서는

프리아모스의 사위들이 각자의 존귀한 아내와 함께 잠을 잤다.　　　　250

이때 베풀기를 잘하는 그의 어머니 헤카베가

딸들 중 최고의 미인 라오디케를 데리고 나오다

그와 마주치자 손을 잡고 말했다.

"애야, 전쟁이 한창인데 여기에는 무슨 일이냐?

악명 높은 아카이오스인의 아들들이 성을 둘러싸고 싸우며　　　　255

너를 아주 힘들게 하니, 성채에서 제우스께 두 손 들어

기원하기 위해 이곳에 온 것이로구나.

그렇다면 내가 꿀처럼 달콤한 포도주를 가져올 테니,

아버지 제우스와 다른 불멸의 신들께 먼저 부어 올린 후

너도 마시렴. 도움이 될 거다.　　　　260

지친 사람이 포도주를 마시면 기력을 회복하고 큰 힘을 얻게 된단다.

너도 이 성 사람들을 지키기 위해 싸우다가 지치지 않았느냐."

　　　번쩍이는 투구를 쓴 거구의 헥토르가 대답했다.

"존귀하신 어머니, 저를 위해서라면 달콤한 포도주를 가져오지 마세요.

포도주를 마시면 사지가 풀려 힘이 빠지고 투지를 잃게 될 것입니다.　　　　265

게다가 씻지 않은 손으로 화염빛의 포도주를 제우스께 부어 올리는 것도

내키지 않으니까요. 손에 피를 묻히고 피범벅 된 모습으로 검은 구름을

몰고 다니시는 크로노스의 아드님께 기도하기도 내키지 않아요.

그러니 어머니께서는 나이 든 부인들을 불러모아,

번제물을 들고 전리품을 모아오는 자 아테나의 신전으로 가세요.　　　　　270

그리고 궁에서 가장 우아하고 크며

어머니가 가장 아끼시는 옷을

머릿결 고운 아테나의 무릎 위에 올려놓으세요.

여신께서 이 성과 트로스인의 아내와 어린 자녀들을 불쌍히 여기시어,

사납게 창을 휘두르며 우리 트로스인을 궤멸하고 있는　　　　　275

티데우스의 아들 디오메데스를 신성한 일리오스에서 물러나게 해주시면,

소몰이 막대를 단 한 번도 경험하지 않은 일 년 된 암송아지 열두 마리를

제물로 바치겠다고 맹세하세요.

그러니 어머니께서는 전리품을 모아오는 자 아테나의 신전으로 가세요.

저는 파리스에게 갈 겁니다. 혹시 그가 제 말을 듣는다면 전장으로 데　　　　　280

　려가야겠어요.

지금 당장 땅이 갈라져 그를 삼켜버렸으면 좋겠네요.

올림포스의 주인께서 트로스인과 영웅다운 기개를 지닌 프리아모스와

그분의 자녀에게 큰 재앙이 되게 하려고 그를 키우신 게 분명합니다.

그가 하데스의 집으로 내려가는 것을 볼 수만 있다면,

속이 후련해져 지금까지 겪은 온갖 쓰라린 고통을 다 잊을 듯합니다.”　　　　　285

　　　　헥토르의 말이 끝나자, 헤카베는 자신의 거처로 가서 시녀들을

불렀고, 시녀들은 온 성을 돌아다니며 나이 든 부인들을 불러모았다.

헤카베는 향기로운 옷 방으로 갔다. 거기에는 시돈[15]의 여자들이

손으로 공들여 지은 형형색색의 옷들이 있었다.

---

15 “시돈”은 지중해 동부 해안에 있는 도시로, 고대 페니키아 시대에 상업 도시국가였으며 유
　리, 상아, 금은 세공 등을 교역하는 무역항으로 크게 번성했다.

이들은 신들과 같은 알렉산드로스가   290

고귀한 혈통의 헬레네를 데려올 때 드넓은 바다를 건너며

시돈에서 함께 데려온 여인들이었다.

헤카베는 그 옷들 중 한 벌을 골라 아테나에게 바칠 헌물로 가져갔다.

그 옷은 가장 아름답게 수놓은 가장 큰 옷으로

별처럼 빛났고, 모든 옷 중 가장 아래에 놓여 있었다.   295

헤카베가 출발하자 나이 든 부인들 여럿이 부지런히 따라갔다.

　　　성에서 가장 높은 곳에 있는 아테나 신전에 도착하자,

키세우스[16]의 딸이자 말 길들이는 자 안테노르의 아내인

뺨 예쁜 테아노가 그들에게 문을 열어주었다.

트로스인들이 그녀를 아테나의 여제관으로 삼았기 때문이다.   300

그들은 모두 큰 소리로 부르짖으며 두 손 들어 아테나에게 기도했고,

뺨 예쁜 테아노는 옷을 받아

머릿결 고운 아테나의 무릎 위에 올려놓고

위대한 제우스의 딸에게 기도하며 맹세했다.

"여신들 중 고귀한 분, 이 성을 수호하는 존귀한 아테나 여신이시여,   305

부디 디오메데스의 창을 꺾어주시고, 그자를

스카이아이 성문 앞에서 거꾸로 떨어져 죽게 하소서.

여신께서 이 성과 트로스인의 아내와 어린 자식들을 불쌍히 여기어

그렇게 해주신다면, 소몰이 막대를 단 한 번도 경험하지 않은

일 년 된 암송아지 열두 마리를 지금 즉시 제물로 바치겠나이다."   310

　　　아테나의 여제관 테아노가 이렇게 기도했지만, 팔라스 아테나는

고개를 돌리며 거절했다. 부인들이 위대한 제우스의 딸에게

기도를 드리는 동안, 헥토르는 알렉산드로스의 거처로 갔다.

그 저택은 알렉산드로스가 아주 비옥한 트로이아에서

---

16 "키세우스"는 트라케의 왕이었고, 그의 아내는 트로이아 왕 일로스의 딸 텔레클레이아다.

당대 최고의 목수들과 함께 직접 지은 것이었다. 목수들은 이 성의 가장   315
높은 곳 성채에 위치한 프리아모스와 헥토르의 거처 가까이에
그를 위해 침실과 대청과 안마당이 있는 거처를 지어주었다.
제우스가 아끼는 헥토르는 그 거처 안으로 들어갔다.
그의 손에는 열한 큐빗[17]이나 되는 창이 들려 있었고, 그의 앞에서는
황금 고리를 빙 두른 청동 창끝이 번쩍였다. 헥토르가 보니,   320
파리스는 방에서 방패와 흉갑, 굽은 활 같은
지극히 아름다운 무구들을 손질하고 있었다.
아르고스의 헬레네는 노예로 잡혀와 시녀가 된 여자들 사이에 앉아
그들이 잘하기로 유명한 수공예 일을 지시하느라 여념이 없었다.
헥토르는 그를 보자 면박을 주며 질책했다.   325
"이 정신 나간 녀석아, 백성이 성과 가파른 성벽 주위에서 싸우다가
죽어가고 있는데, 너는 분노를 마음속에 품고 앉아 있기만 할 테냐.
성 주위에 함성과 전쟁이 불길처럼 타오르는 게 네 탓 아니더냐.
다른 사람이 이 가증스런 전쟁을 소홀히 하는 꼴을 네가 봤더라면,
너는 그를 가만두지 않았을 것이다. 이 성이 머지않아   330
불길에 휩싸여 타버리게 두지 않으려면 일어나라."
　　　신 같은 알렉산드로스가 대답했다.
"헥토르 형님, 형님의 질책은 당연하고 부당하지 않습니다.
그래서 드리는 말씀이니 제 말을 좀 들어보세요.
저는 트로스인들에게 화가 났거나 분노해서가 아니라   335
혼자 괴로움에 잠겨 방에 있었을 뿐입니다.
하지만 방금 아내가 전장에 나가라고 부드러운 말로 저를 설득했고,
제 생각에도 그러는 편이 더 바람직할 것 같습니다.

---

17 '큐빗'은 팔꿈치에서 가운뎃손가락 끝까지의 길이를 나타내는 단위로, 1큐빗은 약 50센티
　　미터 정도다. 따라서 헥토르는 5미터가 훌쩍 넘는 긴 창을 들고 있다.

<헬레네와 파리스를 꾸짖는 헥토르>(펠릭스 얀 페르디난드 헨드릭스, 1820년경)

승리는 이 사람 저 사람에게 옮겨 다니는 것이니까요.

그러니 제가 무구들을 갖추는 동안 잠시만 기다려주세요. 아니면, 먼저

　　가세요.

저는 뒤따라가겠습니다. 그래도 형님을 따라잡을 수 있을 테니."

　　　알렉산드로스가 이렇게 말하자, 번쩍이는 투구의 헥토르는 아무

　　　　대답도 하지 않았다.

그러자 헬레네가 헥토르에게 상냥하게 말했다.

"시아주버님, 재앙을 불러온 개같이 부끄럽고 저주받은 것은 바로

저입니다.

어머니께서 처음 저를 낳으신 그날에

사나운 태풍이 저를 산속에 가져다 놓거나,

큰 소리로 철썩거리는 바다 물결 속으로 휩쓸려 가게 했다면,

이런 일도 일어나지 않고 얼마나 좋았을까요.

하지만 신들께서 제게 이 나쁜 일들을 정해놓으신 것이라면,

저는 사람들의 분노와 비난을 아는

더 훌륭한 남자의 아내가 되어야 했어요.

하지만 저이는 마음이 약하니 앞으로도 그럴 것이고,

그 대가를 치르게 될 것입니다.

자, 이제 안으로 들어와 여기 의자에 앉으세요.

개처럼 파렴치한 저와 알렉산드로스가 경솔하게 지은 죄 때문에

마음으로 누구보다 큰 고통을 겪은 분은 시아주버님이시죠.

제우스께서 우리 두 사람에게 비참한 운명을 정해주셨으니

우리는 후세 사람들에게 악명 높은 자들로 회자될 거예요."

　　　그러자 번쩍이는 투구의 거구 헥토르가 대답했다.

"헬레네여, 앉으라는 말은 고맙지만 내게 강요하지는 마시오.

트로스인들이 여기에 온 나를 애타게 기다리고 있을 것을 생각하면,

그들을 빨리 도우러 가야겠다는 생각에 내 마음이 급하기 때문이오.

그러니 당신도 이 사람을 재촉하고, 그 자신도 서둘러서

내가 성안에 있는 동안 따라올 수 있게 해주시오.

그동안 나는 집으로 가서 하인들과 사랑하는 아내와   365

어린 아들을 볼 것이오. 내가 다시 그들에게로 돌아올 수 있을지,

아니면 이제 신들께서 나를 아카이오스인의 손에 죽게 하실지

알지 못하니 말이오."

　　　　번쩍이는 투구의 헥토르는 이렇게 말하고 떠나갔다.

그런 후 그는 신속하게 그의 살기 좋은 거처로 갔지만,   370

하얀 팔의 안드로마케[18]는 거실에 없었다.

그녀는 아들과 아름다운 옷을 입은 시녀를 성루로 데리고 올라가

탄식하며 눈물을 흘리고 있었다.

집 안에서 흠 잡을 데 없이 훌륭한 아내를 만나지 못하자,

헥토르는 현관으로 나가 시녀들에게 말했다.   375

"시녀들아, 내게 사실대로 말하라.

하얀 팔의 안드로마케는 집에서 나가 어디로 갔느냐?

시누이나 동서 중 누군가에게 갔느냐,

아니면 머릿결 고운 다른 트로이아 여자들이

무시무시한 여신을 달래고 있는 아테나 신전에 갔느냐?"   380

　　　　집안 살림을 맡은 하녀 하나가 재빨리 대답했다.

"헥토르시여, 사실대로 말하라고 엄명을 내리시니 있는 그대로

말씀드리자면, 부인께서는 시누이나 동서 중 누군가에게 가시지 않았고,

머릿결 고운 다른 트로이아 여자들이

---

18 헥토르의 아내 "안드로마케"는 아나톨리아 킬리키아에 있는 테베 왕 에에티온의 딸이다.
아킬레우스는 이미 테베를 공격해 에에티온과 그의 일곱 아들을 죽였다. 다른 아들 포데
스는 메넬라오스의 손에 죽는다. 남편 헥토르도 아킬레우스에게 죽고, 어린 아들 아스티
아낙스마저 트로이아성이 함락될 때 그리스군에게 살해된다. 그녀는 아킬레우스의 아들
네오프톨레모스의 노예이자 첩이 되어 그의 아들을 낳는다.

무시무시한 여신을 달래고 있는 아테나 신전에도 가시지 않았고,   385
일리오스의 큰 성루로 가셨습니다.

트로스인이 고전하고 있는 반면에, 아카이오스인은 기세를
올리고 있다는 소식을 듣고는 얼빠진 사람처럼 허둥지둥
성벽으로 가셨고, 유모도 아이를 데리고 함께 갔습니다.”

　　　집안 살림을 맡은 하녀가 이렇게 말하자, 헥토르는 집을 나와   390
잘 지은 대로를 따라 조금 전에 왔던 길을 되돌아갔다.

그가 큰 성을 지나 스카이아이 성문에 도착해
들판으로 나가려 하는 순간,
많은 결혼 선물을 주고 맞이한 아내이자
영웅의 기개를 지닌 에에티온의 딸 안드로마케가 그에게 달려왔다.   395
에에티온은 숲 우거진 플라코스산 아래 테베에 살며 킬리키아인을 다
　　스렸다.

청동으로 무장한 헥토르가 아내로 맞이한 사람이
바로 에에티온의 딸이었다.

안드로마케는 헥토르와 상봉했고, 그녀와 함께 시녀도
아이를 품에 안고 왔는데, 마음 여리고 아직 말도 못하는 그 아기는   400
헥토르가 사랑하는, 아름다운 별 같은 아들이었다.

헥토르는 이 아이를 스카만드리오스라고 부른 반면, 다른 사람들은
아스티아낙스[19]라고 불렀다. 헥토르 혼자 일리오스를 지켰기 때문이다.
그는 아무 말 없이 아이를 바라보며 미소 지었지만,
안드로마케는 눈물을 펑펑 쏟으며   405
옆으로 다가와 그의 손을 잡고 말했다.

19　“스카만드리오스”는 ‘스카만드로스의 아들’이라는 뜻으로, 트로이아의 수호신 스카만드로
　　스강 신의 이름을 따서 지은 것이다. “아스티아낙스”(Ἀστυάναξ)는 ‘도성의 주인’이라는
　　뜻으로, 트로이아성의 백성이 헥토르를 기려 그의 아들에게 붙인 이름이다.

"당신, 미쳤군요. 그렇게 만용을 부리다가는 곧 죽고 말 거예요.

어린 자식과 머지않아 과부가 될 나는 안중에도 없나요?

그렇게 행동하다가는 머지않아 아카이오스인들이 모두 달려들어

당신을 죽일 거예요. 당신을 잃느니 차라리 땅속으로   410

들어가는 편이 낫겠어요. 당신이 죽음의 운명을 맞는다면,

내게 위안은 사라지고 오직 고통뿐일 테니까요.

내게는 아버지도 안 계시고, 왕비였던 어머니도 안 계세요.

내 아버지는 고귀한 아킬레우스가 죽였지요.

킬리키아인의 살기 좋은 도시, 높은 성문이 있는 테베를   415

함락시킨 것이 바로 그자니까요. 그는 에에티온을 죽이기는 했지만,

그분을 존경하는 마음이 있었기에 무구를 벗기지 않고, 훌륭하게

만든 무구와 함께 그분을 화장한 후 그 위에 무덤을 만들어주었지요.

그리고 아이기스 방패를 지닌 제우스의 딸들인 산의 요정들이

무덤 주위에 빙 둘러 느릅나무를 심었죠.   420

궁에는 일곱 명의 오빠들이 있었는데,

그들은 모두 한날에 하데스의 집으로 갔어요.

빠른 발의 고귀한 아킬레우스가

느릿느릿 걷는 소 떼와 흰 양 떼 사이에서 그들을 모두 죽였죠.

숲이 우거진 플라코스산 아래 왕비였던 내 어머니는   425

아킬레우스가 다른 전리품과 함께 여기로 끌고 왔다가

셀 수 없이 많은 몸값을 받고 풀어주었지만, 아버지의 궁에서

활의 여신 아르테미스에게 죽임을 당하셨어요.

그러니 헥토르여, 내게는 당신이 믿음직한 남편인 동시에,

내 아버지이고 존귀하신 어머니이며 오빠이기도 해요.   430

그러니 제발, 아들을 고아로, 아내를 과부로 만들지 마시고

나와 어린 아들을 불쌍히 여겨 이곳 성루에 머물러 계세요.

그리고 군사들을 무화과나무 옆에 세우세요.

〈안드로마케를 떠나는 헥토르〉(장 레스트, 1727년)

거기는 성벽을 기어올라 성을 유린하기 가장 좋은 곳이니까요.

아카이오스인들 중 가장 용감한 자들이 두 명의 아이아스와   435

명성 자자한 이도메네우스와 아트레우스의 아들들과

용맹한 티데우스의 아들과 함께 그 지점에서 이미 세 번이나 공격을 시
　도했어요.

뛰어난 예언자들 중 하나가 그들에게 말해주었거나

그들의 마음속에서 그렇게 하라는 충동이 일었겠지요."

　　그러자 번쩍이는 투구의 헥토르가 대답했다.   440

"여보, 나도 그 모든 일이 걱정되오. 하지만 내가 겁쟁이처럼

전쟁을 피해서 멀리 물러난다면, 트로스인과 땅에 끌리는

옷을 입고 다니는 트로이아 여자들 앞에서 몹시 부끄럽지 않겠소?

내 마음도 그렇게 하지 말라고 명령하고 있소. 나는 언제나 트로스인의

선봉에 서서 용감하게 싸워, 아버지와 나 자신의 위대한 명성을   445

지켜야 한다고 배워왔기 때문이오.

물론 신성한 일리오스와 프리아모스와

훌륭한 물푸레나무 창을 든 프리아모스의 백성이

멸망할 날이 오리라는 것을 나도 생각하고 마음으로 잘 알고 있소.

트로스인이 나중에 겪게 될 고통이나   450

헤카베와 프리아모스왕의 고통,

적군에 의해 먼지 속으로 쓰러질 수많은 용감한 형제들의 고통보다

내가 더 걱정하는 것은 당신이 눈물을 흘리며 청동 갑옷 입은

아카이오스인 중 누군가에게 끌려가

자유의 날을 빼앗겼을 때 겪을 고통이라오.   455

당신은 아르고스에서 다른 여자의 지시에 따라 베를 짜고,

메세이스샘이나 히페레이아샘[20]에서 물을 길어 나르며,

---

20 "메세이스샘"은 펠로폰네소스반도 동부의 도시 아르고스에 있고, "히페레이아샘"은 그리

죽기보다 싫은 삶을 억지로 살게 될 것이오.

그때 누군가가 당신이 눈물 흘리는 모습을 보고 이렇게 말할 테지.

'저 여자가 헥토르의 부인이야. 헥토르는 우리가 일리오스를 에워싸고   460

싸울 때 말 길들이는 트로스인 중 최고로 잘 싸운 전사였지.'

이런 말을 들으면, 당신은 노예의 삶에서 당신을 구해줄 남편이

없음을 실감하고 또다시 새삼스럽게 괴로워할 테지.

그러니 당신이 끌려가며 울부짖는 소리를 듣기 전에

차라리 내가 죽어 땅속 흙에 묻혔으면 좋겠소."   465

영광스러운 헥토르는 이렇게 말하고 손을 내밀었지만,

아이는 사랑하는 아버지의 모습에 겁을 먹고 놀라서 울며

예쁜 허리띠를 찬 유모의 품속으로 파고들었다.

청동과 투구 꼭대기에서 무시무시하게 흔들리는

말총 장식을 보고 겁을 먹었기 때문이다.   470

그러자 사랑하는 아버지와 존귀한 어머니가 웃었다.

영광스러운 헥토르가 즉시 머리에서 투구를 벗어

땅에 놓으니 투구가 사방으로 번쩍거렸다.

그는 사랑하는 아들에게 입 맞추고 팔에 안아 어르며

제우스와 그 밖의 다른 신들에게 기도했다.   475

"제우스시여, 모든 신들이시여, 이 아들이 저처럼

트로스인 중에 아주 뛰어나고 힘도 장사여서 일리오스를

강력히 다스리게 하소서. 그래서 언젠가 전쟁에서 돌아오는

그를 보고, 사람들이 '아버지보다 훨씬 낫네'라고 말하게 하소서.

그가 자신이 죽인 적군의 피 묻은 전리품을 가지고 돌아와   480

어머니의 마음에 기쁨을 줄 수 있도록 하소서."

헥토르는 이렇게 말하고 사랑하는 아내의 팔에 아이를

스 본토 북부 테살리아 지방 남동부의 도시 페라이에 있다.

넘겨주었다. 그녀는 아이를 받아 향기로운 품에 안으며
눈물을 글썽인 채 미소 지었다.
남편은 측은한 마음이 들어 손으로 그녀를 어루만지며 말했다.   485
"불쌍한 이여, 그리 마음 아파하지 마시오.
내가 죽을 운명이 아니라면 아무도 나를 하데스로 보내지 못하오.
그리고 죽을 운명이라면, 이 땅에 태어난 이상은 겁쟁이든 용감한 자든
운명을 피한 사람은 아무도 없잖소.
그러니 당신은 집으로 가서 베를 짜든 실을 잣든 할 일을 하고,   490
시녀들에게도 각자의 일을 하라고 이르시오.
전쟁은 일리오스에서 태어난 모든 남자들,
특히 내가 걱정하고 염려해야 할 일이오."
        영광스러운 헥토르는 이렇게 말하고 말총 장식이 달린 투구를 집
            어 들었다.
사랑하는 아내는 집으로 가면서도   495
자꾸 뒤돌아보며 눈물을 펑펑 쏟았다.
어느새 그녀는 전사를 죽이는 헥토르의 살기 좋은 거처에 도착했다.
많은 시녀가 집에 있었는데,
그들은 그녀를 보자 통곡하기 시작했다.
헥토르가 버젓이 살아 있는데도 그의 집에서는 통곡이 일었다.   500
그가 아카이오스인의 강력한 수중에서 벗어나지 못하고,
전쟁터에서 돌아오지도 못하리라고 생각했기 때문이다.
        파리스도 지붕 높은 자신의 집에 오래 머물러 있지 않았다.
청동으로 정교하게 만든 멋진 무구를 갖추자
그는 자신의 빠른 발을 믿고 성내를 신속하게 가로질렀다.   505
아름답게 흘러가는 강물에서 몸을 씻고
마구간에 매여 있다가 구유의 사료를 배부르게 먹은 후,
줄을 끊고 말발굽을 울리며 들판을 내달리는 말은

고개를 높이 쳐들고, 두 어깨 위로는 갈기를 휘날리며,
자신의 아름다움을 믿고 가벼운 발로,   510
암말들이 늘 풀을 뜯고 노니는 곳으로 달려간다.
바로 그렇게 프리아모스의 아들 파리스는
빛나는 해처럼 무구를 번쩍이고 큰 소리로 웃으며
페르가모스의 꼭대기에서 빠른 걸음으로 내려왔다.
이내 그는 형인 고귀한 헥토르를 따라잡았다.   515
헥토르는 아내와 대화를 나누고 돌아서서 그 자리를 떠나려던 참이었다.
신 같은 알렉산드로스가 먼저 말했다.
"형님, 제가 지체하느라 형님이 명하신 제때에 오지 못해
바쁘신 형님을 너무 기다리게 했나 봅니다."
　　　번쩍이는 투구의 헥토르가 대답했다.   520
"사랑하는 동생아, 네가 지닌 용맹함을 보면 현명한 자라면 누구도
아무도 전장에서 너를 무시하지 못할 것이다.
다만 네가 무심해서 신경 쓰려 하지 않는 게 문제다.
너로 인해 많은 고생을 하는 트로스인이 너를 욕하는 말을
들을 때마다 내 마음은 몹시 괴롭다.   525
그러니 가자. 우리가 훌륭한 정강이 보호대를 한 아카이오스인을
트로이아에서 몰아내고, 자유를 주신 하늘의 영원한 신들을 위해
희석용 술동이를 갖다놓을 수 있도록 제우스께서 허락해주신다면,
그런 일들은 나중에 바로잡을 수 있을 테니."

 제7권 헥토르와 아이아스의 대결
그리고 휴전과 전사자들의 장례

영광스러운 헥토르가 이렇게 말하고 성문 밖으로 서둘러 나가자

아우 알렉산드로스도 함께 나갔다.

두 사람은 전쟁을 하고 전투를 벌이길 마음속으로 열망했다.

바다에서 반들반들한 전나무 노를 젓다가

온몸이 지치고 기력이 다할 때,　　　　　　　　　　　　　　　　5

선원들이 고대하던 순풍을 신께서 보내주시는 것처럼,

바로 그렇게 고대하던 트로스인들에게 두 사람이 나타났다.

　　　그런 후 알렉산드로스는 아레이토오스왕의 아들

메네스티오스를 죽였다. 아르네에 사는 메네스티오스는

쇠몽둥이를 사용하는 아레이토오스와 황소 눈의 필로메두사 사이에서

　　태어난 자였다.[1]　　　　　　　　　　　　　　　　　　　　IO

헥토르는 좋은 청동으로 만든 에이오네우스의 투구 아래 목을

예리한 창으로 맞혀 그의 사지를 풀어버렸다.

리키아인 전사들의 지휘관이자 히폴로코스의 아들 글라우코스는

1　"아르네"는 그리스 본토 중부 코린토스만 동북부에 있는 보이오티아의 도시다. "아레이토
　　오스"는 아르네의 왕으로, 전쟁의 신 아레스에게 받은 갑옷으로 무장하고 쇠몽둥이를 무
　　기로 사용해 코리네테스(κορυνήτης, '몽둥이 전사')라고 불렸다.

덱시오스의 아들 이피노오스와 치열하게 싸우다가
빠른 말들이 끄는 전차에 오르던 그에게 창을 던져 어깨를 맞혔고,   15
그는 전차에서 땅으로 떨어져 사지가 풀려버렸다.

　　　한편 빛나는 눈의 여신 아테나는 올림포스 정상에서 이 광경을
지켜보다가 트로스인이 치열한 전투를 벌여 아르고스인을
도륙하는 광경을 보고, 신성한 일리오스로 쏜살같이 내려왔다.
그러자 페르가모스에서 내려다보다가 아테나가 내려오는 것을 본 아폴
　　론도 그녀를 막으러 달려갔다.   20
트로스인의 승리를 바랐기 때문이다.
이렇게 해서 두 신이 참나무 옆에서 맞닥뜨렸다.
제우스의 아들인 군주 아폴론이 먼저 말했다.
"위대한 제우스의 따님이여, 무슨 큰 뜻이 있어
또다시 부리나케 올림포스에서 왕림하셨소?   25
다나오스인에게 전세를 역전시킬 만한 승리를 안겨주기 위함이오?
그러니까 트로스인이 죽어가는 건 전혀 불쌍하지 않다는 뜻이로군.
하지만 내 제안을 받아들이는 게 훨씬 이득일 텐데, 말인즉
오늘은 이쯤해서 전쟁과 전투를 그칩시다.
이 성을 멸망시키는 것이 불멸의 여신인 당신네들의 마음에   30
흡족하다면, 일리오스를 끝장낼 때까지 앞으로도
또다시 싸울 기회는 얼마든지 있을 테니."

　　　빛나는 눈의 여신 아테나가 대답했다.
"그렇게 합시다, 멀리 쏘는 이여. 나도 그럴 생각으로
올림포스를 떠나 트로스인과 아카이오스인이 싸우는 곳으로 왔소.   35
그렇다면 군사들 간의 전투를 끝내기 위해 어떻게 할 작정이오?"

　　　제우스의 아들 군주 아폴론이 대답했다.
"말 길들이는 자 헥토르의 용맹한 기개를 일으켜
다나오스인 중 누군가와 일대일로 맞붙어

생사를 건 결투를 도전하게 합시다.   40
그러면 청동 정강이 보호대를 한 아카이오스인들도 지지 않으려고
누군가를 부추겨 고귀한 헥토르와 일대일로 맞붙어 싸우게 할 테니.”
　　　아폴론이 이렇게 제안하자, 빛나는 눈의 여신 아테나도 거부하지
　　　　않았다.
프리아모스의 사랑하는 아들 헬레노스가
두 신이 논의해 합의한 이 계획을 마음속으로 감지했다.   45
그는 헥토르 옆으로 가서 말했다.
“프리아모스의 아들이요 지략에서 제우스와 맞먹는 헥토르 형님,
저도 어쨌든 그런 형님의 아우이니 한번 제 말대로 해보시겠어요?
형님께서 다른 모든 트로스인과 아카이오스인은 자리에 앉게
한 다음, 아카이오스인 중 가장 용감한 자와 일대일로 맞붙어   50
죽을 때까지 싸워보자고 도전하십시오.
형님은 아직 죽음의 운명을 맞이할 때가 아니기 때문입니다.
영원히 사는 신들이 그렇게 말하는 것을 제가 들었습니다.”
　　　헬레노스가 이렇게 말하자 헥토르는 크게 기뻐하며
트로스인의 대열 한가운데로 나가 창 한가운데를 잡고   55
그들을 제지했다. 트로스인은 모두 자리를 잡고 앉았다.
아가멤논도 훌륭한 정강이 보호대를 한 아카이오스인들을 앉혔다.
아테나와 은으로 만든 활을 지닌 아폴론은
독수리의 모습을 한 채, 아이기스 방패를 지닌
아버지 제우스의 높다란 참나무 위에 앉아   60
그런 군사들을 보며 기뻐했다.
군사들은 방패와 투구와 창을 바로 세우고
대열을 이루어 나란히 앉았다. 이제 막 일어난 서풍이 불어오면
바다에 잔물결이 퍼지고, 잔물결 아래 바닷물이 검어지듯,
바로 그렇게 아카이오스인과 트로스인의 대열이 들판에   65

앉아 있었다. 헥토르가 양쪽 군대 사이에서 말했다.

"트로스인과 훌륭한 정강이 보호대를 한 아카이오스인이여,

가슴속 마음이 내게 명령하는 바를 말하고자 하니 내 말을 들으시오.

높은 곳에 앉아 계시는 크로노스의 아드님께서 우리의 맹약을

이루어주시지 않은 것을 보면, 양쪽 군대에 좋지 않은 계획을 세워,　　70

당신들이 튼튼한 성벽의 트로이아를 함락시키든지,

아니면 바다를 다니는 함선들 옆에서 쓰러져야 이 전쟁이 끝나도록 정

　　하신 것 같소.

하지만 당신들에게는 모든 아카이오스인 중 최고의 장수들이 있소.

그러니 그들 중 자신의 마음이 나와 싸우라고 명령하는 사람이 있다면,

당신들 모두를 대표해 여기로 나와 이 고귀한 헥토르와 한번 자웅을　　75

　　겨뤄봅시다.

나는 제우스를 우리의 증인으로 삼아 말해두겠소.

만약 상대가 긴 날의 청동으로 나를 죽인다면,

나의 무구를 벗겨 속 빈 함선들로 가져가시오.

하지만 몸은 집으로 돌려보내,

트로스인과 그들의 아내들이 죽은 나를 화장하게 해주시오.　　80

반면에 아폴론께서 내게 상대를 죽이는 영광을 주신다면,

나도 그의 무구를 벗겨 신성한 일리오스로 가져가

멀리 쏘는 아폴론의 신전에 걸어두겠지만,

시신은 노 젓는 자리가 훌륭하게 구비된 함선들에 돌려주어,

장발의 아카이오스인들이 그를 위해 성대하게 장례를 치르고　　85

드넓은 헬레스폰토스 해변에 무덤을 쌓을 수 있게 하겠소.

그러면 훗날 누군가가 노 많은 배를 저어

포도주 빛 바다를 항해하다가 이렇게 말할 것이오.

'저것이 옛적에 용맹하게 싸우다가

영광스러운 헥토르에게 죽은 사람의 무덤이구나.'　　90

누군가는 그렇게 말할 테니 내 명성은 영원할 것이오."

　　　헥토르가 이렇게 말하자, 아카이오스인들은 모두 침묵했다.

거절하자니 수치스럽고, 수락하자니 두려웠기 때문이다.

마침내 메넬라오스가 일어나 크게 탄식하며 아카이오스인들을 질책했다.

"아, 허세만 가득한 자들이여, 그대들은 이제 더 이상 아카이오스인　　　95

사내가 아니라 계집이오. 지금 다나오스인들 중에서

아무도 헥토르와 맞서 싸우지 않는다면,

정말이지 이루 말할 수 없는 치욕이 될 것이오.

이렇게 아무 생각 없이 수치스럽게 앉아 있느니 차라리

그대들 모두 물과 흙이 되어버렸으면 좋겠소.　　　100

저자를 상대하기 위해 내가 직접 무장하겠소. 어차피 승패는

저 위에 있는 불멸의 신들께서 쥐고 계시니."

　　　메넬라오스는 이렇게 말한 후 아름다운 무구들로 무장했다.

메넬라오스여, 만일 이때 아카이오스인의 왕들이 벌떡 일어나

제지하지 않았더라면, 그대는 헥토르의 손에　　　105

삶의 끝을 맞았으리라. 헥토르는 그대보다 훨씬 용맹했으므로.

드넓은 땅을 다스리는 아트레우스의 아들 아가멤논도

메넬라오스의 오른손을 잡고 그에게 말했다.

"제우스께서 기르신 메넬라오스야, 네가 미쳤구나. 이런 무모한 짓을

하려 들다니 말도 안 된다. 분하고 괴로워도 참아야 한다.　　　110

아무리 오기가 나도 너보다 더 강한 전사와 맞붙어서는 안 된다.

프리아모스의 아들 헥토르는 다른 사람도 두려워서 상대하기 싫어하는

　　자다.

너보다 훨씬 강한 아킬레우스조차

남자에게 영광을 가져다주는 전장에서 그와 만나기를 두려워했다.

그러니 지금은 전우들 가운데로 가서 앉아 있어라.　　　115

헥토르의 상대로는 아카이오스인이 다른 사람을 대표로 내세울 것이다.

헥토르가 아무리 겁 없고 전쟁에 질리지 않는다고 하나,

그도 처절한 전쟁과 무시무시한 전투를 벗어나

기꺼이 무릎을 굽히고 쉬고자 하지 않겠느냐."

     영웅은 이렇게 말하며 아우의 마음을 돌렸으니　　　　　120

그의 말이 옳기 때문이었다. 메넬라오스가 그 말을 따르자

시종들은 기뻐하며 그의 어깨에서 무구를 벗겼다.

이번에는 네스토르가 일어나 아르고스인 가운데서 말했다.

"아, 아카이오스인의 땅에 큰 슬픔이 닥쳤으니 통탄할 일이오.

미르미도네스인의 훌륭한 지략가이자 연설가이신　　　　　125

말을 모는 원로 펠레우스[2]께서 통곡하실 것이오. 그분은 전에 궁에서

모든 아르고스인의 족보와 혈통을 내게 물으신 후

대답을 듣고는 크게 기뻐하셨소. 그런데 지금 모든 아르고스인이

헥토르 앞에서 몸을 사린다는 소식을 들으신다면,

자신의 혼백이 사지를 떠나 하데스의 집으로 들어가게 해달라고　　　　　130

두 손 들어 불멸의 신들께 간절히 기도하지 않겠소?

오, 아버지 제우스와 아테나와 아폴론이시여,

필로스인과 창을 미친 듯 휘두르는 아르카디아인이

물살 빠른 켈라돈강 변에 함께 모여 이아르다노스강 옆 페이아 성벽

아래에서 싸웠던 때처럼, 제가 지금도 젊다면 얼마나 좋겠습니까!　　　　　135

그때 적진에는 신 같은 전사 에레우탈리온이 아레이토오스왕의 무구를

어깨에 걸치고 선봉에 서 있었소.

남자들과 예쁜 허리띠를 한 여자들은 고귀한 아레이토오스를

몽둥이 전사라는 별명으로 불렀소.

2　아킬레우스의 아버지 "펠레우스"는 제우스가 강의 신 아소포스의 딸 아이기나에게서 낳은 아이아코스의 아들이자 테살리아에 속한 프티아의 왕이다. '개미족'이라는 뜻의 "미르미도네스인"은 아킬레우스가 이끌고 온 군대다.

아레이토오스는 활이나 긴 창으로 싸우지 않고,　　　　　　　　　140
쇠몽둥이로 적진을 박살 냈기 때문이오.
리쿠르고스는 힘이 아닌 술수로 좁은 길에 몰아넣어 그를 죽였으니,
거기에서는 쇠몽둥이도 그를 죽음에서 건질 수 없었소.
그가 쇠몽둥이를 휘두르기 전에 리쿠르고스가 먼저 창으로
몸 한복판을 찔렀고, 그는 뒤쪽 땅바닥에 나가떨어졌기 때문이오.　　　145
청동의 아레스가 아레이토오스에게 준 무구를 벗겨낸 리쿠르고스는
그 후로 그 무구를 입고 전쟁터를 누볐소.
그러다가 나이가 들어 궁 안에만 있게 되자
사랑하는 시종 에레우탈리온에게 그 무구를 입으라고 주었소.
에레우탈리온은 그것을 입고 우리 편 모든 장수에게 도전했지만,　　　150
다들 잔뜩 겁먹고 벌벌 떨기만 할 뿐 아무도 나서지 않았소.
나는 아군의 모든 장수 중 나이가 가장 어렸지만,
비분강개한 마음은 담대하게 그와 싸우도록 부추겼소.
그래서 그와 싸웠고, 아테나께서는 내 기도를 들어주셨소.
그렇게 나는 지금까지 가장 거구요 가장 힘센 전사를 죽인 것이오.　　　155
그는 사방으로 엄청난 자리를 차지하며 뻗어버렸소.
내가 지금도 그때처럼 젊고 힘이 있다면,
번쩍이는 투구의 헥토르는 금세 맞수를 만났을 것이오.
하지만 아카이오스인 전체를 대표하는 그대 장수들 중에는
자진해서 헥토르를 상대하려쯤 사람이 아무도 없구려.”　　　　　　　160
　　　　원로 네스토르가 이렇게 꾸짖자 모두 아홉 명이 일어섰다.
가장 먼저 인간들의 군주 아가멤논이 일어섰고,
다음으로는 티데우스의 아들 용장 디오메데스가 일어섰고,
그다음에는 불같은 투지를 지닌 두 아이아스가 일어섰고,
그다음에는 이도메네우스, 그리고 이도메네우스의 동료이자　　　　　165
전사를 죽이는 에니알리오스와 맞먹는 메리오네스가 일어섰고,

그다음에는 에우아이몬의 늠름한 아들 에우리필로스가 일어섰고,

안드라이몬의 아들 토아스, 고귀한 오디세우스가 일어섰다.

그들은 모두 고귀한 헥토르와 싸우기를 바랐다.

전차를 모는 게레니아의 전사 네스토르가 다시 말을 이었다.　170

"그렇다면 이제 차례대로 제비를 뽑아 누가 나갈지 결정합시다.

여기에서 뽑힌 사람은 훌륭한 정강이 보호대를 한 아카이오스인들을

기쁘게 해주고, 자기 자신도 이 무시무시한 전쟁과 전투에서

벗어나게 된다면 마음속으로 기뻐하게 될 것이오."

　　네스토르가 이렇게 말하자, 그들은 각자 제비에 표시를 한 후　175

아트레우스의 아들 아가멤논의 투구에 넣었다.

군사들은 두 손 들어 신들께 기도했는데,

드넓은 하늘을 우러러보며 이렇게 기도하는 자들도 있었다.

"아버지 제우스시여, 아이아스나 티데우스의 아들 디오메데스나

황금 부자 미케네 왕 아가멤논의 제비가 뽑히게 하소서."　180

　　군사들이 기도하는 동안 전차를 타고 싸우는 게레니아의 네스토

　　르는

투구를 흔들었다. 그러자 군사들이 바라던 아이아스의 제비가 튀어나왔다.

전령이 그 제비를 들고, 진영의 왼쪽에서 오른쪽으로 돌며

아카이오스인의 모든 장수에게 보여주기 시작했다.

장수들은 그 제비를 알지 못했고, 모두가 자기 것이 아니라고 말했다.　185

전령이 제비를 들고 진영을 두루 돌다가 마침내 그것에

표시해 투구에 넣은 자인 영광스러운 아이아스 앞에 왔다.

아이아스가 손을 내밀자, 전령은 가까이 다가와 제비를 그의 손에 두었다.

아이아스는 제비에 있는 표시를 알아보고 마음으로 기뻐했다.

그는 제비를 발 옆 땅바닥에 내던지며 말했다.　190

"친구들이여, 이 제비는 분명히 내 것이고 내 마음은 기쁘오.

내가 고귀한 헥토르를 이기리라고 믿기 때문이오.

그러니 내가 무구를 갖추는 동안 여러분은

크로노스의 아드님이신 군주 제우스께 기도하되

트로스인이 알지 못하게 조용히 속으로 기도해주시오.   195

아니, 어차피 우리는 두려울 게 없으니 공개적으로 기도해도 좋소.

내가 원하지 않는데 힘이나 지략으로 나를 몰아낼 사람은

아무도 없소. 나는 살라미스에서 어리석은 자로

태어나지도 성장하지도 않았기 때문이오.”

　　　아이아스가 이렇게 말하자, 그들은 크로노스의 아들 군주 제우스

　　　　께 기도했다.   200

드넓은 하늘을 우러러보며 이렇게 기도하는 사람도 있었다.

“이데산에서 다스리시는 지극히 영광스럽고 지극히 위대한 아버지 제

　　우스시여,

아이아스에게 승리를 내리사 빛나는 영광을 얻게 하소서.

하지만 헥토르를 사랑하여 돌보고자 하신다면,

두 사람에게 동일한 힘과 영광을 내려주소서.”   205

　　　그들이 기도하는 동안, 아이아스는 번쩍이는 청동으로 무장했다.

그가 몸에 모든 무구를 갖춘 후 달려나가니,

그 모습이 마치 크로노스의 아들이 마음을 갉아먹는 깊은 증오 속에서

서로 싸우도록 전사들을 한데 모아놓은 전쟁터로

거대한 아레스가 걸어 들어가는 것 같았다.   210

바로 그렇게 아카이오스인의 울타리인 거구 아이아스는

단호한 얼굴에 미소를 머금은 채 벌떡 일어나

그림자를 길게 드리운 긴 창을 휘두르며 성큼성큼 걸어나갔다.

그 모습을 본 아르고스인은 기뻐했지만,

트로스인 각 사람의 사지에는 전율이 천천히 퍼져 갔고,   215

헥토르의 심장도 가슴 속에서 세차게 뛰었다.

하지만 싸우자고 자신이 먼저 도발했으므로

도망칠 수도, 군사들의 무리 속으로 물러날 수도 없었다.

아이아스는 망루 같은 방패를 들고 다가왔다.

일곱 겹의 소가죽으로 만든 이 청동 방패는 힐레에 사는   220

최고의 가죽 장인 티키오스가 공들여 만든 것이었다.

그는 아이아스에게 잘 자란 황소의 가죽 일곱 겹 위에

여덟 번째로 청동을 입혀 번쩍이는 방패를 만들어주었다.

텔라몬의 아들 아이아스는 이 방패를 가슴 앞쪽에 들고

헥토르에게 아주 가까이 다가가 위협하는 어조로 말했다.   225

"헥토르여, 이제 우리가 일대일로 맞붙어 싸워보면,

다나오스인 중에는 사자처럼 용맹하게 적진을 돌파하는 아킬레우스 외에도

어떤 장수들이 있는지 똑똑히 알게 될 것이다.

아킬레우스가 백성의 목자인 아가멤논에게 분노를 품고

바다를 다니는 새 부리처럼 휜 함선들 사이에 누워 있더라도,   230

우리 중에는 당신을 상대할 사람들이 얼마든지 많다.

그러니 당신이 먼저 전쟁과 전투를 시작하라."

　　　　그러자 번쩍이는 투구의 거구 헥토르가 대답했다.

"제우스의 자손이자 백성의 지배자, 텔라몬의 아들 아이아스여,

당신은 나를 어린아이나   235

전쟁을 모르는 여인네처럼 취급해 시험하려 하지 마라.

전투와 군사들을 죽이는 일에 대해서는 나도 잘 안다.

나는 마른 소가죽으로 만든 방패를 좌우로 휘두르는

법을 아는데, 이것이 가죽 방패를 든 전사가 싸우는 법 아니더냐.

또한 나는 빠른 말들이 끄는 전차들의 혼전 속으로 돌진하는 법을 알고,   240

근접전에서 아레스의 춤사위를 추는 법도 안다.[3]

하지만 당신 같은 사람을 엿보고 있다가 몰래 기습하고 싶지 않으니

---

3 근접전이 벌어졌을 때 어떻게 싸워야 하는지 안다는 뜻이다.

기회가 생기면 공개적으로 공격하겠다."

　　헥토르는 이렇게 말하고 그림자를 길게 드리운 창을 높이 쳐들고,
아이아스가 든 일곱 겹의 소가죽으로 만든 무시무시한 방패의　　　　　245
가장 바깥쪽 여덟 번째 겹으로 덧입힌 청동을 맞혔다.
단단한 청동은 여섯 겹을 뚫고 들어갔지만
일곱 번째 가죽 앞에서 멈추었다. 이번에는 제우스의 자손 아이아스가
그림자를 길게 드리운 창을 던졌고, 그 창은 프리아모스의 아들
헥토르가 들고 있던 사방으로 길이가 똑같은 둥근 방패에 맞았다.　　　250
강력한 창은 번쩍이는 방패를 통과한 후
겹겹이 정교하게 만든 흉갑을 뚫고
곧장 옆구리를 스쳐 지나가며 상의를 찢었다.
하지만 헥토르는 옆으로 몸을 틀어 검은 죽음의 운명을 피할 수 있었다.
그러자 두 사람이 동시에 긴 창을 뽑아 들고 서로에게 달려드니,　　　255
그 모습이 마치 피 묻은 살점을 찢어내는 사자들이나
맹렬한 기세로 돌진해오는 멧돼지들 같았다.
프리아모스의 아들 헥토르가 창으로 아이아스의 방패 한가운데를
찔렀지만, 청동은 방패를 뚫지 못하고, 창끝이 휘고 말았다.
이번에는 아이아스가 달려들어 헥토르의 둥근 방패를 찔렀다.　　　260
창이 방패를 뚫자 돌진해오던 헥토르는 주춤하며 뒤로 물러섰지만,
창날은 목을 스쳤고 검은 피가 솟아났다.
그런데도 번쩍이는 투구의 헥토르는 전투를 멈추지 않았고,
뒤로 물러나 다부진 손으로 들판에 있는 뾰족하고 울퉁불퉁한 검고
큰 돌을 집어 던져 아이아스가 들고 있던 소가죽 일곱 겹으로 만든　　265
견고한 방패 중심의 장식을 맞히니,
청동이 울리는 요란한 소리가 사방으로 퍼져나갔다.
이번에는 아이아스가 훨씬 더 큰 돌을 집어 들어
빙빙 돌리다가 엄청난 힘을 실어 헥토르를 향해 던졌다.

〈헥토르와 아이아스의 싸움〉(베르나르 피카르, 1710년)

맷돌만 한 돌이 둥근 방패에 부딪히며 안쪽으로 찢고 들어가   270
무릎을 때리자, 헥토르는 방패에 밀려 뒤로 나가떨어졌다.
하지만 아폴론이 재빨리 그를 일으켜 세웠다.
제우스와 인간들의 사자인 전령들이 나오지 않았더라면,
두 사람은 칼을 사용해 계속해서 맞붙어 싸웠을 것이다.
그러나 트로스인에게서는 이다이오스가 나왔고, 청동 갑옷 입은   275
아카이오스인에게서는 탈티비오스가 나왔는데, 둘 다 현명한 사람들이
    었다.
그들은 두 사람 사이에 서서 홀을 내밀었고,
현명한 계책을 아는 전령 이다이오스가 이렇게 말했다.
"사랑하는 아들들이여, 이제 그만 전쟁과 전투를 그치십시오.
구름을 모으는 자 제우스께서 두 분을 모두 사랑하시고   280
두 분이 용맹한 장수라는 것은 우리 모두가 잘 알고 있는 사실입니다.
따라서 이미 밤이 왔으니 밤에 복종하는 것이 좋겠습니다."
        텔라몬의 아들 아이아스가 대답했다.
"이다이오스여, 헥토르에게 그렇게 말하고 권해보시오.
우리 쪽의 모든 장수에게 싸워보자고 먼저 도전한 사람이니.   285
그가 그렇게 하겠다고 하면, 나도 기꺼이 그렇게 하겠소."
        그러자 번쩍이는 투구의 헥토르가 아이아스에게 말했다.
"아이아스여, 신께서 당신에게 큰 몸집과 힘과 지혜를 주신 데다
창술에서 당신은 아카이오스인 중 단연 최고이니,
오늘의 전투와 대결은 이 정도로 해두자.   290
신께서 우리에 대해 판결하여 어느 한쪽에 승리를 주실 때까지
앞으로 우리가 다시 싸울 기회는 얼마든지 있을 테니.
이미 밤이 되었으므로 밤에 복종하는 것이 좋겠다.
그러면 당신은 함선들 옆에 있는 모든 아카이오스인,
무엇보다도 당신의 친족들과 전우들을 기쁘게 해줄 것이고,   295

나도 프리아모스왕의 큰 성에 있는 트로스인과

나를 위해 함께 모여 신들 앞에 기도드리고 있는

땅에 끌리는 긴 옷 입은 트로이아 여자들을 기쁘게 해줄 것이다.

그러니 자, 우리가 서로 훌륭한 선물을 교환해서

아카이오스인과 트로스인이 이와 같이 말하게 하자.   300

'두 사람은 마음을 갉아먹는 증오로 싸웠지만,

다시 의기투합해 친구가 되어 헤어졌다'라고."

　　　　말을 마친 헥토르는 은징이 박힌 칼과 칼집과

정교한 가죽 어깨띠를 아이아스에게 건넸다.

아이아스는 자줏빛으로 번쩍이는 혁대를 주었다.   305

이렇게 헤어진 뒤 한 사람은 아카이오스인 군사들에게로 갔고,

다른 한 사람은 트로스인의 무리 속으로 들어갔다.

트로스인은 헥토르가 아이아스의 힘과 무적의 손에서 벗어나

무사히 살아 돌아오는 것을 보고 기뻐했다.

그들은 헥토르를 호위해 성으로 가면서도 그의 생환이 꿈만 같았다. 310

한편 아이아스는 훌륭한 정강이 보호대를 한 아카이오스인의

호위를 받으며 그의 승리를 기뻐하고 있는 고귀한 아가멤논에게로 갔다.

　　　　그들이 아트레우스의 아들 아가멤논의 막사에 도착하자,

인간들의 군주 아가멤논은 크로노스의 아들인

최강의 제우스에게 바치려고 다섯 해 된 황소 한 마리를 잡았다.   315

그들은 가죽을 벗기고 손질해 해체하고 나서,

작게 썰어 꼬챙이에 꿰어 공들여 불에 구운 후

꼬챙이에서 고기를 모두 빼냈다.

모든 준비가 끝나고 잔칫상이 차려졌다. 그들은 연회를 즐겼고,

누구나 똑같이 먹었기 때문에 그들의 마음에는 부족한 게 없었다.   320

아이아스에게는 아트레우스의 아들이요 드넓은 땅을 다스리는

전사 아가멤논이 통으로 된 등심 전체를 상으로 주었다.

이윽고 먹고 마시는 욕구가 해소되자

원로인 네스토르가 그들을 위한 계책을 가장 먼저 내놓았으니,

그의 계책은 전부터 이미 최고로 정평이 나 있었다.   325

그는 다같이 모인 자리에서 좋은 의도로 이렇게 말했다.

"아트레우스의 아들이여, 그리고 모든 아카이오스인 장수들이여,

장발의 아카이오스인들이 많이 죽었소.

이미 날카로운 아레스가 물결 아름다운 스카만드로스강 변에 그들의

검은 피를 뿌렸고, 그들의 혼백은 하데스의 집으로 내려갔다오.   330

그러니 날이 밝으면 아카이오스인들은 전쟁을 중지하고,

모두 함께 소와 노새가 끄는 수레들로 전사자들의 시신을 여기로 실어와

함선들에서 조금 떨어진 곳에서 화장을 해,

우리가 조상의 땅으로 다시 돌아갈 때,

전사자들의 뼈를 그 자녀들에게 가져다줄 수 있도록 합시다.   335

그런 후 들에서 흙을 퍼 와 화장터 위에 부어 그들 모두를 기리는 큰

무덤을 만들고, 양옆으로 높은 방어벽을 신속하게 쌓아올려

우리의 함선들과 우리 자신을 보호해줄 방어막으로 삼아야 하오.

방어벽에는 견고한 문들을 만들어

전차들이 드나들 수 있게 해야 하오.   340

또한 방어벽 밖으로는 적의 전차들과 보병들이 접근할 수 없도록

깊은 해자를 파서, 건방진 트로스인이

시도 때도 없이 쳐들어오지 못하게 합시다."

　　　네스토르가 이렇게 말하자, 모든 왕이 그의 말에 찬성했다.

한편 일리오스 성채에 있는 프리아모스의 왕궁에서도   345

트로스인의 험악하고 소란한 회의가 열리고 있었다.

그들 가운데 가장 먼저 현명한 안테노르가 말했다.

"트로스인과 다르다니아인과 동맹군들이여, 가슴속 마음이

내게 명령하는 바를 말하려 하니 내 말을 경청해주시오.

자, 이제 그만 아르고스의 헬레네와 그녀가 가져온 재물을   350
아트레우스의 아들들에게 내주어 가져가게 합시다. 지금 우리는
신의의 맹약을 어기고 싸우고 있소. 이런 상황에서 계속 싸워봤자
백해무익하니 우리는 그렇게 해야 합니다.”

　　　안테노르가 이렇게 말하고 자리에 앉자,
머릿결 고운 헬레네의 남편 고귀한 알렉산드로스가   355
그들 가운데서 일어나 날개 달린 말로 그를 향해 말했다.
“안테노르여, 분명 당신은 그보다 더 좋은 말을 알고 있고
생각할 수 있었을 텐데 그렇게 말하다니, 내 마음이 몹시 언짢소.
지금 한 말이 정녕 당신의 진심이라면
신들께서 당신의 분별력을 앗아간 게 분명하오.   360
나는 말 길들이는 트로스인 가운데서 분명히 말해두겠소.
단언컨대 나는 절대 아내를 내어주지 않을 생각이오.
하지만 아르고스에서 우리 집으로 가져온 재물은 모두 내어줄 뿐 아니라,
내 집의 재물까지 얹어서 줄 수 있소.”

　　　알렉산드로스는 이렇게 말하고 자리에 앉았다.   365
이번에는 다르다노스의 자손이자 신들과 맞먹는 지략을 지닌
프리아모스가 그들 가운데서 일어나 좋은 의도로 말했다.
“트로스인과 다르다니아인과 동맹군들이여,
내 가슴이 전하고자 하는 바를 말하려 하니 내 말을 경청해주시오.
여러분은 이제 전에 해왔던 것처럼 성내로 내려가 저녁 식사를 한 후   370
보초를 서야 하는데, 각자 정신을 바짝 차려야 하오.
그리고 이다이오스는 날이 밝으면 속 빈 함선들로 가서
아트레우스의 아들들인 아가멤논과 메넬라오스에게
이 분쟁을 불러일으킨 당사자 알렉산드로스의 말을 전하라.
또한 신께서 우리에 대해 판결하여 어느 한쪽에 승리를 주실 때까지   375
앞으로 우리가 다시 싸울 기회는 얼마든지 있을 것이라는 이유를 들어,

우리가 전사자들의 시신을 화장할 때까지 이 저주스러운 전쟁을
휴전할 마음이 그들에게 있는지도 기회를 보아 현명하게 떠보아라."
　　　프리아모스가 이렇게 말하자, 그들은 그의 말을 진심으로 경청하
　　　고 복종했다.
트로이아 진영은 부대별로 저녁 식사를 했고,　　　　　　　　　　380
날이 밝자 이다이오스는 속 빈 함선들이 있는 곳으로 갔다.
가서 보니 아레스의 시종들인 다나오스인들이
아가멤논의 함선 꼬리 부분 옆에서 회의를 하고 있었다.
목소리 큰 전령 이다이오스가 그들 가운데 서서 말했다.
"아트레우스의 아드님과 모든 아카이오스인의 장수들이시여,　　　385
과연 여러분이 좋아하고 기뻐할지는 잘 모르겠지만,
프리아모스와 트로이아의 장수들께서 이 분쟁을 불러일으킨 당사자
알렉산드로스의 말을 전하라고 명령하셨습니다.
알렉산드로스는 이런 일이 벌어지기 전에 진즉 자기가 죽었더라면
좋았을 테지만, 지금으로서는 속 빈 함선들에 싣고 트로이아로　　　390
가져온 재물을 모두 내줄 뿐 아니라, 거기에 자기 집의 재물까지
더해서 내줄 마음이 있다고 했습니다. 하지만 트로스인이 아무리
강력히 촉구해도, 영광스러운 메넬라오스와 결혼한 아내는 내주지 않
　　　겠다고 말합니다.
또한 신께서 우리에 대해 판결하여 어느 한쪽에 승리를 주실 때까지
앞으로 다시 싸울 기회는 얼마든지 있을 테니,　　　　　　　　　395
우리가 전사자들의 시신을 화장할 때까지 이 가증스런 전쟁을
휴전할 마음이 있는지 물어보라고 제게 명령하셨습니다."
　　　이다이오스가 이렇게 말하자, 그들은 모두 침묵하고 가만히 있었다.
이윽고 함성 소리 우렁찬 디오메데스가 그들 가운데서 말했다.
"지금은 아무도 알렉산드로스가 내주는 재물을 받아서는 안 되오.　　400
아니, 헬레네를 내주어도 받아서는 안 되오. 트로스인에게

이미 죽음과 파멸이 임박해 있다는 건 삼척동자도 아는 일이오."

말 길들이는 자 디오메데스가 이렇게 말하자, 아카이오스인의
모든 아들이 기뻐하며 환호성을 질렀다.

그러자 통치자 아가멤논이 이다이오스에게 말했다.   405
"이다이오스여, 당신은 아카이오스인이 당신에게 대답하는 말을
직접 듣고 있소. 그것은 내 뜻이기도 하오. 하지만 전사자들의
시신을 화장할 시간을 갖자는 제안에는 나도 동감하오.
사람이 죽었다면 죽은 자를 신속히 불로 위로해주는 일에
아무도 인색해서는 안 되기 때문이오. 따라서 우리의 이 맹약에는   410
헤라의 남편이요 천둥 치는 자 제우스께서 증인이 되어주실 것이오."

아가멤논은 이렇게 말하고 모든 신들을 향해 홀을 높이 들었고,
이다이오스는 신성한 일리오스로 돌아갔다.

트로스인과 다르다니아인은 모두 회의장에 모여 앉아
이다이오스가 오기만을 기다리고 있었다.   415
마침내 이다이오스가 와서 그들 한가운데 서서
소식을 전했고, 그들은 신속하게 전사자들을 화장할 준비를 했다.
어떤 사람은 시신을 날랐고, 어떤 사람은 화장용 장작을 구해왔다.
한편 아르고스인도 훌륭한 노를 갖춘 함선들에서 서둘러 나와,
어떤 사람은 시신을 날랐고, 어떤 사람은 화장용 장작을 구해왔다.   420

유유히 깊게 흐르는 오케아노스로부터 태양이
하늘로 막 솟아올라 들판을 새롭게 비출 때,
그 들판에서 양쪽 군사들이 서로 만났다.
그곳에서 아군과 적군의 시신을 구별해내기란 어려운 일이었다.
하지만 그들은 시신들에 뭉쳐 있는 핏덩이를   425
물로 씻어낸 후 뜨거운 눈물을 쏟으며 시신들을 수레에 실었다.
그러나 위대한 프리아모스가 소리 내어 울지 말라는 명령을
내렸기 때문에, 그들은 비통한 마음으로 묵묵히 시신들을

장작더미 위에 쌓고 화장한 후 신성한 일리오스로 돌아갔다.

마찬가지로 훌륭한 정강이 보호대를 한 아카이오스인들도   430

비통한 마음으로 묵묵히 시신들을 장작더미 위에 쌓고

화장한 후 속 빈 함선들로 돌아갔다.

　　　날이 완전히 밝지 않아 밤의 어스름이 여전히 남아 있을 때,

아카이오스인 중 선발된 한 무리가 화장터 주위에 모여,

들판에서 퍼온 흙을 쌓아 전사자들 모두를 위해   435

무덤 하나를 만든 후 무덤 양옆으로 방어벽과 높은 망루들을

쌓아올려 함선들과 자신들을 보호해줄 방어막으로 삼았다.

망루에는 견고한 문을 만들어

전차들이 드나들 수 있게 했다.

밖으로는 방어벽에 바짝 붙여 깊은 해자를   440

넓고 크게 판 후, 그 안에 날카로운 말뚝들을 박아놓았다.

장발의 아카이오스인들이 애쓰는 모습은 이와 같았다.

　　　한편 신들은 번개 치는 자 제우스 옆에 앉아

청동 갑옷 입은 아카이오스인들의 웅장한 공사를 주시하고 있었다.

대지를 뒤흔드는 자 포세이돈이 그들 가운데서 먼저 말했다.   445

"아버지 제우스시여, 끝없는 대지 위에서 살아가는 필멸의 인간들 중에서

불멸의 신들에게 자신의 생각과 계획을 아뢰고자 하는 자가

과연 지금도 있을까요? 또다시 장발의 아카이오스인들이 함선을

보호하기 위해 방어벽을 쌓고 그 주위에 해자를 파면서도, 신들에게

성대한 제물을 바칠 생각도 하지 않는 것을 당신도 보고 있지 않습니까?   450

이 방어벽의 명성은 햇살이 닿는 모든 곳에 퍼지겠지만,

나와 포이보스 아폴론이 영웅 라오메돈을 위해

그토록 힘들여 쌓은 성벽[4]은 잊히고 말겠지요."

4　포세이돈과 아폴론은 제우스에게 반항한 죄로 1년간 인간에게 봉사하는 처벌을 받고 프

〈트로이아 성벽을 쌓는 아폴론과 포세이돈〉(크리스페인 반 드 파세, 1602~1607년)

구름을 모으는 자 제우스가 크게 화를 내며 그에게 말했다.

"나 참, 막강한 힘으로 대지를 뒤흔드는 자인 그대는   455

대체 무슨 소리를 하고 있소? 수완과 힘에서 그대보다 훨씬 못한

다른 신들이야 저런 계략을 보고 우려할지 모르겠지만,

그대의 명성은 햇살이 닿는 곳마다 퍼질 것이 분명하오.

장발의 아카이오스인들이 함선을 타고

사랑하는 조상의 땅으로 다시 가버리거든 그대가 저 방어벽을   460

박살 내 바닷속으로 쓸어 넣고

넓은 해변을 다시 모래로 뒤덮어, 아카이오스인들이 세운 저 큰 방어벽을

깨끗이 지워버리면 되지 않소."

　　　신들이 이런 말들을 주고받는 동안

해가 졌고, 아카이오스인들은 방어벽 공사를 끝내자   465

소를 잡아 막사에서 저녁식사를 했다.

렘노스에서 포도주를 싣고 온 배들이 많이 정박해 있었는데,

이아손의 아들 에우네오스[5]가 보낸 배들이었다.

에우네오스는 힙시필레가 백성의 목자 이아손에게서 낳은 아들이다.

이아손의 아들 에우네오스는 아트레우스의 아들들인   470

아가멤논과 메넬라오스에게는 따로 포도주 천 항아리를 바쳤다.

장발의 아카이오스인들은 그 배들에 가서 포도주를 사 왔는데,

어떤 이들은 청동을 내놓았고, 어떤 이들은 번쩍이는 무쇠를 내놓았으며,

어떤 이들은 소가죽을 내놓았고, 어떤 이들은 가축을 내놓았으며,

어떤 이들은 포로로 잡혀 노예가 된 자들을 내놓았다. 이렇게 술과 고기를   475

리아모스의 아버지인 트로이아의 왕 라오메돈을 찾아가 트로이아의 성벽을 쌓는 일을 한
적이 있다.

5　"에우네오스"는 렘노스섬의 여왕 힙시필레와 아르고호 원정대를 이끈 "이아손"의 아들로
렘노스의 왕이다. 아르고호가 렘노스섬에 들렀을 때 둘 사이에서 에우네오스와 네프로디
오스라는 두 아들을 낳았다.

푸짐하게 차려놓은 후, 장발의 아카이오스인들은 밤새 잔치를 벌였고,
트로스인과 동맹군도 성안에서 그렇게 잔치를 벌였다.
하지만 지략가 제우스는 밤새도록 무시무시한 천둥을 울리며
그들에게 해악을 가할 궁리를 했다. 그래서 그들은 새파랗게 겁에 질려
술잔에 든 포도주를 땅에 쏟았고, 크로노스의 아들 막강한 제우스에게   480
먼저 헌주하지 않고는 마시려는 사람이 아무도 없었다.
그러다가 그들은 누워 달콤한 잠에 빠져들었다.

제8권 헥토르와 트로이아군의 맹공

금빛 옷자락을 두른 새벽이 대지를 덮자

천둥을 좋아하는 제우스가 봉우리 많은 올림포스의

가장 높은 봉우리에서 신들의 회의를 열었다.

그가 발언하자 신들은 모두 경청했다.

"모든 신과 모든 여신이여, 내 가슴이   5

전하고자 하는 바를 말하고자 하니 내 말을 경청해주시오.

남신이든 여신이든 내 말을 꺾으려 하지 말고

모두 한마음으로 동의해,

내가 계획한 일들이 신속하게 이루어지도록 해주시오.

누구든지 신들에게서 이탈해 트로스인이나   10

다나오스인에게로 가서 그들을 도우려다가 내게 발각되는 자는

볼썽사납게 두들겨 맞고 올림포스로 돌아오게 되거나,

내게 붙잡혀 아득히 먼 곳, 저 어두운 타르타로스에 처박힐 것이오.

그곳은 대지 아래 가장 깊은 심연으로,

문들은 쇠로 되어 있고, 문지방은 청동으로 되어 있으며,   15

하늘이 대지에서 떨어진 것만큼이나 하데스에서도 더 아래로 내려가야

　　하는 곳이오.

그제야 내가 모든 신 중에 가장 강하다는 사실을

알게 될 것이오. 자, 신들이여, 과연 그러한지 모두가 알도록 어디 한번

시험해보겠소? 그렇다면 모든 남신과 여신이여, 하늘에 있는 나를

황금 밧줄로 단단히 묶은 후 여러분 모두가 그 밧줄을 붙잡고   20

최고의 지략가인 나 제우스를 하늘에서 들판으로 끌어내려보시오.

아무리 안간힘을 써도 할 수 없을 것이오.

하지만 내가 여러분을 끌어 올리려고 마음먹는다면, 여러분은 물론

대지와 바다도 끌려 올라올 것이오. 그런 후 내가

그 밧줄을 올림포스의 어느 봉우리에 매어놓으면,   25

이번에는 모든 것이 공중에 매달리게 될 것이오.

이 정도로 나는 다른 신들보다, 인간들보다 월등하오.”

　　　제우스가 이렇게 말하자 모든 신이 놀란 채 침묵을 지켰다.

제우스의 발언이 참으로 단호했기 때문이다.

한참 침묵이 흐르더니 이윽고 빛나는 눈의 여신 아테나가 말했다.   30

“우리의 아버지이자 최고의 통치자인 크로노스의 아드님이시여,

당신을 힘으로 이길 자가 없다는 건 당연히 우리도 알고 있습니다.

하지만 다나오스인의 장수들이 정해진 비참한 운명 때문에

죽어갈 것을 생각하니, 그들이 너무 불쌍합니다.

그러니 당신이 명령하신 대로 전쟁에 개입하지는 않겠지만,   35

아르고스인에게 도움이 될 만한 조언을 해주어

그들이 당신의 진노 때문에 전멸하는 일은 없도록 하겠습니다.”

　　　구름을 모으는 자 제우스가 미소를 지으며 대답했다.

“내 사랑하는 딸 트리토게네이아야, 안심해라. 내가 정말 그럴 작정으로

한 말이 아니다. 또한 나는 널 인자하게 대하고 싶구나.”   40

　　　제우스는 이렇게 말한 후 황금 갈기 휘날리는

　　　청동 발굽의 준마들을 마차에 매게 하고,

자신은 몸에 황금을 두른 후 정교하게 만든 황금 채찍을 쥐고

마차에 올라 말들에게 채찍질하여 마차를 몰았다.

말들은 순순히 대지와 별들이   45

총총한 하늘 사이로 내달렸고,

제우스는 들짐승들을 품은 어머니, 샘 많은 이데산,

자신의 성역과 향 피우는 제단이 있는 가르가론[1]에 도착했다.

인간들과 신들의 아버지는 거기에 말들을 세워

마차에서 풀고 말들 위에 짙은 안개를 내렸다.   50

그런 후 자신은 산꼭대기에 앉아 영광을 과시하며

트로스인의 성과 아카이오스인의 함선들을 응시했다.

　　　　장발의 아카이오스인들은 각자의 막사에서 서둘러 식사를 했고,

식사가 끝나기 무섭게 무장을 했다.

한편 트로스인도 성내에서 무장했다.   55

그들은 수적으로 열세였지만, 싸워 이기지 않으면

자녀들과 아내를 지킬 수 없었기 때문에 전의가 대단했다.

모든 성문이 열리고 군사들이 도보나 전차로

쏟아져 나오면서 큰 소음이 일었다.

　　　　양쪽 진영의 군사들이 돌진해 한곳에서 만나자,   60

청동 흉갑을 입은 전사들은 가죽 방패를 부딪치는 가운데

서로에게 창을 던지며 맹렬하게 맞붙었다.

한가운데 돌기가 솟은 둥근 방패들이 맞부딪치며 굉음이 일었다.

죽이는 자의 승리의 함성과 죽어가는 자의 신음이

동시에 나고, 대지에는 피가 내를 이루어 흘렀다.   65

　　　　신성한 날이 점점 흘러 아침이 될 때까지

양쪽 군사들은 서로에게 던진 창에 맞아 잇달아 쓰러졌다.

---

1 "가르가론"(현재의 가르가루스)은 이데산의 가장 높은 봉우리로 해발 1,767미터다. 정상
　　에서 에게해와 프로폰티스해(현재의 마르마라해)가 바라보인다. 트로이아는 이데산 북서
　　쪽에 있었다.

하지만 해가 중천에 이르자 아버지 제우스가

황금 저울을 펼쳐 들고 사람들을 영원한 잠에 들게 하는 죽음의 숙명

둘을 거기에 올려놓으니, 하나는 말 길들이는 트로스인들의 것이고,　　70

다른 하나는 청동 갑옷을 입은 아카이오스인들의 것이었다.

제우스가 저울대 한가운데를 잡자 아카이오스인의 운명의 날이

아래쪽으로 기울었다. 이렇게 아카이오스인의 죽음의 운명은 풍요로운

　대지 위로 내려앉았고,

트로스인의 죽음의 운명은 드넓은 하늘을 향해 들렸다.

그러자 제우스는 이데산에서 큰 소리로 천둥을 울리며　　75

아카이오스인 진영에 번쩍이는 번개를 보냈다. 그 광경을 본

아카이오스인들은 크게 놀라고 두려움에 휩싸여 얼굴이 창백해졌다.

　　　그런 상황에서는 이도메네우스도, 아가멤논도,

아레스의 시종들인 두 아이아스도 버틸 수 없었다.

오직 아카이오스인의 수문장 게레니아의 네스토르만 버티고 있었지만,　　80

그마저도 자진해서 그런 게 아니라, 머릿결 고운 헬레네의 남편

고귀한 알렉산드로스가 쏜 화살에 그의 말이 부상을 입었기 때문이다.

그의 말은 앞쪽 갈기가 나 있는 두개골 위 정수리에 화살을 맞았는데,

그곳은 죽음의 자리였다. 화살이 뇌에 박히니

말은 극심한 고통에 몸부림쳤고, 박힌 청동 화살촉 때문에 나뒹굴자　　85

다른 말들도 덩달아 동요했다. 그래서 노인이 전차에서 뛰어내려

부상당한 말에 매인 줄을 칼로 잘라내려 하는데,

전차를 타고 싸우는 대담한 헥토르를 태운 빠른 말들이

치열한 접전을 벌이는 군사들 사이를 뚫고 어느새 그 옆에 와 있었다.

그리하여 노인은 목숨을 잃을 뻔했지만,　　90

마침 함성 소리 우렁찬 디오메데스가 재빠르게 상황을 알아차리고

무시무시한 목소리로 오디세우스를 향해 소리쳤다.

"제우스의 자손 라에르테스의 아들 지략가 오디세우스여,

겁먹은 채 등 돌리고 무리에 섞여 어디로 도망치시오?

그렇게 도망치다가 누군가가 등에 창을 꽂으면 어쩌려고 그러시오. 95

그러니 우리가 힘을 합쳐 저 원로를 공격하는 사나운 적을 물리칩시다."

　　　디오메데스가 소리쳤지만, 강인한 전사인 고귀한 오디세우스는

그 소리를 듣지 못하고, 아카이오스인의 속 빈 함선들 쪽으로 쏜살같이

　　달려갔다.

그래서 티데우스의 아들 디오메데스는 혼자 선봉대에 뒤섞인 채

넬레우스의 아들 원로 네스토르의 전차 앞에 서서 100

날개 달린 말로 그에게 권했다.

"원로시여, 젊은 전사들이 극심하게 괴롭히고 있는데도,

당신은 힘이 빠졌고 많은 나이로 어려움을 겪는 데다가

당신의 시종들은 약골이고, 당신의 말들은 느립니다.

그러니 자, 내 전차에 오르시오. 그러면 이 트로스의 말들이 105

들판 위를 이리저리 날쌔게 추격하거나 도망치는 데

얼마나 능숙한지 알게 될 것이오. 적을 혼비백산하게 만드는 이 말들은

내가 전에 아이네이아스에게서 빼앗은 것이라오.

당신의 말들은 시종들이 돌보게 하고, 우리 두 사람은 이 말들을 몰고

말 길들이는 자들인 트로스인에게로 돌진해, 110

내 창이 이 손 안에서 광분하는 모습을 헥토르에게 똑똑히 보여줍시다."

　　　디오메데스가 이렇게 말하자, 전차를 타고 싸우는 게레니아의 네

　　　스토르도

사양하지 않았다. 이렇게 해서 네스토르의 말들은 두 시종,

곧 다부진 스테넬로스와 남자다운 에우리메돈이 돌보았고,

디오메데스와 네스토르는 디오메데스의 전차에 올랐다. 115

네스토르가 번쩍이는 고삐를 손에 쥐고 말들에 채찍질하니,

그들은 금세 헥토르가 있는 곳 가까이로 왔다.

티데우스의 아들 디오메데스가 그들에게 돌진해오는 헥토르를 향해 창

〈디오메데스와 네스토르〉(루이 모리츠, 1810년경)

을 던졌다.

창은 빗나가 헥토르를 맞히지는 못했지만, 말고삐를 쥐고

그의 전차를 몰던 시종이자 테베오스의 아들인   120

기개 넘치는 에니오페우스의 젖꼭지 옆 가슴을 맞혔다.

에니오페우스는 전차에서 앞으로 내동댕이쳐졌고, 빨리 달리는 말들은

　놀라 멈춰 섰다.

그 자리에서 그의 목숨과 힘은 풀어졌고,

마부의 죽음으로 극심한 상심과 고통이 헥토르를 엄습했다.

하지만 헥토르는 전우를 잃은 슬픔을 떨쳐내고 그를 그 자리에 둔 채   125

담력 있는 마부를 찾아 나섰다. 오래 걸리지 않아

그의 말들은 자신들을 부릴 자를 만났다. 헥토르는 곧 이피토스의 아들,

담력 있는 아르케프톨레모스를 찾아내, 빨리 달리는 말들이 모는

전차에 오르게 하고 고삐를 그의 손에 넘겨주었다.

　　이렇게 트로스인들은 파국을 맞고 속수무책으로   130

양 떼처럼 일리오스라는 우리에 꼼짝없이 갇히게 되었을 테지만,

이때 인간들과 신들의 아버지 제우스가 상황을 주시하고 있다가

재빨리 무시무시한 천둥을 치고 번쩍이는 번개를 보내

디오메데스의 전차를 끄는 말들 앞 땅 위에 던졌다.

땅 위에서 무시무시한 유황 불길이 솟아오르자   135

말들은 겁을 먹고 전차 아래로 움츠러들었고,

번쩍이는 고삐가 네스토르의 손에서 빠져나갔다.

겁이 난 네스토르는 디오메데스에게 말했다.

"티데우스의 아들이여, 자, 통굽의 말들을 돌려 도망칩시다.

제우스가 당신을 돕지 않는다는 사실을 모르겠소?   140

오늘은 크로노스의 아드님 제우스께서 저자에게 영광을 내려주셨지만,

다음에는 마음이 바뀌어 그 영광을 우리에게 내려주실 수도 있으니,

아무리 강한 자라도 제우스의 뜻을 거역해서는 안 되오.

제우스께서는 훨씬 더 강한 분이기 때문이오."

함성 소리 우렁찬 디오메데스가 대답했다.

"원로시여, 당신의 말이 모두 이치에 맞소.

하지만 헥토르가 나중에 트로스인들을 모아놓고 티데우스의 아들이

자기 앞에서 함선들을 향해 도망쳤다고 말할 것을 생각하니,

내 마음이 몹시 고통스럽소. 저자가 그런 식으로 자랑하는 날에는,

차라리 땅이 크게 입을 벌려 나를 삼켜버렸으면 좋겠소."

전차를 타고 싸우는 게레니아의 네스토르가 말했다.

"이런, 현명한 티데우스의 아들이여, 무슨 말을 그렇게 합니까?

설령 헥토르가 당신을 겁쟁이에 약골이라고 떠든다 해도, 트로스인과

다르다니아인은 그 말을 믿지 않고, 방패를 든 기개 있는 트로스인의

아내들도 마찬가지요. 당신은 그 여자들의 남편들을

쓰러뜨려 먼지 구덩이에 눕힌 사람이잖소."

네스토르는 이렇게 말하고, 통굽의 말들이 끄는 전차를 돌려 도망

치기 시작했다.

트로스인들과 헥토르는 사람이 내는 소리라고 믿기 힘들 만큼 무시무시한

함성을 지르며, 그 전차를 향해 창들을 쏟아부었고, 창들이 윙윙거리며

날아들었다.

번쩍이는 투구의 거구 헥토르가 멀어져 가는 전차를 향해 크게 소리를

질렀다.

"티데우스의 아들아, 빠른 말을 타는 다나오스인들이

지금까지는 너를 상석과 고기와 넘치는 술잔으로 예우해주었지만,

이제부터는 경멸할 것이다. 너는 계집보다 나을 게 없는 자로구나.

꺼져라, 겁먹은 눈을 한 자야. 앞으로 너는 나를 물리치고

우리 성벽을 오르지 못할 것이고, 우리의 여자들을 너희 함선에

실어 가지도 못할 것이다. 그 전에 내 손에 죽음의 운명을 맞이할 테니."

헥토르가 이렇게 말하자, 티데우스의 아들 디오메데스는 다시

말을 돌려 그와 정면으로 맞붙어 싸울지 말지를 고민했다.

그는 그 문제를 놓고 세 번이나 고심을 거듭했다.

지략가 제우스는 이데산에서 세 번에 걸쳐 천둥을 울려,   170

자신이 이 전쟁에서 트로스인에게 힘을 실어 승리하게 할 것이라는

신호를 보냈다. 헥토르가 트로스인을 향해 큰 소리로 외쳤다.

"트로스인과 리키아인과 근접전을 잘하는 다르다니아인들이여,

투지를 지니고 남자답게 싸우라, 친구들이여. 크로노스의 아드님께서

내게는 기꺼이 승리와 큰 영광을 내려주셔도, 다나오스인에게는   175

재앙을 내리기로 하셨음을 나는 이미 알고 있다.

저 보잘것없고 허술한 방어벽을 세우다니,

그들은 어리석은 자들이다. 저 방어벽은 내 힘을 막아내지 못하고,

우리의 말들은 그들이 파놓은 해자를 손쉽게 뛰어넘을 테니.

그러니 내가 속 빈 함선들 사이에 당도하거든   180

누구든지 내게 함선들에 불을 질러야 한다는 사실을 일깨워라.

나는 함선들을 불태우고, 아르고스인들이 연기 때문에 정신을 못 차리고

혼비백산할 때 그들을 죽일 작정이다."

헥토르는 이렇게 말하고 말들에게도 일렀다.

"크산토스와 너 포다르고스 그리고 아이톤과 고귀한 람포스야,[2]   185

이제 너희를 잘 먹이고 돌봐준 내게 보답해야 할 때가 왔다. 영웅다운

　기개를 지닌

에에티온의 딸 안드로마케가 너희를 잘 먹이고 돌봐주지 않았더냐.

나는 든든한 남편임을 자부하는데도, 그녀는 그런 나보다

너희를 먼저 챙기느라 달콤한 밀은 물론이고 언제라도

2　"크산토스"($\Xi\alpha\nu\theta\delta\varsigma$)는 온갖 노란색을 나타내는 표현으로, 여기서는 황갈색 말을 가리킨다.
　리키아에 있는 크산토스강도 물이 황갈색이어서 붙은 이름이다. "포다르고스"($\Pi\delta\delta\alpha\rho\gamma o\varsigma$)
　는 발이 빠른 말, 즉 준마를 가리킨다. "아이톤"($A\ddot{\iota}\theta\omega\nu$)은 밤색 말을 가리킨다. "람포스"
　($\Lambda\dot{\alpha}\mu\pi o\varsigma$)는 '빛나는'이라는 뜻으로 백마를 가리킨다.

마음 내킬 때 마시라고 포도주도 희석해 너희 앞에 갖다놓았지.   190
그러니 너희는 열심히 달리거라. 그래야 우리가
지지대와 본체가 온통 황금으로 되어 있다는 소문이
하늘까지 닿아 있는 네스토르의 방패를 빼앗고,
말 길들이는 자 디오메데스의 어깨에서
헤파이스토스가 공들여 만든 정교한 흉갑을 벗겨내지 않겠느냐.   195
우리가 오늘 이 두 가지를 빼앗는다면, 아카이오스인들은 오늘밤
빠른 함선들에 올라 이곳을 떠날 것이다."

  의기양양한 헥토르가 이렇게 말하자, 존귀한 헤라가 화가 치밀어
옥좌 위에서 부들부들 떠니 높은 올림포스가 흔들렸다.
헤라가 위대한 신 포세이돈에게 말했다.   200
"막강한 힘을 가지고 대지를 뒤흔드는 분이시여, 당신의 가슴속에도
죽어가는 다나오스인들을 비통히 여기는 마음이 없어서 무척 서글프군
  요. 하지만 그들은
당신에게 드리고자 헬리케와 아이가이[3]로 아름다운 제물을 많이
실어 나른 자들이었으니, 당신도 그들의 승리를 바라야 하지 않나요?
다나오스인의 조력자인 우리 모두가 트로스인들을 뒤로 밀어내고,   205
멀리 보는 제우스를 저지하려고 마음먹는다면, 그도 어쩔 수 없이
이데산에서 혼자 앉아 괴로워할 수밖에 없을 테지요."

  대지를 뒤흔드는 통치자 포세이돈은 몹시 화내며 이렇게 말했다.
"헤라여, 함부로 말씀하지 마시오. 무슨 말씀을 그렇게 합니까?
나는 우리 모든 신들이 크로노스의 아드님 제우스와 싸우기를   210
바라지 않소. 그는 우리 모두보다 훨씬 강하기 때문이오."

---

3 "헬리케"는 펠로폰네소스반도 북부 아카이아의 도시국가로 코린토스만에서 2킬로미터 떨
   어져 있었다. "아이가이"는 그리스 에우보이아섬 서쪽 해안에 있던 도시로 칼키스 북쪽에
   있었다. 이 도시와 가까운 언덕 위에는 포세이돈의 성소가 있었다.

그들이 서로 이런 말을 주고받는 동안
함선들에서 시작해 방어벽에 이르기까지 해자로 둘러싸인 모든 공간은
그 안에 갇힌 말들과 방패를 든 전사들로 가득 찼다.
빠른 아레스와 맞먹는 프리아모스의 아들 헥토르가 그들을 가두었으니,   215
제우스가 그에게 영광을 내렸기 때문이다.
이대로 두면 아카이오스인들의 견고한 함선들은 헥토르의 손에
불태워졌을 테지만, 이때 존귀한 헤라는 아가멤논의 마음속에
진영을 부지런히 순시하며 아카이오스인들을 독려해야 한다는 생각을
    불어넣었다.
그래서 아가멤논은 큰 자줏빛 외투를 손에 들고   220
아카이오스인의 막사들과 함선들을 따라 걷다가
거대한 선체를 자랑하는 오디세우스의 검은 함선 앞에서 걸음을 멈추
    었다.
이 함선은 한가운데에 있어 그곳에서 소리치면 양쪽 끝에 있는
텔라몬의 아들 아이아스의 막사와 아킬레우스의 막사에서
그의 목소리를 들을 수 있었다. 자신의 용맹함과 힘을 믿는 이 두 장수가   225
자신들의 균형 잡힌 함선들을 양쪽 끝에 정박해놓았기 때문이다.
거기에서 아가멤논은 다나오스인들이 들을 수 있도록 쩌렁쩌렁한 목소
    리로 외쳤다.
"부끄러운 줄 알라, 겉모습만 멀쩡할 뿐 부끄럽기 짝이 없는 아르고스
    인들이여.
렘노스에서 뿔이 우뚝 솟은 황소의 푸짐한 고기를 먹고,
포도주가 가득한 희석용 술동이를 놓고 마시면서,   230
우리는 가장 용맹하기에 전투가 벌어지면 일당백이 되어
한 사람이 트로스인 백 명 또는 이백 명을 상대할 수 있다고
큰소리쳤던 자들은 다 어디로 가버렸는가?
그래 놓고 이제 와서 헥토르 한 사람도 상대하지 못하고 있지 않은가?

헥토르는 이제 곧 우리의 함선들에 불을 질러 활활 타오르게 할 것이다.   235
아버지 제우스시여, 일찍이 지극히 강력한 왕들 중 누구의 마음을
이렇게 눈 멀게 해 그에게서 큰 영광을 빼앗은 적이 한 번이라도 있었
　　습니까?
이제 와서 말씀드리지만, 저는 많은 노를 장착한 함선을 타고 여기까지
　　오면서
당신의 지극히 아름다운 제단을 단 한 번도 그냥 지나친 적이 없고,
견고한 성벽으로 둘러싸인 트로이아를 함락시키겠다는 일념으로   240
모든 제단에 황소의 기름 부위와 넓적다리뼈를 태워 바쳤습니다.
그러니 제우스시여, 이 한 가지 소원만은 들어주어
우리가 이곳을 빠져나가 도망칠 수 있게 해주시고,
아카이오스인들이 트로스인들에게 도륙당하지 않게 하소서.”
　　　　아가멤논이 이렇게 기도하자, 아버지 제우스는 눈물 흘리는 그를   245
불쌍히 여겨 백성이 죽지 않고 살게 되리라고 약속해주었다.
제우스는 즉시 날짐승들 중 가장 확실한 전조인 독수리를 보냈고,
독수리는 빠른 사슴의 새끼 한 마리를 발톱으로 낚아채 제우스의 지극
　　히 아름다운
제단 옆에 떨어뜨렸는데, 그 제단은 아카이오스인이
모든 전조를 보내는 분이신 제우스에게 제를 올리던 곳이었다.   250
그들은 이 새가 제우스가 보낸 것임을 알고는,
전의를 불태워 더 힘껏 트로스인에게 달려들었다.
　　　　하지만 이때 수많은 다나오스인 중 티데우스의 아들
디오메데스보다 먼저 빠른 전차를 몰고 해자를 건너 적과 맞섰다고
자랑할 수 있는 사람은 없었다. 디오메데스는 누구보다 훨씬 먼저   255
트로스인의 무장한 전사 프라드몬의 아들 아겔라오스를 죽였다.
아겔라오스는 도망치려고 전차를 돌렸지만, 그 순간
디오메데스가 두 어깨 사이의 등에 창을 꽂았고,

그 창은 가슴을 관통했다.

그는 전차에서 튕겨 나왔고, 그의 몸 위에서 무구들이 파르르 떨며 소 260
  리를 냈다.

    다음으로는 아트레우스의 아들들인 아가멤논과 메넬라오스가 해
      자를 건넜고,

그다음에는 전의에 불타는 두 아이아스가 건넜으며,

그다음에는 이도메네우스 그리고 이도메네우스의 동료로 전사를

죽이는 자 에니알리오스와 어깨를 나란히 하는 메리오네스가 건넜고,

그다음에는 에우아이몬의 늠름한 아들 에우리필로스가 건넜으며, 265

아홉 번째로는 테우크로스가 등이 굽은 활을 당기는 자세로 건너가

텔라몬의 아들 아이아스의 방패 뒤에 섰다.

그러다가 아이아스가 방패를 옆으로 조금 옮겨주면, 그 순간 영웅 테우
    크로스는

적의 무리를 재빨리 살펴 그중 한 명을 겨냥해 화살을 쏘았고,

적병은 그 자리에서 쓰러져 목숨을 잃었다. 그런 후 테우크로스는 270

다시 제자리로 돌아와 어린아이가 어머니에게 붙어 있듯 아이아스에게

바짝 붙었고, 아이아스는 번쩍이는 방패로 그를 가려주었다.

    이때 고귀한 테우크로스는 트로스인들 중 누구를 가장 먼저 죽였
      던가?

그가 가장 먼저 죽인 자는 오르실로코스였고, 다음으로 오르메노스,

오펠레스테스, 다이토르, 크로미오스, 신 같은 리코폰테스, 275

폴리아이몬의 아들 아모파온, 멜라니포스[4]였다.

그는 그들을 차례대로 기름진 땅 위에 눕혔다.

인간들의 군주 아가멤논은 그가 강력한 활로

---

4 "멜라니포스"는 프리아모스의 아들 50명 중 하나로, 왕비 헤카베가 아닌 다른 여자에게서
  낳았다.

트로스인의 대열을 무너뜨리는 모습을 보고
그에게 다가가 말했다.　　　　　　　　　　　　　　　　　280
"백성의 통치자이자 텔라몬의 아들인 친애하는 테우크로스여,
그렇게 계속 활을 쏘시오. 그러면 당신은 다나오스인과
당신 아버지 텔라몬의 빛이 될 것이오. 텔라몬은 어린 당신을
길러주셨고, 서자인데도 궁에서 돌봐주셨소.
그러니 멀리 계신 텔라몬의 명예를 드높여주시오.　　　　　285
아이기스 방패를 지닌 제우스와 아테나가 견고하게 지어진
저 일리오스성을 함락하게 해주신다면,
세 발 달린 솥으로든 말 두 필이 끄는 전차로든
침대에 오르게 될 여자로든
나 다음으로 가장 먼저 당신에게 포상할 것을 지금 분명히 말해두겠소.　290
이 말은 반드시 이루어질 것이오."

　　　흠잡을 데 없이 훌륭한 테우크로스가 대답했다.
"지극히 존귀한 아트레우스의 아들이여, 지금도 분발하고 있는 나를
더 독려할 이유가 어디 있소?
우리가 적들을 일리오스 쪽으로 밀어내기 시작한 이래로　　　295
내 손에 활을 잡고 온 힘을 다해 한순간도 쉬지 않고 그들을 죽이고 있소.
나는 미늘이 긴 화살 여덟 개를 쏘아 보냈고,
그것들은 모두 날쌘 용사들의 살 속에 박혔다오.
하지만 저 미쳐 날뛰는 개는 맞힐 수 없구려."

　　　테우크로스는 이렇게 말한 후, 헥토르가 맞기를 마음으로 열망하며　300
그를 정조준해 화살 하나를 시위에서 떠나보냈다.
하지만 그 화살은 헥토르를 빗나가 프리아모스의 용감한 아들인
흠 잡을 데 없이 훌륭한 고르기티온의 가슴에 맞았다.

그는 아이시메[5]에서 시집온 그의 어머니,

여신 같은 미모를 지닌 카스티아네이라가 낳은 아들이었다.   305

정원에서 자기 열매와 봄비의 무게를 버티지 못해

고개를 떨군 양귀비처럼, 고르기티온은

자기 투구의 무게를 못 이기고 고개를 떨구었다.

　　　테우크로스는 다시 한번 헥토르가 맞기를 마음으로 열망하며

그를 정조준해 또 다른 화살을 시위에서 떠나보냈다.   310

하지만 이번에도 화살은 헥토르를 빗나가고 말았다.

아폴론이 빗나가게 했기 때문이다. 그 대신 헥토르의 마부인 담력 있는

아르케프톨레모스가 돌진해오다 젖꼭지 옆 가슴에 화살을 맞았다.

그가 전차에서 튕겨 나가니 빨리 달리는 말들은 놀라 멈춰 섰고,

그 자리에서 그의 목숨과 힘은 풀어지고 말았다.   315

마부의 죽음으로 극심한 상심과 고통이 헥토르를 엄습했다.

하지만 전우를 잃은 슬픔을 떨쳐내고 헥토르는 그를 그 자리에

버려두고, 가까이 있던 아우 케브리오네스[6]에게

말들의 고삐를 잡으라고 명령했고, 그도 명령을 거역하지 않았다.

그리고 헥토르 자신은 무시무시한 고함을 지르며   320

번쩍이는 전차에서 땅으로 뛰어내려 큰 돌을 손에 집어 들고

테우크로스에게 돌진했다. 마음은 그에게 그 돌로 테우크로스를 맞히라고

명령했다. 테우크로스가 화살통에서 날카로운 화살을 꺼내

시위에 걸고 당기려는 순간,

번쩍이는 투구의 헥토르가 테우크로스의 어깨 옆, 쇄골이 목과 가슴을   325

5　"아이시메"는 발칸반도 남동부 트라케의 해안 도시로, 바로 앞에 있던 타소스섬의 식민지
　　였다.
6　"케브리오네스"는 프리아모스왕의 서자로 헥토르의 마부가 되어 전차를 몰았다. 원래의
　　마부 이피토스의 아들 아르케프톨레모스가 그리스군의 테우크로스의 화살에 맞아 죽자
　　케브리오네스가 전차를 몰았다. 그는 나중에 파트로클로스가 던진 돌에 맞아 죽는다.

가르며 지나가는 곳을 돌로 치니, 그곳은 치명적인 급소였다. 맞히고자
　　하는 일념으로
헥토르를 겨누고 있던 테우크로스가 뾰족한 돌기가 많이 나 있는 큰 돌에
어깨 옆을 맞자 활시위가 부러졌고, 손목은 점점 마비되었다.
그는 무릎이 꺾여서 주저앉았고, 손에서 활을 떨어뜨렸다.
하지만 아이아스는 쓰러진 아우를 외면하지 않고,　　　　　　　　　　　330
즉시 앞으로 뛰어나가 방패로 엄호했다.
그러자 테우크로스의 믿음직한 두 명의 전우,
에키오스의 아들 메키스테우스와 고귀한 알라스토르가 급히 다가와
몹시 신음하는 테우크로스를 속 빈 함선들 쪽으로 옮겼다.
　　　이렇게 또다시 올림포스의 주인이 트로스인의 사기를 북돋우자,　　335
그들은 곧장 아카이오스인들을 깊은 해자 쪽으로 밀어붙였고,
헥토르는 선봉에 서서 힘을 과시하며 나아갔다.
사냥개가 멧돼지나 사자를 빠른 발로 추격하여
뒤쪽에서 옆구리나 엉덩이를 공격하면서도
상대가 뒤돌아 역공할 것을 경계하듯이,　　　　　　　　　　　　　340
바로 그렇게 헥토르는 장발의 아카이오스인들을 추격하며
가장 후미에 있는 자들을 연신 죽였고,
아카이오스인들은 계속해서 도망쳤다.
그러나 도망치면서 많은 사람이 트로스인들의 손에 죽고,
이윽고 말뚝들과 해자를 지나 함선들 옆에 이르자,　　　　　　　　345
그들은 멈춰 서서 너나없이 서로를 격려하고,
저마다 모든 신들을 향해 두 손 들고 큰 소리로 기도했다.
한편 헥토르는 고르곤과 피에 굶주린 아레스의 눈빛으로
갈기 고운 말들이 끄는 전차를 타고 쉼 없이 전장을 휘몰아쳤다.
　　　하얀 팔의 여신 헤라는 아카이오스인들의 그런 모습을 보고　　　350
불쌍한 생각이 들어 즉시 날개 달린 말로 아테나에게 일렀다.

"어쩌면 좋을까요, 아이기스 방패를 든 제우스의 따님이여,

죽어가는 다나오스인들을 지금이라도 우리 둘이서 구하러 가야 하지

　　않을까요?

프리아모스의 아들 헥토르가 이미 많은 해악을 저지른 데다,

더는 견딜 수 없을 만큼 광기에 사로잡혀 날뛰니　　　　　　　　355

이제 곧 다나오스인들은 비참한 운명을 맞이하게 될 것 같아요."

　　　　빛나는 눈의 여신 아테나가 대답했다.

"저자가 자기 조상의 땅에서 아르고스인의 손에 죽어

힘과 목숨을 잃는다면 얼마나 좋을까요?

하지만 아버지는 좋지 않은 의도를 지니고 끊임없이 광분하며　　　360

늘 악당처럼 내 뜻을 꺾어버리시죠. 그분의 아들이

에우리스테우스가 시킨 고역 때문에 곤경에 빠질 때마다

내가 얼마나 자주 구해주었는지 기억하지 못하시는 것 같아요.[7]

그 아들은 곤경에 처할 때마다 하늘을 향해 울부짖었고, 제우스께서는

하늘로부터 나를 보내 그 아들을 구하게 하셨지요.　　　　　　365

그때 내 마음이 지혜로워서 내 처지가 이렇게 될 줄 진즉 알았더라면,

에우리스테우스가 그 아들을 저승 문지기 하데스의 집으로 보내

에레보스에서 저 가증스런 하데스의 개를 잡아오게 했을 때,

그가 스틱스강의 높고 거센 물줄기를 빠져나오지 못하게 할걸 그랬어요.[8]

사정이 그런데도 제우스께서는 나를 미워하고 테티스의 계획을　　370

7　여기에서 제우스의 "아들"은 헤라클레스를 가리킨다. 헤라클레스는 광기에 사로잡혀 아내
　　와 자식들을 죽인 죄를 씻기 위해 미케네의 왕 "에우리스테우스"의 노예가 되어 그가 시킨
　　열두 과업을 완수한다.

8　"에레보스"(Ἔρεβος)는 '어둠, 흑암'을 뜻하며, "하데스" 외에 지하세계(저승)를 가리키는
　　또 다른 명칭이다. "하데스의 개"는 지하세계의 입구를 지키는 개 케르베로스를 가리킨다.
　　죽어서 지하세계에 들어온 영혼이 나가지 못하도록 감시하고, 살아 있는 사람이 지하세계
　　에 들어가지 못하게 막는 임무를 맡고 있다. "스틱스"(Στύξ)는 '증오'라는 뜻을 가진 지하
　　세계의 강 이름이다.

이루어주시다니. 테티스가 아버지의 무릎에 입 맞추고 수염을 손으로
　　어루만지며
성을 함락시키는 자 아킬레우스의 명예를 세워달라고 졸랐기 때문이겠죠.
하지만 아버지께서 나를 눈에서 빛이 나는 사랑스런 자라고 다시 부르
　　실 때가 반드시 올 것입니다.
그러니 우리 둘을 위해 통굽의 말들이 끄는 전차를
준비해주세요. 나는 아이기스 방패를 지닌 제우스의 궁으로 가서　　375
무장하겠습니다. 우리가 양쪽 진영이 접전을 벌이는 한복판에
등장하면, 과연 프리아모스의 아들 번쩍이는 투구의 헥토르가
기뻐할지 보고 싶군요. 이번에는 반드시 많은 트로스인이
아카이오스인의 함선들 옆에 쓰러져, 그들의 비계와 살코기로
개들과 새들이 포식하게 될 것입니다.”　　380
　　　　아테나가 이렇게 말하자 하얀 팔의 여신 헤라는 그녀가 말한 대로
　　　　　따랐다.
위대한 크로노스의 딸이자 위엄 있는 여신 헤라는
가서 황금 이마띠를 두른 말들을 전차에 묶었다.
아이기스 방패를 지닌 제우스의 딸 아테나는
직접 손으로 화려하게 수놓아 공들여 지은　　385
부드러운 옷을 아버지의 방바닥에 벗어 던지고,
구름을 모으는 제우스의 상의를 입은 후
비탄을 부르는 전쟁을 위해 무구들로 무장했다.
그런 후 아테나는 불타오르는 화염 같은 전차 위로 걸어 올라가
크고 무거우며 튼튼한 창을 잡았으니, 강력한 아버지의 딸인 그녀는　　390
자신을 화나게 한 역대의 영웅들을 그 창으로 쓰러뜨려왔다.
헤라가 빠르게 말들을 채찍질해 나아가자 호라이 여신들이 지키는
하늘의 문들이 끼익 소리를 내며 저절로 열렸다.
거대한 하늘과 올림포스를 감싸고 있는 짙은 구름을

여닫는 일을 이 여신들이 맡고 있었기 때문이다.   395

헤라와 아테나는 더욱 세게 채찍질해 말들을 몰아 문들을 지났다.

　　　하지만 아버지 제우스가 이데산에서 이 모습을 보고 격노해

급히 황금 날개의 이리스를 보내 말을 전하게 했다.

"빠른 이리스여, 속히 가서 그들을 돌려보내라. 그들이 나와 맞설 생각

　　으로 오지 못하게 하라.

우리가 전쟁터에서 만나봐야 좋은 일이 아니기 때문이다.   400

지금부터 내가 하는 말을 그대로 전하고, 그 말이 반드시 이루어진다고

일러라. 나는 그들의 전차를 끄는 빠른 말들을 불구로 만들고,

그들은 전차 밖으로 내던지며, 전차는 박살 낼 것이다.

내 벼락에 맞아 생긴 상처는 십 년이 흘러야 완전히 나을 수 있고,

빛나는 눈의 아테나도 아버지와 맞서 싸우면 무슨 일이   405

벌어지는지 알게 될 것이다. 헤라에 대해서는 분개할 것도 없고

화도 나지 않는구나. 내가 하는 말이라면 무엇이든지

무조건 제동을 거니 말이다."

　　　제우스가 이렇게 말하자, 폭풍같이 빠른 이리스는 제우스의

전언을 가지고 이데산을 나와 높은 올림포스로 갔다.   410

이리스는 수많은 산이 겹겹이 있는 올림포스의 정문 앞에서

두 여신을 막아 세운 후 제우스의 말을 전했다.

"어디로 가시려 합니까? 어찌하여 두 분의 마음이 그토록 격앙되어 있

　　습니까?

크로노스의 아드님께서는 두 분이 아르고스인을 도우러 가는 일을 허

　　락지 않으십니다.

그분은 이렇게 경고하셨고, 경고를 반드시 이루겠다고 하셨습니다.   415

'그들의 전차를 끄는 빠른 말들을 불구로 만들고,

그들은 전차 밖으로 내던지며, 전차는 박살 낼 것이다.

내 벼락에 맞아 생긴 상처는 십 년이 흘러야 완전히 나을 수 있고,

 〈아테나와 헤라를 찾아간 이리스〉(루이 장 프랑수아 라그르네, 1780년경)

빛나는 눈의 아테나도 아버지에게 맞서면 무슨 일이

벌어지는지 알게 될 것이다. 헤라에 대해서는 분노할 것도 없고   420

화도 나지 않는구나. 내가 하는 말이라면 무엇이든지

으레 거스르기만 하니 말이다.

그러나 겁 없는 암캐, 너 아테나가 진정 나를 향해

거대한 창을 겨눈다면, 그 결과는 끔찍할 것이다.'"

　　　　빠른 발의 이리스가 이렇게 말하고 떠나자   425

헤라는 아테나에게 말했다.

"이를 어쩌면 좋을까, 아이기스 방패를 든 제우스의 따님이여,

나는 더 이상 우리 둘이 인간들 때문에 제우스와 싸우기를 바라지 않아요.

그러니 다나오스인들이 각자의 운명대로 죽을 자는 죽고 살 자는 살게

내버려두고, 저분도 자신의 뜻대로   430

트로스인과 다나오스인에 대해 적절히 결정하도록 내버려둡시다."

　　　　헤라가 이렇게 말하고 통굽의 말들을 되돌리자

호라이 여신들이 갈기가 아름다운 말들을 전차에서 풀어

말들은 천상의 사료가 있는 구유에 매고,

전차는 빛나는 벽에 기대어 놓았다.   435

두 여신은 다른 신들 사이에 섞여

황금 옥좌에 앉았지만 마음이 무거웠다.

　　　　한편 아버지 제우스는 바람처럼 나는 마차를 타고

이데산을 떠나 올림포스로 말들을 몰아 신들의 회의장에 도착했다.

대지를 뒤흔드는 자 영광스러운 포세이돈이   440

제우스를 위해 말들을 풀어 마차를 거치대 위에 두고 천으로 덮었다.

멀리 보는 제우스가 황금 옥좌 위에 앉으니

발아래에서 거대한 올림포스가 흔들렸다.

오직 아테나와 헤라만 제우스에게서 멀찌감치 떨어져 앉아

그에게 말하지도 묻지도 않았다. 하지만 제우스는 마음속으로   445

두 여신이 무슨 말을 하고 싶은지 알고 이렇게 말했다.

"아테나와 헤라여, 왜 그렇게 울상을 하고 있소?

남자들에게 영광을 안겨주는 전쟁터에서 당신들이 그토록

못 잡아먹어 안달인 트로스인들을 죽이느라 벌써 지쳐버린 것이오?

내게 이렇게 힘과 무적의 손이 있는 한, 올림포스의 모든 신들이   450

달려들어도 내 마음을 돌려놓을 수는 없소.

당신들 두 여신은 전쟁과 전쟁에서 벌어지는 끔찍한 일을 보기도 전에

내 말 한마디에 겁먹고 빛나는 사지를 덜덜 떨던 분들이 아니신가.

만일 내 말을 듣지 않았다면, 내가 한 말은 반드시 이루어져

당신들은 벼락에 맞아 다시는 마차를 타고   455

불멸의 신들이 사는 올림포스로 돌아오지 못했을 것이오."

　　　제우스가 이렇게 말하자, 꼭 붙어 앉아 트로스인들을 해칠 궁리를

하고 있던 아테나와 헤라는 그 말을 듣고 불평하며 수군덕거렸다.

아테나는 아버지 제우스에게 화가 나도 아무 말 하지 못하고

잠자코 있었으나 극심한 분노에 사로잡혀 있었다.   460

반면 헤라는 분노를 가슴에 담아두지 못하고 이렇게 말했다.

"크로노스의 지극히 무시무시한 아드님이시여, 무슨 말씀을 그렇게 하

　시나요?

당신의 힘이 절대적이라는 것은 우리도 잘 알고 있어요.

하지만 비참한 운명을 채우고 죽게 될

다나오스인 장병들이 불쌍하지도 않나요?   465

그러니 당신이 명령한 대로 직접 전쟁에 참여하지는 않겠지만,

아르고스인 전부가 당신의 진노 때문에 몰살당하는 일이 없도록

그들에게 도움이 될 조언을 해줄 거예요."

　　　구름을 모으는 자 제우스가 대답했다.

"황소 눈의 존귀한 헤라여, 아침이 되면 당신은   470

크로노스의 이 전능한 아들이 더 많은 아르고스인 장병을

도륙하는 광경을 보게 될 것이오.

파트로클로스가 죽고, 아르고스인들이 함선들의 꼬리 부분에서

극한의 궁지에 몰려 싸우게 되는 날, 펠레우스의 아들 빠른 발의

아킬레우스가 함선들 옆에서 떨쳐 일어나기 전까지는,　　　　475

강력한 헥토르가 싸움을 멈추지 않을 테니.

내가 정한 바가 이러하니 당신이 아무리 화를 낸들

나는 개의치 않겠소. 당신이 화가 나서 헤매고 돌아다니다가

대지와 바다의 가장 아래쪽 경계, 그러니까 이아페토스와 크로노스가

히페리온 헬리오스[9]의 빛과 바람이 주는 즐거움을 누리지 못한 채　　　　480

사방으로 깊은 타르타로스에 둘러싸여 앉아 있는 곳으로 간다 해도,

나는 개의치 않겠소.

당신보다 더 뻔뻔스러운 이는 없을 테니.”

　　　제우스가 이렇게 말했지만, 하얀 팔의 헤라는 아무 대답도 하지

　　　　않았다.

이윽고 찬란한 태양 빛은 오케아노스로 가라앉으며,　　　　485

곡식을 주는 대지 위에 검은 밤을 끌어다놓았다.

트로스인에게는 태양 빛이 가라앉은 것이 아쉬웠지만,

아카이오스인에게 어두운 밤이 찾아온 것은 무척 반가운 일이었다.

　　　영광스러운 헥토르는 아카이오스인의 함선들에서 떨어져 있는

소용돌이치는 강의 기슭으로 트로스인을 데려가　　　　490

시신들이 없는 깨끗한 땅에서 회의를 가졌다.

트로스인들은 제우스가 아끼는 헥토르가 하는 말을 듣기 위해

각자의 전차에서 내려 땅 위에 섰고, 헥토르는 열한 큐빗이나 되는

9　“히페리온”(Ὑπερίων)은 대지의 여신 가이아와 하늘의 신 우라노스 사이에서 태어난 티
　탄 신족으로, 남매인 빛의 여신 테이아와 결혼해 태양의 신 헬리오스, 달의 여신 셀레네,
　새벽의 여신 에오스를 낳았다. 하지만 여기에서 히페리온과 헬리오스는 동격으로 사용되
　고 있으며, 히페리온은 헬리오스의 별칭으로 ‘위로 걷는 자’라는 뜻이다.

창을 손에 들었는데, 그의 앞에서 청동 창날이 빛났고,

창날 주위에는 황금 고리가 둘려 있었다. 495

헥토르는 그 창에 기댄 채 트로스인 가운데서 말했다.

"트로스인과 다르다니아인과 동맹군들이여, 내 말을 경청해주시오.

나는 조금 전까지만 해도 우리가 함선들과 모든 아카이오스인을

끝장내고 바람 많은 일리오스로 다시 돌아가게 되리라고 생각했소.

하지만 그 전에 어둠이 찾아왔고, 이 어둠이 무엇보다 500

파도가 부서지는 해변에 있는 아르고스인들과 함선들을 구해주었소.

그러니 이제는 어두운 밤에 복종해

저녁 식사를 준비하시오. 여러분은 갈기가 아름다운 말들을

전차에서 풀고, 말들에게 먹이를 주시오.

그리고 성에서 소들과 살진 가축들을 신속하게 끌어오고, 505

마음을 즐겁게 해주는 포도주와 빵도 집에서 가져오시오.

장작도 많이 모아 오시오. 새벽빛이 퍼질 때까지

밤새도록 불을 많이 피워

불빛이 하늘에 닿게 하시오.

그래야 장발의 아카이오스인들이 야밤을 틈타 바다의 넓은 등을 타고 510

도주할 생각을 하지 못할 테니. 그들이 힘 들이지 않고 수월하게

함선들로 오르도록 해서는 절대로 안 되오.

그들 모두가 함선에 뛰어오르다가 화살이나 날카로운 창에 맞아

집에 가서도 우리와 화살과 창이 두고두고 생각나게 만들어,

아무도 말 길들이는 트로스인들에게 비탄을 부르는 전쟁을 515

안겨줄 엄두를 내지 못하게 합시다.

또한 제우스께서 아끼시는 전령들로 온 성을 돌아다니며 전하게 하시오.

다 큰 소년들과 머리가 희끗희끗한 초로의 노인들은

성에 모여 신들이 세운 성루들을 지키고,

나약한 여자들은 각자 자기 집에 큰 불을 피워놓으라고 말이오. 520

모두가 확실하게 보초를 서서 군사들이 없는 틈을 타

적의 복병이 성내로 들어오지 못하게 해야 하오.

용맹한 트로스인들이여, 이제 내가 말한 대로 하시오.

지금 필요한 말은 다 했으니 다른 것은 내일 아침 동이 트면

말 길들이는 트로스인들 가운데서 말하겠소.   525

나는 죽음의 운명에 이끌려 온, 죽음의 운명이 검은 함선들에 싣고 온

저 개 떼를 제우스를 비롯한 신들께서 이곳에서 몰아내주시리라

확신하고, 그렇게 해달라고 기도하고 있소.

이 밤 동안에는 우리가 스스로를 지켜야 하오.

하지만 새벽이 와서 날이 밝으면 우리는 무구들로 무장하고   530

속 빈 함선들 옆에서 치열한 전투를 벌이게 될 것이오.

그러면 티데우스의 아들 강력한 디오메데스가

함선들 옆에서 싸우는 나를 방어벽까지 밀어낼지, 아니면 내가 청동으로

그를 죽여 그의 피투성이 무구들을 가져올지 나도 알게 될 것이오.

내일 그가 내 창의 공격을 버텨낸다면, 자신의 무공이 대단함을   535

확인할 수 있을 테고. 하지만 그런 일은 없을 것이고,

도리어 내일 해 뜰 무렵 그는 선봉에서 주위의 많은 병사들과 함께

내 창에 찔려 쓰러지게 될 것이오.

내일은 아르고스인들에게 재앙의 날이 될 게 분명하니,

내가 언제까지나 죽지도 않고 늙지도 않아,   540

아테나와 아폴론처럼 공경받을 수 있다면 얼마나 좋겠소.”

　　헥토르가 회의에서 이렇게 말하자, 트로스인들이 크게 환호성을

　　　질렀다.

그들은 각자 멍에 아래에서 땀 흘리는 말들을 풀어

전차 옆에 가죽끈으로 묶어둔 뒤,

성에서 소들과 살진 가축들을 신속하게 끌어왔고,   545

마음을 즐겁게 해주는 포도주와 빵도 집에서 가져왔으며,

장작도 많이 모아왔다.

(그들이 불멸의 신들에게 흠 없는 성대한 제를 올리자,)

들판에서 제물을 태우는 연기와 향기가 바람을 타고 하늘에 이르렀다.

(그러나 축복받은 신들은 그 제물을 받지 않았고 원하지도 않았다.　　　　　550

신성한 일리오스와 프리아모스와 훌륭한 물푸레나무 창을 든

프리아모스의 백성을 몹시 미워했기 때문이다.)[10]

　　　하지만 트로스인들은 사기충천해 전장의 길목을 밤새도록 지켰고,

그들을 위한 많은 모닥불이 타올랐다.

맑은 대기 중에 바람이 없어 밝은 달 주변으로　　　　　555

별들이 아주 뚜렷이 나타날 때, 모든 산봉우리와

높이 솟아 튀어나온 곳과 숲이 우거진 골짜기들이 환히 드러나고,

하늘의 틈새로부터 맑은 공기가 이루 말할 수 없이 쏟아져 내려오면,

모든 별이 눈에 들어오며 목자의 마음이 즐거워지는 것처럼,

바로 그렇게 트로스인들이 피워놓은 모닥불 불빛 아래 함선들과　　　　　560

크산토스강의 물줄기 사이에 있는 모든 것이 일리오스 앞에 드러났다.

천 개의 모닥불이 들판에서 타올랐고, 각각의 모닥불 옆에는

쉰 명의 트로스인이 앉아 있었다.

그리고 말들은 흰 보리와 밀을 먹으며 전차들 옆에 서서,　　　　　565

아름다운 옥좌의 새벽의 여신 에오스를 기다렸다.

10　548행과 550-552행은 현존하는 사본에는 없고, 영국의 고전학자 반스(Barnes)가 플라톤
　　의 『알키비아데스』 149d에 인용된 내용을 삽입했다.

〈밤의 여신 닉스〉(오귀스트 레이노, 19세기)

〈새벽의 여신 에오스〉(앙느 루이 지로데 드 루시 트리오종, 연대 미상)

제9권   아킬레우스와 화해를 시도하는 아가멤논

트로스인들이 이렇게 보초를 서고 있을 때,

아카이오스인들은 공포의 차가운 벗인

도주의 충동에 사로잡혀 있었고,

장수들도 모두 견딜 수 없는 비탄에 잠겨 있었다.

트라케로부터 북풍과 서풍 두 바람이 갑자기 들이닥쳐   5

물고기 가득한 바다를 휘저어놓으면, 즉시 검은 파도가

고개를 쳐들고 일어나 바다 밖으로 많은 해초를 토해내는 것처럼,

아카이오스인의 마음은 가슴속에서 갈기갈기 찢어졌다.

    큰 괴로움 속에서 침통한 모습의 아트레우스의 아들도 이리저리
      다니며,

목소리 낭랑한 전령들에게 큰 소리로 회의 소집을 알리지 말고,   10

장수들을 일일이 찾아가 회의장으로 오게 하라고 지시한 후,

몸소 앞장서 장수들을 찾아다니며 불러 모았다.

침울한 모습으로 회의장에 앉아 있는 장수들 앞에서 아가멤논이

눈물을 흘리며 일어서니, 염소들조차 다니지 못하는 가파른 벼랑을 따라

거무스름한 물을 쏟아내는 검은 샘 같았다.   15

아가멤논은 무겁고 슬픈 마음으로 탄식하며 아르고스인들 사이에서 입
    을 열었다.

"아르고스인의 지도자이자 수호자인 친구들이여, 크로노스의 아드님
위대한 제우스께서 나를 속여 현혹되어 어리석은 판단을 하게 하셨소.
그분은 전에 내게 성벽 견고한 일리오스를 함락시킨 후
집에 돌아가게 해주겠다고 약속하셨을 뿐 아니라, 반드시 그리하겠다고   20
머리까지 끄덕이셨는데, 이제는 비열한 계략을 꾸며내 내게
많은 백성을 잃고 불명예스럽게 아르고스로 돌아가라고 하니 참으로
　　비정한 분이십니다.
하지만 그러는 것이 막강한 제우스께서 기뻐하시는 일인 듯합니다.
그분은 이미 수많은 성의 머리를 박살 내셨고,
앞으로도 그렇게 하실 테니. 그분의 힘은 막강합니다.   25
그러니 자, 지금부터 내가 하자는 대로 아무 소리 말고 따라주시오.
우리는 이제 함선들을 타고 사랑하는 조상의 땅으로 도망칠 것이오.
대로가 뻗어 있는 트로이아를 함락시키기란 불가능하기 때문이오."
　　　　아가멤논이 이렇게 말하자, 다들 아무 말 없이 잠자코 있었다.
아카이오스인의 아들들은 침통한 마음으로 한참을 묵묵히 있었다.   30
함성 소리 우렁찬 디오메데스가 마침내 그들 가운데서 발언했다.
"아트레우스의 아들이여, 먼저 당신의 경솔함을 따져야겠소.
군주시여, 이렇게 하는 것은 회의의 관행이니 내게 화내지 마시오.
당신은 처음에 다나오스인 가운데서 나의 투지를 문제 삼으며,
나를 전쟁과는 거리가 먼 겁쟁이라고 비난했소.   35
이는 아르고스인이라면 나이가 적든 많든 모두가 알고 있는 일이오.
하지만 정작 크로노스의 교활한 아드님께서는 당신에게 반쪽밖에 주지
　　않으신 모양이오.
당신에게 왕의 홀을 주어 다른 모든 이보다 더 공경받게 하셨지만,
가장 큰 힘인 투지는 주지 않으셨으니 말이오.
가련한 분이여, 정녕 아카이오스인의 아들들이   40
당신 말처럼 전쟁에 맞지 않는 약골이라고 생각하시오?

〈전쟁을 그만두자고 말하는 아가멤논〉(크리스핀 반 데 파스, 1613년)

마음이 당신에게 집으로 돌아가자고 재촉한다면,

당신 앞에는 길이 있고, 미케네에서 당신을 따라온 수많은 함선은

바닷가에 서 있으니 그렇게 하시오.

하지만 다른 장발의 아카이오스인들은 이곳에 남아   45

트로이아를 함락시키고야 말겠소. 다른 이들도 함선들을 타고

사랑하는 조상의 땅으로 도망친다면, 우리 두 사람 나와 스테넬로스는

최종 목표인 일리오스를 얻을 때까지 계속해서 싸울 것이오.

우리는 신들과 함께 이곳에 와 있기 때문이오.”

　　디오메데스가 이렇게 말하자, 아카이오스인의 모든 아들들이   50

말 길들이는 자인 그의 말에 환호했다.

그러자 전차를 타고 싸우는 네스토르가 그들 가운데서 일어나 발언했다.

“티데우스의 아들이여, 당신은 전장에서도 가장 용맹하더니

회의장에서도 모든 동년배 중 가장 훌륭하구려.

아카이오스인 중 당신의 말을 비난하거나   55

반박할 사람은 아무도 없을 것이오. 하지만 당신의 말은

아직 완성되지 않았소. 당신은 내 집에서는 막내아들뻘일 만큼

젊소. 그런데도 당신이 아르고스인의 왕들에게

지금 한 말은 이치에 맞고 현명하오.

그러니 자, 당신보다 연장자라고 자부하는 내가   60

당신의 말을 이어받아 매듭을 짓겠으니, 통치자 아가멤논을 비롯해

아무도 내 말을 가볍게 여기지 말아주길 바라오.

동족 간의 끔찍한 싸움을 좋아하는 자는

형제도 법도 가정도 무시하는 사람이오.

하지만 지금은 검은 밤에 복종해 저녁 식사를 준비하고,   65

방어벽 밖에 파놓은 해자를 따라

경계병들을 배치해둡시다.

이것이 내가 젊은 사람들에게 남기는 조언이오.

그리고 아트레우스의 아들은 왕 중의 왕이시니 앞장서서 원로들을
위해 잔치를 베푸시오. 이것은 마땅한 일이지 부당한 일이 아니라오.   70
당신의 막사에는 아카이오스인의 함선들이 날마다 드넓은 바다 위로
트라케에서 실어 나르는 포도주가 가득하더이다.
당신은 많은 사람을 다스리는 분이니 모든 대접은 당신의 몫이오.
많은 사람이 모여 회의할 때, 당신은 가장 훌륭한 계책을 생각해내는
사람의 말을 따라야 하오. 적들이 우리 함선들 가까이에 수많은 모닥불을   75
피워놓고 있으니, 어느 누가 그것을 보고 기뻐하겠소?
그러니 모든 아카이오스인에게 지금 가장 시급한 것은 훌륭하고 영리
    한 계책이오.
우리 군대가 전멸하느냐 살아남느냐는 이 밤에 달려 있소."
        네스토르가 이렇게 말하자, 모두가 경청하고 그의 말을 따랐다.
경계병들이 무구로 무장하고 달려나와,   80
네스토르의 아들이자 백성들의 목자인 트라시메데스[1],
아레스의 아들들인 아스칼라포스와 이알메노스,
메리오네스, 아파레우스, 데이피로스,
크레온[2]의 아들 고귀한 리코메데스 주위로 모였다.
이 일곱 사람은 경계병들의 지휘관이었고, 지휘관 한 명이   85
손에 긴 창을 든 백 명의 장정을 이끌었다.
그들은 해자와 방어벽 사이로 가서 앉아
불을 피우고 각자 저녁 식사를 준비했다.

---

1 "트라시메데스"는 필로스의 왕 네스토르의 아들 안틸로코스의 동생이다.
2 "크레온"은 테베의 섭정이다. 그의 여동생 이오카스테는 테베의 왕 라이오스와 결혼해 오
   이디푸스를 낳았지만, 자식에게 살해될 것이라는 신탁을 받은 라이오스가 오이디푸스를
   산에 버렸다. 오이디푸스는 자신의 출생을 모른 채 성장했고, 신탁을 구하러 델포이로 가
   던 중 길에서 마주친 라이오스와 다툼 끝에 그를 살해하게 된다. 왕이 죽자 크레온이 섭정
   이 되어 테베를 다스렸다.

한편 아트레우스의 아들은 아카이오스인의 원로들을 모두
자기 막사로 부른 후 그들 앞에 진수성찬을 차려놓았고,   90
원로들은 손을 내밀어 음식을 먹었다.
먹고 마시는 욕구가 충족되자
전부터 가장 훌륭한 계책을 내기로 정평이 난 네스토르가
원로들 중 가장 먼저 계책을 짜기 시작했다.
네스토르는 그들 가운데서 좋은 뜻으로 이렇게 발언했다.   95
"아트레우스의 지극히 영광스러운 아들이요 인간들의 군주 아가멤논이여,
당신은 많은 백성의 군주시고, 제우스께서 당신에게 왕의 홀과
백성을 위해 계책을 내고 결정할 권한을 주셨으니,
나의 계책은 당신에게서 시작해 당신에게서 끝날 것이오.
그러니 말하고 들어야 할 이도 당신이며, 우리의 유익을 위해   100
누군가 마음속 생각을 내놓으면 그것을 이루어내야 할 이도
당신이오. 누가 무엇을 하려 해도 마지막 결정은 당신의 몫이오.
따라서 나는 내가 최선이라고 생각하는 바를 말하겠소.
제우스의 자손이여, 당신이 우리의 조언을 뿌리치고,
아킬레우스가 분노하는데도 그의 막사로 가서   105
브리세이스라는 젊은 여자를 빼앗아 온 이래로, 예나 지금이나
내가 마음속에 지니고 있는 것보다 더 나은 계책을 생각해내는 사람은
아무도 없었소. 당시에 나는 당신에게 그리하지 말라고
간곡히 말렸지만, 당신은 고집을 부리며
불멸의 신들조차 함부로 대하지 못하는 가장 용맹한 전사를   110
모욕했소. 그가 전공을 세우고 받은 상을 빼앗았잖소.
이제라도 예를 갖추어 선물을 보내고 정중하게 말하여
그를 달래고 설득할 방법을 생각해보는 게 좋겠소."
그러자 인간들의 군주 아가멤논이 대답했다.
"원로시여, 내가 어떻게 해서 사리분별을 잃고   115

미망에 빠지게 되었는지 거짓 없이 정확히 말씀해주셨소.

내가 미망에 빠져 경거망동했음을 부인하지 않겠소.

지금 제우스께서는 그의 명예를 세워주려고

아카이오스인 백성을 죽이고 계시니, 그분이 사랑하시는

한 사람의 가치가 대군과 맞먹음을 알게 되었소.   120

내가 어리석은 마음에 사로잡혀 미망에 빠지고, 경거망동하다가 이 지경에

이르렀으니, 이를 바로잡기 위해서라면 아무리 많은 배상금이라도

다 낼 용의가 있소. 여러분 모두가 모인 이 자리에서

내가 바칠 수 있는 귀한 선물들을 하나하나 말씀드리겠소.

아직 불이 닿지 않은 세 발 달린 솥 일곱 개, 열 탈란톤[3]의 황금,   125

번쩍이는 가마솥 스무 개, 빠른 발로 경주에서 우승한 튼튼한 말 열두 필.

이 통굽의 말들이 경주에서 우승해 내게 가져다준 만큼의 재물을 가지
　　고 있다면

재산이 없거나 귀한 황금이 없는 사람이라고는 할 수 없을 것이오.

또한 솜씨 좋은 레스보스[4]의 여자 일곱을 주겠소.

이들은 우리가 튼튼하게 지은 레스보스를 함락시켰을 때,   130

내가 직접 골랐고, 아름답기로도 모든 여자 중 으뜸이라오.

이들을 그에게 줄 것이고, 앞서 내가 빼앗은 브리세우스의 딸도

돌려줄 작정이오. 또한 남녀 사이에서 흔히 있을 수 있는 일과는 달리

나는 그녀의 침상에 오르거나 몸을 섞은 일이 없음을 엄숙히 맹세하오.

즉시 이 모든 것을 그에게 주겠소. 앞으로 신들께서   135

프리아모스의 큰 성을 우리에게 주어 함락하게 해주신다면,

아카이오스인들이 전리품을 나눌 때, 그로 하여금 성안으로 들어가

3　"탈란톤"은 무게 단위로 시대와 나라마다 달라서 아테나이에서는 26킬로그램, 로마에서는
　　32.3킬로그램, 바빌로니아에서는 30.3킬로그램이었다.

4　"레스보스"는 트로이아의 남쪽 바로 아래 해상에 있는 섬으로, 그리스군이 지난 9년 동안
　　군수물자를 조달하기 위해 공략한 주변 도시와 섬들 중 하나다.

황금과 청동을 그의 함선에 가득 채우고,

아르고스의 헬레네 다음으로 가장 아름다운

트로이아 여자 스무 명도 직접 고르게 하겠소.　　　　　　　140

가장 풍요롭고 비옥한 땅인 아카이오스인의 아르고스로 돌아간 후

나는 그를 사위로 삼고, 풍요로운 삶 속에서 자라는

내 사랑하는 아들 오레스테스[5]와 똑같이 대우할 것이오.

훌륭하게 지은 나의 궁에는 크리소테미스, 라오디케, 이피아나사,

이렇게 세 명의 딸이 있소. 나는 그에게 결혼 예물도 받지 않고,　145

셋 중 마음에 드는 아이를 펠레우스의 집으로 데려가게 하겠소.

게다가 지금까지 어떤 아버지가 출가하는 딸에게 준 것보다

훨씬 더 많은 결혼 지참금을 그 딸에게 줄 생각이오.

또한 사람들이 많이 사는 성 일곱도 그에게 주겠소.

카르다밀레, 에노페, 풀 많은 히레,　　　　　　　　　　150

신성한 페라이, 초지 많은 안테이아,

아름다운 아이페이아, 포도 많이 나는 페다소스가 그 성들이오.

이 성들은 모두 모래 많은 필로스에 접해 있어 바다와 가깝고,

거기에서 살아가는 사람들은 소와 양을 많이 가지고 있으니

많은 예물을 바쳐 그를 신처럼 공경할 테고, 그의 홀 아래서　155

법도 잘 지킬 것이오. 그가 분노를 그친다면, 나는 이 모든 일을

이행하겠소. 그가 이제 그만 마음을 돌리게 해주시오.

하데스는 화를 풀지도, 고집을 꺾지도 않아

모든 신들 중에서 사람들에게 가장 미움을 받는 것 아니겠소?

5　미케네의 왕 아가멤논은 그리스군의 총사령관으로 트로이아 원정에서 승리한 후 10년 만
　에 귀향하지만, 왕비 클리타임네스트라는 정부 아이기스토스와 짜고 전장에서 돌아온 그
　를 살해한다. 아이기스토스는 아가멤논의 아들 "오레스테스"도 죽이려 하지만, 오레스테
　스는 숙부인 포키스의 왕 스트로피오스에게로 도망쳤다가 나중에 돌아와 어머니와 정부
　를 둘 다 죽여 아버지의 원수를 갚고, 결국 미케네, 아르고스, 스파르테의 왕이 된다.

나는 아킬레우스보다 더 큰 나라의 왕이고 연장자임이 분명하니,   160

이제 그만 내 말을 따르게 해주시오."

　　　전차를 타고 싸우는 게레니아의 네스토르가 대답했다.

"아트레우스의 지극히 영광스러운 아들이요 인간들의 군주이신 아가멤

　　논이여,

당신이 아킬레우스왕에게 그런 선물들을 준다면,

사람들이 더 이상 그를 얕보지 못할 테지요. 그러니 자, 서둘러   165

사람들을 뽑아 한시라도 빨리 펠레우스의 아들 아킬레우스의 막사로

　　보냅시다.

내가 이 일을 할 사람들을 뽑을 테니 그들은 내 말을 따라주시오.

먼저 제우스께서 아끼시는 포이닉스[6]가 앞장서고,

다음으로는 큰 아이아스와 고귀한 오디세우스가 그 뒤를 따르시오.

전령으로는 오디오스와 에우리바테스가 수행하시오.   170

이제 우리는 크로노스의 아드님이신 제우스께 자비를 베풀어달라고

기도할 테니, 우리에게 손 씻을 물을 가져다주고, 모두 경건한 마음으로

　　입조심하시오."

　　　네스토르가 이렇게 말하자, 그들 모두는 기뻐했다.

전령들은 즉시 원로들의 손에 물을 부었고,

장정들은 희석용 술동이에 술을 가득 담아 와,   175

먼저 잔에 술을 부어 신들에게 바친 후 모두에게 술잔을 돌렸다.

이렇게 그들은 신들에게 헌주한 후 마음이 원하는 만큼 술을 마시고 나서

6　"포이닉스"는 오르미니온의 왕 아민토르와 클레오불레의 아들이다. 어머니의 사주로 아버
지의 첩을 유혹하려다가 아버지의 저주를 받고 프티아의 왕 펠레우스에게로 도망쳐 그의
도움으로 돌롭스인의 왕이 된다. 그리고 칼리돈의 멧돼지 사냥에 참가한 뒤 펠레우스의
아들 아킬레우스의 스승이 된다. 자식이 없던 포이닉스는 아킬레우스를 자식처럼 여기며
돌봐준다. 실제로 아킬레우스가 트로이아 전쟁에 참전하자 노령임에도 제자의 시종이 되
어 함께한다.

아트레우스의 아들 아가멤논의 막사를 나섰다.

전차를 타고 싸우는 게레니아의 네스토르가

뽑힌 사람들 각자에게, 특히 오디세우스에게 눈길을 주며   180

펠레우스의 흠 잡을 데 없이 훌륭한 아들을 반드시 설득하라고 신신당
　부했다.

　　포이닉스와 오디세우스는 파도 소리 요란한 해변을 따라 걸으며,

아이아코스 손자의 위대한 마음을 쉽게 설득할 수 있게 해달라고

대지를 떠받치고 뒤흔드는 신[7]에게 간절히 기도했다.

그들이 미르미도네스인의 막사들과 함선들이 있는 곳에 도착했을 때,   185

아킬레우스는 명료하고 감미로운 음을 내는 포르밍크스로 마음을 달래
　고 있었다.

은 가로대를 대어 아름답고 정교하게 만든 이 악기는

그가 에에티온의 성을 멸망시켰을 때 전리품 중에서 고른 물건이었다.

아킬레우스는 이 악기로 영웅들의 위업을 노래하며 마음을 달래고,

그의 반대편에는 파트로클로스가 혼자 말없이 앉아   190

아이아코스의 손자가 노래를 그치길 기다리고 있었다.

고귀한 오디세우스가 앞장선 가운데, 두 사람이 앞으로 나아가

그의 앞에 서자, 아킬레우스는 깜짝 놀라 포르밍크스를 든 채

벌떡 일어섰고, 두 전사를 본 파트로클로스도 자리에서 일어섰다.

빠른 발의 아킬레우스가 두 사람에게 인사하며 말했다.   195

"어서 오시오. 피치 못할 사정이 있겠지만,

이렇게 와주신 두 분이야말로 나의 친구들이오. 내 비록 화가 나 있지만,

아카이오스인 중 두 분을 가장 좋아한다오"

　　고귀한 아킬레우스는 이렇게 말하고, 두 사람을 안으로 데리고 가

7　"아이아코스의 손자"는 아킬레우스를 가리킨다. "대지를 떠받치고 뒤흔드는 신"은 바다의
　신 포세이돈을 가리킨다.

〈아가멤논의 사절을 맞이하는 아킬레우스〉(장 오귀스트 도미니크 앵그르, 1801년)

자줏빛 깔개를 깐 의자들에 앉게 하고,   200

곧바로 옆에 있던 파트로클로스에게 말했다.

"메노이티오스의 아들이여, 이분들은 내 집 지붕 아래 와 있는

가장 사랑하는 친구들이니, 큰 희석용 술동이를 가져와

물을 조금만 타서 술을 독하게 하고 사람 수에 따라 술잔을 준비해주게."

　　　아킬레우스가 이렇게 말하자, 파트로클로스는 사랑하는 동료가   205

말한 대로 했다. 아킬레우스는 고기를 썰 큰 도마를 불빛 아래 갖다놓은 후,

그 위에 양과 살진 염소의 등 부위를 올려놓고,

살진 멧돼지의 기름진 등심도 올려놓았다.

아우토메돈[8]이 고기를 붙잡아주자 고귀한 아킬레우스가 고기를 썰었다.

그는 고기를 가지런히 잘라 꼬챙이에 꿰었고,   210

메노이티오스의 신 같은 아들은 크게 불을 피웠다.

불길이 타오르다 수그러지자, 아킬레우스는 숯불을 헤집어놓고

그 위에 꼬챙이 걸이를 건 후

그 걸이에 꼬챙이를 올려놓고 고기들 위에 신성한 소금을 뿌렸다.

아킬레우스가 다 구운 고기를 쟁반 위에 쏟자,   215

파트로클로스는 예쁜 바구니에 빵을 담아 식탁으로 가져와 나누었고,

아킬레우스는 다 구운 고기를 나눠 주었다.

그는 고귀한 오디세우스의 반대편, 또 다른 벽 옆에 앉은 후

동료 파트로클로스에게 지시해 신들에게 번제를 올리게 했다.

파트로클로스는 번제로 올릴 부위를 불 속에 던졌고,   220

이윽고 그들은 그들 앞에 차린 음식에 손을 댔다.

먹고 마시는 욕구가 충족되자 아이아스가 포이닉스에게 고갯짓을 했고,

이를 알아챈 고귀한 오디세우스가 술잔에 포도주를 가득 채워

아킬레우스를 위해 건배했다.

8　"아우토메돈"은 디오레스의 아들로 아킬레우스의 전차를 모는 마부다.

"행운을 빕니다, 아킬레우스여. 우리는 아트레우스의 아들인   225
아가멤논의 막사에서 진수성찬으로 부족함 없이 대접을 받았는데,
이제 이곳에서도 똑같이 후한 대접을 받는구려.
하지만 제우스께서 아끼시는 이여, 우리는 엄청난 재앙을 눈앞에 두고
두려움에 사로잡혀 있어 진수성찬에는 관심이 없소.
당신이 용맹함을 발휘하지 않는다면, 훌륭한 노를 갖춘   230
우리의 함선들을 구할 수 있을지, 아니면 결국 잃게 될지조차 알 수 없
    는 형편이오.
물불 가리지 않는 트로스인과 그들의 명성 자자한 동맹군들이
우리의 함선들과 방어벽 가까이에 진을 치고,
진영 전체에 수많은 모닥불을 피워놓고, 여차하면 아무런 제지 없이
우리의 검은 함선들을 공격하려 들기 때문이오.   235
크로노스의 아드님이신 제우스께서도 번개를 쳐서
그들에게 오른쪽의 전조, 즉 길조를 보여주셨소.
그래서 헥토르는 제우스를 믿고 길길이 날뛰며 힘을 과시하고 있고,
단단히 광기에 사로잡혀 인간이든 신이든 아랑곳하지 않소.
그는 고귀한 새벽의 여신 에오스가 어서 모습을 드러내길 빌고 있소.   240
우리 함선들의 가장 높은 곳에 있는 장식들을 베어버리고,
함선들은 맹렬한 불로 태워버리며, 연기 속에서 어쩔 줄 몰라 하는
아카이오스인을 함선들 사이에서 도륙하겠다고 장담했단 말이오.
신들께서 그의 호언장담을 다 이루어주시어,
말 기르는 아르고스에서 멀리 떨어진 이곳 트로이아에서 죽는 것이   245
신들께서 정하신 우리의 운명은 아닌가 하여 내 마음은 몹시 두렵소.
그러니 이제라도 곤경에 빠져 있는 아카이오스인의 아들들을
트로스인의 함성에서 구해내고자 한다면 일어나시오. 나중에 당신도
고통을 겪을 테고, 일단 불행한 일이 벌어지고 나면
돌이킬 방법도 없잖소. 그러니 어떻게 하면 다나오스인에게   250

재앙의 날을 막을 방도를 강구해주시오.
친애하는 벗이여, 당신의 아버지 펠레우스께서는 당신을 프티아에서
아가멤논에게 보내시던 날 당신에게 이렇게 당부하셨잖소.
'내 아들아, 힘은 아테나와 헤라께서 원하시면 언제든 주실 것이니
거만한 마음을 가슴속에 품지 말아야 한다.   255
인자한 마음을 지니는 편이 더 낫다. 재앙을 부르는 언쟁을
피해야 한다. 그렇게 한다면 아르고스인들은 나이가 적든 많든
너를 지금보다 더 존경할 것이다.'
노련하신 아버지의 이 당부를 당신은 모두 잊으신 듯하오.
이제라도 마음을 고통스럽게 하는 분노를 그치시오.   260
당신이 분노를 그치면, 아가멤논이 당신에게 값진 선물을
주겠다고 했소. 아가멤논이 막사에서 어떤 것을 주겠다고
약속했는지 내가 그대로 전할 테니 잘 들어보시오.
'아직 불이 닿지 않은 세 발 달린 솥 일곱 개,
열 탈란톤의 황금, 번쩍이는 가마솥 스무 개,   265
빠른 발로 경주에서 우승한 튼튼한 말 열두 필.
이 통굽의 말들이 경주에서 우승해
내게 가져다준 만큼의 재물을 가지고 있다면
재산이 없거나, 값비싼 황금이 없는 자도 아닐 것이오.
또한 솜씨 좋은 레스보스의 여자 일곱을 주겠소.   270
이들은 우리가 튼튼하게 지은 레스보스를 함락시켰을 때,
내가 직접 골랐고, 아름답기로도 모든 여자 중 으뜸이라오.
이 여자들을 그에게 줄 것이고, 앞서 내가 빼앗은 브리세우스의 딸도
돌려줄 작정이오. 또한 남녀 사이에서 흔히 있을 수 있는 일과는 달리
나는 그녀의 침상에 오르거나 몸을 섞은 일이 없음을   275
엄숙히 맹세하오. 즉시 이 모든 것을 그에게 주겠소.
앞으로 신들께서 프리아모스의 큰 성을 우리에게 주어

함락하게 해주신다면, 아카이오스인들이 전리품을 나눌 때,

그로 하여금 성안으로 들어가 황금과 청동을 그의 함선에

가득 싣고, 아르고스의 헬레네 다음으로   280

가장 아름다운 트로이아 여자 스무 명도 직접 고르게 하겠소.

가장 풍요롭고 비옥한 땅인 아카이오스인의 아르고스로

돌아간 후 나는 그를 사위로 삼고,

차고 넘치는 풍족함 속에서 자라는

나의 사랑하는 아들 오레스테스와 똑같이 대우할 것이오.   285

훌륭하게 지은 나의 궁에는 크리소테미스, 라오디케, 이피아나사,

이렇게 세 명의 딸이 있소. 나는 그에게 결혼 예물도 받지 않고,

셋 중 마음에 드는 아이를 펠레우스의 집으로

데려가게 하겠소. 게다가 지금까지 어떤 아버지가 출가하는 딸에게

준 것보다 훨씬 더 많은 결혼 지참금을 그 딸에게 줄 생각이오.   290

또한 사람들이 많이 사는 성 일곱도 그에게 주겠소.

카르다밀레, 에노페, 풀 많은 히레,

신성한 페라이, 초지 많은 안테이아,

아름다운 아이페이아, 포도 많이 나는 페다소스가 그 성들이오.

이 성들은 모두 모래 많은 필로스에 접해 있어 바다와 가깝고,   295

거기에서 살아가는 사람들은 소와 양을 많이 가지고 있으니,

많은 예물을 바쳐 그를 신처럼 공경할 테고,

그의 홀 아래서 법도 잘 지킬 것이오.

그가 분노를 그친다면, 나는 이 모든 일을 이행하겠소.'

아트레우스의 아들과 그의 선물들이 진심으로 마뜩찮더라도,   300

전장에서 기진맥진한 채 곤경에 처한 아카이오스의 전사들을

불쌍히 여겨서라도 받아주시오. 당신은 분명히 그들을 위해 큰 영광을

얻고, 그들은 당신을 신처럼 받들어 공경하게 될 것이오.

지금 헥토르는 치명적인 광기에 사로잡혀 함선들을 타고 이곳에 온

다나오스인들 중 자기를 상대할 자가 아무도 없다고 믿으며 당신에게   305
아주 가까이 접근할 것이고, 그러면 당신이 그자를 죽일 테니."
　　　빠른 발의 아킬레우스가 대답했다.
"제우스의 자손인 라에르테스의 아들이자 지략가 오디세우스여,
내가 앞으로 어떻게 할지 단도직입적으로 밝히지 않을 수 없군요.
나는 반드시 내가 말한 대로 할 작정이오. 그렇지 않으면,   310
당신들은 여기 앉아 내게 이런저런 잔소리를 늘어놓을 게 뻔할 테니.
그자는 가슴속 진심과 다른 말을 내뱉는 자이기에
나는 그가 하데스의 문들만큼이나 밉소.
어쨌든 내가 최선이라고 생각하는 바를 말해보겠소.
아트레우스의 아들 아가멤논이나 다른 다나오스인들은   315
나를 설득할 수 없소. 내가 쉼 없이 적들과 사생결단을 벌여도
그들은 조금도 고마워하지 않을 자들이오.
뒤로 물러나 싸우지 않는 사람이나 열심히 싸우는 사람이나 똑같은
몫을 받고, 비겁한 자나 용감한 자나 똑같은 상을 받으며,
빈둥거리는 사람이나 열심히 일하는 사람이나 똑같이 죽지요.   320
나는 언제나 목숨을 내놓고 죽을 고생을 하며 싸웠지만,
정작 내게 돌아온 이익은 아무것도 없었소.
어미 새가 온갖 고생을 해가며 닥치는 대로 먹이를 구해
날지 못하는 어린 새끼들에게 날라다주는 것처럼,
그렇게 나는 수많은 밤을 뜬눈으로 지새웠고,   325
낮에는 저들의 아내들을 위해 전장에서 피투성이가 되어
적들과 싸우며 보냈소.
함선들을 이용해서는 사람들이 사는 성 열두 곳을 정복했고,
육로로는 아주 비옥한 트로이아 땅에 있는 성 열한 곳을 정복했소.
그리고 이 모든 성에서 수많은 보화와 재물을 노획해   330
아트레우스의 아들 아가멤논에게 모두 갖다 바쳤소.

하지만 그는 뒤쪽 빠른 함선들 옆에 머물러 있다가

그것들을 받아 조금만 나눠 주고 대부분은 자기가 가졌소.

다른 장수들과 왕들에게 나눠 준 전공에 대한 상들은

건드리지 않고 그대로 둔 반면, 아카이오스인들 중 오직 내게서만   335

빼앗아 자기가 차지했소. 내가 마음에 들어 아내로 삼은 여자를 말이오.

　　그 여자와 동침해

재미를 보라고 하시오. 아르고스인들이 트로스인들과

싸워야 했던 이유가 무엇이오? 아트레우스의 아들이 군사들을 모아

이곳에 데려온 이유가 무엇이오? 머릿결 고운 헬레네 때문 아니었소?

그렇다면 말할 줄 아는 존재인 인간 중에 자기 아내를 사랑하는 자가   340

오직 아트레우스의 아들들뿐이겠소? 착하고 분별 있는 사람이라면

누구나 자기 아내를 사랑하고 소중히 여기는 법이오. 그 여자는 내가

창으로 얻긴 했지만, 마음에 들어 아내로 삼고 진심으로 사랑한 자요.

그런데도 그는 전공으로 얻은 그 상을 빼앗아 갔고 나를 속였소.

그가 어떤 자인지는 익히 아니 나를 설득하려 들지 마시오. 당신은 나   345

　　를 설득할 수 없소.

그러니 오디세우스여, 그는 당신을 비롯한 다른 왕들과 함께

타오르는 불길로부터 함선들을 구해낼 방법을 강구해야 하오.

지금까지 그는 내 도움 없이도 아주 많은 일들을 해오지 않았소?

방어벽도 쌓았고, 그 앞에 넓고 큰 해자도 팠고,

해자 안에 뾰족한 말뚝들도 박아놓았더군요.   350

하지만 그는 전사를 죽이는 헥토르의 힘을 저지할 수 없을 것이오.

내가 아카이오스인들과 함께 싸웠을 때,

헥토르는 성벽에서 멀리 나와 싸우려 하지 않았고,

고작 스카이아이 성문 앞 참나무 근처까지만 나왔을 뿐이오.

한번은 거기에서 혼자 버티고 있다가 내 공격을 간신히 피해   355

성으로 달아난 적도 있소. 하지만 이제 나는 고귀한 헥토르와

싸울 생각이 없으니, 내일 제우스를 비롯한 모든 신들께 제를 올린 후

함선들을 바다에 띄우고 짐을 실을 참이오.

혹여 관심이 있고 볼 마음도 있다면,

이른 새벽에 내 함선들이 물고기 떼 많은 헬레스폰토스 위를 항해하고,　　360

그 함선들에서 전사들이 열심히 노 젓는 모습을 보러 오시오.

대지를 뒤흔드는 영광스러운 신께서 항해를 순조롭게 해주신다면,

나는 사흘째 되는 날에 비옥한 프티아에 도착할 겁니다. 거기에는

나의 불운으로 이곳에 오면서 두고 온 재산이 실로 많소.

게다가 나는 여기에서 황금과 붉은 빛의 청동, 예쁜 허리띠를 한 여자들,　　365

회색빛 무쇠를 비롯해 전리품 중 내 몫으로 받은 것들도 가져갈 참이오.

그러나 내가 전공을 세워 상으로 받은 것은

아트레우스의 아들 통치자 아가멤논에게 도로 빼앗기는 모욕을 당했소.

당신은 지금까지 내가 말한 모든 것을 모든 사람이 보는 앞에서

그대로 전하시오. 그래야 염치없음이 뼛속까지 배어든 그자가　　370

나중에 다나오스인 중 다른 누군가를 속이려 할 때,

다른 아카이오스인들이 분개할 것이고, 그는 아무리 뻔뻔하더라도

감히 내 눈을 마주치지도 못할 것이오.

그가 철저히 나를 속이고 죄를 지었으니, 나는 그와 얽혀

함께 의논하거나 일하지 않을 참이오. 다시는 말로 속지 않겠소.　　375

그에게 속는 것은 이번으로 충분하오. 지략가이신 제우스께서

그에게서 분별력을 가져가셨으니, 그가 마음 편히 죽게 두시오.

그가 주는 선물은 내게 혐오스럽고, 머리카락 한 가닥의 가치도 없소.

그가 지금 가지고 있는 모든 것과 거기에 다른 것을 합친 만큼의

열 배 스무 배를 준다 해도 소용없소.　　380

오르코메노스[9]로 들어가는 모든 것을 준다 해도 소용없고,

---

9 "오르코메노스"는 그리스 본토 중부 보이오티아 지방 코파이스 호수 북서안에 있는 도시

집집마다 엄청난 보화가 쌓여 있고 백 개의 성문이 있어 각각의 성문으로
이백 명의 천사들이 말들이 끄는 전차를 타고 동시에 달려 나온다는
아이깁토스의 테베[10]로 들어가는 모든 것을 준다 해도 소용없소.
모래와 티끌같이 헤아릴 수 없이 많은 선물을 준다 해도 385
소용없소. 아가멤논이 내 마음을 짓이겨놓은 모욕의 대가를
다 치르기 전에는 나를 설득할 수 없소.
또한 아트레우스의 아들 아가멤논의 딸이 아름다움에서
황금의 아프로디테와 다투고, 솜씨에서 빛나는 눈의 아테나와
맞먹는다 해도, 나는 그녀와 결혼하지 않을 것이오. 390
아가멤논으로 하여금 아카이오스인 중 그의 위상에 걸맞고
더 왕다운 자를 골라 그 사람에게 딸을 주도록 하시오.
신들께서 내 목숨을 보존해주시어 내가 조상의 땅으로 돌아간다면,
펠레우스께서 직접 나를 위해 아내를 구해주실 것이오.
헬라스와 프티아에는 아카이오스인 여자들이 많이 있고, 395
성들을 지키는 왕들의 딸들도 많으니, 나는 그 여자들 중
마음에 드는 사람을 골라 아내로 삼으면 그만이오.
거기에서 사내인 이 가슴은 내게 어울리는 배필을 찾아 구애하여
아내로 맞아 나이 드신 펠레우스께서 모아놓은 재산으로
마음 편히 즐겁게 살라고 얼마나 재촉했는지 모르오. 400
아카이오스인의 아들들이 이곳으로 오기 전 평화로운 시절에
사람들이 많이 사는 일리오스가 갖고 있던 모든 재물도,

로, 미케네 시대에 테베와 쌍벽을 이루는 가장 번성하고 부유한 곳이었다.
10 "아이깁토스"는 이집트와 이집트의 시조 둘 다를 가리킨다. "아이깁토스의 테베"는 이집
　　트 나일강 변에 있던 도시다. 중왕조 시대(기원전 2040-1782년)와 신왕조 시대(기원전
　　16-11세기)에 오랜 세월 이집트의 수도였다. 그리스인들은 이집트의 테베를 '백 개의 성문
　　이 있는 테베'로 부르고, 그리스 본토 중부 보이오티아에 있는 테베를 '일곱 개의 성문이 있
　　는 테베'로 불러 둘을 구별했다.

바위 많은 피토[11]엔 신궁 포이보스 아폴론이

돌로 입구를 막고 그 안에 두었다는

온갖 보화도, 내게는 목숨만큼 가치 있지 않기 때문이오.　　　　405

소들과 살진 양들은 노획해올 수 있고,

세발솥과 밤색 머리를 한 말들도 얻어올 수 있지만,

사람 목숨은 이빨 울타리 밖으로 빠져나가면

다시는 돌아오지 않기 때문이오. 노획해올 수 없고 얻어올 수도 없소.

어머니이신 은빛 발의 테티스는 내가 죽음의 종말을 맞을 때까지　　　　410

두 갈래의 운명이 내 앞에 놓여 있다고 말씀하셨소.

이곳에 머무르며 트로스인의 성을 공략한다면,

내가 집으로 돌아가는 길은 훼손될 테지만

명성은 불멸할 것이고, 정든 조상의 땅으로 돌아간다면,

명성은 훼손될 테지만 수명은 길 것이므로　　　　415

죽음의 종말이 빨리 찾아오지 않으리라고 말이오.

난공불락의 일리오스를 함락시키겠다는 목표는

이제 더 이상 달성할 수 없을 테니, 나는 다른 사람에게도

함선을 타고 조상의 땅으로 돌아가라고 권하고 싶소. 멀리 보시는

제우스께서 트로스인 위에 손을 뻗어 지켜주시고,　　　　420

트로이아 군사들의 사기도 높기 때문이오. 그러니 당신들은 가서

아카이오스인 장수들에게 내 말을 분명히 전해주시오.

그렇게 하는 것이 원로들의 특권이잖소.

그들이 지금 생각해낸 계책은 내가 분노를 품고 있어 아무 소용없으니,

그들의 함선들과 속 빈 함선들 사이에 있는 아카이오스인 군사들을　　　　425

---

11 "피토"는 델포이의 옛 이름이다. 그리스 본토 중부 포키스 지방에 있는 델포이는 아폴론
　　신탁소가 있는 곳이며, 피티아로 불린 여제관들의 신탁으로 그리스 전역에서 유명했다.
　　이 성역은 파르나소스산 남서쪽 비탈에 있었다.

구할 더 나은 다른 계책을 마음속으로 생각해내라고 하시오.
포이닉스께서는 원하시면 여기 남아 우리와 함께 쉬다가
내일 나와 함께 함선을 타고 사랑하는 조상의 땅으로 돌아갑시다.
하지만 가기 싫다는 사람을 강제로 데려가지는 않겠습니다."

아킬레우스가 이렇게 말하자, 그들은 모두 놀라   430
잠자코 있었다. 그의 말이 무척 단호했기 때문이다.
이윽고 전차를 타고 싸우는 원로인 포이닉스가 아카이오스인의 함선들을
염려하는 마음에 눈물을 흘리며 입을 열었다.
"영광스러운 아킬레우스여, 그대가 마음에 품은 분노 때문에
모든 것을 파괴할 엄청난 불길로부터 빠른 함선들을 지켜낼 마음은   435
전혀 없고 집으로 돌아갈 생각만 하고 있다면, 어떻게 사랑하는 아들 같은
그대와 떨어져 나 혼자 이곳에 남아 있겠소?
전차를 몰고 싸우시는 노령의 펠레우스께서는 그대를 프티아에서
아가멤논에게 보내던 날에 그대를 위해 나도 보내셨소.
그때 그대는 전쟁 같은 것이나 남자들을 빛나게 해주는   440
회의에 대해 전혀 알지 못했고, 그래서 그대에게
이 모든 일을 가르쳐 말도 잘하고 전쟁도 잘하는 사람으로
만들려고 나를 함께 보내셨다오. 그러니 나는 사랑하는 아들 같은
그대와 떨어져 이곳에 남아 있고 싶지 않소.
설령 신께서 내게서 노쇠함을 벗겨내, 내가 오르메노스의 아들이자   445
내 아버지이신 아민토르와의 불화를 피하려고 미녀들이 많은 헬라스를
처음으로 떠나올 때와 같은 청년으로 만들어주겠다고 약속한다 해도,
나는 이곳에 남지 않을 참이오. 내가 집을 떠난 것은
아버지께서 머릿결 고운 첩으로 인해 내게 격노하셨기 때문이오.
아버지께서는 첩만 사랑하셨고, 아내인 내 어머니는 무시하셨지.   450
그러자 어머니께서는 틈만 나면 내 무릎을 붙잡고 그 첩과 정을 통해,
첩이 늙은이를 멀리하게 해달라며 애원하셨다오. 나는 결국 승낙했고,

어머니께서 부탁하신 대로 했소. 아버지는 그 일을 곧 아셨고,

저 가증스런 복수의 여신들의 이름을 부르며 나를 저주하시면서,

나에게서 사랑하는 아들이 태어나 무릎에 앉히는 일이 절대   455

일어나지 않게 해달라고 기원하셨다오. 신들께서, 즉 지하세계의

제우스와 무시무시한 페르세포네[12]께서 그 저주를 이루어주셨소.

그래서 나는 날카로운 청동으로 아버지를 죽이기로 결심했지만,

불멸의 신들 중 어떤 분이, 내가 아카이오스인 가운데서 친부 살해자라고

불리지 않도록, 백성의 목소리와 사람들의 많은 비난을   460

내 마음에 일깨워주며 분노를 가라앉게 해주셨소.

그러나 내 가슴속 마음은 성난 아버지의 집에 머무는 것을

더 이상 참을 수 없었소.

그러자 많은 지인들과 친척들이 내게 와서 힘껏 만류하며

나를 집에 붙들어두었소. 그런 후 살진 양들, 살이 많이 쪄   465

뒤뚱뒤뚱 걷는 뿔 구부러진 소들을 많이 잡고,

살이 통통하게 오른 많은 멧돼지들도

헤파이스토스의 불 위에 올려놓고 굽고,

저 노인네의 항아리에서 포도주도 많이 꺼내 마시면서,

아홉 밤을 새워가며 나를 감시했소.   470

그들은 번갈아 보초를 섰으며, 밤에는 불을 피워놓고 끄지 않았는데,

하나는 견고한 담장이 있는 안마당의 주랑 아래 피워놓았고,

다른 하나는 내 방 입구 앞에 있는 행랑채 옆에 피워놓았소.

하지만 열 번째 어두운 밤이 찾아왔을 때,

나는 튼튼하게 짠 방문을 부수고 나와   475

보초를 서고 있는 남자들과 여종들 몰래

---

12 "지하세계의 제우스"는 하데스를 가리킨다. "페르세포네"는 제우스와 대지의 여신 데메테
   르 사이에서 태어난 딸이며 하데스와 결혼했다.

안마당의 담장을 가볍게 뛰어넘었다오.

그런 다음 드넓은 헬라스를 지나 멀리 도망쳐

양이나 염소 같은 작은 가축들의 어머니인 비옥한 프티아로

펠레우스 왕을 찾아갔소. 그분은 나를 흔쾌히 받아주시고는,　　　480

마치 아버지가 많은 재산을 물려받을 소중한 독자를 대하듯이

나를 아끼고 사랑해주셨고, 부자로 만들어주셨으며,

내게 많은 백성도 주셨소. 이렇게 해서 나는 프티아의

국경지대에서 돌롭스인[13]을 다스리며 살아왔소.

그리고 나는 그대를 진심으로 아끼고 사랑하는 가운데　　　485

지금 같은 모습으로 키웠소, 신 같은 아킬레우스여.

그래서 내가 먼저 그대를 내 무릎에 앉혀놓고 구운 고기를 썰어 먹여주고

포도주도 따라 먹여주기 전까지, 그대는 잔치에 가서 다른 사람과

어울리려 하지 않았고, 집에서 음식을 먹으려 하지도 않았지.

당시에 철부지였던 그대가 포도주를 마시다가　　　490

내 가슴 위에 쏟는 바람에 상의가 젖은 적이 수차례였소.

신들께서 내 몸에서 자식이 태어나지 못하게 하신다고 생각했기에,

나는 그대를 위해 온갖 수고를 마다 않고 정성을 다했다오.

신 같은 아킬레우스여, 나중에 그대가 나를 치욕스러운 파멸에서

지켜주리라 믿고, 이렇게 그대를 아들같이 생각하고　　　495

키웠다오. 그러니 아킬레우스여, 오기를 억누르시오.

무자비한 마음을 품어서는 안 되오. 미덕과 명예와 힘에서

더 위대한 신들도 자신의 뜻을 굽히곤 한다오.

잘못을 저지르거나 죄를 지은 사람도

제를 올리고 경건한 맹세와 헌주와 번제물을 태운 연기와 향을 바치며　　　500

---

13 "돌롭스인"은 테살리아의 남서쪽 에피로스와 테살리아의 경계에 있던 돌로피아에 사는 주
　　민들로 옛 헬라스인이었다.

간절하게 기도하면 신들이 마음을 돌리잖소.

위대한 제우스의 따님들이자 참회 기도의 여신들인 리타이[14]는

다리를 절고 주름이 많으며 사팔눈을 한 채

미망의 여신인 아테 뒤만 열심히 따라다닌다오.

미망의 여신은 힘찼고 발걸음도 날래어, 참회 기도의 여신들을   505

한참 앞질러 온 대지를 돌아다니며 사람들을 미망에 빠뜨린다오.

그러면 리타이가 뒤따라가 이를 완전히 고쳐주지요.

이 제우스의 따님들은 다가갔을 때, 자신을 공경하는 자는

크게 이롭게 해주고 기도도 들어준다오.

반면 자신을 거부하고 완강하게 고집을 부릴 경우에는,   510

크로노스의 아드님이신 제우스께로 가서 간청한다지요.

미망의 여신 아테가 그를 따라다니며 어리석음의 대가를 치르게 해달
    라고 말이오.

그러니 아킬레우스여, 이 제우스의 따님들이 그대에게 다가왔을 때,

다른 훌륭한 사람들의 뜻도 굽히는 이 여신들을 공경해야 하오.

아트레우스의 아들이 그대에게 지금 선물을 주지 않고   515

나중에 주겠다고 약속도 하지 않은 채 여전히 격노하고 있다면,

아르고스인에게 아무리 그대의 도움이 절실하게 필요해도,

나는 그대에게 분노를 버리고 그들을 도우라고 간청하지 않을 것이오.

하지만 그는 지금 즉시 많은 선물을 주고 이후에도 주겠다고

약속한 데다가, 아카이오스인의 백성 중 가장 훌륭한 장수이자   520

아르고스인 중 그대와 가장 친한 이들을 뽑아 간청하도록 보냈잖소.

그러니 그들의 말과 발걸음을 모욕해서는 안 되오.

---

14 '기도하는 자들'이라는 뜻을 지닌 "리타이"는 제우스와 불화의 여신 에리스 사이에서 난
   딸이자 미망과 재앙의 여신 "아테"에게 해를 입은 사람들을 위로하고 보상하는 일을 한다.
   여기에서 '기도'는 참회 기도를 가리킨다.

지금까지는 아무도 그대의 분노에 분개하지 않았소.

이전에도 유명한 영웅들이 맹렬히 분노할 때면,

그대처럼 행동했음을 들어 알고 있기 때문이오.   525

하지만 영웅들도 선물과 설득 앞에서는 마음을 돌렸소.

나는 최근 일 말고 오래된 일 하나를 늘 마음속에 간직하고 되새기는데,

지금 이 자리에서 친구인 여러분 모두에게 들려주고자 하오.

전에 쿠레테스인들과 끈질기게 싸우는 아이톨리아인들이

칼리돈성 주위에서 전투를 벌이며 서로를 도륙한 적이 있었소.   530

아이톨리아인들은 아름다운 칼리돈을 지키고자 했고,

쿠레테스인들은 전쟁을 통해 이 성을 철저히 파괴하고자 했소.

오이네우스가 비옥한 과수원에서 최초의 수확물로

황금 옥좌의 아르테미스에게 제를 올리지 않자, 여신이 진노해 재앙을

불러일으켰던 것이오. 마음이 무엇에 홀렸던지 오이네우스는   535

다른 모든 신들에게는 제를 올리면서도, 정신이 아득하여

오직 이 위대한 제우스의 따님에게만은 제를 올리지 않았다오.

고귀한 혈통이요 화살을 퍼붓는 이 여신은 화가 나서

하얀 이빨을 드러낸 광포한 멧돼지를 보냈고,

이 멧돼지는 오이네우스의 과수원에 출몰하여   540

과실 맺을 꽃이 피어 있는 큰 나무들을

수없이 뿌리째 뽑아 땅에 내던져 큰 피해를 입혔다오.

그러자 오이네우스의 아들 멜레아그로스가

여러 성에서 사냥꾼들과 사냥개들을 모아 그 멧돼지를 죽였소.

이 멧돼지는 가슴 아프게도 많은 사람을 화장용 장작더미 위로   545

보냈을 정도로 아주 커서, 적은 인원으로는 죽일 수 없었기 때문이오.

그런데 죽은 멧돼지를 놓고 일이 벌어졌소. 아르테미스 여신이

멧돼지의 머리와 털 많은 가죽을 누가 갖느냐를 놓고 쿠레테스인과

기개 있는 아이톨리아인 간에 고함을 지르는 큰 소동이 벌어지게 하신

〈칼리돈의 멧돼지 사냥〉(페테르 파울 루벤스, 1611~1612년)

것이오.

아레스가 아끼는 멜레아그로스가 참전하고 있는 동안   550

쿠레테스인은 수가 많았어도 불리했기 때문에

성벽 앞까지 나가 싸울 엄두조차 내지 못했소.

하지만 멜레아그로스가 사랑하는 어머니에게 화가 난 나머지

다른 현명한 사람들의 가슴마저

들끓게 하는 분노에 사로잡히자 그는 자기 아내,   555

아름다운 클레오파트라 옆에 눌러앉고 말았소.

클레오파트라는 에우에노스[15]의 딸인 복사뼈 예쁜 마르페사와

그 시절 땅 위를 걷는 이들 중 가장 강력했던 이다스의 딸이었소.

이다스는 발목이 고운 신부 마르페사를 위하여

군주 포이보스 아폴론에게 맞서려고 활을 잡았던 인물이오.   560

이 사건이 있은 후 아버지 이다스와 존귀한 어머니 마르페사는

집에서 클레오파트라를 '물총새 아이'라는 별명으로 불렀는데,

어머니 마르페사가 멀리 쏘는 포이보스 아폴론에게 납치되자

클레오파트라가 물총새[16]처럼 애처롭게 울었기 때문이오.

그런 그녀 곁에서 멜레아그로스는 어머니의 저주가 불러일으킨   565

---

15 "에우에노스"는 전쟁의 신 아레스의 아들로, 엘리스 지방 피사의 왕 오이노마오스의 딸 알
   키페와 결혼해 "마르페사"를 낳았다. 딸을 너무나 사랑해 아무와도 결혼시키고 싶지 않았
   던 에우에노스는 구혼자들에게 자기와 전차 경주를 해서 이기는 자를 사위로 삼겠다고 제
   안했다. 구혼자들은 에우에노스의 빠른 전차를 따라잡을 수 없어 결국 모두 죽임을 당했
   다. 그러나 메세니아 왕 아파레우스의 아들 "이다스"는 바다의 신 포세이돈에게 날개 달린
   전차를 빌려 그에게 승리한다. 에우에노스가 약속을 지키지 않자 이다스는 몰래 마르페사
   를 전차에 싣고 달아났다. 절망한 에우에노스는 말들을 죽이고 자신도 강에 몸을 던져 죽
   었는데, 이후로 그 강은 에우에노스강이라고 불렸다. 마르페사를 메세니아로 데려온 이다
   스는 그녀를 빼앗으려는 아폴론과 싸우게 되었다. 제우스가 중재해 마르페사에게 선택권
   을 주자, 그녀는 아폴론 대신 자신과 함께 늙어갈 인간 이다스를 선택했다.
16 케익스와 알키오네 부부가 "물총새"(ἀλκυών, '알키온')로 변했다는 이야기가 있다.

쓰라린 분노를 곱씹고 있었소. 자기 오빠의 죽음[17]에 원한을 품은

어머니가 무릎을 꿇고 눈물로 가슴을 적시며, 아들 멜레아그로스에게

죽음을 내려달라고 신들에게 끊임없이 기도했고, 그것도 모자라

풍요의 대지를 두 주먹으로 끊임없이 치며

하데스와 무시무시한 페르세포네의 이름을 부르며 기도했기 때문이오.　　570

어둠 속을 다니는 무자비한 복수의 여신 에리니스[18]가

에레보스에서 그녀의 기도를 들었소. 얼마 지나지 않아 성문 주변에서

적들의 소란이 일었고, 적들이 던진 무기에 맞아 성벽에서

둔탁한 소리가 났소. 그러자 아이톨리아인의 원로들이

신들의 최고 제관들을 멜레아그로스에게 보내　　575

큰 선물을 약속하며 밖으로 나와 그들을 지켜달라고 간청했소.

그들은 아름다운 칼리돈의 아주 비옥한 들판에서

가장 좋은 곳으로 쉰 필지를 갖되

절반은 포도원, 절반은 순수한 경작지를

들판에서 떼어 가지라고 했소.　　580

전차를 타고 싸우는 나이 든 오이네우스도 지붕 높은 멜레아그로스의

침실 입구에 서서 견고한 문짝을 두드리며

아들에게 통사정하며 빌었고,

누이들과 존귀한 어머니도 그에게 통사정했다오.

17　멜레아그로스는 칼리돈의 멧돼지 사냥에서 멧돼지를 죽인 후, 멧돼지에게 처음으로 상처를 입힌 처녀 사냥꾼 아탈란테에게 반해 상으로 받은 멧돼지 가죽을 그녀에게 주었다. 그러자 여자가 사냥에 함께한 일을 못마땅해하던 외숙부 플렉시포스와 톡세우스가 화를 내며 그녀에게서 가죽을 빼앗았고, 이에 격분한 멜레아그로스는 외숙부들을 칼로 찔러 죽였다.

18　"에리니스"는 복수와 징벌의 여신들로, 크로노스가 낫으로 아버지 우라노스의 성기를 자를 때 흐른 피가 대지에 스며들어 태어난 딸들이다. 지하세계에 살면서 죄지은 자들, 특히 살인자와 거짓 맹세를 하는 자들과 부모 살해범을 추적해 가혹하게 복수하고, 가족이 살해당한 이들의 복수도 해준다.

〈멧돼지를 아탈란테에게 선물하는 멜레아그로스〉(페테르 파울 루벤스, 연대 미상)

하지만 그는 더 완강하게 거부했소. 그리고 누구보다 585
그가 가장 믿고 아끼는 친구들이 그에게 통사정했소.
하지만 친구들조차 그의 가슴속 마음을 돌릴 수 없었소.
마침내 그의 침실에도 적들의 무기가 날아들었고, 쿠레테스인들은
성벽 위로 기어올라 도성에 불을 지르기 시작했소.
그러자 예쁜 허리띠를 한 아내가 성이 함락되었을 때 590
사람들이 겪게 될 온갖 고통을 멜레아그로스에게 애절하게 호소했소.
남자들은 도륙당하고, 성은 불에 타서 폐허가 되며,
아이들과 허리띠를 아래쪽에 맨 여자들은 낯선 사람들에게
끌려갈 것이라고 말하며 눈물로 애원했다오.
이런 끔찍한 일들을 듣고 나서야 정신이 번쩍 든 그는 595
방에서 나와 번쩍이는 무구들로 무장했고,
결국 마음을 돌려 아이톨리아인을 재앙의 날에서
지켜주었소. 그때는 더 이상 그에게 무수히 좋은 선물이
돌아오지 않았지만, 그는 스스로 그들을 재앙에서 지켜준 것이오.
그대는 그처럼 뒤늦게 사람들을 구할 생각을 해서는 안 되오. 600
신께서도 그대를 그렇게 인도하시면 안 될 일이오, 내 사랑이여.
함선들이 불타기 시작하면 구하기 어려운 데다 선물을 준다고 했을 때
나서야 하오. 그래야 아카이오스인들이 그대를 신처럼 공경할 것이오.
선물도 없이 전사들을 죽이는 전장에 뛰어든다면, 이제 전쟁에서
그들을 지켜준다 해도 더 이상 똑같은 명예가 돌아가진 않을 테니.” 605
　　　　빠른 발의 아킬레우스가 대답했다.
“제우스께서 기르신 나이 든 아버지 포이닉스시여, 내게는 그런 명예가
필요치 않습니다. 제우스께서 정하신 운명에 따라 이미 명예를 얻었고,
내 가슴에 호흡이 있고 무릎을 움직일 수 있는 한,
새 부리처럼 휜 함선들 사이에서 이 운명은 계속될 테지요. 610
그래서 분명히 말해두는데 이 말을 명심하십시오.

아트레우스의 아들 전사를 기쁘게 해주기 위해 울며불며 애원하여

내 마음을 혼란스럽게 하지 마세요. 그자를 사랑해서는 안 됩니다.

그자를 사랑한다면, 당신을 향한 내 사랑은 미움으로 바뀔 테니까요.

당신도 내 편에 서서 나를 괴롭히는 자를 괴롭게 하는 게 낫습니다.   615

그렇게 해서 나와 똑같이 왕이 되어 다스리시고

내 명예의 절반도 나누어 가지세요. 내 말은 이 사람들이 전할 테니

당신은 이곳에 머물다가 부드러운 곳에 몸을 누이세요.

날이 밝으면 귀향할지 이곳에 머물지 생각해봅시다.”

　　　아킬레우스는 이렇게 말한 후, 파트로클로스에게 말없이 눈짓으로   620

포이닉스가 쓸 두터운 침구를 펴게 했다.

그들에게 빨리 돌아가라고 짐짓 신호를 준 것이었다. 그러자 그들 가운데서

텔라몬의 아들 신 같은 아이아스가 말했다.

“제우스의 자손인 라에르테스의 아들이자 지략가인 오디세우스여,

이번에는 우리가 발걸음한 목적을 이룰 수 없을 것 같으니   625

이만 돌아가 비록 좋은 소식은 아니더라도

아직도 앉아 기다리고 있을 다나오스인들에게

빨리 전합시다. 아킬레우스는 여전히 가슴에

거친 분노를 품고 있으니 잔인한 사람이오.

우리는 함선들 사이에서 누구보다 그를 존중한 전우들인데도,   630

그런 우정과 사랑을 아랑곳하지 않는구려. 무자비한 사람 같으니!

사람들은 자기 형제나 자식을 죽인 자에게

배상금을 받소. 그렇게 가해자는 막대한 배상금을

지불한 후 자기 고향에 그대로 머물러 살아가고,

배상금을 받은 피해자는 억울하고 분한 마음을 누르며 살아간다오.   635

당신의 경우에는 신들께서 한 젊은 여인으로 인해 가슴에

그치지 않는 앙심과 분노를 품게 하셨소.

그래서 우리가 지금 가장 뛰어난 여자 일곱과 그 밖의 많은 것을

주겠다고 제안한 것이오. 그러니 아량을 베푸시고,
당신 가문의 명예를 손상시키지 말아주시오. 우리는 수많은   640
다나오스인의 대표로 이 집에 와 있고, 모든 아카이오스인 중
누구보다 당신과 가깝고 친하다고 자부하기 때문이오."
　　　빠른 발의 아킬레우스가 대답했다.
"백성의 통치자이자 제우스의 자손인 텔라몬의 아들 아이아스여,
당신의 말에 나도 전적으로 동감하오. 하지만 아트레우스의 아들이   645
나를 집도 없이 떠도는 보잘것없는 떠돌이처럼 대하며
아르고스인 가운데서 대놓고 모욕한 일을 생각할 때마다
내 마음속에서 분노가 치밀어 오른단 말이오.
그러니 돌아가 내 말을 똑똑히 전해주시오.
현명한 프리아모스의 아들 고귀한 헥토르가   650
미르미도네스인의 막사들과 함선들이 있는 곳으로 와서
아르고스인들을 도륙하고 함선들에 불을 지르기 전까지,
나는 피비린내 나는 전쟁에 뛰어들 생각이 없소.
하지만 내 막사와 검은 함선 주위에서 얼쩡거릴 때는,
아무리 맹렬한 투지로 덤벼든다 해도 내게 제압당할 것이라고 말이오."   655
　　　아킬레우스의 말이 끝나자, 그들은 각자 위아래 어느 쪽으로도 사
　　　　　용되는 이중 술잔을 들고
신들에게 헌주한 후, 오디세우스를 필두로 함선들을 따라 되돌아갔다.
파트로클로스는 전우들과 여종들에게
즉시 포이닉스를 위해 두터운 침구를 펴라고 지시했다.
그가 지시한 대로 그들은 양털 담요와   660
최상급 세마포 이불로 된 두터운 침구를 폈고,
노인은 거기에 누워 고귀한 새벽의 여신 에오스를 기다렸다.
아킬레우스는 잘 지은 막사의 가장 안쪽에서 잤고,
그가 레스보스에서 데려온 여자인 포르바스의 딸

고운 뺨의 디오메데가 아킬레우스 옆에 누웠다.   665

파트로클로스는 반대편에 누웠고, 그의 옆에는 허리띠 예쁜 이피스가

누웠다. 그녀는 고귀한 아킬레우스가 에니에우스[19]의 성인

높고 가파른 스키로스를 함락한 후 그에게 준 여자였다.

　　　오디세우스 일행이 아트레우스의 아들 아가멤논의 막사에 도착하자,

아카이오스인의 아들들이 여기저기에서 일어나   670

황금 술잔으로 그들을 위해 건배하며 물었다.

가장 먼저 물은 사람은 인간들의 군주 아가멤논이었다.

"아카이오스인의 큰 영광인 지혜로운 말솜씨를 지닌 오디세우스여,

어서 말해보시오. 그가 타오르는 불길에서 함선들을 구해주겠다고 했소,

아니면 여전히 분노에 사로잡혀 오기를 부리며 거절했소?"   675

　　　인내심 많은 고귀한 오디세우스가 대답했다.

"아트레우스의 지극히 영광스러운 아들이자

인간들의 군주 아가멤논이여,

그는 분노를 삭이기는커녕 더욱 분노하며

당신과 당신의 선물을 거부하고, 당신이 스스로   680

아르고스인들 가운데서 아카이오스인의 함선들과 군사들을

구할 방법을 생각해내라고 말했소. 자기는 날이 밝자마자 훌륭한 노가

달려 있고 양쪽에서 노 젓는 함선들을 바다에 띄우겠다고 했소.

또한 멀리 보시는 제우스께서 트로스인 위에 손을 뻗어

지켜주시고, 트로이아 군사들의 사기도 높으므로 난공불락의 일리오스를   685

함락시키겠다는 목표는 더 이상 달성할 수 없을 테니, 다른 사람도

함선을 타고 조상의 땅으로 돌아가기를 권한다고 했소.

그는 그렇게 말했고, 나와 함께 간 아이아스와 현명한 두 전령도

이 말을 하기 위해 여기로 왔소.

---

19 "에니에우스"는 에우보이아섬 동쪽에 있는 스키로스섬의 왕이었다.

하지만 원로이신 포이닉스께서는 그곳에서 잠자리에 들었소.　　　　690
아킬레우스가 그에게 강요하지는 않겠지만, 원한다면 내일 자기와 함께
함선을 타고 사랑하는 조상의 땅으로 돌아가자고 했기 때문이오."
　　　　오디세우스가 이렇게 말하자 그들은 모두 놀라
잠자코 있었다. 그의 말이 아주 단호했기 때문이다.
한동안 아카이오스인의 아들들은 침통한 기색으로 묵묵히 있었다.　　　　695
이윽고 함성 소리 우렁찬 디오메데스가 입을 열었다.
"아트레우스의 지극히 영광스러운 아들이자 인간들의 군주 아가멤논이여,
당신은 펠레우스의 훌륭한 아들에게 무수한 선물을 약속하며
간청해서는 안 되었소. 그렇지 않아도 오만한 자인데
이제 그 오만함을 한층 더 들쑤셔놓은 꼴이　　　　700
되고 말았잖소. 일이 이렇게 되었으니 그가 떠나든 머물든 내버려둡시다.
나중에 가슴속 마음이 그에게 명령하고, 신께서 그로 하여금
떨쳐 일어나게 하면, 그가 다시 싸우겠지요.
그러니 자, 모두 내 말을 따라주시오.
이제 음식과 포도주를 마음껏 먹고 마셔 마음을 기쁘게 한 후　　　　705
가서 잠을 청합시다. 그래야 힘과 투지가 생기지 않겠소?
그리고 장밋빛 손가락을 지닌 아름다운 새벽의 여신 에오스가 모습을
　　드러내면,
당신은 즉시 군사와 전차를 함선들 앞에 정렬시켜
싸움을 독려하고, 스스로도 선봉에 서서 싸우길 바라오."
　　　　디오메데스가 이렇게 말하자, 모든 왕은　　　　710
말 길들이는 자 디오메데스의 말이 옳다고 생각하며
그에게 동의했다. 그들은 신들에게 헌주한 후,
각자의 막사로 돌아가 누워 잠의 품에 안겼다.

K

제10권　디오메데스와 오디세우스의 정탐

아카이오스인의 다른 장수들은 달콤한 잠에 굴복하여

함선들 옆에서 밤새도록 잠에 빠졌지만,

아트레우스의 아들이자 백성의 목자인 아가멤논은

마음속에서 수많은 걱정이 일어나 단잠을 이루지 못했다.

머릿결 고운 헤라의 남편이 번개를 동반하여　　　　　　　　　　5

이루 말할 수 없이 엄청난 폭우나 우박이나 눈을 퍼붓거나

들판에 눈보라가 휘몰아치게 하거나

파멸의 전쟁이 큰 입을 벌리게 할 때처럼,

바로 그렇게 아가멤논은 가슴 깊은 곳에서

자주 깊은 신음 소리를 냈고, 마음은 속에서 떨고 있었다.　　　10

그리고 트로스인들이 있는 들판 쪽으로 눈길이 갈 때마다

일리오스 앞에서 타오르는 수많은 모닥불,

아울로스와 목적(牧笛) 소리, 사람들이 떠들며 고함치는 소리에

깜짝 놀라곤 했다. 반면 아카이오스인의 함선들과 군사들 쪽으로

눈길이 갈 때면 저 높이 계신 제우스를 바라보며　　　　　　　15

머리를 쥐어뜯었고,

영광스러운 마음은 크게 신음했다.

그가 생각하기에 가장 먼저 넬레우스의 아들 네스토르에게 가서

다나오스 백성 전체를 지킬 뛰어난 계책을
함께 강구하는 게 상책일 듯했다.   20
그는 잠자리에서 일어나 가슴을 두르는 상의를 입고
번쩍이는 발아래에는 아름다운 신을 묶었다.
그런 다음 발목까지 닿는 사납고 큰 사자의
황갈색 가죽을 걸치고 창을 잡았다.

　　　메넬라오스도 눈꺼풀에 잠이 내려앉지 않아   25
마찬가지로 떨고 있었다.
자기를 위해 전쟁을 하려고 선뜻 깊은 바다를 건너 트로이아로 온
아르고스인들에게 무슨 변이라도 생기지 않을까 두려웠다.
먼저 그는 표범 가죽으로 만든 외투를 넓은 등에 걸친 후
청동 투구를 집어 들어 머리에 쓰고,   30
다부진 손으로 창을 잡았다.
그런 다음 모든 아르고스인의 위대한 통치자이자
백성이 신처럼 떠받드는 형을 깨우러 갔다.
그는 형이 아름다운 갑옷을 어깨에 걸치고 함선의 꼬리 부분에
서 있는 모습을 보았고, 아가멤논은 아우가 온 것이 반가웠다.   35
함성 소리 우렁찬 메넬라오스가 먼저 말했다.
"형님, 무슨 일로 이렇게 무장을 하셨습니까?
장수들 중 누군가를 재촉해 트로스인을
정탐하시려고요? 하지만 신성한 밤을 헤치고
혼자 접근해 적군의 동태를 살피는 일을 맡을 사람이   40
과연 있을지 염려됩니다. 아주 대담한 자라야 할 수 있을 테니까요."

　　　통치자 아가멤논이 대답했다.
"제우스께서 기르신 메넬라오스야,
제우스의 마음이 바뀌었으니, 너와 내게는 곤경에 처한
아르고스인과 함선들을 구할 묘책이 필요하다.   45

제우스께서는 헥토르가 바치는 제물에 더 마음이 끌리시는 것 같구나.

헥토르는 여신이나 신이 애지중지하는 아들이 아닌데도

제우스의 비호를 받아 아카이오스인의 아들들을 무참하게

살육했는데, 지금까지 나는 한 사람이 하루 만에 이토록 끔찍한 일을

벌인 것을 본 적도 들은 적도 없다. 헥토르는 아카이오스인들에게   50

이토록 엄청난 재앙을 안겨주었으니, 그가 저지른 일은

아르고스인 사이에서 잊지 못할 일로 두고두고 기억될 것이다.

그러니 이제 너는 함선들을 따라 빨리 달려가

아이아스와 이도메네우스를 불러오너라.

나는 고귀한 네스토르를 깨워 신성한 경계 부대로 가서   55

정탐을 지시할 생각이 있는지 알아봐야겠다. 그의 아들이

이도메네우스의 동료인 메리오네스와 함께 경계 부대를 지휘하고 있고,

우리도 주로 이 두 사람에게 경계 임무를 맡겼으니,

경계 부대가 네스토르의 말이라면 잘 따르지 않겠느냐.”

　　　함성 소리 우렁찬 메넬라오스가 대답했다.   60

“형님 말씀은 저더러 어떻게 하라는 겁니까? 제가 그들을 찾아가

형님이 오실 때까지 함께 머물러 있을까요, 아니면 그들에게 형님이

부르신다고 전한 후 다시 여기 형님께 달려올까요?”

　　　인간들의 군주 아가멤논이 대답했다.

“진중에는 길이 많아 우리가 서로 엇갈릴 수 있고,   65

그렇게 되면 안 되니 그냥 거기에 머물러 있거라.

어디를 가서든 큰 소리로 외치되

각자의 가문과 아버지의 이름을 따라

모든 예를 갖추어 호명하며 일어나라 명령하고 오만하게 굴지 마라.

제우스께서는 우리에게 태어날 때부터 무거운 짐을 짊어질   70

힘든 숙명을 주셨으니, 우리가 솔선수범하여 애써보자.”

　　　아가멤논은 이렇게 분명하게 지시한 후 아우를 보냈고,

자신은 백성의 목자인 네스토르에게 갔다.

가서 보니 네스토르는 막사와 검은 함선 옆 부드러운 침상 위에

누워 있었고, 옆에는 정교하게 만든 무구들, 75

곧 방패와 창 두 자루와 번쩍이는 투구가 놓여 있었다.

화려한 광채가 나는 혁대도 옆에 놓여 있었다. 이 노인은

노쇠함에 굽히지 않고, 남자들이 죽어나가는 전쟁을

치르기 위해 무장하고 백성을 이끌 때마다 이 혁대를 찼다.

네스토르는 팔로 몸을 지탱하고 반쯤 몸을 일으킨 채 80

머리를 들고 아트레우스의 아들에게 물었다.

"자네는 누구이기에 다른 사람들이 잠들어 있는

이 어두운 밤에 혼자 진중에서 함선들을 따라 걷고 있는가?

노새를 찾고 있는가, 아니면 동료를 찾고 있는가?

아무 말 없이 내게 다가오지 말고 말하게. 무슨 일로 왔는가?" 85

   인간들의 군주 아가멤논이 대답했다.

"넬레우스의 아들이자 아카이오스인의 큰 영광인 네스토르여,

아트레우스의 아들 아가멤논을 알아보겠소?

가슴속에 호흡이 있고 무릎을 움직일 힘이 있는 동안,

제우스께서 모든 일마다 끊임없이 고생시키고 있는 바로 그 아가멤논

 말이오. 90

내가 이 밤에 돌아다니는 것도 내 눈에 달콤한 잠이 내려앉지 않고,

전쟁과 아카이오스인이 당하게 될 고통이 염려되기 때문이오.

다나오스인에게 닥칠 재앙이 몸서리날 정도로 두려워

마음이 안정되지 않고, 극도로 괴로워 심장이 터져버릴 것 같은 데다가

아래쪽에서는 윤기 나는 사지가 후들거린다오. 95

당신에게도 잠이 찾아오지 않은 것 같으니

뭐라도 해볼 마음이 있다면, 우리 두 사람이 경계 부대로 내려가

경계병들이 지친 몸과 졸음을 견디지 못하고 임무를 완전히 잊은 채

자고 있지는 않은지 살펴봅시다.

적들이 아주 가까이 진을 치고 있는 데다가　　　　　　　　　　　100

밤에 공격해올지도 모르잖소."

　　　전차를 타고 싸우는 게레니아의 네스토르가 대답했다.

"아트레우스의 지극히 영광스러운 아들이자 인간들의 군주 아가멤논이여,

지략가이신 제우스께서는 헥토르가 지금 바라고 생각하는 모든 것을

다시 이루어주시지 않을 게 분명하오.　　　　　　　　　　　　105

아킬레우스가 마음을 바꿔 분노를 누그러뜨리기만 한다면,

내 생각에 헥토르는 한층 심한 고통에 시달릴 것이오.

이제 나는 기꺼이 당신을 따라나서겠지만, 다른 사람들,

곧 티데우스의 아들이자 창술의 달인 디오메데스, 오디세우스,

민첩한 아이아스, 필레우스의 용맹한 아들 메게스도 깨우겠소.　　　110

신 같은 아이아스와 군주 이도메네우스에게도

사람을 보내어 오게 하는 것이 좋겠소. 그들의 함선들은

가까이 있지 않고 가장 멀리 있기 때문이오. 그런데 당신이 내게 화를

내더라도 할 말을 하자면, 메넬라오스는 당신이 사랑하는 데다가

공경받을 분이기는 하지만 책망을 들어야겠소.　　　　　　　　115

이제 더 이상 감당할 수 없는 곤경 속에서, 마땅히

모든 장수를 부지런히 찾아다니며 간청하고 애써야 할 마당에

이 힘든 일을 당신에게 떠넘긴 채 자고 있으니 말이오."

　　　인간들의 군주 아가멤논이 대답했다.

"원로시여, 나중에 다른 일로 그를 책망하길 부탁드리오.　　　　120

그가 종종 빠릿빠릿하지 못하고 힘든 일을 맡지 않으려 하지만,

그것은 나태하거나 분별력이 없어서가 아니라

내가 먼저 행동하기를 기다리며 내 눈치를 살피기 때문이오.

그런 그가 이번에는 나보다 훨씬 먼저 깨어 나를 찾아왔소.

그래서 당신이 말한 사람들을 깨워 불러오라고 그를 보냈소.　　　125

그러니 갑시다. 그들에게 모이라고 지시해놓았으니,
방어벽 문 앞 경계병들이 있는 곳에서 만날 수 있을 것이오.”
　　　전차를 타고 싸우는 게레니아의 네스토르가 대답했다.
“그렇다면야 그가 누구를 독려하거나 명령하든
아르고스인 중 아무도 분노하거나 불복종하지 않겠지요.”　　　　　　　130
　　　네스토르는 이렇게 말하며 가슴에 상의를 두르고,
윤기가 흐르는 발아래로는 아름다운 신을 묶은 후
두툼한 양털을 속에 넣어 두 겹으로 만든
넓은 자주색 외투를 걸치고 혁대로 단단히 죄었다.
그는 날카로운 청동 날이 달린 창을 꼭 쥐고　　　　　　　　　　　135
청동 갑옷 입은 아카이오스인의 함선들 옆을 걸어갔다.
전차를 타고 싸우는 게레니아의 네스토르는
먼저 계책에서 제우스와 맞먹는 오디세우스를 큰 소리로 불러
잠에서 깨웠다. 그 큰 소리가 즉시 오디세우스의 마음에 도달하자
그는 막사에서 나와 두 사람을 향해 말했다.　　　　　　　　　　140
“무슨 일인데 이 신성한 밤에 이렇게 두 분만 함선들을 따라
군영을 거니시오? 무슨 긴급한 일이 일어났소?”
　　　전차를 타고 싸우는 게레니아의 네스토르가 대답했다.
“제우스의 자손 라에르테스의 아들이자 지략가인 오디세우스여,
아카이오스인에게 큰 고통이 닥쳐 이러는 것이니　　　　　　　　145
화내지 마시오. 자, 따라오시오. 우리가 도망칠지 싸울지
함께 의논할 만한 다른 사람도 깨웁시다.”
　　　네스토르가 이렇게 말하자, 지략가 오디세우스는 막사로 가서
정교하게 만든 방패를 어깨에 멘 다음 그들과 함께 길을 나섰다.
그들은 티데우스의 아들 디오메데스에게 갔다. 가서 보니　　　　　150
그는 무장을 한 채 막사 밖에서 자고 있었다. 주위에는
전우들이 머리에 방패를 베고 자고 있었지만,

창 자루 끝에 박힌 날카로운 부분이 땅에 꽂히게 똑바로 세워놓아,

창끝의 청동 날들이 아버지 제우스의 번개처럼 멀리까지 번쩍거렸다.

영웅은 잠들어 있었는데, 밑에는 들소 가죽이   155

깔려 있고, 머리는 화려한 베개를 베고 있었다.

전차를 타고 싸우는 네스토르가 다가가 발로

그의 발을 건드려 깨우며 바로 앞에서 그를 독려하고 꾸짖었다.

"일어나시오, 티데우스의 아들이여. 어쩌자고 밤새도록 자고 있소?

당신은 트로스인이 함선들 바로 옆에 있는 들판 언덕 위,   160

한걸음에 들이닥칠 수 있는 곳에 진 치고 있는 것을 모른단 말이오?"

　　네스토르가 이렇게 말하자,

디오메데스는 자다가 벌떡 일어나 날개 달린 말로 대답했다.

"원로시여, 수고를 마다 않고 일하시니 참으로 놀랍습니다.

아카이오스인의 젊은 아들들 중에는 여기저기를 돌아다니며   165

모든 왕을 일일이 깨울 만한 자가 없단 말이오?

원로시여, 당신은 못 말릴 분입니다."

　　전차를 타고 싸우는 게레니아의 네스토르가 대답했다.

"친구여, 당신이 지금 한 말은 모두 이치에 맞고 틀린 게 하나도 없소.

내게도 흠잡을 데 없이 훌륭한 아들들이 있고,   170

군사도 많으니, 이 일을 그들 중 누군가에게 시켜도 되오.

하지만 아카이오스인이 처해 있는 상황이 너무나 급박하오.

지금은 아카이오스인 전체가 끔찍한 파멸을 맞느냐 살아남느냐

하는 문제로 칼날 위를 걷고 있기 때문이오.

그러니 내가 측은해 보인다면, 나보다 젊은 당신이   175

지금 가서 민첩한 아이아스와 필레우스의 아들 메게스를 깨우시오."

　　네스토르가 이렇게 말하자, 디오메데스는 발목까지 닿는

사납고 거대한 사자의 황갈색 가죽을 어깨에 걸치고 창을 잡았다.

그런 후 영웅은 그들의 막사로 가서 그들을 깨워 데려왔다.

이렇게 해서 그들은 다른 장수들과 합류하기로 한   180
경계 부대가 있는 곳으로 갔다. 가서 보니
경계 부대의 지휘관들은 자지 않고,
모두 무장한 채 깨어 앉아 있었다.
산속 수풀에서 나는 맹수의 포효,
맹수를 추격하는 사람들과 사냥개들의 요란한 소리를 들으며   185
양 떼를 지키는 충직한 개들이 잠을 이루지 못하듯,
바로 그렇게 사악한 밤에 경계를 서는 그들의 눈꺼풀에서도
단잠은 달아나버렸다. 트로스인이 다가오는 듯한 소리가 들릴 때마다
들판 쪽으로 눈을 돌려 주시해야 했기 때문이다.
그들을 본 원로 네스토르는 기뻐하며 날개 달린 말로   190
그들을 격려했다.
"사랑하는 아들들이여, 지금 이런 식으로 계속 경계를 서시오.
우리가 적들의 기쁨의 원천이 되지 않도록 아무도 잠에 붙잡히지 마시오."
        네스토르가 이렇게 말하고 거침없이 해자를 건너가자
회의에 소집된 아르고스인의 왕들도 뒤를 따랐고,   195
메리오네스와 네스토르의 훌륭한 아들 트라시메데스도 그들과 함께 갔다.
그들이 이 두 사람을 회의에 참석하도록 불렀기 때문이다.
이렇게 해서 그들은 파놓은 해자를 완전히 건너
널브러진 시신들이 없는 빈 땅에 앉았다.
그곳은 강력한 헥토르가 밤이 그를 덮을 때까지   200
아르고스인을 도륙하다가 돌아간 자리였다.
그들이 거기에 앉아 대화를 나누었는데,
전차를 타고 싸우는 네스토르가 그들 가운데서 먼저 입을 열었다.
"친구들이여, 자신의 기개를 믿고
기세등등한 트로스인 사이로 들어가 볼 사람 누구 없소?   205
최전방에 있는 적군 중 누군가를 붙잡아오거나,

트로스인 가운데서 무슨 말이 오가는지 알면,

그들이 무슨 생각을 하는지 알 수 있을 텐데. 성에서 멀리 나와

함선들 옆에 계속 주둔할지, 아카이오스인을 물리쳤으니

이제 다시 성으로 돌아갈지 말이오.   210

그가 이 모든 것을 알아낸 후

무사히 우리에게 돌아온다면,

하늘 아래 모든 사람 가운데서 큰 명성을 얻고,

훌륭한 선물도 받게 될 것이오. 함선들을 지휘하는

모든 장수가 저마다 새끼 딸린 검은 암양을 한 마리씩   215

그에게 줄 텐데, 이보다 더 훌륭한 선물은 없을 테니 말이오.

게다가 그는 개인 연회든 공식 연회든 모든 잔치에 함께할 것이오.”

　　　네스토르가 이렇게 말하자 그들은 모두 말없이 묵묵히 있었다.

그들 가운데서 함성 소리 우렁찬 디오메데스가 말했다.

“네스토르여, 사내대장부로서 내 마음과 기개가   220

가까이 있는 적들인 트로스인의 진영으로 들어가라고

나를 독촉합니다. 하지만 누구 한 사람만 나와 함께 간다면,

더 안심이 되고 용기도 더 날 것 같소.

두 사람이 함께 간다면 둘 중 누구라도 어떻게 하는 게 좋을지

확실히 알 수 있겠지만, 혼자서는 무언가를 알았다고 해도   225

긴가민가할 수 있고, 계책도 빈약할 수밖에 없소.”

　　　디오메데스가 이렇게 말하자 그와 함께 가고자 하는 사람이 많았다.

아레스의 시종인 두 명의 아이아스가 자원했고, 메리오네스도 원했으며,

네스토르의 아들도 나섰다. 아트레우스의 아들이자 창술로 유명한

메넬라오스도 가겠다고 했고, 인내심 많은 오디세우스도 트로스인의   230

무리 속으로 잠입하기를 원했다. 오디세우스의 가슴속에는 언제나

위험천만한 임무를 맡고자 하는 열망이 있었기 때문이다.

그러자 그들 가운데서 인간들의 군주 아가멤논이 말했다.

"내 마음을 기쁘게 해주는 티데우스의 아들 디오메데스여,

많은 사람이 가고 싶어 하니   235

자원자 중에 당신이 원하는 가장 훌륭한 사람을

동료로 선택해 함께 가시오. 황송하다고 생각해 더 탁월한 사람을

남겨두지 말고, 적임자가 아닌데도 가문만 보고

체면을 살려주기 위해 더 못한 사람을 동행으로 삼아서도 안 되오."

　　　아가멤논이 이렇게 말한 것은 그가 금발의 메넬라오스를 선택할

　　　까 봐 걱정되었기 때문이다.   240

함성 소리 우렁찬 디오메데스가 그들 가운데서 다시 말했다.

"정말 여러분이 내게 동행할 동료를 직접 선택하라고 한다면,

어떻게 내가 신 같은 오디세우스를 잊을 수 있겠소?

그는 대장부다운 마음과 기개를 지니고 있어 아무리 힘들고 위험한 일

앞에서도 물러서지 않는 데다, 팔라스 아테나께서 아끼시는 사람이잖소.   245

그런 사람이 나와 동행한다면, 상황을 판단해 대처하는 능력이

탁월하니 우리 두 사람은 불구덩이에서도 빠져나올 것이오."

　　　인내심 많은 고귀한 오디세우스가 말했다.

"티데우스의 아들이여, 나를 지나치게 추켜세우지도 깎아내리지도 마시오.

당신이 한 말은 아르고스인이라면 누구나 알고 있는 사실이니 말이오.   250

이미 밤은 많이 지났고 새벽이 가까워졌으니 이만 가시지요.

별들이 저만큼 앞으로 나아간 것을 보니,

밤의 두 부분은 벌써 지났고, 이제 셋째 부분만 남았구려."

　　　두 사람은 이렇게 말하고, 무시무시한 무구들을 갖추었다.

티데우스의 아들 디오메데스는 무기를 함선에   255

두고 왔기 때문에, 전투에서 물러서는 법이 없는 트라시메데스가

그에게 양날의 칼과 방패를 주었고, 머리에는

뿔이나 말총 장식이 없는 소가죽 투구를 씌워주었다.

두개모[1]라 불리는 이 투구는 건장한 장정들의 머리를 보호해주었다.

메리오네스는 자신의 활과 화살통과 칼을　　　　　　　　　　　260

오디세우스에게 주었고, 가죽 투구를

머리에 씌워주었다. 투구 안쪽에는

질긴 가죽끈들이 팽팽히 얽혀 있었고,

바깥쪽에는 멧돼지의 번쩍이는 흰 엄니들이 좌우 양쪽으로

촘촘하게 박혀 있었으며, 가운데에는 모전[2]이 부착되어 있었다.　　265

전에 아우톨리코스는 오르메노스의 아들 아민토르의

튼튼한 궁으로 들어가 이 투구를 가져와

키테라의 암피다마스에게 주었다.[3] 암피다마스는 이 투구를

스칸데이아로 가져와 그를 방문한 몰로스에게 선물했고,

몰로스는 아들 메리오네스에게 쓰라고 주었다.　　　　　　　270

이제 이 투구는 오디세우스가 머리에 쓰게 되었다.

　　　이렇게 두 사람은 무시무시한 무구로 무장한 후

다른 모든 장수를 그곳에 남겨둔 채 길을 떠났다.

팔라스 아테나는 그들을 위해 바로 길옆 그들의 오른쪽에

왜가리 한 마리를 보냈다. 두 사람은 어두운 밤 때문에 그 새를　　275

보지는 못했지만, 새가 우는 소리는 들었다.

오디세우스는 길조를 알리는 새 울음소리를 기뻐하며 아테나에게 기도

　　했다.

"아이기스 방패를 지닌 제우스의 따님이시여, 기도를 들어주소서.

1　"두개모"는 모자, 두건, 투구처럼 머리를 보호하기 위해 쓰는 모든 것을 총칭한다.

2　"모전"은 양모를 원료 삼아 습기, 열, 압력과 마찰로 섬유를 촘촘히 엮어 만든 견고한 천으로, 투구나 신발의 테두리를 보강하는 데 썼다.

3　"아우톨리코스"는 그리스 최고의 도둑으로, 안티클레이아의 아버지이고 안티클레이아는 오디세우스의 어머니다. "오르메노스의 아들 아민토르"는 아킬레우스의 스승이자 함께 참전한 포이닉스의 아버지다. "키테라"는 펠로폰네소스반도 최남단에 있는 섬이고, "스칸데이아"는 그 섬에 있는 도시다.

당신은 늘 저의 모든 발걸음을 살피시며, 제가 힘들 때마다

함께하셨습니다. 사랑하는 아테나시여, 이번에도 또다시 제게   280

지극히 큰 은총을 내리어, 우리가 트로스인에게 고통을 안겨줄

큰일을 해낸 후 함선들로 돌아가 명성을 얻게 하소서."

　　함성 소리 우렁찬 디오메데스가 이어서 기도했다.

"제우스의 따님인 지칠 줄 모르는 이시여, 이번에는 제 기도도 들어주소서.

제 아버지이신 고귀한 티데우스께서 아카이오스인의 사자로   285

테베에 가셨을 때 함께하셨던 것처럼 이제 저와 동행해주소서.

고귀한 여신이시여, 그때 제 아버지께서는 청동 갑옷 입은 아카이오스

　　인들을

아소포스강 변에 남겨두고 협상을 위해 카드모스의 후손들에게 갔다가

돌아오는 길에 당신과 함께 엄청난 일을 행하셨는데,[4]

그것은 당신이 제 아버지와 함께해 미리 알려주셨기에   290

가능한 일이었습니다. 이번에는 저와 함께하며 지켜주소서.

그렇게 해주시면 멍에를 메어 끌어본 적 없고

길들이지 않은 이마 넓은 일 년 된 암송아지를 제물로 삼아

그 뿔들을 금으로 싸서 당신께 제를 올리겠습니다."

　　두 사람이 이렇게 기도하자, 팔라스 아테나는 그들의 기도를   295

들어주었다. 두 사람은 위대한 제우스의 딸에게 기도한 후,

살육과 시신들과 무구들과 검은 피를 지나

두 마리 사자처럼 어두운 밤을 뚫고 나아갔다.

4　"티데우스"는 테베 공략에서 맹활약한 인물이다. 이때 테베 공략을 주도한 아르고스의 왕
　아드라스토스가 이끄는 아카이오스인의 군대는 아소포스강 변에 주둔해 있었고, 티데우
　스는 사신으로 테베에 가서 협상을 벌인다. 이 과정에서 카드모스의 후손들과 시합해 다
　이기자, 테베의 왕 에테오클레스는 그가 돌아가는 길에 군사 50명을 매복시켜 죽이려하다
　가 도리어 몰살당한다. 단둘이 정탐을 나선 디오메데스의 상황은 어떤 면에서는 그 당시
　사신으로 간 아버지가 처한 상황과 비슷하다.

한편, 헥토르도 트로스인의 장수들이 자게 내버려둘 리 없었다.

그는 트로스인의 지휘관과 수호자인   300

모든 장수를 불러모았다. 그러고 나서 영리한 계책을 내놓았다.

"누가 나를 위해 큰 선물을 받고 이 일을

맡아서 해주시겠소? 그에 대한 상은 확실히 주겠소.

이 임무를 맡아 영예를 드높일 자에게는

아카이오스인의 빠른 함선들 옆에 있는 것 중   305

가장 훌륭한 것으로 전차 한 대와 목이 우뚝 솟은

말 두 필을 상으로 주겠소.

그가 해야 할 일은 빨리 가는 함선들 가까이에 접근해

그들이 이전과 마찬가지로 빠른 함선들을 지키고 있는지,

아니면 이미 우리 손에 압도되어 자기들끼리 도망갈 궁리를   310

하며, 극심한 피로 때문에 녹초가 되어

야간 경계도 포기했는지 정탐하는 것이오."

    헥토르가 이렇게 말하자, 그들은 모두 아무 말 없이 묵묵히 있었다.

트로스인 가운데 황금도 많고 청동도 많은

신 같은 전령 에우메데스의 아들 돌론이 있었다.   315

그는 못생겼지만 발이 빨랐고,

다섯 명의 누이가 있는 외동아들이었다.

이때 그가 트로스인과 헥토르에게 말했다.

"헥토르여, 대장부로서 내 마음과 기개가

내게 빨리 가는 함선들에 가까이 가서 정탐해오라고   320

독촉합니다. 그러니 자, 당신의 홀을 들어 펠레우스의 흠 잡을 데 없이

훌륭한 아들을 태우고 다니는 말들과 청동으로 정교하게 장식된 전차를

내게 주겠다고 맹세하십시오. 당신에게 무익한 정탐꾼이

되거나 기대를 저버리지 않겠습니다.

나는 적진으로 들어간 후,   325

아가멤논의 함선으로 곧장 갈 작정입니다.

거기서 장수들이 모여 도망칠지 싸울지 의논하고 있을 테니까요."

　　　돌론이 이렇게 말하자, 헥토르는 손으로 홀을 잡고 맹세했다.

"이제 헤라의 남편이신 천둥 울리는 제우스께서 친히 내 증인이 되어주

　소서.

내가 말하건대, 트로스인 중 다른 사람은 그 전차를 타지 못하고,　　　330

오직 그대만 그 전차를 타는 영광을 언제까지나 누릴 것이오."

헥토르는 이렇게 말한 후 거짓 맹세까지 더해 돌론을 부추겼다.

돌론은 즉시 굽은 활을 어깨에 메고,

회색빛 늑대 가죽으로 된 외투를 걸쳤다.

머리에는 담비 가죽으로 만든 투구를 쓴 후, 손에는 날카로운 창을 잡고　　　335

군영을 나서 함선들 쪽으로 걸어갔다. 하지만 그는 함선들에서 나와

헥토르에게 되돌아가 정탐한 내용을 전하지 못할 운명이었다.

그가 말들과 사람들의 무리를 뒤로하고

부지런히 길을 재촉하고 있을 때, 누군가 다가오는 낌새를 알아차린

제우스의 자손 오디세우스가 디오메데스에게 말했다.　　　340

"디오메데스여, 저기 누군가가 진영을 나와 이쪽으로 오고 있소.

정탐하기 위해 우리 함선들 쪽으로 가고 있거나,

시신들에서 무구를 벗겨가려는 듯하오.

일단 그가 우리를 지나 들판으로 조금 나가게

내버려둡시다. 그런 후 신속하게 그를 덮쳐 붙잡읍시다.　　　345

저자가 발이 빨라 우리를 앞지른다면,

당신은 적진 방향에서 함선 쪽으로 그를 창으로 공격해

그가 성 쪽으로 도망가지 못하게 하시오."

　　　두 사람은 이렇게 말한 후 길에서 벗어나 시신들 사이에 누웠다.

돌론은 어리석게도 이를 눈치채지 못하고 신속하게 지나쳤다.　　　350

오래 묵은 밭을 깊이 갈아엎으려 단단히 매어놓은

쟁기질은 황소보다 노새가 더 낫다고들 하는데,

노새가 황소보다 앞서가는 그만큼의 거리를 돌론이 달려갔을 때,

두 사람이 그를 뒤쫓아왔고, 그는 발소리를 듣고 걸음을 멈췄다.

헥토르가 생각이 바뀌어 그를 되돌아오게 하기 위해   355

트로스인 진영에서 사람들을 보내지 않았을까

마음속으로 생각했기 때문이다. 그러나 그들이 창 닿을 만한

거리쯤 다가왔을 때, 적들임을 눈치챈 그는 빠른 무릎을 이용해

도망치기 시작했고, 그들도 즉시 추격했다.

들짐승을 사냥하는 법을 아는 날카로운 이빨의 사냥개 두 마리가   360

숲이 우거진 곳에서 새끼 사슴이나 토끼를 바짝 뒤쫓으면,

사냥감이 사냥개들 앞에서 비명을 지르며 달려가는 것처럼, 그렇게

티데우스의 아들 디오메데스와 도시를 함락시키는 자 오디세우스는

돌론이 자기 진영으로 돌아가지 못하게 퇴로를 차단하며 바짝 추격했다.

돌론이 함선들 쪽으로 도망쳐 경계병들 속에 섞이려 하는 순간,   365

아테나는 청동 갑옷 입은 아카이오스인 중 아무도

자기가 디오메데스보다 먼저 창을 던져 돌론을 맞혔다고 자랑하지

못하도록 티데우스의 아들에게 힘을 불어넣었다.

그러자 강력한 디오메데스가 창을 들고 그에게 달려들며 말했다.

"서라. 그러지 않으면 내가 창을 던질 것이고,   370

너는 그 자리에서 즉사할 것이다."

디오메데스가 이렇게 말하고 창을 던졌지만, 의도적으로

빗나가게 했기 때문에 광을 낸 창끝은 돌론의 오른쪽 어깨 위로 날아가

땅에 꽂혔다. 그러자 돌론은 공포에 사로잡혀 벌벌 떨며 멈춰 섰다.

입에서는 이들이 서로 부딪치며 달그락거리는 소리가 났고,   375

얼굴은 두려움 때문에 새파랗게 질려 있었다. 두 사람이 숨을 가쁘게

몰아쉬며 도착해 그의 손을 붙잡자, 그는 눈물을 흘리며 말했다.

"저를 생포해주십시오. 몸값을 내겠습니다. 제 집에는

청동과 황금과 공들여 만든 무쇠가 있습니다.
제가 아카이오스인의 함선들 옆에 살아 있다는 것을 아버지께서 아시면,   380
셀 수 없이 많은 몸값을 기꺼이 바치실 것입니다."
        지략가 오디세우스가 대답했다.
"이제 죽게 생겼다고 생각하지 말고 용기를 내라.
그러니 자, 한 치의 거짓도 없이 사실대로 내게 말하라.
어찌하여 너는 모두가 잠든 깊은 밤에   385
혼자 군영을 나와 함선들을 향해 가고 있었느냐?
죽은 자의 시신들에서 무구를 벗기려 했느냐,
아니면 헥토르가 속 빈 함선들에 가서 정탐해오라고 너를 보냈느냐,
아니면 네 마음이 너를 여기로 보냈느냐?"
        그러자 돌론이 사지를 벌벌 떨며 대답했다.   390
"헥토르가 수많은 보물로 저를 미혹하고 홀렸습니다.
그는 제게 펠레우스의 훌륭한 아들이 가진
통굽의 말들과 청동으로 정교하게 만든 전차를
주겠다고 약속하며, 빠르게 지나가는 검은 밤을 뚫고
적군에 접근해 그들이 이전과 마찬가지로   395
빠른 함선들을 지키고 있는지,
아니면 이미 우리 손에 압도되어 자기들끼리 도망갈 궁리를 하고 있는지,
극심한 피로 때문에 녹초가 되어
야간 경계도 포기했는지 정탐해오라고 시켰습니다."
        지략가 오디세우스가 미소를 지으며 대답했다.   400
"네 마음이 아이아코스의 현명한 손자의 말들과 전차를 상으로 받기를
바랐다니 정말 엄청난 상을 기대했구나. 하지만 필멸의 인간들은
그 말들과 전차를 다루거나 몰기 어렵고,
오직 불멸의 어머니를 둔 아킬레우스만 할 수 있다.
자, 내가 묻는 말에 사실 그대로 답하라.   405

지금 네가 이곳으로 올 때, 백성의 목자 헥토르는 어디에 있었느냐?

전쟁을 위한 무구들은 어디에 놓여 있고, 말들은 어디에 있느냐?

경계병들과 그 밖의 트로스인의 숙소는 어떻게 배치되어 있느냐?

트로스인은 앞으로 어떻게 하려느냐?

성에서 멀리 나와 여기 함선들 옆에 주둔해 있고자 하느냐, 아니면   410

아카이오스인을 물리쳤으니 이제 성으로 다시 돌아가고자 하느냐?”

　　　에우메데스의 아들 돌론이 대답했다.

“그런 것들에 대해 사실 그대로 다 말씀드리겠습니다.

헥토르는 전쟁의 소음에서 벗어나 멀리 떨어져 있는

일로스의 무덤 옆에서 모든 참모와 함께 작전회의를 하고 있습니다.   415

하지만 영웅께서 물으신 경계병들에 대해 말씀드리자면, 경계병을

따로 세워 진영을 지키거나 경계를 서고 있지는 않습니다.

트로스인은 군영 여기저기에 모닥불을 피워놓고 그 옆에 앉아 있기에,

어쩔 수 없이 깨어 있고, 또한 경계를 게을리하지 말자고 서로 독려하

　고 있지요.

하지만 각지에서 모여든 동맹군들은 가족들이 멀리 있어서, 경계 근무   420

　를 트로스인에게 맡겨둔 채 자고 있습니다.”

　　　지략가 오디세우스가 그에게 물었다.

“지금 동맹군들은 말 길들이는 트로스인과 뒤섞여 자고 있느냐,

아니면 따로 떨어져 자고 있느냐?

내가 알 수 있도록 자세히 말하라.”   425

　　　에우메데스의 아들 돌론이 대답했다.

“그에 대해서도 사실 그대로 다 말씀드리겠습니다.

바다 쪽에는 카리아인, 굽은 활을 지닌 파이오니아인,

렐렉스인, 카우코네스인, 고귀한 펠라스고스인이 배치되어 있고,[5]

5　‘카리아’는 아나톨리아의 남서부에 해안을 끼고 있었다. “렐렉스인”은 아나톨리아 남서부

팀브레 쪽에는 리키아인, 도도한 미시아인, 전차를 타고 싸우는   430
프리기아인, 병거를 모는 마이오니아인이 배치되어 있습니다.[6]

그런데 이런 사항을 자세히 묻는 이유가 무엇입니까?

혹시 두 분이 트로스인들의 진영에 잠입할 생각이라면, 새롭게 합류해

모든 동맹군의 가장 외곽에 배치된 트라케인들을 노리십시오.

그들 중에 왕이자 에이오네우스의 아들인 레소스가 있습니다.   435

그의 말들은 제가 본 것 중 가장 아름답고 가장 컸으며

눈보다 더 흰 백마로 바람처럼 빨랐습니다.

전차는 금과 은으로 멋지게 장식되어 있고,

그가 가져온 거대한 황금 무구들을 보면 감탄이 절로 나옵니다.

그런 무구들은 필멸의 인간들이   440

착용해봤자 어울리지 않고,

불멸의 신들에게나 어울릴 것입니다.

그러면 이제 저를 빨리 가는 함선들로 데려가시거나,

무자비한 포승줄로 묶어 이 자리에 남겨두고 두 분만 가서서

제 말이 사실인지 아닌지 확인해보십시오.”   445

　　　강력한 디오메데스가 그를 노려보며 말했다.

“어이, 돌론. 네가 귀한 정보를 우리에게 주긴 했다만,

우리 손에 들어온 이상 너를 살려둘 수 없다.

카리아에서 살았고, “카우코네스인”은 아나톨리아 북부 중앙 흑해 바로 아래에 있는 파플
라고니아에서 살았으며, “펠라스고스인”은 그리스인의 조상을 가리키거나 그리스인이 출
현하기 이전 그리스에 살던 모든 원주민을 가리킨다. 하지만 여기에서 트로이아의 동맹군
으로 언급된 “펠라스고스인”에 대해서는 알려진 바가 없다.

6   “팀브레”는 트로아스 지방의 도시로 트로이아 근처 팀브리오스강과 스카만드로스강이 합
류하는 지점 팀브레 평야에 있었다. 트로이아의 여섯 개의 성문 중 두 번째 성문 이름도
팀브레다. ‘리키아’는 아나톨리아 남부 카리아 동쪽에 있었고, ‘미시아’는 아나톨리아 트로
아스 동쪽에 있었으며, ‘프리기아’는 미시아 동쪽에 있었다. “마이오니아인”은 카리아 위,
미시아 아래에 있던 리디아에서 온 자들이었다.

만일 우리가 지금 너를 풀어주거나 놓아준다면,

너는 나중에 정탐하거나 우리와 맞서 싸우기 위해   450

아카이오스인의 빠른 함선들로 분명 올 테지만,

지금 내 손에 쓰러져 목숨이 끊어진다면

더는 아르고스인에게 해를 입히지 못하게 되겠지.”

　　　돌론이 다부진 손으로 자신의 턱을 만지며

애원하려 했지만, 디오메데스가 재빨리 칼로   455

목 한가운데를 내리쳐 두 개의 힘줄을 끊어버리니,

머리는 여전히 뭔가를 말하면서 먼지와 뒤섞였다.

그런 다음 디오메데스는 그의 머리에서 족제비 가죽으로 만든 투구를
　벗겨내고,

늑대 가죽으로 만든 외투와 반대쪽으로 굽은 활과 긴 창도 벗겨냈다.

고귀한 오디세우스가 전리품을 가져다주는   460

여신 아테나를 향해 한 손을 높이 들고 기도했다.

“여신이시여, 올림포스의 모든 불멸의 신들 중 가장 먼저 당신에게

이것들을 예물로 바치오니 기뻐해주소서. 그러니 이번에도 트라케

전사들의 말들과 숙소가 있는 곳으로 우리를 안전하게 인도해주소서.”

　　　오디세우스는 이렇게 말한 후 무구들을 높이 들어   465

위성류 위에 올려놓고, 무성한 갈대 덤불과

가지들을 모아 표시를 해두었다. 빨리 지나가는 검은 밤을 뚫고

돌아오면서 찾지 못하는 일이 벌어지지 않도록 하기 위해서였다.

두 사람은 무구들과 검은 피를 지나 전진하여

신속하게 트라케 전사들의 부대에 도착했다.   470

트라케인들은 피로에 지쳐 잠들어 있었다.

그들 옆에는 아름다운 무구들이 땅 위에 세 줄로 가지런히

놓여 있었고, 각각의 전사 옆에는 한 쌍의 말들이 있었다.

레소스는 중앙에서 자고 있었고, 그 옆에는 빠른 말들을

〈레소스의 천막에 들어간 오디세우스와 디오메데스〉(코라도 지아캥토, 18세기)

전차 뒤쪽 난간에 가죽끈으로 묶어놓았다.   475

오디세우스가 그것을 먼저 보고 디오메데스에게 알려주었다.

"디오메데스, 저기 그자가 있고,

저것이 우리에게 죽은 돌론이 말한 바로 그 말들이오.

그러니 자, 당신의 강력한 힘을 보여주시오. 당신이 무장한 채

그저 서 있기만 해서는 안 되니 말들을 푸시오.   480

아니면 당신이 전사들을 죽이시오. 내가 말들을 맡겠소."

　　　오디세우스가 이렇게 말하자, 빛나는 눈의 아테나가 디오메데스

　　　　에게 힘을 불어넣었고,

그는 닥치는 대로 적군을 죽이기 시작했다. 그러자 칼에 맞은 자들의

끔찍한 신음 소리가 일었고, 대지는 피로 붉게 물들었다.

사자 한 마리가 나쁜 마음을 품고 목자가 없는 틈을 타서   485

염소나 양 같은 작은 가축들을 공격하듯,

그렇게 티데우스의 아들 디오메데스는 트라케 전사들에게

다가가 공격해 열두 명을 죽였다. 티데우스의 아들 디오메데스가 다가가

칼로 적군을 죽일 때마다 지략가 오디세우스는 뒤에 있다가

죽은 적군의 발을 잡고 끌어 옆으로 치워놓았다. 그렇게 하지 않으면,   490

이 갈기 고운 말들은 아직 시신들을 밟고 지나가는 데 익숙하지 않아,

시신들을 밟고 놀라기라도 하면 수월하게 지나갈 수 없으리라고

생각했기 때문이다. 한편 티데우스의 아들 디오메데스는 왕에게 다가가

열세 번째로 꿀처럼 달콤한 목숨을 빼앗았다.

이때 왕은 숨을 가쁘게 몰아쉬고 있었는데,   495

아테나의 계책에 따라, 그 밤에 오이네우스의 손자[7]가

악몽처럼 왕의 머리맡을 지키고 서 있었기 때문이다.

그동안 인내심 많은 오디세우스는 통굽의 말들을 풀어

───────────

7　"오이네우스의 손자"는 디오메데스를 말한다.

〈레소스를 죽이는 디오메데스〉(크리스핀 반 데 파스, 1613년)

가죽끈으로 함께 묶은 후, 활로 치며 그 말들을 몰아
무리 밖으로 몰고 나갔다. 정교하게 만든 전차에 놓여 있는   500
번쩍이는 채찍을 손으로 집을 생각을 못했기 때문이다.
오디세우스는 휘파람을 불어 고귀한 디오메데스에게 신호를 보냈다.

　　　그러나 디오메데스는 거기에 머물러 있으면서
더욱 과감한 일을 꾸미고 있었다. 그는 정교하게 만든 무구들을
실은 전차를 가져가되 끌채를 잡고 끌고 나갈지,   505
아니면 높이 들고 나갈지, 아니면 더 많은 트라케인들의 목숨을
빼앗을지 고민했다. 디오메데스가 이런 궁리를
하고 있을 때, 아테나가 다가와 고귀한 디오메데스에게 말했다.
"기개 있는 티데우스의 아들아, 속 빈 함선들로 되돌아갈
생각을 해야 한다. 다른 어느 신이 트로스인을 깨워,   510
네가 허겁지겁 도망치며 추격을 받지 않으려면 말이다."

　　　아테나가 이렇게 말하자, 디오메데스는 여신의 음성을
알아차리고 재빨리 말에 올랐다. 오디세우스가 활로 말들을 치자
말들은 아카이오스인의 빠른 함선들 쪽으로 날듯이 달려갔다.

　　　은빛 활을 지닌 아폴론도 눈감고 있는 게 아니어서,   515
아테나가 티데우스의 아들 디오메데스와 함께하는 것을 보았다.
아테나에게 화가 난 아폴론은 트로스인의 군영으로 들어가
트라케인의 지략가이자 레소스의 용맹한 친척인 히포코온을
깨웠다. 히포코온은 자다가 벌떡 일어나 급히 밖으로 나갔다가
왕의 빠른 말들이 서 있던 곳이 텅 비어 있고,   520
군사들이 처참한 살육의 현장에서 가쁘게 숨을 몰아쉬는 광경을 보았다.
그는 큰 소리로 울며 사랑하는 동료 레소스의 이름을 불렀다.
트로스인이 한꺼번에 몰려들어 속 빈 함선들로
돌아간 두 전사가 저지른 끔찍한 일들을 직접 보자,
날카로운 비명과 형언할 수 없는 혼란이 일어났다.   525

　　　한편 두 사람이 헥토르의 정탐꾼을 죽인 곳에 도착하자,
제우스가 아끼는 오디세우스는 그곳에 빠른 말들을 멈춰 세웠고,
티데우스의 아들 디오메데스는 땅 위로 뛰어내려 피투성이의 전리품을
오디세우스의 손에 건네고 다시 말 위에 올랐다.
오디세우스가 활로 말들을 치자, 말들은 거부하지 않고 속 빈 함선들을　　530
향해 날아가듯 달렸다. 말들도 그곳으로 가기를 바랐기 때문이다.
네스토르가 말이 달려오는 소리를 가장 먼저 듣고 말했다.
"아르고스인의 지휘관이자 수호자인 친구들이여, 내 말이
맞겠소, 틀리겠소? 어쨌든 내 마음은 내게 말하라고 명령하고 있소.
빠른 발굽 소리가 내 귓가를 울리는구려.　　535
오디세우스와 강력한 디오메데스가 통굽의 말들을 몰고
트로이아 진영에서 빠르게 오고 있다면 얼마나 좋겠소?
하지만 트로스인 가운데서 저 큰 소란이 이는 것을 보면,
아르고스인 중 가장 용맹한 사람들이 무슨 변을 당한 게 아닌지 몹시
　　걱정되는구려."
　　　네스토르가 말을 다 마치기도 전에 두 사람이 도착했다.　　540
그들이 땅으로 뛰어내리자, 다들 기쁘게 두 사람과 악수하고
훈훈한 말을 건네며 반갑게 맞았다. 전차를 타고 싸우는
게레니아의 네스토르가 가장 먼저 그들에게 물었다.
"아카이오스인의 큰 영광이요 현명한 말을 많이 하는 오디세우스여,
어디 한번 말해보시오. 두 사람은 이 말들을 어떻게 얻었소?　　545
트로스인의 무리에 잠입해서 얻었소, 아니면 어느 신이
당신들에게 이 말들을 주셨소? 이 말들은 놀랍게도 햇빛처럼
빛나는구려. 나는 비록 늙은 전사이긴 하지만, 언제나 트로스인과 뒤섞여
싸웠고, 함선들 옆에 머물러 있었던 적은 없었다고 자부하오.
그러나 지금까지 이런 말들을 본 적이 없고, 이런 말들이 있으리라고　　550
생각해본 적도 없소. 그러니 어느 신이 당신들에게 이 말들을 주었나

보구려.

구름을 모으는 제우스와 아이기스 방패를 지닌 제우스의 따님이신

빛나는 눈의 아테나께서 두 분을 아끼시니 그럴 만도 하오.”

　　　지략가 오디세우스가 대답했다.

“아카이오스인의 큰 영광이자 넬레우스의 아들이신 네스토르여,　　　555

신들께서는 우리보다 훨씬 강력하니 원하기만 한다면

이 말들보다 더 나은 말들도 쉽게 주실 수 있겠지요.

하지만 원로시여, 당신이 질문한 이 말들은 트라케에서 온 지 얼마

안 된다오. 용맹한 디오메데스가 이 말들의 주인을 죽였고,

그를 호위하던 최고의 용사 열두 명도 함께 죽였소.　　　560

그리고 열세 번째로 우리는 함선들 가까이에서

정탐꾼 한 명을 죽였는데, 그는 헥토르를 비롯한 트로스인의 장수들이

우리 진영을 염탐하기 위해 보낸 자였소.”

　　　오디세우스가 이렇게 말하고 큰 소리로 웃으며 통굽의 말들을 몰고

해자를 건너자, 다른 아카이오스인 장수들도 모두 기뻐하며 그의 뒤를　　565

　　따랐다.

훌륭하게 지은 티데우스의 아들 디오메데스의 막사에 도착하자,

두 사람은 보기 좋게 자른 가죽끈으로 그 말들을

구유에 묶어두었다. 구유에서 디오메데스의 발 빠른 말들은

서서 꿀처럼 달콤한 밀을 먹었다.

아테나에게 바칠 제물이 준비되는 동안　　　570

오디세우스는 돌론에게서 얻은 피투성이 전리품을

자기 함선의 꼬리 부분에 두었다.

그런 다음 두 사람은 바다로 들어가

정강이와 목과 넓적다리에 흥건한 땀을 씻어냈다.

파도에 땀이 씻겨나가며 마음이 상쾌해지자　　　575

두 사람은 반들거리는 욕조로 들어가 목욕했다.

목욕한 후에는 올리브기름을 몸에 넉넉히 바르고 나서
식사를 하려고 자리에 앉았다. 그런 다음 가득 차 있는
희석용 술동이에서 달콤한 포도주를 떠 아테나에게 헌주했다.

제11권　아가멤논의 활약 그리고 헥토르의 반격

새벽의 여신 에오스가 불멸의 신들과 필멸의 인간들에게
빛을 가져다주기 위해 훌륭한 티토노스[1] 옆 자신의 침상에서
일어났고, 제우스는 전쟁의 징표를 손에 든
무시무시한 불화의 여신 에리스를 아카이오스인의 빠른 함선들로 보냈다.
여신은 내부가 넓은 오디세우스의 검은 함선 옆에 섰다. 그의 함선은　　5
진영 한가운데 있어, 그곳에서 소리를 치면 양쪽 끝에 있는
텔라몬의 아들 아이아스의 막사들과 아킬레우스의 막사들에서
들을 수 있었다. 이 두 사람은 자신의 용맹함과 힘을 믿고
견고한 함선들을 양쪽 끝에 정박시켜놓았던 것이다.
여신은 그곳에 서서 크고 무시무시한 함성을 질러　　10
아카이오스인 각자의 마음속에 쉬지 않고 전쟁을 치러내도록

1　"티토노스"는 트로이아 왕 라오메돈의 아들이자 프리아모스의 형제다. 새벽의 여신 에오스는 미소년이었던 티토노스를 보자 한눈에 반해 그를 동쪽 끝 에티오피아의 오케아노스 강 변에 있는 궁으로 데려가 남편으로 삼았다. 둘은 두 아들 멤논과 에마티온을 낳고 행복하게 살았다. 에오스는 제우스에게 부탁해 티토노스를 불사의 몸으로 만들었지만 불로의 몸은 아니어서 늙어가는 티토노스를 방에 가둬놓고 꿀을 먹여 살아가게 했다. 점점 늙어 몸을 가눌 수 없을 정도로 쇠약해진 그는 결국 소리만 내는 매미가 되었다. 아들 멤논은 에티오피아의 왕이 되어 트로이아 전쟁에 참가해 큰 전공을 세우지만 아킬레우스와 일대일로 겨루다 죽는다.

전쟁의 열기를 불어넣었다.

그러자 즉시 그들에게는 속 빈 함선들을 타고 사랑하는 조상의 땅으로

돌아가기보다 전쟁이 더 달콤하게 느껴졌다.

　　　　아트레우스의 아들은 큰 소리로 외쳐　　　　　　　　　　　15

아르고스인에게 전투 준비를 하라고 명령했고,

자신도 찬란한 청동 갑옷으로 무장했다. 먼저 두 다리에는 은으로 된

복사뼈 조임쇠가 달린 아름다운 정강이 보호대를 했고,

다음으로 가슴에는 흉갑을 입었는데,

이 흉갑은 전에 키니라스[2]가 선물로 그에게 준 것이었다.　　　　20

아카이오스인이 함선들을 타고 트로이아로 간다는

대단한 소식이 키프로스에 알려지자,

키니라스가 아가멤논 왕을 기쁘게 해주려고 선물한 것이었다.

이 흉갑은 검푸른 유약을 칠한 열 줄의 무쇠 띠, 열두 줄의 황금 띠,

스무 줄의 주석 띠를 두르고 있었다. 흉갑의 양쪽 측면에는　　　　25

각각 목을 향해 기어오르는 형상의 세 마리 검푸른 뱀들이

새겨져 있었는데, 마치 크로노스의 아들이

필멸의 인간을 위한 전조로 구름 속에 둔

무지개 같았다. 어깨에는 칼을 멨는데,

칼 손잡이에 박혀 있는 황금 징들이 빛났고, 칼을 감싸고 있는　　　　30

은 칼집에는 황금으로 된 걸이용 띠가 달려 있었다.

다음으로는 몸 전체를 가리도록 정교하게 만든 아름다운 전투용 방패
　　를 잡았다.

이 방패는 열 겹의 원 모양 청동으로 되어 있었고,

그 위에는 흰 주석으로 된 스무 개의 돌기가 곳곳에 박혀 있었으며,

2　"키니라스"는 지중해 동부 아나톨리아 근처에 있는 키프로스섬의 왕이며, 자기 딸 미르라
　　에게서 아프로디테의 연인이 된 아도니스를 낳는다.

한가운데는 검푸른 유약을 칠한 무쇠 돌기 하나가 박혀 있었다.　　　　35
방패의 가장자리에는 섬뜩한 고르곤이 무섭게 노려보는 모습이
빙 둘러 새겨져 있었고, 고르곤 주위에는 공포의 신 데이모스와 포보스가
새겨져 있었다. 방패에는 은으로 된 어깨끈이 달려 있었고,
그 위에는 검푸른 유약이 칠해진 뱀 한 마리가 새겨져 있었는데,
똬리 튼 몸에서 생겨난 세 개의 머리가 사방을 향하고 있었다.　　　　40
다음으로 두 개의 뿔과 네 개의 돌기와 말총 장식이 있는
투구를 썼는데, 위아래로 흔들리는 말총 장식이 위압감을 자아냈다.
다음으로는 청동 날을 박은 날카롭고 튼튼한 창 두 자루를 잡으니,
청동에서 반사된 빛이 그를 넘어 저 높은 하늘까지 닿았다.
아테나와 헤라도 천둥을 쳐서　　　　45
황금 많은 미케네 왕의 위엄을 세워주었다.
　　　　이윽고 그들이 각자의 마부에게
전차를 해자 옆에 가지런히 정렬해놓으라고 명령한 후
무구로 무장한 자신들은 빠른 속도로 앞으로 달려나가니
꼭두새벽부터 함성이 그치지 않았다.　　　　50
그들은 마부들에 앞서 해자에서 더 멀리 떨어진 곳에 집결해 대오를
갖추었으며, 마부들은 조금 거리를 두고 그들을 뒤따랐다.
이렇게 크로노스의 아들은 그들 가운데서 불길한 함성을 불러일으키고,
하늘 저 높은 곳에서는 피에 젖은 이슬을 내렸으니,
많은 건장한 장정을 하데스로 보내려고 작정했기 때문이다.　　　　55
　　　　한편 그들과 대치하고 있는 트로스인은 들판의 언덕 위에
위대한 헥토르, 흠 잡을 데 없이 훌륭한 폴리다마스[3],

3　"폴리다마스"는 트로이아의 원로이자 아폴론의 제관 판토오스의 아들이다. 파트로클로스
　에게 치명적인 상처를 입힌 에우포르보스와 히페레노르의 형제이기도 한 그는 사람의 마
　음을 움직이는 유능한 웅변가이자 전사였다.

트로이아 백성이 신처럼 공경하는 아이네이아스,

안테노르의 불멸의 신 같은 세 아들 폴리보스, 고귀한 아게노르,

미혼의 아카마스 주위에 집결해 있었고,   60

헥토르는 사방으로 길이가 같은 둥근 방패를 들고 선두에 섰다.

재앙을 부르는 불길한 별이 구름 밖으로 나와 잠시 빛나다가

또다시 그늘을 만드는 구름 속으로 들어가듯이,

그렇게 헥토르는 선두에서 모습을 보이다가, 어느새 후미로 와서

지시를 내리고 있었다. 그의 온몸은 청동으로 무장되어 있어 65

아이기스 방패를 지닌 아버지 제우스가 보낸 번개처럼 번쩍였다.

   추수하는 일꾼들이 어느 부자의 논에서

서로 마주보고 양쪽에서 밀이나 보리를 베어나가면,

곡식 다발들이 잇달아 쓰러지는 것처럼,

그렇게 트로스인들과 아카이오스인들은 서로에게 달려들어 70

죽였고, 여기에서 패하면 끝장이라고 생각해 어느 쪽도 도망갈 생각을

하지 않았다. 두 진영 간의 전투는 우열을 가리기 힘들었고,

서로에게 이리 떼처럼 덤벼들었다. 비탄을 불러오는 불화의 여신

에리스가 이 광경을 지켜보며 흐뭇해했다. 두 진영이 싸우는 현장에는

신들 중 오직 이 여신만 있었다. 다른 신들은 그들이 싸우는 곳에 75

가지 않았고, 올림포스의 수많은 봉우리에

각각의 신을 위해서 지은 아름다운 거처에 가만히 앉아 있었다.

그러나 검은 구름에 몸을 숨기는 자 크로노스의 아들이 트로스인들에게

영광을 주기로 작정한지라 모든 신은 제우스를 비난했다.

신들의 아버지 제우스는 다른 신들이 어떻게 반응하든   80

아랑곳하지 않고, 그들에게서 멀리 떨어져 영광을 과시하며

앉아, 트로스인의 성과 아카이오스인의 함선들과

청동의 번쩍이는 광채와 죽이는 자들과 죽임 당하는 자들을 굽어보았다.

   아침이 되고 신성한 낮이 더 자라면서

양쪽 백성은 서로에게 던진 창들과 화살들에 맞아   85

계속해서 쓰러졌다. 하지만 나무꾼이

산골짜기에서 큰 나무들을 베다가

손에 힘이 빠지고 일이 싫증나고 맛있는 음식을 먹고 싶은

마음이 간절해져 식사 준비를 할 때가 되자,

다나오스인 전사들은 용맹함을 발휘하여   90

부대끼리 호응하며 적의 대열을 뚫기 시작했다.

그들 가운데서 아가멤논이 가장 먼저 백성의 목자인 용사 비에노르를

죽였고, 그런 다음 그의 전우이자 마부인 오일레우스를 죽였다.

오일레우스는 전차에서 뛰어내려 아가멤논과 맞섰다. 그는 곧장

아가멤논에게 돌진했지만, 아가멤논의 날카로운 창이 그의 이마를   95

찔렀다. 무거운 청동 투구가 이 창을 막아주지 못했기에

창은 투구와 뼈를 뚫고 들어갔고, 두개골 속이 모조리 으스러졌다.

이렇게 아가멤논은 광분해 덤벼드는 오일레우스를 쓰러뜨렸다.

인간들의 군주 아가멤논은 이 두 사람의 상의를 벗긴 후

가슴이 훤히 드러난 그들을 그 자리에 버려두고,   100

이번에는 프리아모스의 두 아들 이소스와 안티포스를

죽이러 갔다. 이소스는 서자이고, 안티포스는 적자이지만,

두 사람은 한 대의 전차에 타고 있었다. 서자인 이소스가 고삐를 잡았고,

유명한 안티포스가 그 옆에서 싸웠다. 전에 아킬레우스는

이데산 비탈에서 양을 치던 이 둘을 붙잡아   105

어린 가지로 결박해두었다가 몸값을 받고 풀어준 적이 있었다.

하지만 이번에는 드넓은 땅을 다스리는 아트레우스의 아들 아가멤논이

창을 던져 이소스의 젖꼭지 윗부분의 가슴을 맞혔고,

다시 칼로 안티포스의 귀 부근을 쳐서 그를 전차에서 떨어뜨렸다.

그런 후 신속하게 두 사람의 아름다운 무구들을   110

벗겨냈다. 전에 빠른 발의 아킬레우스가 이데산에서

이 두 사람을 끌고 왔을 때, 빠른 함선들 옆에서 본 적이 있어

그들이 누구인지 알고 있었기 때문이다.

사자가 날쌘 암사슴의 보금자리를 덮쳐 강력한 이빨로 어린 새끼들을

쉽게 으스러뜨려 그 연약한 목숨을 빼앗을 때,

암사슴은 아주 가까이에 있었지만 자신도 무서워서　　　　　　　115

벌벌 떨며 새끼들을 구하지 못하고,

맹수의 공격을 피하려 우거진 덤불과 수풀을 헤치며

온몸에 땀을 흘리며 필사적으로 도망치듯,

그렇게 트로스인은 아무도 이 두 사람을 죽음에서

구할 수 없었고, 도리어 자신들도 아르고스인에게 쫓겨 도망쳐야 했다.　　120

　　　다음으로 아가멤논은 현자 안티마코스[4]의 아들들인

페이산드로스와 전투에서 물러서는 법이 없는 히폴로코스를 사로잡았다.

안티마코스는 알렉산드로스에게서 황금을 두둑하게 선물 받고는,

헬레네를 금발의 메넬라오스에게 돌려주기를　　　　　　　125

누구보다도 반대했는데, 아가멤논이 그의 두 아들을

사로잡은 것이다. 그의 두 아들은 한 전차에 타고

함께 빠른 말들을 몰다가 번쩍이는 고삐를 손에서 놓치는 바람에

말들이 놀라서 멈춰 섰다. 이때 아트레우스의 아들 아가멤논이

사자처럼 덤벼들자 그들은 전차 위에서 이렇게 애원했다.　　　130

"아트레우스의 아들이여, 우리를 사로잡아

몸값을 두둑이 받으십시오. 안티마코스의 저택에는

청동과 황금과 공들여 만든 무쇠 같은 보물이 가득 쌓여 있습니다.

그러니 우리가 아카이오스인의 함선들 옆에서 살아 있다는 걸

아버지께서 아시면 막대한 몸값을 갖다 바치실 겁니다."　　　135

　　　두 사람은 울며 왕에게 자비를 구하며 애원했지만

4　"안티마코스"는 트로이아의 프리아모스왕을 보좌한 원로다.

돌아온 것은 무자비한 말이었다.
"너희가 분명히 현자 안티마코스의 아들들이라면,
너희 아버지는 전에 트로스인들이 회의했을 때
신 같은 오디세우스와 함께 사자로 간 메넬라오스를 그 자리에서 죽여
아카이오스인에게 돌려보내지 말라고 한 자로구나. 너희는 이제 마땅히
너희 아버지가 경거망동한 대가를 치러야 한다."
　　　아가멤논이 이렇게 말하고 페이산드로스의 가슴을 창으로 찌르자,
그는 전차에서 떨어져 땅 위로 나동그라졌다.
그러자 히폴로코스가 전차에서 뛰어내렸고, 아가멤논은 땅 위에서
그를 죽인 다음 칼로 두 팔과 목을 베어
둥근 돌처럼 사람들의 무리 사이로 굴러다니게 했다.
그런 후 그들을 내버려두고 적들이 가장 많이 밀집한 곳으로
돌진해 들어가니, 훌륭한 정강이 보호대를 한 아카이오스인들이 그의
　　뒤를 따랐다.
보병들은 도망칠 수밖에 없었던 적의 보병들을 도륙하고,
전차병들은 적의 전차병들을 도륙하니, 들판에는
청동으로 적들을 도륙하는 병사들의 발밑에서 천둥소리를 내는
말발굽들이 일으킨 먼지가 피어올랐다. 그러나 통치자 아가멤논은
아르고스인을 독려해서 적들을 계속 추격하여 도륙했다.
모든 것을 삼키는 불길이 우거진 숲에 옮겨붙으면,
바람 때문에 사방으로 번지고 관목과 덤불들이 거센 불길의 공격을
이기지 못하고 완전히 타 떨어지는 것처럼,
그렇게 도망치는 트로스인의 머리가 아트레우스의 아들
아가멤논의 발밑으로 떨어졌고, 목이 우뚝 솟은 많은 말은
흠 잡을 데 없이 훌륭한 마부들을 잃고 텅 빈 전차를 끌며
덜그럭거리는 소리를 내며 전장을 내달렸다. 마부들은 땅에 쓰러져
더 이상 아내의 품이 아닌 독수리들의 먹잇감이 되어버렸기 때문이다.

이런 와중에서도 제우스는 헥토르만 날아다니는 창과 화살과

먼지와 살육과 피와 함성으로부터 안전한 길로 이끌어냈지만,

아트레우스의 아들은 다나오스인들을 독려하며 맹렬히 추격했다.　165

트로스인은 들판 한복판을 가로지르며

다르다노스의 아들 일로스 노인의 무덤 옆을 지나고

무화과나무 옆을 지나 성을 향해 도망쳤고, 아트레우스의 아들은

두 손을 피로 물들인 채 고함을 지르며 그들을 추격했다.

하지만 트로스인은 스카이아이 성문과 참나무가 있는 곳에　170

이르자, 거기에 멈춰 서서 다른 사람을 기다렸다. 그들 중 일부는

아직 들판 한복판을 지나 도망쳐 오고 있었는데,

마치 한밤중에 사자의 습격을 받아 달아나는 소 떼 같았다.

사자 앞에서 모든 소가 도망쳐도 그중에는 죽음을 맞는 소가 있으니,

사자는 먼저 튼튼한 이빨로 소의 목을 물어 꺾고,　175

그런 다음 피와 내장을 모두 먹어치운다. 그렇게

아트레우스의 아들 통치자 아가멤논은 트로스인들을

추격하며 가장 뒤에 처진 자를 죽였고, 그들은 도망치기에 바빴다.

아트레우스의 아들이 선두에서 돌진하며 창을 휘두르니, 그의 손에

많은 트로스인이 전차에서 떨어져 엎어지거나　180

나동그라졌다. 그러나 아가멤논이 성으로 다가가

이제 곧 높고 가파른 성벽 아래로 접근하려 했을 때,

인간들과 신들의 아버지가 하늘로부터 내려와

샘 많은 이데산 꼭대기에 앉았는데, 그의 손에는 번개가 들려 있었다.

제우스는 황금 날개의 이리스에게 다음과 같은 말을 전하게 했다.　185

"빠른 이리스여, 얼른 가서 헥토르에게 이렇게 전하라.

백성의 목자인 아가멤논이 선봉에 서서 광분하여

전사들을 도륙하는 것을 보고 있는 동안에는,

다른 군사들로 적군과 맞서 치열한 전투를 벌이게 하고,

헥토르 자신은 뒤로 물러나 있으라.   190

하지만 아가멤논이 창에 찔리거나 화살에 맞아 전차로 올라가면,

그때부터는 내가 헥토르의 손에 힘을 더해주어 해가 지고

신성한 어둠이 찾아올 때까지 아카이오스인들을

도륙하여 훌륭한 노를 갖춘 함선들에 이르도록 해주겠다."

　　　제우스가 이렇게 말하자, 바람처럼 빠른 이리스는   195

거역하지 않고 이데산을 내려가 신성한 일리오스로 향했다.

이리스는 현명한 프리아모스의 아들 고귀한 헥토르가

말들을 매어놓은 전차 앞에 서 있는 것을 발견했다.

빠른 발의 이리스는 그에게 다가가 말했다.

"프리아모스의 아들이자 지략에서 제우스와 맞먹는 헥토르여,   200

아버지 제우스께서 나를 보내 다음과 같이 전하게 하셨다.

백성의 목자인 아가멤논이 선봉에 서서 광분하여

전사들을 도륙하는 것을 보고 있는 동안에는,

다른 군사들로 적군과 맞서 치열한 전투를

벌이게 하고, 너는 뒤로 물러나 있으라.   205

하지만 아가멤논이 창에 찔리거나 화살에 맞아 전차로 올라가면,

그때부터는 내가 네 손에 힘을 더해주어, 해가 지고

신성한 어둠이 찾아올 때까지 아카이오스인들을

도륙하여 훌륭한 노를 갖춘 함선들에 이르도록 해주겠다."

　　　빠른 발의 이리스가 이렇게 말하고 떠나가자,   210

헥토르는 무구들로 무장한 채 전차에서 땅 위로 뛰어내려

두 자루의 날카로운 창을 휘두르며 온 진중을 누비고 다니면서

싸움을 독려하니 무시무시한 함성이 일었다.

이렇게 트로스인은 되돌아서서 아카이오스인과 맞섰고,

아르고스인도 전열을 가다듬고 전열을 다졌다.   215

전투 준비를 갖춘 양쪽 진영은 서로 마주 보고 대치했다.

〈제우스의 명을 받아 헥토르를 찾아간 이리스〉(베르나르 피카르, 1710년)

아가멤논은 모든 아카이오스인 중 최선봉에 서서 싸우고자 했기에 가
   장 먼저 돌진했다.

      올림포스에 사는 무사 여신들이시여,
트로스인과 이름난 동맹군들 중 아가멤논을 상대하기 위해
가장 먼저 나온 자는 누구였는지 이제 제게 말해주소서.   220
      그는 안테노르의 아들 이피다마스였다. 양과 염소 같은
작은 가축들의 어머니인 비옥한 트라케에서 자란 키 크고
용맹한 그는 어린 시절부터 어머니인 빰 예쁜 테아노를 낳은 부친,
즉 외할아버지 되는 키세우스의 집에서 양육되었다.
이피다마스가 늠름한 청년으로 성장하자, 키세우스는 그를 자기 옆에   225
붙잡아두기 위해 그에게 자기 딸을 아내로 주었다.
하지만 아카이오스인이 쳐들어온다는 소식을 들은 그는
새신랑이었는데도 신방을 나와 새 부리처럼 휜 함선 열두 척을
이끌고 오다가 그 균형 잡힌 함선들은 페르코테에 남겨두고
자신은 걸어서 일리오스로 왔다. 그런 그가   230
이제 아트레우스의 아들 아가멤논을 상대하기 위해 나왔다.
두 사람이 서로를 향해 돌진하다가 거리가 가까워지자,
아트레우스의 아들이 던진 창은 빗나가서 그를 맞추지 못했고,
이피다마스는 아가멤논의 흉갑 아래 혁대를 창으로 찌른 후
자신의 손힘을 믿고 창을 밀었지만,   235
번쩍이는 혁대를 뚫지는 못했다. 혁대의 은에 닿은 창날이
진즉에 납처럼 구부러졌기 때문이다. 그러자 드넓은 땅을 다스리는
아가멤논이 그의 창을 손으로 잡고 사자처럼 거세게 잡아당겨
빼앗은 후 칼로 목을 쳐서 사지를 풀어버렸다.
불쌍하게도 그는 이제 막 결혼한 아내를 남겨두고   240
멀리 와서 일리오스성의 백성을 돕다가 이곳에 쓰러져
청동처럼 견고한 잠을 자게 되었다. 신혼의 재미는 누리지도 못하고,

막대한 결혼 예물만 준 셈이었다. 그는 자기가 기르는

헤아릴 수 없이 많은 가축 중 황소 백 마리를 이미 주었고,

나중에 염소와 양을 합쳐 천 마리를 주기로 약속했기 때문이다.   245

이때 아트레우스의 아들 아가멤논은 그의 아름다운 무구를 벗겨

아카이오스인의 무리 속으로 가져가버렸다.

      아우가 쓰러져 죽는 것을 본

안테노르의 장자이자 명성 자자한 전사인 코온의

두 눈은 강력한 비통함으로 뒤덮였다.   250

그는 창을 들고 고귀한 아가멤논 옆으로 몰래 다가가

팔꿈치 아래 팔 한가운데를 찔렀다.

번쩍이는 창날이 팔뚝을 관통하자

인간들의 군주 아가멤논은 몸서리쳤지만,

전투와 전쟁을 그치기는커녕 도리어 바람을 맞고 싸우며   255

단련된[5] 창을 들고 코온을 향해 달려들었다.

이때 코온은 한 아버지에게서 태어난 아우 이피다마스의 발을 잡고

힘껏 끌어당기며 트로스인 진영의 모든 장수들을 불렀다. 이렇게 그가

트로스인의 무리를 향해 아우의 시신을 끌고 가고 있을 때,

아가멤논은 청동 날을 단 창을 그의 돌기 솟은 방패 아래로   260

찔러 넣어 사지를 풀어버린 후 다가가 목을 쳤다. 코온의 목은

이피다마스의 시신 위에 떨어졌다. 이렇게 안테노르의 두 아들은

아트레우스의 아들 아가멤논왕에게 당해 정해진 운명을 다 채우고 하

    데스의 집으로 내려갔다.

      아가멤논은 상처에서 여전히 뜨거운 피가

흐르는데도 창과 칼과 바위를 휘두르며   265

---

5   그리스어 아네모트레페스(ἀνεμοτρεφής)는 직역하면 '바람이 길러준'이다. 오랜 세월 온
   갖 전장의 풍파를 겪으며 단련되었음을 의미한다.

트로스인의 다른 전사들을 닥치는 대로 도륙했다.

하지만 상처가 아물고 피가 멎으면서

극심한 고통이 찾아와 아트레우스 아들의 용기를 꺾어놓았다.

아이를 낳는 여자들은

헤라의 딸들이자 산고의 여신인 에일레이티이아들이 쏜 270

날카로운 화살에 맞으면 극심한 고통을 느끼는데,

그런 극심한 고통이 아트레우스 아들의 용기를 꺾어놓았다.

아가멤논은 침통한 마음으로 전차에 뛰어올라

마부에게 속 빈 함선들 쪽으로 가라고 지시했다. 그리고 다나오스인들이

모두 들을 수 있도록 쩌렁쩌렁 울리는 큰 소리로 외쳤다. 275

"아르고스인들의 지휘관과 수호자인 친구들이여,

지략가이신 제우스께서 내가 트로스인과 맞서 온종일 싸우기를

허락하지 않으시니, 이제는 여러분이 혼신의 힘을 다해 싸워서

바다를 다니는 함선들을 지켜주시오."

　　아가멤논이 이렇게 말한 후, 마부가 속 빈 함선들 쪽으로 가기 위해 280

갈기 고운 말들에게 채찍질하니 말들도 거역하지 않고 날아가듯

달리기 시작했다. 부상당한 왕을 싣고 전장에서 먼 곳으로 나르는 말들의

가슴에는 거품이 일었고, 그 아래쪽은 먼지로 뒤덮였다.

　　헥토르는 아가멤논이 떠나가는 모습을 보자,

트로스인과 리키아인에게 큰 소리로 명령했다. 285

"트로스인과 리키아인과 근접전에 뛰어난 다르다니아인들이여,

대장부답게 행동하라. 친구들이여, 용기를 내라. 적들 중

가장 용맹한 자는 갔고, 크로노스의 아드님 제우스께서

내게 명성을 주셨다. 그러니 통굽 말들을

강인한 다나오스인들을 향해 곧장 몰아가 더 큰 명성을 얻으라." 290

　　헥토르는 이렇게 말하며 각자의 힘과 용기를

북돋았다. 사냥꾼이 흰 이빨의 사냥개들을 부추겨

멧돼지나 사자에게 덤벼들게 하듯이,

그렇게 프리아모스의 아들이자

살인마 아레스와 맞먹는 헥토르는 기개 있는 트로스인들을   295

부추겨 아카이오스인들에게 덤벼들게 했다. 한껏 고무된 마음으로

선두에 선 전사들 사이를 다니며 전투의 열기를 불어넣으니,

그 모습이 마치 보랏빛 바다 위를 덮쳐 휘저어놓는 세찬 폭풍 같았다.

　　　제우스가 프리아모스의 아들 헥토르에게

승리의 영광을 내렸을 때, 그가 가장 먼저 죽인 자는 누구였고,   300

마지막으로 죽인 자는 누구였던가? 그가 가장 먼저 죽인 자들은

아사이오스, 아우토노오스, 오피테스, 클리티오스의 아들 돌롭스,

오펠티오스, 아겔라오스, 아이심노스, 오로스, 싸움터를 결코 떠나지 않

　는 불굴의 히포노오스였다.

헥토르는 다나오스인의 지휘관인 그들을 죽였고, 그런 다음

많은 다나오스인 군사를 죽였으니, 그 모습은 서풍이   305

맑은 날씨를 몰고 오는 남풍의 구름을 거센 폭풍으로

몰아내는 광경 같았다. 그럴 때면 큰 파도들이 연이어 굴러오고

넓게 휘도는 거센 바람에 거품이 하늘 높이 흩어지는데,

바로 그렇게 헥토르는 많은 군사의 머리를 떨어뜨렸다.

　　　그리하여 재앙이 닥치고, 피할 수 없는 파멸이 다가와   310

아카이오스인은 함선들 사이로 도망칠 일만 남았지만,

이때 오디세우스가 티데우스의 아들 디오메데스를 불렀다.

"티데우스의 아들이여, 아군이 사기가 무너져버리다니

도대체 이게 무슨 일이오? 번쩍이는 투구의 헥토르에게 함선들을

뺏기는 것은 치욕스러운 일이니, 친구여, 이쪽으로 와 내 옆에 서시오."   315

　　　강력한 디오메데스가 대답했다.

"나도 있는 힘껏 버텨보기는 하겠지만,

구름을 모으는 제우스께서 우리 쪽이 아니라 트로스인에게

힘을 보태주고자 하시니, 우리도 오래 버티지는 못할 것이오."

　　　디오메데스는 이렇게 말하고, 창으로 팀브라이오스의 왼쪽 가슴을　　320
맞혀 전차에서 땅 위로 밀어냈고, 오디세우스는 팀브라이오스왕의
신 같은 시종 몰리온을 창으로 맞혀 전차에서 밀어냈다. 두 사람은
전투를 그친 그들을 내버려둔 채 트로스인의 무리 속으로
들어가 종횡무진으로 누비며 도륙하니, 그 모습은 멧돼지 두 마리가
맹렬하게 사냥개들 가운데로 돌진하는 듯했다. 그렇게　　　　　　325
두 사람이 후퇴하다가 다시 돌아서서 트로스인을 도륙하자,
고귀한 헥토르에게 쫓겨 도망치던 아카이오스인들도 다행히 숨을 돌릴
　수 있었다.

　　　이때 두 사람은 페르코테인 메롭스의 두 아들이자 트로이아
군사들 중에서 가장 용맹한 두 사람을 죽이고 전차 한 대를 빼앗았다.
모든 사람 중 가장 뛰어난 예언자였던 메롭스는 두 아들이　　　　330
남자들을 죽이는 전쟁에 참전하는 것을 허락하지 않았지만,
두 아들은 말을 듣지 않았으니 검은 죽음의 운명이 그들을 이끌었기
때문이다. 티데우스의 아들이자 창술로 유명한 디오메데스가
이 두 사람의 혼백과 목숨을 거둔 후 그들의 화려한 무구를 벗겼고,
오디세우스는 히포다모스와 히페이로코스를 죽이고 그들이 걸친 무구
　를 벗겼다.　　　　　　　　　　　　　　　　　　　　　335

　　　이때 이데산에서 굽어보던 크로노스의 아들이 승패가 어느 쪽으로도
기울지 않도록 해놓았기 때문에 양쪽 군사들은 끊임없이
서로를 죽였다. 티데우스의 아들 디오메데스는 파이온의 아들이요 영
　웅 아가스트로포스의
허리 관절을 창으로 찔러 부상을 입혔다. 그는 전차가 가까이 있지 않아
도망치지도 못하고 소중한 목숨을 잃었다. 시종에게 멀리 떨어져　　340
전차의 말들을 붙들고 있게 하고, 자기는 선봉대에서 걸어서 돌진하는
어리석기 짝이 없는 짓을 저질렀기 때문이다. 그때 트로스인의

대열 너머로 오디세우스와 디오메데스를 예리하게 알아본 헥토르가
고함을 치며 그들에게 돌진해오니, 트로스인 군사들도 전열을 갖추고
　　그의 뒤를 따랐다.
함성 소리 우렁찬 디오메데스가 헥토르를 보고 몸서리치며　　　　　　345
즉시 가까이 있는 오디세우스에게 말했다.
"저기 재앙덩어리인 강력한 헥토르가 우리에게 굴러오고 있소.
그러니 자, 우리가 버티고 서서 막아냅시다."
　　　　디오메데스는 이렇게 말하고 그림자를 길게 드리운 창을
높이 들어 뒤로 뺐다가 앞으로 던져 헥토르의 투구 가장 윗부분을　　350
맞혔다. 머리를 겨냥했으므로 빗나간 것은 아니었지만,
청동 창날이 청동에 맞고 옆으로 비껴가 그의 고운 피부에는 닿지 않았다.
포이보스 아폴론이 헥토르에게 준 세 겹의 청동으로 된 깃 달린 투구가
창을 막아냈다. 그러자 헥토르는 순식간에 뒤로 한참을 달아나
트로스인의 무리에 섞였다. 그는 멈춰 서서 무릎을 꿇고　　　　　　355
주저앉아 다부진 손으로 땅을 짚고 간신히 버텼지만
검은 밤이 두 눈을 뒤덮었다. 그러나 티데우스의 아들 디오메데스가
창이 날아가 땅에 꽂힌 것을 보고 적의 선봉대 전사들을 뚫고
그쪽으로 한참을 간 사이 정신을 차린 헥토르는
다시 전차에 올라타 무리 속으로 들어가 검은 죽음의 운명을 피했다.　360
강력한 디오메데스가 창을 들고 그를 향해 돌진하며 말했다.
"개야, 이번에도 용케 죽음을 피했구나. 변을 당할 수 있었는데,
이번에도 포이보스 아폴론이 또다시 너를 구해주셨구나.
창들이 요란한 소리를 내며 날아다니는 곳에 갈 때마다 아폴론께 기도
　　를 드리는 게 틀림없구나.
다음에 만났을 때 신들 중 누구라도 나를 도와주시기만　　　　　　365
한다면 반드시 너를 끝장내고 말 테다.
하지만 지금은 내 앞에 있는 다른 자들을 처리해야겠다."

디오메데스는 이렇게 말한 후 창술로 유명한 파이온의 아들을
죽여 무구를 벗겼다. 그러나 머릿결 고운 헬레네의 남편 알렉산드로스가
옛적에 백성의 원로였던 다르다노스의 아들 일로스를 위해   370
사람들이 그의 무덤 위에 직접 손으로 만들어 세운 비석에 기대어
백성의 목자 티데우스의 아들을 향해 활을 겨누었다.
이때 디오메데스는 강력한 아가스트로포스의 가슴에서
번쩍이는 흉갑을, 어깨에서는 방패와 튼튼한 투구를 벗겨내고
있었는데, 알렉산드로스가 활대를 잡아당겨 쏘자   375
손에서 떠나간 화살은 빗나가지 않고
디오메데스의 오른쪽 발바닥을 맞혔다. 화살이 발바닥을 관통해
땅에 박히자 알렉산드로스는 무척 기뻐하고
웃으며 숨어 있던 곳에서 뛰어나와 의기양양하게 외쳤다.
"내 화살이 빗나갈 리 없으니 네놈이 맞고야 말았구나.   380
아랫배를 맞혀 목숨을 빼앗아야 했는데.
그랬다면 사자 앞에서 울어대는 염소들처럼 네놈 앞에서
벌벌 떠는 트로스인들이 두려움에서 벗어나 숨을 돌릴 수 있었을 텐데."
　　강력한 디오메데스는 두려워하거나 놀란 기색 하나 없이 그에게
　　　말했다.
"활이나 자랑하고 여자 꽁무니나 쫓아다니는 비열한 자야,   385
네가 무구들로 무장하고 나와 맞서고자 한다면,
네 활과 많은 화살은 네게 아무 도움도 되지 못한다.
너는 지금 내 발바닥을 긁어놓고 그렇게 의기양양해하지만,
내게는 마치 여인이나 철부지 아이가 때린 것처럼 하찮은 일이다.
나약하고 하찮은 자의 화살은 무딘 법이니까.   390
내가 쏘았더라면 네 것과는 전혀 달랐겠지.
그 화살은 날카로워 조금만 스쳐도 그 자리에서 즉사하여,
그의 아내는 두 뺨을 할퀼 것이고, 자녀들은 고아가 될 것이며,

자신은 대지를 피로 붉게 물들이며 썩어 문드러질 것이다.
여자들보다 더 많은 새에게 둘러싸인 채 말이다."   395

        디오메데스가 이렇게 말하는 동안, 창술로 유명한
오디세우스가 다가와 그의 앞에 섰다. 디오메데스가
오디세우스 뒤에 앉아 발에서 날카로운 화살을 뽑아내니
극심한 고통이 온몸을 타고 흘렀다. 그는 침통한 마음으로
전차에 뛰어올라, 마부에게 속 빈 함선들을 향해 가라고 지시했다.   400

        이렇게 해서 창술로 유명한 오디세우스만 혼자 남았고, 그의 옆에
아르고스인은 아무도 없으니 모두가 두려움에 사로잡혔기 때문이다.
오디세우스는 침통한 기색으로 용맹한 기개로 가득 찬 자신의 마음에
    말을 건넸다.
"아, 내게 무슨 일이 벌어지는 건가? 크로노스의 아드님께서
다른 다나오스인들을 모두 쫓아버렸으니, 적의 무리 앞에서 겁먹고   405
도망치는 건 낭패요, 혼자 있다가 붙잡히는 건 더 끔찍한 일이다.
그런데 내가 왜 이런 생각을 하고 있는가?
비겁한 자들이나 전장에서 도망치고,
진정한 전사는 죽이든 죽든
끝까지 버텨야 한다는 것을 잘 알고 있으면서."   410

        오디세우스가 마음속으로 이런 고민을 하고 있는 동안
방패를 든 트로스인의 대열이 다가와
그를 에워쌌으니, 이는 파멸과 죽음을 그들 가운데 두고
에워싼 것이나 다름없었다.
멧돼지가 굽은 두 턱 사이로 흰 엄니를 갈며   415
우거진 숲에서 나왔을 때, 사냥개들과 한창때의 장정들이 추격하여
사방에서 몰아 에워싼 채 멧돼지의 엄니 가는 소리가 요란해
무서워도 그 자리에서 버티고 압박하는 것처럼,
그렇게 트로스인들은 제우스가 아끼는 오디세우스를 에워싸고

공격을 퍼부었다. 오디세우스는 맨 먼저 날카로운 창을   420
들고 뛰어올라 흠 잡을 데 없이 훌륭한 데이오피테스의

어깨를 찍어 부상을 입혔고, 다음으로는 토온과 엔노모스를 죽였다.

다음으로는 케르시다마스가 전차에서 뛰어내리는 찰나,

그의 돌기 솟은 방패 아래로 창을 내질러 배꼽을 찔렀다.

그는 먼지 속에 쓰러지며 손바닥으로 대지를 움켜쥐었다.   425

오디세우스는 그들을 내버려두고,

이번에는 히파소스의 아들 카롭스를 창으로 찔렀는데,

그는 부유한 소코스의 친형이었다. 그래서 신 같은 전사 소코스가

형을 구하기 위해 오디세우스 옆으로 아주 가까이 다가와 말했다.

"오디세우스여, 네가 비록 간계가 무궁무진하고   430

어떤 시련도 이겨내기로 칭송이 자자할지라도,

오늘은 히파소스의 두 아들을 죽여 무구를 벗겼다고 자랑하게 되거나,

내 창에 맞아 목숨을 잃을 것이다."

    소코스는 이렇게 말한 후 사방으로 길이가 같은 오디세우스의

둥근 방패를 찔렀다. 그의 번쩍이는 방패를 관통한   435

강력한 창은 정교하게 만든 흉갑도 뚫은 후

옆구리 살을 온통 찢어놓았다. 하지만 팔라스 아테나는

그 창이 전사의 내장과 섞이지는 못하게 했다.

오디세우스는 창이 급소에 맞지 않았음을 알고,

뒤로 물러나며 소코스에게 말했다.   440

"가련한 자여, 완벽한 파멸과 죽음이 네게 이르렀구나.

내가 트로스인들과 싸우지 못하게 네가 막은 것은 사실이지만,

오늘 너는 검은 죽음의 운명을 맞아 죽게 되리라는 것을

내가 분명히 말해두마. 너는 내 창에 쓰러져 내게는 명성을 주고,

명마들을 가진 하데스에게는 혼백을 주게 될 것이다."   445

    오디세우스가 이렇게 말하자 소코스는 몸을 돌려 도망치려 했다.

그러나 그가 돌아서는 순간 오디세우스는 두 어깨 사이

등에 창을 꽂고 밀어서 가슴을 꿰뚫었다. 그는 털썩 둔탁한 소리를 내며

쓰러졌고, 고귀한 오디세우스는 그를 향해 저주를 퍼부었다.

"말 길들이는 히파소스의 아들 소코스야,　　　　　　　　　　　450

죽음의 종말이 네게 신속하게 이르렀고, 너는 피하지 못했구나.

가련한 자야, 네 아버지와 존귀한 어머니는 죽은 네 눈을

감겨주지 못하고, 살을 탐하는 새들이 빽빽한 깃털의 날개를

퍼덕이며 사방에서 날아와 너를 뜯어먹겠지. 반면에 내가 죽으면

아카이오스인들이 장례를 치러줄 것이다."　　　　　　　　　455

　　　　오디세우스는 이렇게 말한 후 자신의 살과

돌기 솟은 방패에서 현명한 소코스의 날선 창을

뽑아냈다. 창이 뽑히고 피가 솟구쳐 오르자

그는 마음이 괴로웠다. 오디세우스의 피를 본 기개 있는

트로스인들은 서로를 부르며 합세하여 한꺼번에 그를 향해　　　460

나아갔고, 오디세우스는 뒤로 물러서며 큰 소리로 전우들을 불렀다.

그는 사람의 머리로 낼 수 있는 가장 큰 소리로 전우들을

세 번 불렀고, 아레스가 아끼는 메넬라오스는 그 소리를 세 번 듣고는

즉시 가까이 있던 아이아스에게 말했다.

"제우스의 자손 텔라몬의 아들이자 백성의 통치자인 아이아스여,　　465

강인한 오디세우스가 소리를 질러 구원을 요청하는 걸 보니

트로스인들과 고군분투하며 싸우다가 퇴로가 끊기고 혼자 남아

곤경에 처한 것 같소. 상황이 급박하오.

그를 구하기 위해 적의 무리를 돌파합시다. 그가 아무리 용맹해도

트로스인들 속에 혼자 있다가 변을 당할까 두렵소.　　　　　470

그렇게 되면 다나오스인의 상심이 클 것이오."

　　　　메넬라오스가 이렇게 말하고 앞서 가자 신 같은 전사도 그의 뒤를

따랐다. 이윽고 그들은 제우스가 아끼는 오디세우스를 발견했다.

트로스인들이 그를 사방으로 에워싸고 있었는데, 마치 산에서

부상 입은 뿔 달린 사슴을 황갈색 들개 떼가 사방으로 에워싼 듯했다.   475

사냥꾼이 시위를 떠난 화살로 사슴을 맞히면,

사슴은 피가 뜨겁고 다리에 힘이 있는 동안에는 사냥꾼에게서 도망치지만,

날카로운 화살을 이기지 못해 결국 쓰러지고,

산속 우거진 숲에서 들개 떼에게 뜯어 먹힌다.

하지만 신이 맹수인 사자를 그곳으로 이끌면,   480

들개 떼는 혼비백산 사방으로 흩어지고, 이번에는 사자가 뜯어 먹는다.

바로 그렇게 수많은 용맹한 트로스인이

현명한 계책에 뛰어난 오디세우스를 에워쌌고,

영웅은 창을 휘두르며 무자비한 날을 막아내고 있었다.

그때 아이아스가 거대한 방벽 같은 방패를 들고   485

가까이 다가가 오디세우스 옆에 서자, 트로스인들은 혼비백산해

뿔뿔이 흩어졌다. 용맹한 메넬라오스가 오디세우스의 손을 잡고

적의 무리를 빠져나오자 메넬라오스의 시종이 전차를 몰고 왔다.

      아이아스는 트로스인들에게 돌진하여 프리아모스의 서자인

도리클로스를 죽였고, 다음으로 판도코스에게   490

부상을 입힌 후 리산드로스와 피라소스와

필라르테스에게도 부상을 입혔다. 마치 제우스가 보낸

겨울철 폭우에 산속의 급류가 들판으로 쏟아져 내리며,

크게 불어난 강물이 많은 마른 나무와 소나무와

진흙을 실어 날라 바닷속으로   495

던져 넣는 것처럼, 바로 그렇게 눈부신 아이아스는

들판을 종횡무진 누비며 말들과 전사들을 죽였다.

그러나 모든 전장의 왼쪽 스카만드로스강 변의 둑 옆에서

싸우고 있던 헥토르는 이 사실을 조금도 알지 못했다.

그곳에서는 전사들의 머리가 가장 많이 떨어졌고, 위대한 네스토르와   500

용맹한 이도메네우스 주위에서 함성이 그치지 않고 일었다.

헥토르는 그들을 상대로 맞서 싸우며, 창과 전차를 모는 솜씨로

무시무시한 활약을 펼쳐 적의 대열을 무너뜨리고 장정들을 무수히 도

　　륙했다.

그럴지라도 고귀한 아카이오스인들은 결코 물러나지 않았을 테지만,

머릿결 고운 헬레네의 남편 알렉산드로스가 미늘 셋 달린 화살을 쏘아,　505

백성의 목자 마카온의 오른쪽 어깨를 맞혀

가장 용맹하게 싸우고 있던 그를 저지했다.

아카이오스인들은 전세가 역전되어

그가 적들에게 죽지 않을까 몹시 염려했다.

그러자 이도메네우스가 즉시 고귀한 네스토르에게 말했다.　510

"넬레우스의 아들이자 아카이오스인의 큰 영광인 네스토르여,

어서 전차에 올라 마카온을 옆에 태우고

통굽의 말들을 함선들 쪽으로 신속하게 몰고 가시오.

화살을 뽑아내고 상처에 약을 바르는

의사 한 사람은 그 가치가 수많은 전사와 맞먹잖소."　515

　　이도메네우스가 이렇게 말하자, 전차를 타고 싸우는 게레니아의

　　　네스토르는

거부하지 않고 즉시 전차에 올라, 흠 잡을 데 없이 훌륭한 의사

아스클레피오스의 아들 마카온을 옆에 태웠다. 그가 말들을

채찍으로 치자 말들도 아무런 저항 없이 속 빈 함선들을 향해

날아가듯 달려갔다. 말들도 그곳으로 가기를 진심으로 바랐기 때문이다.　520

　　한편 전차에서 헥토르 옆에 서 있던 케브리오네스는

트로스인들이 패하여 쫓기는 것을 보고 그에게 말했다.

"헥토르시여, 우리는 혼돈스러운 전장 구석에서

다나오스인과 맞붙어 싸우고 있지만, 다른 트로스인은 패해

말들과 사람들이 뒤엉킨 채 쫓기고 있습니다. 쫓고 있는 자는　525

텔라몬의 아들 아이아스가 분명합니다. 저는 그를 잘 압니다.

어깨에 넓은 방패를 메고 있기 때문이죠. 그러니 우리도

전차들을 몰아 그곳으로 곧장 달려가야 합니다. 그곳에서 가장 많은

전차병과 보병이 집결하여 끔찍한 싸움을 벌이며

서로를 도륙하고 함성이 쉴 새 없이 일고 있습니다."   530

    케브리오네스가 이렇게 말한 후 날카로운 소리를 내는 채찍을

휘둘러 갈기 고운 말들을 치자, 말들은 채찍에 복종하여

시신과 방패를 짓밟으며 트로스인과 아카이오스인 사이로

빠른 전차를 신속하게 끌고 가니,

아래에서는 피들이 전차 바퀴에 튀어 온통 피범벅이 되었고,   535

말발굽과 바퀴에서 튄 핏방울에 전차의 난간들도

피로 물들었다. 헥토르는 적의 무리 속으로 뛰어들어

대열을 돌파하기 위해 무진 애쓰고, 다나오스인 사이에서

무시무시한 고함을 지르며 쉴 새 없이 창을 휘둘러댔다.

하지만 그는 적들의 대열 사이를 휘젓고 다니며   540

창과 칼과 큰 돌로 다른 적들과는 싸우면서도

정작 텔라몬의 아들 아이아스와의 싸움은 피했다.

(그가 자신보다 더 강한 자와 싸울 때면, 제우스가 화를 냈기 때문이다.)[6]

    높은 곳 옥좌에 앉아 있는 아버지 제우스가 아이아스의 마음속에

공포를 불러일으켜 후퇴할 생각을 하게 했다. 그러자 아이아스는   545

놀란 사람처럼 서서 일곱 겹의 소가죽으로 만든 방패를 등에 메더니

야수처럼 적의 무리를 날카롭게 살피고 가끔씩 돌아보기도 하며

한 걸음씩 슬금슬금 도망치기 시작했다. 그 모습은 마치 개들과 농부들이

황갈색 사자를 울타리 안 외양간에서 몰아낼 때와 같았다.

---

6   543행은 현존하는 사본에는 없고, 아리스토텔레스의 『수사학』 1387a35와 플루타르코스
　　『윤리론집』 24c에 인용된 것을 여기에 추가했다.

사자는 고기가 탐나서 달려들어보지만, 가장 살진 소를 빼앗기지   550
않으려고 개들과 농부들이 밤새워 지키고 있는 데다
대담한 팔들이 던지는 창이 빗발치듯 날아오고,
불붙은 나뭇단도 날아와
아무리 탐나도 그 뜻을 이룰 수 없어,
동이 트면 결국 상심한 채 멀리 떠나고 만다.   555
바로 그렇게 아이아스도 이때 아카이오스인의 함선들이 크게 걱정되어
어쩔 수 없이 트로스인 앞에서 침통한 마음으로 물러갔다.
경작지를 지나는 게으른 당나귀는 소년들이 아무리 막대기로 때려도
아랑곳하지 않고 빽빽이 자란 곡식 가운데로 들어가
잔뜩 배를 채운다. 이전에 막대기가 부러지도록 많이 맞아본 데다   560
소년들의 힘이란 게 별것 아니기 때문이다. 당나귀가 배불리 먹고 난
후에야 소년들은 당나귀를 겨우 끌어낼 수 있다.
바로 그렇게 기개 넘치는 트로스인들과 여러 지방에서 온
동맹군들은 텔라몬의 아들 큰 아이아스의 방패 한복판을
창으로 찌르며 계속해서 그를 추격했다.   565
아이아스는 도망치면서도 가끔씩 전의를 되살려
뒤돌아서서 말 길들이는 트로스인들의 대열을
저지하다가 다시 몸을 돌려 도망쳤다. 이렇게 아이아스는
트로스인과 동맹군이 빠른 함선들로 가는 것을 저지하며,
트로스인과 아카이오스인 사이에 버티고 서서   570
고군분투했다. 대담한 팔들이 던지는 창들 중 일부는
그의 큰 방패에 꽂혀 더 뚫고 나아가려고 용썼지만,
대부분은 그의 흰 몸에 닿기도 전에,
몸속으로 파고들기를 열망하며 땅에 꽂히고 말았다.
　　　에우아이몬의 눈부신 아들 에우리필로스가   575
쏟아지는 창들 속에서 위태로운 아이아스를 보고,

달려가 그 옆에 버티고 서서 번쩍이는 창을 던져,

파우시오스의 아들이자 백성의 목자인 아피사온의

횡격막 아래 간을 맞혀 즉시 그의 무릎을 풀어버렸다.

에우리필로스는 그에게 달려들어 어깨에서　　　　　　　　　　580

무구를 벗겨내기 시작했다. 하지만 에우리필로스가 아피사온의 무구를

벗기는 모습을 본 신 같은 알렉산드로스가

즉시 그를 겨냥하고 활을 당겨 화살로 오른쪽 넓적다리를 맞히자

화살대가 부러지며 그의 넓적다리를 압박했다.

에우리필로스는 죽음의 운명을 피하기 위해서 전우들의 무리 속으로

　　물러가며,　　　　　　　　　　585

다나오스인들이 다 알아들을 수 있도록 쩌렁쩌렁한 목소리로 외쳤다.

"아르고스인의 지휘관과 수호자인 친구들이여,

여러분은 되돌아 버티고 서서, 빗발치듯 날아오는 창 앞에서 고전하는

아이아스를 보호해주시오. 무자비한 날에서 그를 구해주시오.

그가 혼자 힘으로 이 가증스런 전장에서 벗어날 수 없을 것 같으니,　　　　590

여러분은 텔라몬의 아들 큰 아이아스를 둘러싸고 적과 맞서시오."

　　　부상 입은 에우리필로스가 이렇게 말하자,

그들은 그에게로 와서 각자 방패를 어깨에 기대고 창을 높이 든 채

옆에 바짝 붙어 섰다. 아이아스도 그들 쪽으로 와서

전우들의 무리가 있는 곳에 이르자 되돌아 버티고 섰다.　　　　595

　　　이렇게 해서 양 진영은 맞붙어 싸웠고, 그 모습이 꼭 타오르는 불

　　　길 같았다.

한편 넬레오스의 말들은 땀범벅이 된 채

네스토르를 전장에서 구해냈고, 백성의 목자인 마카온도 실어 왔다.

빠른 발의 고귀한 아킬레우스는 내부가 넓은

자신의 함선 꼬리 옆에 서서, 아군의 고군분투와　　　　　　　600

눈물겨운 패주를 지켜보다가 마카온이 실려오는 광경을 보았다.

아킬레우스는 즉시 함선 안에 있던 전우 파트로클로스를
큰 소리로 불렀고, 파트로클로스는 그 소리를 듣고 아레스 같은
모습으로 막사에서 나왔는데, 이것이 그에게는 불행의 시작이었다.
메노이티오스의 아들 파트로클로스가 먼저 물었다.   605
"아킬레우스여, 왜 나를 부르는가? 내가 필요한 일이라도 있는가?"
빠른 발의 아킬레우스가 대답했다.
"메노이티오스의 고귀한 아들이여, 내 마음이 기뻐하는 이여,
아카이오스인들이 더 이상 견딜 수 없는 곤경에 처해
이제는 내 무릎 주위에 서서 애원할 것 같네.   610
그러니 제우스께서 아끼시는 파트로클로스여, 지금 네스토르에게 가서
그가 전장에서 실어온 부상자가 누구인지 물어보게.
뒤에서 보았을 때는 영락없이 아스클레피오스의 아들 마카온 같았는데,
말들이 워낙 씩씩거리며 쏜살같이 달려서
그의 모습을 제대로 보지 못했네."   615

　　　아킬레우스가 이렇게 말하자, 파트로클로스는 사랑하는 전우가
시킨 대로 아카이오스인의 막사들과 함선들을 따라 달려갔다.
　　　한편 넬레우스의 아들 네스토르의 막사에 도착한 두 사람은
전차에서 풍요로운 대지 위로 내렸고,
시종인 에우리메돈은 네스토르의 말들을 전차에서 풀었다.   620
네스토르와 마카온은 바닷가에 서서
윗도리를 적신 땀을 불어오는 바람에 식힌 후,
막사로 들어가 의자에 앉았다.
머리를 곱게 땋은 헤카메데[7]가 그들을 위해 약술을 만들어주었다.

---

7 "헤카메데"는 트로이아 앞바다 테네도스섬의 귀족 아르시노오스의 딸이었다. 아킬레우스
　　는 트로이아 전쟁에 참전하러 가는 길에 테네도스섬을 지나게 되었고, 테네도스인들과 전
　　쟁을 벌였다. 패배한 테네도스인들은 그를 달래기 위해 귀족 가문의 아름답고 재주 많은
　　처녀 헤카메데를 바쳤다. 아킬레우스는 약과 음식을 제조하는 데 뛰어난 그녀를 네스토르

영웅다운 기개를 지닌 아르시노오스의 딸인 헤카메데는   625
아킬레우스가 테네도스[8]를 함락시킨 후, 전리품으로
네스토르에게 주어 데려온 여자였다. 네스토르의 계책이 그들 가운데서
최고의 전공이었음을 아카이오스인들이 인정한 것이다.
그녀는 먼저 에나멜 칠을 한 다리가 있고 반들거리는 아름다운 탁자를
그들 앞에 펴놓은 후, 그 위에 술의 풍미를 돋워주는 양파가 든   630
청동 바구니와 노란 빛의 꿀과 신성한 보릿가루를 올려놓았다.
그 옆에는 아주 아름다운 술잔을 갖다놓았다. 네스토르가 집에서 가져온
이 술잔에는 황금 징들이 박혀 있었고,
네 개의 손잡이가 달려 있었다. 각각의 손잡이에는 모이를 먹는
두 마리의 황금 비둘기가 아로새겨져 있었고, 밑바닥도 두 개였다.   635
이 잔에 술을 가득 채우면 다른 사람은 안간힘을 써야
술잔을 탁자에서 겨우 들어올릴 뿐이지만, 노인인 네스토르는
가뿐히 들어올렸다. 여신 같은 헤카메데는 그들을 위해
그 잔에 프람네산 포도주[9]로 약술을 만든 후, 염소 치즈를
청동 강판으로 갈아 넣고, 그 위에 보릿가루를 뿌렸다.   640
약술을 다 만든 그녀는 두 사람에게 마시기를 권했다.
두 사람이 약술을 마시면서 극심한 갈증을 달래고,
서로 환담을 주고받으며 분위기가 무르익을 때,
신 같은 전사 파트로클로스가 문 앞에 들어섰다.
그를 본 노인은 번쩍이는 의자에서 일어나   645
그의 손을 잡고 안으로 데려가 자리를 권했다.

에게 노예로 주었다.
8 "테네도스"는 에게해에서 헬레스폰토스 해협으로 들어가는 입구에 있는 섬이다.
9 트로아스 아래 그리스 식민지 아이올리스 옆에 있는 레스보스섬의 포도주는 최상품으로
   쳤고, 그중에서도 "프람네산 포도주"가 가장 유명했다. 바로 아래에 있는 키오스섬의 포도
   주도 쌍벽을 이루었다.

하지만 파트로클로스는 앉기를 사양하고 이렇게 말했다.

"제우스께서 기르신 원로시여, 저는 자리에 앉을 수 없으니

설득하지 마십시오. 두렵고 존엄하신 분께서 저더러

당신이 데려온 부상자가 누구인지 알아오라고 하셨는데, 백성의 목자   650

마카온을 보니 그가 누구인지 저절로 알겠습니다. 저는 사자로 왔으니

이제 다시 돌아가 아킬레우스에게 전하겠습니다. 제우스께서 기르신

　　원로시여,

그분이 얼마나 무서운지는 당신도 잘 아실 테지요.

잘못이 없는 사람도 툭하면 질책하는 분이지 않습니까?"

　　　　전차를 타고 싸우는 게레니아의 네스토르가 대답했다.   655

"날아오는 창과 화살에 맞아 죽거나 부상당한 아카이오스인의 아들들이

얼만데, 아킬레우스가 이제 와서 그들을 위해 슬퍼하다니 대체 이유가

무엇이오? 진중에 무슨 일이 벌어지고 있는지 그는 전혀 모르고 있소.

장수들은 화살에 맞거나 창에 찔려 함선들 안에 누워 있소.

티데우스의 아들 맹장 디오메데스도 부상을 당했고,   660

창술로 유명한 오디세우스와 아가멤논도 부상을 당했소.

에우리필로스도 넓적다리에 화살을 맞았고,

지금 내가 전장에서 데려온 이분도 시위를 떠난 화살에 맞아

부상을 당했소. 그런데도 용맹한 아킬레우스는

다나오스인들을 걱정하지도 불쌍히 여기지도   665

않잖소. 바닷가에 있는 빠른 함선들이

아르고스인들의 뜻과는 달리 불에 타 없어지고,

우리가 차례차례 죽도록 내버려둘 작정인가 보오.

내 힘도 예전 같지 않아 사지가 마음대로 움직이지 않소이다.

소 떼를 몰고 가버린 일로 엘리스인들과 우리 백성 사이에 분쟁이   670

벌어졌던 때처럼 내가 지금도 젊고 힘이 있다면 얼마나 좋겠소.

그때 나는 소 떼 대신에 그들에게서 약탈한 가축들을 몰고 가다가

엘리스에 살던 히페이로코스의 용감한 아들 이티모네우스를 죽였소.

그는 자신의 소 떼를 지키기 위해 선두에 나서 싸우다가

내가 던진 창에 맞아 쓰러졌고,   675

그를 따르던 시골 백성은 겁에 질려 뿔뿔이 흩어졌다오.

덕분에 우리는 그 들판에서 아주 많은 노략물을 얻어 몰고 왔는데,

소들이 쉰 마리나 되었고, 양들과 돼지들도 많았으며,

멀리 돌아다니는 염소도 많았고,

밤색 말도 모두 암말로 백쉰 마리나 되었고,   680

그중에는 새끼가 딸린 것도 많았소.

우리가 밤을 새워 넬레우스의 성 필로스로 몰고 가자,

내 아버지 넬레우스께서는 나이 어린 내가 출전해

그토록 많은 전리품을 획득해온 것을 보고 기뻐하셨소.

그리고 동이 트자마자 전령들을 보내 큰 소리로 알려서   685

신성한 엘리스에 받을 빚이 있는 사람들을 모두 오게 했고,

필로스인의 지휘관들이 함께 모여 그들에게 전리품을 나눠 주었소.

우리 필로스인들은 수가 적다 보니 핍박을 받고 약탈을 당해,

많은 사람이 에페이오스인에게 받을 빚이 있었기 때문이오.

우리의 수가 이렇게 줄어든 이유는 전에 강력한 헤라클레스가   690

와서 우리를 핍박하고, 우리 중 가장 용감한 사람들을

다 죽였기 때문이오. 흠 잡을 데 없이 훌륭한 내 아버지 넬레우스께서는

열두 아들을 두셨는데, 그중에서 나만 살아남고

다른 아들들은 모두 그때 목숨을 잃었소.[10] 그러자 청동 갑옷 입은

---

10 테살리아 지방 오이칼리아의 왕이자 헤라클레스의 궁술 스승이기도 한 에우리토스가 우
　승자에게 공주 이올레를 주겠다고 약속하고 궁술 시합을 열었다. 시합에서 우승한 헤라클
　레스는 약속을 어긴 에우리토스와 그 아들들을 죽인다. 그런 후 필로스의 왕 넬레우스를
　찾아가 죄를 씻어달라고 요청했지만 거절당하자 이번에는 필로스를 침공해 넬레우스와
　자식들을 죽였고, 이때 네스토르만 살아남았다.

에페이오스인이 오만방자해져 우리를 악랄하게 괴롭혔다오.   695

그때 내 아버지 넬레우스께서는 전리품 중 한 떼의 소와

큰 규모의 양 떼를 선택해 삼백 마리의 가축과

그 가축을 기를 목자들을 가지셨소. 신성한 엘리스는

내 아버지께도 큰 빚을 지고 있었기 때문이오. 전에 내 아버지께서는

시합에 나갔다 하면 상을 타왔던 말 네 필을 세발솥을 상으로 내건   700

시합에 전차와 함께 내보내셨는데, 인간들의 군주 아우게이아스[11]가

말들은 거기에 붙잡아두고, 말들을 빼앗겨 슬퍼하는 마부만 돌려보냈

  지 뭐요.

그자의 언행에 분노하셨던 내 아버지께서는 많은 전리품을

취하신 후, 나머지는 백성에게 나눠 가지라고 내어주어

모두가 공평하게 자기 몫을 가지고 돌아가게 하셨소.   705

이렇게 우리는 모든 일을 처리한 후 성 주위에서 신들께

제를 올렸소. 그런데 사흘째 되던 날 모든 에페이오스인들이

통굽의 말들을 타고 전속력으로 쳐들어왔고,

그들 중에 몰리오네의 아들들[12]도 무장을 하고 왔지만,

아직 나이가 어려 그리 용맹하게 싸우지는 못했소.   710

모래 많은 필로스의 변경에는

저 멀리 알페이오스강 변[13] 가파른 언덕 위에 트리오에사성이 있었는데,

그들은 이 성을 포위해 박살 낼 심산이었소.

---

11 "아우게이아스"는 태양신 헬리오스와 바다의 신 네레우스의 딸 히르미네 사이에서 태어난
   아들로 엘리스의 왕이다. 그에 관한 더 자세한 내용은 제2권 각주 47을 보라.

12 "몰리오네의 아들들"은 포세이돈이 엘리스 왕 악토르의 아내 몰리오네에게서 낳은 쌍둥이
   형제다. 테살리아 출신으로 엘리스로 이주해 왕이 된 피티우스의 아들 아마린케우스와 함
   께 헤라클레스를 물리치지만, 결국 매복해 있던 헤라클레스에게 죽임을 당한다.

13 "알페이오스강"은 펠로폰네소스반도 중앙에 있는 타이게토스산 북쪽 비탈에서 발원해 북
   서쪽으로 흘러 올림피아 근방을 지나 이오니아해의 키파리시아만으로 흘러 들어간다. "트
   리오에사"는 엘리스의 올림피아 아래에 있는 도시였다.

하지만 그들이 온 들판을 가로질러 달려오고 있을 때,

아테나께서 그 밤에 올림포스에서 급히 사자로 와서 우리에게   715

무장하라고 알려주셨고, 여신이 필로스에서 백성을 모으자

그들은 주저하기는커녕 싸우기를 열망했소. 하지만 내 아버지 넬레우

　스께서는

내가 무장하는 것을 허락하지 않으셨고, 내 말을 감춰버리셨소.

내가 아직은 전쟁에 대해 아무것도 모른다고 생각하셨기 때문이오.

비록 나는 보병으로 참전해 싸웠지만, 전차를 타고 싸우는 전사들보다   720

더 두각을 나타냈소. 아테나께서 전투를 그렇게 이끄신 덕분이었소.

미니에이오스강은 아레네[14] 근방에서 바다로 흘러드는데,

거기에서 우리 필로스군 전차병들은 고귀한 새벽의 여신 에오스를

기다렸고, 보병대도 거기로 속속 집결했소.

우리는 무장을 갖추고 그곳을 출발해 전속력으로 달려   725

정오에는 신성한 알페이오스강에 도착했소.

거기에서 우리는 막강하신 제우스께 성대한 제물을 바쳤고,

알페이오스와 포세이돈께도 황소 한 마리씩을 바쳤으며,

빛나는 눈의 아테나께는 가축 떼 중 암송아지 한 마리를 바쳤소.

그런 후 우리는 진중에서 부대별로 저녁 식사를 하고   730

각자 무장을 한 채 강변에 누워 잠을 잤소.

한편 기개 있는 에페이오스인들은 성을 포위한 채

초토화하려 하고 있었소. 하지만 그들은 그렇게 하기 전에

먼저 큰 전쟁을 치러야 했소.

찬란한 태양이 대지 위로 떠올랐을 때, 우리는 제우스와 아테나께   735

기도를 올린 후 그들과 접전을 벌였기 때문이오.

이렇게 필로스인과 에페이오스인 간에 전투가 벌어지자,

---

14 "아레네"는 엘리스의 한 도시다.

나는 먼저 적장 몰리오스를 죽이고 그의 통굽 말들을

빼앗았소. 몰리오스는 아우게이아스의 맏딸인

금발의 아가메데를 아내로 얻어 사위가 된 인물이었는데,   740

아가메데는 드넓은 대지가 기르는 온갖 약초를 잘 아는 여자였소.

내가 가까이 있는 그에게 청동 날이 박힌 창을 던져 맞히자,

그는 먼지 속으로 처박혔소. 내가 그의 전차로 뛰어올라

적의 선봉대 사이에 버티고 서자, 기개 있는 에페이오스인들은

전차병들의 지휘관이자 가장 용맹하고 뛰어난 전사인   745

그가 먼지 속으로 처박히는 모습에

겁먹고 뿔뿔이 흩어져 도망쳤소. 나는 검은 폭풍처럼

그들을 덮쳐 쉰 대의 전차를 빼앗았고, 각 전차의 양옆으로는

두 명의 적병이 내 창을 맞고 쓰러져 이로 흙을 깨물었소.

나는 악토르의 아들들인 몰리오네 형제도   750

죽일 수 있었지만, 드넓은 땅을 다스리며 대지를 뒤흔드는 자인

그들의 아버지[15]가 짙은 안개로 그들을 덮어 전장에서 구해냈소.

이때 제우스께서 필로스인의 손에 큰 힘을 주셨기 때문에

우리는 드넓은 들판을 가로질러 계속 추격해서

적군을 죽이고 그들의 아름다운 무구들을 거둬들였고,   755

마침내 곡식이 풍부하게 나는 부프라시온과 올레니에 바위와

알레시온 언덕[16]이라 불리는 곳까지 전차를 몰고 갔소.

그곳에서 아테나께서는 백성을 되돌리셨소. 그래서 나는

거기에서 마지막 적군을 죽여 남겨두었소. 아카이오스인은

빠른 전차를 몰아 부프라시온에서 필로스로 돌아오며   760

---

15 포세이돈을 말한다.

16 "부프라시온"은 에페이오스인들의 도성이었고, "알레시온"은 올림피아에서 동쪽으로 2킬
   로미터 정도 떨어져 있는 도시였다.

모두 신들 중에서는 제우스를, 인간들 중에서는 이 네스토르를
찬양했소. 이전에 나는 전사들 사이에서 그런 사람이었소.
반면에 아킬레우스는 자신의 용맹함을 혼자서만 누리고 있구려.
하지만 백성이 다 죽고 나면 그도 뒤늦게 크게 한탄하지 않겠소?
오, 친구여, 메노이티오스께서는 당신을 프티아에서 아가멤논에게   765
보내던 날 분명히 당신에게 이렇게 당부하셨소.
그때 우리 두 사람, 나와 고귀한 오디세우스는 집 안에 있었기 때문에,
거실에서 그분이 당신에게 당부하는 말을 다 들었소.
군사를 모으기 위해 아카이오스인의 풍요로운 땅을 두루 다니던
우리 두 사람이 훌륭하게 지은 펠레우스의 궁에 갔다가   770
거기에서 영웅 메노이티오스를 보았고, 아킬레우스 옆에 있는
당신도 보았소. 전차를 타고 싸우는 원로 펠레우스께서는
담으로 둘려 있는 안마당에서 천둥을 좋아하시는 제우스께
황소의 기름진 넓적다리뼈를 태워 올리며, 손에는 황금 술잔을 들고
타오르는 제물 위에 불꽃같은 포도주를 붓고 계셨고,   775
아킬레우스와 당신은 황소 고기를 손질하고 있었소.
그때 우리 두 사람이 문간으로 들어서자, 아킬레우스가 깜짝 놀라며
벌떡 일어서더니 내 손을 잡고 안으로 이끌어 앉으라고 권하고서는,
손님상을 잘 차려와 우리를 환대해주었소.
우리 두 사람이 배불리 먹고 마신 후, 내가 먼저 얘기를 꺼내   780
아킬레우스와 당신에게 우리와 함께해주기를 권했고, 당신들이 그렇게
하기를 열망하자, 펠레우스와 메노이티오스 두 분께서는 당신들에게
신신당부를 하셨소. 원로이신 펠레우스께서는 아들 아킬레우스에게
언제나 용감하게 싸워 최고가 되고 다른 사람보다 뛰어난 자가 되라고
    이르셨고,

악토르의 아들 메노이티오스[17]께서는 당신에게 이렇게 당부하셨소.   785

'내 아들아, 혈통으로는 아킬레우스가 너보다 더 위지만,[18]

나이로는 네가 더 위다. 하지만 힘에서는 그가 훨씬 낫다.

그러니 너는 현명한 말로 조언하고 옳은 길을 그에게 보여주거라.

그가 네 말을 듣는다면 그에게도 이득이 될 것이다.'

원로께서는 이렇게 당부하셨는데도 당신은 잊고 있소. 이제라도   790

현명한 아킬레우스가 당신의 말을 들을지 모르니,

그에게 이 일을 말해보시오. 단짝의 설득은 힘이 있으니,

당신이 설득하면 신의 도우심으로 그의 마음이 움직일지 누가 알겠소?

만일 그의 지엄하신 어머니께서 제우스에게 무슨 말인가를 듣고

전해주어 그가 신탁 때문에 출전을 꺼리고 있다면,   795

당신이 다나오스인의 빛이 될 수 있을지 모르니, 당신만이라도

다른 미르미도네스 전사들을 이끌고 출전하게 해달라고 청하시오.

또한 그의 아름다운 무구를 받아서 갖추고 출전할 수 있게

해달라고 하시오. 그러면 트로스인은 당신이 아킬레우스인 줄 알고

전장에서 물러날 테고, 숨 돌릴 틈도 없이 싸우느라 지쳐 있는   800

아카이오스인의 용감한 아들들이 숨을 가라앉힐 수 있지 않겠소?

그리고 기운이 펄펄한 당신들은 쉬지 않고 싸우느라 지쳐 있는 적군을

함선들과 막사들에서 도성 쪽으로 쉽게 몰아낼 수 있을 것이오."

　　　네스토르가 이렇게 말하며 파트로클로스의 마음을 움직이자,

그는 함선들 옆을 달려 아이아코스의 손자 아킬레우스에게로 갔다.   805

---

17 "메노이티오스"는 파트로클로스의 아버지이며, 악토르와 아이기나의 아들이다. 악토르는
　　그리스인의 시조인 헬렌의 아들 아이올로스의 손자이며, 아이기나는 강의 신 아소포스의
　　딸이다.

18 메노이티오스는 어머니 아이기나가 악토르와 결혼하기 전 제우스와 관계를 맺어 낳은 아
　　이아코스의 이복형제이고, 아킬레우스는 아이아코스의 손자이기 때문에, 족보상으로는 파
　　트로클로스가 아킬레우스의 삼촌뻘이다. 따라서 "혈통으로는(γενεῆ, '게네에') 더 위"라는
　　표현은 더 고귀한 혈통이라는 뜻이다.

파트로클로스가 달려 그들의 회의장이자 재판정이며

신들의 제단을 만들어놓은 곳이기도 한

신 같은 오디세우스의 함선들에 도착했을 때,

넓적다리에 화살을 맞고 절뚝거리며 전장에서 돌아오고 있던

신의 자손 에우아이몬[19]의 아들 에우리필로스와 마주쳤다.　　　810

그는 어깨와 머리에서 땀을 비 오듯 흘렸고,

심각한 상처에서는 검은 피가 솟았지만,

마음은 흔들림 없이 의연했다.

그를 본 메노이티오스의 용맹한 아들은 불쌍한 마음이 들어

탄식하며 날개 달린 말로 그에게 물었다.　　　815

"아, 다나오스인의 불쌍한 지휘관들과 수호자들이여, 당신들은 이렇게

사랑하는 사람들과 고향 땅을 멀리 떠나 트로이아에서

기름진 살점으로 날쌘 개들을 배불리게 할 운명이었소?

제우스께서 기르신 영웅 에우리필로스여, 어서 내게 말해주시오.

아카이오스인이 위대한 헥토르를 어떻게든 저지할 수 있겠소,　　　820

아니면 결국 그의 창에 쓰러져 전멸하고 말겠소?"

　　　부상당한 에우리필로스가 대답했다.

"신의 자손 파트로클로스[20]여, 아카이오스인은 스스로 방어할

가능성이 더 이상 없고, 결국 검은 함선들 사이에서 전멸하고 말 것이오.

전에 가장 용맹하게 싸웠던 사람들은 모두　　　825

트로스인에게 화살에 맞거나 창에 찔려 부상을 입어

19　"에우아이몬"의 족보는 모든 그리스인의 시조 헬렌을 거쳐 프로메테우스, 대지의 여신 가
　　이아와 하늘의 신 우라노스의 자식들인 티탄 열두 신 중 하나인 이아페토스까지 거슬러
　　올라간다.

20　메노이티오스의 아버지 악토르는 헬렌의 아들 아이올로스의 손자다. 따라서 파트로클로
　　스의 족보도 모든 그리스인의 시조 헬렌을 거쳐 티탄 12신 중 하나인 이아페토스까지 거
　　슬러 올라간다.

함선 안에 누워 있는데, 트로스인들의 기세는 여전하다오.

그러니 나를 구해주시오. 나를 검은 함선으로 데려가

넓적다리에서 화살을 잘라내고, 미지근한 물로 상처에서 솟는 검은 피를

씻어낸 후, 통증을 멎게 해주는 약을 뿌려주시오. 켄타우로스족 중   830

가장 정의로운 케이론이 아킬레우스에게 가르쳐준 조제법을

당신이 배워서 만든 그 훌륭한 약 말이오.[21]

포달레이리오스와 마카온이 의사이긴 하지만,

마카온은 부상을 당해 막사에 누워 있으니

그 자신도 훌륭한 의사가 필요한 처지이고, 포달레이리오스는   835

들판에서 여전히 트로스인들과 치열한 전투를 벌이고 있다오.”

　　　메노이티오스의 용맹한 아들이 대답했다.

“어떻게 일이 이 지경이 되었단 말이오? 영웅이신 에우리필로스여,

내가 어떻게 하면 좋겠소? 나는 아카이오스인들의 마지막 보루인

게레니아의 네스토르가 내게 당부한 말을 현명한 아킬레우스에게 전하러   840

가는 길이오. 하지만 고통받는 당신을 이대로 방치하진 않겠소.”

　　　파트로클로스는 이렇게 말한 후 가슴 아래를 부축해

백성의 목자를 자신의 막사로 데려갔고, 이를 본 시종들이 바닥에

소가죽을 깔았다. 파트로클로스는 그 위에 에우리필로스를 눕히고,

넓적다리에서 아주 날카롭고 예리한 화살을 잘라낸 후   845

미지근한 물로 상처의 검은 피를 씻어냈다. 그런 다음

통증을 멎게 해주는 약초 뿌리를 손으로 비벼 뿌리자

모든 통증이 사라지고 상처가 아물며 피도 멎었다.

---

21 “케이론”은 아카스토스왕의 계략으로 목숨을 잃을 위기에 처한 펠레우스를 구해주었고,
　　그의 아들 아킬레우스의 교육을 맡아 그리스 최고의 영웅으로 길러낸다.

〈부상당한 에우리필로스를 돌보는 파트로클로스〉(크리스핀 반 데 파스, 1613년)

제12권 방어벽 전투

이렇게 메노이티오스의 용맹한 아들이

부상당한 에우리필로스를 막사에서 치료하고 있는 동안에도,

아르고스인들과 트로스인들은 무리 지어 전투를 벌였다.

하지만 다나오스인이 만든 해자와 그 뒤에 길게 쌓은 방어벽은

그들을 지켜주지 못할 운명이었다. 그들은 함선들을 지키려고   5

방어벽을 쌓고 그 앞에 해자를 팠지만, 그런 것들로 빠른 함선들과

거기에 실린 많은 전리품을 지킬 수 있게 해달라고 신들에게

성대하게 제물을 바치지 않았기 때문이다. 방어벽은 불멸의 신들의 뜻을

거슬러 지은 것이었고, 그 때문에 오랫동안 유지될 수 없었다.

헥토르가 건재하고, 아킬레우스가 분노하고 있으며,   10

프리아모스왕의 성이 함락되지 않은 동안에는

아카이오스인들이 쌓은 거대한 방어벽도 유지될 수 있었다.

하지만 트로스인의 장수들이 모두 죽고,

아르고스인의 장수들 중에서도 어떤 이들은 죽고 어떤 이들은

살아남아, 프리아모스의 성이 십 년 만에 함락되어,   15

아르고스인들이 함선을 타고 사랑하는 조상의 땅으로 돌아가자,

포세이돈과 아폴론은 방어벽을 무너뜨려야겠다고 생각해,

이데산에서 바다로 흘러드는

모든 강의 힘을 방어벽 쪽으로 끌어들였다.

그 강들은 레소스강, 헵타포로스강, 카레소스강, 로디오스강,   20

그라니코스강, 아이세포스강, 고귀한 스카만드로스강,

시모에이스강이었다. 그 강변에서 수많은 소가죽 방패와 투구와

신의 혈통 절반을 이어받은 자들이 먼지 속으로 쓰러졌었다.

포이보스 아폴론은 이 모든 강의 하구를 한곳으로 돌려

아흐레 동안 강물을 방어벽 쪽으로 흘려보냈고,   25

제우스도 방어벽이 더 빨리 물에 잠기도록 계속해서 비를 내렸다.

대지를 뒤흔드는 자 포세이돈은 손에 삼지창을 들고 직접 나서,

아카이오스인들이 고생하며 설치한 방어벽의 기초를 이루는

통나무와 돌들을 모두 파도에 떠내려 보내

방어벽을 쓸어버리고, 거센 물살의 헬레스폰토스를   30

평평하게 만든 후, 그 넓은 해변을 다시 모래로 덮고,

모든 강의 물줄기를 되돌려

아름다운 강물이 이전의 물길을 따라 흐르게 했다.

　　　방어벽은 나중에 포세이돈과 아폴론이 그렇게 처리할 운명이었다.

하지만 지금은 잘 쌓은 방어벽 주위에서 전투와 함성이   35

불길처럼 타올랐고, 날아오는 창들에 맞은 망루들의 기둥에서는

울리는 소리가 났다. 제우스가 휘두르는 채찍에 굴복해

속 빈 함선들 옆으로 도망친 아르고스인들은 공포스러운 패주를

강력히 주도한 헥토르가 무서워서 꼼짝도 못하고 갇혀 있었다.

한편 헥토르는 여전히 회오리바람처럼 싸우고 있었다.   40

멧돼지나 사자는 사냥개들과 사냥꾼들에게 포위되면,

이쪽저쪽으로 몸을 돌려 위협하며 힘을 과시하고,

사냥꾼들은 야수를 마주보며 방어벽 같은 밀집대형을

이루고 서서 손으로 창을 수도 없이 던진다.

하지만 야수는 무모한 용맹함 때문에 죽음을 자초할지라도   45

여전히 기세등등해 도망치려 하지도 않는다. 야수가 이쪽저쪽으로
몸을 돌려 위협하며 사냥꾼들의 밀집대형을 시험하기 위해
특정 방향으로 돌진할 때마다, 그 방향에 있던 사냥꾼들의 대열은
뒤로 물러난다. 바로 그렇게 헥토르는 트로스인들의 무리 사이를
오가며, 해자를 건너라고 전우들을 독려했다. 하지만 헥토르의   50
발 빠른 말들조차 넓은 해자를 보고는 겁을 집어먹고
해자의 아주 높은 가장자리에 선 채
큰 소리로 울기만 했다. 해자를 가까이에서 뛰어넘거나
건너기란 쉽지 않았다.
해자 양쪽의 가장자리는 가파른 절벽을   55
이루었고, 해자 위에는 적을 막기 위해 아카이오스인의 아들들이
설치해놓은 크고 뾰족한 말뚝들이 빽빽이 박혀 있었다.
말이 바퀴로 굴러가는 전차를 끌고 그런 해자 속으로 들어가기란
쉬운 일이 아니므로, 그들은 걸어서 건너갈 방법을 골똘히 궁리했다.
이때 폴리다마스가 대담한 헥토르에게 다가가 말했다.   60
"헥토르여, 그리고 트로스인과 동맹군의 여러 지휘관이여,
빠른 전차를 몰고 해자를 건너고자 시도하는 건 몰지각한 짓이오.
그런 식으로는 해자를 건너기 아주 힘듭니다. 해자 안에는 뾰족한
말뚝들이 박혀 있고, 바로 앞에는 아카이오스인의 방어벽이 있어,
전차를 몰고 해자 안으로 내려갈 수 없고   65
싸울 수도 없소. 장소가 좁아 아군의 피해가 클 것이오.
물론 높은 곳에서 천둥을 울리는 제우스께서 아카이오스인에게
악감정이 있어 트로스인을 도와 그들을 전멸시키려 하신다면,
나도 그런 일이 지금 당장 일어나 아카이오스인들이
아르고스에서 멀리 떨어진 이곳에서 이름 없이 죽어가길 바라오.   70
하지만 그들이 반격을 해와 우리가 함선들로부터
퇴각하다가 그들이 파놓은 해자에 고립된다면,

아카이오스인의 손에 전멸당해

우리에게는 성에 보낼 사자조차 남지 않을 것이오.

그러니 자, 모두 내가 말하는 대로 해주시오.   75

전차는 시종들이 해자 옆에서 지키게 하고,

우리 모두는 무장을 하고 한 무리의 보병대를 이루어

헥토르를 따릅시다. 죽음의 밧줄이 아카이오스인을

묶고 있다면, 그들도 버텨내지 못할 테지요."

　　　폴리다마스가 이렇게 말하자, 그가 제시한 안전한 계책에   80

만족한 헥토르는 즉시 무구들을 갖춘 채 전차에서 땅으로 뛰어내렸다.

고귀한 헥토르가 그렇게 하는 것을 본 다른 트로스인도

전차 위에 있지 않고 모두 전차에서 뛰어내렸다.

그런 다음 그들은 각자 마부에게 명령하여

전차를 해자 옆에 정렬시켜놓고 대기하게 한 후, 자신들은 헤쳐 모여   85

다섯 부대로 정렬해 대열을 갖추고 각 부대의 지휘관을 따랐다.

첫째 부대는 헥토르와 흠 잡을 데 없이 훌륭한 폴리다마스가 이끌었다.

　　　이 두 사람을 따르는 자들은 수도 많은 데다가 가장 용맹해,

누구보다 먼저 방어벽을 돌파해 속 빈 함선들 옆에서 싸우고자 하는

열망이 대단했다. 헥토르와 폴리다마스 외에도 케브리오네스가   90

그들과 함께했다. 헥토르가 케브리오네스보다 못한 다른 사람에게

전차를 지키게 하고 그를 데려왔기 때문이다.

둘째 부대는 파리스와 알카토오스와 아게노르가 지휘했고,

셋째 부대는 헬레노스와 신 같은 데이포보스[1]가 지휘했는데,

이 두 사람은 프리아모스의 아들이었다. 영웅 아시오스가   95

이 두 사람과 함께했다. 히르타코스의 아들 아시오스는 불꽃같은

1　"데이포보스"는 프리아모스왕과 헤카베 사이에서 태어난 아들로, 헥토르가 가장 아끼는
　　형제다.

〈헥토르에게 조언하는 폴리다마스〉(존 플랙스먼, 1795년)

거대한 말들을 셀레에이스강 변의 아리스베에서 가져왔다.

넷째 부대는 안키세스의 용맹한 아들 아이네이아스가 지휘했고,

전투에 대해서는 모르는 게 없는 안테노르의 두 아들

아르켈로코스와 아카마스가 그와 함께했다. 사르페돈은　　　　　　100

명성 자자한 동맹군들을 지휘했는데, 자신과 함께할 사람으로

글라우코스와 용맹한 아스테로파이오스를 선택했다. 모든 사람 중

자기 다음으로 탁월하게 용맹한 자들이라고 생각했기 때문이다.

하지만 모든 사람 중 가장 용맹한 자는 사르페돈 자신이었다.

그들은 튼튼하게 만든 소가죽 방패들을 서로 밀착시키고　　　　　　105

맹렬한 기세로 곧장 다나오스인들을 향해 진격했다. 그들이

이제는 버티지 못하고, 검은 함선들 사이에서 쓰러지리라고 생각했기 때

　문이다.

　　　　이때 다른 트로스인과 명성 자자한 동맹군들은

흠 잡을 데 없이 훌륭한 폴리다마스의 계책을 그대로 따랐지만,

히르타코스의 아들이자 전사들의 우두머리였던 아시오스는　　　　　　110

자신의 전차와 마부를 해자 옆에 남겨두고 싶지 않아

그들을 데리고 빠른 함선들을 향해 나아갔다.

이 어리석은 자는 가혹한 죽음의 운명을 피할 수 없어,

말들과 전차를 과시하며 함선들 옆을 떠나

바람 많은 일리오스로 돌아갈 수 없게 되었다.　　　　　　115

그 전에 데우칼리온의 훌륭한 아들 이도메네우스의 창을 통해

불길한 운명이 그를 덮쳤기 때문이다. 그는 함선들이 늘어서 있는 곳

왼편으로 나아갔는데, 아카이오스인은 그 방향에 있는 문으로

말들과 전차들을 몰고 들판에서 돌아오곤 했다.

아시오스는 말들과 전차를 몰고 그 방향으로 나아갔다.　　　　　　120

가서 보니 문짝들이 닫혀 있지 않았고,

긴 빗장도 걸려 있지 않았다. 아카이오스인 전사들 중 전장에서 도망쳐

함선들 쪽으로 오는 자를 구하기 위해 문을 활짝 열어놓았기 때문이다.

아시오스가 전차를 몰고 곧장 문 쪽으로 돌진하자, 그의 군사들도

날카로운 함성을 지르며 뒤를 따랐다. 아카이오스인들이 이제는 버티지 125

못하고 검은 함선들 사이에서 쓰러지리라고 생각했기 때문이다. 하지만

이 어리석은 자들은 문 앞에서 아주 용맹한 두 명의 전사를 만났다.

이 두 사람은 기개 넘치고 창술에 뛰어난 라피테스인의 아들들로,

하나는 페이리토오스의 아들 용맹한 폴리포이테스였고,

다른 하나는 살인마 아레스와 맞먹는 레온테우스였다. 130

두 사람은 높은 문 앞에 서 있었는데,

산속에서 크고 긴 뿌리를 깊게 내리고

오랜 세월을 하루같이 비바람을 견디며

가지를 높이 뻗은 참나무들 같았다.

바로 그렇게 두 사람은 자기 팔의 힘을 믿고 135

장신의 아시오스가 다가오기를 기다리며 도망가지 않았다.

트로스인은 아시오스왕과 이아메노스, 오레스테스,

아시오스의 아들 아다마스, 토온, 오이노마오스를 둘러싼 채

마른 소가죽 방패를 높이 들고 엄청난 함성을 지르며

튼튼하게 쌓은 방어벽을 향해 곧장 돌진해왔다. 140

이때 두 사람은 잠시 방어벽 안으로 들어가 훌륭한 정강이 보호대를 한

아카이오스인들에게 함선들을 사수하라고 독려하던 중이었다.

하지만 트로스인이 방어벽을 공격해오고,

다나오스인은 겁에 질려 비명을 지르며 도망하는 모습을 본 두 사람은

재빨리 뛰어나가 문 앞에서 적과 싸웠다. 그 모습이 마치 산속에서 145

멧돼지 두 마리가 자기들을 향해 요란스레 소리 지르며 달려오는

사냥꾼들과 사냥개들을 상대하는 것 같았다. 이때 멧돼지들은 재빨리

방향을 바꿔 좌충우돌하며 주변의 나무들을 짓밟아 뿌리째 쓰러뜨리고,

그런 와중에 엄니들이 부딪치는 소리가 나고,

그러다가 결국 누군가가 던진 창에 맞아 목숨을 잃는다.

바로 그렇게 적들이 던진 번쩍이는 청동 창이 두 사람의

가슴 위에서 소리를 냈다. 두 사람이 방어벽 위에 있는 군사들과

그들 자신의 힘을 믿고 결사적으로 싸웠기 때문이다.

방어벽 위에 있는 군사들은 그들 자신의 목숨과 막사들과

빨리 달리는 함선들을 지키려고 튼튼하게 쌓은

망루들에서 연거푸 큰 돌을 던졌다. 돌이 눈발처럼

땅에 떨어졌는데, 그 모습은 거센 바람이 먹장구름을 몰고 올 때

풍요로운 대지 위로 짙게 쏟아져 내리는 눈발 같았다.

바로 그렇게 아카이오스인의 손에서도 트로스인의 손에서도

날아다니는 무기들이 쏟아져 내렸다. 날아온 큰 돌에 맞은

투구들과 돌기가 나 있는 방패들이 요란한 소리를 냈다.

이때 히르타코스의 아들 아시오스가 장탄식과 함께

두 넓적다리를 치며 격분해서 말했다.

"아버지 제우스시여, 지금 보니 당신도 거짓말을

너무 좋아하십니다. 저는 아카이오스인 영웅들이

우리의 힘과 천하무적의 팔을 저지하지 못할 줄 알았는데,

그게 아니잖습니까. 가녀린 허리를 지닌 말벌 떼나

꿀벌 떼는 울퉁불퉁한 길가에 집을 지어놓고,

속 빈 집을 떠나지 않고 버티며 사냥꾼에게서

새끼들을 끝까지 지킵니다. 바로 그렇게

저들은 두 명에 불과한데도 문 앞에서 물러서지

않고 죽을 때까지 싸우려고 합니다."

　　아시오스가 이렇게 말했지만, 그런 말로는 제우스의 마음을 움직

　　　　일 수 없었다.

헥토르에게 영광이 돌아가도록 하는 것이 제우스의 뜻이기 때문이다.

　　한편 다른 사람도 방어벽에 있는 다른 문 앞에서

150

155

160

165

170

175

싸우고 있었지만, 신이 아닌 내가 모든 곳에서 벌어지는 일을
다 말하기란 어려운 일이다. 돌로 쌓은 방어벽 주변 곳곳에서
거센 불길이 솟아올랐다. 아르고스인들은 함선들을 지켜야
했기 때문에 그 심정이 처절했고, 이 전쟁에서
다나오스인을 도왔던 신들의 심정도 처절했다.   180
두 명의 라피테스인 장수들도 다나오스인들과 치열한 접전을 벌였다.
          페이리토오스의 아들인 맹장 폴리포이테스가
창을 던져 다마소스를 맞히자,
그 창은 청동 면갑이 있는 투구를 관통했다.
청동 투구가 창을 막아내지 못하자 청동 창끝이 뼈를 부수고 들어가   185
두개골은 산산조각이 났다. 이렇게 그는 자신을 공격해오는 적장을
쓰러뜨렸다. 그런 후에는 필론과 오르메노스를 죽였다.
아레스의 후손 레온테우스는 창을 던져
안티마코스의 아들 히포마코스의 혁대 아래를 맞혔다.
그는 다시 칼집에서 예리한 칼을 빼어 들고   190
무리를 뚫고 나아가 먼저 안티파테스에게 돌진해
바로 앞에서 칼로 내리쳐 땅바닥에 뒤로 넘어뜨렸다.
그런 후 메논과 이아메노스와 오레스테스를
모두 차례로 풍요로운 대지 위에 눕혔다.
          두 사람이 그들의 번쩍이는 무구를 벗기는 동안에도,   195
플리다마스와 헥토르를 따르는 장정들은
수도 가장 많고 가장 용감한 자들이어서
누구보다 먼저 방어벽을 뚫고 함선들을 불태우려 벼르고 있었지만,
아직도 해자 옆에 멈춰 서서 어떻게 해야 할지 고민하고 있었다.
해자를 건너려는 순간 새가 나타났기 때문이다.   200
군사들의 앞을 지나 왼쪽으로 높이 날아가는 독수리였는데,
발톱으로는 아직 살아서 몸부림치는 기괴하고 새빨간 뱀을

움켜쥐고 있었다. 뱀은 전의를 잊지 않았는지 몸통을 틀어

자기를 움켜쥐고 있는 독수리의 목 옆 가슴을 물었다.

그러자 독수리는 고통스러워하며   205

뱀을 땅으로 던져 무리 한가운데 떨어뜨린 후

비명을 지르며 불어오는 바람을 타고 날아갔다.

트로스인은 아이기스 방패를 지닌 제우스가 보낸 전조인

뱀이 그들 한가운데서 꿈틀거리는 것을 보고 전율했다.

이때 폴리다마스가 대담한 헥토르에게 다가와 말했다.   210

"헥토르여, 회의에서 내가 좋은 방책을 내도

당신은 늘 나를 질책했소. 일개 백성이 회의 석상에서나 전장에서나

당신의 뜻과 다른 말을 하는 것은 절대로 부적절하고,

언제나 당신에게 힘을 보태주는 것이 마땅하다고 생각했을 테죠.

하지만 이번에도 내가 최선이라고 생각하는 바를 말씀드려야겠소.   215

함선들 주위에서 다나오스인과 싸우기 위해 진격해서는 안 되오.

이 새가 해자를 건너려 하는 트로스인들에게 전조를 보여주려고 나타난 게

사실이라면, 결국 일이 다음과 같이 될 테니 말이오.

높이 나는 독수리가 백성 앞으로 지나 왼쪽으로 날았고, 발톱으로는

아직 살아 몸부림치는 기괴한 새빨간 뱀을 움켜쥐고 있었소.   220

하지만 독수리는 둥지에 도달하기 전 뱀을 놓치는 바람에,

끝까지 가져가 새끼들에게 주지 못했소. 마찬가지로 우리가

큰 힘으로 아카이오스인의 문들과 방어벽을 박살 내

아카이오스인들이 패주한다고 해도, 결국 우리는 함선들 옆에서 쫓겨

대열이 무너진 채 왔던 길로 되돌아가게 될 것이오.   225

함선들을 지키는 아카이오스인들의 청동에

맞아 죽은 많은 트로스인을 내버려두고 철수하게 될 테니.

마음속에서 전조들을 분명히 이해하고,

백성이 따르는 예언자라면 이렇게 대답했을 것이오."

그러자 번쩍이는 투구의 헥토르가 그를 노려보며 말했다.　　　　230
"폴리다마스여, 당신의 말은 이제 내 귀에 거슬리기만 하오.
당신은 그보다 더 좋은 말을 얼마든지 알고 생각해낼 수 있지 않소?
당신이 정말 지금 진심으로 말하고 있다면,
신들께서 당신의 지혜를 없애버리신 게 분명하오.
당신이 지금 한 말은 큰 소리로 천둥을 울리시는 제우스께서　　　　235
친히 내게 뜻을 알려주고 머리를 끄덕이기까지 하신 일을
나더러 저버리라는 것과 다름없소. 당신은 내게 넓은 날개를 가진
큰 새들의 뜻을 따르라고 하지만, 그런 새들이 동 트는 곳과 태양을 향해
오른쪽으로 날든, 어슴푸레한 어둠을 향해 왼쪽으로 날든,
나는 거들떠보지 않고 개의치도 않소.　　　　240
위대한 제우스께서는 필멸의 인간과 불멸의 신 모두를
다스리는 분이시므로 우리는 그분의 뜻을 따라야 하오.
최고의 새 점은 오직 하나, 조국을 지키기 위해 싸우는 것이오.
도대체 당신은 왜 전쟁과 전투를 두려워하오?
우리 모두가 아르고스인의 함선들 옆에서　　　　245
죽는다고 해도, 당신은 적과 맞서 싸울 마음이 없어
죽을 일도 없을 테니 두려워하지 마시오.
하지만 당신이 전투를 피하거나 다른 사람을 꼬드겨
전장에서 퇴각하도록 부추기는 경우에는,
그 즉시 내 창에 맞아 목숨을 잃을 줄 아시오."　　　　250
　　　헥토르가 이렇게 말하고 앞장서 나아가자
군사들도 엄청난 함성을 지르며 그의 뒤를 따랐다.
천둥을 좋아하는 제우스는 이데산에서 돌풍을 일으켜
함선들을 향해 곧장 먼지를 몰아가게 했으니, 아카이오스인을
어지럽혀 트로스인과 헥토르에게 영광을 내려주기 위해서였다.　　　　255
이렇게 해서 그들은 제우스의 전조와 그들 자신의 힘을 믿고

아카이오스인의 거대한 방어벽을 박살 내고자 애썼다.

높이 솟은 망루들을 끌어내렸고, 흉벽들을 허물었으며,

아카이오스인이 망루를 지탱하기 위해 가장 먼저 땅에

박아놓은 돌출된 돌덩이를 들어 올리려 했다. 260

트로스인은 그렇게 해서 아카이오스인의 방어벽이

박살 나기를 바랐다. 하지만 다나오스인은 여전히 길에서 물러나

패주하기는커녕, 소가죽 방패로 방어막을 쌓고

방어벽 아래로 다가오는 적을 향해 공격을 퍼부었다.

　　　두 아이아스는 망루 위를 두루 돌아다니며 265

아카이오스인을 독려하고 사기를 북돋웠다. 전투에서 완전히

손 놓은 자를 볼 때마다 한 사람은 다정한 말로 다독였고,

다른 한 사람은 엄한 말로 꾸짖었다.

"친구들이여, 전쟁에서 모든 사람이 다 똑같을 수 없으니,

아르고스인 중 뛰어난 자가 있고, 중간인 자가 있으며, 270

못한 자가 있지만, 지금은 그들 모두에게 각자 할 일이 있소.

여러분 스스로도 그런 사실을 알 것이오.

번개를 치시는 올림포스의 제우스께서

우리로 적을 밀어내고 성 쪽으로 몰아붙이게 해주실지 모르는 일이니,

적의 큰 함성이 들린다고 해서 겁먹거나 275

함선들 쪽으로 돌아서지 말고 서로를 독려하며 앞으로 나아갑시다."

　　　두 사람은 앞에서 이렇게 외치며 아카이오스인이 전투에 나서도

　　　록 독려했다.

지략가 제우스가 사람들에게 자신의 화살들을

보여주기 위해 눈을 내릴 때면,

겨울날 바람을 잠들게 하고 눈을 끊임없이 쏟아붓는다. 280

그리하여 눈발이 빽빽이 떨어지면 높은 산봉우리와

바다 쪽으로 돌출한 곳들과 꽃들이 만발한 들판과

사람들이 일궈놓은 비옥한 경작지가 눈에 덮인다.
이 눈발은 잿빛 바다의 항구들과 해변에도 쏟아져,
찰싹거리는 파도만 눈을 거부할 뿐,   285
제우스가 폭설을 쏟아부으면 만물이 하얀 장막에 감싸이고 만다.
바로 그렇게 양 진영으로 돌들이 빗발치듯 오갔다.
어떤 것은 트로스인들을 향해 날아오고, 어떤 것은 트로스인들에게서
아카이오스인을 향해 날아와 서로를 맞히니, 방어벽 사방에서 함성과
　　비명이 일었다.
　　　　이렇게 해서도 트로스인과 영광스러운 헥토르는   290
방어벽의 문들과 긴 빗장을 박살 내지 못했을 테지만,
지략가 제우스는 사자가 뿔이 굽은 소들을 보고 떨쳐 일어나듯
자신의 아들 사르페돈을 떨쳐 일어나게 했다.
그 즉시 사르페돈은 사방으로 길이가 같은 둥근 방패를 앞에 들었다.
놋 장인이 청동을 두들겨 만든 이 아름다운 방패는   295
여러 겹의 소가죽을 두툼하게 넣은 후
가장자리를 황금 대못들로 빙 둘러 박아 만든 것이었다.
사르페돈은 이 방패를 앞에 들고 두 자루의 창을 휘두르며
산이 키운 사자처럼 나아갔다. 그 늠름한 기대는 오랫동안 고기 맛을
보지 못한 사자에게 튼튼한 축사로 들어가   300
작은 가축들을 공격해보라고 명령한다.
그래서 목자들이 창을 들고 개들과 함께 작은 가축을
옆에 지키고 서 있는 것을 보아도, 사자는 축사 공격을
시도해보지 않은 채 도망치려 하지 않고,
결국 가축들에게 달려들어 잡아가거나, 선두에서 민첩한 팔이   305
던진 창에 맞아 쓰러지고 만다.
바로 그렇게 신 같은 사르페돈의 기개는
방어벽으로 돌진해 흉벽을 박살 내라고 그를 보냈다.

그는 즉시 히폴로코스의 아들 글라우코스에게 말했다.

"글라우코스여, 우리 두 사람이 리키아에서 상석과 고기와 310
술을 가득 채운 잔으로 최고의 예우를 받고, 모든 사람이
우리를 신이라도 되는 것처럼 우러러보는 이유가 무엇이겠나?
또 크산토스강 유역에 과수원과 밀 경작지인
아름답고 큰 영지를 분배받아 가지고 있는 이유가 무엇이겠나?
그러니 이제 우리 두 사람이 리키아인의 선두에 서서 315
적과 불꽃처럼 맹렬한 접전을 벌여야 마땅하네.
그랬을 때 빈틈없이 무장한 리키아인들 중 누군가가 이렇게 말할 테지.
'리키아인을 다스리는 우리의 왕들은 부끄러운 자들이
아니었구나. 우리의 왕은 살진 양을 먹고 꿀처럼 달콤한
최상품의 포도주를 마시지만, 리키아인의 선두에 서서 320
싸우는 것을 보니 힘세고 용맹하구나.'
친구여, 우리가 이 전쟁을 피해서
영원토록 늙지 않고 죽지도 않을 수 있다면,
나도 선두에서 싸우지 않을 테고,
남자에게 영광을 얻게 해주는 전장으로 자네를 보내지도 않을 것이네. 325
하지만 죽음의 운명은 천 갈래 만 갈래 길목마다 도사리고 있어,
필멸의 인간은 도망칠 수도 없고 피할 수도 없으니, 우리가 누군가에게
영광을 바치든, 누군가가 우리에게 영광을 바치든 우리는 돌진하세."

　　사르페돈이 이렇게 말하자 글라우코스는 돌아서거나 거역하지 않
　　　았다.

두 사람은 리키아인의 큰 무리를 이끌고 곧장 앞으로 나아갔고, 330
그들을 본 페테오스의 아들 메네스테우스가 두려워 부들부들 떨었다.
그들이 자기가 있는 망루 쪽을 공격하려고 다가왔기 때문이다.
그는 자신의 군사들을 파멸에서 지켜줄 아군 측 장수가 누가 있는지
찾아보려고 아카이오스인이 있는 망루를 유심히 훑어보다가

전쟁에 지칠 줄 모르는 두 아이아스가 망루 위에 우뚝 서 있고,　　335
옆에는 막사에서 방금 온 테우크로스가 있는 것을 알았다.
하지만 아무리 큰 소리로 고함을 질러도 그들은 듣지 못했다.
전사들의 함성과 말총 장식 달린 투구와 방패가 부딪치는 소리에,
문들을 때리는 요란한 소리가 더해져 하늘까지 가 닿았기 때문이다.
모든 문이 닫혀 있어 트로스인들이 그 앞에 서서　　340
힘으로 부수고 들어가려 했다.
메네스테우스는 즉시 전령 토오테스를 아이아스에게 보냈다.
"고귀한 토오테스여, 달려가 아이아스를 불러오라.
두 사람 다 불러오는 것이 더 좋겠다. 아까부터 용맹하게
전투를 벌이며 맹활약하는 리키아인의 지휘관들이　　345
우리를 심하게 압박하고 있어 이제 곧 엄청난 파국이
이곳을 덮칠 테니, 두 사람 다 불러오는 것이 최선이겠구나.
하지만 거기에서도 치열한 전투가 벌어지고 있거든
텔라몬의 아들 용맹한 아이아스만이라도 오게 하고,
활 솜씨가 좋은 테우크로스도 그를 따라서 오게 하라."　　350
　　　　메네스테우스가 이렇게 말하자, 그 말을 들은 전령은
거역하지 않고 청동 갑옷 입은 아카이오스인들이 있는
방어벽을 따라 달려 두 아이아스에게 다가가 바로 전했다.
"청동 갑옷 입은 아카이오스인의 지휘관이신 두 분 아이아스여,
페테오스의 사랑하는 아드님, 제우스께서 기르신 메네스테우스께서　　355
두 분께 저쪽으로 와서 잠시 전투를 거들어주길
요청하십니다. 아까부터 용맹하게 전투를 벌이며 맹활약하는
리키아인의 지휘관들이 심하게 압박하고 있어
이제 곧 엄청난 파국이 그곳에 닥칠 테니,
두 분이 다 오시는 게 최선이라고 하십니다.　　360
하지만 이곳에서도 계속해서 전투가 벌어지고 있거든

텔라몬의 아들 용맹한 아이아스 한 분만이라도 모셔오고,
활 솜씨가 좋은 테우크로스도 함께 모셔오라고 하셨습니다.”

　　　전령이 이렇게 전하자, 텔라몬의 아들 큰 아이아스도 거부하지 않고,
즉시 오일레우스의 아들[2]에게 날개 달린 말로 일렀다.　　　　　　　365
“아이아스여, 당신과 맹장 리코메데스[3]는 이곳에 버티고 서서
아카이오스인들을 독려해 온 힘을 다해 싸우게 하시오.
나는 저쪽으로 가서 전투에 참여해 그들을 돕는 일이
잘 마무리되면 즉시 돌아오겠소.”

　　　텔라몬의 아들 아이아스는 이렇게 말하고 발걸음을 옮기자　　370
한 아버지에게서 태어난 그의 아우[4]도 함께 갔고,
테우크로스의 굽은 활을 멘 판디온도 그들을 따라나섰다.
그들이 방어벽 안쪽을 따라 기개 있는 메네스테우스가 있는
망루 쪽으로 나아가 적의 압박을 받고 있는 아군에게 갔을 때,
리키아인의 강력한 지휘관과 수호자들은　　　　　　　　　　375
검은 폭풍처럼 흉벽을 기어오르고 있었고,
이렇게 해서 접전이 벌어지며 함성이 일었다.

　　　텔라몬의 아들 아이아스는 먼저 적군 한 명을 죽였으니,
그는 사르페돈의 전우 기개 있는 에피클레스였다.
아이아스는 거대한 바위를 들어올려 에피클레스를 향해 내리꽂았다.　　380
방어벽 안쪽 흉벽 옆에 쌓아놓은 돌 중 가장 위에 있던 그 돌덩이는

2　“오일레우스의 아들”은 작은 아이아스를 가리킨다. 그는 체구는 작았지만 그리스군에서
　아킬레우스 다음으로 발이 빠르고 날쌘 장수였으며, 창던지기의 명수였다.
3　“리코메데스”는 테베의 왕 라이오스가 친아들인 오이디푸스에게 죽자 테베의 섭정이 된
　크레온의 아들이다.
4　여기에서 “아우”는 이복형제 테우크로스를 말한다. 텔라몬은 살라미스 왕 키크레오스의
　공주 글라우케와 결혼해 왕위를 물려받았고, 두 번째 부인 에리보리아에게서 아이아스를
　낳았으며, 헤라클레스가 트로이아의 왕 라오메돈을 칠 때 도운 공로로 받은 라오메돈의
　딸 헤시오네에게서 명궁 테우크로스를 낳았다.

지금 시대라면 전성기의 장사라도 두 손으로 들어올리기 힘들 만큼
무거웠다. 아이아스는 그런 돌덩이를 높이 들어올려 위에서 던져
뿔 넷 달린 투구를 부수고, 동시에 두개골 뼈도 모조리 박살 내버렸다.
에피클레스는 공중제비를 하는 사람처럼   385
높은 망루에서 떨어졌고, 목숨이 그의 뼈를 떠났다.
테우크로스는 히폴로코스의 아들 맹장 글라우코스가
높은 방어벽을 향해 돌진해오며 어깨를 드러낸 것을 보고
화살을 쏘아 맞혀 그의 투지를 꺾었다.
그러자 글라우코스는 자신의 부상을 본 아카이오스인들이   390
승리의 함성을 지르지 못하도록, 적들의 시선을 피해
조용히 방벽에서 물러났다. 사르페돈은 글라우코스가 물러나는 것을
즉시 알아차리고 고통스러웠지만, 그럼에도 전의를 상실하지 않고,
테스토르의 아들 알크마온을 창으로 찌른 후 다시 창을 뽑았다.
알크마온은 창에 끌려가다가 앞으로 고꾸라졌고,   395
주위에서는 청동으로 공들여 만든 무구가 파르르 떨며 소리를 냈다.
이번에는 사르페돈이 다부진 두 손으로 흉벽을 잡아 끌어당기자,
흉벽이 모두 무너져 방어벽이 위부터 드러나며
많은 사람들이 지나갈 길을 내주었다.
　　　하지만 아이아스와 테우크로스가 동시에 그를 공격해왔다.   400
테우크로스는 몸 전체를 가리는 방패를 건 넓은 어깨띠 중 가슴 부근을
화살로 맞혔지만, 제우스는 자기 아들을 죽음의 운명에서
건져내 함선들의 꼬리 부근에서 쓰러지지 않게 해주었다.
아이아스는 사르페돈에게 달려들어 그의 방패를 찔렀지만,
창은 방패를 꿰뚫지 못했고 다만 돌진하려는 그를 주춤하게   405
만들었다. 사르페돈은 흉벽에서 조금 뒤로 물러서기는 했지만,
완전히 물러나지는 않았다. 그의 마음은 영광을 얻길 바랐기
때문이다. 그는 몸을 돌려 신 같은 리키아인들을 독려했다.

〈그리스군의 방어선을 돌파하는 사르페돈〉(크리스핀 반 데 파스, 1613년)

"리키아인들이여, 그대는 어찌하여 전의를 불태우지 않는가?
내가 아무리 강력하더라도 혼자서는 방어벽을   410
돌파해 함선들로 가는 길을 열기 힘들다. 그러니 나를 따르라.
사람이 많을수록 일을 이루기가 더 쉬운 법이다."
           사르페돈이 이렇게 말하자, 리키아인들은 왕의 질책이 두려워
지략가인 그를 둘러싸고서 아르고스인을 더욱 압박했고,
아르고스인도 방어벽 안쪽에서   415
전열을 강화하니 양 진영 간의 큰 전투가 예고되었다.
강력한 리키아인은 다나오스인의 방어벽을 돌파해
함선들로 가는 길을 낼 수 없었고,
창을 사용하는 다나오스인들은 이미 가까이 와 있는
리키아인을 뒤로 밀어낼 수 없었기 때문이다.   420
손에 측량줄을 든 두 사람이 공동 경작지에서
각자의 땅 경계를 놓고 다투며
한 뼘의 땅이라도 더 가지려고 애쓰는 것처럼,
바로 그렇게 양쪽 진영은 흉벽을 사이에 두고 갈라서서
흉벽 너머로 각자의 가슴을 가리고 있는   425
둥근 소가죽 방패와 짐승의 털이 그대로 붙어 있는
생가죽 방패를 창으로 찔러댔다. 많은 사람이 무자비한 청동에
살을 찔려 부상을 당했으니 일부는 싸우는 중에 돌아서다가
등이 드러나 부상을 당했지만, 다수는 방패가 뚫려 부상을 당했다.
망루와 흉벽 곳곳에 트로스인과 아카이오스인   430
양쪽 전사의 피가 뿌려졌으나, 트로스인은
아카이오스인을 패주시킬 수 없었으니,
그들의 모습은 마치 일당을 받고 양털실을 잣는 정직한 여자가
자식들을 키우기 위해 적은 품삯이나마 받으려고, 저울의 양쪽 접시에
추와 양털실을 올려놓고 양쪽을 똑같이 맞춰놓은 듯했다.   435

바로 그렇게 양쪽 진영 간 팽팽한 접전이 전개되었다.

하지만 결국 제우스가 프리아모스의 아들 헥토르에게 더 큰 영광을 내려,

헥토르가 가장 먼저 아카이오스인의 방어벽 안으로 뛰어 들어갈 참이

　　었다.

헥토르는 트로스인이 다 들을 수 있도록 쩌렁쩌렁한 목소리로 이렇게

　　외쳤다.

"말 길들이는 트로스인이여, 떨쳐 일어나라.　　　　　　　　　　　440

아르고스인의 방어벽을 돌파해 함선들에 활활 타오르는 불을 던져라."

　　　　헥토르가 이렇게 말하며 독려하자

그들은 모두 귀 기울여 들은 후 한꺼번에 방어벽으로

돌진해서 손에 날카로운 창을 들고 망루 위로 올라갔다.

헥토르는 문 앞에 있던 돌을 집어 들고 나아갔다.　　　　　　　445

밑은 두껍고 위는 날카로운 그 돌은

오늘날 사람이라면 백성 중 가장 힘센 두 사람이 함께

땅에서 들어 수레 위에 올려놓기 쉽지 않을 정도로

무거웠다. 하지만 헥토르는 그 돌을 혼자서 쉽게 휘둘렀으니

교활한 크로노스의 아들이 그를 위해 돌의 무게를　　　　　　450

가볍게 해주었기 때문이다. 목자가 숫양 털뭉치가

가벼워서 한 손에 들고 쉽게 나르는 것처럼,

바로 그렇게 헥토르는 그 돌을 집어 들고 곧장 문짝들로 향했다.

단단하게 맞물려 있는 두 짝의 문으로 이루어진

높은 문은 안에서 서로 교차하는 두 개의 버팀목이　　　　　　455

지탱하고 있었고, 한 개의 빗장으로 고정되어 있었다.

헥토르가 문 앞으로 가까이 가서는 던지는 힘이 약해지지 않게

두 발을 적당히 벌리고 버티고 서서 문 한복판으로 돌을 던지자,

양쪽 경첩이 모두 산산조각 났다. 바위가 제 무게로 안쪽으로

밀고 들어가자 두 개의 문짝이 크게 삐걱거리며　　　　　　　460

버팀목들이 휘청거리며 무너지고, 문은 날아온 돌에 산산조각 나
사방으로 흩어졌다. 그러자 빛나는 헥토르가 칠흑 같은 얼굴로
번개처럼 뛰어들었다. 그는 몸에 걸친 무시무시한
청동으로 번쩍였고, 손에는 창이 두 자루 들려 있었다.
불꽃이 튀는 눈으로 문 안으로 돌진하는 헥토르를   465
상대해 저지할 수 있는 자는 신들 외에는 아무도 없었다.
헥토르가 무리를 향해 돌아서서 트로스인에게 방어벽을
넘어오라고 독려하자 그들은 복종했다. 어떤 자는
즉시 방어벽을 넘어왔고, 어떤 자는 튼튼하게 만든 문으로
한꺼번에 쏟아져 들어왔다. 이렇게 해서 다나오스인들이   470
속 빈 함선들 쪽으로 패주하니 함성과 소음이 쉴 새 없이 일었다.

제13권 함선들 옆에서 벌어진 전투

이렇게 제우스는 트로스인들과 헥토르를 함선들 가까이

데려다놓고, 함선들 옆에서 쉴 틈 없이 치열한 접전을

벌이게 한 후, 자신은 다시 번쩍이는 눈을 다른 곳으로 돌려

저 멀리 말 키우는 트라케인, 근접전에 뛰어난 미시아인,

말 젖을 먹고 사는 훌륭한 히페몰고이인들,　　　　　　　　　5

인간들 중 가장 정의로운 아비오스인들[1]의 땅을 내려다보았다.

제우스는 이제 트로이아를 향해 빛나는 눈길을 한 번도 던지지 않았으니

불멸의 신들 중 누구도 트로스인이나 다나오스인을

도우러 가지 않으리라고 마음속으로 생각했기 때문이다.

　　하지만 대지를 뒤흔드는 군주 포세이돈은 할 일이 없어　　　10

이 전쟁을 지켜보기만 한 것이 아니었다. 그는 숲 우거진

트라케의 사모스섬[2] 최고봉 높은 곳에 앉아 이 전쟁과 전투를

1　"히페몰고이"(Ἱππημολγοί)는 '암말의 젖을 먹는 자'라는 뜻이다. 이들은 고대 트라케 문
　화에 속한 미시아인의 일파다. '미시아'는 프로폰티스해를 사이에 두고 트라케와 마주한
　지방이다. 육식을 피하고 젖과 꿀 등을 먹으며 여자를 멀리하고 독신을 추구함으로 신들
　에게 헌신하는 삶을 살았다. "아비오스인"이란 '여자와 살지 않는 자'라는 뜻이다.
2　여기에서 "사모스섬"은 리디아 해상 키오스섬 남쪽의 사모스섬이 아니라, 트라케의 헤브
　로스강 하구 앞에 있는 사모트라케섬을 말한다.

보고 있다가 깜짝 놀랐다. 거기에서는 이데산 전체가 보였고,
프리아모스의 성과 아카이오스인의 함선들도 보였기 때문이다.
바다에서 나온 그는 그곳에서 트로스인에게 쓰러지는   15
아카이오스인을 보며 불쌍히 여겼고, 제우스에게 몹시 분개했다.
　　　　포세이돈이 즉시 민첩한 발걸음으로 성큼성큼 걸어
바위투성이 험준한 산에서 내려오니, 걸음을 옮길 때마다
불멸의 신 발아래에서 험산준령도 떨고 삼림도 떨었다.
포세이돈이 세 걸음을 딛고 나서 네 번째 걸음을 내딛자   20
목적지인 아이가이[3]에 도착했는데, 그곳 깊은 바다 속에는
그의 유명한 궁, 곧 영원히 소멸되지 않을
찬란한 황금 궁이 있었다. 그는 거기로 가서
황금 갈기가 흘러내리는 청동 굽의 빠른 말 두 필을
마차에 묶고, 자신의 몸에는 황금을 두른 후,   25
정교하게 만든 황금 채찍을 쥐고,
마차에 올라 파도 위로 몰았다. 주인을 알아보는
큰 물고기들이 깊은 바다 사방에서 해맑게 기뻐하며 튀어 올랐고,
바다는 환희에 차 그의 길을 열어주었다. 이렇게 해서 말들이
가볍게 날아가니 아래쪽의 청동 굴대는 물에 젖지 않았다.   30
말들은 포세이돈을 싣고 아카이오스인의 함선들이 있는 곳으로 빠르게
　　달려갔다.
　　　　테네도스와 험한 임브로스[4]의 중간
깊은 바다 속에는 넓은 동굴이 있는데, 대지를 뒤흔드는 자
포세이돈은 그 동굴에 말들을 세우고 마차에서 풀어

3　"아이가이"는 에우보이아섬의 서쪽 해안에 있는 도시로 칼키스 북쪽에 있었다. 에게해를
　기준으로 사모트라케섬은 북부에, 에우보이아섬은 서부에 있다.
4　"테네도스"는 헬레스폰토스 해협 입구 아래쪽에, "임브로스"는 해협 입구 위쪽에 있는 섬
　이다.

천상의 먹이를 던져주어 먹게 하고,   35
부술 수도 풀 수도 없는 황금 족쇄를
말들의 발에 채워, 주인이 돌아올 때까지 꼼짝 말고 그 자리에
머물러 있게 한 후 아카이오스인의 진영으로 갔다.

　　　　트로스인은 모두 하나로 똘똘 뭉쳐 함성과 고함을 지르며
불길이나 폭풍처럼 맹렬하게 프리아모스의 아들   40
헥토르의 뒤를 따랐으니, 아카이오스인의 함선들을 장악하고
함선들 옆에서 적의 장수들을 모두 죽일 수 있다고 생각했기 때문이다.
하지만 대지를 떠받치고 뒤흔드는 자 포세이돈이
깊은 바다에서 나와 아르고스인을 독려하고 있었는데,
생김새와 지칠 줄 모르는 목소리로 보아서는 영락없는 칼카스였다.   45
포세이돈은 먼저 기세등등하게 싸우고 있는 두 아이아스에게 외쳤다.
"두 분 아이아스여, 당신들이 오싹한 패주를 생각지 않고
자신이 가진 힘만 생각한다면, 반드시 아카이오스인의 백성을
구할 수 있습니다. 다른 곳에서는 훌륭한 정강이 보호대를 한
아카이오스인이 다 막아줄 테니 트로스인이   50
무리를 지어 거대한 방어벽을 넘어왔다고 해도, 그들의 무적 팔이
저는 두렵지 않습니다. 하지만 여기에서는 자기가 막강한 제우스의
아들이라고 떠벌리고 다니는 저 미치광이 헥토르가 선두에 서서 불길처럼
광분하고 있어, 우리에게 무슨 일이 벌어지게 될까 몹시 두렵습니다.
그러니 신들 중 누군가가 두 분의 마음속에 스스로도 이곳을 사수하고   55
다른 사람에게도 그렇게 하라고 지시하도록 말해주면 좋겠군요.
그러면 헥토르가 맹렬하게 공격해오고, 올림포스의 주인이 직접 그를
　　떨쳐 일어나게 한다 해도,
당신들은 빠른 함선들로부터 그를 몰아낼 수 있을 것입니다."

　　　　대지를 떠받치고 뒤흔드는 자는 이 말과 함께 지팡이로
두 사람을 쳐서 강력한 용기를 채워주고,   60

<그리스군을 돕는 포세이돈>(크리스핀 반 데 파스, 1613년)

<오일레우스의 아들, 아이아스>(프란체스코 사바텔리, 1829년)

두 사람의 사지를, 아래로는 두 발, 위로는 두 팔을
가볍게 해주었다. 그런 후 야생 염소도 발붙이지 못할
험준한 절벽 위를 맴돌던 빠른 날개의 매가
다른 새를 추격하려고 갑자기 들판 위로 쏜살같이 날아가듯,
바로 그렇게 대지를 뒤흔드는 자 포세이돈은 홀연히 두 사람에게서   65
떠나갔다. 두 사람 중 오일레우스의 아들 민첩한 아이아스가 먼저
방금 무슨 일이 일어났는지를 깨닫고 즉시 텔라몬의 아들 아이아스에
　 게 말했다.
"아이아스여, 올림포스에 계신 신들 중 어느 한 분이 예언자의 모습으로
나타나 우리에게 함선들 옆에서 싸우라고 명령하신 것 같소.
그는 새 점을 치는 칼카스가 아니오. 그가 떠나갈 때   70
발과 다리를 놀리는 모습을 뒤에서 보고
쉽게 알 수 있었소. 신들은 금방 표가 나니까.
내 가슴속 마음은 앞으로 있을 전쟁과 전투를
생각하니 더욱 더 흥분되오. 아래로는 두 발이,
위로는 두 손이 싸우고 싶어 안달이오."   75
　　　　텔라몬의 아들 아이아스가 대답했다.
"창을 쥐고 있는 나의 불패의 두 팔도 지금 그처럼 들끓고
있소. 안에서는 용기가 용솟음치고, 아래로는 두 발이
날아갈 것 같아 기세등등하여 날뛰고 있는 프리아모스의 아들
헥토르와 혼자 맞붙어 싸우고 싶은 마음이 간절하오."   80
　　　　두 사람은 이런 대화를 나누며 신이 그들의 마음에 불어넣어준
투지를 기뻐했다. 두 사람이 대화를 나누는 동안 대지를 떠받치는 자
포세이돈은 후방으로 밀려 빠른 함선들 옆에서 쉬며
숨을 돌리고 있던 아카이오스인을 독려했다.
기진맥진한 그들의 사지는 축 처져 있었고,   85
수많은 트로스인이 한꺼번에 거대한 방어벽을 넘어오는 광경을

똑똑히 본 그들의 마음은 근심이 가득했다. 트로스인들을 본
그들은 눈썹 밑으로 눈물을 뚝뚝 흘렸다. 파국을 피할 수 없다는
생각이 들었기 때문이다. 하지만 대지를 뒤흔드는 자 포세이돈은
얼른 그들 옆으로 가서 독려하여 강력한 대열을 만들어냈다.   90
포세이돈은 먼저 테우크로스와 레이토스에게 가서 독려했고,
영웅 페넬레오스, 토아스, 데이피로스, 메리오네스, 안틸로코스를
독려했으니, 그들은 함성을 주도하는 장수들이었기 때문이다.
포세이돈은 날개 달린 말로 그들을 독려했다.
"애송이 같은 아르고스인들이여, 부끄럽지 않소?   95
나는 당신들이 싸워 우리의 함선들을 구해내리라고 믿었소.
하지만 당신들마저 이 비참한 전쟁을 포기한다면, 이제 우리 모두가
분명 트로스인의 손에 쓰러질 날이 올 것이오.
아, 상상도 할 수 없었던 일을 이 두 눈으로 목도하다니.
트로스인들이 우리 함선들이 있는 곳까지 오는   100
끔찍한 일이 벌어지리라고는 상상도 못 했소.
전에 트로스인들은 숲속을 헤매다가
승냥이와 표범과 이리를 만나면 싸울 생각도 못하고 깜짝 놀라
도망치다가 결국 잡아먹히는 연약한 암사슴이었소.
예전에 트로스인들은 아카이오스인들의 용맹함과   105
팔 앞에서 잠시도 감히 버티거나 맞설 엄두를 내지 못했소.
하지만 지금은 성에서 멀리 나와 속 빈 함선들 옆에서
싸우고 있소. 일이 이렇게 된 것은 지도자가 형편없다 보니
불만을 품은 백성이 전의를 잃고 빨리 달리는 함선들을
지킬 생각은 하지 않고, 도리어 함선들 옆에서 죽어가고 있기 때문이오.   110
드넓은 땅을 다스리는 아트레우스의 아들 영웅 아가멤논이
빠른 발의 펠레우스의 아들을 모욕했고, 그로 인해 이 모든
사달이 났다고 해도, 우리는 이 전쟁을

결코 포기해서는 안 되오. 그러니 어서 잘못된 것을 바로잡읍시다.
훌륭한 사람들은 얼마든지 자기 마음을 바로잡을 수 있잖소.   115
당신들은 모두 진중에서 가장 용맹한 자들이니,
전의를 포기한다면 절대로 잘하는 일이 아니오.
약골인 데다 겁쟁이여서 전쟁을 포기하려 하는 사람과는 내가
다툴 생각이 없지만, 당신들에게는 진심으로 분개하지 않을 수 없소.
친구들이여, 이렇게 싸움을 태만히 한다면,   120
한층 더 큰 재앙이 곧 닥치지 않겠소? 그러니 각자 마음속에서
수치심과 의로운 분노를 새기시오. 지금 벌어지고 있는 싸움이
막중하오. 함성 소리 우렁찬 헥토르는 이미 방어벽의 문들과
긴 빗장을 부수고 들어와 함선들 옆에서 싸우고 있소.”
　　　대지를 떠받치는 자 포세이돈은 이런 말로 계속해서 아카이오스
　　　　인을 독려했다.   125
그러자 두 아이아스를 중심으로 아카이오스인들이
강력한 전투 대형을 이루고 서니, 아레스나 군대 사이를 휘젓고 다니는
아테나조차 쉽게 뚫을 수 없을 정도였다. 가장 용감한 자들로 이루어진
최고 정예들이 트로스인과 고귀한 헥토르를 상대하기 위해 창과 창,
방패와 방패를 촘촘히 붙여 밀집대형으로 버티고 섰기 때문이다.   130
방패와 방패, 투구와 투구, 사람과 사람이 서로 붙어 있어,
머리를 조금만 움직여도 투구의 번쩍이는 뿔들에 달린 말총 장식이
서로 닿을 정도로 그들은 촘촘하게 서 있었다.
단단한 손아귀로 쥔 창들이 일제히 떨며 숲을 이루었다.
그들의 마음은 결연했고, 전의는 불타올랐다.   135
　　　마침내 트로스인이 큰 무리를 지어 한꺼번에 돌진해 왔고,
헥토르가 맨 앞에서 기세등등하게 정면으로 돌격했는데, 그 모습이
굴러오는 바윗돌 같았다. 겨울철에 폭우가 내려 크게 불어난 급류가
이 무자비한 바윗돌을 붙잡고 있는 것을 박살 내고 벼랑 가에서 아래로

　밀어버리면,
바윗돌은 높이 튀어 올라 날아가 구르고, 그 아래에 숲에서는 우지끈　　140
부서지는 소리가 난다. 하지만 거침없이 사나운 기세로 굴러가던
바윗돌도 마침내 평평한 곳에 도달하면 더 이상 굴러가지 않는다.
바로 그렇게 헥토르는 한동안은 도륙을 계속하며 밀어붙여
아카이오스인의 막사와 함선들을 돌파해 쉽게 바다에 도달할
기세였지만, 그들의 밀집대형을 만나 가까이 다가갔을 때는　　　　145
멈춰 설 수밖에 없었다. 아카이오스인의 아들들이 그와 맞서
칼과 양날의 창으로 찌르며 밀어내자,
그는 비틀거리며 물러나야 했다. 그래서 그는 트로스인이
다 들을 수 있도록 쩌렁쩌렁한 목소리로 소리쳤다.
"트로스인과 리키아인과 근접전에 뛰어난 다르다니아인들이여,　　150
그 자리에 버티고 있으라. 아카이오스인들이 밀집대형으로 버티고
있기는 하지만, 나를 그리 오래 막아낼 수는 없다. 헤라의 남편이자
신들 중에서 최고이신 크게 천둥 울리는 제우스께서 나로 떨쳐 일어나게
하신 게 사실이라면, 그들은 내 창 앞에서 퇴각하게 될 것이다."
　　헥토르는 이렇게 말하며 각자에게 힘과 용기를 불러일으켰다.　　155
사기가 오른 프리아모스의 아들 데이포보스가 그들 사이에서
걸어 나와, 사방으로 길이가 같은 둥근 방패를 앞에 들고
몸을 숨긴 채 민첩한 발걸음으로 앞으로 나아갔다.
이때 메리오네스가 그를 겨냥해 번쩍이는 창을 던졌으나
빗나가지 않고 사방으로 길이가 같은　　　　　　　　　　　　　　160
둥근 소가죽 방패를 맞혔어도, 관통하기는커녕
긴 창의 창대가 훨씬 앞에서 부러지고 말았다. 데이포보스가
현명한 메리오네스의 창을 마음속으로 두려워해 소가죽 방패를
몸 앞으로 멀찍이 내밀어 잡고 있었기 때문이다.
영웅은 승리를 거두지 못한 데다 창이 부러진 것,　　　　　　　　165

두 가지에 크게 분노하며 전우들의 무리 속으로 물러나,
막사에 둔 긴 창을 가져오기 위해 아카이오스인의 막사와
함선들이 있는 곳으로 발걸음을 옮겼다.

　　　전투는 계속되었고, 함성이 쉴 새 없이 일었다.
먼저 텔라몬의 아들 테우크로스는 말을 많이 소유한　　　　　　170
멘토르의 아들인 적장 임브리오스를 죽였다. 아카이오스인의 아들들이
오기 전에 임브리오스는 프리아모스의 딸, 그러니까 그의 혼외자인
메데시카스테를 아내로 맞아 페다이온에서 살았다. 그러나 양쪽에서
노 젓는 다나오스인의 함선들이 오자,
그는 일리오스로 돌아와 트로스인들 중 두각을 나타냈고,　　　　　175
프리아모스 옆에 살면서 아들들과 동일한 대우를 받았다.
텔라몬의 아들이 긴 창으로 그의 귀 아래를 찌른 후
다시 뽑으니, 쓰러지는 모습이 마치 멀리서도 한눈에 들어오는
산봉우리의 물푸레나무가 청동에 찍혀 부드러운
잎들을 땅에 누이며 쓰러지는 듯했다. 바로 그렇게 임브리오스는　　　180
쓰러졌고, 주위에서는 청동으로 정교하게 만든 무구가 파르르 떨며
소리를 냈다. 테우크로스가 그의 무구를 벗기기 위해 앞쪽으로 달려나오자,
헥토르가 그를 향해 번쩍이는 창을 던졌다. 테우크로스는
헥토르를 정면으로 보며 달려 나왔기 때문에 청동 창을 가까스로
피할 수 있었다. 하지만 헥토르가 던진 창은 전장에 나와 있던　　　　185
악토르의 손자이자 크테아토스의 아들인 암피마코스의
가슴을 맞혔다. 그는 털썩 둔탁한 소리를 내며 쓰러졌고, 그의 위에서는
무구가 파르르 떨며 소리를 냈다. 헥토르가 영웅다운 기개를 지닌
암피마코스의 관자놀이에 씌워진 투구를 벗기려고 달려나오자,
아이아스가 헥토르를 향해 번쩍이는 창을 던졌다.　　　　　　　　190
헥토르는 온몸을 무시무시한 청동으로 뒤덮고 있었기에
창이 살에 닿지 못했지만, 그가 들고 있던 방패의 돌기에 맞으면서

그를 엄청난 힘으로 밀어냈다. 헥토르는 두 주검을 뒤로한 채

뒤로 물러났고, 아카이오스인들은 그 시신들을 가져왔다.

암피마코스는 아테나이인의 지휘관인 스티키오스와   195

고귀한 메네스테우스가 아카이오스인 백성 가운데로 가져왔고,

임브리오스는 전의가 불타오르는 두 아이아스가 가져왔다.

사자 두 마리가 날카로운 이빨을 지닌 사냥개들을

물리치고 염소 한 마리를 낚아채 턱에 물고

땅에서 높이 들어 우거진 수풀 사이로 나르는 것처럼,   200

바로 그렇게 무장한 전사들인 두 아이아스는 임브리오스를 높이 쳐들고

무구를 벗겼다. 암피마코스의 죽음에 분노한

오일레우스의 아들 아이아스는 임브리오스의 부드러운 목에서

머리를 베어 공중에서 빙빙 돌리다가 트로스인의 무리 속으로 공처럼

굴려 보냈고, 그 머리는 헥토르의 발 앞 먼지 속에 처박혔다.   205

　　　　이때 포세이돈은 손자 암피마코스[5]가

무시무시한 접전에서 쓰러지자 마음속에서 분노가 일어

아카이오스인의 막사와 함선들 옆으로 가서 다나오스인을 독려했고,

트로스인에게 어떻게 재앙을 내릴지 궁리했다.

마침 포세이돈은 창술로 유명한 이도메네우스와 마주쳤다.   210

이도메네우스는 전장에서 예리한 청동에 맞아 장딴지를 다쳐 실려 온

전우를 만나보고 돌아가는 길이었다. 전우들이 그를 실어오자

이도메네우스는 의사들에게 그를 부탁하고 막사로 돌아가고

있었다. 전장으로 돌아가 다시 싸우기를 열망했기 때문이다.

대지를 뒤흔드는 군주 포세이돈은 안드라이몬의 아들   215

토아스의 목소리를 흉내 내 이도메네우스에게 말했다.

토아스는 온 플레우론과 험한 칼리돈에서 아이톨리아인을 다스리며

5　제2권 각주 47을 보라.

〈함선에서 트로이아군에 맞서는 아이아스〉(존 플랙스먼, 1795년)

백성이 신과 같이 받드는 인물이었다.

"크레테인의 조언자 이도메네우스여, 아카이오스인의 아들들이
트로스인에게 위협하고 경고했던 바는 다 어디 갔단 말이오?"   220

　　　크레테인의 우두머리 이도메네우스가 대답했다.

"토아스여, 내가 아는 한 지금 비난받을 사람은 아무도 없소.
우리는 모두 온 힘을 다해 싸우는 중이잖소.
두려움에 사로잡혀 전의를 상실한 자도 없고, 싸우기 싫어
사악한 전쟁에서 물러서는 자도 없소. 하지만 아카이오스인이   225
아르고스를 떠나와 이곳에서 이름 없이 죽는 것이
막강하신 크로노스의 아드님께서 기뻐하시는 일인 듯하오.
그러니 토아스여, 당신은 전에도 적과 맞서 끝까지 싸웠고,
싸움을 포기하는 자를 볼 때마다 독려하기를 그치지 않았으니,
지금도 그 일을 멈추지 말고 전사들을 하나하나 독려해주시오."   230

　　　대지를 뒤흔드는 자 포세이돈이 대답했다.

"이도메네우스여, 오늘 같은 날 싸우기를 의도적으로
포기하는 자는 트로이아를 떠나 귀향하지 못하고,
이곳에서 개들의 노리개가 되기를 비오.
그러니 자, 무구를 챙겨 전장으로 가시오. 우리는 두 사람에   235
불과하지만 어떤 도움이 될지도 모르니 함께 애써봅시다.
아주 약한 사람들도 뭉치면 용기가 생기는 법인데,
하물며 우리 두 사람은 용맹한 자들과 어떻게 싸울지 알잖소."

　　　신은 이렇게 말한 후 전사들이 힘겨운 전투를 벌이고 있는 곳으로
돌아갔고, 이도메네우스는 튼튼하게 지은   240
막사로 가서 아름다운 무구를 몸에 걸친 후
두 자루의 창을 쥐고 전장으로 나아가니, 그 모습은
크로노스의 아들이 사람들에게 전조를 보이려고 번개를 손에 쥐고
찬란한 올림포스에서 휘두를 때 아주 선명하게 보이는 빛 같았다.

그렇게 달려가는 그의 가슴에서는 청동이 번쩍였다.

이도메네우스는 막사 근방에서 자신의 용감한 시종 메리오네스와

마주쳤는데, 그는 청동 창을 가지러 막사로 가는 길이었다.

맹장 이도메네우스가 그에게 말했다.

"몰로스의 아들이자 내가 가장 사랑하는 전우인 빠른 발의 메리오네스여,

자네는 어째서 전쟁과 접전을 뒤로하고 오는가?

날아온 창이나 화살에 부상을 입어 고통당하고 있는가,

아니면 내게 전할 소식이 있어 오는가?

나는 자네가 막사에 앉아 있지 말고 나가서 싸우길 바라네."

현명한 메리오네스가 대답했다.

"청동 갑옷 입은 크레테인의 조언자 이도메네우스여,

막사에 창이 남아 있나 해서 창을 가지러 왔습니다.

전에 가지고 다니던 창은 오만하기 짝이 없는 데이포보스에게

던졌다가 방패에 맞고 부러졌습니다."

크레테인들의 우두머리인 이도메네우스가 말했다.

"내 막사에는 죽은 트로스인에게서

빼앗은 창들이 벽에서 번쩍이며 서 있으니

원한다면 한 자루든 스무 자루든 가져가게.

나는 적과 멀리 떨어져서 싸우는 편이 아니기 때문에,

내게는 창과 돌기 있는 방패와 투구와

번쩍이는 흉갑이 꽤 있다네."

현명한 메리오네스가 대답했다.

"제 막사와 검은 배에도 트로스인에게서 노획한

병장기가 많이 있습니다. 가까이 있지 않아 지금 당장

사용할 수 없긴 하지만요. 분쟁이 벌어져 전쟁이 날 때마다

저도 남자에게 영광을 얻게 해주는 전투에서 언제나

전의를 잃지 않고 선봉에 섰음을 자부합니다.

청동 갑옷 입은 아카이오스인들 중 혹시 제가 그렇게 싸우는
모습을 보지 못한 자가 있을지라도, 당신은 아시리라고 생각합니다."
크레테인의 우두머리인 이도메네우스가 대답했다.
"자네의 용맹함이 어떠한지는 내가 알고 있으니, 그에 대해서는   275
굳이 말하지 않아도 되네. 지금 함선들 옆에서
우리 전사들 중 가장 용감한 자들을 모두 선발해 매복시키면,
그들 중 진정으로 누가 용감한 자인지 확실하게 알 수 있겠지.
겁쟁이도, 용감한 자도 다 드러나게 될 테니 말이야.
매복할 때 겁쟁이는 안색이 수시로 바뀌고,   280
가슴속 마음도 불안하니 가만히 있질 못해.
그래서 자꾸 이리저리 자세를 고치고, 발걸음도 안절부절못하는 데다가
죽음의 운명이 닥쳐오면 어쩌나 하는 생각에
가슴속 심장은 쿵쾅거리며, 이도 덜덜 떨리게 마련이네.
반면 매복에 참여한 용감한 자는 안색이 변하지 않고,   285
그다지 두려워하지도 않으며, 사악한 전투에 얼른 참전하기를
바란다네. 그럴 때 자네의 용기와 힘에 대해
시비를 걸 자는 아무도 없을걸세. 자네는 치열하게
접전을 벌이다가 적에게 당하더라도 적의 창이나 활을
뒷목이나 등에 맞지 않고, 선봉대에 서서   290
돌진하다가 가슴이나 배에 맞게 될 테니 말이야.
하지만 지금은 우리가 여기에 서서 아이들처럼 잡담이나
할 때가 아니라네. 우리의 이런 모습을 누군가 본다면 격분하겠지.
그러니 자네는 막사로 가서 튼튼한 창을 가져오게."
이도메네우스가 이렇게 말하자, 아레스와 맞먹는   295
메리오네스는 재빨리 막사로 들어가 청동 창을 가지고 나와
전의 넘치는 이도메네우스를 따라나섰다. 그 모습은
마치 살인마 아레스가 전장을 향해 나아가고, 아무리 강인한 전사라도

그 앞에서는 도망칠 수밖에 없는 그의 사랑하는 아들이자

용맹하고 두려움을 모르는 포보스가 뒤따르는 듯했다.　　　　　　　300

아레스와 포보스가 무장하고 트라케[6]를 출발해

에피로스인이나 영웅다운 기개를 지닌 플레기아스인[7]에게 가면,

싸우는 양쪽의 기도를 다 들어주지는 않고, 오직 한쪽에만 영광을 준다.

바로 그렇게 군사들의 우두머리인 메리오네스와 이도메네우스도

번쩍이는 청동으로 무장하고 전장으로 달려갔다.　　　　　　　305

메리오네스가 이도메네우스에게 먼저 말했다.

"데우칼리온의 아들이여, 어느 쪽 무리로 합류할 생각입니까?

진영 전체에서 오른쪽입니까, 중앙입니까, 왼쪽입니까?

장발의 아카이오스인들은 왼쪽을 제외하고는

어느 곳에서도 전투에서 밀리는 것 같지 않습니다."　　　　　　　310

크레테인의 우두머리인 이도메네우스가 대답했다.

"중앙에 있는 함선들은 다른 사람들, 그러니까 두 아이아스와

테우크로스가 지킬 것이네. 테우크로스는 아카이오스인 중

궁술에 가장 뛰어난 데다 근접전에도 뛰어나지.

그러니 프리아모스의 아들 헥토르가　　　　　　　315

아무리 강력하고 기세등등해도 그들과 맞서 싸우다 보면 결국

지치고 말 것이네. 따라서 아무리 애써도 그들의 용기와

무적의 팔을 이기고 함선들에 불을 지르기는 어렵겠지.

6　"아레스"는 본디 트라케 지방의 전쟁신이었다. 말이 날쌔고 날씨가 혹독한 이 북쪽 땅에는
　　호전적인 민족들이 살았는데, 후에 아레스는 올림포스의 신들 반열에 올랐다. 전설 속의
　　여전사 아마존족 역시 아레스의 피를 이어받은 트라케의 자손이다.

7　"에피로스인"의 근거지인 에피로스는 그리스 본토 북서부 지방으로 아래로는 아이톨리아,
　　동쪽으로는 테살리아가 있었다. "플레기아스인"은 테살리아의 펠리온산 근방을 근거지로
　　한 라피테스인들을 가리킨다. 이 종족의 시조인 플레기아스는 아레스의 아들로, 보이오티
　　아 지방 오르코메노스의 왕 에테오클레스의 뒤를 이어 왕이 된 후 오르코메노스를 플레기
　　안티스로 개명한다.

크로노스의 아드님께서 친히 불붙은 나무를

빠른 함선들에 던져 넣지 않는다면 말일세.　　　　　　　　320

데메테르의 곡식을 먹고 청동이나 큰 돌덩이에 맞으면

박살 날 수밖에 없는 필멸의 인간과 맞서는 경우,

텔라몬의 아들 큰 아이아스는 물러나지 않을 테니까.

빠른 발로는 아킬레우스와 겨룰 자가 없지만, 적어도 근접전에서는

진격의 대가 아킬레우스 앞에서도 그는 한 걸음도 물러서지 않을 것이네.　325

그러니 우리가 적에게 명성을 안겨줄지, 아니면 적이 우리에게 명성을

　　안겨줄지 속히 알 수 있도록,

자네는 우리 둘이 진영 왼쪽으로 가도록 안내하게.”

　　　　이도메네우스가 이렇게 말하자, 민첩한 아레스와 맞먹는 메리오

　　　　　네스가 앞장섰고,

이윽고 두 사람은 이도메네우스의 지시대로 진영 왼쪽에 도착했다.

　　　　전의에 불타오르는 이도메네우스와　　　　　　　　330

정교하게 만든 무구를 갖춘 그의 시종을 본

아카이오스인들은 무리를 불러 모두 그에게로 나아갔다.

이렇게 해서 함선들의 꼬리 옆에서 양쪽 진영이

서로 맞붙어 싸웠다. 길에 온통 먼지가 쌓여 있을 때

거센 돌풍이 휩쓸고 지나가면 먼지가 구름처럼　　　　　335

자욱하게 피어오르듯, 바로 그렇게 양쪽 진영은

서로 맞붙어 혼전을 벌이며 무리 가운데서 기를 쓰고

날카로운 청동으로 서로 죽이려 했다.

사람들을 죽이는 전투는 전사들의 살을 찢는 긴 창을

곤두세웠고, 한곳에서 뒤엉켜 혼전을 벌이는 전사들의　　　340

빛나는 투구와 새롭게 광을 낸 흉갑과 번쩍이는 방패에서

나는 청동 광채는 눈이 부시어 시력을 잃을 지경이었다.

이런 혈투를 보고도 슬퍼하지 않고 기뻐한다면

엄청난 담력을 지닌 자임에 틀림없다.

　　　이렇게 크로노스의 강력한 두 아들[8]은 각자 다른 뜻을 품고　　　345
인간 전사들에게 끔찍한 고통을 만들어내고 있었다.
제우스는 빠른 발의 아킬레우스에게 영광을 주려고
트로스인과 헥토르가 승리하기를 바랐지만, 아카이오스인 백성이
일리오스 앞에서 전멸하기를 바라지는 않았고, 단지 테티스와
그녀의 대담한 아들에게 영광을 주고자 할 뿐이었다.　　　350
하지만 포세이돈이 잿빛 바다에서 몰래 나와 아르고스인 사이를
돌아다니며 그들을 독려한 것은, 그들이 트로스인에게
쓰러지는 모습을 보고 괴로워 제우스에게 격분했기 때문이다.
제우스와 포세이돈은 한 부모에게서 태어나 혈통이 같았지만,
제우스가 먼저 태어났고[9], 아는 것도 더 많았다. 그래서 포세이돈은　　　355
드러내놓고 도우기를 피하고, 늘 인간의 모습으로 변해
몰래 온 진중을 돌아다니며 아르고스인을 독려했다. 이렇게 두 신이
끊을 수도 없고 풀 수도 없는 격렬한 전쟁과 전투의 밧줄을
양 끝에서 잡고 양쪽 진영 위에서 교대로 이쪽으로 끌어당겼다
저쪽으로 끌어당겼다 하는 가운데 많은 전사의 무릎이 풀렸다.　　　360
　　　이때 이도메네우스는 머리가 희끗희끗한 나이인데도 다나오스인
　　　　을 이끌고
돌진해 카베소스 출신의 오트리오네우스를 죽여 트로스인에게
공포를 불러일으켰다. 오트리오네우스는 전쟁의 소문을 듣고 최근에
이곳으로 와서 프리아모스의 딸들 중 최고의 미모를 지닌 카산드라에게
구혼했다. 구혼하며 선물을 내놓지 못한 그는　　　365

8　제우스와 포세이돈을 가리킨다.
9　포세이돈은 본래 제우스의 형으로 태어났으나 크로노스의 뱃속에 들어갔다가 나와 동생
　이라고도 할 수 있게 되었다. 『일리아스』에서는 아예 제우스가 첫째, 포세이돈이 둘째, 하
　데스가 셋째로 나온다.

아카이오스인의 아들들을 트로이아에서 강제로 몰아내는
엄청난 일을 해내겠다고 자원했다. 그래서 늙은 프리아모스는
그에게 딸을 주겠다고 머리를 끄덕여 약속했고,
그는 그 약속을 믿고 참전했다. 그러나 이도메네우스가
그를 겨냥해 번쩍이는 창을 던져 마침 성큼성큼   370
걸어 나오던 그를 맞히자, 그가 입고 있던 청동 흉갑도
그를 지켜주지 못하고, 창은 배 한가운데에 박혔다. 그가 털썩 하고
둔탁한 소리를 내며 쓰러지자 이도메네우스가 의기양양하게 말했다.
"오트리오네우스여, 네놈이 다르다노스의 자손 프리아모스에게
약속한 일 모두를 진정으로 이루어낸다면, 모든 인간 중에   375
네가 최고임을 인정하마. 프리아모스는 너에게 딸을 주기로
약속했다던데, 만일 네가 우리를 도와 많은 사람이 사는
일리오스성을 함락시킨다면, 우리도 너에게 동일한 것을 약속하마.
아트레우스 아들의 딸들 중에서 가장 아름다운 여인을
아르고스에서 데려와 네 신부로 주지. 그러니 나를 따라와라.   380
우리는 터무니없는 지참금을 요구하는 사악한 아비가 아니니
바다를 다니는 함선들 옆에서 혼담을 나누어보자."
        영웅 이도메네우스는 이렇게 말한 후 격렬한 전장을 따라
그의 발을 잡아끌었다. 그러자 아시오스가 오트리오네우스의 시신을
지키기 위해 걸어 나왔고, 전차가 그 뒤를 따랐다.   385
시종인 마부는 말들이 뿜는 입김이 언제나 그의 어깨에
와 닿도록 바로 뒤에서 전차를 몰았다. 그는 창을 던져 이도메네우스를
쓰러뜨리고자 하는 마음이 간절했지만, 이도메네우스가 먼저 창을 던져
턱 아래 목구멍을 맞혀 청동을 관통시켰다. 창을 맞은 그는 쓰러졌는데,
그 모습이 산에서 목수들이 배를 만드는 데 쓰려고   390
새로 벼린 도끼로 벤 참나무나 백양나무나 큰 전나무가 쓰러지는 듯했다.
바로 그렇게 아시오스는 자신의 말들과 전차 앞에 대자로

뻗어 큰 소리로 신음하며 피로 붉게 물든 흙을 손으로
움켜쥐었다. 겁에 질린 마부는 적의 손에 죽기 전에
전차를 돌려 빠져나갈 생각조차 하지 못했다.   395
그러자 전투에서 끈질긴 안틸로코스가 창을 던져 그의 몸 한복판을 맞혀
관통시키니, 입고 있던 청동 흉갑도 아무 소용없이,
창은 복부 한가운데 박혔다. 그는 가쁜 숨을 몰아쉬며
튼튼하게 만든 전차에서 떨어졌고,
기개 있는 네스토르의 아들 안틸로코스는 그 전차를 트로스인 쪽에서   400
훌륭한 정강이 보호대를 한 아카이오스인들 쪽으로 몰고 갔다.

　　　이때 아시오스의 죽음에 분노한 데이포보스가 이도메네우스에게
아주 가까이 다가가 번쩍이는 창을 던졌다. 하지만 이도메네우스는 정면을
주시하고 있었기 때문에, 사방으로 길이가 같은 둥근 방패 아래로
몸을 숨겨 청동 창을 피할 수 있었다. 그가 늘 가지고 다니던   405
방패는 겹겹이 쌓은 소가죽을 찬란한 청동으로 감싸 만든 것으로,
안쪽에 두 개의 지지대가 붙어 있었다. 그가 방패 밑으로
온몸을 웅크려 숨자 청동 창은 위로 날아갔고,
창이 스쳐 지나가면서 마른 방패가 큰 소리로 울었다.
하지만 데이포보스의 다부진 손에서 날아간 창은 아무것도 맞히지   410
못한 채 허망하게 떨어지지 않았으니, 히파소스의 아들이자
백성의 목자인 힙세노르의 횡격막 아래 간을 맞혀 그 자리에서 무릎을
　　풀어버렸다.
그러자 데이포보스는 기고만장해 큰소리쳤다.
"아시오스가 원수도 갚지 못한 채 누워 있는 일이 다시는 없게 되었고,
내가 길 안내할 자를 그에게 딸려 보냈으니,   415
강력한 문지기 하데스의 집으로 가면서도 그의 마음이 기쁠 것이다."

　　　데이포보스가 이렇게 말하자, 그의 기고만장한 말에 아르고스인들은
분노로 떨었고, 그중에서도 지혜로운 안틸로코스가 특히 분개했다.

분개한 그는 전우를 내버려두지 않고,

앞으로 달려나가 방패로 힙세노르를 가렸다. 420

그러자 믿음직스러운 두 전우, 고귀한 알라스토르와

에키오스의 아들 메키스테우스가 뛰어와

몹시 신음하는 힙세노르를 속 빈 함선들 쪽으로 옮겼다.

　　　그러나 이도메네우스는 여전히 용기가 넘쳐흘러

트로스인들을 한 명이라도 밤의 어둠으로 덮거나, 425

자기는 죽더라도 아카이오스인을 파멸에서 구하고자 했다.

제우스가 아끼는 아이시에테스의 사랑하는 아들

영웅 알카토오스는 안키세스의 장녀 히포다메이아와 결혼해

그의 사위가 된 인물이었다. 히포다메이아는 아버지와

존귀한 어머니의 극진한 사랑을 받으며 궁에서 살았다. 430

미모와 솜씨와 지혜에서 또래 처녀들 중

가장 뛰어났기 때문이다. 그래서 드넓은 트로이아에서

최고의 남자가 그녀와 결혼하게 되었다.

바로 그를 포세이돈은 이도메네우스의 손을 빌려 죽였다.

포세이돈이 그의 빛나는 두 눈을 홀려 435

윤기 나는 사지를 결박해버리자, 그는 뒤로 도망가거나

옆으로 피할 수 없어 마치 기둥이나 높이 솟은 나무처럼

꼼짝 못 한 채 서 있었고, 영웅 이도메네우스는

그의 가슴 한가운데를 창으로 찔러 상의를 감싸고 있던

청동 갑옷을 찢었다. 전에는 그의 몸을 죽음에서 지켜주었던 갑옷이 440

이번에는 창에 찢겨 메마른 쇳소리를 내며 갈라졌다.

그는 털썩 하고 둔탁한 소리를 내며 쓰러졌고, 창은 심장에 박혔다.

그가 가쁜 숨을 몰아쉬자 박힌 창이 파르르 떨렸다.

그러다가 강력한 죽음의 신 아레스가 그의 힘을 거두자

기고만장한 이도메네우스가 크게 소리쳤다. 445

"데이포보스여, 너희가 우리 쪽 한 사람을 죽여 우리가 너희 쪽 세 사람을

죽이기는 했어도, 그것으로 충분히 보복했다고 생각할 듯싶으냐?

그런데도 그토록 의기양양해 하니 가소롭구나. 이 자리에 와 있는

제우스의 자손인 내가 어떤 사람인지 알게 해줄 테니 네가 직접 나와

　　맞서봐라.

제우스께서는 먼저 크레테의 수호자 미노스를 낳으셨고, 미노스께서는　　450

흠 잡을 데 없이 훌륭한 아들 데우칼리온을 낳으셨으며,

데우칼리온께서는 나를 낳아 드넓은 크레테에서 많은 사람의 왕이

되게 하셨다. 이제 그런 나를 너와 네 아비와 다른 트로스인들에게

재앙이 되게 하려고 함선들이 이곳으로 싣고 온 줄 알아라."

　　　　이도메네우스가 이렇게 말하자, 데이포보스는 뒤로 물러나　　455

기개 있는 트로스인들 중 누군가를 불러 싸우게 할지,

아니면 혼자 맞붙어볼지 고민했다. 그러다가

아이네이아스를 불러 함께 싸우는 편이 낫겠다는 결론을 내렸다.

데이포보스는 무리 뒤에 서 있는 그를 발견했다.

아이네이아스는 전사들 사이에서 용맹한 자기를　　460

거들떠보지도 않는 고귀한 프리아모스에게 화가 나 있었다.

데이포보스가 그에게 가까이 다가가 날개 달린 말로 청했다.

"트로스인의 조력자인 아이네이아스여, 당신이 매부에게

조금이라도 관심이 있다면, 지금이 바로 그를 도울 때오.

그러니 나와 함께 가서 알카토오스를 도와줍시다. 당신의 매부는　　465

당신을 어릴 때부터 궁에서 키워준 사람이오. 그런 그를

창술로 유명한 이도메네우스가 죽였소."

　　　　데이포보스가 이렇게 말하며 아이네이아스의 가슴속에 기개를 불

　　　　러일으키자,

아이네이아스는 전의가 용솟음쳐 이도메네우스에게 나아갔다.

하지만 이도메네우스는 응석받이 아이처럼 두려움에 사로잡히지 않고　　470

그 자리에 버티고 섰다. 그 모습이 마치 산속에서 멧돼지 한 마리가

많은 사람이 떼 지어 소리치며 달려오는데도,

등의 털을 빳빳이 세우고, 두 눈에서는 불꽃이 타오르며,

엄니를 갈며, 사냥개들과 사람들에게서 자신을 지키고자

자신의 투지를 믿고 홀로 그 자리에 버티고 서 있는 듯했다.　　　　475

그렇게 창술로 유명한 이도메네우스는, 아이네이아스가 싸우기 위해

달려와도 물러서지 않고 그 자리에 버티고 섰다. 그리고

전우들이자 함성의 주도자인 아스칼라포스, 아파레우스,

데이피로스, 메리오네스, 안틸로스를 바라보며 큰 소리로 외쳤다.

그는 날개 달린 말로 그들을 독려했다.　　　　480

"친구들이여, 여기는 나 혼자니 와서 나를 도와주시오.

내게로 발 빠르게 다가오는 아이네이아스의 공격이

무척 두렵소이다. 저자는 전장에서 전사들을 죽이는 일이라면

무척 강력한 데다가 한창때의 청춘이고, 이것이 그의 가장 큰 힘이오.

만일 우리 두 사람이 나이가 같고 이런 기개를 지니고 있다면,　　　　485

순식간에 그가 승리를 차지하거나 내가 승리를 차지했을 것이오."

　　　　이도메네우스가 이렇게 말하자, 그들은 모두

한마음으로 방패를 어깨에 기대고 서로 밀착해 섰다.

한편 아이네이아스도 전우들인 데이포보스, 파리스,

고귀한 아게노르에게 도움을 청했는데, 그들은 그와 더불어　　　　490

트로스인을 이끄는 지휘관들이었다. 군사가 그들의 뒤를 따르니,

그 모습이 마치 양들이 풀밭에서 풀을 뜯다가

숫양을 따라 물을 마시러 가는 듯했다. 그 모습을 보면 목자는

기뻐하기 마련인데, 바로 그렇게 자기를 따라오는 군사들의

무리를 본 아이네이아스의 가슴속 마음도 기뻤다.　　　　495

　　　　이렇게 해서 알카토오스 주위에서 긴 창을 든 양쪽 전사 사이에

근접전이 벌어졌고, 큰 무리가 혼전을 벌이며 서로를 공격하니

그들의 가슴에 있는 청동에서 무시무시한 소리가 울려 퍼졌다.

다른 사람보다 뛰어나게 용맹한 두 전사,

아레스와 맞먹는 전사들인 아이네이아스와 이도메네우스도　　　　500

기를 쓰고 무자비한 청동으로 서로의 살을 베고자 했다.

아이네이아스가 먼저 이도메네우스에게 창을 던졌지만,

그를 정면으로 주시하고 있던 이도메네우스가

청동 창을 피하자, 아이네이아스의 다부진 손에서 날아간 창은

목표를 맞히지 못하고 아래로 떨어져 땅에 꽂힌 채 파르르 떨었다.　　　　505

반면에 이도메네우스는 창을 던져 오이노마오스의 복부 한가운데를

맞혀 흉갑의 볼록한 부분을 찢었고, 내장이 튀어나오자

그는 먼지 속에 쓰러지며 손바닥으로 흙을 움켜쥐었다. 이도메네우스는

그림자를 길게 드리운 창을 시신에서 뽑아내기는 했지만,

다른 아름다운 무구를 어깨에서 벗겨낼 수 없었다.　　　　510

날아오는 무기들이 그를 심하게 압박했기 때문이다.

또한 두 발이 마음대로 움직여주지 않아,

창을 들고 돌진할 수도, 날아오는 창을 피할 수도 없었다.

두 발이 그를 전장에서 벗어나게 해주지 못하니,

그 자리에 버티고 서서 무자비한 운명의 날을 막아내고　　　　515

있을 수밖에 없었다. 그러자 그에게 줄곧 앙심을 품고 있던

데이포보스가 한 걸음씩 물러나는 그를 향해 번쩍이는 창을 던졌다.

창은 이번에도 빗나가 에니알리오스의 아들 아스칼라포스[10]가

그 창에 맞았다. 강력한 창이 어깨를 관통하자

그는 먼지 속에 쓰러지며 손바닥으로 흙을　　　　520

10　"아스칼라포스"와 그의 형제 이알메노스는 전쟁의 신 아레스가 아스티오케에게서 낳은 아
　　들이다. 아스티오케는 미니아스인의 땅인 오르코메노스의 왕 악토르의 딸이다. "에니알리
　　오스"는 아레스의 별칭이다.

움켜쥐었다. 그러나 목소리 큰 강력한 아레스는
치열한 접전에서 자기 아들이 쓰러진 것을
전혀 알지 못한 채, 제우스의 결정에 따라
다른 불멸의 신들과 함께 전장에서 멀리 떨어진
올림포스 정상의 황금빛 구름 아래 머물러 있었다.　　　　525

　　　　양쪽 진영은 아스칼라포스를 놓고 근접전을 벌였다.
데이포보스가 아스칼라포스가 쓰고 있던 번쩍이는 투구를 벗겼지만,
민첩한 아레스와 맞먹는 메리오네스가 달려들어
창으로 데이포보스의 팔을 찌르자, 쿵 하는 소리와 함께
그의 손에서 면갑 달린 투구가 땅에 떨어졌다.　　　　530
메리오네스는 또다시 독수리처럼 달려들어
그의 팔에서 강력한 창을 뽑아
전우들의 무리 속으로 물러났다. 그러자 친형제인
폴리테스가 두 팔로 데이포보스의 허리를 껴안고
가증스런 전장에서 빠져나왔다.　　　　535
전투와 전장의 후미에서 마부와 정교하게 만든 전차와 함께
그를 기다리고 있던 빠른 말들이 있는 곳에 도착하자,
말들은 기진맥진해 몹시 신음하는 그를 성 쪽으로 실어 갔는데,
방금 부상당한 팔에서는 피가 흘러내렸다.

　　　　하지만 나머지 사람은 계속해서 싸웠고, 함성은 쉴 새 없이 일었다.　　540
이때 아이네이아스는 자기를 향해 돌아선 칼레토르의 아들
아파레우스에게 달려들어 날카로운 창으로 목구멍을 찔렀다.
그의 머리가 한쪽으로 기울어지면서 방패와 투구가
그를 덮쳤고, 목숨을 파괴하는 죽음이 그에게 쏟아졌다.
한편 안틸로코스는 토온을 지켜보고 있다가,　　　　545
그가 등을 보이며 돌아서자 달려들어 창으로 찔러
등을 타고 목까지 이어진 혈관을 모두 끊어놓았다.

혈관이 모두 끊어지자 그는 사랑하는 전우들을 향해

두 손을 뻗으며 뒤로 넘어져 먼지 속으로 쓰러졌다.

안틸로코스는 달려나가 주위를 살피며 그의 어깨에서　　　　550

무구를 벗겨내기 시작했다. 그러자 트로스인들이 빙 둘러싸고

그의 번쩍이는 넓은 방패를 사방에서 찔렀지만,

무자비한 청동은 안틸로코스의 부드러운 살을 뚫기는커녕

스치지도 못했다. 대지를 뒤흔드는 자 포세이돈이 수없이 날아오는

창들로부터 네스토르의 아들을 지켜주었기 때문이다.　　　　555

이때 안틸로코스는 적들에게서 벗어나려 하지 않고,

그들 사이에서 좌충우돌하며, 창을 던져 적을 맞히거나

근접전을 벌이려는 생각으로 잠시도 쉬지 않고

창으로 찔렀다 빼고 창을 위로 들어 휘둘러댔다.

　　　무리 사이에서 창을 찔러대는 안틸로코스에게 아시오스의 아들　　560

아다마스가 가까이 다가가 날카로운 청동으로

그의 방패 한가운데를 찔렀다. 하지만 검푸른 머리의 신 포세이돈이

아다마스에게 안틸로코스의 목숨을 주기는 과분하다고 여겨

창끝을 무디게 만드니, 창의 일부가 마치 불에 탄 말뚝처럼

안틸로코스의 방패에 박혔고, 나머지 반쪽은 땅 위에 나뒹굴었다.　　565

아다마스는 죽음의 운명을 피해 전우들의 무리 속으로 다시 물러났지만,

메리오네스가 물러나는 그를 뒤따라가 창으로 생식기와

배꼽 중간을 맞히니, 그곳은 죽음의 신 아레스가

불쌍한 인간에게 가장 극심한 고통을 안겨주는 부위였다.

창이 그곳에 박히자 그는 창을 부여잡고 온몸을 꼬며 버둥댔는데,　　570

그 모습이 마치 산속에서 목자들이 황소를 줄에 묶어

강제로 끌고 갈 때 황소가 온몸을 꼬며 버둥대는 듯했다.

바로 그렇게 그는 창에 맞고 버둥댔지만

그런 상태는 오래가지 않았으니, 영웅 메리오네스가 가까이 와서

그의 몸에서 창을 뽑자 어둠이 두 눈을 뒤덮었기 때문이다.　　　　575

　　　　한편 헬레노스는 데이피로스와 근접전을 벌여

트라케에서 만든 큰 칼로 그의 관자놀이를 쳐서 투구를 떨어뜨렸다.

투구가 벗겨지고 땅에 떨어져 싸우고 있던

아카이오스인들의 발 사이로 떼굴떼굴 굴러가자

한 사람이 집어 들었고, 어두운 밤이 데이피로스의 두 눈을 뒤덮었다.　　　　580

　　　　그러자 고통에 사로잡힌 아트레우스의 아들

함성 소리 우렁찬 메넬라오스가 날카로운 창을 휘둘러 위협하며

영웅 헬레노스에게로 나아갔고, 헬레노스는 활등을 잡고

활을 당겼다. 이렇게 한 사람은 날카로운 창을 던지는 것으로,

다른 한 사람은 시위를 떠난 화살로 서로 맞붙었다.　　　　585

프리아모스의 아들 헬레노스는 메넬라오스의 흉갑 중

볼록한 가슴 부분을 화살로 맞혔지만, 날카로운 화살은

옆으로 튕겨 날아갔다. 마치 넓은 타작마당에서

풍구[11]가 뿜어내는 세찬 바람에

검은콩이나 병아리콩이 넓은 삽 위로 튀어 오르듯,　　　　590

바로 그렇게 날카로운 화살은

영광스러운 메넬라오스의 흉갑을 맞고 튀어 올라 멀리 날아갔다.

반면에 아트레우스의 아들 함성 소리 우렁찬 메넬라오스가

던진 창은 광 낸 활을 쥐고 있던 헬레노스의 손에 맞았다.

청동 창이 곧장 손을 꿰뚫고 활 속까지 들어가자,　　　　595

헬레노스는 죽음의 운명을 피하기 위해 손을 옆으로 늘어뜨린 채

물푸레나무 창을 끌며 전우들의 무리 속으로 다시 물러갔다.

그러자 기개 있는 아게노르가 그의 손에서 창을 뽑아낸 후,

백성의 목자인 그를 위해 시종이 가지고 있던

---

11 곡물에 섞인 쭉정이, 겨, 먼지 따위를 날려서 제거하는 농기구를 말한다.

투석 기구의 잘 꼰 고운 양털로 상처 난 손을 동여맸다. 600

　　이때 페이산드로스가 영광스러운 메넬라오스를 향해 돌진했으니,
메넬라오스여, 이는 그가 그대와 무시무시한 결전을 벌이다가
그대 손에 쓰러지게 하려고, 사악한 운명이 그를 죽음의 종말로
이끌었음이라. 두 사람이 서로를 향해 돌진해 거리가 좁혀지자,
아트레우스의 아들이 던진 창은 상대를 맞히지 못하고 빗나갔다. 605
반면 페이산드로스가 던진 창은 영광스러운 메넬라오스의 방패에
맞기는 했지만, 넓은 방패에 막혀 창의 목이 부러지면서
방패를 뚫지 못했다. 그런데도 페이산드로스는 이겼다고 생각하여
마음속으로 기뻐했다. 하지만 아트레우스의 아들은
은징이 박힌 칼을 빼들고 페이산드로스에게 달려들었고, 610
페이산드로스도 정교하게 만든 아름다운 청동 도끼를 꺼내 들어
광 낸 기다란 올리브나무 자루를 감싸쥐면서
두 사람이 동시에 서로를 공격했다. 페이산드로스는 말총 장식이 달린
메넬라오스의 투구 깃털 바로 아래 뿔끝을 쳤고,
메넬라오스는 돌진해오는 페이산드로스의 콧부리 바로 위의 이마를 쳤 615
　　다. 페이산드로스는 뼈가 박살 나
두 눈이 피투성이가 된 채 메넬라오스의 발 앞 먼지 속으로 쓰러졌다.
그가 몸을 접으며 쓰러지자, 메넬라오스는 그의 가슴을 발로 밟고
무구를 벗기며 의기양양하게 말했다.
"무시무시한 함성에 질릴 줄 모르는 오만방자한 트로스인들이여. 620
바로 이런 모습으로 너희는 빠른 말을 모는 다나오스인의 함선들 옆을
떠나게 될 것이다. 다른 모욕과 수치도 너희에게 부족함이 없으리라.
사악한 암캐들이여, 너희는 환대의 신이자 천둥을 울리시는
제우스의 준엄한 진노도 두려워하지 않고 나를 모욕했으니,
제우스께서 언젠가 너희의 높고 가파른 성을 철저히 파괴하시리라. 625
너희는 나와 결혼한 아내에게 환대를 받고서도,

그녀와 많은 재물을 빼돌려 배를 타고 도망치는 패악을 저지르더니,
지금은 또다시 바다를 다니는 함선들에 파멸의 불을 던져 기를 쓰고
아카이오스인 영웅들을 죽이려 하는구나.
하지만 아무리 기를 써도 이 전쟁은 너희 뜻대로 되지 않는다.   630
아버지 제우스시여, 사람들은 당신이 지혜에서 모든 인간과 신들을
능가한다고 말합니다. 하지만 일이 이렇게 된 것은 모두 당신 때문입니다.
어째서 오만방자한 트로스인에게 은총을 베푸십니까?
그들은 언제나 자기 힘만 믿고 제멋대로 날뛰는 자들이어서,
모든 사람이 괴로워하는 전쟁의 함성 소리에 질릴 줄 모릅니다.   635
잠이나 사랑이나 감미로운 노래나 멋진 춤은
전쟁보다 훨씬 오랫동안 즐기고 싶은 것이지만,
인간은 싫증 내는 존재인지라 결국 그런 것에도 질리고 마는데,
트로스인은 전투에 질리는 법이 없습니다."

　　　흠 잡을 데 없이 훌륭한 메넬라오스는 이렇게 말한 후   640
페이산드로스의 몸에서 피범벅이 된 무구를 벗겨
전우들에게 건넨 후 또다시 선두 대열에 합류했다.

　　　이번에는 필라이메네스왕의 아들 하르팔리온이
메넬라오스에게 달려들었다. 그는 참전하기 위해 사랑하는 아버지를 따라
트로이아에 왔다가 조상의 땅으로 다시는 돌아가지 못했다.   645
그는 가까이 다가가 아트레우스의 아들 메넬라오스의 방패 한가운데를
창으로 찔렀지만, 청동으로 방패를 꿰뚫지 못하자,
누군가가 청동으로 자신의 살을 찢지 않을까 사방을 경계하며
죽음의 운명을 피하려고 다시 전우들의 무리 속으로 물러갔다.
하지만 메리오네스가 뒤돌아 물러나는 그를 향해   650
청동 화살을 쏘아 오른쪽 엉덩이를 맞히니,
화살은 방광을 관통하여 치골 아래로 나왔다.
하르팔리온은 그 자리에 주저앉아 사랑하는 전우들의 품 안에서

숨져 지렁이처럼 땅 위에 길게 누웠고,

검은 피가 흘러나와 땅을 적셨다. 655

영웅다운 기개를 지닌 파플라고니아인들이 침통한 심정으로

시신을 거두어 전차에 싣고 신성한 일리오스로 갔고,

그의 아버지도 눈물을 흘리며 그들과 함께 갔지만,

죽은 아들에 대한 어떤 복수도 할 수 없었다.

　　　파리스는 하르팔리온의 죽음에 격분했다. 660

많은 파플라고니아인 중 하르팔리온은 파리스와

의형제의 결의를 맺은 사이[12]였기 때문이다. 화가 난 파리스가

청동 화살을 쏘아 날려 보냈다. 에우케노르라는 사람이 있었는데,

예언자 폴리이도스[13]의 아들로 부자인 데다 훌륭했던 그는

코린토스에 있는 집에서 살고 있었다. 나이 든 훌륭한 폴리이도스는 665

아들이 난치병으로 집에서 죽거나, 아카이오스인의 함선들 사이에서

트로스인에게 죽을 것이라고 전부터 그에게 자주 말해주었다.

그 때문에 에우케노르는 죽을 것을 뻔히 알면서도, 자기가 참전하지 않

　　을 경우

아카이오스인이 그에게 부과할 형벌과 집에 있을 경우 걸리게 될

12 　"의형제의 결의를 맺은 사이"로 번역한 엑세노스(ξένος)는 다른 나라의 사람들이 선물을
　　주고받으며, 환대를 관장하는 신 제우스 앞에서 맹세를 통해 자신과 후손 대대로 우호적
　　인 관계를 이어가기로 약속한 사이를 말한다.

13 　"폴리이도스"는 예언자 멜람푸스의 후손으로 아르고스의 예언자다. 멜람푸스는 네스토르
　　의 아버지 넬레우스왕이 다스리는 필로스에서 살았다. 그의 집 앞에는 커다란 떡갈나무가
　　있었는데 그 속에 뱀 둥지가 있었다. 하인들이 이를 발견하고 어미 뱀을 죽이자 멜람푸스
　　는 어미 뱀을 화장시켜주고 그 새끼들을 거둬 길렀다. 새끼 뱀들은 멜람푸스가 잠든 사이
　　에 그의 귀를 핥았는데, 그 뒤로 그는 짐승들의 말을 이해하게 되었고 짐승들의 도움으로
　　앞일도 예언할 수 있게 되었다. 그는 알페이오스 강가에서 아폴론 신을 만나고 난 후 더욱
　　뛰어난 예언자가 되었다. 폴리이도스는 헤라클레스의 등장 이전에 최고의 영웅으로 여겨
　　지는 벨레로폰테스가 키마이라를 죽이는 데 필요한 천마 페가소스를 얻게 해주었고, 크레
　　테섬의 왕 미노스의 아들 글라우코스가 행방불명되자 찾아주었다. "코린토스"는 아르골리
　　스(아르고스가 도성이다)의 도시로 펠로폰네소스반도 중동부 해안에 있다.

가증스런 병 사이에서 괴로워하다가,   670

두 경우를 모두 피하기 위해 함선에 올랐었다. 파리스가 쏜 화살은

그의 턱과 귀 아래쪽에 맞았다. 목숨이 순식간에 사지에서 빠져나갔고,

　가증스런 어둠이 그를 뒤덮었다.

　　이렇게 양쪽 진영은 타오르는 불길처럼 싸웠다.

하지만 제우스가 아끼는 헥토르는 함선들 왼쪽에서 자신의 군사들이

아르고스인들에게 죽어가고 있다는 보고를 받지 못했고 알지도 못했다.   675

승리의 영광은 이제 곧 아카이오스인의 차지가 될 터였다.

대지를 떠받치고 대지를 뒤흔드는 신 포세이돈이

아르고스인들을 독려하며 그들을 도와주었기 때문이다.

한편 헥토르는 방패로 무장한 다나오스인의 밀집대형을 돌파하고

문과 방어벽 안으로 뛰어 들어온 후 처음으로 저지당해   680

앞으로 나아가지 못했다. 그곳은 아이아스와

프로테실라오스의 함선들이 잿빛 해변 위에 끌어 올려져 있는 곳으로

방어벽이 가장 낮아, 양쪽 진영의 전사와 전차들 사이에

다른 곳보다 더 치열한 접전이 벌어지고 있었다.

　　그곳에서 보이오티아인, 땅에 끌리는 옷을 입고 다니는 이오니아   685
　　　인,[14]

로크로스인, 프티아인, 영광스러운 에페이오스인이

함선들로 돌진해오는 헥토르를 온 힘을 다해 겨우 막아내고는 있었지만,

불꽃처럼 맹렬한 헥토르를 물리치지는 못했다.

14　헬렌은 고대 그리스인들의 시조였다. 그의 아들 크수토스는 테살리아의 이올코스를 다스
리다 추방되어 아테나이로 피신했다. 그곳에서 에레크테우스 왕의 딸 크레우사와 혼인하
여 이온과 아카이오스를 낳았으며, 이후 펠로폰네소스반도 북동부 해안의 아이기알로스
로 이주했다. 크수토스가 세상을 떠난 뒤, 그의 아들 이온은 아이기알로스의 왕 셀리누스
의 딸 헬리케와 결혼하여 왕위를 계승했다. 나중에 아이기알로스는 아카이아로 이름을 바
꾸었고, 그 왕국의 주민들은 이온의 이름을 따서 "이오니아인"이라고 불렸다.

거기에는 아테나이인의 정예 부대도 있었는데, 그들의 지휘관은

페테오스의 아들 메네스테우스였고,   690

페이다스와 스티키오스와 훌륭한 비아스가 그와 함께했다.

에페이오스인들은 필레우스의 아들인 메게스,

그리고 암피온, 드라키오스가 지휘했고,

프티아인의 선봉에는 메돈과 전투에서 끈질긴 포다르케스가 있었다.

두 사람 중 메돈은 신 같은 오일레우스의 서자로   695

아이아스의 형제였지만, 오일레우스의 본처이자 의붓어머니인

에리오피스의 오빠를 죽이고 조상의 땅을 떠나 필라케에서 살았다.

또 한 사람인 포다르케스는 필라코스의 손자이자 이피클로스의 아들이

　　었다.[15]

이 두 사람은 무장을 갖추고 기개 있는 프티아인의 선봉에서

보이오티아인과 함께 함선들을 지키기 위해 싸웠다.   700

한편 오일레우스의 민첩한 아들 아이아스는

텔라몬의 아들 아이아스 옆을 잠시도 떠나지 않고 꼭 붙어 있었다.

포도주 빛깔의 황소 두 마리가 묵정밭에서

멍에 하나를 나란히 메고 한마음으로 쟁기를 끌 때면,

뿔 아래쪽에 땀이 송송 솟아오르는데,   705

밭을 다 갈 때까지 이랑을 따라 나아가는 황소 두 마리는

반들반들한 멍에가 만든 간격만큼만 떨어져 있을 뿐이었다.

바로 그렇게 두 사람은 서로 꼭 붙어 서 있었다.

하지만 텔라몬의 아들 큰 아이아스에게는 많은 용감한 군사들이

전우로 따르고 있어, 그의 무릎이 피곤하고   710

---

15 "포다르케스"의 아버지는 테살리아의 프티아 근방의 도시인 필라케의 왕 필라코스의 아들
　　이피클로스다. 형인 프로테실라오스가 신탁을 무시하고 함선에서 가장 먼저 뛰어내렸다
　　가 죽임을 당하자, 그는 형이 이끌었던 40척의 함대에 지휘관의 죽음을 애도하는 검은 칠
　　을 하고 싸웠다.

땀이 찰 때마다 군사들이 방패를 대신 들어주었다.

반면에 오일레우스의 아들 작은 아이아스에게는 영웅다운 기개를 지닌
　　로크리스인들이 따라오지 않았다.

그들은 근접전을 치를 준비가 되어 있지 않았으니,

말총 장식이 달린 청동 투구도 없고,

둥근 방패와 물푸레나무 창도 없어,　　　　　　　　　　　　　　715

오직 활과 최상품 양털을 꼬아 만든 투석 기구만 믿고

그를 따라 일리오스까지 와서, 화살과 돌을 집중적으로 퍼부어

트로스인의 대열을 돌파해왔기 때문이다.

이렇게 앞에서는 큰 아이아스와 그의 군사들이 정교하게 만든 무기로

트로스인과 청동으로 무장한 헥토르를 상대해 싸우고, 뒤에서는　　720

이들이 몸을 숨긴 채 화살을 계속 쏘니, 트로스인은 빗발치듯

날아오는 화살에 대열이 무너져 갈팡질팡하다 전의를 잃고 말았다.

　　　이대로라면 트로스인은 함선과 막사들에서 물러나

비참한 심정으로 바람 많은 일리오스 쪽으로 후퇴했을 터였다.

이때 폴리다마스가 용맹한 헥토르에게 다가가 말했다.　　　　　725

"헥토르여, 당신은 다른 사람의 말을 받아들여 움직이기가

어려운 사람이오. 신께서 당신에게 탁월한 전투 기술을 주신 까닭에,

당신은 책략에서도 남들을 능가하려 하시는 것이오.

하지만 혼자서 모든 것을 다 해낼 수는 없는 법이잖소.

신께서는 어떤 사람에게는 전투 기술을, 어떤 사람에게는 춤을,　　730

어떤 사람에게는 키타라를 연주하는 기술과 노래 솜씨를 주셨다오.

또한 멀리 보시는 제우스께서는 어떤 사람의 가슴속에

탁월한 분별력을 두어 많은 사람에게 유익을 끼치게 하셨소.

그런 사람은 자기가 많은 사람을 구할 수 있음을 스스로 잘 안다오.

그러니 나는 내가 최선이라고 생각하는 바를 말하겠소.　　　　735

당신을 중심으로 사방에서 전쟁이 불길처럼 타오르고 있소.

기개 있는 트로스인들은 방어벽을 넘어온 후로

어떤 사람은 전투 현장에서 떨어져 무구를 갖춘 채 서 있고,

어떤 사람은 함선들 사이에 흩어져 소수로 다수를 상대하고 있소.

그러나 당신은 뒤로 물러나 모든 장수를 이곳으로 소집하시오.　740

그리하여 신들께서 우리에게 승리를 허락하신다면,

많은 노가 장착된 함선들을 공격할 방안을 찾든지,

아니면 아무런 피해 없이 함선들로부터 물러날 방안을 찾든지,

모든 계책을 강구해야 하오. 사실 나는 아카이오스인이

어제 우리에게 진 빚을 되갚게 되지는 않을지 걱정이오.　745

함선들 옆에는 전쟁에 지칠 줄 모르는 전사가 버티고 있고,

그가 이제 더 이상 이 전투를 두고 보기만 할 것 같진 않소."

　　　폴리다마스가 이렇게 말하자, 헥토르는 해로울 것 없는 그의 말에

　　　　만족했다.

그는 즉시 무구를 갖춘 채 전차에서 땅 위로 뛰어내려,

폴리다마스에게 날개 달린 말로 지시했다.　750

"폴리다마스여, 당신은 모든 장수를 여기에 붙잡아두시오.

나는 저기로 가서 적을 상대해야겠소.

하지만 아군에게 필요한 지시만 내리고 금방 다시 오겠소."

　　　헥토르는 이 말을 남기고 눈 쌓인 봉우리처럼 우렁차게

트로스인과 동맹군들 사이를 날아가듯 나아갔다.　755

모든 장수는 헥토르의 목소리를 듣고,

판토오스의 아들 용맹한 폴리다마스에게로 서둘러 갔다.

헥토르는 선두 대열 사이를 누비며,

데이포보스, 힘센 헬레노스 왕자, 아시오스의 아들 아다마스,

히르타코스의 아들 아시오스가 어디 있는지 찾았지만,　760

이미 그들은 모두 부상당했거나 죽고 없었다.

어떤 사람은 아고르스인들의 손에 목숨을 잃고

아카이오스인의 함선들 꼬리 부분에 누워 있었고,

어떤 사람은 창이나 화살에 맞아 부상을 입어 방어벽 안에 있었다.

핵토르는 비탄이 가득한 전장 왼쪽에서					765

머릿결 고운 헬레네의 남편인 고귀한 알렉산드로스가

전우들의 사기를 북돋우며 싸움을 독려하는 모습을 보고는

다가가 모욕적인 말을 했다.

"재앙을 불러오는 파리스, 잘생긴 외모로 여자에 미친 사기꾼아,

데이포보스, 힘센 헬레노스 왕자, 아시오스의 아들 아다마스,					770

히르타코스의 아들 아시오스는 어디 있으며,

오트리오네우스는 어디 있느냐? 이제 높은 성 일리오스도 완전히 망했고,

이제 네놈에게도 완전한 파멸이 닥쳐오겠지."

		신 같은 알렉산드로스가 대답했다.

"핵토르여, 형님은 잘못하지 않은 사람도 툭하면 꾸짖는 성미를					775

지녔기에 다른 때 같았으면 나는 진즉 전장을 떠나고자 했겠지요.

하지만 나도 어머니께서 결코 약골로 낳지 않으셨기에,

형님이 함선들 옆에서 전우들과 함께 전투를 시작한 이래로,

우리는 여기서 끝없이 다나오스인들과 맞서 싸우고

있습니다. 그러나 형님이 애타게 찾으시는 전우들은 이미 죽었고,					780

오직 데이포보스와 힘센 헬레노스 왕자만

둘 다 긴 창에 손을 맞고 물러났습니다.

크로노스의 아드님께서 그들의 죽음을 막아주셨습니다.

이제 형님의 마음과 기개가 지시하는 곳으로 이끄세요.

우리는 기꺼이 형님을 따르겠고,					785

능력이 닿는 데까지 투지도 부족할 일은 없습니다.

능력 이상으로 싸울 수는 없으니까요."

		영웅의 이 말에 형의 마음이 누그러졌다.

이렇게 해서 두 사람은 가장 치열한 전투와 접전이

벌어지는 곳으로 갔다. 거기에서는 케브리오네스,   790

흠 잡을 데 없이 훌륭한 폴리다마스, 팔케스, 오르타이오스,

신 같은 폴리페테스, 팔미스, 전날 아침에 교대하러

비옥한 아스카니아에서 온 히포티온의 아들 모리스[16]가 싸우고 있었다.

이때 제우스가 그들을 부추겨 싸우게 했기 때문에,

그들은 고통스런 바람을 몰고 오는 돌풍처럼 나아갔다.   795

아버지 제우스의 천둥 아래에서 대지 위로 불어온 돌풍이

무시무시한 소리를 내며 바다와 뒤섞이면, 활 모양으로 구부러진 채

흰 포말을 뒤집어쓴 수많은 파도가 노호하는 바다에서

앞서거니 뒤서거니 아우성치며 솟구쳐 오른다.

바로 그렇게 트로스인들은 어떤 자는 앞에서, 어떤 자는 뒤에서   800

밀집대형을 이루어 청동을 번쩍이며 각자의 지휘관을 따랐다.

그들을 이끄는 프리아모스의 아들 헥토르는 그 모습이 살인마 아레스
　　같았다.

앞에는 사방으로 길이가 같은 둥근 방패를 들었는데,

소가죽을 촘촘히 붙인 후 두꺼운 청동을 입혔다.

양쪽 관자놀이에서는 번쩍이는 투구가 좌우로 흔들렸다.   805

헥토르는 적이 물러가도록, 방패로 몸을 가리고

사방으로 달려나가 적의 대형을 시험해보았지만,

아카이오스인들의 가슴속 전의를 흔들 수 없었다.

아이아스가 가장 먼저 성큼성큼 걸어나와 헥토르에게 도전했다.

"멍청한 놈아, 그렇게 아르고스인들에게 겁이나 주지 말고,   810

어서 나오너라. 우리 아카이오스인은 전투를 모르는 게 아니라

16　제2권 "함선 명단"을 보면, 아스카니아에서 프리기아인들을 이끌고 온 지휘관은 포르키스
　　와 아스카니오스였다. "아스카니아"는 아스카니오스가 다스리는 왕국이자 수도일 가능성
　　이 크다. "히포티온의 아들 모리스"는 프리기아인의 장수로 보인다. 프리기아는 아나톨리
　　아 중서부에 있는 지방으로 미시아와 리디아의 동쪽, 리키아의 북쪽에 있다.

제우스의 사악한 채찍에 쓰러졌을 뿐이다.
분명히 지금 너는 함선들을 다 파괴하고 싶은 마음이겠지만,
우리에게도 함선들을 지켜낼 손이 있다.
네가 그렇게 하기 훨씬 전에 사람이 많이 사는 네 성이   815
우리 손에 함락되어 초토화될 것이다.
장담컨대, 너도 이 전장에서 도망치며
갈기 고운 말들이 매보다도 빠르게 달려
먼지를 일으키며 들판을 가로질러 너를 성으로 실어 나르게 해달라고
제우스를 비롯한 신들께 기도할 때가 가까웠다."   820
        아이아스가 이렇게 말했을 때, 새 한 마리, 곧 높이 나는 독수리가
오른쪽으로 날아갔다. 길조를 나타내는 새를 본
아카이오스의 군사들이 함성을 질렀다. 영광스러운 헥토르가 대구했다.
"아이아스, 이 허풍쟁이가 무슨 헛소리를 지껄이느냐.
오늘 이 순간 모든 아르고스인에게 재앙이 닥치리니,   825
나는 언제나 아이기스 방패를 지니신 제우스의 아들이었고,
나를 낳아주신 분은 지엄하신 헤라였다는 듯,
아테나와 아폴론처럼 공경받게 될 것이다.
네가 나의 긴 창에 맞서고자 한다면, 너도 그들 사이에서
내 창에 맞아 죽게 될 것이다. 내 창은 네 백합같이 흰 살을   830
찢을 것이고, 너는 아카이오스인의 함선들 옆에 쓰러져
트로이아의 개들과 새들이 너의 비계와 살코기로 배를 불릴 것이다."
        헥토르가 앞장서자, 다른 장수들도 무시무시한 함성을 지르며
뒤따랐고, 군사들도 호응하여 뒤에서 소리쳤다.
한편 아르고스인들도 전의를 상실하지 않고 함성을 지르며 버티고 서서,   835
트로스인 장수들이 공격해오기를 기다렸다. 이렇게 해서 양쪽 진영의
함성이 하늘의 대기와 제우스에게서 나오는 광채에 닿았다.

〈트로이아의 헥토르〉(작가 미상, 19세기)

제14권 제우스를 속인 헤라와 그리스군의 반격

함성은 포도주를 마시고 있던 네스토르에게도 어김없이

들렸다. 그는 아스클레피오스의 아들에게 날개 달린 말을 전했다.

"고귀한 마카온이여, 건장한 장정들의 함성이 함선들 옆에서

점점 더 커지고 있는데, 이 일을 어떻게 하면 좋을지 말해보시오.

당신은 머리를 곱게 땋은 헤카메데가 목욕물을 데워   5

상처의 핏덩이를 씻어낼 때까지

여기에 앉아 화염빛의 포도주를 마시고 있으시오.

나는 망루에 가서 상황이 어떻게 돌아가고 있는지 살펴보겠소."

　　네스토르는 이렇게 말한 후 막사에 놓여 있던 방패,

곧 자신의 아들, 말 길들이는 트라시메데스의 것인, 청동으로 온통   10

번쩍이는 방패를 집어 들었다. 트라시메데스가 아버지의 방패를 갖고

　　나갔기 때문이다.

그가 날카로운 청동 날이 박힌 튼튼한 창을 들고

막사 밖으로 나가서 보니, 아카이오스인이 쫓기고,

트로스인은 소리 지르며 쫓아오는 수치스러운 일이

눈앞에서 벌어지고, 아카이오스인의 방어벽도 무너져 있었다.   15

큰 바다는 거센 돌풍이 한바탕 불어닥칠 것이라고

어렴풋이 예상되는 경우에는 제우스가 정한 방향으로

돌풍을 보내기 전까지 어느 방향으로도 파도를 몰아가지 않고,
고요히 제자리에서 검은 물결만 일렁일 뿐이다.
바로 그렇게 노인은 빠른 말을 모는 다나오스인의 무리 속으로   20
뛰어들지, 아니면 백성의 목자인 아트레우스의 아들 아가멤논을
찾아 함께할지를 놓고 마음이 둘로 갈라져 고민했다.
이리저리 궁리해본 결과 아트레우스의 아들을 찾아가기로
마음을 정했다. 한편 양쪽 진영은 서로 싸우며 죽고 죽이기를 계속했다.
양날의 칼과 창으로 서로를 찌를 때마다   25
단단한 청동이 부딪치며 몸에서 날카로운 소리가 울려 퍼졌다.
          네스토르는 제우스가 아끼는 왕들인 티데우스의 아들 디오메데스,
              오디세우스,
아트레우스의 아들 아가멤논과 마주쳤는데, 그들은 청동에 부상을 입어
각자의 함선으로 갔다가 다시 전장으로 올라오는 중이었다.
그들의 함선을 전장에서 멀리 떨어진 잿빛 해변에   30
끌어올려 놓았기 때문이다. 함선은 바다에서
가장 가까운 해변에 끌어올려 놓고, 방어벽은 바다에서
가장 먼 곳에 세웠던 것이다. 해변이 넓다 한들 모든 함선을
한 줄로 정박시킬 수는 없는 데다 군사도 많아 비좁았다.
그래서 그들은 함선들을 끌어올려 해변에 여러 줄로   35
정박시켜, 두 곶 사이에 둘러싸인 만의 드넓은 해변 전체를
가득 채웠다. 이제 그들은 전황을 살펴보기 위해 가슴속 마음에
근심과 괴로움을 안고, 각자의 창에 몸을 의지한 채
무리 지어 오고 있었다. 그러다가 원로인 네스토르와 마주치자,
불길한 예감에 아카이오스인들의 가슴이 철렁 내려앉았다.   40
통치자 아가멤논이 네스토르에게 말했다.
"넬레우스의 아들이요 아카이오스인의 큰 영광이신 네스토르여,
어째서 전사들을 죽이는 전장을 떠나 여기에 계시오?

강력한 헥토르가 말한 대로 될까 봐 걱정이오.

전에 그는 트로스인의 회의석상에서   45

자기는 함선들을 불태우고 우리를 죽이기 전에는

함선들을 떠나 일리오스로 가지 않겠다고 협박했었소.

지금 그가 했던 말이 모두 그대로 이루어지고 있소.

아, 훌륭한 정강이 보호대를 한 다른 아카이오스인조차

아킬레우스처럼 마음속으로 내게 분노해   50

함선들의 꼬리에 붙어 싸우고 싶어 하지 않는 것 같소.”

　　　　전차를 타고 싸우는 게레니아의 네스토르가 말했다.

“그런 일들이 이미 이루어져 현실이 되었으니,

높은 곳에서 천둥을 울리는 제우스께서도 전세를 역전시키지

못할 것이오. 함선들과 우리를 지켜줄 난공불락의 보호막이라고   55

믿었던 방어벽마저 무너졌지 않소.

빠른 함선들 옆에서 양쪽 진영 사이의 치열한 전투가 쉴 새 없이

벌어지고 있어, 아무리 자세히 살펴보아도

아카이오스인들이 대체 어디에서 쫓겨 오는지 알 수 없소.

그 정도로 혼전이 벌어져 전사들이 죽어가고, 함성은 하늘에 닿아   60

있소. 생각한들 무슨 도움이 될 수 있을지는 모르겠지만,

어쨌든 이 일이 앞으로 어떻게 될지 생각해봐야 하오.

하지만 부상자들은 싸울 수 없으니 전장에 뛰어들라는 말은 하지 않겠소.”

　　　　인간들의 군주 아가멤논이 말했다.

“네스토르여, 함선들의 꼬리 옆에서 전투가   65

벌어지고 있고, 함선들과 우리를 지켜줄 난공불락의 보호막이

되리라고 생각해 다나오스인이 힘들여 만들어놓은

방어벽과 해자도 아무 소용 없게 되었으니,

아르고스에서 멀리 떨어진 이곳에서 아카이오스인들이

이름 없이 죽어가는 것이 막강하신 제우스께서 기뻐하는 뜻인가 보오.   70

나는 전에 제우스께서 다나오스인들을 기꺼이 돕고자 하셨음을 알았던
　　것처럼,
지금은 제우스께서 축복받은 신들에게 주시는 것 같은 영광을
적에게 주시고, 우리의 용기와 손은 묶으셨음을 알고 있소.
그러니 자, 모두 내 말을 따라주시오.
바다에서 가장 가까운 곳에 끌어다 놓은 함선들을　　　　　　　　　75
모두 고귀한 바다로 끌어내리고 돌 닻을 내려
바다 위에 띄웁시다. 그리고 신성한 밤이 오면
트로스인이 싸움을 그칠 테니, 그때 다른 함선도
모두 바다로 끌어냅시다. 밤을 이용해서라도
재앙을 피해 도망치는 것은 부끄러운 일이 아니오.　　　　　　　　80
적에게 붙잡히기보다 재앙을 피해 도망치는 편이 낫소.”
　　　　지략가 오디세우스가 아가멤논을 노려보며 말했다.
“아트레우스의 아들이여, 어떻게 이빨 울타리 밖으로 그 따위 말을
뱉으시오? 당신처럼 망할 자는 다른 부끄러운 군대나 맡고,
우리를 지휘해서는 안 되었소. 우리는 제우스께서 젊을 때부터　　　85
늙을 때까지 고통스런 전쟁의 실타래를 감다가
전장에서 쓰러져 죽을 운명으로 정해주신 사람들이잖소.
대로가 뻗어 있는 트로스인들의 성 때문에 우리가 수많은 고초를
겪었는데도, 당신은 정녕 이곳을 떠나고 싶다는 말이오?
제발 다른 아카이오스인들이 그대의 말을 듣지 않도록　　　　　　90
입을 다무시오. 마음속에 지각이 있어 적절한 말을 할 줄 아는 사람이거나,
당신이 지금 다스리고 있는 아르고스인만큼 많은 백성이
복종하는 홀을 잡은 왕이라면,
아무도 그런 말을 입에 담지 않을 테니.
지금 전투와 함성이 한창인데,　　　　　　　　　　　　　　　　　95
훌륭한 노를 갖춘 함선들을 바다로 끌어내려야 한다는

말 따위나 하다니, 당신의 판단력이 몹시 의심스럽소.

당신 말대로 했다가는 그렇지 않아도 우세한 트로스인들이

바라던 대로 되어 우리에게 철저한 파멸이 닥칠 것이오.

함선들을 바다로 끌어내리면, 아카이오스인들은 전투를 계속하기는커녕 100

전의를 잃고 도망칠 궁리만 하게 될 테니까.

그때 가서야 당신의 계책이 재앙을 초래했음을 알게 될 것이오, 백성의

　우두머리시여.”

　　인간들의 군주 아가멤논이 대답했다.

“오디세우스여, 당신의 준엄한 질책이 내 마음에 절절히 와닿소.

그러니 아카이오스인의 아들들이 원하지 않는데도 105

그들에게 함선들을 바다로 끌어내리라는 명령은 하지 않겠소.

하지만 나이가 적든 많든 상관없으니 누구든 내 제안보다

더 나은 계책을 말해주시오. 내가 기쁘게 듣겠소.”

　　함성 소리 우렁찬 디오메데스가 그들 가운데서 말했다.

“여러분 가운데서 가장 어리다는 이유로 110

내가 하는 말을 못마땅히 여기지 않고 경청한다면,

더 나은 계책을 낼 사람이 여기 있으니 오랜 시간 찾을 필요 없소.

혈통으로 말하자면 나도 훌륭한 아버지에게서 태어났다고 자부하오.

내 아버지는 테베의 흙더미 아래 있는 티데우스이시오.

포르테우스[1]에게서 흠 잡을 데 없이 훌륭한 세 아들이 태어났고, 115

그들은 플레우론과 험준한 칼리돈에 사셨소. 아그리오스와 멜라스가

첫째와 둘째였고, 셋째가 전차를 타고 싸우는 오이네우스였는데,

이분이 나의 조부이시고 세 분 중 가장 용맹하셨소.

1　아이톨리아의 왕 “플레우론”은 칼리돈의 왕 칼리돈과 아게노르를 낳았고, “포르테우스”는
　아게노르의 아들이다. 아이톨리아는 코린토스만 북쪽의 산악 지방이므로 “험준한 칼리돈”
　이라고 표현했다.

오이네우스께서는 그곳에서 계속 사셨지만, 내 아버지께서는 천하를
떠돌다 아르고스에 정착하셨는데, 제우스를 비롯한 여러 신들의   120
뜻이었던 것 같소. 아버지께서는 아드라스토스의 따님 중 한 분과 결혼해
부유한 집에서 사셨소. 밀이 나는 밭도 많았고, 사방으로 과실수가
심긴 넓은 과수원도 있었으며, 양 떼도 많았소.
또한 아버지께서는 창술이 모든 아카이오스인 중 가장 뛰어나셨소.
여러분도 이에 대해 들으셨을 테니 내 말이 사실임을 알 겁니다.   125
그러니 나를 겁쟁이에 약골의 혈통이라 생각해
내가 옳은 말을 하는데도 무시해서는 안 되오.
자, 전장으로 갑시다. 우리는 부상자들이지만, 지금으로서는 그렇게
할 수밖에 없소. 부상을 입은 우리가 또다시 부상을 입지 않으려면
날아오는 무기들이 닿지 않게 전장에서 멀찍이 떨어져야 하지만, 대신   130
진즉에 전의를 상실해 전장에서 벗어나 싸우고 있지 않은 사람들을
독려해 전장으로 돌려보내는 일을 합시다.”

　　　디오메데스가 말하자 경청하고 있던 그들은 그의 말을 따라,
인간들의 군주 아가멤논을 앞세우고 전장으로 나아갔다.

　　　대지를 뒤흔드는 저 유명한 신 포세이돈은   135
눈먼 채 지켜보기만 하지는 않았기에
늙은 전사의 모습으로 그들과 뒤섞여 가다가
아트레우스의 아들 아가멤논의 오른손을 잡고 날개 달린 말로 그에게
　　일렀다.
“아트레우스의 아드님이시여, 지금 아킬레우스는 앙심을 품고
아카이오스인들의 죽음과 패주를 보며 마음속으로 기뻐하고   140
있을 테지요. 그는 판단력이라곤 조금도 없는 자니까요. 그러니
신께서 그를 망하게 하고 비참하게 만드실 것입니다.
하지만 영원한 신들은 당신을
전혀 미워하지 않으시니 트로스인의 지휘관과 수호자는 이제 드넓은 들판을

먼지로 자욱하게 뒤덮을 테고, 당신은 그들이 함선과 막사에서　　　　145
물러나 성을 향해 도망가는 꼴을 보게 될 것입니다.”
　　　　포세이돈은 이렇게 말한 후 크게 고함을 지르며 들판으로
돌진했다. 그 소리는 구천 명 또는 만 명의 전사가
전장에서 접전을 벌이며 함성을 지를 때처럼 컸다.
대지를 뒤흔드는 군주는 그 정도로 큰 소리를 가슴속에서　　　　150
내보냈다. 이렇게 포세이돈은 아카이오스인 각자의 마음속에
쉬지 않고 전쟁하며 전투할 수 있도록 큰 힘을 불어넣어주었다.
　　　　이때 황금 옥좌의 헤라는 올림포스산 정상에 서서
자세히 살펴보니, 전사들에게 영광을 안겨주는
전장을 종횡무진 누비고 다니는 이가　　　　155
자신의 친오빠이자 남편의 형제임을 금세 알아보고
마음속으로 기뻐했다. 그리고 제우스가 샘이 많은
이데산 최정상에 앉아 있는 것을 보고 마음으로 그를 증오했다.
황소 눈의 존귀한 헤라는 아이기스 방패를 지닌
제우스의 마음을 속일 방법을 궁리하기 시작했다.　　　　160
곰곰이 생각해보니 자기가 직접 아름답게 단장하고
이데산으로 가는 것이 상책인 듯했다.
그러면 제우스는 애욕에 사로잡혀 그녀의 몸을 탐하고 동침하고 싶어
안달할 테고, 그녀는 그의 눈꺼풀과 영리한 마음에
편안하고 따뜻한 잠을 쏟아부을 수 있기 때문이었다.　　　　165
헤라는 자기 방으로 갔다. 사랑하는 아들 헤파이스토스가
지어준 이 안방에는 문설주에 튼튼한 문들이 달려 있고,
신비한 잠금장치가 달려 있어 어느 신도 열 수 없었다.
그녀는 방으로 들어가 빛나는 문을 닫았다.
먼저 애욕을 자극하는 매혹적인 몸을 신수로 깨끗이 씻은 후,　　　　170
향기로운 천상의 올리브기름을 듬뿍 발랐다.

그 향기가 아주 진해

입구가 청동으로 되어 있는 제우스의 궁에서

이 올리브기름을 흔들면, 그 향기가 땅과 하늘에 닿을 정도였다.

그녀는 이 올리브기름을 아름다운 몸에 바르고

머리를 빗은 후 불멸의 머리에서 흘러내리는

빛나고 아름다운 천상의 머릿결을 두 손으로 땋았다.

그런 다음 아테나가 그녀를 위해 정성을 다해 짓고 그 위에

여러 가지 문양을 정교하게 수놓은 천상의 옷을 두르고,

황금 브로치를 가슴에 달고,

백 개의 술이 달린 허리띠를 매고,

곱게 구멍을 뚫은 귓불에는 세 개의 찬란한 구슬이 달린

귀걸이를 하니 우아한 기품이 흘러넘쳤다.

여신 중에서도 고귀한 머리에 새로 만든 아름다운 면사포를 쓰니

면사포가 태양처럼 찬란히 빛났다.

빛나는 발아래에는 아름다운 신을 묶었다.

이윽고 그녀는 몸단장을 마치고

방에서 나와 신들 가운데서 아프로디테를

따로 불러 말했다.

"사랑하는 자여, 지금 내가 하는 말을 들어줄 건가요?

아니면 나는 다나오스인을 돕고 그대는 트로스인을 돕는 것이

못마땅해 거절할 건가요?"

　　　제우스의 딸 아프로디테가 대답했다.

"위대한 크로노스의 따님이며 존귀한 헤라 여신이시여,

무슨 생각을 하는지 말씀해주세요. 내가 해낼 수 있고

반드시 해야 하는 일이라면 기꺼이 하겠습니다."

　　　존귀한 헤라는 교활한 거짓말을 했다.

"그대는 애정과 애욕으로 모든 불멸의 신들과 인간들을

굴복시켜왔으니 지금 내게 그것들을 주세요.

나는 모든 신들을 낳은 오케아노스와 200

어머니 테티스[2]를 만나러 풍요로운 대지의 끝으로 가려고 해요.

멀리 보는 제우스께서 크로노스를 대지와 불모의 바다 아래 두었을 때,

이 두 분은 레아[3]에게서 나를 데려다가

궁에서 정성껏 양육하고 보살펴주셨죠.

그래서 나는 두 분을 만나, 두 분 사이의 끊임없는 불화를 205

풀어드리려 해요. 두 분은 마음속으로 서로에게 분노한 나머지

애정이 식어 잠자리를 안 한 지도 오래되었다지요.

내가 두 분의 마음을 말로 설득해

두 분이 서로 애정으로 결합하여 잠자리를 함께하게 된다면, 그분들은

영원토록 나를 가장 소중한 이라 부르실 것이에요.” 210

　웃음을 좋아하는 아프로디테가 대답했다.

“가장 위대한 제우스의 품 안에서 주무시는 분의

부탁을 거절할 수 없고 거절해서도 안 되겠지요.”

　아프로디테는 이렇게 말한 후 여러 가지 문양을

공들여 수놓은 띠를 가슴에서 풀었으니, 215

이 띠에는 누구라도 홀리는 온갖 매력, 곧 가장 지혜로운 이의 혼도

쏙 빼놓는 애정, 애욕, 밀어가 담겨 있었다.

아프로디테는 그 띠를 헤라의 손에 쥐여 주며 말했다.

2　여기에서 “어머니 테티스”는 아킬레우스의 어머니가 아니라, 하늘의 신 우라노스와 대지의 여신 가이아 사이에서 태어난 티탄 신족을 말한다. 물의 여성적인 다산을 상징하는 여신으로 남매인 대양의 신 오케아노스와 결혼해 수많은 바다와 강의 어머니가 되었다.

3　크로노스는 제2대 최고신으로 제우스와 헤라의 아버지이며, 티탄 신족의 “레아”는 어머니다. “대지와 불모의 바다 아래”는 지하세계의 감옥 타르타로스를 가리킨다. 올림포스 신들과 티탄 신족 사이에 전쟁이 벌어졌을 때, 테티스는 남편 오케아노스와 함께 올림포스 신들의 편을 들었고, 전쟁이 한창 진행되는 동안 레아는 딸 헤라를 테티스에게 맡겨 키우게 했다.

〈아프로디테에게 띠를 빌리는 헤라〉(엘리자베트 비제 르 브륑, 1781년)

"이제 여러 가지 문양을 공들여 수놓은 이 띠를 당신 품에

간직하세요. 거기에 모든 것이 들어 있어요. 장담컨대, 마음속으로   220

원하는 게 무엇이든 이루지 못하고 돌아오지는 않으실 거예요."

　　아프로디테가 이렇게 말하자, 황소 눈의 존귀한 헤라는

미소를 지었고, 그렇게 웃어 보인 후 그 띠를 품속에 넣었다.

　　제우스의 딸 아프로디테는 집으로 돌아갔고,

헤라는 올림포스산 정상을 쏜살같이 떠나,   225

피에리아와 매력적인 에마티에[4]를 지나고, 말 기르는 트라케인들의

눈 덮인 산들, 그중 가장 높은 봉우리를 지났다.

하지만 그녀의 두 발은 땅에 닿지 않았다.

그리고 아토스[5]에서 파도치는 바다 위를 걸어

신 같은 토아스의 도시 렘노스에 도착했다.   230

거기에서 헤라는 죽음의 신 타나토스의 동생인

잠의 신 힙노스[6]를 만나 그의 손을 잡고 말했다.

"모든 신들과 모든 인간의 군주 힙노스시여,

전에 제 말을 들어주셨던 것처럼 이번에도 들어주세요.

그러면 나는 모든 날 동안 당신에게 감사할 것입니다.   235

내가 제우스와 사랑을 나누기 위해 그의 옆에 눕자마자,

그의 눈썹 아래 빛나는 두 눈이 잠에 빠져들게 해주세요.

4　"피에리아"는 마케도니아 지방에 있는 도시다. 그리스에서 가장 높은 산이자 신들이 사는
　　곳인 올림포스산은 피에이라 남쪽에 있다. 피에리아에서 북쪽으로 알리아크몬강을 건너
　　면 "에마티에"가 나온다.
5　"아토스"는 그리스 본토 북동부에 있는 반도이자 산이다. "렘노스"는 헬레스폰토스 해협과
　　트로아스 앞 해상에 있었기 때문에, 헤라는 아토스까지는 육로로, 아토스부터는 에게해를
　　걸어 렘노스로 갔다. 여기에서 "토아스"는 렘노스섬의 왕으로, 디오니소스와 크레테 왕 미
　　노스의 공주 아리아드네 사이에서 태어났다.
6　죽음의 신 "타나토스"와 잠의 신 "힙노스"는 밤의 여신 닉스가 혼자, 또는 어둠의 신 에레
　　보스와 결합해 낳은 쌍둥이 형제다.

그렇게만 해주시면 절대로 낡지 않는 아름다운 황금 옥좌를
선물로 드릴게요. 두 다리를 절뚝이는 내 아들 헤파이스토스가
그런 옥좌를 만들어드릴 것이고, 밑에는 발판도 달아   240
연회가 있을 때 윤기 나는 발을 올려놓을 수 있게 해드릴게요."
　　　달콤한 잠의 신 힙노스가 대답했다.
"위대한 크로노스의 따님이자 존귀한 여신 헤라시여,
영원히 사는 신들 중 다른 신이라면,
아무리 만물을 생성시키는 오케아노스강의 물줄기라   245
할지라도, 잠에 빠지게 하기는 쉬운 일입니다.
하지만 크로노스의 아들인 제우스만은 스스로 내게 잠들게 해달라고
명령하지 않는 한, 내가 가까이 갈 수 없고 잠에 빠지게 할 수도 없소.
지난번 당신의 부탁을 들어주었다가 쓰라린 대가를 치렀지요.
제우스의 저 용맹하기 짝이 없는 아들 헤라클레스가   250
트로스인의 성을 초토화한 후 배를 타고 일리오스를 떠나던 날,
나는 아이기스 방패를 지닌 제우스에게 달콤한 잠을 쏟아부어
그의 마음을 잠에 빠지게 했고, 당신은 헤라클레스에게 악의를 품고
바다에 일진광풍을 일으켜 그를 모든 친구에게서 멀리 떨어져
사람이 많이 사는 코스섬[7]으로 떠내려가게 했지요. 그러자 잠에서   255
깨어난 제우스는 격분해 신들을 궁 주변 여기저기로 마구 내던졌고,
모든 신들 중에서도 특히 나를 찾아 하늘에서 바다로 던졌는데,
그때 신들과 인간을 길들이는 밤의 여신 닉스[8]가 구해주지 않았다면
아무도 나를 더 이상 볼 수 없게 되었을 테죠. 내가 닉스 여신에게로
도망가자, 제우스는 여전히 화가 나 있었지만, 빠른 밤의 여신 닉스가   260

7　"코스섬"은 아나톨리아 카리아 지방 해상의 섬으로, 로도스섬 위쪽에 있다.
8　"닉스"는 태초에 카오스에게서 생겨난 딸로, 대지의 여신 가이아, 지하세계의 신 타르타
　　로스, 사랑의 신 에로스, 어둠의 신 에레보스의 형제다.

〈닉스의 아이들, 힙노스와 타나토스〉(에블린 드 모건, 1883년)

못마땅해하는 일은 꺼렸기 때문에 그쯤에서 그만두었지요. 그런데도
당신은 또다시 내게 이런 난감한 일을 하라고 종용하시는군요."
　　　황소 눈의 존귀한 헤라가 말했다.
"힙노스여, 왜 지난날의 그 일을 지금 이 순간과 견주시나요?
당신은 멀리 보는 제우스가 자기 아들 헤라클레스의 일로　　　　　　265
격분했을 때처럼 진정으로 트로스인을 돕고 있다고
생각하세요? 자, 내가 젊은 카리스 여신 중에서도
당신이 늘 그리워하던 파시테아[9]를
아내로 맞이하게 해드리겠어요."
　　　헤라가 이렇게 말하자 힙노스는 기뻐하며 대답했다.　　　　　　270
"그렇다면 자, 크로노스 주변에 있는 지하세계의 모든 신이
우리의 증인이 되게, 한 손으로는 풍요로운 대지를 부여잡고
다른 한 손으로는 번쩍이는 바다를 부여잡은 채,
범접할 수 없는 스틱스강을 걸고,
당신이 젊은 카리스 여신들 중 한 명, 곧 내가 늘 열망하던　　　　　　275
파시테아를 내게 주겠다고 맹세하시죠."
　　　힙노스가 이렇게 말하자, 하얀 팔의 여신 헤라는 그 말을 거부하지
　　　　않고,
그가 지시한 대로 지하의 타르타로스에 있는 티탄 신족이라 불리는
모든 신의 이름을 불러 그들을 증인으로 삼아 맹세했다.
헤라가 맹세하기를 마치자, 두 신은 렘노스와　　　　　　280
임브로스를 떠나 자신들의 모습을
안개로 두르고 길을 재촉했다.

9　호메로스는 세 카리스 여신—에우프로시네(명랑과 유쾌), 아글라이아(빛나는 아름다움),
　　탈리아(기쁨)—에 파시테아를 더한다. 파시테아는 이완, 명상, 환각의 여신이다.

들짐승의 어머니인 샘 많은 이데산이 있는 렉톤[10]에 도착하자,

두 신은 처음으로 바다를 떠나 육지로 걸었고,

울창한 숲의 꼭대기가 그들의 발걸음 아래 흔들리고 있었다.　　　　285

잠의 신 힙노스는 제우스의 두 눈이 보기 전에 멈춰 서서

높이 솟은 전나무 위로 올라갔다. 당시 이데산에서 가장 높이 솟아 있던

이 전나무는 운무를 뚫고 하늘의 대기까지 닿아 있었다.

힙노스는 빽빽한 전나무 가지에 몸을 숨긴 채

신들은 칼키스라 부르고, 사람들은 쏙독새[11]라 부르는　　　　290

맑은 목소리를 지닌 새의 모습으로 앉아 있었다.

　　　한편 헤라는 빠른 걸음으로 높은 이데산 정상인 가르가론 봉우리

　　　　를 향했고,

구름을 모으는 제우스가 이것을 보았다.

그녀를 보자마자 제우스의 현명한 마음은 애욕에 사로잡혔다.

전에도 이 둘은 부모 몰래 사랑에 빠지고　　　　295

이렇게 애욕에 사로잡혀 처음으로 침대로 가서 몸을 섞었다.

제우스는 그녀 앞에 서서 이름을 부르며 말했다.

"헤라여, 당신은 대체 어디로 가고 싶어 말들이 모는 마차도

타지 않고 이렇게 올림포스를 내려왔소?"

　　　그러자 존귀한 헤라가 교활한 거짓말로 대답했다.　　　　300

"신들을 태어나게 한 오케아노스와 어머니 테티스를

만나러 풍요로운 대지의 끝으로 가는 중이에요.

10　렘노스섬에서 정동쪽으로 바다를 따라 직진하면, 아이톨리아의 가장 서쪽 지역인 "렉톤"
　　이 나오고, 거기서 다시 정동쪽으로 육로를 따라 직진하면 "이데산"이 나온다. 오늘날의
　　바바곶이다.

11　"쏙독새"는 야행성으로 낮에 숲속 우거진 나뭇가지에 앉아 있으면 식별하기 어려울 정도
　　로 위장술에 능하다. "칼키스"(Χαλκίς)는 '청동단지'라는 뜻으로, 이 새가 우는 소리 때문
　　에 붙은 이름으로 보인다.

두 분은 궁에서 나를 정성껏 양육하고 보살펴주셨지요.

그래서 두 분을 만나, 두 분 사이의 끊임없는 불화를

풀어드리려고 해요. 두 분은 마음속으로 서로에게 분노한 나머지   305

애정이 식어 잠자리를 안 한 지도 오래되었기 때문이에요.

나를 마른 육지와 물 있는 바다 위로 실어 나를 말들은

샘 많은 이데산 기슭에 세워놓았어요.

내가 올림포스를 내려와 여기로 온 것은 당신 때문이에요.

아무 말도 하지 않고 깊이 흐르는 오케아노스의 궁으로   310

갔다가는, 십중팔구 나중에 당신이 내게 화를 낼 것 같았거든요.”

      구름을 모으는 제우스가 대답했다.

“헤라여, 그곳이야 나중에 가도 되지 않겠소.

그러니 자, 우리가 함께 누워 사랑을 마음껏 즐겨봅시다.

여신이든 여인이든, 이토록 강렬한 사랑의 열망이   315

내 가슴을 가득 채운 적이 일찍이 없었소.

신들과 맞먹는 지략가 페이리토오스를 낳아준 익시온의 아내[12]와

사랑을 나눌 때도 이렇지 않았고, 모든 전사 중

가장 유명한 전사 페르세우스를 낳아준 아크리시오스의 딸

복사뼈 예쁜 다나에[13]와 사랑을 나눌 때도 이렇지 않았소.   320

내게 미노스와 신 같은 라다만티스를 낳아준

저 유명한 포이닉스의 딸[14]과 사랑을 나눌 때도 이렇지 않았고,

---

12 “익시온”은 라피테스인의 왕으로, 그의 아내는 테살리아에 속한 마그네시아 왕 데이오네
    우스의 공주 디아다.

13 “다나에”는 아이깁토스 왕가에 속한 아르고스 왕 아크리시오스의 공주다. 아크리시오스는
    다나에에게서 얻을 손자에게 죽임을 당한다는 신탁을 듣고 다나에를 성탑에 가두었다. 그
    러나 제우스는 황금 빗물로 변신해 지붕 틈으로 스며들어 다나에를 임신시켰고, 메두사를
    죽인 영웅 페르세우스가 태어났다.

14 제우스는 페니키아 왕 아게노르 또는 아게노르의 아들 “포이닉스”의 딸인 에우로페를 납
    치해 크레테섬으로 데려가 미노스, 라다만티스를 낳는다. 나중에 에우로페는 크레테 왕

대담한 아들 헤라클레스를 낳아준 테베의 알크메네[15]나

인간들의 기쁨 디오니소스를 낳아준 세멜레[16]와

사랑을 나눌 때도 이렇지 않았소.   325

머리를 곱게 땋은 군주 데메테르, 영광스러운 레토,

심지어 당신과 사랑을 나눌 때도 이렇지 않았소.

이렇게 지금 나는 당신을 사랑하고 달콤한 욕망에 사로잡혀 있소."

　　　존귀한 헤라가 교활한 거짓말로 대답했다.

"지극히 두려운 크로노스의 아드님이시여,   330

무슨 말씀을 하시는 거예요? 모든 것이 훤히 보이는

이 이데산 정상에서 지금 함께 누워 사랑을 나누고 싶다니요.

영원히 사는 신들 중 누군가가 우리가 함께 누워 있는 모습을 보고

모든 신에게 달려가 말하기라도 하면 어떻게 되겠어요?

그러면 비난받을 일을 한 나는 잠자리가 끝난 후   335

당신의 궁으로 다시는 돌아갈 수 없을 거예요.

하지만 그토록 원하고 내가 마음에 드신다면,

당신의 사랑하는 아들 헤파이스토스가 당신에게 지어준 방,

문설주에 튼튼한 문들을 단 방이 있잖아요.

지금 나와 잠자리를 즐기고 싶다면 거기로 가서 누우세요."   340

　　　구름을 모으는 제우스가 대답했다.

"헤라여, 신이든 인간이든 아무도 보지 못하게

내가 아주 큰 황금 구름으로 당신을 덮을 테니 걱정 마시오.

아스테리오스와 결혼했다. 미노스는 크레테의 왕이 되었고, 라다만티스는 에게해의 다른
섬으로 가 왕이 되었다.

15 "알크메네"는 아르골리스 지방 아르고스 옆에 있는 아이깁토스 왕가에 속한 티린스 왕 알
카이오스의 아들 암피트리온의 아내다. 에티오피아 왕 케페우스의 공주 안드로메다와 결
혼한 영웅 페르세우스는 알카이오스, 엘렉트리온(미케네 왕) 등을 낳는다.

16 "세멜레"는 테베 왕 카드모스의 공주이고, "디오니소스"는 주신(酒神)이다.

아무리 예리한 눈을 지닌 태양의 신 헬리오스도

그 구름을 뚫고 우리를 보지는 못할 것이오."   345

　　　크로노스의 아들은 이렇게 말하고 아내를 품에 안았다.

신성한 대지는 그들 아래에 이슬 맺힌 클로버,

크로커스, 히아신스같이 부드러운 풀이 새로 촘촘히

돋아나게 해 그들을 땅 위에서 높이 들어 올려주었다.

두 사람이 거기에 누워 아름다운 황금 구름을 두르니   350

구름에서 반짝이는 이슬이 떨어졌다.

　　　이렇게 아버지 제우스는 잠과 애욕에 굴복해 아내를 품에 안고

가르가론 봉우리에서 미동도 없이 잠들었다.

달콤한 잠의 신 힙노스는 대지를 떠받치고 뒤흔드는 신 포세이돈에게

이 소식을 알려주려고 아카이오스인의 함선 쪽으로 달려가,   355

가까이에 이르러 날개 달린 말로 전했다.

"포세이돈이여, 이제 마음 놓고 힘껏 다나오스인을 도우시오.

제우스가 자고 있는 잠시만이라도 그들에게 영광을 주시오.

내가 그의 사방에 부드럽고 깊은 잠을 덮어놓았고,

그는 헤라의 유혹에 넘어가 애욕에 사로잡힌 채 그녀와 함께 누워 있소."   360

　　　힙노스는 이렇게 말하여 포세이돈이 다나오스인을

이전보다 더 힘껏 도와줄 수 있게 한 후 유명한 인간 종족에게로 갔다.

포세이돈은 즉시 선두 대열로 뛰어 들어가 큰 소리로 외쳤다.

"아르고스인들이여, 여러분은 이번에도 또다시 프리아모스의 아들

헥토르에게 승리를 헌납해 그가 함선들을 빼앗고   365

영광을 얻도록 내버려둘 참이오? 그가 그렇게 큰소리치는 것은

아킬레우스가 마음에 분노하여 속 빈 함선들 옆에

머물러 있기 때문이오. 하지만 우리가 서로를 독려하고 돕는다면,

그의 존재를 너무 아쉬워할 필요가 없소.

그러니 자, 모두 내 말을 따라주시오.   370

〈이데산의 제우스와 헤라〉(앙투안 쿠아펠, 1700년경)

진영에서 가장 좋고 가장 큰 방패를 걸치고,

머리는 찬란히 번쩍이는 투구로 가리고,

손에는 가장 긴 창을 잡고 나아갑시다.

내가 앞장설 테니, 장담컨대 프리아모스의 아들 헥토르가

아무리 기세등등해도 이제 더 이상 버티지 못할 것이오.　　375

전투에 강한 전사들 중 작은 방패를 어깨에 걸친 사람은

그 방패를 전투에 약한 사람에게 주고 더 큰 방패로 무장하시오."

　　포세이돈이 이렇게 말하자 경청하던 이들은 시키는 대로 했다.

티데우스의 아들 디오메데스, 오디세우스, 아트레우스의 아들

아가멤논 같은 왕들은 비록 부상당했지만 직접 진영을 누비고 다니며　　380

무구를 서로 교환하게 하는 등 전열을 정비했다.

이렇게 해서 좋은 무구는 좋은 전사에게, 조금 못한 무구는 조금 못한

　전사에게 돌아갔다.

이윽고 그들은 번쩍이는 청동을 몸에 두르고 앞으로 나아갔고,

대지를 뒤흔드는 포세이돈이 다부진 손에

번개같이 생기고 날이 긴 무시무시한 칼을 들고　　385

앞장서니, 감히 그와 맞서 치열한 전투를 벌이려는 자는

하나도 없었으니,

　　한편 트로스 진영에서는 영광스러운 헥토르가 전열을 정비하고

있었다. 이때 검푸른 머리의 포세이돈이 아르고스인을 돕고,

영광스러운 헥토르가 트로스인을 돕자,　　390

전쟁의 맹렬한 격동이 더욱 거세져갔다.

거센 파도가 아르고스인의 막사와 함선을 향해

몰아치듯, 양쪽 진영은 거대한 함성과 함께 맞붙었다.

북풍의 세찬 바람에 바다에서 일어나 육지를 향해 밀려오는

파도도 이 정도로 큰 소리를 내지는 않고,　　395

산의 협곡에서 생겨나 숲으로 번지며 활활 타오르는

불길도 이 정도로 큰 소리를 내지는 않으며, 분노에 찬

거센 바람이 높이 솟은 참나무 우거진

숲을 휘몰아칠 때도 이 정도로 큰 소리를 내지는 않는다.

이렇게 무시무시한 함성을 지르며 트로스인들과   400

아카이오스인들은 서로를 향해 돌진했다.

　　　먼저 헥토르가 자기를 향해 정면으로 돌아선 아이아스에게

창을 던지니, 이 창은 빗나가지 않고 두 개의 넓은 어깨띠,

즉 방패를 멘 띠와 은징을 박은 칼을 멘 띠가

가슴 위에서 교차하는 지점에 맞았다. 하지만 두 어깨띠가   405

그의 연한 살을 지켜주었다. 헥토르는 손에서 날아간 빠른 창이

한 점의 상처도 내지 못하자 분노가 치밀었으나

죽음의 운명을 피하려고 전우들의 무리 속으로 다시 물러났다.

하지만 돌아가는 그를 향해 텔라몬의 아들 큰 아이아스가 큰 돌을 던졌다.

빠른 함선을 받쳐놓는 용도로 사용된 큰 돌들이 전사들의   410

발 사이에서 굴러다녔는데, 아이아스는 그중 하나를 번쩍 들더니

헥토르가 들고 있던 방패 테두리 너머로 던져 목 근처 가슴을 맞혔다.

그 부위에 큰 돌을 맞은 헥토르는 팽이처럼 빙그르 돌았다.

아버지 제우스가 벼락을 쳐서 참나무를 때리면, 뿌리째 쓰러지며

나무에서 무시무시한 유황 냄새가 나는데,   415

가까이에서 이 광경을 본 사람은 용기를 가질 수 없게 된다.

그 정도로 위대한 제우스가 던지는 벼락은 사람이 감당하기 어렵다.

바로 그렇게 강력한 헥토르는 이내 땅 위 먼지 속으로 쓰러졌다.

손에서 창이 미끄러지고, 방패와 투구마저 그의 몸 위로 쏟아지니

주위에서는 청동으로 정교하게 만든 무구들이   420

요란한 소리를 냈다. 그러자 아카이오스인의 아들들이 헥토르를

자기 진영으로 끌고 갈 수 있으리라고 생각해 큰 함성과 함께 달려나와

창을 빗발치듯 던졌다. 하지만 아무도 백성의 목자 헥토르를

맞히거나 부상 입힐 수 없었다. 그러기 전에 이미 폴리다마스,
아이네이아스, 고귀한 아게노르, 리키아인의 지휘관 사르페돈,
흠 잡을 데 없이 훌륭한 글라우코스 같은 장수들이 달려 나와 헥토르를   425
둘러쌌기 때문이다. 또한 헥토르에게 마음을 쓰지 않는 자가
아무도 없었으니, 그들은 모두 자신의 둥근 방패로 헥토르 앞을 둘러쳤다.
그러자 전우들이 그를 손으로 들어 올려 접전의 현장에서 데리고 나가,
그는 빠른 말들이 있는 곳에 도착했다.   430
전투와 전장 뒤쪽에서 마부와 정교하게 만든 전차와 함께
그를 기다리며 서 있던 말들은 몹시 신음하는 그를 성 쪽으로 싣고 갔다.
        불멸의 제우스가 낳았고 소용돌이치며 아름답게 흐르는
크산토스강의 한 나루터에 도착하자,
그들은 헥토르를 전차에서 들어 땅 위에 내려놓고   435
그에게 물을 끼얹었다. 그는 깨어나 눈을 뜨고 바라보더니
무릎을 꿇고 앉아 검은 피를 토해내기 시작했다. 그런 후 다시
뒤로 쓰러져 땅 위에 누웠고, 검은 밤이 그의 두 눈을 뒤덮었다.
돌에 맞은 그는 아직 정신이 제대로 돌아오지 못했다.
        아르고스인들은 헥토르가 전장에서 떠나가는 모습을 보고   440
전의를 끌어올려 트로스인을 향해 더 거세게 달려들었다.
이때 가장 먼저 오일레우스의 아들인 민첩한 아이아스가
에놉스의 아들 사트니오스에게 달려들어 날카로운 창으로
그를 찔러 부상을 입혔다. 그는 흠 잡을 데 없이 훌륭한 물의 요정이
사트니오에이스 강둑에서 가축을 치던 에놉스에게 낳아준 아들이었다.   445
창술로 유명한 오일레우스의 아들이 그에게 다가가
옆구리를 찌르자, 사트니오에이스가 쓰러졌고,
양쪽 진영은 그를 둘러싸고 치열한 접전을 벌였다.
그를 도우러 온 판토오스의 아들 창을 휘두르는 폴리다마스가
창을 던져 아레일리코스의 아들 프로토에노르의   450

〈부상을 입고 크산토스강으로 옮겨진 헥토르〉(자크 가믈랭, 연대 미상)

오른쪽 어깨를 맞혔다. 단단한 창이 어깨를 뚫고 들어가자

프로토에노르는 먼지 속으로 쓰러져 손바닥으로 흙을 움켜쥐었다.

기고만장한 폴리다마스가 크게 소리쳤다.

"판토오스의 기개 있는 아들의 다부진 손에서

날아간 창은 이번에도 빗나가지 않고   455

아르고스인 중 누군가가 몸으로 받았으니,

그는 그 창을 지팡이 삼아 하데스의 집으로 내려가겠구나."

　　　폴리다마스가 이렇게 말하자 그 기고만장하는 모습이 아르고스인

　　　　에게 고통을 안겨주었고,

특히 텔라몬의 아들 현명한 아이아스가 가장 분개했다.

프로토에노르가 지척에서 쓰러졌기 때문이다.   460

곧바로 아이아스는 물러나는 폴리다마스를 향해 번쩍이는 창을

던졌다. 폴리다마스는 재빨리 옆으로 비켜나 검은 죽음의 운명을

피했지만, 안테노르의 아들 아르켈로코스가 그 창을 받았다.

그가 죽는 것이 신들의 뜻이었기 때문이다.

아이아스가 던진 창은 그의 머리와 목을 잇는 부분,   465

곧 척추의 끝부분에 맞았고, 두 개의 힘줄이 다 끊어졌다.

그래서 그가 쓰러질 때, 머리와 입과 코가 정강이와 무릎보다

훨씬 더 먼저 땅에 떨어졌다. 이번에는 아이아스가 흠 잡을 데 없이

훌륭한 폴리다마스를 향해 들으라고 크게 소리쳤다.

"폴리다마스, 이자의 죽음이 과연 프로토에노르의 죽음보다   470

가치 없는지 거짓 없이 내게 고하라. 내가 보니

이자는 비천한 신분이거나 비천한 자의 자식이 아니라

말 길들이는 안테노르의 형제이거나 아들임이 틀림없다.

이자가 그 가문의 사람을 빼닮았기에 하는 말이다."

　　　아이아스가 뻔히 다 알면서도 이런 식으로 말하자, 고통이   475

트로스인의 마음을 움켜쥐었다. 이때 아카마스가 죽은 형 아르켈로코

스를 지키고 있다가,

형의 발을 잡고 끌고 가려 하는 보이오티아인 프로마코스를

창으로 찔러 쓰러뜨린 후 기고만장해 크게 소리쳤다.

"허풍 떠는 데 질리지도 않는 가련한 아르고스인들이여,

우리만 이런 곤욕과 재앙을 겪을 줄 아느냐?   480

언젠가 너희도 이런 식으로 죽게 될 것이다.

똑똑히 보라, 너희의 프로마코스가 내 창에 쓰러져 자고 있는 꼴을.

내가 형의 핏값으로 곧 받아냈다.

이래서 사람들이 자신의 복수를 해줄 혈육이

가문에 남아 있게 해달라고 신께 기도하는 것이다."   485

아카마스가 이렇게 말하자 그 기고만장함이 아르고스인에게

고통을 안겨주었고, 특히 현명한 페넬레오스가 가장 크게 분개했다.

그는 아카마스를 향해 돌진했다. 하지만 아카마스가 페넬레오스왕의

공격을 기다려주지 않았기 때문에, 페넬레오스는 포르바스의 아들

일리오네우스를 찔렀다. 포르바스에게는 양 떼가 많았는데,   490

헤르메스가 트로스인 중에 그를 가장 아껴 부자로

만들어주었기 때문이다. 하지만 어머니는 그에게 일리오네우스라는

아들 하나만 낳아주었다. 이때 페넬레오스는 그의 눈썹 아래 눈

가장 아래쪽을 창으로 찔러 눈알을 빼버렸다. 창이 눈을 관통해

뒤통수로 빠져나오자, 그는 두 손으로 허우적거리며 주저앉았다.   495

그러자 페넬레오스가 번쩍이는 칼을 뽑아

그의 목을 한 번에 베어내니

머리가 투구를 쓴 채로 땅에 떨어졌는데, 눈에는 여전히

튼튼한 창이 박혀 있었다. 페넬레오스는 그의 머리를 양귀비 머리처럼

집어 들어 트로스인에게 보여주며 의기양양하게 말했다.   500

"트로스인들이여, 아카이오스인 장정들이 함선을 타고 트로이아를 떠나

귀향할 때, 알레게노르의 아들 프로마코스의 아내가

사랑하는 남편의 귀향을 기뻐할 수 없게 되었으니,

훌륭한 일리오네우스의 사랑하는 아버지와

어머니에게도 그들의 집에서 애곡하라고 전하라."   505

　　　페넬레오스가 이렇게 말하자 트로스인들은 모두 사지를 부들부들

　　　　떨며,

각자 갑작스러운 죽음을 피할 길을 찾으려고 사방을 두리번거렸다.

　　　올림포스에 사는 무사 여신들이시여, 대지를 뒤흔드는 유명한

포세이돈이 전세를 역전시킨 후, 아카이오스인 중 누가 가장 먼저

적을 죽이고 전리품을 얻었는지 이제 제게 말해주소서.   510

가장 먼저 텔라몬의 아들 아이아스가 기르티오스의 아들이자

대담한 미시아인의 지휘관이었던 히르티오스를 죽였다.

안틸로코스는 팔케스와 메르메로스를 죽였고,

메리오네스는 모리스와 히포티온[17]을 죽였으며,

테우크로스는 프로토온과 페리페테스를 죽였다.   515

그런 후 아트레우스의 아들은 백성의 목자인

히페레노르의 옆구리를 찔렀다. 날선 청동이 옆구리를 찢어발겨

내장이 쏟아져 나오자 찢긴 상처를 통해 혼이

신속하게 빠져나갔고, 어둠이 두 눈을 뒤덮었다.

오일레우스의 아들인 민첩한 아이아스가 가장 많은 적을 죽였다.   520

제우스가 두려움을 불러일으켰을 때, 도망치는 적들을 발로

추격하는 데 아이아스만 한 자가 없었기 때문이다.

17　처음에 아스카니아에서 프리기아인을 이끌고 온 지휘관은 포르키스와 아스카니오스였
　　고, "히포티온"과 그의 아들 모리스는 그들과 교대하기 위해 온 지 얼마 안 된 지휘관이
　　었다.

제15권 ⦿ 트로이아군의 대반격

이렇게 해서 트로스인은 말뚝과 해자를 건너

도망치다가 다수가 다나오스인의 손에 쓰러졌다.

살아남은 자들은 해자 옆에 세워둔 전차 옆에 머물기는 했지만,

겁에 질려 창백한 모습으로 서 있었다. 이때 제우스가

이데산 정상 황금 옥좌의 헤라 옆에서 깨어났다.　　　　　5

벌떡 일어서서 트로스인과 아카이오스인을 보니,

트로스인은 쫓기고, 아르고스인은 함성을 지르며 뒤쫓고 있는데,

아르고스인 사이에는 군주 포세이돈도 있었다.

헥토르가 들판에 누워 있는 것도 보였다. 그의 주위에는 전우들이 앉아

있었고, 그는 정신이 혼미한 가운데 고통스럽게 가쁜 숨을 몰아쉬며　　10

피를 토해내고 있었다. 아카이오스인 중 가장 약한 자에게 맞은 게

아니었기 때문이다. 헥토르의 그런 모습을 본 인간들과 신들의 아버지는

불쌍한 마음이 들어 헤라를 무섭게 노려보며 말했다.

"대책 없는 헤라여, 영웅 헥토르를 쓰러뜨리고,

트로이아의 전사들을 공포에 떨며 달아나게 한 것은 당신의 교활한　　15

흉계임이 분명하오. 이번에도 내 채찍이 당신을 치면, 그 흉계의 대가를

당신이 먼저 치르게 될 것이오. 내가 당신을 하늘 높이 매달아놓았던 일을

잊었단 말이오? 그때 나는 당신의 양쪽 발에

각각 하나씩 모루[1]를 달았고, 손은 절대로 끊을 수 없는 황금 사슬로
묶었잖소. 당신은 그런 모습으로 하늘의 대기 속 구름 가운데   20
매달려 있었고, 신들은 높은 올림포스에서 내려다보며 분노로
가득했지만, 감히 다가와 당신을 풀어줄 수 없었소.
그러다가 내게 잡히면 올림포스 입구에서 땅으로 내동댕이쳐져
박살 났을 테니까. 그런데도 신 같은 헤라클레스로 인한
내 마음의 고통은 그치지 않고 지속되었소. 당신이 흉계를 꾸며   25
북풍과 함께 폭풍을 설득해 헤라클레스를 불모의 바다 위에서
표류하게 하고, 그런 후 그를 사람들이 많이 사는 코스섬으로
떠내려가게 했기 때문이오. 내가 그를 거기에서 구해내어
말들이 풀을 뜯는 아르고스로 다시 데려가긴 했지만,
그는 이미 많은 고초를 겪고 말았소. 내가 그 일을 또다시 당신에게   30
상기시키는 이유가 있소. 먼저는 속이는 일을 그만두게 하려는 것이고,
다음으로는 당신이 신들을 떠나와 나를 속이고 나와 동침했지만,
그런 정욕과 잠자리가 당신의 뜻을 이루는 데 아무 도움이 되지 않음을
　　알게 해주려는 것이오."
　　　　제우스가 이렇게 말하자 황소 눈의 존귀한 헤라는
두려워 떨며 날개 달린 말로 대답했다.   35
"그렇게 말씀하신다면, 축복받은 신들이 맹세할 때
가장 크고 가장 두려워하는 증인들, 곧 대지와 위에 있는 드넓은 하늘과
아래에서 흐르는 스틱스 강물이 증인이 되게 해주세요.
당신의 거룩한 머리와 우리 둘의 잠자리도 증인이 되게 해주세요.
부부의 잠자리를 걸고 거짓 맹세를 하지는 않을 테니까요.   40
대지를 뒤흔드는 포세이돈이 트로스인과 헥토르를 곤경에 빠뜨리고
아카이오스인을 돕는 것은 내가 시킨 일이 아니에요.

1　대장간에서 쇠를 올려놓고 두드릴 때 받침으로 사용하는 쇳덩이다.

아카이오스인들이 함선 옆에서 힘겹게 싸우는 모습을 보고
연민을 느낀 그의 마음이 스스로 움직여 한 일일 거예요.
도리어 나는 그에게 당신이 이끄는 대로 하라고   45
권유하고 싶은걸요, 검은 구름을 몰고 다니는 이시여."
              헤라가 이렇게 말하자 인간들과 신들의 아버지는 웃으며
날개 달린 말로 그녀에게 말했다.
"황소 눈의 존귀한 헤라여, 이후로 우리가 불멸의 신들과
함께 있을 때, 당신이 언제나 나와 생각을 같이한다면,   50
포세이돈이 아무리 나와 다르게 행동하고 싶어도
이내 마음을 바꿔 당신과 나의 뜻을 따르게 될 것이오.
당신이 지금 한 말이 진심이라면,
당장 신들의 종족들에게로 가서 이리스와
신궁 아폴론을 이곳으로 오라고 하시오.   55
이리스에게는 청동 갑옷 입은 아카이오스인의 진영으로
가서 군주 포세이돈에게 싸움을 그치고 집으로
돌아가라는 말을 전하게 할 작정이오.
포이보스 아폴론에게는 한편으로는 헥토르에게 다시 힘을
불어넣고, 지금 그의 마음을 짓누르는 고통을   60
잊게 해주어 떨쳐 일어나 전장으로 나아가게 하고,
다른 한편으로는 아카이오스인들이 힘없이 패하여 다시 돌아서서
도망치다가, 펠레우스의 아들 아킬레우스의 노 많이 달린
함선들 사이에서 쓰러지게 하라고 할 작정이오. 그러면 아킬레우스는
전우인 파트로클로스를 내세울 테고, 파트로클로스는   65
내 아들 고귀한 사르페돈을 비롯해 트로이아군의 많은 장정을
죽인 후 일리오스 앞에서 영광스러운 헥토르의 창에 죽게 될 것이오.
그러면 고귀한 아킬레우스가 파트로클로스의 죽음에 분노해 헥토르를
죽이게 될 것이오. 그때부터 나는 이번에는

트로스인이 함선들이 있는 곳에서부터 쫓기고 쫓겨,　　　　　　　　　70
결국 높고 가파른 일리오스가 아테나의 계책을 따라 아카이오스인에게
함락되게 할 참이오. 따라서 그전에는 아카이오스인에 대한 내 분노를
거두지 않고, 불멸의 신들 중 누군가가 다나오스인을 돕는 일도
용납하지 않을 참이오. 이렇게 해서 여신 테티스가 내 무릎을 부여잡고
성을 함락시키는 자 아킬레우스의 명예를 세워달라고 간청하던 날　　　75
내가 처음에는 말로 약속하고 다음에는 머리를 끄덕여 다짐한 대로,
나는 펠레우스의 아들이 소원하는 바를 이루어줄 것이오.”

　　　　제우스가 이렇게 말하자 하얀 팔의 여신 헤라는 그의 말을
거역하지 않고 이데산을 떠나 높은 올림포스로 갔다.
많은 나라를 다녀본 사람은 이곳이 살기에 좋을지　　　　　　　　　80
저곳이 살기에 좋을지 현명한 마음으로 생각하다 보면,
셀 수 없는 생각들이 마음속을 화살처럼 스쳐 지나가듯
바로 그렇게 존귀한 헤라는 온 힘을 다해 쏜살같이 날아갔다.
높고 가파른 올림포스에 도착하자 그녀는 제우스의 궁에
모여 있는 불멸의 신들에게로 나아갔다. 그녀를 본 신들은　　　　　85
자리에서 즉시 일어나 술잔을 들어 환영의 뜻을 표시했다.
그녀는 다른 잔들은 놓아두고, 뺨 예쁜 테미스[2]의 잔을 받아들었으니,
테미스가 가장 먼저 그녀를 맞으러 달려 나왔기 때문이다.
테미스는 헤라에게 날개 달린 말로 물었다.
“헤라여, 무슨 일로 오셨나요? 두려움에 얼이 빠진 걸 보니,　　　　90
남편인 크로노스의 아드님께서 겁을 주신 게 분명하네요.”

　　　　하얀 팔의 여신 헤라가 대답했다.

2　“테미스”는 하늘의 신 우라노스와 대지의 여신 까이아 사이에서 태어난 티탄 신족 열두 신
　　중 하나이자 율법의 신이다. 앞날을 예견하는 능력과 지혜를 지녔으며, 두 눈을 가리고 양
　　손에 심판의 저울과 칼을 들고 있는 모습으로 묘사된다.

〈정의의 알레고리, 테미스〉(마르첼로 바차렐리 학교, 18세기)

"테미스 여신이여, 그 점에 대해서는 꼬치꼬치 묻지 마세요.

그이의 마음이 얼마나 거만하고 무례한지는 당신도 잘 알잖아요.

그러니 당신도 다른 신들처럼 연회나 즐기세요.

그러다 보면 모든 불멸의 신과 함께 당신도 제우스가 어떤 악행을

계획하고 있는지 듣게 될 거예요. 그 얘기를 들으면

인간이든 신이든 아무도 마음이 즐겁지 않게 되겠죠.

혹시 아직도 즐거운 마음으로 연회를 즐기는 분이 있다면 말이죠."

    존귀한 헤라가 이렇게 말하고 자리에 앉자

제우스의 궁에 있던 신들은 침통해졌다. 헤라는 입술에는

미소를 머금었으나 검은 눈썹 사이로는 분노가 서려 있었다.

    헤라는 분개하며 모든 신에게 말했다.

"제우스에게 뭔가를 해보려 하는 우리는 다 어리석은 짓만 하는

바보들이에요. 우리는 여전히 그에게 더 가까이 가서

말이나 힘으로 어떻게든 말려보려 하지만,

그는 자기 혼자 앉아서는 우리를 아랑곳하지 않고 거들떠보지도 않아요.

자기가 불멸의 신들 중 용기와 힘에서 단연 최고라고 생각하기 때문이죠.

그러니 그이가 여러분 각자에게 어떤 부당한 일을 하더라도 참으세요.

아레스는 이미 고통을 겪고 있는 것 같아요.

강력한 그가 인간들 중에서 가장 아끼는 아들

아스칼라포스가 이 전쟁에서 죽었기 때문이죠."

    헤라가 이렇게 말하자, 아레스는 강인한 넓적다리를

손바닥으로 치며 울분에 차서 말했다.

"올림포스에 사는 여러분, 이제 나는 제우스의 벼락에 맞아

다른 시신과 함께 피와 먼지 속에 눕는

운명을 맞이하더라도 아카이오스인의 함선으로 가서

죽은 내 아들의 원수를 갚을 테니 내게 화내지 마시오."

    아레스는 이렇게 말하고 공포의 신 데이모스와 패주의 신

포보스에게 지시해 전차를 준비시키고, 자신은 번쩍이는 무구를   120
갖추었다. 이렇게 해서 다시 한번 더 크고 더 고통스러운
제우스의 앙갚음과 진노가 불멸의 신들에게 떨어지게
되었지만, 모든 불멸의 신을 몹시 걱정한 아테나가
앉아 있던 자리에서 일어나 문 밖으로 나가
아레스의 머리에서는 투구를, 어깨에서는 방패를 벗기고,   125
다부진 손에서는 청동 창을 빼앗아 세워둔 다음,
분노에 사로잡혀 광분하는 아레스를 말로 꾸짖었다.
"광기에 사로잡힌 자여, 죽음을 자초하려 하오? 당신은 지금
자기 귀로 똑똑히 듣고도 정신을 못 차리고 수치심도 없군요.
올림포스의 주인이신 제우스에게서 방금 돌아온   130
하얀 팔의 여신 헤라께서 하신 말씀을 못 들었단 말이오?
당신은 울분을 못 참고 분풀이를 실컷 하고 나서 올림포스로
다시 돌아오면 그뿐이고, 그 일이 다른 모든 신에게 큰 재앙의 씨가
된다는 것은 생각지 못하는 것이오?
제우스께서는 즉시 기개 넘치는 트로스인과 아카이오스인을   135
떠나 올림포스로 와서 한바탕 큰 소동을 일으키고
잘못이 있든 없든 우리 모두를 차례차례 손볼 게 뻔하오.
그러니 부탁컨대 훌륭한 아들로 인한 분노를 버리시오.
힘과 무예에서 그보다 더 뛰어난 많은 사람이 이미 쓰러졌고,
앞으로도 쓰러질 것이오. 모든 사람의   140
가문과 자손을 구하기는 어려운 일이오."
          아테나는 이렇게 말하며 분노에 사로잡혀 광분하는
아레스를 자리에 앉혔다. 한편 헤라는 아폴론과
불멸의 신들의 전령인 이리스를 궁 밖으로 불러내
날개 달린 말로 그들에게 전했다.   145
"제우스께서 두 분에게 가장 신속하게 이데산으로 오라고

지시하셨어요. 그러니 당신 둘은 거기로 가서 제우스의 얼굴을 뵙고,

그분이 지시하는 일을 하세요."

　　　존귀한 헤라는 이렇게 말하고 다시 안으로 들어가

자리에 앉았고, 아폴론과 이리스는 쏜살같이 날아갔다.　　　　　　　150

그들은 들짐승의 어머니인 샘 많은 이데산에 도착해,

멀리 보는 크로노스의 아들이 가르가론 꼭대기에 앉아 있는 것을

발견했다. 향기로운 구름이 주위를 감싸고 있었다.

그들은 구름을 모으는 자 제우스 앞으로 가서 섰고,

제우스는 그들이 자신의 사랑하는 아내의 말을 듣고　　　　　　　　　155

신속하게 온 것을 보고 그들에게 화내지 않았다.

제우스는 먼저 이리스에게 날개 달린 말로 명했다.

"빠른 이리스여, 군주 포세이돈에게 신속히 가서

내 말을 모두 전하고, 거짓을 전하는 자가 되지 마라.

그에게 이제 전투와 전쟁을 그치고, 신의 종족들에게로　　　　　　　160

가서 합류하든지, 신성한 바다 속으로 가라고 전해라.

그가 내 말을 무시하고 들으려 하지 않는 경우에는,

내가 그보다 훨씬 힘이 세고 나이도 많으니,

그가 아무리 강력하다고 해도 내 공격을 버텨내기 어려울 테고,

다른 신들은 나와 맞먹으려는 엄두도 내지 못하는데,　　　　　　　　165

그는 감히 나와 맞먹으려 하는 것인지

마음속으로 깊이 숙고하라고 전해라."

　　　제우스가 이렇게 말하자, 바람처럼 빠른 이리스는

거역하지 않고 이데산에서 내려와 신성한 일리오스로 갔다.

하늘의 대기에서 태어난 북풍의 거센 숨에　　　　　　　　　　　　170

눈이나 차가운 우박이 구름으로부터 날아오는 듯이,

그렇게 신속한 이리스는 온 힘을 다해 허공을 가르며 내달렸다.

이리스 여신은 대지를 뒤흔드는 유명한 신 포세이돈에게 다가가 말했다.

〈이리스와 제우스〉(미셸 코르네유 2세, 1701년)

"대지를 떠받치는 검푸른 머리의 신이시여, 아이기스 방패를 지닌
제우스께서 보내신 전갈을 가지고 여기로 왔습니다.   175
그분은 당신에게 전투와 전쟁을 그치고 신의 종족들에게로
가서 합류하든지, 신성한 바닷속으로 가라고 지시하셨습니다.
당신이 그분의 말씀을 복종하지 않고 무시하는 경우에는,
당신과 맞서 싸우기 위해 여기로 오겠다고 경고하셨습니다.
그리고 그분이 당신보다 훨씬 힘이 세고 나이도 많으니,   180
다른 신들은 그분과 맞먹으려는 엄두도 내지 못하는데,
당신은 감히 맞먹으려 한다고 하시면서
그분의 손을 피하는 것이 상책이라고 하셨습니다."
        대지를 뒤흔드는 유명한 신 포세이돈이 전령에게 노하며 말했다.
"아니, 그가 아무리 강하다 한들 이렇게 거만할 수가!   185
그와 나는 동등한데 힘을 사용해 나를 강압적으로 누르려 하다니.
우리, 그러니까 제우스와 나 그리고 지하세계에 있는 자들을
다스리는 셋째 하데스는 레아께서 크로노스에게 낳아주신 삼형제요.
우리는 모든 것을 셋으로 나누어 각자 한 곳을 다스리게 되었소.
우리가 제비를 흔들어 뽑던 날, 나는 잿빛 바다를 영원한 거처로   190
얻었고, 하데스는 침침하고 어두운 지하세계를 얻었으며,
제우스는 대기와 구름이 있는 드넓은 하늘을 얻었던 것이오.
하지만 대지와 높은 올림포스는 여전히 우리 모두의 공유물이오.
따라서 나는 제우스의 생각대로 하지 않을 테니,
그가 아무리 강하다고 해도 제비를 뽑아 세 번째로 자기에게   195
주어진 곳에서 조용히 살아가야지 나를 겁쟁이 취급하며
무력으로 겁박해서는 안 될 일이오. 무서운 말로 겁박하는 일은
그가 낳은 딸들과 아들들에게나 하라지.
그가 뭐라고 하든 그들은 어쩔 수 없이 들어야 할 테니."
        바람처럼 빠른 이리스가 대답했다.   200

〈헤라와 포세이돈을 꾸짖는 제우스〉(크리스핀 반 데 파스, 1613년)

"대지를 떠받치는 검푸른 머리의 신이시여, 거칠고 뻣뻣한 당신의

대답을 있는 그대로 제우스께 전할까요, 아니면 마음을 바꾸시겠어요?

선량한 이의 마음은 고분고분한 법입니다. 잘 알다시피

복수의 여신들인 에리니스는 언제나 연장자를 돕지요."

　　　대지를 뒤흔드는 자 포세이돈이 대답했다.　　　　　　　　　205

"이리스 여신이여, 사실 당신의 말이 이치에 맞소.

전령이 이처럼 지혜로운 것은 참으로 다행이오.

나는 그와 동등하고 몫도 똑같이 분배받았는데도,

그런 나를 그가 화난 말로 질책하려고 할 때마다

내 마음과 심정은 몹시 괴롭소.　　　　　　　　　　　　　　　210

이번에도 분노가 치밀지만 한 걸음 물러서리다.

하지만 이것 하나만은 그대에게 말하고

진심으로 경고해두겠소. 만일 나와 전리품을 가져다주는 자 아테나,

헤라, 헤르메스, 군주 헤파이스토스의 뜻을 무시하고,

제우스가 높고 가파른 일리오스를 아껴 초토화하지 않거나　　　215

아르고스인에게 대승을 안겨주지 않는다면,

우리의 분노는 돌이킬 수 없게 된다는 사실을 알아야 하오."

　　　대지를 뒤흔드는 자 포세이돈은 이렇게 말한 다음 아카이오스인

　　　　을 떠나

바다로 가서 그 속으로 들어갔고, 아카이오스의 영웅들은 아쉬워했다.

이때 구름을 모으는 자 제우스가 아폴론에게 말했다.　　　　　220

"사랑하는 아폴론아, 대지를 떠받치고 뒤흔드는 자가

우리의 맹렬한 분노를 피해 신성한 바닷속으로 들어갔으니,

이제 청동으로 무장한 헥토르에게 가거라.

포세이돈이 그리 않았다면, 다른 신들, 심지어 크로노스 주위에 있는

지하세계의 신들까지 나와 그가 싸우는 소리를 듣게 되었을 것이다.　　225

그가 분노를 억누르고 미리 내 손을 피해 물러났으니

이는 나에게나 그에게나 정말 잘된 일이다. 그렇게 하지 않았다면,

그를 물러나게 하면서 내가 진땀을 뺐을 것이다.

그러니 너는 술 달린 아이기스 방패를 손에 들고

세게 흔들어 아카이오스인 영웅들로 겁먹고　　　　　　　　230

도망치게 해라. 멀리 쏘는 자여, 너는 영광스러운 헥토르를

보살펴, 아카이오스인들이 도망쳐 함선과 헬레스폰토스에

이를 때까지 그에게 큰 용기를 불러일으켜라.

그런 후에는 내가 직접 일과 말을 궁리해내어 아카이오스인들이

궁지에서 벗어나 다시 숨 돌릴 수 있게 하겠다.”　　　　　　235

　　　제우스가 이렇게 말하자, 아폴론은 아버지의 말을

거역하지 않고 이데산에서 내려가니 그 모습이 비둘기 잡는

날쌘 매, 날짐승 가운데 가장 빠른 매 같았다.

아폴론은 현명한 프리아모스의 아들 고귀한 헥토르가 앉아 있는 것을

발견했다. 헥토르는 이제 누워 있지 않았고 정신도 돌아와　　240

자기를 둘러싼 전우들을 알아보았다. 더는 가쁜 숨을 몰아쉬지

않고 땀도 흘리지 않았다. 아이기스 방패를 지닌 제우스의 뜻이 이미 그를

일으켜 세웠기 때문이다. 멀리 쏘는 아폴론이 그에게 다가가 말했다.

“프리아모스의 아들 헥토르여, 어째서 그대는 다른 사람들과 떨어져

힘없이 앉아 있는가? 무슨 문제라도 생겼는가?”　　　　　　245

　　　번쩍이는 투구의 헥토르가 기운이 하나도 없는 목소리로 대답했다.

“지극히 용맹한 분이시여, 당신은 신들 중 누구시기에

이렇게 대면하여 내게 물으십니까? 아카이오스인들의 함선 꼬리 옆에서

함성 소리 우렁찬 아이아스가 그의 전우들을 죽이고 있던 내게 다가와

가슴을 큰 돌로 쳐서 투지를 꺾어놓은 일을 알지 못하십니까?　　250

오늘 저는 영락없이 죽은 자들이 있는 하데스의 집으로

가는 줄 알았습니다. 숨이 끊어질 뻔했으니까요.”

　　　멀리 쏘는 군주 아폴론이 말했다.

"이제 힘을 내라. 크로노스의 아드님께서
전부터 그대와 높고 가파른 성을 지켜주던 황금 칼의   255
조력자 포이보스 아폴론을 이데산에서 보내
그대 옆에 있으면서 그대를 돕고 지켜주라 하셨다.
그러니 자, 지금 수많은 전사에게 빠른 전차를 몰아
속 빈 함선들로 진격하라고 명령하라.
나는 그들 앞에 가서 전차들이 갈 모든 길을 닦아놓고,   260
아카이오스인 영웅들로 등 돌려 도망치게 하겠다."
          아폴론은 이렇게 말하고, 백성의 목자에게 큰 용기를 불어넣었다.
마구간에 매여 있던 말이 구유에서 배부르게 먹고
매여 있던 끈에서 풀려나 맑은 강물에서 몸을 씻은 말이,
제 위용을 자랑하듯 머리를 치켜들고   265
어깨의 갈기를 바람에 날리며 의기양양하게
발굽 소리 울리며 들판을 달릴 때면, 다른 말들이
무리 지어 풀을 뜯는 초원을 향해 가벼운 걸음으로 달려간다.
바로 그렇게 신의 음성을 들은 헥토르는 경쾌하게   270
발과 무릎을 움직이며 전차병들을 독려했다.
개들과 사람들이 뿔 달린 사슴이나 야생 염소를 몰아가더라도,
높고 가파른 바위와 우거진 숲이 나타나
그 짐승은 목숨을 구하고,
결국 사람들은 그 짐승을 잡지 못하며,   275
게다가 고함 소리를 듣고 수염 난 사자라도 길에 나타나면,
사람들은 즉시 혼비백산해 달아나버린다.
바로 그렇게 다나오스인들은 대열을 흩트리지 않고
칼과 양날의 창으로 찌르기를 계속했지만,
헥토르가 전사들의 대열을 차례로 무너뜨리는 광경을 보고는   280
모두 두려워하면서 사기가 발아래로 떨어졌다.

그들을 향해 안드라이몬의 아들 토아스가 말했다.

토아스는 아이톨리아의 최고 용사로서,

창술과 근접전 모두에 능했으며, 회의할 때 논쟁과

말솜씨에서 아카이오스인들 중에 그를 이길 자가 드물었다.

그는 그들 가운데서 좋은 뜻으로 발언했다.   285

"아, 맙소사, 나는 큰 기적을 이 두 눈으로 보고 있소이다.

헥토르가 이번에도 죽음의 운명에서 벗어나 또다시 일어섰소.

진정 우리는 그가 텔라몬의 아들 아이아스의 손에

죽었기를 각자 마음속으로 간절히 바랐소.

하지만 신들 중 누군가가 또다시 그를 보호하고 구해주었구려.   290

많은 다나오스인의 무릎을 풀어버린 헥토르가 이제 또다시

그렇게 할 듯싶소. 크게 천둥을 울리는 제우스께서 함께하시지 않는다면

그가 이렇게 기세등등하게 선두에 서 있을 리 만무하잖소.

그러니 자, 모두 내 말대로 합시다.

군사의 대부분을 함선들 쪽으로 물리도록 명령하고,   295

우리 진영에서 가장 용감하다고 자부하는 장수들은

창을 들고 이 자리에 버티고 서서, 먼저 헥토르를 상대하여

그를 저지합시다. 아무리 기세등등한 그라도

다나오스인의 무리 속으로 뛰어들 엄두를 내지 못할 것이오."

      토아스가 이렇게 말하자, 경청하고 있던 그들은 그의 말을 따랐다.   300

이렇게 해서 아이아스, 이도메네우스왕,

테우크로스, 메리오네스, 아레스와 맞먹는 메게스 주위에 있던 자들은

헥토르와 트로스인들을 상대로 맞서 싸우기 위해

장수들을 부르며 전열을 정비했고,

그들 뒤쪽에 있던 많은 군사는 아카이오스인 함선들 쪽으로 물러났다.   305

      이때 트로스인들은 한 무리를 지어 전진했고, 헥토르가 앞장서서

            큰 보폭으로 나아갔다.

헥토르 앞에서는 포이보스 아폴론이 어깨에 구름을 걸친 채
생가죽 털이 수북하게 나 있고 찬란하게 번쩍이는 무시무시한 아이기
  스 방패를 들고 기세등등하게 나아갔다.
원래 이 방패는 대장장이 헤파이스토스가 들고 다니며 전사들에게
겁주어 도망치게 하는 데 사용하라고 제우스에게 만들어주었는데,   310
아폴론이 바로 그 방패를 손에 들고 트로이아군을 이끌고 있었다.
        아르고스인들도 한 무리를 이루어 그들을 기다리며 버티고 섰다.
양쪽 진영에서 날카로운 함성이 일었고, 화살들이 시위를 떠났다.
사기충천한 손에서 떠난 많은 창 중 일부는 전투에 민첩한
장정들의 살에 박히기도 했지만, 대부분은 흰 살에 닿기 전에   315
양쪽 진영의 중간에 떨어져 땅에 박히며
살을 포식하지 못함을 아쉬워했다. 포이보스 아폴론이
아이기스 방패를 움직이지 않고 손에 들고 있는 동안에는
양쪽 진영에서 던지고 쏘는 창과 활에 맞아 두 진영의 군사들이 쓰러졌다.
그러나 아폴론이 빠른 말들을 가진 다나오스인들을 정면으로 바라보고   320
아이기스 방패를 흔들며 엄청나게 큰 고함을
질러 가슴속의 혼을 쏙 빼놓자 그들은 전의를 잊었다.
맹수 두 마리가 캄캄한 밤에 목자 없는 소 떼나
많은 양 떼를 갑자기 습격하면 대혼란이 일어나듯,
바로 그렇게 아카이오스인들은 겁에 질려   325
무기력하게 도망쳤으니, 아폴론이 그들 가운데 공포를 보내고,
트로스인과 헥토르에게는 영광을 보냈기 때문이다.
        마침내 전열이 무너지면서 전사들이 일대일로 죽이는 육박전이
           시작되었다.
헥토르는 스티키오스와 아르케실라오스를 쳤는데,
아르케실라오스는 청동 갑옷을 입은 보이오티아인의 지휘관이었고,   330
스티키오스는 기개 있는 메네스테우스의 믿음직한 전우였다.

〈아이기스를 들고 그리스군의 전열을 무너뜨리는 아폴론〉(존 플랙스먼, 연대 미상)

아이네이아스는 메돈과 이아소스의 무구를 벗겼다.

사실 메돈은 신 같은 오일레우스의 서자로

아이아스의 형제였지만, 오일레우스의 본처이자

자신의 계모인 에리오피스의 오빠를 죽이고

고향을 떠나 멀리 필라케 땅에서 살았다.

이아소스는 아테나이인을 지휘한 지휘관이었고,

부콜로스의 손자이자 스펠로스의 아들이라고 불렸다.

폴리다마스는 메키스테우스[3]를 죽였고, 폴리테스는 선두에서

싸우던 에키오스를 죽였으며, 고귀한 아게노르는 클로니오스를 죽였다.

파리스는 선봉대에서 싸우다가 도망치는 데이오코스를

뒤에서 청동 활을 쏘아 어깨 가장 아래쪽을 맞혀 관통시켰다.

　　그들이 죽은 자들의 무구를 벗기는 동안, 아카이오스인들은

겁에 질려 뿔뿔이 흩어졌고 자신이 파놓은

뾰족한 말뚝이 박힌 해자와 방어벽으로 도망칠 수밖에 없었다.

헥토르가 트로스인을 향해 큰 소리로 외쳤다.

"피투성이 전리품은 그대로 두고 함선들 쪽으로

신속하게 진격해라. 함선들 옆을 떠나 다른 곳에 있다가

내게 발각된 자는 내 손에 죽을 줄 알아라.

혈육은 예를 갖추어 그자를 화장하지 못할 것이며,

성 앞에서 개 떼가 뜯어 먹게 하겠다."

　　헥토르는 이렇게 말한 다음 채찍을 어깨까지 들어 올렸다가 말들
　　　을 내리치고

대열 사이를 누비며 트로스인을 독려했다. 군사들은 여기 호응하여

일제히 무시무시한 함성을 지르며 전차를 끄는 말을 몰았다.

335

340

345

350

3　여기에 나오는 "메키스테우스"는 에키오스의 아들로, 방어벽 전투에서 부상당한 테우크로
　스를 진영으로 옮긴 로크리스인 전우다.

앞에서 포이보스 아폴론이 깊은 해자 앞에

높게 쌓여 있던 흙을 두 발로 가볍게 차서 해자 속에 밀어 넣어

사람이 건널 수 있는 길을 내니,

그 길은 전사가 자기 힘을 시험하려고 던진

창이 그 위에 떨어질 정도로 길고도 넓었다.

그 길을 통해 트로스인들의 대열이 쏟아져 들어갔고,   360

맨 앞에는 아폴론이 경이로운 아이기스 방패를 들고 있었다.

아폴론이 아카이오스인들의 방어벽을 쉽게 허물어버리니,

해변에서 아이가 모래성을 쌓아올렸다가

손발로 무너뜨려 모래더미로 만들어버리듯

바로 그렇게 포이보스는 아르고스인들이 각고의 노력으로 만든 것을   365

쉽게 허물어버리고 나아갔고, 아르고스인들은 혼비백산해 도망쳤다.

　　　이제 아르고스인은 함선들 옆에서 멈춰 서서

서로를 독려하고 각자가 모든 신을 향해

두 손 들고 큰 소리로 기도했다.

특히 아카이오스인의 최후의 보루인 게레니아의 네스토르는   370

많은 별이 빛나는 하늘을 향해 두 손을 들고 기도했다.

"아버지 제우스시여, 전에 곡물이 많이 나는 아르고스에서 누군가가

당신에게 황소나 양의 기름진 넓적다리뼈들을 태워 바치며 무사 귀향

　 을 빌었고,

당신은 그렇게 해주겠노라 약속하시고 머리를 끄덕여 다짐하신 적이

　 있다면,

올림포스의 제우스시여, 그 일을 기억하여 무자비한 날을 막아주시고,   375

이렇게 아카이오스인이 트로스인에게 쓰러지지 않게 해주소서."

　　　네스토르가 이렇게 기도하자, 넬레우스의 늙은 아들의 기도를

들은 제우스는 큰 소리로 천둥을 울렸다.

　　　하지만 아이기스 방패를 지닌 제우스가 울린 천둥소리를 들은

트로스인들은 전의를 불태우면서 더욱 맹렬히 아르고스인들에게 달려   380
　　들었다.

폭풍의 맹렬한 기세에

밀려 드넓은 바다의 거대한 파도가

함선의 측면으로 돌진하여 부딪치듯,

그렇게 트로스인이 큰 소리로 함성을 지르며

전차를 몰아 방어벽을 넘어 안으로 밀려드니, 함선들의   385

꼬리 옆에서 양쪽 진영 간에 양날 창을 사용한 근접전이 벌어졌다.

트로스인은 전차 위에서 싸웠고, 아르고스인은 검은 함선으로 올라가

높은 곳에서 긴 창으로 싸웠다. 해전을 대비해 함선 안에 비축해둔

이 창들은 여러 개의 창대를 이어 붙이고 끝에 청동을 박은 것이었다.

　　　한편 파트로클로스는 아카이오스인과 트로스인이   390

빠른 함선들에서 어느 정도 거리가 있는 방어벽 주위에서

싸우는 동안에는 용맹한 에우리필로스의 막사에 앉아

담소를 나누며 그를 기쁘게 해주었고, 그를 검은 고통에서

벗어나게 해주고자 심한 상처 위에 치료약을 발라주고 있었다.

하지만 트로스인들이 방어벽을 넘어 돌진해오고,   395

다나오스인들이 겁에 질려 비명을 지르며

도망치고 있음을 알게 되자, 두 손바닥으로

양쪽 넓적다리를 치며 울분에 차서 말했다.

"에우리필로스여, 당신에게는 내가 절실히 필요하지만,

이제 큰 싸움이 벌어져 더 이상 이곳에 머무를 수 없을 것 같소.   400

그러니 당신을 위로하는 일은 시종에게 맡기고,

나는 급히 아킬레우스에게 가서 참전을 재촉해야겠소.

신의 도우심으로 내가 그의 마음을 움직일 수 있을지 누가 알겠소?

단짝의 설득은 효과가 있다고 하지 않소?"

　　　파트로클로스는 이렇게 말하고 발걸음을 옮겼다.   405

한편 아카이오스인들은 트로스인들의 공격을 꿋꿋이
버텨내고 있기는 했지만, 수적으로 열세인 트로스인들을
함선들에서 밀어내지 못했다. 트로스인도 다나오스인의 대열을
돌파해 막사와 함선들 가운데로 섞여 들어가지 못했다.
아테나의 조언을 받아 온갖 기술을   410
능숙하게 익힌 노련한 목수의 손이 함선을 만드는 데
사용할 목재에 먹줄을 똑바로 치듯,
그처럼 승부를 가르지 못한 채
두 진영은 각 함선을 사이에 두고 처절한 싸움을 이어갔다.
헥토르는 영광스러운 아이아스가 있는 함선을 공격했다.   415
그들은 둘 다 함선 한 척을 놓고 격전을 벌였지만,
헥토르는 아이아스를 몰아내고 함선에 불을 지르는 데 성공하지 못했고,
아이아스는 신이 불러온 헥토르를 밀어내지 못했다.
하지만 이때 영광스러운 아이아스는 불을 함선 쪽으로 가져오던
클리티오스[4]의 아들 칼레토르에게 창을 던져 가슴을 맞혔다.   420
칼레토르는 털썩 하고 둔탁한 소리를 내며 쓰러졌고,
그의 손에서 횃불이 떨어졌다. 사촌 형제가 검은 함선 앞에서
먼지 속으로 쓰러지는 것을 두 눈으로 본 헥토르는
트로스인과 리키아인에게 크게 소리쳤다.
"트로스인과 리키아인과 근접전에 뛰어난 다르다니아인들이여,   425
전투에서 물러나지 말고 이곳을 철저하게 봉쇄하여
함선이 모여 있는 곳에 쓰러져 있는 클리티오스의 아들을 구해내라.
그리하여 아카이오스인이 그의 무구를 벗기지 못하게 하라."
　　헥토르는 이렇게 외치고 번쩍이는 창을 아이아스에게 던졌지만,

4　"클리티오스"는 트로이아 왕 라오메돈의 아들이자 프리아모스의 형제로, 트로이아 전쟁
　동안 원로 역할을 했다.

창은 그를 빗나가 아이아스의 시종인 키테라 출신 마스토르의 아들   430
리코프론을 맞혔다. 리코프론은 신성한 키테라에서
사람을 죽여 아이아스에게 가서 함께 살고 있었다.
아이아스 옆에 서 있다가 헥토르가 던진 날카로운 창에
귀 위쪽의 머리를 맞은 그는 함선의 꼬리에서
땅으로 떨어져 먼지 속에 누웠고 사지가 풀려버렸다.   435
아이아스는 몸서리치며 동생에게 말했다.
"사랑하는 테우크로스야, 마스토르의 아들이자 우리 두 사람의
충직한 전우인 리코프론이 죽었다. 그가 키테라를 떠나 우리 궁에서
함께 사는 동안 우리는 그를 친부모처럼 공경했었다.
그런데 기개 있는 헥토르가 그를 죽였다. 신속하게 죽이는 네 화살과   440
포이보스 아폴론이 네게 준 활은 어디에 두었느냐?"
        아이아스가 이렇게 말하자 형의 말이 무슨 의미인지 알아차린
테우크로스는 뒤로 휘어지는 활과 화살이 든 화살통을 들고 달려와
형 옆에 서서 트로스인을 향해 아주 빠르게 화살들을 쏘았다.
그의 화살은 날아가 페이세노르의 눈부신 아들 클레이토스를 맞혔다.   445
판토오스의 훌륭한 아들 폴리다마스의 전우였던 그는
손에 고삐를 쥐고 전차를 모느라 정신이 없었다.
헥토르와 트로스인의 환심을 사려고
대열이 가장 밀집한 곳에서 전차를 몰고 있었기 때문이다.
재앙은 그에게 순식간에 닥쳤고, 마음과 달리 아무도   450
그 재앙을 막을 수 없었다. 많은 탄식을 불러오는 화살이 뒤에서
날아와 목에 박혔기 때문이다. 그가 전차에서 내동댕이쳐지자
말들은 움찔하며 뒷걸음질쳤고, 빈 전차는 덜거덕거리는 소리를 냈다.
이를 본 폴리다마스왕이 가장 먼저 가서 말들을 붙잡아,
프로티아온의 아들 아스티노오스에게 넘겨주며,   455
자기를 계속 주시하면서 전차를 항상 가까이에 대기시켜놓으라고

신신당부한 후 선봉대에 합류했다.

　　　　한편 테우크로스는 청동으로 무장한 헥토르를 향해 또 하나의 화
　　　　　　살을 겨누었다.

이 화살이 전장을 휘저은 헥토르의 목숨을

거두었더라면, 아카이오스인의 검은 함선들을 둘러싸고 벌어진 전투는　　460

끝났을 것이다. 하지만 헥토르를 계속해서 지켜주고 있던

제우스의 현명한 마음이 텔라몬의 아들 테우크로스의 자랑을

제거해버렸다. 테우크로스가 헥토르를 겨냥해 활시위를 당긴 순간,

튼튼하게 꼰 활시위를 제우스가 끊어버리자,

청동이 달려 묵직한 화살은 빗나가고, 활은 그의 손에서 떨어졌다.　　465

테우크로스는 두려워 떨며 형에게 말했다.

"오 이런, 신이 우리의 전투 계획을 완전히 망가뜨리고

있어요. 그 신이 내 손에 있던 활을 내던져버리고,

많은 화살을 쏘아도 견딜 수 있도록 오늘 아침 일찍

새로 묶은 시위도 끊어버렸어요."　　470

　　　　텔라몬의 아들 큰 아이아스가 대답했다.

"사랑하는 아우야, 다나오스인들을 못마땅해하는 어떤 신이

망가뜨린 것이니 활과 많은 화살은 놓아둬라.

대신 손에 긴 창을 들고 어깨에는 방패를 메고

트로스인과 싸우며 다른 군사들을 독려해라.　　475

그들이 우리를 손쉽게 이기고 노가 달린 훌륭한 함선들을

빼앗지 못하게 전의를 다지자."

　　　　아이아스가 이렇게 말하자, 테우크로스는 활을 막사에 둔 후

네 겹의 소가죽으로 만든 방패를 어깨에 둘러메고

머리에는 튼튼한 가죽으로 만들어 말총 장식을 단 투구를 썼는데,　　480

말총 장식이 아래로 흔들리는 모습이 무시무시했다.

그는 날카로운 청동 날이 박힌 튼튼한 창을 집어 들고

막사를 나와 신속하게 달려가 아이아스 옆에 섰다.

　　　테우크로스의 활이 망가진 것을 본 헥토르는

트로스인과 리키아인을 큰 소리로 독려했다.　　　　　　　　485

"나의 친구인 트로스인과 리키아인과 근접전에 뛰어난

다르다니아인들이여, 속 빈 함선들 앞에서 남자답게 행동하고,

전의를 다지라. 제우스께서 다나오스인 장수의 활을

망가뜨리시는 광경을 이 두 눈으로 똑똑히 보았다.

제우스께서 누구에게 힘을 주고 계시는지는 그분이 승리의 영광을　　　490

손에 쥐여 주시는 자도, 그분이 돕기를 원하지 않고 도리어 힘을

빼버리시는 자도 금세 알 수 있다. 바로 그렇게 지금 제우스께서

아르고스인의 힘을 빼버리고 우리를 도우신다.

그러니 함선들 앞에서 무리 지어 싸우라. 그대들 중 활에 맞거나

창이 가슴을 꿰뚫어 운명을 맞더라도 두려워 말라.　　　　　　495

조국을 위해 목숨을 바치는 것은 영광스러운 일이니.

도리어 아카이오스인들이 함선을 타고

조상의 땅으로 돌아가게 하여,

자신의 처자식과 집과 재산을 온전히 지키는 일이다."

　　　헥토르는 이렇게 말하며 전사들 각각의 힘과 용기를 불러일으켰다.　　500

한편 아이아스도 전우들을 독려했다.

"부끄러운 줄 알라, 아르고스인들이여. 이제 적을 밀어내어

함선들을 재앙에서 구하지 않는다면 우리는 전멸할 게 틀림없다.

그대들은 번쩍이는 투구의 헥토르에게 함선을 빼앗겨도

각자 육로를 걸어서 조상의 땅으로　　　　　　　　　　　　　505

돌아갈 수 있으리라고 생각하는가?

함선에 불 지르기를 열망하는 헥토르가 그의 군대 전체를

독려하는 음성이 들리지 않는가?

그는 춤추자고 외치는 것이 아니라 죽기로 싸우자 외치고 있다.

그러니 우리에게는 칼과 창을 맞대어 용맹을 겨루는 것 말고는   510
다른 길이 없다. 함선들을 둘러싸고 우리보다 열세인
자들과 긴 시간 동안 치열하게 밀고 당기며 소모전을 벌이느니
단 한 번의 싸움으로 승부를 가르는 편이 낫다."
　　　아이아스는 이렇게 말하며 전사들 각각의 마음에 힘과 용기를 불
　　　　러일으켰다.
이때 헥토르는 페리메데스의 아들이자 포키스인의 지휘관인   515
스케디오스를 죽였고, 아이아스는 보병들의 지휘관이자
안테노르의 눈부신 아들인 라오다마스를 죽였다.
폴리다마스는 기개 있는 에페이오스인의 지휘관이자
필레우스의 아들인 메게스의 전우 킬레네 출신 오토스의 무구를 벗겼다.
메게스가 보고 달려들었지만, 폴리다마스가 몸을 굽히는 바람에   520
빗나가고 말았다. 판토오스의 아들이 선봉대에서 쓰러지는 것을
아폴론이 허용하지 않았기 때문이다. 이렇게 빗나간 메게스의 창은
크로이스모스의 가슴 한복판에 박혔다. 크로이스모스가 털썩 하고
둔탁한 소리를 내며 쓰러지자, 메게스는 그의 어깨에서 무구를 벗겨내
　　　려고 했다.
이때 람포스의 아들이자 창술이 뛰어난 돌롭스가   525
메게스에게 달려들었다. 라오메돈의 아들 람포스가 낳은
가장 용맹한 아들 돌롭스는 투지가 강한 자로 알려져 있었다.
돌롭스는 필레우스의 아들 메게스에게 다가가
그의 방패 한복판을 창으로 찔렀다. 하지만 볼록한 동판을
촘촘하게 이어 붙여 만든 흉갑이 메게스를 지켜주었다.   530
이 흉갑은 전에 필레우스가 셀레에이스강 변에 있는
에피라에서 가져온 것이었다. 그의 의형제인 인간들의 군주
에우페테스가 전장에 나갈 때마다 입어 적에게서 몸을 지키라고
그에게 준 이 흉갑이 이때 아들의 몸을 죽음으로부터 지켜주었다.

이번에는 메게스가 말총 장식이 달린 돌롭스의   535
청동 투구 맨 꼭대기를 날카로운 창으로 찔러
말총 장식을 끊어버렸다. 새로 염색해 자줏빛으로
빛나던 말총 장식이 땅의 먼지 속으로 떨어졌다.
돌롭스가 여전히 승리를 기대하며 계속해서 싸우고 있을 때,
용맹한 메넬라오스가 메게스를 돕기 위해   540
창을 들고 몰래 돌롭스 옆으로 다가가 뒤에서
어깨를 찔렀다. 날카로운 창끝이
그의 가슴을 꿰뚫고 지나가자, 그는 앞으로 쓰러졌고
두 사람은 그의 어깨에서 청동 무구를 벗기러 갔다.
그러자 헥토르는 돌롭스의 친척들을 모두 불렀다.   545
먼저 그는 히케타온의 아들인 강력한 멜라니포스를 꾸짖었다.
멜라니포스는 적군이 멀리 있는 동안에는
페르코테에서 느릿느릿 걷는 소 떼를 먹이다가
다나오스인의 새 부리처럼 휜 함선들이 오자
일리오스로 돌아와 트로이아군에서 뛰어난 활약을   550
펼치고 있었다. 그는 프리아모스와 함께 살았고, 프리아모스는
그를 친자식처럼 대우했다. 헥토르는 그를 꾸짖으며 말했다.
"멜라니포스여, 우리가 이렇게 해이해서야 되겠소?
친척이 죽었는데 마음이 아무렇지도 않소?
적들이 돌롭스의 무구를 벗기려고 달려드는 게 보이지 않소?   555
그러니 나를 따르시오. 우리가 그들을 죽이든지, 아니면 그들이 높은
일리오스성을 함락시키고 성민들을 죽일 때까지는 이런 식으로
멀리 떨어져 아르고스인과 싸워서는 안 되오."
헥토르가 이렇게 말하고 앞장서자 곧바로 신 같은 멜라니포스가 그의
    뒤를 따랐다.
        아르고스인을 독려한 이는 큰 아이아스였다.   560

"친구들이여, 남자답게 행동하고 수치심을 가져라.

격전 속에서 서로의 명예를 지켜라.

명예를 지키는 자는 죽음을 피하고 살아남을 것이나

도망치는 자들은 명성을 얻지 못하고 살지도 못할 것이다."

　　　　큰 아이아스가 이렇게 말하자, 그렇지 않아도 적을 물리치길　　　565

열망하던 아르고스인들은 그의 말을 마음에 새기고, 함선들을

청동 울타리로 에워쌌다. 제우스는 트로스인들을 일으켜 아르고스인들을

공격하게 했다. 그러자 함성 소리 우렁찬 메넬라오스가 안틸로코스를

　　독려했다.

"안틸로코스여, 아카이오스인 중 당신보다 더 젊고

민첩한 사람이 없고, 더 용맹하게 싸우는 사람도 없소.　　　　　570

그러니 앞으로 달려 나가 적을 공격하시오."

　　　　메넬라오스가 이렇게 말하고 뒤로 빠지자, 안틸로코스는

선봉대에서 달려나와 주위를 살핀 후 번쩍이는 창을 던졌다.

그가 창을 던지자 트로스인은 뒤로 물러났다. 하지만 창은

아무런 성과 없이 날아가지 않았고,　　　　　　　　　　575

막 전장으로 들어서던 히케타온의 아들 용맹무쌍한

멜라니포스의 젖꼭지 옆 가슴 위에 맞았다.

그는 털썩 하고 둔탁한 소리를 내며 쓰러졌고, 어둠이 두 눈을 뒤덮었다.

그러자 안틸로코스가 그에게 달려들었는데,

그 모습이 처소에서 뛰어나오다가 사냥꾼이 던진 창에 맞아　　　580

사지가 풀린 어린 사슴에게 사냥개가 달려드는 것 같았다.

멜라니포스여, 바로 그렇게 그대의 무구를

벗기려고 전투에 끈질긴 안틸로코스가 달려들었도다.

하지만 이 광경을 본 고귀한 헥토르가 전장을 가로질러

그를 향해 달려가자, 안틸로코스는 민첩한 전사였는데도　　　585

그 자리에 서서 기다리지 않고 도망쳤다. 마치 맹수가 소 떼를 지키던

사냥개나 목자를 죽이는 못된 짓을 저지른 후, 사람들이 무리지어

모여들기 전에 도망치는 듯했다. 바로 그렇게 네스토르의 아들 안틸로

　　코스는 도망쳤고,

트로스인과 헥토르는 무시무시한 함성을 지르며,

탄식을 불러일으키는 날아다니는 무기들을 그에게 퍼부었다.　　　　　590

안틸로코스는 전우들의 무리가 있는 곳에 다다르자 몸을 돌려서 그 자

　　리에 멈춰 섰다.

　　　　마침내 트로스인은 제우스의 명령에 따라

날고기를 먹는 사자 떼처럼 함선을 향해 돌진했다. 제우스는

트로스인에게는 쉼 없이 큰 용기를 불러일으키고 독려하는 한편,

아르고스인의 혼은 쏙 빼놓고 그들에게서 영광을 빼앗았다.　　　　　595

제우스의 마음은 프리아모스의 아들 헥토르에게 영광을 주어,

그가 새 부리처럼 휜 함선들에 활활 타오르는 불을 끊임없이

던지게 하고 싶었다. 그래야 테티스가 특별히 부탁한 바를

다 이루어줄 수 있기 때문이다. 지략가 제우스는

함선들에서 솟아오르는 불길을 두 눈으로 보길 기다렸다.　　　　　　600

바로 그 시점부터 이번에는 함선들 멀리로

트로스인을 밀어내고, 다나오스인에게 영광을 내려줄 생각이었다.

이러한 생각을 따라 제우스는 기세등등한 프리아모스의 아들

헥토르를 더 광분하게 만들어 속 빈 함선들을 더욱 맹렬히 공격하게 했다.

헥토르가 광분하니 그 모습이 창을 휘두르는 아레스나　　　　　　　605

무성한 삼림을 다 태워버리는 맹렬한 산불 같았다.

입가에서는 거품이 흘러나왔고,

짙은 눈썹 아래에서는 두 눈이 번쩍였으며, 헥토르가 싸울 때면

투구가 양쪽 관자놀이 주위에서 심하게 흔들렸다.

제우스가 친히 하늘의 대기에서 그를 도와　　　　　　　　　　　610

많은 적을 혼자 상대하게 하여 명예와 영광을

독차지하게 했으니, 이는 그가 단명할 운명이었기 때문이다.
팔라스 아테나는 이미 펠레우스의 아들 아킬레우스의
힘을 빌려 헥토르가 맞이할 운명의 날을 재촉하고 있었다.
헥토르는 가장 강한 대열과 가장 빛나는 무구가 있는   615
곳을 노려 돌진했으나, 아무리 기를 써도
돌파할 수 없었으니 다나오스인들이 다닥다닥
밀집대형을 이루고 버티고 서서 꼼짝하지 않았기 때문이다.
그 모습은 거세고 빠르게 불어닥치는 바람에도, 빠르게 다가와
부딪쳐 거품을 토해내는 거대한 파도에도   620
꿋꿋이 버티고 서 있는 잿빛 바닷가의 크고 가파른 암벽 같았다.
바로 그렇게 다나오스인들은 꼼짝하지 않은 채
버티고 서서 도망치지 않았다. 그런데도 헥토르는
종횡무진 적의 무리 속으로 뛰어드니, 먹구름 아래서
광포한 바람이 일으킨 거대한 파도가 질주하는 배를   625
덮치듯 했다. 그럴 때면 배는 온통 거품으로 뒤덮이고,
무시무시한 강풍에 돛이 울부짖으며, 선원들은 무서워 속으로
떠는데, 여차하면 죽음의 나락으로 떨어지기 때문이다.
바로 그렇게 아카이오스인들의 가슴속 마음은 찢겨나갔다.
헥토르는 큰 늪지 옆 풀밭에서 큰 무리를 지어   630
풀을 뜯는 소 떼를 공격하는 무서운 사자 같았다.
소 떼를 지키는 목자가 있기는 하지만, 목자는 뿔이 굽은 소들을
지킬 때 굶주린 맹수와 어떻게 싸워야 하는지 잘 모른다.
목자는 앞뒤로 다니며 소 떼를 지키려 하지만,
사자가 한가운데로 뛰어들어 소 한 마리를 먹어치우면   635
다른 소들은 모두 달아나버린다. 마찬가지로 헥토르도
오직 한 사람 미케네 출신의 페리페테스를 죽였을 뿐인데도,
아카이오스인들은 헥토르와 아버지 제우스에게 잔뜩 겁먹고

도망쳤다. 페리페테스는 에우리스테우스왕의 명령을

강력한 헤라클레스에게 전한 코프레우스[5]의 사랑하는 아들이었다.　　　　640

보잘것없는 아버지의 아들이었으나, 달리기와 전투는 물론

모든 면에서 뛰어났으니 아버지보다 나은 아들이었고,

지략에서도 미케네인 가운데서 가장 뛰어났다.

그래서 그의 죽음은 헥토르에게 더 큰 영광을 안겨주었다.

페리페테스는 뒤로 돌아서다가 날아오는 창들을 막기 위해　　　　645

늘 메고 다니던 발목까지 닿는 방패의 모서리에 걸려 넘어졌다.

그가 방패에 걸려 뒤로 넘어지면서

양쪽 관자놀이 주위에서 투구가 요란한 소리를 냈다.

헥토르가 이를 재빨리 알아차리고 달려가 가까이 서서

가슴에 창을 꽂아 그의 사랑하는 전우들 가까이에서　　　　650

그를 죽였다. 그들은 전우가 죽어가는 것이 분했지만,

고귀한 헥토르가 너무 무서워 감히 나설 수 없었다.

　　　이제 다나오스인들은 함선들 뒤편으로 가서, 맨 처음 끌어 올려

바다에서 가장 먼 해변에 놓여 있는 함선들을 방패막이로 삼았다.

곧바로 트로스인들이 쏟아져 들어왔고, 아르고스인들은　　　　655

맨 앞쪽에 있는 함선들에서 후퇴해야 했지만, 막사들 옆에 이르자

진영 안에서 뿔뿔이 흩어지지 않고 무리 지어 버텼다. 수치심과

두려움이 그들을 멈춰 세웠으며, 그들은 쉴 새 없이 서로를

독려했다. 특히 아카이오스인의 최후의 보루 게레니아의 네스토르가

전사 각각에게 그들을 낳아준 부모의 이름으로 부탁하고 간청했다.　　　　660

"친구들이여, 남자답게 행동하고, 다른 사람 앞에서

5　헤라클레스는 헤라가 불어넣은 광기에 사로잡혀 처자식을 죽이고 죄를 씻기 위해 미케네
　의 왕 "에우리스테우스"의 노예가 된다. 그렇지 않아도 헤라클레스의 엄청난 힘과 왕위 계
　승권을 두려워하던 에우리스테우스는 그를 제거하기 위해 열두 과업을 부과한다. "코프레
　우스"는 한 과업이 끝날 때마다 왕의 명령을 전한 전령이었다.

부끄러워할 줄 아는 마음을 가지시오. 저마다 처자식과 재산을

떠올리고, 살아 계시든 돌아가셨든

그대들을 낳아주신 부모님을 떠올리시오.

여기 없는 그들의 이름으로 간곡히 청하노니   665

뒤돌아서서 도망치지 말고 그 자리에서 굳세게 버텨주시오."

　　　네스토르는 이렇게 말하며 각자의 힘과 용기를 불러일으켰다.

이때 아테나가 아르고스인들의 눈에서 신비한 안개를 걷어내자,

함선이 있는 곳과 모든 이에게 평등한

전장으로부터 찬란한 빛이 쏟아졌다.   670

그래서 그들이 함성 소리 우렁찬 헥토르와

그가 이끄는 적들을 보니, 전장에서 싸우지 않고 뒤로 물러나 있는

자도 있었고, 함선들 옆에서 싸우는 자도 있었다.

　　　기개 넘치는 아이아스는 아카이오스인의 다른 아들들이 전장에서

떨어져 서 있는 곳에 자기도 그대로 서 있다는 데   675

마음이 불편해져, 해전에서 사용하는 긴 창을 손에 쥐고

휘두르며 함선들의 갑판 위를 활보하고 다녔다.

여러 개의 창대를 이어붙인 이 창의 길이는 스물두 큐빗[6]이었다.

그런 모습은 승마술에 능한 어떤 사람이

많은 말들 가운데 고른 네 필을 한데 묶어   680

들판에서 성 쪽을 향해 대로를 따라 질주하게 하면서,

수많은 남자와 여자가 지켜보는 가운데

말들이 날듯이 달리는데도 언제나 실수 없이

안전하게 이 말에서 저 말로 뛰어 바꿔 타는 듯했다.

바로 그렇게 아이아스는 빠른 함선들의 많은 갑판 위를   685

종횡무진 활보하고 다녔고, 그의 목소리는 하늘의 대기에 닿았다.

6　"스물두 큐빗"은 대략 10-11미터 정도 된다.

그는 무시무시하게 큰 목소리로 다나오스인들에게

함선과 막사들을 지키라고 쉴 새 없이 소리쳤다.

헥토르도 튼튼하게 무장한 트로스인 무리 속에서

가만히 있지 않았다. 불꽃 같은 독수리가 강가에서   690

먹이를 먹는 거위 떼와 학 떼와 긴 목의

백조들을 덮치듯, 헥토르는

뱃머리 검은 한 척의 함선을 향해 쏜살같이 돌진했다.

뒤에서는 제우스가 엄청난 힘으로

그를 밀어주었고, 군사들도 그와 함께 돌진했다.   695

　　　이렇게 해서 함선들 옆에서 또다시 치열한 전투가 벌어졌다.

그들은 피로를 모르고 지치지도 않은 채

접전을 벌이는 것처럼 보였다. 그만큼 맹렬히 싸웠다.

싸우는 그들의 심정은 각각 이러했을 것이다. 아카이오스인들은

여기에서 지면 파멸을 피할 수 없어 완전히 끝장난다고 생각했으며,   700

트로스인은 함선들을 불태우고

아카이오스인 영웅들을 도륙하길 바랐다.

그들은 이런 생각을 하며 서로 맞섰다. 이때 헥토르는

바다를 다니는 함선 한 척의 꼬리 부근을 장악했다. 바다 위를 빠르게

달리는 이 아름다운 함선은 프로테실라오스를 트로이아로   705

실어다 주었지만, 그를 조상의 땅으로 다시 데려다주지는 못했다.

프로테실라오스의 함선을 둘러싸고

아카이오스인과 트로스인은 근접전을 벌이며 서로를 죽였다.

이제 더 이상 그들은 서로 멀리 떨어져 서서

날아오는 화살과 창을 기다리지 않았고,   710

서로를 죽이려는 일념으로 가까이 서서 나무 벨 때 사용하는

예리한 도끼와 전투용 도끼와 큰 칼과 양날 창을 들고 싸웠다.

검은 가죽으로 손잡이를 감은 예리한 칼들이

어떤 것은 손에서, 어떤 것은 전사의 어깨에서

땅으로 떨어졌다. 검은 대지는 피로 강을 이루었다.   715

헥토르는 자신이 장악한 함선의 꼬리 부근을 포기하지 않고,

그대로 장악한 가운데 트로스인들에게 명령했다.

"불을 가져오고, 일제히 함성을 질러라. 제우스께서

우리로 함선들을 장악하게 해주셨으니 우리가 겪은 모든 일을

갚아주시는 날이 이제 도래했다. 이 함선들은 신들의 뜻을   720

거스르고 이곳으로 와 우리에게 많은 재앙을 안겨주었다.

내가 함선들의 꼬리에서 싸우려고 할 때마다 겁 많은 원로들은

나를 가로막고 백성을 제지했다. 그 때문에 그동안 우리가 많은 재앙을

　　겪지 않았느냐.

그때는 멀리 보시는 제우스께서 우리의 마음을 오도하셨지만,

지금은 친히 독려하고 명령하신다."   725

　　　헥토르가 이렇게 말하자, 그들은 더 맹렬히 아르고스인들을 향해

　　　　돌진했다.

아이아스는 날아오는 무기들을 더 이상 버티지 못하고, 이대로 있다가는

죽겠다고 생각해 뒤로 조금 물러나 균형 잡힌 함선의 갑판을 떠나

2미터가 넘는 길이의 조타석[7]으로 가 서서 지켜보았다.

그러다가 트로스인들 중에 활활 타오르는 불을 가져오는 자가   730

있으면 창으로 밀어내어 함선에 접근하는 것을 막으며,

무시무시하게 큰 소리를 질러 다나오스인들을 독려했다.

"친구들이여, 아레스의 시종인 다나오스의 전사들이여,

남자답게 행동하고 투지를 다져라. 친구들이여,

설마 우리 뒤에 어떤 구원 부대가 있거나   735

전사들을 파멸에서 구해줄 튼튼한 방어벽이 있다고

7　"조타석"으로 번역한 트레니스(θρῆνυς)는 조타수나 노 젓는 사람이 앉는 자리를 가리킨다.

생각하는가? 우리 가까이에는 승리를 결정짓거나

우리를 구해줄 군사들을 보유한 성벽으로 둘러싸인 성 따위는 없다.

우리는 조상의 땅을 멀리 떠나와

바다를 등지고 단단히 무장한 트로스인의 들판에 앉아 있다.　　　　740

빛[8]은 그대들의 팔에 있지 적당히 싸우는 데 있지 않다."

　　　아이아스는 이렇게 말하고 날카로운 창을 열심히 휘둘렀고,

트로스인들이 헥토르의 명을 따라

불타는 횃불을 들고 함선으로 달려들 때마다

그는 날카로운 창을 번쩍 들어 그들을 쓰러뜨렸다.　　　　745

그는 함선들 앞에서 벌어진 근접전에서 열두 명의 적을 막아냈다.

8　여기에서 "빛"은 그들을 구원해줄 빛, 살아남을 희망을 가리킨다.

제16권　파트로클로스의 활약

이렇게 그들은 훌륭한 노를 갖춘 함선들을 둘러싸고 싸웠다.
한편 파트로클로스는 백성의 목자인 아킬레우스에게 다가가
뜨거운 눈물을 흘렸으니, 염소조차 다닐 수 없는 깎아지른 듯한
벼랑에서 검은 샘이 시커먼 물을 쏟아내는 것 같았다.
그런 모습을 본 빠른 발의 고귀한 아킬레우스는　　　　　　　　5
불쌍한 생각이 들어 그에게 날개 달린 말로 물었다.
"파트로클로스여, 어째서 우는가? 말 못하는 어린 여자아이가
엄마를 졸졸 따라다니며 안아달라고 졸라대고,
안아줄 때까지 가지 못하게 치맛자락을 붙들고
눈물을 글썽이며 엄마를 바라보는데,　　　　　　　　　　　10
파트로클로스여, 눈물을 뚝뚝 흘리는 자네 모습이 그런 어린아이 같네.
미르미도네스인들이나 내게 무슨 할 말이 있는가,
아니면 자네 혼자만 들은 프티아 소식이 있는가?
악토르의 아드님 메노이티오스도 아직 살아 계시고,
아이아코스의 아드님 펠레우스도 미르미도네스인들 가운데서　　15
살아 계시지 않은가? 만약 이 두 분이 돌아가신 것이라면
정말 통곡할 일이네. 아니면 자기 잘못으로 속 빈 함선들 옆에서
죽어가고 있는 아르고스인들이 불쌍해 눈물을 흘리는 것인가?

마음속에 감춰두지 말고 우리 두 사람이 알 수 있도록 말해보게."

전차를 타고 싸우는 파트로클로스여, 그대는 깊은 한숨을 쉬며 대

답하는구나.   20

"아카이오스인 중 가장 용맹한 펠레우스의 아들 아킬레우스여,

아카이오스인들에게 너무나 큰 고통이 닥쳤기 때문에

그러는 것이니 화내지 말게. 전에 가장 용맹했던 자들은

모두 화살에 맞거나 창에 찔려 함선들 안에 쓰러져 있다네.

티데우스의 아들 강력한 디오메데스는 화살에 맞았고,   25

창술로 유명한 오디세우스와 아가멤논은 창에 찔렸으며,

에우리필로스도 넓적다리에 화살을 맞았지.

이런저런 약을 많이 아는 의사들이 그들을 돌보며 치료하고 있네.

아킬레우스여, 그런데도 그대는 손 놓고 보고만 있지.

무섭도록 용맹한 자여, 그대가 품고 있는 그 분노가 나를 사로잡지   30

않았으면 좋겠네. 그대가 아르고스인들을 이 참담한 파멸에서

지켜주지 않는다면, 후세 사람들이 과연 그대에게 무슨 은덕을 입었다

고 하겠나?

무정한 이여, 그대의 아버지는 전차를 타고 싸우시는 펠레우스가 아니고,

어머니도 테티스가 아닌가 보네. 잿빛 바다와 높고 가파른 벼랑이

그대를 낳아 그대의 마음이 이렇게 완고하고 무자비한 게   35

분명하네. 어떤 신탁 때문에 마음에 꺼리는 게 있거나,

그대의 존귀하신 어머니께서 제우스에게 뭔가를 듣고 알려주신 바가

있어 그러는 것이라면, 혹시 내가 다나오스인들에게 빛이 될지도 모르니,

어서 나라도 전장으로 보내주고, 다른 미르미도네스인 군사들도 따르

게 해주게.

그리고 그대의 무구를 내게 주어 어깨에 무장하게 해주게.   40

트로스인들이 나를 그대로 착각해 전장에서 물러날지도 모르니."

그렇게만 된다면 쉴 새 없이 싸워 기진맥진한 아카이오스인의

용맹한 아들들이 한숨을 돌릴 수 있지 않겠나?
또한 우리는 아직 힘이 넘치니 지친 적들을
함선과 막사에서 성벽 쪽으로 손쉽게 몰아낼 수 있을 터이니." 45
		파트로클로스가 이렇게 말하고 간청한 것은 참으로 어리석은
일이었다. 사악한 죽음과 죽음의 운명을 자청했으니 말이다.
빠른 발의 아킬레우스가 파트로클로스에게 크게 화를 내며 말했다.
"제우스의 자손인 파트로클로스여, 도대체 지금 무슨 말을 하는 건가?
나는 신탁에는 관심도 없고 알지도 못하네. 나의 존귀하신 어머니께서 50
제우스에게 뭔가를 듣고 말씀해주신 것도 없네.
이런 무시무시한 고통이 내 심장과 마음을 엄습한 이유는
어떤 자가 권력에서 나를 능가한다고 해서 자기와 대등한 내게
약탈을 저질렀기 때문이네. 내가 전공으로 받은 상을 도로 빼앗아 갔지.
그 일로 나는 마음에 심한 고통을 겪었기 때문에, 55
무시무시한 쓰라림을 삼켜야 했다네. 아카이오스인의 아들들이
전공을 기리며 내게 상으로 골라준 젊은 여자, 곧 내가 성벽이 튼튼한 성을
창으로 함락시켜 얻은 상을 아트레우스의 아들 통치자 아가멤논이
내 손에서 빼앗아 갔지. 나를 하찮은 떠돌이로 취급한 게 아닌가.
하지만 나는 이미 지난 일은 개의치 않네. 60
분노를 언제까지 마음속에 품고 있을 수는 없으니까.
하지만 함성과 전쟁이 내 함선들에 도달할 때까지는
분노를 그치지 않을 생각이네. 그러니 트로스인들의
먹구름이 함선들을 막강한 힘으로 에워싸고,
아르고스인들에게 파도가 부서지는 바닷가의 작은 공간만 65
남아 거기에서 간신히 싸우고 있다면,
자네가 내 멋진 무구로 어깨를 무장하고
호전적인 미르미도네스인들을 이끌고 나가 싸워주게.
트로스인의 성 전체가 여기까지 온 것은 그들이 내 투구의 앞면이

가까이에서 번쩍이는 것을 보지 못했기 때문이라네.　　　　　　　　　　70

통치자 아가멤논이 내게 잘했더라면, 트로스인들은

진즉 강바닥을 자신의 시체로 가득 메우며 도망쳤을 테지.

그런데 지금은 아군의 진영을 에워싸고 있네.

다나오스인들을 파멸에서 구해내기 위해서는 디오메데스의 손에서

창이 미친 듯 날뛰어야 하는데, 지금은 그렇지 못하기 때문이네.　　　　75

또한 아트레우스의 아들 아가멤논의 가증스런 머리에서 외치는 목소리는

들리지 않고, 전사를 죽이는 헥토르가 트로스인들을 독려하는

목소리만 사방에서 울려 퍼지는 가운데, 그들은 들판 전체를

함성으로 채우며 전투에서 아카이오스인을 이기고 있네.

그러니 파트로클로스여, 자네는 압도적인 힘으로 트로스인들을 쳐서　　　80

함선들을 파멸에서 구하고, 그들이 활활 타오르는 불로

함선들을 불태워 우리에게서 소중한 귀향을 앗아가지 못하게 해주게.

하지만 자네에게 해줄 말이 있으니 이 말만은 명심하고

실행하게. 그래야 모든 다나오스인이 그 지극히 아름다운

젊은 여자를 내게 다시 돌려주고 훌륭한 선물도 주어,　　　　　　　　85

나는 큰 명예와 영광을 얻게 될 것이네. 그러니 자네는

트로스인을 함선에서 몰아낸 후 다시 돌아오게.

헤라의 남편이자 큰 소리로 천둥을 울리는 분께서 자네에게 영광을

내려주신다고 해도, 나 없이 호전적인 트로스인들과 계속해서 싸우려

하지는 말게. 그것은 내게 돌아올 명예를 빼앗는 일이네.　　　　　　90

또한 전쟁과 전투에서 트로스인들을 도륙하는 데

취한 나머지 백성을 이끌고 일리오스성까지 가서도 안 되네.

불멸의 올림포스의 신들 중 누군가가 개입할지도 모르기 때문이네.

멀리 쏘는 아폴론이 트로스인을 몹시 아낀다지.

그러니 자네는 함선들 사이에서 다나오스인에게 빛이 되어준 후　　　　95

돌아오고, 양쪽 진영이 들판에서 서로 싸우게 하게.

아버지 제우스와 아테나와 아폴론이시여, 존재하는 모든 트로스인과
아르고스인이 아무도 죽음을 피하지 못하게 하시고,
오직 우리 둘만이 파멸에서 벗어나 트로이아의 머리에
두른 신성한 왕관을 벗기게 하소서."   100

　　　두 사람이 이런 말을 주고받는 동안, 아이아스는 날아오는
무기들의 압박을 더는 버틸 수 없었다. 그는 제우스의 뜻과
훌륭한 트로스인들이 던진 무기들에 제압당했다.
날아오는 무기들이 아이아스의 투구 양쪽 관자놀이를 덮은
볼록한 장식을 연이어 강타하면서, 그곳에서   105
연신 요란한 소리가 울렸다. 번쩍이는 방패를
굳게 붙들고 있던 왼쪽 어깨도 지쳐갔다. 하지만 날아다니는
무기들이 사방에서 압박해도 그는 물러서지 않았다.
그는 계속해서 가쁜 숨을 몰아쉬었고,
사지에서는 땀이 비 오듯 흘러내렸지만 숨 돌릴 틈이 없었다.   110
사방에서 죽음의 그림자가 겹겹이 몰려들었기 때문이다.

　　　올림포스에 사는 무사 여신들이시여, 이제 말해주소서.
어떻게 해서 아카이오스인의 함선들에 처음으로 불이 떨어졌나이까?

　　　헥토르는 아이아스에게 다가와 물푸레나무로 만든 아이아스의 창을
큰 칼로 쳐서 창끝 바로 위 창대를 베어버렸다.   115
아이아스는 창날 없는 창대를 손에 쥐고 휘둘렀고,
청동 창끝은 붕 하는 소리와 함께 멀리 날아가 땅에 떨어졌다.
아이아스는 자신의 고귀한 마음속에서
이것이 신들이 한 일이라는 것, 즉 천둥 울리는 제우스가
자신의 전략을 완전히 잘라버리고, 트로스인들에게   120
승리를 주고자 한다는 것을 알고는 몸서리쳤다. 아이아스는
날아오는 무기들이 닿지 않는 곳으로 물러났다. 그러자 트로스인들이
활활 타오르는 불을 빠른 함선에 던지니 순식간에 꺼지지 않는 불길이

배에 쏟아졌다. 함선의 꼬리가 불길에 휩싸이자

아킬레우스가 양쪽 넓적다리를 치며 파트로클로스에게 말했다.   125

"전차를 타고 싸우는 제우스의 자손 파트로클로스여, 일어서게.

함선들 주위에서 타오르는 불길이 내게도 보이네.

그들에게 함선을 빼앗겨서는 안 되네. 더 이상 도망쳐서는 안 돼.

빨리 무구를 갖추게. 나는 군사를 모으겠네."

　　　아킬레우스가 이렇게 말하자 파트로클로스는 번쩍이는   130

청동으로 무장했다. 먼저 다리에 은 조임새가 달린

훌륭한 정강이 보호대를 착용했다.

다음으로 가슴에는 정교하게 만들어 별처럼 빛나는 흉갑을 댔다.

아이아코스의 손자인 빠른 발의 아킬레우스의 무구였다.

어깨에는 은징이 박힌 청동 칼과 크고 견고한 방패를 멨고,   135

강력한 머리에는 말총 장식이 달린 정교하게 만든 투구를 쓰니,

아래로 흘러내리는 말총 장식이 무시무시했다.

그런 다음 손에 맞는 튼튼한 창 두 자루를 집어 들었다.

하지만 아이아코스의 손자인 흠 잡을 데 없이 훌륭한

아킬레우스의 창만은 집어 들지 않았다. 이 창은 무겁고 거대하고   140

튼튼해 아카이오스인 중 누구도 휘두를 수 없고,

오직 아킬레우스만 휘두를 수 있었다. 펠리온산의 물푸레나무로 만든

이 창은 케이론이 펠리온산 정상에서 베어 만들어

영웅을 죽이라고 아킬레우스의 사랑하는 아버지에게 준 것이었다.

파트로클로스는 신속히 말들에 멍에를 얹으라고 아우토메돈에게   145

명령했다. 아우토메돈은 적의 대열을 돌파하는 자 아킬레우스 다음으로

파트로클로스를 존경해, 전투에서 언제나 그의 명령을 기다렸다가

충실하게 수행하는 자였다. 아우토메돈은 그를 위해 바람처럼 날아가는

〈파트로클로스에게 당부하는 아킬레우스〉(크리스핀 반 데 파스, 1613년)

두 필의 빠른 말 크산토스와 발리오스[1]를 데려와 멍에를 얹었다.

이 말들은 하르피이아[2] 중 하나인 포르다게가 오케아노스강 옆   150

초지에서 풀을 뜯다가 서풍의 신 제피로스에게 낳아준 말들이었다.

두 필의 말 옆에는 흠 잡을 데 없이 훌륭한 페다소스[3]를 묶어두었는데,

아킬레우스가 전에 에에티온성을 함락시킨 후 끌고 온 이 말은

언젠가 죽을 운명이었지만 불멸의 말들과 나란히 달렸다.

　　　　한편 아킬레우스는 막사를 두루 돌아다니며   155

모든 미르미도네스인에게 무구로 무장하게 했다.

무장하고 나오는 그들의 모습은 말할 수 없이

엄청난 투지를 가슴속에 간직한, 날고기를 먹는 이리 떼 같았다.

이리들은 산속에서 뿔 달린 큰 사슴을 죽여 갈기갈기 뜯어 먹은 후

입 주위에 온통 붉은 피를 묻힌 채 무리 지어   160

거무스름한 물이 나오는 샘으로 가서 검은 물의 가장 윗부분을

얇은 혀로 살짝살짝 핥으며 살육의 피를 내뱉는다.

그들은 포식했기 때문에 가슴속 마음에는 겁이라고는 없다.

바로 그런 모습으로 미르미도네스인의 지휘관들과 수호자들은

아이아코스의 손자인 빠른 발의 아킬레우스의   165

용맹한 시종 주위로 달려왔다. 용맹한 아킬레우스는

그들 가운데 서서 전차병과 방패병을 격려했다.

　　　　제우스가 아끼는 아킬레우스는 빠른 함선 쉰 척을

트로이아로 이끌고 왔고, 함선 한 척마다

1　"크산토스"(Ξάνθος)는 노란색, 즉 황갈색 말을 가리키고, "발리오스"(Βάλιος)는 얼룩말
　　이라는 뜻이다.

2　"하르피이아"는 바다의 신 타우마스와 오케아노스의 딸 엘렉트라 사이에서 태어난 딸들
　　로, 날개 달린 요정 또는 여자 얼굴을 한 새로 묘사된다. 바람처럼 빨리 날아다니며 약탈
　　하고 어린아이나 죽은 자의 영혼을 날카로운 발톱으로 채간다.

3　"페다소스"(Πήδασος)는 '위로 뛰어오르다'를 뜻하는 동사 페다오(πηδάω)에서 따온 명
　　칭으로 '높이 도약하는 말'을 뜻한다.

〈아킬레우스의 말들과 아우토메돈〉(앙리 르뇨, 1868년)

노 젓는 전사가 쉰 명씩 있었다. 아킬레우스는 신임하는 170

다섯 명의 장수를 뽑아 각 부대를 지휘하게 했고,

자신은 전군을 강력하게 통솔했다. 그중 한 부대를 지휘한 인물은

신의 자손, 곧 강의 신 스페르케이오스[4]의 아들인

번쩍이는 흉갑의 메네스티오스였다. 그는 펠레우스의 딸인 아름다운 여인

폴리도레가 신과 동침하여 지치지 않는 스페르케이오스에게 175

낳아준 아들이었다. 하지만 메네스티오스는 공식적으로는

페리에레스의 아들인 보로스[5]의 아들이었다. 보로스가

셀 수 없이 많은 구혼 선물을 주고 폴리도레와 결혼했기 때문이다.

또 다른 한 부대를 지휘한 인물은 용맹한 에우도로스였다.

그는 필라스[6]의 딸 춤 잘 추는 폴리멜레가 180

처녀의 몸으로 낳은 아들이었다. 아르고스를 죽인 저 강력한 헤르메스는

황금 화살의 시끄러운 사냥꾼 아르테미스 축제 때

군무를 추며 노래하는 처녀들 중 그녀를 보고 사랑에 빠졌다.

은혜를 베푸는 자 헤르메스는 곧바로 그녀의 다락방으로 올라가

옆에 몰래 누웠고, 그녀는 그에게 빨리 달리는 185

훌륭한 전사이자 눈부신 아들인 에우도로스를 낳아주었다.

4　"스페르케이오스"는 그리스 본토 중부 프티오티스 지방을 흐르는 스페르케이오스강의 신
　이다. 펠레우스는 사위인 그에게 아들 아킬레우스가 무사히 돌아오게 해주면 아킬레우스
　의 머리채와 '헤카톰베'(100마리의 소를 제물로 바치는 제사), 거세하지 않은 작은 가축
　50마리를 바치겠다고 서약했다.

5　"페리에레스"는 그리스인의 시조 헬렌의 후손인 아이올로스의 아들로, 펠로폰네소스반도
　남서부 메세니아로 가 폴리카온의 뒤를 이어 왕이 된다. 렐렉스인(에게해 지역의 원주민)
　의 시조이자 라코니아(수도는 스파르테)의 건설자인 렐렉스의 둘째 아들 폴리카온은 아
　내 메세네와 함께 서쪽으로 가 메세니아 왕국을 건설했다. 렐렉스인은 원래 아나톨리아의
　남서부 카리아에 살다가 이주한 사람들로 추정된다.

6　"필라스"는 아나톨리아의 카리아에서 이주해온 인물로, 아티케와 코린토스 사이에 있던
　메가리스 지방의 수도인 메가라의 왕이 되었다. 그는 숙부 비아스를 죽이고 추방되자 메
　세니아 지방으로 가 도시를 건설하고 필로스라고 명명했지만, 네스토르의 아버지 넬레우
　스에게 정복당했다.

하지만 난산의 여인들을 돕는 에일레이티이아가

에우도로스를 세상의 빛 아래로 내보내고, 그가 햇빛을 보게 된 후,

악토르[7]의 아들인 강력하고 용맹한 에케클레스가

셀 수 없이 많은 구혼 선물을 주고 그녀를 자신의 궁으로   190

데려갔고, 필라스 노인은 에우도로스를 친자식처럼

사랑으로 보듬고 훌륭하게 길러주었다.

세 번째 부대를 지휘한 인물은 용맹한 페이산드로스였다.

마이말로스의 아들인 그는 모든 미르미도네스인 가운데 창으로

싸우는 데는 펠레우스의 아들 아킬레우스의 전우인 파트로클로스   195

다음으로 뛰어났다. 네 번째 부대를 지휘한 인물은 전차를 타고 싸우는

　포이닉스 노인이었고,

다섯 번째 부대를 지휘한 인물은 라에르케스의 흠 잡을 데 없이

훌륭한 아들 알키메돈이었다. 아킬레우스는 지휘관들을 중심으로 전군을

부대별로 도열시킨 후 엄히 명했다.

"미르미도네스인들이여, 내가 분노하고 있는 동안 내내   200

그대들 각자가 빠른 함선들 옆에서 전투에 나가기만 하면 트로스인을

가만두지 않겠다고 공언하며 나를 이렇게 비난했음을 잊지 마라.

'펠레우스의 비정한 아들이여, 당신의 어머니는 증오를 먹여 당신을

키운 게 분명합니다. 싸우겠다는 전우들을 함선 옆에 붙잡아두다니

정말 잔인합니다. 이렇게 사악한 분노가 당신의 마음을 사로잡고 있으니,   205

우리는 바다를 다니는 함선들을 타고 집으로 돌아갑시다.'

그대들은 모이기만 하면 그렇게 말했는데,

이제 그토록 고대하던 대전투가 마침내 눈앞에 다가왔다.

7　여기에 나온 "악토르"는 파트로클로스의 아버지인 메노이티오스를 낳은 악토르가 아니고,
　헤라클레스의 다섯 번째 과업인 축사 청소 및 몰리오네의 쌍둥이 형제와 관련 있는 악토
　르도 아니다. "악토르"와 "에케클레스"에 대해서는 알려진 바가 없다.

그러니 용감한 마음으로 트로스인과 싸우라."

　　아킬레우스는 이렇게 말하며 전사들 각자의 힘과 용기를 불러일

　　　으켰다.　　　　　　　　　　　　　　　　　　　　　　　　210

그들은 왕의 말을 들은 후 대열을 더욱 밀착시켰다.

거센 바람을 막으려 돌을 촘촘히 쌓아올려

높은 집 담을 만드는 것처럼, 그렇게 투구와 중앙에 볼록하게

돌기가 있는 방패를 밀착시켰다.

방패는 방패에, 투구는 투구에, 사람은 사람에게 기댔다.　　　215

서로 다닥다닥 붙어 정렬했기 때문에

머리를 움직이면 번쩍이는 투구의 말총 장식이 달린

가장자리 부분이 맞부딪쳤다. 전군 앞에는 파트로클로스와

아우토메돈이 미르미도네스인들의 선봉에서 싸우기 위해

무장한 채 한마음으로 서 있었다.　　　　　　　　　　　220

한편 아킬레우스는 막사로 들어가 정교하게 만든

아름다운 궤짝의 뚜껑을 열었다. 은빛 발의 테티스가

그의 함선에 실어준 이 궤짝에는 상의와 바람을 막아줄

외투와 양모로 짠 두꺼운 담요가 가득 들어 있었다.

그 궤짝에는 잘 만든 술잔도 들어 있었는데,　　　　　　225

다른 사람은 아무도 그 술잔으로 화염빛 포도주를 마신 적이 없었고,

아버지 제우스 외에는 다른 신들에게 이 술잔으로 헌주한 적도 없었다.

아킬레우스는 이 술잔을 궤짝에서 꺼내

먼저 유황으로 닦고 깨끗한 강물로 씻은 후,

자신도 손을 씻고 화염빛 포도주를 퍼 담았다.　　　　　230

그런 후 마당 가운데 서서 하늘을 우러러보며 기도하고 포도주를

부어 헌주했다. 천둥을 좋아하는 제우스도 이것을 모르지 않았다.

"도도네와 펠라스고스[8]의 주인이신 제우스시여, 저 멀리 계시는 님이시여,

맨발로 땅바닥에 누워 잠드는 당신의 예언자들,

셀로이인이 사는, 지독하게 추운 도도네를 다스리는 분이시여, 235

전에도 제 기도를 들으시고,

아카이오스인의 백성을 몹시 압박해 제 명예를 세워주셨던 것처럼,

이번에도 소원을 이루어주소서.

저는 함선들이 모여 있는 곳에 남아 있어도,

전우를 많은 미르미도네스인과 함께 싸우러 보내니, 240

멀리 보는 제우스시여, 그에게 영광을 내려주시고,

그의 가슴속 마음에 담대함을 불어넣어

시종 파트로클로스가 홀로 싸움을 이어갈 수 있는지,

아니면 저와 함께 악전고투 전쟁에 뛰어들 때만

그의 무적 손이 미쳐 날뛰는지 헥토르도 알게 해주소서. 245

파트로클로스가 함선들로부터 전쟁과 함성을 몰아낸 후에는

모든 무구를 챙겨 근접전에 능한 전우들과 함께

다치지 않고 빠른 함선들로 돌아오게 해주소서."

　　　아킬레우스는 이렇게 기도했고, 지략가 제우스는 그의 기도를 들
　　　었다.

하지만 아버지 제우스는 둘 중 하나만 들어주고 다른 하나는 고개를 250

돌려 거절했으니, 파트로클로스가 함선들로부터 전쟁과 함성을

몰아내게 해달라는 기도는 들어주었지만, 무사히 돌아오게 해달라는

8　여기에서 "도도네"는 가장 오래된 신탁소가 있는 에피로스의 도도네를 말한다. 에피로스
지방은 핀도스 산맥과 이오니아해 사이에 있었다. 이곳에는 제우스를 모시는 제관들로 이
루어진 부족 "셀로이인"이 살았다. "펠라스고스"는 그리스 땅에 정착한 가장 오래된 종족
중 하나인 펠라스고스인의 시조다. 여러 명의 펠라스고스가 있는데, '아르카디아의 펠라
스고스'는 최초의 아르고스 왕 이나코스의 후손이고, '아르고스의 펠라스고스'와 '테살리
아의 펠라스고스'는 아르고스의 후손이다.

기도는 고개를 돌려 거절했다. 아킬레우스는 아버지 제우스에게
헌주하고 기도한 후 다시 막사로 들어가 술잔을 궤짝 안에 두고
밖으로 나와 막사 앞에 섰다. 그의 마음은 여전히 트로스인과   255
아카이오스인 간의 무시무시한 접전을 보고 싶었기 때문이다.
　　　　무장한 전사들은 대열을 갖춘 채
영웅다운 기개를 지닌 파트로클로스와 함께 트로스인들을 향해
기세등등하게 돌진해갔다. 그들이 일제히 쏟아져 나오니
그 모습이 말벌 떼 같았다. 철부지 소년들은   260
길가에 집을 지어놓은 말벌들을 볼 때면
괜히 건드려 성나게 하는데, 누군가가 그 옆을 지나다가
자기도 모르게 벌집을 건드리면,
말벌들은 제 새끼들을
지키고자 하나같이 용맹한 마음으로 날아든다.   265
미르미도네스인들이 바로 그러한 말벌 떼의 심장과 마음을 품고
함선들에서 쏟아져 나오자 그칠 줄 모르는 함성이 일었다.
파트로클로스는 큰 소리로 외쳐 전우들을 독려했다.
"미르미도네스인들이여, 펠레우스의 아들 아킬레우스의 전사들이여,
남자답게 행동하고 투지를 기억하라, 친구들이여. 그리하여 펠레우스   270
아들의 명예를 드높이자. 그는 함선들 곁의 아르고스인 중에서도
가장 뛰어난 용사이며, 근접전에 뛰어난 시종들도 그러하다.
또한 드넓은 땅을 다스리는 아트레우스의 아들 아가멤논에게
아카이오스인들 중 가장 용맹한 분을 존중하지 않은 게 치명적인 잘못
　　이었음을 알게 해주자."
　　　　파트로클로스가 이렇게 말하며 전사들 각자의 힘과 용기를 불러
　　　　일으키자,   275
그들은 무리를 지어 함께 트로스인 속으로 뛰어들었고,
함선들 주위에서 아카이오스인의 함성이 무시무시하게 울려 퍼졌다.

메노이티오스의 용맹한 아들과 시종의 무구가
번쩍이는 광경을 본 모든 트로스인의 마음은 동요했고
대열도 흐트러졌다. 함선들 옆에 있던 펠레우스의 아들   280
빠른 발의 아킬레우스가 분노를 버리고
우정을 붙잡았다고 생각했기 때문이다. 그들은 각자 완벽한 파멸을 피해
도망칠 궁리를 하느라 주위를 살피기 시작했다.

파트로클로스는 먼저 기개 있는 프로테실라오스의 함선 꼬리 옆
가장 많은 사람이 모여 혼전을 벌이고 있던 곳   285
한가운데로 곧장 번쩍이는 창을 던져 피라이크메스를 맞혔다.
피라이크메스는 강폭이 넓은 악시오스강 변의 아미돈에서
전차를 타고 싸우는 파이오니아인들을 이끌고 온 인물이었다.
파트로클로스가 그의 오른쪽 어깨를 맞히자, 그는 신음 소리를 내며
먼지 속에서 뒤로 넘어졌고, 주위에 있던 파이오니아인 전우들은   290
사방으로 도망쳤다. 파트로클로스가 가장 용맹하게 싸우는
지휘관을 죽이자 거기에 있던 모든 사람이 겁을 먹었기 때문이다.
이렇게 파트로클로스는 함선들로부터 트로스인을 몰아내고
타오르던 불길도 껐다. 트로스인은 반쯤 탄 함선을 그 자리에 버려두고,
무시무시한 소음을 내며 도망쳤고, 다나오스인들이   295
속 빈 함선들 안으로 쏟아져 들어가니 그칠 줄 모르는 함성이 일었다.
번개를 일으키는 제우스가 큰 산 높은 봉우리에서
짙은 구름을 걷어내시면, 주변의 모든 높은 봉우리와
높은 산등성이와 숲이 우거진 골짜기가 드러나고,
하늘이 열리며 대기가 무한히 쏟아져 내려온다.   300
바로 그렇게 다나오스인들은 타오르는 불길을 함선들로부터 밀어내고
잠시 숨을 돌렸지만, 전투가 그친 것은 아니었다. 트로스인들은
아레스가 아끼는 아카이오스인들에게 쫓겨 어쩔 수 없이 함선들로부터
물러나기는 했지만, 온 힘을 다해 뒤도 돌아보지 않고

도망치지 않고 여전히 아카이오스인들과 맞서고 있었기 때문이다.　　　305
　　　장수들 간에 각개전투가 벌어졌다.
먼저 메노이티오스의 용맹한 아들 파트로클로스는
뒤돌아서는 아레일리코스에게 날카로운 창을 던져
청동으로 넓적다리를 관통시켰다.
창에 뼈가 박살나면서 그는 그대로 땅 위에 엎어졌다.　　　310
한편 용맹한 메넬라오스는 방패 옆으로 노출된
토아스의 가슴을 찔러 사지를 풀어놓았다.
필레우스의 아들 메게스는 암피클로스가 달려드는 것을
주시하고 있다가 선수를 쳐서 그의 허벅지를 찔렀다.
허벅지는 사람의 몸에서 근육이 가장 두터운 부위라　　　315
창끝 사방으로 힘줄이 끊어지자 어둠이 그의 두 눈을 뒤덮었다.
네스토르의 아들 중 한 명인 안틸로코스는 날카로운 창으로 아팀니오
　　　스를 찔렀다.
청동 창이 옆구리를 꿰뚫자 그는 앞으로 꼬꾸라졌다.
마리스는 바로 옆에 있던 아우 아팀니오스가 꼬꾸라지자
아우의 시신 앞에 서 있다가 창을 들고 안틸로코스에게 달려들었다.　　　320
하지만 마리스가 창으로 찌르기 전에
신 같은 트라시메데스가 먼저 어깨를 내리쳐 명중시켰다.
창끝이 근육에 붙어 있던 팔의 뿌리를 끊어내며
뼈를 산산조각 내버리자, 그는 털썩 하고 둔탁한 소리를 내며
쓰러졌고, 어둠이 두 눈을 뒤덮었다.　　　325
이렇게 두 형제는 안틸로코스와 트라시메스 형제의 손에 쓰러져
에레보스로 갔으니, 창을 사용했던 마리스와 아팀니오스 형제는
많은 사람에게 재앙이었던 키마이라를 기른 아미소다로스의
두 아들이자 사르페돈의 용맹한 전우들이었다.
오일레우스의 아들 아이아스는 무리 속에서 꼼짝 못 하고 있던　　　330

클레오불로스에게 달려들어 그를 사로잡아

손잡이 달린 칼로 목을 쳐 그 자리에서 힘을 풀어버렸고,

칼날 전체가 피로 달아올랐고, 검은 죽음과

피할 수 없는 운명이 그의 눈을 덮쳤다.

페넬레오스와 리콘은 서로에게 달려들어 맞붙었다.					335

두 사람이 서로에게 던진 창이 둘 다 빗나가 소용없게 되자,

다시 칼을 빼들고 달려들어 맞붙은 것이었다.

리콘이 페넬레오스의 투구 중 말총 장식이 달린 끝부분을 치자

칼자루가 부러졌다. 반면에 페넬레오스는 리콘의 귀 아래 목을 쳤다.

칼날 전체가 살을 파고들어 머리는 간신히 붙어 있기는 했지만			340

한쪽이 들린 채 다른 한쪽으로 대롱대롱 매달렸고 사지는 풀어졌다.

메리오네스는 민첩한 발로 아카마스를 따라잡아

전차에 타려 하는 그의 오른쪽 어깨를 찔렀다.

아카마스는 전차에서 나동그라졌고, 뿌연 연무가 두 눈에 쏟아졌다.

이도메네우스는 무자비한 청동으로					345

에리마스의 입을 찔렀다. 청동 창이 입을 지나

두개골 밑을 꿰뚫고 지나며 흰 뼈들을 박살 내자

뼈들이 흩어졌고, 두 눈에는 피가 가득 차올랐다.

그는 가쁜 숨을 몰아쉬며 입과 콧구멍에서 피를 뿜어냈고,

죽음의 검은 구름에 뒤덮였다.					350

　　　이렇게 다나오스인의 지휘관들은 각자 자신이 상대한 적의 지휘
　　　　관을 죽였다.

목자가 어리석어 양 떼나 염소 떼를 산속에 풀어놓으면,

약탈하는 이리 떼는 그 모습을 지켜보고 있다가

그중에서 대항할 힘이 없는 새끼 양이나 새끼 염소를

재빨리 공격해 갈기갈기 찢거나 물어 간다.					355

바로 그렇게 다나오스인들은 트로스인들에게 달려들었고,

트로스인들은 전의를 잃고 겁에 질려 비명을 지르며 도망칠 궁리만 했다.

　　　　한편 큰 아이아스는 청동으로 무장한 헥토르에게

창을 던질 기회만 노리고 있었다. 하지만 전쟁에 노련한 헥토르는

소가죽 방패로 넓은 어깨를 가린 채　　　　　　　　　　　　　　360

날아오는 화살의 윙윙거리는 소리와 창들의 둔탁한 소리를

유심히 살폈다. 사실 그도 전세가 역전되었음을 알고 있었지만,

여전히 버티고 서서 충직한 전우들을 구하고자 했다.

　　　　제우스가 폭풍을 일으킬 때면

구름이 올림포스의 신성한 대기로부터 나와 하늘로 들어가는데,　　365

그렇게 트로스인들은 비명을 지르며 함선들로부터 도망쳤다.

그러나 전과 같이 질서정연하게 해자를 다시 건너지는 못했다.

빠른 발의 말들이 헥토르와 그의 무구를 실어 나른 후,

뒤에 남은 트로스인 군사들은 아카이오스인들이 파놓은 깊은 해자에 갇혀

오도 가도 못하게 되었다. 그러자 전차를 끄는 많은 빠른 말들은　　370

해자 안에서 앞쪽의 끌채를 부수고 주인의 전차를 버렸다.

파트로클로스는 트로스인들에게 재앙을 안겨줄 생각으로 다나오스인들을

독려하여 그들을 맹렬히 추격했고, 트로스인들은 겁에 질려 비명을

지르며 뿔뿔이 흩어져 모든 길을 가득 메우며 도망쳤다.

회오리바람 같은 먼지가 구름 아래까지 높이 치솟았고,　　　　　375

통굽의 말들은 함선과 막사를 뒤로하고 성 쪽을 향해 힘껏 내달렸다.

파트로클로스는 가장 많은 적군이 몰려 움직이는 곳을 보면

함성을 지르며 거기로 내달렸다. 적들은 전차에서 거꾸로 떨어져

파트로클로스 전차의 굴대 아래로 처박혔고, 그들의 전차는 굉음을 내

　　며 뒤집혔다.

하지만 신들이 펠레우스에게 하사한 영광스러운 선물, 불멸의 준마들은　　380

해자를 가볍게 뛰어넘어 앞으로 내달렸다. 그는 헥토르를 쓰러뜨리려는

마음이 간설했기 때문에 헥토르를 향해 내달렸다. 하지만 헥토르는

이미 그의 빠른 말들이 실어 가버리고 없었다.

신들의 복수를 무시한 채 재판정에서 힘을 앞세워

굽은 판결을 내려 정의를 걷어찬 인간들에게   385

제우스가 크게 진노하여

늦여름 어느 날 비를 맹렬하게 퍼부어

검은 대지가 거무스름한 폭풍 아래 짓눌릴 때면,

모든 강은 만수위가 되어 흐르고,

급류는 숨을 헐떡이며 산에서 거꾸로 떨어져   390

많은 산비탈을 베어내고는

인간들이 힘써 이룬 일들을 전부 무위로 돌려놓고 검붉은 바다로 흘러
    들어간다.

바로 그렇게 트로스인들의 말들은 숨을 헐떡이며 질주했다.

        이윽고 도망치는 트로스인의 선두 대열을 앞지른 파트로클로스는

앞을 가로막고 그들을 다시 함선 쪽으로 내몰았다.   395

그러나 그들이 성에 발을 들여놓는 것을 허락하지 않고,

함선들과 강과 높은 방어벽 사이에 그들을 밀어 넣은 후

쫓아가 죽여 응징함으로, 전사한 수많은 아군의 핏값을 받아냈다.

파트로클로스는 먼저 프로노오스에게 번쩍이는 창을 던져

방패 옆으로 노출된 가슴을 맞혀 그의 사지를 풀었다.   400

그가 털썩 하고 둔탁한 소리를 내며 쓰러지자,

이번에는 에놉스의 아들 테스토르를 향해 돌진했다.

테스토르가 겁에 질려 손에 쥔 고삐를 놓치고

광 낸 전차 안에 웅크리고 앉자, 다가가 창으로

오른쪽 턱을 찔러 이 사이를 꿰뚫었다.   405

파트로클로스가 창대를 잡고 전차 난간 너머로 그를 끌어당기니,

해변의 튀어나온 바위에 앉아 낚싯줄과 번쩍이는 청동 낚싯바늘로

바다에서 신성한 물고기를 낚아 올리는 듯했다.

그렇게 파트로클로스는 번쩍이는 창에 꿰어 입을 벌리고 있는 테스토르를

전차 밖으로 내던졌고, 그는 거꾸로 떨어지면서 목숨이 떠나갔다.　　　410

다음으로 파트로클로스는 돌진해오는 에릴라오스의 머리 한가운데를

큰 돌로 내리쳤다. 튼튼한 투구 안에서 머리가 박살 나자

그는 땅에 얼굴을 처박으며 쓰러졌고,

목숨을 파괴하는 죽음이 그 위에 쏟아졌다.

다음으로는 에리마스, 암포테로스, 에팔테스,　　　415

다마스토르의 아들 틀레폴레모스, 에키오스, 피리스,

이페우스, 에우이포스, 아르게오스의 아들 폴리멜로스, 이 모든 자를

파트로클로스는 만물을 기르는 대지 위에 차례차례 눕혔다.

　　　사르페돈은 상의 위에 띠를 두르지 않은 전우[9]들이

메노이티오스의 아들 파트로클로스의 손에 쓰러지는 모습을 보고　　　420

큰 소리로 신 같은 리키아인들을 꾸짖었다.

"부끄러운 줄 알라, 리키아인들이여. 어디로 도망치느냐?

내가 저자를 상대하여, 이곳을 지배하고 많은 훌륭한 전사들의

무릎을 풀어 트로스인들에게 큰 해를 끼친 이가

어떤 자인지 알아보려 하니 이제는 어서 전열을 갖추라."　　　425

　　　사르페돈은 이렇게 말하고, 무구를 갖춘 채 전차에서 땅으로 뛰어

　　　내렸다.

그를 본 파트로클로스도 전차에서 뛰어내렸다.

굽은 발톱과 흰 부리를 지닌 독수리들이 높은 벼랑 위에서

날카로운 비명 같은 소리를 지르며 서로 싸우는 것처럼,

두 사람은 날카로운 고함을 지르며 서로에게 돌진했다.　　　430

크로노스의 아들 음흉한 제우스는 그들을 보자 불쌍한 마음이 들어

누이이자 아내인 헤라에게 말했다.

9　"상의 위에 띠를 두르지 않은"은 리키아인을 수식하는 표현 중 하나다.

"내가 인간들 중 가장 아끼는 사르페돈이 메노이티오스의 아들
파트로클로스의 손에 쓰러져야 하다니 참으로 애석하오.
눈물로 얼룩진 전쟁터에서 그를 살아 있는 채로 구해내어　　　　　435
비옥한 리키아 땅에 갖다놓아야 하는지, 아니면 지금 여기에서
메노이티오스 아들의 손에 쓰러지게 해야 하는지, 아무리 생각해봐도
둘 중 어느 쪽을 내 마음이 원하는지 알 수 없구려."

　　황소 눈의 존귀한 헤라가 대답했다.

"크로노스의 지극히 두려운 아드님이시여,　　　　　440
무슨 말씀을 하시는 거예요? 이미 오래전에 운명이 정해진 필멸의 인간을
다시 가증스런 죽음에서 벗어나게 하시겠다니요?
마음대로 하세요. 하지만 다른 모든 신들은 당신 생각에 동의하지 않을
　　거예요.
한 가지만 말씀드릴 테니 마음에 새겨두세요.
만약 사르페돈을 살려 집으로 돌려보낸다면,　　　　　445
이후로는 다른 신들도 자기가 아끼는 아들을 치열한 전투에서 빼내
집으로 돌려보내려 한다는 것을 아셔야 해요.
프리아모스의 성 주위에서 불멸의 신들의 많은 아들들이 싸우고 있으니,
당신은 그 신들에게 지독한 원한을 심어줄 거예요.
그러니 당신이 그를 아껴 그토록 마음이 아프다면,　　　　　450
그가 격렬한 전투 속에서 메노이티오스의 아들
파트로클로스의 손에 쓰러지도록 두었다가
혼백과 목숨이 그를 떠난 후,
죽음의 신 타나토스와 달콤한 잠의 신 힙노스를 보내
그를 드넓은 리키아 땅으로 데려가게 하세요. 그런 다음　　　　　455
형제와 친척들이 성대하게 장례를 치르고 무덤과 비석을
세워주게 하세요. 그것은 죽은 자가 누려야 할 특권이니까요."

　　헤라가 이렇게 말하자 인간들과 신들의 아버지는 그 말을 거부하

지 않았다.

하지만 제우스는 조상의 땅에서 멀리 떠나와 비옥한 트로이아 땅에서

파트로클로스에게 이제 곧 죽게 될 사랑하는 아들의 명예를   460

높이기 위해 피처럼 붉은 빗방울을 대지에 쏟아부었다.

　　두 사람이 서로를 향해 돌진하여 거리가 가까워지자,

파트로클로스는 군주 사르페돈의 용맹한 시종이며

명성이 자자한 트라시멜로스의 아랫배를 맞혀 사지를 풀었다.

이번에는 사르페돈이 그에게 돌진하여   465

번쩍이는 창을 던졌지만, 그 창은 빗나가

곁마 페다소스의 오른쪽 어깨에 맞았다.

말은 울부짖으며 숨을 거두었는데

먼지 속으로 쓰러지자 목숨이 날아갔다.

곁마가 먼지 속에 눕자 나머지 말 두 필의 보조가 흐트러지며   470

멍에가 삐걱거리는 소리를 냈고, 고삐도 뒤엉켜버렸다.

하지만 창술로 유명한 아우토메돈이 해결책을 발견했으니,

지체하지 않고 튼튼한 넓적다리에서 긴 칼을 빼어 쏜살같이 달려들어

곁마의 고삐를 끊어냈다.

두 필의 말은 다시 보조를 맞춰 달리며 고삐를 팽팽하게 당겼고,   475

두 사람은 서로 맞붙어 목숨 건 싸움을 재개했다.

　　사르페돈은 또다시 번쩍이는 창을 던졌지만

이번에도 빗나가고 말았다. 창끝이 파트로클로스의 왼쪽 어깨 위로

지나가며 그를 맞히지 못했다. 이번에는 파트로클로스가

청동을 들고 달려들었다. 그의 손을 벗어난 창은   480

아무 성과 없이 날아가지 않아

맥동하는 심장을 둘러싸고 있는 횡격막을 맞혔고,

사르페돈은 쓰러졌다. 참나무나 백양나무나 산에서 목수들이

선박용 목재로 사용하려고 새로 간 도끼로 찍은 키 큰 전나무가

쓰러지듯, 사르페돈은 말들과 전차 앞에   485
대자로 뻗어 신음 소리를 크게 내며 피로 붉게 물든 흙을 움켜쥐었다.
사자가 느릿느릿 걷는 소 떼를 습격해
그중 화염빛의 위풍당당한 황소를 죽이면,
황소는 사자의 턱 아래에서 신음하며 죽어간다.
바로 그렇게 방패를 들고 싸우는 리키아인의 우두머리는   490
파트로클로스 아래에서 죽어가며 사랑하는 전우의 이름을 불렀다.
"전사 중의 전사 사랑하는 글라우코스여, 지금이야말로
그대가 창으로 싸우는 대담무쌍한 전사임을 보여줄 때네.
이제 그대는 이 사악한 전쟁에 발 벗고 나서야 하네.
먼저 두루 돌아다니면서 리키아인의 지휘관을 독려해   495
이 사르페돈을 위해 싸우게 하고,
그런 후 그대도 나를 위해 청동으로 싸우게.
함선들이 모여 있는 곳에서 쓰러진 내게 아카이오스인이 다가와
무구를 벗겨간다면, 이 일은 그대에게 앞으로 두고두고
치욕이자 비난거리가 될 것이네.   500
그러니 견고하게 버티고 서서 모든 군사를 독려하게."
       사르페돈이 이렇게 말한 후, 죽음의 종말이 두 눈과
콧구멍을 덮었고, 파트로클로스가 그의 가슴에 한 발을 얹고
몸통에 박힌 창을 뽑아내자 횡격막도 함께 딸려 나왔다.
파트로클로스가 그의 목숨과 창끝을 동시에 뽑아낸 것이다.   505
한편 미르미도네스인들은 왕의 전차를 버리고
숨을 헐떡이며 달아나던 말들을 그 자리에 붙잡아두었다.
       사르페돈의 목소리를 들은 글라우코스에게 무시무시한 고통이
엄습했고, 도와주러 갈 수 없는 처지인 그의 마음은 요동쳤다.
그는 한 손으로 자신의 팔을 움켜쥔 채 누르고 있었다.   510
높은 방어벽을 공격하다가 테우크로스가 전우들을 파멸에서

구하려고 쏜 화살에 맞아 생긴 상처가 그를 괴롭혔기 때문이다.

그는 멀리 쏘는 아폴론에게 기도했다.

"군주시여, 당신은 어디에 계시든 곤경에 처한 사람의 기도를

들으실 수 있고, 지금 저는 곤경에 처해 있으니,   515

비옥한 땅 리키아에 계시든 트로이아에 계시든 기도를 들어주소서.

저는 이렇게 심각한 상처를 입어

팔은 극심한 통증으로 욱신거리고, 지혈이 되지 않으며,

상처 때문에 어깨는 무겁습니다.

그래서 창을 견고하게 잡을 수 없고, 나가서 적과 싸울 수도   520

없습니다. 제우스의 아드님이자 가장 용맹한 전사 사르페돈이

죽었습니다. 제우스께서 자기 아들조차 지켜주지 않으셨기 때문입니다.

그러니 군주시여, 저의 이 심각한 상처를 낫게 해주시고

통증을 잠재워주시며 힘을 주셔서

제가 리키아의 전우를 독려해 싸우게 하시고,   525

저 자신도 싸워 고인의 시신을 지키게 하소서."

    글라우코스가 이렇게 기도하자, 그의 기도를 들은 포이보스 아폴론은

즉시 통증을 그치게 해주고, 깊은 상처에서 검은 피가

흘러나오는 것을 멈추게 해주며, 마음에는 용기를 불어넣어주었다.

글라우코스는 이 사실을 마음으로 알아차리고,   530

위대한 신이 신속하게 기도를 들어준 걸 기뻐했다.

그는 먼저 리키아인의 모든 지휘관을 찾아다니며 독려해

적과 싸워 사르페돈의 시신을 지키게 했다.

그런 후 트로스인들 속으로 성큼성큼 걸어 들어가

판토오스의 아들 폴리다마스, 고귀한 아게노르,   535

아이네이아스, 청동으로 무장한 헥토르에게 다가가

날개 달린 말로 요청했다.

"헥토르여, 이제 당신에게 동맹군은 아예 안중에도 없군요.

그들은 당신을 위해 친구들과 조상의 땅을 떠나 멀리까지 와서

목숨을 잃고 있는데도, 당신은 도우려 하지도 않고 있소.   540

방패를 들고 싸우는 리키아인들의 지휘관이신 사르페돈께서

죽어 누워 계시오. 그는 정의와 힘으로 리키아를 지켜오신 분인데,

청동의 아레스가 파트로클로스의 창을 빌려 그분을 쓰러뜨렸소.

그러니 친구들이여, 마음으로 의분을 느끼고 그분을 도와주시오.

빠른 함선들 옆에서 우리 창에 다나오스인들이   545

쓰러진 것에 분노해 미르미도네스인이 그분의 무구를 벗기고

시신을 모욕하지 못하게 해주시오.”

　　　글라우코스가 이렇게 말하자 억누를 수 없는 비통함이 머리부터
　　　　　발끝까지

트로스인을 사로잡았다. 사르페돈은 타지 사람이기는 했지만,

많은 백성을 이끌고 온 데다 그 자신도 아주 용맹한 전사여서   550

도성의 버팀목이었기 때문이다. 트로스인은 맹렬한 기세로

다나오스인을 향해 곧장 나아갔고, 사르페돈의 죽음에 분노한 헥토르
　　　가 앞장섰다.

한편 아카이오스인은 메노이티오스의 아들인

가슴에 털이 수북이 난 파트로클로스가 독려했다.

파트로클로스는 먼저 기세등등해 있는 두 아이아스에게 말했다.   555

“아이아스들이여, 이제 적을 막는 일을 두 분의 낙으로 삼아주시오.

전에 두 분이 전사들 가운데서 하셨던 대로 하거나

더 용맹하게 싸워주시오. 가장 먼저 아카이오스인이 세운 방어벽을 넘어

돌진해온 사르페돈이라는 자가 저기 죽어 누워 있소.

그러니 우리가 그자의 시신을 탈취해 욕보이고, 어깨에서 무구를 벗기며,   560

시신을 지키려고 하는 적들을 무자비한 청동으로 쓰러뜨립시다.”

　　　파트로클로스는 이렇게 말했고, 두 아이아스 또한 이미 복수의 열
　　　　　망으로

가득 차 있었다. 이렇게 트로스인과 리키아인이 한 편이 되고,

미르미도네스인과 아카이오스인이 한 편이 되어 각자 전열을 강화한
　　다음,

죽은 사르페돈의 시신을 둘러싸고 무시무시한 함성을 지르며　　　　565

맞붙어 싸웠고, 전사들의 무구에서는 요란한 소리가 울려 퍼졌다.

제우스는 이 치열한 전투 위에 죽음의 밤을 드리워

사랑하는 아들을 둘러싸고 죽음의 힘겨운 전투가 벌어지게 했다.

　　　먼저 눈망울 초롱초롱한 아카이오스인이 트로스인을 당하지 못하

　　　고 밀려났다.

미르미도네스인 가운데서 가장 비겁한 어떤 전사가　　　　　　　　570

쓰러진 게 아니라, 아가클레에스의 아들 기개 있는 고귀한 에페이게우스가

쓰러졌기 때문이다. 전에 살기 좋은 부데이온[10]을 다스렸던

에페이게우스는 용맹한 사촌을 죽이고 나서,

펠레우스와 은빛 발의 테티스를 찾아가 도움을 요청했다.

그러자 펠레우스와 테티스는 그를 적의 대열을 깨는 자 아킬레우스를 따라　575

말들이 많은 일리오스로 보내 트로스인과 싸우게 했다.

에페이게우스가 사르페돈의 시신을 손으로 잡는 순간,

영광스러운 헥토르가 그의 머리를 향해 큰 돌을 던지자

단단한 투구 안에서 머리가 완전히 둘로 쪼개졌다.

그는 시신 위에 얼굴을 처박으며 쓰러졌고,　　　　　　　　　　　580

목숨을 앗아가는 죽음이 그 위에 쏟아졌다.

파트로클로스가 전우의 죽음에 마음 아파하며 선봉대를 가로질러

돌진하니, 갈까마귀나 찌르레기를 추격하는 날쌘 매 같았다.

전차를 타고 싸우는 파트로클로스여, 그대는 그렇게 전우 때문에

마음에 분노하여 리키아인과 트로스인을 향해　　　　　　　　　585

---

10 "부데이온"은 아킬레우스의 아버지 펠레우스가 다스렸던 프티아의 한 도시다.

곧장 돌진했고, 큰 돌을 던져 이타이메네스의 사랑하는 아들

스테넬라오스의 목을 맞혀 힘줄을 끊어버렸구나.

그러자 적의 선봉대와 영광스러운 헥토르가 뒤로 물러났다.

시합이나 전장에서 목숨을 앗아가는 적 앞에서

전사가 힘을 과시하기 위해   590

힘껏 던진 긴 창이 날아가는 거리만큼

트로스인은 물러났고, 아카이오스인은 밀어냈다.

하지만 방패로 무장한 리키아인들의 지휘관 글라우코스가

가장 먼저 돌아서서 칼콘의 사랑하는 아들이며

기개 있는 바티클레스를 죽였는데, 그는 헬라스에 있는   595

집에서 살았고, 미르미도네스인 가운데서 유복하고 재물이 많기로

유명했다. 바티클레스가 글라우코스를 추격해 막 따라잡으려 했을 때,

글라우코스가 갑자기 돌아서서 창으로 그의 가슴 한복판을 찔렀고,

바티클레스는 털썩 하고 둔탁한 소리를 내며 쓰러졌다.

용맹한 전사가 쓰러지자 극심한 고통이 아카이오스인을   600

사로잡은 반면, 트로스인은 크게 환호성을 지르며 무리를 지어

그 주위로 몰려왔다. 하지만 아카이오스인도 전의를 완전히

상실한 게 아니어서 트로스인을 향해 힘껏 돌진했고, 이번에는

메리오네스가 트로스인 중 무장한 전사이자 오네토르의 대담한 아들인

   라오고노스를 죽였다.

오네토르는 이데산 제우스의 제관으로 백성에게   605

신으로 추앙받는 인물이었다. 메리오네스가 그의 귀밑 턱을 맞추자,

즉시 목숨이 사지에서 떠났고, 가증스런 어둠이 그를 장악했다.

그러자 아이네이아스가 메리오네스에게 청동 창을 던졌다.

방패로 몸을 가리고 걸어 나오는 메리오네스를 맞힐 수 있으리라고 생

   각했기 때문이다.

하지만 그를 주시하고 있던 메리오네스는 몸을 앞으로 구푸려   610

청동 창을 피했고, 긴 창은 그의 뒤쪽 땅에 가서 박혔다.

창 자루 끝이 부르르 떨었지만

이내 강력한 아레스가 그 힘을 거둬 갔다.

이렇게 아이네이아스의 다부진 손을 떠난 창끝은

헛되이 날아 땅에 박힌 채 부르르 떨며 분노했다. 615

아이네이아스가 마음속으로 화가 나 말했다.

"메리오네스여, 네 춤사위가 날렵하다고 해도,

내 창에 맞았더라면 영원히 춤추지 못하게 되었을 것이다."

　　창술로 유명한 메리오네스가 대답했다.

"아이네이아스여, 네가 아무리 강하다고 해도, 620

너와 맞서 싸우는 모든 사람의 목숨을 빼앗기는

어려울 것이다. 너도 결국 필멸의 인간이 아닌가.

내 날카로운 청동에 정통으로 맞았다면,

아무리 강력하고 힘깨나 쓴다고 자부하는 네놈도 그 자리에서

내게는 명성을, 준마의 하데스에게는 혼백을 내주었을 것이다." 625

　　메리오네스가 이렇게 말하자, 메노이티오스의 용맹한 아들이 그

　　를 꾸짖었다.

"메리오네스여, 용맹한 당신이 왜 그렇게 말만 앞세우시오?

친구여, 그런 식으로 욕한다고 해도, 트로스인은 사르페돈의 시신에서

물러나지 않고, 누구든 공격해오는 자는 죽어 땅에 묻힐 것이오.

싸움의 결말은 손의 힘에 있고, 말의 결말은 계책에 있소. 630

그러니 말을 늘어놓을 게 아니라 싸우는 것이 마땅하오."

　　파트로클로스가 이렇게 말하고 먼저 나서자, 신 같은 전사

메리오네스도 뒤따랐다. 벌목꾼들의 떠들썩한 소리가 산골짜기에서 일면

그 소리가 멀리까지 들리는 것처럼, 양쪽 진영이 만들어내는

둔탁한 소리가 큰 길이 나 있는 대지 위에서 일어나니, 635

칼과 앙날 창으로 서로를 찌를 때 청동과 소가죽과

정교하게 만든 방패에서 나는 소리였다.

그러자 이제는 고귀한 사르페돈의 시신이 머리에서 발끝까지

날아다니는 무기들과 피와 먼지로 온통 뒤덮여,

눈썰미 좋은 사람조차 그 시신이 사르페돈임을 알아볼 수   640

없게 되었다. 양쪽 진영은 사르페돈의 시신 주위에 몰려 있었는데,

봄에 농장 축사에서 우유를 짤 때,

넘쳐흐르는 우유통 주위에 파리 떼가 모여들어 윙윙거리는 듯했다.

그렇게 양쪽 진영이 사르페돈의 시신 주위에 몰려 있을 때,

제우스는 이 치열한 전투에서 빛나는 눈을 떼지 않고   645

주시하면서, 마음속으로는 파트로클로스를 어떤 식으로

죽게 할지를 놓고 깊이 고민했다.

신 같은 사르페돈의 시신을 둘러싸고 양쪽 진영이 치열한 전투를

벌이고 있는 지금, 그 자리에서 영광스러운 헥토르로 하여금

그를 청동으로 죽여 어깨에서 무구를 벗기게 할 것인가,   650

아니면 더 많은 적과 맞서 고군분투하다가 죽게 할 것인가.

고민한 결과, 파트로클로스는 펠레우스의 아들인 아킬레우스의

용맹한 시종이니만큼, 그로 하여금 트로스인과

청동으로 무장한 헥토르를 도성 쪽으로 밀어내고

많은 적군의 목숨을 빼앗게 하는 편이 더 나아 보였다.   655

그래서 제우스가 가장 먼저 헥토르에게 무기력한 마음을 넣어주자,

그는 전차에 올라 성 쪽으로 방향을 틀어 도망치며 다른 트로스인에게도

도망치라고 소리쳤으니, 제우스의 신성한 저울질을 알아차렸기 때문이다.

다부진 리키아인들도 심장이 멎은 그들의 왕이 시체 더미 속에

누워 있는 것을 보자 더 이상 버티지 못하고 모두 도망쳤다.   660

크로노스의 아들이 양쪽 진영으로 하여금 사르페돈의 시신을 둘러싸고

치열한 접전을 벌이게 하는 바람에, 그 주위에서 많은 전사가

쓰러졌다. 결국 아카이오스인들은 사르페돈의 어깨에서 번쩍이는

청동 무구를 벗겼고, 메노이티오스의 용맹한 아들 파트로클로스는

그 무구를 전우들에게 주어 속 빈 함선들로 가져가게 했다.　　　　665

이때 구름을 모으는 자 제우스가 아폴론에게 말했다.

"사랑하는 포이보스야, 지금 가서 날아다니는 무기가 닿지 않는

곳으로 사르페돈을 끌어내어 검은 피를 씻어낸 후,

그를 멀리 데려가 강물에 목욕시키고

신들의 향유를 바른 다음 신들의 옷을 입혀　　　　670

즉시 빠른 호송자들인 잠의 신 힙노스와

죽음의 신 타나토스 형제에게 보내라.

그리하여 신속하게 드넓고 비옥한 리키아 땅에 두어,

형제와 친척들이 그의 장례를 치러주고

무덤과 비석을 세워 고인에 대한 마지막 예우를 다하게 하라."　　　　675

　　　제우스가 이렇게 말하자 아폴론은 아버지의 말을 거역하지 않고,

이데산을 내려가 무시무시한 함성이 울려 퍼지는 전장으로 갔다.

아폴론은 즉시 날아다니는 무기가 닿지 않는 곳으로

고귀한 사르페돈을 멀리 옮겨 강물에 목욕을 시켰다.

그런 후 신들의 향유를 바르고 신들의 옷을 입혀　　　　680

빠른 호송자들인 잠의 신 힙노스와

죽음의 신 타나토스 형제에게 보냈고,

두 신은 신속하게 드넓고 비옥한 리키아 땅에 그 시신을 두었다.

　　　한편 파트로클로스는 말들과 아우토메돈을 독려해

트로스인과 리키아인을 추격했으니 크게 경솔히 행하여　　　　685

어리석은 짓을 저지르고 말았다. 펠레우스의 아들 아킬레우스가

말한 대로만 했더라면, 검은 죽음의 사악한 운명을 피할 수 있었을 것이다.

　　　하지만 제우스가 넣어주는 마음은 인간 스스로 가지고 있는

마음보다 더 강력해, 아무리 용맹한 전사도 도망치게 만들어 그에게서

　　쉽사리

〈사르페돈〉(앙리 레비, 1874년)

승리를 빼앗아버리기도 하고, 용기를 불어넣어 싸우게 하기도 한다.   690
이때에도 제우스가 파트로클로스의 가슴에 용감무쌍한 마음을 불어넣
  었던 것이다.
    파트로클로스여, 신들이 그대를 죽음으로 초청했을 때,
그대가 가장 먼저 죽인 자는 누구였고, 가장 나중에 죽인 자는 누구였
  던가?
그는 가장 먼저 아드라스토스를 죽였고, 다음으로는 아우토노오스,
에케클로스, 메가스의 아들 페리모스, 에피스토르, 멜라니포스를 죽였
  으며,   695
다음으로는 엘라소스, 물리오스, 필라르테스를 죽였다.
파트로클로스가 그들을 죽이자 다른 자들은 각자 도망칠 생각만 했다.
    이때 파트로클로스가 트로이아성 문 앞에서 종횡무진 창을 휘두
  르며 눈부신 활약을 펼쳤기 때문에, 이대로라면
아카이오스인의 아들들은 그의 손을 빌려 높은 성문들의 트로이아를
  함락시킬 수 있었다.
하지만 포이보스 아폴론이 튼튼하게 지은 성루 위에 서서 트로스인을   700
도우며, 파트로클로스를 어떻게 죽일지 곰곰이 생각하고 있었다.
파트로클로스는 세 번이나 높은 성벽의 모퉁이에 올랐지만,
아폴론은 세 번이나 불멸의 손으로
그의 번쩍이는 방패를 밀치며 힘으로 그를 밀어냈다.
그런데도 파트로클로스가 네 번째로 신처럼 달려들자   705
아폴론이 날개 달린 말로 무시무시하게 고함을 쳤다.
"물러가거라, 제우스의 자손 파트로클로스여.
위풍당당한 트로스인의 성은 네 창에 함락될 운명이 아니다.
너보다 훨씬 용맹스러운 아킬레우스의 창에 함락될 운명도 아니다."
    아폴론이 이렇게 말하자 파트로클로스는   710
멀리 쏘는 아폴론의 진노를 피하려고 멀찌감치 뒤로 물러났다.

이때 헥토르는 스카이아이성 문 안에 통굽 말들을 세워놓고,

다시 전장의 소용돌이로 뛰어 들어가 싸울지,

아니면 군사들을 성안으로 불러들일지 고민하고 있었다.

헥토르가 이런 고민을 하고 있을 때,   715

포이보스 아폴론이 강력한 아시오스의 모습을 하고 다가왔다.

아시오스는 디마스의 아들이자 헤카베의 친오빠였으므로

말 길들이는 헥토르의 외삼촌이었고,

프리기아의 상가리오스강 변[11]에 살았다.

아시오스의 모습을 한 제우스의 아들 아폴론이 헥토르에게 말했다.   720

"헥토르야, 왜 싸움을 그쳤느냐? 너답지 않구나.

내가 너보다 약한 정도만큼만 너보다 더 강했더라면,

스스로 전장에서 물러난 너 자신을 혐오하게 해주었을 것이다.

그러니 자, 튼튼한 굽을 지닌 말들을 파트로클로스를 향해 몰아가

그를 죽이고 아폴론이 네게 명성을 안겨주는지 알아보거라."   725

신은 이렇게 말하고 다시 전사들의 격전지로 돌아갔고,

영광스러운 헥토르는 현명한 케브리오네스에게 전차를 몰아

전장으로 가라고 명령했다. 한편 아폴론은 무리 속으로 들어가

아르고스인이 혼비백산 도망치게 만들었고,

트로스인과 헥토르에게는 영광을 안겨주었다.   730

헥토르는 다른 다나오스인은 죽이지 않고 내버려두고,

파트로클로스를 향해 튼튼한 굽을 지닌 말들을 몰았다.

한편 파트로클로스도 물러나기는커녕

왼손에 창을 든 채 전차에서 땅으로 뛰어내려

오른손으로 손에 꽉 찰 만큼 크고   735

---

11 "상가리오스강"은 아나톨리아에서 세 번째로 큰 강으로 프리기아를 가로질러 흑해로 흘러
    들어간다.

뾰족뾰족하며 번쩍이는 수정체의 돌을 집어 들어

버티고 서 있다가 던지니,

날카로운 돌은 빗나가지 않고, 헥토르의 마부이자

명성 자자한 프리아모스의 서자인 케브리오네스의 이마에 맞았다.

돌이 두 눈썹을 한데 으스러뜨렸고,   740

두개골마저 막아내지 못하여, 두 눈이 그의 발 앞 먼지 속으로

떨어졌다. 그러자 그는 정교하게 만든 전차에서

잠수부처럼 떨어졌고, 목숨이 뼈를 떠나고 말았다.

전차를 타고 싸우는 파트로클로스여, 이때 그대는 케브리오네스를 이

   렇게 조롱했도다.

"저런, 저렇게 쉽게 거꾸로 떨어지다니 아주 날쌔구나.   745

지금 그가 전차에서 들판으로 떨어지는 것을 보니,

이곳이 물고기로 가득한 바다였다면

아무리 비바람이 세차게 불고 풍랑이 심해도 배에서 뛰어내려

굴을 채취해 와 많은 사람들을 배불리 먹였겠구나.

트로스인 가운데 잠수부도 있는 게 분명하다."   750

     파트로클로스가 이렇게 말하고 영웅 케브리오네스에게 돌진해가니,

그 모습이 자신의 투지를 믿고 목장의 축사를 약탈하다가

가슴에 창을 맞고 죽는 사자 같았다. 파트로클로스여, 그렇게

그대는 케브리오네스를 향해 맹렬히 달려갔고,

헥토르도 곧장 전차에서 땅으로 뛰어내렸도다.   755

두 사람이 케브리오네스를 놓고 싸우니,

굶주린 사자 두 마리가 산꼭대기에서 죽은 암사슴을 놓고

기세등등하게 싸우는 듯했다. 바로 그렇게 케브리오네스를

차지하기 위해 전투의 함성을 지배하는 자들인 두 사람,

메노이티오스의 아들 파트로클로스와 영광스러운 헥토르는   760

무자비한 청동으로 서로의 살을 베고자 열망했다.

헥토르는 케브리오네스의 머리를 잡은 채 놓지 않았고,
파트로클로스는 발을 잡았다. 다른 트로스인과
아카이오스인도 서로 맞붙어 치열한 접전을 벌였다.
      깊은 산골짜기에서 동풍 에우로스와 남풍 노토스가   765
서로 경쟁하듯 울창한 숲을 흔들어댈 때면,
참나무와 물푸레나무와 길게 뻗은
층층나무의 긴 가지들이 서로 부딪치고
부러지며 무시무시한 소리를 낸다.
바로 그렇게 트로스인과 아카이오스인은 서로에게 달려들어   770
죽였고, 어느 쪽도 파멸을 초래할 패주를 생각하지 않았다.
케브리오네스의 시신 주위에는 날카로운 창들과 시위를 떠나 날아온
깃털 달린 화살이 무수히 땅에 박혀 있었고,
수많은 큰 돌이 그를 둘러싸고 싸우는 전사들의 방패를
강하게 때렸다. 그런데도 케브리오네스는 전차를 몰던 솜씨도 잊고,   775
소용돌이치는 먼지 속에 넓은 자리를 차지하고는 대자로 누웠다.
      해가 중천을 거니는 동안 양쪽 진영에서 던진
날아다니는 무기에 맞아 전사들이 계속해서 쓰러졌다.
하지만 해가 넘어가 소의 멍에를 풀 때가 되자
아카이오스인들이 대등함을 넘어 우세를 확보했다.   780
그들은 함성을 지르는 트로스인들로부터 영웅 케브리오네스를
날아다니는 무기가 닿지 않는 곳까지 끌어내 그의 어깨에서
무구를 벗겼고, 파트로클로스는 트로스인을 죽이기 위해 달려들었다.
그는 세 번이나 아레스 못지않게 무시무시한 함성을 지르며
민첩하게 트로스인에게 달려들어 세 번에 걸쳐 전사 아홉을 죽였다.   785
하지만 그가 네 번째로 신과 같이 달려들었을 때,
파트로클로스여, 그대에게 인생의 끝이 찾아왔으니
이 치열한 전투에서 그대의 상대는 무시무시한 포이보스였기 때문이다.

포이보스는 혼전의 와중에 짙은 안개를 두르고 다가왔기 때문에

파트로클로스는 그가 다가오는 것을 알아차리지 못했다. 790

포이보스가 파트로클로스의 뒤로 와 서서 손바닥으로

등과 넓은 어깨를 때리자 그는 두 눈이 핑 돌았다.

다음으로 포이보스 아폴론이 그의 머리에서 투구를 쳐내자,

면갑 달린 투구는 말발굽 아래로 떨어져 구르며

요란한 소리를 냈고, 말총 장식은 피와 먼지로 더러워졌다. 795

말총 장식 달린 이 투구는 전에는 신 같은 전사 아킬레우스의

머리와 고운 이마를 지켜주고 있었기에

먼지에 더러워진다는 것은 있을 수 없는 일이었다.

하지만 이때는 제우스가 이 투구를 헥토르에게 주어 머리에 쓰게 했으니,

파트로클로스의 죽음이 가까워졌기 때문이다. 800

다음으로 파트로클로스의 손에 들려 있던 그림자 길게 드리운

무겁고 크고 튼튼한, 청동 날이 장착된 창이 박살 났다.

그의 어깨에서는 술 달린 방패가 어깨띠와 함께 땅에 떨어졌다.

제우스의 아들 군주 아폴론은 그의 흉갑도 풀었다.

파트로클로스의 정신은 혼미해졌고, 아래로는 805

빛나던 사지마저 맥이 풀려버렸다. 그가 넋을 잃고 멍하니 서 있을 때,

바로 뒤에서 다르다니아인 전사이자 판토오스의 아들 에우포르보스[12]가

날카로운 창을 던져 두 어깨 사이의 등을 맞혔다.

에우포르보스는 또래 가운데 창술과 전차를 타고 싸우는 기술과

빨리 달리기에 가장 뛰어나, 전쟁에 대해 배우고 나서 810

전차를 타고 처음 출전했는데도, 벌써 전차 위에서 적군의 전사 스무 명

을 쓰러뜨렸다.

---

12 트로이아의 원로이자 아폴론의 제관 판토오스의 아들 "에우포르보스"는 곱슬머리의 아름
다운 머리채에 준수한 용모를 지녔으며 머리를 많은 황금 장식물로 치장했다.

전차를 타고 싸우는 파트로클로스여, 그가 가장 먼저 그대에게

창을 던졌지만 그대를 죽이지는 못했도다.

그는 파트로클로스의 살에서 물푸레나무 창을 뽑아낸 후 다시 뒤로

달려 무리 속에 섞였고, 비록 파트로클로스가 무장하지 않은 상태였지만,

그 자리에 버티고 서서 맞서 싸우려 하지는 않았다.   815

신에게 타격당하고 창에 제압당한 파트로클로스는 죽음의 운명을

피하기 위해 전우들의 무리 속으로 다시 물러가려고 했다.

     하지만 기개 있는 파트로클로스가 날카로운 창에 맞고

다시 물러가는 모습을 본 헥토르는 대열을 헤치고 그에게 다가가

창으로 아랫배를 찔러 청동을 관통시켰다.   820

파트로클로스는 털썩 하고 둔탁한 소리를 내며 쓰러져

아카이오스군을 큰 슬픔에 빠뜨렸다.

사자와 저돌적인 멧돼지가 산꼭대기에서

작은 샘을 놓고 서로 마시려고

기세등등하게 싸우다 결국 사자가 멧돼지를 제압하면,   825

사자에게 힘으로 제압당한 멧돼지는 가쁜 숨을 몰아쉰다.

바로 그렇게 프리아모스의 아들 헥토르는 많은 전사를 죽인

메노이티오스의 용맹한 아들 파트로클로스를 가까이에서 창으로 찔러

목숨을 빼앗자 날개 달린 말로 큰소리쳤다.

"파트로클로스야, 너는 우리의 성을 함락시키고   830

트로이아 여자들에게서 자유민으로 살아가는 날을 빼앗아

그들을 너희 함선에 싣고 네가 사랑하는 조상의 땅으로 데려갈 생각이

   었겠지.

하지만 이 어리석은 자야, 트로이아 여자들 앞에서 헥토르의 빠른 말들이

내달리며 싸우고, 호전적인 트로스인 가운데서 창술이 뛰어난

나 역시 트로이아 여자들에게 노예로 살아가는 날이 오지 않도록   835

그들을 지켜주고 있다. 하지만 네놈은 이곳에서 독수리에게 먹힐 것이다.

〈파트로클로스의 죽음〉(작가 미상, 1715년)

아, 가련한 자야, 용맹한 아킬레우스도 너를 지켜주지 못했구나.

그는 뒤에 남은 채 출전하는 너에게 이렇게 엄명을 내렸겠지.

'전차를 타고 싸우는 파트로클로스여,

전사를 죽이는 헥토르의 가슴을 덮고 있는 갑옷을 찢어　　　　　　840

피투성이로 만들기 전에는 내가 있는 속 빈 함선으로 오지 마라.'

그는 그렇게 말해 어리석은 네 마음을 현혹시켰음이 분명하다."

　　　그러자 전차를 타고 싸우는 파트로클로스여,

그대는 기력이 거의 소진된 상태에서 이렇게 대답했도다.

"헥토르야, 크로노스의 아드님 제우스와 아폴론이 나를 쉽게 제압해　　845

내 어깨에서 무구를 벗겨 네게 승리를 안겨주었을 뿐인데도,

너는 지금 기고만장해 큰소리치고 있구나. 너 같은 자는 스무 명이

나와 맞서 싸운다 해도, 모두 내 창을 맞고 쓰러져 즉사했을 것이다.

그러니 나를 죽인 것은 죽음의 운명과 레토의 아들 아폴론이고,

사람 중에서는 에우포르보스이며, 너는 나를 죽이는 데　　　　　　850

세 번째로 역할을 했을 뿐이다. 네게 한 가지 말해둘 게 있으니

명심하거라. 너도 정녕 오래 살지 못하리니 강력한

죽음의 운명이 이미 옆에 와 있어, 네놈은 아이아코스의 손자이며

흠 잡을 데 없이 훌륭한 아킬레우스의 손에 쓰러질 것이다."

　　　파트로클로스가 말을 마치자,　　　　　　　　　　　　　855

죽음의 종말이 그를 덮었고, 혼백은 자신의 운명을 슬퍼하며 대장부의

기개와 젊음을 뒤로하고 사지를 떠나 하데스의 집으로 날아갔다.

파트로클로스가 이미 죽었는데도, 영광스러운 헥토르는 그를 향해 말했다.

"파트로클로스, 도대체 내가 곧 죽게 될 것이라고

예언하는 이유가 무엇인가? 머릿결 고운 테티스의 아들 아킬레우스가　860

내 창에 맞아 먼저 목숨을 잃게 될지 누가 아는가?"

　　　헥토르는 이렇게 말하고 파트로클로스의 시신에 한 발을 올려놓고

상처에서 청동 창을 뽑아내고 나서 그를 창으로 밀쳐냈다.

그런 후 즉시 창을 들고 아이아코스의 손자인 빠른 발의
아킬레우스의 시종, 신 같은 아우토메돈을 향해 돌진했다.   865
창으로 그를 맞히고 싶었기 때문이다. 하지만 빠른 신마들이 그를 태우고
빠져나가니, 이 말들은 신들이 펠레우스에게 준 영광스러운 선물이었다.

제17권   파트로클로스의 시신을 둘러싼 전투

아트레우스의 아들이자 아레스가 아끼는 메넬라오스는
파트로클로스가 트로스인과 싸우다가 쓰러지는 것을 보고,
번쩍이는 청동으로 무장한 채 선봉대를 지나 나아가
파트로클로스의 시신 주위를 맴돌았다. 그의 모습은
새끼를 낳아본 적 없는 어미 소가 처음으로 낳은 송아지 주위를   5
맴돌며 애처롭게 우는 듯했다. 그렇게 금발의 메넬라오스는 창과
사방으로 길이가 같은 둥근 방패를 앞에 들고 파트로클로스의 시신
주위를 맴돌며, 시신을 탈취하려는 자는 누구든지 죽이려고 별렀다.
한편 잘 만든 물푸레나무 창을 든 판토오스의 아들 에우포르보스도
흠 잡을 데 없이 훌륭한 파트로클로스가 쓰러진 것을 알아차리고   10
가까이 다가와 아레스가 아끼는 메넬라오스에게 말했다.
"아트레우스의 아들이자 백성의 우두머리요, 제우스께서 아끼시는 메
    넬라오스여,
시신을 포기하고 물러나라. 피 묻은 전리품을 그대로 놓아두어라.
이 치열한 접전에서 트로스인과 명성 자자한 동맹군 가운데
파트로클로스를 창으로 맞힌 자는 바로 나이기 때문이다.   15
그러니 트로스인 중에서 내가 명성을 얻도록 하는 게 마땅하다.
그렇게 하지 않겠다면 내 창으로 네 달콤한 목숨을 빼앗겠다."

〈파트로클로스의 시신을 안고 있는 메넬라오스〉(다이아나 만투아나, 16세기)

금발의 메넬라오스가 격분해 말했다.

"아버지 제우스시여! 기고만장해서 거만한 태도로 큰소리치면

보기 좋지 않은 법입니다. 표범이나 사자나   20

가슴에 가장 큰 기개와 힘이 넘쳐나는 사나운 멧돼지도

단단한 물푸레나무 창을 든 판토오스의 아들

에우포르보스처럼 저렇게 기고만장하지는 않습니다.

전에 말 길들이는 힘센 히페레노르[1]가

나를 다나오스인 전사들 중 가장 겁 많은 자라 여기고   25

멸시하며 나와 맞섰지만, 젊음도 그에게 아무 소용이 없었다.

그자는 분명 자기 발로 집으로 돌아가 사랑하는 아내와

소중한 부모를 기쁘게 해주지 못했을 것이다.

네가 나와 맞선다면, 바로 그렇게 내가 네 힘을

풀어버리겠다. 충고하건대,   30

일이 벌어진 다음에야 깨달으면 어리석은 자일지니,

내게 변을 당하기 전에 무리 속으로 물러가고 맞서지 마라."

메넬라오스가 이렇게 말했지만 에우포르보스는 말을 듣지 않고
응수했다.

"제우스께서 기르신 메넬라오스여, 네가 내 형님을 죽였다고 떠벌리고

다니며 의기양양해한다는데, 이제 그 대가를 톡톡히 치를 것이다.   35

너는 내 형수님을 신방의 과부로 만들었고,

부모님에게는 끔찍한 눈물과 비탄을 안겨주었다.

하지만 내가 네 머리와 무구를 가지고 가서

판토오스와 고귀한 프론티스의 손에 안겨드린다면,

불쌍한 그분들의 눈물을 그치게 해드릴 수 있겠지.   40

그러니 이기든지 지든지 우리 두 사람의 결판을

---

1 "히페레노르"는 판토오스의 아들이자 에우포르보스의 형제다.

더 이상은 미룰 수도 피할 수도 없다.”

      에우포르보스는 이렇게 말하고 사방으로 길이가 같은 메넬라오스의

둥근 방패를 찔렀다. 하지만 청동은 방패를 뚫지 못했고,

튼튼한 방패 안에서 창끝이 뒤로 구부러졌다. 이번에는

아트레우스의 아들 메넬라오스가 아버지 제우스에게 기도하며

청동을 들고 달려들어, 뒤로 물러나던 그의 목 가장 아래쪽을

찌른 후 자신의 묵직한 손을 믿고 힘껏 밀어 넣으니, 창끝이 연한 목을

      그대로 관통했다. 그는 털썩 하고 둔탁한 소리를 내며

쓰러졌고, 그의 위에서는 무구가 파르르 소리를 내며 울렸다.

카리스 여신들 같은 그의 머리채,

금실과 은실로 곱게 엮은 머리채가 피로 물들었다.

농부가 양들이 다니고 물이 풍부하게 솟아나는 곳에

올리브나무 묘목을 심어놓으면,

나무는 무성하게 잘 자라 온갖 바람이 불어와 흔들어도

흰 꽃을 만개하지만, 거센 폭풍이 갑자기 들이닥치면

구덩이에서 뿌리째 뽑혀 대지에 누워버린다.

바로 그렇게 아트레우스의 아들 메넬라오스는

단단한 물푸레나무 창을 든

판토오스의 아들 에우포르보스를 죽이고 무구를 벗겼다.

      산속에서 자란 사자는 자기 힘을 믿고

풀을 뜯는 소 떼 중 가장 좋은 암소를 물어다가

튼튼한 이빨로 먼저 목을 부러뜨린 후

피와 내장을 탐욕스럽게 먹어치운다.

그런데도 개들과 목자들은 달려들 생각도 못 하고

새파랗게 겁에 질린 채

멀리서 사자를 향해 소리만 지른다.

그렇게 트로스인은 어느 누구도

영광스러운 메넬라오스에게 달려들 엄두를 내지 못했다.

그래서 아트레우스의 아들 메넬라오스는 판토오스의 아들   70

에우포르보스의 아름다운 무구를 수월하게 벗겨 갔을 것이다.

하지만 이를 못마땅하게 여긴 포이보스 아폴론이

키코네스인들의 지휘관 멘테스의 모습을 하고

민첩한 아레스 못지않은 헥토르를 날개 달린 말로 이렇게 부추겼다.

"헥토르여, 당신은 지금 아이아코스의 손자 현명한 아킬레우스의   75

말들을 얻으려고 이렇게 부지런히 쫓아다니지만 다 부질없는 짓이오.

필멸의 인간 중에서는 불멸의 어머니가 낳은 아킬레우스 외에

그 누구도 그 말들을 길들이거나 몰기가 어렵기 때문이오.

당신이 그러는 사이에 아트레우스의 아들 용맹한 메넬라오스가

파트로클로스의 시신을 지키려고 맴돌다가 트로스인 중   80

가장 용맹한 판토오스의 아들 에우포르보스를 죽여 투지를 꺾어놓았소."

        신이 이렇게 말하고 접전을 벌이고 있는 전사들에게로 다시 가자,

무시무시한 괴로움이 헥토르의 마음을 빽빽이 뒤덮어 검게 물들였다.

그가 전열을 자세히 살펴보니, 한쪽에선 찬란한 무구를

벗기고 있고, 다른 쪽엔 한 사람이 땅바닥에 쓰러져 있었다.   85

창에 찔린 상처에서는 피가 천천히 흘러나오고 있었다.

헥토르는 화염빛 청동으로 무장한 채 날카로운 고함을 지르며

헤파이스토스의 꺼지지 않는 불길처럼 선봉대를 헤치면서 돌진했고,

날카로운 고함 소리를 들은 아트레우스의 아들 메넬라오스는

크게 당혹해 영웅다운 기개를 지닌 자신의 마음을 향해 이렇게 말했다.   90

"아, 이런. 내가 이 아름다운 무구와 내 명예의 회복을 위해 싸우다가

여기에 누워 있는 파트로클로스를 내버리고 도망친다면,

다나오스인들 중 누구라도 이를 보고 내게 분개하겠지.

하지만 번쩍이는 투구의 헥토르가 모든 트로스인을 이끌고

여기로 오는 상황에서, 도망치는 것이 수치스럽다는 이유로,   95

나 혼자 헥토르와 트로스인을 상대해 맞서 싸운다면,
혼자인 나는 다수인 그들에게 에워싸이고 만다.
그런데 나는 왜 쓸데없이 이런 고민을 하고 있는가?
사람이 하늘의 뜻을 거슬러 신이 택한 자와 맞서 싸우려 하면,
이내 큰 재앙이 굴러떨어지는 법이다. 그러니 내가 신의 비호 아래   100
싸우는 헥토르를 피해 물러나는 것을 다나오스인들이 본다고 한들
아무도 분개하지 않을 것이다. 함성 소리 우렁찬 아이아스가 어디 있는
    지 안다면,
신의 뜻이 어쩌하든 우리 두 사람이 다시 전의를 가다듬고 돌아와
펠레우스의 아들 아킬레우스를 위해 어떻게든 파트로클로스의 시신을
구해낼 수 있고, 그렇게만 된다면 불행 중 다행이다.”   105
        메넬라오스가 마음속으로 이런저런 궁리를 하며 고민하는
사이에 헥토르가 이끄는 트로스인이 대열을 갖추고 다가왔다.
그러자 메넬라오스는 파트로클로스의 시신을 버리고 뒤로 물러나며
자꾸 뒤를 돌아봤는데, 그 모습이 수염 난 사자가
사냥개들과 창 든 사람들의 고함 소리에 쫓겨   110
목장의 축사에서 도망치는 듯했다. 그런 경우에 사자는
가슴속 투지가 식어 어쩔 수 없이 목장에서 물러난다.
바로 그렇게 금발의 메넬라오스는 파트로클로스의 시신을 떠났다.
하지만 전우의 무리 속으로 돌아온 그는 뒤로 돌아서서,
텔라몬의 아들 큰 아이아스를 찾으려고 주의 깊게 둘러보다가   115
아이아스가 전체 전장의 왼편에서 전우들에게
용기를 불어넣어 싸움을 독려하고 있음을 곧 알게 되었다.
포이보스 아폴론이 아이아스에게 무시무시한 공포심을 불어넣었기 때
    문이다.
메넬라오스는 즉시 그에게 달려가 옆에 서서 말했다.
“내 친구 아이아스여, 어서 죽은 파트로클로스에게 갑시다.   120

그의 무구는 번쩍이는 투구의 헥토르가 가져갔지만,

무구 없는 시신이라도 아킬레우스 앞에 가져다놓읍시다."

메넬라오스는 이렇게 말하여 현명한 아이아스의 기개를 자극했다.

아이아스는 선봉대를 지나 나아갔고, 금발의 메넬라오스도 함께했다.

헥토르는 파트로클로스에게서 아름다운 무구를 벗기고 나서,　　125

날카로운 청동으로 시신의 어깨에서 목을 벤 후

나머지를 트로이아의 개들에게 주려고 끌고 갔다.

하지만 아이아스가 성루 같은 방패를 들고 접근하자,

헥토르는 전우들의 무리 속으로 다시 물러나 전차 위에 올랐고,

파트로클로스에게서 벗겨낸 아름다운 무구는　　130

자신의 큰 명성으로 삼기 위해 트로스인에게 주어

도성으로 가져가게 했다. 한편 아이아스는 넓은 방패로

메노이티오스의 아들 파트로클로스의 시신을 가리고 섰다.

사자는 숲속에서 새끼들을 데리고 가다가 사냥꾼을 만나면,

새끼들 앞에 버티고 서서 힘을 최대한 끌어모은다.　　135

그러면 눈썹 피부가 아래로 처지며 두 눈을 덮는다.

바로 그렇게 아이아스는 영웅 파트로클로스 앞에 버티고 섰고,

아트레우스의 아들이자 아레스가 아끼는 메넬라오스도

크나큰 비통함을 가슴속에 품은 채 버티고 섰다.

히폴로코스의 아들이자 리키아인의 우두머리인　　140

글라우코스가 헥토르를 노려보며 심하게 꾸짖었다.

"헥토르여, 당신은 잘생겼지만

싸움에는 한참 모자란 데다 이제 보니 소문과는 달리

비겁하기 짝이 없소. 그러니 이제는 일리오스에서 태어난 백성만으로

어떻게 도성을 구할지 궁리해보시오. 리키아인이 계속해서　　145

적들과 싸운다고 해도 당신들 중 아무도 고마워하지 않을 테니,

우리 리키아인은 아무도 도성을 위해 다나오스인과 싸우지 않을 작정

이오.
비정한 자여, 당신은 의형제이자 전우인 사르페돈조차 아르고스인에게
넘겨주어 먹잇감과 전리품이 되게 했소. 그분은 살아 계시는 동안
당신과 당신의 도성에 많은 도움을 주신 분이오. 그런데도 당신은   150
그분을 개 떼에게서 지킬 엄두조차 내지 못했소. 그러니 우리 중
그분보다 못한 자가 곤경에 처했을 때, 당신이 구해
다시 우리 무리에게 돌려주리라고 어떻게 기대하겠소.
이제 리키아인 전사들이 내 말을 듣는다면,
우리는 집으로 돌아갈 것이고, 트로이아는 무자비한 파국을   155
맞게 될 것이오. 이제라도 트로스인에게 조국을 위해
적과의 악전고투를 마다하지 않는 자들만 지닌다는,
두려움 모르는 대담무쌍한 용기가 있다면, 지금 당장 우리는
파트로클로스의 시신을 일리오스로 끌고 갈 수 있다고 보오.
우리가 죽은 그자를 전장에서 끌어내어   160
프리아모스왕의 도성을 향해 간다면,
아르고스인은 즉시 사르페돈의 아름다운 무구를 돌려줄 테고,
우리는 그분을 일리오스로 모셔갈 수 있게 될 거요.
함선들 옆에 있는 아르고스인 중 가장 용맹한 자이자
근접전에 뛰어난 시종들을 거느린 자의 시종이 죽었기 때문이오.   165
하지만 당신은 적의 함성 소리 가운데서 영웅다운 기개를 지닌
아이아스를 정면으로 마주 보고도 맞서려 하지 않았소.
그가 당신보다 더 용맹하기 때문이오.”

　　　번쩍이는 투구의 헥토르가 그를 노려보고 말했다.
“글라우코스여, 당신 같은 사람이 그런 오만방자한 말을 하다니.   170
오, 친구여, 나는 당신이 아주 비옥한 리키아에서 살아가는
사람 중 누구보다 식견이 있다고 생각했소.
하지만 지금 내가 거대한 아이아스와 맞서지 못한다고

말하는 걸 보니, 당신의 식견을 경멸하지 않을 수 없구려.

나는 전투나 말발굽 소리가 두려워 떠는 사람이 아니오.   175

하지만 아이기스 방패를 지니신 제우스의 뜻은 언제나 인간의 뜻보다

더 강력해, 용맹한 자로 도망치게 하여 승리를 쉽게

빼앗기도 하고, 다시 일으키고 용기를 주어 싸우게도 하지.

그러니 친구여, 여기 내 옆에 와 서서 내가 어떻게 하는지 보시오.

당신이 말한 대로 내가 과연 온종일 겁쟁이로 있는지,   180

아니면 투지 넘쳐흐르는 다나오스인들이

파트로클로스의 시신을 차지하지 못하도록 저지하는지 지켜보시오.”

헥토르는 이렇게 말하고 나서 트로스인을 향해 크게 소리쳤다.

“트로스인과 리키아인과 근접전에 뛰어난 다르다니아인들이여,

내가 힘센 파트로클로스를 죽여 벗긴 흠 잡을 데 없이 훌륭한   185

아킬레우스의 아름다운 무구를 입고 올 때까지,

남자답게 행동하면서 전의를 가다듬고 있으라, 친구들이여.”

번쩍이는 투구의 헥토르는 이렇게 말하고 나서

죽음의 전장을 벗어나, 앞서 펠레우스의 아들 아킬레우스의

아름다운 무구를 도성에 갖다놓기 위해 떠난 전우들을   190

빠르게 쫓아가 그리 멀지 않은 곳에서 따라잡았다.

이렇게 해서 헥토르는 눈물 젖은 전장에서 멀리 떨어진 곳에 서서

무구를 바꾸어 입었다. 그는 자신의 무구는 호전적인 트로스인에게

주어 신성한 일리오스성에 갖다 놓게 하고, 펠레우스의 아들

아킬레우스의 것인 천상의 무구를 입었다. 이 무구는 하늘의 신들이   195

아킬레우스의 아버지 펠레우스에게 주었고,

펠레우스가 노인이 되자 아들에게 준 것이었다.

하지만 아들은 아버지가 물려준 무구를 입고 노인이 될 때까지 살

지는 못했다.

한편 펠레우스의 신 같은 아들 아킬레우스의 무구를 입는 헥토르를 멀

리서 보고 있던

구름 모으는 자 제우스는 머리를 흔들며 자신의 마음에게 말했다.　　　200

"아, 가련한 자여, 모든 이가 두려워하는 최고의 용사가 지녔던

천상의 무구를 입고 있으니, 죽음이 가까이 와 있는데도

자기가 죽으리라고 생각조차 못 하는구나.

너는 그 전사의 점잖고 강력한 전우를 죽인 것도 모자라,

머리와 어깨에서 무구를 벗기는 무례를 저질렀다.　　　205

하지만 네가 전장에서 돌아와 펠레우스의 아들 아킬레우스의 무구를

벗어 안드로마케에게 주는 일은 결코 없을 것이니

지금은 네 손에 큰 힘을 쥐여주겠다. 그것이 네 핏값이다."

　　크로노스의 아들 제우스는 이렇게 말하고 검은 눈썹을 움직였다.

제우스가 그 무구를 헥토르의 몸에 꼭 맞게 하고,　　　210

무시무시하고 호전적인 신 아레스가 그의 몸속으로 들어가니,

사지가 투지와 힘으로 가득 채워졌다. 헥토르는 크게 고함을 지르며

명성 자자한 동맹군 속으로 달려갔고, 기개 있는 펠레우스의 아들

아킬레우스의 무구를 번쩍이며 모든 사람 앞에 나타났다.

그는 장수들 한 사람 한 사람에게 다가가 독려했다.　　　215

메스틀레스, 글라우코스, 메돈, 테르실로코스,

아스테로파이오스, 데이세노르, 히포토오스,

포르키스, 크로미오스, 새 점술가 엔노모스가 그들이었으니,

그는 날개 달린 말로 이렇게 독려했다.

"들으시오, 원근 각지에서 온 동맹군의 많은 부족이여.　　　220

내가 여러분 각자의 성에서 여러분을 불러 모은 것은

병력이 부족해 수나 채우려는 게 아니오.

열성을 다해 트로스인의 아내들과 어린 자녀들을

호전적인 아카이오스인들로부터 구해주길 바랐기 때문이오.

그런 생각에서 나는 여러분의 사기를 높이기 위해　　　225

백성이 가진 것을 있는 대로 긁어모아 여러분에게 선물과
먹을 것을 공급해드리고 있소. 그러니 이제 우리 모두 곧장 적을 향해
돌진해 죽든지 살든지 결판을 냅시다. 전쟁이란 그런 것이잖소.
파트로클로스는 이미 죽었지만, 아이아스를 물리치고 말 길들이는
트로스인에게로 그의 시신을 끌고 오는 자에게는   230
내 몫의 전리품 절반을 주고, 나는 나머지 절반만 가질 터인즉,
그의 명성은 내 명성과 대등할 것이오.”

　　　헥토르가 이렇게 말하자 그들은 창을 힘주어 잡고 다나오스인들을
향해 맹렬한 기세로 돌진했다. 어리석게도 그들의 마음은 텔라몬의 아들
아이아스에게서 파트로클로스의 시신을 빼앗아 자기 진영으로 끌고 갈
　　수 있다는 희망으로 부풀었다.   235
그러나 시신을 탈취하려던 수많은 사람이 목숨을 잃었으니,
참으로 어리석은 자들이었다. 이때 아이아스가 함성 소리 우렁찬 메넬
　　라오스에게 말했다.
“제우스께서 기르신 친구 메넬라오스여, 여기에 계속
있다가는 우리 두 사람이 전장에서 빠져나갈 가망이 없소.
이제 곧 트로이아의 개들과 새들이 와서   240
파트로클로스의 시신으로 포식할 일이 걱정이지만,
나와 당신의 머리에 무슨 일이 생기지나 않을지 그게 더 걱정이오.
헥토르라는 전쟁의 먹구름이 모든 것을 뒤덮고 있어
결정적인 파국이 우리에게 닥쳐올 테니 말이오. 그러니 자, 누군가가
들을지도 모르니 다나오스인의 지휘관들을 불러보시오.”   245

　　　아이아스가 이렇게 말하자 함성 소리 우렁찬 메넬라오스는
쩌렁쩌렁 울리는 목소리로 다나오스인을 향해 소리쳤다.
“친구들이여, 아트레우스의 아들들인 아가멤논과
메넬라오스 옆에서 공금으로 함께 마시고
제우스에게서 명예와 영광을 받아   250

각자의 백성을 지휘하는 아르고스인의 지휘관과 수호자들이여.
나는 지휘관들을 일일이 알아보기 어렵소.
그 정도로 치열한 접전이 벌어지고 있소.
그러니 파트로클로스가 트로이아 개들의 노리개가 되는 것을
마음속으로 분개하는 이들은 모두 스스로 나오시오." 255
    메넬라오스가 이렇게 말하자, 오일레우스의 아들 민첩한 아이아
      스가 뒤쪽에서 접전을 벌이고 있다가
이 말을 금세 알아듣고 가장 먼저 앞으로 달려나왔다.
이도메네우스와 그의 전우이자 에니알리오스와 맞먹는
전사를 죽이는 자 메리오네스도 아이아스와 함께 달려나왔다.
그 밖의 다른 장수들도 그들의 뒤를 따라 달려가 260
아카이오스인의 전투를 불러일으켰으니,
그들의 이름을 누가 낱낱이 기억해 열거할 수 있겠는가?
    한편 트로스인은 무리를 지어 돌진했고, 헥토르가 앞장섰다.
하늘에서 퍼부은 비로 불어난 강의 어귀에서 큰 파도가 강물을 향해 포
    효하듯,
바닷물이 해변의 벼랑에 부딪쳐 부서지며 소리 지르듯, 265
바로 그렇게 트로스인은 함성을 지르며 나아갔다.
하지만 아카이오스인은 메노이티오스의 아들 파트로클로스의
시신을 둘러싸고 청동 방패로 방어막을 친 채 한마음으로 서 있었다.
크로노스의 아들 제우스도 아카이오스인의 번쩍이는 투구 위로 짙은
    안개를 쏟아부었다.
메노이티오스의 아들 파트로클로스가 전에 살아 있는 동안 270
아이아코스의 손자 아킬레우스의 시종으로 있을 때 제우스의 미움을
    산 적이 없었다.
그래서 제우스는 파트로클로스가 트로이아 개들의 먹잇감이 되는 것이
싫어 전우들이 떨쳐 일어나 그를 지키게 했다.

처음에는 트로스인이 눈망울 초롱초롱한 아카이오스인을 밀어냈
　　기 때문에,

아카이오스인은 시신을 버리고 뒤로 물러났고,　　　　　　　275

기개 넘치는 트로스인은 창을 던져 그들을 한 명도 죽이지는 못했지만,

파트로클로스의 시신을 자신들 쪽으로 끌고 가기 시작했다.

그러나 아카이오스인이 시신에서 떨어져 있는 것도 잠시뿐이었다.

아이아스가 이내 그들을 돌아서게 했기 때문이다.

아이아스는 모든 다나오스인 중에서 펠레우스의 아들인　　　　280

흠 잡을 데 없이 훌륭한 아킬레우스 다음으로 용모와 전투에

뛰어난 인물이었다. 그가 선봉대를 지나 돌진하니,

기세가 산속에서 골짜기를 내달아 사냥개들과 건장한 장정들을

손쉽게 격파해버리는 멧돼지 같았다. 바로 그렇게 텔라몬의 훌륭한 아들

영광스러운 아이아스가 트로스인의 대열을 손쉽게 격파하니,　　285

트로스인은 파트로클로스의 시신을 도성으로 끌고 가

영광 얻게 되기를 몹시 열망하며 시신 주위를 맴돌 뿐이었다.

　　이때 펠라스고스인 레토스의 영광스러운 아들 히포토오스가

헥토르와 트로스인을 기쁘게 해주려고

파트로클로스의 양쪽 발 복사뼈 힘줄을 어깨끈으로 묶어　　　290

치열한 전투가 벌어지는 현장에서 끌고 나가다 이내 재앙을 맞았으니,

트로스인은 그 재앙을 막아주고 싶었지만 실제로는 아무도

그럴 수 없었다. 텔라몬의 아들 아이아스가 무리를 헤치고 달려들어

바로 앞에서 청동 면갑이 있는 그의 투구를 창으로 찔렀기 때문이다.

말총 장식이 달린 투구가 아이아스의 다부진 손에 들린　　　　295

큰 창에 맞아 창끝으로부터 주변으로 쪼개지자,

상처에서 피로 물든 뇌가 창목을 따라 뿜어져 나왔다.

그 자리에서 힘이 풀어지면서 그의 손에서 빠져나온

영웅다운 기개를 지닌 파트로클로스의 발은 땅에 떨어졌고,

바로 옆에서 그는 시신 위에 얼굴을 박고 쓰러졌다.　　　　　　　　300

이렇게 히포토오스는 비옥한 라리사를 떠나

자신을 길러준 사랑하는 부모의 은혜에 보답하지도 못한 채

기개 있는 아이아스의 창에 맞아 쓰러져 짧은 생애를 마감했다.

　　　그러자 이번에는 헥토르가 아이아스에게 번쩍이는 창을 던졌다.

그를 주시하고 있던 아이아스는 날아오는 청동 창을 살짝 피했지만,　　305

기개 있는 이피토스의 아들이자 포키스인 중 가장 용맹한

스케디오스가 그 창에 맞았다. 스케디오스는 저 유명한

파노페우스에 있는 집에 살면서 많은 사람을 다스린 인물이었다.[2]

헥토르가 던진 창은 그의 쇄골 중앙에 맞았다. 청동 창끝이

쇄골을 그대로 꿰뚫고 어깨의 가장 아랫부분으로 나오자, 그는 털썩 하고　　310

둔탁한 소리를 내며 쓰러졌고, 그의 위에서는 무구가 파르르 떨며 소리

　　를 냈다.

　　　아이아스는 히포토오스의 시신 주위를 맴돌던

파이놉스의 현명한 아들 포르키스의 배 한복판을 창으로 찔러

흉갑의 볼록하게 튀어나온 부분을 박살 냈다. 청동이 내장을 끌어내자

그는 먼지 속에 쓰러져 손바닥으로 대지를 움켜쥐었다.　　　　　　　315

그러자 트로스인의 선봉대와 영광스러운 헥토르가 뒤로 물러났고,

아르고스인은 큰 소리로 함성을 지르며

포르키스와 히포토오스의 시신을 끌고 가 어깨에서 무구를 벗겼다.

　　　이렇게 해서 또다시 트로스인은 무력감에 휩싸여

아레스가 아끼는 아카이오스인에 의해 일리오스까지 밀려나고,　　　　320

아르고스인은 힘과 용기를 발휘해

2　“포키스”는 그리스 본토 중부 보이오티아 서쪽에 있는 지방으로, 파르나소스산과 델포이
　가 여기에 있어 고대 그리스 신화와 문화의 중심 무대였다. 포키스 왕 나우볼로스의 아
　들 “이피토스”는 아르고호 원정대에 참여했고, 테베 공략 때는 테베의 동맹군이기도 했다.
　“파노페우스”는 포키스의 도시로 보이오티아 접경 근처에 있었다.

제우스가 정해놓은 운명을 넘어서 영광을 얻을 것으로 보였다.
하지만 아폴론이 에피토스의 아들이자 전령인 페리파스의 모습을 하고
아이네이아스를 독려했으니, 아이네이아스의 연로한 아버지 집에서
오랜 세월 전령으로 일해온 페리파스는 좋은 계책을 알고 있는 자였다.   325
제우스의 아들 아폴론은 그의 모습을 하고 아이네이아스에게 말했다.
"아이네이아스여, 당신들이 신의 뜻을 거스르고서야 어떻게 높고 가파른
일리오스를 지켜내겠습니까? 그런데도 저는 사람들이 신의 뜻은 생각지
않고, 오직 자신의 힘과 용기와 용맹함, 많은 병력과 두려움 모르는
불굴의 군대만 믿는 모습을 보아왔습니다. 그러니 제우스께서   330
다나오스인들이 아니라 우리에게 승리를 안겨주길 훨씬 더
원하시는데도, 당신들은 잔뜩 겁먹고 도망칠 뿐 싸우려 하지 않는군요."
    신이 이렇게 말하자, 아이네이아스는 그의 얼굴을 쳐다보고는
멀리 쏘는 아폴론임을 알아차리고 헥토르에게 큰 소리로 말했다.
"헥토르여, 트로스인과 여러 동맹군의 지휘관이여,   335
지금 우리가 무력함에 굴복하여 아레스가 사랑하는 아카이오스인에게
일리오스성까지 밀린다면 이보다 더한 치욕이 없을 것이오.
하지만 방금 어떤 신이 내게 다가와, 최고의 지략가이신 제우스께서
아직도 우리를 돕고 계신다고 말해주었소.
그러니 다나오스인을 향해 돌진해 죽은 파트로클로스를   340
마음 놓고 함선들 쪽으로 옮기지 못하게 합시다."
    아이네이아스가 이렇게 말하고 선봉대를 벗어나
한참 앞으로 달려가 서자, 다른 사람도 뒤돌아서서
아카이오스인과 정면으로 대치했다. 이때 아이네이아스는
아리스바스의 아들이자 리코메데스의 용맹한 전우인   345
레이오크리토스를 창으로 찔렀다. 그가 쓰러지자
아레스가 아끼는 리코메데스는 그를 불쌍히 여겨 가까이 다가가
번쩍이는 창을 던져, 백성의 목자이자 히파소스의 아들인

아피사온의 횡격막 아래 간을 맞혀 즉시 무릎을 풀어버리니,
비옥한 파이오니아에서 온 아피사온은   350
아스테로파이오스 다음으로 용맹한 전사였다.

　　　　아피사온이 쓰러지자, 아스테로파이오스는 그를 불쌍히 여겨
다나오스인과 싸우고자 하는 열정으로 돌진했지만,
다나오스인이 방패로 파트로클로스의 시신을 둘러싼 채
창을 앞쪽으로 겨누고 꼼짝하지 않아서 별 소용이 없었다.   355
아이아스가 다나오스인 사이를 누비고 다니며,
아카이오스인들은 아무도 시신 뒤로 물러나지 말고,
다른 사람 앞으로 나가 싸우지도 말고,
시신 가까이에서 꼭 붙어 싸우라고 엄명을 내렸기 때문이다.
거구 아이아스가 그렇게 명령했기에, 트로스인들과   360
막강한 동맹군과 다나오스인이 쓰러져 죽은 시신이
산더미를 이루었고, 검붉은 피가 대지를 적셨다. 다나오스인도
이 전투에서 피를 흘리기는 했지만 죽은 자의 수는 훨씬 적었으니,
혼전 중에도 갑작스러운 죽음을 당하지 않도록
잊지 않고 서로를 지켜준 덕분이었다.   365

　　　　이렇게 그들은 불길처럼 싸웠으니, 전장 중에서도 유독 장수들이
메노이티오스의 아들 파트로클로스의 시신을 둘러싼 곳에만
짙은 안개가 드리워져, 그때는 해와 달조차 그 모습을 감추었다. 반면에
　　그 외 다른 곳에서는 트로스인과 훌륭한 정강이 보호대를 한
아카이오스인이 맑고 깨끗한 대기 아래에서   370
아무런 방해 없이 싸웠으니, 그들 위로는 따가운 햇빛이 내리쬐고,
사방의 산과 들에는 구름 한 점 보이지 않았다.
그리고 전투를 잠시 멈추고, 비탄을 가져다주는 창과 화살을 피해
서로에게서 멀찌감치 떨어져 쉬는 시간을 중간중간 갖기도 했다.
그러나 전선 한가운데서 싸우던 자들은   375

안개와 전투로 고통받았고, 장수들도 무자비한 청동 때문에

녹초가 되어 있었다. 오직 두 명의 영광스러운 전사

트라시메데스와 안틸로코스만 흠 잡을 데 없이 훌륭한

파트로클로스의 죽음을 아직 알지 못했고, 그가 여전히 살아

선봉대에서 트로스인과 싸우고 있으리라고 생각했다.　　　　　　380

이 두 사람은 아군 전사의 죽음과 패주를 주시하며

다른 장수들과 떨어져 따로 싸우고 있었으니, 네스토르가 두 사람을

검은 함선들에서 전장으로 나가라고 독려하면서 그렇게 시켰기 때문이다.

　　　　이렇게 양쪽 진영 사이에 고통스러운 불화의 큰 전투가

온종일 벌어졌고, 아이아코스의 손자 빠른 발의 아킬레우스의　　　385

용맹한 시종인 죽은 파트로클로스를 둘러싸고

접전을 벌이는 자들 각각의 무릎과 정강이와 발과 팔과 눈에서는

피로와 땀이 쉬지 않고 흘러내렸다.

큰 황소 가죽을 기름에 담가두었다가

일꾼들에게 주어 잡아당기게 하면,　　　　　　　　　　　　　390

그들은 가죽을 받아 빙 둘러서서 잡아당기는데,

그런 식으로 여러 사람이 잡아당기면 물기는 금세 빠져나가고

기름은 스며들어 소가죽이 완전히 펴진다.

바로 그렇게 양쪽 진영은 좁은 공간에서 파트로클로스의 시신을 이쪽

　　저쪽으로 잡아당겼다.

트로스인은 시신을 일리오스 성벽으로 끌어가려는 열망으로,　　　395

아카이오스인은 속 빈 함선들이 있는 곳으로 가져가려는 집념으로,

파트로클로스의 시신을 놓고 야만스러운 혈전이 벌어졌다.

나라들에 전쟁을 부추기는 아레스나 아테나가 이 광경을 보았더라면,

크게 화냈을지 몰라도 결코 무시하지는 못했을 것이다.

그날 제우스는 파트로클로스의 시신을 둘러싼 전투에서　　　　400

전사와 말들에게 이토록 무거운 시련을 내리셨다. 그런데도

고귀한 아킬레우스는 파트로클로스의 죽음을 전혀 알지 못했다.
빠른 함선들과 멀리 떨어진 트로스인의 성벽 아래에서
전투가 벌어지고 있었기 때문이다. 그래서 아킬레우스는
파트로클로스가 죽었으리라고는 생각하지 못했으며,   405
성문 가까이에 갔다가 무사히 돌아오리라고 믿었다.
그는 파트로클로스가 자기 없이, 또는 자기와 함께 도성을
함락시키리라고는 전혀 생각하지 않았다. 그의 어머니가
위대한 제우스의 계획을 그에게 알려주며
여러 번 귀띔해줄 때, 가장 사랑하는 전우가   410
죽는 것 같은 참변이 일어난다는 말은 없었기 때문이다.
　　한편 양쪽 진영은 계속해서 파트로클로스의 시신을 둘러싸고
날카로운 창을 손에 쥔 채 끊임없이 가까이 다가가 서로를 죽였다.
청동 갑옷 입은 아카이오스인 중에는 이렇게 말하는 자가 있었다.
"친구들이여, 이대로 속 빈 함선들로 물러난다면   415
결단코 명예롭지 못한 일이오. 말 길들이는 트로스인이
파트로클로스의 시신을 도성으로 끌고 가 영광을 얻게 하느니,
차라리 바로 이 자리에서 검은 대지가 입을 벌려
우리 모두를 삼키는 편이 훨씬 더 낫소."
　　기개 있는 트로스인 중에는 이렇게 말하는 자가 있었다.   420
"친구들이여, 파트로클로스의 시신 옆에서 몰살당하는 것이
우리 모두의 운명이라고 할지라도 아무도 전장에서 물러나지 맙시다."
　　양쪽 군사들은 이렇게 말하며 서로의 용기를 북돋웠다.
이렇게 양쪽 진영이 맞붙어 싸우자 쇠가 부딪치는
요란한 소리가 불모의 대기를 뚫고 청동 하늘에 닿았다.   425
한편 아이아코스의 손자 아킬레우스의 말들은
그들의 마부가 전사를 죽이는 헥토르의 손에 의해 먼지 속에 쓰러진 것을
처음으로 안 뒤로는 전장에서 떨어져 계속 눈물을 흘리며 서 있었다.

디오레스의 용맹한 아들 아우토메돈이 여러 차례 채찍을

휘둘러 때리기도 하고, 여러 차례 좋은 말로   430

달래기도 하고, 을러도 보았지만,

말들은 드넓은 헬레스폰토스 해변에 있는 함선들로

돌아가려 하거나, 아카이오스인과 함께하기 위해

전장으로 가려 하지 않고, 죽은 남자나 여자의 무덤에

세운 비석처럼 꼼짝 않고 서 있었다.   435

바로 그렇게 말들은 머리를 수그린 채

지극히 아름다운 전차 옆에서 움직이지 않았다.

주인을 그리워하는 뜨거운 눈물이

눈에서 끊임없이 흘러내렸고, 멍에 양쪽으로

드리운 풍성한 갈기는 먼지로 얼룩져 있었다.   440

　　　말들이 눈물 흘리는 것을 본 크로노스의 아들 제우스는

불쌍한 생각이 들어 머리를 흔들며 자신의 마음에 대고 말했다.

"불쌍한 것들아, 너희는 늙지도 않고 죽지도 않는데,

왜 우리가 그런 너희를 필멸의 펠레우스왕에게 주었던가?

비참한 인간들과 함께 고통받게 하려던 게 아니면   445

무엇인가? 대지 위에서 숨 쉬며 다니는 모든 것 중에

인간보다 비참한 존재도 없기 때문이다. 하지만 너희와

정교하게 만든 너희의 전차를 프리아모스의 아들 헥토르가

모는 일은 결단코 없을 것이다. 내가 허락하지 않을 테니까.

아킬레우스의 무구를 입고 우쭐해하는 것으로   450

그에게는 충분하지 않은가? 내가 너희의 무릎과 마음에

용기를 불어넣어줄 테니 너희는 아우토메돈을 전장에서 구해내

속 빈 함선들로 가거라. 나는 트로스인에게 좀 더 영광을 주어

훌륭한 노를 갖춘 함선들에 이르러, 해가 지고 신성한 어둠이

찾아올 때까지 아카이오스인을 계속 도륙하게 할 작정이다."   455

제우스가 이렇게 말하고 말들에게 고귀한 용기를 불어넣으니,
말들은 갈기에 묻은 먼지를 땅에 털어버리고, 빠른 전차를 신속히
트로스인과 아카이오스인 사이로 끌고 갔다.
아우토메돈은 전우 파트로클로스의 죽음으로 상심한 가운데서도
전차를 몰며 용맹히 싸웠는데, 그 모습이 한 떼의 거위를 덮치는   460
독수리와도 같았다. 그는 함성을 지르며 돌진해오는 트로스인을
가볍게 피하고, 트로스인의 큰 무리에게 쉽게 돌진해
추격하기도 했다. 하지만 추격만 할 뿐이고
적을 죽일 수는 없었다. 굉장한 속도로 내달리는 전차 위에서
혼자 빠른 말들을 제어하며 창을 휘두르기란 불가능했다.   465
한참 그렇게 하고 있는 그를 한 전우가 두 눈으로 보았는데,
그는 하이몬의 손자이자 라에르케스의 아들 알키메돈이었다.
그는 아우토메돈의 전차 뒤에 멈춰 서서 말했다.
"아우토메돈이여, 어느 신이 당신에게서 분별력을 빼앗고
가슴속에 쓸데없는 계책을 넣어주었기에   470
이렇게 선봉에 서서 혼자 트로스인과 싸우고 있소?
당신의 전우는 죽었고, 헥토르가 아이아코스의 손자 아킬레우스의
무구를 어깨에 걸치고 우쭐해하는 것이 보이지 않소?"
디오레스의 아들 아우토메돈이 대답했다.
"알키메돈이여, 살아생전 계책에서 신들 못지않았던   475
파트로클로스를 제외한다면, 아카이오스인 중에
이 불멸의 말들의 용기를 다스리고 제어할 수 있는 사람이
당신 말고 누가 있소? 이제 죽음의 운명이
그를 덮쳤으니 당신이 채찍과 번쩍이는 고삐를 잡으시오.
나는 전차에서 내려 싸우겠소."   480
아우토메돈이 이렇게 말하자, 알키메돈은 전장을 빠르게 누비는
전차 위로 뛰어올라 신속하게 채찍과 고삐를 손에 쥐었고,

아우토메돈은 전차에서 뛰어내렸다. 이 모습을 본 영광스러운 헥토르가
즉시 가까이에 있던 아이네이아스에게 말했다.
"청동 갑옷 입은 트로스인의 지략가 아이네이아스여,   485
아이아코스의 손자 빠른 발의 아킬레우스의 말 두 필이
형편없는 마부들과 함께 전장에 나타난 것을 내가 보았소.
당신이 마음먹는다면 우리가 그 말들을
빼앗을 수 있을 것 같소. 우리 두 사람이 달려들면
그들은 우리와 맞서 싸울 엄두도 내지 못할 테니."   490

      헥토르가 이렇게 말하자 안키세스의 용맹한 아들도
거부하지 않았다. 두 사람은 말린 튼튼한 소가죽 위에
청동을 두텁게 입힌 방패로 어깨를 가린 채 돌진했다.
크로미오스와 신 같은 아레토스도 함께 갔다.
그들의 마음은 적을 죽이고, 목이 훤칠한 말들을   495
몰고 올 수 있으리라는 희망에 한껏 부풀어 있었다.
하지만 그들은 피 흘리지 않고는 아우토메돈에게서 벗어나 돌아오지
못할 운명이었으니 얼마나 어리석었던가. 아우토메돈이 아버지 제우스에게
기도하자 그의 검은 마음에 투지와 힘이 넘쳐흘렀다.
그는 즉시 믿음직한 전우 알키메돈에게 말했다.   500
"알키메돈이여, 말들을 내게서 멀리 떨어진 곳에
세워두지 말고, 말들의 콧김이 내 등에 닿도록 몰아주시오.
프리아모스의 아들 헥토르가 우리 두 사람을 죽인 후
아킬레우스의 갈기 고운 말들 뒤에 타고 아르고스 전사들의 대열을
패주시키거나, 자기가 선봉에서 싸우다 죽기 전에는   505
용기를 억누르지 않을 듯하오."

      아우토메돈은 이렇게 말하고, 두 아이아스와 메넬라오스를 불렀다.
"아르고스인의 지휘관인 두 분 아이아스와 메넬라오스여,
파트로클로스의 시신 옆에서 적의 대열을 막는 일은

다른 장수들에게 맡기고, 당신들은 아직 살아 있는   510
우리 두 사람이 무자비한 날을 맞지 않도록 도와주시오.
트로스인 중 가장 용맹한 헥토르와 아이네이아스가
눈물겨운 전장을 지나 이쪽으로 쇄도해오고 있기 때문이오.
하지만 이런 일들은 신들의 무릎 위에 놓여 있으니,
모든 일을 제우스께 맡기고 나도 창을 던지겠소.”   515
        아우토메돈이 이렇게 말하고, 그림자 길게 드리운 창을 들어
앞뒤로 흔들다가 던져 사방으로 길이가 같은 아레토스의 둥근 방패를
맞혔다. 방패가 창을 막아주지 못하자 방패를 관통한
청동은 혁대를 뚫고 그의 아랫배 속으로 파고들었다.
건장한 남자가 예리한 도끼를 손에 들고   520
들에서 자란 황소의 뿔 뒤쪽을 내리쳐
모든 힘줄을 끊어버리면 황소는 펄쩍 튀어 올랐다가 쓰러지고 마는데,
바로 그렇게 아레토스는 튀어 올랐다가 뒤로 쓰러졌다.
예리한 창은 내장을 깊이 꿰뚫어 흔들리며 그의 사지를 녹여버렸다.
그러자 헥토르가 아우토메돈을 향해   525
번쩍이는 창을 던졌다. 정면으로 주시하고 있던
아우토메돈은 몸을 앞으로 구푸려 청동 창을 피했고,
긴 창은 뒤쪽으로 날아가 땅바닥에 박혔다. 창목 부분이 흔들렸지만,
이윽고 강력한 아레스가 그 분노를 거두었다.
이때 헥토르와 아우토메돈은 칼을 들고 근접전을   530
벌일 참이었지만, 두 아이아스가 전우의 호출을 받고 무리 사이로
달려오는 바람에 기세등등한 두 사람은 맞붙지 않게 되었다.
두 아이아스가 달려오는 것을 본 헥토르와 아이네이아스와
신 같은 크로미오스가 움찔해, 갈기갈기 찢겨 죽어 있는
아레토스를 그 자리에 버려두고 다시 뒤로 물러났기   535
때문이다. 민첩한 아레스와 맞먹는 아우토메돈은

시신에서 무구를 벗겨내며 의기양양하게 말했다.

"내가 쓰러뜨린 자는 메노이티오스의 아들 파트로클로스만 못하지만,

그의 죽음으로 쌓였던 울분이 조금은 가라앉는구나."

아우토메돈은 이렇게 말하고, 피로 얼룩진 전리품을   540

집어 전차에 두고, 황소를 잡아먹은 사자처럼

두 발과 두 손이 온통 피투성이가 된 채 자신도 전차에 올랐다.

또다시 파트로클로스의 시신을 둘러싸고 처절하고 눈물겨운

전투가 벌어졌고, 아테나는 하늘에서 내려와 싸움을 부추겼다.

멀리 보는 제우스가 마음이 바뀌어 아테나를 보내   545

다나오스인들로 떨쳐 일어나게 했기 때문이다.

제우스는 인간들을 위해 하늘에서 찬란한 무지개를 드리워

전쟁의 징조로 삼거나, 사람들이 대지 위에서

움직이지 못하게 하고 작은 가축들을 괴롭히는

매서운 겨울 폭풍의 전조로 삼는데,   550

바로 그렇게 아테나는 찬란하고 짙은 구름을 두른 채

아카이오스인의 무리 속으로 들어가

전사들을 일일이 떨쳐 일어나게 했다. 먼저 지칠 줄 모르는

목소리를 지닌 포이닉스의 모습을 하고

마침 가까이 있던 아트레우스의 아들인 강력한 메넬라오스를 독려했다.   555

"메넬라오스여, 훌륭한 아킬레우스의 믿음직한 전우가

트로스인의 성벽 아래에서 날쌘 개들에게 뜯어 먹힌다면,

당신에게 치욕과 비난이 뒤따를 것이오.

그러니 굳건히 버티고 전군을 독려하시오."

함성 소리 우렁찬 메넬라오스가 대답했다.   560

"아주 오래전에 태어난 원로 포이닉스시여,

아테나께서 힘을 주시고, 빗발치는 창과 화살을 막아주시길.

그러면 나는 반드시 파트로클로스 옆에서 그를 지켜줄 거요.

그가 죽어 마음이 몹시 아프기 때문이오. 하지만 제우스께서

영광을 안겨주신 헥토르의 불길 같은 기세가   565

무시무시한 데다가 청동으로 살육하기를 그치지 않고 있소.”

　　　메넬라오스가 이렇게 말하자 빛나는 눈의 여신 아테나는 기뻐했다.

그가 모든 신 중 자기에게 가장 먼저 기도했기 때문이다.

여신은 그의 어깨와 무릎을 강하게 만들었고,

가슴에는 파리의 대담함을 불어넣었다.   570

파리는 아무리 쫓아도 사람의 피가 달기 때문에

어떻게든 살에 들러붙어 피를 빤다.

아테나가 메넬라오스의 검은 마음에 그런 대담함을 가득 채워주자,

그는 파트로클로스 옆에 서서 번쩍이는 창을 던졌다.

트로스인 중에 에에티온의 아들 포데스가 있었다.   575

부자이고 용맹한 그는 헥토르의 전우이자 술친구여서

헥토르가 누구보다 아끼는 사람이었다.

그가 허겁지겁 도망치려는 순간, 금발의 메넬라오스가 창을 던져

혁대를 맞혔다. 청동이 관통하자 그는 털썩 하고 둔탁한 소리를 내며

쓰러졌고, 아트레우스의 아들 메넬라오스는 그의 시신을   580

트로스인 사이에서 끌어내어 전우들의 무리 속으로 끌고 갔다.

　　　한편 아폴론은 아시오스의 아들 파이놉스의 모습을 하고

헥토르에게 다가가 그를 독려했다. 아비도스에 있는 집에서 생활한

파이놉스는 많은 사람과 의형제를 맺고 지냈는데, 그중에서도 헥토르

　와 가장 친했다.

파이놉스의 모습을 한 멀리 쏘는 아폴론은 헥토르에게 말했다.   585

“헥토르여, 자네가 메넬라오스 같은 자 앞에서 물러난다면,

앞으로 아카이오스인 중 누가 자네를 두려워하겠는가?

전에는 약한 전사였던 그가 지금은 선봉대에서 싸우던

에에티온의 아들이자 자네의 믿음직하고 용맹한 전우 포데스를 죽이고,

그의 시신을 트로스인 사이에서 혼자 끌어내 가고 있네." 590

아폴론이 이렇게 말하자, 극심한 고통의 먹구름이 헥토르를 덮었다.

화염빛 청동으로 무장한 헥토르는 선봉대를 지나 돌진했고,

크로노스의 아들 제우스도 술 달린 번쩍이는 아이기스 방패를 들고

이데산을 구름으로 뒤덮고서 번개를 던지고

아주 크게 천둥소리를 울리며 아이기스 방패를 흔들어, 595

트로스인에게는 승리를 주고 아카이오스인을 도망치게 했다.

보이오티아의 페넬레오스가 가장 먼저 도망치기 시작했다.

돌진해 들어가다가 날아오는 창이 그의 어깨 가장 윗부분을 스치고

지나갔기 때문이다. 그런데도 폴리다마스가 가까이 다가가

창을 던졌기 때문에, 그 창끝은 페넬레오스의 어깨뼈를 부수었다. 600

헥토르는 알렉트리온의 아들 기개 있는 레이토스에게

가까이 다가가 손목을 찔러 전의를 꺾어버렸다.

손에 창을 잡고 트로스인과 싸울 희망이 더는 없다고

판단한 레이토스는 겁을 먹고 사방을 경계하며 도망치기 시작했고,

헥토르는 그에게 달려들었다. 이때 이도메네우스가 605

헥토르의 흉갑 가슴 젖꼭지 옆을 창으로 찔렀지만,

긴 창의 목 부분이 부러지자 트로스인은 함성을 질렀다.

이번에는 헥토르가 전차 위에 서 있던 데우칼리온의 아들

이도메네우스에게 창을 던졌다. 하지만 창은 조금 빗나가 그를 맞히지는

못하고 메리오네스의 전우이자 마부인 코이라노스를 맞혔다. 610

코이라노스는 훌륭하게 지은 릭토스[3]에서 메리오네스를 따라왔다.

이도메네우스는 처음에 양쪽에서 노 젓는 함선들을 놓아두고

걸어서 왔기 때문에, 코이라노스가 빠른 말들이 끄는 전차를

---

3 "릭토스"는 크레테에서 상당히 큰 도시 중 하나다. 레아는 크로노스의 눈을 피해 제우스를
   "릭토스"에서 낳아, 아이가이온산의 동굴에 감추었다.

몰고 오지 않았더라면, 트로스인에게 큰 승리를 안겨줄 뻔했다.

이렇듯 코이라노스는 이도메네우스의 구원의 빛이 되어				615

그를 잔혹한 죽음의 날로부터 구했지만, 자신은 생명을 거두는 헥토르에게

목숨을 바치고 말았다. 헥토르가 창을 던져 그의 귀밑 턱을 맞히자,

밀고 들어오는 창끝에 이들이 뽑혀 튕겨 나갔고, 혀는 한복판에서

둘로 갈라졌다. 그는 전차에서 떨어지며 고삐를 땅에 떨어뜨렸다.

메리오네스가 몸을 구푸려 손으로 고삐를				620

주워 들고 이도메네우스에게 말했다.

"더 이상 승리가 아카이오스인의 것이 아니라는 사실을 알았을 테니,

이제 빠른 함선들에 도착할 때까지 계속 채찍질하시오."

		그러자 이도메네우스는 갈기 고운 말들을

채찍질하면서 속 빈 함선들을 향해 전차를 몰았다. 공포가 그의 마음에			625

	엄습했기 때문이다.

		영웅다운 기개를 지닌 아이아스와 메넬라오스도

제우스가 트로스인의 편을 들어 승리를 안겨주고 있음을

모르지 않았다. 텔라몬의 아들 큰 아이아스가 먼저 말을 꺼냈다.

"아, 이런, 이 정도면 바보 천치라도 아버지 제우스께서

친히 트로스인을 도우신다는 걸 이미 알았을 테지요.				630

그들이 던져 날아다니는 무기는 용맹한 자가 던지든

비겁한 자가 던지든 백발백중이니, 제우스께서 그것 모두를

한결같이 인도하시기 때문이오. 반면에 우리가 던지는 것은

모두 맞히지 못하고 땅에 떨어지고 있소. 그러니 자, 우리가 한편으로는

파트로클로스의 시신을 끌고 가고, 다른 한편으로는 우리 자신도			635

무사히 돌아가 사랑하는 전우들을 기쁘게 해줄 최선의 계책을 강구해

	봅시다.

전우들은 근심 어린 눈으로 이쪽을 바라보며, 우리가

전사를 죽이는 헥토르를 저지하지 못해 그의 기세와 무적의 팔이

검은 함선들을 덮치게 될 것이라고 생각하고 있소.

그러니 전우들 중 누군가가 펠레우스의 아들 아킬레우스에게   640

빨리 소식을 전하는 게 좋겠소. 내 짐작으로는

그가 사랑하는 전우 파트로클로스가 죽었다는 비보를 아직 접하지

못한 것 같소. 그런데 사람과 말이 다 안개에 뒤덮여

아카이오스인들 중 그 일을 할 만한 사람을 찾을 수 없구려.

그러니 아버지 제우스시여, 아카이오스인의 아들들에게서 안개를   645

거두고 대기를 맑게 하여 두 눈으로 볼 수 있게 하소서.

우리를 죽이시는 것이 당신의 뜻이더라도 햇빛 가운데서 죽이소서.”

      아이아스가 이렇게 말하며 눈물을 쏟자,

그를 불쌍히 여긴 아버지 제우스가 즉시 안개를 흩고 연무를 밀어냈다.

그러자 해가 비치고 전장 전체가 환해졌다.   650

이때 아이아스가 함성 소리 우렁찬 메넬라오스에게 말했다.

“제우스께서 기르신 메넬라오스여, 이제 기개 있는

네스토르의 아들 안틸로코스가 살아 있는지 한번

살펴보시오. 신속하게 그를 현명한 아킬레우스에게 보내

그가 가장 사랑하는 전우가 죽었다고 전합시다.”   655

      아이아스가 이렇게 말하자 함성 소리 우렁찬 메넬라오스는

거부하지 않고 달려가니, 그 모습이 소 떼 중

가장 살진 소를 잡아먹기 위해 축사에 왔다가

뜬눈으로 밤을 지새우며 소 떼를 지키는 개들과 사람들을 상대로

싸우느라 기진맥진해 결국 목장을 떠나는 사자 같았다.   660

사자는 고기가 몹시 먹고 싶어 덤벼들었지만 소용없었다.

대담한 손이 던지는 창이 연신 날아들고,

불붙은 나뭇단까지 날아오니, 아무리 기세등등한 사자라 해도 겁먹고

뒤로 물러나 있다가 새벽이 되면 근심 어린 마음으로 목장을 떠난다.

그렇게 함성 소리 우렁찬 메넬라오스는 파트로클로스의 시신 곁을   665

떠나기 싫었지만 어쩔 수 없이 떠났다. 아카이오스인이 극심한

공포에 사로잡혀 그의 시신을 적의 전리품으로 남겨두고 퇴각하게 될

　까 봐 몹시 염려했기 때문이다.

그는 메리오네스와 두 아이아스에게 신신당부했다.

"아르고스인들의 지휘관인 두 분 아이아스와 메리오네스여,

당신들은 불쌍한 파트로클로스의 인자함을 기억하시오.　　　670

그가 지금은 죽음의 운명에 붙잡혔지만,

살아생전에는 모든 사람에게 인자했잖소."

　　　금발의 메넬라오스는 이렇게 말하고

사방을 경계하며 떠나갔다. 하늘 아래 존재하는

모든 날개 달린 새들 중 시력이 가장 좋다는　　　675

독수리는 하늘에 높이 떠 있어도

무성한 덤불 아래 숨어 있는 발 빠른 토끼를 알아보고는

쏜살같이 덮치고 재빨리 붙잡아 목숨을 빼앗는다.

제우스께서 기르신 메넬라오스여, 그때 그대는 바로 그렇게

네스토르의 아들 안틸로코스가 아직 어디에 살아 있는지　　　680

알아보기 위해 빛나는 눈으로 수많은 전우들의 무리를

사방으로 훑어보았도다. 안틸로코스는 전장 전체의 왼쪽 전선에서

전우들을 격려하며 전투를 독려하고 있었다.

이를 금세 알아본 금발의 메넬라오스가 그에게 다가가 말했다.

"제우스께서 기르신 안틸로코스여, 이리 와서 비통한 소식을 들으시오.　　　685

일어나서는 안 될 일이 일어나고 말았소. 신께서 다나오스인에게

재앙을 굴려 보내 승리가 트로스인에게 기운 것을 당신도 이미 봐서

알 것이오. 그 와중에 아카이오스인 중 가장 용맹한 전사

파트로클로스가 죽었소. 다나오스인에게 몹시 안타까운 일이오.

그러니 자, 당신은 빨리 아카이오스인의 함선들로 달려가　　　690

아킬레우스에게 이 일을 알려주시오. 그러면 파트로클로스의 무구는

번쩍이는 투구의 헥토르에게 빼앗겼더라도, 아킬레우스가 시신만은
최대한 신속하게 구해서 함선으로 옮겨 올 수 있지 않겠소."
　　　메넬라오스가 이렇게 말하자, 그 말을 듣고 안틸로코스는 경악했다.
두 눈에는 눈물이 가득했고, 활기찬 목소리도 막혀 한동안 나오지 않았다.　　695
그런데도 그는 메넬라오스가 부탁한 바를 소홀히 여기지 않고,
무구를 벗은 뒤 함선들 쪽으로 달려갔다.
벗은 무구는 가까이에서 통굽 말들이 끄는 자신의 전차를 모는
흠 잡을 데 없이 훌륭한 전우 라오도코스에게 건넸다.
　　　펠레우스의 아들 아킬레우스에게 나쁜 소식을 전하기 위해　　700
안틸로코스의 두 발은 눈물을 쏟는 그를 전장 밖으로 데려갔다.
그런데 제우스께서 기르신 메넬라오스여, 그대의 마음은
안틸로코스가 두고 떠난 기진맥진해 있는 그의 전우를 돕고자
하지 않았으니, 이는 필로스인에게 몹시 안타까운 일이 되었도다.
그 대신 메넬라오스는 고귀한 트라시메데스를 그들에게 보냈고,　　705
자신은 영웅 파트로클로스의 시신이 있는 곳으로 다시 달려가
두 아이아스 옆에 서서 곧바로 말했다.
"내가 그 사람을 빠른 발의 아킬레우스에게 가도록
빠른 함선들로 보냈소. 하지만 아킬레우스가 고귀한 헥토르에게
아무리 격분할지라도 당장은 오지 못할 것이오.　　710
비무장으로 트로스인과 싸울 수는 없기 때문이오.
그러니 우리가 한편으로는 시신을 끌고 가면서도,
다른 한편으로는 우리 자신도 트로스인의 함성에서 벗어나
죽음의 운명을 피할 수 있는 최선의 방법을 강구합시다."
　　　그러자 텔라몬의 아들 큰 아이아스가 대답했다.　　715
"명성 자자한 메넬라오스여, 당신의 말이 다 옳소.
그러니 당신과 메리오네스는 시신을 들어올려 어깨에 메고
어서 전장 밖으로 옮기시오. 우리 두 사람은 뒤에서

트로스인과 고귀한 헥토르를 상대로 싸우겠소.
이름이 같은 우리 두 사람은 마음도 같아 전부터 서로 옆에   720
버티고 서서 치열한 전투를 함께 치러왔다오."

　　　큰 아이아스가 이렇게 말하자, 메넬라오스와 메리오네스는
시신을 땅에서 높이 들어 올렸다. 아카이오스인들이 시신을
들어 올리는 것을 본 트로스인 군사들은 그들 뒤에서
크게 소리치며 그들을 향해 돌진하니, 그 모습은   725
젊은 사냥꾼들이 던진 창에 맞은 멧돼지에게 달려드는 개 떼 같았다.
개들은 기세등등해 멧돼지를 갈기갈기 찢어놓으려고
달려들지만, 멧돼지가 자신의 힘을 믿고
개들을 향해 돌아서면 다시 물러나 뿔뿔이 도망치고 만다.
바로 그렇게 트로스인은 칼과 양날 창을   730
휘두르며 무리를 지어 계속 쫓아왔지만,
두 아이아스가 몸을 돌려 그들을 향해 버티고 서자
얼굴색이 변하여 누구 하나 시신을 빼앗으려고
앞으로 달려들어 싸우려는 자가 없었다.

　　　그래서 두 사람은 서둘러 시신을 전장에서   735
속 빈 함선들로 옮기려고 애썼지만,
그들을 둘러싸고 치열한 전투가 벌어졌다.
갑자기 일어난 불이 사람들의 도시를 덮쳐 태우면,
큰 불길 속에서 거센 바람에 포효하며 집을 하나둘씩
무너뜨리듯이, 바로 그렇게 전차와 전사들이 일으키는   740
끊임없는 굉음이 함선들 쪽으로 가는 두 사람을 뒤쫓았다.
노새가 대들보나 선박을 건조하는 데 사용할 큰 목재를
울퉁불퉁한 산길을 따라 온 힘을 다해 끌고 내려오면,
힘든 노역과 땀으로 녹초가 되는데,
그렇게 두 사람은 온 힘을 다해 시신을 날랐고,   745

〈파트로클로스의 시신을 놓고 싸우는 그리스군과 트로이아군〉
(앙투안 요제프 비에르츠, 19세기)

그들 뒤에서는 두 아이아스가 추격하는 적을 저지하니,
들판을 가로질러 나 있는 나무와 풀로 무성한 제방이
큰물을 저지하는 듯했다. 그런 제방은 강력한 강들의
거센 물줄기를 저지해 즉시 모든 물줄기의 방향을
바꿔 들판으로 흐르게 한다. 거센 물줄기도 제방을   750
무너뜨리지 못하기 때문이다. 바로 그렇게 두 아이아스는
뒤에서 계속 싸우며 트로스인을 저지했지만,
그들은 추격을 멈추지 않았고, 그들 중 특히 두 사람
안키세스의 아들 아이네이아스와 영광스러운 헥토르가 끈질겼다.
찌르레기 떼나 갈가마귀 떼는   755
작은 새들에게 죽음을 가져다주는 매가 다가오는 것을 보면,
무시무시한 비명을 지르며 날아가버린다.
바로 그렇게 아카이오스인 장정들은 헥토르와 아이네이아스 앞에서
전의를 잊고 무시무시한 비명을 지르며 도망쳤다.
다나오스인이 도망치며 버린 아름다운 무구들이 해자 주위에   760
무수히 떨어졌고, 전투는 그치지 않았다.

제18권   아킬레우스의 새로운 무구

이렇게 양쪽 진영이 타오르는 불길처럼 싸우고 있을 때,

안틸로코스는 발 빠른 전령이 되어 아킬레우스에게 갔다.

가서 보니 아킬레우스는 양쪽 끝이 뿔처럼 우뚝 솟아 있는

함선들 앞에서 방금 일어난 일을 마음속으로 생각하며

격분해 영웅다운 기개를 지닌 자신의 마음을 향해서 말했다.   5

"장발의 아카이오스인들이 또다시 겁에 질려 들판을 가로질러

허겁지겁 함선들을 향해 도망쳐오니, 도대체 이게 어찌 된 일인가?

전에 어머니께서 내가 살아 있는 동안에 미르미도네스인 중

가장 용맹한 자가 트로스인의 손에 햇빛을 뒤로하고

떠나게 될 것이라 분명하게 말씀하셨지. 신들께서   10

내가 걱정하는 변고가 일어나지 않게 해주셔야 할 텐데.

하지만 메노이티오스의 용맹한 아들이 죽은 게 틀림없다.

불타는 함선들에서 적을 밀어낸 후 즉시 함선으로 돌아오고,

헥토르와는 힘으로 겨루지 말라고 당부했는데, 무정한 사람 같으니."

　　　아킬레우스가 이런 생각을 하며 번민하고 있을 때,   15

네스토르의 훌륭한 아들 안틸로코스가 다가와

뜨거운 눈물을 쏟으며 비보를 전했다.

"현명한 펠레우스의 아들이여, 비보를 전하러 왔소.

〈파트로클로스를 애도하는 아킬레우스〉(자크 루이 다비드 기법, 19세기)

일어나서는 안 될 일이 일어나고 말았으니 파트로클로스가 쓰러졌소.
그의 무구는 번쩍이는 투구의 헥토르가 가지고 있고,   20
무장하지 않은 시신을 둘러싸고 양쪽 진영이 싸우고 있소."
        안틸로코스의 말이 끝나자마자 검은 슬픔의 구름이
아킬레우스를 덮쳤다. 그가 두 손으로 거친 먼지를
움켜잡아 머리 위로 들어올려 쏟아부으니
준수한 얼굴이 흉해졌고, 검은 먼지는   25
향기로운 상의에도 내려앉았다. 그는 먼지 속에
대자로 누워 손으로 머리를 헝클어뜨리고 쥐어뜯었다.
아킬레우스와 파트로클로스가 전쟁 중에 사로잡아
전리품으로 얻은 하녀들도 모두 비통한 마음에 통곡하면서
문밖으로 나오고, 현명한 아킬레우스 주위로 달려와   30
손으로 가슴을 쳤으며, 다들 무릎이 풀렸다.
한편 안틸로코스는 눈물을 쏟으면서도 아킬레우스의 두 손을
꼭 잡고 있었다. 아킬레우스가 그 영광스러운 마음으로 신음하다가
쇠붙이 칼로 스스로 목을 그을까 봐 염려되었기 때문이다.
아킬레우스가 무시무시한 소리를 내며 통곡하자,   35
그의 존귀한 어머니가 바닷속 깊은 곳 늙은 아버지 옆에
앉아 있다가 그 소리를 듣고 비명을 지르니, 바다 깊은 곳에 있던
여신들인 네레우스의 딸들 모두가 그녀에게 몰려왔다.
글라우케, 탈레이아, 키모도케,
네사이에, 스페이오, 토에, 황소 눈의 할리에,   40
키모토에, 아크타이에, 림노레이아,
멜리테, 이아이라, 암피토에, 아가우에,
도토, 프로토, 페루사, 디나메네,
덱사메네, 암피노메, 칼리아네이라,   45
도리스, 파노페, 유명한 갈라테이아,

네메르테스, 아프세우데스, 칼리아낫사가 왔다.
또한 클리메네, 이아네이라, 이아낫사,
마이라, 오레이티이아, 머리 곱게 땋은 아마테이아도 왔고,
바다 깊은 곳에 있는 네레우스의 다른 딸들도 왔다.
은빛 동굴은 여신들로 가득 찼다. 그들은 모두 동시에   50
가슴을 쳤고, 테티스가 애곡하기 시작했다.
"나의 자매들인 네레우스의 딸들이여, 모두 내 말을 잘 듣고
내 마음속 슬픔이 얼마나 큰지 알아주세요. 아, 불쌍한 내 신세여,
가장 훌륭한 아들을 낳은 어미인 내 신세여.
나는 영웅 중에서도 가장 출중하고 흠 잡을 데 없이   55
훌륭하며 강인한 아들을 낳았고, 그는 어린 가지처럼 쑥쑥 컸지요.
나는 그를 과수원 비탈의 나무처럼 키워
새 부리처럼 휜 함선들에 태워 일리오스로 보내
트로스인과 싸우게 했어요. 하지만 그는 펠레우스의
집으로 돌아오지 못하고, 나는 그를 반갑게   60
맞이하지 못할 거예요. 그는 살아서 햇빛을 보는 동안에도
마음고생을 하고 있지만, 나는 그에게 가더라도 도와줄 수 없어요.
그렇더라도 사랑하는 아들을 만나보고, 전투에 나가지도 않은
그에게 도대체 무슨 일이 생겼는지 한번 들어봐야겠어요."
        테티스가 이렇게 말하고 동굴을 나서자   65
다른 여신들도 눈물을 흘리며 따라나섰고,
그들 주위로 바다 물결이 갈라졌다.
비옥한 트로이아 땅에 도착한 그들은 민첩한
아킬레우스 주위로 미르미도네스인의 함선들이 밀집한
해변에 차례로 올라왔다. 존귀한 어머니는   70
통곡하고 있는 아킬레우스에게 날카로운 비명을 지르며 다가가
아들의 머리를 껴안고 울면서 날개 달린 말로 물었다.

"얘야, 왜 울고 있느냐? 네 마음을 슬프게 하는 무슨 일이

생겼느냐? 숨김없이 말해다오. 전에 네가 아카이오스의

모든 아들들이 함선들 뒤편에 갇혀 궁지에 몰리고   75

수치스러운 일을 당해 너를 필요로 하게 해달라고

두 손 높이 들어 기도했고, 제우스께서는 네 기도를 이루어주셨잖니."

　　　　빠른 발의 아킬레우스가 통곡하며 대답했다.

"어머니, 올림포스의 제우스께서는 정말 기도를 이루어주셨어요.

하지만 모든 전우 중에 제가 가장 아끼고,   80

제 머리만큼이나 소중히 여기는 전우 파트로클로스가 죽었으니,

그 일이 어찌 제게 기쁜 일이겠어요? 저는 그를 잃었습니다.

헥토르가 그를 죽이고 크고 보기에도 아름다운 무구를 벗겨갔어요.

그 무구는 신들께서 어머니를 필멸의 인간에게 보내어 동침하게 하신 날

아버지 펠레우스께 주신 값진 선물입니다.   85

이제 저는 집으로 돌아가지 못할 테고, 아들의 죽음으로

어머니는 아들을 반갑게 맞이할 수 없어

이루 말할 수 없이 큰 슬픔을 겪게 되실 테니,

그럴 바에야 차라리 어머니는 바닷속에서 불멸의 여신들과 함께 사시고,

아버지 펠레우스는 필멸의 인간을 아내로 맞으셔야 했어요.   90

먼저 헥토르가 제 창에 맞아 목숨을 잃어 메노이티오스의 아들

파트로클로스를 죽인 대가를 치르지 않는다면, 제가 사람들 가운데서

살아 있어서는 안 된다고 마음이 제게 명령하기 때문입니다."

　　　　테티스가 눈물을 쏟으며 다시 말했다.

"얘야, 네 말을 들어보니 분명 너는 오래 살지 못하겠구나.   95

헥토르가 죽은 후 너도 곧 죽게 될 테니 말이다."

　　　　빠른 발의 아킬레우스는 크게 화를 내며 말했다.

"전우가 죽는데도 도와주지 못했으니 당장 죽고 싶은 마음뿐입니다.

그는 조상의 땅을 멀리 떠나와 이곳에서 죽었고,

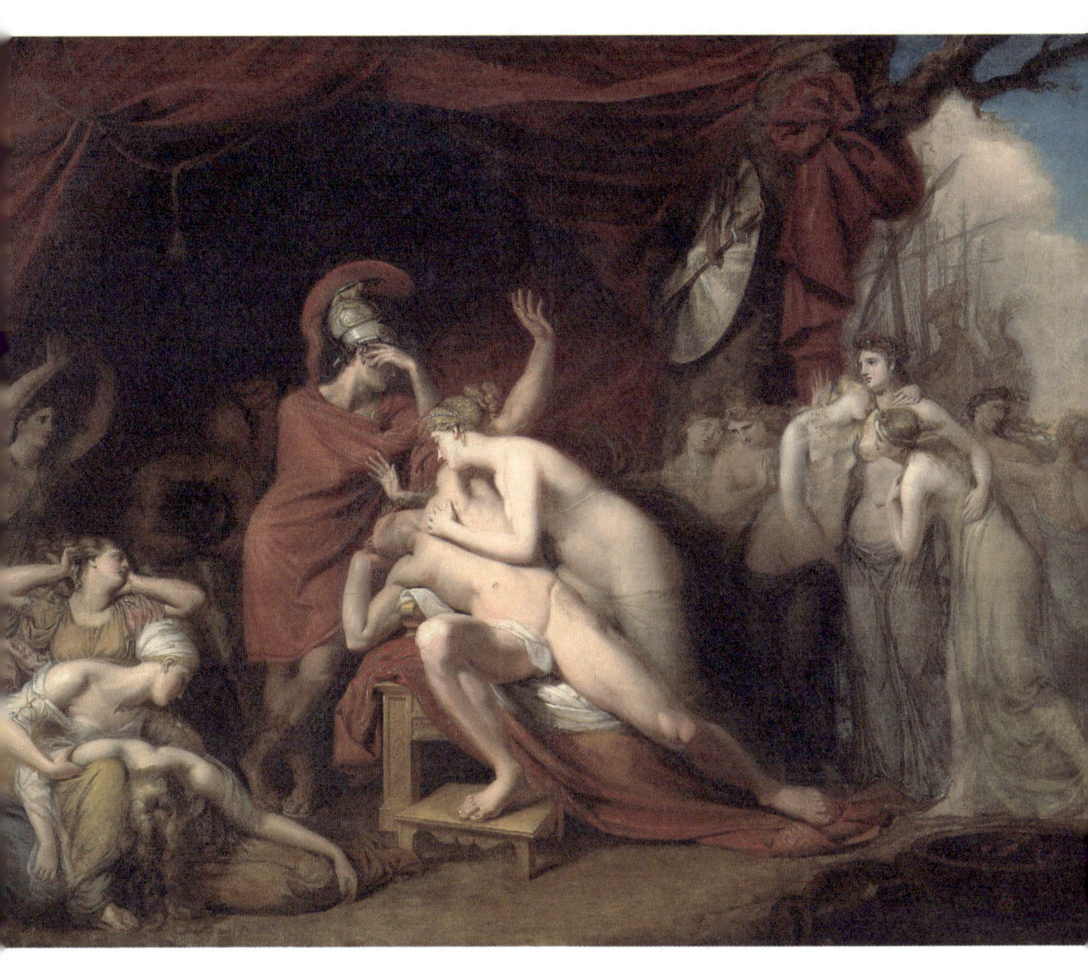

〈테티스의 위로를 뿌리치는 아킬레우스〉(조지 도, 1803년)

제 도움이 절실했는데도 저는 그의 파멸을   100

막지 못했어요. 제가 회의에서는 다른 사람들보다 못할지라도

전쟁에서는 청동 갑옷 입은 아카이오스인들 중

저와 같은 이가 없는데, 파트로클로스를 비롯해

고귀한 헥토르에게 죽은 많은 전우에게 빛이 되지 못하고,

함선들 옆에 죽치고 앉아 대지에 무익한 짐만 되었어요.   105

그러니 어떻게 제가 사랑하는 조상의 땅으로 돌아갈 수 있겠습니까?

신들 가운데든 인간들 가운데든 불화는 반드시 없어져야 하고,

지혜로운 자의 마음마저 어지럽히는 분노 또한 없어져야 합니다.

분노는 꿀방울보다도 더욱 달콤하여

사람들의 가슴속에서 연기처럼 커지는데,   110

제가 그렇게 인간들의 군주 아가멤논에게 분노했어요.

하지만 그 일이 아무리 고통스러워도

지난 일이니 가슴속에 묻어둬야겠지요.

이제 제가 사랑하는 사람을 죽인 헥토르를

상대하기 위해 나가야겠어요.   115

제우스를 비롯해 불멸의 신들이 제 죽음을 언제로 정했든

그 운명을 받아들이겠습니다.

크로노스의 아드님인 군주 제우스께서 가장 아끼신

힘센 헤라클레스도 헤라의 무시무시한 분노와 운명 앞에서

죽음을 피하지 못하고 쓰러졌으니까요.   120

똑같은 운명이 주어졌다면 저도 죽어 그렇게 눕겠지요.

하지만 지금은 명성을 얻어야겠어요. 땅에 끌리는

주름치마를 입고 다니는 트로이아 여자들과 다르다니아 여자들이

부드러운 뺨에 흐르는 눈물을 손으로 훔치며 통곡하게 해주고 싶습니다.

제가 너무 오래 전쟁을 쉬었다는 것도 알게 해주고 싶습니다.   125

그러니 모정 때문에 제 출전을 막지는 말아주세요. 저를 설득하지 못하

실 겁니다."

　　은빛 발의 여신 테티스가 대답했다.
"얘야, 기진맥진해 벼랑 끝 죽음에 몰린 전우들을 구하는 것은
결코 나쁜 일이 아니니 그렇게 하는 게 당연하다.
그런데 트로스인들이 너의 아름답고 번쩍이는　　　　　　　　　　130
청동 무구를 가졌을뿐더러, 번쩍이는 투구의 헥토르가
그 무구를 어깨에 걸치고 의기양양해하고 있다.
물론 그의 죽음이 가까워졌으니,
그렇게 우쭐대는 것도 오래가지 못할 테지.
하지만 내가 군주 헤파이스토스에게서 아름다운 무구를 구해　　135
내일 아침 해 뜰 때 네게 올 텐데, 내가 다시 이곳에 도착하기
전에는 전쟁의 소용돌이에 뛰어들지 말거라."

　　테티스는 이렇게 말하고 아들에게서 돌아서서
바다의 자매들에게 말했다.
"이제 여러분은 바다의 넓은 품속으로 들어가　　　　　　　　　140
바다 노인이신 아버지의 집으로 찾아가 뵙고
모든 것을 말씀드리세요. 나는 높은 올림포스로 가서
솜씨 좋기로 유명한 헤파이스토스를 찾아, 내 아들을 위해
찬란히 빛나는 신성한 무구를 만들어줄 수 있는지 간청해야겠어요."

　　테티스가 이렇게 말하자 여신들은 즉시 바다 물결 속으로　　145
뛰어들었다. 은빛 발의 여신 테티스는 사랑하는 아들에게
훌륭한 무구를 가져다주기 위해 올림포스로 갔다.

　　여신의 발걸음이 그녀를 올림포스로 이끄는 동안,
아카이오스인들은 공포에 질린 비명을 지르며, 목숨을 앗아가는
헥토르를 피해 함선들이 정박한 헬레스폰토스 해변으로 달아났다.　150
그래서 훌륭한 정강이 보호대를 한 아카이오스인들은
아킬레우스의 시종 파트로클로스의 시신을

무기들이 날아다니는 권역 밖으로 끌어내지 못할 뻔했다.
트로스인 군사들과 전차들, 특히 열화 같은 투지를 지닌
프리아모스의 아들 헥토르가 시신을 따라잡았기 때문이다.   155
영광스러운 헥토르는 세 차례나 뒤에서 시신의 발목을 붙잡아
끌어가려 몸부림치며 트로스인을 향해 크게 외쳤다.
두 아이아스는 전의에 불타 세 번이나 시신에서 헥토르를 밀쳐냈다.
하지만 헥토르는 자기 힘을 믿고 전선을 따라 때로는 돌진하고
때로는 서서 큰 소리로 외치며 조금도 물러서지 않았다.   160
들판에서 목자들이 굶주린 황갈색 사자를
그 먹잇감으로부터 몰아내는 게 불가능한 것처럼,
바로 그렇게 무장한 전사들인 두 아이아스도 프리아모스의 아들
헥토르를 겁주어 시신에서 쫓아낼 수 없었다. 이렇게 헥토르는
파트로클로스의 시신을 끌고 가 말할 수 없이 큰 영광을   165
얻을 뻔했지만, 바람처럼 빠르고 날쌘 이리스가 펠레우스의 아들
아킬레우스를 무장시키기 위해 제우스를 비롯한 다른 신들 몰래
올림포스로부터 사자로 왔으니, 헤라가 그를 보낸 것이었다.
이리스는 아킬레우스에게 다가와 날개 달린 말로 전했다.
"펠레우스의 아들, 모든 인간 중 가장 무시무시한 자여,   170
떨쳐 일어나 파트로클로스를 구하라.
그를 둘러싸고 함선들 앞에서 무시무시한 접전이 벌어져
서로를 죽이고 있다. 한쪽은 그의 시신을 지키려 하고,
트로스인은 바람 많은 일리오스 쪽으로 끌고 가려 한다.
영광스러운 헥토르가 특히 시신을 끌어가고 싶어 하는데,   175
마음이 그에게 파트로클로스의 부드러운 목에서
머리를 베어 장대에 꽂으라고 명령하기 때문이다.
그러니 이제 누워 있지 말고 일어나라. 파트로클로스가 트로이아 개들의
놀잇감이 될지도 모르니 두려워하는 마음을 가져라.

그의 시신이 조금이라도 훼손된다면, 그 치욕은 네 몫이다.”   180

　　　그러자 빠른 발의 고귀한 아킬레우스가 물었다.

“이리스 여신이여, 신들 중 누가 당신을 제게 사자로 보내셨습니까?”

　　　바람처럼 빠르고 날쌘 이리스가 다시 말했다.

“제우스의 영광스러운 아내 헤라께서 보내셨다.

높은 옥좌에 앉아 계시는 크로노스의 아드님과 눈 덮인 올림포스에   185

사는 다른 불멸의 신들은 아무도 이 일을 알지 못한다.”

　　　빠른 발의 아킬레우스가 말했다.

“적들이 제 무구를 가지고 있는데 제가 어떻게 출전하겠습니까?

사랑하는 어머니는 헤파이스토스에게서

아름다운 무구를 가져오겠노라 약속하시고,   190

자신이 여기로 다시 오는 것을 제 눈으로 보기 전까지

출전해서는 안 된다고 말씀하셨습니다. 제가 알기로

텔라몬의 아들 아이아스의 방패 외에 다른 사람의 무구는

아무리 훌륭해도 제게 맞지 않는데, 아마도 그는 선봉대와 함께

죽은 파트로클로스 주위에서 창으로 적을 죽이고 있을 것입니다.”   195

　　　바람처럼 빠르고 날쌘 이리스가 다시 말했다.

“적들이 너의 훌륭한 무구를 가지고 있다는 것은 우리도 잘 안다.

하지만 지금 이대로 해자에 나가 트로스인들에게 네 모습을 보여라.

그들이 겁먹고 싸우기를 머뭇거린다면, 기진맥진한

아카이오스인의 용감한 아들들이 숨을 돌릴 수 있지 않겠느냐.   200

전장에서는 잠깐 숨을 돌려도 다시 힘을 찾는 법이다.”

　　　빠른 발의 이리스가 이렇게 말하고 떠나자

제우스가 아끼는 아킬레우스는 일어섰다.

그러자 여신들 중 고귀한 아테나가 그의 건장한 어깨에

술 달린 아이기스 방패를 걸쳐주었고,   205

머리에는 황금 구름을 둘러

거기에서 번쩍이는 화광이 뻗어 나오게 했다.

외딴 섬의 한 도시가 적에게 포위되었을 때,

성민들이 성안에서 온종일 가증스런 전쟁을

치르다가, 해가 지면 나뭇단을 겹겹이 쌓아 불을   210

피워 올린다. 연기가 저 멀리 하늘의 대기까지 올라가고,

불길이 하늘 높이 솟구쳐 사방을 환하게 밝히는데, 이를 보고

인근에 사는 사람들이 함선을 타고 도우러 오기를 바라는 것이다.

그렇게 아킬레우스의 머리에서 불길이 뻗어 나와 하늘의 대기에 닿았다.

아킬레우스는 방어벽에서 나가 해자 앞에 섰지만,   215

아카이오스인들과 합류하지는 않았다. 어머니의 현명한 지시를

유념했기 때문이다. 그가 거기에 서서 고함을 지르자

팔라스 아테나도 멀리서 소리를 내니, 트로스인 가운데서

엄청난 소란이 일었다. 목숨을 빼앗는 적이 성을 포위하고

전쟁 나팔을 불면 낭랑한 소리가 울려 퍼지듯,   220

이때 바로 그렇게 아이아코스 손자의 목소리가

낭랑하게 울려 퍼졌다. 아이아코스 손자의 청동 같은 목소리를 들은

모든 트로스인은 심장이 떨렸고, 갈기 고운 말들은

고통을 예감하고 전차를 돌렸다. 마부들은 펠레우스의 아들

기개 있는 아킬레우스의 머리에서 무시무시한 불길이   225

연신 거세게 뻗어 나오는 광경을 보고 기절초풍했으니,

빛나는 눈의 여신 아테나가 계속 타오르게 했기 때문이다.

고귀한 아킬레우스는 해자 저편에서 세 번에 걸쳐 크게 고함을 질렀고,

트로스인과 명성 자자한 동맹군들은 세 번이나 공포에

사로잡혀 혼란에 빠졌다. 이때 거기에서 가장 용맹한 전사   230

열두 명이 자신의 전차와 창 옆에서 죽었다. 반면 아카이오스인들은

기뻐하며 파트로클로스를 무기가 날아다니는 권역 밖으로 끌어내어

들것에 뉘었고, 사랑하는 전우들이 주위에 둘러서서

눈물을 흘렸다. 빠른 발의 아킬레우스도 믿음직한 전우가

날카로운 청동에 찢기어 들것에 누워 있는 모습을 보고   235

뜨거운 눈물을 흘리며 그들을 따라갔으니,

파트로클로스에게 말과 전차를 주어 전장으로 보냈건만

그가 살아 돌아오는 것을 반갑게 맞이할 수 없었기 때문이다.

　　　　이윽고 황소 눈의 존귀한 헤라가

지치지 않는 태양을 오케아노스강 속으로   240

강제로 들여보냈다. 해가 지고,

고귀한 아카이오스인들은 치열한 접전과 고단한 싸움을 멈추었다.

　　　　한편 트로스인들은 치열한 접전의 현장에서 물러나

빠른 말들을 전차에서 풀고 나서

저녁식사를 생각하기 전에 회의하러 모였다.   245

그들은 회의를 하는 내내 일어서 있었고, 감히 앉으려 하는 자가

없었다. 오랫동안 피비린내 나는 전장을 멀리하였던 아킬레우스가

홀연히 모습을 드러내자 다들 두려움에 벌벌 떨었기 때문이다.

그들 가운데서 판토오스의 아들 지혜로운 폴리다마스가 가장 먼저

말문을 뗐다. 오직 그만이 앞뒤를 살필 줄 아는 사람이었던 까닭이다.   250

헥토르의 전우였던 그는 헥토르와 같은 날 밤 태어났지만,

한 사람은 지혜로운 말솜씨로, 다른 한 사람은 창술에서 탁월했다.

그는 그들 가운데서 좋은 의도로 발언했다.

"친구들이여, 두루두루 잘 생각해보시오. 나는 우리가 도성에서

멀리 떨어져 있으니 함선들 옆 들판 위에서   255

고귀한 새벽을 기다릴 게 아니라 지금 도성으로 돌아가기를 권합니다.

그자가 고귀한 아가멤논에게 분노하고 있는 동안에는

아카이오스인들과 싸우기가 더 쉬웠소.

그때는 나도 빠른 함선들 옆에서 자는 게 즐거웠다오.

양쪽에서 노 젓는 함선들을 빼앗을 수 있다는 희망이 있었기   260

때문이오. 하지만 지금은 펠레우스의 아들 빠른 발의 아킬레우스가
끔찍할 정도로 두렵소. 기세가 저렇게 등등한 걸 보니,
그자는 트로스인과 아카이오스인 양쪽 진영이
아레스의 분노에 참여해온 이 들판에만 머무르지 않고,
도성과 여자들을 노리고 싸우려 들 것이오.   265
반드시 내 말대로 될 테니 내 말을 믿고 도성으로 갑시다.
지금은 신성한 밤이 펠레우스의 아들 빠른 발의 아킬레우스를
막아주고 있지만, 내일 우리가 여기에 머물러 있다는 사실을 알고
무구를 갖추어 공격해오면, 그자가 어떤 위인인지 아군 전체가 똑똑히
　　알게 될 테지요.
요행히 그를 피한 자들은 신성한 일리오스로   270
줄행랑칠 테고, 수많은 트로스인은 개와 독수리의 밥이
될 것이오. 나는 정말이지 그런 일이 벌어졌다는 말을
내 귀로 듣고 싶지 않소. 괴롭더라도 내 말대로 한다면,
우리는 오늘밤 도성에서 쉬며 힘을 비축할 수 있소.
도성은 높다란 성루들과 하늘을 찌를 듯한 성문들과   275
성문마다 굳건히 달린 거대한 쌍날개 문짝들이
지켜줄 것이오. 아침 일찍 우리가 무구로 무장하고
성벽 위에 서 있을 때, 그가 함선들에서 나와 성벽 주위로 와서
우리와 싸우고자 한다면, 그에게는 아주 힘든 전투가 될 것이오.
그래서 목이 길고 아름답게 뻗은 말들을 몰고 도성 주위를   280
여기저기 오고 가다가 싫증을 내고 다시 함선들로 돌아갈 테지요.
도성 안으로 쳐들어올 엄두를 내지 못하고
함락시키지도 못할 것이오. 그 전에 날쌘 개들의 밥이 될 테니.”

　　　　번쩍이는 투구의 헥토르가 그를 노려보며 말했다.
“폴리다마스여, 당신은 우리가 다시 도성으로 돌아가 그 안에   285
갇혀 있어야 한다고 주장하니, 그 말이 내게는 좋게 들리지 않소.

여러분은 성안에 갇혀 있는 게 지겹지 않소?

전에는 언어를 사용하는 사람이라면 누구나 프리아모스의 성에는

황금도 많고 청동도 많다고 말했지만,

이제 훌륭한 보물들이 집에 남아 있지 않고,   290

값나가는 물건들은 프리기아와 매력적인 마이오니아로 팔려 갔으니,

위대하신 제우스께서 우리에게 진노하셨기 때문이오. 하지만 지금은

크로노스의 아드님이신 음흉한 제우스께서 내게 함선들 옆에서

영광을 얻게 해주시고, 아카이오스인들은 바닷가에 가두셨소.

그러니 어리석은 자여, 다시는 백성 앞에서 그런 말을   295

입 밖에 내지 마시오. 트로스인들은 아무도 당신의 말을

듣지 않을 것이고, 나도 용납하지 않겠소.

자, 모두 내 말대로 합시다. 지금 부대별로 저녁 식사를 한 후

잊지 말고 보초를 세워 각자 경계를 철저히 하시오.

트로스인들 중 재산을 적에게 뺏길까 봐   300

노심초사하는 자가 있다면, 백성에게 주어 함께 쓰도록 하시오.

아카이오스인들에게 빼앗기기보다 아군이 나눠 갖는 것이

더 낫지 않겠소. 아침 일찍 우리는 무구로 무장하고

속 빈 함선들 옆에서 치열한 전투를 벌일 것이오. 고귀한 아킬레우스가

진정 함선들 옆에서 일어서기를 원하고 실제로 그렇게 한다면,   305

그는 더 힘들어질 것이오. 호전적인 전쟁의 신 아레스는

누구에게나 공평해 죽기도 하고 죽이기도 하는 법이니,

그와 내가 싸워 누가 영광스러운 승리를 얻든, 나는 결코 그를 피해

피비린내 나는 전장을 떠나지 않고 끝까지 맞설 것이기 때문이오.”

　　　　헥토르가 이렇게 발언하자, 트로스인들은 이 말을 듣고   310

쇄도하는 물처럼 큰 함성을 질렀으니, 어리석은 자들이여,

팔레스 아테나가 그들의 지혜를 빼앗았기 때문이다.

그들은 헥토르가 낸 나쁜 계책에는 호응했고,

폴리다마스가 낸 좋은 계책에는 불응했다.

이렇게 회의가 끝나고, 그들은 부대별로 저녁 식사를 했다.   315

한편 아카이오스인들은 밤새도록 파트로클로스를 위해 통곡하며

애통해했다. 그들 중에서 펠레우스의 아들 아킬레우스가

피비린내 나는 두 손을 벗의 가슴에 얹은 채 목이 터지도록 울었으니,

울창한 숲에서 사냥꾼들이 새끼들을 앗아가자

으르렁거리며 울부짖는 사나운 사자를 닮았다. 나중에 돌아온 사자는   320

살을 에는 듯한 분노에 사로잡혀 새끼를 찾으려고

사람의 발자취를 추적하여 온 골짜기를 헤맨다. 그렇게 아킬레우스는

큰 소리로 통곡하며 미르미도네스인 가운데서 말했다.

"아, 정말 부끄럽구나. 나는 영웅 메노이티오스의 궁에서

그분을 위로하던 날, 일리오스를 함락시키고   325

그분의 아들이 자기 몫의 전리품을 가지고 오푸스로 영광스럽게

개선할 수 있게 하겠다고 말씀드렸는데, 이제는 헛된 말이 되고 말았구나.

제우스께서는 정녕 사람들의 계획을 다 이루어주지는 않으시는가.

우리 두 사람이 이곳 트로이아에서 같은 대지를 우리 둘의 피로

붉게 물들일 테니, 전차를 타고 싸우시는 펠레우스 노인과   330

내 어머니 테티스께서는 궁에서 내 귀향을 보지 못하시겠구나.

이 대지가 나를 붙들어둘 테니.

파트로클로스여, 나는 이제 자네를 따라 대지 아래로 가려 하네.

하지만 용맹한 자네의 목숨을 앗아간 헥토르의 무구와 머리를

이곳으로 가져오기 전에는 결코 자네를 보내지 않겠네.   335

트로스인의 훌륭한 아들 열둘을 자네의 화장용 장작더미 앞에서

참수하여 자네의 죽음에 내가 얼마나 분노하는지 보여주고자 하네.

그때까지 자네는 새 부리처럼 휜 함선들 옆에 이대로 누워 있게.

우리가 필멸의 인간들이 세운 풍요로운 도시들을 함락시키고

우리의 힘과 긴 창으로 힘들여 얻은 트로이아 여자들과   340

땅에 끌리는 주름치마를 입은 다르다니아 여자들이

자네 앞에서 밤낮으로 눈물을 쏟으며 곡하게 될 것이네.”

　　　고귀한 아킬레우스는 이렇게 말한 후

파트로클로스의 몸에 엉겨 붙은 핏덩이를 어서 빨리 씻어내려고

전우들에게 큰 세발솥을 불 위에 올려놓으라 지시했다.　　　　345

그들은 활활 타는 불 위에다 목욕용 물을 데우는 데 사용하는

세발솥을 올려놓고, 그 안에 물을 부은 후

장작을 가져와 불을 땠다. 불이 세발솥의 불룩한 부분을

빙 둘러 에워싸니 물이 뜨거워졌다.

물이 번쩍이는 청동 안에서 끓자, 그들은 그를 씻기고 나서　　　350

올리브기름을 듬뿍 발랐다. 상처에는 9년 된 고약을 채워 넣었다.

그리고 그를 침상에 눕힌 후 부드러운 아마포로

머리부터 발끝까지 덮고, 그 위에 다시 흰 천을 덮었다.

그런 후 미르미도네스인들은 빠른 발의 아킬레우스 주위에서

파트로클로스를 위해 밤새도록 큰 소리로 통곡하며 애통해했다.　　　355

한편 제우스는 누이이자 아내인 헤라에게 말했다.

“황소 눈의 존귀한 헤라여, 마침내 당신이 빠른 발의 아킬레우스를

일으켜 세우는 일을 해냈구려. 장발의 아카이오스인들은

정말 당신이 친히 낳은 자식들인 모양이오.”

그러자 황소 눈의 존귀한 헤라가 대답했다.　　　360

“크로노스의 지엄한 아드님이시여,

도대체 무슨 말씀을 하시는 거예요? 언젠가는 흙으로 돌아갈

지혜도 힘도 없는 필멸의 인간들조차 자신이 원하는 바를

이뤄낼 수 있다는데, 혈통에서나 모든 불멸의 신들의 왕인

당신의 아내라고 불린다는 점에서나　　　365

여신들 중 최고인 내가 나를 화나게 한 트로스인에게

재앙을 내리면 안 되는 이유라도 있나요?”

제우스와 헤라가 이런 대화를 나누고 있을 때,

은빛 발의 테티스가 헤파이스토스의 저택에 도착했다.

청동으로 지어 별처럼 반짝이고 절대로 낡지 않는 이 저택은　　　　370

불멸의 신들의 거처 중에서도 빼어난 것으로, 절름발이 신 헤파이스토스가

직접 지었다. 가서 보니 그는 땀 흘리며 부지런히 풀무질을

하고 있었다. 모두 합쳐 스무 개의 세발솥을 제작하고 있었기 때문이다.

세발솥은 모두 아래쪽에 황금 바퀴를 달아,

평소에는 튼튼하게 지은 그의 저택 벽에 나란히 세워두고,　　　　375

필요할 때는 신들의 회의장으로 끌고 갔다가

다시 집으로 가져올 수 있도록 고안했는데,

볼수록 감탄이 절로 나는 물건이었다.

솥들은 다 완성되었고, 정교하게 만든 손잡이를 다는 일만 남았다.

그는 손잡이를 달기 위해 못을 박고 있었다.　　　　380

그가 노련한 솜씨로 부지런히 그 일을 하고 있을 때,

은빛 발의 테티스가 그에게 다가갔다.

이때 명성이 자자한 절름발이 신과 결혼한 아름다운 카리스가

빛나는 머리띠를 하고 나오다가 그녀를 보고는 손을 잡고 말했다.

"존경하고 사랑하는 긴 원피스의 테티스시여, 전에는　　　　385

온 적 없는 분이 이렇게 우리 집을 다 찾아주시니 이게 무슨 일인가요?

안으로 들어오세요. 손님으로 오셨으니 대접해야겠어요."

고귀한 여신은 이렇게 말하고 테티스를 안으로 안내해

은박을 입혀 정교하게 만든 아름다운 의자에 앉혔다.

의자 밑에는 발을 얹을 수 있는 발판이 달려 있었다. 카리스는　　　　390

대장장이로 명성이 자자한 헤파이스토스를 부르며 말했다.

"헤파이스토스, 이쪽으로 와보세요. 테티스께서 당신에게 용무가 있으
　　시대요."

그러자 명성이 자자한 절름발이 신이 대답했다.

"진정으로 지엄하고 존귀한 여신께서 내 집에 오셨군요.
절름발이 자식을 낳은 것을 숨기려 한, 후안무치한 어머니의
속셈 때문에 내가 올림포스에서 바다로 떨어져 고통당하고 있을 때,
나를 구해주신 분이 바로 이 여신이라오. 그때 만일 에우리노메, 그러니까
대지를 돌아 자기에게로 다시 흘러드는 오케아노스의 딸
에우리노메와 테티스 여신께서 나를 품에 받아주지 않으셨다면,
나는 마음고생을 했을 것이오. 나는 아홉 살 때까지
두 분과 함께 지내며 속 빈 동굴에서 브로치와 나선형 팔찌와
귀걸이와 목걸이 같은 장신구를 많이 만들어드렸소.
주위에서는 오케아노스의 엄청난 물줄기가 거품을 일으키고
굉음을 내며 흘러갔지. 하지만 신들도 필멸의 인간들도
아무도 몰랐고, 나를 구해주신 테티스와 에우리노메만 알았소.
그런데 이제 테티스 여신께서 우리 집에 오셨으니,
머리를 곱게 땋으신 여신께 내 생명을 구해주신 보답을
하는 게 마땅하오. 내가 풀무와 다른 모든 도구를 치우는 동안,
당신은 맛있는 음식을 차리시오."
        헤파이스토스는 이렇게 말한 후
무시무시하게 거대한 모루에서 절뚝거리며 일어섰고,
아래쪽에서는 그의 빈약한 다리가 날쌔게 움직였다.
그는 불가에서 풀무를 치우고,
자신이 사용한 모든 도구를 은으로 만든 공구함에 넣어두었다.
그리고 그는 땀에 젖은 얼굴과 두 손, 강인한 목과 짙은 털로 덮인
가슴을 해면으로 깨끗이 닦고 옷을 갈아입은 뒤 단단한 지팡이를 짚고
절뚝거리며 문으로 향했다. 그러자 살아 있는 처녀와 똑같이 생긴
황금으로 만든 하녀들이 재빨리 달려나왔다. 이들은 가슴속에
사고력이 있고, 말도 할 줄 알고,
힘도 있으며, 불멸의 신들에게 배워 수공예도 할 줄 알았다.

이들이 부리나케 달려와 주인을 부축하자

그는 절뚝거리며 테티스가 있는 곳으로 다가와 번쩍이는 의자에 앉아

여신의 손을 잡고 말했다.

"존경하고 사랑하는 긴 원피스의 테티스시여, 전에는 오지 않다가

이렇게 우리 집에 와주시다니 이게 무슨 일입니까?   425

생각하시는 바가 있으면 무엇이든 말씀해주세요.

내가 할 수 있고 해야 하는 일이라면 따르라고 마음이 내게 명령하고

　있어요."

　　그러자 테티스가 눈물을 쏟으며 대답했다.

"헤파이스토스여, 올림포스에 있는 여신들 중 나만큼

가슴속에 지독한 슬픔과 괴로움을 안고 살아가는 여신이 있을까요?   430

그 정도로 크로노스의 아드님이신 제우스께서는 모든 여신 중 내게

가장 극심한 고통을 주셨지요. 제우스께서는 바다의 모든 여신 중에서

나를 선택해 억지로 인간인 아이아코스의 아들 펠레우스와 결혼시켰고,

나는 원하지 않았는데도 인간과 잠자리를 해야 했어요.

펠레우스는 노쇠하여 비참하게 궁에 누워 있지만,   435

내게 영웅 중에서도 가장 출중한 아들을 낳아 기르게 해주었고,

그 아이는 어린 가지처럼 쑥쑥 컸지요.

나는 그 아이를 과수원 비탈의 나무처럼 키운 후,

새 부리처럼 휜 함선들에 태워 일리오스로 보내 트로스인과 싸우게 했

　답니다.

하지만 그는 펠레우스의 집으로 돌아오지 못하고,   440

나는 그를 반갑게 맞이하지 못할 거예요. 게다가 그는 살아서

햇빛을 보는 동안에도 마음고생을 하고 있지만,

내가 그에게 가더라도 도울 길이 없어요.

아카이오스인의 아들들이 그의 전공을 기려 상으로 골라준 젊은 여자를

통치자 아가멤논이 도로 빼앗아버렸기 때문이지요.   445

그는 그 젊은 여자 문제로 괴로워하며 상심해왔죠.

그러다가 트로스인이 아카이오스인을 함선의 꼬리에 몰아넣고

밖으로 나오지 못하게 하자, 아르고스인의 원로들이

훌륭한 선물을 잔뜩 약속하며 그에게 도와달라고 간청했어요.

그는 그들을 파멸에서 구해주는 일은 거부했지만,   450

파트로클로스에게 자신의 무구를 입혀 많은 군사와 함께

전장으로 보냈죠. 그들은 온종일 스카이아이 성문 주위에서

싸웠답니다. 그렇게 해서 바로 그날 성이 함락되었을 텐데,

메노이티오스의 용맹한 아들 파트로클로스가 트로스인에게

많은 피해를 입히자, 아폴론이 선봉대 사이에서 싸우던 그를 죽이고,   455

헥토르에게 영광을 안겨주었어요. 그래서 당신이 얼마 살지 못할 내 아

　들을 위해

방패와 투구, 복사뼈 덮개가 달린 아름다운 정강이 보호대와 흉갑을

만들어줄 의향이 있는지, 이렇게 당신의 무릎을 붙잡고 간청하러 왔어요.

그가 원래 가지고 있던 것은 믿음직한 전우 파트로클로스가

트로스인의 손에 쓰러질 때 잃어버렸기 때문이죠.   460

그는 지금 마음이 괴로워 비통해하며 땅에 누워 있어요.”

　　그러자 명성이 자자한 절름발이 신이 대답했다.

“용기를 내세요. 그런 일이라면 걱정하지 않아도 됩니다.

누가 봐도 감탄할 만큼 빼어난 무구를

만들어드릴 테니까요. 훗날 그에게 무시무시한 운명이   465

닥쳐왔을 때, 그 무구가 그를 가증스런 죽음으로부터

멀리 숨겨주면 좋겠군요.”

　　헤파이스토스는 이렇게 말한 후 그 자리에 여신을 남겨두고,

풀무 옆으로 가서 그것을 불 쪽으로 돌려놓더니 일하라고 명령했다.

그러자 스무 개의 풀무가 한꺼번에   470

제각기 거센 숨결로 맹렬한 바람을 화로 아래로 불어넣었는데,

〈아킬레우스의 방패〉(콰트레메르 드 퀸시, 1814년경)

풍속은 헤파이스토스가 얼마나 열심히 일하느냐에 따라,

그가 원하는 바람의 세기와

일이 진척되는 정도에 따라 달라졌다.

그는 닳지 않는 청동과 주석, 값비싼 금과 은을

불 속에 던져 넣었다. 그런 후에는 모루대 위에

큰 모루를 올려놓고, 한 손에는 단단한 망치를,

다른 한 손에는 부젓가락을 잡았다.

　　그는 가장 먼저 크고 견고한 방패를 만들었다. 곳곳을 정교하게

장식했고, 가장자리에는 번쩍이는 테를 세 겹으로 둘렀으며,

은으로 어깨끈을 만들어 달았다. 방패는 다섯 겹이며,

그는 훌륭한 솜씨로 방패에 여러 문양을 정교하게 만들어 넣었다.

　　대지와 하늘과 바다를 만들어 넣었고,

지치지 않는 태양과 보름달을 만들어 넣었다.

하늘을 에워싸고 있는 온갖 별자리,

플레이아데스, 히아데스, 강력한 오리온,

사람들이 짐마차라고 부르기도 하는 큰곰자리도 만들어 넣었다.[1]

큰곰자리는 같은 자리에서 맴돌며 오리온을 주시하고,

오직 이 별자리만 오케아노스에서 목욕하지 않는다.

　　또한 필멸하는 인간들의 아름다운 도시 둘을 만들어 넣었다.

475

480

485

490

1　"플레이아데스"는 황도 12성좌의 두 번째인 황소자리에 있는 일곱 개의 별로 이루어진 성단으로, 사냥꾼 오리온을 피해 도망하다가 별이 된 아틀라스의 일곱 자매라고 한다. 이 이름은 그리스어로 '출항하다'라는 단어에서 유래했는데, 고대 그리스인이 항해에 나서는 시기에만 이 성단을 볼 수 있었기 때문이다. "히아데스"도 황소자리에 있는 여섯 개의 별로 이루어진 성단으로, '비를 내리는 여자들'이라는 뜻이 있으며 이 성단이 나타나면 우기가 시작된다고 해서 붙은 이름이다. "오리온"은 천구의 적도에 걸쳐 있는 큰 별자리로 겨울 저녁 하늘에서 주로 보이는 별자리다. "큰곰자리"는 북두칠성이 포함된 북쪽 하늘의 별자리이며 뜨고 지지 않는다. 즉 "오케아노스에서 목욕하지 않[고]" 같은 자리에서 맴돌기 때문에 위치를 파악하는 데 북두칠성이 활용된다.

한 도시에서는 결혼식과 잔치가 벌어져

사람들이 횃불을 환히 밝힌 가운데 신부들을 방에서

나오게 하여 성으로 데려가고, 결혼을 축하하는 노래가 울려 퍼진다.

청년들은 빙글빙글 돌며 춤추고, 그들 가운데서

피리와 포르밍크스를 연주하는 소리가 들려온다.   495

여자들은 자기 집 문 앞에 서서 연신 감탄한다.

한편 이 도시의 다른 곳에서는 민회가 열린 곳에 사람이 많이 모여 있다.

분쟁이 일어나 두 사람이 살해된 사람의 핏값을 놓고 다툰다.

한 사람은 자기는 핏값을 모두 지불했다며 군중 앞에서

무죄를 주장하고, 다른 한 사람은 한 푼도   500

받지 않았다고 반박한다. 그래서 재판관의 최종 판단을

받으려고 소송을 제기한 것이다. 군중은 두 편으로 갈라져

각자 한 사람을 큰 소리로 지지하고, 집행관은 그들을 제지한다.

원로들은 다듬어 광을 낸 돌들 위에 신성한 원을 그리고 앉아

목소리 우렁찬 집행관들에게서 홀을 받아 손에 쥐고   505

자리에서 일어나 차례로 판결을 내놓는다. 둥글게 앉아 있는

사람들 한가운데에는 가장 정의로운 판결을 내린 사람에게

주어질 두 탈란톤의 황금이 놓여 있다.

　　　또 다른 도시 주위에서는 양쪽 진영의 군사는 무구를 번쩍이며

대치하고 있다. 포위한 쪽에서는 매력적인 성안에 있는   510

모든 재물 중 절반을 내어주지 않으면 성을 함락시켜

초토화할 테니 둘 중 하나를 선택하라고 통보하고,

포위된 쪽에서는 이에 동의하지 않고 매복 작전을 펴고자

은밀하게 무장한다. 성벽 위에는 사랑하는 아내들과 어린 자녀들이

나이 든 노인들과 함께 성을 지키기 위해 서 있고,   515

나머지 백성은 밖으로 나가는데, 아레스와 팔라스 아테나가

앞장섰다. 두 신은 황금으로 만들어졌을 뿐 아니라

황금 옷을 입고 있다. 무구를 갖춰 입은 두 신은 아름답고 크며

신들답게 돋보이지만 백성은 다소 작다.

그들은 매복하기에 적당해 보이는 곳에   520

도착했는데, 바로 모든 가축이 물을 마시는 강가다.

그들은 번쩍이는 청동으로 무장한 채 자리를 잡은 후,

백성 중 두 명을 골라 척후병으로 멀리 보내

작은 가축 떼와 구부러진 뿔의 소 떼가 오는지 살피게 한다.

잠시 후 가축 떼가 오고,   525

목자 둘이 목적(牧笛)을 불며 따라오지만,

그들은 계략을 전혀 알아차리지 못한다.

복병은 가축 떼가 오는 것을 보고 달려들어

목자를 죽이고 소 떼와 아름다운 흰 양 떼를 끌고 간다.

그러자 포위한 자들은 회의장 앞에 앉아 있다가   530

소 떼 가운데 큰 소란이 있음을 알고, 즉시 빠르게 달리는

말이 끄는 전차를 타고 달려 신속히 현장에 도착한다.

이렇게 양쪽 진영은 강기슭에서 맞서 싸우고,

청동 날이 달려 있는 창을 서로에게 던진다.

그들 가운데는 불화의 여신 에리스, 함성의 신 키도이모스,   535

죽음의 여신 케르도 함께 있다. 죽음의 여신은 막 부상당한 자를 붙잡거나,

부상당하지 않은 자를 붙잡거나, 전사한 자의 발을 잡고 전장 사이를

끌고 다니느라 어깨에 걸친 옷이 전사들의 피로 붉게 물들어 있다.

이 신들은 마치 살아 있는 사람들인 양 함께 어우러져 싸우고,

양쪽 진영의 전사들이 서로를 죽이면 그 시신들을 끌고 간다.   540

　　　또한 헤파이스토스는 세 번의 쟁기질로 기름진 땅으로 일구어낸

드넓은 논밭의 풍경을 방패에 새겨 넣었다.

그곳에서는 농부들이 굳센 황소 한 쌍을 앞뒤로 몰아

깊이 쟁기질을 하고 있는데, 그들이 밭의 한쪽 끝에 다다라

방향을 반대로 틀 때마다 한 남자가 그들에게 다가가   545
달콤한 포도주가 든 잔을 각자의 손에 쥐여 준다. 그러면 그들은
깊은 밭의 끝으로 다시 돌아오기를 열망하며 밭고랑을 따라 돌아선다.
밭은 뒤편이 검게 되어 있어 사실은 황금으로 만들었는데도
실제로 쟁기질하여 개간한 땅처럼 보인다. 정말 놀라운 작품이다.
        헤파이스토스는 왕의 영지도 만들어 넣었다.   550
그 영지에서는 일꾼들이 손에 예리한 낫을 들고
곡식을 수확한다. 밭고랑을 따라 한 움큼의 곡식을
땅에 쓰러뜨려놓으면, 곡식 단을 묶는 자들이 그것을 새끼줄로 묶는다.
곡식 단을 묶는 자들 세 명이 나란히 서 있고,
그들 뒤에서는 베어놓은 곡식을 아이들이   555
한 아름씩 날라 와 쉴 새 없이 묶는 자들에게 넘겨준다.
왕은 홀을 들고 흐뭇해하며 그들 사이 밭이랑에 서 있다.
저 멀리 참나무 아래에서는 관리들이 제물로 드린 큰 황소를
손질하며 잔치를 준비하고 있고, 여자들은 일꾼들의
점심을 차리려고 흰 보릿가루를 듬뿍 뿌리고 있다.   560
        또한 헤파이스토스는 포도송이가 주렁주렁 달린 아름다운 포도원을
황금으로 만들어 넣었다. 포도송이들은 검고, 포도나무들을 떠받치는
장대들은 모두 은으로 만들었다. 그는 포도원을 둘러싸고 흐르는
검푸른 도랑을 만들었고, 바깥으로는 주석으로 만든 울타리를 둘렀다.
포도원으로 들어가는 길은 하나뿐이어서   565
수확기가 되면 포도 따는 사람들은 그 길로 드나들고,
처녀들과 총각들은 어린아이처럼 신이 나
가는 나뭇가지를 엮어 만든 바구니에 달콤한 포도 열매를
담아 나른다. 그들 중 한 사람이
맑은 소리를 내는 포르밍크스로 흥겨운 곡조를 연주하며   570

고운 목소리로 아름다운 리노스의 노래[2]를 부르면,

다른 사람은 다함께 노래하고 환호하며 춤추고 발 맞춰 따른다.

　　　헤파이스토스는 뿔이 우뚝 솟은 소 떼도 만들어 넣었다.

소들 중 일부는 황금으로, 일부는 주석으로 만들었다.

이 소들은 음매 하고 낮은 소리로 울며 축사에서 나와　　　　　　　　　575

바람에 흔들리는 갈대밭 옆 물결치는 강가 늘 가던 풀밭으로

달려가고, 황금으로 만든 네 명의 목자가 줄 지어 가며,

발 빠른 개 아홉 마리가 뒤따른다.

무시무시하게 생긴 사자 두 마리가 맨 앞에 가던 소들 중

음매 하고 우는 황소 한 마리를 물어 가고,　　　　　　　　　　　580

황소는 큰 소리로 울며 끌려간다. 개들과 장정들이 필사적으로 뒤쫓지만

두 사자는 이미 황소의 가죽을 찢어 내장을 꺼내고

검붉은 피를 탐욕스레 먹어치우고 있다.

목자들은 날쌘 개들을 독려해 사자들을 추격하지만,

개들은 사자들에게 가까이 다가가　　　　　　　　　　　　　585

물지 못하고 돌아서서 주위를 맴돌며 짖기만 한다.

　　　명성이 자자한 절름발이 신은

아름다운 골짜기에 있는 흰 양 떼의 큰 풀밭, 목장,

지붕 있는 오두막, 양 우리를 만들어 넣었다.

　　　또한 명성이 자자한 절름발이 신은　　　　　　　　　590

전에 다이달로스가 머리를 곱게 땋은 아리아드네를 위해

드넓은 크노소스에 지어준 것 같은 무도장도 만들어 넣었다.[3]

2　"리노스"는 일반적으로 고대 그리스의 전설적인 음유시인 오르페우스의 형제로 여겨졌지만, 죽은 사람을 떠나보낼 때 부르는 만가를 의인화한 인물이었을 것이다. 만가뿐 아니라 모든 음률과 곡조의 창시자로 본다.

3　"아리아드네"는 미노스의 딸로, 아테나이의 왕자 테세우스가 괴물 미노타우로스를 죽이고 미궁 라비린토스를 빠져나올 수 있도록 도와준다. "크노소스"는 크레테섬의 도시다.

무도장에서는 총각들과 구혼자들에게서 소를 받는 처녀들이

서로의 손목을 잡고 춤을 춘다.

처녀들은 고운 아마포 옷을 입었고,   595

총각들은 올리브기름에 윤이 나는 고운 옷을 입었다.

처녀들은 아름다운 화관을 썼고,

총각들은 은으로 만든 띠에 매달린 황금 칼을 찼다.

그들은 어떤 때는 도공이 자기 손바닥에 꼭 맞는

녹로 앞에 앉아 잘 돌아가는지 알아볼 때처럼   600

제자리에서 아주 경쾌하게 발로 원을 그리며 돌기도 하고,

일렬로 서서 서로를 향해 마주 달리기도 한다.

많은 무리가 주위에 둘러서서

이 매력적인 춤을 구경하며 즐거워한다.

두 명의 곡예사는 그들 가운데서 빙글빙글 돌며   605

그들의 노래와 춤을 이끈다.

　　　또한 헤파이스토스는 튼튼하게 만든 방패의 가장 바깥쪽

가장자리에 오케아노스강의 위대한 힘을 만들어 넣었다.

　　　그는 크고 튼튼한 방패를 다 만든 후

아킬레우스를 위해 화염보다 더 빛나는 흉갑을 만들었고,   610

그를 위해 이마 길이에 꼭 맞는 아름답고 튼튼한 투구를

정교하게 만들어 그 위에 황금술을 달았으며,

그를 위해 섬세한 주석으로 정강이 보호대를 만들었다.

　　　명성이 자자한 절름발이 신은 무구를 다 만든 후

가져다가 아킬레우스의 어머니 앞에 놓았다.   615

테티스는 헤파이스토스가 만들어준 번쩍이는

무구들을 가지고 눈 덮인 올림포스에서 매처럼 뛰어내렸다.

〈헤파이스토스에게 아킬레우스의 무구를 건네받는 테티스〉
(안토니 반 다이크, 1630/1632년)

제19권 아킬레우스와 아가멤논의 화해

노란 망사를 쓴 새벽의 여신 에오스가 불멸의 신들과 인간들에게

빛을 가져다주려고

오케아노스강에서 일어났을 때,

테티스는 신의 선물을 가지고 함선이 있는 곳에 도착했다.

가서 보니 사랑하는 아들은 파트로클로스를 부둥켜안은 채

오열하고 있었고, 주위에서는 많은 전우가   5

눈물을 흘리고 있었다. 여신들 중 고귀한 그녀는

그들 사이를 지나 아들 옆으로 가서 손을 잡고 말했다.

"내 아들아, 그가 쓰러진 것은 처음부터

신들의 뜻이었으니 비통하더라도 그냥 누워 있게 해주고,

너는 헤파이스토스가 만들어준 지극히 아름답고 훌륭한 무구를   10

받아라. 이런 무구를 어깨에 걸친 사람은 지금껏 아무도 없었단다."

　　여신이 이렇게 말하고 아킬레우스 앞에 무구를 놓으니,

정교한 무구들이 소리를 내며 들끓었다.

미르미도네스인은 모두 두려움에 사로잡혀 그 무구를

정면으로 쳐다보지도 못하고 떨었다. 하지만 아킬레우스는   15

무구를 보자 더욱 분노에 사로잡혔고,

두 눈이 눈썹 밑에서 번개처럼 무시무시하게 번쩍였다.

〈아킬레우스에게 무구를 가져다주는 테티스〉(벤저민 웨스트, 1804년)

그는 신의 굉장한 선물을 손에 들고 기뻐했다.

정교한 무구를 흐뭇한 마음으로 찬찬히 보고 나서,

이윽고 그는 어머니에게 날개 달린 말로 털어놓았다.　　　　　　20

"어머니시여, 신이 주신 이 무구는 과연 불멸의 신이 만든

작품답고 필멸의 인간이 만든 것과 다르군요.

이제 저는 무장하겠습니다. 그런데 제가 싸우는 동안

메노이티오스의 용맹한 아들은 이미 죽어

욕될 걱정은 없겠지만, 청동에 맞아 생긴 상처에　　　　　　25

파리 떼가 꼬이고 구더기가 생기면서 살이 썩어 들어가

그의 시신을 욕되게 하지는 않을지 무척 염려됩니다."

　　　그러자 은빛 발의 여신 테티스가 대답했다.

"얘야, 그런 일은 걱정하지 마라.

전사자들을 뜯어 먹는 야만 종족인　　　　　　30

파리 떼로부터 내가 그를 지켜줄 테니.

그가 꼬박 일 년을 누워 있어도 살은 언제나

이 상태 그대로 있으며, 도리어 더 좋아질 것이다.

그러니 너는 백성의 목자 아가멤논에 대한 분노를 버리고,

아카이오스인 영웅들을 불러 회의를 열어라.　　　　　　35

어서 빨리 무장하고 투지를 덧입어 전투에 임하거라."

　　　테티스는 이렇게 말한 후 아킬레우스에게 용기와 담력을 불어넣고

파트로클로스의 콧구멍에는 신의 향유와 붉은 신주 몇 방울을

떨어뜨려 살이 지금 상태로 보존되게 해주었다.

　　　한편 고귀한 아킬레우스는 해변을 따라 걸으며　　　　　　40

무시무시한 고함을 질러 아카이오스인 영웅들을 독려했다.

전에는 함선이 정박해 있는 곳을 지키던 자들,

즉 함선의 키를 잡는 조타수,

함선들 옆에서 음식을 나눠 주는 취사병도

회의장으로 모여들었다. 오랫동안 처절한 전투에서   45
떠나 있던 아킬레우스가 모습을 드러냈기 때문이다.
아레스의 시종인 두 사람, 즉 티데우스의 아들이요
전투에 끈질긴 디오메데스와 고귀한 오디세우스도
심한 상처가 아직 낫지 않아 창에 몸을 의지하고
절뚝거리며 와서 회의장 맨 앞쪽에 앉았다.   50
마지막으로 인간들의 군주 아가멤논이 왔는데,
치열한 전투에서 안테노르의 아들 코온의 청동 날 박힌
창에 찔린 그도 여전히 부상 가운데 있었다.
이윽고 아카이오스인들이 모두 모이자
빠른 발의 아킬레우스는 그들 가운데서 일어나 말했다.   55
"아트레우스의 아들이여, 우리 두 사람은 젊은 여자 하나를 두고
속이 상해 마음을 좀먹는 불화 속에서 분노를 품어왔지만,
그렇게 한 것이 정녕 우리 두 사람, 당신과 내게 더 나은 처사였소?
내가 리르네소스를 멸망시키고 그녀를 빼앗아 오던 날,
아르테미스께서 그녀를 화살로 쏘아 죽였어야 했소.   60
그랬더라면 내가 분노를 품는 바람에 이토록 많은 아카이오스인이
적의 손에 쓰러져 드넓은 대지를 이로 깨무는 일도 없었을 것이오.
나와 당신의 불화는 헥토르와 트로스인에게는 이득이 되었지만,
내 생각에 아카이오스인들은 이 불화를 오랫동안 기억할 듯하오.
하지만 우리의 마음이 상했더라도 지난 일로 치고   65
지금은 가슴속 분노를 억눌러야 합니다.
이제 나는 가슴속 분노의 불길을 거두겠소. 끝없이 이어지는
증오는 이제 그만두어야 할 때가 되었기에 말이오.
그러니 자, 당신은 어서 빨리 장발의 아카이오스인들에게 전쟁을 독려
    하시오.
나는 가서 트로스인이 과연 함선들 옆에서   70

이 밤을 보내고자 하는지 다시 한번 살펴보겠소.
아마도 무시무시한 전쟁과 우리의 창에서 살아남은 그들 중
다수는 무릎을 굽히고 쉬고 싶어 할 것이오."
    아킬레우스가 이렇게 말하자, 훌륭한 정강이 보호대를 한 아카이
        오스인들은
펠레우스의 기개 있는 아들이 분노를 버린 일을 기뻐했다.   75
인간들의 군주 아가멤논이 가운데로 나오지 않고
자리에 앉은 채로 그들에게 말했다.
"아레스의 시종들인 친애하는 다나오스인 영웅들이여,
발언하기 위해 일어서면 귀 기울이는 게 도리이고, 무시하는 건
옳지 않소. 발언하기 위해 일어선 사람을 난처하게 만들기 때문이오.   80
많은 사람이 저마다 떠들어대면 누가 듣거나 말할 수 있겠소?
목소리 카랑카랑한 연설가도 어쩔 수 없을 것이오.
내가 펠레우스의 아들에게 내 심정을 말할 테니,
다른 아르고스인들은 귀 기울여 듣고, 각자 내가 한 말을 명심하시오.
이 일을 두고 아카이오스인들은 자주 나를 비난해왔지만,   85
사실 그 책임은 내게 있지 않고, 제우스와 운명의 여신 모이라와
어둠 속에서 다니는 복수의 여신 에리니스에게 있소.
내가 아킬레우스에게서 그가 전공으로 받은 상을 직접 빼앗던 날,
이 신들이 내 마음에 사나운 미망의 여신 아테를 보냈기 때문이오.
이렇게 신께서 모든 일을 다 벌여놓으셨는데,   90
내가 무엇을 할 수 있었겠소? 제우스의 장녀인 미망의 여신 아테는
모든 사람을 미망에 빠뜨리는 잔인한 여신이오.
이 여신의 발은 가벼워 땅을 밟지 않고 사람들의 머리 위로 다니며,
이 사람 저 사람 옭아매어 미망에 빠뜨린다지요.
전에 이 여신은 인간들과 신들 중 최고라 하는   95
제우스마저 미망에 빠뜨리기도 했소. 훌륭한 성벽을 갖춘 테베에서

알크메네가 힘이 장사인 헤라클레스를 낳은 날,
제우스께서는 여자인 헤라의 간계에 속아 넘어가셨다오.
그날 제우스께서는 모든 신들 앞에서 의기양양해하며
이렇게 공언했소.   100
'내 가슴속 마음이 내게 명령하는 것을 말할 테니,
모든 신들과 여신들은 내 말에 귀를 기울이시오.
오늘 산고의 여신 에일레이티이아가 한 사내아이를 햇빛 가운데로
나오게 할 텐데, 내 피에서 나온 인간 종족 중 하나인 그는
인근에 사는 모든 자를 다스릴 것이오.'   105
하지만 존귀한 헤라께서는 간계를 꾸미며 제우스께 이렇게 말했소.
'당신이 지금 한 말은 결국 이루어지지 않을 테고,
당신은 거짓말을 한 셈이 될 거예요. 그렇지 않다면,
올림포스의 주인이시여, 오늘 한 여자의 두 발 사이에서 떨어지는 자가
당신 피에서 나온 인간 종족의 하나로서 인근에 사는 모든 자를   110
다스릴 것이라고 지금 내게 엄숙히 맹세해보세요.'
헤라께서 이렇게 말하자, 제우스께서는 간계임을 전혀 알아차리지
못하고 엄숙하게 맹세했으니 단단히 미망에 빠지셨기 때문이오.
헤라께서는 올림포스 꼭대기를 떠나 쏜살같이 달려
부리나케 아카이오스인의 아르고스[1]에 도착했으니, 그곳에 있는   115
페르세우스의 아들 스테넬로스의 아름다운 아내가 임신한 지 일곱 달이
된 것을 알았기 때문이오. 헤라께서는 스테넬로스의 아내가 산달이
다 차기 전에 출산하게 한 반면, 알크메네의 출산은 막고 산고의 여신
에일레이티이아가 그녀에게 가지 못하게 막았소. 그런 후 직접

1　"아카이오스인의 아르고스"는 펠로폰네소스반도 동부에 있는 아르고스라는 도시를 포함
　　한 아르골리스 지방 전체를 가리킨다. 한편 '펠라스고스인의 아르고스'는 그리스 본토 북
　　부 테살리아 지방 전체를 가리킨다.

이 소식을 가지고 크로노스의 아드님 제우스께 가서 말했소. 120
'번쩍이는 번개를 휘두르는 아버지 제우스시여, 지금부터 내가 하는 말을
명심하세요. 아르고스인을 다스릴 용맹한 사내아이가 벌써 태어났어요.
페르세우스의 손자이자 스테넬로스의 아들인 에우리스테우스예요.
당신의 혈통이니 아르고스인을 다스리기에 손색이 없죠.'
헤라께서 이렇게 말하자 예리한 고통이 제우스의 폐부 깊은 곳을 125
찔렀소. 분노의 불길이 치솟은 제우스께서는
곧바로 미망의 여신 아테의 찬란한 머리채를 움켜쥐고,
모든 것을 어둠으로 물들이는 아테를 올림포스의 별빛 가득한 하늘에
다시는 발을 들이지 못하도록 단단히 맹세했소.
그렇게 말한 후 머리채를 쥔 손으로 여신을 빙빙 돌리다가 130
별 총총한 하늘에서 내던졌고, 여신은 인간 세상으로 오게 되었소.
그런 후에도 제우스께서는 사랑하는 아들이
에우리스테우스 밑에서 부당하게 고생하는 것을 볼 때마다
늘 미망의 여신 아테를 원망했소. 바로 그렇게 번쩍이는 투구의
위대한 헥토르가 함선들의 꼬리 옆에서 아르고스인들을 죽일 때, 135
나도 전에 나를 미망에 빠뜨린 아테 여신을 잊을 수 없었소.
하지만 내가 미망에 빠져 제우스께서 나의 분별력을 빼앗으셨으니
나는 속죄하는 마음으로 막대한 속전을 내어놓으려 하오.
그러니 당신은 떨쳐 일어나 전장으로 나아가고, 다른 군사들도
떨쳐 일어나게 하시오. 전에 고귀한 오디세우스가 140
당신의 막사로 가서 약속한 모든 선물을 내가 다 주겠소.
원한다면 출전이 아무리 급해도, 시종들이 내 함선에서 선물을
가져올 테니, 여기서 조금 기다렸다가
내가 주는 선물이 만족스러운지 직접 확인해보시오."
　　　빠른 발의 아킬레우스가 대답했다. 145
"아트레우스의 가장 영광스러운 아들이자 인간들의 군주인 아가멤논이여,

선물은 적절한 정도만큼 넘겨주든지, 아니면 그만두든지
원하는 대로 하고, 지금은 어서 빨리 전의를 가다듬어야 하오.
우리가 해야 할 큰일을 아직 끝내지 않았으니, 여기에서 쓸데없는 일로
허송세월하거나 잡담으로 시간을 허비해서는 안 되오.   150
아킬레우스가 선봉대와 함께 청동 창으로 트로스인의 대열을
도륙하는 모습을 사람들에게 다시 한번 보여주겠소.
그러니 여러분도 각자 적과 어떻게 싸울지 생각하시오."
　　　　　지략가 오디세우스가 아킬레우스에게 대답했다.
"신 같은 아킬레우스여, 당신이 아무리 용맹해도   155
이렇게 아카이오스인의 아들들을 굶긴 채 일리오스 쪽으로 가서
트로스인과 싸우도록 재촉해서는 안 되오.
일단 양쪽 진영의 전사들이 맞붙으면, 신께서는 양쪽 모두에게
힘을 불어넣을 터라 접전이 짧은 시간 내에 끝나진 않을 것이오.
그러니 아카이오스인들에게 빠른 함선들 옆에서   160
음식을 먹고 포도주를 마시라고 명령하시오. 그 안에
힘과 투지가 있기 때문이오. 빈 배를 안고 싸우는 전사가
해가 지는 시간까지 적과 맞서기란 불가능한 일이오.
가슴속에서는 전의가 활활 타오르더라도, 어느새
사지가 천근만근 무거워지고, 목마름과 허기가 엄습해 오며,   165
무릎은 힘을 잃어 발걸음조차 떼기 어려워지기 때문이오.
반면 포도주와 음식을 배부르게 먹은 전사는
하루 종일 적과 싸울 수 있고, 그의 가슴속 마음에는
자신감이 차 있으며, 모든 적을 전장에서 물리칠 때까지
사지가 멀쩡할 것이오. 그러니 자, 군사들에게   170
흩어져 식사 준비를 하라고 명령하시오.
그리고 인간들의 군주 아가멤논에게는
선물을 회의장 한가운데로 가져오게 하여, 모든 아카이오스인이

두 눈으로 똑똑히 보고, 당신도 보고 마음을 푸시오.

또한 아가멤논이 아르고스인들 앞에서 일어나					175

자기는 남녀 간에 흔히 그러하듯 그 젊은 여자의 침상에 오르거나

몸을 섞은 적이 없다고 엄숙히 맹세하게 하시오. 그리하여

당신의 가슴속 마음이 누그러지게 하시오. 그런 후 사과의 의미로

그의 막사에서 후한 대접을 받아

당신의 정당한 권리를 하나도 빠짐없이 누리시오.					180

아트레우스의 아들이여, 그래야 앞으로 당신은 다른 사람들도

더 정의롭게 대할 수 있소. 왕이라고 해도 다른 사람을

화나게 했다면 사과하는 것은 잘못이 아니기 때문이오.”

　　　인간들의 군주 아가멤논이 오디세우스에게 다시 말했다.

“라에르테스의 아들이여, 당신의 말을 듣고 나니 기쁘오.					185

당신이 지적한 바가 하나도 빠짐없이 옳기 때문이오.

내가 기꺼이 맹세하리다. 내 마음이 그리하라고 명령하고 있소.

나는 신 앞에서 거짓 맹세를 하지 않겠소.

그러니 아킬레우스여, 막사에서 선물이 오고,

우리가 제를 올려 엄숙한 신의의 맹세를 할 때까지					190

아무리 전쟁이 급해도 이 자리에 잠시 머물고, 다른 사람들도

모두 함께 머물러주시오. 그리고 오디세우스 당신에게

명령하고 부탁하니, 모든 아카이오스인 중에서

젊은 장수들을 직접 뽑아 지난번에 우리가 아킬레우스에게 주기로

약속했던 모든 선물을 내 함선에서 가져오고, 여자들도 데려오시오.					195

탈티비오스에게는 제우스와 태양신 헬리오스에게 바칠

수퇘지 한 마리를 아카이오스인들의 드넓은 진영 안에 어서 준비하라고

　　이르시오.”

　　　빠른 발의 아킬레우스가 아가멤논에게 대답했다.

“아트레우스의 지극히 영광스러운 아들이자 인간들의 군주인 아가멤논

이여,
그런 일은 다른 때, 그러니까 전쟁 중간에 짬이 나거나   200
내 가슴속 울분이 어느 정도 수그러든 후에
하는 게 낫겠소. 지금 저기에는
제우스께서 프리아모스의 아들 헥토르에게 영광을 안겨주실 때
그가 쓰러뜨린 우리 전사들이 찢긴 채 누워 있소.
그런데도 두 분은 식사를 하라고 재촉하시는군요.   205
나는 지금 이 순간 아카이오스의 아들들에게
빈 배로 전장에 나가 이 치욕을 피로써 씻어낸 후에야,
해가 저물 때 큰 잔치를 벌이라 명할 것이오.
그 전에는 내 목구멍으로 음료든 음식이든
넘어가지 않을 것 같소. 죽은 내 전우가   210
날카로운 청동에 찢겨 발을 문 쪽으로 향한 채 막사에 누워 있고,
다른 전우는 그 주위에서 눈물을 흘리고 있소.
내 가슴속의 관심사는 먹고 마시는 것이나 선물 같은 게 아니오.
살육과 피와 전사들의 고통스러운 신음 소리란 말이오.”
　　　지략가 오디세우스가 대답했다.   215
“펠레우스의 아들이자 아카이오스인들 중 가장 용맹한 아킬레우스여,
창으로는 당신이 나보다 적잖이 더 강하고 낫지만,
지략에서는 내가 당신보다 훨씬 앞설 것이오.
내가 먼저 태어난 데다 아는 것도 더 많지 않소.
그러니 마음을 억누르고 내 말을 들어보시오.   220
사람들은 금세 전투를 지겨워하기 마련이오. 게다가 사람들의 전쟁을
주관하시는 제우스께서 저울을 어느 한쪽으로 기울어지게
하실 때마다, 청동 창날이 무수한 생명을 벼 베듯 쓰러뜨려 땅바닥에
뿌리지만, 사실 그렇게 해서 얻는 수확은 아주 적소.
아카이오스인들에게 배를 곯는 것으로 죽은 사람을   225

애도하게 해서는 안 되오. 그렇게 한다면, 날이면 날마다
수많은 사람이 무더기로 쓰러지니 아카이오스인들은 날마다
굶고 싸워야 하지 않겠소? 따라서 마음을 냉정히 가다듬고
죽은 사람에 대해서는 하루만 애도한 뒤 묻어야 하며,
가증스런 전쟁에서 살아남은 자는 누구든지   230
먹고 마시는 일에 신경 써야 하오.
그래야 닳지 않는 청동을 몸에 걸치고 더욱 힘을 내어
끊임없이 적과 싸울 수 있소.
군사들은 누구도 다른 지시를 기다리며 뒤에 머물러 있지 마라.
아르고스인의 함선들 옆에 남아 있는 자는 처벌받게 될 테니.   235
모두 한꺼번에 말 길들이는 트로스인에게 돌진하여
치열한 접전을 벌여라. 이것이 유일한 명령이다."

오디세우스는 이렇게 말한 후 영광스러운 네스토르의 아들들,
필레우스의 아들 메게스, 토아스, 메리오네스,
크레온의 아들 리코메데스, 멜라니포스를 데리고 갔다.   240
그들은 아트레우스의 아들 아가멤논의 말이 떨어지자마자
막사로 가서 그가 지시한 일을 했다.
아가멤논이 아킬레우스에게 약속했던 대로, 그들은 세발솥 일곱 개,
번쩍이는 가마솥 스무 개, 말 열두 필을 막사에서 가지고 나왔고,
수공예를 잘 아는 솜씨 좋은 여자 일곱 명을 막사에서 신속하게   245
데려갔으며, 여덟 번째 여자인 뺨 예쁜 브리세이스도 데려갔다.
오디세우스가 열 탈란톤의 황금을 저울에 단 후 앞장서 가자,
다른 아카이오스인의 장정들도 선물을 들고 뒤따랐다.
그들이 이것을 회의장 중앙에 갖다놓자 아가멤논이 일어섰고,
신 같은 목소리를 지닌 탈티비오스가   250
수퇘지를 손에 들고 백성의 목자 옆에 섰다.
아트레우스의 아들은 큰 칼집 옆에 딸려 있는

 〈아킬레우스에게 돌아온 브리세이스〉(페테르 파울 루벤스, 1630~1631년)

단검을 손으로 빼, 먼저 수퇘지의 털을 베어

두 손을 높이 들고 제우스께 기도하기 시작했다.

예법에 따라 모든 아르고스인은 255

왕의 말을 경청하기 위해 그 자리에 조용히 앉아 있었다.

아가멤논은 드넓은 하늘을 우러러보며 이렇게 기도했다.

"이제 먼저 신들 중 가장 높고 가장 위대한 제우스, 대지의 신 게[2],

태양신 헬리오스, 거짓 맹세한 사람들을 지하에서 벌하시는

복수의 여신 에리니스 여신들께서 제 증인이 되어주소서. 260

저는 동침을 요구하거나 그 밖의 어떤 방식으로도

젊은 처자 브리세이스에게 손댄 적이 없습니다.

그녀를 내 막사에 머물게 했을 뿐 건드리지 않았습니다.

이 맹세에 조금이라도 거짓이 있다면, 신들께서는 거짓 맹세의

죄를 지은 자에게 마땅한 수많은 고통을 제게 내리소서." 265

아가멤논은 이렇게 말한 후 무자비한 청동으로 수퇘지의 목구멍을

베었고, 탈티비오스는 그 수퇘지를 빙빙 돌리다가

잿빛 바다 깊은 곳으로 던져 물고기의 밥이 되게 했다.

그러자 아킬레우스가 일어나 호전적인 아르고스인들 가운데서 말했다.

"아버지 제우스시여, 당신은 사람들에게 큰 미망을 주십니다. 270

그때도 당신이 그렇게 하지 않으셨다면, 아트레우스의 아들은

제 가슴속 마음에 그토록 엄청난 분노를 일으키지 않았을 테고,

제 뜻을 철저히 짓밟고 젊은 여자를 강제로 데려가지도 않았을 것입니다.

그러니 이 사달은 결국 제우스께서 많은 아르고스인을 죽게 하려고 하

　신 일입니다.

우리 다 함께 출전해야 하니 이제 식사하러 갑시다." 275

2　"게"(Γῆ)는 대지와 만물의 여신이며 창조의 여신으로 최초의 모든 것을 낳은 어머니다.
　'가이아'라고 부르기도 한다.

아킬레우스가 이렇게 말한 후 신속하게 회의를 끝내자,

사람들은 각자의 함선으로 흩어졌다.

영웅다운 기개를 지닌 미르미도네스인들은 부지런히 선물들을 챙겨 들고

신 같은 아킬레우스의 함선으로 가서

막사에 두었고, 여자들도 거기에 앉아 있게 했다.   280

말들은 훌륭한 시종들이 다른 말들이 있는 곳으로 몰고 갔다.

　　　　한편 황금의 아프로디테 같은 브리세이스는

날카로운 청동에 찢긴 파트로클로스를 보자,

그 옆에 주저앉아 큰 소리로 통곡하며

자신의 가슴과 부드러운 목과 아름다운 얼굴을 쥐어뜯었다.   285

여신 같은 그 여자는 울며 말했다.

"나의 가련한 마음에 가장 큰 위로가 되어주었던 파트로클로스시여,

내가 막사를 떠날 때는 살아 계셨는데, 이제 다시 돌아와 보니

죽어 계시는군요, 백성의 지도자시여.

이렇게 내게는 불행이 꼬리를 물고 끊이지 않네요.   290

나는 아버지와 존귀하신 어머니께서 내게 주신 남편이

성 앞에서 날카로운 청동에 맞아 찢긴 모습을

보았고, 한 어머니에게서 태어난

사랑하는 세 명의 오빠도 모두 그날 죽음을 맞았지요.

그런데 민첩한 아킬레우스가 내 남편을 죽이고   295

신 같은 미네스의 성을 함락시켰을 때, 당신은 내가 죽은 남편을 위해

애곡조차 못하게 하고, 나를 신 같은 아킬레우스의 정실 아내가

되게 해주고, 함선에 태워 프티아로 데려가 미르미도네스인 가운데서

혼인 잔치를 해주겠다고 약속했었죠. 이렇게 늘 내게 잘해주셨던

당신의 죽음에 이렇게 쉬지 않고 눈물이 나네요."   300

　　　　브리세이스가 울며 말하자 다른 여자들도 애곡했지만,

사실 그들은 파트로클로스를 핑계로 각자 신세를 한탄하는 것이었다.

〈파트로클로스의 죽음을 슬퍼하는 브리세이스〉(줄리앙 미셸 게, 1815년)

한편 아킬레우스 주위에는 아카이오스인의 원로들이 모여
식사하기를 간청했지만, 그는 비통한 심정으로 거부했다.
"사랑하는 전우들이여, 여러분이 나를 믿어주신다면,   305
제발 먹고 마시어 마음을 배불리라고 내게 권하지 말아주시오.
지금 내 마음은 무시무시한 고통 가운데 있기 때문이오.
해가 질 때까지 나는 이대로 있겠소."
　　　아킬레우스는 이렇게 말한 후 왕들을 모두 흩어지게 했지만,
아트레우스의 두 아들, 고귀한 오디세우스, 네스토르, 이도메네우스,   310
전차를 타고 싸우는 원로 포이닉스는 몹시 상심한 아킬레우스를
위로하려고 남았다. 하지만 피비린내 나는 전쟁의 아가리 속으로
뛰어들기 전에는 아무것도 그의 마음을 위로할 수 없었다.
아킬레우스는 파트로클로스를 떠올리고 장탄식하며 말했다.
"진정 가장 불쌍한 자여, 내가 가장 아끼던 전우여,   315
아카이오스인들이 말 길들이는 트로스인들과
눈물 젖은 전쟁을 치르고자 출전을 서둘렀을 때, 자네는 막사에서
내게 맛있는 식사를 신속하게 차려주었지.
하지만 지금은 자네가 찢겨 누워 있으니, 음식이 차려져 있어도
자네를 그리워하는 내 마음은 먹고 싶지도 마시고 싶지도 않아.   320
내게는 이보다 더 큰 재앙이 없기 때문이네.
몸서리쳐지는 헬레네 때문에 지금 이국땅에서 트로스인들과
싸우고 있는 이 아들이 옆에 없어 프티아에서 눈물 흘리고 계시는
내 아버지께서 돌아가셨다거나, 내 사랑하는 아들인
신같이 위대한 네오프톨레모스가 여전히 살아 있다면   325
스키로스[3]에서 자라고 있을 텐데, 바로 그 아들이

3　"스키로스"는 그리스 본토 중부 에우보이아 섬의 동쪽에 있는 섬이다. 아킬레우스가 아홉
　살이 되었을 때 그리스의 예언자 칼카스가 아킬레우스가 없으면 트로이아를 함락시킬 수

죽었다고 해도 내 심정이 이렇지는 않을 것 같네.

자네가 죽기 전까지만 해도 내가 말 먹이는 아르고스[4]에서

멀리 떨어진 이 트로이아 땅에서 운명을 맞이한다면,

자네가 스키로스에서 자라는 내 어린 아들을   330

자네의 날랜 검은 함선에 태워 고향 프티아로 데려가

내 모든 재산과 종들과 지붕 높은 궁을 보여줄 것이라는 희망을

이 가슴 깊이 간직하고 있었다네.

펠레우스께서는 이미 돌아가셨거나

내가 죽었다는 비보가 올 것을 예상하시며   335

얼마 남지 않은 가증스런 노년을

상심 가운데 살아가고 계실 테니 말일세."

　　아킬레우스가 눈물을 흘리며 말하자, 원로들은 각자

궁에 두고 온 사람들을 떠올리며 비탄에 젖어 눈물을 흘렸다.

그들이 눈물 흘리는 것을 본 크로노스의 아들 제우스는   340

불쌍한 생각이 들어 즉시 아테나에게 날개 달린 말로 일렀다.

"얘야, 너는 용맹한 전사를 완전히 떠난 게 분명하구나.

이제 네 마음에서 아킬레우스는 전혀 관심사가 아니더냐?

그자는 양 끝이 뿔처럼 솟아 있는 함선들 앞에 앉아

사랑하는 전우 때문에 울고 있다. 다른 사람들은 식사하러   345

갔는데, 그는 먹지도 마시지도 않는구나.

그러니 가서 그의 가슴속에 신주와 신묘한 음식을

없다고 예언하자, 테티스는 아킬레우스가 트로이아 전쟁에 참전하면 죽을 것임을 알고 그
를 여자로 변장시켜 스키로스섬 돌로페르족의 왕 리코메데스에게 보낸다. 아킬레우스는
그 궁에서 자라며 그의 딸 데이다메이아와 사랑을 나누고 그들 사이에서 아들 "네오프톨
레모스"가 태어난다.

4　여기에서 "아르고스"는 '펠라스고스의 아르고스'로, 테살리아 지방에 있는 아르고스를 가
　리킨다.

떨어뜨려 허기지지 않게 해주어라."

제우스가 이렇게 독려하자 아까부터 그렇게 하고 싶어
안달하던 아테나는 날개를 넓게 펼치고 날카롭게 우는 커다란   350
맹금처럼 하늘에서 대기 속으로 뛰어내렸다.

그리고 아카이오스인들이 부대별로 신속하게 무장하는 동안,

여신은 아킬레우스의 가슴속에 신주와 신묘한 음식을 떨어뜨려

기분 나쁜 허기가 그의 무릎에 찾아오지 않도록 해주었다.

그런 후 여신은 막강한 아버지의 견고한 궁으로 돌아갔고,   355

아카이오스인들은 빠른 함선들에서 쏟아져 나왔다.

올림포스의 품에서 태어난 북풍이 거세게 몰아치며 차가운 눈송이들을

제우스의 숨결처럼 하늘 가득 흩뿌리듯,

찬란한 빛을 발하는 투구들과

중심에 돌기를 세운 방패들, 단단한 청동으로 두들겨 만든 흉갑들,   360

물푸레나무로 깎아 만든 창들이 함선들에서 눈처럼 쏟아져 내렸다.

눈부신 광채는 하늘에 닿았고, 주변의 대지는 청동의 광채로

온통 웃고 있었으며, 전사들의 발아래에서는 굉음이 일었다.

고귀한 아킬레우스는 무장한 채 그 한복판에 있었다.

이 가는 소리가 났고, 두 눈은 타오르는 불길처럼   365

빛을 내고 있었으며, 가슴속에는 참을 수 없는 고통이 깃들어 있었다.

이렇게 트로스인을 향한 분노에 몸을 떨며,

헤파이스토스께서 혼신의 정성을 다해 빚어낸 신들의 선물로 무장했다.

먼저 다리에는 아름다운 정강이 보호대를 착용했으니,

거기에는 은으로 만든 복사뼈 덮개가 붙어 있었다.   370

다음으로는 가슴에 흉갑을 입었다.

어깨에는 은징이 박힌 청동 칼을 멨다.

그런 후 크고 견고한 방패를 잡으니

방패에서 나온 광채가 달빛처럼 멀리까지 뻗어나갔다.

폭풍을 만나 원치 않게 친구들과 멀어져   375
물고기 가득한 바다 위를 떠돌던 선원들에게
산속 높은 곳 외딴집의 불빛이 바다 너머에서 빛날 때처럼,
아킬레우스가 든 정교하고 아름다운
방패에서 광채가 나와 하늘의 대기에 닿았다.
그가 튼튼한 투구를 들어 머리에 쓰니,   380
말총 장식 달린 투구는 별처럼 빛났고,
헤파이스토스가 목 뒤로 촘촘히 흘러내리게 한
황금술은 사방으로 너풀거렸다.
고귀한 아킬레우스는 무구들이 잘 맞아
윤기 나는 사지가 무구 안에서 자유롭게 움직이는지 시험해보았다.   385
무구들은 그에게 날개가 되어 백성의 목자를 들어 올렸다.
아킬레우스는 창 거치대에서 아버지가 쓰던 창을 꺼냈는데,
다른 아카이오스인들은 무겁고 거대하며 견고한 이 창을
휘두를 수 없었고, 오직 아킬레우스만 다룰 줄 알았다.
펠리온산의 물푸레나무로 만든 이 창은 케이론이   390
펠리온산 꼭대기에서 구해 아킬레우스의 아버지에게 영웅들을 죽이라
　　고 준 것이었다.
아우토메돈과 알키모스는 부지런히 말들에 멍에를 얹은 다음
아름다운 띠를 말들의 목에 고정시키고 입에 재갈을 물린 후,
말들과 단단하게 묶인 전차 쪽으로 고삐를 힘껏 잡아당겨보았다.
아우토메돈이 화려한 채찍을 손에 쥐고   395
전차 위로 뛰어오르자
찬란한 태양신 히페리온처럼 빛나는 무구로 무장한
아킬레우스도 뒤따라 올라,
아버지의 말들을 향해서 무시무시하게 큰 소리로 명령했다.
"포다르게의 후예들인 명성 높은 크산토스와 발리오스여,   400

이번에는 우리가 전투에 밀린다 싶으면 너희의 마부를 구해

다나오스인들의 무리 속으로 다시 돌아와야 한다. 파트로클로스 때처럼

전장에 내버려두어 죽게 해서는 안 된다는 것을 명심하라."

　　　그러자 발이 민첩한 크산토스가 멍에를 진 채

이내 머리를 숙이며 그에게 대답했으니,　　　　　　　　　　　405

하얀 팔의 여신 헤라가 인간의 목소리로 말할 수 있게 해준 것이었다.

이때 멍에 옆 받침대 아래로 갈기가 모두 흘러내려 땅에 닿았다.

"강력한 아킬레우스시여, 이번에는 기필코 당신을 구하겠습니다.

하지만 당신에게는 죽음의 날이 가까워졌고,

그 원인은 우리가 아니라 위대하신 신과　　　　　　　　　　410

강력한 운명에 있습니다. 트로스인들이 파트로클로스의 어깨에서

무구를 벗긴 것도 우리가 느리거나 태만해서가 아니었습니다.

머릿결 고운 레토가 낳은 가장 위대한 신께서 선봉대에 있던

파트로클로스를 죽이고 헥토르에게 영광을 안겨주셨기 때문입니다.

우리는 바람 중에서도 가장 경쾌하게 움직이는　　　　　　　415

서풍의 숨과 같은 속도로 달리겠지만,

정작 당신은 한 신과 한 인간의 손에 죽을 운명입니다."

　　　크산토스가 여기까지 말했을 때, 복수의 여신 에리니스들이 그 음

　　　　성을 가로막았고,

　　　빠른 발의 아킬레우스는 크게 화를 내며 말했다.

"크산토스, 왜 나의 죽음을 예언하느냐? 너까지 그럴 필요는 없다.　420

내가 사랑하는 아버지와 어머니를 멀리 떠나 이곳에서 죽을 운명임은

나도 잘 알고 있다. 그렇더라도 나는 트로스인들이 전쟁이라면

지긋지긋해할 정도로 그들을 쉬지 않고 몰아붙일 것이다."

　　　아킬레우스는 이렇게 말하고 선봉대에 서서 통굽의 말들을 몰았다.

〈원수를 갚으려고 떠나는 아킬레우스〉(에티엔 조라, 18세기)

제20권   아킬레우스의 맹활약

이렇게 양쪽이 새 부리처럼 휜 함선들 옆에서, 펠레우스의 아들이여,

전쟁에 굶주린 그대를 둘러싸고 아카이오스인이 무장했고,

맞은편 들판, 지대가 조금 높은 곳에서는 트로스인이 무장했도다.

한편 제우스는 많은 봉우리들이 겹겹이 있는 올림포스 정상에서

테미스 여신에게 신들을 회의장으로 호출하라고 지시했다.   5

여신은 모든 곳을 일일이 돌아다니며 신들에게

제우스의 궁으로 오라는 명령을 전달했다. 강의 신들은

오케아노스 외에 모두 왔고, 아름다운 숲과 강물의 원천인 샘들과

풀 많은 초원에 사는 요정들도 모두 왔다.

그들은 구름을 모으는 제우스의 궁으로 가서   10

광을 내 반들거리는 주랑에 앉았다. 이 주랑은 헤파이스토스가

아버지 제우스를 위해 노련한 솜씨로 지은 것이었다.

　　　이렇게 신들은 제우스의 궁 안에 모였고, 대지를 뒤흔드는

포세이돈도 여신의 명령을 전달받자 무시하지 않고 바다에서 나와 다

　　른 신들과 함께했다.

그는 한가운데 앉아 제우스의 계획을 물었다.   15

"번쩍이는 번개를 휘두르는 자시여, 무슨 일로 신들을 회의장으로 소집

　　했습니까?

양쪽 진영 간의 전쟁과 전투가 일촉즉발의 상황에 있으니,
트로스인과 아카이오스인에 대해 어떤 계획이라도 있습니까?"
　　　구름을 모으는 제우스가 그에게 대답했다.
"대지를 뒤흔드는 신이여, 그대는 내가 왜 여러 신들을 소집했는지　　　20
내 가슴속 생각을 이미 알고 있구려. 나는 그들의 죽음에도 신경이
쓰인다오. 하지만 올림포스 자락에 앉아 지켜보며 즐길 작정이오.
그러니 다른 신들은 트로스인과 아카이오스인에게로 가서
각자 마음이 가는 대로 어느 한쪽을 도우시오.
아킬레우스가 트로스인을 상대로 싸운다면,　　　25
트로스인은 펠레우스의 아들 빠른 발의 아킬레우스 한 사람의
공격조차 잠시도 버티지 못할 테니 말이오. 트로스인은 전에도
그를 보는 것만으로 두려워 벌벌 떨었는데, 이제는 그가 전우 때문에
무섭도록 격노한 상태이니 정해진 운명을 뛰어넘어
성벽을 무너뜨리고 도성을 함락시키지는 않을지 염려되오."　　　30
　　　크로노스의 아들은 이렇게 말하며 끊임없이 이어질 치열한 접전을
불러일으켰다. 신들은 양편으로 쪼개져
서로 다른 생각을 품고 전장으로 향했다.
헤라, 팔라스 아테나, 대지를 떠받치는 포세이돈, 행운의 신이자
지혜의 신 헤르메스는 함선들이 정박한 곳으로　　　35
향했고, 장인의 힘을 지닌 헤파이스토스도 절뚝거리며
그들과 함께 갔는데, 그의 불완전한 다리가 의외로 재빠르게 움직였다.
한편, 트로스인 쪽으로는 번쩍이는 투구의 아레스가 갔고,
머리카락을 자르지 않는 포이보스 아폴론, 화살을 퍼붓는 여신 아르테미스,
레토, 크산토스,[1] 웃음을 좋아하는 아프로디테가 그와 함께 갔다.　　　40

1　여기에서 "크산토스"는 트로이아 평야에 있는 스카만드로스강의 신을 말한다. 특별히 언
　급된 것은 이후의 전투에서 큰 역할을 하기 때문인 듯하다.

　　신들이 필멸의 인간들에게서 멀리 있는 동안에는
아카이오스인이 큰 영광을 얻었으니, 아킬레우스가
고통스러운 전투를 오랫동안 쉬었다 다시 모습을 드러냈기
때문이다. 펠레우스의 아들이자 살인마 아레스와 맞먹는
빠른 발의 아킬레우스가 무구를 번쩍이는 모습을 본　　　　　　　　45
트로스인은 하나같이 공포에 사로잡혀 사지를 벌벌 떨었다.
하지만 올림포스 신들이 전사의 무리 속으로 들어가면서
나라들을 부추기는 강력한 불화의 여신 에리스가 전사들을 독려했고,
아테나는 때로는 방어벽 밖에 파놓은 해자 옆에 서서,
때로는 큰 소리로 울부짖는 바다 언저리에 서서　　　　　　　　50
크게 고함을 질렀다. 맞은편에서는 아레스가 때로는 도성 꼭대기에서,
때로는 시모에이스강 변을 따라 칼리콜로네² 위를 검은 폭풍처럼
질주하며 날카롭게 고함을 질러 트로스인을 독려했다.

　　　축복받은 신들이 양쪽 진영을 독려해 서로 맞붙게 하니,
양쪽 진영 간에 치열한 접전이 벌어졌다.　　　　　　　　55
위로부터는 신들과 인간들의 아버지가
무시무시하게 천둥을 울렸고, 아래로부터는 포세이돈이
끝없이 광활한 대지와 높은 산 정상들을 뒤흔들었다.
샘 많은 이데산의 모든 기슭과 봉우리가 흔들렸고,
트로스인의 도성과 아카이오스인의 함선도　　　　　　　　60
흔들렸다. 대지 아래에서는 지하세계의 군주 하데스가
깜짝 놀라 소리를 지르며 옥좌에서 뛰어 올라왔으니,
대지를 뒤흔드는 포세이돈이 위로부터 대지를 갈라

2　"칼리콜로네"(Καλλικολώνη)는 '아름다운 언덕'이라는 뜻으로 트로이아 평야에 있는 한
　언덕을 말하며, 팀브리오스강에 의해 형성되었다. 팀브리오스강은 이 평야를 흐르다가 아
　폴론 신전이 있는 곳에서 스카만드로스강과 합류한다.

신들조차 꺼리는 축축하고 곰팡이 핀 자신의 끔찍한 거처가

인간들과 불멸의 신들에게 드러날까 봐   65

염려되었기 때문이다. 신들의 불화까지 가세하니

이처럼 무시무시한 소란이 일었다.

군주 포세이돈에게는 포이보스 아폴론이 맞섰고,

전쟁의 신 아레스에게는 빛나는 눈의 여신 아테나가 맞섰다.

헤라에게는 황금 화살을 지니고 떠들썩하게 추격하며   70

화살을 퍼붓는 여신이자 멀리 쏘는 아폴론의 누이 아르테미스가 맞섰다.

레토에게는 행운을 전하는 강력한 신 헤르메스가 맞섰고,

헤파이스토스에게는 세차게 굽이치는 큰 강이 맞섰는데,

신들은 크산토스라 부르나, 인간들은 스카만드로스라 부르는 강이었다.

      이렇게 신들과 신들이 맞섰다. 한편 아킬레우스는   75

트로스인의 무리 속으로 들어가 누구보다 프리아모스의 아들 헥토르와

맞붙기를 열망했다. 그의 마음이 그에게 무엇보다 헥토르의 피로

불굴의 전사 아레스를 배불리 먹이라고 명령했기 때문이다.

하지만 나라들을 부추기는 아폴론은 아이네이아스가 펠레우스의 아들과

맞서도록 그에게 고귀한 용기를 불어넣었다.   80

제우스의 아들 아폴론은 프리아모스의 아들 리카온으로 변신해

그의 목소리를 흉내 내어 아이네이아스에게 말했다.

"트로스인의 책사인 아이네이아스여,

트로이아의 왕자들과 함께 술을 마시며 펠레우스의 아들

아킬레우스와 맞서 싸우겠다고 호언장담한 일은 어떻게 되었소?"   85

      그러자 아이네이아스가 대답했다.

"프리아모스의 아들이여, 왜 당신은 펠레우스의 아들과 맞서

싸우고 싶지 않은 내게 그와 싸우라고 하는 것이오?

내가 아킬레우스와 맞서게 된다면, 이번이 처음이 아니오.

전에도 이미 그자는 우리의 소 떼를 공격하면서 리르네소스와 페다소스를   90

〈신들의 전쟁〉(크리스핀 반 데 파스, 1613년)

함락시켰을 때 창으로 위협해 나를 이데산에서 쫓아낸 적이 있었소.
그때는 제우스께서 내 안에서 힘이 솟게 해주시고
무릎을 가볍게 해주신 덕분에 빠져나올 수 있었소.
그렇지 않았더라면 나는 아킬레우스와 아테나의 손에 죽었을 테지.
아테나는 앞장서서 빛으로 그를 보호하며, 그에게   95
렐렉스인과 트로스인을 청동 창으로 도륙하라고
지시했소. 인간은 아킬레우스와 맞서 싸울 수 없다오.
신들 중 누군가가 늘 그의 파멸을 막아주기 때문이오.
그게 아니더라도 그의 창은 곧장 날아가 사람의 살을 꿰뚫기 전에는
멈추는 법이 없소. 하지만 신께서 전쟁의 결과를   100
어느 한쪽으로 치우치게 당기지만 않으신다면, 그의 온몸이 청동으로
되어 있지 않는 한 나를 쉽사리 이기지는 못할 것이오.”
　　　제우스의 아들 군주 아폴론이 다시 말했다.
“영웅이여, 그러니 자, 당신도 영원히 존재하는 신들께 기도하시오.
당신도 제우스의 따님이신 아프로디테에게서 태어났다면서요.   105
저자는 그보다 못한 신에게서 태어났다지요. 당신의 어머니는
제우스의 따님이신 반면에, 저자의 어머니는 바다 노인[3]의 딸이잖소.
그러니 닳지 않는 청동을 들고 곧장 나아가시오.
그가 아무리 모욕적인 말이나 위협으로 도발해도 창을 거두지 마시오.
　　　아폴론이 이렇게 말한 후 백성의 목자인 아이네이아스에게   110
큰 용기를 불어넣자, 그는 번쩍이는 청동으로 무장하고 선봉대를
헤치며 나아갔다. 하지만 하얀 팔의 헤라는 안키세스의 아들
아이네이아스가 전사들의 무리를 헤치고 펠레우스의 아들을 향해

3　“바다 노인”은 바다의 신 네레우스를 가리킨다. 태초의 신들인 폰토스와 대지의 여신 가이
　아 사이에서 장남으로 태어난 네레우스는 현명하고 온화한 성품을 지녀 “바다 노인”이라
　고 불렸고, 예언과 변신 능력을 갖춘 신이다. 오케아노스의 딸 도리스에게서 50명의 여신
　또는 요정을 낳았는데, 그중에서 가장 아름다운 딸이 아킬레우스의 어머니 테티스다.

나아가는 것을 모르지 않았다. 그래서 신들을 모아놓고 말했다.

"포세이돈과 아테나여, 두 분은 이 일이 115

어떻게 될지 마음속으로 생각해보세요. 아이네이아스가

청동으로 무장한 채 펠레우스의 아들 아킬레우스를 향해

가고 있어요. 포이보스 아폴론이 보낸 거예요.

그러니 자, 우리가 그를 당장 되돌아서게 하거나

우리 중 누군가가 아킬레우스의 옆에 서서 120

큰 힘을 주어 용기를 잃지 않게 해주어야 합니다.

그래야 그를 아끼는 신들은 불멸의 신들 중 최고인 반면,

예로부터 전쟁과 접전에서 트로스인을 지켜주는 신들은

바람처럼 아무 짝에도 쓸데없다는 것을 그가 알 거예요.

물론 나중에는 그도 그의 어미가 그를 낳을 때 125

운명의 여신이 그를 위해 실로 엮어놓은 모든 일을 겪게 될 테지만,

오늘만이라도 트로스인 가운데서 변을 당하지 않도록

우리 모두가 올림포스에서 내려와 이 전투에 참여하지 않았나요?

아킬레우스가 신들의 음성을 통해 이런 사실을 듣지 못한다면,

전장에서 어떤 신이 돌진해올 때 두려움에 사로잡히고 말 거예요. 130

신들이 모습을 드러내면 감당하기 어려우니까요."

그러자 대지를 뒤흔드는 포세이돈이 대답했다.

"헤라여, 이성을 잃고 지나치게 화내지 마시오. 당신답지 않아요.

나는 굳이 우리 쪽 신들과 다른 쪽 신들이 불화하며 맞서 싸우는 것을

원치 않습니다. 우리 쪽이 훨씬 우세하니까요. 135

그러니 우리는 길에서 벗어나 높은 곳으로 가서

앉아 있고, 전쟁은 인간들끼리 하게 놔둡시다.

하지만 아레스 또는 포이보스 아폴론이 싸움을 시작하거나

아킬레우스를 저지하여 싸우지 못하게 하면,

그때는 우리 신들 사이에도 즉시 싸움과 접전을 140

벌여야겠지요. 그러면 그들은 아주 신속하게

우리의 손과 강압에 눌려서 제압당하고 뿔뿔이 흩어져

신들이 모여 있는 올림포스로 돌아가게 되겠지요."

　　　검은 머리의 신 포세이돈이 이렇게 말하고 나서

신 같은 헤라클레스를 위해 흙을 퍼부어 쌓은 방어벽으로　　　145

앞장서 가니, 이 높은 방어벽은 이전에 헤라클레스가 바다 괴물에게

해변에서 들판 쪽으로 쫓길 때마다 피신할 수 있도록

트로스인과 팔라스 아테나가 그를 위해 만든 것이었다.[4]

포세이돈과 그 밖의 다른 신들은 거기에 앉아

그들의 어깨를 흩어지지 않는 구름으로 둘렀다.　　　150

다른 쪽 신들도 칼리콜로네 언덕의 이마 위에, 백발백중의 포이보스여,

당신과 성을 함락시키는 자 아레스를 둘러싸고 앉았나이다.

　　　제우스는 높은 곳에 앉아 신들에게 싸우라고 명령했지만,

양쪽 신들은 어느 편이든 앉아서 계책을 궁리할 뿐,

무자비한 비탄을 불러오는 전쟁에 먼저 뛰어들기를 꺼렸다.　　　155

　　　들판 전체가 전사와 말들로 가득했고 청동으로 번쩍였다.

양쪽 군대가 동시에 돌진하니 그들의 발밑에서 대지가 진동했다.

가장 용맹하고 훌륭한 두 전사가 싸우기를 열망하며

양쪽 군대의 한가운데서 서로에게 돌진하여 맞붙으니,

안키세스의 아들 아이네이아스와 고귀한 아킬레우스였다.　　　160

먼저 아이네이아스가 견고한 투구를 끄덕이며 위협적으로 다가왔다.

4　제우스에게 반항한 죄로 아폴론과 포세이돈이 1년간 인간에게 봉사하기 위해 트로이아의
　왕 라오메돈을 찾아오자 라오메돈은 큰 상을 약속하면서 그들에게 트로이아 성벽 건설을
　지시한다. 하지만 라오메돈이 약속을 지키지 않자, 아폴론은 역병을, 포세이돈은 거대한
　바다 괴물을 보낸다. 신탁에 따라 라오메돈이 바닷가 바위에 사슬로 묶어 제물로 바친 그
　의 딸 헤시오네를 바다 괴물이 잡아먹으려는 순간, 때마침 트로이아 해안에 온 헤라클레
　스가 괴물을 죽이고 헤시오네를 구출한다. 여기 언급된 '헤라클레스와 바다 괴물의 싸움'
　이란 이때의 상황을 가리킨다.

그는 가슴 앞에 방패를 두고 청동 창을 휘두르며 돌진해왔고,
맞은편에서는 펠레우스의 아들 아킬레우스도 달려나왔다.
가축을 노리고 온 사자는
온 마을 사람들이 의기양양하게 자신을 죽이려 달려들어도 165
처음에는 그들을 무시한 채
걸어간다. 그러다 날랜 젊은이가 던진 창에 맞으면
사자는 입을 크게 벌리고, 이빨 사이에 거품을 물며,
용맹한 마음은 가슴속에서 신음한다.
그런 다음 사자는 꼬리로 양쪽 갈비뼈와 옆구리를 치며 170
자기 자신에게 싸움을 독려하다가
그들 중 누군가를 죽이든지, 아니면 앞장선 무리 가운데서
자기가 죽든지 하려고 무섭게 노려보며 맹렬히 돌진한다.
바로 그렇게 아킬레우스는 용기와 영웅다운 기개에 고무되어
영웅다운 기개를 지닌 아이네이아스와 맞서기 위해 내달렸다. 175
두 사람이 마주 달려 가까워지자
빠른 발의 고귀한 아킬레우스가 먼저 말했다.
"아이네이아스여, 그대가 무리에서 이렇게 멀리 나와 서 있는
이유는 무엇인가? 말 길들이는 트로스인 가운데서
프리아모스가 주는 상을 받길 바라는 마음이 그대에게 나와 180
싸우라고 부추기던가? 설령 그대가 나를 죽여 무구를 벗긴다고 한들,
프리아모스가 왕권을 그대 손에 넘겨줄 리 없다.
그는 아들들이 있는 데다가 노망도 들지 않았기 때문이지.
그대가 나를 죽이면, 트로스인이 그대에게 과수원과 경작지가
딸린 가장 좋고 아름다운 영지를 떼어주어 185
거기에서 살게 해주겠다고 하던가? 하지만 그렇게 되기는 힘들 것이다.
이미 나는 그대를 창으로 겁주어 쫓아버린 적이 있었지.
소 떼 사이에 혼자 있던 그대가 내게 쫓겨

이테산에서 빠른 걸음으로 부리나케 도망친 일이 생각나지 않는가?

그때 그대는 뒤도 돌아보지 않고 냅다 도망쳤지.　　　　　　　　　190

거기에서 그대는 리르네소스로 달아났지만,

나는 아테나와 아버지 제우스의 도움으로 그곳을 함락시키고,

포로로 잡은 여자들에게서 자유의 날을 빼앗아 그들을 끌고 왔다.

그대는 제우스를 비롯한 신들 덕분에 위기를 모면하기는 했지만,

이번에는 그대도 짐작하듯　　　　　　　　　195

신들께서 그대를 구해주지 않을 것이다. 그러니 충고하건대,

변을 당하기 전에 무리 속으로 물러가고 나와 맞서지 마라.

일이 벌어진 후에야 깨닫는 건 어리석은 자나 하는 짓이다.”

　　　아이네이아스가 아킬레우스에게 응수했다.

“펠레우스의 아들이여, 나는 어린아이가 아니고,　　　　　　　　　200

조롱이나 욕쯤은 나도 잘할 줄 아니

말로 겁줄 수 있다고 기대하지 마라.

우리는 필멸의 인간들이 전부터 해온 말들을 들어와

이미 서로의 혈통도 알고, 부모도 알고 있다.

하지만 그대는 내 부모를 본 적이 없고, 나도 그대 부모를 본 적이 없다.　　　205

사람들이 말하기를, 그대는 흠 잡을 데 없이 훌륭한 펠레우스에게서 태

　　어났고,

그대의 어머니는 바다에서 태어난, 머리를 곱게 땋은 테티스라지.

하지만 나는 영웅다운 기개를 지니신 안키세스의 아들로 태어났고,

내 어머니가 아프로디테라는 사실에 자부심을 갖고 있다.

오늘 양쪽 부모 중 어느 한쪽은　　　　　　　　　210

사랑하는 아들 때문에 통곡하게 될 것이다. 우리 두 사람은

유치한 말만 주고받다가 헤어져 전장에서 물러나지는

않을 테니까. 그대가 원한다면, 많은 사람이 이미 알고 있는

우리 가문의 내력을 그대에게도 가르쳐주어 알게 하겠다.

구름을 모으는 제우스께서 처음에 다르다노스를 낳으셨고,   215

그분이 다르다니아인의 시조이시다. 당시에는 신성한 일리오스가

언어를 사용하는 인간들의 성으로 들판에 세워져 있지 않아,

사람들이 샘 많은 이데산 기슭에 모여 살고 있었다.

다르다노스께서는 아들을 낳으셨는데, 그분이 바로 나중에

필멸의 인간들 중 최고의 부자가 되신 에리크토니오스왕이시다.   220

그분의 암말 삼천 필은 습지에서 풀을 뜯으며

어린 새끼들을 돌보고 있었다. 그런데 북풍의 신 보레아스가

풀을 뜯고 있던 암말들에게 반해

갈기 검은 수말의 모습으로 변해서 옆에 누웠고,

그 암말들은 새끼를 배어 열두 마리를 낳았다.   225

이렇게 태어난 말들이 곡식을 내는 경작지 위를 달릴 때면

다 익은 곡식의 이삭 위를 달리는데도

이삭 하나 꺾지 않고 달렸으며, 바다의 광활한 등 위로 달릴 때면

잿빛 파도의 물보라 위를 미끄러지듯 달렸다.

에리크토니오스께서는 나중에 트로스인의 왕이 되신 트로스를   230

낳으셨고, 트로스에게서 흠잡을 데 없이 훌륭한 세 분의 아드님,

일로스, 아사라코스, 신 같은 가니메데스께서 태어나셨다.

그중 가니메데스가 필멸의 인간들 중 가장 아름다웠고,

그 빼어난 자태로 인해 신들이 그를 데려가 제우스의 잔을 채우게

하니, 그는 지금도 불멸의 신들과 함께 지내고 있다.   235

일로스께서는 다시 흠 잡을 데 없이 훌륭한 아들 라오메돈을

낳으셨고, 라오메돈께서는 티토노스, 프리아모스, 람포스, 클리티오스,

아레스의 후예 히케타온을 낳으셨다. 또한 아사라코스께서는

카리스를 낳으시고, 카리스께서는 아들 안키세스를 낳으셨다.

그리고 안키세스께서는 나를, 프리아모스께서는   240

고귀한 헥토르를 낳으셨다. 나는 이러한 가문과 혈통에

자부심을 가지고 있다. 하지만 제우스께서 전사들의 실력을

원하는 대로 늘리기도 하시고 줄이기도 하시지. 가장 막강한 분이시니.

그러니 자, 우리 두 사람은 결전의 장 한가운데 서서,

이런 유치한 말들은 이제 더는 하지 않기로 하자.   245

욕설이라면 우리 둘 다 백 개의 노를 단 큰 배에

다 실을 수 없을 정도로 많이 할 수 있지 않은가.

인간의 혀는 유연하게 움직이고, 그 속에는 헤아릴 수 없이 많은

말이 있으며, 말하는 방식도 천차만별이다.

그러니 네가 어떤 말을 던지든 그대로 되돌아와   250

네 귀에 닿게 될 것이다. 하지만 우리 두 사람이 여자들처럼

서로를 말로 헐뜯고 싸울 필요는 없지 않은가. 여자들이란

마음을 좀먹는 불화 가운데서 화가 나면, 거리 한복판으로 뛰쳐나가

참말이든 거짓말이든 서로에게 온갖 말을 퍼부으며 다툰다.

분노가 그렇게 하라고 시키기 때문이다.   255

하지만 나는 투지가 넘치기 때문에 우리가 청동으로 서로 맞서기

전까지 너는 나를 물러서게 할 수 없다.

그러니 자, 어서 빨리 청동 창으로 서로를 시험해보자."

        아이네이아스가 이렇게 말하고, 강력한 창을 던져 아킬레우스의

무시무시하고 두려운 방패를 맞히자, 창끝 주위에서   260

요란한 소리가 났다. 펠레우스의 아들 아킬레우스는 겁이 나서

다부진 손으로 방패를 앞쪽으로 멀리 내밀었다.

영웅다운 기개를 지닌 아이네이아스의 그림자 길게 드리운 창이

방패를 쉽게 꿰뚫으리라고 생각했기 때문이다. 어리석게도 그는

신들의 지극히 영광스러운 선물을 필멸의 인간들이 쉽게   265

제압하거나 굴복시킬 수 없음을 마음과 생각 속에서 알아차리지

못했던 것이다. 이때 현명한 아이네이아스의 강력한 창도 이 방패를

뚫지 못했으니, 신의 선물인 방패의 황금 부분이 그의 창을 저지했다.

두 겹은 뚫렸지만, 아직 세 겹이 남아 있었다.

절름발이 신은 방패를 다섯 겹으로 만들었다. 바깥쪽 두 겹은 청동으로,   270

안쪽 두 겹은 주석으로, 한가운데 한 겹은 황금으로 만들었는데,

바로 그 황금 부분이 물푸레나무 창을 막아냈다.

　　　　이번에는 아킬레우스가 그림자 길게 드리운 창을 던져

사방으로 길이가 같은 아이네이아스의 둥근 방패 중

아래쪽 가장 바깥의 가장자리를 맞혔다.   275

그곳은 청동이 가장 얇게 둘러져 있었고,

소가죽도 가장 얇게 입혀져 있었다. 펠리온산의 물푸레나무로

만든 창이 관통하면서 방패에서 요란한 소리가 났다.

아이네이아스는 겁나서 몸을 웅크린 채 방패를 앞쪽으로 멀리 내밀었다.

창은 온몸을 가리는 방패의 두 겹을 모두   280

꿰뚫고 지나갔으나, 그의 등을 스치듯 지나 땅으로 꽂혔다.

그는 긴 창을 피하기는 했지만 창이 가까이에 박힌 것을

보고는 깜짝 놀라 자리에 서 있었고, 두 눈에는

헤아릴 수 없이 큰 고뇌가 쏟아졌다. 하지만 아킬레우스가

번쩍이는 칼을 뽑아 들고 함성을 지르며 맹렬히 돌진하자,   285

아이네이아스는 손으로 큰 돌을 집어 들었다. 요즘 사람 같으면

둘이서도 들 수 없는 큰 돌을 혼자 쉽게 다루었으니 대단한 일이었다.

이렇게 해서 아이네이아스는 달려드는 아킬레우스에게 돌을 던져

투구나 비참한 파멸을 막아주는 방패를 치고,

펠레우스의 아들 아킬레우스는 가까이에서 칼로 그의 목숨을   290

빼앗았을 것이다. 하지만 대지를 뒤흔드는 포세이돈이

사태를 예리하게 알아차리고 즉시 불멸의 신들에게 말했다.

"아, 저런, 영웅다운 기개를 지닌 아이네이아스가 이제 곧

펠레우스 아들의 손에 쓰러져 하데스의 집으로 내려가게 되었으니

안타깝소. 멀리 쏘는 아폴론도 그의 비참한 파멸을   295

막아주지 못할 텐데, 어리석게도 아폴론이 한 말을 믿다니.
저자는 아무 잘못도 없는데, 왜 다른 사람이 받아야 할 고통을
받는다는 말이오? 게다가 그는 드넓은 하늘에서 살아가는
신들에게 늘 예물을 바쳐 기쁘게 해주었던 자가 아니오?
그러니 자, 우리가 그를 죽음에서 건져줍시다.   300
그가 아킬레우스에게 죽는다면, 크로노스의 아드님 제우스께서도
분명 노하실 것이오. 다르다노스 가문이 씨가 말라 흔적도 없이
멸망하는 일이 벌어지지 않으려면, 그는 여기에서 죽을 운명이
아니오. 크로노스의 아드님 제우스께서는 필멸의 인간의 딸들에게서
태어난 모든 자녀 중에 다르다노스를 가장 아끼셨소.   305
크로노스의 아드님 제우스께서 이미 프리아모스 가문을 미워하게
되었으니, 이제는 강력한 아이네이아스와 이후로 태어날
자손들이 트로스인들을 다스리게 될 것이오."

        황소 눈의 헤라가 대답했다.
"대지를 뒤흔드는 자여, 아이네이아스를 구하든,   310
아니면 용맹한 그가 펠레우스의 아들 아킬레우스에 의해
쓰러지게 내버려두든, 그 일은 당신 마음속에서 스스로 알아서
하세요. 나와 팔라스 아테나 우리 둘은
아카이오스인의 호전적인 아들들이 트로이아에 불을 질러,
온 트로이아가 맹렬한 불길에 휩싸여 타올라도   315
트로스인을 파멸의 날에서 구해주지 않겠다고
누누이 맹세했어요."

        이 말을 들은 대지를 뒤흔드는 자 포세이돈은
창이 난무하는 전장으로 달려가
아이네이아스와 유명한 아킬레우스가   320
있는 곳으로 갔다. 포세이돈은 즉시 펠레우스의 아들
아킬레우스의 눈앞에 안개를 쏟은 뒤,

영웅다운 기개를 지닌 아이네이아스의 방패에서

청동 날이 박힌 물푸레나무 창을 뽑아

아킬레우스의 발 앞에 두고,   325

아이네이아스를 땅에서 높이 들어 올려 던졌다.

신의 손에 들려 던져진 아이네이아스는

수많은 전사와 말들의 대열을 훌쩍 넘어

전장의 가장자리에 내려앉았다. 그곳에서는 카우코네스인들이

출전하기 위해 무장하고 있었다. 대지를 뒤흔드는 자 포세이돈이   330

그에게 아주 가까이 다가가 날개 달린 말로 일렀다.

"아이네이아스여, 도대체 어떤 정신 나간 신이 너에게

펠레우스의 도도한 아들과 맞서 싸우라고 하느냐?

아킬레우스는 너보다 강하고, 불멸의 신들에게 더 큰 사랑을 받고 있다.

그러니 네 운명을 벗어나 하데스의 집으로   335

들어가지 않으려면 그와 마주칠 때마다 물러나라.

하지만 아킬레우스가 정해진 운명에 따라 죽음을 맞이한 후에는

안심하고 선봉에서 싸워라. 아카이오스인 중 다른 사람은 아무도

너를 죽여 무구를 벗기지 못할 것이다."

　　포세이돈은 이렇게 모든 일을 명확히 말해주고 나서   340

그 자리를 떠났고, 곧 아킬레우스에게 다가가 그의 눈에서

신묘한 안개를 흩어버렸다. 그러자 아킬레우스는 모든 광경을 똑똑히

보고 침통해하며 영웅다운 기개를 지닌 자신의 마음을 향해 말했다.

"아, 이런, 놀랍구나. 이 큰 기적을 내 두 눈으로 보다니.

이 창은 땅 위에 놓여 있고, 내가 창을 던져   345

죽이고 싶어 하던 사람은 온데간데없구나.

아이네이아스가 자랑하는 말이 허풍이라고 생각했는데,

불멸의 신들이 그도 아끼고 있었구나. 좋다, 가라! 하지만 이번에

죽음에서 벗어난 것을 천만다행으로 여기고 기뻐할 테니,

또다시 나를 시험해볼 생각은 하지 않겠지.   350
그러니 자, 나는 호전적인 다나오스인들을 독려해
다른 트로스인과 맞서보겠다.”
    아킬레우스는 이렇게 말하고, 대열을 따라 돌진하며 전사들을 하
        나하나 독려했다.
“고귀한 아카이오스인들이여, 이제는 트로스인과
거리를 두지 말고, 한 사람씩 맞서   355
용맹하게 싸우라. 내가 아무리 강해도
저렇게 많은 사람 모두를 상대해서 싸우기는 역부족이다.
천상의 신 아레스나 아테나조차 이런 격전의 아가리 속으로
들어가 고군분투하고 싶지는 않을 것이다.
물론 내 손과 발과 힘으로 할 수 있는 데까지   360
한시도 게으름 피우지 않고 온 힘을 다해 적의 대열을
돌파해 트로스인 중 내 창에 가까이 오는 자는
누구든 후회하게 만들겠다.”
    아킬레우스는 이렇게 말하며 독려했다. 영광스러운 헥토르도 트로
        스인들을
큰 소리로 부르며 자신이 나아가 아킬레우스와 맞서겠다고 말했다.   365
“기개 넘치는 트로스인들이여, 펠레우스의 아들을
두려워하지 마라. 나도 말로는 불멸의 신들과 싸울 수 있다.
하지만 창으로는 싸우기가 힘들다. 실제로는 신들이 나보다 훨씬 더
강하기 때문이다. 그러니 아킬레우스도 자신이 한 말을 모두 이루지는
못할 것인즉, 더러는 이루어내고 더러는 중도에 꺾일 것이다.   370
그의 손이 불길 같아도 나는 그와 맞설 것이다. 그의 손이 불길 같고,
기세가 번쩍이는 무쇠 같다고 해도 그와 맞설 것이다.”
    헥토르가 이렇게 말하며 독려하자 트로스인들은 호응하여 창을
높이 들어 올렸고, 양쪽 군사의 기세가 한데 뒤섞여 함성이 일었다.

이때 포이보스 아폴론이 헥토르에게 다가가 말했다.　　　　　　　　　375
"헥토르여, 이제는 절대로 선봉에 서서 아킬레우스와 싸우지 말고,
혼전에서 벗어나 무리를 따라 이동하여 아킬레우스가 네게
창을 던지거나 가까이에서 칼로 치지 못하게 하라."
　　　아폴론이 이렇게 말하자 신의 음성을 들은 헥토르는
깜짝 놀라 겁을 내며 다시 전사의 무리 속으로 물러났다.　　　　　　380
한편 아킬레우스는 투지로 마음을 감싸고 무시무시한 고함을 지르며
트로스인 속으로 뛰어들어, 먼저 오트린테우스의 용맹한 아들이자
많은 백성의 지휘관인 이피티온을 죽이니, 그는 비옥한 히데 땅
눈 덮인 트몰로스산[5] 아래 샘의 요정이 성을 함락시키는 자
오트린테우스에게 낳아준 자였다. 고귀한 아킬레우스가　　　　　　385
전의에 불타 달려오던 그에게 창을 던져 머리 가운데를 꿰뚫으니,
그의 머리가 산산조각 났다. 그가 쿵 하고 무거운 소리를 내며
쓰러지자 고귀한 아킬레우스는 승리의 환호를 질렀다.
"모든 인간 중 가장 무시무시한 자 오트린테우스의 아들이여,
네가 태어난 곳은 물고기 많은 힐로스강과　　　　　　　　　　　390
소용돌이치는 헤르모스강 옆 네 아버지의 영지인 기가이에
호숫가[6]지만, 죽을 곳은 이곳이니 이제 누워 있으라."
　　　아킬레우스가 자랑스레 말하자. 어둠이 이피티온의 두 눈을
덮었고, 선봉에 선 아카이오스인의 전차들이 그의 시신을 바퀴로
갈기갈기 찢어놓았다. 곧이어 아킬레우스는 안테노르의 아들이자　　395
선봉에 서서 전선을 지켜내는 용맹한 자 데몰레온의
청동 면갑 달린 투구를 관통시켜 관자놀이를 찔렀다.

5　"트몰로스산"은 아나톨리아 리디아 지방에 있다.
6　"기가이에"는 리디아 왕국의 수도 사르디스 근방에 있는 호수(오늘날 튀르키예의 마르마
　라 호수), 또는 이 호수에 사는 요정 이름이다. 고대에 이 호수는 리디아인의 휴양지로 유
　명했다.

청동 투구가 막아내지 못하자 창끝이 투구를 꿰뚫고
두개골을 박살 내니, 그 안에 있는 것이 모두 터져 나와
산산이 흩어졌다. 이렇게 아킬레우스는 돌진해온   400
그를 쓰러뜨렸다. 그런 후 전차에서 뛰어내려
자기 앞에서 도망치던 히포다마스의 등을 창으로 찔렀다.
그는 낮은 소리로 울부짖으며 숨을 거두었다.
장정들이 황소를 헬리콘[7] 왕의 제단 근처로 끌고 가면,
황소는 낮은 소리로 울부짖고, 대지를 뒤흔드는 자 포세이돈은   405
기뻐한다. 바로 그렇게 울부짖는 그의 뼈에서 영웅다운 기개가 떠났다.
이어서 아킬레우스는 창을 들고 프리아모스의 아들
신 같은 폴리도로스를 추격했다. 폴리도로스는 모든 자녀 중
막내인 데다 가장 애지중지하던 아들이어서 아버지 프리아모스는
그의 출전을 허락하지 않았지만, 그는 달리기에서   410
모든 사람을 능가했다. 이때도 그는 철딱서니 없이
뛰어난 달리기 솜씨를 과시하며 선봉대를 지나쳐 달려 나왔다가
목숨을 잃고 말았다. 빠른 발의 고귀한 아킬레우스가
쏜살같이 지나가던 그를 향해 창을 던져 등을 정통으로 맞히니,
그곳은 혁대의 황금 조임쇠가 채워져 있고 흉갑을 입어 이중으로   415
보호받는 부위였지만, 창끝이 배꼽 옆을 그대로 관통했다.
그는 큰 소리로 신음하며 무릎을 꿇었고,
검은 구름이 휘감자 내장을 손으로 움켜쥐고 쓰러졌다.
        헥토르는 동생인 폴리도로스가 내장을 손으로 움켜쥐고
땅에 쓰러지는 모습을 보자   420
두 눈에 안개가 쏟아졌다.
그는 이제 더 이상 뒤쪽에서 서성이며 서 있을 수 없어

---

7 "헬리콘"은 펠로폰네소스 북부 아카이아 지방에 있는 포세이돈의 성지다.

날카로운 창을 휘두르며 불길처럼 아킬레우스를 향해 돌진했다.

헥토르를 본 아킬레우스는 펄쩍 뛰며 기뻐서 어쩔 줄 몰랐다.

"가장 소중한 전우의 목숨을 빼앗아   425

내 가슴에 깊은 상처를 남긴 자가 드디어 다가오는구나.

우리 두 사람은 이제 사생결단을 내야 한다."

　　아킬레우스는 이렇게 말하고 고귀한 헥토르를 노려보며 말했다.

"더 가까이 오라. 어서 빨리 파멸의 끝에 도달하게 해주마."

　　번쩍이는 투구의 헥토르가 전혀 두려워하지 않고 말했다.   430

"펠레우스의 아들이여, 조롱하는 말이나 욕설이라면

나도 잘 알고 있으니, 나를 어린아이로 취급하면서

말로 겁줄 수 있다고 기대하지 마라.

네가 용맹하고, 내가 너보다 훨씬 못하다는 것은

나도 안다. 하지만 내 창도 지금껏 날카로웠으니   435

너보다 못한 내가 창을 던져 네 목숨을 빼앗느냐

빼앗지 못하느냐는 신들의 무릎 위에 놓인 일이다."

　　헥토르는 이렇게 말하고 창을 앞뒤로 흔들다가 던졌다.

그러나 아테나가 가볍게 숨을 내쉬어 그 숨으로 영광스러운

아킬레우스에게 날아가던 창을 되돌리자,   440

창은 다시 고귀한 헥토르에게로 날아가 그의 발 앞에 떨어졌다.

그러자 아킬레우스가 무시무시한 고함을 지르며

그를 죽이려고 맹렬히 달려들었다. 하지만 아폴론은 신답게

쉽사리 헥토르를 낚아채더니 짙은 안개로 덮었다.

빠른 발의 고귀한 아킬레우스가 세 번이나   445

청동 창을 들고 달려들었지만 세 번 다 짙은 안개를 쳤다.

그는 신 같은 기세로 네 번째로 달려들 때

날개 달린 말로 무시무시하게 고함을 질렀다.

"개야, 이번에도 죽음을 모면했구나. 네놈의 죽음이

〈아킬레우스와 헥토르의 싸움〉(베르나르 피카르, 1710년)

가까이 있었는데 포이보스 아폴론께서   450
또다시 널 구해냈구나. 너는 창들이 부딪치는 소리가 요란한 곳에
갈 때마다 그분께 꼭 기도하는 모양이다.
신들 중 도와주시는 분이 있다면, 우리가 다시 만날 때 반드시
너를 죽여주마. 지금은 내 눈에 띄는 자부터 쫓아가 해치워야겠다."
　　　　아킬레우스는 이렇게 말하고, 창으로 드리옵스의 목을   455
정통으로 찔렀다. 그가 발 앞에 쓰러지자
아킬레우스는 그를 그대로 놓아둔 채 필레토르의 아들인
거구의 용맹한 데무코스에게 창을 던져서 무릎을 맞혀
옴짝달싹 못 하게 만든 다음 큰 칼로 쳐서 목숨을 빼앗았다.
그런 후 비아스의 두 아들 라오고노스와 다르다노스를   460
공격해 둘 다 전차에서 땅으로 떨어지게 했으니,
한 사람은 창을 던져 죽였고, 다른 한 사람은 가까이에서 칼로 죽였다.
알라스토르의 아들 트로스는 아킬레우스가 동년배인 자기를
불쌍히 여겨 죽이지 않고 포로로 사로잡았다가 나중에 살려
돌려보내리라 기대하고 그에게 달려가 무릎을 붙잡았다.   465
하지만 아킬레우스는 마음의 여유가 없고 순하지도 않으며
도리어 아주 사나워져 있어, 그렇게 해봐야 아무 소용없음을
어리석게도 알지 못했다. 트로스가 아킬레우스의 무릎을 잡고
애원하려 했지만, 아킬레우스는 칼로 그의 간을 찔렀다.
그러자 간이 벌어지며 흘러나온 검은 피가   470
그의 품을 흥건히 적셨고, 어둠이 혼절한 두 눈을
뒤덮었다. 아킬레우스는 이어서 물리오스에게 다가가
창으로 귀를 찔렀고, 청동 창끝은 즉시 관통하여
다른 쪽 귀로 나왔다. 다음으로는 칼자루 있는 칼을 들어
아게노르의 아들 에케클로스의 머리를 정통으로   475
내리치니 칼 전체가 피로 온기를 띠었고, 검은 죽음과

강력한 운명이 그의 두 눈을 붙잡았다. 다음으로는
데우칼리온의 팔뚝을 청동 창끝으로 찌르니,
그곳은 팔꿈치 근육이 모여 있는 곳이었다.
그는 팔을 늘어뜨린 채 죽음을 목전에 두고   480
그 자리에 서 있었는데, 아킬레우스는 칼로 그의 목을 쳐
머리와 투구를 멀리 날려 보냈다. 그러자 척추에서
골수가 뿜어져 나왔고, 그는 축 늘어져 땅에 드러누웠다.
다음으로는 비옥한 트라케에서 온 페이로오스의
흠잡을 데 없이 훌륭한 아들 리그모스를 추격해   485
창을 던져 그의 몸통 한복판을 맞혔다. 청동이 배에 박히면서
그는 전차에서 떨어졌다. 그의 시종 아레이토오스가
전차를 돌리는 순간, 아킬레우스가 날카로운 창으로 등을 찔러
전차에서 밀쳐내자 말들은 혼비백산하여 달아났다.
        바싹 마른 산의 무성한 숲에 불이 붙으면,   490
바람이 불을 거세게 몰아가 불길이 사방으로 걷잡을 수 없이
번지고, 맹렬한 불길은 깊은 골짜기를 따라 미쳐 날뛴다.
바로 그렇게 아킬레우스가 창을 들고 신처럼 사방으로 돌진해
전사들을 추격하여 죽이니, 피가 내를 이루어 검은 대지 위를 흘렀다.
이마 넓은 황소들에게 멍에를 메어 잘 만든 타작마당에서   495
흰 보리를 밟게 하면, 음매 하고 낮은 소리로 우는 황소들의 발아래서
보리가 금세 탈곡되어 나오듯,
바로 그렇게 기개 있는 아킬레우스 아래에서
그의 통굽 말들은 시신과 방패들을 짓밟았다.
아래쪽 차축은 온통 피범벅이 되고,   500
전차 주위에 둘러친 난간도 말발굽과 바퀴에서 튄 핏방울로
더러워졌다. 하지만 펠레우스의 아들은 영광을 얻기 위해
무적의 두 손을 피로 물들이며 계속해서 돌진했다.

Φ 제21권 크산토스강과 신들의 참전

이윽고 아름답게 흐르는 강, 곧 불멸의 제우스가 낳은 소용돌이치는

크산토스강의 나루터에 도달했을 때, 아킬레우스에게 추격당하던

트로스인들은 둘로 갈라졌다. 한 갈래는 도성을 향해 들판으로

도망쳤다. 거기는 아카이오스인들이 어제 광분해 날뛰던 영광스러운

헥토르 앞에서 혼비백산해 도망쳤던 곳이다. 트로스인 중 절반이   5

그곳으로 쏟아져 나오자, 헤라는 그들 앞에 짙은 안개를 깔아

그들을 막아 세웠다. 나머지 절반은 은빛 소용돌이치며

도도히 흐르는 강 때문에 퇴로가 막히자 물속으로 뛰어들었다.

많은 사람이 강으로 뛰어드는 소리와 거센 물살 소리가 어우러져,

강둑 주변이 요란했다. 여기저기에서 아우성치며   10

헤엄치고, 소용돌이에 휘말려 빙글빙글 도는 그들의 모습은,

메뚜기 떼가 거세게 번지는 불길을 피해 공중으로 날아올라

강물 속으로 뛰어드는 것 같았다. 갑자기 불길이 일어나 지칠 줄 모르고

타오르면 메뚜기 떼는 불길을 피해 물속으로 뛰어들 수밖에 없다.

바로 그렇게 깊이 소용돌이치며 노호하는 크산토스 강물은   15

아킬레우스 앞에서 서로 뒤엉킨 말과 전차와 사람들로 가득했다.

　　제우스의 자손 아킬레우스가 강둑 위성류 덤불에 창을

기대놓은 채 악에 받쳐 칼만 가지고

마치 신처럼 강물 속으로 뛰어들어 닥치는 대로 칼을 휘두르니,
칼에 맞은 자들의 소름 끼치는 비명 소리가 일었고,
강물은 피로 붉게 물들었다. 무엇이든지 걸리는 대로
먹어치우는 아가리 큰 돌고래가 무서워서 도망친 물고기들이
정박하기 좋은 항구의 만을 가득 채우듯,
겁에 질린 트로스인들은 무시무시한 강줄기를 따라
가파른 강둑 밑에 몸을 웅크렸다.
아킬레우스는 손으로 죽이는 데 지치자
메노이티오스의 죽은 아들 파트로클로스의 핏값으로 삼겠다며
강물 속에 아직 살아 있는 장정 열두 명을 골라,
어린 사슴처럼 깜짝 놀라 어리둥절해하는 그들을 밖으로 끌어냈다.
그리고 그들이 헐렁한 상의 위에 늘 매고 다니는
정교하게 만든 가죽끈으로 그들의 손을 뒤로 묶은 다음,
전우들에게 넘겨 속 빈 함선들로 데려가게 했다. 그런 후
아킬레우스는 다시 트로스인들을 죽이고자 하는 열망으로 달려갔다.
　　　이때 그는 강에서 나와 도망치던 다르다노스의 자손이자
프리아모스의 아들인 리카온과 마주쳤다. 전에도 아킬레우스는
밤에 나가, 아버지 프리아모스의 과수원에 있던 리카온을
강제로 잡아 온 적이 있었다. 리카온은 전차 난간을 만드는 데
필요한 야생 무화과나무의 어린 가지를 날카로운 청동으로 베고 있다가,
고귀한 아킬레우스에게 예기치 못한 변을 당한 것이었다.
그때 아킬레우스는 그를 배에 실어 훌륭한 건물이 즐비한
렘노스섬으로 데려가 팔았고, 이아손의 아들이 값을 치르고
그를 사갔다. 그런데 이아손의 의형제인 임브로스의 에에티온이
몸값을 많이 주고 리카온을 다시 사서 고귀한 아리스베에게

보냈고,[1] 리카온은 그 집에서 몰래 도망쳐 아버지의 집으로 돌아갔다.

리카온은 렘노스섬에서 돌아온 뒤 열하루 동안은 친구들과   45

즐겁게 지냈지만, 열이틀째 되는 날 신이 그를 또다시

아킬레우스의 손에 넘겼으니, 이제 아킬레우스는

가고 싶어 하지 않는 그를 하데스의 집으로 보내게 되었다.

이때 리카온은 강에서 나와 도망칠 때 땀이 많이 나

성가시고 힘든 데다 지쳐서 무릎이 말을 안 듣자   50

투구와 방패를 땅에 던져버렸기 때문에 전혀 무장을 하고 있지 않았다.

그런 그를 본 빠른 발의 고귀한 아킬레우스는

울분에 차서 영웅다운 기개를 지닌 자신의 마음을 향해 말했다.

"아, 이런, 경악할 일을 내 두 눈으로 직접 보다니

참담하구나. 저자가 지극히 신성한 렘노스를 탈출해서   55

무자비한 날을 피해 이렇게 돌아온 것처럼,

내가 죽인 영웅다운 기개를 지닌 트로스인들도 어둡고 침침한

지하세계로부터 정녕 다시 살아나겠구나.

많은 사람을 강제로 붙잡아두는 잿빛 바다도

그를 붙잡아두지 못했구나. 그러니 자, 이번에도   60

저자가 거기에서 돌아올 것인지, 아니면 강한 자도 막아 세우는

대지가 저자를 붙들어둘지, 내가 보고 마음으로 알기 위해

우리의 창끝 맛을 그에게 보여주마."

　　아킬레우스가 이런 생각을 하며 그 자리에 서 있을 때,

기겁한 리카온은 그의 무릎을 잡고 애걸하려고 다가왔다. 사악한   65

죽음과 검은 죽음의 여신을 피하고 싶은 마음이 간절했기 때문이다.

1　"이아손의 아들"은 렘노스섬의 왕 에우네오스다. 그는 포이닉스인들이 조부 렘노스의 왕
　토아스에게 준 선물이었던 은항아리를 주고 파트로클로스에게서 "리카온"을 샀다. "에에
　티온"은 렘노스섬 바로 위에 있는 '임브로스섬'의 통치자였다. "아리스베"는 제2권 각주
　101을 보라.

고귀한 아킬레우스가 그를 찌르려고 긴 창을 높이 들자,

그는 몸을 구푸려 창 아래쪽으로 달려와

무릎을 잡았다. 창은 그의 등 위를 지나

사람의 살로 포식하지 못한 것을 아쉬워하며 땅에 박혔다.   70

리카온은 한 손으로는 아킬레우스의 무릎을 붙잡고

다른 손으로는 날카로운 창을 꽉 붙든 채

그에게 날개 달린 말로 애원했다.

"아킬레우스시여, 이렇게 당신의 무릎을 잡고 비오니

저를 존중하사 자비를 베풀어주십시오. 신이 기르신 당신 앞에서   75

저는 신께 도움을 구한 자입니다. 당신이 잘 가꾼 과수원에서

저를 붙잡아 아버지와 친구들에게서 멀리 떨어진

지극히 신성한 렘노스섬으로 데려가

소 백 마리 값을 받고 파셨던 그날, 저는 처음으로 당신의 식탁에서

데메테르의 곡식을 맛보았습니다. 그 후 처음 값의 세 배나 되는   80

몸값을 치르고 풀려나 온갖 고초를 겪어 일리오스에 돌아온 지

이제 겨우 열이틀이 지났습니다. 그런데 끔찍한 운명이 저를 또다시 당
    신의 손에

두었습니다. 아버지 제우스께서 저를 당신에게 주신 것을 보니

제가 제우스의 미움을 샀고, 알테스 노인의 딸이자 제 어머니이신

라오토에께서 저를 단명할 운명으로 낳으신 게 분명합니다.   85

알테스께서는 사트니오에이스강 변 험준한 페다소스를 차지해

호전적인 렐레스인을 다스리시는데, 아내를 많이 둔

프리아모스께서는 알테스의 딸도 아내로 삼으셨죠. 라오토에께서는

아들 둘을 낳으셨는데, 이제 당신은 그 두 아들을 모두 참수하려고

하십니다. 신 같은 폴리도로스는 선봉에서 보병들과 함께 싸우다가   90

당신의 날카로운 창에 맞아 쓰러졌고, 지금 이 자리에서는

제가 변을 당할 것 같으니 말입니다. 신께서 저를 당신에게

데려다주셨으니, 제가 당신의 손에서 벗어날 길은 없을 듯합니다.

그러나 마지막으로 한 가지만 말씀드릴 테니 부디

새겨들으시길 바랍니다. 저는 인자하고 강력했던 당신의 전우를 죽인   95

헥토르와 같은 어머니의 배에서 나온 자가 아니니 죽이지 말아주십시오.”

　　　프리아모스의 영광스러운 아들 리카온은 애원했지만,

그에게는 무자비한 음성이 돌아왔을 뿐이다.

“어리석은 자야, 몸값에 대해서는 내 앞에서 입 밖에 내지 말고

언급하지도 마라. 파트로클로스가 신이 정한 운명의 날을   100

맞기 전에는 나도 마음속으로 트로스인들을 아껴 죽이지 않고

많은 자를 산 채로 붙잡아서 바다 너머로 데려가 팔기만 했다.

하지만 지금은 일리오스 앞에서 신이 내 손에 넘겨주시는 자들은

아무도 죽음을 피할 수 없다. 모든 트로스인이 그러한데,

프리아모스의 아들들이야 말해 무엇 하겠는가?   105

그러니 친구여, 너도 죽어라. 죽는 것을 왜 그리 슬퍼하느냐?

너보다 훨씬 훌륭한 파트로클로스도 죽었다.

네가 보다시피 나도 준수하고 당당하게 생기지 않았느냐?

내 아버지는 훌륭하시고, 나를 낳아준 어머니는 여신이다.

그런데도 내 위에는 죽음과 강력한 운명이 드리워져   110

그때가 아침일지 저녁일지 대낮일지는 모르지만,

누군가가 전장에서 던진 창이나 시위를 떠난 화살로

나 또한 목숨을 잃게 되어 있다.”

　　　아킬레우스가 이렇게 말하자, 리카온은 무릎과 심장이 풀려

창을 놓치고 두 팔을 허공에 벌린 채 주저앉았다.   115

아킬레우스는 번쩍이는 칼을 뽑아 그의 목덜미를 내리쳤다.

양날 칼 전체가 몸속으로 파고들자

그는 얼굴을 땅에 처박은 채 사지를 쭉 뻗고 누웠고,

검은 피가 흘러나와 대지를 적셨다.

〈리카온을 죽이고 스카만드로스 앞에 선 아킬레우스〉(프랑스 화파, 18세기 초)

아킬레우스는 그의 발을 잡아 강물에 던져   120
떠내려가게 하고 나서 의기양양하게 날개 달린 말을 건넸다.
"이제는 거기 물고기 사이에 누워 있거라. 무심한 물고기들이
네 상처에서 피를 핥아줄 테니. 네 어미가
너를 관에 안치하고 곡하지는 못하겠지만, 소용돌이치는
스카만드로스가 너를 바다의 드넓은 품속으로 데려다줄 것이다.   125
파도를 타고 춤추는 온갖 물고기들이 리카온의 하얀 살점을 뜯으려
검푸른 물결 아래서 쏜살같이 치솟을 것이다. 너희는 도망치고
나는 너희 뒤에서 도륙하며, 우리가 신성한 일리오스 도성에 이를 때까지
죽어나가라. 은빛 소용돌이치며 아름답게 흐르는 강의 신도
너희를 도와줄 수 없다. 너희는 오랜 세월 동안   130
강의 신에게 수많은 황소들을 제물로 바치고, 통굽의 말들을
산 채로 강의 소용돌이 속에 던졌을 테지만, 파트로클로스의 죽음과
내가 떠나 있는 동안 빠른 함선들 옆에서 너희에게 당한
아카이오스인들의 죽음에 대한 대가를 치를 때까지
너희는 사악한 운명을 따라 죽게 될 것이다."   135
        아킬레우스가 이렇게 말하자, 강의 신은 진심으로 화가
치밀어 고귀한 아킬레우스가 이루려 하는 일을 저지하고
트로스인의 파멸을 막으려면 어떻게 해야 할지
마음속으로 궁리했다. 한편 펠레우스의 아들 아킬레우스는
그림자 길게 드리운 창을 들고 펠레곤의 아들 아스테로파이오스를   140
죽이려고 달려들었다. 펠레곤은 강폭이 넓은 악시오스강의 신과
아케사메노스의 장녀 페리보이아 사이에서 태어났다. 깊이 소용돌이치는
악시오스강의 신이 그녀와 교합했기 때문이다.
아킬레우스는 그에게 달려들었고, 강에서 나온 아스테로파이오스는
창 두 자루를 들고 맞섰다. 아킬레우스가 강물을 따라가며   145
장정들을 무자비하게 죽이자, 이를 보고 분노한 크산토스가

아스테로파이오스의 마음에 용기를 불어넣은 것이다.

두 사람이 서로 마주 달려 가까워지자

빠른 발의 고귀한 아킬레우스가 먼저 말했다.

"너는 어디에서 온 누구이기에 내게 달려드는 거냐?   150

내 힘에 맞서는 아들을 둔 부모는 불행해질 뿐이다."

　　　펠레곤의 영광스러운 아들이 대답했다.

"펠레우스의 기개 있는 아들이여, 내 가문을 왜 묻는가?

나는 먼 곳에 있는 아주 비옥한 파이오니아에서

긴 창을 쓰는 파이오니아 전사들을 이끌고 왔다.   155

오늘 아침으로 일리오스에 온 지 벌써 열하루가 되었다.

내 가문은 강폭이 넓은 악시오스강의 신에게서 비롯되었다.

대지 위에 가장 아름다운 강물을 흘려보내는 악시오스강의 신께서

창을 잘 쓰기로 유명한 펠레곤을 낳으셨고, 펠레곤께서는 나를

낳으셨다고 사람들은 말한다. 영광스러운 아킬레우스여, 이제 싸우자."   160

　　　아스테로파이오스가 이렇게 도전하자

고귀한 아킬레우스는 펠리온산의 물푸레나무로 만든 창을 높이 들었다.

그 순간 영웅 아스테로파이오스가 창 두 자루를 동시에 던졌다.

그는 양손잡이였다. 한 자루는 방패를 맞혔지만,

신의 선물인 방패에 가로막혀 뚫고 나가지 못했다.   165

다른 한 자루는 그 아킬레우스의 오른 팔뚝을 스쳤고,

검은 피가 솟아오르기는 했지만, 창끝이 그의 위로 지나가

사람의 살을 포식하지 못한 것을 아쉬워하며 땅에 박혔다.

이번에는 살의에 가득 찬 아킬레우스가 아스테로파이오스에게

직선으로 날아가는 물푸레나무 창을 던졌다.   170

하지만 창은 빗나가 높은 강둑에 맞았고,

물푸레나무 창의 절반이 강둑에 박혔다.

그러자 펠레우스의 아들은 넓적다리 옆에서 날카로운 칼을

빼들고 맹렬한 기세로 달려들었다. 아스테로파이오스는

강둑에 박힌 아킬레우스의 물푸레나무 창을 다부진 손으로   175

뽑으려 했지만 그럴 수 없었다. 세 번이나 박힌 창을 잡고 힘껏 흔들어

보았지만, 세 번 다 힘만 뺐을 뿐이다. 그는 네 번째로

아이아코스 손자의 물푸레나무 창을 흔들어 뽑을 생각을 했지만,

그 전에 아킬레우스가 가까이 와 칼로 그의 목숨을 앗아갔다.

아킬레우스가 그의 배꼽 부근을 칼로 찌르자   180

내장이 모두 땅으로 쏟아져 나왔고, 어둠이 가쁘게 숨을 몰아쉬는

그의 두 눈을 뒤덮었다. 아킬레우스는 달려와 그의 가슴을 밟고

무구를 벗기며 의기양양하게 말했다.

"이렇게 누워 있거라. 네가 강의 신에게서 태어났어도

크로노스의 막강한 아드님의 자손들과 싸우는 것은 무리다.   185

너는 네가 폭이 넓은 강의 신 자손이라고 말했지만,

나는 위대한 제우스의 자손이라는 자부심을 가지고 있다.

나를 낳아준 아버지는 수많은 미르미도네스인들을

다스리는 분으로 아이아코스의 아들 펠레우스시며,

아이아코스는 제우스의 아들이시다.   190

제우스께서 바다로 흘러드는 강들보다 강하시니,

제우스의 자손도 강의 자손보다 더 강하다. 네 옆에는

큰 강이 있으니 할 수만 있다면 너를 지켜주었을 테지.

하지만 크로노스의 아드님 제우스와 싸울 수는 없다.

군주 아켈라오스강도 상대가 되지 않고, 모든 강과   195

모든 바다와 모든 샘과 사람들이 판 깊은 우물의 근원인

도도히 흐르는 오케아노스강의 엄청난 힘도 상대가 되지 않는다.

위대하신 제우스께서 하늘로부터 무시무시한 번개를 던지고

천둥을 울리시면, 그 강들도 두려워할 수밖에 없다."

　　　아킬레우스는 이렇게 말한 뒤 강둑에 박힌 청동 창을   200

뽑았고, 자기에게 목숨을 잃은 아스테로파이오스를

그 자리에 그대로 두니 검은 강물이 모래 위에 누워 있는

그를 적셨다. 그러자 뱀장어와 물고기가 주위에

몰려들어 그의 콩팥에 붙어 있는 비계를 뜯어먹었다.

아킬레우스는 전차 부대로 구성되어 있는 파이오니아인들을 205

추격했다. 그들은 최고 지휘관이 펠레우스의 아들 아킬레우스와

치열한 접전을 벌이다가 그의 손과 칼에 무참히 쓰러지는 것을 보고

겁에 질려 소용돌이치는 강을 따라 도망치고 있었다.

거기에서 그는 테르실로코스, 미돈, 아스티필로스, 므네소스,

트라시오스, 아이니오스, 오펠레스테스를 죽였다. 210

이때 민첩한 아킬레우스는 더 많은 파이오니아인을

죽일 수 있었지만, 깊이 소용돌이치는 강의 신이 분노해

사람의 모습을 하고 깊은 소용돌이에서 외쳤다.

"아킬레우스여, 너는 힘뿐 아니라 악행에서도 모든 인간을

능가하는구나. 신들이 언제나 친히 너를 돕기 때문이지. 215

크로노스의 아드님이 모든 트로스인을 네게 주어 죽이게 하셨다면,

내게서 그들을 몰아내어 들판에서 그 잔인한 짓을 하거라.

나의 사랑하는 강물이 시신으로 가득 찼다. 네가 무자비한 살육을

계속하면, 나는 시신에 막혀 강물을 신성한 바다로

쏟아낼 수 없다. 그러니 자, 내가 말한 대로 하라. 220

그러고도 네가 백성의 우두머리라니 놀라울 따름이다."

　　　　빠른 발의 아킬레우스가 대답했다.

"제우스께서 기르신 스카만드로스시여, 당신이 말씀하신 대로 하죠. 하

　　지만 나는 트로스인들을

도성으로 몰아넣고 헥토르와 힘 대 힘으로 맞붙어

그가 나를 죽이든지 내가 그를 죽이든지 결판을 낼 때까지는 225

오만한 트로스인들을 계속 살육할 것입니다."

〈강가에서 벌어진 전투〉(크리스핀 반 데 파스, 1613년)

　　아킬레우스는 이렇게 말하고 나서 마치 신처럼 트로스인을 향해
　　　돌진했다.
이때 깊이 소용돌이치는 강의 신이 아폴론에게 말했다.
"아, 이런, 은빛 활을 지닌 제우스의 아들이여,
해 지는 저녁이 와서 비옥한 경작지가 어두워질 때까지　　　　　　　230
트로스인을 옆에서 도우라고 크로노스의 아드님께서
엄명을 내리셨는데도, 당신은 그분의 뜻을 존중하지 않는군요."
　　　이때 창술로 유명한 아킬레우스가 강둑에서 강물로
뛰어들었다. 그러자 물결이 솟구치며 그에게 덤벼들었고,
강물 전체가 크게 출렁이고 황소처럼 낮고 큰 소리로　　　　　　　235
울며 아킬레우스에게 죽어 무더기로 쌓여 있던
시신을 뭍으로 밀어냈다.
하지만 살아 있는 자들은 구해내어
아름다운 강물 아래 깊고 큰 소용돌이 안에 감추었다.
그러나 아킬레우스 주위로 물결이 무섭게 출렁이고　　　　　　　240
떨어지는 물살이 방패를 밀어내는 바람에, 그는 발을 딛고
제대로 서 있을 수조차 없어 크게 잘 자란 느릅나무를
손으로 붙잡았다. 하지만 나무가 뿌리째 뽑혀 쓰러지며
강둑을 다 헤집어놓았고, 통째로 쓰러지면서 무성한 가지들로
아름다운 물줄기를 덮어 마치 다리를 놓은 듯했다.　　　　　　　245
겁먹은 아킬레우스는 소용돌이에서 뛰어올라
빠른 걸음으로 들판을 향해 내달렸다.
그런데도 거대한 강의 신은 검게 부풀어 오르며 그를 추격했으니,
고귀한 아킬레우스가 하려는 일을 가로막아
트로스인을 파멸에서 구하려 했던 것이다.　　　　　　　250
펠레우스의 아들은 날개 달린 새들 중 가장 강하고 빠른
사냥꾼 검은 독수리처럼 아주 날쌔게 내달려 단숨에

창이 날아가는 거리만큼 강에서 벗어났다.

검은 독수리처럼 내달리는 그의 가슴 위에서는

청동이 무시무시한 소리를 냈으니,   255

그는 강의 신을 피해 도망쳤고, 강의 신은

그 뒤에서 굉음을 내며 추격했기 때문이다.

검은 물의 샘에서 물을 끌어와 경작지와 과수원에

대려고 하는 사람은 손에 삽을 들고

수로를 막고 있는 것을 치운다. 물이 흐르기 시작하면,   260

작은 돌들은 모두 경사진 수로를 따라 물에 휩쓸려 재잘거리며

재빨리 떠내려가 물길을 트는 사람을 앞지른다.

바로 그렇게 아킬레우스는 민첩하고 빨랐지만, 강의 물결은

계속해서 그를 따라잡았다. 신은 인간보다 뛰어나기 때문이다.

빠른 발의 고귀한 아킬레우스가 드넓은 하늘에서 살아가는   265

불멸의 신들 모두 자기를 추격하는 건 아닌지

알아보기 위해 강의 신과 맞서고자 할 때마다

제우스에게서 생겨난 강의 큰 물결이 그의 어깨를

위로부터 덮쳤다. 마음속에서 화가 난 그가 두 발로

높이 뛰어오르면, 강의 물결은 밑으로 세차게 흘러   270

그의 무릎을 힘들게 하고 발아래 땅을 휩쓸었다.

펠레우스의 아들은 드넓은 하늘을 우러러보며 큰 소리로 탄식했다.

"아버지 제우스시여, 신들 중 어느 분이라도 나를 불쌍히 여겨

강의 신에게서 구해주시고, 설령 변을 당하더라도

나중에 당하도록 해주소서. 제가 여기에서 죽는다면,   275

하늘에 계시는 신들 중 가장 큰 잘못을 저지른 분은

거짓말로 저를 속이신 제 어머니입니다.

어머니께서는 제가 무장한 트로스인들의 성벽 아래에서

아폴론의 빠른 화살에 맞아 죽게 되리라고 말씀하셨기 때문입니다.

〈분노한 아킬레우스〉(샤를 앙투안 쿠아펠, 1737년)

제가 이곳에서 자란 사람들 중 가장 용맹한 자인 280

헥토르의 손에 죽는다면, 죽인 자도 용맹하고 죽은 자도 용맹하니

더 바랄 게 없습니다. 하지만 지금 저는 겨울에 급류를 건너려다가

휩쓸린 돼지치기 소년처럼 큰 강에 갇혀 비참히 죽게 되었습니다.”

    아킬레우스가 이렇게 말하자, 포세이돈과 아테나가

얼른 달려와 사람의 모습을 하고 옆에 서서 285

그의 손을 잡고 확신을 심어주는 말을 해주었다.

두 신 중 대지를 뒤흔드는 자 포세이돈이 먼저 말했다.

“펠레우스의 아들이여, 너무 겁내지 말고 놀라지도 마라.

신들 중에서 우리 둘, 그러니까 나와 팔라스 아테나가

너를 돕고자 여기에 와 있고, 이 일은 제우스께서도 허락하셨다. 290

신들이 너에게 정해둔 운명은 강의 신에게 죽는 것이 아니니

강의 신은 이제 곧 물러나고, 너도 그것을 알게 될 것이다.

네가 듣고자 한다면, 현명한 충고 한마디를 해두겠다.

너는 도망치는 트로이아 백성을 일리오스의 유명한 성벽 안으로

몰아넣기 전에는 비참한 전쟁에서 손을 떼지 마라. 295

하지만 헥토르의 목숨을 빼앗은 후에는 함선들로 돌아가라.

우리가 너에게 명성이 돌아가게 하겠다.”

    두 신은 이렇게 말한 후 불멸의 신들에게로 떠났고,

아킬레우스는 신들의 지시에 크게 고무되어 들판으로 내달았다.

들판 전체는 강에서 쏟아져 들어온 물로 가득했고, 300

죽은 장정들의 아름다운 무구와 시신이 물 위에 수없이 떠다녔다.

하지만 아킬레우스가 물에 잠긴 들판을 향해 쏜살같이 내달리자,

무릎은 높이 뛰어올랐고, 폭이 넓은 강의 신은

그를 저지할 수 없었다. 아테나가 그에게 큰 힘을 불어넣었기 때문이다.

하지만 스카만드로스는 분노를 누그러뜨리기는커녕 305

펠레우스의 아들에게 한층 더 분노해, 높이 일어서서 물결을

볏처럼 꼿꼿이 세우며 큰 소리로 시모에이스를 불렀다.
"사랑하는 아우야, 우리 둘이 저 인간의 힘을 막아내야겠다.
그렇게 하지 않으면, 이제 곧 그가 프리아모스왕의 도성을
함락시키겠구나. 전투에서 트로스인이 그 앞에서
버티지 못하기 때문이다. 그러니 어서 빨리 나를 도와다오.
너의 강물을 수원지 물로 가득 채우고 모든 급류를 독려해라.
큰 물결을 일으키고, 통나무와 돌로 굉음을 일으켜
저 사나운 인간을 저지하자. 그는 지금 이곳에 군림하여
신처럼 행동하려는 열망으로 가득하지만, 그의 힘이나
준수한 용모나 아름다운 무구도 그에게는 아무 소용없을 것이다.
그의 무구는 하천 밑바닥 진흙 속에 깊이 묻히고,
그자는 내가 모래로 덮은 뒤 그 위로 급류가 휩쓸어온
온갖 잡동사니를 수없이 쏟아부어 덮으리니,
아카이오스인들은 그의 뼈조차 찾지 못하게 되리라.
그토록 많은 진흙으로 그를 덮어버리리라.
이곳이 그의 무덤이 될 테니, 아카이오스인들은 그의 장례를
치를 때 흙을 부어 봉분을 만들 필요가 없다."
　　　스카만드로스강의 신은 이렇게 말한 후 높이 솟아올라
거품과 피와 시신들로 소용돌이치고 노호하며
아킬레우스를 향해 맹렬히 달려들었다. 제우스에게서 생겨난
강의 물결이 높이 솟아올라 우뚝 서서 펠레우스의 아들을
덮치려고 하자, 깊이 소용돌이치는 거대한 강의 신이
아킬레우스를 휩쓸어갈까 봐 크게 우려한 헤라가 즉시
사랑하는 아들 헤파이스토스에게 큰 소리로 외쳤다.
"일어나거라, 내 아들 절름발이 신이여, 우리는 이 전투에서
소용돌이치는 크산토스를 상대할 자는 너밖에 없다고 생각해왔다.
그러니 어서 빨리 큰 불길을 만들어 아킬레우스를 도와라.

310
315
320
325
330

〈헤라와 헤파이스토스〉(안톤 티슈바인, 18세기)

나는 바다로부터 서풍과 하늘을 맑게 하는 남풍으로

사나운 폭풍을 불러일으켜, 그 사악한 불길을 사방으로   335

실어 날라 죽은 트로스인들의 머리와 무구를 태워 없애겠다.

너는 크산토스 강둑을 따라 나무들을 태워버리고, 강의 신에게도

불길을 보내거라. 강의 신이 구슬리거나 위협하더라도

절대로 물러서지 말고,

분노를 그치지도 마라. 내가 큰 소리로   340

그만하라고 할 때만 지치지 않는 불을 멈추거라.”

    헤라가 이렇게 말하자, 헤파이스토스는 무시무시한 불을 일으켰다.

들판에서 발화된 불은 아킬레우스에게 죽어 들판을 따라

무더기로 널려 있던 많은 시신을 태웠다.

그러자 온 들판이 마르고 밝게 빛나던 물은 움직임이 저지되었다.   345

늦여름의 북풍이 새롭게 물을 댄 과수원을 신속하게 말려

과수원 가꾸는 자를 기쁘게 해주듯,

그렇게 온 들판은 말랐고, 시신은 불탔다.

그런 후 헤파이스토스는 환하게 빛나는 불길을 강 쪽으로 돌렸다.

강의 아름다운 물줄기 옆에 무리 지어 자라고 있던   350

느릅나무와 버드나무와 위성류 나무가 불탔고,

토끼풀과 골풀과 방동사니[2]가 불탔다.

강의 소용돌이치는 물결 속에 있던 뱀장어와 물고기는

꾀 많은 헤파이스토스의 입김에 괴로워하며

아름다운 물줄기를 따라 이리저리 곤두박질쳤다.   355

강력한 강의 신도 불길에 휩싸여 헤파이스토스의 이름을 부르며 말했다.

“헤파이스토스여, 당신과 대적할 수 있는 신은 아무도 없구려.

나도 당신의 타오르는 불과 맞서 싸우고 싶지 않소. 그러니 나와의

---

2 “방동사니”는 들이나 밭에서 흔히 자라는 한해살이풀이다.

싸움을 그치고, 고귀한 아킬레우스가 트로스인들을 도성에서 즉시
몰아내게 하시오. 싸우거나 돕는 게 나와 무슨 상관이 있겠소?" 360
　　　불길에 휩싸인 강의 아름다운 물줄기가 끓어오르자
강의 신은 이렇게 말했다. 아래에 놓여 있는 마른 장작에서
거센 불이 타오르면, 가마솥 안이 사방으로 팔팔 끓어올라
살진 돼지의 비계를 녹이듯, 강의 아름다운 물줄기가
불길에 휩싸이며 물이 끓어올랐다. 강의 신은 365
앞으로 흘러가고 싶지 않아 멈춰 섰다. 꾀 많은 헤파이스토스의
강력한 숨결에 기진맥진해졌기 때문이다.
강의 신은 헤라에게 날개 달린 말로 애원했다.
"헤라시여, 트로스인을 돕는 다른 신들도 있고,
나는 그들만큼 잘못한 게 없는데, 370
왜 당신의 아들은 유독 나의 물줄기를 괴롭힌답니까?
당신이 명령하면 내가 멈출 테니
그도 멈추게 해주시오. 앞으로는 트로스인들을
사악한 날에서 구해주지 않겠다고 맹세합니다.
아카이오스인의 호전적인 아들들이 불을 질러 375
트로이아가 온통 거센 불길에 휩싸이더라도 그렇게 하겠소."
　　　그 말을 들은 하얀 팔의 여신 헤라는
즉시 사랑하는 아들 헤파이스토스에게 말했다.
"지극히 영광스러운 내 아들 헤파이스토스야, 이제는 멈춰라.
인간들을 위해 불멸의 신을 이토록 무례히 대하는 건 합당치 않다." 380
　　　헤라가 이렇게 말하자, 헤파이스토스는 무시무시한 불을 껐고,
강물은 다시 아름다운 물줄기를 이루어 힘차게 흘러내렸다.
　　　이렇게 크산토스의 기세가 꺾이자 둘은 싸움을 그쳤다.
헤라가 분노하기는 했지만 자제했기 때문이다.
그러나 다른 신들은 가슴속 생각이 달라 둘로 갈라져 385

그들 사이에 무시무시한 싸움이 일어났다.

신들이 두 편으로 나뉘어 충돌하자

드넓은 대지가 울렸고, 거대한 하늘에서는 사방으로 나팔 소리가

울려 퍼졌다. 올림포스에 앉아 있던 제우스는 이 소리를 들었고,

신들이 무리 지어 서로 싸우는 모습을 보고는 마음이 흐뭇해   390

기뻐하며 웃었다. 이제 신들은 더 이상 서로 멀리 떨어져 지켜보고만

있지 않았다. 방패를 뚫는 아레스가 싸움을 시작했기 때문이다.

먼저 그는 청동 창을 들고 아테나에게 달려들며 욕을 퍼부었다.

"개 같은 파리야,[3] 오만한 마음이 너를 어떤 식으로 부추겼기에

이렇게 대담하게 또다시 신들을 서로 싸우게 만드느냐?   395

너는 티데우스의 아들 디오메데스를 부추겨 내게 상처를 입혔고,

모든 사람이 보는 앞에서 직접 내게 창을 겨누고

똑바로 밀어 내 고운 피부를 찢은 일을 기억하지 못하는가?

이번에는 네가 한 일을 그대로 되갚아주겠다."

　　아레스는 이렇게 말한 후 제우스의 천둥으로도   400

제압할 수 없는 술 달린 무시무시한 아이기스 방패를

찔렀다. 피에 굶주린 살인마 아레스가 긴 창으로

바로 그 아이기스 방패를 찌른 것이다. 뒤로 물러난 아테나는

이전 시대 사람들이 경작지의 경계를 표시하려고 들판에 놓아둔

크고 뾰족뾰족한 검은 돌을 다부진 손으로 집어 들어   405

달려드는 아레스에게 던졌고, 목을 맞혀 그의 사지를 풀어버렸다.

아레스는 쓰러져 일곱 플레트론[4]의 땅을 덮었고, 길게 흘러내린

머리채는 먼지로 뒤덮였으며, 무구는 요란한 소리를 내며 울렸다.

3　'개'는 후안무치함을, '파리'는 끈질김을 나타내기 때문에 "개 같은 파리"(κυνάμυια, '키나
　미이아')는 끈질기게 후안무치하다는 뜻으로, 그런 여자를 욕할 때 사용된다.

4　플레트론(πλέθρον)은 고대 그리스에서 썼던 길이 또는 면적의 단위다. 1플레트론은 대
　략 9제곱킬로미터에 해당한다.

〈아레스와 아테나의 싸움〉(자크 루이 다비드, 1771년)

팔라스 아테나는 웃으며 의기양양하게 날개 달린 말로 외쳤다.

"어리석은 자여, 그대는 내 상대가 되지 않는다. 내가 그대보다   410

훨씬 강하다는 걸 내가 자부하고 있음을 모른다는 말인가?

그대의 어머니는 그대가 아카이오스인을 버리고 오만한 트로스인을

돕는 게 화가 나서 그대를 어떻게 혼내줄지 궁리하고 있었는데,

그대 어머니의 저주가 이런 식으로 이루어지는가 보구나."

　　　아테나는 이렇게 말하고, 빛나는 눈을 아레스에게서 돌렸다.   415

그러자 제우스의 딸 아프로디테가 아레스의 손을 잡고 데려가니,

가까스로 정신을 차린 아레스는 깊은 신음 소리를 냈다.

하지만 아프로디테를 알아본 하얀 팔의 여신 헤라가

즉시 아테나에게 날개 달린 말로 일렀다.

"아, 저런, 아이기스 방패를 지닌 지칠 줄 모르는 자   420

제우스의 따님이여, 저 개 같은 파리가 살인마 아레스를 데리고

처절한 전장에서 무리 사이로 빠져나가고 있어요. 그러니 추격하세요."

　　　헤라가 이렇게 말하자 아테나는 마음속으로 기뻐하며

아프로디테 쪽으로 내달아 다부진 손으로 가슴을 치니,

아프로디테의 사지와 심장이 풀렸다.   425

이렇게 해서 아레스와 아프로디테는 풍요로운 대지 위에 누웠고,

아테나는 의기양양해 날개 달린 말로 고했다.

"이제 트로스인을 도와 아르고스인에

맞서 싸우는 자들은 모두 내가 이렇게 만들어주겠어요.

아프로디테가 내 힘에 맞서   430

아레스를 도우러 온 것처럼 그자들도 대담하고

강인하게 나와 맞섰더라면, 우리는 벌써 잘 지은 일리오스성을

함락시키고 전쟁을 끝냈을 텐데 아쉽군요."

　　　아테나가 이렇게 말하자 하얀 팔의 여신 헤라는 미소를 지었다.

이번에는 대지를 뒤흔드는 군주 포세이돈이 아폴론에게 말했다.   435

"포이보스, 우리 둘은 왜 이렇게 따로 떨어져 있는가?

다른 신들이 싸움을 시작한 마당에 이렇게 있는 것은 도리가 아니네.

우리가 싸우지도 않은 채 올림포스에 있는 청동 문턱의 제우스 궁으로

돌아간다면, 수치스러운 일 아니겠는가. 나이 어린 자네가 시작하게.

나이도 더 많고 아는 것도 더 많은 내가 시작하면 보기가 좋지 않네.　　　　440

내 말이 무슨 뜻인지 알아차리지 못하다니 어리석은 자로군.

자네는 신들 중 우리 둘만 일리오스에 가서 온갖 고초를 겪었던 일이

전혀 기억나지 않는가? 그때 우리 둘은 제우스의 명령으로

오만한 라오메돈를 찾아가 보수를 약속받고 일 년 동안 봉사했는데,

그때 그는 우리에게 이런저런 명령을 내리지 않았는가.　　　　445

나는 트로스인을 위해 그들의 도시가 파괴되지 않도록

도시를 빙 둘러 넓고 매우 아름다운 성벽을 쌓아주었네.

그리고 포이보스, 자네는 수많은 봉우리들이 겹겹이 있고 숲이 무성한

이데산 등성이에서 걸음이 느릿하고 뿔이 굽은 소 떼를 길렀지.

하지만 고용 기한이 끝나 뛸 듯이 기쁜 날이 도래하자　　　　450

무시무시한 라오메돈은 우리에게 보수를

한 푼도 주지 않은 채 도리어 위협하며 쫓아버렸지.

그는 우리의 두 발과 두 손을 한데 묶어 멀리 떨어져 있는 섬으로

데려가 노예로 팔아버리겠다고 협박한 것으로도 모자라

우리 둘의 귀를 청동으로 베어버릴 것처럼　　　　455

으름장을 놓기도 했네. 우리 둘은 약속된 보수를

받지 못한 것에 화가 나 마음속으로 분노하며 돌아오지 않았나.

그런데도 자네는 지금 라오메돈의 백성에게 호의를 보이고,

우리와 함께 오만한 트로스인과 그들의 자식과

정숙한 아내들을 무참하게 몰살할 생각이 없는 건가?"　　　　460

　　　멀리 쏘는 군주 아폴론이 대답했다.

"대지를 뒤흔드는 자시여, 내가 별것도 아닌 존재인

인간들을 위해 당신과 싸우고자 한다면, 나더러 제정신이

아니라고 하시겠지요. 인간들은 나뭇잎 같아서

어떤 때는 대지의 열매를 먹고 활활 타오르기도 하고,   465

어떤 때는 생기 없이 시들시들하기도 합니다. 그러니 우리 신들은

어서 빨리 싸움을 그치고 인간들끼리 싸우게 해야 합니다."

　　　아폴론은 이렇게 말하고 돌아섰다. 아버지의 동생인 포세이돈과

완력으로 싸우는 것을 수치스럽게 생각했기 때문이다.

그러자 아폴론의 여동생이자 들짐승의 여왕인 아르테미스가   470

그런 태도를 트집 잡아 심하게 따지고 들었다.

"멀리 쏘는 자여, 그대는 모든 승리를 포세이돈에게 넘기더니

명성도 허망하게 줘버리고 도망치는군요.

어리석은 자여, 아무짝에도 쓸모없는 활은 뭐하러 가지고 다니나요?

그대는 전에 아버지의 궁에 모인 불멸의 신들 앞에서   475

포세이돈과 맞서 싸우겠다고 호언장담했는데, 이제는 아무리

그런 말을 해도 나는 못 들은 걸로 할게요."

　　　아르테미스가 이렇게 말했지만, 멀리 쏘는 아폴론은 아무런 대꾸

　　　　도 하지 않았다.

오히려 제우스의 존귀한 아내 헤라가 격노해서

화살을 퍼붓는 여신을 비난하며 따졌다.   480

"이 암캐야, 네가 감히 겁도 없이 내게 맞서려고 기를 쓰느냐?

제우스가 너를 여자들을 노리는 사자로 만들어

네가 원하는 자를 죽일 수 있게 해준 덕분에 네가 활을 지니고

다니기는 해도, 나와 힘으로 맞서기는 어려울 것이다.

그러니 너보다 강한 자들과 힘으로 싸우지 말고,   485

산에서 들짐승과 사슴을 죽이는 편이 더 나으련만.

하지만 힘으로 나와 맞서겠다니 원한다면 나와 겨뤄보자.

내가 얼마나 강한지 잘 알게 될 테니."

〈아폴론과 아르테미스〉(루카스 크라나흐, 1530년)

헤라는 왼손으로는 아르테미스의 두 손목을 붙잡고,
오른손으로는 어깨에서 활과 화살통을 벗긴 후,   490
미소를 지으며 화살통으로 귀뺨을 때리니,
빠른 화살들이 화살통에서 떨어졌다. 아르테미스는 맞지 않으려고
얼굴을 이리저리 돌리다가 울며 헤라에게서 도망치니,
매에게 잡아먹힐 운명은 아닌지라 매를 피해 바위틈으로
날아 들어가는 비둘기 같았다. 그렇게 아르테미스는   495
활과 화살통을 그 자리에 버려두고 울며 도망쳤다. 신들의 전령이자
아르고스[5]를 죽인 자 헤르메스가 레토에게 말했다.
"레토여, 나는 결코 당신과 싸우지 않을 것이오.
구름을 모으는 제우스의 아내들과 치고받고 싸우는 것은
괴로운 일이오. 그러니 당신의 강력한 힘으로 나를 이겼다고   500
불멸의 신들 앞에서 얼마든지 말하며 자랑하시오."
　　헤르메스가 이렇게 말하자, 레토는 굽은 활을 집어 들고,
소용돌이치는 먼지 속 여기저기 떨어져 있던 화살들을
주워 모아 딸의 활과 화살들을 가지고 돌아갔다.
한편 딸은 올림포스에 있는 청동 문턱의 제우스 궁으로   505
가서 울며 아버지 무릎 위에 앉으니, 그녀의 사방으로
천상의 옷이 나풀거렸다. 그녀의 아버지이자 크로노스의 아들인
제우스가 딸을 껴안고 다정하게 웃으며 물었다.
"사랑하는 딸아, 네가 공공연히 나쁜 짓을 한 것도 아닌데,

5　여기에서 "아르고스"는 아르고스의 세 번째 왕인 아르고스의 증손자이며, 100개의 눈을
가진 거인으로 '파놉테스'('모든 것을 보는 자')라는 별명으로 불렸다. 제우스가 헤라의 눈
을 피해 강의 신 이나코스의 딸 이오와 관계를 맺은 다음 이오를 암소로 변신시키자, 아
르고스는 헤라의 명령으로 암소가 된 이오를 감시한다. 그러자 제우스는 "헤르메스"에게
아르고스를 죽이라는 명령을 내리고, 헤르메스는 피리를 불어 아르고스를 잠들게 한 후
목을 베어 죽인다. 이 때문에 헤르메스는 "아르고스를 죽인 자"(Ἀργειφόντης, '아르게이
폰테스')라는 별명이 붙었다.

하늘의 신들 중 대체 누가 네게 이런 허튼 짓을 했느냐?"   510

     그러자 아름다운 화관을 쓰고 떠들썩하게 들짐승을 추격하는 여
     신이 대답했다.

"아버지의 아내 하얀 팔의 헤라께서 저를 괴롭히고 때렸어요.

불멸의 신들 사이에서 불화와 싸움이 일어나는 것도 다 그분 때문이죠."

     제우스와 아르테미스가 이런 대화를 주고받고 있을 때,

포이보스 아폴론은 신성한 일리오스로 들어갔다.   515

다나오스인들이 정해진 운명을 어기고 잘 지은 도시의 성벽을

오늘 파괴하지는 않을지 걱정되었기 때문이다.

영원히 존재하는 다른 신들 중 일부는 화가 난 채,

일부는 아주 의기양양하게 올림포스로 돌아가

검은 구름에 싸여 있는 아버지 제우스 옆에 앉아 있었다.   520

한편 아킬레우스는 여전히 트로스인들과 그들의 통굽 말들을

도륙했다. 신들의 진노로 불타는 성의 연기가

드넓은 하늘까지 치솟으며 모두에게 고통을 안겨주고

많은 사람에게 비탄을 안겨주는 것처럼,

아킬레우스는 트로스인들에게 고통과 비탄을 안겨주었다.   525

     프리아모스 노인은 전에 포세이돈이 쌓은 성루에 서 있다가

거대한 아킬레우스를 알아보았다. 아킬레우스가 보이면 트로스인들은

혼비백산해 이리저리 도망치기 바빴고, 투지가 생겨날 기미는

전혀 없었다. 프리아모스는 큰 소리로 탄식하며 성루에서 내려와,

성벽을 따라 성문 지키는 명성 자자한 군사들을 격려했다.   530

"군사들이 도성 쪽으로 도망쳐 들어올 때까지 성문들을

열어두기는 해야겠지만, 아킬레우스가 가까이서

맹렬히 뒤쫓아 와 이제 곧 큰 변고가 생길 듯하니

손으로 성문을 붙잡고 있거라. 그러다가 군사들이 성벽 안으로 모여들어

숨을 돌리면, 촘촘히 짜맞춘 문짝을 다시 닫아라.   535

생명을 앗아가는 저 사내가 성벽 안으로 뛰어들지는 않을지 두렵구나.”

　　　프리아모스가 이렇게 말하자 성문을 지키는 군사들은
빗장을 풀고 성문들을 열었다. 한편 아폴론은 트로스인을
파멸에서 지켜내기 위해 앞으로 달려나갔다. 트로스인들은 갈증으로
목이 타고 먼지를 뒤집어쓴 채 들판에서 도시와 높은 성벽 쪽으로　　　540
곧장 도망쳤고, 아킬레우스는 창을 들고 그들을 맹렬히 추격했다.
그의 마음은 내내 난폭한 광기에 사로잡혀 있었고,
영광을 얻고자 열망했다.

　　　이렇게 이때 성문 높은 트로이아를 아카이오스인의 아들이
무너뜨렸을 것이다. 포이보스 아폴론이 안테노르의 아들인　　　545
흠 잡을 데 없이 훌륭하고 강력하며 고귀한 아게노르를 일으켜 세우지
않았더라면 말이다. 아폴론은 그의 가슴에 용기를 불어넣은 후,
무거운 죽음의 손에서 그를 지키기 위해 옆으로 가서
짙은 안개로 자신을 감추고 참나무에 기대 섰다.
아게노르는 도시를 함락시키는 자 아킬레우스를 알아보고　　　550
멈춰 섰고, 기다리고 서 있는 동안 마음속에서 수많은 생각이 오갔다.
자기 처지에 몹시 화가 난 그는 영웅다운 기개를 지닌 자신의 마음을 향
　　해 말했다.
“아, 지금 내 꼴이 뭐란 말인가. 내가 무적의 아킬레우스를 피해
다른 이들처럼 정신없이 도망친다면,
그는 나를 마치 겁쟁이처럼 붙잡아 목을 벨 것이다.　　　555
하지만 트로스인들이 펠레우스의 아들 아킬레우스에게
쫓기게 내버려두고, 나만 다른 길을 택해 성벽에서 일로스의 들판으로
도망친 다음 이데산 등성이로 가서 수풀 속에 몸을 숨긴다면,
강에서 목욕하고 땀을 식힌 후 저녁나절에는 일리오스를 향해
길을 떠날 수 있을 테지. 그런데 왜 내 마음은 이런 고민을　　　560
하고 있는가? 내가 도시 쪽으로 가지 않고 길을 벗어나

들판 쪽으로 간다면, 그자는 나를 알아보고

빠른 걸음으로 뒤따라와 붙잡을 테고, 그런 후에

나는 이제 더 이상 죽음과 죽음의 운명을 피할 수 없게 되겠지.

그는 모든 인간 중에서 월등히 강력하니까.   565

만약 내가 도성 앞에서 그를 향해 나아가 맞선다면?

크로노스의 아드님이신 제우스께서 그에게 영광을 내리고

계시기는 하지만, 그도 죽을 수밖에 없는 인간 아닌가.

분명 그의 몸도 날카로운 청동에 뚫릴 테고,

목숨도 하나밖에 없겠지."   570

　　　아게노르는 스스로에게 이렇게 말하고는

온 힘을 모은 채 아킬레우스를 기다렸으니,

그의 용맹한 마음은 싸우기를 열망했다.

표범이 무성한 수풀에서 나와 사냥꾼과 맞설 때면,

사냥개들이 짖는 소리를 들어도 전혀 두려워하지 않고   575

겁내거나 도망치지도 않는다. 사냥꾼이 먼저 공격해 창으로 찌르거나

창을 던져 부상을 입혀도, 표범은 창이 몸을 꿰뚫은 상태로

사냥꾼을 덮치거나 스스로 쓰러지기 전까지는 투지를 잃지 않는다.

바로 그렇게 훌륭한 안테노르의 아들 고귀한 아게노르는

아킬레우스를 시험하기 전에는 도망치려 하지 않았고,   580

도리어 사방으로 길이가 같은 둥근 방패를 앞에 들고

창으로 아킬레우스를 겨눈 채 크게 소리쳤다.

"영광스러운 아킬레우스여, 너는 분명 오늘 당장 당당한

트로스인의 도시를 함락하기를 바랄 것이다.

하지만 어리석은 자여, 그 전에 너는 이 도성 앞에서   585

아직도 많은 고통을 맛보아야 한다. 도성 안에는 우리의

용맹한 전사가 많다. 우리는 사랑하는 부모와 처자식 앞에서

일리오스를 지켜낼 것이다. 아무리 무시무시하고 대담무쌍한

전사라 하더라도 너는 이곳에서 죽음의 운명을 맞이하리라."

      아게노르는 이렇게 말한 후 묵직한 손으로 590

날카로운 창을 던졌고, 그 창은 빗나가지 않아

아킬레우스의 무릎 아래 정강이를 맞혔다. 그러자 주석으로

새로 만든 정강이 보호대에서 무시무시한 소리가 울렸다.

하지만 청동은 신의 선물을 꿰뚫지 못하고,

맞은 자리에서 튕겨 나왔다. 이번에는 펠레우스의 아들 595

아킬레우스가 신 같은 아게노르에게 달려들었다. 하지만 아폴론은

아킬레우스가 영광을 얻도록 내버려두지 않고, 아게노르를 낚아채

짙은 안개로 덮고 전장 밖으로 내보내어 무사히 가게 했다.

멀리 쏘는 아폴론은 술수를 사용해 펠레우스의 아들 아킬레우스를

군사들에게서 따돌려놓았으니, 영락없는 아게노르의 모습을 하고 600

아킬레우스의 발 앞에 서자, 아킬레우스가 그를 열심히 추격했기 때문

   이다.

아킬레우스는 깊이 소용돌이치는 스카만드로스강을 향해

밀을 내는 들판 위로 거의 따라잡힐 듯이 도망치는 그를 추격했다.

아폴론은 이렇듯 술수를 사용해 아킬레우스를 속이면서

따라잡을 수 있다는 희망을 그에게 계속 주입했다. 605

그사이 다른 트로스인은 기뻐하며 무리 지어

도성 안으로 들어갔고, 도시는 몰려든 군사들로 가득했다.

그들은 성문 밖에서 동료들을 기다릴 용기도 없었고, 전장에서

누가 살아남았고 누가 전사했는지 확인할 엄두조차 내지 못했으며

자신의 발과 무릎 덕분에 목숨을 건진 사람들은 모두 610

너나없이 서둘러 도성 안으로 쏟아져 들어갔다.

제22권 헥토르의 죽음

트로스인이 새끼 사슴들처럼 도성으로 도망쳐

아름다운 흉벽에 기대어 땀을 식히고 물을 마시며

갈증을 달래고 있을 때, 아카이오스인은 방패를

어깨에 기대고 성벽 쪽으로 더 가까이 다가왔다.

하지만 헥토르는 일리오스와 스카이아이 성문 앞에   5

버티고 서 있었으니, 파멸의 운명이 그를 거기에 묶어놓았다.

한편 포이보스 아폴론이 펠레우스의 아들 아킬레우스에게 말했다.

"펠레우스의 아들이여, 너는 걸음이 빠르다고 해도 필멸의 인간에

불과한데, 어째서 불멸의 신인 나를 추격하느냐? 너는 아직도

내가 신이라는 것을 모르고 기를 쓰고 나를 맹추격하고 있구나.   10

도망친 트로스인들은 이미 도성 안으로 들어갔는데도,

지금 네가 여기에서 헤매고 있으니, 분명 그들과 싸우고 싶지 않은

것이로구나. 하지만 나는 죽을 운명이 아니므로 너는 나를 죽이지 못한다."

　　　빠른 발의 아킬레우스가 버럭 화를 내며 말했다.

"모든 신들 중 가장 잔인한 멀리 쏘는 신이시여,   15

속임수를 써서 성벽에 있던 나를 여기로 유인하셨군요. 안 그랬더라면

일리오스로 들어가기 전에 더 많은 트로스인이 이로 흙을 깨물었을 텐데,

당신은 지금 내게서 큰 영광을 빼앗고 그들을 쉽사리 구해주셨습니다.

당신은 복수를 두려워할 필요가 없어 그리하셨겠지만,

내게 그럴 힘이 생긴다면 반드시 당신에게 복수하겠습니다."   20

　　아킬레우스가 이렇게 말한 후

기세등등하게 도성 쪽으로 달려가니,

그가 돌진하는 모습은 대회에서 우승한 말이

전차를 끌고 들판 위를 경쾌하게 질주하는 듯했다.

　　그렇게 아킬레우스의 발과 무릎은 가볍고 민첩하게   25

움직였다. 그를 가장 먼저 두 눈으로 본 이는 프리아모스 노인이었다.

그가 보니 아킬레우스가 늦여름에 나타나 수많은 별 사이에서

밤의 어둠을 뚫고 가장 밝게 빛나는 별처럼 광채를 발하며 들판 위를

질주해오고 있었다. 이 별은 오리온의 사냥개[1]라는

별명으로 불리는데, 가장 밝지만 나쁜 일을 알리는   30

흉조여서 가련한 인간들에게 심한 열병을 가져다준다.

들판을 가로질러 질주해오는 아킬레우스의 가슴에서

청동 갑옷이 죽음의 별처럼 서늘하게 빛났다. 노인은 통곡하며

두 손을 높이 들어 머리를 쳤고, 큰 소리로 울부짖으며

사랑하는 아들에게 애원했다.   35

그의 아들이 아킬레우스와 싸우기를 열망하며 성문 앞에 서 있었기 때

　문이다.

노인은 두 손을 앞으로 내밀며 애처롭게 말했다.

"내 사랑하는 아들 헥토르야, 펠레우스의 아들 아킬레우스는

1　"오리온"은 보이오티아와 크레테에 살던 거인 사냥꾼이다. 키가 너무 커서 바다에 들어가
　도 머리와 어깨가 수면 위로 나왔다고 한다. 용모가 뛰어나며 엄청난 괴력의 소유자로, 사
　냥할 때 항상 데리고 나갔던 사냥개 시리우스와 프로키온은 죽어 하늘의 별이 되었다. 여
　기에서 말하는 별은 '천랑성' 또는 '시리우스'라 부르는 별로, 고대 그리스인들은 시리우스
　가 깜빡거리면서 인간에 해로운 물질을 뿜어내기 때문에 태양과 함께 하늘에 출현하면 뜨
　겁고 건조한 여름이 된다고 믿었다.

너보다 훨씬 강한 자니 그의 손에 쓰러져 죽음의 운명에
굴복하지 않으려면, 다른 사람 없이 너 혼자 그자를   40
기다리지 마라. 가엾은 녀석아, 내가 너를 사랑하는 만큼 신들께서
너를 사랑하신다면 얼마나 좋겠느냐. 그러면 저자는 순식간에 쓰러져
개와 독수리의 밥이 되고, 내 마음의 무시무시한 고통도
사라질 텐데. 저자는 나의 수없이 용맹한 아들들을 죽이거나
멀리 떨어져 있는 섬에 데려가 팔아 나와 생이별하게 만들었다.   45
지금도 여자들의 여왕인 라오토에가 낳아준 내 두 아들
리카온과 폴리도로스를 도성으로 몰려오는 트로스인 가운데서
찾아볼 수 없구나. 그들이 적진에 살아 있다면,
청동과 황금을 몸값으로 주고 그들을 반드시 데려올 것이다.
명성 높은 노인 알테스가 자기 딸에게   50
많이 들려 보내어 그런 것이라면 집에 가득하기 때문이다.
하지만 그들이 이미 죽어 하데스의 집에 가 있다면,
그들을 낳은 어머니와 내 마음에는 비탄만 남겠지.
그래도 너만 아킬레우스에게 쓰러져 죽지 않는다면,
다른 백성은 그들 때문에 오랫동안 비탄해하지 않을 것이다.   55
그러니 내 아들아, 성벽 안으로 들어와라. 그래야
트로이아 남자들과 여자들을 구해내고,
펠레우스의 아들 아킬레우스에게 큰 영광을 넘겨주지 않으며,
너 자신도 아까운 목숨을 빼앗기지 않는다.
나는 아직도 이처럼 정신이 멀쩡한데,   60
크로노스의 아드님이신 제우스께서는 노년의 문턱에 선 내게
안 좋은 일을 많이 보게 하여 비참한 운명 속에서
죽어가게 하시니, 이 가련하고 불운한 아비를
불쌍히 여겨 내가 그렇게 되지 않도록 해주렴.
그렇지 않으면 나는 아들들이 죽고, 딸들은 끌려가며,   65

집들은 약탈당하고, 말 못하는 어린아이들은 무시무시한 전투에서
땅바닥에 내던져지며, 며느리들은 아카이오스인들의 사악한 손에
끌려가는 꼴을 보게 되지 않겠느냐. 마지막에는 누군가가 날카로운
청동으로 찌르거나 던져 내 사지에서 목숨을 빼앗지 않겠느냐. 그런 후,
날고기를 먹는 개들이 대문 앞에서 나를 갈기갈기 뜯어 먹을 테지.　　　70
내 궁을 지키라 먹여 기른 개들마저
내 피를 마시고는 광기 어린 눈빛으로 대문간을 서성일 테지.
전장에서 죽은 장정이라면 날카로운 청동에 찢겨 누워 있어도
그것이 마땅한 일이기에, 비록 죽었을지라도 그 모습이 장엄하다.
하지만 개들이 죽은 노인의 하얗게 센 머리와 수염, 치부를 욕보인다면,　75
정녕 가련한 인간이 겪는 가장 비참한 일이 아니겠느냐.”
　　　노인은 이렇게 말하고 손으로 흰 머리털을
쥐어뜯었지만, 헥토르의 마음을 설득하지는 못했다.
이번에는 그 자리에 있던 그의 어머니가 울면서
옷깃을 풀어헤치더니 한 손으로 젖가슴을 드러내 보이고　　　80
눈물을 쏟으며 날개 달린 말로 애원했다.
“내 아들 헥토르야, 전에 네가 이 젖가슴에 파묻혀
아무 걱정 없던 적이 있었다면, 이 젖가슴을 존중하고
나를 불쌍히 여겨주겠니? 사랑하는 아들아, 그 일을 기억해
선봉에 서서 그와 맞서지 말고, 성벽 안으로 들어와　　　85
적으로부터 이 도성을 지켜다오. 가엾은 녀석아,
저자가 너를 죽이면 너는 멀리 떨어진 아카이오스인 함선들 옆에서
날쌘 개들의 밥이 될 테니, 너를 낳은 나와 많은 선물을 주고
얻은 네 아내는 너를 관에 넣고 애곡하지도 못하게 된다.”
　　　두 사람은 이렇게 눈물을 흘리며 사랑하는 아들에게 간곡히　90
애원했지만, 헥토르의 마음을 돌릴 수 없었다.
그는 거대한 아킬레우스가 더 가까이 다가오기만을

기다리고 있었다. 산속의 뱀이 독초를 뜯어 먹고
무시무시하게 독기가 차올라 뱀 굴 옆에 똬리를 틀고
무섭게 노려보며 사람이 오기를 기다리듯,   95
헥토르는 번쩍이는 방패를 성벽의 돌출된 곳에
기대놓은 채 꺼지지 않는 용기를 지니고 물러서지 않았다.
그는 침통한 심정으로 영웅다운 기개를 지닌 자신의 마음을 향해 말했다.
"아, 지금 내 꼴이 뭐란 말인가. 내가 성문과 성벽 안으로 들어간다면,
고귀한 아킬레우스가 일어섰던 저 끔찍한 밤에   100
내게 트로스인들을 도성 쪽으로 이끌고 가라고 권했던
폴리다마스가 가장 먼저 나를 꾸짖겠지. 그렇게 했더라면
훨씬 좋았을 테지만 나는 그의 말을 듣지 않았다.
내가 오만하고 경솔해 백성을 파멸에 빠뜨렸으니
트로이아 남자들과 땅에 끌리는 긴 옷을 입는   105
트로이아 여자들에게 부끄럽구나. 언젠가는 나보다 못한 자가
이렇게 말하겠지. '헥토르는 자기 힘만 믿다가
백성을 파멸에 빠뜨렸다.' 사람들은 분명 그렇게 말할 것이다.
그러니 아킬레우스와 맞서 싸워 그를 죽이고 돌아가든지,
도성 앞에서 그에게 영광스레 죽는 편이   110
훨씬 낫다. 하지만 내가 돌기 있는 방패와
튼튼한 투구를 내려놓고 창을 성벽에 기대놓은 후,
흠 잡을 데 없이 훌륭한 아킬레우스에게 직접 가서
분쟁의 원인이 된 헬레네는 물론이고,
알렉산드로스가 속 빈 함선들에 싣고 트로이아로 가져온   115
모든 재물도 그녀와 함께 아트레우스의 아들들에게 주어
가져가게 하고, 이 도시에 감춰져 있는 모든 것도
아카이오스인들에게 나눠 주겠다고 약속한다면 어떨까?
그렇게 일을 성사시킨 후 나중에 트로이아의 원로들에게

이 매력적인 성이 가지고 있는 모든 것을   120
한 치의 숨김도 없이 아카이오스인들과 양분하겠다는
맹세를 받아내면 되지 않을까? 그런데 왜 내 마음은
나와 이런 상의를 하고 있는가? 내가 찾아가더라도
그자는 나를 조금도 가엾게 여기지 않을 것이며,
무구를 벗은 비무장의 나를 여자처럼   125
여기고 죽일 것이 분명하지 않은가? 그러니 지금은
청춘 남녀가 참나무나 바위에서 밀어를 속삭일 때처럼
내가 그와 더불어 밀어나 속삭일 때가 아니다.
어서 빨리 맞붙어 싸워 올림포스의 주인이신 제우스께서
우리 둘 중 누구에게 명성을 주실지 알아보는 편이 더 낫다."   130
        헥토르가 이런 생각을 하며 버티고 서 있을 때,
흔들리는 말총 장식의 투구를 쓴 전사 에니알리오스와 맞먹는
아킬레우스가 펠리온산의 물푸레나무로 만든 무시무시한 창을
오른쪽 어깨 위로 휘두르며 그에게 다가왔다. 주변으로는
청동이 활활 타는 불길이나 떠오르는 태양 같은 빛을 발산했다.   135
그를 본 헥토르는 두려움과 떨림이 엄습해서 그 자리에 계속
서 있을 수 없어 성문을 뒤로한 채 도망쳤다. 그러자 펠레우스의 아들
아킬레우스가 자신의 빠른 발을 믿고 맹렬히 추격했다.
마치 날아다니는 새 중에서 가장 빠른 매가 산에서 쏜살같이 내려와
겁 많은 비둘기를 덮치는 듯했다. 비둘기는 살짝 피해 도망가지만,   140
매는 날카로운 소리를 내지르며 그 뒤를 바짝 쫓는데,
매의 마음이 비둘기를 잡으라고 명령하기 때문이다.
바로 그렇게 아킬레우스는 날 듯이 헥토르를 곧장 맹추격했고,
헥토르는 트로스인들의 성벽 아래에서 무릎을 빠르게 놀려 도망쳤다.
두 사람은 계속해서 성벽 아래 마차가 다니는 길을 따라 달렸고,   145
망루와 바람에 흔들리는 무화과나무 옆을 지나

아름답게 흐르는 두 샘에 이르렀다.

거기는 소용돌이치는 스카만드로스강의 두 수원이

솟아나는 곳이었다. 한쪽 샘에서는 따뜻한 물이 솟아나

활활 타오르는 불길마냥 사방으로 김을 뿜어냈고,   150

또 다른 샘에서는 여름에도 우박이나 차가운 눈 혹은

얼음 같은 물이 흘러나왔다. 거기 두 샘물 옆에는 돌로 지은

아름답고 넓은 세탁조들이 있어, 아카이오스인의 아들들이 오기 전

예전의 평화로운 시절에는 트로스인의 아내들과

아름다운 딸들이 그곳에서 윤기 나는 옷들을 빨았다.   155

한 사람은 도망치고, 한 사람은 뒤에서 추격하며,

두 사람은 그곳을 스쳐 지나갔다. 앞서 달아나는 자도

목숨을 건 달음이었으나, 그를 쫓는 자는 더욱 맹렬히 달렸다.

사람들은 제물로 바칠 짐승이나 소가죽을 얻으려고

달리기 경주를 하지만, 두 사람은 말 길들이는   160

헥토르의 목숨을 걸고 달렸다.

우승을 거머쥘 통굽의 말들이 상으로 주어질

세발솥이 놓여 있거나 죽은 전사의 아내가 있는

반환점 주위를 아주 빠르게 도는 것처럼

두 사람은 프리아모스의 성 주위를   165

빠른 걸음으로 세 바퀴나 돌았고, 이 광경을 모든 신들이 지켜보았다.

신들 중에서 인간들과 신들의 아버지 제우스가 먼저 말했다.

"아, 저런, 내가 아끼는 사람이 성벽 주위로 쫓기는 광경을

두 눈으로 보고 있으려니, 헥토르 때문에 내 마음이 슬프구나.

헥토르는 산봉우리가 겹겹이 있는 이데산에서,   170

때로는 도시의 성채에서 황소의 넓적다리뼈를 수없이 태워

내게 제를 올렸지. 그런 그가 지금 빠른 걸음의 고귀한

아킬레우스에게 쫓겨 프리아모스의 성 주위를 돌고 있다니.

그러니 자, 신들이여, 우리가 그를 죽음에서 구해낼지,
아니면 그가 용맹하더라도 펠레우스의 아들 아킬레우스에게   175
쓰러지게 할지 숙고한 다음 말해보시오."
        빛나는 눈의 여신 아테나가 제우스에게 말했다.
"번쩍이는 번개를 휘두르고 검은 구름을 모으는 아버지시여,
어떻게 그런 말씀을 하시나요? 오래전에 운명이 정해진 필멸의
인간을 가증스런 죽음에서 구하자고 말씀하시는 건가요?   180
그렇게 하세요. 하지만 다른 신들은 그 생각에 찬성하지 않을 겁니다."
        그러자 구름을 모으는 제우스가 대답했다.
"안심해라, 사랑하는 내 딸 트리토게네이아야. 정말 그렇게 하려고
그런 말을 한 게 절대 아니다. 너만큼은 다정히 대하고 싶구나.
그러니까 주저 없이 네가 하고 싶은 대로 하거라."   185
        제우스가 이런 말로 독려하자, 아까부터 몹시 그렇게 하고 싶었던
아테나는 올림포스 꼭대기에서 아래로 쏜살같이 달려갔다.
한편 빠른 아킬레우스는 헥토르를 쉬지 않고 맹추격했다.
사냥개가 산에서 새끼 사슴을 보금자리에서 나오게 하여
무성한 숲과 골짜기에서 추격할 때,   190
새끼 사슴이 덤불 아래 웅크리고 숨어 있으면
찾아낼 때까지 쉬지 않고 추적하며 돌아다니는데,
바로 그렇게 헥토르는 펠레우스의 아들 빠른 발의 아킬레우스를
벗어나지 못했다. 성벽 위에 있는 트로스인들이 무기를 날려
자기를 구해줄지도 모른다고 생각해, 헥토르가 다르다노스 성문 쪽   195
잘 지은 성벽 아래로 쏜살같이 내달리려 할 때마다,
아킬레우스는 그의 앞을 가로막고 성벽 쪽으로
날듯이 치달아, 헥토르를 들판으로 몰아냈다.
꿈속에서는 도망치는 자를 추격하기란 불가능하다.   200
도망치는 것도 불가능하고, 추격하는 것도 불가능하다.

그렇게 아킬레우스는 달려가 잡을 수 없었고, 헥토르는 도망쳐서
벗어날 수 없었다. 하지만 아폴론이 정말 마지막으로 가까이 다가가
용기를 불러일으키고 무릎을 민첩하고 가볍게 해주지 않았더라면,
헥토르가 어떻게 죽음의 운명을 피해서 달아날 수 있었겠는가?
고귀한 아킬레우스는 다른 사람이 자기보다 먼저   205
영광을 가져가지 못하게 하려고, 머리를 뒤로 젖혀[2]
아카이오스인 군사들에게 헥토르 쪽으로 날카로운 무기를
던지지 말라는 신호를 보냈다. 이윽고 두 사람이 네 번째로
두 샘이 있는 지점에 이르렀을 때, 아버지 제우스는 황금 저울을 펼쳐
사람을 기다랗게 눕게 만드는 죽음의 운명 두 개를 올려놓으니,   210
하나는 아킬레우스의 것이고, 다른 하나는 말 길들이는 헥토르의
것이었다. 제우스가 저울대 중간을 잡고 들어 올리자,
헥토르의 운명의 날이 아래로 기울더니 하데스의 집으로 내려갔다.
그러자 포이보스 아폴론이 헥토르를 떠났고, 빛나는 눈의 여신 아테나가
펠레우스의 아들에게 다가가 날개 달린 말로 전했다.   215
"제우스께서 아끼시는 영광스러운 아킬레우스여,
이제 우리 둘은 전투에 질릴 줄 모르는 헥토르를 베고
아카이오스인의 큰 영광을 함선들 쪽으로 가져갈 희망이 생겼다.
헥토르가 더 이상 우리에게서 도망칠 수 없게 되었기 때문이다.
멀리 쏘는 아폴론이 아이기스 방패를 드신   220
아버지 제우스 앞에서 아무리 애타게 애원해도,
헥토르는 이제 그 운명을 피할 수 없다. 그러니 너는 이제 여기 서서 숨을
고르고 있어라. 나는 저자에게 가서 너와 맞서 싸우라고 설득하겠다."
　　　　아테나가 이렇게 말하자, 아킬레우스는 마음속으로 기뻐하며
그의 말을 따라 청동 날이 박힌 물푸레나무 창에 기대어   225

2　보통은 거절할 때 머리를 좌우로 젖지만 고대 그리스인들은 머리를 뒤로 젖혔다.

거기에 서 있었다. 아테나는 아킬레우스를 떠나
고귀한 헥토르에게 다가가 날개 달린 말로 일렀는데,
그 모습이나 지칠 줄 모르는 목소리가 영락없이 데이포보스 같았다.
"존경하는 형님, 발 빠른 아킬레우스에게 추격당해
프리아모스의 성을 돌고 있으니 얼마나 힘드십니까?   230
그러니 자, 우리가 함께 버티고 서서 그를 막아냅시다."
        번쩍이는 투구를 쓴 거구의 헥토르가 대답했다.
"데이포보스야, 전부터 나는 헤카베와 프리아모스 사이에서
태어난 모든 형제 중 너를 가장 아꼈다.
다른 자들은 성벽 안에 머물러 있는 지금,   235
너는 두 눈으로 이 상황을 보고 나를 위해 성벽 밖으로 나와주었으니,
이제는 더욱 너를 존중해야겠다는 생각이 드는구나."
        빛나는 눈의 여신 아테나가 다시 말했다.
"존경하는 형님, 아버지와 존귀하신 어머니는 말할 것도 없고
주변의 전우들까지 차례로 제 무릎을 붙잡으며   240
그 자리에 머물러 있기를 간청했습니다. 그 정도로 모두 두려워
떨고 있습니다. 하지만 제 가슴속 마음은 몹시 쓰리고 아파서
견딜 수 없었습니다. 이제 창 쓰기를 조금도 아끼지 말고
불타는 투지로 단호히 맞서 싸웁시다. 그러면 아킬레우스가
우리 두 사람을 죽여 피투성이 전리품을 속 빈 함선들로 가져갈지,   245
아니면 형님 창에 쓰러질지 알게 되겠죠."
        아테나는 이렇게 말하고 영악하게도 앞장섰다.
그들이 서로를 향해 달려 가까워지자
번쩍이는 투구의 거구 헥토르가 먼저 말했다.
"펠레우스의 아들이여, 조금 전까지는 네가 갑자기   250
공격해오는 바람에 준비되어 있지 않아 프리아모스의 큰 성을
세 바퀴나 돌았지만, 이제는 네게서 도망치지 않으련다.

지금은 죽이든지 죽든지 너와 다시 맞서라고 내 마음이 명령하고 있다.

그러니 자, 신들은 모든 약속의 가장 중요한 증인이자 수호자시니,

여기로 와서 신들을 증인으로 모시고 우리가 서로 약속하자.   255

아킬레우스여, 제우스께서 내게 더 오래 버틸 힘을 주셔서

너의 목숨을 빼앗게 된다면, 나는 너를 짓밟아 욕보이지 않고

너의 유명한 무구를 벗긴 후 시신을 아카이오스인들에게

다시 돌려줄 작정이다. 그러니 너도 내게 그렇게 해야 한다.”

　　　그러자 빠른 발의 아킬레우스가 그를 노려보며 말했다.   260

“절대로 잊을 수 없는 자 헥토르야, 내 앞에서 합의라는 말을 꺼내지 마라.

사자와 인간 사이에 맹약이 있을 수 없고, 늑대와 새끼 양이

한마음이 될 수 없어 끊임없이 서로 적의를

품듯, 나와 너 사이에도 우정이란 있을 수 없고,

우리가 맹약이라는 것을 맺을 만한 사이도 아니다.   265

오직 둘 중 어느 한쪽이 쓰러져, 그 피로 생가죽 방패를 든

전사 아레스의 배를 불리는 일만 있다. 그러니 너는

어떻게 용감히 싸울지만 생각해라. 지금은 네가 창을 휘두르는

장수가 되고, 용맹무쌍한 전사가 되어야 할 때다.

너에게 더는 피할 길이 없다. 곧 팔라스 아테나가 내 창으로   270

너를 쓰러뜨릴 것이다. 네가 광분해 휘두른 창에 도륙당한

전우들의 원통함에 대한 모든 대가를 이제 치러라.”

　　　아킬레우스는 이렇게 말한 후 그림자 길게 드리운 긴 창을

앞뒤로 흔들다가 던졌다. 영광스러운 헥토르는 그를 주시하고 있다가

창을 피했다. 그가 앞을 보고 있다가 재빨리 앉으니, 청동 창이 그의 위로   275

날아가 땅에 박혔다. 그러자 팔라스 아테나가 창을 뽑아 아킬레우스에게

다시 주었지만, 백성의 목자 헥토르는 알아차리지 못했다. 헥토르가

펠레우스의 아들, 흠 잡을 데 없이 훌륭한 아킬레우스에게 말했다.

“신들을 닮은 아킬레우스여, 너는 제우스에게 내 운명에 대해 들어

알고 있다는 듯이 말했지만, 너의 창이 이렇게   280

빗나간 것을 보니 사실은 전혀 알지 못하는 게 틀림없다.

내가 겁먹고 용기와 투지를 잊게 하려고

간교한 말로 나를 기만했구나.

너는 도망치는 내 등에 창을 꽂지 못할 것이니

신께서 허락하시거든 달려드는 내 가슴을 곧장 꿰뚫어야 한다.   285

이번에는 네가 내 청동 창을 피해봐라. 너의 온몸으로

내 창을 받아들였으면 좋겠구나. 너는 트로스인들에게 최대의 재앙이니

네가 죽어 없어지면 그들에게 이 전쟁이 더 수월해지겠지.”

　　　헥토르는 이렇게 말하고, 그림자 길게 드리운 긴 창을 앞뒤로

흔들다가 던졌다. 창은 빗나가지 않고 펠레우스의 아들 아킬레우스의   290

방패 한가운데에 맞았다. 그러나 창은 방패에서 멀리 튕겨 나갔다.

헥토르는 손에서 벗어난 창이 제대로 맞지 않아 성이 났지만,

다른 물푸레나무 창을 가지고 있지 않아서 의기소침한 채

서 있다가 흰 방패의 데이포보스를 큰 소리로 불러 긴 창을 달라고

요청했다. 하지만 데이포보스는 그 어디에도 없었다.   295

비로소 헥토르는 마음속으로 알아차리고 말했다.

“아, 이런, 신들께서 나를 죽음으로 부르신 게 분명하구나.

영웅 데이포보스가 옆에 있다고 생각했는데,

그가 성벽 안에 있으니 아테나께서 나를 속이셨구나.

이제 사악한 죽음이 멀리 있지 않고 가까이 왔으니   300

피할 도리가 없다. 얼마 전까지만 해도 흔쾌히 도와주셨던 제우스와

제우스의 아드님 멀리 쏘는 아폴론께서 이전부터 원하신 바가

이것이었단 말인가? 이제 내게 정해진 몫이 다했구나.

하지만 아무 노력도 안 해보고 허망하게 죽고 싶지는 않으니

후세 사람들에게도 전해질 큰일을 하고 죽어야겠다.”   305

　　　헥토르가 이렇게 말한 후 옆구리에 차고 있던

〈트로이아성 밖에서 헥토르와 맞서는 아킬레우스〉(후안 데 라 코르테, 1590년경)

크고 튼튼하며 날카로운 칼을 뽑아들어 앞으로 내민 채
몸을 잔뜩 웅크리고 덤벼드니, 새끼 양이나 겁 많은 토끼를
잡으려고 검은 구름을 뚫고 하늘로부터 들판으로
급강하하는 독수리 같았다. 바로 그렇게 헥토르는   310
날카로운 칼을 휘두르며 덤벼들었다.
그러자 마음에 사나운 분노를 가득 품고 있던 아킬레우스도
정교하게 만든 아름다운 방패를 들어 가슴을 가리고
돌진하니, 네 개의 뿔이 달린 번쩍이는 투구가 끄덕였고,
헤파이스토스가 말총 장식 주위에 촘촘히 박아놓은   315
아름다운 황금술이 사방으로 나풀거렸다. 하늘에 펼쳐진
별들 중 가장 아름다운 별 하나가 칠흑같이 어두운 밤에
별들 사이로 지나가듯, 아킬레우스가 고귀한 헥토르를 해치려는 마음을
품고 오른손에 꼬나든 창끝에서 바로 그런 빛이 번뜩였다.
아킬레우스는 어디를 공격해야 가장 좋을지   320
알아내려고 헥토르의 아름다운 몸을 살폈지만,
그가 힘센 파트로클로스를 죽이고 벗겨낸 아름다운 청동 무구가
몸 전체를 감싸고 있었다. 하지만 딱 한 곳,
어깨에서 나온 쇄골이 목에 이르는 곳, 목구멍 부분이 드러나 있었다.
거기는 금세 숨통을 끊어놓을 수 있는 부위였다.   325
고귀한 아킬레우스가 달려들어 바로 그곳으로 창을 밀어 넣자,
창끝은 헥토르의 연한 목을 꿰뚫었다. 하지만 무거운 청동이 박힌
물푸레나무 창이 목구멍을 비켜나갔기 때문에,
헥토르는 아직 아킬레우스와 대화를 주고받을 수 있었다.
헥토르는 먼지 속으로 쓰러졌고, 고귀한 아킬레우스는 의기양양해했다.   330
"헥토르야, 너는 파트로클로스의 무구를 벗기며, 멀리 있던 나를
안중에도 두지 않고 너 자신은 무사하리라고 생각했겠지.
애송이 같으니라고. 멀리 속 빈 함선들 옆에는 그의 조력자요

〈헥토르를 물리친 아킬레우스〉(페테르 파울 루벤스, 1630년)

훨씬 더 강한 내가 남아 있다가 네 무릎을 풀어버렸다.

너는 개와 새들이 치욕스럽게 찢어발기겠지만,   335

파트로클로스는 아카이오스인들이 성대히 장례를 치러줄 것이다."

　　　번쩍이는 투구의 헥토르가 기력을 거의 소진한 채 말했다.

"그대의 목숨과 무릎과 부모의 이름으로 간청하니,

부디 나를 아카이오스인의 함선 옆에서 개들이 뜯어먹게

하지 말고, 내 아버지와 존귀하신 어머니가   340

그대에게 줄 막대한 청동과 황금을 선물로 받고

내 육신을 집으로 돌려보내다오. 그리하여 트로이아 남자들과 여자들이

죽은 나를 화장할 수 있게 해다오."

　　　빠른 발의 아킬레우스가 그를 노려보며 말했다.

"개만도 못한 자여, 무릎이나 부모 운운하며 내게 애걸하지 마라.   345

네가 어떤 짓을 했는지 생각하면, 이루 말할 수 없는 분노가

치밀어 올라 내가 직접 네 살을 갈기갈기 찢어서 삼켜버리고 싶다.

그러니 네 머리를 개들에게서 지켜줄 사람은 없다.

열 배, 아니 스무 배의 몸값을 가져와

내게 넘기고 거기에 다른 것을 얹어준다고 해도,   350

그리고 다르다노스의 자손 프리아모스가

네 몸무게만큼의 황금을 가져와 시신을 돌려달라고 해도,

너를 낳은 존귀한 네 어미는 너를 관에 넣고 애곡할 수 없을 것이며,

개와 새들이 너를 찢어발겨 먹어치우리라."

　　　빛나는 투구의 헥토르가 마지막 숨을 몰아쉬며 말했다.   355

"이제야 네 진면목을 알겠다. 너는 자비를 모르는

인간이로구나. 너의 심장은 차가운 쇠로 만들어졌으니.

하지만 이제 나와 관련된 일로 신들이 네게 진노해,

네가 아무리 용맹할지라도 파리스와 포이보스 아폴론이

스카이아이 성문 앞에서 널 죽일 테니 명심해라."   360

헥토르가 이렇게 말했을 때, 죽음의 종말이
그를 덮었고, 그의 혼은 대장부의 기개와 청춘을 남겨두고
운명을 원통해하며 사지에서 나와 하데스의 집으로 날아갔다.
고귀한 아킬레우스가 죽은 헥토르에게 말했다.
"이제 죽어라! 내 죽음의 운명은 제우스와   365
다른 불멸의 신들께서 원하실 때 언제라도 받아들일 테니."
  아킬레우스는 이렇게 말한 후 시신에서 청동 창을 뽑아
옆에 놓고, 피로 붉게 물든 무구를 헥토르의 어깨에서 벗기기 시작했다.
다른 아카이오스인의 아들들은 사방에서 몰려들었고,
헥토르의 풍채와 용모를 보며 놀라워했지만, 너나없이   370
창으로 그를 찔렀고, 옆에 서서 보기만 하는 사람은 아무도 없었다.
누군가는 옆 사람에게 이렇게 말하기도 했다.
"아, 이런, 헥토르가 활활 타는 불로 함선들을 불태웠을 때보다
지금이 훨씬 고분고분해서 다루기가 좋군."
  그는 이렇게 말하며 옆에 서서 창으로 헥토르를 연신 찔러댔다.   375
빠른 발의 고귀한 아킬레우스는 헥토르의 무구를 벗긴 후
아카이오스인들 가운데 서서 날개 달린 말로 연설했다.
"아르고스인들의 지휘관과 수호자인 친구들이여,
신들께서 우리에게 다른 모든 적이 끼친 해악을 전부 더한 것보다
훨씬 더 많은 해악을 끼친 저자를 쓰러뜨리게 해주셨으니,   380
자, 이제 무구를 갖추고 성의 사방을 시험해봅시다.
저자가 쓰러졌으니 트로스인들이 도성을 포기하려는지,
아니면 저자 없이도 계속 버티려고 하는지,
그들이 어떤 생각을 하고 있는지 알아봅시다.
그런데 내 마음은 왜 내게 이런 얘기를 하고 있는가?   385
함선들 옆에는 파트로클로스가 시신이 되어 애도를 받지도 못하고
장례도 치르지 못한 채 누워 있다. 내가 산 자들 가운데 있고

내 무릎이 움직이는 동안, 나는 그를 잊지 못할 것이다.

하데스의 집에서는 죽은 자들을 완전히 잊어버린다고 하지만,

거기서도 나는 사랑하는 전우를 기억할 것이다.　　　　　　390

자, 이제 아카이오스인 장정들이여, 승전가를 부르며

저자를 끌고 속 빈 함선으로 돌아갑시다.

우리는 도성의 모든 트로스인이 신처럼 떠받들며 칭송해온

고귀한 헥토르를 죽였으니 이미 큰 영광을 얻었소.”

　　　아킬레우스는 이렇게 말하고 나서 헥토르에게 치욕을 안겨줄 일을　　395

계획했다. 발목에서 발꿈치까지 두 발 뒤쪽 힘줄에

구멍을 뚫고, 거기로 소가죽 끈을 꿴 다음 전차에 매달아

머리가 땅바닥에 닿은 채 끌려오게 했다. 그런 후

유명한 무구를 전차 위에 올려놓고 자신도 마차에 올라 채찍을

휘두르니, 두 필의 말도 흔쾌히 날아가는 듯이 달렸다.　　　　　　400

헥토르가 끌려가는 곳에서는 먼지구름이 일었다. 검은 머리채가

사방으로 흘러내렸고, 전에 아름다웠던 머리는 온통 먼지 속에

파묻혔으니, 이때 제우스가 그를 적에게 내주어

조상의 땅에서 치욕을 당하도록 내버려두었기 때문이다.

　　　이렇게 헥토르의 머리는 온통 먼지로 뒤덮였다.　　　　　　405

그런 아들의 모습을 본 어머니는 얼굴 가리는 반짝이는 천을

멀리 벗어던지고 머리채를 쥐어뜯으며 큰 소리로 울부짖었다.

아버지도 사랑하는 아들이 불쌍해 큰 소리로 통곡했고,

온 도성의 백성도 사방에서 애통해하며 울었다.

그 광경은 우뚝 솟아 있는 장엄한 일리오스가　　　　　　410

꼭대기부터 맨 아래까지 온통 불길에 싸여

서서히 타오르는 것 같았다. 극심한 슬픔에 사로잡힌 프리아모스가

막무가내로 다르다노스 성문 밖으로 나가려 하자 백성이

온 힘을 다해 가까스로 노인을 말렸다. 노인은 더러운 땅바닥을

〈아킬레우스의 승리〉(프란츠 폰 마치, 1892년)

구르면서 각 사람의 이름을 부르며 모두에게 애원했다.   415

"친구들이여, 이러지 말게. 걱정되겠지만

나 혼자 성에서 나가 아카이오스인 함선들로 가게 해주게.

저 극악무도한 자가 동료들에게 수치심을 느끼고

노인을 불쌍히 여길지도 모르니, 내가 그자에게 간청해보겠네.

그자에게도 나같이 늙은 아버지인 펠레우스가 있지 않은가.   420

그는 그자를 낳고 길러 트로스인들에게 재앙이 되게 했네.

그자는 나의 많은 아들을 한창 꽃피울 나이에 죽여

누구보다도 내게 가장 큰 고통을 안겨주었네.

다른 아들들을 잃은 것도 마음 아프지만,

헥토르라는 한 아들을 잃은 것이 그들 모두를 잃은 것보다   425

더 애통하네. 그를 잃은 살 에는 고통이 나를 하데스의 집으로

내려보내겠지. 그가 내 품안에서 죽었더라면, 그를 낳은

저 지독하게 불행한 어미와 내가 마음껏 통곡하며 슬퍼할 수나 있었을

　　텐데."

　　　　프리아모스가 통곡하며 이렇게 말하자 백성도 애곡했다.

트로이아의 여자들 중에서는 헤카베가 먼저 대성통곡했다.   430

"아들아, 내 처지가 가련하구나. 네가 죽고 없는데,

내가 이 끔찍한 일을 당하고 더 살아서 무엇 하랴.

너는 도성 어디를 가든 밤이나 낮이나 내 자랑거리였고, 온 성안에서

모든 트로스인 남자와 여자에게 구원자였다. 그래서 모두가 너를 신처

　　럼 대접했지.

너는 살아 있는 동안 그들 모두에게 지극히 큰 영광이었다.   435

그런데 지금은 죽음과 운명에게 붙잡히고 말았구나."

　　　　헤카베는 통곡하며 말했다. 하지만 헥토르의 아내는

아무것도 모르고 있었으니, 믿을 만한 전령이 와서

남편이 성문 밖에서 버티고 있다는 소식을 전해주지 않았기 때문이다.

〈헥토르를 애도하는 프리아모스 가족〉(에티엔 바르텔레미 가르니에, 연대 미상)

그녀는 지붕 높은 집의 내실에서 두 겹으로 된   440
자주색 천을 짜며, 그 천에 여러 가지 꽃문양을 수놓고 있었다.
그리고 집안일을 돌보는 머리 곱게 땋은 하녀들에게는
헥토르가 전장에서 돌아와 더운 물에 목욕할 수 있도록 불 위에
큰 세발솥을 올려놓으라고 지시해두었다. 어리석게도 그녀는
빛나는 눈의 아테나가 아킬레우스의 손을 빌려 이미 헥토르를   445
쓰러뜨렸음을, 그래서 그가 절대로 목욕하러 올 수 없음을 알지 못했다.
그러나 성루에서 비명과 통곡 소리가 들려오자
그녀는 사지를 떨었고, 손에 잡고 있던 북[3]을 땅에 떨어뜨렸다.
그녀는 머리를 곱게 땋은 하녀들에게 말했다.
"무슨 일이 벌어졌는지 알아보러 가야겠으니,   450
너희 둘은 나를 따라오너라. 존귀한 시어머니의 음성을 들으니
내 가슴속 심장이 입까지 쿵쾅거리고, 아래로는 무릎이 뻣뻣해지는구나.
프리아모스의 아들들에게 변고가 닥친 게 분명하다.
그런 말이 내 귀에 들리지 않는다면 얼마나 좋을까?
하지만 헥토르는 용기에서는 누구에게도 양보하는 법이 없고,   455
어느 때든 전사의 무리 속에 머물러 있지 않고 훨씬 앞으로
돌진하는 분이다. 고귀한 아킬레우스가 대담한 헥토르를 도와
고립시킨 후 들판으로 몰아가 그이의 대장부다운
위험천만한 용기를 끝장낸 건 아닌지 너무나 걱정되고 무섭구나."
         그녀가 이렇게 말한 후 쿵쾅거리는 심장으로   460
정신 나간 여자처럼 집을 뛰쳐나가자
하녀들도 뒤따랐다. 사람들이 모여 있는 성루에 다다른 그녀는
성벽 위에 서서 주위를 찬찬히 둘러보다가
헥토르가 도시 앞에서 끌려가는 광경을 목격했다. 빠른 말들이

---

3 "북"(κερκίς, '케르키스')은 베틀에 딸린 부속품의 하나다.

그를 아카이오스인의 속 빈 함선들 쪽으로 아무렇게나   465
끌고 가고 있었다. 어두운 밤이 두 눈을 뒤덮자,
그녀는 뒤로 넘어지며 혼이 나가버렸다.
머리에 얹은 왕관 모양의 머리띠, 머리에 쓰는 망사,
고운 머릿수건, 우아한 머리끈, 얼굴의 면사 같은
찬란한 장신구들이 사방으로 흩어졌다.   470
얼굴을 가리는 천은 번쩍이는 투구의 헥토르가 무수히 많은
결혼 예물을 주고 에에티온의 집에서 그녀를 데려오던 날
황금의 아프로디테가 그녀에게 준 것이었다. 그녀의 주위로 시누이와
동서들이 몰려와 너무 놀라 혼절한 그녀를 안아 일으켰다.
다시 혼이 들어오고 가슴이 진정되자   475
그녀는 울음을 터뜨리며 트로이아 여자들 가운데서 말했다.
"헥토르여, 내 신세가 비참하네요. 당신은 트로이아의 프리아모스 궁에서,
나는 숲이 무성한 플라코스산 아래 테베의 에에티온 궁에서,
우리 두 사람은 한 운명으로 태어났군요. 슬픈 종말을 맞을 운명인 나를
어릴 적부터 길러주신 그분은 불운도 하시지.   480
차라리 나를 낳지 않았더라면 좋으셨을걸.
이제 헥토르 당신은 나를 쓰라린 비탄 속에서 과부로 살아가라고
당신 집에 남겨두고, 자신은 땅속 깊은 곳 하데스의 집으로 가시는군요.
너무나 불행한 당신과 내가 낳은 아들은 아직 말 못하는 아이예요.
헥토르, 당신은 죽었으니 이 아이에게 도움을 줄 수 없고,   485
이 아이도 당신을 도울 수 없어요.
설령 이 아이가 아카이오스인의 눈물 젖은 전쟁에서
화를 피한다 해도, 앞으로 고역과 괴로움만 있겠죠.
이 아이의 경작지를 다른 사람에게 빼앗길 테니 말이에요.
아버지 잃은 고아의 삶은 아이에게서   490
또래들을 멀어지게 하고, 아이는 늘 고개를 숙이며,

뺨에는 눈물이 마를 날 없겠죠. 궁핍할 때면 아이는 아버지의
전우들을 찾아가 이 사람 저 사람의 외투나 상의를 잡아당기겠죠.
그들 중 아이를 불쌍히 여겨 자기 잔을 조금 내어주는 이가 있다 해도
입술만 축이게 해줄 뿐 입천장까지 적셔줄 리 없어요.   495
잔치에라도 가면 부모가 둘 다 살아 있는 아이가
우리 아이를 주먹으로 때리고, '네 아버지가 우리 잔치에 오지
않았으니 너도 꺼져'라고 욕하며 쫓아낼 거예요.
그러면 아이는 울며 과부인 어미에게 돌아가겠죠.
전에는 우리 아들 아스티아낙스가 아버지의 무릎에 앉아   500
양고기 중 기름기가 많은, 가장 맛있는 부위만 먹었죠.
장난감을 가지고 놀다가 잠이 오면 포근한 침대 위 유모의 품속에서
즐거운 일들을 실컷 한 후 만족스러운 마음으로 잠들곤 했죠.
하지만 이제 아버지를 잃었으니 그 아이는 고생을 많이
할 거예요. 당신 혼자 트로스인들의 성문들과   505
긴 성벽을 지켰기 때문에 트로스인들은 이 아이를
아스티아낙스라는 별명으로 불렀죠. 하지만 이제 당신은
부모님으로부터 멀리 떨어져 새 부리처럼 휜 함선들 옆에서 벌거벗겨져
굶주린 개들의 먹이가 되고, 그런 다음에는 꿈틀거리는 구더기들의 밥이
   되겠죠.
당신의 집에는 여자들이 손으로 섬세하게 짠   510
아름답고 우아한 옷들이 있는데도 말이에요.
그러니 나는 당신이 걸칠 수 없어 아무 소용없게 된
옷들을 활활 타는 불에 태워버려 트로스인 남자들과
여자들 앞에서 당신의 명예가 되게 하겠어요."
        그녀가 통곡하며 이렇게 말하자 다른 여자들도 함께 애곡했다.   515

제23권　파트로클로스의 장례와 추모 경기

이렇게 도시 전체가 애곡과 비탄에 빠져 있었다.

한편 아카이오스인들은 함선들과 헬레스폰토스에 도착한 후

해산하여 각자의 배로 갔지만,

아킬레우스는 미르미도네스인들을 해산시키지 않고,

호전적인 전우들 가운데서 말했다.　5

"나의 믿음직스러운 전우 빠른 말의 미르미도네스인들이여,

통굽의 말들을 전차에서 풀지 말고 말과 전차들을 타고

파트로클로스 가까이에 가서 애도합시다. 그것은 전사한 자들이

마땅히 받아야 할 상이오. 그렇게 실컷 울고 애도한 후

말들을 풀어놓고 이 자리에서 저녁 식사를 합시다."　10

　　아킬레우스가 이렇게 말하고 먼저 큰 소리로 애곡하자

그들도 따라서 애곡했다. 그들은 눈물을 흘리며 갈기 고운 말들을 몰아

　시신 주위를 세 번 돌았는데,

테티스는 그들 가운데 애곡하고자 하는 마음을 불러일으켰다.

해변의 모래도 눈물에 젖었고, 전사들의 무구도 눈물에 젖었다.　15

그토록 그들은 적들을 벌벌 떨게 하던 용사를 그리워했다.

그들 가운데서 먼저 펠레우스의 아들이 전사를 죽이는

자신의 두 손을 전우의 가슴에 얹고 통곡했다.

〈파트로클로스의 발치에 헥토르의 시신을 둔 아킬레우스〉(장 조제프 타야송, 1769년)

"오, 파트로클로스여, 하데스의 집에서라도 기뻐하게.
내가 전에 약속한 모든 것을 이미 이루어가고 있다네.   20
자네의 죽음에 분노해 헥토르를 개들에게 날고기로 주어
뜯어 먹게 하려고 여기로 끌어왔고, 트로스인들의 훌륭한 아들
열둘을 자네의 화장용 장작더미 앞에서 참수해 죽이려고 데려왔네."
        아킬레우스는 이렇게 말하고, 고귀한 헥토르를 욕보일 생각으로
메노이티오스의 아들 파트로클로스의 관 앞 먼지 속에   25
얼굴을 땅에 처박고 엎드린 자세로 그를 뉘었다.
그들은 모두 번쩍이는 청동 무구를 벗었고, 울음소리 큰 말들도
전차에서 풀었다. 그런 후 아이아코스의 손자 빠른 발의
아킬레우스 함선 옆에 앉으니 군사의 수가 셀 수 없이 많았다.
아킬레우스는 그들에게 장례 음식을 차려 마음껏 먹게 했다.   30
윤기 나는 황소와 양들과 음매 우는 염소들이 무수히
무쇠에 도살되어 길게 누웠고, 엄니가 희고 살진 멧돼지들도 무수히
꼬챙이에 꿰여 헤파이스토스의 불 위에서 구워졌다.
죽은 짐승들 사방에는 피가 흥건히 흘러 잔으로 뜰 수 있을 정도였다.
        한편 아카이오스인의 왕들은 펠레우스의 아들   35
빠른 발의 아킬레우스를 고귀한 아가멤논에게 데려갔다.
그들은 전에 전우 때문에 마음속에서 분노한 그를
열심히 설득한 자들이었다. 아가멤논의 막사에 도착하자
그들은 즉시 목소리 우렁찬 전령들에게 큰 세발솥을
불 위에 얹어놓으라고 지시했으니, 펠레우스의 아들을 설득해   40
핏덩이를 씻어내게 할 심산이었다.
하지만 아킬레우스는 단호하게 거절했고 이렇게 맹세까지 했다.
"신들 중 가장 높고 가장 강한 제우스께 맹세하건대,
내가 파트로클로스를 불 위에 누이고 흙을 쌓아 봉분을 만들며
내 머리채를 자르기 전에, 머리에 물을 가까이한다면 도리가 아니오.   45

내가 살아 있는 동안 이런 고통은 두 번 다시 내 마음에 이르지 못할 테
　　니 말이오.
지금은 내키지 않더라도 장례 음식으로 식사합시다.
그리고 인간들의 군주인 아가멤논이여, 날이 밝으면
군사들을 독려해 화장용 장작으로 쓸 나무를 베어오게 하고,
죽은 자가 지하의 침침한 어둠으로 내려갈 때 갖춰야 할 모든 것을　　　50
준비해주시오. 그래야 지칠 줄 모르는 불이
그를 더 신속히 태워 우리 눈에서 보이지 않게 하고,
군사들은 각자 주어진 일로 돌아가게 될 테니.”
　　　　아킬레우스가 이렇게 말하자 경청하고 있던 그들은
그의 말에 수긍하며 각자 장례 음식으로 저녁을　　　　　　　　　　55
차려 먹었다. 누구나 잔치에 참여하여 공평하게 식사하니
마음에 부족함을 느끼는 사람이 아무도 없었다.
먹고 마시는 욕구에서 벗어나자
각자 막사로 가 누웠지만, 펠레우스의 아들 아킬레우스는
큰 소리로 아우성치는 바다 기슭,　　　　　　　　　　　　　　　60
파도가 밀려오는 해변 탁 트인 곳에서
많은 미르미도네스인 가운데 누워 깊이 탄식하며 눈물을 흘렸다.
이윽고 마음의 근심이 풀어지면서 달콤한 잠이 사방으로 쏟아졌다.
바람 많은 일리오스에서 헥토르를 추격하느라
윤기 나는 사지가 몹시 지쳐 있었기 때문이다.　　　　　　　　　　65
그때 불쌍한 파트로클로스의 혼이 찾아왔다. 큰 체구, 아름다운 눈,
목소리, 모든 것이 영락없이 그였고, 몸에 걸친 옷도 그러했다.
파트로클로스는 아킬레우스의 머리맡에 서서 말했다.
“아킬레우스여, 나를 잊은 채 자고 있는가.
내가 살아 있을 때는 관심을 주더니만 죽으니 무관심하네그려.　　　70
어서 빨리 내 장례를 치러 하데스의 문 안으로

들어가게 해주게. 자신의 노역을 다한 자[1]의 혼들이

나를 멀리하니, 나는 강[2] 건너 그들과 섞이지 못하고,

하데스의 집으로 들어가는 넓은 문들 주위만 서성이고 있다네.

눈물로 간청하니 그대의 손을 잡게 해주게.   75

그대들이 나를 불길에 넘겨주고 나면,

나는 다시는 하데스의 집에서 나오지 못할 테니 말이야.

태어날 때 정해진 쓰라린 운명이 나를 삼켜버렸으니,

생전에 우리 두 사람이 사랑하는 전우들과 따로 떨어져 함께

의논하던 일도 다시는 못하겠지. 신 같은 아킬레우스여,   80

이제 그대도 부유한 트로스인들의 성벽 아래에서

죽게 될 운명이네. 그래서 한 가지 부탁할 말이 있으니

꼭 들어주게나. 아킬레우스여, 내가 주사위놀이를 하다가

화가 나 의도치 않게 어리석게도 암피다마스의 아들을 죽인 날,

내 아버지 메노이티오스께서는 사람을 죽인 끔찍한 일을 저지른   85

어린 나를 오푸스에서 그대의 집으로 데려다주신 후로

우리 두 사람이 그대의 집에서 함께 자랐던 것처럼,

이제 내 뼈를 그대의 뼈에서 멀리 두지는 말아주게.

그때 전차를 타고 싸우는 펠레우스께서는 나를 집에 들이셨고,

정성껏 길러 그대의 시종으로 지명하셨네.   90

그러니 그대의 존귀한 어머니께서 그대에게 주신 손잡이 둘인

황금함에 우리 두 사람의 뼈를 함께 넣어주게.”

　　빠른 발의 아킬레우스가 대답했다.

1　“자신의 노역을 다한 자”란 이 세상에서 힘들고 고된 일들을 모두 마치고 죽은 사람들을
　　의미한다.

2　여기에서 “강”은 스틱스강을 가리킨다. 스틱스강은 저승에서 다섯 개의 강 아케론, 코키투
　　스, 플레게톤, 레테, 스틱스로 나뉘어 하데스의 집을 아홉 물굽이로 감싸고 흐른다. 죽은
　　자의 영혼은 저승의 뱃사공 카론의 배를 타고 스틱스강을 건너게 된다.

"존경하는 자여,[3] 그대는 왜 굳이 여기까지 와서
이런 것을 일일이 내게 부탁하는가?
그대가 말한 것 전부를 반드시 실행하겠네.
그러니 잠시나마 서로 부둥켜안고 속 시원하게
통곡이나 할 수 있도록 가까이 와보게."
        아킬레우스가 이렇게 말하고 두 손을 내밀었지만,
그를 붙잡을 수 없었다. 파트로클로스의 혼이 비명을 지르며
땅 밑으로 사라졌기 때문이다. 깜짝 놀란 아킬레우스는
벌떡 일어나 두 손을 마주치고 탄식하며 말했다.
"아, 이런, 생기라고는 전혀 없는 존재이기는 하지만,
하데스의 집에는 혼과 유령이 분명히 있구나. 불쌍한 파트로클로스의
혼이 온 밤을 내 머리맡에 서서 슬피 울며 일일이 부탁했는데,
그 모습이 놀라울 정도로 그와 똑같았다."
        아킬레우스는 이렇게 말하여 거기에 있던 모든 사람에게
울고 싶은 마음을 불러일으켰다. 그들이 시신 주위에서 애도하며
눈물을 흘리는 동안, 장밋빛 손가락을 지닌
새벽의 여신 에오스가 모습을 드러냈다.
통치자 아가멤논은 막사에 있는 군사와 노새들을
사방으로 보내 화장용 장작으로 쓸 나무를 베어오게 했다.
이 일을 감독한 사람은 당당한 이도메네우스의 시종이자
용맹한 전사인 메리오네스였다. 그들은 나무를 베는 도끼와
튼튼한 밧줄을 손에 들고 나아갔으며, 그들 앞에서는 노새들이
걸어갔다. 그들은 오르락내리락하고 샛길로 가기도 하고
가로지르기도 하며 먼 길을 갔다. 이윽고 샘 많은 이데산 등성이에
이르자, 즉시 날이 긴 청동으로 우뚝 솟은 참나무들을

---

3 원문을 직역하면 "존경하는 머리여"다. 여기서 '머리'는 한 사람 전체를 가리킨다.

서둘러 뻤고, 나무들은 우지끈 큰 소리를 내며 쓰러졌다.

아카이오스인들이 그 나무들을 쪼개어 장작으로   120
만들고 노새들에게 매달자, 노새들은 무성한 수풀을 헤치고
들판으로 나아가기 위해 발로 땅을 짓이겼다. 나무를 벤 자들도
모두 통나무를 메고 날랐다. 당당한 이도메네우스의 시종
메리오네스가 그렇게 하라고 지시했기 때문이다. 그들은
나무들을 해변에 일렬로 내려놓았다. 아킬레우스는   125
거기에 파트로클로스와 자기 자신을 위한 거대한 봉분을 올리겠다고
    이미 밝혔다.

      그들은 그곳 주위에 셀 수 없이 많은
나무를 내려놓고, 모두 함께 거기 앉아 대기했다.
아킬레우스는 즉시 호전적인 미르미도네스인들에게 청동 무구를
갖춰 입고 각자 말들을 전차에 묶도록 명령했다.   130
그들은 일어나 무구를 갖춰 입었고, 고삐를 잡는 마부들과
그 옆에 서서 싸우는 자들은 전차에 올랐다.
전차병들이 앞장섰고, 가운데서는 전우들이 파트로클로스를
운구했으며, 뒤로는 무수히 많은 보병이 구름처럼 따랐다.
파트로클로스의 시신은 전사들이 바친 머리채들로 가득 덮였다.   135
시신 뒤에서는 고귀한 아킬레우스가 위대한 전우의 영혼을
저승으로 보내기 위해 그의 머리를 쓰다듬으며 슬피 울었다.

      아킬레우스가 일러둔 장소에 도착하자
그들은 시신을 내려놓고 재빨리 화장용 장작을 충분히 쌓아올렸다.
거기에서 빠른 발의 고귀한 아킬레우스는 한 가지를 더 해야겠다고   140
생각했다. 그는 화장용 장작더미에서 조금 떨어진 곳에 서서
스페르케이오스강에게 바치려고 풍성하게 길렀던, 길게 흘러내리는
금빛 머리채를 자른 후, 침통한 마음으로 포도주빛 바다를 보며 말했다.
"스페르케이오스시여, 내 아버지 펠레우스께서는 당신이 나를

〈파트로클로스의 장례식〉(자크 루이 다비드, 1778년)

사랑하는 조상의 땅으로 돌아가게 해주시면, 그곳 당신의 성역과   145
번제단이 있는 물가에서 내 머리채를 잘라 당신에게 바치고
신성한 제를 성대하게 올려 거세하지 않은 작은 가축 쉰 마리를
그 자리에서 죽여 제물로 바치겠다고 서약하셨지만, 다 소용없는 일이
    되었습니다.
노인은 그렇게 서약했지만, 당신은 그의 뜻을 이루어주지 않으셨으니까요.
이제 저는 사랑하는 조상의 땅으로 돌아가지 못하게 되었으니,   150
영웅 파트로클로스에게 이 머리채를 주어 가져가게 하렵니다.”
        아킬레우스가 이렇게 말하고 머리채를 사랑하는 전우의 손에 두니,
그 자리에 있던 모든 사람에게 애곡하고 싶은 열망이 일어났다.
애곡은 태양 빛이 가라앉을 때까지 이어졌을 것이다. 그러나
아킬레우스는 얼른 아가멤논에게 다가가 말했다.   155
“아트레우스의 아들이여, 아카이오스인 군사들이 당신의 말을
가장 잘 들으니 하는 말이오만, 군사들은 이미 실컷 애도했으니,
이제는 화장용 장작더미 앞에서 해산하여 저녁 식사를 준비하라고
명령하는 것이 좋겠소. 나머지 일은 장례 책임을 맡은 우리가 알아서
하겠소. 하지만 지휘관들은 우리 옆에 남아주시오.”   160
        이 말을 들은 인간들의 군주 아가멤논은 즉시 군사들을
해산시켜 각자의 함선으로 돌아가게 하고,
장례 책임을 맡은 자들은 거기에 남아 화장용 장작을 쌓았다.
그들은 가로와 세로가 백 피트⁴에 이르는 장작더미를 만들어,
비통한 마음으로 그 위에 시신을 올려놓았다.   165
또한 장작더미 앞에서 작고 살진 가축 여러 마리와 느릿느릿 걷는

---

4   여기에 쓰인 그리스어 헤카톰페도스(ἑκατόμπεδος)는 “백 피트”를 가리킨다. 고대 그리
    스에서 1피트는 오늘날 피트(30.48센티미터)보다 조금 더 긴 30.51센티미터였다. 따라서
    이 장작더미의 폭과 너비는 대략 30미터로 볼 수 있다.

뿔이 구부러진 황소들의 가죽을 벗기고 손질했다. 기개 있는 아킬레우스는
손질한 모든 짐승에서 기름 부위를 떼어내 그것으로 머리부터 발까지
시신을 감싸고, 주위에는 가죽을 벗긴 짐승들의 몸통을 쌓아올렸다.
또한 꿀과 기름이 든 손잡이 둘 달린 항아리들을 관에 기대놓았다.   170
그리고 끙 하는 큰 신음 소리와 함께 목이 우뚝한 말 네 마리를 힘차게
장작더미 위로 던졌다. 군주[5] 파트로클로스는 자신의 식탁에서
개 아홉 마리를 길렀는데, 아킬레우스는 그중 두 마리를 죽여
장작더미 위로 던졌다. 또한 기개 있는 트로스인들의 훌륭한 아들
열두 명도 청동으로 죽여 장작더미 위로 던졌으니, 이는 그가   175
트로스인들에게 가하는 재앙으로 생각해낸 일이었다. 아킬레우스는
그 모든 것을 집어삼키도록 장작더미에 무쇠 같은 힘을 지닌 불을
붙였고, 그런 후 통곡하며 사랑하는 전우의 이름을 불렀다.
"오, 파트로클로스여, 내가 전에 약속한 모든 일을
이미 이루어나가고 있으니, 하데스의 집에서라도 기뻐해주게.   180
지금 불이 기개 있는 트로스인들의 훌륭한 아들 열두 명 모두를
자네와 함께 삼키고 있다네. 하지만 프리아모스의 아들 헥토르는
불이 아니라 개들에게 뜯어 먹힐 것이네."
　　　아킬레우스는 이렇게 공언했지만, 개들은 헥토르를 뜯어먹지
못했으니, 제우스의 딸 아프로디테가 밤낮으로   185
개들의 접근을 막았고, 헥토르의 몸에 천상의 장미 기름을
발라 아무리 끌려다녀도 몸이 찢기지 않도록
해주었기 때문이다. 포이보스 아폴론은
하늘에 있는 검은 구름을 들판으로 끌고 가

---

5 "군주"로 번역한 아낙스(ἄναξ)는 신들과 왕들에게 주로 사용된다. 아가멤논을 "인간들의
　군주"로, 아폴론과 제우스를 "군주"라고 지칭하지만, 여기서는 모든 존귀한 사람을 높여
　부르는 칭호로 왕이 아닌 파트로클로스에게 사용된다.

헥토르의 시신이 누워 있는 곳을 전부 덮어, 태양의 힘에   190
시신의 힘줄과 사지 주변의 살이 시들지 않도록 했다.

그런데 죽은 파트로클로스가 누워 있는 장작더미는
좀처럼 불붙지 않았다. 빠른 발의 고귀한 아킬레우스는
다른 계책을 생각해내어, 장작더미에서 조금 떨어진 곳에 서서
두 바람의 신, 곧 북풍의 신 보레아스와 서풍의 신 제피로스에게   195
기도하면서 훌륭한 제물을 바치겠다고 약속하고,
황금 술잔으로 제주를 듬뿍 부어 올리며, 두 바람의 신이 속히 와서
장작더미가 활활 타올라 시신이 불에 잘 타게 해달라고 기원했다.
그러자 이리스가 그의 기도를 듣고 전해주러 두 바람의 신들에게 갔다.
그들은 거센 서풍의 신 제피로스[6]의 집에 모여 잔치를   200
벌이고 있었다. 이리스는 거기로 달려가 돌로 된 문간에 멈춰 섰다.
여신을 본 그들은 벌떡 일어나 저마다 자기 옆에 앉으라고
청했다. 하지만 여신은 그곳에 앉기를 사양하고 말했다.
"아이티옵스인들의 땅에 있는 오케아노스의 물줄기에서
불멸의 신들에게 성대한 제를 올리고 있는데,   205
나도 그 제에 참여하러 가야 해서
앉아 있을 시간이 없어요. 그런데 아킬레우스가
북풍의 신 보레아스와 요란한 서풍의 신 제피로스께서
오셔서, 온 아카이오스인들이 통곡하며 애도하는 파트로클로스를
누인 화장용 장작더미가 활활 타오르게 해달라고   210
훌륭한 제물을 약속하며 기도하고 있어요."

이리스가 이렇게 말하고 떠나자

---

6 "제피로스"는 가장 온화한 바람으로 결실을 맺게 하는 바람이자 봄의 전령으로 발칸반도
   동부 트라케 지방의 한 동굴에서 사는 것으로 여겨졌다. 아킬레우스의 신마 크산토스와
   발리오스의 아버지이기도 하다.

두 바람의 신들은 무시무시한 소리와 함께 일어나

구름을 앞으로 몰아갔다. 바람의 신들은 순식간에 바다로 불어닥쳤고,

신들의 맹렬한 숨결에 파도가 솟구쳤다.   215

바람의 신들이 풍요로운 트로이아에 이르러 장작더미를 휘감자

거대한 불길이 포효하며 치솟았다.

밤새도록 바람의 신들은 화장용 장작더미의 불길 위에 거세게 불어댔고,

빠른 아킬레우스도 밤새도록 손잡이 둘 달린 잔을 들고

황금으로 된 희석용 술동이에서 포도주를 퍼서 땅에 부어   220

대지를 적시며 불쌍한 파트로클로스의 혼을 불러댔다.

결혼한 지 얼마 안 된 부모에게 애통함만 남기고 죽은

자식의 뼈를 불쌍한 아버지가 태우며 애곡하듯,

아킬레우스는 밤새도록 벗의 뼈가 타는 것을 지켜보며 슬피 울었고,

깊은 탄식과 흐느낌으로 장작더미 주위를 비틀거리며 돌았다.   225

        샛별이 대지 위로 떠올라 날이 밝아옴을 알리고,

노란색 면사포를 쓴 새벽의 여신 에오스가 바다 위로 넓게 퍼지자,

그제야 화장용 장작더미의 불이 잦아들며 불길이 그쳤다.

두 바람의 신들도 트라케의 바다 너머 집으로 다시 돌아가니,

바다도 부풀어 오르고 울부짖으며 애곡했다.   230

펠레우스의 아들 아킬레우스가 화장용 장작더미의 불을 떠나

다른 쪽으로 가서 기진맥진해 기대어 눕자 달콤한 잠이 엄습했다.

하지만 아트레우스의 아들 아가멤논을 비롯한 여러 사람이 함께

왁자지껄 떠들어대며 왔고, 그 소리에 아킬레우스는 잠이 깼다.

아킬레우스는 똑바로 앉아 그들에게 말했다.   235

"아트레우스의 아들 아가멤논과 아카이오스인의 장수들이여,

먼저 화장용 장작더미에서 아직 불의 힘이 간혀 있는 곳을 모두

화염빛 포도주로 꺼주시오. 그런 후 메노이티오스의 아들

파트로클로스의 뼈를 다른 뼈들과 잘 구별해 모아주시오.

그는 장작더미 한가운데 누워 있었던 반면에,   240

다른 사람과 말들은 그와 멀리 떨어진 가장자리에서

탔기 때문에 구별하기가 어렵지 않을 것이오.

그런 다음에는 하데스가 나를 보기 전까지 그의 뼈를

두 겹의 기름 조각으로 싸서 황금 유골함에 넣어둡시다.

봉분은 지나치게 크게 만들려고 애쓰지 말고,   245

적당한 크기로 만들어주기를 부탁하오. 그런 후 나중에

아카이오스인들 중 노가 많이 장착된 함선들 옆에서

살아남은 자들을 데리고 그 봉분을 다시 넓고 크게 지어주시오.”

　　펠레우스의 아들 빠른 발의 아킬레우스가 이렇게 말하자,

그들은 그 말대로 먼저 화장용 장작더미 가운데서   250

불길이 닿아 재가 깊이 쌓여 있는 모든 곳에 남아 있는 불씨를

화염빛 포도주로 껐다. 그런 후에는 애곡하는 가운데,

점잖고 다정했던 전우의 흰 뼈들을 주워 모아 기름진 천으로

두 번 감싸 황금 유골함에 넣고 부드러운 천으로 덮어 막사에 안치했다.

이어서 봉분 쌓을 자리를 둥글게 표시하고   255

화장용 장작더미 주위에 봉분의 기초가 될 돌들을 놓은 뒤,

즉시 거기에 흙을 쌓아올렸다. 이렇게 봉분을 다 쌓아올린 후

그들은 돌아가려 했다. 하지만 아킬레우스는 군사들을 그곳에

경기 대형으로 넓게 앉히더니, 자신의 함선들에서 상품으로 사용할

물건들, 곧 가마솥, 세발솥, 말, 노새, 힘센 황소,   260

허리띠 고운 여자, 잿빛 무쇠를 가져오게 했다.

　　아킬레우스는 먼저 전차 경기에서 가장 빨리 달린 자가

가져갈 상으로 흠 잡을 데 없이 훌륭한 수공예 솜씨를 지닌

여자와 손잡이 달린 스물두 되짜리 세발솥을 내놓았다.

그리고 이 등을 위해서는 노새 새끼를 밴   265

길들이지 않은 육 년 된 암말 한 마리를 내놓았다.

삼 등을 위해서는 아직 불에 닿지 않아 새것처럼

번쩍이는 넉 되짜리 아름다운 가마솥을 내놓았다.

사 등을 위해서는 황금 두 탈란톤을,

오 등을 위해서는 아직 불에 닿지 않은 손잡이 둘 달린 들통을 상품으

　　로 내놓았다.　　　　　　　　　　　　　　　　　　　　　　270

아킬레우스는 일어나 아르고스인들 가운데서 말했다.

"아트레우스의 아들이여, 그리고 훌륭한 정강이 보호대를 한 아카이오

　　스인들이여,

전차 경기에서 이기는 이들에게 수여할 상품들이 경기장에 놓여 있소.

지금 우리 아카이오스인들이 다른 사람을 기리며 경기를 한다면,

아마도 내가 일 등 상품을 받아 막사로 가져갈 테지요.　　　　　275

나의 두 마리 말들이 얼마나 뛰어난지는 여러분이 익히 알 것이오.

그 말들은 포세이돈께서 내 아버지 펠레우스에게 주셨고,

내 아버지가 다시 내 손에 쥐여 주신 불멸의 말들이라오.

하지만 나와 내 통굽 말들은 경기에 나서지 않겠소.

내 말들은 참으로 명망 있고 용맹하며 점잖고 다정한 마부를　　　280

잃었기 때문이오. 그는 틈만 나면 이 말들을 반짝이는 물로 씻기고

촉촉한 올리브기름을 갈기에 부어주던 사람이오.

이제 말들은 그를 그리워하며 서서 탄식하고 있으니,

갈기마저 슬픔에 젖어 축 늘어져 있소.

그러니 아카이오스인 군대 중에서 자신의 말들과 그 말들에　　　285

한데 묶은 전차를 자신 있게 몰 수 있는 사람이라면 누구든 나서시오."

　　　　펠레우스의 아들 아킬레우스가 이렇게 외치자 전차를 빠르게 모는

　　　　자들이 모여들었다.

가장 먼저 아드메토스의 아들이자 인간들의 군주로

전차 모는 기술이 뛰어난 에우멜로스가 나섰다.

다음으로는 티데우스의 아들 강력한 디오메데스가 나섰으니,　　　290

그는 얼마 전에 아이네이아스에게서 빼앗은 트로스의 말들에
멍에를 얹어 전차에 맸다. 그때 아이네이아스는 아폴론 덕분에 겨우 목
　숨을 건졌다.
다음으로는 아트레우스의 아들이자 제우스의 자손인 금발의 메넬라오
　스가 나섰다.
그는 두 필의 빠른 말들에 멍에를 얹어 전차에 맸는데,
아가멤논의 암말 아이테와 자신의 말 포다르고스였다.[7]　　　　　　　　295
아이테는 안키세스의 아들 에케폴로스가 아가멤논을 따라
바람 많은 일리오스로 가지 않고 집에 머물며 즐겁게 지내기 위해서
아가멤논에게 선물한 말이었다. 제우스가 그를 큰 부자로
만들어준 덕분에, 그는 시키온의 드넓은 영지에서 살았다.
메넬라오스는 경주하고 싶어 안달 난 이 암말에 멍에를 얹어　　　　　300
전차에 맸다. 네 번째로 안틸로코스가 갈기 고운 말들을
준비했다. 넬레우스의 아들인 기개 넘치는 네스토르왕의 훌륭한 아들
안틸로코스의 전차도 필로스에서 태어난 이 빠른 말들이 끌었다.
안틸로코스 자신도 전차 모는 법을 잘 알고 있었지만,
아버지 네스토르가 그에게 다가가 유용한 조언을 해주었다.　　　　　305
"안틸로코스야, 너는 젊지만 제우스와 포세이돈께서
너를 아껴 전차 모는 온갖 기술을 가르쳐주셨지.
그러니 전차 모는 기술을 네게 새삼 가르칠 필요는 별로 없구나.
너는 반환점 도는 법을 잘 알기 때문이다. 하지만 네 말들은
달리는 데 아주 느리므로 그것이 최대의 약점이 될 것이다.　　　　　310
그래서 다른 사람의 말이 더 빨리 달리겠지만,
계책을 생각해내는 데는 그들이 너를 당해내지 못할 거다.

7　"아이테"(Αἴθη)는 '적갈색'이라는 뜻으로 불꽃같은 적갈색 말을 가리키고, "포다르고스"
　　(Πόδαργος)는 '발이 빠르다'는 뜻으로 빠르게 달리는 준마를 가리킨다.

그러니 자, 아들아, 상을 놓치지 않으려면

마음속에 온갖 지략을 품어야 하느니라.

나무꾼도 완력이 아닌 지혜로 더 큰 성과를 이루고,   315

조타수는 계책을 써야 바람과 싸우는 빠른 배를

포도주빛 바다 위로 똑바로 가게 할 수 있으며,

마부는 계책을 써야 다른 마부를 능가할 수 있다.

말과 전차만 믿고 아무 생각 없이 반환점을

크게 돌아가는 자는 말고삐를 놓쳐 결국   320

경주로를 벗어나고 말리라. 반면 영리한 자는 남보다 못한 말들을 몰더라도,

반환점에서 눈을 떼지 않고 그 옆으로 바짝 붙어

돌아야 한다는 것을 알고, 반환점을 돌 때 소가죽 고삐를

얼마나 세게 당겨야 하는지 처음부터 알기 때문에 고삐를

단단히 움켜쥔 채 자기 앞에서 달리는 주자를 주시한다.   325

내가 아주 분명한 표지를 말해줄 테니 반드시 눈여겨보아라.

저기 땅 위에 양팔을 벌린 만큼 길이[8]의 마른 말뚝,

참나무인지 소나무인지는 모르지만 비바람에도 썩지 않은 말뚝 하나가

세워져 있고, 그 양쪽에는 주로가 만나는 두 지점에 흰 돌 두 개가

단단히 박혀 있는데, 바로 그곳이 전차를 몰기 좋은 평평한 길이다.   330

저 말뚝이 오래전에 죽은 사람의 묘비인지

옛사람이 세운 반환점 표지인지는 모르지만,

어쨌든 지금 빠른 발의 고귀한 아킬레우스는 저 말뚝을 반환점으로 삼았다.

그러니 너는 전차와 말들을 저 반환점 옆으로 바짝 붙여 몰면서,

너는 견고한 전차 위에서 왼쪽으로   335

살짝 몸을 기울여라. 오른쪽 말에게는 채찍을 휘두르고

---

8 "양팔을 벌린 만큼 길이"는 그리스어로 오르기이아(ὄργυια)이며, 오늘날 1.8미터에 해당
  한다.

목소리를 높이되, 고삐는 느슨히 해야 한다.

반면 왼쪽 말은 바퀴통이 반환점을 스친다고

생각될 정도로 반환점에 바짝 붙여서 몰아야 하지만

돌에 닿아서는 안 된다. 340

돌에 닿았다가는 말들이 다치고 전차가 부서지기 때문이다.

그러면 다른 사람은 좋아하겠지만 네게는 수치가 되고 만다.

그러니 얘야, 지혜롭게 생각하고 신중하게 행동하거라.

네가 반환점에서 전차를 몰아 다른 사람을 따돌린다면,

아무도 너를 따라잡거나 앞지르지 못할 것이다. 345

아드라스토스의 빠르고 고귀한 신마, 또는 이 고장에서 키운

말들 중 가장 좋은 라오메돈의 말들을 몰며 추격해온다고 해도,

너를 따라잡거나 앞지르지 못할 것이다."

　　　넬레우스의 아들 네스토르는 아들에게 모든 사항을

낱낱이 일러준 후 다시 자기 자리로 가서 앉았다. 350

　　　다섯 번째로는 메리오네스가 갈기 고운 말들을 준비했다.

그들은 전차에 올랐고 각자 제비를 던져 넣었다.

아킬레우스가 이를 흔들자 네스토르의 아들 안틸로코스의 제비가

튀어나왔다. 다음으로는 통치자 에우멜로스가 당첨되었다.

다음으로는 아트레우스의 아들 창술에 뛰어난 메넬라오스가, 355

다음으로는 메리오네스가, 마지막으로는 티데우스의 아들

디오메데스가 당첨되었는데, 그는 전차 경주자 중 가장 뛰어난 자였다.

그들이 모두 일렬로 서자, 아킬레우스가 저 멀리 평평한 들판 위

반환점을 손으로 가리켰다. 자기 옆에는

아버지의 시종인 신 같은 포이닉스를 심판으로 앉혀 360

경주를 기억해두었다가 진실을 알리게 했다.

　　　이윽고 그들 모두가 일제히 말에 채찍을 가하고

가죽끈으로 된 고삐를 세게 잡아당기며 빨리 달리라고 소리쳤다.

말들은 곧 함선들을 뒤로하고 들판을 빠르게 달렸다.

말들의 가슴 아래로는 구름이나   365

회오리바람처럼 먼지가 일었고,

갈기는 바람의 숨을 따라 휘날렸다.

전차들은 때로는 풍요로운 대지에 착 붙어 달리다가,

때로는 대지에서 붕 떠 쏜살같이 달렸다.

전차를 모는 자들은 전차 안에 서서, 저마다 승리를 향한 열망으로   370

두근거리는 가슴을 안고 말들에게 소리치니,

말들은 먼지를 일으키며 들판 위를 날 듯이 내달렸다.

　　　하지만 빠른 말들이 잿빛 바다를 향해 다시 돌아서려고

주로의 마지막 지점에서 있는 힘을 다해 달릴 때, 각자의 실력이

드러났다. 페레스의 손자 에우멜로스의 빠른 말들이 가장 먼저   375

반환점을 돌아 모습을 드러냈다. 다음으로는 트로스에서 태어난

디오메데스의 수컷 말들이 모습을 드러냈는데,

앞 전차와 멀리 떨어지지 않고 바짝 붙어 있어

언제라도 앞 전차 위로 뛰어 올라탈 것 같았다.

수컷 말들이 날아가는 듯 내달리며 에우멜로스 위로 머리를   380

숙였기 때문에, 그 입김에 에우멜로스의 등과 넓은 어깨가 후끈했다.

이렇게 티데우스의 아들 디오메데스가 앞지르거나 아니면 누가 이길지

알 수 없는 상황에서, 디오메데스를 괘씸하게 여기던

포이보스 아폴론이 그의 손을 쳐서 번쩍이는 채찍을 놓치게 했다.

디오메데스는 분해 눈물을 흘렸다. 에우멜로스의 말들은   385

훨씬 빨리 질주하는데, 자신은 말들에 채찍을 가할 수 없어

달리는 데 방해를 받았기 때문이다. 그러나 아폴론이

티데우스의 아들에게 속임수를 쓴 사실을 알아챈 아테나가

급히 달려가 백성의 목자 디오메데스에게

채찍을 건네고, 그의 말들에게는 용기를 불어넣었다.   390

〈파트로클로스 추모 경주〉(앙투안 샤를 오라스 베르네, 1790년)

화난 여신은 아드메토스의 아들 에우멜로스에게 가서
말들의 멍에를 부숴버렸다. 그러자 말들은 주로를 벗어나
한 마리는 이쪽으로, 다른 한 마리는 저쪽으로 흩어져 달렸고,
멍에 받침대는 땅 위에 뒹굴었다. 에우멜로스 자신도
전차에서 바퀴 옆으로 굴러 떨어져 양 팔꿈치와 입과 코가   395
찢어지고 눈썹 위 이마에도 타박상을 입었다. 두 눈에는
눈물이 가득 고였고, 우렁찬 목소리도 막혀 나오지 않았다.
그러자 티데우스의 아들 디오메데스가 통굽 말들을
옆으로 몰아 다른 사람을 많이 앞질렀으니, 아테나가
말들에게 힘을 불어넣고 그에게 영광을 안겨주었기 때문이다.   400
아트레우스의 아들 금발의 메넬라오스가 그의 뒤를 쫓았다.
한편 안틸로코스는 아버지의 말들에게 소리쳤다.
"너희도 분발하라. 있는 힘을 다해 가장 빨리 달려라.
아테나께서 저기 티데우스의 아들 지혜로운 디오메데스의 말들이
최고의 속도로 내달리게 하고 그에게 영광을 안겨주려고 하시니,   405
나는 너희에게 그 말들과 겨루라고 하지는 않겠다. 다만 아트레우스의
아들 메넬라오스의 말들에게는 뒤지지 말고 빨리 달려 따라잡아라.
암말인 아이테에게 뒤진다면 너희는 치욕을 뒤집어쓸 것이다.
최고의 말들인 너희가 암말에게 뒤질 이유는 없지 않느냐?
지금부터 내가 하는 말은 반드시 그대로 이루어질 것이다.   410
너희가 최선을 다하지 않아 우리가 보잘것없는 상을 타게 된다면,
백성의 목자이신 네스토르께서 너희를 돌봐주시기는커녕
즉시 날카로운 청동으로 죽이실 것이다.
그러니 전속력으로 추격해 저 말들을 따라잡아라.
나도 나름대로 계책을 생각해내 좁은 길에 이르렀을 때   415
기회를 놓치지 않고 반드시 그 말들을 따라잡겠다."
        안틸로코스가 이렇게 말하자, 주인의 경고에 겁먹은 말들은

더욱 분발해서 앞으로 내달렸다. 얼마 후 전투에 끈질긴

안틸로코스에게 움푹 팬 좁은 길이 보였다.

폭풍에 불어난 물이 땅의 틈새로 흘러들어   420

주로의 일부가 떨어져나갔고, 나머지는 온통 움푹 패어 있었다.

메넬라오스는 어느 누구도 자신과 나란히 달리지 못하도록

좁은 길을 차지했다. 그러나 안틸로코스는 재빨리 방향을 바꾸어

통굽의 말들을 주로 밖으로 몰아 바짝 따라붙었다.

이에 겁난 아트레우스의 아들 메넬라오스가 안틸로코스에게 소리쳤다.   425

"안틸로코스여, 길이 좁으니 무분별하게 몰지 말고 전차를 세우시오.

이제 곧 넓은 길이 나오면 거기에서 나를 따라잡으시오.

그렇지 않으면 전차끼리 부딪혀 우리 둘 다 일을 망치고 말겠소."

　　　　메넬라오스가 이렇게 말했지만, 안틸로코스는 그 말을 듣지 못한 양

채찍을 세차게 휘둘러 더 빨리 전차를 몰았다.   430

이렇게 해서 힘센 장정이 자기 힘을 시험하려고 원반을 던졌을 때

어깨에서 원반이 날아가 당도한 곳까지의 거리만큼,

안틸로코스의 말들이 앞질러 나갔고, 아트레우스의 아들

메넬라오스의 말들은 뒤처졌다. 통굽의 말들이 주로에서 충돌해

튼튼하게 엮은 전차들이 전복되고, 승리를 열망하던 두 사람도   435

먼지 속으로 고꾸라지는 일이 벌어지지 않게 하려고,

메넬라오스가 일부러 전차를 느슨하게 몰았기 때문이다.

금발의 메넬라오스가 안틸로코스를 꾸짖었다.

"안틸로코스여, 인간들 중 당신보다 더 사악한 자가 또 있을까?

우리 아카이오스인들은 그대더러 분별 있다고 했지만 사실이 아니군.   440

가시오. 하지만 맹세 없이는 상을 가져가지 못할 것[9]이오."

9　메넬라오스가 승부에 이의를 제기할 것이므로, 안틸로코스는 자기가 비열한 방식으로 이
　긴 게 아니라고 신들에게 맹세해야 한다는 뜻이다.

메넬라오스는 이렇게 말한 후 자신의 말들을 독려했다.
"뒤처지지 말고, 상심하여 서 있지도 마라.
저 말들은 둘 다 한창때가 지나
너희보다 먼저 발과 무릎이 지칠 테니."   445
메넬라오스가 이렇게 말하자 주인의 질책에 겁먹은
말들은 더 빨리 달려 순식간에 안틸로코스의 말들과 가까워졌다.
아르고스인들은 경기장에 앉아 말들을 주시했고,
말들은 먼지를 일으키며 들판 위를 날아가듯이 내달렸다.
말들을 가장 먼저 본 사람은 크레테인의 지휘관 이도메네우스였다.   450
경기장 밖 높은 곳에서 온 경주로가 한눈에 들어왔기 때문이다.
멀리서 들려오는 마부의 외침 소리로 그가 누구인지를 알아챘고,
선두를 달리는 말의 모습도 또렷이 볼 수 있었다.
그 말들은 다른 부위는 모두 페니키아 색, 즉 자줏빛이었지만
이마에는 달처럼 생긴 원형으로 된 반점이 있었다.   455
이도메네우스는 일어서서 아르고스인 가운데서 말했다.
"친구들이여, 아르고스인의 지휘관과 수호자들이여,
말들이 내게만 똑똑히 보이오, 아니면 여러분에게도
보이오? 내가 보기에는 아까와 다른 말이
선두에서 달리는 듯하고, 선두에 모습을 드러낸 마부도   460
아까와는 다른 사람인 것 같소. 좀 전에 가장 먼저 달리던 말들은
들판에서 사고를 당하지 않았나 싶소. 그 말들이 반환점을
가장 먼저 찍는 것을 보았는데, 지금은 트로이아 들판을
아무리 찬찬히 둘러보아도 눈에 띄지 않으니 말이오.
아니면 마부가 고삐를 놓쳐 제어가 되지 않아   465
반환점을 제대로 돌지 못하고, 도는 데 실패해
그곳에서 굴러 떨어지고, 전차는 부서지고,
말들은 놀라서 흥분하여 주로를 벗어났을지도 모르오.

선두에서 달리는 사람이 누구인지 나는 잘 알 수 없으니
여러분도 일어서서 보시오. 내가 보기에는							470
아르고스인을 다스리는 아이톨리아 사람,
말 길들이는 티데우스의 아들 강력한 디오메데스 같소."
    오일레우스의 아들 민첩한 아이아스가 이도메네우스를 비난하며
        모욕했다.
"이도메네우스여, 왜 전부터 자기를 과시하려고 분별없이 아무 말이나
    하는 거요?
아까 선두에 섰던 앞발을 높이 드는 말들이 저 멀리 드넓은 들판 위를
    질주하고 있지 않소.							475
당신은 아르고스인 중에서 썩 젊지 않을 뿐 아니라, 머리에 달린
두 눈도 그리 예리하지는 않구려. 그런데도
늘 나서고 싶어 아무 말이나 하다니. 여기에는 당신보다 훌륭한
사람이 많으니 과시용으로 아무렇게나 지껄이지 마시오.
아까 선두에서 달리던 말들이 지금도 선두에 있고,						480
에우멜로스가 고삐를 잡고 전차에 서 있잖소."
    화가 난 크레테인들의 지휘관 이도메네우스가 맞받아쳤다.
"아이아스여, 허세 부리는 말재주만은 일품이나, 그 밖의 모든 면에서는
보통의 아르고스인보다 어리석고 형편없구려. 그대의 성정이 거칠고
    야박한 탓이오.
자, 대가를 치러야 자기 잘못을 알 테니							485
어느 쪽 말이 선두로 들어오는지, 아트레우스의 아들 아가멤논을
심판으로 세워서 세발솥이나 가마솥을 걸고 내기합시다."
    이도메네우스가 이렇게 말하자, 화가 난 오일레우스의 아들
민첩한 아이아스가 험한 말로 대꾸하려고 벌떡 일어섰다.
이렇게 두 사람 간의 말싸움이 계속될 듯하자,						490
아킬레우스가 몸소 일어나 말했다.

“아이아스와 이도메네우스여, 이제 그만 거친 말로
서로를 찌르지 마시오. 그대들의 품격에 맞지 않소.
남들이 그런 모습을 보였다면,
그대들이야말로 가장 먼저 꾸짖지 않았겠소?   495
그러니 두 분은 경기장에 앉아 말들을 주시하시오.
이제 곧 말들이 승리를 열망하며 여기로 돌아올 테니,
그때 아르고스인의 말들 중 어느 말이 선두이고
어느 말이 두 번째인지 두 분 모두 알게 되겠지요.”
　　　　아킬레우스가 이렇게 말했을 때,   500
티데우스의 아들 디오메데스가 말들을 몰며 아주 가까이 다가왔다.
그는 어깨를 들썩이며 내내 채찍을 휘둘렀고,
그의 말들은 높이 뛰며 주로를 빠르게 내달았다.
먼지 알갱이가 연신 마부를 때렸고,
황금과 주석을 덧입힌 전차는 빠른 말들을 뒤쫓았다.   505
뒤로 고운 먼지 위에는 전차 바퀴 자국이 별로 나지 않았으니,
말들이 날아가듯 내달렸기 때문이다. 이윽고 전차는
경기장 한가운데 섰고, 말들의 목과 가슴에서 땀이 흥건히 솟아나
땅에 떨어졌다. 디오메데스는 번쩍이는 전차에서 땅으로 뛰어내려
채찍을 멍에에 기대어 놓았다. 건장한 스테넬로스가   510
꾸물거리지 않고 얼른 우승 상품인 여자와 손잡이 달린 세발솥을
가져와 기개 넘치는 전우들에게 주어 가져가게 하고,
자신은 말들을 전차에서 풀었다.
　　　　다음으로 넬레우스의 손자 안틸로코스가 말들을 몰고
들어왔다. 그는 속도가 아니라 계책을 써 메넬라오스를 앞질렀다.   515
그런데도 메넬라오스는 빠른 말들에 힘입어 그를 아주 가까이 뒤쫓았다.
말이 주인을 실은 전차를 끌고 온 힘을 다해 드넓은 들판을 내달리면,
바퀴는 말발굽을 바싹 뒤쫓아 오기에

뒤꿈치와 수레바퀴 사이 틈이라곤

말꼬리 끝이 스칠 정도에 불과했다					520

불과 그 거리만큼 메넬라오스는

흠 잡을 데 없이 훌륭한 안틸로코스에게 뒤졌다.

처음에는 장정이 원반을 던진 만큼의 거리로

뒤처졌지만, 아가멤논의 갈기 고운 암말인 아이테가

분발한 덕분에 재빨리 안틸로코스를 따라잡았다.					525

두 사람에게 결승점이 좀 더 앞에 있었더라면,

메넬라오스가 앞질렀거나 승부를 가리기 어려웠을 것이다.

이도메네우스의 용맹한 시종 메리오네스는

지극히 영광스러운 메넬레오스에게 창을 던졌을 때 날아가는 거리만큼

뒤졌으니, 그의 갈기 고운 말들이 가장 느렸고					530

자신도 경기에서 가장 느리게 말들을 몰았기 때문이다.

그들 중 마지막으로 아드메토스의 아들 에우멜로스가

말들을 앞세워 몰며 아름다운 전차를 끌고 들어왔다.

빠른 발의 고귀한 아킬레우스는 그를 보자 불쌍한 생각이 들어

아르고스인 가운데서 일어나 날개 달린 말로 고했다.					535

"가장 훌륭한 전사가 통굽의 말들을 몰고 마지막으로 들어오는구려.

자, 그에게 이 등 상을 주는 게 옳을 듯 싶소.

물론 일 등 상은 티데우스의 아들 디오메데스가 가져가시오."

　　　　아킬레우스가 이렇게 말하자 다들 그의 말에 찬성했다.

아카이오스인이 찬성했기 때문에, 아킬레우스가 이 등 상인 말 한 필을					540

에우멜로스에게 주려 했지만, 기개 있는 네스토르의 아들 안틸로코스가

　　　일어나

자기 권리를 주장하며 펠레우스의 아들 아킬레우스에게 이의를 제기했다.

"아킬레우스여, 에우멜로스는 훌륭했지만 그의 전차와

빠른 말들이 방해받아 솜씨를 발휘하지 못했다고 생각한다면,

그래서 내게서 상을 빼앗아 그에게 준다면,   545
나는 당신에게 격분할 것이오. 에우멜로스가 불멸의 신들께
기도했더라면, 맨 마지막에 말들을 몰고
들어오는 일은 없지 않았겠소. 당신이 그를 불쌍하게
생각하고 진심으로 아낀다면, 당신의 막사에 황금도 많고,
청동도, 양도, 여자 노예와 통굽의 말도 많으니   550
나중에, 아니면 지금 당장이라도 그중에서 더 큰 상을 그에게
주시오. 그러면 아카이오스인들이 당신을 칭송할 것이오.
하지만 이등 상품인 이 말은 다른 사람에게 내줄 생각이 없으니,
이 말을 갖고 싶은 자는 나와 힘으로 겨루게 하시오."
    안틸로코스가 이렇게 말하자, 그는 빠른 발의 고귀한   555
아킬레우스가 아끼는 전우였고 기뻐하는 자였기 때문에,
아킬레우스는 미소를 지으며 날개 달린 말로 대답했다.
"안틸로코스여, 그대가 내게 막사에서 다른 물건을 가져와
에우멜로스에게 주라고 하니 그렇게 하겠소.
나는 그에게 아스테로파이오스에게서 빼앗은 청동 흉갑을   560
주겠소. 빙 둘러 번쩍이는 주석을 부은 이 청동 흉갑은
그에게 아주 귀한 물건이 될 것이오."
    아킬레우스는 이렇게 말한 후 아끼는 전우 아우토메돈에게
막사에서 그 물건을 가져오라고 지시했다. 아우토메돈이 가져와
에우멜로스의 손에 건네니, 그는 받고 기뻐했다.   565
    그들 가운데서 메넬라오스가 안틸로코스에게 격분하고
마음이 상해 일어섰다. 전령이 그의 손에 홀을 두고,
아르고스인에게 조용히 하라고 명령한 후,
신 같은 전사 메넬라오스는 그들 가운데서 말했다.
"안틸로코스여, 전에는 분별력 있고 현명했던 그대가   570
아주 형편없는 말들을 들이밀며 내 솜씨를 모욕하고

말들을 방해하다니, 어떻게 그런 짓을 할 수 있소?

그러니 자, 아르고스인의 지휘관과 수호자들이여,

우리 두 사람 중 어느 쪽 편도 들지 말고 공정하게 판단하여

나중에 청동 갑옷 입은 아카이오스인 사이에서 575

'지위와 힘이 우월한 메넬라오스가

거짓말을 해서 안틸로코스에게 돌아갔어야 할 상품인 말을

강제로 빼앗아 갔다'라는 말이 나오지 않게 해주시오.

아니, 내가 직접 판결을 내리겠소. 그리해도 내 판결은 공정할 테니

다나오스인 중 아무도 나를 비난하지 못할 것이오. 580

제우스께서 기르신 안틸로코스여, 어서 여기로 나와

관례에 따라 그대의 말들과 전차 앞에 서서

한 손으로는 아까 말을 몰 때 사용했던 날렵한 채찍을 들고,

다른 손은 말들 위에 얹고서 대지를 떠받치며 뒤흔드는 신께

그대가 고의로 내 전차를 방해하지 않았다고 맹세하시오.” 585

　　현명한 안틸로코스가 대답했다.

“메넬라오스왕이여, 저는 당신보다 한참 어리고,

당신은 연배도 높으시며 더욱 고귀하신 분이시니

부디 이쯤에서 용서하여주소서. 젊은이들이란

혈기에 들떠 생각이 짧아 그만 실수를 저지르고 맙니다. 590

그러니 마음으로 용서해주시오. 내가 상으로 얻은 말을 당신께

드리고, 당신이 내 막사에 있는 다른 더 큰 것을 요구하신다면,

당장 가져와 드리겠소. 내가 제우스께서 기르신 당신의 마음에서

앞으로 내내 멀어지고, 신들 앞에 죄 지은 악인이 되기보다는

그편이 더 낫기 때문이오.” 595

　　기개 있는 네스토르의 아들 안틸로코스가 이렇게 말하고

상으로 얻은 말을 끌고 가서 그의 손에 두니

메넬라오스의 마음이 흐뭇해졌다. 곡식이 무르익어

털이 숭숭 솟은 경작지 위로 이슬이 내려앉을 때처럼,

메넬라오스여, 그대의 가슴속 마음은 흐뭇했도다.   600

메넬라오스는 날개 달린 말로 그에게 대답했다.

"안틸로코스여, 이제는 그대에 대한 분노를 거두겠소.

이번에는 비록 젊음이 분별력을 눌렀지만,

전에는 그대가 몰지각하거나 경솔하지 않았기 때문이오.

앞으로는 두 번 다시 당신보다 더 나은 사람들을   605

속임수로 이기려 들지 마시오.

아카이오스인들 중 다른 사람이라면 나를 설득하기가 쉽지 않았겠지만,

그대와 그대의 훌륭한 아버지와 동생이 나 때문에 좋지 않은 일도

많이 겪고 고생도 했으니 당신의 부탁을 들어주겠소.

이 말도 내 것이기는 하지만 당신에게 주어, 내 마음이 오만하거나   610

매정하지 않음을 여기 있는 사람들이 알게 하겠소."

　　　그는 이렇게 말하고, 이 등 상품인 말을 안틸로코스의 전우

노에몬에게 주어 끌고 가게 한 후, 자신은 번쩍이는 가마솥을 집어 들었다.

사 등으로 들어온 메리오네스는 황금 두 탈란톤을 가져갔다.

하지만 오 등 상품인 손잡이 둘 달린 항아리가 아직 남아 있었다.   615

아킬레우스는 아르고스인들이 모여 있는 곳으로 그 항아리를

들고 가서 네스토르에게 주며 옆에 서서 말했다.

"자, 받으시오, 원로시여. 당신은 아르고스인들 가운데서 다시는

파트로클로스를 보지 못할 테니, 그의 장례를 기념하는 물건으로

소중히 간직해주시오. 이 상품을 당신에게 그냥 드리겠소.   620

당신은 나이가 많아 권투나

레슬링을 하지 않을 테고, 창던지기 시합이나

달리기 시합도 하지 않을 테니 말이오."

　　　아킬레우스가 이렇게 말하고 오 등 상품인 항아리를 원로의 손에

두자, 네스토르는 기쁘게 받으며 날개 달린 말로 화답했다.   625

〈네스토르에게 상품을 건네는 아킬레우스〉(샤를 필리프 라리비에르, 1820년)

"그래요, 젊은이여, 당신이 말한 것은 다 이치에 맞소.
이제는 팔다리에 예전의 힘이 없고, 발걸음도 더디며,
양 어깨에서 뻗어 나가는 팔도 무거워졌소.
에페이오스인이 부프라시온에서 통치자 아마린케우스의
장례를 치르고 나서 왕의 아들들이 상품을 걸었을 때처럼,   630
지금도 내가 한창때의 젊은이고 힘도 좋다면 얼마나 좋겠소.
그때는 에페이오스인과 필로스인과 기개 있는
아이톨리아인들 중에서 나의 적수가 아무도 없었다오.
주먹으로는 에놉스의 아들 클리토메데스를 이겼고,
레슬링에서는 나와 맞선 플레우론 출신의 안카이오스를 이겼으며,   635
발로는 훌륭한 달리기 선수였던 이피클로스를 앞질렀고,
창으로는 필레우스와 폴리도로스보다 더 멀리 던졌소.
하지만 전차 경기에서는 악토르의 두 아들[10]이 나를 앞질렀지.
전차 경기에 가장 큰 상이 걸려 있었기에
쌍둥이인 그들은 내가 승리하는 것을 몹시 시기해   640
많은 말을 앞세워 한 사람은 고삐를 단단히 잡고,
다른 한 사람은 채찍으로 말들을 독려해 나를 앞질렀소.
그때의 내가 그러했소. 이제는 가혹한 노년이
엄습해 왔으니, 젊은이들이 그런 영광을 차지하는 게 마땅하오.
허나 그 시절만큼은 나도 영웅들 가운데 으뜸이었다오.   645
자, 이제 가서 당신의 전우를 위한 장례 예식인 경기를
계속 진행하시오. 선물은 기쁘게 받겠소. 당신이 나와 맺은 우의를
늘 기억하고, 아카이오스인 가운데서 내가 마땅히 받아야 할
예우를 모르지 않으니 내 마음이 기쁘오. 이 일로 인해 신들께서
당신에게 은총을 차고 넘치게 베풀어주시길 빌겠소."   650

---

10 몰리오네 형제라고 불린 크테이토스와 에우리토스를 말한다.

네스토르는 이렇게 말했고, 펠레우스의 아들은 넬레우스의 아들인

그의 찬사를 다 들은 후, 아카이오스인의 많은 무리를 지나

자기 자리로 돌아가 격렬한 권투 시합을 위한 상품들을 걸었다.

우승 상품으로는 힘들고 단조로운 일을 끈기 있게 해내는 아직

길들이지 않은 노새 한 마리를 몰고 와 경기장 안에 매놓았는데, 길들

　이기 가장 어렵다는 여섯 해 된 암노새였다.　　　　　　　655

시합에서 진 사람을 위한 상품으로는 손잡이 둘 달린 술잔을 내놓았다.

아킬레우스는 일어서서 아르고스인 가운데서 말했다.

"아트레우스의 아들이여, 그리고 훌륭한 정강이 보호대를 한

아카이오스인들이여, 가장 용맹한 두 전사끼리 주먹으로 상대방을

때려눕히고 이 상품을 가져가시오. 아폴론에게서 버틸 힘을　　　660

받은 자, 모든 아카이오스인에게 그런 자로 인정받은 사람은

힘들고 단조로운 일을 끈기 있게 해내는 노새를 끌고 막사로 돌아갈

것이고, 시합에서 진 사람은 손잡이 둘 달린 술잔을 가져갈 것이오."

　　아킬레우스가 이렇게 말하자, 즉시 권투를 잘하는 거구의

용맹한 사내 파노페우스의 아들 에페이오스[11]가 일어섰다. 그는　　665

힘들고 단조로운 일을 끈기 있게 해내는 노새를 쓰다듬으며 말했다.

"손잡이 둘 달린 술잔을 가져갈 사람은 누구든지 가까이 오시오.

주먹다짐만큼은 내가 으뜸이라 자부하니 아카이오스인 중에서

감히 나와 겨뤄 이 노새를 가져갈 자 아무도 없을 것이오.

내가 전투에서 여러분보다 못한 것으로 충분하지 않소?　　　670

사람이 모든 것을 다 잘할 수는 없는 법이오.

---

11 "파노페우스"는 펠로폰네소스 중동부 아르골리스 지방 티린스 왕 알카이오스의 아들이자
　헤라클레스의 양부인 암피트리온이 아내 알크메네의 복수를 위해 타포스인들을 공격할
　때 참여한 인물이다. 전리품에 손도 대지 않겠다고 아테나와 아레스에게 맹세했다가 그
　맹세를 어겼다. 그 벌로 그의 아들 "에페이오스"는 훌륭한 전사는 될 수 없었지만 유능한
　권투 선수와 정비공이 된다.

지금 내가 하는 말은 반드시 이루어질 것이오.
나는 상대의 살갗을 찢고 뼈마디를 부숴놓으리다.
그러니 그의 벗들은 이 자리에서 기다렸다가
내 손아귀에서 쓰러지면 데려가시오.”   675

        에페이오스가 이렇게 말하자, 모두들 침묵했고,
오직 에우리알로스만 일어섰다. 그는 탈라오스의 아들
메키스테우스 왕의 아들로 신 같은 전사였다.
전에 메키스테우스는 오이디푸스의 장례식에 참석하려고
테베에 갔다가, 거기에서 카드모스의 자손들을   680
모두 이긴 인물이었다. 티데우스의 아들이자 창술로 유명한
디오메데스가 그를 살피며 격려하고 승리를
염원했다. 디오메데스는 먼저 허리에 천을 둘러준 후,
들판에 사는 황소의 가죽을 정교하게 잘라 만든 끈을 건넸다.
이렇게 두 사람은 허리에 천을 두르고 경기장 가운데로   685
걸어 들어가 다부진 주먹을 들어 올린 채 서로를 향해 달려들었고,
단단한 주먹들이 허공을 가르며 부딪쳤다. 턱을 치는 소리가 섬뜩했고,
온몸에서는 땀방울이 쏟아져 내렸다. 이윽고 기회를 엿보던
고귀한 에페이오스가 달려들어 상대의 턱을 가격하자
에우리알로스는 오래 서 있지 못했다. 윤기 나는 사지가   690
무너졌기 때문이다. 해초로 뒤덮인 해안에서
북풍이 불러일으킨 잔물결 아래의 물고기가 튀어 오르면
검은 파도가 덮어버리듯, 그렇게 에우리알로스는
턱을 맞고 허공으로 솟구쳤다가 쓰러졌다.
기개 있는 에페이오스가 두 손으로 그를 일으켜 세우자,   695
그는 피를 토하며 머리를 한쪽으로 떨어뜨렸고,
사랑하는 전우들이 그의 두 발을 잡고 경기장 사이로 끌고 나갔다.
그들은 인사불성이 된 그를 데려가 자기들 가운데 앉힌 후,

패자의 상품인 손잡이 둘 달린 술잔을 가져왔다.

　　　곧이어 펠레우스의 아들 아킬레우스는 세 번째 경기인　　　　　　　700
격렬한 레슬링 시합을 위한 또 다른 상품을 다나오스인들에게
선보였다. 승자에게 돌아갈 상품은 불 위에 세울 수 있는
큰 세발솥으로, 아카이오스인들 사이에서 소 열두 마리 값에
거래되는 물건이었다. 또한 패자를 위해서는 여러 가지 수공예를 잘하는
여자를 한가운데 두었는데, 그들 사이에서 이 여자의 값은 소 네 마리였다.　　705
아킬레우스는 일어나 아르고스인들 가운데서 말했다.
"이 경기에 참여할 두 사람만 일어서시오."
아킬레우스가 이렇게 말하자, 텔라몬의 아들 큰 아이아스와
지략가 오디세우스가 일어섰다.
두 사람은 허리에 천을 두른 후 경기장 가운데로　　　　　　　　　　　710
걸어 들어가 팔을 구부려 다부진 손으로 서로를 움켜잡으니,
뛰어난 목수가 높은 집을 지을 때 바람의 힘을 견디게 하려고
서로 맞물리게 이어 붙인 서까래 같았다. 대담한 손으로
우악스럽게 상대를 당길 때마다 등에서 우지끈하는 소리가 났다.
땀이 비 오듯 흘러내렸고, 옆구리와 어깨에서는　　　　　　　　　　　715
검붉은 피멍이 여기저기 부풀어 올랐다.
하지만 두 사람은 잘 만든 세발솥을 두고
승리하기 위해 쉬지 않고 더 힘껏 싸웠다.
그러나 오디세우스는 아이아스를 땅에 쓰러뜨릴 수 없었고,
아이아스도 오디세우스의 강력한 힘에 막혀 그렇게 할 수 없었다.　　　720
이윽고 훌륭한 정강이 보호대를 한 아카이오스인들이 짜증을 내자,
텔라몬의 아들 큰 아이아스가 오디세우스에게 말했다.
"제우스의 자손 라에르테스의 아들 지략가 오디세우스여,
당신이 나를 들거나 내가 당신을 듭시다. 그 후의 모든 일은 제우스께
　　맡기면 되지 않겠소."

〈아이아스와 오디세우스의 대결〉(크리스핀 반 데 파스, 1613년)

아이아스가 이렇게 말하고 나서 오디세우스를 들었다.   725
오디세우스가 꾀를 내어 뒤쪽에서 발로 그의 오금을 쳐
사지를 풀어버리자 아이아스는 뒤로 넘어갔고, 오디세우스는
그의 가슴 위로 쓰러졌다. 군사들은 이를 보고 감탄했다.
이번에는 인내심 대단한 고귀한 오디세우스가 아이아스를
들려고 했지만, 땅에서 조금 들썩일 뿐   730
들지는 못했다. 그래서 오디세우스가 안다리를 걸었고,
두 사람은 거의 동시에 땅에 쓰러져 먼지를 뒤집어썼다.
이제 두 사람이 세 번째로 달려들어 다시 레슬링을 할 참에
아킬레우스가 몸소 일어나 두 사람을 제지했다.
"더 이상 겨뤄보았자 쓸데없이 힘만 뺄 뿐이니   735
그만하시오. 두 사람 모두 승자요. 다른 아카이오스인도 경기에
참여해 상을 탈 수 있도록 둘 다 동일한 상을 받고 퇴장하시오."
        아킬레우스가 이렇게 말하자, 경청하던 두 사람은
그의 말을 받아들여 몸에 묻은 먼지를 털어내고 상의를 입었다.
        곧이어 펠레우스의 아들 아킬레우스는 달리기   740
시합을 위해 다른 상품들을 걸었다. 우승 상품으로는 은으로 만든
희석용 술동이를 준비했다. 시돈의 장인들이 정성 들여 만든
여섯 되들이 술동이는 이 땅에서 가장 빼어난 작품이었다.
포이닉스인[12]은 이 술동이를 가지고 검고 어슴푸레한 바다 위를 다니며
여러 항구를 떠돌다가 토아스[13]에게 선물로 주었고,   745
이아손의 아들 에우네오스는 프리아모스의 아들 리카온의 몸값으로
이것을 파트로클로스에게 주었다.

---

12 "포이닉스인"은 오늘날 페니키아인이라고 부르며, 셈어를 사용한 종족이다.
13 여기에서 "토아스"는 렘노스섬의 여왕 힙시필레와 이아손 사이에서 태어난 아들을 말한다.
    그는 다음 행에서는 "이아손의 아들 에우네오스"라고 지칭된다.

그래서 아킬레우스는 전우 파트로클로스를 기리기 위해

달리기 시합에서 가장 빠른 자에게 줄 상품으로 이 술동이를 걸었다.

이 등 상품으로는 크고 살진 소 한 마리를 걸었고,   750

마지막 삼 등 상품으로는 황금 반 탈란톤을 걸었다.

아킬레우스는 일어나 아르고스인들 가운데서 말했다.

"이 경기에 참여할 자들은 일어서시오."

아킬레우스가 이렇게 말하자, 즉시 오일레우스의 아들 민첩한 아이아스가

일어섰고, 지략가 오디세우스도 일어섰으며, 그다음으로   755

네스토르의 아들 안틸로코스도 일어섰는데, 그는 모든 청년 중에서

발로 달리는 데에는 으뜸이었다. 그들이 일렬로 서자

아킬레우스가 반환점을 가리켰다. 그들은 출발선부터

온 힘을 다해 주로를 달렸다. 금세 오일레우스의 아들 아이아스가

선두로 치고 나왔으며, 고귀한 오디세우스가 그를 뒤에서   760

아주 가까이 추격했다. 허리를 꼭 동여맨 여자가 손을 쭉 뻗어

실꾸리를 날실 사이로 빼내어 가슴을 향해 바디집[14]을 능숙하게 잡아당
　　기면,

그것이 여인의 가슴에 닿을 듯 말 듯하듯, 오디세우스는

바로 뒤에서 바짝 붙어서 달렸기에 아이아스의 발걸음이 일으킨 먼지가

자리 잡기도 전에 그 자리를 밟고 지나갔다. 고귀한 오디세우스는   765

내내 빠르게 달려 아이아스의 머리 위에 숨을 쏟아냈고,

모든 아카이오스인은 승리를 열망하며 고군분투하는 그의 이름을

소리쳐 부르며 힘을 북돋웠다. 주로의 마지막 구간을 달릴 때,

즉시 오디세우스는 빛나는 눈의 아테나에게 마음속으로 기도했다.

"여신이시여, 기도를 듣고 오셔서 제 발의 훌륭한 구원자가 되어주소서."   770

오디세우스가 기도하자, 팔라스 아테나가 그 기도를 듣고

---

14 "바디집"은 베틀에서, 바디를 위아래로 끼워 감싸는 두 짝의 나무틀을 말한다.

그의 사지, 곧 아래의 두 발과 위의 두 팔을 가볍게 해주었다.

이윽고 그들이 이제 우승을 향해 뛰어들려고 할 때,

아테나가 방해하는 바람에 아이아스는 달리다가 미끄러졌다.

거기에는 빠른 발의 아킬레우스가 파트로클로스를 기리기 위해   775

바친 제물, 우렁차게 울던 황소들이 남긴 배설물이

쌓여 있어, 넘어진 아이아스의 입과 코에 잔뜩 들어찼다.

이렇게 해서 인내심 대단한 고귀한 오디세우스가 일 등으로 들어와

술동이를 가져갔고, 영광스러운 아이아스는 황소를 가져갔다.

아이아스는 들판에 사는 황소의 뿔을 손으로 잡고 서서   780

배설물을 뱉어내며 아르고스인들 가운데서 말했다.

"아, 이런, 여신께서는 전부터 오디세우스 옆에 붙어 마치 어머니처럼

도와주시더니 이번에도 내 발을 방해했구려."

　　　아이아스가 이렇게 말하자 다들 유쾌하게 웃었다.

안틸로코스도 미소를 지으며 마지막 삼 등 상품을 가져가면서   785

아르고스인 가운데서 말했다.

"친구들이여, 여러분도 모두 봤다시피 이번에도 불멸의 신들께서

연장자들을 대우해주신 것 같소. 아이아스는

나보다 조금 앞서 태어난 분이지만, 오디세우스는 이전 세대에

속한 옛날 사람이잖소. 사람들은 그를 청춘 같은   790

노인이라고 말하는데, 아카이오스인 중에서는 아킬레우스만 빼고

달리기 시합에서 그와 겨루어 이기기 어렵기 때문이오."

　　　안틸로코스는 이렇게 말하며 펠레우스의 아들 빠른 발의

아킬레우스를 칭송했다. 그러자 아킬레우스가 대답했다.

"안틸로코스여, 그대의 찬사가 헛되지 않도록   795

그대의 상금에 황금 반 탈란톤을 더 얹어주겠소."

　　　아킬레우스가 이렇게 말하고 황금 반 탈란톤을 그의 손에 두니

안틸로코스는 기쁘게 받았다. 곧이어 펠레우스의 아들은 그림자 길게

드리운 긴 창과 방패와 투구를 경기장 안에 가져다놓았다.

이것은 파트로클로스가 사르페돈에게서 빼앗은 무구들이었다. 800

아킬레우스는 일어나 아르고스인들 가운데서 말했다.

"우리는 이 무구들을 걸고 가장 용맹한 두 전사가

무구를 갖추고 살을 찢는 청동을 들고 무리 앞에서

겨루기를 요청하오. 두 전사 중 먼저 상대의 고운 살에

다가가 무구들과 검은 피를 지나 내장을 건드리는 805

자에게는 은징이 박힌 칼을 주겠소.

내가 아스테로파이오스에게서 빼앗은 이것은

트라케에서 만든 아름다운 칼이오.

하지만 이 무구들은 두 사람의 공동 자산이 될 것이고,

두 사람을 위해 내 막사에서 성대한 잔치를 베풀겠소." 810

　　아킬레우스가 이렇게 말하자 텔라몬의 아들 큰 아이아스가

일어섰고, 티데우스의 아들 강력한 디오메데스도 일어섰다.

두 장수는 각각 무리의 양편에서 무장을 갖추고

피를 끓이며 마당 한가운데 마주 서서 서로를 매서운 눈빛으로

노려보았고, 모든 아카이오스인은 숨을 죽였다. 815

두 사람은 마주 보면서 나아가다가 서로 가까워지자 세 번에 걸쳐

상대에게 달려들었고, 그때마다 가까이에서 맞붙었다.

이때 아이아스는 사방으로 길이가 같은 디오메데스의 둥근 방패를

창으로 찔렀지만, 창이 살에는 이르지 않고 안쪽의 흉갑이 막아주었다.

그런 후 티데우스의 아들 디오메데스는 큰 방패 뒤에서 820

번쩍이는 창끝으로 연거푸 상대의 목을 찌르고자 했다.

이때 아카이오스인들은 아이아스를 크게 염려하여

시합을 그치고 두 사람이 똑같이 상을 가져가길 요구했다.

하지만 영웅 아킬레우스는 큰 칼과 칼집과 정교하게 잘라 만든

어깨띠를 티데우스의 아들 디오메데스에게 주었다. 825

　　곧이어 펠레우스의 아들 아킬레우스는 원반던지기에 사용되는
무쇠 덩어리를 걸었다. 이것은 힘이 엄청나게 센
에에티온이 시합에서 쓰던 기구인데, 빠른 발의 고귀한 아킬레우스가
그를 죽이고 다른 재물과 함께 함선에 실어 가지고 왔다.
아킬레우스는 일어나 아르고스인들 가운데서 말했다.　　　　　　　　830
"이 경기에 참여할 자들은 일어서시오.
승자는 자신의 밭이 아주 멀리까지 있더라도
다섯 해가 돌 때까지는 쓰기에 충분할 것이오.
무쇠가 필요할 때는 이것으로 충분할 테니
무쇠가 없어 목자나 농부가 도시로 나갈 필요가 없소."　　　　　　　835
　　아킬레우스가 이렇게 말하자, 전투에 끈질긴 폴리포이테스가 일
　　　　어섰고,
신 같은 강력한 레온테우스도 일어섰으며,
텔라몬의 아들 아이아스와 고귀한 에페이오스도 일어섰다.
그들이 차례를 따라 서자 고귀한 에페이오스가 원반을 집어 들고
빙빙 돌리다가 던졌다. 그 광경에 모든 아카이오스인이　　　　　　840
웃음을 터뜨렸다. 다음으로는 아레스의 자손 레온테우스가 던졌다.
세 번째로는 텔라몬의 아들 큰 아이아스가 다부진 손으로
지금까지 던진 모든 사람이 도달한 지점보다
더 멀리 던졌다. 하지만 전투에 끈질긴 폴리포이테스가 원반을
집어 들어 던졌을 때, 소 치는 목자가 던진 지팡이가　　　　　　　845
빙글빙글 돌아 소 떼 위를 훌쩍 넘어 날아가듯,
원반이 경기장 밖으로 훌쩍 넘어가자 환호성이 일었다.
강력한 폴리포이테스의 전우들이 일어나
그들의 왕이 얻은 상품을 속 빈 함선들로 가져갔다.
　　곧이어 아킬레우스는 궁수들을 위해　　　　　　　　　　　　850
검은 무쇠를 걸었다. 즉, 양날 도끼 열 개와 외날 도끼 열 개를

상품으로 걸었다. 그리고 뱃머리 검은 함선의 돛대를

저 멀리 모래 위에 세운 후, 거기에 겁 많은 비둘기의 발을

가는 줄로 묶고 활로 쏘게 했다.

"겁 많은 비둘기를 맞히는 사람은 양날 도끼들을   855

모두 집으로 가져가시오. 줄은 맞혔지만

새를 맞히지 못한 사람은 실력이 더 떨어지므로

외날 도끼들을 가져가게 될 것이오."

　　　아킬레우스가 이렇게 말하자, 힘센 테우크로스왕이

일어섰고, 이도메네우스의 용맹한 시종 메리오네스도   860

일어섰다. 제비를 청동 투구에 넣고 흔드니

테우크로스의 제비가 먼저 뽑혔다. 그는 즉시 화살을

힘껏 쏘았지만, 암양에게서 첫 번째로 태어난 새끼 양들을

제물로 성대한 제를 올리겠다고 군주 아폴론에게

서약하지 않아 아폴론을 언짢게 한 탓에,   865

새를 맞히지 못하고 새 발에 묶여 있던 줄을 맞혔는데

날카로운 화살이 줄을 완전히 끊어버렸다.

새는 쏜살같이 하늘로 날아가고,

줄이 땅에 떨어지자 아카이오스인들은 환호성을 질렀다.

이때 메리오네스가 잽싸게 테우크로스의 손에서   870

활을 낚아챘고, 화살은 테우크로스가 겨냥하는 동안

이미 준비되어 있었다. 즉시 메리오네스는 멀리 쏘는

아폴론에게 암양에게서 첫 번째로 태어난 새끼 양들을

제물로 성대한 제를 올리겠다고 서약하고, 겁 많은 비둘기가

저 높이 구름 아래 있는 것을 보고는, 거기에서   875

빙빙 돌고 있는 비둘기의 날개 아래 한가운데를 맞혔다.

화살은 비둘기를 완전히 뚫고 지나간 후 다시 땅에 떨어져

메리오네스의 발 앞에 박혔고, 새는 뱃머리 검은 배의

돛대 위에 앉더니 목을 늘어뜨리고 깃털 달린 날개를 접었다.

생명이 새의 몸에서 순식간에 빠져나갔고, 새가 돛대에서 880

힘없이 떨어지자 구경꾼들은 탄성을 질렀다.

이렇게 해서 메리오네스는 양날 도끼 열 개를 모두 가져갔고,

테우크로스는 외날 도끼들을 속 빈 함선들로 가져갔다.

　　　곧이어 펠레우스의 아들 아킬레우스는 그림자 길게 드리운 긴 창과,

아직 불 한 번 닿지 않은 새 것으로, 꽃무늬가 정교하게 새겨진 885

황소 한 마리와 맞바꿀 만한 가마솥을 경기장 한가운데 내놓았다.

그러자 창을 던지는 전사들이 일어섰다. 아트레우스의 아들로 드넓은 땅을

다스리는 아가멤논이 일어섰고, 이도메네우스의 용맹한 시종 메리오네

　　스가 일어섰다.

빠른 발의 고귀한 아킬레우스가 그들 가운데서 말했다.

"아트레우스의 아들이여, 당신이 누구보다 890

훨씬 뛰어나고, 힘과 창던지기에서 최고임을 알고 있소.

그러니 이 상품을 가지고 속 빈 함선들로 가시오. 하지만 당신이

마음으로 원한다면, 이 창을 영웅 메리오네스에게 줍시다.

나도 그렇게 하길 바라오."

　　　아킬레우스가 이렇게 말하자, 인간들의 군주 아가멤논은 거부하지 895

않았다. 그래서 청동 창은 메리오네스에게 돌아갔고, 영웅 아가멤논은

전령 탈티비오스에게 자신이 받은 무척 아름다운 상품을 건넸다.

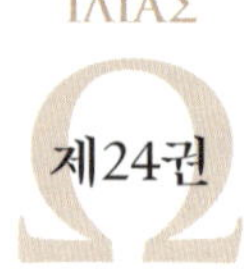

제24권　헥토르의 장례

경기를 마치자 군사들은 해산하여 저녁 식사와 달콤한 잠을

즐길 생각을 하며 저마다 자신의 빠른 함선으로 돌아갔다.

하지만 아킬레우스는 사랑하는 전우를 생각하며 울었고,

모든 것을 굴복시키는 잠도 그를 사로잡지 못했다.

그는 잠자리에 누워 이리저리 뒤척이며　　　　　　　　　　5

파트로클로스의 대장부다운 기개와 고귀한 용기를 그리워했다.

아킬레우스는 파트로클로스와 함께 전사들의 전쟁과 고통을

불러일으키는 파도를 뚫고 수많은 일을 이루었고 고초도 겪어냈다.

그런 일을 생각하며 때로는 모로 누웠다가,

때로는 다시 등을 바닥에 대고 누웠다가, 때로는 얼굴을 대고　　10

엎드려 눈물을 뚝뚝 흘렸다. 그러다 잠자리에서 일어나더니

해변을 따라 정처 없이 거닐다가 새벽의 여신 에오스가

바다와 해변 위로 떠오르는 모습을 보았다.

날이 밝자마자 그는 빠른 말들에 멍에를 얹어 전차에 묶고

헥토르를 끌고 다니기 위해 전차 뒤에 매달았다. 그런 후　　15

헥토르를 끌고 메노이티오스의 죽은 아들 파트로클로스의 무덤을

세 번 돌고 나서, 헥토르는 먼지 속에 얼굴을 박고 뻗어 있게

내버려두고, 자신은 다시 막사로 돌아와 쉬었다. 하지만 아폴론이

〈아킬레우스〉(알렉산더 로타우그, 1930년경)

이 죽은 전사를 불쌍히 여겨 그의 육신이 손상되지 않도록 보살폈다.

신은 황금빛 아이기스로 헥토르의 시신을 온전히 감싸,　　　　　　　　20

아킬레우스가 이리저리 끌고 다녀도 시신이 찢기지 않게 했다.

　　　아킬레우스가 분노하여 고귀한 헥토르를 욕보이자,

이를 본 축복받은 신들은 헥토르를 불쌍히 여겨, 정탐에 탁월한 신이자

아르고스를 죽인 자 헤르메스에게 시신을 몰래 빼내라고 부추겼다.

다른 신들은 모두 그렇게 하기를 기뻐했지만, 헤라와　　　　　　　　25

포세이돈과 빛나는 눈의 처녀 신 아테나는 기뻐하지 않았다.

헤라와 아테나는 알렉산드로스가 그들에게 지은 죄 때문에 신성한

일리오스와 프리아모스와 그의 백성을 애초에 미워했고, 그 미움이 여전히

그들 안에 남아 있었기 때문이다. 두 여신이 알렉산드로스의

집으로 찾아갔을 때, 그가 고통을 불러일으킬 색욕을　　　　　　　　30

주겠다고 약속한 여신을 선택하여 두 여신을 모욕한 일이

미움의 발단이 되었다. 장례를 치르고 나서 열두 번째 날이 밝아왔을 때,

불멸의 신들 가운데서 포이보스 아폴론이 말했다.

"신들이여, 매정하고 고약하십니다. 당신들은

헥토르가 흠 없는 황소와 염소의 넓적다리뼈들을　　　　　　　　35

태워 올린 제사를 받지 않았습니까? 그런데도

그의 시신을 구해내 그의 죽음을 본 아내와 어머니와

어린 아들과 아버지 프리아모스와 백성이 신속하게

그를 화장하고 예를 갖추어 장례를 치를 수 있게 해주려는 노력조차

하지 않는군요. 신들이여, 당신들은 잔인한 아킬레우스를　　　　　　　　40

도우려 하지만, 그의 마음은 바르지 않고 가슴속 생각은

비틀려 있어요. 그는 사자처럼 사납습니다.

사자는 자신의 큰 힘과 영웅다운 기개를 믿고

포식하기 위해 사람들이 키우는 작은 가축들을 습격하는데,

바로 그렇게 아킬레우스에게는 동정심도 수치심도 없습니다.　　　　　　　　45

수치심은 사람들에게 큰 손해를 끼치기도 하지만 큰 이익이
되기도 하지요. 사람들은 한 어머니의 태에서 나온 형제라든지 아들처럼
더 소중한 사람을 잃었을 때조차 끝없이 통곡하며 애곡하지는 않습니다.
운명의 여신들이 사람 안에 참고 견디는 마음을 두었기 때문입니다.
하지만 아킬레우스는 고귀한 헥토르의 목숨을 빼앗은 후에도   50
그를 전차 뒤에 매달고 사랑하는 전우의 무덤 주위로 끌고 다닙니다.
그런 짓은 아킬레우스 자신에게도 아름답거나 좋은 일이 아닙니다.
그가 아무리 용맹하더라도 우리 신들의 분노를 사서야 되겠습니까?
화가 난다고 말 없는 대지를 계속 욕보여서는 안 될 일입니다.”

　　　하얀 팔의 헤라가 화가 나서 아폴론에게 말했다.   55
“은빛 활의 신이여, 아킬레우스와 헥토르에게 똑같은 명예를
주어야 한다면, 그대의 말도 일리가 있을 거예요. 하지만 헥토르는
여자의 젖을 빤 필멸의 인간일 뿐이지만, 아킬레우스는 여신이 낳은
아들인 데다 나는 직접 그 여신을 양육해, 불멸의 신들이
마음속으로 아끼고 사랑하는 인간인 펠레우스에게   60
아내로 주었지요. 신들이여, 여러분은 모두 이 여신의 결혼식에
왔었고, 악인의 동료이자 언제나 못 믿을 자인 아폴론 그대도
포르밍크스를 들고 결혼식 연회에 참석했었죠.”

　　　구름을 모으는 제우스가 헤라에게 대답했다.
“헤라여, 신들에게 너무 화내지 마시오. 물론 헥토르와 아킬레우스의   65
명예가 똑같지는 않겠지만, 헥토르도 일리오스에 있는 인간들 중에서는
신들이 가장 아끼는 자요. 적어도 내게는 그렇소. 그는 귀한 예물을
단 한 번도 빠뜨리지 않고 내게 바쳤기 때문이오.
제사용 음식과 술과 제물을 태워 올리는 번제의 향과 연기는
인간들이 우리 신들의 명예를 높이고자 할 때 바치는 예물인데,   70
지금까지 헥토르는 내 제단에 그것이 끊기게 한 적 없었소.
하지만 아킬레우스 모르게 대담한 헥토르의 시신을 몰래 빼내기는 불

가능하니,

그리해서는 안 되오. 아킬레우스의 어머니가 밤낮으로 한결같이

그의 곁을 지키고 있기 때문이오. 그러니 신들 중 누군가가 테티스를

내 옆으로 불러준다면, 내가 그녀에게 잘 말해 아킬레우스가   75

프리아모스에게 선물을 받고 헥토르의 시신을 내주라고 하겠소."

　　제우스가 이렇게 말하자 폭풍처럼 빠른 이리스가 그 말을

전하러 갔다. 이리스가 사모스와 길 험한 임브로스 사이

중간 지점에서 바다로 뛰어들자 바닷물에서 큰 소리가 났다.

들판에서 살아가는 황소의 뿔을 따라 납 조각이 물속으로   80

빠르게 내려가 날고기를 먹는 물고기들에게 죽음의 운명을

안겨주듯,[1] 그렇게 이리스는 깊은 바다 속으로 쏜살같이 내려갔다.

그리고 속 빈 동굴에서 테티스를 발견했다. 그녀 주위에는 바다의

다른 여신들[2]이 모여 앉아 있었고, 그녀는 여신들 한가운데 앉아

고국에서 멀리 떨어진 비옥한 트로이아에서 죽게 되어 있는   85

흠 잡을 데 없이 훌륭한 아들의 운명을 생각하며 울고 있었다.

빠른 발의 이리스가 다가가 말했다.

"테티스여, 일어나세요. 불멸의 계책을 아시는 제우스께서 부르십니다."

그러자 은빛 발의 여신 테티스가 대답했다.

"위대한 신께서 무슨 일로 나를 오라고 하시나요?   90

내 마음은 끝없이 괴로워 다른 불멸의 신들과 어울리기조차 두렵습니다.

그래도 헛되이 말씀하시는 분이 아니니 제가 가지요."

　　여신들 중 고귀한 테티스는 이렇게 말하고,

옷 중에서 가장 검은 면사포를 집어 들었다.

1　"황소의 뿔"은 낚시 바늘을 만든 재료였고, "납 조각"은 인공 미끼이거나 단순히 낚싯바늘
　을 가라앉히는 역할을 한 것으로 추정된다.
2　"테티스"는 바다의 신 네레우스가 낳은 50명의 딸들 중 하나다. 여기에 언급된 "다른 여신
　들"은 나머지 49명의 딸들을 가리킨다.

테티스가 길을 나서자 바람처럼 빠른 이리스가 앞장섰고,

두 여신의 주위로 바다 물결이 뒷걸음질치며 물러났다.

이윽고 두 여신은 해변으로 나와서 하늘을 향해 쏜살같이

날아올라 크로노스의 아들 멀리 보는 제우스를 발견했다.

그의 주위에는 영원토록 존재하는 축복받은 신들이 모두 모여 있었다.

아테나가 자리를 양보해주어 테티스는 아버지 제우스 옆에   100

앉았다. 헤라가 아름다운 황금 잔을 그녀의 손에 두고

위로의 말을 하자, 테티스는 마시고 잔을 돌려주었다.

그들 가운데서 인간들과 신들의 아버지가 말문을 열었다.

"테티스 여신이여, 마음에 끊임없는 슬픔이 있어 괴롭고 힘들 텐데도

올림포스에 와주었구려. 나도 그 슬픔을 알고 있소.   105

그런데도 왜 당신을 여기로 불렀는지 말하겠소.

헥토르의 시신과 성을 함락시키는 자 아킬레우스를 둘러싸고

불멸의 신들 사이에서 아흐레 동안 언쟁이 벌어졌소.

불멸의 신들은 정탐에 탁월한 신이자 아르고스를 죽인 자 헤르메스에게

시신을 몰래 빼내라고 부추기고 있소.   110

하지만 나는 이후로도 당신의 존경과 사랑을 계속 받기 위해

그런 영광을 아킬레우스에게 주고 싶소. 그러니 어서 빨리

군영으로 가서 당신의 아들에게 내 명령을 전해줘야겠소. 그가 광분해

새 부리같이 휜 함선들 옆에 헥토르를 잡아두고 내주지 않는 일로

신들이 분노했고, 특히 모든 불멸의 신들 중에서 내가 가장 진노했다고   115

말하시오. 나를 두려워한다면 헥토르를 놓아줄 테지.

나는 영웅다운 기개를 지닌 프리아모스에게 이리스를 보내

아킬레우스의 마음을 풀어줄 선물들을 가지고 아카이오스인의

함선들로 가서 몸값을 치른 뒤 사랑하는 아들을 데려오라고 말하겠소."

　　　제우스가 이렇게 말하자 은빛 발의 여신 테티스는   120

거역하지 않고, 올림포스 꼭대기에서 쏜살같이 달려

아들의 막사에 도착했다. 가서 보니 아들은

몹시 슬퍼서 울고 있었으며, 주위에서는 사랑하는 전우들이

아침 식사를 준비하느라 분주하게 움직였는데,

막사 안에서 털 많은 큰 숫양을 잡고 있었다. 존귀한 어머니는   125

아킬레우스 바로 옆에 앉아 손으로 그를 쓰다듬으며 말했다.

"얘야, 언제까지 먹는 것도 자는 것도 잊은 채

애곡하고 애통해하느라 네 마음을 갉아먹을 셈이냐?

네가 내 앞에서 살아 있을 시간은 많지 않고,

죽음과 강력한 운명은 가까이 와 있으니,   130

차라리 네가 여자와 몸을 섞고 사랑이라도 나눈다면 좋겠구나.

나는 제우스의 명령을 전하러 왔으니

어서 내가 하는 말을 듣거라. 제우스께서는 네가 광분해

새 부리같이 흰 함선들 옆에 헥토르를 잡아두고

내주지 않는 일을 두고 신들이 분노했으며,   135

특히 모든 불멸의 신들 중에서 자기가 가장 진노했다고 말씀하셨다.

그러니 자, 몸값을 받고 헥토르의 시신을 놓아주렴."

    빠른 발의 아킬레우스가 어머니에게 대답했다.

"그렇게 하겠습니다. 올림포스의 주인께서 정색하고 친히 명령하셨다면,

누구든지 몸값을 가지고 와 시신을 가져가게 하세요."   140

    함선들이 모여 있는 곳에서 어머니와 아들은 이렇게

날개 달린 말로 많은 대화를 나누었다. 한편 크로노스의 아들은

이리스를 신성한 일리오스로 급히 보냈다.

"빠른 이리스여, 어서 가라. 올림포스의 거처를 떠나

일리오스로 가서 영웅다운 기개를 지닌 프리아모스에게   145

아킬레우스의 마음을 풀어줄 선물들을 가지고

아카이오스인의 함선들로 가서 몸값을 치르고

사랑하는 아들을 데려오되, 나이 든 전령 한 명 외에는

다른 트로스인을 데려가지 말고 혼자 가게 하라.

그 전령으로 하여금 노새들과 잘 구르는 짐수레를 몰고 가, 고귀한   150

아킬레우스가 죽인 고인을 도성으로 다시 실어오게 하라고 전하라.

아울러 우리가 아르고스를 죽인 자 헤르메스를 안내자로 붙여

그를 아킬레우스에게 데려다주게 할 테니,

마음속으로 죽음을 걱정하거나 두려워하지 말라고 전하라.

헤르메스가 그를 아킬레우스의 막사로 안내한 후에는   155

아킬레우스가 그를 죽이지 않을 뿐 아니라 다른 사람이 그리하지

않도록 모두 막아줄 것이다. 아킬레우스는 결코 몰지각하거나 생각이
    전혀 없거나

악당이 아니니, 도움을 청하러 온 사람을 아주 사려 깊게 보살필 것이다."
        제우스가 이렇게 말하자, 태풍같이 빠른 이리스가 곧장 그 말을
        전하러 갔다.

이리스가 프리아모스의 궁에 이르니, 울부짖음과 곡소리가   160

그를 맞이했다. 아들들은 안마당에서

아버지 주위에 앉아 눈물로 옷을 적셨고,

그들 한복판에는 노인이 외투를 뒤집어쓰고 있었다.

노구의 머리와 목 둘레에는 땅바닥을 뒹구는 동안

늙은 손으로 움켜 쥐어 머리에 덮은 먼지가 흥건히   165

쌓여 있었다. 그의 딸들과 며느리들도

아르고스인의 손에 목숨을 잃고 누운 많은 용맹한 전사들을

생각하며 집 안 여기저기에서 애곡하고 있었다.

제우스의 사자가 프리아모스 옆에 서서

부드럽게 말하자, 그는 사지를 부들부들 떨었다.   170

"다르다노스의 자손 프리아모스여, 안 좋은 일을 알리러 온 게

아니라 좋은 의도로 왔으니 안심하고 두려워하지 마라.

나는 제우스의 사자이고, 그분은 멀리 계시면서도

그대를 무척 걱정하며 불쌍히 여기신다.
올림포스의 주인께서는 네게 이렇게 지시하셨다.   175
아킬레우스의 마음을 풀어줄 선물들을 가지고 가서
몸값을 치르고 고귀한 헥토르를 데려오되, 오직 나이 든 전령 한 명
외에는 다른 트로스인을 데려가지 말고 혼자 가라.
그 전령으로 하여금 노새들과 잘 굴러가는 짐수레를 몰고 가,
고귀한 아킬레우스가 죽인 고인을 도성으로 다시 실어오게 하라.   180
아르고스를 죽인 자 헤르메스를 그대에게 안내자로 붙여
그대를 아킬레우스에게 데려다주도록 할 테니,
마음속으로 죽음을 걱정하거나 두려워하지 마라.
또한 헤르메스가 그대를 아킬레우스의 막사로 안내한 후에는
아킬레우스가 그대를 죽이지 않을 뿐 아니라 다른 사람이 그리하지   185
않도록 모두 막아줄 것이다. 아킬레우스는 몰지각하거나 생각이 없거나
악당이 아니니, 도움을 청하러 온 사람을 아주 사려 깊게 보살필 것이다.”

　　　빠른 발의 이리스는 이렇게 말한 후 떠났고, 프리아모스는
노새가 끌고 잘 구르는 짐수레를 준비해 거기에 버들가지로
만든 궤짝을 묶으라고 아들들에게 일러둔 다음   190
자기는 삼나무 향이 나는 지붕 높은 저장고로 내려갔다.
그곳에는 값나가는 물건이 많이 보관되어 있었다.
프리아모스는 아내 헤카베를 불러 말했다.
“여보, 올림포스에서 제우스의 전령이 찾아와
아킬레우스의 분노를 달랠 선물들을 들고 아카이오스의   195
함선으로 가서 몸값을 치르고 우리의 아들을 데려오라 하오.
그러니 자, 이 일에 대해 당신의 마음속 생각을 말해보시오.
내 마음과 생각은 아카이오스인의 함선들이 있는 드넓은 군영 안으로
들어가라고 내게 아주 강력하게 명령하고 있다오.”

　　　프리아모스가 이렇게 말하자, 아내는 울부짖으며 대답했다.   200

〈프리아모스를 찾아간 이리스〉(펠리체 지아니, 1810~1820년)

"아아, 슬픈 운명이여. 한때는 당신의 지혜가 백성과

이방인 사이에서도 찬사를 받았건만,

이제는 그 현명함이 어디로 달아나버렸나요?

어떻게 당신 혼자 아카이오스인의 함선들로 가서

용맹한 아들들을 여럿 죽인 자의 눈앞에   205

서겠다는 생각을 하실 수 있나요? 정녕 당신의 심장은 무쇠로

되어 있나 보군요. 그는 잔인한 데다 믿을 수 없는 자여서

당신을 보자마자 붙잡을 테고, 불쌍히 여기거나

존중하지도 않을 거예요. 그러니 우리는 궁에 앉아 멀리서나마

애곡하는 것으로 만족해야 합니다. 내가 그 아이를 낳은 바로 그때,   210

강력한 운명의 여신들이 그가 부모에게서 멀리 떨어져

잔인한 남자 옆에서 빠른 발의 개들을 배부르게 할 운명으로 실을

자았을 테니까요. 하지만 내 아들은 겁쟁이로 죽은 게 아니에요.

도망치거나 피할 생각도 하지 않고 트로이아 남자들과 긴 주름치마를 입은

트로이아 여자들을 위해 맞서다 죽었으니, 그자의 간을 가져와   215

씹어 먹어 내 아들의 원수를 갚을 수 있다면 얼마나 좋을까요."

　　　신 같은 프리아모스 노인이 아내에게 대답했다.

"당신은 가고자 하는 나를 설득할 수 없으니

나를 막지 말고, 내 궁에서 흉조를 알리는 새가 되지도 마시오.

희생 제물을 보고 점치는 예언자나 제관같이   220

땅에 사는 다른 누군가가 그렇게 하라고 내게 명령했다면,

우리는 거짓말이라 생각하고 등 돌리는 편이 나을 테지만,

이번에 나는 직접 여신을 보았고 여신의 음성을 들었다오.

여신의 말이 헛되지 않을 테니 나는 가겠소.

청동 갑옷 입은 아카이오스인의 함선들 옆에서   225

죽는 것이 내 운명이라면 기꺼이 따르겠소. 아들을 품에 안고

원 없이 울 수 있다면, 아킬레우스의 손에 당장 죽어도 여한이 없소."

　　프리아모스는 이렇게 말하고 궤짝들의 아름다운 뚜껑을 열어,

아름답기 그지없는 여성용 겉옷 열두 벌, 한 겹짜리

외투 열두 벌, 깔개 열두 개, 흰 겉옷 열두 벌,　　　　　　　　　　　230

상의 열두 벌을 꺼냈다. 그리고 황금을 달아 모두 합쳐 열두 탈란톤을

가지고 나왔고, 번쩍이는 세발솥 두 개, 가마솥 네 개, 매우 아름다운

술잔 하나를 가지고 나왔다. 이 술잔은 사절로 간 그에게

트라케 사람들이 준 아주 값진 물건이었다. 노인의 마음속에는

온통 몸값을 치르고 사랑하는 아들을 데려와야겠다는　　　　　　235

생각뿐이었기에, 궁 안의 어떤 귀한 물건도

아끼지 않았다. 그런 후 프리아모스는 주랑에 있던 트로스인들을

모욕적인 말로 꾸짖으며 모두 쫓아냈다.

"꺼지거라, 더러운 비방을 일삼는 쓸모없는 자들아,

너희는 욕을 먹어도 싸다. 너희 집에는 통곡할 일이 없으니　　　　240

나를 괴롭게 하려고 여기에 왔느냐? 크로노스의 아들 제우스께서

가장 용맹한 아들을 죽게 하여 내게 고통을 주셨는데, 너희는 그 일로

나를 비방하고 경멸하느냐? 너희도 이제 그 고통을 알게 될 것이다.

내 아들이 죽어 아카이오스인들이 너희를 도륙하기가 훨씬 더 쉬울 테니.

하지만 나는 도시가 약탈당하고 황폐화되는 것을　　　　　　　　　245

이 두 눈으로 보기 전에 하데스의 집으로 가야겠다."

　　　프리아모스가 이렇게 말하고 사람들을 내쫓자,

그들은 화내며 홀을 휘두르는 노인을 피해 밖으로 나갔다.

그런 후 프리아모스는 아들들, 곧 헬레노스, 파리스,

고귀한 아가톤, 팜몬, 안티포노스, 함성 소리 우렁찬 폴리테스,　　　250

데이포보스, 히포토오스, 고귀한 아가우오스를 모두 불러 꾸짖었다.

노인은 이 아홉 명의 아들들을 불러 지시했다.

"서둘러라, 부끄럽고 못난 것들아. 날랜 함선들 앞에서

헥토르가 아닌 너희가 모조리 쓰러졌어야 했거늘.

아, 나는 드넓은 트로이아에서 가장 용맹한 아들들을 낳았지만,   255
지금은 그들 중 아무도 남아 있지 않으니 지지리도 운이 나쁘구나.
신 같은 메스토르, 전차를 타고 싸우는 트로일로스,
인간들 가운데서 신이었고 필멸하는 인간의 아들이 아니라
신의 아들 같았던 헥토르, 그중 누구 하나 남아 있지 않구나.
그들은 모두 아레스가 죽였고, 지금 남아 있는 자식들은   260
거짓말쟁이에 노래하며 춤추는 데만 으뜸이고,
자기 백성의 양과 새끼 염소를 훔치는 등 수치스럽게 행동한
자들뿐이다. 길을 떠날 수 있도록 어서 짐수레를 준비하고
거기에 이 모든 것을 싣지 않고 무엇 하느냐?"
        프리아모스가 이렇게 말하자, 아버지의 꾸지람에 겁먹은   265
아들들은 최근에 제작한, 아름답고 잘 구르며 노새가 끄는
짐수레를 몰고 와서, 그 위에 버들가지로 만든 궤짝을 묶었다.
그리고 대못에 걸어두었던 회양목으로 만든 노새 멍에를 가져왔는데,
멍에에는 돌기가 달려 있었고, 고삐를 거는 고리들도 잘 박혀 있었다.
또한 멍에와 아홉 페키스[3] 길이의 멍에끈을 가져왔다.   270
그들은 매끈하게 잘 다듬은 끌채 맨 앞쪽 위에 멍에를
잘 놓고, 멍에에 달려 있는 고리를 끌채 끝에 있는 말뚝에
걸었다. 이어 멍에끈을 돌기에 세 번 감아 수레 양쪽
기둥에 차례로 묶은 다음 나머지 끈은 아래로 늘어뜨렸다.
그런 후 그들은 헥토르의 머리[4]를 돌려받는 데 쓸   275
셀 수 없이 많은 몸값을 저장고에서 가져와 매끈하게 잘 다듬은

---

3 "페키스"(πῆχυς)는 고대 서양과 중동에서 사용하던 길이 단위로 팔꿈치에서 가운뎃손가락
   끝까지의 길이를 가리킨다. 고대 이집트에서는 52.35센티미터, 고대 로마에서는 44.45센
   티미터, 고대 페르시아에서는 50센티미터에 해당한다. 따라서 "아홉 페키스"는 대략 4.5미
   터에 해당한다.
4 "헥토르의 머리"는 헥토르의 시신 전체를 가리킨다.

짐수레 위에 싣고, 마구를 차고 일하며 튼튼한 굽을 지닌 노새들 위에
멍에를 얹었다. 이 노새들은 전에 미시아인들이 프리아모스에게 준
빛나는 선물이었다. 또한 그들은 프리아모스를 위해 매끈히
다듬은 구유에서 노인이 직접 키운 말들을 끌고 와 멍에를 얹었다.   280
　　　이렇게 전령과 프리아모스가 생각이 복잡한 가운데
높은 궁에서 노새와 말들에 멍에를 얹고 있을 때,
헤카베가 착잡한 마음으로 그들에게 다가왔다. 그녀의 오른손에는
마음을 즐겁게 해주는 포도주가 담긴 술잔이 들려 있었는데,
길 떠나기 전 신들에게 부어 올리는 데 쓸 잔이었다.   285
헤카베는 말들 앞에 서서 말했다.
"내가 원치 않는데도 당신의 마음이 당신에게 함선들로
가라고 재촉하니, 아버지 제우스께 헌주하시고 적들에게 갔다가
다시 집으로 돌아오게 해달라고 기도하세요. 그런 후
온 트로이아를 굽어 살피시는 이데산 크로노스의 아드님이요   290
검은 구름을 몰고 다니시는 제우스께, 모든 새 중에서 그분이
가장 아끼고 가장 막강하며 빠른 그분의 사자인 길조가
당신의 오른쪽으로 날아가게 하세요. 그리하여 당신이 두 눈으로
직접 본 길조를 믿고, 빠른 말들을 타는 다나오스인의 함선들을
향해 길을 떠날 수 있도록 해달라고 구하세요. 멀리 보시는   295
제우스께서 당신에게 사자를 보내주지 않으시면,
당신이 아르고스인의 함선들로 가기를 아무리 열망해도,
나로서는 가지 말라고 뜯어말릴 수밖에 없어요."
　　　신 같은 프리아모스가 대답했다.
"여보, 자비를 구하며 두 손 들어 제우스께 비는 것은   300
좋은 일이니 당신이 하라는 대로 하겠소."
　　　노인은 이렇게 말하고 가사를 돌보는 시녀에게
자신의 손에 정화수를 부으라고 지시하자, 가사를 돌보는

시녀가 대야와 주전자를 동시에 들고 왔다.

손을 씻은 노인은 아내에게서 술잔을 받은 후 마당 한복판에

서서 하늘을 우러러보며 포도주를 부어 올리고 소리 내어 기도했다.

"이데산에서 다스리시는 가장 영광스럽고 위대한

아버지 제우스시여, 제가 아킬레우스의 진영에 갔을 때

호의와 동정을 받게 해주시고, 모든 새 중에 당신이

가장 아끼고 가장 강하며 가장 빠른 사자인

길조가 제 가장 오른쪽으로 날아가게 해서, 제가 두 눈으로

직접 본 길조를 믿고 빠른 말들을 타는 다나오스인의

함선들을 향해 길을 떠날 수 있도록 해주소서."

　　　노인이 이렇게 기도하자, 그의 기도를 들은

지략가 제우스는 날짐승 중 가장 완벽한

전조인 독수리, 즉 사람들이 검은 새라 부르는

검은 사냥꾼을 보냈다. 이 독수리가 양쪽으로 펼친 날개는

부자의 천장 높은 재물 저장고에 달린 튼튼한 빗장이 채워진

문처럼 아주 넓었다. 이 독수리가 도성을 지나

오른쪽으로 쏜살같이 날아가니 이를 본 그들은

기뻐했고, 모두의 가슴속 마음이 따뜻해졌다.

　　　노인은 서둘러 전차에 올라,

문간과 소리 울리는 주랑을 빠져나왔다.

앞에서는 현명한 이다이오스가 모는 노새들이

네 개의 바퀴가 달린 짐수레를 끌었고,

뒤에서는 말들이 모는 전차가 달렸다. 노인이 채찍을 휘둘러

전차를 몰아 도성을 빠르게 지나니, 그를 사랑하는 사람들은

모두 그가 죽으러 간다고 생각해 큰 소리로 통곡했다.

그들이 도시에서 내려와 들판에 이르자

아들들과 사위들은 일리오스로 돌아갔고,

멀리 보는 제우스는 들판에 나타난 프리아모스를 보았다.
제우스는 노인을 보고 불쌍하다는 생각이 들어
자신이 아끼는 아들 헤르메스에게 말했다.
"헤르메스야, 너는 사람의 동행이 되어주기를
가장 좋아하니 어서 가서 프리아모스를 아카이오스인의   335
속 빈 함선들로 데려다주어라. 하지만 그가 펠레우스의 아들
아킬레우스 앞에 가기 전에는 다나오스인들 중 누구도
그를 보거나 그가 온 사실을 알지 못하게 해라."

　　　제우스가 이렇게 말하자, 제우스의 심부름꾼이자 아르고스를
죽인 자 헤르메스는 거역하지 않고, 즉시 불멸의 아름다운   340
황금 신발을 묶어 신었다. 축축한 바다와 끝없이 펼쳐진 대지 위로
바람의 숨을 따라 그를 실어 날랐던 그 신발이었다.
그리고 지팡이를 집어 들었다. 그가 원하는 사람에게 이 지팡이를
갖다 대면 스르르 잠이 들었고, 잠자는 사람에게 갖다 대면
잠에서 깨어났다. 아르고스를 죽인 강력한 헤르메스는   345
그런 지팡이를 손에 들고 날아갔다. 순식간에 트로이아와
헬레스폰토스에 도착한 그는 이제 막 수염 나기 시작한
청춘의 절정기에 다다른 귀공자로 변장하고 걸었다.

　　　한편 프리아모스와 전령은 일로스의 큰 봉분을 지나
강에서 노새와 말들에게 물을 먹이려고 멈춰 섰다.   350
대지 위에는 어느덧 어둠이 찾아왔다. 이때 헤르메스가 가까이
다가오는 것을 본 전령이 경계하며 프리아모스에게 말했다.
"다르다노스의 자손이여, 조심하십시오.
저기에 한 남자가 오고 있는데, 이제 곧 우리를
죽일 것 같으니 경계해야 할 듯합니다.   355
그러니 자, 전차를 타고 도망치거나 그의 무릎을 붙잡으면서
불쌍히 여겨달라고 빌어야 합니다."

전령이 이렇게 말하자 노인은 겁먹은 나머지 얼이 빠졌고
사지의 굽은 털이 곤두섰다.
노인이 놀라 서 있자 행운을 가져다주는 자인   360
헤르메스가 다가와 그의 손을 잡으며 물었다.
"어르신, 다른 사람은 잠들어 있는 신성한 밤에
말과 노새들을 몰고 어디 가십니까? 분노를 내뿜는
아카이오스인들이 무섭지 않습니까? 당신의 적이자 잔인한
그들이 가까이에 있습니다. 빨리 지나가는 검은 밤에   365
이렇게 많은 재물을 싣고 가는 것을 그들 중 누구라도 보면
어쩌려고 그러십니까? 당신도 젊지 않고 저기 있는
동행인도 나이 들어 누군가가 먼저 시비를 걸어오면
막아내지 못하실 테지요. 하지만 나는 결코
당신을 해코지하지 않을 뿐 아니라   370
지켜드리겠습니다. 당신은 제 아버지를 닮으셨거든요."
그러자 신 같은 프리아모스 노인이 말했다.
"사랑스러운 젊은이여, 그대의 말이 지극히 옳소. 하지만
그대처럼 풍채와 용모가 훌륭하고 마음이 현명하며 분별 있는
길동무를 운 좋게 만난 것을 보니, 아직은   375
신들 중 어느 분이 손을 뻗어 나를 보호해주시나 보오.
그대는 축복받은 부모에게서 태어난 자식이 분명하오."
제우스의 심부름꾼이자 아르고스를 죽인 자 헤르메스가 대답했다.
"어르신, 당신이 하신 말씀은 다 진정으로 이치에 맞습니다.
그러니 자, 이것 하나만 분명히 말씀해주시지요.   380
당신은 이 많고 귀한 재물을 외국인들에게 가져다주어
당신을 안전하게 지키려는 건가요, 아니면
가장 용맹한 전사였던 아들이 죽었으니 이제 겁에 질려
신성한 일리오스를 버리고 떠나시려는 건가요? 당신의 아들은

전투에서 아카이오스인보다 못한 게 전혀 없었습니다."　　　　　　　385

　　　신 같은 프리아모스가 대답했다.

"지극히 훌륭한 분이여, 그대는 누구이고 어느 부모에게서

태어났기에 내 불행한 아들의 운명을 그리 좋게 말해주시오?"

　　　제우스의 심부름꾼이자 아르고스를 죽인 자 헤르메스가 대답했다.

"어르신, 고귀한 헥토르에 대해 물으면서　　　　　　　　　　390

저를 시험하시는군요. 남자에게 영광을 안겨주는 전장에서

저는 그를 이 두 눈으로 자주 보았고, 그가 아르고스인들을

함선들 앞까지 몰아붙여서 날카로운 청동 창으로 찔러 도륙할 때도

보았지요. 우리는 서서 그저 감탄했습니다. 아킬레우스가 아트레우스의

아들 아가멤논에게 분노해 우리로 참전하지 못하게 했으니까요.　　　395

저는 아킬레우스의 시종이며, 잘 만든 함선을 함께 타고 왔습니다.

저는 미르미도네스인이고, 제 아버지는 폴릭토르이십니다. 부자이고

당신처럼 노인이죠. 저 말고도 여섯 명의 아들을 두셨는데,

저는 일곱째 아들입니다. 형제들이 모두 제비를 넣고 흔들었더니,

그중 제가 뽑혀 여기로 왔지요. 저는 지금 함선에 있다가　　　　　400

먼저 들판으로 나오는 길입니다. 날이 밝으면 눈망울 초롱초롱한

아카이오스인들이 도성 주위에서 전투를 벌일 테니까요.

그들은 거기에 그냥 앉아 있는 데 진력이 나서 아카이오스인의

왕들조차 그들의 전의를 억누르지 못할 것입니다."

　　　신 같은 프리아모스가 말했다.　　　　　　　　　　　　405

"당신이 정말 펠레우스의 아들 아킬레우스의

시종이라면, 자, 내게 모든 진실을 말해주시오.

내 아들이 아직 함선들 옆에 있소, 아니면

아킬레우스가 이미 사지를 잘라 개들에게 던져주었소?"

　　　제우스의 심부름꾼이자 아르고스를 죽인 자 헤르메스가 대답했다.　410

"어르신, 아직 개와 새들이 그를 먹지 않았고,

그는 여전히 아킬레우스의 함선 옆 막사들 사이에
그대로 누워 있습니다. 죽어서 누운 지 열이틀째인데도
시신이 전혀 부패하지 않았고, 아레스에게 죽은
전사들을 갉아먹는 구더기들도 그를 먹지 않았습니다.　415
사실 신성한 새벽이 밝으면, 아킬레우스가 그를 끌고 가서
사랑하는 전우의 무덤 주위를 무자비하게 돌았지만,
시신은 전혀 훼손되지 않았습니다. 직접 가서 보면 아시겠지만,
그는 살아 있는 것처럼 누워 있고, 피도 다 씻겨
더러운 데가 한 군데도 없습니다. 많은 사람이 청동으로 그를　420
찔렀는데도 상처가 모두 아물었지요. 축복받은 신들께서
당신의 아들을 진심으로 사랑하시니 비록 죽기는 했어도
그렇게 보살핌을 받는 것일 테지요.”
　　헤르메스가 이렇게 말하자 노인은 기뻐하며 말했다.
“오, 젊은이여, 내 아들은 전에 궁에서 올림포스 신들을　425
잊은 적이 없었는데, 불멸의 신들께 합당한 예물을 바치길
과연 잘했군요. 전에 그는 그런 아들이었소. 그래서 비록 죽음의
운명에 붙잡혔어도 신들께서 그를 똑똑히 기억하셨군요.
그러니 자, 그대는 내게서 이 아름다운 술잔을 받고,
신들과 함께 나를 지켜주고 호위하여 내가 펠레우스의 아들　430
아킬레우스의 막사에 당도하게 해주시오.”
　　제우스의 심부름꾼이자 아르고스를 죽인 자 헤르메스가 대답했다.
“어르신, 제가 더 어리다고 여겨 저를 시험하시는 것이로군요.
당신은 저더러 아킬레우스 몰래 선물을 받으라고 권하지만,
저는 그 말을 듣지 않겠습니다. 아킬레우스가 두려운 데다가,　435
물건 빼돌리는 일을 진심으로 수치스럽게 여기니까요.
물건을 빼돌렸다가 어떤 후환을 당할지 모릅니다.
하지만 호위하는 일이라면 빠른 배를 타든 걸어서든 저 유명한 아르고

스까지라도 정성껏 모시겠습니다.

이 몸이 호위하는데 감히 나서서 시비를 걸 자 하나도 없으리다."

　　　　행운을 가져다주는 자 헤르메스는 이렇게 말하고,　　　　　　　　440

말들이 모는 전차 위로 뛰어올라 재빨리 채찍과 고삐를

손에 쥐고, 말과 노새들에게 고귀한 용기를 불어넣었다.

그들이 아카이오스인의 함선들을 지키는

방어벽과 해자에 도착했을 때, 경계병들은 이제 막 저녁 식사를

준비하느라 분주했다. 제우스의 심부름꾼이자 아르고스를　　　　　　445

죽인 자 헤르메스는 거기에 있는 모든 경계병에게 잠을 쏟아붓고,

즉시 빗장을 풀어 문을 연 다음

프리아모스와 훌륭한 선물들을 실은 짐수레를 안으로 들였다.

마침내 그들은 펠레우스의 아들 아킬레우스의

높다란 막사에 도착했다. 이 막사는 미르미도네스인들이　　　　　　450

전나무들을 베어 그들의 왕을 위해 지은 것으로,

풀 많은 들판에서 모아온 털처럼 푹신한 갈대를 이은 지붕을

위에 얹었다. 막사 주위에는 말뚝을 촘촘히 박아

큰 마당을 만들어놓았다. 막사 문에는 전나무로 된 빗장 하나가 있었다.

문에 달린 이 거대한 빗장을 걸거나 열려면 아카이오스인　　　　　　455

세 명이 필요했지만, 아킬레우스는 이 빗장을 혼자 걸거나 열었다.

이때는 행운을 가져다주는 자 헤르메스가 노인을 위해 빗장을 열어

펠레우스의 아들 빠른 발의 아킬레우스에게 줄 훌륭한 선물들을

안으로 들인 후 전차에서 땅으로 내려가 노인에게 말했다.

"노인장, 당신을 찾아온 나는 불멸의 신 헤르메스다.　　　　　　　　460

아버지 제우스께서 나를 보내 당신과 동행하게 하셨다.

이제 나는 돌아가 아킬레우스의 눈앞에는

모습을 드러내지 않을 것이다. 불멸의 신이 필멸의 인간에게

대놓고 호의를 베푼 일을 알면 다른 사람이 분개할 테니까.

이제 너는 안으로 들어가 펠레우스 아들의 무릎을   465
붙잡고, 그의 아버지와 머릿결 고운 어머니와 어린 자식의
이름으로 애원하며 마음을 움직여보라.”

      헤르메스는 이렇게 말하고 그곳을 떠나 높은 올림포스를
향했고, 프리아모스는 전차에서 땅 위로 뛰어내려
이다이오스에게 그곳에 남아 말과 노새들을   470
지키게 했다. 그런 다음 노인은 제우스가 아끼는
아킬레우스가 늘 앉아 있는 거처로 곧장 나아갔고,
거기에서 그를 발견했다. 그의 전우들은 따로 떨어져 앉아 있었고,
오직 두 사람, 즉 영웅 아우토메돈과 아레스의 자손 알키모스만
옆에서 분주하게 시중을 들고 있었다. 아킬레우스는   475
음식을 먹고 마시는 일을 이제 막 끝냈기 때문에,
옆에는 아직 식탁이 차려져 있었다. 위대한 프리아모스는
그들이 알아차리지 못하게 안으로 들어가서는 가까이 다가가
아킬레우스의 무릎을 두 손으로 잡고, 자신의 많은 아들을
죽인 바로 그 두 손, 전사를 죽이는 무시무시한   480
두 손에 입을 맞추었다. 어떤 사람이 극심한 미망에 사로잡혀
조상의 땅에서 사람을 죽이고 외국의 어느 부잣집에 가면,
그를 본 사람들은 모두 깜짝 놀란다. 마찬가지로 아킬레우스는
신 같은 프리아모스를 보고 깜짝 놀랐고, 다른 사람도 깜짝 놀라
서로를 쳐다보았다. 프리아모스는 아킬레우스에게 애원했다.   485
“그대의 아버지를 생각해보시오, 신 같은 아킬레우스여.
그분은 나와 연배가 같고 죽음을 앞둔 노령의 문턱에 서 있어,
주위 사람들이 그분을 못살게 괴롭혀도
파멸과 재앙에서 그분을 구해줄 사람이 아무도 없다오.
그런데도 그분은 당신이 살아 있다는 말을 들으면   490
마음속으로 기뻐하며, 사랑하는 아들이 트로이아에서

돌아오는 것을 볼 희망으로 하루하루를 살아가실 것이오.

반면 나는 드넓은 트로이아에서 가장 훌륭하고 용맹한 아들들을

낳았지만, 그중 아무도 남지 않으니 정말 불운한 사람이오.

아카이오스인의 아들들이 왔을 때, 내게는 쉰 명의 아들이   495

있었는데, 그중 열아홉은 나를 위해 한 배에서 나왔고, 나머지는

궁의 여자들이 나를 위해 낳아준 아들들이오. 그런데 사나운 아레스가

그중 많은 아들의 무릎을 풀어버렸고, 내게 유일하게 남아

도성과 백성을 지켜주던 아들 헥토르마저 조상의 땅을 지키다가

얼마 전에 당신에게 죽었소. 지금 나는 이 아들을 위해,   500

그러니까 당신에게서 이 아들을 돌려받기 위해 셀 수 없이 많은

몸값을 가지고 아카이오스인의 함선들로 왔소이다. 아킬레우스여,

신들을 두려워하는 마음으로 그리고 그대의 아버지를 생각해서라도

나를 불쌍히 여겨주시오. 나는 지금 세상 사람 누구도 하지 않은 일을

　하고 있소.

내 아들들을 죽인 사람 앞에 손을 내밀고 있지 않소.   505

그러니 나는 그대의 아버지보다 훨씬 불쌍한 사람이오.”

　　　프리아모스는 이렇게 말하며 아킬레우스 안에 아버지를 위해

울고 싶은 심정을 불러일으켰다. 아킬레우스는 손으로

노인을 잡아 약간 밀쳐냈다. 두 사람은 생각에 잠겼다.

노인은 아킬레우스의 발 앞에 엎드려 전사를 죽이는 헥토르를   510

생각하며 통곡했고, 아킬레우스는 자기 아버지를 떠올리며,

또한 어떤 때는 파트로클로스가 생각나서 울었다. 두 사람이 우는 소리가

막사 전체에 울려 퍼졌다. 실컷 울고 나니 울고 싶은 심정이

고귀한 아킬레우스의 마음과 사지에서 떠났다.

그러자 그는 의자에서 벌떡 일어나 노인을 손으로 잡아   515

일으켜 세운 후, 노인의 흰 머리와 흰 수염을 불쌍히 여기며

그에게 날개 달린 말로 권했다.

〈헥토르의 시신을 달라고 아킬레우스에게 간청하는 프리아모스〉
(알렉산더 이바노프, 1824년)

"아, 불쌍한 분이여, 정녕 당신은 마음속에서 수많은 고초를
견뎌오셨소. 당신의 용맹한 아들들을 많이 죽인 자를
직접 만나러 혼자 아카이오스인의 함선으로 올 생각을   520
하다니, 심장이 무쇠로 만들어진 게 분명하오.
자, 어쨌든 의자에 앉으시오. 아무리 괴롭고 슬프다 한들
얼음장같이 차가운 애곡은 아무 소용도 없을 테니
우리의 고통은 마음속에 누워 있도록 내버려둡시다.
신들께서는 자신들에게는 근심과 슬픔이 없으면서도,   525
불쌍한 인간들의 운명의 실을 자을 때는 그렇게 괴로워하고
슬퍼하며 살아가도록 해놓으셨기 때문이오. 제우스 궁의 마룻바닥에는
두 개의 큰 항아리가 놓여 있는데, 하나에는 나쁜 선물이, 다른 하나에는
좋은 선물이 들어 있다지요. 천둥을 좋아하시는 제우스께서 이 둘을
섞어서 주신 사람은 때로 나쁜 일을, 때로는 좋은 일을   530
만난다오. 하지만 제우스에게 나쁜 선물만 받은 사람은
멸시받는 자가 되어, 신들에게도 인간들에게도 존중받지 못하고
극심한 가난과 불행 속에서 신성한 대지 위를 떠돌아다니지요.
바로 그렇게 내 아버지 펠레우스께서는 태어날 때부터 신들에게
훌륭한 선물을 받으셨소. 그분은 누구보다 큰 행복과   535
부를 누리신 데다 미르미도네스인의 왕이었을 뿐 아니라,
신들께서 필멸의 인간인 그분에게 여신을 아내로 주셨으니 말이오.
하지만 신께서는 그분에게 나쁜 것도 주셨소.
그분의 궁에서 왕위를 이을 아들이 한 명밖에 태어나지 않았고,
그 외아들은 요절할 운명을 타고났기 때문이오.   540
또한 나는 조상의 땅을 멀리 떠나 트로이아에서 당신과 당신의 아들들을
괴롭히느라 늙어가시는 그분을 보살펴드리지도 못했소.

노인장, 당신도 전에는 행복했다고 들었소. 바다 쪽으로는 마카르[5]의
본거지인 레스보스, 내륙 쪽으로는 프리기아, 그리고 끝없이 펼쳐진
헬레스폰토스에 접한 땅에서, 노인장, 당신은 부와 아들들로   545
모든 사람을 능가했다고 합디다. 하지만 하늘의 신들께서
이 재앙을 내리신 후로 당신의 도성 주위에서는
전투와 살육이 끊이지 않고 있소. 그러나 마음속으로
시도 때도 없이 울지 마시오. 용맹한 아들이 생각나 울어봐야
아무 소용없고, 아들이 살아 돌아오지도 않을뿐더러   550
당신에게 또 다른 변이 생길지도 모르니 말이오."

　　　　신 같은 프리아모스 노인이 대답했다.
"제우스께서 기르신 자여, 헥토르가 방치되어 막사 사이에
누워 있으니 내게 의자에 앉으라 하지 마시고,
어서 빨리 그를 내주어 내 두 눈으로 보게 해주시오.   555
그리고 우리가 가져온 많은 몸값을 받으시오.
그대는 좀 전에 나를 살려 햇빛을 보게 해주었으니,
이 재물을 즐기다가 그대의 조상 땅으로 돌아가시오."

　　　　그러자 빠른 발의 아킬레우스가 그를 노려보며 말했다.
"노인장, 나도 헥토르를 당신에게 내어줄 생각을 하고 있으니,   560
더 이상 내 화를 돋우지 마시오. 바다 노인의 따님이자
나를 낳아주신 어머니께서 제우스의 사자로 내게 다녀가셨소.
그리고 프리아모스여, 신들 중 누군가가 당신을 아카이오스인의
빠른 함선으로 데려다주었다는 사실도 마음속으로 알아차렸다오.
모를 수 없지. 필멸의 인간이었다면 한창때의 장정이라도   565
진영 안으로 들어오지 못했을 테니. 경계병 몰래
들어올 수 없고, 우리 방어벽 문의 빗장을 밀어 열기도

5　"마카르"는 레스보스섬의 왕이다.

쉽지 않기 때문이오. 그러니 이제 나의 괴로운 마음을

더는 자극하지 마시오. 당신이 탄원자로 왔다고 해도,

나는 막사에서 제우스의 명령을 어기고 죄를 지을지도 모르니."   570

          아킬레우스가 이렇게 말하자 노인은 겁이 나 그의 말을

따랐다. 펠레우스의 아들 아킬레우스는 사자처럼

막사 밖으로 뛰어나갔다. 그는 혼자가 아니었고,

두 명의 시종, 즉 영웅 아우토메돈과 알키모스가 뒤따랐다.

두 사람은 아킬레우스가 전우 중 죽은 파트로클로스   575

다음으로 존중하는 자들이었다. 그들은 말들과 노새들의

멍에를 풀었고, 노인의 말을 큰 소리로 외쳐 전하는 전령을

안으로 데리고 들어가 의자에 앉힌 후, 매끈하게 다듬은

짐수레에서 헥토르의 머리를 돌려받기 위해 셀 수 없이 많이 가져온 몸

    값을 내렸다.

그러나 아킬레우스는 시신을 싸서 집으로 보낼 수 있도록   580

겉옷 두 벌과 잘 짠 상의 한 벌은 짐수레 위에 남겨두었다.

그리고 여자 노예들을 불러들여, 프리아모스의 눈에 띄지 않도록

시신을 저 멀리 옮겨 정성스레 씻기고 향유를 발라주라 명했다.

아들의 주검을 본 노인이 비통함에 북받쳐 화를

억누르지 못하면, 아킬레우스 또한 가슴이 들끓어   585

제우스의 명령을 어기고 그를 죽이게 될지도

모르기 때문이었다. 여자 노예들이 시신을 씻기고

향유를 바른 후 아름다운 겉옷과 상의를 입히자

아킬레우스가 직접 시신을 들어 관에 뉘었고,

전우들은 그 관을 매끈하게 다듬은 짐수레 위에 실었다.   590

그런 후 아킬레우스가 사랑하는 전우의 이름을 부르고 통곡하며 말했다.

"파트로클로스여, 내가 고귀한 헥토르를 그의 아비에게

내어주었다는 말을 하데스의 집에서 듣더라도

화내지 말게. 부끄럽지 않을 정도로 합당한 몸값을 받아냈고,
그 몸값 중 적당한 몫을 자네에게도 나눠 주겠네."   595
          고귀한 아킬레우스는 이렇게 말하고 다시 막사로 들어가,
맞은편 벽에 놓여 있던, 좀 전에 앉았던 화려하게 만든 긴 의자에
다시 앉아 프리아모스에게 말했다.
"노인장, 당신의 아들은 원하는 대로 풀려나 관 속에
누워 있으니, 날이 밝아 그를 데려갈 때 보게   600
될 것이오. 지금은 저녁 식사를 생각합시다.
자신의 궁에서 열두 자녀를 도륙당한 머릿결 고운
니오베[6]도 식사는 했으니 말이오. 그녀의 자녀 중 여섯은 딸이었고,
여섯은 한창때의 아들이었는데, 아들들은 니오베에게 화가 난
아폴론이 은빛 활을 쏘아 죽였고,   605
딸들은 화살을 쏟아붓는 자 아르테미스가 죽였다지요.
니오베가 감히 자신을 뺨 예쁜 레토와 비교하며,
여신은 둘을 낳았지만 자기는 자식을 많이 낳았다고 뽐냈기 때문이오.
그래서 둘밖에 없는 여신의 자식들이 니오베의 자식들을 모두
살해한 것이오. 죽음을 맞은 열두 자식은 아흐레 동안이나   610
그대로 방치되었소. 크로노스의 아들께서 모든 이를 돌로 만드시어
묻어줄 사람이 아무도 없었기 때문이오. 그러다가 열흘째 되는 날
하늘의 신들이 그들을 묻어주었고, 니오베도 눈물을 쏟다가 기진맥진해
식사를 해야겠다고 생각했소. 지금도 그녀는 여신들,
곧 아켈로오스강 주위에서 춤추는 요정들의 잠자리가 있다는   615
시필로스[7]의 외진 산속 양들만 다니는 암벽 사이 어딘가에서

6　테베 왕 암피온의 왕비 "니오베"를 말한다.

7　니오베는 자식을 모두 잃은 후 고향인 아나톨리아 리디아 지방의 "시필로스"산으로 돌아
　　와 밤낮으로 슬피 울다가 돌이 되었다고 한다. 여기에 언급된 "아켈로오스강"은 리디아 지
　　방을 흐른다.

<니오베의 자녀들을 공격하는 아폴론과 아르테미스〉(자크 루이 다비드, 1772년)

돌이 된 채, 신들이 내린 괴로움을 곱씹고 있다지요.
그러니 자, 고귀한 노인장, 우리도 식사할 생각을 합시다.
사랑하는 아들을 일리오스로 데려가며 눈물을 많이
흘릴 텐데, 그래야 그때 울 힘이라도 있지 않겠소?"   620
　　　빠른 발의 아킬레우스는 이렇게 말하고 벌떡 일어나
은같이 흰 양 한 마리를 잡았다. 그러자 전우들이 가죽을
벗기고 알맞게 손질하여 고기를 토막 내고 능숙하게 꼬챙이에 꿰어
공들여 구운 후 다시 꼬챙이에서 고기를 다 빼냈다.
아우토메돈이 빵을 가져와 예쁜 바구니에 담아   625
식탁 위에 놓고, 아킬레우스가 고기를 차려놓자
그들은 앞에 차린 음식에 손을 내밀었다.
모두가 배고픔과 목마름을 달랜 뒤
다르다노스의 자손 프리아모스는 아킬레우스의 모습을
바라보고 감탄했다. 신 같았기 때문이다.   630
아킬레우스도 다르다노스의 자손 프리아모스의
훌륭한 풍모를 보고 그의 언변을 들으며 감탄했다.
두 사람이 서로에게 감탄하며 한참 쳐다본 후,
신 같은 노인 프리아모스가 먼저 입을 열었다.
"제우스께서 소중히 여기시는 자여, 이제 내가   635
어서 빨리 잠자리에 누워 달콤한 잠을 푹 잘 수 있도록
해주시오. 내 아들이 그대의 손에 목숨을 잃고 나서
나는 아직 단 한 번도 내 눈썹 아래의
눈을 감아본 적이 없고, 울타리 친 마당 안 오물 위를
구르면서 애통함과 괴로움을 무수히 곱씹었다오.   640
지금에야 빵을 먹고 불꽃 같은 포도주를 목구멍으로
넘겼을 뿐, 전에는 아무것도 먹지 않았소."
　　　프리아모스가 이렇게 말하자, 아킬레우스는 전우들과

여자 노예들에게 지시해, 행랑에 침상을 놓고 그 위에
아름다운 자줏빛 담요를 깔고 이불을 편 후					645
입고 잘 수 있도록 양모 외투를 거기 놓아두게 했다.
여자 노예들은 즉시 손에 횃불을 들고 방에서 나가
서둘러 두 사람의 잠자리를 마련해놓았다.
　　　빠른 발의 아킬레우스가 프리아모스에게 농담을 했다.
"친애하는 노인장, 아카이오스인들 중 누군가가					650
나와 의논하러 내 방에 들어올지도 모르니 밖에서 주무시지요.
그들은 늘 나와 의논하는데, 그렇게 하는 게 관례라오.
그린데 그들 중 누군가가 빨리 지나가는 밤중에 당신을 보면,
즉시 백성의 목자 아가멤논에게 보고할 테고,
그러면 시신을 내어주는 일이 연기될 수도 있기 때문이오.					655
그러니 자, 고귀한 헥토르의 장례를 며칠 동안
치르고자 하는지 내게 정확히 말해주시오. 그 기간 동안은
나도 기다리고 군사들도 붙잡아두겠소."
　　　신 같은 프리아모스 노인이 대답했다.
"아킬레우스여, 고귀한 헥토르의 장례를					660
무사히 치를 수 있게 해주고자 한다면, 다음과 같이
내게 호의를 베풀어주시오. 알다시피 우리는 도성에
갇혀 있고, 멀리 산에서 나무를 베어 와야 하는데,
지금 트로스인들은 잔뜩 겁에 질려 있소. 우리는 아흐레 동안
궁에서 그를 애도하고, 열흘째 되는 날 장례를 치르고 백성에게					665
음식을 대접한 후 열하룻날 봉분을 만들려 하오. 그러니
꼭 싸워야만 한다면 열이틀째 날에는 싸울 수 있소."
　　　빠른 발의 고귀한 아킬레우스가 다시 말했다.
"프리아모스 원로여, 당신이 원한 기간 동안 내가 전쟁을
제지할 테니, 그 일은 당신이 원하는 대로 될 것이오."					670

　　아킬레우스는 이렇게 말하고, 원로의 오른 손목을 잡아

마음속으로 두려워하지 않게 해주었다.

이렇게 해서 전령과 프리아모스는 마음속에

온갖 계획을 품은 채로 막사 행랑에서 잠들었고,

아킬레우스는 잘 지은 막사 내실에서 잤는데,　　　　　　675

그의 옆에는 뺨 고운 브리세이스가 누웠다.

　　다른 신들과 전차를 타고 싸우는 전사들은 모두 달콤한 잠에 빠져

밤새도록 잤지만, 행운을 가져다주는 자 헤르메스는

군영 문을 지키는 강력한 경계병들에게 들키지 않고

프리아모스왕을 함선들 밖으로 어떻게　　　　　　680

내보내야 할지 고민하느라 잠을 이루지 못했다.

이윽고 헤르메스는 프리아모스의 머리맡에 서서 그에게 말했다.

"노인장, 아킬레우스가 그대의 부탁을 들어주었다고 해도,

아직도 적들 사이에서 이렇듯 잠에 빠져 있는 걸 보니, 그대는 화를 당

　　할 걱정을 하지 않는 모양이구나.

그대는 사랑하는 아들을 데려가기 위해 이미 많은 것을　　　　　　685

주었다. 하지만 아트레우스의 아들 아가멤논이 그대를 알아보고

모든 아카이오스인이 그대를 알아보면, 성에 남겨두고 온

그대의 아들들은 그대를 살리기 위해 지금보다 세 배나 더 많은 몸값을

　　치러야 한다."

　　헤르메스가 이렇게 말하자 겁이 난 노인은 전령을 깨웠다.

헤르메스는 그들을 위해 말과 노새들에 멍에를 얹어　　　　　　690

채비하고 직접 재빨리 몰아 아무도 알지 못하게 군영을 빠져나왔다.

　　그들이 불멸의 제우스가 낳은 소용돌이치는

아름다운 크산토스강 나루에 도착하자

헤르메스는 높은 올림포스로 떠났고,

노란 면사포를 쓴 새벽의 여신 에오스가 온 땅에 퍼졌다.　　　　　　695

그들은 애곡하고 탄식하며 도성으로 말들을 몰았고,

노새들은 시신을 싣고 갔다.

전사든 예쁜 허리띠를 한 여자든

그들을 알아본 사람은 아무도 없었지만, 황금의 아프로디테 같은

카산드라[8]만이 페르가모스에 올랐다가 전차에 서 있는 700

사랑하는 아버지와 도성 전체에 외치는 자인 전령을 알아보고,

노새가 끄는 짐수레 위의 관에 사람이 누워 있는 것도 보았다.

그녀는 울부짖으며 도성 전체를 향해 큰 소리로 외쳤다.

"트로이아의 아들딸들이여, 헥토르는 우리 도시와 백성의

큰 자랑이었으니, 생전에 그가 전장에서 귀환할 때면 705

환호했던 이들은 이제 와서 그를 보아주오."

　　카산드라가 이렇게 말하자 남자든 여자든 도시 안에 그대로

남아 있는 사람은 아무도 없었다. 억누를 수 없는 비탄이

그들 모두를 엄습했기 때문이다. 성문 가까이에서 그들은

시신을 데려오는 프리아모스를 만났다. 가장 먼저 헥토르의 710

사랑하는 아내와 존귀한 어머니가 잘 굴러가는 짐수레로

쏜살같이 달려가 그의 머리를 붙들고 자신의 머리털을 쥐어뜯었으며,

무리도 주위로 몰려와 울며 애도했다. 이렇게 백성은

해 질 때까지 온종일 성문 앞에서 눈물을 흘리며 헥토르를

애도할 기색이었지만, 노인이 전차에서 백성에게 말했다. 715

8　"카산드라"는 프리아모스왕의 딸이다. 아폴론이 그녀를 사랑해 예언의 능력을 주지만, 자
신의 사랑을 거부하자 그녀의 예언을 아무도 듣지 않게 하는 저주를 내린다. 그 결과 카산
드라는 파리스를 스파르테로 보내면 트로이아에 재앙이 닥치게 될 것이라거나, 그리스군
의 목마를 성내로 들어서는 안 된다는 등 여러 번 예언하지만 번번이 무시당한다. 트로이
아가 함락된 후 작은 아이아스가 아테나 신전에서 카산드라를 욕보이자, 아테나 여신은
아가멤논의 함선을 제외한 그리스군의 모든 함대를 난파시키고, 오디세우스는 전쟁이 끝
났어도 10년 동안 귀향하지 못한다. 카산드라는 아가멤논의 노예가 되어 그의 궁으로 들
어가고, 자신의 예언대로 아가멤논과 함께 왕비 클리타임네스트라에게 살해당한다.

"길을 내주어 노새들이 지나가게 하라. 그리고 나중에
집에 데려다놓은 후 실컷 울어라."
　　　노인이 이렇게 말하자, 백성은 양쪽으로 갈라서서 짐수레가 지날
길을 내주었다. 사람들은 이름난 저택 안으로 시신을 옮겨
구멍이 많이 나 있는 침상에 누인 후, 그 옆에 만가를　　　　　　　720
선창할 사람들을 두었다. 그들이 구슬프게
만가를 선창하자 여자들이 그 노래에 맞추어 곡을 했다.
여자들 중에서는 하얀 팔의 안드로마케가 전사를 죽이는
헥토르의 머리를 두 손으로 붙잡고 곡을 이끌었다.
"여보, 당신은 젊은 나이에 죽어　　　　　　　　　　　　　725
이렇게 나를 당신 집에 과부로 남겨놓으시는군요.
불운한 당신과 내게서 태어난 아들은 아직 어리고,
나는 이 아이가 자라 청년이 될 것 같지 않아요.
도시와 소중한 아내들과 어린 자녀들의 수호자였던 당신이 죽었으니,
그 전에 도시가 모조리 파괴되고 말 테니까요.　　　　　　730
그들은 머지않아 속 빈 함선들에 올라타 실려 갈 것이고,
나도 그들 중에 있겠지요. 내 아들아, 너는 나를 따라 어딘가로 끌려가
가혹한 주인을 위해 험한 일을 하며 고생하거나,
헥토르가 자기 형제나 아버지나 아들을 죽인 것에 분노한
어느 아카이오스인에게 팔이 잡혀 성벽 위에서 내던져져　　735
처참한 죽음을 맞을 것이다. 네 아버지는 처절한 전쟁에서
인자하지는 않았기에, 무수히 많은 아카이오스인이
그의 손에 잡혀 이루 말할 수 없이 큰 대지의 흙을
이로 깨물고 죽었기 때문이다. 그래서 도성 안 모든 백성이
아버지의 죽음을 애곡하는 것이란다.　　　　　　　740
헥토르여, 당신은 부모에게 저주받은 비탄과 비애를
안겨주었지만, 특히 내게는 처절한 고통을 남겨주었어요.

〈헥토르를 애도하는 안드로마케〉(하인리히 프리드리히 퓌거 기법, 연대 미상)

당신은 죽으며 침상에서 내게 손을 내밀어주지 않았고,

내가 가슴속에 늘 새기면서 밤낮으로 눈물을 쏟을 수 있는

지혜로운 말도 전혀 해주지 않았으니까요."   745

　　　안드로마케가 이렇게 말하며 곡하자 다른 여자들도 따라 애곡했다.

이번에는 여자들 중 헤카베가 대성통곡하며 말문을 열었다.

"헥토르야, 너는 내 마음속에서 모든 아들 중

가장 사랑하는 아들이었다. 너는 살아서 신들의 사랑을 받더니

죽음의 운명을 맞고서도 신들이 너를 보살펴주시는구나.   750

전에 빠른 발의 아킬레우스가 나의 다른 아들들을 붙잡았을 때

그는 불모의 바다 너머 사모스와 임브로스와

가까이 갈 수도 없는 렘노스로 끌고 가서 팔았지.

그러나 이번에는 날이 긴 청동으로 네 목숨을 빼앗은 후,

네가 죽인 그의 전우 파트로클로스의 무덤 주위를   755

수없이 끌고 다녔다더구나. 그런다고 전우가 다시 살아나는 것도

아닌데 말이다. 그런데도 지금 너는 이슬처럼 싱싱한 모습으로

집에 누워 있는 것이 마치 은빛 활을 지닌 아폴론이 쏜

부드러운 화살에 맞아 죽은 사람 같구나."

　　　헤카베는 이렇게 말하고 곡하며 끊임없이 애곡을 불러일으켰다.   760

이번에는 여자들 중에서 세 번째로 헬레네가 곡을 시작했다.

"헥토르여, 모든 시아주버니 중 제 마음속으로

가장 소중히 여겼던 분이여, 제 남편은 신 같은 알렉산드로스이고,

그가 저를 트로이아로 데려왔지만, 저는 그 전에 죽었어야 했어요.

저는 조상의 땅을 떠나온 지 올해로 스무 해가 되었지만,   765

당신에게 나쁜 말이나 모욕을 들어본 적이 없어요.

시아버지께서는 아버지처럼 언제나 인자하게

대해주셨으니 말할 것도 없고, 다른 시아주버니나 시누이나

아름다운 옷을 입은 동서나 시어머니께서 저를 꾸짖으시면,

당신은 온화한 성품과 좋은 말로 인자하게 충고하며　　770

말려주셨지요. 그러니 비통한 심정으로

당신을 위해 그리고 불행한 저를 위해 애곡하고 있답니다.

이제는 드넓은 트로이아에서 저를 아껴주고 인자하게

대해줄 사람은 아무도 없어요.

다들 저를 보면서 몸서리칠 테니까요."　　775

　　헬레네가 이렇게 말하며 곡하자 무수히 많은 사람이 애곡했다.

이윽고 백성 사이에서 프리아모스 노인이 말했다.

"트로스인이여, 이제 나무를 베어 장작을 도성으로

가져와라. 아카이오스인의 음흉한 매복을 겁내지 마라.

아킬레우스가 검은 함선들에서 나를 보내줄 때　　780

열두 번째 새벽이 올 때까지는 우리를 해치지 않겠다고 약속했다."

　　프리아모스가 이렇게 말하자, 그들은 소와 노새들에

멍에를 얹어 짐수레에 묶은 후 즉시 도성 앞으로 모였다.

그들은 아흐레에 걸쳐 무수히 많은 나무를 베어 가져왔다.

하지만 사람들에게 빛을 가져다주는 열 번째 새벽이　　785

밝아왔을 때, 그들은 눈물을 쏟으며 대담무쌍한 헥토르를

밖으로 옮겨 시신을 아주 높게 쌓은 화장용 장작더미 위에 올려놓고 불
　　을 던졌다.

　　이른 시간에 태어나는 장밋빛 손가락 새벽의 여신 에오스가 모습
　　　을 드러내자,

백성은 이름난 헥토르를 화장하는 장작더미 주위로 모여들었다.

백성이 다 모이자 먼저 그들은 불의 힘이 닿은　　790

모든 장작에 화염빛 포도주를 부어 불을 껐다.

형제와 전우들이 울며

헥토르의 흰 뼈들을 주워 모으니,

그들의 뺨에서는 굵은 눈물이 흘러내렸다.

뼈들을 집어 황금함에 넣고,   795

부드러운 자줏빛 천으로 싸서

즉시 빈 구덩이에 넣은 다음,

그 위에 큰 돌들을 빽빽이 쌓아올렸다.

그런 후 훌륭한 정강이 보호대를 한 아카이오스인들이 약속한 기한

이전에 공격해올 것을 대비해 사방에 경계병을 세워두었다.   800

그렇게 그들은 흙을 부어 신속하게 봉분을 만들고 돌아갔다.

그런 후 제우스가 기른 프리아모스왕은 궁에

백성을 불러 성대한 잔치를 베풀고 음식을 대접했다.

　　이렇게 그들은 말 길들이는 헥토르의 모든 장례 절차를 마쳤다.

해설

신과 인간이 함께 만든 운명의 전쟁,
인류 최초의 블록버스터

박문재

기원전 8세기에 쓰인 것으로 추정되는 『일리아스』는 현존하는 서양문학 중 가장 오래된 서사시다. 작품의 저자인 호메로스는 오랫동안 구전으로 전해 내려온 고대 그리스인의 신화와 전설을 트로이아 전쟁이라는 그릇에 압축해 담아낸다. 우리는 『일리아스』에서 고대인의 문학적인 탁월함, 신과 인간이 어우러진 세계관, 인생의 가치관, 필멸의 인간이 겪는 고통과 비탄을 본다. 해설에서는 먼저 저자와 작품에 관한 전반적인 사항을 다루고, 다음으로 작품을 깊이 읽기 위해 고대 그리스와 아나톨리아(소아시아, 오늘날의 튀르키예)의 각 지역을 기반으로 오랜 세월 명멸해온 여러 영웅과 가문에 대해 자세히 살펴보겠다.

I. 호메로스와 『일리아스』

1. 호메로스

호메로스(Ὅμηρος)는 현존하는 가장 오래된 서양문학 작품이자 고대 그리스 문학의 토대가 된 대서사시 『일리아스』와 『오디세이아』를 쓴 시인이다. 단테는 『신곡』에서 호메로스를 가리켜 "모든 시인의 왕"이라고 말했다. 고대 그리스의 역사는 미노스 문명(기원전 3650-1170년경), 키클라데스 문명(기원전 3300-2000년경), 미케네 문명(기원전 1600-1100년경), 암흑기(기원전 1100-750년경), 상고기(기원전 750-480년경)로 이어진다. 호메로스의 생애에 관한 많은 이야기는 상고기에 널리 퍼졌는데, 그중 가장 유명한 것은 그가 이오니아 출신의 맹인 음유시인이라는 설이다.

전설에 따르면, 호메로스는 아나톨리아 중서부 해안의 그리스 식민지 이오니아에서 태어났다. 그의 부모는 이오니아의 스미르나를 흐르는 멜레스강의 신과 요정 크리테이스였다고 하며, 그는 키오스섬에서 음유시인으로 살다가 키클라데스제도의 이오스섬에서 생을 마쳤다고 한다.

고대의 호메로스 전기 중에는 가짜 헤로도토스(Pseudo-Herodotus)의 『호메로스의 생애』와 알키다마스의 『호메로스와 헤시오도스의 시합』이 대표적이다. 가짜 헤로도토스는 호메로스의 출생을 기원전 1102년으로, 헤로도토스는 기원전 850년경으로 보았다. 하지만 현대 학자들은 이러한 기록들을 모두 전설로 간주한다.

2.『일리아스』

(1) 『일리아스』(Ἰλιάς)는 기원전 8세기경 호메로스가 '장단단 3음보 6보격' 운율로 읊은 트로이아 전쟁에 관한 서사시다. '일리아스'는 '일리온 이야기'[정확히 말하면, 헤 포이에시스 일리아스(ἡ ποίησις Ἰλιάς)의 줄임말로 '일리온에 관한 시']라는 뜻이며, 일리온은 트로이아를 가리키는 여러 명칭 중 하나다.

『일리아스』는 호메로스의 또 다른 작품 『오디세이아』('오디세우스 이야기')와 더불어 현존하는 서양문학 중에서 가장 오래된 작품이다. 『오디세이아』가 트로이아 전쟁 이후 그리스 영웅 오디세우스의 10년 귀향길 모험을 다룬다면, 『일리아스』는 15,693행, 24권으로 이루어진 트로이아 전쟁의 서사시다.

저작 연대는 암흑기 또는 상고기로 추정된다. 학자들은 대체로 기원전 8세기의 저술로 보며 적어도 기원전 630년 이전에 쓰인 것이 확실하다고 여긴다. 고대 그리스 역사학자 헤도로토스는 『일리아스』에서 도도나 신탁이 언급되는 것을 근거로 저술 시기를 기원전 850년경으로 보았다. 트로이아 전쟁은 기원전 12세기 초 후기 청동기 시대인 미케네 문명을 배경으로 일어났으니, 호메로스는 대략 400년 뒤에 이 사건을 다룬 셈이다.

(2) 『일리아스』의 문체는 이오니아 방언을 중심으로 아이올리아 방언이 섞여 있다. 이오니아 방언은 그리스 본토의 에우보이아섬, 아나톨리아의 이오니아, 키오스섬 등에서 사용되었다. 아이올리아 방언은 그리스 본토의 테살리아와 보이오티아, 아나톨리아의 그리스 식민지 아이올리아, 스미르나, 레스보스섬에서 사용되었다. 또 호메로스는 고전 아티케 방언에 따라 어미 장모음 '아'(ᾱ)를 '에'(η)로 쓴다. 이를테면 '트로이아'를 '트로이에'로, '크레타'를 '크레테'로, '테바이'를 '테베'로, '스파르타'를 '스파르테'로 썼다.

『일리아스』의 운율은 이후의 서사시에서 사용된 '장단단 3음보 6보격'이다. 즉 '장단단'이라는 '보'(걸음)가 여섯 번 반복되는 영웅시 운율로서 이후 서사시의 표준 운율이 되었다. 아리스토텔레스는 이 운율에 대해 다음과 같이 말했다. "영웅시 운율은 장엄하나 일상 대화에는 어울리지 않는다. 반면 단장격 운율은 일상 대화에서 자주 쓰이며, 사람들은 말할 때 이 운율을 가장 많이 사용한다. 하지만 연설에서는 장엄한 문체로 청중의 감정을 고조시켜야 한다. 장단격은 경쾌한 춤사위 같은 운율이다"(1408b1).

(3) 『일리아스』의 서사 틀로 사용된 트로이아 전쟁은 10년 동안 계속되었지만, 서사시는 10년째 되는 해 처음 50일 간의 사건을 담아낸다. 아폴론의 화살로 그리스군 진영에 전염병이 돈 9일, 올림포스 신들이 아이티오페스인의 제사에 가 있던 12일, 아킬레우스가 파트로클로스의

장례를 치른 12일, 헥토르의 화장을 위한 9일을 제외하고는 그리스군과 트로이아군 사이에 벌어진 세 차례의 전투를 그린다. 그리스군의 최고 영웅 아킬레우스와 총사령관 아가멤논의 불화를 시작으로 그리스군이 완패하고 함선들이 불탈 위기에 처한 순간, 아킬레우스의 절친이자 부관(시종)인 파트로클로스의 참전으로 전세가 역전된다. 이후 그의 전사를 계기로 아킬레우스와 아가멤논이 화해하고, 결국 아킬레우스가 트로이아군의 최고 영웅 헥토르를 죽이며 이야기는 끝난다.

줄거리는 단순하다. 하지만 그 사이사이에 그리스 본토와 펠로폰네소스반도, 아나톨리아에서 온 수많은 영웅, 신과 인간이 혈통으로 뒤엉킨 가문 이야기가 삽입되기 때문에 내용은 결코 간단하지 않다. 따라서 각 지역의 수많은 영웅과 가문에 얽힌 사연을 알면 『일리아스』를 좀 더 풍성하게 이해할 수 있다. 『일리아스』에는 고대 그리스와 아나톨리아의 수천 년 역사가 담겨 있기 때문이다.

아리스토텔레스는 『시학』에서 『일리아스』의 구성을 이렇게 평가한다. "서사시도 비극처럼 운문으로 이야기를 들려주되 극적인 플롯을 가져야 한다. 즉 처음과 중간, 끝이 있어 전체가 통일성과 완결성을 갖추어야 한다. 호메로스는 이 점에서도 다른 시인들을 뛰어넘었다. 그는 트로이아 전쟁이 시작과 끝이 있는 온전한 전쟁이었음에도 전체를 다루지 않았다. 전체를 다루면 분량이 너무 방대해져 얼개를 한눈에 파악하기 어렵고, 분량을 줄이더라도 많은 사건이 뒤얽혀 이해하기 쉽지 않기 때문이다. 그래서 그는 한 부분만을 택해 다루고, 함선 명단 등 나머지는 시에 다채로움을 더하는 에피소드로 활용했다"(1459a).

(4) 『일리아스』의 세계관은 고대 그리스인의 세계관을 대변한다. 그에 따르면 신과 인간은 기본적으로 각자의 영역에서 살아가지만 인간의 운명은 신이 정한다. 한번 정해진 운명은 벗어날 수 없으며, 이후에 신은 개입하지 않는 것이 원칙이다. 하지만 신은 인간이 제를 잘못 올리거나 신을 걸고 한 맹세를 어기거나 죄를 지으면 보복하고 저주와 벌을

내린다. 반면 제를 정성껏 올리고 소원을 빌면 들어준다. 그러므로 신들을 정성껏 섬겨야 하는데, 그 방법이란 양질의 제물을 계속해서 많이 바치는 것이다. 인간은 정해진 운명을 가지고 태어나지만 구체적인 삶의 모양은 신들의 생각과 결정에 좌우된다. 예컨대 전투나 시합에서는 일반적으로 강자가 이기게 마련이지만, 신이 누구 편을 들어주느냐에 따라 그날의 승패가 결정된다.

인간은 죽으면 하데스가 다스리는 지하세계(저승)로 가고 거기에서 유령 상태로 지낸다. 지하세계는 한번 들어가면 밖으로 나올 수 없다. 세 개의 머리와 뱀 꼬리에, 턱 주위에는 맹독을 뿜는 수많은 뱀 머리가 나 있으며, 검고 날카로운 이빨을 지닌 괴물 개 케르베로스가 입구를 지키고 있기 때문이다. 하지만 영웅 헤라클레스, 아테나이의 왕 테세우스, 테살리아 지방 라피테스인의 왕 페이리토오스, 오르페우스처럼 지하세계에 갔다가 돌아온 사람들도 있다.

『일리아스』는 영웅시대에 활약한 영웅들의 이야기를 다룬다. 제우스가 인간들의 악행을 참다못해(신들이 저지르는 악행을 생각하면 말이 안 되지만) 대홍수 심판으로 청동시대를 끝낸 후, 프로메테우스의 아들 데우칼리온과 판도라의 딸 피라가 영웅시대의 문을 열었다. 영웅 중에는 신들의 자손, 특히 제우스의 자손들이 많다.『일리아스』에도 "제우스의 자손"이라는 표현이 많이 나온다. 그들은 평범한 인간은 지닐 수 없는 초인적 힘을 자랑한다.『일리아스』에서 활약하는 영웅들의 혈통에는 제우스를 비롯한 신들이 심심찮게 관여하고 있다. 그런 점에서 각 지역 영웅들의 역사는 신들의 역사이기도 하다.

(5)『일리아스』무대의 한 축은 발칸반도 남부, 즉 이오니아해, 지중해, 크레테해, 에게해에 둘러싸여 있는 그리스 본토, 펠로폰네소스반도, 트라케 지방이다. 다른 한 축은 에게해, 마르마라해(프로폰티스해), 흑해, 지중해에 둘러싸여 있는 아나톨리아반도다.

그리스 본토의 주요 지방으로 테살리아, 아이톨리아, 프티아, 포키스,

로크리스, 보이오티아, 아티케가 있다. 펠로폰네소스반도의 주요 지방으로는 엘리스, 아카이아, 아르카디아, 아르고스, 라코니아, 메세니아가 있으며, 섬으로는 에우보이아, 크레테, 살라미스가 있다. 아나톨리아의 주요 지방으로는 트로아스, 미시아, 카리아, 리디아, 프리기아, 킬리키아, 파플라고니아가 있다. 발칸반도 남동부에 트라케가 있으며, 에게해의 주요 섬으로 렘노스, 사모트라케, 레스보스, 임브로스, 테네도스, 사모스, 코스, 로도스 등이 있다.

II. 영웅시대와 트로이아 서사시권

트로이 전쟁은 10년 동안 계속됐다. 하지만 『일리아드』는 그중 단 몇 주간의 이야기만을 들려준다. 한 여사제의 딸을 둘러싼 몸값 문제로 그리스군 총사령관 아가멤논과 최고의 영웅 아킬레우스가 크게 다투면서 이야기는 시작된다. 그리고 아킬레우스의 가장 친한 벗인 파트로클로스의 죽음, 이어지는 트로이아의 최고 영웅 헥토르의 죽음으로 대단원의 막을 내린다.

이 짧은 전투 이야기 속에는 고대 그리스와 아나톨리아(소아시아)를 배경으로 신과 인간에 관한 다채로운 이야기가 펼쳐진다. 호메로스가 전하는 고대 그리스인들의 세계관에 따르면, 신과 인간은 밀접하게 얽혀 서로 영향을 주고받으며 살아가는 존재들이다. 신들은 그리스에서 가장 높은 올림포스산 구름 위에 살면서 인간 세상의 일에 끊임없이 개입한다. 올림포스의 열두 신은 물론이고 태양과 대지, 대양, 수많은 강과 샘, 지하 세계에 이르기까지 신들의 손길이 닿지 않는 곳이 없었다. 고대로 갈수록 신과 인간의 관계는 더욱 긴밀했다.

고대 그리스의 시인 헤시오도스(기원전 750-650년경)는 『노동과 나날』에서 인류의 역사를 다섯 시대로 나누어 설명했다. 첫 번째 황금시대는 제우스의 아버지 크로노스가 다스리던 때로, 인간은 신들과 더불어 자유롭게 살았다. 은시대부터는 제우스가 다스리는 올림포스 신들의 시대가 시작됐다. 이때 인간은 백 살이 되도록 어머니 곁에서 살았고, 성인이 되어서는 서로 다투며 살았지만 그 기간은 짧았다. 죽어서는 '축복받은 영'이 되어 낙원에서 살았다고 한다. 청동시대에 이르러 인간은 거칠어져 청동으로 무기를 만들어 전쟁을 일삼았다. 폭력적인 삶을 산 이들은 죽어서 '하데스의 검은 집'으로 갔고, 결국 청동시대는 대홍수로 막을 내렸다. 이어진 영웅시대는『일리아드』의 배경이 되는 시기다. 신의 피를 이어받은 영웅들이 테베와 트로이아에서 싸웠고, 죽은 영웅들은 지상낙원 엘리시온으로 갔다. 마지막 철시대는 헤시오도스가 살던 시기로, 인간은 철면피가 되어 악에 대한 수치심마저 잃었고, 신들은 그런 인간을 완전히 버렸다고 전한다.

호메로스는『일리아스』에서 영웅시대를 노래한다. 청동시대의 연장선상에 있던 이 시대에는 철기도 사용됐지만, 여전히 청동이 주된 재료였다. 영웅들과 전사들은 청동 갑옷을 입고, 단단한 물푸레나무 자루에 청동 날을 박은 창으로 싸웠다. 영웅들 대부분은 제우스를 비롯한 신들의 피를 이어받은 자손이었다. 그리스군의 최고 영웅 아킬레우스는 필멸의 영웅 펠레우스와 바다의 여신 테티스 사이에서 태어났다. 트로이아의 영웅 헥토르는 트로이아의 시조 다르다노스의 후손이었는데, 다르다노스는 제우스의 아들이자 다르다니아 왕국의 건국자였다. 전쟁의 발단이 된 절세의 미인 헬레네는 제우스가 백조로 변신해 스파르타의 왕비 레다에게서 얻은 딸이었다.

이 신적인 혈통의 영웅들은 그리스와 아나톨리아 전역에 도시국가들을 세웠다. 그들 사이에서 벌어진 수많은 이야기 중에서도 가장 유명한 것이 테베와 트로이아를 둘러싼 전쟁이다. 고대의 서사시들은 이 두 전쟁을 집중적으로 다뤘고, 이렇게 모인 작품들을 테베 서사시권과 트로이아 서사시권이라 부른다. '서사시권'은 그리스어 '에피코스 키클로스'(Ἐπικός Κύκλος)를 번역한 말로, 하나의 주제를 다룬 서사시들의 모음을 뜻한다.

테베 서사시권은 비운의 왕 오이디푸스를 중심으로 한 이야기들을 담고 있다. 여기에는 스핑크스의 수수께끼를 푸는 오이디푸스의 이야기 『오이디포데아』, 오이디푸스의 두 아들이 벌인 테베 전쟁을 다룬 『테바이스』, 그 아들들의 자식 세대가 벌인 제2차 테베 전쟁을 그린 『에피고노이』, 그리고 알크마이온이 아버지의 죽음을 갚기 위해 자신의 어머니를 죽이는 비극 『알크마이오니스』가 있다.

트로이아 서사시권은 파리스가 헬레네를 데려간 사건으로 시작된 트로이아 전쟁의 전말을 담았다. 여기에는 전쟁의 시작과 처음 9년을 다룬 『키프리아』를 시작으로, 헥토르의 최후를 그린 『일리아스』, 아킬레우스의 죽음을 다룬 『아이티오피스』, 유명한 트로이아 목마 이야기가 담긴 『작은 일리아스』, 도시의 함락을 그린 『일리오스의 함락』이 있다. 전쟁 이후의 이야기로는 영웅들의 귀향길을 다룬 『귀향』, 오디세우스의 10년 귀향 여정을 담은 『오디세이아』, 그의 마지막을 다룬 『텔레고네이아』가 있다. 이 모든 서사시는 '장단단 3음보 6보격'이라는 동일한 운율 형식으로 쓰였다.

III. 신들의 계보

『일리아스』를 이해하기 위해서는 먼저 그리스 신들의 계보를 알아야 한다. 이 작품은 제우스가 이끄는 올림포스 신들을 배경으로 전개되기 때문이다. 제우스는 작품 속에서 자주 "크로노스의 아들"로 불린다. 크로노스는 티탄 신족의 제2대 최고신이었고, 그의 아버지 우라노스는 태초의 제1대 최고신이었다.

그리스 신화에 따르면, 맨 처음 우주에는 혼돈을 뜻하는 카오스만이

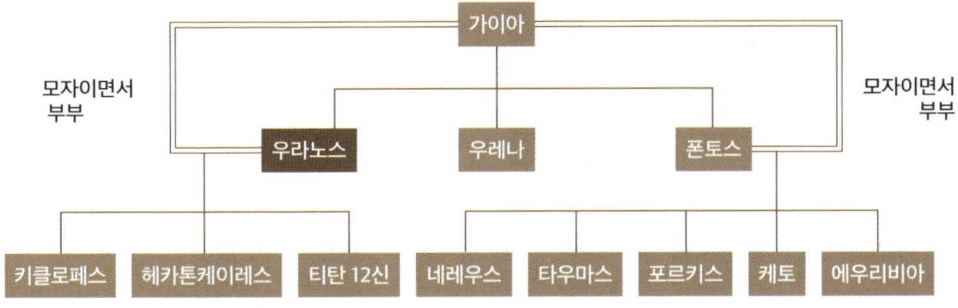

있었다. 그다음으로 대지의 여신 가이아가 태어났다. 가이아는 홀로 바다의 신 폰토스와 하늘의 신 우라노스를 낳았다. 이어서 아들 우라노스와의 사이에서 12명의 티탄 신족, 외눈박이 거인 키클로페스 삼형제, 백개의 손을 가진 거인 헤카톤케이레스 삼형제를 낳았다. 또한 가이아는 폰토스와의 사이에서 '바다의 노인' 네레우스를 비롯한 여러 자식을 낳았다. 『일리아스』의 주인공 아킬레우스의 어머니인 바다의 여신 테티스는 바로 이 네레우스의 50명의 딸 중 하나다.

티탄 신족은 남신 여섯(오케아노스, 코이오스, 히페리온, 이아페토스, 크리오스, 크로노스)과 여신 여섯(테미스, 테이야, 포이베, 레아, 므네모시네, 테티스)으로 이루어졌다. 이들 중 대양의 신 오케아노스는 지혜의 여신 테티스와 결혼해 3천 쌍의 강의 신들을 낳았다. 코이오스와 포이베 사이에서 태어난 레토는 후에 제우스와의 사이에서 쌍둥이 신 아폴론과 아르테미스를 낳았다. 이아페토스는 오케아노스의 딸 클리메네와 결혼해 아틀라스, 메노이티오스, 프로메테우스, 에피메테우스를 낳았다. 프로메테우스의 아들 데우칼리온과 에피메테우스의 딸 피라 사이에서 모든 그리스인의 시조 헬렌이 태어났다. 므네모시네는 제우스와의 사이에서 아홉 명의 예술의 여신(무사)을, 테미스는 제우스의 두 번째 아내가 되어 계절의 여신들(호라)과 운명의 여신들(모이라)을 낳았다.

제1대 최고신 우라노스는, 키클로페스와 헤카톤케이레스가 추한 외모를 가졌다며 지하감옥 타르타로스에 가두었고, 분노한 가이아는 아

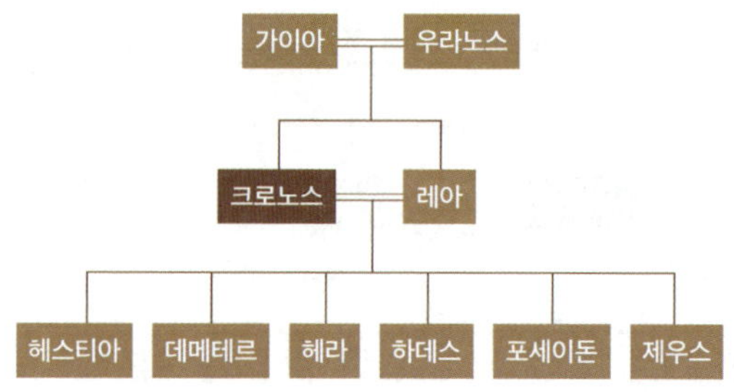

들 크로노스를 시켜 큰 낫으로 우라노스의 성기를 잘라 내쫓았다. 이렇게 제2대 최고신이 된 크로노스는 자신도 아들에게 쫓겨날 것이라는 예언 때문에 자식들을 낳자마자 삼켜버렸다. 하지만 그의 아내 레아는 막내 제우스를 크레테 섬의 동굴에 숨기고, 크로노스에게는 돌덩이를 대신 먹였다. 성장한 제우스는 지혜로운 티탄 여신 메티스의 도움으로 묘책을 얻었다. 크로노스에게 구토제를 먹여 삼켰던 자녀들을 토해내게 하는 계획이었다. 어머니 레아의 협조로 크로노스는 구토제를 먹었고, 그동안 삼켰던 포세이돈, 하데스, 헤라, 데메테르, 헤스티아와 함께 돌덩이까지 모두 토해냈다. 구출된 형제자매들과 함께 제우스는 아버지 크로노스에게 반기를 들었다. 10년에 걸친 긴 전쟁 끝에 마침내 승리를 거두고, 크로노스를 지하의 감옥 타르타로스에 가두었다.

올림포스의 신들은 크게 두 세대로 나뉜다. 제1세대는 크로노스와 레아의 자녀들이다. 가장 큰 권력을 가진 최고신 제우스를 중심으로, 바다를 다스리는 포세이돈, 지하 세계의 통치자 하데스가 세계를 나누어 다스렸다. 여신들로는 제우스의 아내이자 결혼과 가정의 수호자인 헤라, 대지와 곡물을 관장하는 데메테르, 그리고 불과 화로를 지키는 헤스티아가 있다.

제2세대 신들은 더욱 다채로운 영역을 관장한다. 제우스의 딸로 지혜와 전쟁을 상징하는 아테나, 전쟁과 폭력의 신 아레스, 음악과 예언과 빛을 다스리는 쌍둥이 신 아폴론과 달과 사냥의 여신 아르테미스가 있다. 또한 사랑과 미의 여신 아프로디테, 전령이자 여행자의 수호신 헤르메스, 대장장이의 신 헤파이스토스, 그리고 포도주와 축제의 신 디오니소스도 이 세대에 속한다.

흥미로운 점은, 제1세대의 세 형제 신(제우스, 포세이돈, 하데스)이 모두 크로노스의 아들임에도 『일리아스』에서는 오직 제우스만을 "크로노스의 아들"이라 부른다는 것이다. 이는 제우스의 절대적 권위를 상징적으로 보여준다.

IV. 트로이아 전쟁

트로이아 전쟁은 전통적으로는 기원전 1194-1184년으로 여겨졌으나, 오늘날에는 기원전 1260-1180년으로 보는 것이 일반적이다. 이 전쟁의 발단을 다룬 서사시는 기원전 7세기 말에 쓰인 『키프리아』로, 『일리아스』에서도 이 사건을 단편적으로 언급한다. 『키프리아』는 제우스가 전쟁을 일으켜 인구를 줄임으로써 대지의 부담을 덜어주기로 결심하는 장면으로 시작된다. 이어서 테베 공략이 이루어지고, 아킬레우스의 아버지가 될 테살리아의 왕 펠레우스와 여신 테티스의 결혼식이 벌어진다. 결혼식에 초대받지 못해 분노한 불화의 여신 에리스는 "가장 아름다운 여신에게"라고 새겨진 황금 사과를 던졌다. 헤라, 아테나, 아프로디테 세 여신이 이 사과를 두고 다투자, 제우스는 트로이아의 왕자 파리스를 심판으로 지명했다. 세 여신은 각각 파리스에게 최고의 권력(헤라), 최고의 지혜(아테나), 세상에서 가장 아름다운 여인(아프로디테)을 약속했다. 파리스는 아프로디테의 제안을 선택했고, 이것이 훗날 트로이아 전쟁의 시작이 된다.

아프로디테는 약속을 지키기 위해 파리스에게 배를 만들게 하고, 트로이아의 영웅 아이네이아스를 동행시켰다. 파리스의 목적지는 그리스에서 가장 아름다운 여인, 스파르타의 왕비 헬레네가 있는 곳이었다. 스파르타에 도착한 파리스는 메넬라오스 왕의 후한 대접을 받았다. 하지만 왕이 크레테로 떠난 사이, 파리스는 헬레네와 왕궁의 보물을 챙겨 트로이아로 도망쳤다.

제우스의 전령 이리스는 메넬라오스에게 이 사실을 알리고, 형인 미케네의 왕 아가멤논과 함께 트로이아 원정을 준비하라고 전했다. 두 형제는 헬레네의 옛 구혼자들을 찾아가 과거의 맹세를 상기시켰다. 구혼자들은 헬레네가 남편을 선택할 때 맺은 약속대로, 그녀를 구하는 전쟁에 참여하기로 했다. 그리스 전역의 영웅들이 아울리스 항구에 모여들었고, 예언자 칼카스는 제우스 제단에서 일어난 징조를 해석했다. 그는 9년간의 전쟁 끝에 10년째 되는 해에 그리스군이 트로이아를 함락할 것이라 예언했다. 드디어 그리스 연합군은 거대한 함대를 이끌고 트로이아로 향했다.

『일리아스』는 10년에 걸친 트로이아 전쟁의 마지막 해에서도 단 몇 주간의 사건만을 집중적으로 다룬다. 제우스의 의도대로 아킬레우스와 아가멤논이 불화하면서 전쟁은 새로운 국면을 맞는다. 그동안 수세에 몰렸던 트로이아군은 최고의 장수 헥토르를 앞세워 반격에 나서 그리스군을 몰아붙인다. 마침내 그리스군의 함선들이 불타기 직전까지 가는 위기 속에서, 아킬레우스의 가장 가까운 동료 파트로클로스가 전장에 나섰다가 헥토르에게 목숨을 잃는다. 격분한 아킬레우스는 아가멤논과 화해하고 전장으로 돌아와 트로이아의 기둥이자 프리아모스 왕의 아들인 헥토르를 죽임으로써 트로이아 함락의 길을 연다.

이어지는 『아이티오피스』에서는 트로이아의 새로운 동맹군들이 등장한다. 아마존의 여전사들을 이끈 여왕 펜테실레이아와 에티오피아의 왕 멤논이 트로이아를 돕기 위해 참전한다. 그러나 이 두 영웅 모두 아킬레우스의 손에 쓰러진다. 하지만 승리의 기쁨도 잠시, 아킬레우스는 트로이아의 스카이아이 성문 앞에서 아폴론의 도움을 받은 파리스의 화살에 맞아 죽음을 맞이한다. 위대한 영웅의 장례식이 치러지고, 그가 남긴 무구를 차지하기 위한 장례 경기가 열린다.

『작은 일리아스』는 아킬레우스의 무구를 두고 벌어진 아이아스와 오디세우스의 경쟁으로 시작된다. 아테나의 도움으로 오디세우스가 승리하자 아이아스는 치욕을 견디지 못하고 자살한다. 이후 예언자 칼카스는 트로이아를 함락하기 위해서는 렘노스섬에 홀로 남겨진 필록테테스가 필요하다고 조언한다. 오디세우스와 디오메데스는 원정 중 뱀에 물려 섬에 버려진 필록테테스를 데려오는데 성공하고, 필록테테스는 헤라클레스에게서 물려받은 활로 파리스를 죽인다.

한편 트로이아에서는 헬레네를 차지하기 위해 프리아모스왕의 두 아들 헬레노스와 데이포보스가 다툰다. 경쟁에서 진 헬레노스는 트로이아를 떠나 이데산으로 도망쳤다가 오디세우스에게 붙잡힌다. 예언자인 헬레노스는 트로이아를 함락할 세 가지 비밀을 그리스군에게 말해준다. 이에 그리스군은 아테나의 지혜를 빌려 거대한 목마를 만들고, 그 안에 최정예 전사들을 숨겨둔 채 마치 철수하는 것처럼 위장한다. 트로이아인들은 이것이 함정인 줄 모른 채 목마를 성안으로 들여 승리를 축하한다.

『일리오스의 함락』에서는 트로이아의 운명이 결정된다. 도시의 지도자들이 그리스군이 남기고 간 목마를 어떻게 할지 논의하는 사이, 밤이 되자 목마 속에 숨어 있던 그리스 전사들이 성문을 열어젖힌다. 테네도스섬에 숨어 있던 그리스 본군이 성안으로 물밀듯이 쳐들어온다. 혼돈 속에서 아킬레우스의 아들 네오프톨레모스는 제우스의 제단 앞에서 프리아모스왕을 살해하고, 작은 아이아스는 아테나 여신의 신전에서 프리아모스의 딸 카산드라를 욕보인다. 이 신성모독에 분노한 아테나는 그리스군의 귀향길에 복수를 준비한다.

『귀향』은 트로이아 전쟁을 승리로 이끈 그리스 영웅들의 귀국길을 그린다. 그러나 신들의 분노를 산 이 여정은 순탄치 않았다. 아르고스의 왕 디오메데스와 필로스의 왕 네스토르만이 무사히 고국에 돌아갔을 뿐이다. 메넬라오스는 폭풍을 만나 함대 대부분을 잃고 이집트 해안으로 밀려가 그곳에서 수년을 보내야 했다. 신성모독을 저지른 작은 아이아스는 바다에서 죽음을 맞았고, 아가멤논은 고국에 돌아왔으나 아내 클리타임네스트라와 그녀의 정부 아이기스토스의 손에 목숨을 잃었다. 수많은 영웅 중 아직 귀향하지 못한 이는 오디세우스 하나뿐이었다.

『오디세이아』는 오디세우스의 10년에 걸친 고난의 귀향길을 담고 있다. 그는 온갖 시련을 겪은 끝에 마침내 고향 이타케섬에 도착해 그동안 아내 페넬로페를 괴롭히던 구혼자들을 처단한다.

마지막 서사시 『텔레고네이아』('텔레고노스 이야기')는 구혼자들의 매장으로 시작된다. 오디세우스는 신들에게 제사를 올리러 에피로스 지방의 테스프로티아로 떠났다가 그곳의 여왕 칼리디케와 결혼해 아들 폴리포이테스를 낳는다. 그러나 칼리디케가 이웃 부족인 브리고이족과의 전투에서 죽자, 아들을 왕위에 앉히고 다시 이타케로 돌아온다.

한편 오디세우스의 오랜 귀향길 동안, 그와 1년을 함께 보냈던 마법사 키르케는 아들 텔레고노스를 낳아 키웠다. 훗날 텔레고노스는 폭풍에 휘말려 우연히 이타케섬에 표류하게 되고, 가축을 훔치려다 벌어진 다툼에서 자신도 모른 채 친아버지 오디세우스를 죽이는 비극적 운명을 맞이한다.

V. 『일리아스』 주요 지역의 영웅과 가문

1. 트로이아와 다르다노스인(헥토르 가문)

트로이아와 다르다노스인의 이야기는 신화 속 영웅시대로 거슬러 올라간다. 괴물들이 지상을 누비고 신들이 인간과 직접 교류하던 그 시절,

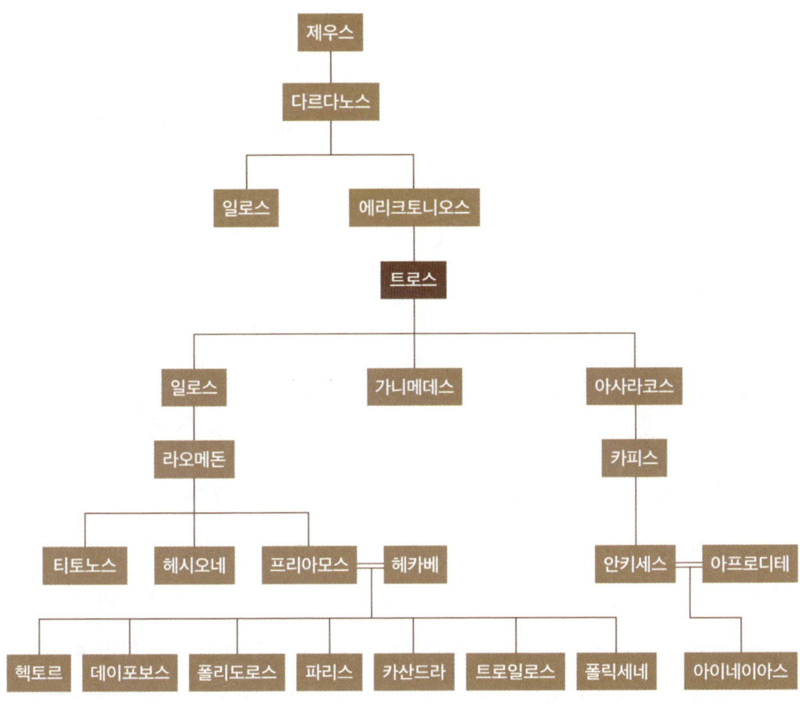

트로이아는 아나톨리아 최서단에 자리 잡은 강력한 도시국가였다. 에게해에서 프로폰티스해('앞바다'라는 뜻으로, 흑해의 관문)로 들어가는 헬레스폰토스 해협 옆 트로아스 지방, 이데산 기슭에 위치했다. 이 지역 북쪽으로는 산악 지대인 발칸반도 동부의 트라케가 있었고, 프로폰티스해는 보스포루스 해협을 통해 흑해와 이어졌다.

트로이아는 천혜의 요새였다. 가파른 언덕 위에 세워진 성은 비스듬히 쌓아 올린 높은 석벽, 각진 성루들, 견고한 나무 성문을 갖추고 있었다. 성 정상부의 '페르가모스' 성채에는 아테나 신전과 프리아모스왕의 궁전이 있었다. 성 앞으로는 스카만드로스 평야가 펼쳐졌고, 이데산에서 흘러내린 스카만드로스강(크산토스강이라고도 함)이 시모에이스강과 합류하며 평야를 가로질렀다. 이 들판에는 트로이아의 건설자 일로스의 무덤이 있었고, 그리스군은 이곳에 진영을 세웠다. 주요 전투는 트로이아성과 그리스군 진영 사이의 평야에서 벌어졌다. 성에서 평야로 나가는 '스카이아이 성문'('서문'이라는 뜻)은 정식으로는 '다르다노스 성문'이라 불렸는데, 이는 트로이아인의 시조 다르다노스의 이름을 따른 것이었다.

트로이아라는 이름은 도시의 건설자 일로스의 아버지 트로스에서 유래했다. 일로스의 이름을 따서 일리오스 또는 일리온이라고도 불렸다. 트로이아는 원래 다르다니아에서 갈라져 나온 도시국가로, 그 뿌리는 다르다니아의 시조 다르다노스에게 닿는다.

이 이야기의 시작은 티탄 신족 아틀라스와 바다의 님프 플레이오네에서 비롯된다. 이들 사이에서 태어난 일곱 딸은 '플레이아데스'라 불렸는데, 모두 신들이나 영웅들과 혈연을 맺게 된다. 마이아는 제우스와의 사이에서 신들의 전령 헤르메스를, 타이게테는 역시 제우스와의 사이에서 스파르타의 시조 라케다이몬을 낳았다. 메로페는 유일하게 인간인 시시포스와 결혼해 글라우코스를 낳았고, 엘렉트라는 사모트라케섬에서 제우스와의 사이에 다르다니아의 건설자 다르다노스를 낳았다.

다르다노스는 거인족 출신의 크리세와 결혼했다. 크리세의 아버지 팔라스는 제1대 최고신 우라노스의 피에서 태어난 거인족 기간테스의 일원이었다. 결혼할 때 아테나 여신은 자신의 목상인 팔라디온을 다르다노스에게 선물했다고 전해진다. 이 성스러운 목상은 후에 트로이아성에 모셔져 전쟁의 운명을 좌우하는 중요한 역할을 한다.

대홍수가 일어나자 다르다노스는 아들 이다이오스와 함께 사모트라케섬을 떠나 아나톨리아의 트로아스 지방으로 피난했다. 그곳에서 그는 현지의 왕 테우크로스의 딸 바테이아와 결혼한다. 테우크로스는 스카만드로스강의 신과 요정 이다이아 사이에서 태어난 인물이었다. 다르다노스는 테우크로스의 뒤를 이어 왕이 되었고, 나라 이름을 다르다니아로 바꾸었다. 주변의 산맥은 그의 아들 이다이오스를 기려 이데산이라 불렸다. 이렇게 다르다노스인들의 역사가 시작되었다.

다르다노스와 바테이아의 아들 에리크토니오스는 다르다니아의 2대 왕이 되었다. 그는 강의 신 시모에이스의 딸 아스티오케와 결혼해 트로스를 낳았고, 트로스는 스카만드로스강의 신의 딸 칼리로에와 결혼하여 일로스, 아사라코스, 가니메데스 세 아들을 얻었다.

장남 일로스는 프리기아의 한 나라에서 열린 경기에서 우승했다. 그 나라의 왕은 상으로 젊은 남녀 50명과 함께 신탁이 지정한 얼룩소를 주면서, 그 소가 멈추는 곳에 도시를 세우라고 했다. 소는 스카만드로스 평야의 아테 언덕에서 멈췄다. 이곳은 이미 일로스의 아버지 트로스의 이름을 따서 트로이아라 불리고 있었다.

도시를 세우기 전, 일로스는 제우스에게 신의 뜻을 구했다. 전설에 따르면 제우스는 도시 건설을 승인하는 표시로 아테나의 목상 팔라디온을 하늘에서 떨어뜨렸다고 한다. 일로스는 그 자리에 아테나 신전을 세우고 목상을 안치했다. 트로이아인들은 이 팔라디온이 신전에 있는 한 도시는 멸망하지 않을 것이라 믿었다. 그래서 훗날 트로이아 전쟁 때 그리스의 영웅 오디세우스와 디오메데스가 이 목상을 훔쳐가는 것이 중요한 사건이 된다.

일로스는 아버지 트로스가 죽은 후에도 자신이 건설한 트로이아 왕국에 머물렀고, 동생 아사라코스에게 다르다니아의 통치권을 주었다. 이로써 트로아스 지방은 다르다니아와 트로이아 두 왕국으로 나뉘어 통치되었다. 『일리아스』는 일로스의 무덤이 트로이아 평야의 야생 무화과나무 근처에 있었다고 전한다.

트로이아의 건설자 일로스는 에우리디케와 결혼하여 아들 라오메돈과 딸 테미스테를 낳았다. 라오메돈이 트로이아의 제2대 왕이 된다. 한편 제우스는 일로스의 동생 가니메데스를 그 뛰어난 용모 때문에 납치했고, 보상으로 신들의 말 두 필을 주었다. 라오메돈은 이 신마들을 테미스테의 조카 안키세스에게 맡겼는데, 안키세스는 몰래 자신의 암말들과 교배시켜 씨를 훔친다. 안키세스는 다르다니아의 제3대 왕 아사라코스의 아들 카피스와 테미스테 사이에서 태어난 인물로, 후에 아프로디테와의 사이에서 영웅 아이네이아스를 낳는다. 아이네이아스는 트로이아 전쟁 이후 이탈리아반도로 건너가 로마 건국의 기초를 닦게 된다.

라오메돈의 치세 때 중대한 사건이 일어난다. 아폴론과 포세이돈이 제우스에 대한 반역의 벌로 1년간 인간을 섬기게 되었을 때, 두 신은 트로이아의 성벽을 쌓았다. 하지만 라오메돈이 약속한 보상을 주지 않자 두 신은 분노했다. 그리하여 아폴론은 역병을, 포세이돈은 괴물을 보내 도시를 괴롭혔다. 신탁에 따라 라오메돈은 딸 헤시오네를 괴물의 제물로 바치려 했으나, 마침 지나가던 헤라클레스가 괴물을 죽이고 그녀를 구해주었다.

라오메돈은 감사의 뜻으로 헤라클레스에게 신마를 주기로 약속했지만 이번에도 약속을 지키지 않았다. 분노한 헤라클레스는 열두 과업을 마친 뒤, 트로이아 공격에 앞서 살라미스의 왕 텔라몬과 이피클로스를 보내 마지막으로 약속 이행을 요구했다. 하지만 라오메돈은 오히려 이들을 감옥에 가두고 처형하려 했다. 다행히 라오메돈의 막내아들 포르다케스가 두 사절을 몰래 탈출시켰고, 이 일이 그의 운명을 바꾸게 된다.

헤라클레스는 마침내 대군을 이끌고 트로이아를 공격해 라오메돈과 그의 자식들을 모두 죽였다. 오직 포르다케스와 공주 헤시오네만이 목숨을 건졌다. 헤라클레스는 포르다케스를 새로운 트로이아의 왕으로 세웠고, 헤시오네는 그를 도왔던 텔라몬의 아내로 주었다. 포르다케스는 이때 프리아모스라는 새 이름을 얻었는데, 후에 『일리아스』에서 만나게 되는 바로 그 트로이아의 마지막 왕이다.

프리아모스는 첫 왕비로 페르코테의 예언자 메롭스의 딸 아리스베를 맞아들여 아이사코스를 낳았다. 두 번째 왕비 헤카베와의 사이에서는 위대한 영웅 헥토르를 비롯해 파리스, 데이포보스, 헬레노스 등의 아들과 예언자 카산드라 등의 딸을 얻었다. 여러 후처들을 통해서도 자녀를 얻어, 그의 아들들은 모두 50명에 이르렀다고 전해진다.

2. 아르고스와 다나오스인(아가멤논 가문)

트로이아 전쟁에서 그리스군을 이끈 총사령관은 미케네의 왕 아가멤논이었다. 전쟁의 발단이 된 헬레네는 그의 동생이자 스파르테의 왕인 메넬라오스의 아내였다. 『일리아스』에서 이 두 형제는 "아트레우스의 아들들"로 자주 언급된다. 그들의 아버지 아트레우스는 펠롭스의 아들이었고, 펠롭스는 제우스의 아들 탄탈로스가 오케아노스와 테티스의 딸인 플루토 사이에서 낳은 아들이었다. 펠롭스는 엘리스 지방 피사의 왕 오이노마오스의 딸 히포다메이아와 결혼하여 아트레우스를 낳았다.

미케네 문명의 역사는 오래되었다. 기원전 2000년경, 펠로폰네소스 반도 북동부 산악 지대에 살던 아카이오스인들이 남쪽으로 이동하기 시작했다. 이들은 원주민의 농경 문화를 받아들이며 미케네, 티린스, 오르코메노스, 필로스 등지에 왕국을 세웠다. 기원전 1600년부터 1200년까지 이어진 이 문명의 중심에는 미케네가 있었다. 미케네는 아르고스 평야 북동쪽에 자리 잡은 전략적 요충지였다. 남쪽으로는 아르고스만을 통해 크레테섬과 지중해의 여러 섬들로 나아갈 수 있었고, 북쪽으로는 육로를 통해 중부 그리스와 연결되었다. 『일리아스』는 이러한 미케네의 광대한 영토를 다스리는 아가멤논의 강력한 권력을 여러 차례 강조한다.

아르고스의 역사는 신화 시대로 거슬러 올라간다. 초대 왕은 이나코스강의 신 이나코스였다. 그는 대양의 신 오케아노스와 티탄 여신 테티스의 아들이었으며, 이복 누이 멜리아와의 사이에서 아들 포로네우스와 딸 이오를 낳았다.

포로네우스는 아르고스의 2대 왕이 되어 그 땅을 '포로네이아'라 불렀다. 그는 요정 텔레디케와의 사이에서 아들 아피스와 딸 니오베를 낳았다. 니오베는 제우스와의 사이에서 아르고스와 펠라스고스를 낳았는데, 이로써 아르고스에 최초로 제우스의 피가 흐르게 되었다. 펠라스고

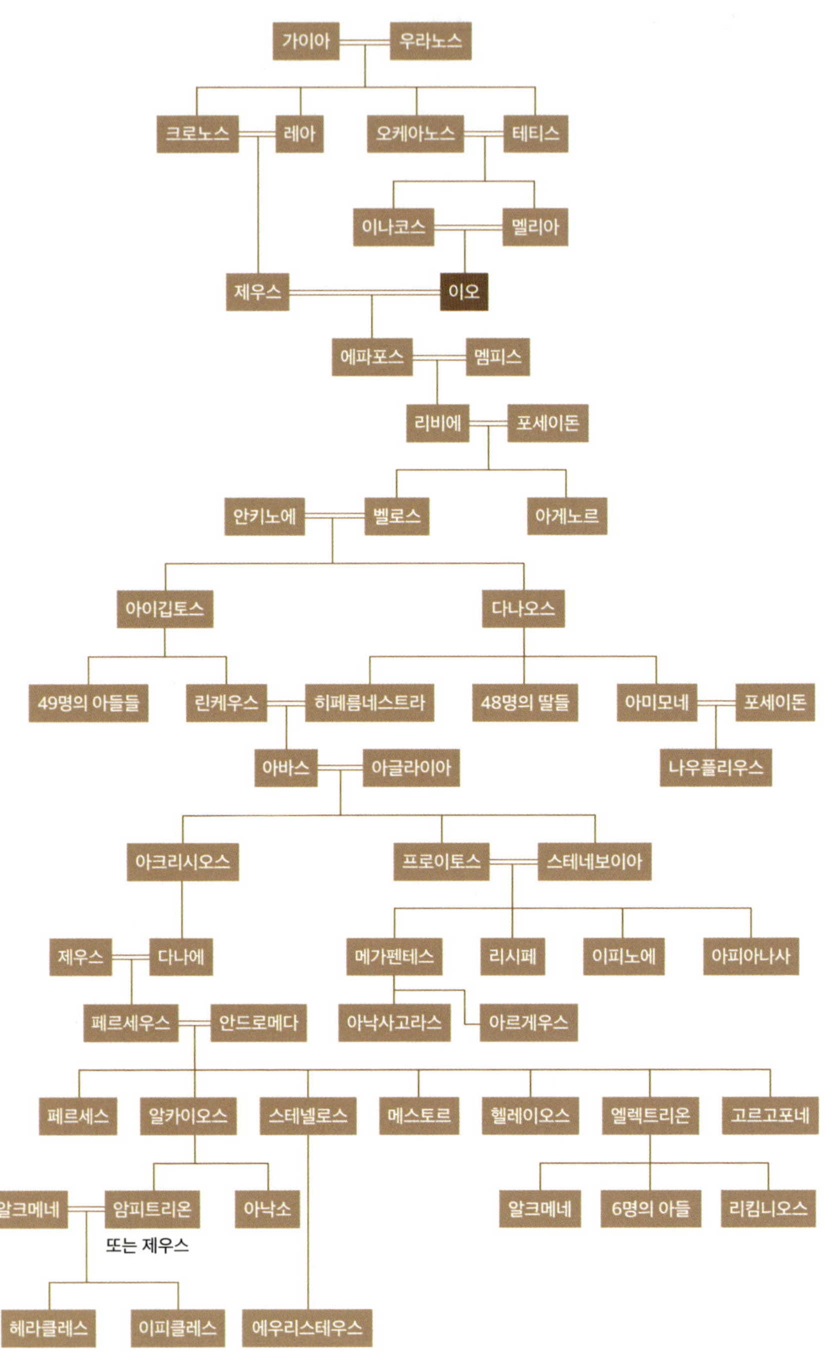

가이아
우라노스
크로노스
레아
오케아노스
테티스
이나코스
멜리아
제우스
이오
에파포스
멤피스
리비에
포세이돈
안키노에
벨로스
아게노르
아이깁토스
다나오스
49명의 아들들
린케우스
히페름네스트라
48명의 딸들
아미모네
포세이돈
나우플리우스
아바스
아글라이아
아크리시오스
프로이토스
스테네보이아
제우스
다나에
메가펜테스
리시페
이피노에
아피아나사
페르세우스
안드로메다
아낙사고라스
아르게우스
페르세스
알카이오스
스테넬로스
메스토르
헬레이오스
엘렉트리온
고르고포네
알크메네
암피트리온
아낙소
알크메네
6명의 아들
리킴니오스
또는 제우스
헤라클레스
이피클레스
에우리스테우스

스(아르카디아의 펠라스고스)는 아르카디아 지역에 정착해 펠라스고스인
의 시조가 되었고, 그의 혈통은 손녀 칼리스토를 거쳐 아르카스에게 이
어졌다. 아르카스는 아르카디아의 왕이 되어 숲의 요정 에라토와 결혼
했고, 그들의 세 아들 아잔, 아피다스, 엘라토스가 왕국을 셋으로 나누
어 다스렸다.

한편 아르고스는 3대 왕이 되어 포로네이아를 '아르고스'로 개명했
다. 이후 아르고스는 계속해서 포로네우스 왕가의 통치 아래 있었다. 이
왕가에서 나온 펠라스고스(아르고스의 펠라스고스)왕의 딸 라리사는 포세
이돈과의 사이에서 아들 셋(펠라스고스[테살리아의 펠라스고스], 아카이오
스, 프티오스)을 낳았는데, 이들이 테살리아로 이주해 아카이아, 프티오
티스, 펠라스기오티스를 세웠다.

포로네우스의 누이 이오는 헤라의 여사제였다. 제우스가 그녀를 유
혹하고 헤라의 의심을 피하고자 그녀를 암소로 변신시켰지만, 헤라는
이를 눈치채고 백 개의 눈을 가진 괴물 아르고스에게 감시를 맡겼다.
제우스의 명을 받은 헤르메스가 아르고스를 죽이자, 임신한 이오는 이
집트로 도망가 아들 에파포스를 낳았다.

에파포스는 이집트 왕 텔레고노스의 양자가 되어 왕위를 이었다. 그
는 나일강의 신 네일로스의 딸 멤피스와 결혼해 딸 리비에를 낳았고,
나일강 유역에 도시 멤피스를 세웠으며 주변 영토를 통합해 리비아라
이름 지었다. 리비에는 포세이돈과의 사이에서 벨로스를 낳았고, 벨로
스는 쌍둥이 아이깁토스와 다나오스를 낳았다.

벨로스는 쌍둥이 아들들에게 영토를 나누어주었다. 그렇게 해서 다
나오스는 리비아를, 아이깁토스는 아라비아를 다스리게 되었다. 아이깁
토스는 멜람포테스인의 땅을 정복해 자신의 이름을 따서 이집트라 부
르고, 다나오스에게 자신의 50명의 아들과 다나오스의 50명의 딸을 결
혼시키자고 제안했다. 위협을 느낀 다나오스는 조상의 땅 아르고스로
피신했다. 아르고스는 그의 먼 조상 이나코스의 근거지였고, 이나코스

의 딸이자 제우스의 연인이었던 이오의 후손이었기 때문이다.

이오의 후손 다나오스는 이 혈통을 근거로 아르고스의 왕권을 주장했다. 하지만 당시 아르고스의 왕이었던 겔라노르는 왕권을 넘길 생각이 없었다. 겔라노르는 포로네우스와 아르고스의 후손이었는데, 원래 이름은 펠라스고스였다. 다나오스의 왕권 요구를 비웃어서 '웃는 자'라는 뜻의 겔라노르라는 이름을 얻게 됐다는 것이다.

두 사람은 아르고스 시민들이 모인 자리에서 왕권을 두고 긴 논쟁을 벌였다. 그때 늑대 한 마리가 나타나 소 떼를 습격해 황소들을 순식간에 죽여버렸다. 이를 본 아르고스인들은 외지에서 온 다나오스가 늑대와 비슷하다고 여겼다. 이 사건을 신의 계시로 해석한 시민들은 다나오스를 왕으로 추대했다. 이렇게 아르고스의 통치권은 이나코스의 아들인 전설적 건설자 포로네우스의 자손에서, 이나코스의 딸 이오의 자손으로 넘어갔다.

하지만 아이깁토스의 아들 50명이 아르고스까지 찾아와 결혼을 요구했고, 다나오스는 이를 거절할 수 없었다. 여전히 이 결혼을 위협으로 느낀 다나오스는 딸들에게 단검을 하나씩 주며 첫날밤에 신랑을 죽이라고 했다. 다나오스의 딸들은 모두 아버지의 명령대로 했지만, 히페름네스트라만은 신랑 린케우스를 살려줬다.

무사히 고국으로 돌아간 린케우스는 군대를 이끌고 아르고스를 침공해 다나오스왕을 죽이고, 히페름네스트라를 제외한 그의 딸들도 모두 죽였다. 남편을 죽인 다나오스의 딸들은 저승에서 구멍 난 항아리에 영원히 물을 채우는 형벌을 받았다고 한다.

다른 버전에서는 이야기가 다르게 끝난다. 다나오스의 딸들이 제우스에게 용서받았고, 다나오스는 사면된 딸들을 아르고스의 청년들과 결혼시켰다는 것이다. 이들 사이에서 태어난 자녀들은 '다나오스인'이라 불렸고, 이 이름은 후에 그리스인 전체를 지칭하게 됐다.

아르고스의 왕위는 포로네우스와 아르고스 왕가에서 이오와 다나오스 왕가로 넘어갔지만, 쌍둥이 형제인 아이깁토스와 다나오스의 싸움에서 살아남은 린케우스는 히페름네스트라와 결혼해 아르고스의 왕이 됐고, 그의 아들 아바스가 왕위를 이었다. 아바스의 아들 아크리시오스는 아르고스의 왕이 됐지만, 쌍둥이 형제 프로이토스에게 티린스를 넘겨줬다. 아크리시오스는 아들이 없어 델포이에서 신탁을 구했고, 신탁은 그가 딸 다나에의 아들에게 죽을 것이라 경고했다. 아크리시오스는 궁 안마당에 지붕 없는 청동 방을 만들어 딸을 가뒀지만, 제우스가 황금비로 내려와 그녀와 관계한다. 아크리시오스의 딸 다나에가 제우스와의 사이에서 낳은 아들이자 메두사를 죽인 영웅 페르세우스는 아르고스의 왕이 됐다.

아바스의 아들 프로이토스가 낳은 메가펜테스는 티린스의 왕이 됐다. 페르세우스와 메가펜테스는 나라를 서로 바꿨다. 결국 아르고스의 왕위는 프로이토스-메가펜테스-아르게우스로 이어졌다. 아르게우스는 아들 아낙사고라스가 이상한 병에 걸리자 이를 고쳐주는 사람에게 상을 주겠다고 약속했다. 아미타온의 아들이자 짐승의 말을 알아듣는 예언자 멜람푸스가 아낙사고라스의 병을 고쳐주고, 형제 비아스와 함께 아르고스를 셋으로 나눠 다스렸다. 비아스가 가진 아르고스의 왕위는 아들 탈라오스를 거쳐 테베 공략을 이끈 왕 아드라스토스에게 이어졌고, 아드라스토스는 왕위를 사위이자 칼리돈의 왕자였던 티데우스의 아들 디오메데스에게 넘겼다.

페르세우스와 안드로메다 사이에서는 페르세스, 알카이오스, 스테넬로스, 헬레이오스, 메스토르, 엘렉트리온, 고르고포네가 태어났다. 엘렉트리온은 아버지를 이어 미케네의 왕이 됐고, 알카이오스의 딸 아낙소와 결혼해 딸 알크메네를 낳았다. 메스토르의 딸과 포세이돈 사이에서 태어난 타포스섬의 왕 프테렐라오스는 여섯 아들을 엘렉트리온에게 보내 어머니 몫으로 미케네 영토의 일부를 요구했고, 이 과정에서 싸움이 벌어졌다. 이 싸움에서 엘렉트리온의 아들들은 모두 죽었고, 프테렐라오스의 아들 에우엘레스만 살아남아 엘렉트리온의 소 떼를 엘리스로 가져가 팔아버렸다.

혼자 남은 알크메네는 약혼자이자 알카이오스의 아들인 암피트리온에게 복수를 요청했다. 암피트리온은 타포스섬 원정에 앞서 소 떼를 되찾아주려다 실수로 엘렉트리온 왕을 죽이고 말았다. 이에 스테넬로스가 암피트리온을 추방하고 미케네의 왕이 되어 티린스까지 차지했다. 알크메네는 암피트리온이 원정을 떠난 사이 암피트리온의 모습으로 변신한 제우스와 동침해 헤라클레스를 낳았다.

스테넬로스의 아들 에우리스테우스는 미케네와 티린스(아르고스의 한 도시)의 왕이 됐고, 적통 왕위 계승자였던 헤라클레스는 헤라의 저주로 광기에 빠져 처자식을 죽인 죄로 에우리스테우스왕 밑에서 열두 과업을 수행했다. 헤라클레스가 죽자 에우리스테우스는 트라케로 가서 케익스왕에게 헤라클레스의 후손들을 넘기라고 요구했고, 이에 헤라클레스의 자식들은 아테나이의 데모폰에게 피신했다. 이에 에우리스테우스는 아테나이를 공격했으나 크게 패하고 자식들을 모두 잃었다. 결국 도

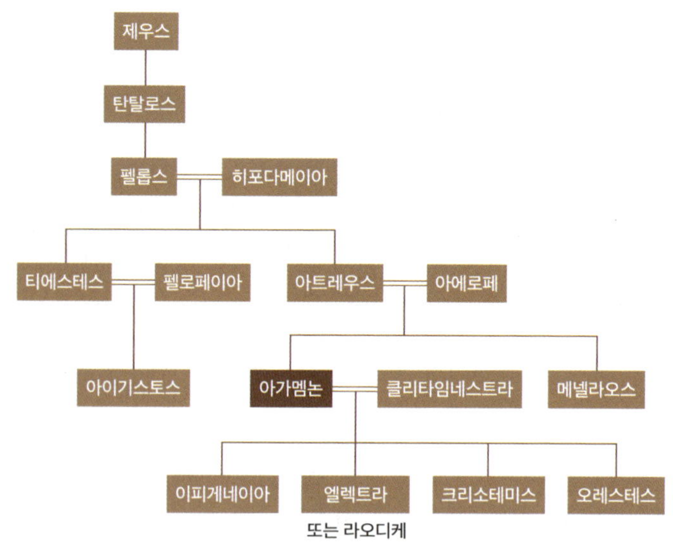

망치다가 헤라클레스의 조카 이올라오스에게 붙잡혀 스케이로니스의 바위에서 죽음을 맞았다.

에우리스테우스의 죽음으로 이나코스 왕가의 아르고스 통치는 끝났고, 탄탈로스 가문의 아트레우스가 아르고스의 왕이 됐다. 아트레우스는 트로이아 전쟁의 주역인 아가멤논과 메넬라오스의 아버지다. 아트레우스와 그의 형제 티에스테스는 리디아(또는 프리기아) 왕 탄탈로스의 아들 펠롭스와, 엘리스 지방 올림피아에 있는 피사 왕 오이노마오스의 딸 히포다메이아 사이에서 태어났다. 두 형제는 어머니 히포다메이아의 사주로 이복형제 크리시포스를 죽이고 추방돼 미케네로 도망쳤는데, 에우리스테우스왕이 원정에서 죽자 아트레우스가 티에스테스를 추방하고 미케네의 왕이 됐다.

티에스테스는 복수를 위해 신탁에 따라 딸 펠로페이아를 강간해 아들 아이기스토스를 낳았고, 아이기스토스는 아트레우스를 죽였다. 미케네의 왕이 된 티에스테스는 아트레우스의 아들 아가멤논과 메넬라오스를 스파르테로 추방했다. 하지만 아가멤논은 스파르테 왕 틴다레오스의 도움으로 왕위를 되찾고 그의 딸 클리타임네스트라와 결혼했다. 메넬라오스는 헬레네(틴다레오스의 왕비 레다가 제우스와의 사이에서 낳았다)의 남편이 되어 경쟁에서 이기고 후에 스파르테의 왕위를 이었다.

아트레우스 가문의 시조 탄탈로스는 아나톨리아의 리디아 왕국의 왕이었다. 제우스가 오케아노스의 딸 플루토에게서 낳은 탄탈로스는 리디아의 시필로스산 부근의 넓은 영지를 다스리는 부유한 왕이었다. 그는 신들의 총애를 받아 자주 신들의 식탁에 초대됐다. 하지만 신의 음식인 암브로시아와 넥타르를 훔쳐 인간들에게 주고 신들의 비밀 대화를 누설하는 등의 악행으로 지하세계의 감옥인 타르타로스로 추방돼 영원한 형벌을 받게 됐다. 또한 탄탈로스 가문은 저주를 받아 끔찍한 일들을 겪게 됐다.

아가멤논은 트로이아 전쟁을 마치고 귀향한 후 왕비 클리타임네스

트라와 그녀의 정부이자 아트레우스의 형제 티에스테스의 아들 아이
기스토스에게 살해됐고, 아가멤논의 아들 오레스테스가 후에 아버지의
원수를 갚았다. 이로써 탄탈로스 가문의 저주는 끝난다.

3. 테살리아와 프티아(아킬레우스 가문), 메세니아와 필로스(네스토르 가문)

모든 그리스인의 시조 헬렌은 제우스가 청동시대를 끝내려 일으킨 대
홍수에서 유일하게 살아남은 데우칼리온과 피라의 장남이다. 데우칼리
온의 아버지 프로메테우스는 티탄 12신 중 하나인 이아페토스의 아들
이다. 데우칼리온과 피라는 그리스 본토 중부 로크리스에 정착해 헬렌
등을 낳았고, 헬렌은 테살리아 지방 프티아의 왕이 되어 산의 요정 오
르세이스에게서 아이올로스, 크수토스, 도로스를 낳았다. 이후 그리스
를 셋으로 나눠 세 아들에게 나눠줬다.

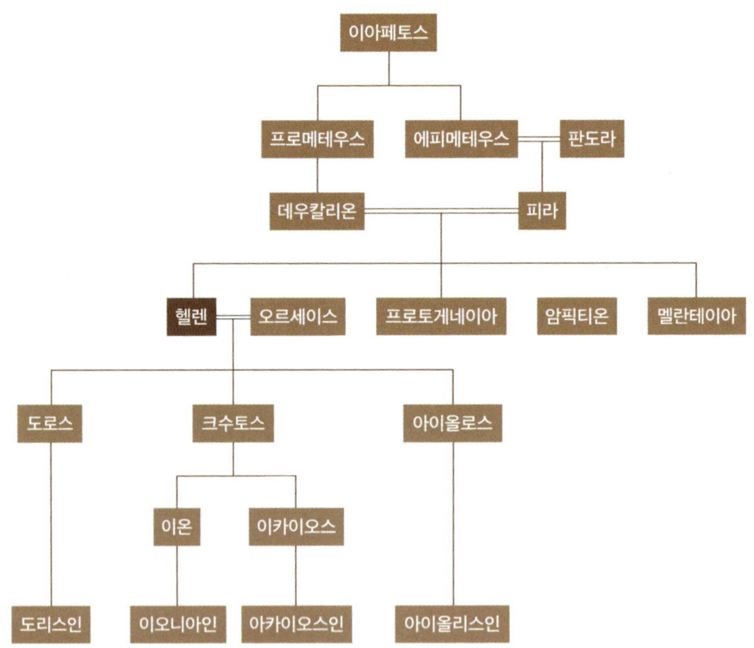

이들은 각각 아이올리스인, 이오니아인, 아카이오스인, 도리스인의 시조가 됐다. 이 네 집단은 고대 그리스를 세운 주요 부족으로, 그들의 후손인 그리스인은 후에 '헬렌의 자손'이란 뜻의 '헬레네스'라 불렸다. 이는 뒷날 그리스인 전체를 지칭하는 이름이 됐다. 또한 그리스인들은 같은 민족이 세운 나라들을 '헬라스'라고 불렀다. 하지만 『일리아스』에서 '헬라스'와 '헬레네스'는 아직은 펠레우스와 그의 아들 아킬레우스가 다스리는 테살리아 남부 프티아 왕국과 그곳의 그리스인만을 가리킨다.

아이올로스는 테살리아 지방 마그네시아를 물려받아 아이올리스인의 시조가 됐다. 그의 아들 시시포스는 코린토스를, 마케드노스는 마케도니아를, 마그네스는 마그네시아를, 크레테우스는 이올코스를 세웠고, 살모네우스는 펠로폰네소스반도 북서부 엘리스로 가서 살모네 왕국을 세웠으며, 아타마스는 그리스 본토 중부 보이오티아 지방 오르코메노스의 왕이 됐고, 페리에레스는 펠로폰네소스반도 남서부 메세니아(메세네)의 왕이 됐다.

크레테우스는 아이올로스의 일곱 아들 중 장남으로, 동생 살모네우스의 딸 티로와 결혼해 아이손과 아미타온을 낳았다. 또한 티로가 결혼 전 포세이돈과의 사이에서 낳은 넬레우스와 펠리아스를 양아들로 삼았다. 크레테우스가 어린 친아들들을 남기고 죽자 펠리아스가 친형제 넬

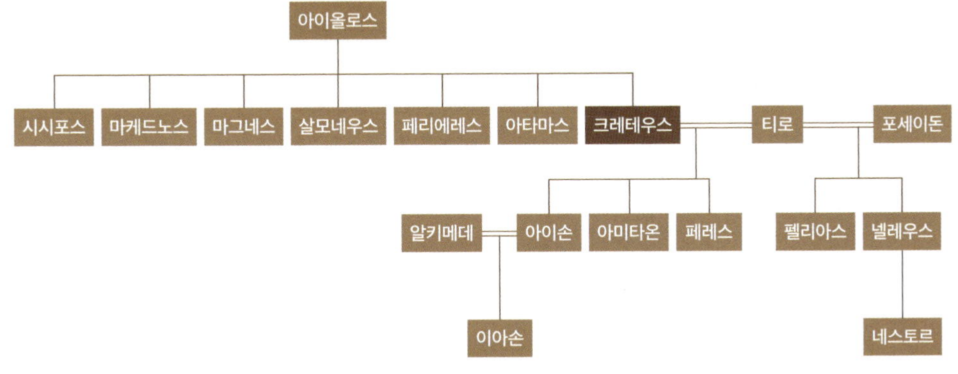

레우스를 추방하고 불법으로 왕위를 차지했다. 넬레우스는 외조부 살모네우스의 형제 페리에레스가 세운 메세니아로 갔고, 페리에레스의 아들이자 메세니아의 왕이었던 아파레우스는 넬레우스에게 해변 땅을 주었다. 넬레우스는 그곳에서 필로스의 왕이 되어 트로이아 전쟁의 영웅 네스토르를 낳았다. 페리에레스가 메세니아로 갔을 때, 메세니아의 왕은 폴리카온이었다.

폴리카온은 렐렉스인의 시조이자 라코니아의 건설자 렐렉스의 둘째 아들로, 라코니아의 왕위가 형 밀레스에게 돌아가자 아내 메세네와 함께 서쪽으로 가서 메세니아 왕국을 세웠다. 그의 아버지 렐렉스는 포세이돈과 리비에의 아들이거나 태양신 헬리오스의 아들이라고도 하며, 땅에서 저절로 태어났다는 이야기도 있다. 그는 물의 요정 클레오카레이아와 결혼해 밀레스, 폴리카온, 보몰로코스, 테라프네, 클레손, 비아스 등의 자식을 낳았다. 밀레스의 아들 에우로타스는 도시국가 스파르테의 시조가 되는 딸 스파르테를 낳았다. 폴리카온은 메세네 도시를 세웠고, 클레손의 아들 필라스는 메세니아와 엘리스 지방에 각각 필로스라는 도시를 세웠다. 렐렉스는 라코니아의 왕위를 장남 밀레스에게 물려줬고, 밀레스는 다시 아들 에우로타스에게 물려줬다. 에우로타스는 아들 없이 딸 스파르테만 있었기에 라코니아의 왕위는 스파르테와 결혼한 사위 라케다이몬에게 넘어갔다.

폴리카온의 뒤를 이어 메세니아의 왕이 된 페리에레스(아이올로스의 아들)는 메두사를 죽인 영웅 페르세우스의 딸 고르고포네와 결혼해 아파레우스와 레우키포스를 낳았다. 페리에레스가 죽은 뒤에는 아파레우스와 레우키포스가 함께 메세니아를 다스렸고, 고르고포네는 스파르타의 왕 오이발로스와 재혼해 이카리오스와 틴다레오스를 낳았는데, 틴다레오스가 오이발로스의 왕위를 이었다. 틴다레오스의 왕비 레다가 제우스에게서 낳은 딸이 트로이아 전쟁의 발단이 된 헬레네(메넬라오스의 왕비)다. 틴다레오스와 레다 사이에서 태어난 딸 클리타임네스트라는

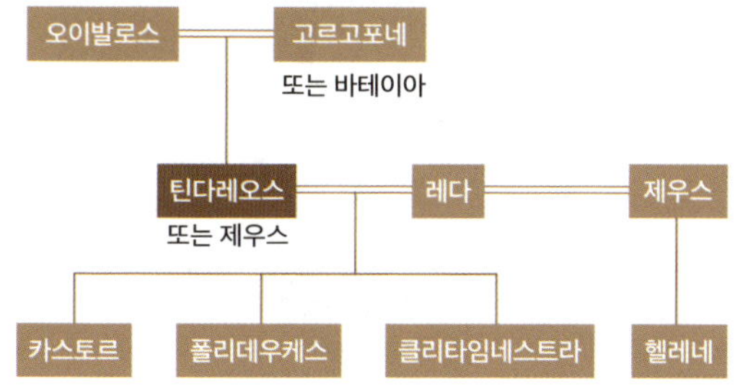

아가멤논의 왕비가 됐다.

이올코스의 왕 크레테우스의 왕위를 이을 적통이었던 아이손은 펠리아스에게 쫓겨난 뒤 알키메데와 결혼해 아르고호 원정대를 이끈 영웅 이아손을 낳았다. 이아손은 펠레우스와 힘을 합쳐 펠리아스를 몰아내고 아들 테살로스를 이올코스의 왕으로 세웠으며, 그 지역은 테살리아로 불리게 됐다. 아미타온의 딸 아이올리아는 아이톨리아의 건설자 칼리돈과 결혼했다.

크수토스는 아테나이 에레크테우스왕의 공주 크레우사와 결혼해 이온과 아카이오스를 낳고, 펠로폰네소스반도 북동부 아이기알로스로 가서 살았다. 아이기알로스는 후에 아카이오스의 이름을 따서 '아카이아'로 이름이 바뀌었고, 이온과 아카이오스는 각각 이오니아인과 아카이오스인의 시조가 됐다. 이온은 아이기알로스 왕 셀라노스의 딸 헬리케와 결혼해 왕위를 물려받고 백성을 이오니아인이라 불렀다. 아카이오스는 고향인 테살리아의 프티아로 돌아가 그곳을 부흥시켰고, 테살리아 남부 백성은 아카이오스인이라 불렀다. 아카이오스의 자손은 아테나이, 라케다이몬(스파르타)에도 살았다.

도로스의 아들 아이기미오스는 테살리아 북쪽 페네이오스 골짜기에서 도리스인을 다스리다가 헤라클레스의 도움으로 이웃 라피테스인을 정복했고, 후에 헤라클레스의 아들 힐로스에게 영토 일부를 줬다.

『일리아스』에서 그리스군의 최고 영웅인 아킬레우스와 큰 아이아스

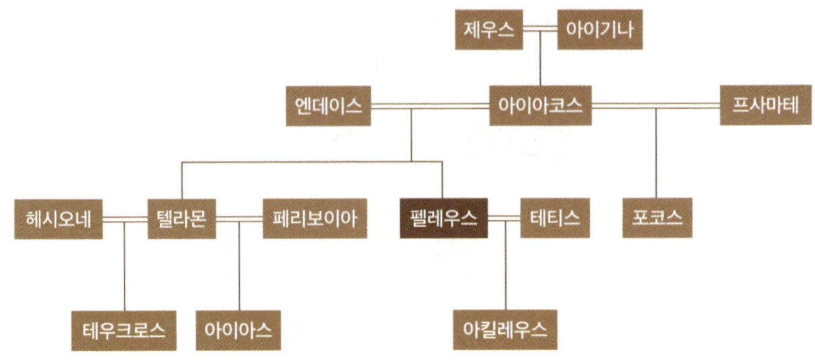

는 아이기나섬의 전설적인 왕 아이아코스의 후손이다. 아이아코스는 제우스가 강의 신 아소포스의 딸 아이기나에게서 낳은 아들이다. 제우스는 독수리로 변신해 요정 아이기나를 오이오네섬(펠로폰네소스반도의 아르고스와 아티케반도의 아테나이 사이 사로니코스만 중앙에 있는 섬으로 후에 아이기나섬이 됐다)으로 데려가 동침해 아이아코스를 낳았다. 이에 분노한 헤라는 이 섬나라에 역병을 일으키고 용을 보내 거의 모든 백성을 죽였다. 그러자 제우스는 수많은 개미를 사람으로 변하게 했고, 아이아코스는 그들을 '미르미도네스인'(개미족)이라 이름 붙여 자신의 백성으로 삼았다. 개미는 그리스어로 미르멕스(μύρμηξ)다.

아이아코스는 (아테나이 옆에 있는) 메가라의 왕위를 둘러싼 스키론과 니소스의 분쟁을 중재한 뒤, 스키론의 딸 엔데이스와 결혼해 텔라몬과 펠레우스를 낳았다. 스키론은 포세이돈의 아들로 메가라 아래 있는 섬 살라미스 왕 키크레우스의 딸과 결혼해 엔데이스를 낳았다. 니소스는 아테나이의 왕 판디온이 아테나이에서 쫓겨나 메가라 왕 필라스의 딸 필리아와 결혼해 낳은 아들로 아테나이의 영웅 테세우스의 아버지 아이게우스의 형제다. 니소스는 메가라의 왕이 된 후 다시 아테나이의 왕권을 되찾아 형제인 아이게우스를 왕위에 앉혔다. 니소스는 보이오티아 지방 온케스토스 왕 메가레아스의 누이 아브로타와 결혼해 에우리노메, 이피노에라는 딸들을 낳았다. 에우리노메는 포세이돈과의 사이에서 헤라클레스 이전의 최고 영웅 벨레로폰테스를 낳았고, 이피노에는 아버지가 죽은 후 외숙부 메가레우스와 결혼해 메가라의 왕위를 이었다.

아이아코스의 아들들인 펠레우스와 텔라몬은 이복형제 포코스를 죽인 뒤 아이기나에서 추방됐다. 추방된 후 펠레우스는 테살리아 지방 프티아로 갔고, 텔라몬은 살라미스로 갔다.

펠레우스는 프티아의 왕 에우리티온에게 가서 죄를 씻었고, 왕은 펠레우스에게 딸 안티고네와 나라의 3분의 1을 주었다. 프티아 왕 에우리티온의 아버지 악토르는 미르미돈왕이 아이올로스의 딸 페이시디케에게서 낳은 아들이었고, 미르미돈은 제우스가 강의 신 아켈로오스의 딸 에우리메두사에게서 낳은 아들이었다.

하지만 펠레우스는 에우리티온과 함께 칼리돈 사냥에 참가했다가 실수로 장인을 죽이고 추방됐다. 그는 아르고호 원정대에 참여했던 이올코스의 왕이자 펠리아스의 아들 아카스토스를 찾아갔다. 펠리아스는 이올코스의 왕으로, 적통 왕위 계승자인 영웅 이아손에게 황금 양털을 가져오면 왕위를 넘겨주겠다고 약속해 아르고호 원정대를 탄생시킨 인물이다.

여기서도 펠레우스는 왕비의 모함을 받아 아카스토스에 의해 펠리온산에 혼자 남겨져 죽을 뻔했으나, 켄타우로스족 현자 케이론의 도움으로 겨우 살아났다. 이후 아르고호 원정대 동료이자 펠리아스에게 빼앗긴 이올코스의 왕위를 되찾고자 한 이아손과 함께 아카스토스를 공격해 승리했다. 이올코스는 이아손의 아들 테살로스에게 왕위를 넘겨주고 자신은 프티아로 가서 왕이 됐다. 이때부터 이올코스(오늘날 마그네시아현의 도시 볼로스)를 중심으로 한 지방은 테살리아로 불리게 됐다.

펠레우스는 바다의 신 네레우스의 딸 테티스와 결혼해 아킬레우스를 낳았다. 아킬레우스가 트로이아 전쟁에서 죽자, 이미 고령이 된 펠레우스는 이올코스 왕이었던 아카스토스의 아들들에 의해 프티아에서 쫓겨나 코스섬으로 갔다. 코스섬에서 펠레우스는 트로이아 전쟁에서 돌아온 손자 네오프톨레모스와 만났고, 네오프톨레모스는 프티아로 가서 아카스토스의 아들들을 죽이고 할아버지 펠레우스를 다시 프티아로 복귀시켰다. 하지만 다시 아가멤논의 아들 오레스테스에 의해 프티아에서 쫓겨나 코스섬으로 가서 죽었다.

한편 텔라몬은 살라미스로 가서 키크레우스 왕의 딸 글라우케와 결혼해 왕위를 이었다. 그는 두 번째 부인 페리보이아에게서 큰 아이아스를 낳았고, 트로이아의 왕 라오메돈을 공격한 헤라클레스를 도운 공로로 라오메돈의 딸 헤시오네를 얻어 그녀에게서 명궁 테우크로스를 낳았다.

4. 엘리스(메게스 가문), 아이톨리아, 칼리돈(디오메테스 가문)

엘리스의 왕 엔디미온은 제우스의 아들(혹은 손자)인 아이틀리오스와 아이올로스의 딸 칼리케 사이에서 태어났다. 그는 달의 여신 셀레네와의 사이에서 50명의 딸을 낳았고, 아르카디아 왕 아르카스의 딸 크로미아와 결혼해 세 아들(파이온, 에페이오스, 아이톨로스)과 딸 에우리키데를 얻었다. 엘리스 지방의 도시 피사(올림피아)는 그의 또 다른 딸 피사의 이름에서 유래했다.

엔디미온은 후계자를 특별한 방식으로 정했다. 그는 엘리스의 도시 올림피아에서 달리기 경주를 열어 승자에게 왕위를 주기로 했다. 이 경주에서 에페이오스가 형제들인 아이톨로스와 파이온을 이기고 엘리스의 통치권을 얻었다. 패배한 형제들의 운명은 갈렸다. 아이톨로스는 엘리스에 머물렀지만, 파이온은 북쪽 악시오스강을 건너가 자신의 이름을 딴 파이오니아를 건국했다.

아이톨로스는 후에 형 에페이오스의 뒤를 이어 엘리스의 왕이 됐으나, 살인을 저지르고 추방당하는 불운을 맞았다. 이후 왕위는 엔디미온의 딸 에우리키데와 포세이돈 사이에서 태어난 엘레이오스에게 돌아갔

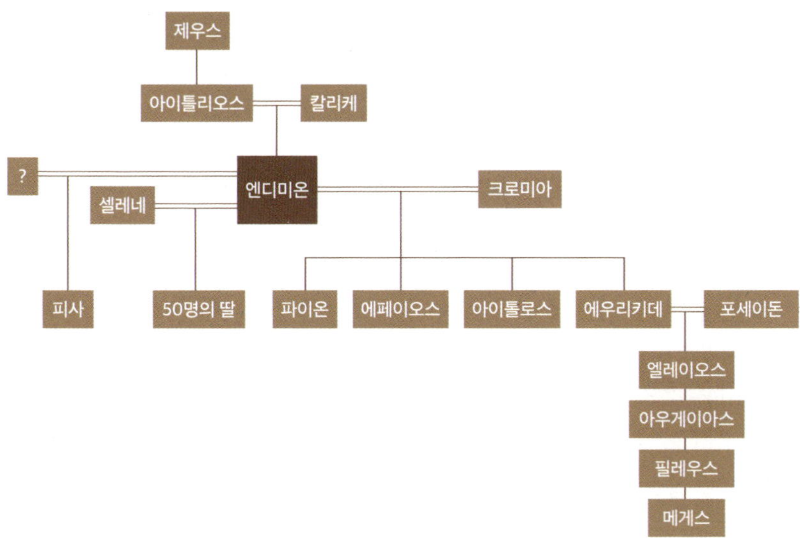

다. 엘레이오스는 즉위 후 큰 변화를 일으켰다. 그는 그때까지 에페이오스인으로 불리던 백성의 이름을 자신의 이름을 따서 엘리스인으로 바꾸고, 나라 이름도 엘리스로 개명했다. 엘레이오스의 아들이 바로 헤라클레스의 유명한 다섯 번째 과업과 연관된 아우게이아스왕이다.

아우게이아스는 실제 아버지인 태양신 헬리오스에게서 엄청난 수의 가축을 물려받았다. 하지만 그는 천 마리가 넘는 가축의 배설물을 30년 넘게 방치했다. 결국 축사는 쓸 수 없게 됐고, 주변 땅까지 오물과 악취로 황폐해졌다. 이때 미케네의 왕 에우리스테우스가 개입했다. 그는 헤라 여신에게서 헤라클레스에게 12가지 과업을 부과할 권한을 받았는데, 헤라클레스를 모욕하려는 의도로 이 더러운 축사 청소를 과업으로 정했다.

헤라클레스는 아우게이아스에게 제안을 했다. 하루 만에 축사를 청소하면 가축의 10분의 1을 달라고 한 것이다. 아우게이아스는 이것이 불가능하다고 믿어 흔쾌히 약속했고, 자신의 아들 필레우스가 이 약속의 증인이 됐다. 그러나 헤라클레스가 실제로 해내자 아우게이아스는 약속을 지키지 않았다. 더구나 약속을 지켜야 한다고 주장한 아들 필레우스마저 추방했다. 추방된 필레우스는 일부 에페이오스인을 이끌고 엘리스 앞바다의 둘리키온섬으로 가서 새로운 왕국을 세웠다.

격분한 헤라클레스는 엘리스를 공격해 점령했다. 그는 아우게이아스와 그의 아들들을 죽이거나 추방하고, 추방됐던 필레우스를 엘리스의 왕으로 세웠다. 후에 트로이아 전쟁이 일어났을 때, 필레우스의 아들 메게스는 둘리키온의 군대를 이끌고 참전했다.

아이톨로스는 엘리스에서 추방된 후 코린토스만 북쪽의 산악지대로 이주했다. 그는 이곳에 자신의 이름을 딴 아이톨리아를 건설했고, 두 아들 플레우론과 칼리돈의 이름을 따서 도시들도 세웠다. 이 과정에서 아이톨로스는 그 지역의 원주민인 쿠레스인과 갈등을 빚었다. 쿠레스인들은 어린 제우스를 보호했다고 전해지는 고대 부족으로, 후에 일어난 칼리돈의 유명한 멧돼지 사냥에도 등장한다.

아이톨로스 가문의 계보는 이렇게 이어졌다. 플레우론의 아들 아게노르는 칼리돈의 딸 에피카스테와 결혼해 포르타온을 낳았고, 포르타온은 오이네우스를 낳았다. 바로 이 오이네우스의 시대에 그리스 신화에서 유명한 칼리돈 멧돼지 소동이 벌어졌다.

이 사건은 오이네우스의 치명적인 실수에서 시작됐다. 그는 수확제 때 모든 신들에게 제물을 바쳤으나, 사냥의 여신 아르테미스에게만 잊고 말았다. 격노한 아르테미스는 거대한 멧돼지 한 마리를 보내 칼리돈

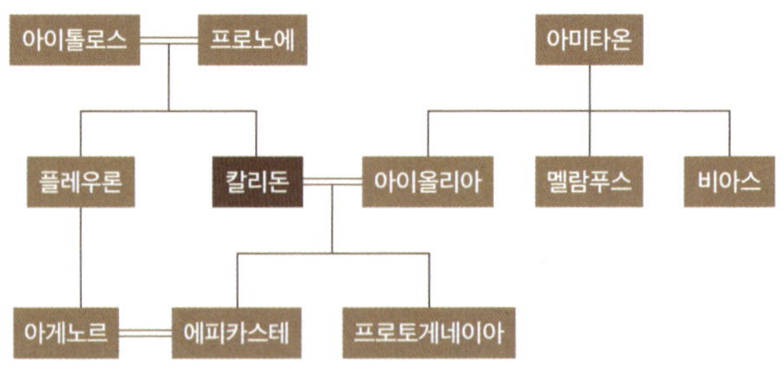

을 초토화시켰다. 이 멧돼지는 농작물을 망치고 가축을 죽이며 사람들까지 해쳤다.

이 위기를 해결하기 위해 오이네우스의 아들 멜레아그로스를 중심으로 그리스 전역의 영웅들이 모여 대대적인 사냥에 나섰다. 멜레아그로스는 마침내 멧돼지를 퇴치하는 데 성공해 '멧돼지 사냥의 영웅'이란 명성을 얻었다.

하지만 이 영광도 잠시였다. 사냥의 전리품 분배를 두고 외삼촌들과 격렬한 다툼이 벌어졌고, 결국 멜레아그로스는 외삼촌들을 죽인 뒤 자신도 목숨을 잃고 말았다.

오이네우스는 첫 번째 아내 알타이아가 죽은 후, 오레노스의 왕 힙노스의 딸 페리보이아를 두 번째 아내로 맞아 티데우스를 낳았다.

티데우스는 살인을 저질러 추방된 뒤 아르고스의 왕 아드라스토스의 궁전에 도착했다. 그곳에서 한 의자를 두고 우연히 다른 망명자와

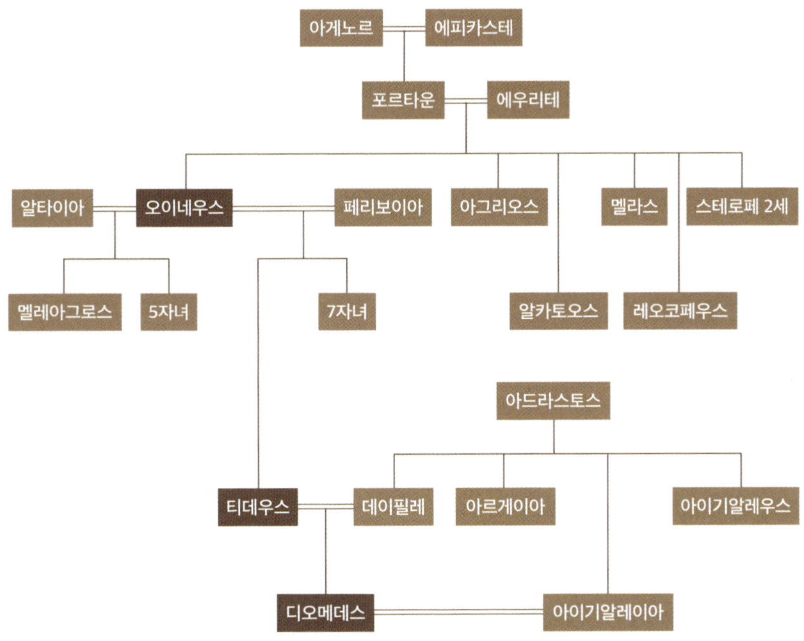

다투게 됐는데, 그는 테베의 왕위를 빼앗긴 폴리네이케스였다. 둘의 모습은 특별했다. 티데우스는 멧돼지 가죽을 걸치고 멧돼지 문양의 방패를, 폴리네이케스는 사자 가죽을 걸치고 사자 문양의 방패를 들고 있었다.

이 광경을 본 아드라스토스는 깊은 의미를 발견했다. 그는 이전에 두 딸을 사자와 멧돼지에게 시집보내라는 신탁을 받았기 때문이다. 왕은 즉시 두 사람의 싸움을 말리고 그들을 사위로 맞아들였다. 티데우스는 데이필레와 결혼해 후에 트로이아 전쟁의 영웅이 되는 디오메데스를 낳았다.

얼마 후 아드라스토스는 충격적인 사실을 알게 됐다. 두 사위 모두 왕위를 잃은 상태였던 것이다. 티데우스의 아버지 오이네우스는 형제 아그리오스에게 칼리돈의 왕위를, 폴리네이케스는 형 에테오클레스에게 테베의 왕위를 빼앗긴 상태였다. 아드라스토스는 두 사위의 왕권 회복을 돕기로 결심하고, 먼저 테베를 공격했다. 이 이야기는 테베 서사시권의 『테베 공략 7장군』에 나오는데, 이 작품은 테베의 왕 오이디푸스를 둘러싼 사건들과 전쟁의 일부를 다룬다.

하지만 테베 공략은 비극으로 끝났다. 티데우스를 비롯해 아드라스토스와 그의 후계자까지 모두 목숨을 잃었다. 결국 티데우스의 아들 디오메데스가 아르고스의 새로운 왕이 됐다. 그는 칼리돈으로 가서 아그리오스 가문을 몰아내고 왕위를 되찾아 조부 오이네우스에게 돌려줬다. 하지만 오이네우스는 곧 왕위를 사위 안드라이몬에게 넘기고 손자 디오메데스를 따라 떠났다. 칼리돈의 새 왕이 된 안드라이몬은 오이네우스의 딸 고르게와의 사이에서 토아스를 낳았고, 토아스는 후에 아이톨리아 군대를 이끌고 트로이아 전쟁에 참전했다.

5. 아테나이(테세우스 가문)

신화는 아테나이의 영웅 테세우스를 헤라클레스와 대비한다. 헤라클레

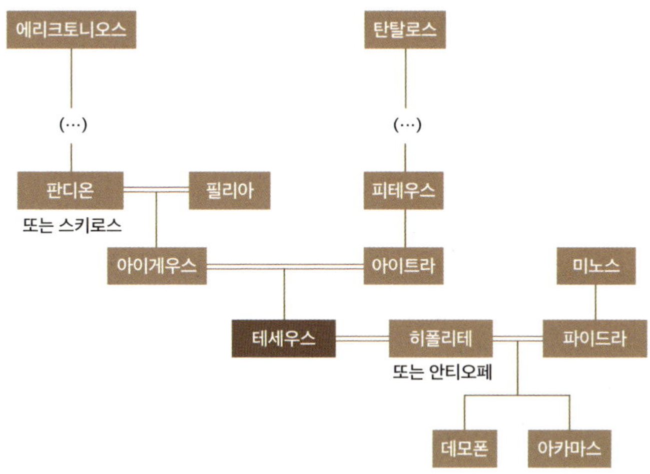

스가 펠로폰네소스의 도리스인 영웅이라면, 테세우스는 아티카 지방 아테나이의 영웅이었다.

테세우스의 탄생은 신비로운 사건으로 시작된다. 아테나이의 왕 아이게우스는 자식이 없어 델포이 신전을 찾았고, "아테나이로 갈 때까지 포도주 뚜껑을 열지 말라"는 수수께끼 같은 신탁을 받았다. 귀로에 들른 트로이젠에서 아이게우스는 그곳의 왕이자 예언자인 피테우스에게 신탁의 의미를 물었다. 피테우스는 신탁의 의미를 즉시 파악하고는 아이게우스를 취하게 한 뒤, 자신의 딸 아이트라를 그의 침실로 보냈다. 그날 밤 아이트라는 꿈에서 아테나 여신의 인도로 근처 섬에서 포세이돈과도 동침했다. 이렇게 해서 태어난 아들이 테세우스다. 아이게우스는 떠나기 전, 큰 바위 밑에 칼과 신발을 숨기고 아이트라에게 아이가 그 바위를 들 수 있을 만큼 자라면 아테나이로 보내라고 했다.

열여섯 살이 된 테세우스는 바위를 들어올려 아버지의 유품을 찾아냈다. 그는 아테나이로 가는 길에서 중요한 선택을 한다. 안전한 바닷길 대신 위험한 육로를 택한 것이다. 이 여정에서 테세우스는 코린토스만 주변의 모든 악당과 괴물을 물리치며 영웅으로 성장했고, 마침내 위대한 영웅의 자격으로 아테나이에 도착해 왕위를 이었다.

왕이 된 테세우스는 테살리아의 왕 페이리토오스와 깊은 우정을 맺었다. 두 사람은 칼리돈의 멧돼지 사냥과 아르고호 원정에 함께 참여했고, 테세우스가 아마존 여왕을 생포할 때도 페이리토오스가 도왔다. 그러나 이 우정은 비극적 결말을 맞는다. 페이리토오스가 하데스의 아내 페르세포네를 신부로 삼고자 했고, 테세우스는 친구를 따라 지하세계로 갔다가 함께 붙잡히고 만다. 이 사이 아테나이의 왕권은 에레크테우스의 후손 메네스테우스에게 넘어갔고, 그는 트로이아 전쟁에서 아테나이군을 이끌게 된다.

아테나이의 왕 아이게우스는 특별한 방식으로 태어난 에리크토니오스의 후손이었다. 에리크토니오스의 탄생은 신들 사이의 한 사건에서 비롯됐다. 전쟁에 쓸 무기를 구하러 헤파이스토스의 대장간을 찾은 아테나는 뜻하지 않은 상황에 처했다. 아내 아프로디테에게 버림받은 헤파이스토스가 아테나에게 욕정을 품었던 것이다. 아테나가 그의 구애를 강하게 거부했지만, 헤파이스토스는 자제력을 잃고 아테나의 다리에 사정하고 말았다.

불쾌감을 느낀 아테나는 양털로 그의 정액을 닦아 땅에 던졌다. 이 정액을 받은 대지의 여신 가이아가 임신하게 되어 에리크토니오스가 태어났다. 후에 에리크토니오스는 아테나이의 정치에 개입해, 크라나오스의 왕위를 찬탈했던 암픽티온을 몰아내고 스스로 왕이 됐다. 원래 크라나오스는 아티케의 명문가 출신으로, 후계자 없이 죽은 케크롭스의 뒤를 이어 왕이 됐었다. 그보다 더 이전에, 케크롭스는 아티케 최초의 왕이었던 악타이오스의 딸과 결혼해 왕위를 얻었는데, 이는 대홍수 이전의 일이었다.

6. 케팔레니아와 이타케(오디세우스 가문)

이오니아해의 두 섬 케팔레니아와 이타케는 펠로폰네소스반도 엘리

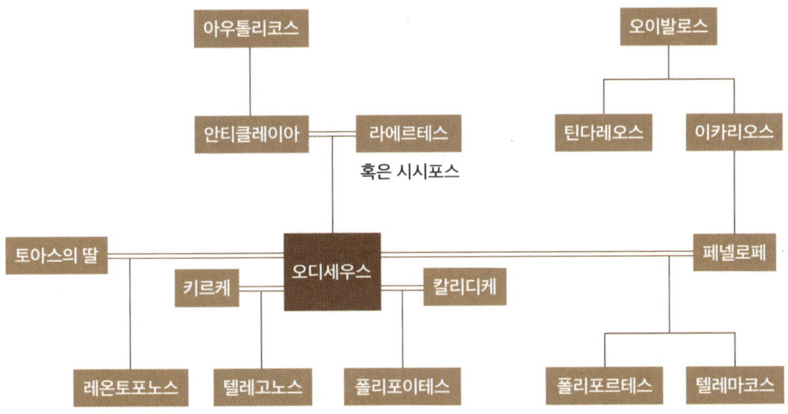

스 지방과 발칸반도 남서부 아카르나니아 사이에 있다. 이타케는 오디세우스의 궁이 있던 섬으로, 트로이아 전쟁에서 그는 "라에르테스의 아들"이란 이름으로 불렸다.

라에르테스는 아르키시오스와 칼코메두사 사이에서 태어난 영웅이었다. 그는 아르고호 원정대에 참여했고 칼리돈의 멧돼지 사냥에서도 활약했다. 그의 아내는 그리스 최고의 도둑이라 불린 아우톨리코스의 딸 안티클레이아였다. 이들의 아들 오디세우스는 어머니 쪽 혈통을 이어받아 그리스군에서 가장 뛰어난 지략가로 이름을 떨쳤다.

오디세우스 가문의 뿌리는 케팔레니아섬의 시조 케팔로스까지 거슬러 올라간다. 케팔로스는 아테나이 왕 케크롭스의 딸이 전령의 신 헤르메스와의 사이에서 낳은 아들이었다. 그는 신탁을 따라 암곰과 결합해 아르키시오스를 낳았고, 아르키시오스는 라에르테스의 아버지가 됐다.

7. 크레테(이도메네우스 가문)

크레테는 그리스 본토에서 멀리 떨어진 지중해의 가장 큰 섬이다. 이곳의 왕 이도메네우스는 메넬라오스를 부하로 데리고 크레테군을 이끌고 트로이아 전쟁에 참전했다. 이도메네우스는 크레테 왕 데우칼리온의

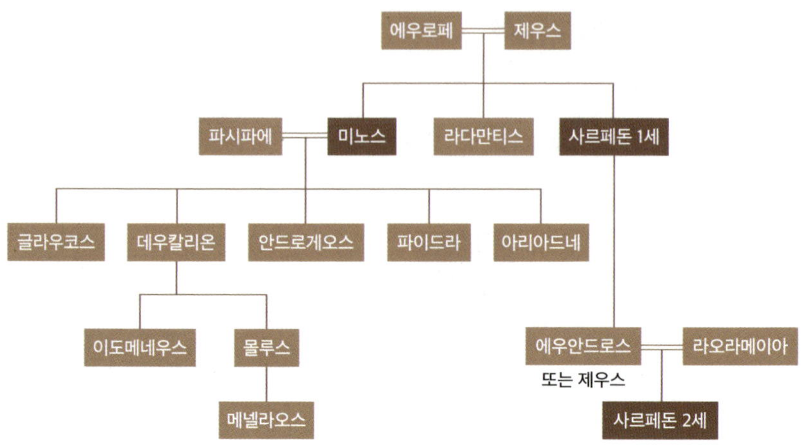

아들이었다. 데우칼리온은 아르고호 원정대와 칼리돈의 멧돼지 사냥에
서 활약한 영웅으로, 이도메네우스와 몰루스 두 아들을 낳았는데, 메넬
라오스는 몰루스의 아들이었다.

크레테 왕가의 역사는 신화적 사건으로 시작된다. 데우칼리온의 아
버지 미노스는 제우스와 에우로페 사이에서 태어났다. 제우스는 황소
로 변신해 페니키아의 공주 에우로페를 크레테섬으로 데려왔다. 에우
로페는 특별한 혈통을 지녔는데, 강의 신 이나코스의 딸 이오와 제우스
사이에서 태어난 에파포스의 자손이자 페니키아 왕 아게노르의 딸이었
다. 그녀의 형제들은 각각 중요한 도시를 세웠다. 카드모스는 테베를,
킬릭스는 아나톨리아의 킬리키아를, 포이닉스는 페니키아를 건설했다.

에우로페는 제우스와의 사이에서 세 아들을 낳았다. 라다만티스, 미
노스, 사르페돈이다. 후에 에우로페는 크레테의 왕 아스테리오스와 결
혼했고, 세 아들은 아스테리오스의 양자가 됐다. 아스테리오스의 뒤를
이어 크레테의 왕이 된 라다만티스는 훌륭한 통치자였다. 그는 공정하
고 정의롭게 다스렸고 여러 도시의 본보기가 된 법전을 만들었다. 그의
정의로운 성품은 사후에도 인정받아 그는 저승의 심판관이 됐다. 하지
만 미노스는 형 라다만티스의 왕위를 차지했고, 막내 사르페돈은 아나

톨리아로 가서 리키아를 세웠다."

미노스는 형제들과의 왕위 다툼에서 특별한 방법을 썼다. 그는 신들이 자신을 선택했다고 주장하며, 증거로 자신이 기도하면 포세이돈이 제물용 황소를 보내줄 것이라 했다. 실제로 포세이돈은 하얀 황소를 보냈고, 이를 통해 미노스는 형제들을 물리치고 크레테의 왕이 됐다.

하지만 미노스는 치명적인 실수를 저질렀다. 너무나 뛰어난 이 황소를 탐낸 나머지, 포세이돈에게 바치는 대신 자신의 축사에 가두고 다른 황소로 제물을 대신했다. 격노한 포세이돈은 미노스의 아내 파시파에가 그 황소에게 광적으로 빠지도록 저주했다. 억누를 수 없는 욕정에 시달린 파시파에는 다이달로스에게 비밀리에 목조 암소를 만들게 해 그 안에 들어가 황소와 교합했다. 이로 인해 태어난 것이 인간의 몸에 황소의 머리를 가진 괴물 미노타우로스다. 미노스는 명공 다이달로스에게 미궁 라비린토스를 만들게 해 이 괴물을 가뒀다.

한편 크레테를 떠난 사르페돈은 미소년 밀레토스와 함께 아나톨리아로 갔다. 그는 어머니 에우로페의 형제이자 킬리키아의 건설자인 킬릭스를 찾아가 의탁했다. 밀레토스는 서쪽 해안으로 가서 자신의 이름을 딴 도시를 세웠다. 사르페돈은 숙부의 도움으로 킬리키아 인근의 밀리아스인 영토를 정복했다. 이 땅은 특별한 방식으로 '리키아'가 됐다. 형제들에게 추방당한 두 망명자가 힘을 합친 것이다. 크레테의 미노스에게 쫓겨난 사르페돈과, 아테나이의 아이게우스 왕에게 쫓겨난 리코스(판디온 2세의 아들)가 밀리아스를 함께 정복했고, 이 새로운 왕국은 공동 통치자 리코스의 이름을 따 리키아로 불리게 됐다.

후에 사르페돈의 아들 에우안드로스의 왕비 라오다메이아는 제우스와의 사이에서 또 다른 사르페돈을 낳았다. 이 사르페돈(2세)은 트로이아 전쟁에서 리키아군을 이끌고 트로이아의 동맹군으로 참전했다.

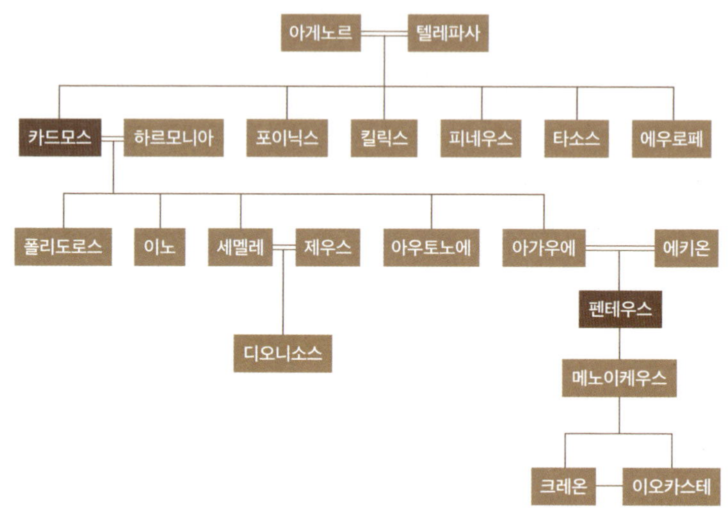

테베는 그리스 본토 중부 보이오티아 지방에 있는 도시로, 그 건설자 카드모스는 특별한 혈통을 지녔다. 그는 강의 신 이나코스의 딸 이오와 제우스 사이에서 태어난 에파포스의 자손이었으며, 페니키아 왕 아게노르의 아들이었다. 그의 형제들도 각각 중요한 도시를 세웠다. 킬릭스는 아나톨리아의 킬리키아를, 포이닉스는 페니키아를 건설했다. 그의 여동생 에우로페는 후에 라다만티스, 미노스, 사르페돈을 낳았다.

테베의 건국은 비극적인 가족사에서 시작됐다. 제우스가 에우로페를 납치해 사라지자, 아게노르왕은 아들들에게 엄명을 내렸다. 여동생을 찾지 못하면 돌아오지 말라는 것이었다. 고향으로 돌아갈 수 없게 된 카드모스는 델포이의 아폴론 신전에서 신탁을 구했다. 신탁은 그에게 한 암소를 따라가 그 암소가 멈추는 곳에 테베라는 도시를 세우라고 했다.

카드모스는 신전을 찾은 곳에서 운명적인 사건을 맞닥뜨렸다. 그가 암소를 제물로 바치려 했을 때, 부하들을 아레스의 샘으로 보내 신성한 물을 길어오게 했다. 하지만 샘을 지키던 용이 모든 부하를 죽였다. 분노한 카드모스가 용을 처치하자 아테나 여신이 나타나 용의 이빨을 땅에 뿌리라고 했다. 그러자 '씨 뿌려서 나온 자들'이란 뜻의 '스파르토이'라 불리는 무장 군인들이 솟아났다. 이들은 서로 싸워 다섯 명만 살아남았고, 이 생존자들은 카드모스가 성채를 세우는 것을 도왔다. 이 성채는 그의 이름을 따 '카드메이아'라 불렸고, 후에 이 도시가 테베가 됐다.

테베의 왕위는 특별한 방식으로 이어졌다. 스파르토이의 생존자 중 하나인 에키온은 카드모스의 딸 아가우에와 결혼해 펜테우스를 낳았고, 펜테우스는 테베의 다음 왕이 됐다.

테베의 비극은 디오니소스 숭배를 둘러싼 갈등에서 시작됐다. 펜테우스왕은 테베 여인들 사이에 퍼진 디오니소스 숭배를 근절하려 했다. 디오니소스는 카드모스와 하르모니아의 딸 세멜레가 제우스와의 사이에서 낳은 아들이었다. 펜테우스는 디오니소스를 사기꾼으로 여겨 그를 체포해 감옥에 가뒀다. 카드모스와 유명한 예언자 테이레시아스의 경고도 무시했다.

하지만 불사의 신 디오니소스는 쉽게 감옥을 빠져나왔다. 그는 오만한 펜테우스를 벌하기로 했다. 펜테우스의 어머니 아가우에와 이모들인 이노, 아우토노에를 광기에 빠뜨려 다른 테베 여인들과 함께 키타이론산의 디오니소스 의식에 참여하게 했다. 그런 후 펜테우스를 유혹해 직접 키타이론산으로 가서 음란한 의식을 행하는 여자들을 염탐하게 했다. 결국 발각된 펜테우스는 광기에 빠진 여인들의 손에 갈기갈기 찢겨 죽었다.

펜테우스의 이른 죽음으로 그의 어린 아들 메노이케우스 대신 카드모스의 장남 폴리도로스가 왕이 됐다. 왕위는 라브다코스를 거쳐 그의 아들 라이오스에게 이어졌다. 라이오스가 죽고 그의 아들 오이디푸스가 어렸기에, 메노이케우스의 아들 크레온이 섭정을 맡았다. 하지만 오이디푸스가 스핑크스의 수수께끼를 풀자 왕위는 그에게 넘어갔다.

오이디푸스의 이야기는 피할 수 없는 운명의 비극을 보여준다. 그는 테베 왕 라이오스의 아들이었지만, "아버지를 죽이고 어머니와 결혼할 것"이란 신탁 때문에 태어나자마자 산에 버려졌다. 그러나 한 목동에게 발견되어 이웃나라의 왕자로 자랐고, 결국 신탁대로 자신도 모르게 아버지를 죽이고 테베의 왕이 되어 어머니 이오카스테와 결혼했다. 이들 사이에서 에테오클레스, 폴리네이케스, 안티고네, 이스메네가 태어났다. 진실이 밝혀지자 이오카스테는 목을 매 죽었고, 오이디푸스는 스스로 눈을 찔러 장님이 된 채 추방됐다.

오이디푸스의 두 아들은 1년씩 번갈아 테베를 다스리기로 약속했다. 하지만 형 에테오클레스가 약속을 어기자, 동생 폴리네이케스는 펠로폰네소스반도로 가서 아르고스의 왕 아드라스토스의 사위가 됐다. 장인의 도움으로 여섯 장군과 함께 테베를 공격했지만, 결국 두 형제는 전투에서 모두 목숨을 잃었다.

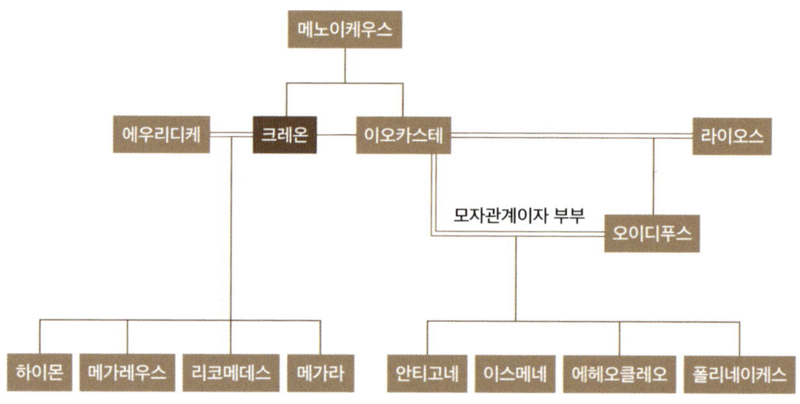

VI. 텍스트

1. 『일리아스』의 사본은 2천 개가 넘게 현존하며, 그중 가장 중요한 것은 기원후 10세기에 제작된 "베네치아 A"(Venetus A)다. 이 사본은 세 가

지 중요한 내용을 담고 있다. 우선 고대 그리스어로 된 『일리아스』의 완전한 본문이 있고, 『키프리아』를 제외한 트로이아 서사시권 전체의 요약본이 있으며, 대부분 사모트라케의 아리스타르코스(기원전 220-143년경)의 비평판 『일리아스』에서 가져온 난외주들이 포함되어 있다. 특별히 주목할 만한 또 다른 사본으로는 5세기의 "암브로시아나 일리아스"(Ilias Picta)가 있다. 이 사본은 『일리아스』의 전체 내용을 52장의 삽화로 묘사한 것이 특징이다.

2. 본서는 David B. Monro and Thomas W. Allen, *Homeri Opera*, I/II, Oxford Classical Texts (Oxford: OxfordUniversity Press, 1920)를 번역 대본으로 사용했다. 영어 번역서로는 E. V. Rieu, *The Iliad*, Penguin Classics (London: Penguin Books, 2003), Robert Fagles, *The Iliad*, Penguin Classics (London: Penguin Books, 1990), Robert Fitzgerald, *The Iliad*, Oxford World Classics (Oxford: Oxford University Press, 2008), Barry B. Powell, *The Iliad* (Oxford: Oxford University Press, 2014)를 참조했다.

그리스군 진영

종족 또는 지역	통치자/지휘관	함선 수
보이오티아인	페넬레오스, 레이토스, 아르케실라오스, 프로토에노르, 클로니오스	50척
아스플레돈과 미니아스인의 오르코메노스	아스칼라포스, 이알메노스	30척
포키스인	스케디오스, 에피스트로포스	40척
로크리스인	작은 아이아스	40척
아반테스인	엘레페노르	40척
아테나이인	메네스테우스	50척
살라미스	큰 아이아스	12척
아르고스, 티린스 등지	디오메데스, 스테넬로스, 에우리알로스	80척
미케네, 코린토스 등지	아가멤논	100척
라케다이몬, 스파르테 등지	메넬라오스	60척
필로스, 아레네 등지	네스토르	90척
아르카디아, 페네오스 등지	아가페노르	60척
에페이오스인	암피마코스, 탈피오스, 디오레스, 폴릭세이노스	40척
둘리키온, 에키나 군도	메게스	40척
케팔렌인	오디세우스	12척
아이톨리아인	토아스	40척
크레테인	이도메네우스, 메리오네스	80척
로도스인	틀레폴레모스	9척
시메	니레우스	3척
코스와 근처 섬	페이디포스, 안티포스	30척
미르미도네스인	아킬레우스	50척
필라케, 피라소스 등지	프로테실라오스(후임 포다르케스)	40척
페라이, 보이베 등지	에우멜로스	11척
메토네, 멜리보이아 등지	필록테테스(후임 메돈)	7척
트리케, 이로메 등지	포달레이리오스, 마카온	30척

오르메니온 아스테리온 등지	에우리필로스	40척
아르기사, 기르토네 등지	폴리포이테스, 레온테우스	40척
에니에네스인, 페라이보이인	구네우스	22척
마그네시아인	프로토오스	40척

*** 도움을 준 신들**

헤라, 아테나, 포세이돈, 테티스(아킬레우스의 어머니), 헤파이스토스,
헤르메스(제우스가 전쟁에서 신들의 개입을 허용한 후 그리스 편에 선다.)

트로이아군 진영

종족 또는 지역	통치자/지휘관
트로스인	헥토르
다르다니아인	아이네이아스(아르켈로코스, 아카마스 함께 지휘함)
젤레이아	판다로스
아드레스테이아, 아파이소스 등지	아드라스토스, 암피오스(메롭스의 두 아들)
페르코테, 프락티오스 등지	아시오스
라리사	히포토오스, 필라이오스
트라케인	아카마스, 페이로오스
키코네스인	에우페모스
파이오니아인	피라이크메스
파플라고니아인	필라이메네스
할리조네스인	오디오스, 에피스트로포스
미시아인	크로미스, 엔노모스
프리기아인	포르키스, 아스카니오스
마이오니아인	메스틀레스, 안티포스
카리아인	나스테스, 암피마코스
리키아인	사르페돈, 글라우코스

*** 도움을 준 신들**

아폴론, 아르테미스(아이네이아스의 어머니), 레토, 아프로디테, 아레스,
스카만드로스(헤파이스토스의 불로 강이 마른 후에는 중립을 지킨다.)

* 에게해 주변 세계와 트로이아 전쟁 참전 진영도. 고대 그리스 문명은 에게해를 중심으로 발전했으며, 트로이 전쟁의 무대이기도 했다. 에게해 서쪽에는 현재의 그리스가 있는 발칸반도가, 동쪽에는 현재 튀르키예가 있는 아나톨리아반도(고대 '소아시아')가 자리 잡고 있다.

폰토스 에우크세 이노스(흑해)
프로폰티스해
트라케
미시아
리디아
아나톨리아
카리아
도리스
리키아
키클라데스제도
크레테섬
아이올리스
이오니아
트로이아
†트라케인
‡아카마스, 페이로오스
†키코네스인
‡에우페모스
†젤레이아
‡판다로스
†프리기아인
‡포르키스, 아스카니오스
†파플라고니아인
‡필라이메네스
†페르코테, 프락티오스 등
‡아시오스
†다르다니아인
‡아이네이아스, 아르켈로코스, 아카마스
†아드레스테이아, 아파이소스 등
‡아드라스토스, 암피오스
†트로스인
‡헥토르
†할리조네스인
‡오디오스, 에피스트로포스
†미시아인
‡크로미스, 엔노모스
†라리사
‡히포토오스 필라이오스
†마이오니아인
‡메스틀레스, 안티포스
†카리아인
‡나스테스, 암피마코스
†리키아인
‡사르페돈, 글라우코스
†코스 및 근처 섬
‡페이디포스, 안티포스
†시메
‡니레우스
†로도스인
‡틀레폴레모스
†크레테
‡이도메네우스, 메리오네스

◆ 발칸반도(그리스 본토)

북서부에 에페이로스, 마케도니아, 트라케가 있고, 그 아래 테살리아 평야가 있다. 테살리아는 그리스에서 가장 비옥한 평야 지대로, 말 사육이 유명했으며 기병대의 전통이 강했다. 테살리아와 마케도니아 경계에는 올림포스산이 위치하는데, 이곳은 12신이 거처하는 신들의 산으로 여겨졌다. 남쪽의 아이톨리아, 보이오티아(테베가 중심 도시이며, 서쪽 델포이에 아폴론 신전 소재), 에우보이아를 지나면 아테나이가 있는 아티케가 나온다. 델포이는 고대 그리스에서 가장 중요한 신탁소로, 아폴론 신이 파이톤을 퇴치한 장소로 알려져 있다.

◆◆ 펠로폰네소스반도

발칸반도와는 코린토스 지협으로 연결되며, 그 북쪽에 메가라가 번성했다. 코린토스는 동서 무역의 중심지였으며, 디올코스라는 선박 이동로가 있어 배를 육로로 끌어 운반했다. 반도 내에는 북서에서 남동 방향으로 아카이아, 엘리스(올림피아 소재), 아카디아, 아르고스(미케네 포함), 메세니아, 라코니아(스파르테)가 있다. 미케네는 청동기 시대 그리스의 중심지였으며, 아가멤논의 고향으로 『일리아스』에서 그리스군 총사령관의 출신지다.

◆◆◆ 아나톨리아

북쪽의 미시아, 프리기아, 비티니아에서 남쪽의 리디아, 카리아, 리키아, 팜필리아까지 이어진다. 리디아는 최초로 화폐를 사용한 것으로 알려진 왕국이며, 크로이소스와 같은 부유한 왕들로 유명했다. 해안가에는 헬라스인의 식민도시들이 있는데, 북에서 남으로 아이올로스, 이오니아, 도리스 지역이다. 이오니아는 기원전 5세기 아테나이 이전 최고의 문명지였으며, 밀레토스와 호메로스의 고향으로 알려져 있다. 밀레토스는 철학자 탈레스의 고향이자 80여 개의 식민도시를 건설한 해상 강국이었다.

◆◆◆◆ 트로이아

트로이아는 아나톨리아의 서부 트로아스반도에 있던 고대 도시로, 현재 튀르키예 북서부 차나칼레에서 북서쪽으로 30킬로미터 떨어진 히살리크 언덕에 위치한다. 트로이아 전쟁 이전에는 트로아스 지역 전체를 다스렸다고 전해진다. 『일리아스』에서는 '일리오스' 또는 '일리온'이라고도 표기했는데, 『일리아스』라는 제목 자체가 '일리온 이야기'라는 뜻이다.

『일리아스』에서 트로이아성은 가파른 언덕 위에 세워졌고, 엄청난 높이로 비스듬히 돌을 쌓아 만든 성벽, 사각형의 성루들, 견고한 빗장이 걸린 거대한 나무 성문들로 철저한 방비 태세를 갖추었다. 성을 세운 언덕의 가장 위쪽에는 아테나 신전과 프리아모스왕의 궁이 있었다. 실제 발굴된 트로이아 유적(트로이아 VIIa층)에서도 이와 유사한 구조가 확인되었는데, 특히 성벽은 당시로서는 최고 수준의 건축 기술을 보여준다. 그리스군(아카이오스인)은 함선들을 해변에 올려놓고, 스카만드로스강 어귀에 군영을 세웠다. 언덕 위에 세워진 트로이아성과 그리스군 군영 사이에 스카만드로스 평야가 펼쳐져 있었고, 주로 이 들판에서 전투가 벌어졌다.

트로이아의 번영은 지리적 이점에 기반했다. 스카만드로스강(현재의 카라멘데레스강)과 시모에이스강이 합류하는 지점의 넓은 평야는 농경과 목축에 적합했으며, 특히 명마 사육으로 유명했다. 고고학적 증거에 따르면 트로이아는 그리스, 발칸반도, 흑해 연안과 활발한 교역을 했으며, 특히 청동기 시대에는 아나톨리아와 에게해 세계를 잇는 주요 교역 중심지였다.

이러한 지리적 특성은 트로이아의 건국 신화에도 반영되어 있다. 건설자 일로스의 할아버지 에리크토니오스는 시모에이스강 신의 딸과, 아버지 트로스는 스카만드로스강 신의 딸과 결혼했다는 설정은 이 두 강의 중요성을 신화적으로 표현한 것이다. 또한 제우스가 트로스에게 준 불멸의 신마는 트로이아가 명마의 산지였음을 보여주는 신화적 증거다. 『일리아스』에서도 트로이아는 '말 길들이기에 뛰어난' 도시로 자주 묘사된다.

글라우코스

트로이군 진영에 속한 리키아인들의 지휘관이다. 영웅 벨레로폰테스의 손자이자 히폴로코스의 아들이며, 히폴로코스는 라오다메이아와 남매 사이다. 리키아의 공동 지휘관이자 사촌인 사르페돈과 함께 트로이아 편에서 싸웠다.

네스토르

필로스의 왕 넬레우스가 클로리스에게서 얻은 열두 명의 아들 중 막내다. 헤라클레스의 필로스 공격 사건에서 유일한 생존자가 되었는데, 이 사건의 발단은 이러했다. 오이칼리아의 왕 에우리토스가 활쏘기 대회 우승자에게 약속한 딸 이올레를 헤라클레스에게 주지 않자, 헤라클레스는 왕자 이피토스를 살해하고 넬레우스에게 죄를 씻어달라고 요청했다. 넬레우스가 이를 거절하자 필로스를 공격해 넬레우스와 그의 자녀들을 죽였는데, 당시 네스토르는 다른 곳에 있어 살아남았다. 네스토르는 3세대가 넘도록 오래 살았으며, 트로이아 원정 당시 나이는 100세 정도로 추정된다. 그는 젊은 시절 콜키스의 황금 양털을 찾아 나선 아르고호 원정대원이었고, 칼리돈의 멧돼지 사냥에도 참여했다. 또한 라피테스인의 통치자 페이리토오스의 결혼식에서 반인반마의 호색한 켄타우로스인의 난동으로 라피테스인과의 싸움이 벌어진 현장에도 있었다.

트로이아 전쟁에는 두 아들 안틸로코스와 트라시메데스와 함께 90척의 함선으로 필로스군을 이끌고 참전했으며, 그리스군의 지혜로운 지략가이자 원로로서 중요한 역할을 수행했다.

데이포보스

트로이아의 왕 프리아모스와 왕비 헤카베의 아들로 헥토르가 가장 아끼던 동생이다. 트로이아 전쟁에서 그리스군이 함대 근처에 방어벽을 세우자 동생 헬레노스, 아시오스와 함께 세 번째 부대를 지휘했다. 파리스가 죽은 뒤에는 헬레네를 차지하기 위한 다툼에서 형제인 헬레노스를 제치고 그녀와 결혼했다. 그러나 트로이아가 함락될 때 헬레네가 집 안의 무기를 모두 치워버린 탓에 무방비 상태가되어 메넬라오스에게 죽임을 당했다.

디오메데스

티데우스와 데이필레 사이에서 태어난 아들로 아르고스의 왕이다. 아버지 티데우스는 테베 공략 7장군 중 한 명으로 테베에서 전사했다. 어머니 데이필레는 테베 공략을 주도한 아르고스 왕 아드라스토스의 딸이다.

고대 그리스 서사시의 양대 축은 트로이아 전쟁을 다룬 트로이아 서사시권과 테베 공략을 다룬 테베 서사시권이다. 트로이아 전쟁의 발단이 트로이아 왕자 파리스가 스파르테 왕비 헬레네를 유혹해 트로이아로 데려간 사건이라면, 테베 공략의 발단은 테베 왕 오이디푸스의 비극적 운명에서 시작된다. 오이디푸스는 자신의 출생 비밀을 모른 채 생부를 살해하고 생모와 결혼했다가, 이를 알고 자기 눈을 스스로 도려내고 떠났다. 이후 두 아들 에테오클레스와 폴리네이케스의 왕위 다툼이 벌어졌고, 폴리네이케스는 아르고스의 왕 아드라스토스에게 와서 사위가되었다. 아드라스토스왕이 그의 왕위를 되찾아주기 위해 벌인 전쟁이 테베 공략이다.

테베 공략 7장군은 테베 전투에서 아드라스토스를 제외하고 모두 전사했다. 아드라스토스는 7장군의 아들들이 성인이 되자 다시 그들을 이끌고 테베를 2차로 공격해 승리를 거두었으나, 이때 아들 아이기알레우스가 전사했다. 아들을 잃은 슬픔에 아드라스토스왕이 아르고스로 돌아오다가 메가라에서 죽자 외손자 디오메데스가 아르고스의 왕이 되었다.

디오메데스는 트로이아 전쟁에서 그리스군으로 참전해 혁혁한 전공을 세웠다. 『일리아스』에서는 아킬레우스가 참전하지 않는 동안 가장 용맹하게 싸운 장수로 묘사된다. 트로이아군의 영웅이자 아프로디테의 아들 아이네이아스를 물리쳤을 뿐 아니라, 여신 아프로디테와 전쟁의 신 아레스에게도 상처를 입혔다. 후에 신탁에 따라 오디세우스와 함께 렘노스섬에 버려진 필록테테스를 데려와 헤라클레스의 무기로 파리스를 쏘아 죽이게 했다. 파리스가 죽은 후에는 헬레네를 놓고 다투다가 갈라선 트로이아 왕자 헬레노스를 통해 트로이아성의 아테나 여신상 팔라디온의 존재를 알아내고 이를 훔쳐오는 데 성공했다.

트로이아 전쟁이 끝난 후, 디오메데스는 아테나 여신의 도움으로 무사히 그리스로 돌아왔으나, 아프로디테가 복수를 위해 그의 아내 아이기알레이아의 마음을 흔들어 스테넬로스의 아들 코메테스와 불륜을 저지르게 했다. 이를 알게 된 디오메데스는 이탈리아로 건너가 다우니아의 왕이 되어 많은 도시를 건설했다.

메넬라오스

아가멤논의 동생이자 헬레네의 남편이다. 헬레네는 스파르테 왕 틴다레우스의 딸로 뛰어난 미모 때문에 그리스 전역의 수많은 영웅에게 구혼을 받았다. 틴다레우스왕은 이들 중 하나를 사위로 뽑으면 남은 구혼자들이 다툴 것을 우려해 선택을 주저했다. 이때 오디세우스가 묘안을 내어, 틴다레우스가 고른 사위가 분쟁에 휘말리면 나머지 구혼자들이 모두 그의 편을 들겠다고 맹세하게 했다. 구혼자들의 맹세가 끝나자 틴다레우스는 메넬라오스를 택했다.

틴다레우스가 죽고 왕자인 카스토르와 폴리데우케스도 일찍 죽자 헬레네의 남편 메넬라오스가 스파르테의 왕위에 올랐다. 헬레네는 메넬라오스와의 사이에서 딸 헤르미오네를 낳았다. 그러나 트로이아의 왕자 파리스가 헬레네를 유혹해 트로이아로 데려가자, 메넬라오스는 헬레네의 옛 구혼자들에게 맹세를 지켜달라고 요구했다. 이에 메넬라오스의 형 아가멤논을 중심으로 대규모 그리스군이 결성되었다.

브리세이스

브리세이스의 아버지 브리세스는 아폴론의 제관 크리세스의 형제다. 따라서 브리세이스는 크리세스의 딸 크리세이스와 사촌 관계다. '브리세이스'는 '브리세스의 딸'이라는 뜻이며, 그녀의 실제 이름은 히포다메이아다. 원래 미시아 지방 리르네소스의 왕자 미네스의 아내였으나, 사별 후 과부로 살던 중 아킬레우스가 리르네소스성을 약탈할 때 전리품으로 잡혀 그의 첩이 되었다. 아킬레우스는 그녀를 진심으로 사랑했으나, 아가멤논이 그녀를 빼앗아 가자 크게 분노하여 전투에 나가지 않게 된다.

사르페돈(2세)

헥토르, 아이네이아스와 함께 트로이아군 진영의 대표 장수다. 사르페돈의 출신에 대해서는 두 가지 전승이 있다. 하나는 제우스와 라오다메이아 사이에서 태어났다는 설이고, 다른 하나는 아버지가 리소스라는 설이다. 리소스는 제우스와 에우로페 사이에서 태어난 크레테의 영웅 사르페돈(1세)의 아들이다. 후자의 전승을 따르면, 트로이아 전쟁에 참전한 이 사르페돈(2세)은 크레테의 사르페돈(1세)의 친손자이자, 위대한 영웅 벨레로폰테스의 외손자가 된다. 벨레로폰테스는 헤라클레스 이전 시대의 가장 위대한 영웅으로 알려져 있다.

아가멤논

미케네 왕 아트레우스의 아들이며, 트로이아 전쟁의 발단이 된 헬레네의 남편 메넬라오스의 형이다. 티에스테스가 자기 딸과의 사이에서 낳은 아들 아이기스토스와 함께 아가멤논의 아버지 아트레우스를 죽이고 미케네의 왕이 되자, 아가멤논의 유모는 두 형제를 시키온으로 피신시켰다. 이후 두 형제는 스파르테 왕 틴다레우스의 도움으로 티에스테스 부자를 추방했다.

틴다레우스에게는 클리타임네스트라와 헬레네라는 두 딸이 있었는데, 메넬라오스는 헬레네와 결혼해 스파르테의 왕이 되었다. 아가멤논은 클리타임네스트라의 전 남편이었던 티에스테스의 아들을 죽이고 그녀와 결혼했다. 둘 사이에서 아들 오레스테스와 세 딸 이피게네이아(이피아나사), 엘렉트라, 크리소테미스가 태어났다.

파리스에게 아내 헬레네를 빼앗긴 메넬라오스는 그녀의 옛 구혼자들에게 헬레네 남편의 생명과 권리를 존중하겠다는 서약을 지킬 것을 요구했다. 이에 아가멤논이 총사령관이 되어 그리스 원정군이 결성되었고, 군대는 보이오티아의 아울리스 항에 집결했다. 이때 아르테미스 여신의 노여움으로 바람이 불지 않아 출항할 수 없게 되자, 아가멤논은 예언자 칼카스의 신탁에 따라 딸 이피게네이아를 제물로 바쳤다.

『일리아스』에서 아가멤논은 그리스 원정군의 총사령관이지만, 첫 부분에서 아킬레우스와 대립하여 그리스군을 파멸 직전까지 몰고 가는 인물로 그려진다.

10년간의 전쟁 끝에 트로이아를 멸망시킨 후, 아가멤논은 프리아모스의 공주 카산드라를 데리고 아르고스로 귀환했다. 그러나 아내 클리타임네스트라와 그녀의 정부인 아이기스토스에 의해 카산드라와 함께 도끼에 맞아 죽었다. 후에 아들 오레스테스가 어머니 클리타임네스트라를 죽여 아버지의 원수를 갚음으로써 5대에 걸친 탄탈로스 가문의 저주가 끝나게 된다.

아이네이아스

다르다니아의 왕 안키세스와 아프로디테 여신 사이에서 태어난 아들로, 트로이아군 중 헥토르 다음으로 용맹한 인물이다. 트로이아가 함락된 후에는 유민들을 이끌고 새로운 트로이아 건설을 위해 떠돌다가 남부 이탈리아에 정착하여 로마 건국의 기초를 닦았다. 이탈리아 라티움의 왕 라티누스의 딸 라비니아와 결혼하여 아들 실비우스를 낳았는데, 실비우스는 로마의 건설자 로물루스와 레무스 형제의 직계 조상이다.

아이아스

그리스군의 맹장으로, 큰 아이아스와 작은 아이아스가 있다.

큰 아이아스는 살라미스 왕 텔라몬의 아들이며, 트로이아 전쟁에서 아킬레우스 다음으로 용맹한 장수였다. 아버지 텔라몬과 아킬레우스의 아버지 펠레우스가 형제였기에 아킬레우스와는 사촌 사이다. 다른 전사보다 훨씬 큰 거인이었으며 과묵하고 너그러운 성품으로 알려졌다. 아킬레우스가 참전하지 않을 때는 트로이아의 최고 전사 헥토르와 대등하게 싸웠고, 아킬레우스가 전사했을 때는 오디세우스와 함께 그의 시신을 지켜냈다.

그러나 아킬레우스의 무구를 놓고 벌인 시합에서 오디세우스에게 패한 뒤 분노하여 그리스군 장수들을 죽이려 했다. 아테나 여신이 그에게 광기를 불어넣어 양 떼를 장수들로 착각하게 만들었고, 정신이 돌아온 뒤 수치심에 헥토르의 칼로 자결했다.

작은 아이아스는 로크리스 왕 오일레우스의 아들이다. 체구는 작았으나 오만불손하고 잔인하며 호전적인 성격이었다. 그리스 중부 동쪽 연안, 파르나소스산 동쪽의 오푸스 로크리스인을 이끌고 참전했다.

아이아코스

그리스군 영웅 아킬레우스의 조부로, 제우스와 강의 신 아소포스의 딸 아이기나 사이에서 태어났다. 제우스가 독수리로 변해 아이기나를 오이노네섬으로 데려가 동침했고, 이후 이 섬은 아이기나섬으로 불리게 되었다. 아이아코스는 이 섬의 왕이 되었으나, 헤라의 질투로 용과 전염병이 섬을 덮쳐 백성이 거의 전멸했다. 아이아코스의 간청으로 제우스는 개미들을 사람으로 변하게 했고, 이들이 '개미족'이라는 뜻의 미르미도네스인이 되었다.

아이아코스는 포세이돈, 아폴론과 함께 트로이아 성벽을 쌓았다. 완성 후 세 마리의 뱀이 성벽을 공격했는데, 신들이 쌓은 부분을 공격한 두 마리는 실패했으나 한 마리가 아이아코스가 쌓은 부분을 뚫었다. 이에 아폴론은 아이아코스의 자손이 트로이아를 멸망시킬 것이라 예언했고, 이는 그의 손자 아킬레우스에 의해 실현되었다. 정의롭고 자비로운 통치자였던 아이아코스는 사후에 크레테의 현명한 왕 라다만티스, 미노스와 함께 저승의 심판관이 되었다는 전승이 있다.

아킬레우스

프티아(그리스 중북부 테살리아 지방)의 왕 펠레우스와 바다의 신 네레우스의 딸인 여신 테티스 사이에서 태어난 아킬레우스는 그리스군의 최고 영웅이다. 트로이아 진영의 최고 영웅이 프리아모스왕의 아들 헥토르였다면, 그리스 진영에서는 아킬레우스가 그 자리를 차지했다.

아홉 살 때 예언자 칼카스는 아킬레우스 없이는 트로이아를 함락시킬 수 없을 것이라 예언했다. 전쟁에서 아들의 죽음을 예견한 테티스는 그를 여장시켜 스키로스섬의 리코메데스왕에게 맡겼고, 이 인연으로 나중에 왕의 딸 데이다메이아와의 사이에서 아들 네오프톨레모스를 얻었다. 하지만 오디세우스가 그의 정체를 밝혀내었고, 아킬레우스는 함선 50척과 미르미도네스 병사들을 이끌고 트로이아 전쟁에 참전하여 9년간 혁혁한 공을 세웠다.

『일리아스』는 전쟁 발발 10년째, 아폴론의 제관 크리세스가 전리품으로 끌려간 딸 크리세이스를 돌려받고자 막대한 몸값을 들고 그리스군 총사령관 아가멤논을 찾아가면서 시작된다. 이 사건으로 아가멤논과 충돌한 아킬레우스는 분노하여 참전을 거부한다.

이후 그리스군은 연전연패하여 철군 논의까지 나오는 상황에서, 아킬레우스의 시종이자 절친한 친구인 파트로클로스가 참전했다가 헥토르의 손에 죽는다. 이에 격분한 아킬레우스는 복수를 다짐하며 전장에 복귀해 헥토르를 죽이고, 그의 장례식으로 『일리아스』는 막을 내린다.

트로이아 서사시권의 하나인 『아이티오피스』에 따르면, 헥토르가 죽은 후 아킬레우스는 트로이아의 늦은 원군인 아마존 족의 여왕 펜테실레이아와 새벽의 여신 에오스의 아들이자 에티오피아의 왕 멤논을 차례로 죽인다. 그러나 결국 그도 아폴론의 도움을 받은 파리스가 쏜 화살에 발뒤꿈치를 맞아 전사한다. 이는 테티스 여신이 아들을 불멸의 존재로 만들고자 어린 그를 거꾸로 쥐고 스틱스강에 담글 때, 손으로 잡고 있던 발뒤꿈치만이 물에 닿지 않았기 때문이었다. 오늘날 치명적인 약점을 의미하는 '아킬레스건'이라는 표현은 여기서 유래했다.

아트레우스

아트레우스는 탄탈로스의 손자이자 펠롭스의 아들로, 크레테 왕 카트레우스의 딸 아에로페와 결혼하여 후일 트로이아 전쟁의 그리스군 총사령관이 되는 아가멤논과 메넬라오스를 낳았다. 그는 동생 티에스테스와 함께 어머니 히포다메이아의 사주로 이복형제 크리시포스를 살해한 후, 아버지에 의해 추방되어 미케네의 스테넬로스 왕에게 피신한다.

이후 미케네인들이 펠롭스의 자손을 왕으로 추대하라는 신탁을 받자, 두 형제는 왕위 다툼 끝에 황금 새끼 양을 가진 자가 왕이 되기로 합의한다. 아트레우스는 전에 아르테미스 여신에게 가장 아름다운 양을 바치겠다고 서약했으나, 황금 새끼 양이 태어나자 이를 어기고 보관했기에 자신의 승리를 확신했다. 그러나 티에스테스는 형수 아에로페와의 불륜 관계를 이용해 황금 양을 넘겨받아 결국 왕이 된다.

제우스가 전령 헤르메스를 통해 해가 서쪽에서 떠서 동쪽으로 지면 아트레우스가 왕이 될 것이라 전하자, 티에스테스는 자신만만하게 이를 수락한다. 하지만 실제로 해가 서쪽에서 떠서 동쪽으로 져 아트레우스가 왕위를 차지한다. 새 왕이 된 아트레우스는 티에스테스를 추방했다가, 아내와 동생의 불륜을 알게 되자 화해를 가장하여 그를 초대한다. 그리고 티에스테스의 아들들을 죽여 만든 음식을 대접하는데, 티에스테스는 식사를 마친 후에야 그 사실을 알고 경악한다.

티에스테스는 자신의 딸 펠로페이아와의 사이에서 아들을 낳으면 그가 복수해 줄 것이라는 신탁을 받고, 딸과 동침하여 아이기스토스를 낳는다. 실제로 아이기스토스는 성장한 후 자신이 할아버지 티에스테스의 아들임을 알고 아트레우스를 살해하여, 티에스테스에게 왕권을 되찾아준다.

오디세우스

오디세우스는 이타케의 왕 라에르테스와 최고의 도둑 아우톨리코스의 딸 안티클레이아 사이에서 태어났다. 그리스군 최고의 지략가라는 그의 명성은 이러한 혈통에서 비롯된 것으로 보인다. 그는 페넬로페와 결혼하여 아들 텔레마코스를 낳는다.

원래 그리스 최고의 미녀 헬레네의 구혼자 중 하나였던 오디세우스는 가난한 이타케 출신이라는 처지를 깨닫고 구혼을 포기하고, 대신 헬레네의 사촌인 이카리오스의 딸 페넬로페와의 결혼을 결심한다. 당시 헬레네의 아버지 스파르테의 왕 틴다레오스는 대부분이 유명한 영웅이나 왕인 구혼자들이 선택받지 못할 경우 전쟁을 일으킬까 봐 두려워했다. 이때 오디세우스는 틴다레오스에게 모든 구혼자로부터 최종 선택을 인정하고 부부를 보호하겠다는 서약을 받으라고 조언하고, 그의 도움으로 페넬로페와 결혼한다. 결국 미케네 왕 아트레우스의 아들 메넬라오스가 헬레네와 결혼하게 되는데, 이때의 구혼자 서약은 후일 수많은 그리스의 영웅과 왕이 트로이아 전쟁에 참전하게 되는 족쇄가 된다.

트로이아 전쟁에서 오디세우스는 그리스군의 최고 지략가이자 달변가, 용맹한 장수로서 핵심적인 역할을 수행한다. 그는 아가멤논과 아킬레우스의 화해를 중재하고, 트로이아의 왕자이자 예언자인 헬레노스를 설득해 승리의 비밀을 알아내며, 거지로 변장해 적진을 정찰하고, 아테나 여신상을 탈취하며, 목마 계책을 제안하여 그리스군의 승리에 결정적으로 기여한다. 아킬레우스 사후의 장례식에서는 대장장이 신 헤파이스토스가 제작한 무구의 소유권을 두고 텔라몬의 아들 아이아스와 경쟁하여 뛰어난 언변과 지략으로 이를 획득한다.

전쟁이 끝난 후 귀향길에 오른 오디세우스는 10년에 걸친 파란만장한 여정 끝에 고국으로 돌아와 아내를 괴롭히던 구혼자들을 처단한다. 이 이야기는 『일리아스』와 쌍벽을 이루는 호메로스의 서사시 『오디세이아』의 주요 소재가 된다.

이도메네우스

크레테의 왕으로, 미노스의 손자이자 데우칼리온의 아들이다. 헬레네의 구혼자 중 한 명이었으며, 구혼자 서약에 따라 80척의 검은 배와 크레테 군대를 이끌고 마부이자 처남인 메리오네스와 함께 그리스 동맹군에 참전했다. 아가멤논의 신임받는 조언자였던 그는 창술에도 뛰어났으며, 오디세우스가 계획한 목마 작전에 참여한 40명의 용사 중 하나였다. 전쟁 후 귀향길에 맹렬한 폭풍을 만나자 포세이돈에게 무사 귀환의 대가로 처음 만나는 생명체를 제물로 바치겠다고 맹세했는데, 크레테섬에서 가장 먼저 마주친 이가 그의 아들이었다.

칼카스

그리스군의 탁월한 예언자로, 그의 아버지 테스토르 역시 아르고 원정대에 참여했던 예언자였으며 아폴론 또는 아르고스 왕 아바스의 아들이었다. 그는 트로이아 전쟁과 관련하여 여러 중대한 예언을 남겼다.

첫째, 아홉 살의 아킬레우스가 전쟁에 참전해야만 그리스군이 트로이아를 함락시킬 수 있다고 예언했다. 둘째, 그리스군이 아울리스항에 집결했을 때, 제단 밑에서 나온 검붉은 등의 뱀 한 마리가 참새 둥지로 들어가 어미와 여덟 마리의 새끼를 잡아먹는 광경을 목격하고, 이를 그리스군이 트로이아와 9년간 접전을 벌이다가 10년째에 승리할 것이라는 전조로 해석했다. 셋째, 바람이 불지 않아 그리스 함대가 출항하지 못하자 이것이 아르테미스 여신의 분노 때문이라고 밝히고, 아가멤논의 큰딸 이피게네이아를 제물로 바칠 것을 요구했다. 넷째, 그리스군의 아이아스가 트로이아성 아테나 신전에 피신한 카산드라 공주를 겁탈한 죄로 인해, 아테나 여신의 분노로 많은 그리스 함선이 귀환 길에 침몰할 것을 예견했다. 이에 칼카스는 육로로 귀향을 택했으나, 도중에 예언자 모프소스와 능력 대결을 벌여 패배한다. 자신보다 현명한 예언자를 만나면 죽게 된다는 신탁대로, 그는 비탄 속에서 급사하고 만다.

클리타임네스트라

미케네 왕 아가멤논의 왕비이자 스파르테 왕 틴다레오스의 딸로, 트로이아 전쟁의 원인이 된 미녀 헬레네의 자매다. 그녀는 트로이아 전쟁에서 돌아온 남편 아가멤논을 정부 아이기스토스와 공모하여 살해했으나, 결국 아버지의 원수를 갚으려 온 아들 오레스테스의 손에 죽음을 맞는다.

탄탈로스

제우스와 요정 플루토 사이에서 태어났다. 그의 어머니 플루토는 티탄 신족 오케아노스와 테티스의 딸이었다. 그는 티탄 신족 이아페토스의 아들 아틀라스의 딸 디오네와 결혼하여 펠롭스, 니오베 등을 낳았다. 리디아의 시필로스산 일대를 다스리는 부유한 왕이었던 탄탈로스는 신들의 총애를 받아 그들의 식탁에 자주 초대되었으나, 신들의 음식인 암브로시아와 넥타르를 훔쳐 인간들에게 나누어 주고 신들의 비밀을 누설하여 그들의 분노를 샀다. 결정적으로 그는 신들을 자신의 궁으로 초대하여 그들의 전능함을 시험하고자 막내아들 펠롭스를 살해하여 그 고기로 국을 끓여 대접하는 죄를 저질렀다.

이에 격분한 신들은 탄탈로스를 지하감옥 타르타로스에 가두고, 눈앞의 물과 과일을 영원히 먹지 못하는 형벌을 내렸다. 더욱이 그의 가문과 자손들에게도 저주를 내려 골육상잔의 비극이 대대로 이어지게 했다. 이 5대에 걸친 저주는 마지막 자손 오레스테스가 어머니 클리타임네스트라를 처단하여 아버지 아가멤논의 원수를 갚으면서 비로소 종결된다. 『일리아스』에서 탄탈로스는 그리스군 총사령관 아가멤논과 그의 동생 메넬라오스의 증조부로 등장하며, 그 가계는 탄탈로스-펠롭스-아트레우스-아가멤논/메넬라오스로 이어진다.

테르시테스

트로이아 전쟁에 참전한 그리스군 중 못생긴 외모와 험담, 호전적이고 저속한 성격으로 악명 높은 군사였다. 그는 테베 공격 때 7장군 중 하나인 티데우스가 전사하자, 형제들과 공모하여 티데우스의 아버지인 칼리돈의 왕 오이네우스의 왕위를 찬탈하고 그를 감옥에 가두었다. 후에 티데우스의 아들 디오메데스의 복수를 피해 도망쳤으며, 트로이아 전쟁 중에는 아마조네스의 여왕 펜테실레이아의 시신을 애도하는 아킬레우스를 "시체를 사랑한다"며 조롱하다가 결국 그에게 맞아 죽는다.

파리스(알렉산드로스)

트로이아의 왕 프리아모스의 아들이자 헥토르의 형제다. 아킬레우스의 부모 펠레우스와 테티스의 결혼식에서 초대받지 못한 불화의 여신 에리스가 "가장 아름다운 이에게"라는 글귀가 새겨진 황금 사과를 던져 분란을 일으켰고, 제우스는 파리스를 미의 심판자로 지명했다. 파리스는 최고의 지혜를 제안한 아테나와 최고의 권력을 약속한 헤라 대신, 가장 아름다운 여인을 약속한 아프로디테를 선택했다. 이후 아프로디테의 도움으로 그리스 최고의 미녀이자 메넬라오스의 왕비인 헬레네를 유혹해 트로이아로 데려왔고, 이것이 트로이아 전쟁의 시발점이 되었다.
헥토르는 죽기 전 아킬레우스도 파리스와 아폴론의 손에 죽을 것이라 예언했고, 실제로 아킬레우스는 스카이아이 성문 앞에서 그들이 쏜 화살에 발뒤꿈치를 맞고 전사한다.

파트로클로스

포키스 왕 데이온의 아들 악토르와 강의 신 아소포스의 딸 아이기나 사이에서 태어난 메노이티오스의 아들이다. 제우스와 아이기나 사이의 아들 아이아코스의 혈통이 텔라몬-큰 아이아스, 펠레우스-아킬레우스로 이어지므로, 족보상으로는 아킬레우스의 삼촌이 되지만 실제로는 비슷한 또래의 절친한 친구였다. 어린 시절 로크리스인의 도성 오푸스에서 살던 그는 주사위 놀이 중 벌어진 싸움에서 실수로 친구를 죽이고, 가족과 함께 프티아의 왕 펠레우스에게 피신하여 그곳에서 아킬레우스와 함께 자라며 절친한 사이가 되었다. 후에 아킬레우스의 시종으로 트로이아 전쟁에 참전했다가 전사한다. 그의 죽음으로 트로이아 전쟁의 양상이 완전히 뒤바뀐다.

페이리토오스

테살리아 라피테스인의 왕이자 영웅 테세우스의 친구다. 그의 아버지 익시온이 헤라 여신을 범하려다 제우스가 구름의 요정 네펠레를 통해 만든 헤라의 환영과 관계하여 반인반마의 켄타우로스 종족을 낳았다. 페이리토오스가 왕위를 계승하자 켄타우로스들이 동등한 상속권을 주장했고, 이 분쟁은 그들이 펠리온산을 차지하면서 해결되었다.

페이리토오스의 히포다메이아와의 결혼식에 켄타우로스들이 친척 자격으로 참석했으나, 술에 익숙하지 않던 그들이 포도주에 취해 신부와 라피테스인 처녀들을 겁탈하려 시도했다. 이에 격분한 페이리토오스와 라피테스인들이 켄타우로스들을 공격했고, 결혼식 하객이었던 테세우스도 이 싸움에 가담하여 다수의 켄타우로스가 목숨을 잃었다. 살아남은 켄타우로스들은 테살리아 서쪽, 에피로스와의 경계에 위치한 핀도스산으로 추방되었는데, 이곳은 약탈로 생계를 꾸리는 야만족 아이티케스인의 근거지였다. 후일 페이리토오스는 테세우스와 함께 지하세계에 침입하여 하데스의 아내 페르세포네를 납치하려다가 영원히 그곳에 갇히는 신세가 된다.

펠롭스

그리스군 총사령관 아가멤논과 메넬라오스의 조부로, 제우스의 아들인 리디아 왕 탄탈로스와 요정 디오네 사이에서 태어났다. 어린 시절 그의 아버지는 신들의 예지력을 시험하고자 그를 살해하여 그 고기로 국을 끓여 신들의 식탁에 올렸다. 신들은 이를 알아채고 음식에 손을 대지 않았으나, 딸을 잃은 슬픔에 정신이 혼미했던 데메테르만이 펠롭스의 어깨 일부를 먹고 말았다. 후에 신들은 펠롭스를 되살려냈고, 데메테르가 먹은 어깨는 상아로 대체했다. 펠롭스는 이전보다 더욱 아름다운 모습으로 다시 태어났으며, 포세이돈은 그의 아름다움에 매료되어 날개 달린 말들과 마차를 선물했다.

펠롭스는 리디아를 떠나 그리스 펠로폰네소스반도 서쪽의 피사(또는 올림포스)의 왕 오이노마오스를 찾아가 그의 딸 히포다메이아에게 청혼했다. 그는 왕의 마부이자 헤르메스의 아들인 미르틸로스를 매수하여, 히포다메이아와의 동침과 제국의 절반을 약속하는 대가로 왕의 마차 바퀴 축을 느슨하게 만들게 했다. 결국 오이노마오스 왕은 경주 도중 고삐에 감겨 죽었고, 펠롭스는 미르틸로스와의 약속을 저버리고 그를 바다에 빠뜨려 죽인 뒤 히포다메이아와 결혼하여 피사의 왕이 되었다. 이들 사이에서 후일 아가멤논과 메넬라오스의 아버지가 되는 아트레우스가 태어났다.

또한 펠롭스는 아르카디아의 왕 스팀팔로스와 전쟁을 벌인 후, 휴전 협정을 가장하여 그를 살해하고 그의 사지를 토막 내어 사방에 유기했다. 이 일로 신들이 분노하여 그리스 전역에 극심한 흉년이 들었다. 신탁은 "모든 인간 중에서 가장 경건하다"는 아이아코스만이 그리스를 재앙에서 구할 수 있다고 했다. 아킬레우스의 조부인 아이아코스가 그리스를 위해 신들에게 기도하자, 신탁대로 그리스의 대지는 다시 생기를 되찾고 곡식이 자라났다.

프리아모스

프리아모스는 트로이아의 왕 라오메돈과 강의 신 스카만드로스의 딸 스트리모 사이에서 태어났으며, 본명은 포르다케스였다. 그의 두 번째 아내 헤카베는 트로이아 전쟁의 주요 인물들을 낳았는데, 장남은 트로이아 최고의 영웅 헥토르였고, 둘째는 헬레네를 유혹하여 전쟁의 발단을 제공한 파리스였다. 이외에도 크레우사, 라오디케, 폴릭세네, 카산드라, 데이포보스, 헬레노스, 팜몬, 폴리테스, 안티포스, 히포노오스, 폴리도로스, 트로일로스를 낳았으며, 다른 여인들과의 사이에서도 많은 자녀를 두었다.

그의 아버지 라오메돈이 약속을 어겨 헤라클레스의 침공을 받았을 때, 라오메돈과 그의 자식들은 모두 살해되었으나 막내아들 포르다케스와 헤시오네만이 살아남았다. 이는 포르다케스가 이전에 헤라클레스의 절친이자 큰 아이아스의 아버지인 텔라몬과 이피클로스를 라오메돈의 감옥에서 탈출시켜 주었기 때문이었다. 헤라클레스는 포르다케스를 트로이아의 새로운 왕으로 세우고, 헤시오네는 텔라몬의 아내로 주었다. 후에 포르다케스는 프리아모스로 이름을 바꾸었다.

『일리아스』에서 프리아모스는 대부분 두드러진 활약을 보이지 않다가, 마지막에 신들의 도움으로 막대한 몸값을 들고 아킬레우스를 찾아가 아들 헥토르의 시신을 되찾아 장례를 치르는 중요한 역할을 수행한다. 트로이아 서사시권에 따르면, 그리스군이 성 안으로 침입했을 때 프리아모스는 제우스의 제단에 피신했다. 그러나 아킬레우스의 아들 네오프톨레모스가 그의 눈앞에서 어린 아들 폴리테스를 살해하자, 프리아모스는 그를 맹렬히 비난하며 창을 던졌으나 방패에 맞아 떨어졌고, 결국 네오프톨레모스에게 끌려나와 죽임을 당했다.

헤라클레스

제우스가 페르세우스의 손자이자 티린스의 왕 암피티리온의 아내 알크메네와의 사이에서 낳은 아들이다. 제우스는 장차 태어날 헤라클레스를 염두에 두고 페르세우스의 후손이 미케네를 다스릴 것이라 말했으나, 아내 헤라는 미케네 왕 스테넬로스의 아들 에우리스테우스가 먼저 태어나게 하여 헤라클레스의 왕위 계승을 저지했다.

그는 여러 명망 높은 스승들에게 교육을 받았는데, 오르페우스의 형제 리노스에게 리라 연주를 배우던 중 끊임없는 꾸중에 격분하여 그를 살해했다. 이로 인해 키타이론산으로 추방되어 양치기 생활을 하던 중, 열여덟 살이 되었을 때 쾌락과 미덕의 두 요정을 만난다. 그는 편안하고 즐거운 삶을 약속하는 쾌락의 요정 대신, 많은 시련 끝에 불멸의 삶을 보장하는 미덕의 요정을 선택했다.

헤라클레스의 첫 위업은 보이오티아 왕 테오피오스의 의뢰로 키타이론산의 사자를 퇴치한 것이다. 이후 귀환길에서 테베의 왕 크레온을 도와 테베를 위협하던 오르코메노스를 물리치고 메가라 공주와 결혼하여 세 아들을 얻었다. 그러나 헤라의 저주로 광기에 빠져 처자식을 살해하고 만다. 델포이 신탁은 이 죄를 씻기 위해 미케네로 가서 에우리스테우스의 노예가 되어 그의 명령을 수행하라고 했다. 에우리스테우스는 그에게 12가지의 난해한 과업을 부과했는데, 이는 결과적으로 헤라클레스를 그리스 최고의 영웅으로 만들어 신의 반열에 오르게 했다. 모든 과업을 완수한 후 에우리스테우스는 그의 노예 신분을 해제했고, 헤라클레스는 테베로 돌아갔다.

헥토르

트로이아의 왕 프리아모스와 헤카베 사이에서 태어난 장남으로, 트로이아군의 총사령관이자 최고의 영웅이었다. 안드로마케와 혼인하여 스카만드리우스라는 아들을 두었으며, 파리스, 데이포보스, 헬레노스, 폴리테스, 카산드라 등이 그의 형제자매였다. 트로이아성을 수호하던 중 파트로클로스를 죽이고 아킬레우스의 무구를 빼앗아 그의 분노를 자아냈다. 아킬레우스의 복수전이 불가피해지자, 헥토르는 패배가 명백한 싸움임을 알면서도 트로이아의 명예를 지키고자 결투에 임해 전사했다.

헬레네

스파르테 왕 틴다레오스의 딸로 알려져 있으나, 실제로는 틴다레오스의 아내 레다와 제우스 사이에서 태어났다고 전해진다. 틴다레오스와 레다 사이에서는 아가멤논의 아내가 된 클리타임네스트라가 태어났다. 틴다레오스는 자신의 딸이자 그리스 최고의 미녀인 헬레네의 배우자를 선정하기 위해 그리스 전역의 구혼자들을 모아 경쟁을 벌였고, 여기서 아가멤논의 동생 메넬라오스가 승리를 거두었다. 후에 메넬라오스가 스파르테의 왕이 되었을 때 트로이아의 왕자 파리스가 방문했고, 파리스는 아프로디테 여신의 도움으로 헬레네를 유혹하여 트로이아로 데려갔다. 이에 아가멤논은 헬레네의 옛 구혼자들을 규합하여 그리스 연합군을 조직하고 총사령관이 되어 트로이아 원정에 나선다.

주요 신명(*가나다 순)

***올림포스의 신들**

『일리아스』에서 올림포스는 수많은 봉우리가 주름처럼 겹쳐 있고 구름에 둘러싸여 '하늘'이라 불리는 곳으로, 제우스의 궁을 비롯한 여러 신들의 거처가 자리 잡고 있다. 이곳에 거주하는 올림포스의 신들은 통상 열두 신으로 일컬어진다. 제1세대 신들로는 제우스, 헤라, 포세이돈, 데메테르가 있으며, 제우스는 올림포스의 신들과 연합하여 자신의 아버지 크로노스와 티탄 신족을 축출하고 최고신의 자리에 올랐다. 제2세대 신들로는 아테나, 아레스, 아폴론, 아르테미스, 아프로디테, 헤르메스, 헤파이스토스, 디오니소스가 있다.

데메테르

크로노스와 레아 사이에서 태어난 딸로, 제우스의 형제이자 올림포스 열두 신 중 하나로 대지와 곡물을 관장하는 여신이다. 만물의 근원이자 대지를 상징하는 어머니 신 가이아와 달리, 데메테르는 곡물이 자라나는 땅의 생산력을 상징한다. 그녀의 딸 페르세포네는 지하세계의 신 하데스에게 납치되어 그의 아내가 되었다.

레토

우라노스와 가이아의 자식인 코이오스와 포이베 사이에서 태어난 티탄 신족의 여신이다. 제우스와의 사이에서 쌍둥이 남매인 태양과 예언의 신 아폴론, 그리고 사냥의 여신 아르테미스를 낳았다. 그녀는 전투 중 부상을 입은 아이네이아스를 치료하는 등 트로이아 진영을 지원했다.

스카만드로스(크산토스)

트로이아 평야를 흐르는 스카만드로스강의 신으로, 티탄 신족 오케아노스와 테티스 사이에서 태어난 수많은 강의 신들 중 하나이다. 아킬레우스의 무자비한 살육으로 강이 시신으로 가득 차자 강 밖에서 싸울 것을 요구했으나 아킬레우스가 이를 무시하자 홍수를 일으켜 트로이아군을 도왔다. 그러나 헤파이스토스의 불로 강이 마른 후에는 중립적 입장을 취했다.

아레스

제우스와 헤라 사이에서 태어난 전쟁의 신이자 올림포스 열두 신의 일원으로, 대 장장이 신 헤파이스토스의 아내인 아프로디테의 연인으로도 유명하다. 『일리아 스』에서 "살인마"로 불리는 그는 피와 살육을 즐기는 난폭하고 잔인한 신으로 묘 사되며, 전장에 나설 때는 두려움과 공포의 신 데이모스와 포보스, 불화의 여신 에리스, 싸움의 여신 에니오 등 네 신을 대동했다.

전쟁의 여신 아테나가 지략과 전술을 중시하고 무차별적 파괴로부터 인간과 도 시를 보호하는 것과 달리, 아레스는 목적과 명분 없는 파괴적이고 야만적인 전쟁 을 즐기는 신이었다. 『일리아스』에서 그는 연인 아프로디테가 지원하는 트로이아 를 돕다가 아테나의 도움을 받은 그리스군의 디오메데스가 던진 창에 아랫배를 찔려 올림포스산으로 도주했다. 또한 아테나와의 직접 대결에서 그녀의 가슴을 향해 창을 던졌으나 빗나갔고, 오히려 아테나가 던진 돌에 맞았으며, 이를 본 아 프로디테가 그를 보호하려다 아테나의 주먹에 가격당했다.

아테네에는 고대 그리스인들이 종교와 살인 범죄를 심판하던 '아레오파고스'(아 레스의 언덕)가 있다. 이는 아레스의 딸 알키페가 샘물가에서 포세이돈의 아들 할리로티오스에게 겁탈당하자, 분노한 아레스가 그를 살해한 사건에서 비롯되었 다. 알키페는 아테나이 왕 케크롭스의 딸 아글라우로스와 아레스 사이에서 태어 난 딸이었다. 포세이돈의 고발로 시작된 재판에서 올림포스의 신들은 사건이 발 생한 바로 그 언덕에서 아레스에게 무죄를 선고했고, 이후 이 언덕은 '아레오파고 스'라 불리게 되었다.

아테나

올림포스 열두 신 중 하나로 지혜, 전쟁, 기술을 관장하는 여신이다. 제우스와 "신 과 인간 중 가장 지혜로운 자"로 불린 티탄 신족 메티스 사이에서 태어났다. 대지 의 여신 가이아가 메티스의 아들이 제우스를 몰아내고 왕좌를 차지할 것이라 예 언하자, 제우스는 임신한 메티스를 삼켜버렸고, 이로 인해 아테나는 제우스의 몸 속에서 성장했다. 후에 제우스가 극심한 두통을 겪자 대장장이 신 헤파이스토스 가 도끼로 그의 이마를 가르고, 그곳에서 완전 무장한 아테나가 천지를 진동하는 함성과 함께 출현했다.

『일리아스』에서 아테나는 "빛나는 눈을 지닌 자"(글라우코피스)로 불린다. 어둠 속에서도 사물을 잘 분간하는 올빼미(그리스어로 글라우크스)가 그녀의 상징이 된 것도 이와 관련이 있다. 창과 아이기스 방패로 무장한 전쟁의 여신이기도 한 그녀는 지혜와 지략으로 페르세우스, 헤라클레스, 이아손, 디오메데스, 오디세우스와 같은 영웅들을 보살폈다. 아테나이를 비롯해 스파르테, 메가라, 아르고스, 트로이아 등 여러 도시 국가의 수호신으로 숭배되었으며, 특히 트로이아인들은 팔라디온이라는 오래된 아테나 신상이 도시를 지키는 한 트로이아는 절대 함락되지 않을 것이라 믿었다.

'팔라스 아테나'라는 별칭의 유래에는 세 가지 설이 있다. 첫째, 올림포스 신들과 기간테스(가이아의 자식들인 거인족) 간의 전쟁에서 아테나가 기간테스의 일원인 팔라스를 죽이고 그 껍질로 아이기스 방패를 만들었다는 설이다. 둘째, 어린 시절 아테나가 바다의 신 트리톤의 딸 팔라스와 창던지기 놀이를 하다 실수로 그녀를 죽이고, 친구를 기리고자 그 이름을 따서 팔라스를 자신의 이름에 덧붙이고 팔라디온 신상을 만들었다는 설이다. 셋째, '팔라스'가 그리스어로 "창을 휘두르는 자"를 의미하여, '팔라스 아테나'는 단순히 창을 휘두르는 아테나를 지칭하는 별칭이라는 설이다.

아폴론

제우스와 티탄 신족 레토 사이에서 태어난 아들로, 사냥의 여신 아르테미스와 쌍둥이 남매다. 그의 어머니 레토는 헤라의 질투와 저주를 피해 포세이돈의 도움으로 바다에서 떠오른 델포이섬에서 쌍둥이를 출산했다. 올림포스 열두 신의 일원인 아폴론은 태양, 음악, 시, 예언, 의술, 궁술을 관장했으며, 여러 요정과 인간 여성 사이에서 많은 자녀를 두었다. 특히 의술의 신 아스클레피오스와 음악의 명인 오르페우스가 유명하다.

델포이섬의 아폴론 신전은 신탁으로 명성이 높았다. 제우스의 명령으로 델포이에 간 아폴론은 대지의 여신 가이아의 자식이자 신탁소를 지배하던 거대한 뱀 피톤을 활로 쏘아 죽였다. 신탁소의 이름을 델포이로 바꾸었으나, 여제관들은 여전히 '피티아'(피톤의 여제관)로 불렸다. 가이아 이후 델포이 신탁소의 두 번째 수호신이었던 법의 여신 테미스는 이를 자매 포이베에게 물려주었고, 포이베는 다시 아폴론에게 전했다. 이로 인해 아폴론은 "밝게 빛나는 자"라는 뜻의 '포이보스'라는 별칭을 얻었다. 델포이에서는 아폴론의 피톤 퇴치를 기념해 4년마다 피티아 경기가 열렸다. 테베 왕 암피온의 아내 니오베가 레토는 쌍둥이를 낳았을 뿐이지만 자신은 7남 7녀를 두었다며 자랑하여 레토의 분노를 샀고, 이에 아폴론은 그녀의 아들들을, 아르테미스는 그녀의 딸들을 활로 쏘아 죽였다.

아프로디테

올림포스 열두 신 중 하나로 미와 사랑의 여신이다. 그녀는 펠레우스와 테티스의 결혼식에서 자신의 미모를 인정하고 선택한 알렉산드로스(파리스)에 대한 보답으로, 그가 그리스의 헬레네를 유혹하도록 도왔다. 이는 결혼식에 초대받지 못한 불화의 여신 에리스가 "가장 아름다운 이에게"라는 글귀를 새긴 황금 사과를 던져 시작된 미의 경쟁에서 비롯된 일이었다.

아프로디테의 탄생에는 두 가지 설이 전해진다. 호메로스는 그녀가 제우스와 오케아노스의 딸 디오네 사이에서 태어났다고 했고, 헤시오도스는 크로노스의 낫에 잘린 우라노스의 성기가 바다에 떨어져 그 정액과 바닷물이 섞인 거품에서 태어났다고 했다. "거품에서 나온 여자"라는 뜻의 그녀의 이름은 후자의 설화에서 유래했으며, 우라노스의 정액이 만든 거품이 키테라섬을 거쳐 키프로스섬에 닿아 그곳에서 그녀가 태어났다고 하여 '키테레이아'(키테라 여자) 혹은 '키프리스'(키프로스 여자)라고도 불린다.

그리스 신화에서 가장 아름다운 여신인 아프로디테는 제우스에 의해 가장 못생긴 절름발이 신 헤파이스토스의 아내가 되었다. 이는 제우스가 자신의 아들 헤파이스토스를 하늘에서 떨어뜨려 절름발이가 되게 한 것에 대한 보상이었다. 다만 『일리아스』에서는 헤파이스토스의 아내를 아프로디테가 아닌 카리스로 기록하고 있다. 애욕의 여신답게 그녀는 끊임없이 부정을 저질렀으며, 특히 전쟁의 신 아레스와의 사이에서 열 명이 넘는 자녀를 두었다.

그녀는 이데산의 양치기 다르다니아 왕자 안키세스와 사랑을 나누어 임신했을 때 자신의 정체를 밝히고, 그들의 아들이 장차 트로이아를 다스릴 것이라 예언했다. 이 아들 아이네이아스는 이데산 요정들의 보살핌을 받다가 다섯 살에 아버지에게 돌아갔으며, 후에 트로이아 전쟁에서 헥토르 다음가는 용맹을 떨친 장수가 되었다. 트로이아 패망 후 그는 유민들을 이끌고 이탈리아의 라티움에 정착해 로마 건국의 기초를 닦았고, 아프로디테(로마 신화의 베누스)는 후일 로마의 수호신이 되었다.

에오스

새벽의 여신으로, 히페리온과 테이아 사이에서 태어났다. 그녀의 아버지 히페리온은 가이아와 우라노스 사이에서 태어난 티탄 열두 신 중 하나로, 자매인 빛의 여신 테이아와 결혼하여 태양의 신 헬리오스, 달의 여신 셀레네, 새벽의 여신 에오스를 낳았다. 에오스는 황혼의 신 아스트라이오스와의 사이에서 제피로스(서풍), 노토스(남풍), 보레아스(북풍), 에우로스(동풍) 등의 바람의 신들과 샛별 에오스포로스를 비롯한 별의 신들을 낳았다.

그녀의 궁전은 동쪽 끝 오케아노스강 변에 위치하며, 매일 아침 '파에톤'(눈부심)과 '람포스'(빛)라는 말이 이끄는 쌍두마차를 타고 오케아노스강 위로 날아올라 태양의 신 헬리오스를 따라 하늘을 여행한다. 『일리아스』에는 언급되지 않지만, 트로이아의 왕자 티토노스와의 사이에서 낳은 아들 멤논은 에티오피아의 왕으로서 트로이아 전쟁에 참전했다.

오케아노스

가이아와 우라노스 사이에서 태어난 제1세대 티탄 신족의 일원으로, 거대한 강을 의인화한 신이다. 그는 바다의 여성적 생산력을 상징하는 누이 테티스와의 사이에서 3천 개의 강과 3천 명의 딸을 낳았다. 이 딸들은 개울과 샘을 의인화한 요정이나 여신들로, 신들이나 인간들과 관계하여 수많은 자손을 낳았다.

비록 티탄 신족이었으나, 오케아노스는 티탄 신족과 올림포스 신들 간의 10년 전쟁에서 티탄 신족의 수장 크로노스 편에 서지 않고 중립을 지켰다. 『일리아스』에 따르면, 이 때문에 크로노스의 아내 레아가 딸 헤라를 오케아노스 부부에게 맡겨 양육하게 했다고 한다.

대지와 바다를 둘러싸고 흐르는 거대한 오케아노스강은 영웅들의 사후 세계인 지상낙원 엘리시온의 주위를 지나며 지하세계와 경계를 이룬다. 오디세우스가 지하세계로 가기 위해 광활한 바다를 건넌 후 오케아노스 강물을 따라 지하세계의 입구에 도달한 것처럼, 이 강물은 세상의 가장자리를 영원히 순환하며 자기 자신에게로 되돌아간다. 헤파이스토스는 아킬레우스를 위해 그의 어머니 테티스의 부탁으로 새 방패를 만들 때 그 가장자리에 이 오케아노스강을 새겨 넣었다.

제우스

티탄 신족의 수장 크로노스와 레아 사이에서 태어난 육남매 중 하나로, 다른 전승에서는 막내로 알려져 있으나 호메로스는 그를 장남으로 기록한다. 그는 제3대 최고신이 되어 올림포스 신들의 시대를 열었다. 자세한 내용은 해설의 'III. 신들의 계보'를 보라.

한때 그의 여성 편력에 분노한 아내 헤라가 포세이돈, 아폴론, 아테나 등과 함께 반란을 일으켜 낮잠 자던 제우스를 쇠사슬로 묶어두었다. 올림포스의 신들 중 그를 돕는 이가 없었으나, 유일하게 바다의 여신이자 아킬레우스의 어머니인 테티스가 타르타로스의 문지기 헤카톤케이레스 삼형제 중 브리아레오스를 불러 제우스를 구했다. 이 은혜로 제우스는 후에 아킬레우스의 원한을 풀어달라는 테티스의 청을 받아들였고, 이로 인해 아킬레우스가 없는 그리스군은 트로이아군에게 연패하며 위기에 처하게 된다.

제우스는 첫 아내인 오케아노스의 딸 메티스가 자신보다 뛰어난 후계자를 낳을 것이라는 가이아의 예언을 듣고 임신한 메티스를 삼켰으나, 태아는 그의 몸속에서 계속 자랐다. 후에 극심한 두통을 겪던 제우스의 머리를 헤파이스토스가 가르자 완전무장한 딸 아테나가 뛰쳐나온다.

그의 두 번째 아내인 율법의 여신 테미스는 티탄 신족 중 유일하게 올림포스에 거주하며 계절의 여신 호라 자매와 운명의 여신 모이라 자매를 낳았다. 세 번째 아내인 오케아노스의 딸 에우리노메에게서는 우아함과 아름다움의 여신 카리타스 자매를, 티탄 신족 디오네에게서는 미의 여신 아프로디테를, 누이 데메테르에게서는 후일 지하세계의 여왕이 된 페르세포네와 아홉 무사 여신을 얻었다. 마지막 아내 헤라와의 사이에서는 전쟁의 신 아레스, 청춘의 여신 헤베, 출산의 여신 에일레이티이아, 대장장이의 신 헤파이스토스를 낳았다.

제우스는 헤라와의 혼인 이후에도 여신들과 인간 여성들과 관계를 맺어 자녀를 낳았는데, 『일리아스』는 제우스와 인간 여성 사이에서 태어난 이들과 그 후손을 "제우스의 자손"이라 칭한다. 그는 티탄 신족 코이오스와 포이베의 딸 레토에게서 아폴론과 아르테미스를, 아틀라스와 플레이오네의 딸 마이아에게서 전령신 헤르메스를, 페니키아 왕 아게노르의 동생 카드모스의 딸 세멜레에게서 술의 신 디오니소스를, 아르고스 왕 아크리시오스의 딸 다나에에게서 메두사를 퇴치한 영웅 페르세우스를 낳았다. 또한 티린스 왕 암피트리온의 아내 알크메네와의 사이에서 헤라클레스를, 페니키아 왕 아게노르의 딸 에우로페에게서 라다만티스, 미노스, 사르페돈을, 강의 신 아소포스의 딸인 요정 아이기나와의 사이에서 아킬레우스의 조부 아이아코스를 낳았다.

테티스

바다의 신 네레우스와 도리스 사이에서 태어난 50명의 바다 요정 중 가장 아름다운 딸이었다. 그녀의 아버지 네레우스는 바다의 신 폰토스와 대지의 여신 가이아의 아들이었고, 어머니 도리스는 티탄 신족의 부부인 오케아노스와 테티스의 딸이었다. '바다의 노인'이라 불린 네레우스의 딸답게 테티스는 뛰어난 미모를 지녔고, 제우스도 그녀에게 매료되었다. 그러나 프로메테우스가 테티스가 낳을 아들이 아버지보다 더 위대해질 것이라고 예언하자, 제우스는 그녀를 아이아코스의 아들 펠레우스와 결혼시켰다. 이들 사이에서 훗날 트로이아 전쟁의 영웅이 되는 아킬레우스가 태어났다.

포세이돈

크로노스와 레아 사이에서 태어난 아들로, 제우스, 하데스, 헤라와 형제자매다. 제우스가 올림포스의 신들을 이끌고 티탄 신족과의 전쟁에서 승리한 후, 하늘은 제우스가, 바다는 포세이돈이, 지하세계는 하데스가 차지했으며, 대지는 공동으로 다스리게 되었다. 어부들이 큰 고기를 잡을 때 사용하는 작살 모양의 삼지창은 바다의 신 포세이돈의 권능을 상징한다.

올림포스의 신들이 포세이돈의 지배력을 바다로 한정하려 했으나, 그는 여러 지역에 대한 지배권을 유지하려 했고 이 과정에서 다른 신들과 충돌했다. 대표적으로 아테나이를 두고 아테나와 다툼이 있었다. 로마 시인 오비디우스의 『변신 이야기』(기원후 8년)에 따르면, 아티케의 한 도시를 놓고 두 신이 다투자 신들이 중재하여 인간에게 더 유익한 선물을 주는 신이 그 도시의 수호신이 되기로 했다. 포세이돈은 삼지창으로 바위를 쳐서 짠 바닷물을 솟구치게 했고, 아테나는 풍성한 열매가 달린 올리브나무를 자라나게 하여 신들을 감탄시켰다. 결국 아테나가 승리하여 그 도시의 수호신이 되었고, 도시는 여신의 이름을 따서 아테나이라 불리게 되었다.

하데스

크로노스와 레아의 아들로, 제우스, 포세이돈, 헤라와 형제자매다. 그의 이름 하이데스(Ἅιδης) 또는 아이데스(Ἀΐδης)는 "눈에 보이지 않는 것", 즉 "땅속에 있어 보이지 않는 것"이란 뜻이다. 제우스가 이끄는 올림포스의 신들이 티탄 신족과의 전쟁에서 승리한 후, 하데스는 지하세계를 다스리게 되었다. 그는 제우스와 데메테르 사이에서 태어난 딸 페르세포네를 납치하여 아내로 삼았다.

하데스는 지하세계의 규칙을 엄격하고 공평하게 적용하는 가혹하고 냉정한 강력한 지배자로 묘사되지만, 악과 불의를 행하는 악마 같은 존재는 아니었다. 그가 다스리는 지하세계는 기독교의 지옥과는 다른 곳으로, 이곳에서 죽은 자들은 생전의 모습과 비슷하나 실체 없는 그림자 같은 유령으로 존재한다. 지하세계의 가장 깊은 곳에는 '타르타로스'라는 감옥이 있어 죄를 지은 불멸의 신들이 갇혀 있다.

헤라

크로노스와 레아 사이에서 태어난 육남매 중 하나이자 올림포스 열두 신의 일원이다. 제우스와 결혼하여 전쟁의 신 아레스, 청춘의 여신 헤베, 출산의 여신 에일레이티이아, 대장장이의 신 헤파이스토스를 낳았다.

티탄 신족과 올림포스 신족의 전쟁 중에 어머니 레아는 헤라를 대양의 신 오케아노스와 그의 아내 테티스에게 맡겼다. 헤라는 후에 제우스의 세 번째 아내가 되었다.

그리스 신화에서 헤라는 가정생활의 수호신이면서도 질투의 화신으로 묘사된다. 결혼 후 제우스가 처음으로 바람을 피운 상대인 레토(코이오스와 포이베의 딸)를 혹독하게 박해했으나, 레토는 포세이돈의 도움으로 바다에서 솟아난 섬에서 아폴론과 아르테미스를 출산할 수 있었다. 또한 헤라는 제우스의 자식 디오니소스를 미치게 만들고, 요정 칼리스토를 곰으로, 이오를 암소로 변신시켰다. 특히 제우스와 알크메네 사이에서 태어난 헤라클레스에게 가장 심한 박해를 가했다.

『일리아스』에서 헤라는 제우스에게 지속적으로 반기를 들었다. 트로이아 전쟁에서 올림포스의 신들이 양 진영으로 나뉘어, 제우스의 명령으로 트로이아를 돕는 아폴론, 아레스, 아프로디테와 헤라의 주도로 그리스를 돕는 아테나, 포세이돈, 헤파이스토스가 서로 대립했다.

헤르메스

제우스와 티탄 아틀라스의 딸 마이아 사이에서 태어난 올림포스 열두 신의 일원으로, 전령, 여행, 상업, 도둑의 신이다. 그가 "아르고스를 죽인 자'(아르게이폰테스)로 불리게 된 것은 다음과 같은 일화에서 비롯되었다. 아르고스의 건설자 포로네우스의 형제인 이나코스강의 신의 딸 이오를 사랑한 제우스는 헤라의 질투를 우려해 그녀를 암소로 변신시켰다. 그러나 헤라는 제우스에게 그 암소를 선물로 달라 하여, 백 개의 눈을 가진 거인 아르고스에게 암소가 된 이오를 감시하게 했다. 이오의 고통을 차마 보지 못한 제우스는 헤르메스에게 그녀를 구출하라 명했고, 헤르메스는 피리와 지팡이로 아르고스를 잠재운 뒤 그의 목을 베어 이오를 구해냈다.

헤파이스토스

제우스와 헤라 사이에서 태어난 올림포스 열두 신의 일원으로, 대장장이와 불의 신이다. 망치와 집게를 든 절름발이의 모습으로 묘사된다. 그가 불구가 된 것은 두 차례의 추락 때문이었다. 처음에는 헤라가 그가 너무 작고 못생긴 데다 시끄럽게 운다고 하여 올림포스 꼭대기에서 던져버렸고, 하루 종일 추락한 끝에 바다에 빠진 그는 아킬레우스의 어머니가 될 테티스와 에우리노메에게 구조되어 해저 동굴에서 9년간 보살핌을 받으며 자랐다. 이 시기에 그는 대장간 기술과 금속 세공술을 익혀 자신을 구해준 이들에게 아름다운 장신구를 만들어주었다.

두 번째 추락은 헤라클레스 박해 문제로 벌어진 헤라와 제우스의 다툼에서 어머니 편을 들었다가 분노한 제우스에 의해 다시 하늘에서 던져진 것이었다. 이번에도 하루 종일 떨어져 렘노스섬에 착지했고, 그곳의 신티에스족에게 구조되어 목숨은 건졌으나 절름발이가 되고 말았다. 그는 이들에게 금속 세공술을 전수하여 그 섬의 수호신이 되었고, 렘노스섬은 지금도 금속 세공술로 유명하다.

성인이 된 헤파이스토스는 뛰어난 불 다루기와 야금, 금속 세공 능력을 인정받아 올림포스 열두 신의 반열에 올랐다. 그는 올림포스 신들의 호화로운 궁전과 장신구는 물론, 제우스의 번개, 포세이돈의 삼지창, 아테나의 아이기스 방패, 아폴론과 아르테미스의 활과 화살 등 신들의 무구를 제작했다. 또한 어릴 적 은인인 테티스의 부탁으로 그녀의 아들 아킬레우스를 위한 무구도 만들어주었다. 그는 뛰어난 솜씨와 성실함을 지닌 장인이었으나, 추한 외모와 절름거리는 걸음 때문에 늘 조롱의 대상이 되었다. 『일리아스』에서 그는 은인인 바다의 여신 테티스와 어머니 헤라의 편에 서서 그리스군을 지원했다.

옮긴이 **박문재**

서울대학교 법과대학 법학과와 장로회신학대학교 신학대학원 및 동 대학원을 졸업했으며, 독일 보쿰 대학교에서 수학했다. 또한, 고전어 연구기관인 비블리카 아카데미아Biblica Academia에서 고대 그리스어와 라틴어 원전들을 공부했다. 대학 시절에는 역사와 철학을 두루 공부했으며, 전문 번역가로 30년 이상 인문학과 신학 도서를 번역해왔다.

역서로는 『자유론』(존 스튜어트 밀), 『프로테스탄트 윤리와 자본주의 정신』(막스 베버), 『실낙원』(존 밀턴) 등이 있고, 라틴어 원전을 번역한 책으로 『고백록』(아우구스티누스), 『철학의 위안』(보에티우스), 『유토피아』(토머스 모어), 『우신예찬』(에라스무스) 등이 있다. 그리스어 원전에서 옮긴 아우렐리우스의 『명상록』과 『소크라테스의 변명·크리톤·파이돈·향연』, 『아리스토텔레스 수사학』, 『아리스토텔레스 시학』, 『니코마코스 윤리학』, 『이솝 우화 전집』, 『플라톤 국가』 등은 매끄러운 번역으로 독자들의 호평을 받고 있다.

현대지성 클래식 64

일리아스

1판 1쇄 발행 2025년 4월 18일

지은이 호메로스
그린이 페테르 파울 루벤스 외 그림
옮긴이 박문재
발행인 박명곤   **CEO** 박지성   **CFO** 김영은
기획편집1팀 채대광, 이정미, 백환희, 이상지
기획편집2팀 박일귀, 이은빈, 강민형, 박고은
기획편집3팀 이승미, 김윤아, 이지은
디자인팀 구경표, 유채민, 윤신혜, 임지선
마케팅팀 임우열, 김은지, 전상미, 이호, 최고은

펴낸곳 (주)현대지성
출판등록 제406-2014-000124호
전화 070-7791-2136   **팩스** 0303-3444-2136
주소 서울시 강서구 마곡중앙6로 40, 장흥빌딩 10층
홈페이지 www.hdjisung.com   **이메일** support@hdjisung.com
제작처 영신사

ⓒ 현대지성 2025

"Curious and Creative people make Inspiring Contents"

현대지성은 여러분의 의견 하나하나를 소중히 받고 있습니다.
원고 투고, 오탈자 제보, 제휴 제안은 support@hdjisung.com으로 보내 주세요.

이 책을 만든 사람들
편집 김준원, 채대광   **교정교열** 김애정   **디자인** 구경표

현대지성 클래식 살펴보기